U0681913

李冰父子

陈泽远　陈实·著

上

中国言实出版社

图书在版编目(CIP)数据

李冰父子 / 陈泽远，陈实著 . -- 北京：中国言实出版社，2023.6

ISBN 978-7-5171-4520-2

Ⅰ . ①李… Ⅱ . ①陈… ②陈… Ⅲ . ①长篇历史小说
—中国—当代 Ⅳ . ①I247.5

中国国家版本馆 CIP 数据核字 (2023) 第 112370 号

李冰父子

责任编辑：张国旗
责任校对：宫媛媛

出版发行：中国言实出版社

地　　址：北京市朝阳区北苑路180号加利大厦5号楼105室

邮　　编：100101

编辑部：北京市海淀区花园路6号院B座6层

邮　　编：100088

电　　话：010-64924853（总编室）　010-64924716（发行部）

网　　址：www.zgyscbs.cn　电子邮箱：zgyscbs@263.net

经　　销：新华书店

印　　刷：三河市华东印刷有限公司

版　　次：2024年3月第1版　2024年3月第1次印刷

规　　格：880毫米×1230毫米　1/32　27印张

字　　数：778千字

定　　价：98.00元（全两册）

书　　号：ISBN 978-7-5171-4520-2

感谢：

冯广宏
张华松
吴敏良
李宝生

心性·学识·才情

——我读陈泽远
（代序）

廖全京

提起陈泽远，圈内人和不少圈外人都知道，他是颇有影响的剧作家。其实，这样说是不准确的。陈泽远不仅是一位资深的剧作家，还是一位小说家、一位历史学者。他在话剧文学、电影电视文学方面的突出贡献，已经载入四川省和成都市的当代文化史册。他在历史研究和小说创作等方面的成就，则集中体现在这部沉甸甸的长篇历史小说《李冰父子》之中。

古人有言："颂其诗，读其书，不知其人，可乎？"（《孟子·万章章句下》）谨遵先贤教诲，且就我认知中的陈泽远其人其文说一点浅见。

陈泽远于二十世纪六十年代初步入艺坛，至今一个甲子有余。六十多年间，他殚精竭虑、笔耕不辍，涉猎话剧、川剧、电影、电视、小说、文论等诸多领域和体裁，林林总总，华彩灿然。在艺术创作的长征路上，他始终坚持以民生为念、以生活为师，在热切的人生体验和扎实的学问功底的基础上，以情唤情，以心写心。不骄矜，不张扬，不虚浮，不作伪。用作品与观众、读者见面、交心，用作品为真实、真相证明、证伪。不妨将他的全部创作过程和成果视为一个有着内在联系的系统，这个有机的系统就是陈泽远的世界。

从精神层面上讲，这个世界是三元合一的。所谓元，在这里不仅是指构成其作品的元素，更是指支配其认识和实践的元气。前人早有"文气"一说："文以气为主。气之清浊有体，不可力强而致。"（曹丕《典论·论文》）综观陈著整体，它自然而然地洋溢着一股士子的清气。在我看来，这清气含有心性、学识、才情三种成分。这就是所谓三元。三元合一，斯文成焉。下面，先结合他的戏剧作品试做一点分析。

陈泽远所著剧目，数量众多。诸多剧作中，我选择了话剧《蜀都新潮》和川剧《张献忠与陈皇后》。陈泽远早年毕业于历史系，醉心于历史学，所写剧目大多选材于历史人物或历史事件。上述两部剧作呈现在舞台上时，观众仿佛被卷进了洪波涌起的某个历史河段中。只见剧作家怀着一颗仁者之心、忧患之心从历史的深处走来，缓慢而沉重的脚步声里，传达出一阵阵无法抑制的剧烈心跳。十二场话剧《蜀都新潮》以清朝末年成都地区推行"新政"引起的动荡为背景，将人们在革命与改良的抉择上产生的社会矛盾与内心冲突，风俗画卷般地展示出来。场面波澜迭起、人物栩栩如生。无论是社会底层的演员、中层的军人，还是上层的高官，都在风潮中翻滚沉浮，都为那场"维新变法"投入了热情，付出了代价。整部戏让人如此贴近地感受到剧作家对十九世纪后期晚清的"自改革"的沉思式的关切。透过剧作，你能看到陈泽远那锐利的目光，你能听到他沉痛的叹息。这是中国真正的读书人对"仁者爱人"精神的承袭和传扬，更是"天下兴亡，匹夫有责"的传统忧患意识的推延与光大。剧作家之心性，可见一斑。当这种心性融入陈泽远深钻穷究的大量晚清社会政治、经济，尤其是晚清时期成都社会各阶层状况的史料时，所有的历史事件和历史人物都苏醒过来、鲜活起来。他脑中不时有灵光闪现，他笔下常有瑰奇流淌。通观全剧，如此广阔的生活场景被如此精当协调地浓缩到戏剧美的画面中；如此众多的人物被如此准确地典型化为简约的舞台形象，剧作家的才情，于此亦可见一斑。

陈泽远笔底出话剧不少，现川剧更多。踏入川剧界伊始，他便在整理改编传统戏、新编历史剧和现代戏"三管齐下"的思路引导下，推出了《花田错》等成功的"旧戏新探"之作。但最能体现他本人的艺术创造力的还是那些原创的新编历史剧，比如《张献忠与陈皇后》。在这部戏里，观众又一次感受到了与话剧《蜀都新潮》中一样的忧患意识。不同的是，陈泽远让这部川剧里的忧患意识更多了一些抨击的力度和批判的色彩。一直对明清史抱有浓厚学术兴趣的陈泽远，决意选择从未被戏剧界关注过的历史人物张献忠作为表现对象。在明末清初的农民起义浪潮中，张献忠领导的起义军是一股重要的反明力量。而张献忠本人，更是一位性格多面、内心复杂、经历独特的圆形人物。《张献忠与陈皇后》以明清时期的朝廷和清军、李自成的义军和张献忠的义军这几股势力之间构成的错综关系为大的背景，集中笔墨着力谱写了登上大西王位之后张献忠的两次册封皇后、两次开科取士。开国之初封蜀中才女陈蜀凤为皇后时，张献忠比较清醒，尚能虚心纳谏、广招贤士、励精图治。然而，登基未久，张皇帝就只能听颂辞，容不得异议，视权如命，日渐昏庸。以致听信奸相之言，杀害直言之士，竟至将据理力谏的陈皇后赐死。二次封后，张献忠选中了美女素馨。他哪里知道此女乃潜入后宫的清廷奸细。两次开科亦复如此：前次实属求贤若渴之举，不拘一格，选贤任能。后次开科时，张献忠心态已变，选人才变成了设陷阱，因言治罪，滥杀无辜。《张献忠与陈皇后》以生动的戏剧人物、曲折的戏剧叙事警策世人：权力使人变质，皇权尤其使人腐败。在这个戏里，陈泽远的心性、学识、才情融成一体。前文提到的忧患意识在戏中有了更加扎实厚重的根基——它是建立在剧作家对明末历史的长期研究、反复思考之上的。这个戏也再次展示了陈泽远把握和处理庞杂的历史现象、提炼一个时代的思想和精神、塑造具有戏曲美感的典型人物的创造能力和奔放才情。对于陈泽远来说，创作川剧《张献忠与陈皇后》是一次剧作家的主体与表现对象的客体之间的互相关照，尤其是主体对客体的观照：对历史现象的大观照，对历史人物的大观照。同时，写这个戏的过程，又是一次剧作家的主体在舞台艺术实践中得到大检验的过程。事实证明，通过这次大观照和大检验，陈泽远的思想经历了一场相当深刻的省思，陈泽远的境界得到了一定程度的提升。

李冰父子
LIBING FUZI

历史小说《李冰父子》是陈泽远世界的一个重要组成部分，是这个系统三元合一之清气在小说作品中的体现，是陈泽远一生心血的结晶。半个多世纪的岁月里，多少回春风拂面、雪花飘飞，都伴着陈泽远思绪的绵延和笔尖的移动，将他对李冰父子的评价，对古蜀历史乃至中国古史的深思，融进了这行云流水般起伏跌宕的七十余万字中。此时此刻，这部呕心沥血之作，正在以它恢宏的背景、开阔的视野、独到的识见、精心编织的情节和鲜明突出的人物，走进读者的心中。

也许是一种偏见吧，我特别看重这部小说透出的又沉稳又灵动的学人风度。窃以为《李冰父子》的独特之处，就在于它对特定的历史人物和历史时期的反思。他的这种反思，是建立在以现代史学观为指导的识见前提之下的，同时是建立在对中国古代史尤其是春秋战国时期的秦国史以及古蜀国史的深入研究的基础之上的。《李冰父子》全书所表现的政治、经济、民俗、风物、人文地理等方面的具体历史状况都在告诉我，要写这样的小说，如果没有对《尚书》《周礼》《诗经》《史记》《左传》《战国策》《国语》以及先秦诸子等经史子集（包括地方志，如《华阳国志》）的广泛涉猎和相当程度的了解，是无法下笔的。温习经典，熟读史书，精研覃思，不仅是陈泽远征服李冰父子史迹这一历史题材的利器之一，在一定程度上也是小说成功的保证。正是在这一点上，人们感受到了《李冰父子》的人文风采。也正是从这一点出发，陈泽远以他长期浸染于戏剧艺术氛围所获得的审美眼光和艺术表现力，将自己对历史的反思以小说的形式生动地表现了出来。

陈泽远在《李冰父子》中的反思，主要体现在两个方面，一是对政治家李冰的认知，二是对战国时代政制的认知。迄今为止，几乎所有关于李冰的评价文字，都是将他界定为水利工程专家。从某个侧面看，这种界定并没有错。问题在于，历史上的李冰并不只是一位水利工程专家，而且首先不是水利工程专家。据史书记载，李冰在公元前256年至公元前251年被秦昭王任命为蜀郡太守。由于他在任上治水的成就巨大，影响深远，也或许有其他原因，他任太守时治蜀理政的种种举措和功效，尤其是他在政治活动中表现出来的人格、气质、才能等，往往不同程度地被人们忽略了。眼下摊开在读者面前的这部历史小说，正是陈泽远为纠正这一认知偏差并重新界定和思考李冰这个历史人物的全貌和价值而创作的。

作为文学形象的李冰给人最深刻的印象是他的"重民"情怀。这是一位深知"安民则惠，黎民怀之"（《尚书·皋陶谟》）道理的封疆大吏。蜀郡普通民众的生老病死、忧患安乐是他心中的头等大事。为了这个质朴切实的理念，他首先把工作重点放在解决长期存在的江河横溢、水旱频发的关键问题上。他不仅看望灾民，替他们解决困难，更亲自进山考察、制订方案、参与治水工程的各个环节。他十分清楚自己面临的治水与反治水的矛盾、疏导与堵塞两种治水方案的冲突，乃是深层次的政治斗争的反映。不从政治上抢险排难，浩大的治水工程将面临更大的阻力。自己制定的"明法令、兴学令、强军令"等治蜀新篇将无从谈起，更遑论实现把蜀郡建成天府之国，让它成为秦国的大粮仓和统一六国的基础的远景。为此，成竹在胸的李冰从平息笋里街风波入手，坚决为以王叕为代表的志士仁人平反，坚决抵制公孙若的错误治水方案，坚决打击公孙若及其同党对治蜀新政和治水工程的蓄意破坏。由此而展开的反复曲折的斗争，成了整部小说的情节主线。在描绘这一主线的同时，小说还涉笔成趣地表现了李二郎等年轻一代的爱情婚姻生活，色彩斑斓地展示了蜀地少数民族的生活画面，尤其动情地描绘了李冰任上团结少数民族同胞共同治理水患、建设蜀郡的动人场景。简言之，陈泽远笔下的李冰，是一位善于理政、精于治水、胸怀大度、敢于担当、不谋私利、注重实干的出色政治家。

作者对李冰在治蜀理政过程中曲折经历的细致描写之所以显得准确生动，与他对李冰生活的那个特定的历史时空有着自己独到的深刻理解密切相关。春秋战国时代正是传统中国的两种政制类型——"周制"和"秦制"处于转换状态的重要阶段。所谓"周制"，指的是古代早期"封土建国"的"封建"制即宗法封建政治制度。它大约兴起于商代，成熟于西周。这种制度保留着若干远古氏族民主制度的原始民主的痕迹，如臣僚对君主有一定的约束力的制度、君主与群臣共商大事的制度、自由民参与国事的制度等。所

谓"秦制",指的是"周制"在东周逐渐解体过程中兴起的高度集权的君主政治制度。这种制度下,通过暴力争夺获得地位的君主,拥有高度的威势和执行力。这种制度的代表就是在公元前221年灭亡六国而建立起来的秦帝国。秦王统一之后,在行政隶属权上彻底改"封建制"为"郡县制",厉行专制一统。制度之别源于思想之别。"周制"的精神接近主张仁政、王道的儒家,"秦制"所奉靠拢力行苛政、霸道的法家。对比两制,其最重要、最根本的区别,在于前者相对重民,后者绝对尊君。当陈泽远面对大量春秋战国时代的典籍、史料以及有关古蜀历史的文献乃至传说时,他同时面对的正是这样一个由"周制"向"秦制"过渡的时代。上述关于这个时代政治制度的历史状况的认知,正是包括陈泽远在内的一部分历史学者和历史剧、历史小说作家经过长期研究与反复思考之后得出的结论。通读《李冰父子》全书,你会在主角李冰和其他一些人物的身上,在整个背景烘染与情节铺排中明显感受到作者对这个"周制"式微而"秦制"方兴时代的鲜明特征的把握。作者对当时尚未完全成型的"秦制"及孕育"秦制"的法家思想的清醒的批判性认知,更给人留下深刻印象。且不说他通过小说人物之口对商鞅变法和《商君书》的透彻而尖锐的评说,仅在对李冰形象的刻画中,就强烈传达出了一种与"秦制"及法家思想完全对立的色彩和倾向。比如李冰一出场便以敢揭龙鳞、敢拔虎须的胆魄,以小小县令的身份对肆意污染水源的王太子进行处罚,昭示了他绝不盲目尊君的立场,在一定程度上为全书的深层题旨和李冰形象的内涵定下了民本主义的基调。再比如,在对所谓笋里街暴动案的处置上,视其为动乱而非暴乱的李冰主张以德化人,反对严刑峻法。在履职期间,李冰始终践行他上任之初的就职讲辞的基本精神,即管子主张的"政之所兴,在顺民心"。又比如,全书所设置的主要矛盾,即前文提到的李冰与代郡守公孙若及其党羽寨侯、輮侯等权贵势力的矛盾,有着深邃的社会政治内涵。小说中的矛盾双方此争彼斗,明明暗暗,草蛇灰线,起伏连绵,反复纠葛,贯穿始终。究其实,公孙若一党均与书中先后出现的两个太后血脉相关。说到底,李冰与他的伙伴们是在与后党做斗争。这场斗争是由伴随"秦制"产生的后妃干政、外戚专权现象决定的。"秦制"或者说"皇权政治"与上古的宗法制相关。由早期氏族家长演变而来的君王，是将君权与父权合而为一的，家国同构，看重血缘。于是后妃和后妃的亲戚也登上了政治舞台，后者就是"外戚"。上述李冰的反对派恰恰就是这类外戚。公孙若也好，塞侯也好，他们都与前后的两个王后有着拐弯抹角的亲戚关系。小说的这种布局或安排，显然含有揭露和贬斥"秦制"弊端之意。

处在小说创作的亢奋状态中的陈泽远始终是冷静而清醒的。《李冰父子》在对"秦制"及法家持基本的、总体的批判态度的前提下，同时也表达了对"秦制"及法家有助于民族发展和社会进步的某些举措的局部肯定。从全书总体背景的铺排和主要情节的推进可以看出，秦王朝的统一政纲是符合大一统的历史总趋势的。从李冰的性格和他的政治主张及实践来看，他对依法治蜀的坚持，实际上是对法家思想的部分接受和肯定。陈泽远笔下的秦昭王并不像后来的始皇帝那么刚愎专断、疏远臣民，他在一定程度上和一定范围内还能够听取和采纳臣子的意见。这也是李冰在与后党的斗争中采取"尊王拒后"的总体策略的原因。凡此种种，都说明小说作者没有掉进形而上学的思维陷阱。而他的这种笔法，恰恰更能准确表现那个过渡时代的开明官吏的特点，即在"民惟邦本，本固邦宁"（《尚书·五子之歌》）的前提下，既讲仁义，又行威权，儒法兼收，刚柔相济。

归结起来，长篇历史小说《李冰父子》绝不仅仅是水利工程专家李冰的文学传记，也绝不仅仅在于它提供了一份生动形象的古蜀断代史和蜀地治水记。陈泽远立足现代回望历史深处的李冰父子，从政治和政制的高度对李冰和他生活的时代进行了重新审视，并以文学的样式和风韵将审视之后的感悟传达了出来。这才是《李冰父子》一书的价值和意义。这也是陈泽远三元合一之清气在小说创作领域的耀眼闪光。

我觉得从精神层面浅探了陈泽远世界的三元合一之后，似乎还应当从操作层面对陈泽远的世界做一点描述。如果考察一下陈泽远作品系统的创作过程，就可以发现在他的戏剧影视创作与小说

创作之间，存在内在的有机联系。我把这种联系称为点面互动。在陈泽远的世界中，小说创作即《李冰父子》的生产是一个点，戏剧影视创作则是一个面。这里的点面之间的关系，不同于一般事物或现象那样大多由点逐步向面上扩散。乍一看，陈泽远的这两种创作过程仿佛各自独立，这两个创作领域似乎互不搭界。而且，他的小说写作与他的戏剧影视创作几乎是并行推进的。实际上，在陈泽远那里，这点和面不仅在选材、立意上有许多相近和共通的地方，而且彼此间在思维方式和文本呈现上更存在相互触发和推动的契机。历史题材始终是陈泽远最为关注的，也是他经常驾驭的。对历史的思考和发现使他在点和面之间频繁的碰撞中获得契机——灵感火花迸溅、创作激情喷发的契机。他在几十年的创作实践中，自始至终将思维聚焦于一个点——《李冰父子》的写作。他是在打一口深"井"。而这口"井"的最深处直通到"海"——他的戏剧影视创作。几十年下来，陈泽远不断通过小说创作积累对历史的深度了解和思考；与此同时，他又坚持着一部接一部地推出戏剧和影视作品，并将这种创作过程中积累起来的经验和教训反馈到小说写作中。点面互动，系统的生命存焉。

互动的艺术创造充满活力。

自成系统的精神财富值得珍惜。

2023 年 2 月 17 日

本文作者：廖全京，四川省戏剧家协会名誉主席，曾任四川省社会科学院文学研究所副所长、四川省戏剧家协会主席、四川省文艺评论家协会副主席、中国戏曲学会常务理事、中国话剧理论与历史研究会常务理事。此文系作者为陈泽远长篇历史小说《李冰父子》所写的序。

目录 CONTENTS

第一章　初露锋芒

（一）小县令与大秦储君

战国时期，秦昭王二十八年（前 279 年）的上巳节。

古代以三月上旬的巳日为"上巳"，这是个全民欢乐的节日，官员放假，与民同乐，踏青春游，水边饮宴，濯洗沐浴，祓除不祥，叫作"修禊"。安邑县令李冰本来与家人约好这天要到濒临涑水河的雪花山好好玩一天的，谁知秦楚之战爆发了，他管辖的解梁①盐池是秦国食盐的主要生产基地，朝廷命他七日之内造盐上万担送往前线，为了准时完成任务，李冰只好与家人失约，他在盐场与盐工一起已苦干五天了！

太阳从稷王山升起，万缕金光投射在辽阔的盐池湖面上，金色与绿色交相辉映，色彩斑斓。盐池旁边的晒场上，一片颗粒状的白盐在阳光下银辉闪烁。一个头戴草笠、身姿矫健的汉子，手握铁铲，与盐工们一起翻晒粗盐，汗水湿透了汉子的衣衫，他干得很起劲，唯听一阵欢快的"嚓嚓"之声……

县丞王方正骑马奔来，在工棚前滚鞍下马，急喊："县令大人，县令大人！"

"什么事？"汉子停铲，仰起面来，呈现出一张气宇轩昂、英姿焕发的脸，睿眸闪光，留着八字须，这就是秦国安邑县令李冰。

"请大人过来一下。"王县丞招手说。

李冰提着铁铲走到县丞面前，说："我们不是讲好了的吗？这几天县里的政务都由你处置。"

"是大事，卑职不敢做主啊！"

"什么大事？"

"据护水差役禀报，"王县丞说，"昨夜，太子爷带了一群美女，在舜林山搭棚露宿，烧烤野味，今天还要到珍珠池沐浴呢！"

---

① 解梁在今山西运城。

"为何不加制止？"

"卑职闻报后就赶去舜林山了，被卫士阻拦，根本进不去！"

李冰把铁铲递给县丞，说："你领着干，我去！"说罢翻身上马。县丞说："是太子爷啊！"

李冰头也不回，策马奔去……

王县丞朝晒场走去，喊："盐亭长——"

"在。"一个身穿短褐、敦敦实实的汉子停铲站起。他的名字叫赵晶明。王县丞说："你跟着去，李大人要面对的是秦国储君，万一有个闪失，你立即回报。"盐亭长"诺"了一声，放下铁铲转身走去……

王县丞说的太子爷名嬴柱，封号安国君，他是秦昭王四年（前303 年）出生，今年刚好二十五岁。正是血气方刚、风华正茂之时。在被立为太子的前几年也曾胸怀大志，苦学经纶，企盼通过自我砥砺，增长才干，以便将来承袭君位。然而无情的现实使他灰心、失望。朝中大权掌控在以他的老祖母宣太后为首的外戚集团手中，他的父王只不过是半个傀儡，而且父王正当盛年，他等待承袭君位不知还要等待多少年。何况他身边还有多个兄弟，时刻都在觊觎他的储君地位！唉，人生青春有几回？未来之事不堪问。还是及时行乐吧！有了这种想法后，嬴柱的砥砺变成了放纵，沉湎于声色犬马、美酒佳肴！这不，此刻，他正在珍珠池中放松身心呢！

午时，灿烂的阳光直射在珍珠池碧绿的水面上，水波涟涟，亮光熠熠。池水中央，嬴柱坐在一个木盆似的小船上，两个侍女在水中扶着船沿。嬴柱喝着美酒，眉飞色舞地观看十个长身细腰、明眸皓齿的美女为他表演的水上舞蹈！这些舞女穿着五彩纱裙像美人鱼一样，在他的身边游弋。纱裙在水中徐徐展开，如花朵绽放。岸边，一支由仕女组成的小乐队演奏出行云流水的欢快乐曲……

嬴柱看得心旷神怡，哈哈大笑，连叫"精彩，精彩"，他指着领舞的小华阳称赞说："你简直就是仙子，群芳之冠啊！"

乐队前站着一位华服美人，正是华阳君左相①芈戎的九夫人公

---

①当时秦设左右丞相，右为正职，左为副职。

孙娇。闻言，九夫人微微一笑！

　　这时，李冰正快马加鞭朝舜林山赶来……

　　嬴柱看完水上表演后，又到岸上享受。他和美女们一起，围坐在一堆篝火前烤羊肉喝酒。他看上了年方二八的小华阳，这女子乃是芈戎四夫人生的，因华阳君特别钟爱这个才貌双绝的小女儿，直呼她为小华阳，她的真名芈玉反而不显了。

　　芈玉称比她大四岁的九夫人为九姨。这个九姨就是蜀郡郡丞公孙若的亲妹子公孙娇，她能一跃而成为左相夫人，使她深深认识到女人的才貌也是一种禀赋。她进芈府后，见小华阳聪明貌美，于是特别亲近她，她更知道太子爷的喜好，便有心将小华阳许配给他，如果将来能立为正妃，不是就有享受不尽的荣华富贵吗？

　　嬴柱端着酒樽说："小华阳，你的水舞真迷人，我赐你一杯！"小华阳腼腆接过酒樽，不敢饮用。九夫人催促说："难得太子爷赐酒，喝吧，喝吧。"小华阳勉强将酒喝完。九夫人说："我们小华阳不仅舞跳得好，而且慧心灵性，博学多才呢！"

　　"是吗？"嬴柱说，"那我就要考一考呢。小华阳，你说说这舜林山、珍珠池的来历。"小华阳"这"了一声，九夫人鼓励说："就大胆地给太子爷和众姐妹讲讲吧。"

　　"从前，"小华阳思考了一下，说，"尧帝曾在平阳①建都，他的两个漂亮女儿娥皇、女英经常到这儿沐浴。有一天，娥皇潜水，被水下的一株珊瑚树挂断了项链，一百九十九颗珍珠一下散落开来，娥皇浮出水面惊叫：'珍珠，珍珠，我的珍珠！'女英说：'叫甚呢？快找呀！'姐妹俩潜入水中寻了好一阵子，却一颗也没找着。娥皇急了，拍击水面，哭着说：'这可是东夷人送我的宝贝啊！'女英说：'哭甚呢？到下游去找。''不要去找。'正在山丘上带人种树的舜闻声走到岸边，说，'珍珠是有灵性的，可能已回到了生它们、养它们的大海去了。'娥皇说：'不，它们没有走，一定在池中住下了！'说也奇怪，娥皇的话音刚落，池中突然喷起一股水柱，足有三丈高，迸珠溅玉，落入水中又化成无数银白

――――――――――
　　①平阳在今山西临汾。

色晶亮的水泡在池中漂荡。"小华阳指着池中那些漂浮的水泡说，"相传那就是珍珠的灵魂！常在这池里沐浴会让人变得更美。"

"善哉！"嬴柱说，"今后我就经常带尔等来此沐浴，让尔等都变成天上的仙子！哈哈……"

九夫人说："给太子爷敬酒。""喝我的，喝我的！"美女们争先上前给嬴柱灌酒……

这时，一侍臣匆匆走来，禀报说："太子殿下，安邑县令李冰求见。"嬴柱说："他也来沐浴？""不、不，"侍臣说，"他说有公事禀报。"嬴柱说："今天是修禊日，不办公事！"

"他执意要见呢，卫士们都阻挡不了。"

"见他一下吧，"九夫人建言说，"这个人我小时见过他，他是我兄长的同学，太傅田贵的学生，司马错老将军的干孙子，颇受朝中一些老臣的器重呢。"

"嗯。"嬴柱站起身来沉思了一阵，想到自己毕竟是储君，从咸阳跑到河东郡①来只玩儿不办事也太说不过去了，父王知道了难免责罚。李冰既然是个能人，受到朝中老臣器重，接见他一下，勉励几句，说不定对自己的将来大有好处呢！太子主意已定，便转身对侍臣说："在大帐召见李冰。"

侍臣"诺"了一声转身走去。

嬴柱朝美女们说："你等都回帐篷歇息吧。"

李冰在珍珠池的出口处，看到被扔在一旁的禁示木牌，目光微沉。一会儿，侍臣走来，尖声说："太子示下，着李冰大帐相见。"

李冰捡起木牌跟侍臣朝珍珠池走去，但见到处是垃圾：几堆炭灰、还未烧尽的木材，啃过的猪、羊骨头，打碎了的陶罐、酒樽，撕破了的绸巾挂在树枝上随风飘荡。李冰见状，眉头紧蹙。

浓荫伏盖的大帐前，侍臣对李冰说："请稍等。"李冰站住。侍臣走进大帐，一会儿又出来，高声喊道："李冰进帐参见太子！"

---

① 即今晋南运城地区。

　　嬴柱冠冕堂皇地坐在竹榻上，一脸威严，身边站着侍臣。李冰抱着木牌走进，伏地叩拜："安邑县令李冰参见太子殿下！"

　　"站起来说话。"

　　"谢殿下。"李冰站起。

　　嬴柱起身，改变脸色，满脸堆笑，对李冰说："听说解梁盐池办得很好，李县令立功了，我要嘉奖你呢！"转对侍臣，"上咸阳清酒。"

　　李冰说："卑职不是来喝酒的，是有要事！"

　　嬴柱问："有何要事？"

　　"请殿下交罚金！"李冰直言。

　　"要罚我？"

　　"正是。"

　　嬴柱哈哈大笑："太阳从西边出来了，我今天要遭罚！"李冰不动声色紧盯着他。须臾，嬴柱变脸说："罚我这个太子，你凭什么？""凭秦国法律。'弃灰于道者，刑。'这不是朝廷早已颁布的法令吗？"李冰拿起木牌，指着上面的禁令说，"本县根据朝廷法纲制定禁令，并早已颁布，这舜林山是圣地，珍珠池是盐池的正水源头之一，上山不得生火，池中不可沐浴。山上生火者罚银百两，下池沐浴者罚银二百两，另罚公役三月，当然，不服公役也可以，但要出钱请人代工……"

　　"不要说了！"嬴柱愠怒，打断李冰的话说，"今天是修禊日，不说本太子可以到此游乐，就是庶民百姓也可以嘛！"

　　"不可以，"李冰说，"本县早已告示庶民，踏青修禊，可以到西北面的洛水之滨或中条山之南去游乐，凡盐池的正水源流，是一律不准的。"

　　"为什么？"

　　"防止污染，以保障盐池安全！"

　　嬴柱说："沐浴一会儿，就会污染盐池，你也说得太严重了吧！"

　　"殿下，这是有沉痛教训的，"李冰说，"不信，您可以去看看。"

嬴柱踱步沉思，少顷，转身盯着李冰："本太子正要视察你办的盐池呢！"

"卑职欢迎，"李冰说，"法不阿贵，我大秦国是有规矩的，祈望殿下先认罚，后视察！"

嬴柱生气地说："否，本太子就是要先视察，后议罚！我倒要看看今日谁罚谁！"转对侍臣道，"传令，只轻车简从随本太子视察盐池，其余人等由卫士长领队，立即返回咸阳。"

"诺。"侍臣应声而去。

九夫人听说嬴柱要去视察盐池，急忙找到守卫后山的相府卫士长芈卢，此人健壮英俊，甚得九夫人喜爱。九夫人道："你速扮成随从，随太子去，回相府后如实禀报。"芈卢应"诺"去了。

李冰和嬴柱一行刚下山，就碰见牵着马等候在山口的盐亭长。"李大人。"盐亭长喊。"你来得正好，太子殿下要视察盐池呢，由你带路，先看大舜池。"李冰道。"先看大舜池？"盐亭长惊疑。李冰说："是的，还要如实给太子殿下讲。""遵命。"盐亭长转身，拱手，"太子殿下请。"嬴柱问李冰："此人是谁？"李冰说："盐亭长赵晶明，他是本地人，虽然年轻，却比在下了解的情况多。"嬴柱"唔"了一声，说："带路吧。"

（二）大舜池畔话沧桑

舜林山距大舜盐池三十里路。申时，李冰骑马带着芈卢驾驶的篷车、侍臣以及四名骑士来到盐池。

李冰对侍臣说："到了，就从这里开始视察。"他翻身下马，侍臣与骑士也跟着下马。芈卢下车，从车后取下木凳，安放在车前。侍臣走到篷车前，尖声地说："恭请太子下车。"嬴柱拂帘出来，侍臣搀扶着他走下。

"殿下，这边请。"李冰躬身道。

盐亭长快步上前将池边的茅草利索地拂开、踩倒，开辟出一条通道来。嬴柱跟着李冰朝前走去，在大舜池的岸边驻足，但见一汪池水呈墨绿色，在偏西的太阳照射下闪着幽光，池岸四周长满杂草、芦苇，散发着熏人的臭气，嬴柱怔了一下，注目池水，问道：

"这就是有名的解梁盐池？"李冰说："是盐池的其中之一。本县有三大盐池、四小池。三大盐池就是尧帝池、大舜池、禹王池。上古之时，尧舜禹三位圣王都先后在我大秦河东郡的平阳、蒲阪①、安邑②建都。开发盐池是三位圣王为民造福留下的伟绩。这口池是舜帝亲自修建的，故名大舜池。"嬴柱从鼻孔里"嗯"了一声，他扯了一株茅草伸入池中搅了一下，然后拿起来嗅了嗅，厌恶地皱起了眉头，他又到水边捡了几颗盐粒，放入口中，立刻"呸呸"地吐掉，急转身来，瞪着李冰，冷笑道："哼哼，李冰呀李冰，你把大舜池搞成了个臭水池，该当何罪？你还欺上瞒下，将好盐特供王公大臣，让庶民百姓吃这种又苦又涩的劣质盐！"

李冰说："岂止是劣，还有毒呢，人吃了生怪病！"

"既知如此，罪加一等！"嬴柱指着李冰怒吼道，"你要罚我的款，我今天要罚你的命！来人，给我拿下李冰。"两卫士冲上扭住李冰。李冰从容道："殿下息怒，卑职有话要说。"嬴柱冷笑："有话到咸阳廷尉府③去说，走！""且慢！"盐亭长高声阻挡，他有一种初生牛犊不怕虎的气势，"太子殿下，您来视察解梁盐池，才看了一个池子就不问青红皂白抓人，太专断了吧！""放肆，"嬴柱说，"大舜池都被尔等毁了！我还看什么？你这盐官也脱不了干系，给我一并拿下。"两卫士上前扭住赵晶民，被这五大三粗的汉子一掌推开，他跪倒在嬴柱的面前，大声说："太子殿下，等在下把话说完，要杀要剐，悉听尊便。为了这个禁池，我和李县令已死过一回了，还怕到咸阳受审吗……""慢，"嬴柱疑惑地问，"什么禁池？"李冰说："请殿下看看柳树上钉的木牌告示，便知道了。"嬴柱走到柳树下浏览了一下告示，才明白了这是一座禁池。他在树下徘徊思索，他想到师傅杜仓的教诲，为政务必要戒骄戒躁，分清是非，明察秋毫。他拍了拍脑袋，使自己冷静下来。

---

①蒲阪在今山西永济市蒲州镇。

②安邑在今山西夏县西北。

③廷尉府为秦廷中央设置的最高司法审判机构。

　　嬴柱自审是因李冰的冒犯而急于惩办他，才在真相未明的情况下贸然下令捕人。作为储君，他不仅有失从容大度之风范，如若弄到廷尉府审不出罪，后果更不堪设想。嬴柱有点懊悔，他转身走到李冰面前，缓声问："李冰，你为何让本太子先看这个禁池？"李冰说："卑职不敢欺瞒殿下，坏的好的都看，殿下才能全盘了解真情啊！"嬴柱"嗯"了一声，下令："放了李冰。"又指着跪在地上的盐亭长："站起来说话。"

　　"盐亭长，"李冰说，"你是本地人，你把这舜池的情形给殿下禀报一下吧！""遵命。"盐亭长突然躬身在地，说，"请殿下站在卑职的背上登高一望。"李冰和侍臣扶嬴柱站在盐亭长的背上，朝前后左右环顾了一圈，嬴柱的脸色立刻凝重起来，一步跳下，不无感动地说："盐亭长站起来吧，你要本太子看的都看清楚了。"盐亭长站起说："殿下看到什么呢？"嬴柱说："这附近到处是荒草野冢，路断人稀，难道与这大舜盐池有关？""正是，"盐亭长说，"池对岸的那一片坟地中就埋着我的大父大母①和前县令胡高大人。舜池乡三千多父老乡亲就是吃这口池里的水和盐而死去的。"嬴柱问："你不是本地人吗，为何没死？"盐亭长说："在下与父亲长期在齐国渤海做盐工，三年前接到大父大母病危的信才匆匆赶回来，到家一看，只见两位高堂躺在炕上，气息奄奄，见了我父子一面后，啥话也没说就闭上了眼睛！我父子连夜将高堂入殓后，第二天一早就去找亲戚邻里报丧，请他们参加葬礼。哪里还找得着人呢？原来上万人口的舜池乡已经是十室九空，有钱人家早已迁走，没钱的早已全家死绝，只找到我一个姑父，他挺着个大肚子却面黄肌瘦，也是快死的人了，他告诉我父子，三年前，乡里突然暴发一场瘟疫：有人上吐下泻不止，有人浮肿，肚子胀得像个大鼓，有人消瘦得像根干柴。女人不生育，小孩长不高，有的身上长怪疮，七窍流血，众多乡亲就这样不治身亡。"

　　嬴柱盯着李冰，说："发生如此重大的灾害，你是如何处理的？"李冰说："卑职是胡高县令殉职后才奉命来安邑接任的。"

---

　　①大父、大母即祖父、祖母。

嬴柱惊问："胡高是如何殉职的？"李冰说："从御史府的结案文书看，胡高县令是个尽心尽责的良吏，疫情发生后，他就带着几个巫医来此查勘、救人。有巫医认定是池水有毒，而大巫师卜卦后，却认定有水魔从桃都山水狱中逃到此处，在舜池中作怪。说天神有示，要有威权之人做牺牲才能镇住水魔！胡县令相信巫术，眼见天天死人无法救治，心中着急，说：'这安邑县就只有我最有威权了，只要能救百姓，我就来做这个牺牲吧！'胡大人是个说一不二、性情刚烈之人，在巫师们的庄严仪式中，他举剑自刎了。大巫师命令将他安葬池边，并在墓前建了一座镇魔石碑。"嬴柱问："镇住了吗？""哪能镇住？"盐亭长说，"我和父亲回家后，胡大人的镇魔碑已经修好了，我大父大母还是去世了。咱父子俩都不相信巫师巫术，经多处取水口尝、对比、辨味，认定是池水变质了，是毒水，既不能饮用更不能制盐。"嬴柱转头问李冰："果真如此？""正是。"李冰说，"卑职赴任前一天，杜丞相谆谆告诫：人命关天，救灾如救火！到任后，卑职不敢怠慢，即率县廷主管、农水属吏并延揽了几位名医和堪舆之士，对水池及相关水源进行实地勘察，发现池水确实有毒。另外，医师们还在池中发现了许多小螺蛳，螺蛳中寄生着一种小虫，小虫散布于水中，池水就变成了疫水。人接触池水，就会患病，医师们称之为胀鼓病。从疫水中提取、制作的食盐，自然含毒，食用后就会发生各种疑难怪病。"嬴柱问："是何原因？""水源受了严重污染呀！"李冰说，"原来流入此池的主水名叫长青河，上游两岸都是辽阔的草原，芳草萋萋，一年四季，葱翠鲜绿。胡县令任上，为了使百姓发财致富，增加县廷财税收入，发展畜牧业，一些人就在长青河两岸兴建牧场。其中，有个叫芈发的财主在上游办了个大牧场，养了上万头牛、两万多只羊，这些牛羊常年在河中饮水排便，造成河水变色、变味。""为何不禁？"李冰说："前年，县廷任命晶明为盐亭长后，他就去找这个大牧主宣喻过县廷的命令，让他迁走，他置之不理，几天后，卑职只好与盐亭长一起登门找芈发，他闭门不见，反而支使一群家丁对我二人围攻殴打，被扔进河中，漂了三里远才被两个渔夫救起。"嬴柱愠怒："殴打朝廷命官，并置于死地，这不是造反吗？这么大的事件，你就没有禀报朝廷？""禀报了，"李冰说，"此人来自楚国，据说与芈相沾亲，为此，卑职特与芈相写了呈文，并建言只要芈发将牧场迁到盐池以南的地区开办，其他的事可以不追究。"嬴柱问："芈相有何批示？""七个字，"李冰说，"'知道了，即行核查。'可是，查到现在也无下文，这是卑职下令禁池的主要原因，也有警示之意。"嬴柱沉思了一下说："不能长禁，应当恢复。"

李冰说："卑职也曾虑及此事，只是治理舜池，难度甚高，工程浩大。"嬴柱问："却是为何？"这大舜池的报废还有个原因，就是客水的浸泛。嬴柱问："何谓客水？""客水就是指盐池主水源之外的其他河流。"李冰说，"五年前就是源于历山的凍水山洪暴发，四处潓漫，大量泥沙涌入池中，沉淀起来，这是池水变质的又一原因。""唔……"嬴柱问，"你准备如何治理？"李冰说："未治盐，先治水；未治主水，先治客水。这牵涉到上游百里内的大小河流、村落、牧场。"嬴柱说："再难，也要恢复大舜池当年的风采，否则，就对不起老祖宗了！"李冰说："殿下之言甚是，卑职遵命，立即制定规划，筹集资金，尽快动工。只是要芈发迁走牧场的事卑职难以办到啊！"嬴柱说："本太子给你办。"

"多谢殿下！"

"看看尧帝池去。"

（三）王子引咎认罚

尧帝池距大舜池有十多里路。李冰一行于戌时初分赶到，在尧帝池的工棚前停下。这时太阳落山，金色的晚霞映照在碧波荡漾的湖面上，摇曳着绚丽的光彩，高高的防洪堤坝上光华夺目，使这尧帝池显得更宏伟壮丽了！

晒场上停着一排无篷马车，上百名盐工正在王县丞的指挥下用麻布口袋装盐，上车。有的铲，有的扛，人人热汗涔涔，干得很起劲。

嬴柱放眼望去，有点激动："啊，这尧帝池真有气派！"朝前走去。李冰说："殿下且慢，待卑职去率众接驾。"嬴柱说："不必了。"转身对侍臣、卫士命令："尔等散开警戒就是了，就由李县令和盐亭长陪本太子视察。"

"遵命。"侍臣、卫士齐声回答。

李冰和盐亭长陪嬴柱朝晒场走去，正扎盐麻袋的王县丞一眼看出，来者必是太子，他正欲呼喊众人跪地接驾，被李冰一个眼神止住。盐亭长又与那些注目嬴柱的盐工打了个手势，大家便埋头干活了。

嬴柱来到众盐工面前，扫视一圈，对老少盐工的辛勤劳作感到满意。他走到一个正铲盐装袋的老者面前，抓了把盐粒放在手掌中搓了搓，仔细验看，盐粒洁白、晶莹，他捡了一粒放在口中品味，称赞说："嗯，不错！"问道："老人家，这盐粒是从尧帝池中取水晒出的吗？"老盐工答："不假，不假！我们百姓祖祖辈辈都吃的尧帝爷的恩德盐咧！""恩德盐？""是咧，百姓都感恩尧帝爷咧，没有他老人家开凿的盐池，大家没有盐吃，只怕早都变成毛人啰！"

"嘻嘻。"众盐工窃笑……

嬴柱转身，大踏步地走至池边，李冰和盐亭长跟去。

嬴柱蹲下捧起池水喝，李冰问："殿下，感觉怎样？""好极了，既清新可口，又有浓浓的盐味。"李冰说，"要是被污染了呢？"嬴柱一愣，显然，李冰的这一问已激起了他心中的涟漪。他沉默有顷，问道："这大池真是尧帝创建的吗？"

"是的，"李冰说，"卑职曾考证过，故老也有传言，尧帝是个顾念百姓的好国君。他严于律己，在茅草搭建的宫廷外设立谏木，倾听臣属和百姓的谏言。一千多年前，百姓食盐最为困难，尧帝就带领百姓，经过三年披星戴月、栉风沐雨地苦干开凿了这个盐池。"盐亭长说："李冰大人到任后又率众进行了维修扩大，那座防洪堤坝就是李大人设计、指挥修建的。""不要如此讲，后人所做的一切，都是在原有基础上进行的，功劳要归功于最早开创盐池的尧帝！""唔，"嬴柱有所感悟，说，"难怪孔子要说'唯天为大，唯尧则之'了！"

"正是，"李冰说，"尧的美德是后人永远学习的榜样。殿下将来不想成为尧舜之君，名垂竹帛、流芳千古？"

嬴柱震动，说："谁不想呢？能做到吗？"

李冰鼓励说："儒家认为只要坚持修身为本，人皆可为尧舜。孟子说：'君子之过也，如日月之食焉。'只要改了，就会受到万民敬仰。望殿下三思。"

嬴柱徘徊、踱步，心内正翻江倒海。有顷，他转身望着李冰说："让盐工暂停劳作，本太子要讲几句话。"

"请——"李冰挥手。

李冰领嬴柱走到盐工们的面前挥手说："停一下，停一下，殿下要给众位讲几句话。"

盐工们听说站在他们面前的就是大秦国的太子爷，一个两个惊诧得睁大了眼睛！

嬴柱说："本太子今日视察了两座盐池，两相对比，感慨良多。深知本太子犯禁了！"沉重地说："本太子认罚！"转头问李冰："罚多少？"李冰说："十二人下水，另外还烧了三堆火，一共是二千七百两，再加上请人代工服役，算三千两吧。"

嬴柱大声说："本太子自罚一万两！"

"殿下知过能改，千岁，千千岁！"李冰和盐亭长高呼着跪下，众盐工也跟着跪地齐呼："太子千岁，千千岁！"

嬴柱感动，眼闪泪光！

李冰令太子折服的故事，很快流传开来，从此，朝野上下对这位被后人称作七品芝麻官的小县令刮目相看了。

第二章 李冰从军

（一）宣太后

芈卢回到咸阳后，立即将李冰如何令太子折服的事向九夫人做了禀报。第二天晚上，九夫人利用侍寝夫君左相芈戎的机会大吹枕头风，把芈卢的话又重复了一遍。芈戎听罢忽然从榻上坐起，这时，月华窥窗，朦胧中但见他摸了摸翘成八字形的胡子，惊疑地说："李冰！敢揭太子的龙鳞？此人值得注意。"九夫人说："他还要芈发迁走牧场呢！"芈戎说："这事本相早已知晓，太子如何表态？"九夫人说："支持。"芈戎想了想，说："那就叫芈发迁吧。"九夫人说："府里常年吃的牛肉、羊肉都是人家牧场供应的啊！"芈戎说："又不是停办，没有影响嘛。"九夫人说："那么大个牧场迁移起来容易吗？要重新修房、筑圈。"芈戎说："叫他们出笔钱就是了，安邑县肥得很，有得是钱。"九夫人说："还有件大喜事呢，太子相中了我们小华阳！"芈戎"啊"了声，说："好极了！"九夫人接着说："小华阳下月就该行及笄礼了，我想就将婚礼合起来办。"芈戎说："双喜临门，很好，很好！"九夫人提醒："要赶快给太后报喜啊！""知道，知道。"芈戎说完搂着娇妻睡了。

"当——当——当——"辰时初分，渭水之南的甘泉宫的上空响起了悠扬的钟声……

甘泉宫后殿寝房中，罩着素纱帐幔的床上，一位雍容富态、长发披肩的妇人从锦被中坐起。她就是权倾秦国的宣太后，虽已年过六旬，但由于吃喝讲究，善于保养，皮肤丰腴洁白，没有一点皱纹。

此刻，室门洞开，珠帘高卷，太后的贴身使女金环、银环、珍环、玉环端着铜盘、铜盂、铜壶、铜匜在室内分两厢恭候。

室内陈设华丽，两边是花槅大窗，悬挂着珍珠串帘，临窗放着两口正方形的漆木彩绘大箱。正中竖立一座漆木屏风，上面雕一只飞翔的金凤，屏风前摆一张宽大的几案，上面置放着一座玉石嵌镶、光可鉴人的椭圆形铜镜和几个锃亮的盛装胭脂、敷粉的纯金、碧玉奁盒。几案前的蒲团上铺了一层厚厚的金黄绣花座褥。

太后刚一出现，使女们便躬身呼喊"太后晨安！"太后点了点头，脱鞋进室，坐于梳妆案前。在侍臣魏丑夫的指挥下，由使女们有序地给太后漱口、净面、梳头、绾髻、涂脂、敷粉、正装、佩戴各种显示身份的金玉饰品。这要花半个时辰。然后再到御膳房用早点。辰时三刻，太后会准时出现在前殿宽敞的明堂中处理政务。

后妃干政，始于春秋时期，公然为之，则始于战国时期，那个时代，曾出现过因干政而声名鹊起的四后——秦宣太后、赵惠文后、齐君王后、韩釐王后。秦宣太后则是其中的翘楚。

宣太后名芈八子，来自楚国宗室，是当年巧舌如簧的连横家张仪说服楚怀王秦楚亲善，相互"嫁女娶妇，结为昆弟之国"而下嫁给秦惠文王的。那时她只有十六岁，青春年华，仙姿玉质，着实使秦惠文王着迷，她为他生了三个儿子：大儿子嬴稷，二儿子嬴显，三儿子嬴悝。她还带了同母异父弟魏冉，同父异母弟芈戎到秦国，两人都得到秦惠文王的信任。魏冉被封为将军，掌握了军队，秦武王死后，魏冉凭借武力把在燕国当人质多年的嬴稷接回立为国君，是为昭襄王，也称昭王，时年十九岁。第二年，昭王的诸兄弟不服，以公子嬴壮（封号季君）为首掀起叛乱，芈八子令魏冉兴兵平叛，结果凡参与叛乱的及昭王诸兄弟中的"不善者"皆被杀，秦武王的王后因是魏人也被驱逐回国。通过这次镇压和清洗，来自楚国的芈氏外戚集团控制了秦廷中央实权。

为了稳固政权，城府甚深、通达权谋的芈八子以太后身份临朝，决定军国大事，坐在她身边的年轻君王只能唯唯诺诺，成了摆设。她不是后世的"垂帘听政"，而是公开坐在朝堂上发号施令。她处理内政外交颇有魄力，果断而又泼辣，她的性格放荡，嗜好男欢女爱的床笫之乐，而且毫不掩饰。她曾公开说她喜欢魏丑夫，死后也要丑夫陪葬。这可吓坏了魏丑夫，他请嬴姓老贵族庸芮说情，要太后放弃这一想法。庸芮找到太后，问："人死了还有知觉吗？"太后答："没有了。"庸芮说："太后英明，既然死人不会有知觉，为何还要白白地将生前所爱的人埋葬在没有知觉的死人身边呢？如果有知觉，那么，先王在阴间已等候太后很久了，他就会来找太后重温旧梦，太后还能与丑夫幽会吗？"太后说："是这个理儿。"庸芮说："让丑夫生前好好侍候太后就是了。"[1]这就是魏丑夫长期毕恭毕敬侍候太后的原因。昭王七年（前300年），楚国围攻韩国的雍氏城，韩派大臣尚靳到秦国恳请秦国出兵相救，宣太后在甘泉宫接见了这位大使和随从。宣太后问尚靳："贵使请秦

①见《战国策·秦策二》。

国出兵救韩，能给本后什么好处呢？""给太后好处？"尚靳怔住了，不知道如何回答，太后举出她与先王行房之事为例证来说服外使。她说："本后伴寝先王，先王把大腿压在本后身上，感到不是滋味，受不了；先王把身子全压在本后身上，不仅不以为重，反而感到很舒服、很愉快，对本后有好处啊！出兵救韩，每天要耗费千金，难道就不能给一点好处吗？"①在冠盖云集、庄严的庙堂之上发表这样的外交辞令，后世的一些史家以为无耻，但在礼乐崩坏的战国时代，男女关系是比较开放的，宣太后在外交场合讲私房话，是她性格豁达、开通的自然流露。不仅如此，她还把床笫之乐变为一种外交手段，用自己的色相来为嬴秦的国家利益服务，秦的西北部——即今六盘山以西地区住着义渠，它是从春秋时期延续下来的西戎中最强大的一个部落，这个强悍的马背上的部族，在秦惠王时期已开始"筑城郭以自守"②，秦国曾五次出兵征伐，均未能制服，只好实行送财物、赠美女，向义渠上层示好的笼络政策。为了感谢秦的"厚赐"，公元前306年，昭王行登基大礼，义渠王前来朝贺，宣太后亲自接见，其时太后三十多岁，正是女性成熟、春色盈溢之年。她迷人的风韵和雍容华贵的谈吐举止，使义渠王神魂颠倒，太后也深喜义渠王的粗犷、剽悍，于是，如同干柴见火，两人的情欲很快燃烧起来，从案前谈判谈到了床上，之后，不时幽会，三年之内生了两个儿子③。

　　宣太后的床笫外交，避免了义渠的骚扰，使秦国的后方得以安定。她为了构建以她为核心的权力中枢，大肆推行封郡制。两个兄弟魏冉与芈戎长期担任将军和丞相，在打击韩、魏，扩大秦国疆域

---

　　①原文见《战国策·韩策二》："宣太后谓尚子曰：'妾事先王也，先王以其髀加妾之身，妾困不疲也；尽置其身妾之上，而妾弗重也，何也？以其少有利焉。今佐韩，兵不众，粮不多，则不足以救韩。夫救韩之危，日费千金，独可使妾少有利焉。'"

　　②见《史记·匈奴列传》。

　　③见《后汉书·西羌传》。

和与齐楚两大国的博弈中颇有建树。她让昭王封魏冉为穰侯①，封芈戎为华阳君②，她的两个儿子嬴显封高陵君③，嬴悝封泾阳君④。他们都成了拥有大片土地的封郡地主。

随着秦国对外战争的不断胜利，宣太后这一家族在朝廷上的权势愈来愈大，不仅聚敛无厌，而且擅权专权。君本位的独裁专制政体是容不得外戚揽权的，随着昭王的年龄增大，长期的从政历练，他对母亲和两个舅舅的指手画脚渐渐产生了不满，在秦国的一批老贵族和主张王权独尊的大臣们的支持下，嬴稷决心摆脱母后的掌控。他在位的第二十六年（前281年），魏冉应赵王之约去赵国为相，以实现联合燕国共抗齐国的连横之策，昭王利用这一契机，免去魏冉推荐的丞相寿烛，任命杜仓为右丞相⑤，此公五十多岁，精力旺盛，通晓诸子百家，甚有战略眼光，是太子嬴柱的师傅，是君本位的坚定奉行者。他上台后提出了一个向东南拓展、进攻楚国的战略方针，认为伐楚可以达到"地可广大，国可富，兵可强，主可尊"的目的。这个方针与魏冉奉行的亲楚、越三晋而击齐国的战略大相径庭，魏冉在赵国接到昭王的相关通报后，曾赶回咸阳与太后、芈戎秘议，最后做出了坚定支持并要主动领导实施这一战略的决策。为何有这一转变呢？这是因为这一战略是由司马错将军最早制定的，三十八年前，为了说服秦惠王征伐巴蜀，司马错就提出了"得蜀而得楚，楚亡则天下并矣"的著名论断。不消说，杜仓的这

①穰侯封邑穰地在今河南省邓州市，后其又得封地定陶，此地原属齐国，即今山东省菏泽市定陶区。

②华阳君封邑华阳，在今陕西省华阴市华山之南，后又封新城君，封邑在今河南省新密市东南。

③高陵君封邑高陵，即今陕西省西安市高陵区。

④泾阳君封邑泾阳，在今陕西泾阳县西北。

⑤杜仓任秦右相，见于《韩非子·存韩篇》，今人林剑鸣在其所著的《秦史稿》中有考证（见该书232页，上海人民出版社1981年版）。《历史研究》1978年刊有《杜仓相秦考》一文。上述文献都考定杜仓任相期间是昭王二十六年（前281年）至昭王三十二年（前275年），一共六年。

一主张首先获得了司马错的支持，白起研究了楚国的现状后也极力拥护，并主动请缨，争取担任伐楚统帅。司马错是两朝老将，白起是魏冉提拔重用、正冲天升起的一颗战星，有了这两位军中砥柱的支持，芈氏集团不得不慎重对待。

宣太后和魏冉都有亲楚情节，毕竟楚国是他们的母国！但是，他们又有扩大秦国疆域兼并天下的愿望，对母国下手也不得不为。做出这个决定是艰难的，太后免不了长吁短叹！对母国情感淡漠的芈戎说："太后也不必叹息，楚怀王不是也搞过六国合纵攻我秦国吗？何况，今日之楚已非昔日之楚，大厦将倾，谁也把它扶不起来，将它并入秦国，对楚国上下都是一种拯救。我等无须自责！"宣太后想了想说："是这个理儿，只是，我那乖孙女儿嬴九还是楚王之妃啊，战端一开，她的处境会很危险，怎么办呢？"魏冉以为这是小事一桩，令白起相机把嬴九接回秦国就是了，他强调说："杜仓提出这一战略还有个目的，就是要通过他统率此战，以尊王为幌子，树立他的威望，巩固他的相权，排除所谓的'外戚干政'，这就是小弟离开咸阳后谣言四起的原因。"宣太后说："为姐明白，杜仓玩这一套，简直就是小儿科！"

杜仓谋略过人，为政谨慎，他并不想一下消除这个勋戚集团，引发秦国政治震荡，只想排除干扰。所以，杜仓掌相权后，对宣太后、魏冉的用人政策，保持原状、一概不动，只建言昭王以行孝道之名让太后养老休息。秦朝中枢的办公处从秦孝公开始一直就在渭河北岸的咸阳宫，昭王即位后，决定扩建咸阳宫，在扩修过程中有多年时间昭王随太后在甘泉宫处理政务。在扩修完成后，昭王告别母后，迁到了渭河北岸的咸阳宫居住，并在那里处理朝政。原来冠盖云集的甘泉宫也就渐渐冷落下来，成了宣太后颐养天年的住地。

此刻，盛装的宣太后已坐在前殿明堂正中的御榻上听侍臣魏丑夫宣读奏章了，身后站着四名掌着日、月、龙、凤宝扇的宫女，宽大的明堂显得空空落落。

魏丑夫捧着竹简念道："阳光和煦，春暖花开，望母后多到御园行走，观赏美景，以增康健，不必起早睡晚，再拘于晨钟暮鼓之礼了……"

宣太后在御案上拍了两下，说："选有关军国大事的念。"

"军国大事？"魏丑夫把腋下挟着的一捆简册打开浏览了一下，说，"只有给太后换銮舆、翻盖宫顶、修葺御侧的禀报。"

"呈上来。"宣太后说。

"诺。"魏丑夫将简册恭呈太后。

太后迅速翻看了一遍，勃然大怒，骂了声："混账！"将简册猛掷于地！这时，芈戎刚好走进，他从地上捡起简册，问："太后，生甚气呢？""气死我也，气死我也！当初不是说好了的吗？本后不管小事，只管大事！现在净拿些鸡毛蒜皮的事来搪塞我，这些小瘪！"芈戎劝道："小弟已向大王建言，在咸阳宫为太后设一御座，太后可随时临朝听政、问政、训政。"太后说："稷儿和那帮老臣答应？""不答应？"芈戎说，"离开了太后和冉兄，这秦国政事能运转得开吗？""是这样，"太后说，"本后应允杜仓为相，只是为了秦楚之战这一大局，那帮老臣趾高气扬，以为本后软弱可欺，今后凡涉大事，一步也不让！""小弟明白。"芈戎接着向太后禀报了李冰如何报复太子和小华阳与太子的婚事。太后作了谕示："对李冰其人要关注，看看能不能为我所用？小华阳的婚事要尽量办热闹，以彰显芈氏家族在秦国后继有人。"最后，太后问及秦楚之战进行情况？芈戎回答："很顺利，白起正攻打楚国的鄢城①。"

实际上并不顺利，白起在鄢城，受到了楚军的顽强抵抗！

（二）白起受挫鄢城

楚国鄢城的上空，浓烟滚滚，遮天蔽日，城墙的箭楼上飘扬着写有篆字"楚"的黄色大旗。守城的楚军隐身在城垛后面，持长戈、执连弩，紧盯城下，眼喷怒火。

城墙下的护城河边，躺着密密麻麻的秦军尸体。有的被滚木、礌石砸死，有的被沸油、烈火烧焦，有的被乱箭射杀……

上百架攻城的云梯、撞车在烈火中熊熊燃烧……

---

①鄢城在今湖北省宜城市西。

望楼上，身穿蛟革犀兕甲胄、头戴红缨铜盔的楚国大将军景阳、裨将军项燕圆睁血红的双眼瞭望战场。

项燕问："秦军还会进攻吗？"

景阳冷笑道："伏尸上万，攻势受挫，白起暂时不敢了。传令，让带甲弟兄歇息一时，吃点干粮。"

"遵令。"项燕应声走去。

死神笼罩的战场上。白起的战犬韩卢①伸头努舌，在死尸中东闻西嗅，找到了个还活着的千人长。

射程之后的开阔地上，第二拨攻城的秦军大阵列开，黑色盾牌森森闪光，冲车、云梯、望楼层叠矗立。

望楼上，顶盔掼甲，身披黑色金丝斗篷的大良造②白起注目观察，脸色严峻。望楼下，站着裨将王龁、都尉司马靳。韩卢用嘴拖着披头散发、满脸血污、左脚折断的千人长朝望楼走去。

白起从望楼上走下。

韩卢放下千人长，仰头朝白起汪汪哭叫。

司马靳快步走到千人长面前，躬身察看，又伸手试了一下鼻息，惊喜地说："千人长还没死！"伸手去扶，千人长拂开他，扶剑站起，盯着白起，说："上将军，小将丢秦军的脸了！"白起闪着鹰隼般的眼光瞪了千人长一眼！千人长嚓的一声，将剑刺入腹内，鲜血流淌！白起冷冰冰地说了一句："知耻为勇！"千人长痉挛倒下。

王龁愤然，高举令旗："继续进攻，为死难的锐士报仇！"

"否！"白起说，"围而不打。"

王龁问："上将军之意？"

白起说："咱要从地图上抹掉鄢城！"说完他向韩卢招了一下手转身就走……

这位将军出身于郿③的一个农家，入伍后从士卒干起，凭着骁

---

①韩卢是产于韩国的一种名犬，个头大，性凶猛，又最听主人指挥。

②秦国为奖励军功而建立爵制，共分二十级，大良造亦名大上造，为秦爵十六级，又称上将军。

③郿，今山西眉县。

勇善战而受到丞相魏冉的赏识，昭王十四年（前293年），他大胜韩、魏联军于伊阙，连拔五城，斩首二十四万，活捉魏将公孙喜。人道是"关东出相，关西出将"，从此，秦国又闪亮升起了一颗战星，有人又把他称为战神。

白起回到大帐中坐于矮案前，摊开一捆简册奋笔疾书，战犬韩卢乖乖地伏在他的脚下。他很快写毕，将简册打捆，插上羽毛，对韩卢说："传司马靳。"

韩卢闻声走到大帐门前"汪汪汪"地叫了三声，司马靳大步走进，喊了声"上将军"，白起将羽书递给他，说："八百里加急送咸阳，你亲自去。""遵令！"司马靳转身走出。

长长的驿道上，身背羽书的司马靳纵马奔驰，穿过山谷，越过溪流，直朝咸阳奔去……

（三）李冰从军

巍峨的咸阳宫坐落在渭水之滨的北原上。最早由秦孝公修建，宫前的广场上耸立着一座高大、宏伟的石阙，故名冀阙宫。惠文王时期又加以扩大，为了庆贺昭王三十寿诞，再次加以扩修，并在渭水河上建造了中国古代第一座多跨式长桥——横桥，与渭南的宫殿群联结。相传修横桥的掌墨师就是李冰的父亲李水。昭王三十寿诞那天，冀阙宫被正式命名为咸阳宫，从此成了秦国的政治中心。

此时，在咸阳宫的厢阁内，秦昭王嬴稷正举行御前会议，听取伐楚之战的汇报。昭王和宣太后正坐，两侧置有矮案，分别坐着太子嬴柱、太傅田贵、右相杜仓、左相芈戎，正前方的墙壁上挂着一幅巨大的帛画地图。

白发苍髯、身材伟岸的国尉司马错指着图，介绍白起攻楚战况。说："白起将军开局不错，一举拿下了邓城，邓城一下，楚国人就难保鄢城，拿下鄢城，郢都①唾手可得。"

昭王欣喜："大善，大善！"

宣太后瞄着两鬓霜染、胡须亮丽、神采奕奕的右丞相杜仓问：

---

①郢都在湖北江陵纪南城东南。

"杜丞相，侬说说，白起为何能所向披靡？"

杜仓回答道："一靠大王和太后的运筹帷幄，二靠白起将军的英勇善战。"

"本后不敢居功。"宣太后扶杖站起，沉着脸，环视一圈，她要敲打一下杜仓等老臣，说，"真正谋划这场战事的是老丞相魏冉，他为何要辞职到赵国当挂名丞相，就是为了拆散齐国和魏、赵、韩三晋联盟，要不然这几国早乘我伐楚之机，搞合纵攻秦了。"

芈戎接着说："老相魏冉不计个人得失，高瞻远瞩，居功至伟，可惜，有人看不到这点咧！"

昭王忍不住了，反驳说："朝中没有人否认魏老丞相的功劳呀！"

"没有人？"宣太后把拐杖用力一杵，冷冷地说，"可有人讲什么秦国不能搞外戚擅权、政出多门。我那甘泉宫现在是门庭冷落车马稀，大事不禀报，小事天天送。"

杜仓、田贵、司马错一惊！

嬴柱上前跪倒，连声："祖后莫生气，莫生气！"

"母后，"昭王把母亲扶坐在御榻上，说，"不要动气，不要计较，有些事没有给母后禀报，是儿臣的主意。为的是让母后能安享晚年，长命百岁！现在儿臣已照左相舅爷的建言，在咸阳宫给您老人家增设了御座，母后可随时来听政、问政、训政。"

"稷儿，"宣太后动情，流着泪说，"天下的母亲哪一个不想自己的儿子成大器！为娘做梦都想你能统一六国，成为华夏的帝王呢！"她抹了把眼泪，扫了众臣一眼，接着说，"本后说这番话，不是计较，而是提醒，提醒！"她转眼盯着田贵，说，"太傅，你是墨家学者，听说墨家主张'尚同'，有此一说吗？"

白发苍苍、文质彬彬的田贵站起回答："正有此说。"

"这就好了，"宣太后严正地说，"在座诸公，都是我朝的股肱之臣，今后务必要与大王和本后尚同，不得心怀异志、飞短流长！"

"急报——"

一侍臣尖声叫着急趋厢阁门前，高呼："白起将军羽书。"

"呈上。"昭王挥手。

侍臣躬身捧着羽书碎步走进厢阁，呈与昭王，轻脚退出。

昭王接过羽书浏览。

司马错问："大王，白起将军怎么说？"

昭王将羽书递与身边的丞相杜仓，说："白起准备筑堤壅水攻鄢城，要朝廷派一名精通治水工程的人前去协助。"

田贵表示质疑，说："只能采取这种遭人非议的战术吗？"

"非议？"左丞相芈戎笑笑，说，"只要能取胜，怕什么非议？"杜仓扬了扬手中的羽书说："白起将军讲啦，楚人防守甚严，我军伤亡惨重，选择水攻战术，也是迫不得已。我看，朝廷就批准实施吧。"

"照准，照准。"昭王说，"众卿，看派谁去适合呀？"

杜仓说："可命安邑县令李冰前去参赞。"

芈戎问："李冰会筑堤壅水？"

杜仓对田贵说："田老，你曾经教过李冰，你介绍一下吧。"

田贵说："李冰是工师李水的儿子，当今秦王六年，李水被征召入蜀平叛而牺牲，被追封公大夫爵位。烈士孤儿受到朝廷的特殊照顾，李冰得以进入微臣主持的官学读书，后来又和司马靳、公孙若一起被派到齐国临淄稷下游学。在临淄，阴差阳错地被弄去修筑大河堤坝，结识了治水名家白丹，学得了治水的知识和技术。他回国后，先在司马错将军麾下管理军需，三年前，安邑县令胡高殉职。微臣和司马错将军本着用人之长的古训，才联名推荐他担任安邑令，蒙大王和丞相恩准。……"昭王说："是本王照准的。"田贵接着说："这后生，临危受命，不负朝廷厚望，很快制止了瘟疫的蔓延！之后，又把解梁的盐池进行了一番疏淘、清理、整治，还修了一座防止客水侵犯盐池的大堤坝。这样，也就保证了盐池的安全，提高了池盐的质量和产量，自从齐国对我国实行食盐禁运后，现在秦国的食盐大半靠李冰经营的盐池了。"

"太傅说得甚是。"太子嬴柱对父王说，"李冰经营盐池，卓有成就。儿臣几天前去视察过他掌管的盐池。此人确实精通水利，修堤筑坝内行，办事尽心尽责，让他去白起军中担任参赞很恰当。"

昭王一笑："你去视察？怎会被罚银万两呢？"

"这……"嬴柱一愣。

宣太后要考察一下王储的智慧，顺势说："李冰罚你，你还推荐他去当上将军白起的参赞，这是为个甚呢？"

嬴柱说："为国荐贤，出于公心；孙儿认罚，是服于秦法。是故，孙儿并不忌恨李冰。"

"说得好。"宣太后眉开眼笑，"要成就王业就要有包容天下的大胸怀，就要善于用人。乖孙儿，大有长进，大有长进啊！"

芈戎随声附和，笑道："我大秦国后继有人了。就按太子殿下的建言办吧。"昭王瞄着司马错："派李冰去，国尉以为如何？"司马错说："为白起擘画筑堤壅水，李冰完全能胜任。据微臣多年来的观察，这后生确有不羁之才，好学、好文、好工、好农，但却不好武！"昭王"啊"了一声，说："当今天下，列国相争，不好武、不会打仗怎么行？""大王圣明！"杜仓说，"统一大业，需要造就大批纬武经文的栋梁之材。臣以为，像李冰这样正当盛年的县令，都要放到战场上去磨炼几年，有功者升，无功者下，这应形成制度。"

"善，"昭王转头请示太后说，"母后，就按丞相的话办如何？"宣太后颔首，扶杖站起，朗声说："诏令李冰从军。"

（四）蜀郡大旱

阳光照射下的大舜池中，有几个赤身裸体的水工在淘淤泥。旁边停着一只木舟，淤泥用铲铲入藤筐后再倾倒在舟上。另有水工用长标杆在池中测量。

岸边，李冰头戴草笠，拄着杖尺指挥。身后站着盐亭长赵晶明与县廷属吏多人。

李冰手拄的杖尺，样子像根手杖，又像一把带鞘的长剑。手把与鞘尺的接口处有一按钮，鞘上刻有尺寸符号，作量短小物件之用。鞘中装有一尺一段的扁形薄铁带，可以缩短、延长，深藏于杖鞘内，可作长距离的丈量使用。这物件除了做手杖用，还可作兵器防身。这是李冰父亲留给他的遗物。

"淘到黄泥没有？"李冰大声问。

"淘到了，淘到了！"池中一水工端着一筐黄泥回答。

李冰说："测量一下，污水多深，淤泥多厚？"

船上的水工测量一阵后提起标杆，报："污水八尺五，淤泥五尺六。"

李冰转头对赵晶明说："记下。"赵晶明摊开一张羊皮用毛笔记录。李冰说："我来测一下池边的。"说着就撩袍脱鞋，准备下水。

"别、别，"赵晶明说，"李大人，让我来干吧。"

李冰说："当然要你干，你是盐亭长嘛。工程艰巨，要恢复大舜池当年的风采，我安邑县大小官吏人人有责，今天请诸公来就是要弄清楚这舜池的污染有多严重！并通过对污水淤泥的分析，找到形成污染的各种原因，以此为据，制订一个周详的方案，然后施工。本县得实际感受一下啊！"李冰说完走到池边，伸足下水，用杖尺测量，他将杖尺杵入水中，有顷，提起来，看了看，转头朝岸上喊："记下。池东污水深三尺八寸。"晶明记录。李冰按按钮一下，杖尺自动伸起一尺，再按一下，又伸起一尺，李冰使劲将杖尺往下插，突然冒起一股污水喷洒在李冰的脸上和身上，李冰擦了一下脸，观察有顷，自思道："这底下有喷泉？"李冰提起杖尺看了看，说："淤泥也三尺五。"李冰端起杖尺朝着池中木船方向，说："测距离，注意接把。"他按着杖尺按钮，蓦然"哗"的一声，杖把带着铁带飞向船上的水工，水工一把接住，李冰与水工紧绷量带测量。李冰看了看说："池东与池的中心相距是三丈九尺九寸。"盐亭长速记。李冰叫水工放手，铁带"哗"的一声飞回，"啪"，杖把与杖鞘相接。盐亭长说："李大人，你这杖尺真神奇！""不神奇，"李冰走上岸，说，"这是家父所造，鞘中安有一个机关，最长可量五丈。"

这时，有个盐亭差役喊着"县令大人，县令大人"，气喘吁吁跑来。李冰掉头问："什么事？"差役说："蜀郡来了个官员，说有急事要见大人。"李冰"唔"了一声，问："此人现在何处？"

"在盐亭外。"差役说。李冰挥手："你去吧，请他稍候。"

"是。"差役走去。李冰转对盐亭长等人再次叮嘱："一定要不辞劳苦搞好测量，为改建舜池方案提供可靠依据。"他把杖尺交给盐亭长说，"拿去用，可别弄坏了哟。"盐亭长欣喜接过："知道，知道。"

李冰快步赶行，朝前走去……

盐池边，土垣上的盐亭门外停着一辆马车。

成都盐官魏富带个身挎行囊的随从等待李冰的到来。此人约莫三十来岁，肥头大耳的胖脸上嵌着一对机灵的眼睛，闪着狡黠的光。

头戴草笠的李冰健步走来。"盐丁，盐丁。"魏富喊住他。李冰问："什么事呀？"魏富颐指气使，拿腔拿调："你们的李冰县令怎么还不来呀？快去，快去，给我再催一下。"李冰："不必催了，我这不来了吗？"魏富一惊："你就是安邑县令李冰大人？"李冰揭下草笠，笑笑："我敢冒充吗？"

"哎哟！"魏富故作惊讶，奉承地说，"我这人呀，硬是额角上栽牡丹——花了眼。没把大人看出来呢！大人衣不重帛，恭行实践，一身污泥，与盐丁同工！好官，好官……"

"别说了。"李冰挥手，问，"你找我，是公事还是私事？"

"当然是公事啰。"

"请，请。"李冰挥手。

魏富从随从手中拿过行囊，跟着李冰走进盐亭中的一间厢房内。分宾主坐下后，李冰又吩咐上茶。差役上茶后，魏富啜了一口，连声道谢。李冰说："谈公事吧。"魏富从囊中取出一捆竹简来躬身放在李冰的矮案上，李冰展看，只见上面写着：

"李冰仁兄，蜀郡又遭干旱，灾民嗷嗷待哺，请兄速批平价盐万担，交郡府盐官魏富运回，以济燃眉。"

李冰惊问："蜀郡闹旱灾？"

魏富说："去年冬天至今没下一滴雨！"

"唔，"李冰问，"有郡守府的公文吗？"

"有。"魏富说着又从囊中取出一方帛书交与李冰，帛书上有蜀郡府的大红官印。李冰为难地说："我们刚送走了万担军盐呢！"

魏富说："大人有难处？"

"救济灾民嘛，再难也要解决啊，"李冰想了想，"我们动用库存！""多谢大人！"魏富高兴起来，李冰取帛一方，写了张手令，喊"来人"，一个差役走进来。李冰将手令递给差役，说："领这位魏大人去库房出盐。"又问魏富，"有运输车吗？"魏富说："已在县城雇好。"李冰说，"那你去办吧。"

"跟我来吧！"差役说。

"门外稍等。"魏富从囊中取出一个包裹来，微笑着放在李冰案上，说："公孙大人听说李夫人不时发晕病，特命卑职顺便送点药来。""什么药？"李冰问，"多少钱？""不值钱，不值钱，"魏富说，"公孙大人说啦，你们是同窗学友，形同亲兄、亲妹，说钱就见外了！"急忙侧身走去。李冰喊："你——代我问候公孙兄弟。"魏富说："一定带到。"头也不回，快步走了。

魏富走了不久，王县丞提着马鞭兴冲冲地走进厢房，报告李冰，万担军盐已按期送到兵站，受到表彰。李冰问："如何表彰？"王县丞说："刘都尉讲，为了赶制军盐，你们安邑县官员，连修褉日也误了，就奖你们三天沐休吧！"李冰笑道："这很实惠，不过我俩只能轮休啊。""这是当然，"王县丞说，"请大人先休。""不，不，"李冰说，"县丞大人先休。""大人先休！"王县丞说，"一呢，大人已有两个多月未回家了；二呢，三天后我正好有个婚礼要参加。"

李冰想了想说："那我就先休吧。"

（五）李氏家园

李冰的老家在解州西郊的郊斜村。它南依巍巍中条山，北临荡荡银湖，东望解梁城，西达古咸阳。因盐运古道沿湖畔由村东向西南斜向而过，故名郊斜。

宅邸坐落在一个名叫李花坞的山丘下，是一座青砖泥墙小院。

周围栽满了李树、桃树、枣树、柿树。紫藤爬在墙上开着串串铜铃般大的花朵。门楼前有一条直通县城的马路，进门后，有一砖砌院坝，两旁各有一排彩色卵石垒的花坪，牡丹、芍药、月季、兰草、玫瑰等各种花卉竞相开放，两株高三丈的玉兰开着洁白如玉的花朵，芬芳四溢，馨香扑鼻，彩蝶在花间蹁跹，花坪下放着两个木制蜂箱，蜂儿围着蜂箱，上下飞舞，嗡嗡歌唱……

整个宅院，有三进深的十多间平屋，布局精巧，古朴雅致。这是李冰的曾祖父李悝留下的遗产，已有一百多年的历史了！

书房中，有序地存列着各种书籍简册。墙壁上挂着一幅帛画地图——《天下图舆》。古董架上陈列着殷周青铜器、古乐器陶埙等物。李夫人坐于绣墩上，教一儿一女读书。她的名字叫田颖，是齐国稷下黄老学派大师田骈的孙女，是个才貌双绝的女子。如今虽已过而立之年，但仍风姿秀逸、气质高雅、端庄娴静。她相夫教子，喜好养蜂酿蜜。左右矮案前分别跽坐着女儿一妞李汾和二郎李渭，是一对龙凤胎，今年虚岁十五，每人面前都摆着一编简册。李夫人抱病讲课，说："《墨子》一书必须精读，达到能背诵全书的程度，当然还要理解，今天我给你们姐弟讲《修身》篇，要……"突然咳嗽起来……

一妞说："母亲，你有病就不要讲了，去歇息吧。我和二弟自己温习就行了。"二郎说："我们去练武。"李夫人说："午前读书，午后练武，这规矩雷打不动。"

年近五十的乳娘曾氏端个陶碗走来，说："颖媳，该吃药了。"

"谢娘亲。"夫人接过碗，对一妞、二郎说，"你们先诵读一遍。"

一妞、二郎展册朗读："君子战虽有阵，而勇为本焉；丧虽有礼，而哀为本焉；士虽有学，而行为本焉……"

黄土路上，李冰挎个行囊，风尘仆仆地往家里赶，申时一刻才进村。这时，军人出身的管家李成正在后院教一妞和二郎习武。

李冰住宅的后门外有一块开阔地，是一妞、二郎的练武场。建有一座小亭，内设有兵器架，上置宝剑、弓箭，两边插着戈矛、长戟。

场中，立桩九根，每一柱上放一个鸡蛋。

柱前，李成对手拿弓箭的一妞、二郎说："轻功、射箭都练过多次了。现在将两种功夫结合一起练。"

"谁先来？"

"我。"一妞说。

李成指点着说："退后三十步，急跑，飞身上桩，连踏九桩，然后发箭，直射百步之外飘荡的杨树叶。"

一妞说："明白。"后退三十步。

李成说："开始。"

一妞跑来，飞身上桩，一脚踏在鸡蛋上，嚓的一声，鸡蛋坏了。

"停！"李成喊。

一妞气馁跳下。

李成重新放了颗鸡蛋在桩上。

二郎说："我来。"

李成喊："开始。"

二郎跑来，腾身飞起，身轻如燕，连踏九桩，快如闪电，一箭射出——洞穿百步之外的杨树叶，箭，挂在叶上面晃动着……

一妞欢呼："二弟成功了！成功了！"

乳娘出现在后门前，高呼："一妞、二郎，别练了，你们父亲回家了！"

"啊！"姐弟俩高兴得跳了起来。

前厅，李冰与夫人对坐于矮案前。李冰关切地问："又犯晕病了？"夫人说："不碍事，不碍事。"李冰说："可别大意，治病就要治断根，否则，小病也会酿成大病。""父亲，父亲。"一妞、二郎欢快跑来，靠在父亲的肩上撒娇。乳娘和李成也走来问候李冰。李冰请他们坐下叙话。一妞说："两个多月了，都不回来看我们！""这不回来了吗？"李冰抚着女儿说。一妞问："能住多久？""三天。"李冰说。"带回什么好吃的？"二郎问。"晋南特产'闻喜煮饼'。"李冰说着从行囊中取出一个古朴大方的木盒来，上有朱红挂金的煮饼名称，他要二郎打开分给大家品尝。二郎将木盒打开，请姥姥、李成叔叔、母亲、姐姐先拿，最后自己才拿了一块，他掰开饼，放了半块在口中嚼着，连声称赞："好吃，好吃！""好在何处？"李冰问。二郎说："酥沙利口，不皮不黏。"一妞说："甜而不腻，越嚼越香。""夫人，"李冰笑问，"他俩的评价如何？""准确，"李夫人说："可以去为老板站台吆喝了！"

"哈哈哈……"大家笑着。

"还有呢，"李冰又从行囊中拿出一个包裹来递给夫人，"是公孙若托人送给夫人的。"夫人接过放于案上。二郎问："是五年前我们在咸阳玩儿时见过的那个公孙伯伯吗？"李冰说："是的，他现在是蜀郡郡丞。"一妞说："来自蜀郡的东西一定稀罕。"说着走到母亲面前，将包裹打开，拿出物品放在案上：两个装灵芝、雪莲的小木匣，两件黄绫包着的玉器，一袋白果，一封绢书。"还有封信呢。"一妞说。夫人说："念来听听。"

"田颖师妹儿，"一妞瞄了母亲一眼，"这个公孙伯伯好滑稽哟，咋称母亲为师妹儿呢？"母亲说："是在临淄①时我叫他这样称呼的。"一妞笑着问："有啥蹊跷吧？"母亲说："有，以后给你讲，快念信吧。""遵命。"一妞一本正经、摇头晃脑地继续念，"临淄一别，匆匆十载；咸阳小聚，转瞬五年；常思、常念！听闻师妹儿不时犯晕病，特命人采雪莲于岷山之巅，摘灵芝于峨眉灵岩。此二药以沸水泡之，经常服用，可除病根也！另送玉垒白果一袋，炖鸡而食，可强身健体。羌寨美玉，蜀中名产，玉玦送二郎，玉镯送一妞，佩戴之，可辟邪消灾。李冰仁兄讲究清廉，只能送敬意一份。区区小礼，讫望笑纳。顺颂万福！公孙若拜上。"

"这小子！"李冰一笑，转头问，"娘亲，你说这几样药物，真灵吗？"乳娘说："蜀中父老传言，雪莲、灵芝确实能治病；白果炖鸡，味道鲜美，滋补身子，这道菜我会做。"说着就走过去提起那袋白果，又吩咐李成去杀鸡，从冰窖取几只猪蹄来一齐炖。

"好。"李成走去。

---

① 临淄，今山东省淄博市临淄区。

一妞说："让我看看白果啥样儿？"乳娘打开口袋抓出一把白果交给一妞，一妞边看边捏："好坚硬哟，咋吃？"乳娘拿起一颗咬了一下，剥开外壳，取出一粒黄色果子，说："还要用沸水去皮，掏去果中绿芽，才可炖吃。""我来剥，我来剥。"一妞、二郎都争着要剥白果。乳娘摆手说："听姥姥说，一妞打帮手就够了。二郎侍候你父亲沐浴，颖媳呢，去与冰儿找换洗衣服。"

"好、好。"李夫人说，"就照姥姥的话办。"

（六）蜀郡母亲

乳娘曾氏是李家最受尊敬的人。她原本是蜀郡郫县花园邑石埝子人，那时的郫县辖区包括现在的都江堰市、崇州市、温江的鱼凫①等地区。秦惠文王更元十四年（前311年）蜀地祸不单行，春有蜀相陈壮的叛乱，夏有洪水的肆虐，曾氏的父母连同房屋，被洪水吞没。兵连祸结，民不聊生，幸好，曾氏的丈夫曾长顺是个心灵手巧的木工，甘茂、司马错平定陈壮的叛乱后，奉令征召一批工匠回咸阳在终南山为刚登大位的秦武王修一座离宫。长顺应征获准，便带着二十多岁的妻子曾氏和三岁多的儿子曾成和上百名蜀地民工一起到了工地。修建离宫的掌墨师名叫李水，虽然只有二十多岁，但在秦国已小有名气了。秦惠文王更元十三年（前312年），蜀国守张若准备大修成都城，曾从秦本土延聘了十名能工巧匠到成都进行前期的勘察设计工作，其中就有李水。他对曾经与他合作过的蜀中同行和成都人都保存有良好印象，加上此人是墨家弟子，舍己为人、扶危济困是墨家的生活准则。所以，李水善待蜀郡工匠弟兄，他说服监工在终南山脚下，依山傍水的地方，平出一方土地来，搭了几十间茅草房，作工匠和家属的栖身之用。

李水还给家属们安排了碎细石的活儿，使她们一天可领到一文钱。日子过得很苦，但还能活得下去，曾氏的脸上渐渐有了笑容。然而仅仅过了半个月，曾氏的命运就发生了大逆转。初冬的一个早

①今温江。

晨，大雪纷飞，长顺到山顶扛木，一去就没有返回，直到黄昏也不见踪影，李水派了几十名工匠打着火把遍山寻找，直到午夜，才在碧峰岩下找到了曾长顺的尸体。他是扛木下山时滑下悬崖摔死的。被抬回茅屋后，曾氏抚尸大恸，悲哀欲绝。李水和几位工匠连夜给死者打造了一副棺材。第二天午时，按曾氏的意愿，将长顺安葬在碧峰岩上，面朝西方，让他随时能看到远在千里之外的家乡。新坟垒起后，曾氏带着儿子给丈夫叩了三个响头，又对在场的人作揖感谢。曾氏牵着儿子走到李水面前，猛然跪倒在地，"干甚呢？"李水扶起曾氏母子。曾氏哽咽着说："李工师，我晓得你是个好人，能收下这娃儿吗？"李水一怔，问："你不带孩子回老家了？"曾氏摇头，说："家，早被洪水冲没了！"李水问："没其他亲人了？"曾氏说："只有个堂兄曾长明，是个瞎子！"李水"唔"了一声又问："那你打算去哪里？"

"随长顺去！"她低沉地说了一句，突然朝岩边奔去，李水眼疾手快，一把抓住她，将她推倒在地，大声斥责："你这女人好没出息，死了丈夫就寻短见！"曾氏放声痛哭："蝼蚁尚且偷生，我孤儿寡母远在他乡，人生地不熟，我实在是找不到一条活路啊！"说罢又哭，小儿子也跟着母亲号啕，凄凄山风和着悲怆的哭泣声飘拂，令人心碎！

李水想了一下，说："我收下你们娘儿俩。"曾氏说："那会给工师一家添麻烦！"李水说："我妻子有孕在身，正需要请个人照顾呢！你愿意去帮忙吗？"曾氏点了点头，从此成了李家的成员。

李水的父亲李栋曾做过魏国邺县①县丞，李栋从小受到父亲李悝的严格家教。长大后，他对父亲担任魏文侯相国时推行的"尽地力""善平籴"，颁布《法经》实行以法治国，废除贵族特权的世卿世禄制度等经济、政治改革十分佩服。父亲曾断言"富不过三代"，李栋牢记在心。魏国在魏文侯死后，进入武侯时代，内讧频仍，李悝的改革已随着他的去世而终止，并且受到攻讦！

---

①邺县在今河北省临漳县西南。

李栋很失望，他不想让自己的儿子再从政了，便让李水拜墨家巨子、西门豹的孙儿西门朔为师，学工、学农、学治水。西门豹治邺时曾开十二渠引漳水灌溉农田，渠上有十二桥，便宜交通。为了使十二渠和十二桥能经久耐用，设有专门管理机构漳水亭，亭长就是西门朔。常年任务就是疏浚渠道，加固堤岸，维修桥梁。李水聪敏好学，很快成为师傅的得力助手。西门朔很赏识这位徒弟，便将自己的爱女许配给他，不久，李栋夫妇先后去世，李水带着妻子回老家，这时，魏国黄河以东的安邑、解梁等地已并入秦国版图了，李水一家就成了秦国人。这真是"魏才秦用"，李氏家族的入秦是继商鞅入秦后秦国历史上的一件大事。商鞅变法的理论根据就是李悝的《法经》，而真正继承李悝的变法思想，并将它推到光辉顶点的则是李悝的后人李冰。由于他在蜀郡的伟大实践，才为秦统一六国奠定了坚实的经济基础。

由于李水经常在外做工，他就把老家的家务事托付给堂叔料理，堂叔又请了个十六岁的小姑娘玉芝照顾已怀孕三月的西门氏。这玉芝缺乏照顾孕妇的经验，且已许配人家，常常忙着做自己的嫁衣，无意长期干下去，对西门氏疏于照顾，这是李水和堂叔要另请保姆的原因。曾氏进李家后，由于她的谦恭和顺，手脚勤快，办事利索，很快获得李家好感。知书识礼的西门氏不仅喜欢曾氏，而且喜爱她活泼伶俐、憨态可掬的小儿子曾成。她与丈夫建言收曾成为干儿子，李水欣然同意，又与曾氏商量，曾氏高兴答应。李水择了个吉日，办了几十案宴席，请李氏家族的老人们作证，祀祖收子，将曾成的姓名改为李成，曾氏与李水夫妇以兄妹和姐妹相称，他们完全成了亲密无间的一家人了！然而天有不测风云，秦武王元年（前310年）六月二十三日午夜西门氏临盆难产，流血不止。堂叔请来的接生巫婆默念咒语驱邪，祈神护佑，一直折腾到第二天早晨，孩子还是没有生下来，坐在床榻前伺候西门氏的曾氏心急如焚，实在忍不住了，她一把拉起巫婆走出房门，对守候在产房前的堂叔和李水说："你跟主人家说清楚，你还有没有办法接生、救人？"巫婆沉思一阵，说："只能保一个了，要孩子，就只能剖腹！"李水大叫："我两个都要！"巫婆喃喃地："这，这，我，我退钱，我走人！""姐，你进来一下。"从产房内传出西门氏的喊声，曾氏快步走到卧榻前俯身问："妹儿，你要说啥？"闭着眼睛的西门氏微弱地说："要孩子。"曾氏握着妹妹的手失声痛哭，巫婆走进产房，从木匣中拿出一把雪亮的剪刀来，对曾氏说："快去端热水。"曾氏不放心，叮嘱巫婆："要注意止血啊！"巫婆说："我有止血灵丹，快去吧。"曾氏转身走出，一会儿，又端着一木盆热气腾腾的水走来，刚至产房前，忽听从室内传出"哇哇哇"的婴儿啼哭声，曾氏疾步走进。须臾，巫婆抱着木匣走出产房，对守候在门前的堂叔、李水说："恭喜，恭喜，是个男孩！"李水急问："我婆姨呢？"巫婆说："神会保佑她的。"边说边溜走。

这时，天已大亮，阳光洒在产房前的过道上，有顷，曾氏抱着襁褓中的婴儿走出，这天是秦武王元年（前310年）六月二十四日的早晨，李冰的生日！

曾氏对李水说："大哥，妹妹走了！""啊——"这血光之灾把李水和堂叔都击倒了！噩耗传出，李氏家族和李水的徒弟们都来帮忙治丧，打造了一口红豆木的黑漆棺材，入殓后设灵祭奠了七天，然后才将西门氏厚葬于李氏陵园，并刻石立碑纪念。

孩子出生三天后，曾氏才抱着婴儿到气得卧床不起的李水面前要他给儿子取名字。李水想到了荀况在《劝学篇》中的一句话，他喃喃念道："青，取之于蓝，而胜于蓝；冰，水为之，而寒于水。"又沉思了一阵，说："叫李冰吧。"意思是要儿子超越自己，将来成为一个出类拔萃的工师。曾氏说："这名字好。"又劝慰道："大哥，人死不能复生，你气病倒了，李家咋办啊？放心吧，我会把冰儿当作自己的亲子，把他哺育成人的！"

李冰是吸吮着蜀郡母亲的奶水长大的！

三十多年来，李冰也把曾氏当做自己的亲娘看待。

话说回来，当晚李冰宅邸的餐室中，雁足形的铜油灯放射出柔和的光亮，照着呈"品"字形的六张矮案，上置高足豆、陶碗、木叉、铜勺，分别坐着曾氏母子、李冰夫妇、一姐、二郎，一家人正其乐融融地享受美餐。曾氏见大家吃得津津有味，会心地笑了，望着一妞、二郎问："这炖鸡怎么样？"一妞说："特美。"二郎说："特鲜。"李冰说："确实是一道好菜。"曾氏说："多喝点汤。"李冰和夫人用铜勺从高足豆中舀汤喝，李夫人说："有浓郁的清香味，真妙！"李冰接着说："今晚，我们美美地吃一顿，明天呢，我们全家到雪花山游玩，补过修禊日。"

"好哇！"一妞、二郎欢呼。

这时，忽然传来一阵萧萧长嘶的战马声和杂沓的脚步声……

众人一惊！

紧接着，从前院厅堂中，传来司马靳一声高呼："秦王诏下，李冰听宣。"

（七）父子上战场

正用餐的李冰放下铜勺，匆匆走出，直奔前厅，伏地接诏。

一妞和二郎跟着走出窃听。

厅堂正中悬挂着莲花形的铜灯，闪着橙黄色的光，司马靳朗声念道："秦王诏下，着李冰即去大良造白起军前参赞。"一妞和二郎迅即离去。李冰接过诏书呆了。

宣诏的司马靳是司马错将军的孙子，他和李冰、公孙若都是临淄游学时的同窗好友。

"仁兄，"司马靳笑道，"好事啊！"

李冰说："老弟怎么成了宣诏官？"

司马靳说："小弟在白起将军麾下当了个帐前都尉，正随军攻打楚国呢。"

李冰问："要我从军的事，司马错老爷爷知道吗？"

司马靳："老爷爷说啦，这是朝廷给你的一次机会，要珍惜，还说，要学会领兵打仗，将来才有更大的发展。"

李冰问："何时动身？"

"马上就走。"

"总得让我收拾行李，告别家人吧。"

"当然可以。"

"老弟请稍坐片刻。"李冰请司马靳坐下后，便朝后院走去。

这时，在李夫人寝房中，一妞已告诉母亲，父亲被诏从军的消息。正和母亲一起收拾行囊。李夫人说："军情急如火，司马靳肯定会将他带走。"二郎走进，突然跪倒："母亲，孩儿想跟父亲一起去，请母亲恩准。"李夫人想了想，说："母亲答应你，起来吧。"二郎站起。李冰走来，扫了一眼，说："你们知道了？"夫人说："已给你打点好行装了。"

"冰儿，"乳娘曾氏快步走来，大声说，"你不能接这个诏书！"

李冰说："娘亲，王命难违啊！"

曾氏说："我去哀求。"转身快步走到前厅，喊道，"司马贤侄！"

"伯母。"司马靳站起，笑迎道，"身体好吗？"

"还好，"曾氏说，"老身有事要求你呢！""言重了！"司马靳扶曾氏坐到矮榻上，"伯母有啥话尽可直说。"曾氏说："拜托你回咸阳给你爷爷司马错将军禀告，代老身向大王哀求，不让冰儿去当兵吧！万一有个三长两短，老身咋对得起李家啊！"

这时，李冰夫妇和挎个行囊的一妞、二郎走进厅堂。

司马靳说："嫂夫人、一妞、二郎，你们来得正好。我给你们全家讲清楚，大王的诏令写得明白，是要李冰兄去白起军中担任参赞，不会让李冰兄去冲冲杀杀的。"

"不去冲冲杀杀？"曾氏说，"想当年，你爷爷领军去蜀郡平叛，征集了一批工匠从军，说只是担负修桥补路的任务，可是，冰儿的父亲一去就没有回来，怎么死的至今也没弄清楚，连尸骨都未找着，二十三年啦，我一想到，就感到剜心的痛！"说着，潸然泪下。

"娘亲，"李冰扶着乳娘说，"不要说了，你的冰儿命硬，不会有事的！"李夫人上前为曾氏拭泪，说："娘亲想开些，生在这个争战不息的时代，秦国的男人都难以避免兵役。"曾氏说："李家已为秦国死了一个，李成也去当了五年兵，落得一身伤疤，怎么就不能免冰儿的役？"司马靳说："伯母，这是太后、大王点的将啊，难以更改了，请您老放心，侄儿敢以性命担保李冰兄的安全。"

二郎说："我也要去保护父亲的安全！"

曾氏大惊："二郎，你也要上前线呀？打仗那可是白刀子进、红刀子出啊！"二郎走过去扑通跪倒在曾氏面前，说："姥姥，您爱父亲，孙儿也爱父亲啊！""二郎。"曾氏一把抱着二郎嘤嘤啜泣……

"这怎么使得？"李冰走近二郎，抚着儿子，"你的年龄不够啊！"

二郎说："孩儿听李成叔叔讲过，他十五岁就跟司马错老祖爷当兵了。我今年不已十五了吗？"李冰说："你那是虚岁。""我个头高呀，有手劲呀！"说着就要与父亲比高低、比手劲。"算了，算了，"李冰望着田颖，"夫人，你看？"田颖说："玉不琢不成器！让他去吧。"

李冰转头对司马靳说："老弟，你看？"

司马靳沉思。

二郎上前拉着司马靳："伯伯，让我去，让我去嘛。"

李成手持宝剑走来，说："和我当兵时相比，二郎的武艺已经很不错了，让他去吧。"司马靳说："行，伯伯准了，就当你父亲的贴身卫士。"李成将手中宝剑赠予二郎，说："这是当年司马错将军赠给叔叔的，锋利无比，削铁如泥。现在，叔叔送给你，多杀敌人，保护好你父亲。"二郎躬身行礼："谢谢叔叔。"

曾氏一下站起，抹了把眼泪，环视一眼，说："好，好，你们都赞成冰儿父子从军，我老婆子也阻挡不了。死丈夫，死李水大哥，死西门氏妹妹，我熬过来了，心也变硬了，你父子去吧，去吧，让苍天保佑你们平安吧！"

司马靳一揖："谢伯母深明大义！"

"唉，"曾氏说，"谁叫我们是秦国人呢！"

从门外传来战马的一声长嘶……

司马靳催促："我们走吧！"

门外，停着一辆战车，站着王县丞、手拿杖尺的盐亭长赵晶明和一群盐工。有人高举火把，火光在夜风中摇曳，他们是来给李冰送行的。

李冰和佩剑挎行囊的二郎随司马靳走出。

李夫人、一妞、乳娘、李成送李冰至门前。

王县丞、盐亭长和端酒碗的属吏上前，王县丞朗声说："安邑县廷同袍和众盐工前来与李大人送行。上酒。"

属吏举酒上前："大人请。"李冰接过酒碗，高端着说："多谢诸位同胞，各位盐工弟兄，李冰愧领了！"一饮而尽。

众人齐呼："祝愿大人马到成功，得胜归来！"

李冰拱手："多谢，多谢！"

赵晶明上前将杖尺奉还李冰，说："这是大人传家至宝，说不定在前线用得着呢。"李冰接过，说："改造大舜盐池的任务就交给你了。"

赵晶明说："卑职一定尽心竭力！"

"好，"李冰说，"一定要让百姓吃上放心盐啊！"转身对二郎说："我们走吧。"司马靳和李冰父子朝战车走去。战车上走下一士兵打开车门，搭好机凳。司马靳和李冰父子登上战车。

倚门站立的曾氏、一妞、李夫人、李成眼巴巴地望着李冰父子。

曾氏哽咽喊着："冰儿、二郎，你父子要多加保重啊！"

站在车上的李冰父子向亲人挥手，说："回去吧，回去吧，外面风大。"

"驾！"战车上的驭手郑洪抖缰一喊，战车飞奔而去……

"呜——"曾氏失声痛哭，李夫人和一妞扶着她也热泪滚滚……

第三章　水淹鄢城

（一）秦军水神

旭日东升，群山生辉。楚国鄢城北面的长谷山上，白起牵着战犬韩卢，带领司马靳和一身戎装的李冰观察山形水势。后随几名卫士，李二郎、郑洪也在其中。

白起站在山顶上，指着长谷中奔流的沔水和东去鄢城的小河对李冰说："参赞看清楚了吗？""看清楚了。"李冰回答。白起又问："听说你在临淄和安邑都修过堤坝？"

"是的。"

"善，"白起说，"本官命令你就在江中筑土堤壅水。使长谷成为一个大湖。然后呢，打开缺口，让大水通过小河直冲鄢城。明白了吗？"李冰："明白了。"白起又说："给你一千个兵，七天之内完成，水势要大、要猛、要狠。"

李冰一怔，惊问："上将军是要以水攻城？"

白起睖了李冰一眼，说："你问这干甚？"转身走去。

长谷山腰的坡地上，都尉桓奇挥小旗集合队伍。秦军锐士按照旗语很快摆好一个方阵，挺胸而站。白起带着韩卢走来，后随司马靳和四名卫士。白起扫了列队士兵一眼，说："从现在起，这西山长谷地区只准进、不准出。山里在干什么，不准打听，看到了也不准说，否则，军法处置。"他转头对桓奇说，"设置三道防线，严密封锁消息。"桓奇应声："遵命。"

白起转头对司马靳说："催李冰尽快施工。"

司马靳说："他已开始勘察设计了。"

这会儿，李冰正沿沔水岸边踏勘。他手提杖尺与扛长标杆的李二郎，提宝剑的郑洪押着一个名叫宜僚的中年汉子从上游走来。在两山相对的沔水出口处停下。

李冰问宜僚："你熟悉这里水的深浅、流速、河床的构成情况吧？"宜僚说："家住沔水边，对这条河的情况一清二楚。"郑洪剑指宜僚："那就快讲。""哼！"宜僚瞪了郑洪一眼，"嗨"的一声，一个箭步，纵身跳入江中，遁去……

郑洪骂道："软硬不吃！"李二郎从背上取下弓箭，说："我射死他。""算了，"李冰摆手，说，"楚国人不会和我们合作的。"转身问郑洪，"你会水吗？"

"鱼凫的后代，还不会水？"

"好，"李冰说，"我忘了你是蜀郡郫县人呢？咱们自己下水实测吧。脱！"

三个男人"扑通，扑通"纵入水中，竖起标杆，用杖尺测量水的深度和河面的宽度……

李冰经过实地勘察，取得各种数据后，便回到工棚中，埋头在一幅帛布上画壅水图。"李冰兄。"司马靳喊着和桓奇一起走进工棚。"坐，坐。"李冰招呼。司马靳说："我已把一千士兵给你带来了，怎么干？你下命令吧。"李冰说："先让他们搭好窝棚，埋锅造饭。"司马靳说："已经在做了。"李冰说："把一千人分成三队，四百人砍树伐木，四百人挑土运石，挑选两百精壮，由我指挥施工。"

司马靳对桓奇下命令："你去办吧。"

"遵命。"桓奇退走。

李冰站起身来，望着司马靳，说："兄弟，为兄有一句话，不知当说不当说？""你讲。"司马靳说。李冰说："看来白起将军是要以水攻城。实施这样的战术，会使成千上万的生灵陷入灭顶之灾，能不能想办法告诉鄢城那些无辜的百姓，让他们赶快撤离？"司马靳说："李冰兄，你的任务就是筑堤壅水。其他的事就别管了。"李冰追问："你答不答应？"

司马靳缄默！

李冰说："人命关天啊，兄弟有难处，为兄直接找白起将军建言。"

司马靳想了想，敷衍说："我答应，我想办法。"临了，司马靳又搬出司马错爷爷的话来告诫李冰，说："离开咸阳时爷爷要我叮嘱你，白起将军治军极严，顶撞了他，可没有好果子吃的！办事不要由着自己的性子来，不要轻易去找他建言，一定要按他的命令七天之内完成壅水任务。"李冰表态说："我听爷爷的话。"司马靳这才放心回到白起大帐中。

落日衔山，夜幕降临。白起大帐中，红烛高烧……

白起对副将王龁说："从明日起要不断发起佯攻，务要拖住楚军，最后让他们一个不漏地葬身鱼腹。""明白，"王龁说，"筑堤壅水有把握吗？"白起转问司马靳："有把握吗？"司马靳说："李冰乃是个办实事的人，七天造个人工湖，完全有把握。"

筑堤工地上，李冰率领士兵挑灯夜战，火把、灯笼照彻山谷。

江面上用圆木搭起了一座浮桥，郑洪指挥士兵沿浮桥上面，打一排木桩。

李冰从对岸走过，检查木桩是否扎深扎稳。

岸边，李二郎指挥一群士兵用木材做正方形的挡水排。

李冰走到岸边，拿起一块挡水排又反身走到浮桥上，挥手说："大家听好啦，这挡水排要紧挨着木桩下放，"做出示范，又问，"懂了吗？"

众兵齐呼："懂了。"

李冰又大声说："沿着挡水排沉放卵石，一层一层地堆砌起来，再用黄泥填。一层石一层泥，加宽长堤，直到将河水阻断为止。"

李二郎高呼："放挡水排。"士兵们拿起挡水排，走上浮桥。

火炬晃动，士兵们来往穿梭，干得热火朝天！

早晨，一轮红日从长谷山巅升起，鄢城前面的开阔地上，副将王龁指挥秦军佯攻。秦军组成长矛方阵，黑压压一片，推着云梯、撞车向着鄢城前进。他们吹着牛角号，擂着战鼓，唱起军歌：

> 岂曰无衣，与子同袍。王于兴师，修我戈矛。与子同
> 仇！

鄢城城墙上的楚国守军严阵以待。等秦军推进到射程之内，弓弩齐发，箭如飞蝗一般，嗖嗖地呼啸着射向秦军。秦军以盾牌抵挡，徐徐后退至射程外，等待楚军停止射击后，又擂响战鼓，吹起牛角号，向前推进，待楚军万箭齐发之后又退了回来。如此这般，反复多个回合，你攻我守的拉锯战直打到黄昏，秦军才鸣金收兵。城楼上指挥守城的景阳看出来了，白起在搞佯攻，他正在思索白起的意图时，项燕带着宜僚找他来了。宜僚禀报了秦军在长谷筑堤壅水的情况，景阳明白了，白起要水淹鄢城，他问宜僚壅水工程需要

多长时间才能修好？宜僚认为工程艰巨，至少半个月，最快也要十天。景阳心中有底了，他摊开一张帛画军用地图指着长谷问："有没有秘密通道可以奇袭长谷呢？"宜僚指着图，说："只有从大洪山的东面绕道进入西山长谷。"

"要多少天？"

"十来天吧！"

"太长了！"

景阳指着宜僚说："就由你做向导。"盯着项燕："你立即组织三千精兵，今夜就出发，从速赶到长谷，进行偷袭。破坏秦军的壅水工程，让大水改道，直冲白起大帐。必须在七天之内完成这一任务。"项燕挺胸回答："遵命！"景阳又令："得手之后，在长谷山顶升起狼烟，我即开城杀出，前后夹击，全歼秦军。"

宜僚、景阳，甚至连白起都没料到，李冰竟然在六天之内就造了个人工湖！这天下午，长谷的沔水出口处，一条人工长堤已把河水阻断，谷中已形成一个平湖。

疲惫不堪的李冰挂着杖尺指挥担土运石的士兵加高长堤。他的嗓子已经沙哑了，他吃力地吼着："还要加高三尺，加高三尺！"李二郎为父亲传话："还要加高三尺，加高三尺！"

白起牵着猎狗韩卢和司马靳、桓奇从上游走来，但见水位已大大提升，很是满意。他一眼瞧见了李冰，便朝他走去，说："李冰参赞，你辛苦了。"李冰回身："白起将军。"丢下杖尺，双手一拱，欲行大礼，却一头栽倒在地。

白起一惊："他怎么了？"

司马靳俯身察看，说："他睡着了。"

一旁的郑洪说："参赞六天六夜没合眼了！"

白起说："是条好汉！抬他到工棚歇息吧。"

夜晚，工棚正中，有三石搭成的小灶，上置瓦釜烧水。柴火悠悠地燃烧着，火光映照着地铺上鼾睡的李冰。

李二郎坐在灶火前打盹。

李冰做梦：汹涌澎湃的大水冲垮房屋，无数的百姓在水中挣扎、沉浮，乳娘、夫人和一妞也在其中，李冰惊呼："娘亲，夫人，妞儿！"

李二郎仰面，问："父亲，您做梦了？"李冰一下坐起来，说："做了个噩梦！"此时，只听见波涛汹涌，浪拍岩岸，滚滚奔下的吼声……

李冰惊问："破堤了？""是的，"李二郎说，"昨晚亥时，白起将军就下令破堤了。"李冰说："好大的水啊！""这算啥？"郑洪说，"蜀郡发大水，那才吓人呢，浪头像小山那么高！"李冰说："蜀郡发大水那是天灾，这可是人为呢！"

听着"哗啦啦"的流水声，李冰再也睡不着了，又问："白起将军还有什么命令吗？"

郑洪说："准你在此歇息两天，然后到河溶邑归队。"

第七天的黎明，项燕率领的三千精兵出现在长谷山脚下。项燕命令士兵在林中隐蔽起来伺机偷袭，他和宜僚一起去探路，一出林子，他们就听到河水奔腾的咆哮声，两人急忙登高远望，只见从长谷流向鄢城的小河已变成一条汹涌澎湃的大河，滔滔大水，浊浪排空，直向鄢城冲去……

"完了，"项燕说，"敌军已破堤冲城了！"宜僚惊疑自语："秦军请来了水神，这么快，就……"项燕瞥了宜僚一眼，说："你估计的时间错了！""将军——"宜僚欲分辩，项燕说："念你也是楚国义士，本将也不惩处你了，快去救父老乡亲吧！"说完转身走去，带着他的三千精兵迅速撤回郢都。

（二）李冰痛心

白起水淹鄢城取得完全胜利后，在河溶邑一线，集结秦军，准备开展郢都战役。秦军撤走后，长谷山又恢复了昔日的宁静。李冰在此休息了两天，体力得到恢复，第三天早晨，林中雀鸟啁啾，晨风习习。山坡上，李冰父子精神抖擞地练剑，相互对杀。

工棚冒着青烟，是郑洪在做饭。

有顷，热汗淋淋的李冰父子提剑走回，对郑洪说："收拾一下，今天该到河溶邑归队了。"

郑洪点头："要得。"

李冰又说："先去看看鄢城如何了？"

这时的鄢城已成为一个巨大的水潭。只有北面的城门楼伸出水面，显示它的存在。

水面上漂浮着各种杂物和猪、犬、人的尸体……

鹰隼盘旋着，尖叫着，冲向水面，啄食人肉……

潭边，李二郎、郑洪随李冰骑马走来，被眼前的惨景震惊！

李冰默默下马，他朝水边走去，想看个究竟，冷不防从芦苇丛冲出宜僚，他披头散发、赤裸上身，扑向李冰，揪住就咬！郑洪、李二郎冲上将宜僚拉开。

李冰抚着被咬伤的肩头，说："你要报仇？"

宜僚怒吼："你们淹死了我们楚国三十万军民，三十万哪！楚国人就是要报仇，杀尽你们这些魔鬼！"宜僚吼着，又向李冰扑去，郑洪拦住，两人打了起来，几个回合之后，郑洪击倒宜僚，抽出宝剑，说："我宰了你！""算了。"李冰制止郑洪，他表情复杂地看了宜僚一眼，又朝水边走去。"父亲，父亲，"李二郎叫住李冰，说，"别再看了，碰上楚国人难免出事，他们现在都成了亡命之徒。"

李冰驻足，沉重地说："可人家叫我们是魔鬼！"

待李冰一行走后，宜僚从地上爬起来，继续在附近寻找幸存者，并邀他们到漳水之滨的河伯神祠聚会。

当日午后，就有近百名楚国百姓在神祠聚会。有的执锄、铲、耜耒、棍棒、菜刀。人人心情沉痛，个个义愤填膺。

宜僚站在台阶上，愤怒地说："三十万军民葬身鱼腹！我等能忍恨吞声，就此罢休吗？"

众人怒吼："杀秦国魔鬼！""报仇，报仇！"

"报仇？谈何容易啊！"一老者说，"我们百姓能做的第一件大事，就是为这三十万人招魂啊！""是的，"一老妇说，"应当先做招魂法事，让这三十万游魂有个归宿。"又一男子说："游魂归了方位，才能保佑活人呢。"

宜僚说："那就先招魂。"抬手指一青年，"你去请巫师。我等打扫神祠，备办供品。"

这会儿，李冰偕二郎、郑洪骑马来到河溶邑门口。

城墙上飘扬着写有篆字"秦"的黑色大旗。李冰一行入城后直朝河溶县廷大门走去。白起的幕府驻扎在此，门前禁卫森严。司马靳从廷内走出，招呼："李冰兄！"

"司马兄！"

"伯伯！"

李冰父子和郑洪翻身下马。

司马靳拱手："辛苦，辛苦！"

"说不上，说不上。"李冰回答。

司马靳说："我给你们安排了间大屋，喏——"向右一指，"就在那大街拐角上。"拿出一块铜牌交郑洪，"你去收拾收拾，我要请李冰兄喝酒。"

司马靳在一家临江酒肆内包席请李冰父子吃饭。

案上摆着美酒佳肴。司马靳和李冰对坐，二郎蹲在一旁啃猪蹄。

司马靳举爵对二郎说："小子，你也喝点酒。""我……不会喝酒。"二郎说。司马靳说："那就学。"

二郎端起爵。司马靳说："为你父亲加官晋爵，干。"

李冰问："怎么回事？"

司马靳说："干了再说。"

李冰颔首，三人共饮一爵。司马靳为李冰斟酒，说："李冰兄，这回你立大功了，白起将军已上奏朝廷，给你晋爵五大夫，迁帐前左都尉。"李冰说："五大夫，这可是高爵啊！"

二郎高兴地端起酒爵："父亲，孩儿祝贺您。"

李冰瞟了二郎一眼，沉重地说："这是三十万人的生命换来的啊，有什么值得庆贺？"

二郎默然放爵。

"李冰兄，"司马靳说，"以杀敌多少序功，这是咱们秦国的国策。打仗嘛，就是要消灭敌人的有生力量。"李冰说："那些无辜百姓也要消灭吗？你不是答应过我，要想办法告知城中百姓撤离吗？""老兄啊，"司马靳说，"这是你死我活的征战，不是你当县令处理民政，泄露军事机密是要杀头的。"李冰说："我看完全可以公开告诉楚人，形成强大威慑，迫使他们投降。"

司马靳说："那可能吗？"

李冰说："我看可能。你想，这一消息传到城中会有什么结果？必然造成民心不稳、军心大乱，想求生逃命的和坚持顽抗到底的，就会内讧起来。在我军的强大压力下，楚军就可能投降，或者弃城而逃。我们应该记得孙武子的那句名言：'百战百胜，非善之善者也；不战而屈人之兵，善之善者也。'"

"仁兄，"司马靳严肃地说，"你可别提什么孙武子了，白起将军运筹帷幄、用兵如神、百战百胜，早已超过孙武子了，你这样讲……"

"好，好，"李冰摆手，"我不讲，我不讲，就是我不敢直接向白起将军建言，才使三十万生命瞬间消失！"他站起身来，一声长叹："以邻为壑，以水为战，早已受到先贤和公众的严厉谴责了。这件事，怕要使我良心难安，抱憾终生了。"

"你内疚什么？"司马靳说，"你不是奉命办事吗？告诉你，军中文曹已上奏朝廷，水淹鄢城的那条河将命名为白起渠而载入史册，有谁知道是你李冰干的？""好，好，不是我干的，不是我干的！"李冰提起酒壶咕嘟咕嘟地牛饮起来，二郎急忙去夺酒壶，李冰一掌推开儿子，醉醺醺地说："为父立大功了！为父立大功了！"放声大笑："立大功了，哈哈哈……"边笑边流泪。

（三）河伯神祠

黄昏降临，晚霞如火映漳水，河面上波光粼粼。

在习习的晚风中，李冰父子在江边散步，后随郑洪。

二郎问："父亲，头还晕吗？"

李冰还带着几分酒意，说："风，河风一吹，好……好多了。"

从河伯神祠中传出神秘的巫乐声……

李冰亢奋地说："你们听，这，这是什么音乐？"二郎、郑洪谛听，一脸茫然。"巫——乐，"李冰对郑洪说，"这楚国和你们蜀郡一样，巫风巫术很盛行。"侧耳细听，"啊，正歌舞礼神呢！

唱的是屈原写的《招魂》呢！"说着朝前走去，"大人，"郑洪阻止，"天色已晚，不去也罢。"

"可开眼界哪！机会难得，看看去。"李冰大步走去……

河伯神祠中，红烛、铜灯大放光彩。神龛下的正殿中，乐队演奏巫乐，十名神灵正在歌舞。舞者着装奇异，头戴面具：东皇太一，男像，面黄，右手执长剑，左手执酒爵；云中君，女像，面银；湘君，女像，面白，手执长笙；湘夫人，女像，面红，手执排箫；大司命，男像，面黑，手执铜镜；少司命，女像，面色粉红，手执长红绸；东君，男像，面色赤金，手执弓矢；河伯，男像，面青，手执鱼；山鬼，女像，面色灰白，手执白色长练；国殇，男像，面紫，手执干戈。十名神灵边舞边唱《招魂》：

> 魂兮归来！去君之恒干，何为四方些？舍君之乐处，而离彼不祥些。魂兮归来！

几十名百姓跪坐跟唱，李冰、二郎、郑洪站在百姓身后观赏。

有顷，李冰情不自禁，击掌欢呼："精彩，精彩，精彩！"

蓦地，山鬼甩出手中的白色长练，"唰，唰"几声，竟将李冰缠了起来。"嘿——嘿——嘿——"神祠中山鬼阴笑着，使劲收紧白练，欲将李冰勒死！二郎飞身上前，只听"嗞"的一声，一剑将白练劈断，乘势抓着山鬼手中的那段，又猛地一拖，山鬼踉跄扑倒在地，二郎一个箭步纵身跳上，一脚踩着山鬼的背一脚踏着山鬼的头，大声地说："谁敢造次，我就杀了他！""嗨！"执干戈的国殇反扑。他端起长戈，飞身直刺李冰，被郑洪一剑挡开，猛地一拳把国殇的面具打飞，鼻子流血，此人原来是宜僚。

郑洪怒吼："宜僚，又是你，要开杀戒哪！"他挽了个剑花，一团白花绕着宜僚飞旋。在场的人害怕退散，有人跪下叩头，有人伏地哆嗦！"罢了，"李冰拉开郑洪，环视一眼，说，"尔等太不讲理了嘛，我们是来观看歌舞的。"大巫师惊疑地问："只是来看歌舞？""诺，诺，"李冰说，"楚国巫舞名扬华夏，《招魂》又是屈原先生的名作！""是，是，"巫师回答，"先生认识屈原？"李冰说："本人十分敬重屈原先生。"

紧张空气渐渐缓和下来。

大巫师"啊"了一声，竖起大拇指："先生好人。"

李冰走过去将国殇的面具捡起，递给宜僚，说："看来先生是个志士！""哼，"宜僚瞟了李冰一眼，轻蔑地说，"你也晓得志士？"李冰一笑，说："志士者心怀志向而又坚守己志之士也，孟子曰：'志士不忘在沟壑。'是吧？"宜僚又"哼"了一声，说："是，又怎么样？不是，又怎么样？""忘记了身在沟壑，就会害人害己！"李冰严正地说："你的所作所为很不明智。楚国之败，败在楚王的昏庸腐败。如今这邓城、鄢城、安陆、河溶方圆数百里已尽入秦国版图，百姓也都是秦国子民了。庶民百姓图什么？无非就是想过上太太平平、安居乐业的日子。以志士自诩，就应该识时务、顺天理、应人心，帮助乡亲们尽快恢复正常的生活。"宜僚冷笑："给你们秦国人为奴为仆，做梦吧！"说罢转身就走，郑洪一把将他抓住，将剑架在他的脖子上，宜僚凛然地说："杀了我吧！""宜僚！"李冰上前，瞪着他说，"我不会成全你做烈士的！但我要正告你，事不过三，再以卵击石，那就是咎由自取了。放他走。""滚！"郑洪收剑，宜僚转身走去。大巫师上前，对李冰一揖，说："先生宽宏大量，令人感佩！""不必感谢，"李冰挥手说，"请众位父老再听本人讲几句，秦国以法治国，废除了世袭制度，实行的是'有功者显荣，无功者虽富无所芬华'，无论你是官家隶农，还是私家奴仆，只有你在耕战方面做出成绩，朝廷就会给你授爵位，获得升迁，由穷变富，而楚国至今还实行世袭制度，作为下层黎庶，你虽然为国家建立了大功大业，也永无出头之日。是这样的吧？""是，"大巫师说，"这是不推行屈原先生的变法革新所造成的啊！"

"所以，"李冰说，"做秦国的子民是有盼头的。"一老者问："先生所言，可是真实？"李冰说："这次领军伐楚的白起上将军，就出身农家，起于步卒。而楚军统帅全都出自昭、景、项、黄四大家族。"

"是这样，是这样。"楚民窃窃议论……

李冰环视一周，问："有亭长、三老在此吗？"一壮汉上前，挺胸说："我是亭长。"一老者上前哆嗦着说："我，我是三——三——三——三老！"李冰说："你们的职务不变，带领乡亲们重建家园，恢复生产。有功者奖，有过者罚！"

（四）拯救战俘

当晚，李冰回到住处，司马靳就来传达了白起的一道密令：要他明日到漳水流域寻找一处深潭备用。李冰问："用来干什么？"司马靳说："军事机密，我也不知道。"司马靳走后李冰反复揣摩白起要用深潭干什么？他问已随白起征战数年的郑洪，郑洪说："很可能是用来水葬五千楚国战俘。"李冰闻言大惊，但他没有表露出来，只"唔"了一声便倒头和衣而卧了。他当然不是睡，而是躺下来冷静思考，如何制止这一灭绝人性的大屠杀！他想到司马靳的叮嘱，直言反对，于事无补，得想出一个能使白起乐于接受的方案。他躺在床榻上眯起眼睛想了半个时辰，终于想出来了，待郑洪、二郎熟睡后，他轻手轻脚起床，用火镰点燃铜灯，摊开竹简写了一份建言书。第二天一早，他给郑洪打了个招呼，就去幕府直接交给了执勤的卫士长。他反身走出大门，郑洪和二郎已站在门前等他了。李冰问："你们等我做甚？"郑洪说："用早膳呀！"李冰说："对，对，是该用早膳了！"二郎说："我要尝尝有楚国特色的食物。"三人走进一家饭铺，侍者上前迎接，安排好席位后，侍者请客人点菜，二郎点了云梦螺蚌，郑洪点了米糕，李冰说："这可是楚地特产，上了屈原的《离骚》的，'精琼靡以为粮'，就是将稻米碾成粉屑后再蒸成糕。再来份菱角汤吧。"侍者迅速上好饭菜，三人津津有味地吃了起来，"李冰兄，李冰兄，"司马靳呼喊着大步走来，说，"白起将军传你呢！"

"现在去？"

"现在就去！"

李冰喝了口汤，拿起一块米糕边吃边跟着司马靳走去。二郎站起问："在哪儿等您？"李冰回头说："在住处。"

白起在幕府厅中的案前看李冰的建言书，边看边思考。司马靳带李冰走进，李冰拱手："左都尉参见上将军。"白起大手一摆："免礼，坐下叙话。""遵命"，李冰在左侧矮案前坐下，问，"上将军有何吩咐？"白起拿起案上的简册，说："你建言将水淹鄢城的这条河进行整治，用意何在？"李冰说："为了将军能名垂千古呀！"白起淡然一笑："名垂千古，只怕要遗臭万年啊！"李冰说："那为何军中文曹还要上奏朝廷将此河命名为白起渠呢？这条河不立即整治，就会继续造成危害，既然以将军名字冠名，就要名实相符。"白起说："这倒也是。""将军，"李冰说，"我们完全有条件把这条河整治好，变水害为水利，使它能发挥灌溉、航运作用，使居住两岸的百姓子子孙孙永享其利，这对秦国和将军有百利而无一害，何乐而不为呢！"白起站起身来徘徊思索一阵，瞄着李冰说："就照你的建言办。要多少时间、多少人力？"李冰说："卑职预算过，如果用士兵来修，因调动方便，集中统一，便于号令，五千兵，一个月左右就能修好。如果征集百姓来修，无论从我国本土还是就地征集，都很费时，而且多有掣肘，完工时间就不好说了。"

"嗯，"白起沉吟着，"用士兵来修确为上策，只是刚发布了全军修整一月的命令，现在又调兵修渠，那不是出尔反尔、朝令夕改吗？"

"将军，"李冰说，"我们不是羁押着五千楚国俘虏吗？"

"不行！"白起一口回绝，"这些俘虏都应当处决，你还让他们抱成一团修渠，他们会造反的。"

司马靳插言："还是征集民夫吧！"

"在哪里征集？"李冰说，"回关中征集，再到现场施工，至少得一个多月，就地征集，各县廷都已瘫痪，谁去征集？"转向白起，"将军，"李冰说，"卑职有对策让这五千俘虏，不会生事，更不会造反！"白起问："什么对策，说来听听。"李冰答："第一，晓以大义，使他们明白修渠是为了他们自己和后代儿孙造福。第二，给他们一些想头，排除积水，疏浚河道，修好堤岸，让渠水畅通后，允许他们在原鄢城旧地修房立屋，谁修建就归谁所有。这样可再造一座新鄢城。第三，严密组织，按十人一组分队，什长由我军派员担任，严格管理。从长谷到鄢城全长八十多里，采取分段施工的办法，使他们不能相互接近，抱团结伙。"

"嗯，"白起踱步思索，"倒也可行，"蓦然转身，盯着李冰，"军中无戏言，敢立军令状吗？"

"敢！"李冰挺身回答。

白起说："你写。"

李冰趋身白起案前，取了片竹简写军令状。很快写好，递给白起。白起接过审看，念道："修渠期间如发生俘虏哗变，李冰甘愿受军法重处。可以。"望着司马靳说，"传我命令。令王龁取消原订计划，将五千俘虏移交李冰。由你带五百锐士实施监护。"

"遵命！"司马靳回答。

李冰就这样制止了一场大屠杀，挽救了五千人的生命。而且让白起名垂竹帛，经过李冰整治过的白起渠至今仍是宜城地区的重要灌溉设施。当人们饮水思源称道战神白起的时候，具体施工的李冰反倒被历史湮没了！

第四章　张若治蜀

（一）公孙若代任郡守

咸阳宫前的钟楼上，几个壮汉抱柱撞钟，欢庆胜利的洪亮钟声在咸阳城的上空回荡……

广场中，巍然屹立的冀阙下，一群百姓举着彩旗、条幡，跳着秦国的传统舞蹈，庆贺胜利。表演者"击瓮瓴"，口喊"呜呜呜"，边喊边"搏髀"，古朴、粗犷而又疯狂。

夜晚的咸阳宫中，红烛高照，华筵盛开。

秦昭王设宴为白起庆功。宣太后、右丞相杜仓、左丞相芈戎、国尉司马错、太子、太傅、廷尉、御史大夫、治粟内史等大员出席。

秦昭王举起酒爵，说："大良造白起，领军伐楚，所向披靡，连下三城，功勋卓著。寡人特设华筵为将军祝酒庆功。请——"

白起站立，端起爵："功在大王，功在太后，功在朝廷！卑将与各位同僚共干吧。"

众臣举爵，齐声："大良造劳苦功高！"

白起："请，请。"

众臣饮酒。

宣太后说："白起将军足智多谋，攻无不克，战无不胜。我大秦国有了白起将军这样威震列国的名将，何愁不能一扫六合、统一华夏！"

白起："谢太后夸奖！"

宣太后："讲讲你下一步的作战方略吧。"

"遵命！"白起站起说，"卑将的设想是要一举攻下楚国郢都。要达到这一目标，就先要攻克郢都西面的屏障夷陵①和竟陵②。但是，楚国先王陵墓就在夷陵，战火一起也就难以保全了！这需要太后决断。"

"唉！"宣太后一声长叹，说，"本后出身楚，当然希望老祖宗得以长享祭祀，但楚国出了熊槐、熊横这样的不肖子孙，一代不如一代，绝祀也是天意！一切从秦国的利益出发，将军自行决断吧！"

"太后圣明！"白起躬身一礼。

"请将军讲一讲，如何实施郢都战役？"昭王问。

白起答："由卑将率主力由北向南进行主攻，为了做到万无一失，请朝廷命蜀郡郡守③张若率蜀军沿江水④而下，攻取楚国的巫郡和黔中郡，使楚国首尾不能相顾。"

"甚善，甚善，"国尉司马错说，"上下交击，可以稳操胜券。本人两次从巴蜀伐楚，之所以战绩不显，就是没有这种大布

---

①今湖北省宜昌市。

②今湖北省天门市。

③秦国实行郡县制。郡守为郡的最高行政长官，汉称太守。相当于今日的省长。俸禄二千石。

④今称长江。

局、大气魄。"

右相杜仓说："此战意义重大，若能灭亡方圆五千里的泱泱大国，一统华夏就指日可待了！望将军精心筹划。"

白起躬身："卑将牢记。"

昭王扫了一眼，问："蜀郡有实力担当这个重任吗？"

左相芈戎说："郡守张若治蜀多年，成就很大，据去冬上计[①]蜀郡名列第一，府库充盈，工商发达，兵源、军粮充足，完全可以担此重任。"

治粟内史："蜀郡正闹干旱呢。"

芈戎："那么大块地方，局部闹点灾荒也是难免的。"

昭王站起说："诏令蜀郡郡守张若浮江伐楚。"

芈戎说："张若离开蜀郡后，可否迁郡丞公孙若担任郡守？"

昭王"这"了一声，没有表态。

杜仓说："选蜀郡郡守，可是件大事啊！得仔细斟酌呢。"

芈戎说："蜀郡政务繁重，总得有个牵头人吧！"

"这样，"宣太后站起，决断地说道，"由公孙若代行蜀郡郡守。"

宣太后一言九鼎，谁也不好再说什么了！

宣太后指定公孙若担任代蜀郡郡守的第二天，九夫人就知道这一消息了。自从小华阳和太子成婚后，这位号称华阳夫人的芈玉就成了九夫人的"内线"。有些信息九夫人从夫君芈戎那里得不到，她就去找芈玉，芈玉就会把从太子爷那里获得的朝中机密原原本本地告诉她。这位矢志要恢复公孙家族在秦国显赫地位的女人，对只给她兄长"代郡守"的职位很不满意，便跑到芈戎的书房里哭哭啼啼地说："丞相老爷，不是说好了的吗？你要让我哥当郡守？咋要加个代字呢！呜呜，我哥在蜀郡已干了五年啦，还要他'代'个甚呀，呜呜……"芈戎在案上拍了一掌："你哭什么？官是哭出来的吗？""这……"九夫人止哭拭泪。芈戎说："这是太后的决定，本相也赞同，张若守蜀多年，他的威望很高，贸然宣布他去职，你

---

①上计是朝廷对各郡一年财政收支的审计考核制度。

兄长镇得住吗？有一个过渡时间，对大局、对你哥都有好处嘛！"九夫人问："要过渡多久呢？"芈戎说："那就要看你哥的作为了，你立即给你哥写封信，要他出政绩、树威望，到时，朝廷自会去掉他头上的'代'字。"

九夫人点头应命。

（二）蜀郡秘史

三天后，蜀郡郡守张若收到朝廷密令：要他囤粮积草，秣马厉兵，准备参与郢都大会战。他接到诏令的当日午后就把郡丞公孙若找到张仪楼密谈。

张仪楼坐落在成都的西南隅①，濒临护城河，是一座建筑在台基地上的三层重檐建筑。周回一百九十丈，高三十丈②。底层有十六根朱红色的斗拱巨柱支撑着上面的楼层，这十六根顶柱的开阔平台上摆放着十二生肖的石刻雕像，供游人观览。楼顶用碧绿色的板瓦与金黄色的筒瓦相间覆盖，屋檐前面的瓦当上绘有卷云纹图案。二楼、三楼皆有廊庑和轩窗，从下至上又有旋梯相通。整个建筑气势宏伟，庄重堂皇！

唐代诗人岑参曾经吟道："传是秦时楼，巍巍至今在。楼南长江水，千古长不改。曾是昔时人，岁月不相待。"岑参登临的张仪楼已是经过后人修葺过的了，但诗人相信这就是秦时楼，只不过是飞逝的时光已把当年的秦民和修楼人卷走罢了。

让时光倒流吧！

当年的修楼人秦帝国蜀郡第一任郡守张若已站在顶楼上的窗前了。此公身材魁梧，六十多岁了，须发斑白，但身板硬朗，精神矍铄。他首饰绛帻，身着玄色深衣。身后站着郡丞公孙若，此人刚过而立之年，身姿挺拔，仪表堂堂，头戴玉冠，身着紫色罗縠单衣，腰系革带，显得潇洒英俊、气度不凡。

张若闪着炯炯有神的目光，鸟瞰周回十二里、城墙高七丈的成

---

①有人考证张仪楼大约在今成都汪家拐与文庙西街之间。

②战国时秦国一丈为十尺，一尺折合现代公制约 0.227—0.231 米。

都少城、大城。这毗连一起的两座城是张若三十多年前亲手创建的，张仪楼是成都的标志性建筑，是他的得意之作，他为成都流过汗、流过泪、流过血，他治蜀四十年啦！他就要离开成都了，而且归期难卜，所以他要利用与继承人办理移交的机会再到张仪楼来坐一坐、看一看。这时太阳已经偏西，强烈的阳光照着他高大的身躯，像是一尊铜像。他注目良久，一丛漂亮的银色胡须抖动了一下，感叹道："还真有点舍不得！"

"老大人何出此言？"

"随我来。"

两人走到楼中。

楼中有一漆木屏风，上有彩画金鸟逐日图。屏风前左右设有两案，案后安放锦榻。左案上摆着一个漆木小匣和一捆帛布袋裹着的简册；右案上放有毛笔、烟墨、竹简。张若坐到左案的榻上，挥手示意公孙若在右案坐下，公孙若向张若躬身行礼后落座。右角煮茶的卫士长给二人端来两杯热茶，张若挥手说："你下去，不要任何人上楼。""遵命。"卫士长退出。张若打开木匣拿出一幅黄绢诏令来，说："你看看这个。"公孙若躬身上前接过诏令看了一遍，说："令大人率军出蜀，参加郢都会战？""正是，这些年老夫一再要求从速备战，就是为了这一天。"公孙若说："老大人深谋远虑！"张若说："你再看看这个。"又拿出一幅黄绢来递给公孙若，公孙若注目一览，立即跪倒在地，说："感谢大人栽培！""后生，"张若扶起公孙若，说，"要你担任代郡守，是太后和芈丞相点的将。自然老夫也甚为赞同。你跟老夫五年啦！后生才干出众，且正当盛年，是该挑重担了！"公孙若又躬身施礼，说："多谢老大人知遇之恩！"张若摆摆手说："坐下谈，坐下谈，随意一些，用成都人的话说，就是摆龙门阵①。"公孙若将黄绢奉还张

---

① 蜀人说的"摆龙门阵"就是通常说的"讲故事"。四川方言只能是今日四川人用语。战国时代四川人的用语肯定与清代以后才逐渐形成的四川方言不同。但要复活战国时代的语言是不可能的，作为文艺作品，也不必要。笔者这样写，可增加地方色彩，便于今天的读者阅读。

若，退到榻前坐下。张若将诏令放回木匣中，说："等我离蜀时再公布。""甚是，"公孙若恭谦地说，"请大人训示。"他摊开竹简，提起笔来准备记录。

"喝茶，喝茶。"张若端杯喝了口茶，公孙若也跟着呷了一口。张若说："这次郢都会战规模很大，必定会进行得很惨烈，老夫能不能再回蜀郡，只有天知道了！"

公孙若说："大人久经沙场，谋略过人，必定能凯旋！"

张若说："作为军人当然要力争凯旋，但也要随时做好马革裹尸的准备。今天不谈这个，谈正事吧。"

"大人请讲。"

张若说："老夫从灭蜀之战开始入蜀，至今已四十年了，从担任国守至郡守也有三十八年了，这几十年来做了哪些事，有何得失，应该给朝廷和蜀郡上下有个交代呀！"

公孙若说："大人是灭蜀的功臣、治蜀的能吏，为我大秦国的发展、壮大创建了不朽功勋，应当名垂竹帛。"

张若说："老夫倒也不在乎能否青史留名，老夫只是想留下一部信史为后人治蜀提供镜鉴。"

"大人之言甚是，"公孙若说，"我朝看重修史，太史府编有《秦纪》，又诏令各郡编写郡记，我郡的《蜀记》一直由主簿孟谦大人在主持编写，卑职曾经询问过，他说已杀青，正送呈大人审阅，不知大人看后有何训示？"

张若说："这正是我要交代你办的第一件事。"张若打开布袋，摊开几编竹简，浏览了一下，说："老夫不满意。看来，孟谦等人在学孔夫子的春秋笔法，以一字寓褒贬，太虚了，且重点不彰，是非不分。"仰面望着公孙若，"老夫之意是要你亲自捉刀，修改之后再上报朝廷。"公孙若说："谨遵大人之命。不过，有些历史事件，后生也茫然，大人可否做些提示？"张若说："需改之处，老夫在简上已有批示，重点之处我现在就与你谈谈。这也不仅仅是为了改好《蜀记》，也是让你能了解蜀中的历史和人事情况，能更好地担当起守蜀重任！"

"老大人提携晚辈，拳拳之心，令后生无限感佩！"

张若说："老夫从秦灭蜀讲起。"

公孙若埋头记录。

张若喝了口茶，侃侃而谈："我大秦自从商鞅变法之后，一跃而成为七雄之首。自然，上天也就把包举宇内、囊括四海、统一华夏的重任降于秦人了！如何统一华夏呢？在秦孝公时代执行的是商鞅提出的战略：击败魏国，逼魏东迁，秦据大河①、函谷天险，出兵攻击山东诸国，完成统一。商鞅在击魏方面取得了一些战绩，把秦国版图扩大到大河以东魏国的安邑地区，魏迁都大梁②，但遭到列国的合纵攻秦，商鞅的战略受挫。随着孝公死，商鞅被诛，这个战略停止下来。直到孝公的儿子秦惠文王执政的更元七年（前318年）又才由司马错将军提出了一个统一六国的路线图来。秦国还保存了上古时代沿袭下来的'集思广益'的议事制度，凡国家大事都要通过'朝议'决定，这年初春的一天，秦惠文王在咸阳宫亲自主持了一次秦国对外拓展方向的议事会。老夫参加了这次会议，还记得当时的争论。丞相张仪主张伐韩，顺势兵进三川，耀武中原，灭掉当时还徒有虚名的周王室，据九鼎，挟天子以令于天下。张仪把他的主张称为'争名于朝、争利于市'实现霸王之业的壮举。司马错将军和中尉田真黄不以为然……"公孙若问："田真黄就是我老师田贵吧？""正是，"张若说，"贵是他的字，他与先王师傅墨家巨子田鸠同宗，也尚墨，田鸠死后，他就接替了他的职务，成为王者师。"公孙若慨叹："咳，今天我才弄清楚了田老师的履历！"张若接着说："他二人力主向西南拓展，灭亡蜀国。那时，司马错将军正当盛年，他铿锵直言：'欲富国者务广其地，欲强兵者务富其民，欲王者务博其德。蜀有桀、纣之乱，其国富饶，得其布帛金银，足给军用。水通于楚，有巴之劲卒，浮大舶船以东向

①今称黄河。

②今河南省开封市。

楚，其地可得。得蜀则得楚，楚亡则天下并矣。'[1]这一高瞻远瞩的战略分析，令群臣折服，大王也连声称善。"

公孙若说："司马错将军堪称大战略家！"

"所以，"张若说，"灭蜀的头功要记在司马错将军的名下。另外，张仪丞相也功不可没。张仪这个人孔孟之徒是看不起他的！以为他只凭耍舌头混饭吃，其实不然。老夫曾在他麾下公干，深知此公谋略过人，他以'连横'之策破六国之'合纵'，玩弄楚怀王于掌肱之中，惠文王与太后的婚姻就是他牵的红线，凡人做得到吗？作为国相，他善体圣意，又有兼听之明。听了司马错将军的建言，认定比他的见解高明，就立刻放弃自己的主张，为一举灭蜀精心谋划。这样虚怀若谷、以大局为重的品格值得称道！"

公孙若说："老大人对张仪丞相的点评甚是公允。"

张若说："张仪丞相还是修成都城的谋划者、坚定的支持者，在惠王驾崩的第二年他就作古啦，所以老夫要修这座楼来纪念他。"

"完全应该。"公孙若说。

张若修张仪楼还有一个他不愿说出来的重要原因，就是：张仪和张若都是魏国人，不仅同乡而且同宗，张仪是张若的堂叔。张若出身农家，从小聪敏好学，但喜欢打架，又长得粗犷壮实。张仪认定这位堂侄从武，必定前程无量，便把他带到秦国，交给司马错调教，先当勤务兵，后当卫士长。跟司马错南征北战，负过五次伤，换得个五大夫爵位，这才成了封疆大吏。张大人在自己的口述历史中不愿说出这点，是怕后人说他徇私！看来，口述历史也不是字字是真、句句是实。不过，张若大人对历史心存敬畏，这倒是难能可贵的。

张若喝了口茶，又继续说："司马错将军讲的'蜀有桀、纣之乱'，指的是蜀王和巴侯两兄弟在蜀国北部地区相互攻伐的内

---

[1]司马错的这段讲话在《史记·张仪列传》《战国策·秦策一》《华阳国志·蜀志》均有记载，文字表述虽稍有差异，但内容基本一致。足见史家对这一战略思想的重视。

讧，这是张仪丞相略施小计的结果。"公孙若一笑，说："这是丞相的拿手好戏，不言自明。""正是，"张若说，"交通是伐蜀的第一难题，那时要翻越山高险阻的秦岭，五百多里长，仅有一条只能过一人一马的褒斜道相通。司马错将军准备兴兵八万伐蜀，其中有两万骑兵，还要运送战车、辎重，一条小道咋行？这可犯难哪！张仪丞相说：'犯什么难？叫蜀王修嘛！'我们还以为他说笑话呢！谁知才过了一个多月，那蜀王果然就派壮士五丁率五千精壮扩修褒斜道。"公孙若惊叹："神了，神了！""也不神，"张若说，"原来丞相靠细作收集的大量情报，硬是把蜀王琢磨透了，悉知蜀王不仅颠顸昏庸，而且贪财好色，乃投其所好，派特使入蜀告诉蜀王，秦愿与蜀结为昆弟之国，送美女五名和一条每日能屙出黄金百镒的大石牛，请蜀王派人迎接。蜀将陈壮劝蜀王不要相信，认为石牛能便金乃是巫术，不可信。蜀王将信将疑，派了个管卜筮的小官来咸阳验证。这个人就是塞罢……"公孙若问："就是塞侯吧？""嗯，"张若点头说，"不错，此人当时很年轻，但他深谙巫术，精通阴阳八卦，官虽小而名气大，自称是蜀中苌弘①占卜星象学的传人，他到咸阳后丞相亲自接见，又从华山请来老子五代嫡传李仙翁陪他论道。一天，丞相把老夫也叫去陪同，四人一起去章华宫御苑观看石牛，这石牛长三丈，宽两丈，高五尺，全身漆黑闪光，仙翁上前朝牛脖子拍了一掌，石牛'哞——哞——哞——'叫了三声，随着叫声，石牛屙出一堆闪光的金子来！塞罢上前拍牛脖，石牛又欢叫便金，塞罢甚为惊奇，仙翁告诉他，这是一条神牛，是一千六百年前，大舜躬耕于历山②时所使用过的，后来大舜南去，将此牛放进华山，吸日月精华而化为神牛。塞罢卜了一卦，果然是真，他相信了。我和丞相又领他在咸阳游览了一番，特别赶

①据《蜀中广记》卷四十一《人物记》记载：苌弘（宏），是今四川资中人。大致活动于公元前五世纪后半期，死于周敬王二十八年（前492年），著名占卜星象学家。《史记·天官书》说他是"昔之传天数者"。死后有"血化为碧"的故事流传。

②即雷首山，在山西省永济市南。

到蓝田观看步兵、骑兵演习，使他明白我大秦国富兵强，是不可战胜的。他返蜀时我们为他饯行，丞相就讲，只要你塞罂效忠大秦，将来不失封侯之位。塞罂就表示，誓为大秦效力，终生不渝。他确实做到了，鼓捣蜀王将褒斜道扩修成从七盘岭到朝天驿的栈道；怂恿蜀王在成都修华丽的迎妃楼，以消耗其财力物力；伐蜀战争中他策动陈壮阵前倒戈，灭蜀后的三次平叛都有功劳，所以朝廷按军功赏给了他一个侯爵，有封地但不领实职，此人至今还奉行他那个巫术，在民间颇有影响，可以利用。"

公孙若说："晚辈明白。"

张若接着说："我们给了蜀王一年多时间修路，路修好了，先用彩车送美女，到了梓潼，突遇山体滑坡，把迎亲的五个壮士和五个美女一齐埋葬。这件事在民间传得很神乎，说是五个大力士遇到了一条正钻进山穴的大蛇，就上前抓住蛇尾使猛劲往外拖，蓦然山崩，裂成五岭，蜀王多情，很悲痛，亲临梓潼，登上山顶平石悼念，并将平石取名为望妇堠，五岭为五妇冢山①，把成都的迎妃楼改为望妃楼。这些传说不能入史，让蜀中文人去编龙门阵吧。"

公孙若说："这样处理好。"

张若说："我们要蜀王从速将滑坡处的栈道修好，以便将新选的美女和神牛早日送到。蜀王照办。路修好后，派塞罂和巫师女娼、百名武士执彩礼前来迎接。来回都很顺利。蜀人把运送石牛的栈道称为金牛道。蜀王亲自在成都北面武担山设祭坛率文武百官恭迎神牛的时候，我们灭蜀的八万大军已沿着金牛道推进到朝天关了。时间是惠文王更元九年（前316年）的秋天，大王令司马错、张仪为统帅，老夫和你大父公孙墨为裨将，"拿起竹简说，"这上面只写个都尉墨，后人会以为都尉是姓呢？都尉是官名嘛！一定要改。"

"老大人这一提示至关重要。"公孙若说。

张若接着说："蜀王闻报率倾国之军四万北上拒我，在葭萌会战。他摆了个八卦阵，被老夫的骑兵一举冲散，加上蜀军大将陈壮

---

①今江油东北近剑阁的五华山。

阵前倒戈，蜀军全线崩溃，蜀王率残部逃奔，老夫紧追不舍，直到武阳，一剑砍下了蜀王的头颅。结束了开明王朝十二世在蜀地的统治。"

"老大人真英雄也！"公孙若赞叹！

张若说："我大秦军以秋风扫落叶之势，十月即占领全蜀。同时，张仪丞相和你大父又灭掉了以江州为中心的巴国，活捉了巴王。你大父就是在灭巴之战中负的重伤……"

公孙若说："这一段历史我听父亲讲过。"

"唔，"张若说，"那我就不讲了。"喝了口茶，站起身来："后生，要记住，取蜀容易治蜀难哪！"

公孙若说："晚辈铭记。"

张若捋了捋胡须，踱着方步说："俗话说，'百足之虫死而不僵！'古蜀国历史悠久，自称肇于人皇，历经蚕丛、鱼凫、柏灌、杜宇时代。最后一个开明王朝传了十二世，三百五十多年，创造了独特的图像文字，精美的青铜器，工商农事也有建树。蜀王自恃功高，列国称王，蜀先称帝，有什么望帝①、丛帝②，这两帝至今还是蜀人崇拜的偶像。这构成了对我大秦的潜在威胁。"

公孙若说："这很值得警惕！"

"还有"，张若说，"蜀，被称为与戎狄为邻的西僻之国，它的西北面是羌、氐、丹、犁、冉駹，西南面是笮、邛、僰等夷人。他们只知有蜀国不知有秦国；只知有蜀王不知有秦王。那些戎伯③受蜀王残余势力的挑拨，常常闹事，与我们打'麻雀'战，蜀中局势动荡不安！针对这种情况，灭蜀后，朝廷议决，令司马错将军镇守，实行军事管制④，两年之后，采取分封制与郡县制并行的方式

----

①即杜宇。

②即开明王朝创建者鳖灵。

③少数民族首领。

④有人认为司马错是第一任蜀郡郡守，不准确。因当时还未正式建立蜀郡，太史公《史记·自序》中有一句讲他的老祖宗司马错灭蜀后"因而守之"的话，可以理解为"军管"领导人。

对蜀地进行治理。保留蜀国名号，既封蜀侯又设国守。惠文王更元十一年（前314年）先王封儿子通国为蜀侯，以原蜀国的投诚将军陈壮为相，以老夫为蜀国守。为了巩固我大秦在蜀地的统治，老夫下令废除蜀国文字和历史，并建言朝廷从我秦国泾水流域移秦民万家到蜀，一家以五口计就有五万人，对其中有才干的授予官职，对普通秦民则让他们担当起推广语言文字、生产技术的任务，并充当官府的耳目。这一措施对稳定蜀中局势起到了很好的作用。另外，就是筑城，老夫主持修建了成都城、郫城、临邛城。这三城在成都平原上呈'品'字形，互为掎角，既是政治经济中心，又是设防的军事堡垒，四面城墙上和大街十字口都修建有观楼射栏，栏下作'仓'屯兵。这个观楼射栏，就是用作观察、射击的哨所。"

"英明，"公孙若说，"这样的布局，对禁暴止乱，发展工商业都大有作用。"

"是的，"张若说，"成都从开明王朝九世起就在此建都，说是'都城'，其实只能算'聚邑'，除了蜀王宫、宗庙、祭坛、望妃楼、七宝楼等少数建筑还像点样子外，王畿之民所住的不过就是干栏式的茅屋，几根木柱上搭几块木板，就是住房，上面住人下面喂牲口。老夫下令除保留几处经过改建还可使用的建筑外，其他全拆，按'咸阳制式'重新修建：街道的划分、商店的分布、市场的设置、居民住房的修建规模与国都咸阳相同。老夫把成都北门命名为咸阳门就是为了彰显这一特色。市内，建立盐、铁、市官管理市场，征收赋税，这才保证了工商业的有序发展。以'咸阳制式'来促进成都的发展繁荣，这一条至关重要，一定要坚持不懈。"

"晚辈谨记。"公孙若说。

"还有，"张若趋身案前，拿起一编竹简，指着一段文字，说，"这上面写'武王元年（前310年）仪与若筑成都城，屡筑屡颓。相传有巨龟浮于沼池，上岸爬行一圈，至子城东南隅而毙，乃以龟迹划线筑之，乃成。故父老称之曰龟城'。"把竹简扔在案上，愤然地说："完全胡说八道，要改。事实是老夫任国守的第二年就开始筑城了，武王元年（前310年）已初步完成。后又经过五年的修整完善，前后花了九年时间才有今天规模宏大的成都城，武王元年有陈壮的叛乱，说那年才修城，后人相信吗？成都卑湿，确实版筑不易，但说按龟迹划线，就是贬损老夫了。蜀中有人骂老夫是'武棒棒'出身，不懂建筑！"

"谣诼之辞，当严禁扩散。"公孙若说。

"不必，让他们当龙门阵摆吧，"张若说，"老夫是不懂建筑，但老夫会调动千军万马，会用人。老夫从我大秦本土聘请、从蜀地征集了一百名能工巧匠，分了十个十人队，分别进行勘察、丈量、规划、制图，然后才调民夫上万，分东南西北照图施工。老夫清楚记得前期搞丈量的就是来自我秦国的著名工师李水……"

"李水！"公孙若怔了一下。

"对，是李水，"张若说，"他当时还不出名，还是个小后生，但此人绝顶聪明，他发明了一种安有机关能随意丈量长短的杖尺，用起来很方便。他代领一个十人队，在成都干了大半年，他提供的数据很精确，受到总掌墨师的称赞。"

"老大人，"公孙若仰面询问，"这个李水就是后来修咸阳渭水大桥的掌墨师吧？"

"就是他，"张若说，"他修好大桥后就出名了，你怎知道此人？"

公孙若说："听我的同窗李冰说过，李水是他的生父，后来因参加司马错将军入蜀平叛而牺牲。"

"是这样，很可惜！"张若说着又拿起案上的简册，翻开浏览了一下，说，"秦灭蜀后在蜀地的三次平叛是大事，它充分说明了治蜀的艰难。一定要写清楚，不得有一字的含糊，更不能忠奸不分，"指着简册说，"这上面在叙述蜀侯恽和蜀侯绾的案件中用了什么'或曰株连甚广''相传为冤杀''有说为疑杀'的语句，这是逆言，太后看到会杀头的！"公孙若说："孟谦大人未亲自捉刀，很可能出自下人之笔。""他为何不把关？"张若说，"孟谦这个人哪，老夫是恨铁不成钢！他二十来岁就跟老夫办文案，老夫看他忠诚老实，办事还算认真，就升迁他为主簿，但此人最大的缺陷是耳根软，下面的人给他一吹，他就分不清东南西北了。近年来他和成都县令尚武①过从甚密，结交一些蜀中文人，声言要用孔孟思想来校正法家思想的弊端，这绝不能允许！今后要特别注意这两人的动向。"公孙若说："晚辈铭记。听说尚武是杜仓丞相推荐的？""是的，"张若说，"他当过丞相的书童，成都是仅次于咸阳的大都会，没有丞相推荐，他这样的小后生能当上县令？不过，这也没有什么，现在的秦国是太后说了算。"公孙若说："晚辈明白。"张若说："老夫再把三次平叛的事件给你简述一下，你要字斟句酌地进行修改，之后，把这个东西烧掉！""啪"的一声将竹简扔在案上。

"遵命，"公孙若说，"请大人口述，晚辈一字不漏地写入《蜀记》中。"

"嗯，"张若徘徊思索，有顷，蓦然转身，说，"你写。"

公孙若展简提笔。

张若用战国时期的文书语言进行口述：

"秦灭蜀，五年之后，亦即惠文王更元十四年（前311年）也，蜀相陈壮勾结丹、犁两部族，杀蜀侯通国，叛我大秦。陈壮伪称大蜀王。国守张若早悉其奸，羽书急报朝廷，伪王仅立七日，丞相甘茂、将军司马错的平叛大军已至矣！只一月而诛陈壮，平蜀乱。若建言，废分封，行郡县制乃长策也！丞相曰：'行分封，乃先王诏令，不可不遵。'于是乎又封王子恽为侯，又十年，即今王六年（前301年）也，恽献祭肉祭酒与王，加毒，为太后识破。其臣郎中令王婴又以治水为名，招四万民夫，图谋不轨，塞罢举报，王大怒，遣司马错平叛，恽率侯府吏卒退走青城，后，恽夫妇自杀，王婴等二十七人亦伏诛。若又建言曰，废分封，此其时也。司马错曰：'此大事也，当请王与太后定夺之。'不日，王又封恽之子绾为蜀侯，又十七年即今王二十二年（前285年）也，绾又欲谋

①四川涪陵小田溪的战国晚期墓葬中曾出土一柄铜戈，上有铭文"二十六年蜀守武造"，"二十六年"为秦始皇纪年，即前221年，这个名"武"的人是继李冰之后的蜀郡第三任郡守，相传他曾当过成都县令。

反而被诛。①是年朝廷下令废分封，除蜀国名号，建蜀郡，若为郡守，事可专一，乃取笮及江南地也②，开疆千里！"

"这是推行郡县制的胜利！"公孙若说。

"正是，"张若转头说，"为了在蜀郡推行这个制度，花了三十年的时间，难哪！"他走近公孙若，问："写好了吗？"

"请老大人审阅。"公孙若将写好的简册恭呈。

张若接过，浏览了一遍，说："很好，一字不差，以此入史。记住，蜀侯恽、蜀侯绾的案乃是钦定，绝不能翻案，绝不能平反！一切聒噪之言都要顶住。依法治蜀的传统不能中断，时时刻刻都要维护我大秦在蜀郡的根本利益。监御史何坚，执法严谨，可以信用。"

"晚辈铭记。"公孙若说。

这时，卫士长匆匆上楼，站在门口躬身喊道："郡守大人，樊侯求见。"

"唔，"张若说，"请他到郡府馆舍歇息，今晚老夫去拜会

---

① 秦灭蜀后封了三个蜀侯，即蜀侯通国、蜀侯恽、蜀侯绾。至于这三个蜀侯是秦国公子还是原蜀国开明王朝的后代，多数学者认为是前者，但个别学者认为是后者。笔者经研究，认为蜀侯通国和蜀侯恽是秦惠文王的儿子，绾是蜀侯恽的儿子。秦惠文王有十多个儿子，秦武王无子，他死后由他的兄弟嬴稷继位是为秦昭王，但"诸弟争立"，发生了以季君为首的叛乱，被昭王的舅舅魏冉出兵镇压，"昭王诸兄弟不善者皆诛之"（《史记·穰侯列传》），可见昭王诸多兄弟中不"不善者"才被诛，善者留了下来，《史记·秦本纪》记载："十一年……公子通封于蜀。"《华阳国志·蜀志》更明确记载："周赧王元年（秦惠文王更元十一年，即前314年）秦惠文王封子通国为蜀侯，以陈壮为相。""七年封子恽为蜀侯。"昭王六年（前301年）蜀侯恽被杀的第二年"王封其子绾为蜀侯"。按《华阳国志》记载所谓蜀侯恽造反是宣太后制造的冤案，后被平反。"三十年（前277年）疑蜀侯绾反，王复诛之。但置蜀守。"本书的创作以《华阳国志》的记载为据。

② 笮地即今汉源至凉山地区；江南地即今金沙江对岸的丽江、大姚、姚安一带。两地当时为少数民族聚居地，其人通称"西南夷"。

他，宴请他。"

"是。"卫士长应声欲走。

"慢。"张若喊住卫士长。

卫士长回身问："大人还有何吩咐？"

张若说："把蹇侯也请到。"

"遵命。"卫士长走去。

张若对公孙若说："今晚你作陪，老夫当面给这两个人打个招呼，让他们今后鼎力支持你的政事。"

"感谢老大人的精心安排，"公孙若说，"晚辈熟悉蹇侯，对僰侯还比较陌生。"

张若说："僰人居地是我蜀郡东出、南去的一道大门，要严加扼守，出不得一点差池。故此人值得关注。"

公孙若说："晚辈铭记。"

"还有，"张若说，"湔江①上游的羌人头领木姐丹曼也要特别关注。此人不仅不服湔氐道②丞桑巴洛的节制，对郡府也是三心二意，如何对待此人？老夫之意，还是施以恩威并用之策，施恩不行，那就加威！"

公孙若说："晚辈谨记。"

太阳快要落山了，张若和公孙若才一前一后地走出楼顶，这时如火的晚霞把成都城映照得通红透亮，张若在回廊上又注目了一阵，这才依依不舍地走下楼去。

（三）郡守张若

张若要求关注的僰侯名阿胄。他是地处现在宜宾地区兴文县一带的僰人头领。僰人在先秦时期是西南夷中经济、文化发展水平较高的一支古老民族，相传曾建立过僰国。这个僰国北接巴、蜀，东向楚国的巫郡，南通夜郎、滇池，为蜀、滇、黔交会之要冲，自然需要时刻保持稳定，这是张若关注僰侯，对他实施笼络、羁縻的主

---

①即岷江。

②湔氐道治所在今四川松潘。

要原因。古蜀国杜宇晚期，荆人鳖灵率领他的部族沿长江西上，进入成都平原之前曾把此地当作根据地经营，使鳖灵部族与僰族人民融合在一起。后来鳖灵当了杜宇王朝的丞相，因治水有功，而创建了开明王朝，号丛帝。作为王者发祥之地的僰族地区，自然受到丛帝的特别照顾，为了提高政治地位，将僰族大酋长封为侯。开明王朝十二世灭亡后，一些王子王孙逃到僰地，改名换姓，以僰人的面目隐蔽起来，僰侯阿胄的真实身份就是蜀王的第八孙，秦灭蜀的那一年他只有十八岁，但此人曾在楚国郢都读书五年，见多识广，智勇双全，深得蜀王信任。当他的祖父在蜀北与秦军对阵时，他已奉命将成都蜀王宫中的金银财宝、古董玉器，分别从陆路、水路秘密转移到僰王山寨①了，他隐蔽下来，殚精竭虑，以屈求伸，向秦示好。就是为了恢复他祖父的蜀国。他能被秦廷赐以侯爵，成为张若的座上宾，能参与郡府的重要议事会，有一段故事：

二十五年前秦惠文王死，秦武王新立（前 310 年），朝中局势不稳，蜀相陈壮乘机发动叛乱，以实现他称霸蜀中的野心。举事之前，曾邀请阿胄密商。阿胄指出蜀侯通国与国守张若矛盾很大，两人势若水火，有割据巴蜀的图谋，可拥戴他为王，高举抗暴秦、复蜀国这面对蜀人有号召力的大旗，才能登高一呼、万众应从。在战略上阿胄建言先要火烧栈道，封死秦军入蜀的道路；同时，借个名义将张若为首的国守府灭掉。之后，方可宣布反秦复蜀。陈壮刚愎自用，不听阿胄的建言，说他自有主张，只需僰地出兵出粮相助，事成之后，阿胄可担任蜀相。阿胄知道陈壮的意图后心也就冷了。他料定这个背主求荣、反复无常之人难成大事，便与之虚与委蛇，答应出粮万石，出骑兵三千参加。陈壮在成都树起叛旗后杀掉蜀侯通国自称大蜀王，派兵攻打张若的国守府。张若卫队与叛军激战一个多时辰，终因寡不敌众，张若仅带着卫士长和四名卫士冲出重围逃出成都。陈壮派亲信副将、只有二十来岁的吴戈率一百骑兵追赶，声称要活捉张若。张若逃到牧马山下②，忽听一声口哨，阿胄

①在今宜宾地区兴文县。

②在今成都市双流区境内。

带着一队骑兵从山上冲下来，拦住张若的去路，他一愣怔，心中暗自叫苦"完了，完了！"就在此时，阿胄突然滚鞍下马，纳头便拜："参见国守大人！"张若打量阿胄："你是？"阿胄说："在下是僰人酋长阿胄呀！""想起来了，"张若说，"前年你出万金买下成都的望妃楼，我们见过一面，你今天带兵来……"阿胄说："听说陈壮造反，特领兵三千前来襄助大人平叛！"张若说，"很好！"这时传来一阵哒哒的马蹄声，追兵已至，阿胄高举砍刀喊了声"杀！"便带领马队迎着追兵冲上厮杀，追兵留下几具尸体后拨转马头逃窜，阿胄紧追不舍至三里之外，甩出一个铜弹打在吴戈的马腿上，奔马一声长嘶，前蹄扑地，把吴戈甩了下来，阿胄下马扶起吴戈，低声说："回去禀告陈壮，张若已在僰人手中，成都以南局势已被我控制，要他着重对付北面的秦军。"吴戈仰面盯着阿胄，疑惑地："既如此，酋长就应将张若交卑将带回。""不行，"阿胄说，"这么个大人物，我要见着蜀王陈壮才交，而且要举行献俘仪式，以壮声威！""这——"吴戈瞪着阿胄，"请酋长想一想你这样做对谁有利？"阿胄说："我也请将军想一想，陈壮能率领我们实现反秦复蜀的大业吗？"吴戈说："明白了，酋长在作壁上观，好吧！等我们凯旋之后你再来献俘吧！"阿胄说："但愿如此。如何联系？"吴戈拿了块铜牌给阿胄："就凭这个。"阿胄接过铜牌，说："将军可以走了。"吴戈说："后会有期。"翻身上马奔去……

　　阿胄下令停止追击，返回牧马山。他驻扎此地按兵不动，就是为了观察形势，现在国守张若又落入了他的掌控之中，无论陈壮是成功还是失败，他都可以通过张若这个大人物而得到莫大的好处。想到这一点，他的内心深处就涌起一派按捺不住的兴奋和喜悦。

　　阿胄回到牧马山把张若请到他的大帐中歇息。并拿出从僰地带来的窖酒、牦牛肉干款待。久经沙场征战的张若，当然不会轻易相信阿胄，他问："你是何时知道陈壮要反的？这么快就发兵成都？"阿胄说："半月前，国守府不是派孟谦大人到僰地向头领们宣谕过吗？说最近有些戎伯可能造反，要我们认清形势，忠于朝廷，立功有奖。"张若点头说："有这回事。"阿胄接着说，"不

瞒张大人，陈壮和丹、犁两部族的头领也派特使来争取过我们，并告知了日期，要我们同时举事。待他们走后，我们就会商议决。一致认定，蜀归秦，乃是天命。秦国蒸蒸日上，山东六国无可匹敌，我们僰人只能做顺天应民之事。"张若"嗯"了一声，说："你们的看法和选择很好，很正确。平定叛乱后，本守一定奏请朝廷给你加官晋爵。""多谢大人，"阿胄说，"在下带来的三千人马全由大人指挥。下一步咋办？请大人下令。"张若说："数日前，本守发现陈壮有异动之后，已命人飞报咸阳了，平叛大军会很快出动，你现在即派出斥候①去打探消息。这牧马山九沟十八梁，林密深邃，回旋余地大，是可以坚守住的。军粮怎么样？"阿胄说："每兵都自带有七日干粮，另有万石军粮正在运来。"

张若说："很好，先守住牧马山再说。"阿胄按张若的命令派出十名僰兵化装成蜀人，到成都和蜀北打听消息。为了稳住张若，他做出谦卑、恭顺的样子，和张若吃在一起，同睡一个大帐中，由张若带来的四个卫士站岗放哨，几天下来，张若对阿胄产生了好感。第三天，张若和阿胄接到斥候禀报，由丞相甘茂和大将军司马错统率的平叛大军已在朝天关击败陈壮的叛军，正朝成都方向迅猛推进。张若写了封密信令他的卫士长和一名卫士北上找到平叛军统帅丞相甘茂和司马错将军，呈上信件听取指示。第四天，又接到禀报，陈壮的叛军在成都北面凤凰山一线与平叛军激战。第五天，卫士长带回了甘茂和司马错联署的命令，要张若迅速占领成都南面的关津隘口，防止陈壮弃城南逃。张若即率僰兵迅速赶到成都南面，这时，成都南大门已关闭，城楼上有执连弩的叛军把守。张若下令在护城河边射程之外连夜搭建军帐，并形成连营结寨的架势，帐前竖秦军大旗，僰军也换上秦军的军装，给叛军造成秦军大队已至的震慑！再过了两天，成都北面凤凰山一线的叛军被击溃，无险可守的陈壮率残部退入成都关门死守。喊出了个"鱼死网破，与成都共存亡"的口号。陈壮把原蜀侯府、国守府储藏的金银财宝拿出来分给士兵，又开仓放粮给百姓，激励他们拼死抵抗。秦军肃清外围残

---

①侦察兵。

敌后，四万大军分东西南北把成都围得水泄不通。

甘茂和司马错在城北大帐中召开军事会议，张若奉命前来参加，商议如何破城。

甘茂是接替张仪而担任秦国丞相的，是秦武王时代的风云人物，此公精通权谋也长于领兵打仗。他主张火攻。在四门同时放火，破门而入，开展巷战，捉拿陈壮。

"丞相不可，千万不可！"张若倏然跪倒在地，激动得眼闪泪光，说，"这成都城乃是卑职奉朝廷之命而修建的，花了九年多的时间啦！直到今春才初步完工剪彩开市。少城大城，门楼十八，大街小巷，一百有九，还有……"

"别说了，"司马错一把拉起张若，说，"我和丞相都知道成都是你呕心沥血之作，舍不得打烂！丞相叫你来，不是会商吗？又不是发布火攻的命令，你有何既能保全成都又能灭敌的妙计，就讲嘛。""遵命！"张若说，"我大军围而不打，做佯攻，造声势；另给卑职工兵一百，开凿地道入城。既可灭陈壮，又可保全成都。"甘茂说："你有把握？""丞相，"张若说，"卑职对成都的地形、地质早已了然于心。""嗯，"甘茂说，"这倒是。"转问："将军以为如何？"司马错点头说："可以。"

张若出帐来吩咐随他来的卫士长仍返回南城，监督阿胄，配合王师守住南大门，有急事可到西门外林中找他。卫士长领令而去。

半个时辰之后，张若把一百工兵带到成都西门附近的一片树丛中隐蔽起来，交代任务。张若指着西门附近的一段城墙说："那里土质松软便于开凿地道。要求：洞深一丈，宽五尺，长五十丈，穿过城墙直到西街。可能遇到地下水，要准备用沙石填堵。洞的上端用木板做顶，两边用木桩支撑。现在去备料，黄昏时在此集中。"转对百夫长说："你领着干吧！"百夫长说："这么急，木桩木板哪里去找呀？"张若说："老百姓有的是。"百夫长说："明白了。"张若补了一句："还是给点钱，不能让老百姓骂我们搞强拆！"又扫了众人一眼，说："从严保密，泄露者一律杀头！"

当天晚上，为了掩护张若开凿地道，司马错又指挥了一场佯攻，四面开花，搞得陈壮疲于应付。

　　佯攻开始后，张若也开工了，他把一百工兵分成若干小队，轮番上工，挖土、运土、立柱、加盖有条不紊，当晨曦降临时，五十丈长的地道已经开通，只等把地道尽头的顶层挖个洞，就进入成都西街了。张若很高兴，急忙去到大帐向甘茂、司马错禀报。甘茂听了张若的禀报后笑道："好哇，国守大人成了打地道的行家里手啰！只是，五尺宽的地道怎能让我大军顺利通过？"

　　"大军不需要走地洞，"张若自信地说，"再给卑职锐士五百，五日之内，诛陈壮，打开城门迎我王师入城。"司马错淡然一笑，说："你可别低估了陈壮，他毕竟是行伍出身，也很了解成都的地形地势，我军这些天的佯攻，他很可能已看出来了，甚至你凿地道他也考虑到了……""不会，不会，"张若说，"卑职太了解陈壮了，此人愚而好自用，卑职率五百名锐士进入市区后，一定能取这叛贼的首级。"司马错瞪了张若一眼，说："你不要想先去杀陈壮！你进入市区后首要的任务是打开城门，迎我大军进入，分片围剿。"张若不赞成："那不是又要打巷战吗？"甘茂绷起脸："就照将军的指令办，打巷战就打巷战，打烂了重修。""丞相，重修？谈何容易啊！"张若说，"那些叛军乃是乌合之众，只要陈壮一死，他们就会投降。"他跪倒在地，流泪叩首，疾呼："丞相、将军，请给我五百锐士，五天时间，只要五天时间！卑职砍不下陈壮的头，就请丞相、将军砍张若的头！"司马错紧皱眉头，盯着张若："你敢立军令状吗？""敢！"张若站起说。"好！"司马错转对甘茂，"丞相，就给他五天时间。我们立即写封信射进城去，明确告诉陈壮，为了保全成都，不致生灵涂炭，我王师五日之内暂不攻城，敦促他尽快开城投降。这几天我军赶制攻城器具，做好准备，一旦地道战失败，王师即发起进攻。"甘茂点头："好，就照将军的意见办，张若立军令状吧。"张若应声："遵命。"卫士端一个放着笔墨竹简的托盘走到张若面前，张若拿起一片竹简，提笔蘸墨写了几个字，大意是"五日之内不达目的，就杀张若"，写好后呈与甘茂。甘茂看了一眼，说："去吧！"

　　果不出司马错所料，陈壮已看出了王师在搞佯攻。此刻，他正在蜀王府的厢阁中望着墙上的帛画《成都图舆》思考对策呢！

　　"他们想干什么呢？"这位身躯犷悍、眼光狡黠、自称蜀王的叛将自言自语地说。

　　"启禀大蜀王。"吴戈手持一卷插着羽毛的帛书站在门外弓着身子喊了一声。陈壮转身："吴戈将军，请进，请进。"吴戈走进说："秦军与我王下书一封，是用箭射进城来的。"呈上。陈壮浏览了一遍，愤愤地将信扔在案上，冷笑道："为了不致生灵涂炭，停战五天，敦促本王投降，做梦！""他们在麻痹我们，"吴戈说，"五日之内？我看秦军今晚就要进城。"

　　"从哪里进？"

　　"地下，秦军会突然从地下冒出来。"

　　"为什么？"

　　"他们怕打烂成都！"

　　"对，将军说得对极了！"陈壮急趋地图前，指着成都西门说，"这一带地质松软，秦军肯定在这一带凿地道，从地道进入市区。怎么应对？"吴戈说："我们正好利用这一点应对他们。"陈壮说："将军有何应对之策，请坦诚。"吴戈说："从凤凰山到龙泉驿的险要之地尽失，成都已成孤城，还怎么守得住？唯今之计，只有突围到南安①一带，徐图恢复。这就离不开争取阿胄，让他与我军里应外合方可奏效。"陈壮说："阿胄至今未与我联系，看来，此人不可靠，他是否真是蜀王后代也值得怀疑。"吴戈说："是值得怀疑。但他确是僰族酋长，有反秦的意愿，而且张若又落入了他的手中，在目前的态势下，我们必须争取他，和他结盟，否则我们撤出成都后也无立足之地。他现在按兵不动是在观察形势，只要我们能打一个胜仗，全歼入城的秦军，这就可增加我们与秦军与阿胄的谈判筹码。""高明，高明！"陈壮说："把丹、犁两部族的酋长找来，商量出一个全歼秦军的周密计划来。"吴戈颔首："很好。"

　　黄昏时，张若带着挎弓弩、佩长剑、一身黑衣的五百锐士来到西城边的树丛中隐蔽起来，他把五个百夫长叫来，摊开一张帛画地

　　①今乐山。

图指点着交代任务。他对第一个百夫长说："你的百人队打前锋。进入西街后要迅速占领十字口左右的两座'观楼'。"指着第二个百夫长说："你的路线是通过西街，迅速占领窄巷子前的两座'观楼'。你们两队的共同任务就是保护后续三个队的顺利通道。后三队的行军采取递进的方式，通过西街、窄巷子，直插赤里街的蜀王府，陈壮就住这里。守卫王府的是他的心腹副将吴戈，可以先擒此贼，逼他带路进府，如不成，可踰墙而入。今晚的偷袭能否成功，关键是要做到机动、灵活、神速、秘密。本守亲自提调，弟兄们要有必胜的信心。"五个百夫长齐声表态："谨遵国守大人之命！"

夜色降临，浓云密布，进入亥时，天上没有星光，黝黝的黑幕沉沉地笼罩着成都城。周围十二里的城墙上每隔十丈立一火柱，火光在劲吹的晚风中摇曳，隐约可见躲在城垛后的守城叛军和带着卫士巡逻的军官……

林中，五个百人队已按序列站成纵队，蓄势待发。

寂静，死一般的寂静！

张若在林子前面观察城墙上的动态，待城墙上的巡逻队绕过西城而去的时候，他转身下令："第一队上！"第一队手提铁锤的百夫长朝身后的锐士一挥手，这一百人纵队像一条急窜的黑色巨蟒，刹那间，就无声无息地钻进了地道。

张若目不转睛地望着地道，大约过了三刻时辰，突然响起了一阵嗖嗖、呼呼的飞箭声，其声势像是下了一阵瓢泼大雨，但很快就停了下来，重新归于寂静！"我们得手了？"张若想了一下，无论得手与否，箭在弦上不得不发了，他向第二个百人队一挥手："上。"第二百人队旋风般地卷进地道。只过了两刻时辰，又响起了一阵激烈的飞箭声，又很快停止下来归于寂静。屏息静听的张若这回听出来了，箭声中杂有"呼呼"的响声，这是丹、犁两部族中射手们使用的连弩箭所发出的特有声音。张若一惊，转身对第三百人队一挥手："跟我来。"锐士们跟着他疾步奔入洞中，至洞口，张若命令百夫长先带二十名兄弟上去侦察。百夫长点了点头，随即带着二十弟兄爬出洞口，只见大街上一片黑暗，阒无人迹，前面的两座观楼上，各挂着一个红灯笼，闪射着朦胧的光，只有一个黑衣人持弓箭把守，他们匍匐前进至街中，摸到了大批的箭矢，大片的鲜血。百夫长大惊："中计了，快撤！"话犹未了，忽听一声口哨，从观楼的"下仓"中涌出一群手执火把和弓弩的武士，用连发弩机从左右猛射秦军，一阵嗖嗖、呼呼的箭声过后，二十人全部栽倒在地，瞬间，邻近的一家屠宰铺大门洞开，在几支火把的照射下，一张捕兽的巨大黑网抛了出来，将二十人罩住，迅即拉入店中。

站在门口的陈壮对吴戈说："已俘二百二十人了，可以封洞了。"吴戈点头，转对身后的卫士说："下令填洞。"卫士转身朝前跑去，在一家大门上敲了三下，低声命令："填洞，填洞！"门，轻声地打开了，涌出一群高举火把、端着用竹筐、木盆盛满砖头、瓦块、卵石的叛军，在吴戈的率领下悄无声息地朝洞口奔去……

地道口上，一个秦军趴着观察，见叛军涌来，急忙退入洞中，向站在洞口下的张若禀报："大人，我们中计了，叛军前来填洞了！"张若转身，对地道中的锐士命令，"上洞，阻敌……"话未说完，在一阵噼里啪啦声中，砖头、瓦块、卵石如大雨一般地砸进地道，刹那间，那个报告情况的士兵立刻被埋葬，张若也被砸得头破血流，不是两个士兵眼疾手快将他架走，这位国守大人也就成为烈士了！

洞口上，吴戈指挥叛军将地道的出口封死。

陈壮走来检查，他在封死的洞口上踩了几脚，命令在洞口上再加一层石板，士兵立即照办，之后，两人才满意地离开了现场。

他们边走边谈。吴戈认为这次胜利会震撼秦军和阿胄，要在秦军未做出新的破城决策之前，从速争取阿胄，以便里应外合，尽快撤出成都。陈壮要吴戈化装成秦军，带着他的亲笔信，连夜从南城潜出，寻找阿胄谈判。陈壮表示，转进蜀南后他愿将王位禅让给阿胄。吴戈赞同，愿冒死出城，完成重托。

张若负伤后，处于昏迷状态，士兵把他抬进树林中，将他放在临时搭建的草铺上，又连夜请来一位军医，给他疗伤，直到第二天中午他才苏醒过来，守护他的两位百夫长很是高兴，请他喝水吃干

粮，张若说："本守要喝酒吃肉，快去找。""大人，这……"两个百夫长迟疑着，面面相觑。张若坐起说："本守身板硬着呢，"指了下头，"就是这里受了点伤，有点晕，现在好了，清醒了，"突然一声长叹，"唉，想不到我修的观楼反倒成了我的克星，我死不足惜，只可惜成都要打烂了！"百夫长一惊："大人何出此言？"张若说："我没脸见丞相、将军了。由于我小视了叛贼，致使二百二十名弟兄蒙难，我是死有余辜啊！等我酒足饭饱之后，你们就把我杀掉，将我的人头献上。我是立了军令状的！"一位百夫长说："军令状不是五天为限吗？还有三天，大人就不能另谋灭敌之策吗？"张若"唉"了一声："既要灭敌又要保全成都，这样的妙计我是想不出来啰！""我给大人献上一计。"早已进入林中的阿胄说着走到张若面前。张若仰面问："阿胄！你多久来的？"阿胄说："刚才。今晨化装成秦军的叛将吴戈给在下送来陈壮的一封亲笔信。在下深知事关重大，不敢隐瞒，立即报告了卫士长。卫士长令我火速送呈大人。"阿胄拿出一封卷着的帛书交给张若："大人看后就能找到破敌之策了！"张若打开帛书看了一遍，问："吴戈现在何处？"阿胄说："已在卫士长掌控之中。""好，"张若瞄着一位百夫长说，"备车，林中所有锐卒均从本守去城南，先至金牛邑，再向南转。"卫士长领令而去。

张若又对另一位百夫长吩咐："你去大帐代我禀报丞相、将军，说地道战受挫，二百二十名弟兄蒙难，张若知罪，现已转进城南，戴罪图功，如事不成，五日之后，即来大帐领死！记着了吗？""记着了。""去吧！"百夫长转身走去。

吃过午饭之后，两百多人簇拥着一乘篷车出发了。

篷车中坐着张若和阿胄。张若对阿胄说："你的妙计就是引蛇出洞？""是的，"阿胄说，"我也不想打烂成都哟！我那个花了重金改建的欢娱楼不是才开张吗？""你和我想到一块儿了，只是，把陈壮引出城来，你有什么把握？""只要大人敢于冒一次险，就完全可能？""为什么？""信上说得很清楚，陈壮要南逃，他就必须争取我的支持，来个里应外合，他才走得脱。但他对在下又心存怀疑，吴戈曾追逐大人，知道大人在我军中，他一要弄清大人和在下之间是何种关系？二要带走大人做他的人质，保护他南逃……""别说了，我明白了，本守早就将生死置之度外了，一切听从酋长的安排。""多谢大人的信任。"

城北的军帐中，甘茂和司马错下围棋，一相一将，边下边闲谈。甘茂说："张若对成都城为什么这么在意？"司马错说："他亲手创建的呀！在他看来成都就是他的家，为了这个家他可以抛头颅洒热血。"甘茂说："守土一方，热爱一方，其志其情，均堪称赞，只是作为封疆大吏，谋大事还是先要虑及国事呀！"司马错说："自从西周推行分封制以来，华夏就形成了家国同体的传统，没有家哪来的国呀！""将军之见新颖。"甘茂说，"张若地道战受挫，现在转进南门，他要搞什么名堂？我们要不要管一管呢？"司马错说："他不是已派人来禀报过了吗？我们已有预案，就不干预他了，由他去吧！咱们正好悠闲两天。""唉，"甘茂叹了一声，"我是怕三日之后，咱们要洒泪斩张若啊！""会吗？"司马错说，"我了解张若，如果出现了这一幕，也是他咎由自取。丞相，还是专心下棋吧！"甘茂俯首看棋盘，惊叹："哎哟，我的黑棋走不动啰，将军赢了！""再来，再来，"司马错说，"两盘定输赢。"

成都南门外，丛丛竹林围绕的僰军帐中。身着僰人服装的张若卫士长正陪吴戈喝酒。卫士长问："将军，你看，大蜀王能赢吗？"吴戈睃了卫士长一眼："我说过多遍了，你别套我的话。我冒死前来，除了给阿胄送信，就是要带走张若。为什么等了大半天了，还不见人影？"卫士长说："在下也讲过，张若因在牧马后山的一个山洞中，他不肯投降，一会儿绝食，一会儿撞壁自杀，把他弄到这个地方来，还要绕过秦军的封锁线，没有两三个时辰，行吗？""唉，天都快黑了，"吴戈说，"僰人兄弟，你们可不要脚踏两只船啊！"阿胄匆匆走进，瞪了吴戈一眼："谁脚踏两只船？我已把张若给你带来了。"转向帐外喊："把张若抬进来。"两僰兵用担架抬进张若，阿胄将张若扶起，坐于一木几上，转对吴戈："你看看他是不是国守张若？"吴戈走到张若面前，打量了一下："真是国守大人呢，大人你好啊！"张若没有理他，吴戈观察张若负伤的头部："大人果然撞伤了，大丈夫能屈能伸，何必想不开呢？""少啰唆，"张若说，"本国守要好酒好肉，吃饱了喝足了，死，也要死得堂堂正正！"阿胄喊："上'荔枝绿'好酒，蒟酱拌老腊肉。"不一会儿，就有一樊兵端来一张上置酒肴的矮案，放在张若面前。阿胄说："大人请用。"张若大口喝酒大口吃肉。

吴戈说："国守大人，陈壮见你，乃是为了化解秦蜀之间目下的僵局，绝无加害之意。"

"何时进城？"

"今夜三更。"

"好，本国守正要面见陈壮。"

阿胄对吴戈说："国守同意去，但本酋长不同意。秦军为什么至今没有动我，就因为国守在我军中。这原因你明白了吧！"

吴戈说："我明白了。不过，我也要给酋长和国守通报一个信息，昨天晚上，我们轻易地歼灭了试图通过地道偷袭我军的秦军二百余人，这说明了什么呢？说明了我军还有实力与秦军周旋！如果甘茂硬要强攻，那就只能鱼死网破、玉石俱焚了。"转对张若，"国守大人，到了那时，你殚精竭虑创建的成都城就只能灰飞烟灭了！"

张若说："你威胁什么？本守不是应允去见陈壮吗？"

阿胄说："国守不能去，你走了，我的樊军就会很快被消灭！"转对吴戈："你们既然还有实力与秦军周旋，还来找我干什么？吴戈将军，本酋长让你见上国守一面，一是为了消除陈壮对本人的疑虑，二是看在将军的颜面上，这已经够意思了！你还要把人带走，这是万万不能的！"

吴戈见阿胄态度强硬，软了下来，说："酋长，我俩再谈谈好吗？"阿胄想了一下，说："可以，到我后帐谈，请——"

两人走到后帐中，各在一矮几前坐下。阿胄说："现在只有我们两人，叫作天知地知你知我知，要谈，就要谈掏心窝的话。请问将军，你为何坚持要把张若带走？"

吴戈说："我军俘获的秦军二百二十人中，有一百二十人已中箭而死，还有一百人活着。大蜀王是想用张若和这一百人充当人肉盾牌，以便能顺利撤出成都，转进蜀南。要实现这一计划就离不开酋长的参与，在下冒死前来就是寻求与酋长精诚合作。蜀王说了，他到了蜀南后愿将王位禅让给酋长，听说酋长乃开明帝之后，与虎狼之邦的秦国有弥天的国仇家恨，祈望酋长以反秦复蜀的大局为重！"吴戈打躬作揖："一切拜托，一切仰仗！"

阿胄问："将军为何矢志反秦？"

"为报杀父之仇！"

"你父亲叫什么名字？"

"吴一弓。"

"好兄弟，"阿胄趋身上前握住吴戈的手，热泪盈眶，说，"为兄找了你好多年了！你父亲是开明帝御林军的都尉，秦伐蜀的战争中，我蜀军溃败，是你父亲率余部，护卫太子、相傅等人退至蓬乡白鹿山①，坚守了一月之久，后来粮尽援绝，才被秦军歼灭。"吴戈说："是这样，酋长你真是……""好兄弟，"阿胄说，"你忘了，十来岁的时候，我们曾到青城山游玩，我在丈人峰跌到岩下，右手臂被岩石划了块大伤口，鲜血淋漓，是你救了我哟！"说着解开上衣亮出右臂，吴戈看了一眼，果然还留有一寸多长的疤痕，但吴戈还心存疑虑，他说："传闻，开明帝的王子王孙左臂都刺有'龟剑'图腾？"阿胄亮出左臂，显出一个文刺的"乌龟含剑"图案，吴戈一见，猛然跪下，抱住阿胄的脚，流泪说："你是先帝的第八王孙啊！小王爷，这么多年，你到哪里去了啊？"阿胄说："我十三岁那年，祖王送我到楚国郢都念书，回国才一年秦蜀之战就爆发了。蜀亡之后，我退隐樊地，改名换姓，成了酋长。"扶起吴戈坐下，继续说，"这些年我跑遍全蜀，调查五年前先帝和太子、相傅的殉国详情，寻找王室和文武大臣后裔。就是为了兴灭国、继绝祀呀！""现在好啦，"吴戈说，"有小王爷在，复我蜀国，名正言顺，蜀中之民，必然归心！"

"陈壮允许吗？"

"陈壮确实说过他愿禅让！"

---

①今彭州市之北六十里的白鹿乡。

"不可轻信，"阿胄说，"将军是明珠暗投啊！被陈壮的花言巧语所蒙蔽。陈壮是个什么人？是个权欲熏心、反复无常的诡诈巨奸！你是知道的，先帝对他有大恩大德，将国家的军权托付于他，这是何等信用？可他却来了个临阵背叛！我蜀国之败，你父亲之死，陈壮罪责难逃。"

吴戈说："这事我想过，也问过，陈壮说，当时我军的八卦阵被秦军破了后，形势对我军极为不利，他才选择了伪降，以保存实力，徐图再举！"

"谎言！"阿胄说，"你父亲在白鹿山坚守了一个月，陈壮不仅不派兵支援，而且为秦军带路，参与了围剿，这是当地的百姓亲口告诉我的。"

吴戈沉思！

阿胄接着说："这回起事更证明了陈壮是个自视甚高，而实际上却是个愚不可及的莽夫！他以蜀侯通国的名义起事，可没有几天就把人家杀掉，自立为大蜀王，这就大失人心了，谁还相信你，跟你走呀？在军事指挥上更是个愚夫，起事前我就向他建言，一要烧毁金牛栈道，堵死秦军的入蜀通路；二要灭掉张若为首的国守府，消除内患，这两事成功之后，方可传檄天下伐秦。他一件事都没做到，就匆匆发动。秦军长驱直入了，还搞什么凤凰山会战，主力被歼就应迅速南撤，我本来是想接应他的，但他却退入成都死守，甘当瓮中之鳖！这样的巨奸愚夫不值得我们拥戴。"

吴戈说："小王爷一席话真是醍醐灌顶，下一步怎么办？请王爷示下。"

阿胄说："就按陈壮的意图办。现在我们要着重应对的不是陈壮而是张若。"

吴戈问："如何应对？"

阿胄说："取得他对我们的完全信任。"

吴戈说："降秦？"

阿胄说："降秦是为了灭秦。秦因商鞅变法而崛起，得蜀之后，更是如虎添翼。现在秦国正处于上升态势，秦武王能派出甘茂、司马错入蜀平叛，说明他的地位已经稳定。看来抗秦复国将是一项长期的艰巨任务。在楚国，我曾游历吴越之地，那里号称复仇之乡，广泛流传着越王勾践忍辱负重、卧薪尝胆、发愤图强的故事，勾践经过十年生聚、十年教训才完成了灭吴复越的大任。秦强我弱的形势，决定了我们只能走勾践的道路了，不知将军能赞同我的主张吗？"

吴戈说："小王爷见多识广，高瞻远瞩，在下矢志追随王爷，反秦复蜀，始终弗渝。"

"好，"阿胄转身喊，"拿酒来。"瞬即，一个樊兵端着一个盛有一壶酒、两个土碗的托盘走进，放于矮案上。待樊兵退出后，阿胄说："我们喝血酒，结为弟兄。"说着提壶斟酒两碗，两人同时咬破食指，朝酒碗里滴血三滴，端起酒碗，相互交换，之后跪地盟誓：天地为证，弟兄拜结。复蜀灭秦，甘洒碧血。患难与共，锲而不舍。若有背叛，天诛地灭。这种结拜弟兄的仪式，后来在四川民间流行开来，叫"喝血巴汤""拜把子"，与当时中原各国的"歃血为盟"的仪式有所区别，有蜀中的地方特色。结拜后两人又将如何应对张若和陈壮的具体细节做了研究，最后，阿胄叫吴戈写了一份血书，以麻痹张若，这时，军营中已响起二更梆声，他们这才去找张若。

前帐中，点着一盏铜灯，闪着黄澄澄的光亮。在卫士长的守护下，张若躺在竹榻上呼呼入睡。阿胄和吴戈走来通过卫士长叫醒张若。阿胄说："在下已说服吴戈将军，他写了份血书。"转对吴戈，"给国守大人呈上。"

吴戈恭敬地呈上一份血写的帛书："请大人阅后保存。"

张若接过展看，帛书上用血写着一句话："吴戈以人头担保国守的生命安全。"张若看后说，"好，本守随你去。"仰面望着吴戈，"事成之后，本守给你晋爵封官。"吴戈说："多谢大人！二更已过，请大人动身吧！"张若"嗯"了一声，"走！"

阿胄和卫士长将张若和吴戈送出秦军警戒线以外，望着他俩消失在朦胧的夜色中这才转回。这时，阿胄才将他的"引蛇出洞"计划详尽地告诉了卫士长，并强调这是张若大人同意的。卫士长说既然是国守同意的，那就立即部署执行。

吴戈领着张若来到城南门附近的城墙下，这时，城内响起三更梆声。吴戈捡起一块石头在城墙上敲了三下，城墙上的守军迅即放下一架"秋千"下来，吴戈和张若站到踏板上被守军拉上城墙……

坐落在赤里街的蜀王府，是一座宏伟的重檐建筑。门前有一大广场，竖立着八根高高的灯柱，上挂红灯笼，闪着烨烨的光华，映照着一对熠熠生辉的玉石华表。

王府门前，禁卫森严，卫兵高举火炬，铜戈斧钺，闪闪发光。

王府的正厅上，灯火辉煌，王府都尉率十八名金甲卫士分两厢守候。陈壮在殿中踯躅徘徊，有顷，大门外传来一声高呼："吴戈将军陪国守大人到。"陈壮走到厅前欣喜地喊："有请，有请。"张若昂首挺胸，凛然走上厅堂，径自朝正中的坐榻前走去，一屁股坐下，陈壮说："请坐，请坐。"不等陈壮开口，张若就发话了："陈壮，本守寅夜闯虎穴，是来正告你，赶快缴械投降，尚可保全性命，否则你将被灭门诛族！"陈壮虚张声势："张若，你不要盛气凌人，你在本王这里不是什么国守，而是阶下囚，本王一声令下，马上就可砍下你的头颅！"吴戈拉过陈壮："别跟他计较了，时不我待，准备行动吧！"陈壮问："阿胥怎么样？"吴戈说："我王附耳过来，"陈壮偏过头去，吴戈杵着他的耳朵悄声禀报，陈壮不住点头，说了声"好！"便大步走到案前拿起一支令箭喊了声"刘都尉！""在。"刘都尉上前，陈壮将令箭交给他，说："传令，全军在广场上集队。"刘都尉说："遵命。"转身走去。

陈壮又命令将张若捆绑起来。四名卫士冲上将张若按倒捆绑。张若挣扎大骂。吴戈走过去劝说："大人暂时委屈一下吧，很快就送你出城。"陈壮也跟着说："本王也喊你一声国守大人，本王这么做实在是为了成全大人！""无耻，"张若骂道，"你这心怀叵测的叛贼！""你听我把话说完嘛！"陈壮说，"你不是害怕打烂成都吗？本王在黎明之前就撤出成都，远走高飞，这不是成全大人吗？本王去灭夜郎，去攻楚国，开辟新天地，这对你们秦国大有好处，祈望大人成全。"张若问："你要本守做什么？"陈壮说："很简单，叫秦军给本王让路。"

寅时三刻，叛军完成集结。一万多人马在广场上站成十人一排的纵队。队伍的前面是一百被俘的秦军，他们被捆缚着双手，由丹、犁两部族的武士押着组成开路盾牌。

过了一阵，吴戈和陈壮带着张若和卫士走出大门。立刻有马夫牵来两匹高头大马，陈壮、吴戈翻身骑上。

"弟兄们"，陈壮挥手讲话，"天亮之前，本王将率领尔等撤离成都，转进蜀南，那可是个好地方呀，有粮有肉，有美酒美女，到了那里，本王一定让弟兄们好好享受享受！"顿了一下又说，"有国守张若和秦军弟兄为我们带路，我军一定能胜利突围。"混混沌沌的夜色中，叛军朝城南大门并去，他们被恐怖和悲怆的气氛笼罩着，没人说话，只有沉重的脚步声……

叛军行至南大门后停下。吴戈下马快步登上城楼，取下一支火把朝城外晃了几晃，蓦然，城外的几处秦军营帐烈火冲天，喊杀之声大作。吴戈跑下向陈壮禀报："酋长已向秦军发动攻势了，我们可以出城了！"陈壮仰面观察、倾听，只见夜空中火光闪闪，火星迸飞；噼噼啪啪的爆炸声、咔咔嚓嚓的刀剑撞击声、杀呀冲呀的吼叫声响成一片。陈壮下马让张若骑上，然后上马骑于张若之后。这才下令开门出城。士卒打开城门。骑在马上的刘都尉挥剑指挥"保持队形，出城——"

丹、犁武士押解着秦军战俘作为人肉盾牌走在最前面，陈壮、吴戈居中，后面是五人一排并列前进的队伍……

前面，火光冲天处，酋长阿胄领导的僰军正与张若的卫士长率领的秦军厮杀、搏斗。看起来很激烈，但只不过是比武场上的表演。

刘都尉高呼："加速前进！"快要接近战场时，刘都尉命令秦军战俘齐声呐喊："国守命令，秦军让路！"在叛军的威逼打骂下他们无奈只好呐喊，这一招果然很灵。秦军纷纷停止战斗，退到路边。阿胄纵马上前对陈壮说："蜀王，秦军已让道了，放了张若吧。"陈壮"这"了一声，蹙眉沉思，突然只听"嘿"的一声，阿胄从马背上飞起，将陈壮扑到马下，一刀砍下了他的头颅，士兵们还没有搞清是怎么一回事，阿胄已提着陈壮的人头高呼："蜀军弟兄们，陈壮已诛，投降不杀！"秦军和僰兵举剑执戈对着叛军齐

呼："投降不杀！"刘都尉企图反抗，举起宝剑高呼："弟兄们，拼……"话未说完，被吴戈一剑砍翻。吴戈转对蜀军："听我命令，归心朝廷，并不丢脸！弟兄们，缴械投诚吧。"他翻身下马，将宝剑丢在地上，蜀军纷纷放下武器。马上的张若大声说："吴戈将军说得很对。尔等都是我大秦子民，秦国蒸蒸日上，六国震慑，尔等跟陈壮造反有什么前途？本国守郑重向尔等宣布，凡归顺朝廷者，愿从军的编入国守府卫队，愿回家务农的，发给一百铜钱，执迷不悟者杀无赦！"投诚士兵齐声回答："谨遵大人之命。"

当太阳从东方升起的时候，成都四门洞开，百姓们焚香顶礼迎接王师入城。午时，甘茂和司马错在蜀王府外的广场上主持召开了一个盛大的祝捷大会，在喧天的锣鼓声中，张若献上陈壮人头，甘茂宣布平叛战争取得完全胜利，成都人又开始了新的生活……

和平收复成都，国守张若功不可没。但他只得到丞相和上将军的几句口头表扬，却挨了个罚俸半年的处分，理由是他的地道战指挥失误，致使一百秦军丧命。他废除分封制实行郡县制的建言也被否定，他唯一聊可自慰的是他为阿胄争得了一个荣誉头衔——不领实职的侯爵。然而，张若大人万万没想到的是这个阿胄竟是大秦帝国的死敌！

（四）张郡守宴请两侯爷

三十三年过去了，阿胄利用与张若的特殊关系和张若对他的笼络、羁縻政策来发展、壮大自己。他拥护郡府在樊地设置的由秦人赵忠担任的流官"樊丞"；他欢迎郡府将他掌控的樊军改编为"蜀郡府边防戍卫队"，并由张若的儿子张亮担任监军。阿胄在郢都读书时曾对儒家、法家、道家思想做过研究，他深谙"知其雄，守其雌""将欲取之，必固与之"的诈术。他尽量使监视他的赵忠、张亮等人腐败，给他们修别墅、送金钱、赠珍宝、献美女，使这些监视者很快成了他的俘虏，和他沆瀣一气，共同来盘剥樊人，仅贩卖樊僮①一项就聚敛了大量财富。樊人有怨言，他就把责任推到秦人

---

①就是把樊人当奴隶出卖。

的头上。阿胄的内心深处是赞成王道而反对霸道的，但对张若以商鞅的严刑峻法治蜀，推行什伍连坐，提倡告密，轻罪重罚这一套却坚决拥护。成都平原的地势是西北高东南低，在都江未得到根本治理之前，有"泽国""赤盆"之称，由于水旱相煎，人民——特别是农民生活贫困，因此偷盗、抢劫、发泄不满的聚众骚乱时有发生，张若严厉镇压，盗"一钱以上斩左趾"，还要游乡示众。商鞅制定的这种轻罪重罚的法律有他自以为是的理论："故行刑重其轻者。轻者不生，则重者无由至矣。"（《商君书·说民》）这不是"法"，而是一种赤裸裸的暴力威慑，很不得人心，当时就受到列国智者的抨击，认为秦法"刻深寡恩"，不讲仁义，张若在蜀郡严格推行秦法，是他对商鞅思想的迷信，旨在维护秦王朝的专制统治。这一点，阿胄心知肚明，但他却在郡府的议事会上多次表态拥护和支持，他的目的就是要使蜀人看清秦国推行的暴政是何等凶恶残酷，以积聚反秦民意。他时刻都在窥测方向，以求一逞，秦楚之战爆发后，他料定蜀郡必然要介入，加上天旱，民心不稳，他认定这是一个反秦复蜀的绝佳时机，他已四十多岁了，是该潜龙腾飞了，因此，他选定惊蛰节气这天来到成都。

　　当天夜晚，张若在郡府馆舍的膳堂雅间中宴请樊侯与塞侯。四盏雁足铜灯放射出柔和的光亮，四张案席上摆着美酒佳肴，上席坐张若，左右两席坐塞侯、樊侯，公孙若坐下席。一个侍女提壶走进，公孙若立即站起接过酒壶，挥退侍女。他做出热情谦恭的样子，提起酒壶先给张若斟了个满爵，然后予樊侯斟，樊侯捂着酒爵说："使不得，使不得，咋敢劳郡丞大人斟酒呢，我自己来吧。"张若说："今晚是朋友聚会，不论官阶。我让他代表老夫给二位侯爷敬酒，二位就承受了吧。"公孙若说："在座的都是在下的前辈，接受晚辈的敬酒理所当然。"樊侯这才放开手，让公孙若斟酒，连声说："道谢了，道谢了！"公孙若又予塞侯斟酒，塞侯说："我就不推辞了，感谢大人盛意。"斟酒毕，公孙若退坐到自己的席案前，张若端起酒爵说："诚祝二位侯爷身康体健，为咱们大秦国多做奉献！请——"

　　"请，请，请。"四人饮酒吃菜……

酒过三巡，张若说："老夫今晚特别点了两样菜。"他用叉子从面前的豆①中叉起一块烤羊肉，望着蹇侯问："侯爷，吃出味道来了吗？"蹇侯说："咸阳御膳房的正宗烤羊肉，又香又软，麻辣适度。惠文王更元七年，在下首次到咸阳，张仪丞相和大人请我的客，就有这道菜。"张若说："好记性，好记性。"又从一小铜盘中叉起一片蒟酱拌牦牛肉，对樊侯说："这道菜是你们樊地特产，是你最先让老夫尝到的，还记得是哪一年吗？"樊侯回答说："武王元年，平定陈壮叛乱时，在下在军帐中请大人吃的。""噢，"张若感叹，"这两道菜可是老夫和二位侯爷友情的见证呀，转瞬之间已过了三十多年了！"蹇侯要在樊侯和公孙若面前显示自己，他强调："在下与大人相交已经四十二年啦！""是的，"张若说，"这是个双数又是个吉数，只是，今后恐怕再难以和二位共享这两道美味佳肴了！""大人言笑了！"樊侯说，"这回我来探望大人就给大人带了两箱'荔枝绿'美酒，两箱蒟酱，两箱牦牛肉，全是特制品，请大人再找个时间我们一醉方休。""没有时间了，"张若说，"明天一早，我就要去处理军务了。"樊侯故作惊疑："处理军务？""是的，"张若说，"老夫已奉命参加郢都会战。这件事未在郡府宣布，还在保密之中。为何先与二位透风？一是老夫对二位的信任，二是老夫对二位有所拜托！"两位侯爷赶忙表态："大人言重了，言重了！大人有何吩咐，我等唯命是从！"

张若说："老夫离蜀之后，由郡丞公孙若担任代理郡守。朝廷已正式下达任命文书，还望二位侯爷鼎力支持。"

"仰仗了，仰仗了！"公孙若站起，向两位侯爷躬身施礼。

"恭喜，恭喜，"蹇侯说，"公孙大人年富力强，才干非凡，必能将张若大人治蜀的伟绩发扬光大！老朽今后一定尽心竭力相助大人。"樊侯端着爵走到公孙若面前，说："我敬大人一杯，诚祝大人荣升，今后唯公孙大人马首是瞻！"公孙若说："樊侯太客气了，今后还请多多赐教，我们共干吧！"两人碰爵共饮。张若说："请坐下，请坐下。"樊侯归座。公孙若又提壶斟酒。张若

①古代盛食器。

说："郡丞也是临危受命，现在蜀郡情势不容乐观，既要打仗又要抗旱。"转头望着塞侯，"你最近观察天象如何？会下雨吗？"塞侯说："一时还不会下雨，老朽已告知大巫师女姞，请她做一堂祭祀，祈上天早降甘霖。"张若"唔"了一声，不置可否。塞侯又补充："还可开设水市救急，使百姓有水可买。"张若"嗯"了一声点了点头。他又转头瞄着樊侯，问："樊侯有何高招？"樊侯说："作法祈雨，可稳定人心，设水市应急也可同时进行。在下以为如短期内还不下雨，旱情就会继续扩大，夏粮和各种菜蔬都将短缺，灾民就难以度日了。窃以为应未雨绸缪，我们樊地盛产芋头和各种杂果、竹笋、野菜，郡府可否发一通告，准许樊人将这些物品运到成都出售，以济燃眉。"张若想了想，说："我看可以，不仅樊地，筰地、羌地都可以。这对繁荣市场大有好处嘛。"公孙若说："卑职照办。"张若说："听了二位侯爷的建言，解决旱灾难题的思路就开阔多了。今后，二位对蜀中政务有什么建言，可随时找代郡守面谈。今晚老夫很高兴，喝酒，喝酒，一定要尽兴。"

"请、请、请。"四人欢快饮酒吃菜。宴毕，张若又指示公孙若派车把两位侯爷送回住处。公孙若送二人走出馆舍，门外已停着两辆篷车，塞侯说："我和樊侯顺路，同坐一乘车就可以了。"公孙若说："好，二位侯爷还可再叙谈叙谈。"两位侯爷登上车，公孙若挥了挥手，"慢走，慢走。"篷车缓缓驶去……

这已是戌时三刻了，月亮在云层中穿行，大街上行人稀少，只有街灯在朦胧的夜色中闪烁着橙红色的光亮，辉映着用石板铺成的宽阔的街道，彰显着这座城邑的气派，但昔日繁华热闹的夜市已经消失，商店关门闭户，这是由于特大的旱灾造成的，人们都到护城河抢水去了。

成都市区内的地下水位较高，取水容易。就是这个原因，张若在建城时，就主张通过凿井、筑池来解决成都的用水问题。他的这一主张显然缺乏远见和智慧。随着成都工商业的发展，居住人口增加到十万以上的时候，专靠地下水怎能解决问题？长时间的干旱，使市内的井水干涸，池水舀光，这就使成都人不得不受断水的煎熬了！自然，受害最深的是普通百姓，官府和贵族可派差役用车马远

程取水，蹇侯在郫县花园邑的庄园中就有一个大水池，而且他还密令阻断旧江，垄断水资源，对郫县的农夫进行敲诈勒索。他位于宽巷子的别墅和樊侯开办的欢娱楼就靠庄园每天供水。因此，官员们仍然可从事正常的政务活动，贵族们仍然可过奢靡的生活，奸商们还可乘机发灾难财……

篷车在寂静的大街上缓行慢驶。车内，蹇侯与樊侯相对而坐。蹇侯望着樊侯说："老弟，公孙若担任代郡守，蜀中政事大有可为了！"樊侯说："仁兄指的政事是什么？""如何治蜀呀。"蹇侯说，"张若大人以法家思想治蜀，虽然成就辉煌，但他忽视了蜀中'敬天保民'这一传统的文化思想，只有刚没有柔，只有武没有文，以致蜀民至今也未被驯服。"樊侯做出很感兴趣的样子，问："请老兄详述之。"蹇侯说："'敬天保民'这一思想虽然商朝之时已有了，但付诸实践并取得巨大成功的是开明王朝的创建者鳖灵。鳖灵就是精通阴阳、善于卜卦的大巫师，他能与天神沟通，称丛帝后，以'敬天保民'为指导思想治理蜀国，这就是古蜀国能传承十二世、三百多年的主要原因。"樊侯说："仁兄之言使愚弟茅塞顿开了，愚弟全力支持仁兄在蜀郡恢复、发扬这一宝贵传统，不过，张大人颁布过废除蜀国历史的命令，讲望帝、丛帝的故事被视为复辟逆言，要被杀头灭族的，这一点，仁兄如何应对？"蹇侯一笑："为兄在老弟面前才讲真话，在公开场合我提过望帝、丛帝吗？讲过古蜀国的历史吗？没有嘛！但是，我讲苌弘的星象学和周易，支持女媭的巫术活动，提倡'敬天保民'，这正是在恢复鳖灵的治蜀传统啊！"樊侯竖起大拇指，称赞道："仁兄谋略过人，佩服，佩服！"蹇侯说："我和公孙若私交不错，此人确有学问，对易学很感兴趣。老弟，在蜀郡上层新旧交替之时你就不想有所作为？"樊侯马上警觉起来，他知蹇罢阴险狡诈，善于见风使舵，当年他忠于蜀侯恽，与侯府尚书王婴更是好朋友，但当他获悉宣太后要灭掉蜀侯恽的意图后，便立即转变立场，捏造事实告密，促使朝廷兴师平叛，致使蜀侯恽和王婴等人皆遭灭门之祸。现在，他公然在自己面前讲丛帝的好话，还鼓励他有所作为，显然是蹇罢对他的真实身份有所怀疑。机灵的樊侯淡然一笑，说："仁兄知道，愚弟这个侯爵只是个荣誉头衔，用成都人的话说就叫'闲大爷'！朝廷和张若大人给我一个僰族小酋长赐侯爵，这给我多大面子！还准许我在成都开欢娱楼赚钱，这给我多大实惠！所以小弟对朝廷一直感恩戴德，做梦都在喊大秦万岁，张若大人万寿无疆！""哈哈，"蹇侯笑了，"老弟，真人面前就别说假话哟！"樊侯说："肺腑之言岂能有假？仁兄是知道的，蜀中一些文化人骂我是为暴政舔屁股的小人！我缄默了吗？没有嘛！至今还是坚持为朝廷歌功颂德嘛！""别扯远了，"蹇侯说，"现在老郡守要走了，年轻的代郡守刚上台，机会难得啊，你就不想干点大事？"樊侯"唉"了一声，说："现在小弟已年过不惑了，还想干什么大事？""事在人为嘛，"蹇侯说，"为兄的这个侯爵和老弟一样也是名重而实虚嘛！""不一样，不一样，"樊侯说，"仁兄是灭蜀的功臣，与朝廷的王室重臣都有交往，有郫县这块辽阔富饶的封地，有庄园、有工场，还以郡府的名义在湔氐道办有山货收购栈，在成都置别墅，开七宝楼，富可敌国。又是精通星象、易学的大宗师，在百姓眼中，仁兄就是能通天的神人！"蹇侯一笑，说："言过其实了！"盯着樊侯，似乎要看穿他心中隐藏的秘密，"难道老弟真的没有想法？"樊侯沉思一阵，低声说："想发点财。"蹇侯说："这容易嘛，公孙若大人刚一上台，不是就给了你一张订货单吗？""什么订货单？"蹇侯说："准许你把樊地的山货运到成都来卖，这不是订货单吗？你再把贩卖僰僮的生意做大点，何愁不财源滚滚……"

　　马车在窄巷子蹇侯别墅门前停下，马夫下车喊道："侯爷，贵府到了。"打开车帘，弓着身子等蹇侯下车。蹇侯走到车厢前，回身对樊侯说："改天再谈。"樊侯拱手："好的，仁兄走好！"蹇侯踏着车夫的背下车。之后，车夫又赶着马车将樊侯送到城北的欢娱楼。

第五章　潜龙抬头

（一）玉璜身世

欢娱楼坐落在成都西北隅的武担山附近，原本是蜀王十二世修建的望妃楼。张若修成都城时把原蜀王宫和民房全部拆除，对一些有价值的建筑和土地则挂牌出售，以筹集建城资金。其中最有价值的望妃楼和七宝楼分别卖给了阿胄和蹇罢，这不仅是因为两人出价最高，也是为了笼络他们。

阿胄买到望妃楼后，想办一座高级豪华的"欢娱楼"。特别从楚国郢都请了一位曾设计、修建过楚王宫的工师来主持望妃楼的改建。除保留原来三层高的主楼之外，又在主楼之后新建了三座具有江南特色的园林式宅院。分别命名为峨眉苑、青城苑、巫山苑，从主楼到三苑有长廊相通，形成四进式的格局。后面还有花园，园中有楼台亭阁和水榭，水中停放着一艘蜀王留下的鹦鹉舟。再后面是一个广场，作斗鸡、走狗、蹴鞠①、竞技之用。占地三百多亩的欢娱楼周围有红墙环绕，沿墙根三尺之外，栽着一排银杏树，春夏碧绿，秋冬澄黄，更显得欢娱楼气派非凡。重檐歇山式的高大门楼前耸立着两根三丈高的粗壮石笋，那是古蜀国大石文化的象征。

阿胄办这个欢娱楼的目的不是为了赚钱，而是为了吸引、结交天下的达官贵人、富商巨贾、文人学士、绿林豪杰。欢娱楼实际上是阿胄建立在成都的反秦据点和情报站。名义上樊侯是老板，实际上是由吴戈主持。

这个吴戈，在他投诚后，张若报请朝廷给了他一个官大夫的中级爵位，并想让他在蜀军的后勤部门任职，这显然是对他不信任。吴戈婉言谢绝，自愿解甲从商，张若批准。之后，阿胄就安排他在欢娱楼当了管账先生。前年，阿胄又把他的亲生女儿玉璜和儿子阿华送到欢娱楼协助吴戈的工作，目的是为了砥砺他们，使之开阔眼界，增长才干，成为樊侯家族的继承人。

玉璜今年二十岁，身材颀长，挺拔飘逸，姿容妙曼，文武双全，堪称当时的奇女子。相传，她刚从母体里呱呱坠地时就演出过一幕惊险的传奇剧。玉璜的生母名叫卜凤，是樊族中最强势的一支

____

①"蹴"就是踢，"鞠"就是球（皮革制成，里面塞毛）。类似于踢足球，战国时已流行。也作"蹹鞠"。《战国策·齐策》记载：临淄"其民无不吹竽鼓瑟……蹹鞠者。"

五斗夷酋长的女儿，这姑娘有着凤鸟的华美、山鹰的性格，她生长在宏伟神奇的僰王山[1]，生性好动，喜欢打猎，翻山越岭的速度使许多男人也望尘莫及。阿胄是三十岁时才和这位二十岁的卜凤结婚的，此前他已有正妻和三房小妾了，然而却没有子嗣，这使阿胄忧心如焚，有侯爵的大酋长没有继承人那还得了！大巫觋[2]建言他再娶一位身康体健的女人为妻，三十而立嘛，一定能生贵子，经过反复挑选最后选中了卜凤，但成婚一年之后卜凤仍未怀上孩子，阿胄更着急了，吴戈建言他带着卜凤到成都请医师诊断，弄清不育的原因，再服药治疗。阿胄接受建言，带着妻子到了成都，特请名医周济看病。周济细心给二人诊断后开了药方，要二人同时服用，三月后再复查。周医师私下告诉吴戈，女人不孕是男人的问题，阿胄患有不育症。吴戈暗中惊心，劝兄长和夫人留在成都治病，两人答应了，就在欢娱楼的巫山苑中住了下来。吴戈派人精心照料，每次都去请安，为了使他们开心，常请傩戏[3]班子给他们做专场演出，又常请他们外出游玩购物。两口子过得很愉快，有天晚上，塞侯夫妇在窄巷子的别墅里宴请僰侯夫妇，卜凤不胜酒力，三爵之后就醉了，称有点头疼，僰侯只得派车将她送回欢娱楼。卜凤迷迷糊糊地

---

①僰王山又名纶缚大囤、南寿山、博望山，面积十八平方公里，境内有翠竹、溪流、怪石、奇峰、岩洞，堪称天下奇观，上有僰王寨，横卧在今兴文县晏阳镇西侧。

②巫觋，"在男曰觋，在女曰巫"，见《国语·楚语下》《汉书·郊祀志上》。

③傩，古时腊月驱逐疫鬼的风俗。《论语·乡党》说："乡人傩，朝服而立于阼阶。"朱熹注："傩虽古礼而近于戏。"蜀郡傩戏是在巴蜀各族祭祀仪式（民间俗称"跳神"）的基础上逐渐形成的。它先是以戴面具的歌舞形式在民间和军中流行，《后汉书》说："武王伐纣，实得巴蜀之师。"巴蜀师"骁勇，歌舞以凌殷人，前徒倒戈"。巴蜀之兵头戴青铜面具，歌舞冲锋，吓到了商纣之兵，纷纷倒戈投降。这种奇妙的军中歌舞，自然也就获得巴蜀之民的喜爱，以后在演出中又加进了特定的故事和人物，就成傩戏了。不过，战国末期傩戏尚处于初创阶段。

睡下后，做了个梦，有个王子模样的人飘然而来，称卜凤是巫山神女，要和她云雨一番，她又惊又喜，便和王子共赴巫山。二更过后阿胄才回到房间，摸着卜凤的额头问："头还疼吗？"卜凤答："睡了一觉，舒坦多了！"做美梦的事她似乎忘记了，或者是存心不说了，她相信这巫山苑有神灵光顾。

三个月后阿胄带妻子去复查，周医师给卜凤号脉后笑着告诉他们：樊侯夫人有喜了！这可乐坏了阿胄，夫妻满怀喜悦回到樊王山的樊侯府，准备迎接一个新生命的诞生。两人都希望生个男孩子，请大巫觋祈神降福，护佑平安生产。大巫觋做了一堂法事又卜了个乾卦，爻辞是飞龙在天。他告诉阿胄，他已和山神沟通，神说孕妇每天都要在日上中天之时到龙泉沟去祈祷一次，以吸纳飞龙的灵气和精华，就可平安地凤生龙子了。

大巫觋说的龙泉沟在樊王山的东面，沟的前面有四块五米高的巨石，形状如书，石上密布的纹路，视若篆文，人称"巨石大书"，这四本大书又是进入龙泉沟的大门，跨过这道门，就是三面绝壁的龙泉谷了。两边的石壁长满了茂密的藤蔓和蕨类植物，显得生机勃勃。正面的石壁上一道银色晶亮的瀑布飞泻而下，形成一汪碧绿的泉水，传说这就是飞龙吐出的龙涎了。

龙泉沟距离博望山腰的樊侯府有三里路程，为了便于夫人去祈祷，阿胄下令开辟一条石砌的捷径，在龙泉沟的前面搭了一座凉亭，里面置各种生活用品，专供夫人歇息。卜凤按照大巫觋的吩咐，每天早膳后就在四名侍女的陪伴下漫步到龙泉沟，站在龙泉边，望着飞瀑，双手合十，默默祈祷：神灵啊，保佑我生个龙子吧。就这样天天漫步祈祷，不到半年，卜凤就感到胎儿在她的腹中开始躁动，有天晚上，阿胄贴着妻子的肚皮听了听，果然如此，阿胄很高兴，认为是神灵护佑之功。其实胎儿在母腹内的健康发育，应归功于樊王山的自然风光所造就的天然氧吧。樊王山楠竹覆盖，林深箐密，景色奇秀，空气纯净，氧气十足，加上孕妇有节奏的适度运动，这才取得了美妙的效果。卜凤是去年五月初受孕的，到今年二月初已进入临产期，阿胄早早请了接生巫婆。"二月二龙抬头"，是樊族的一个时令节气，卜凤坚持要去看龙抬头。

巫婆和侍女只得陪她去，这一天春风荡漾，阳光明媚，碧绿的飞瀑在红艳艳的太阳映照下，金光闪烁，亦如飞龙的鳞甲。卜凤高兴得叫了起来："我看到飞龙了，看到飞龙……"话犹未了，突然捂着肚子"哎哟哎哟"叫了起来，两个侍女急忙扶住夫人。巫婆说："产前阵痛，夫人要生了，抬到凉亭去。"三人急速把卜凤抬到凉亭中平放在长榻上，巫婆果断下令："就在这里生，快烧水。"一侍女急忙点燃茶炉，一侍女忙着将一口瓦釜洗净。巫婆脱下身上的外衣盖在卜凤的肚腹上边按摩边喊："哈气，使劲，哈气，使劲……"

正当胎儿的头部刚冒出来，大约是受到产妇羊水腥味的吸引，一群云豹从林中飞奔而来，要享受一顿美餐，两个侍女都吓呆了！当云豹快接近凉亭时，婴儿出生了，"哇——"的一声啼哭，那一群云豹竟掉头遁去。这惊险的一幕，后来竟成了流传在僰族中的一个传奇故事，都说这孩子有神灵护佑，是飞龙附体的奇人！

虽是女婴，但她诞生时发生的传奇故事，使阿胄夫妇真诚相信女儿是飞龙附体的奇人，有神的护佑，便取名玉璜。玉璜就是祭祀中用的神器。在他们民族中女性是可担任酋长的，有了这个"神器"，继承人的问题也就解决了，这使阿胄大为高兴。

夫妻俩视女儿为掌上明珠，玉璜刚学会走路，母亲就将翻山越岭，攀、登、爬、跳的技术传授给她，使她能适应僰王山的生存环境，七岁之后父亲专门为她请了两名先生，教她练武习文，她是在战国流行文化的熏陶下长大成人的。玉璜喜欢《诗》中的情歌，而让她手不释卷的是《国策》①，其中有篇《韩傀相韩》的文章讲了个动人心魄的热血故事：齐国侠士聂政秉持"士为知己者死"的道义，孤身仗剑走韩国，帮助友人严遂杀死政敌——韩国亲秦丞相韩傀，聂政怕连累他的姐姐聂嫈，毁容切腹自杀，被曝尸街头，姐姐千里寻亲，抚着弟弟的尸体对围观者说："这是我的弟弟聂政，他

---

①《国策》是由战国时期的各国史官或策士辑录成书的，后经汉代刘向整理、校订，定名为《战国策》。它记录了从春秋到秦末之际240余年的史实。既是一本历史书，又是一部文学名著。

英勇果敢，浩气宏壮，弟弟这样做是不愿牵连我，他的英名应该流传。"说罢自杀在弟弟身旁。晋、楚、齐、卫的人听说后，都称颂说："不只是聂政勇敢，他姐姐也是个刚烈女子！"这个故事震撼了少女的心，十七岁那年她提出要到齐国和韩国去吊唁这两位英雄。阿胄倒是想让女儿出国开开眼界，但又顾虑，花季少女，千里迢迢，既不安全，又不方便。教玉璜的老师是来自郢都的一位游学之士，见多识广，他建言女扮男装，阿胄点头同意，又选了两位精通武功的年轻女子卜金、卜银做侍从，在老师的带领下南下楚国郢都，再北上韩国、齐国，花了大半年时间先后游历了临淄和聂政、聂嫈的家乡轵地以及故事发生处的濮阳、东孟等地，到聂氏姐弟的坟前祭奠。

战国时期出现了不少侠士，以致法家人物韩非在《五蠹》篇中说："儒以文乱法，侠以武犯禁。"把儒与侠并列，可见侠的影响力重大。玉璜一行在中原地区的茶坊、酒肆、馆舍中听了好些除暴安良的刺客、游侠故事，她就暗下决心要当个神秘的、叱咤风云的游侠。她到成都后在父亲樊侯的亲自主持下，拜塞侯为干爹，塞罡也很喜欢这个聪颖灵慧的干女儿，常带她出入成都的上流社会，使她结识了不少达官贵人，私下，她常女扮男装在社会底层闯荡，收集情报，结交反秦志士，寻找机会实现灭暴秦复蜀国的政治抱负。

玉璜到欢娱楼后，又新招了一批漂亮女孩，致使人气大增，生意火爆，常常是宾客盈门，应接不暇。

张若为什么会批准樊侯办欢娱楼呢？

这有历史原因：战国时期城邑和工商业都有了很大的发展，为了满足人们的需要，各种娱乐设施、青楼妓馆也随之兴起。秦国的咸阳、齐国的临淄、楚国的郢都、魏国的大梁、赵国的邯郸、韩国的阳翟莫不如此。将娱乐市场化的始作俑者是春秋时期齐国的宰相管仲，这位著名政治家认为兴办这一行业可以繁荣经济，增加国家的财税收入。但是，崇尚商鞅思想的张若牢记商鞅的教导：制民之策在于弱民，使民"朴"不能淫，"朴则弱，淫则强"。商鞅说的淫不是单指淫秽，而是要使人变得朴实忠厚，不可浮华纵欲，不可有个人的想法和追求，这样，人民就好统治了。樊侯知道张若的想法后就将欢娱楼的营业项目定位为洗浴和餐饮，兼营歌舞和傩戏表演，以及六博、投壶、棋类、竞技等文娱体育活动。

樊侯当晚回到欢娱楼后，对吴戈和玉璜说："有好消息，密室里谈。"密室在主楼的底下，原是蜀王贮藏珍宝的地下室，经过一番扩修、装饰而成为一间设备齐全、布置讲究的会议室。三人在地下室里经过一夜的密谋，制订了一个分三步走的反秦方案。第一步就是使成都先乱起来。

（二）人祸天灾

第二天一早，郡丞公孙若在郡府后院原张若办公的正厅中召开了一个紧急会议。与会官员有主簿①孟谦、监御史何坚、盐官魏富、铁官向嬴、都水长周庸、成都县令尚武。这些人在三十多岁至四十多岁之间，用今天的话说都属于中青年干部，尚武最年轻，刚过而立之年。

公孙若讲话顺畅明快，铿锵有力："诸公，郡守大人和郡尉张剑外出处理军务，暂时离开了成都，所以，今天由本丞主持这次紧急会商。议题就是落实郡守的指令。成都平原因天时、地势的原因常有水旱灾发生，但过去多年，大都是局部的，还能应付得过去。从去秋开始的干旱就不同了，按史书记载，称得上六十年未遇的大旱灾！因此，郡守大人指出：'蜀郡形势不容乐观。'"他扫视了众官员一眼，强调说："请诸公务必要牢记郡守大人的这句话！"顿了一下："怎么办？四句话，十六个字——安定民心，维护民生，治标治本，森严法令。这十六个字是本丞按郡守的指令概括出来的，也请诸公牢记。主簿孟谦——"

"在。"正埋头做记录的孟谦站起。

公孙若说："散会之后，你从速起草一份安民告示下发各县，广为张贴。给蹇侯、樊侯特送一份。"

---

① 主簿一职有人以为汉代才有，不准确。据四川大学缪文远教授考证："秦有主簿，为郡守主管文书的属吏。"（见《战国制度通考》，巴蜀书社1998年版，9页）秦时郡府设官不多，主簿还兼管财经及其他行政事务。

"遵命。"孟谦坐下。

公孙若说："要告诉子民们，旱魔虽张狂，人力可胜天！郡府已采取得力措施，一定能率领百姓渡过难关。成都为蜀郡守府，决不能因断水而引起动乱。魏富、向赢——"

"在。"魏富、向赢站起。

公孙若命令："现在，成都四郊的水池和护城河的水都快干了，为解民困，郡府命令：由你二人组建水市，从都江取水，供应百姓。明天就要开张。"

"遵命。"二人齐声回答。

魏富说："大人，是否要定个价格？比方说一瓢水收多少钱？"

公孙若说："平价，要使多数人买得起。"

"大人，"尚武说，"设置水市，卑职完全赞同，但完全由盐铁署独家经营，是否恰当？"

公孙若解释说："困难时期，财经紧张，不能再增加机构了。盐铁署有从商经验，由他们统管是适当的。你们成都县要办的事还多着呢！"

"请吩咐。"

"张若大人高瞻远瞩，早令你们在城内分街区打井、凿池，怎么还不动工？"

尚武说："早已做好规划，只是……"

公孙若打断尚武的话，说："没有什么只是的，有天大的难处也要快上。还有，居民们除了喝水，还要吃饱肚子！郡守大人已批准，让边地的民族到成都出卖他们的土特产品。这就需要你们安排、管理。要千方百计把市场繁荣起来，关门闭户，成都就变成死城了，这是不允许的。"

"明白了。"

公孙若又喊："都水长周庸——"

"在。"周庸站起。

公孙若命令："都水曹①的大小属吏，全部、迅速地分头下到各县、乡、亭、里，了解和指导各地抗旱救灾。在此基础上提出一个治标治本的方案来。"

"遵命。"

公孙若再喊："监御史何坚——"

"在。"何坚站起。

公孙若望着何坚说："森严法令，是维持安定、完成抗旱的保证，对妖言惑众、聚众闹事者，一律严惩不贷！你可调动郡府卫队，加强巡逻。有一点要明白，对民间的祭神祈雨活动，郡府的政策是不提倡、不参与、不禁止。"

"明白了。"

公孙若站起，严肃地说："非常时期，诸公都要恪尽职守，有功者奖，玩忽职守者重罚。"

太阳像一轮火球高挂天空。

在炎阳的烘烤下，平原一片荒凉：树枝干蔫、田土龟裂、禾苗枯萎，度荒的农夫在田埂上剥树皮、撬草根……

大路边，躺着几具惨不忍睹的死尸……

此刻，成都城北的祭坛上，红烛高烧，香烟缭绕……

大巫师女姞奉蹇侯之命正领一群小巫在祭坛上作法祈雨。她们都戴着金箔面具，神秘而又庄严。舞蹈一阵后，大巫师猛然跪地，张开双臂，仰望苍穹，呼喊道："苍天，为蜀郡子民普降甘霖吧！"

天上，风不吹，云不动，只有喷薄直射的阳光！

炎炎烈日，把成片的翠竹烤灼得一片焦黄。

郫县石埂子的一家翠竹林盘中，茅屋中的破篾席上躺着瘦骨嶙峋的瞎老人曾长明，他须发散乱，面容憔悴，闭着眼睛喃喃地叨念着："长顺，长顺……"

十来岁的小孙子水娃赤着上身，拿着个小小的芭叶包从后面的

①曹是郡府所属的办事机构。都水曹专司农田水利之事，相当于今日的农水厅。有人以为这一机构汉代才有，不准确。汉承秦制，汉代的曹源于秦的创造。

灶房走出，问："爷爷，你喊哪个呀？"

"你二爷爷曾长顺呀！"

"奶奶说过，三十多年前，二爷爷就去咸阳修宫殿啰，你咋喊得答应？"

"爷爷想他啊，他是木匠，要是他在，等爷爷落了气，他可以给爷爷打口棺材啊！"

"爷爷，你不会死的，不会死的！"

水娃跪倒在爷爷的面前打开芭叶包，取出一只烤过的老鼠来说："我在坟坝头捡了只死耗子，烤熟了。"放到爷爷嘴边，"你吃吧，吃吧！"爷爷热泪滚滚，说："你吃，你吃，爷爷有口水喝就好了！""奶奶到旧江取水去了，我这就去接她。"说罢转身出门，又回头叮嘱，"爷爷，你一定要吃啊！"

"爷爷吃，你快去接奶奶吧！"

水娃说的"旧江"是古蜀国开明氏利用平原上的自然河道开凿的，由于历史久远，老百姓把它称为旧江。后来李冰创建都江堰"开二江于成都之中"，二江一名检江、一名郫江。其中的检江采用了旧江的一些河段故称之为"检江"。

旧江的进水口，是在今日的都江堰市青城大桥下都江右岸的马尔墩处，从这里引入都江水，流经郫县和成都等地。由于选点不当，年久失修，进水口常被淤塞，旧江早已失去灌溉、防洪的作用。今遭大旱，都江水位降低，进入旧江水流量大大减少，这就出现了抢水的现象。

郫县花园邑的旧江岸边，耸立着一座高大宽广的庭院，这是塞侯的庄园府邸，为了保护庄园府邸的安全，沿旧江岸边筑有一条八里长、一丈五尺高、六尺宽的防洪堤坝，像是一道城墙，上面可以走人。侯府截断旧江的拦河堤就修在防洪堤坝尽头的河中，在拦河堤与防洪坝之间又修了一道栅栏和一个小亭。由几名持矛带刀的家丁守护，大管家坐在亭中收钱，亭外贴了张侯府告示，上面赫然写着：旧江断流，民不聊生。拦河积水，以纾民困。为求公正，需收水金。一瓢一钱，一桶十文。取水之人，切切遵行。

今天一早，这里就聚集了数百名取水人了。都是农夫，有男有女，有老有小，穿着破烂的麻布短褐，有的光着上身，有的打着赤脚，一个个面黄肌瘦，唇焦嘴裂，他们提着水桶、瓦钵子、葫芦、陶罐等取水器物。眼巴巴地望着栅栏后、拦河堤上荡漾着的一江春水，一脸的无奈与悲伤。

太阳升起来了，烈日把渴得要命的取水人快烤焦了，有几个老人晕眩倒地，其中就有水娃的奶奶，这时，水娃跑来哭喊着："奶奶，你咋个啦？"一边说一边把奶奶扶坐起来。奶奶有气无力地说："没啥？头晕，有口水喝就好了！"

农夫们实在忍不住了。有个人称卓石匠的汉子走到亭前，朝管家拱手作揖，用沙哑的嗓子说："大管家，现在乡亲们都靠吃草根树皮吊命了，哪有钱买水啊？"大管家白了他一眼："你卓石匠不是跑遍全蜀，到处挣钱吗？怎么叫起穷来了呢？"卓石匠说："灾荒年，哪个还请石匠啊！大管家，我为自己，也为众多穷苦乡亲向侯府求情了！"说罢蓦然跪地，一些老头、老妪也跟着跪下，声泪俱下地哀求着："请侯府开恩，救救百姓吧！""我们都快渴死啰……"

大管家高叫："别号丧了，侯爷一向积德行善，请大巫师作法祈雨，拦河积水，都是为百姓着想。不把水挡起来，这旧江早就干涸啰！我们侯府筑堤修坎，出钱出力，自然是用之于民，就要取之于民。这合理合法，没钱咋办？以工抵债。"他拿出一幅帛布来抖开说，"凡取水之人，都报上名来，逐一登记，取水人只需要按一个手印就可以了，今后到侯府做工三月。"

几个年轻农夫吼起来了："凭啥子？凭啥子？"

"江，是老祖宗留下的；水，是老天爷恩赐的！"

"你们霸水，还想把我们变成侯府的奴隶！"

这时，一个长得英武剽悍的小子从防洪堤坝上大步走来，他的身上缠着他钟爱的宠物：一条一丈多长的大黑蟒。蟒头在他的肩头上张着血红大口咝咝吐信子，十分恐怖！这小子今年十八岁，姓蹇名烈，字龙，人称烈龙，是蹇侯的幼子，后跟保镖铮奴。蹇烈站在堤上高声说："不想当奴隶就别想喝水！"他取下黑蟒，"哗"的一声将黑蟒扔进河中。

大黑蟒在水中翻滚，水花飞溅，水波沸荡！

众人惊愕！

一个青年农夫愤愤地说："烈龙公子，你做得太绝情了啊！"

烈龙抬手一指："铮奴，打死那娃！"

铮奴笃笃地跑下堤来，抓住那青年农夫拳打足踢……

马蹄嗒嗒，四骑飞来。为首的是都水长周庸，紧跟他的是属吏江澄和两名佩剑卫士。

"住手！"周庸吼着。

铮奴住手。

周庸和随从翻身下马。周庸环视了一眼，说："霸水，还打人！像什么话？"烈龙吼道："你是啥人？竟敢胡说八道！"江澄亮出一块铜牌，大声地说："郡府都水长周庸大人！"农夫们齐刷刷地跪下："周大人救命啊！"

"请起，请起。"周庸说，"本都水长会帮大家取得水的。"

"多谢大人！"农夫们站起。

蹇烈不屑地说："都水长，这么个小官，敢管侯府的事！"

周庸望着蹇烈，招手说："烈龙公子请你过来一下！"

蹇烈冷笑："你八人大轿也请不动本公子！"

周庸命令卫士："把口出狂言的小子给我抓来。"

两卫士冲上防洪堤坝抓人，蹇烈反抗，铮奴跑去援救，被一卫士踢倒在河中，蹇烈很快被制服，拖到周庸面前，被按着跪倒在地。大管家趋身上前打躬作揖："周大人，周大人，公子年少，出言不逊，原谅了他吧！""听我说，"周庸严正训诫，"现在是非常时期，郡府有令，严禁霸水，尔等肆无忌惮，断江敛财，这是犯法的。本都水长命令，立即拆除拦河堤，让庶民百姓自由取水。"大管家"这"了一声，蹇烈站起，昂头说："这一带是我侯家封地，你管得着吗？"周庸说："封地不是独立王国，江河属国家所有。蹇烈，你不是在舍林学舍读过书吗？怎么不省事，你们的恶行，激起了民变，侯府还保得住吗？""大人，拆堤之事，待在下马上赶到成都与侯爷禀报一下再说吧。""不必了，"周庸说，"郡府文书已下达你家侯爷，侯爷表示完全支持。你马上执行。""好吧，"大管家说，"我回府叫人。"周庸又令："蹇烈把你放在江中的宝贝宠物带走！"塞烈说："不，我要让它卷起滔天大浪把世上的人都淹死！"周庸说："那我就斩了它！""走吧，走吧，"大管家拉起塞烈走去，铮奴爬上岸来和家丁一起跟着管家撤走。

他们走到防洪堤坝上，塞烈朝江中吹了声口哨，大蟒蛇窜到江边，爬上堤坝，跟着塞烈逶走……

周庸对农夫们挥手一指："拆了栅栏岗亭，取水去吧！"

农夫们涌到栅门前，卓石匠一把扯下岗亭上的侯府告示，一脚蹬倒岗亭，众人七手八脚地拆栅栏……

江澄感叹："不可思议，富可敌国的侯府也发灾难财？"

"欲壑难填啊！"周庸说，"看来，抗天灾先要治人祸，否则，蜀郡要出乱子！"

（三）争水恶斗

都水长周庸的看法是正确的。天灾与人祸就像一对孪生兄弟一样与生俱来，紧密相连。有时是天灾造成人祸，有时是人祸造成天灾，或加重天灾。

这天，在成都的护城河中，上千百姓为了抢水而发生了一场大规模的群体斗殴，就是由天灾造成的人祸。

半月前，随着旱情的持续，成都县令尚武就担心会发生抢水风波，他任职三年来深感成都发展遇到的瓶颈就是水的问题，仅靠郊区四个池子和年久失修的旧江供水已经无法满足成都人口逐年增加和工商业发展的需求了。为了解决成都的用水和排水系统问题，他去年夏天，曾经找过郡府都水长周庸，请求帮助。周庸也忧心这个问题，但感到无奈，他给尚武看了一份署名蜀中士人的建言书。这份建言书主张发扬古蜀国望帝、丛帝治水兴农的传统，在旧江的基础上开凿一条流量更大的新河，在玉垒山附近重新选进水口，引都江水，流经成都、武阳[①]，至南安与都江正流再汇合，以解决成都平原的灌溉、沿江城邑用水、航运和泄洪问题。尚武看后很欣赏这

---

①今彭山。

个方案，认为这才是治本之策，可以改变整个成都平原的面貌。建言周庸上报郡守。周庸说："我也很欣赏这一设想，这证明我们蜀中不乏治水人才，所以保存下来，但不能上报。"

"为什么？"

"没用。反而会给上书人带来麻烦。建言书称赞了古蜀国的望帝、丛帝，这是犯讳的！"

"删掉这些内容嘛！"

"也没用。郡守大人这些年反复强调的大局是备战伐楚，统一六国。这样浩大的工程难以提上议事日程，即使提上了，老实说，靠我这个都水长来实现它，也是白日做梦。这建言书只是一个设想，要变成现实，还要进行实地勘察、制订方案。不仅要解决许多高难度的技术问题，还要解决兴建这一工程而引起的方方面面的利益博弈和各种矛盾纠纷，动员数万民工参与，要经历多年辛劳才能完成。这就需要一个懂行的、有魄力的领导人来挂帅，才能把梦想变成现实。"周庸谨小慎微，他强调，"我要申明，这只是我的个人之见。"

"都水长，此人未出现之前，我们总不能无所作为吧？"

"尽人事而应天命吧！就按郡守大人的命令办，在城里分街区打井、凿池、开排水沟，以解决用水和泄水问题。这是治标之策，但工程量也不小，不能乱来，要有个统一规划，都水曹可派江澄协助你们。"

"能否再襄助一点资金呢？"

"郡府的资金大都用于备战，拨给都水曹的资金少而又少，可以挤一点给你做前期费用，但主要工程费用要靠你们自筹啊！"

"多谢都水长！"尚武告别周庸回到县廷后，就召集县丞[①]易南、县尉[②]庞石和相关属吏开会协商，议决：全力以赴实现郡守的命令，由他亲自抓勘察、规划、设计，由县丞负责筹集资金。但入冬之后出现天旱，居民忙于找水，商铺纷纷关门，筹集资金困难，

---

①县令的副手。

②主管军事、治安。

兴建工程难以启动。

为了防止抢水，县令尚武亲自主持召开了一个里正①会议，宣布县廷命令：严禁抢水、霸水。百姓取水，由里长带队分四处进行；城北居民在北郊万岁池、龙坝池取水，城东居民在东郊千秋池取水，城西居民在西郊柳池取水，城南居民在护城河取水。

成都护城河原来靠的是"旧江"供水，"旧江"被郫县侯府截断后，完全断流了，护城河就变成了护城沟！这沟里的水经过百姓一个多月的提取，又变成了一个长两百丈的条形水凼，已经浅到可见淤泥底了。为了防止取水纠纷，成都县廷派了个小吏把城南大城和少城区域的两个里正找到一起开会，宣布把这个水凼一分为二，并立牌拉绳为标记，大城、少城的居民只能在界定的范围内取水。这个平均分配的办法，引起了少城里长丁大虎的严重不满，他想通过移动界标的办法来改变这个现状，但又怕受惩罚！此人曾任吴戈的百夫长，会后的当晚，他便到欢娱楼去请教他的老上司。吴戈好酒好肉款待，酒过三巡后丁大虎说出了他的来访意图。吴戈极为赞赏老部下的想法，说："大虎呀，你长进了，能为自己治下的老百姓着想，又能为郡府分忧。了不起呀！"

丁大虎老实地说："为郡府分忧？我倒没想到。"

吴戈说："郡府的告示里不是有一条'商铺不得关门，要照常营业'的规定吗？少城是成都的商业集聚区，各种店铺林立，不保证供水，怎能实现这一条？少城多用点水，合理合法。"丁大虎说："我明白了！就强调郡府的布告，他们岂奈我何？我这就回去找人动手。"起身告辞走去，吴戈送他出门又悄悄叮嘱了几句。

天上，一轮玉盘似的圆月光辉四射，洒在欢娱楼后园里的花枝树叶上，呈现出斑斑驳驳的晶光。玉璜和他十四岁的小弟阿华正在月光下练剑。旁边站着以卜金、卜银为首的十名持剑女子，个个飒爽英姿，她们在观摩学习。

两人对杀，玉璜喊着："朝我猛杀，狠一点，再狠一点……"

---

①里是秦国当时在城乡设立的基层行政组织。里在城市指居民住宅区，在此基础上建成通衢大街。成都当时有赤里街、笋里街等。里设里正主管行政。

"停下，停下。"吴戈喊着走来，两人收剑停斗，吴戈走近说，"阿华，你快去兴隆客栈把何宏大哥找来。"

"嗯。"阿华应声走去。

玉璜挥退卜金等人，问："张若离开蜀郡了？"

吴戈摇头，说："没有。他还在宝墩津江口①练水军。"

"这个我知道，"玉璜说，"按父侯的命令是要等张若离开蜀郡后才可举事。这老东西为什么还不走呢？"吴戈说，"他在等咸阳的命令，一时回不了成都。明天护城河里将发生一场争水恶斗，我们可以利用。""有把握吗？""为叔已做了布置。""好。"玉璜思索了一阵，说："就利用这事做文章，看看敌方的反应？"吴戈笑道："乖侄女，你跟叔叔的想法不谋而合，先来个牛刀小试。"

欢娱楼这些天以缺水为名，挂牌歇业。实际上是在窥测时机，准备搞动乱。自从郡府发布准许僰人到成都贩卖土特产的通告后，就从僰地涌来了一百多名贩夫，他们在四城摆摊设点出卖芋头、山药、干果、竹笋、木耳、野菜等物。这一百多名贩夫中除了三十多名是中老年，其他一百人全是青壮，这是僰侯贴身卫队中的一个百人队，是准备搞动乱的主力，吴戈在欢娱楼的附近包下兴隆客栈专供僰人居住，由百夫长何宏领队，由阿华传递信息。

阿华很快把何宏找来了。

吴戈、玉璜与何宏密谈一阵后，就令他回去做好准备，明天一早去护城河相机行事。

第二天一早，太阳刚刚露脸，在护城河边的界牌下，手持各种取水工具的大城与少城的居民就开始了对峙。两城各有五百多人，在里正带领下，分两边站立，人群中都混入了以何宏为首的几十名佯装成都人的僰人。

界标木牌下站着大城里正孙浩和少城里正丁大虎，两人都闪着对抗的目光。孙浩气冲冲地说："丁大虎，你当众说清楚，为啥子

---

①四千年前的宝墩古城在现在新津县城附近的宝墩村，秦时已毁，但地名犹存。津江口指都江正流在宝墩古城附近的出水口，是秦时老百姓的俗称，汉以后形成五津渡口，是都江中游的水运枢纽。

要私自将取水界牌朝东移五十丈？"

丁大虎傲然地说："我没移过！"

大城的居民很气愤，一个个怒目圆睁地盯着少城丁大虎，齐声呐喊："甭耍赖皮，快把界牌移回去。"

"吼啥子？吼啥子？"丁大虎朗声说，"大城的街坊邻居，大爷大哥，婆婆嫂子，小妹儿小兄弟，听在下解释几句，界牌移动实在是龙王爷搬家——神移。神为啥要保佑少城的居民呢？因为我们是商业区嘛，百工技艺，茶坊酒肆，大都在我们少城嘛，郡府通告商铺不得关门，要照常营业，这就要多用水嘛，多你们五十丈水面，合理合法嘛！话明气散，就以这新界牌为限分头取水吧！"

"不行！"孙浩说，"把界牌移回去后再取水！"

"办不到！"丁大虎说，"你们大城不是号称富人区吗？我们少城是工商业区，就该多用水！"

"呸！"大城长得五大三粗的黄大站出来吼道，"啥工商业区？你们少城的人都是奸商！"

少城的人愤怒了，大呼小叫起来："哪个是奸商？哪个是奸商？"大城的人齐吼："移动界牌，就是奸商！奸商！"

少城的铁匠刘真上前一步，指着黄大斥责："你骂得太刻毒了！做工开店的人都是奸商？那你们就是些好吃懒做，靠舔达官贵人屁股的哈巴狗！"

"打哈巴狗呀！"

"打奸商呀！"

从双方的人丛中突然飞起一阵沙石，两个里正和黄大、刘铁匠首先被击中。一团湿泥砸了丁大虎一脸，使他睁不开眼睛，孙浩被一块石头打倒在地，"哎哟哎哟"地叫着……

黄大和周铁匠满脸是血，发疯似的狂叫着："打奸商呀！""打哈巴狗呀！"两人揪着扭打。双方群众跟着呼喊，除了少数老人外，青年壮汉、妇女儿童齐上阵，边骂边打，从河岸上打到河边的沙滩上，先是用取水工具互砸，而后是近距离的拳脚相加，抱团摔跤，在地上打滚，有的干脆以细沙稀泥为武器袭击对方，搞得一个个灰头土脸，骂声不绝……

蓦然，笙竽长鸣，锣鼓喧天……

斗殴的人停止下来，举目一望，但只见——

一队着装奇异，戴着面具，手持金瓜、斧钺、铜戈、金剑的人簇拥着一乘八人抬着的江神銮驾朝水凼走来。后面跟着十名穿黑色短褂的青壮，每人都提着一个红漆木桶。銮驾上竖着一柄高高的大黄伞。伞下坐着牛头人身的水神，神前站着金童玉女。一个披着八卦袍，长发绿脸，手执铜剑的祭师走在前面，他用恐怖的、颤抖的声音吼着："水神到——水神到——跪下迎神，跪下迎神——"一些人跪下，一些人睁大惊疑的眼睛呆呆地望着并不下跪。祭师变脸恐吓，他铜剑一晃，绿脸变成红脸，再一晃，红脸变成一张狰狞的花脸，他"哇——哇——哇——"地吼着，每吼一声就喷出一团火来，没跪的人被吓到了纷纷跪下。祭师又一晃剑，狰狞的脸变成一张喜笑颜开的白脸，他高声讲话："子民们，尔等知道吗？几天前人巫师曾经作法祈雨，但至今滴雨未下，为什么？蹇侯爷说啦，是蜀民心不诚，没有感动老天爷！所以侯爷又命令本祭师到玉垒山江神祠请来江神察看灾情，祈求江神大发善心，吐水成江，救我灾民。昨夜江神与我托梦，说要十桶水作为贡品，他才愿吐水，有人一定会问，江神还缺水吗？他不是只要童女作贡吗？本祭师也这样问了，江神说他看见尔等为了争水而吵架斗殴，就可知尔等心不善良，太自私了，拯救这样的人不值得！要十桶贡水是对尔等的考验！尔等确有善心诚意，江神就会让这条河变成滔滔大江。明白了吗？"转头喊："奏乐，取贡水！"在笙竽锣鼓声中，十个青壮昂首挺胸径直走到水凼深处取水，满桶后才返回岸上。祭师走到江神面前高举宝剑，在空中划了个十字，咧嘴唱道："天灵灵，地灵灵，有请江神下凡尘！"说完又向江神膜拜，头触木坛，只听"砰"的一声，牛头江神变成了人的笑脸，祭师作侧耳静听状，还不断"嗯嗯嗯"地点头。有顷，他转过面来扫了跪在地上的众人一眼，说："江神讲了，尔等善心可嘉，等待吧，这里会变成一条滔滔大江的！不过，尔等取水时一定要按先来后到的次序排队，不要再吵架斗殴了！"又转身高呼"江神回銮——"

这支神奇的取水队伍，吹吹打打，大摇大摆地走了！

那时，蜀地和楚国一样巫风盛行，大多数人都信神，江神銮驾的突然出现，还真的把这场恶斗化解了。大家被震慑了，愣愣地跪在地上，半晌回不过神来。

一会儿，假扮成都人的何宏站起身来说话了："各位街坊邻里，我们只能按神谕办啦，不能再打。但是非要分清楚，今天弄得大家失和斗殴的就是那块界水牌！设置界水牌的人就是挑动百姓互斗的罪魁祸首！走，我们都到郡府去喊冤，叫当官的给我们评理。"混杂在居民中的僰人，立即呼应："要得，要得，我们都到郡府喊冤呀！"黄大指着刘铁匠说："刘铁匠，有种就跟老子走呀，郡府的官员老子认得一半。"刘铁匠说："有理走遍天下，老子还怕见官吗？少城的街坊们，我们都去，郡府又不是大城人开的商店，走呀——"人群刚涌上岸，蓦地传来一阵杂沓的马蹄声和脚步声，郡府监御史何坚、县御庞石骑着马各领着一支百人巡逻队，从东西两面赶来，对百姓形成包围态势。郡府卫士长高呼着："监御史大人到，监御史大人到……"

执戈矛的士卒把百姓驱赶到临水岸边。何坚策马上前扫视一眼，凛然命令："里正站出来。"

丁大虎、孙浩站出。

何坚问："为何发生群殴？"

孙浩答："少城的人私自将县廷设定的取水界牌西移，多霸占五十丈水面。"

何坚盯着丁大虎问："是你移动的吗？"

"是神移。"

"神移？"

"郡府通告商店要照常营业，不准关门。我们少城是工商业区，断水就没法兑现郡府的规定。所以神才帮助我们多得五十丈水面。"

"休要亵渎神灵！"何坚睖了丁大虎一眼，"你敢欺瞒本史，玩忽职守，罚俸三月！"

"大人，在下是为了实施郡府布告上的有关规定啊，罚俸三月，我这升斗小吏喝西北风呀？"

"那你就坐牢三月！"

"不不不，我不想吃牢饭，愿罚俸，愿罚俸！"

何坚又问："是怎么打起来的？"

丁大虎说："大城的黄大骂少城的人是奸商！"

孙浩说："铁匠刘真骂大城的人是靠舔达官贵人屁股的哈巴狗！"

何坚命令："黄大、刘真站出来。"

黄大、刘真站出。

何坚瞟了二人一眼，问："是你两人先骂先打的吗？"

两人低头缄默。

何坚扫视众人一眼，威严地说："这叫'私斗'。私斗是触犯秦法的，按律当剁手、斩足！"

刘真、黄大跪下叩头："大人饶恕，饶恕呀……"

大城、少城的居民纷纷跪下求情："这都是旱魔引起的啊，望大人法外施恩！"

何坚想了一下，说："念在尔等犯法确与天灾有关，本史法外施恩，处以笞刑。来人——"

四卫士上前。

何坚命令："鞭刑三十，立即执行。"

卫士把刘真、黄大按倒在地，用马鞭狠狠抽打……

刘真咬紧牙关承受，黄大哭喊着："何大人，我给大人洗过马，驾过车哟！"

何坚说："再加二十。"

"为啥子呀？为啥子呀？"

何坚冷冷地："你就更应该懂得法不徇私的道理。"

卫士一五一十地抽打下去，黄大"哎哟哎哟"地叫着，由高到低，终于没声音了，他昏厥过去了。

"谁敢滋事，这就是下场。"何坚高声说，"本史宣喻，在大灾面前，人人都要保持一种平和、镇静心态，要相信郡府有能耐率领庶民百姓战胜旱魔，渡过难关。现在已经采取设水市、打井、凿池的措施了，断水问题会逐步解决，尔等切勿惊惶自扰！大城少城一墙之隔，都是街坊邻居，乡里乡亲，为争水而成为寇仇，有何好处？对谁有利？"又问："是不是这个理呀？"

人们齐声回答："是这个理，是这个理。"

何坚转头喊："县御庞石，你过来一下。"

庞石快步坚定走到何坚面前。

何坚命令："把界牌撤掉，让居民有序取水，由你领兵监护。"

"遵命。"庞石挺身应命。

何坚挥手，率队走去……

庞石指定丁大虎和孙浩将受了鞭刑的黄大和刘真背走。又令士卒拆了界牌，然后才转身向百姓喊话："照何大人的命令办，排队取水，排队——"。

留下的人按庞石指定的位置排成几列长队在士卒的监视下取水。走在后面的喜来茶铺的赵老板忽然想到了什么，他对身边的王汤圆说："格老子，今天发生的事有点蹊跷啊！"

与二人临近站队的何宏闻听"蹊跷"二字便竖耳静听。

"你说何大人的执法？"

"我说的是江神取水！"

"遇到天旱抬神祈水不是很正常的吗？"

"可今天发生的却不正常，我怀疑那个祭师是说书人胡日白假装的！"

"就是那个壳子大王①嗦？你咋个晓得？"

"胡日白两年前在我茶铺子头说过三个月的书，听他的声音，看他的身材，笃定是那娃！"

"他咋个会变脸吐火嘞？"

"你不晓得？前年子，胡日白在我茶铺头说书，硬是语惊四座，场场爆满，但不知咋的就突然消失了，我到处打听，一年多不见人，上月我才听说他跑到傩戏班唱戏去啰！傩戏班子上就有高人会吞刀、吐火、变脸，胡日白鬼精灵，他还学不会吗？还有，那个装江神的有点像杏林学舍的高学士。"

---

①成都人把吹牛、摆龙门阵称为"冲壳子"。"壳子大王"犹今人称之"故事大王"。

"你是说他们是在演傩戏？"

"对头，对头。"

"人家打的是蹇侯旗号啊！他就是装神弄鬼你又能把他怎么样？"

"唉，蹇侯要我们老百姓敬天、信神究竟对不对啊？"

"说不清楚，宁可信其有不可信其无吧！"

（四）杏林学舍危机

赵老板的猜测完全正确。那个祭师就是胡日白装的。装水神的是成都杏林学舍的高志，装金童的是李桂阳，装玉女的名叫杜鹃，这两人是学舍老师许韬的书童和使女，兼做学舍的杂役。其他人也全都是学舍的学生。高志与胡日白有交情，他曾经为胡日白创作过说书脚本，此人遵循的创作思想是儒家从《诗》总结出的讽谏理论。其中有篇讲成都创建的故事中他就大胆地引用了一首成都民谣："好个郡守张大人，不治水，只修城，弄得百姓成干人①！"这种大胆讽谏很受听众的欢迎，使胡日白很快就出名了，被称为壳子大王，但他却受到当局的惩罚，被判徒刑一年，禁止他再说书，刑期满后胡日白就转行唱傩戏了。但胡日白对高志一直很敬佩，认为他写的说书本子很搞笑，既有听头，又有想头，而且为人仗义，不收他一文润笔费，这使胡日白一直铭记在心。高志是学舍师长许韬的学生和助教，人称二师兄，他和大师兄王叕一起，协助老师办学，王叕主内事，高志主外事，大旱来临，解决学舍的用水问题就自然落在他的头上了。高志武功高强，但更精通权谋，他不屑于用拳头与百姓抢水。于是他把胡日白找来共同导演了这场取水傩戏。不消说，那些服装道具都是从傩戏班子上租来的，为此，高志还自掏腰包付了三百铜钱的租金。

杏林学舍坐落在城南的白果林中，是一座四合院的庭院。院门前耸立巨石，上刻秦篆"杏林学舍"。走进古朴的大门后，是一个用石板铺成的平坝，过了坝子再上三级台阶，就是供讲学用的宽广

① 干人在四川方言中指穷人，这里还有层意思就是没水喝。

厅堂了，厅堂上有序地安放着八排坐垫、矮案，讲堂壁后又有一个小院，院中有天井，两旁是厢房，一边住寄宿学生，一边是老师许韬的书房和李桂阳、王焱、杜鹃兄妹的住所。

杏林学舍是怎样办起来的？

当然是郡守张若批准办的。

为什么崇奉商鞅思想的张若会兴学呢？一是蜀中社会发展的需要；二是得到秦惠文王的支持。商鞅变法时曾提出过"燔《诗》《书》而明法令、废私学"的主张，这一旨在钳制人民思想、愚民的专制主义文教政策虽然曾经为商鞅所强调，但实际上难以推行。原因是：春秋时期子产兴乡校，孔子办私学已在各国蔚然成风，齐国还在临淄办了规模宏大、具有研究院性质的稷下学宫①，这对秦国当然有影响，那时，秦还未统一六国，还未建立起完备的中央君主集权体制，商鞅还没有具备像后来李斯、秦始皇实行焚书坑儒、以吏为师政策的历史条件，自然他的"燔《诗》《书》""废私学"的主张就只能束之高阁了。

商鞅变法使秦国崛起了，但使秦国真正强大起来则是从秦惠文王主政时开始的，秦惠文王在做储君时对商鞅推行的一些政策就持异议，于是才有"太子犯法，黥其师公孙贾"的事件发生。惠文王即位后用"五马分尸"的酷刑处死了商鞅，对他推行的改革政策也进行了调整，保留了制度、法律的主体，也准许一些法家人物对商鞅思想继续进行宣传和阐释，但是，秦惠文王抛弃了商鞅唯法家独尊的主张，而在用人和思想文化领域推行了一种比较宽松和兼容的政策。惠文王被秦国的史官们称颂为大有作为的英明君主！说他英明，就在于他和他的乃父秦孝公一样有自知之明，承认秦国落后，人才缺乏，要混迹宇内，要一统华夏，就要培养和招徕各种各样的

①稷下学宫是办在齐国都城临淄稷门西侧的学宫，由一组高楼台阁的建筑群组成，规模宏大。学宫初建于齐桓公（田午）之时，齐宣王时进一步发展壮大，目的是"养士崇学"，孟子、荀子等一大批学者在此讲过学，黄歇等名人曾在此游学。战国时的"百家争鸣"主要在此展开。今之学者认为学宫有研究院性质，是当时的"国际学人区"。

人才，这是在竞争激烈的战国时代，使秦国发展壮大的需要。他创造了一个尊贤任能的社会环境，吸引了各国的文武才士，纷纷来到秦国谋求发展，实现人生价值。从惠文王开始直到秦始皇前期，活跃于秦国政坛的人物除法家人物外，还有墨家、儒家、纵横家、兵家、阴阳家等人物。惠文王的老师就是墨家巨子腹䵍。墨家学者田鸠、谢子、唐姑果等人也长时期受到礼遇和信任。惠文王重用的丞相张仪是著名的纵横家，将军司马错是著名的兵家，两人都是来自魏国的客卿，他依靠这一相一将一举灭亡了地广人众、出产富饶的巴蜀，这是秦国取得的重大胜利，使它获得了雄厚的战争资源和地理上的战略优势。为了把巴蜀建设成统一六国的基地，惠文王对这一地区十分重视，采取了许多措施来加强统治，其中重要的一条就是下令推广秦国的语言文字，废除蜀国的图像文字和僻涩方言，以使秦国的历史文化、价值观念能深入民心，以达到化蜀人为秦人的目的。这是一项重大工程，除了靠秦国移民言传身教外，就要靠兴办学校了。

张若在担任蜀国守的第二年（秦惠文王更元十二年，前313年）就准备办学校。这不仅是秦惠文王接见他时有过口谕，而且因为张大人已经切身意识到解决这个问题的紧迫性了！一天，张若把他的文案①孟谦找到办公的正房问："我要你草拟的办学文书，写好了吗？"孟谦回答："卑职深知此事重大，所以卑职正在找相关办学典籍研究，考虑如何写……""那就是说你还没有写？"张若不高兴了，申斥道，"一点紧迫感都没有，办事拖拖拉拉，是要受罚的。"这位年轻的秘书很委屈地说："大人，卑职知错了！"张若这才缓声说："蜀归秦已经四年了，移秦民万家到蜀地也两年了，但秦人与蜀人之间却难以沟通、融洽，甚至连政令也不通，"说着他拿起一份文牍递给孟谦，"看看，郫县上报的文书写的什么？"孟谦看了看说："大人是知道的，县令杨太会打仗，但不通文墨，这件文书肯定出自他的下属小吏，看来，这个小吏是蜀人，对秦国小篆、隶书半通不通，写不出的字就用蜀国的图画文字代

①相当于今日的秘书。

替，以致弄成了谁也看不懂的天书！""所以，"张若说，"就要赶快兴学，你有何考虑，说来听听。"

孟谦说："卑职这几天研究了孔夫子的办学经验，认为是可以借鉴的。一是办学方式简便，学生来去自由。孔子是私人兴学，学生自愿，交点束脩，就可以入学受业了。二是教学内容全面，课程有礼、乐、射、御、书、数六艺。三是实行因材施教，能者为师，学生中学得好的优生可以协助老师教学。兴学的关键问题就是选好祭酒。"

张若"嗯"了一声踱步思索，有顷，问道："移民到蜀中的秦人中有多少人精通秦国的文字？懂得秦国的历史文化？能为人师吗？"孟谦说："能者大都封官受职了，剩余的不多了。"张若又"嗯"了一声："这件大事必须立即办理，不能再坐而论教了。"他瞟了孟谦一眼，说："你坐下，我讲，你记。"这是张大人的一贯做派，为了显示作为上司的威严和英明，在下级面前他总是只动口不动手的！

孟谦走到矮案前坐下，展简、提笔、记录。

张若说："不能照搬孔夫子那一套！我们不兴私学只办官学。先在成都办一所示范学舍，从各县选五名聪敏好学的青年入学，学成后回到各县办学。主要学秦国的语言文字，教材采用国家的法律文书和商鞅的文章。孔子的《诗》《书》不得进入课堂。'御''数'两科可以列入，学习时间不超过三年，学得好的可以提前结业。"顿了顿，强调说，"这是长远规划，第一届采用突击战术，要求半年之内攻下三千文字关。"

"如何选祭酒？"

"不要叫祭酒，叫师长。师长通过考核产生，你按本守的指令写篇文书下发各县，使他们知晓国守府的兴学意图，并立即查访精通秦国文字的士人，查到后令他们用秦国的小篆或隶书抄一篇商鞅的文章呈上，供本守审核。这件事你要亲自去办，半月为限。"

孟谦遵照张若的指示亲自在成都、郫县、临邛、南安四大县跑了一圈。第十五天晚上，几十份答卷——帛书、简册放在了张若书房的案上。张若在灯下花了一个时辰把全部答卷看了一遍，又把孟谦初选的五篇反复对照，最后他指着一篇署名许韬抄写的帛书《垦草令》说："这篇第一，写得太好了，不仅工整，而且有骨劲，有气势，有我大秦的风格和气派！"坐在一旁的孟谦站起，欣喜地说："大人慧眼识英才，卑职也认为这个许韬应名列第一。"

"这个许韬是什么人？"

"据成都县令介绍，许韬是咸阳人，现住城南白果林。"

"他在咸阳做什么？为何到了成都？"

"据说，他在咸阳担任过太史府的缮写，但此人一心想做学问，他有朋友是成都人，和樗里子有交情，建言他迁居成都，住他白果林的老家，以专心研究学问。这样许韬就到了成都。"

"有证明吗？"

"有。成都县令确实收到过一封樗里子的信，要求成都县对学者许韬给予保护和照顾。"

张若思索，心里想："樗里子是惠文王的亲兄弟，现在已有左更的爵位了，将来肯定会封侯拜相，他信得过的人，还不能重用吗？"想到这里，立即拍板："下令，任命许韬为师长，给他以县令待遇。"按秦制，万户以上的县设县令，俸禄八百石，万户以下的县设县令，俸禄四百石。

孟谦说："大人礼贤下士，许韬定会感恩。"

张若说："这件事由你会同成都县令专办。校舍纳入成都建城规划中解决。现在因陋就简，尽快开学。"

"遵命，"孟谦请示，"此事要不要给蜀侯府禀报？"

"不！"张若不屑地说，"蜀侯府忙着呢！日日饮宴，夜夜笙歌，本守要督促建城，哪有时间和他们空谈？等举行开学典礼时，请他们参加就是了。"

孟谦介绍的许韬是一个神秘人物！他不仅精通秦国的语言文字和历史文化，对秦国曾经发生过的划时代的历史事件商鞅变法更是了如指掌，这么一个人物为什么要从咸阳跑到成都来研究学问又应聘办学呢？一直都是一个谜。许韬完全明白张若的办学目的主要就是扫盲，而不在乎传播学问，更要防止除法家之外的异端思想的侵入。许韬只认同张若规定的先扫盲的教学目的，对其他规定并不赞成，但他没有公开反对，他深知只要人们掌握了文字这一工具，并用它打开知识宝库的大门后，任何禁令就难以阻止人们吸纳各家各派的学术思想和各种各样的文化成果了！为此他特别编写了一本《秦字三千》的教材。秦国的文字源于周代笔画甚繁的大篆，经过由繁至简的长期发展，至战国后期已发展形成秦小篆和隶书两种字体[①]，但民间倾向于隶书，因为它更简约，好写好认。

许韬编的这个识字课本将两种字体并列，这就可通用于全秦国了，张若对这个课本很欣赏，呈报朝廷太史府后获得嘉奖，并下令在全秦国推广。张大人拿脸了，自然对许韬也就更加信任了。杏林学舍第一届招生五十人，同时，张若又把县令、县长中的"大老粗"也招来扫盲，于是，县令杨太等人也成了他的学生。许韬以诲人不倦的精神、生动灵活的教学方法，顺利完成了张若规定的半年之内"攻下三千文字关的任务"。这一任务完成后，学舍转入正规教学。许韬又编写了两本教材，一本是《商君书集解》，一本是《秦风赏鉴》。前一本把商鞅自撰的《垦令》《靳令》《外内》《启塞》和他人写的《错法》《弱民》《定分》等二十四篇合成一集，每一篇都详加注解，条分缕析；最后一篇是编者写的跋文《商君说》，这篇文章论述了商鞅变法的指导思想、内容和过程以及对这场大变革的反思。后一本把秦国的《黄鸟》《无衣》《车邻》《驷驖》《小戎》《蒹葭》《终南》《晨风》《渭阳》《权舆》等民间诗歌汇成一册。对每首诗歌都详加注释，剖析入微，并与十四国风及"雅""颂"类的诗歌进行比较，指出秦国民歌的独特性。这两本教材的注解中大量引用了儒家、墨家、法家、道家、名家的学术观点，但主体文本是讲商鞅的文章和秦国的诗歌，张若大人看后也无话可说。许韬师长这样做，用今天文化人的话说叫"打擦边

---

①有史书说隶书是秦始皇统一文字时由狱吏程邈"创制"的。有学者指出这"显然是不合历史事实的，隶书是广大群众'约定俗成'的结果"（见林剑鸣《秦史稿》，上海人民出版社1981年版，第411页）。小篆和隶书早已在秦国流传，李斯和程邈是在前人创造的基础上对这两种字体进行了规范和整理。

球"，这样"孔子的《诗》《书》不得进入课堂"的禁令就被突破了！

在杏林学舍的示范下各县也纷纷兴学，通用许韬编写的教材，经过三十八年的发展，培育和造就了一大批具有文化素质的士人，并形成了一个阶层，使历经尧、舜、禹、夏、商、周形成的主流文化得以在蜀地普及，虽然远远谈不上深入，但开了个好头，使号称"西僻之国"的古老蜀地开始从文化层面上融入华夏文明，就凭这一点，许师长就理当名垂青史。

如今许师长垂垂老矣！但此公不仅是个人精而且是个人瑞，已经一百多岁了，仍然身康体健，思维敏捷，精神矍铄。但他深深知道上天留给他的时间不多了，他一生的志向就是立德、立功、立言，因此，除了完成繁重的教学任务之外还潜心研究学问，他已经先后写出了《劝学》《发蒙》《治天下》等十九篇文章了，大约由于蜀地水灾、旱灾不断的现实触发了老先生研究地理、水患的灵感，他要写一篇论"九州险阻水泉所起"的文章，他的最大贡献是发明了"地动说"。近来由于断水，学舍放假了，只有来自外县的二十多名寄宿学生没有走，为了生存下去，他们每天都忙于外出找水。许韬利用这一间隙，日夜笔耕不辍，此刻，他正在书房中聚精会神地伏案写作呢！旁边的长宽型漆木几上堆放着两摞简册、帛书，几后坐着文质彬彬、二十多岁的王叕，他正帮助老师查阅、摘录资料，不时抬眼望着老师颤颤巍巍地运笔书写，这样的案牍劳形，令王叕敬佩，但也于心不忍，便说："老师，您的手抖得厉害，还是口述吧，学生帮您记录。""唉，"许师长放下笔，揉着手指，感叹道，"岁月不饶人啊，老师已不能出口成章了，你怎么记？记下来还是要改。这是老师最后一篇文章了，自己写可以字斟句酌啊！"

"老师……"

"不要说了，对那种只讲点大意，让别人代笔写成文章，然后就挂上自己的名字的做法，为师一向深恶痛绝！"

这时，杜鹃端着个托盘走来，托盘上放有一个茶壶，两个带耳的土陶茶杯。"老师，"杜鹃跨进书房欣喜地喊了一声，她走到案前放下托盘，端了杯茶恭敬地放在老师的面前，"请喝茶。"又转身给王叕端了杯。

许师长说："杜鹃哪，老师说过，现在取水不易，取来的水只能用来煮饭，不能用来烧茶！"

"老师，上午二师兄领我们去护城河舀了十桶水回来咧！二师兄提走了两桶送人，还剩八桶，至少可吃五天了。"

"五天后又咋办呢？"

"郡府发布告了，要在笋里街设水市，明天就开张，我们可以去买呀！"

"啊，很好，很好！"许韬喝了口茶，感到神清气爽，感叹地说，"好多天没喝过茶了，水，真是生命之源啊！"望着王叕，"你也喝呀，只要有水市，老师的薪俸用来买水，还是足够的！"王叕喝了口茶说："老师的薪俸大部分用于学生了，这买水的钱……""不要提钱了，"许韬摆手说，"总还有点积蓄吧，老师孤身一人，钱不花在你们身上，未必还要带到棺材里，花光了老师才高兴呢！"转头望着杜鹃，"告知高志叫他下通知，五天之后复课。"

杜鹃说："等二师兄送水回来我就跟他说。"

"他到哪里送水去了？"

"喜来茶铺。"

兴隆街的"喜来茶铺"前，大门紧闭，高志走来，后随担两桶水的李桂阳。高志上前敲门，桂阳在阶檐下放下担子。

赵老板边开铺门边嚷着："大爷，大哥，别想喝茶啰，我都要渴死啰！"高志笑道："我给老板送水来啰！"赵老板眼睛一亮，"你是？""我是你的茶客高志啊，"

"你就是给胡日白写本子的高学士啊！"

"不敢称学士，"高志转身吩咐，"桂阳，把水给赵老板送进屋去。""我来提，我来提，"赵老板跨步上前，瞧着两桶水心花怒放，说："高学士，你这两桶水可是我的救命仙汤啊！今上午我去取水，还和人打了一架，又排队到天黑，才舀了一钵子泥浆！高学士，你给我这两桶水要多少钱？"

"我不要钱！"

"那你要啥子嘞？"

"你上午取水时看到了江神取水的情形吧？"

"看到了。我看那个大巫师就是胡日白装的！"

"不对，据本人所知这大巫师乃是来自昆仑山的巫咸，他为了拯救蜀民才来成都作法的，到你这茶铺喝茶的人很多，你这个地方堪称信息发布处。就按我说的宣传，这很重要，能做到吗？"

"懂得了，懂得了，在下一定按高学士讲的宣传。只是，仅靠两桶水咋开茶铺呢？"

"明天笋里街就开水市了，你可以去买呀！缺钱，我可以借给你，不收利息。"

高志敢夸口，是因为他是富商的儿子，家里有积蓄。他是郪县人，此县当时的区域包括今日的三台、中江、盐亭、蓬溪等地。这一地区盛行栽桑养蚕，传说黄帝之妻嫘祖就诞生在盐亭，她是栽桑、养蚕、缫丝的创造者。嫘祖是否出生盐亭？无从稽考，但川北是四川丝绸的故乡，则是不争的事实。早在战国时代，就已形成栽桑、养蚕、出茧、缫丝、织绸的经济链了。高志的父亲就靠经营丝绸业而发了财，他到杏林学舍上学后，从史籍上读到春秋时期范蠡弃政从商而成为"富可敌国"的大富豪的时候，陶朱公就成了他崇拜的偶像。但是，无情的现实又粉碎了他的梦想，秦国推行"重农抑商"政策，政治上商人受歧视，经济上被课以重税。高志的父亲辛劳半生也只积累了千金，而且有随时破产的危险！

高志的阅读和思维能力很强，除了研读兵学外，他把韩、魏、燕、赵、齐、楚六国的法律和秦律做过一番对比研究，之后，他认定秦国实行的完全是孔子指责过的那种"猛于虎"的"苛政"。他读诸子百家的著作越多，对秦国推行的政策就越反感，他成了个十足的持不同政见者！孟子"见大人则藐之"的"大丈夫精神"，是他批判现实的精神支柱，所以他敢于写平书讽刺张若……

挑战统治者当然要付出代价！

两年前他写的讽谏平书，因塞侯告密而引起了一场轩然大波。张若令何坚和孟谦处理此事。一天上午，杏林学舍正在上课，何坚与孟谦带着一名书吏和一队卫士，抬着法鼓威风凛凛地开了进来。在院坝中设立公堂，请许师长坐主案，令几十名学生跽坐于院中的石板上，又把胡日白押来审问谁是平书的作者，要他指认，否则立即腰斩，胡日白嬉皮笑脸唱道：“我把壳子吹上天，天帝听了笑开颜，问我何时能到灵霄殿？听我戏说恶人间！我说快了快了，只等今日被腰斩，化作青烟上蓝天……”“闭嘴！”何坚大喝一声，“击鼓行刑！”两卫士上前扭住胡日白，用麻绳捆绑。法鼓咚咚响起，气氛立刻紧张起来，何坚此举，是想震慑众士子。

“且慢，”高志从容站起，“我知道谁写的。”何坚说：“讲！”高志说：“放了说书人晚生就讲。”何坚挥手，卫士放开胡日白。高志说：“是晚生写的，不过讽谏张大人‘不治水，只修城’的几句并非原创，而是采自民间歌谣。”“采自民间歌谣？”何坚问，“谁能证明？”“晚生能证明，”王叕抱着一捆简册走出，说：“郡府曾经下文要学舍组织学生深入民间采风。孟谦大人，有这回事吧？”孟谦答：“有这回事。那实际上是郡府转发朝廷太史府的一份文书。”王叕说：“这就是说，采风是朝廷的命令，能下这样的命令说明秦国的执政者中还有贤者，还能继存尧、舜、禹、夏、商、周留下来的宝贵传统——通过采风来了解民心、民情、民意……”“住口，”何坚睥睨王叕，“王学士，你也太狂悖了吧！什么叫‘执政者中还有贤者’？嗯？难道我大秦君王不是天纵英明？难道张若大人不是足智多谋、文武双全的国之干城？令尔等采风收集民间歌谣，就应该多收集讴歌秦王圣明、郡守治蜀的丰功伟绩。张大人以咸阳制式建起成都，成就辉煌，说‘不治水，只修城，弄得百姓成干人’，完全是恶意诬蔑！”高志昂然走到前面：“晚生不赞同大人对这首民歌的评价，认为这歌反映了事实，切中了要害，蜀郡上下宣扬的所谓‘咸阳制式’实质上是东施效颦、邯郸学步！”何坚戟指高志：“你你你，还在恶意攻击！”转头对小吏：“记下来，记下来。”小吏埋头速记。

高志说：“何大人，忠言逆耳利于行啊！我等士人无职无权，凭的就是以学问报国，对‘咸阳制式’我等是做过研讨的，并非信口开河。中原的士人可以百家争鸣，甚至可以面责君王，难道仅仅

对张郡守提出的'咸阳制式'有不同的看法就是恶意攻击？就是大逆不道？"

"高志！"孟谦说，"你讲以学问报国，就讲你们的研究成果嘛，说什么东施效颦、邯郸学步，这就不恭敬嘛，不善意嘛。"高志说："孟大人的指责晚生接受，晚生向何大人致歉！"朝何坚躬身行礼："晚生失言，晚生不会措辞，晚生不讲了。""讲！"何坚说，"你不是要百家争鸣吗？""不鸣啦，"高志说，"我怕箭射领头雁啊！"何坚说："你必须讲。"高志"哼"了一声退回跽坐。王爰说："晚生代师弟一鸣吧，何大人，成都人是知恩图报的，眼睛也是雪亮的，我等收集的民谣中不乏歌颂朝廷和张大人的。"翻开简册念："没有成都城，哪有成都人？郡守筑城费艰辛，后代莫忘报大恩！"卷起简册继续说，"窃以为歌颂与讽谏的歌谣都加以收集，汇集起来，才能真正反映民心民意，这对执政者大有裨益。张大人修成都城时，在街道的开辟、商业区的部署、居民点的修建、市场管理、税费收取、盐铁专卖，仿照了咸阳的制式，但咸阳是渭水灌都，泾水交汇，城里修建了引水、排水的系统管道，所以才能持续发展，成为当今天下名城。而成都没有解决水源问题，因此也就没有引水管道。排水设施更是简陋，只有几条残缺不全的水沟，多年来又不断扩大城邑建设，人口大量增加，这就埋下了巨大的隐患。成都的建筑材料，主要是泥土，若遭大旱，会成为火炉，污水排不出去，就会恶臭弥漫，形成瘟疫；若遇大暴雨或大洪水冲击，整个城邑将会变成一大堆烂稀泥！"顿了一下，强调说，"不治水，只修城，成都不可能持续发展，而只会使百姓变干人，甚至变死人！"

"危言耸听，"何坚警告，"王爰，你说这些蛊惑人心的话是犯罪！"

"大人要以言治罪？"许韬站起身来说，"那就治老朽一人之罪！"何坚盯着许韬，想了想说："念在许师长办学多年，在推广秦国语言文字方面多有建树，本史法外施恩，不搞株连，许师长引以为鉴就是了！"许韬说："何大人暂不实行株连之法，堪称上善。那就赦了我的两个学生和那个说书人，治老朽一人之罪好了。"何坚直眉瞪眼："许师长，你不要敬酒不吃吃罚酒！"许韬说："执法不是要以事实为根据吗？采风，是老朽遵照朝廷和郡府的命令组织学生去做的，把歌颂和讽谏的歌谣汇编成册，也经过老朽审核，若认定有罪，那罪在老朽！"孟谦说："许老，你说的这些都不是罪，收集讽谏歌谣不仅可以，还是朝廷所需要听到的真实民意。问题是不应写入故事并通过说书来加以扩散。"许韬说："何谓扩散？"他蓦然朗声咏颂："交交黄鸟，止于棘。谁从穆公？子车奄息。维此奄息，百夫之特。临其穴，惴惴其栗！彼苍者天，歼我良人。如可赎兮，人百其身……"

何坚厉声："许先生，你咏《黄鸟》意图何在？"

许韬说："何大人饱学之士也！知晓秦国的这首著名诗歌。三百多年前，秦穆公临死之时，指定子车、仲行、鍼虎三位忠良之士为他殉葬，老百姓十分痛惜，愿以一百人为其赎身。全诗一咏三叹，对这种非人道的行为进行了血泪的控诉和谴责！穆公何许人也？他是'益国十二''开地千里'的秦国君主，他灭掉、驱逐大大小小的戎、狄之国后，使大河以西的土地尽入秦国版图，奠定了今日秦国的基础，使大秦之名远播域外……"

"不要说了，"何坚打断许韬的话说，"许师长的意思是对大秦国的圣祖明君也可控诉、指责？"

许韬说："可不可以？已经是难以否定的历史事实了。这首诗进入了《诗》，在华夏各国广为流传，要说扩散，这才是最大的扩散！然则，穆公以下的历代秦国君王却没有下过命令要制止这种扩散，更没有处罚过写诗人、编诗人、读诗人、讲诗人！商鞅提出过'燔诗书'的主张，但行不通嘛，没有执行嘛！自惠文王以降，墨家、儒家、道家、兵家、纵横家等各家各派的人物都获得朝廷的礼遇和重用。惠文王的师傅是墨家巨子，当今太史田贵也是墨家学者，令各郡采风很可能就出自田大人的主张……"

孟谦站起对许韬说："许师长，无须争辩了，事情已清楚明白，待本簿与何大人合议之后即宣布判决。"他低声与何坚嘀咕了几句，两人便走到讲堂侧的厢房中合议了一阵，然后又回到案前。何坚一脸杀气，喊"胡日白"。"在。"胡日白走到何坚案前，众卫士齐喊："跪下！"胡日白跪下，心中暗骂："硬是刽子手红了眼——凶相毕露。"何坚宣判："查，胡日白说书低俗下流，有危世风，禁，处徒刑一年。押下去。"两卫士上前，甩出一根铁链，套住胡日白，一拉一推走去，胡日白大叫："封我的口，我吃啥子呀！"一卫士赏了他一拳，说："吃牢饭。"胡日白问："要钱不？"卫士又给了他一掌，"不要钱！"胡日白嘿嘿笑着："不要钱，安逸，安逸！"

胡日白的表演，让士子们哭笑不得。

何坚扫视众士子一眼，沉着脸喊："许韬、王燚、高志听宣。"三人走到何坚面前，卫士喊："跪下！"许韬欲跪，被两个学生拦住，其他学生站起，抗议道："士可杀不可侮！"许韬回头环视一眼说："都跪下，为了法的尊严！"高志、王燚扶着许韬颤颤巍巍地跪下。何坚说："许师长遵法敬法，这很好。不过法不阿贵，无论是达官贵人还是社会名士，犯了法就要受到惩处，尔等今日的言行已记录在案，鉴于案情重大，涉及面广，经本史与主簿大人合议，决定上报郡守大人裁决，择日宣判，在此期间，尔等不得离开成都。"言讫，喊了声"退堂"便扬长而去了。孟谦留下来对学子们进行了一番安抚，叮嘱他们今后一定要谨言慎行，这才离去。

孟谦走后，许韬让学生们回到讲堂继续授课。许韬教导学子们以从容淡定的心态对待这事件。他鼓励学生要心怀天下，说"士之为人，当理不避其难""正谏死节，臣下之则也"，现在吾人所处的时代是征战不息、竞争激烈的时代，也是士人展露才华、创造发明的时代。凡利国利民、匡正时弊的建言都可以向上反映，但不能情绪化，不能偏激，一定要言之有据，他教导学生臧否人物要坚持一条规则：褒，不增其美；贬，不益其恶。他认为张若治蜀有大功，但也有失误，对失误要分析，要善意指出。他表彰王燚下苦功研究蜀郡的治水学问很有经世致用的价值；高志研究各国法制和武学也不错，但要深入全面，防止从个人意气出发的偏见，走向极端，误入歧途。他告诫学子们一定要修身、立德，入则恳恳，出则谦谦，凡事要三思而后行。最后，老先生出了一道《士不可不弘毅》的题目要学生作文一篇，他解释说此题出自《曾子》："士不可不弘毅，任重而道远。仁以为己任，不亦重乎，死而后已，不亦远乎！"这代表了儒家对士人的看法和定位，法家、墨家、道家有相同和不同的看法，诸生应该写出你自己的新鲜、独特的见解……

何坚和孟谦回到郡府后向张若做了禀报，并提出了处理意见。何坚主张从重处理高志、王叕，孟谦主张从轻，两人争论了一番，张若听后，说："你二人都没抓住要害，采风、讽谏、扩散都是表面现象，根子在师长许韬身上，这些年来他违背了郡府的办学宗旨，暗中把《诗》《书》引进课堂，致使学生变得狂悖、叛逆，公然叫嚷要搞百家争鸣！哪有什么百家争鸣？在秦国大王说了算，在蜀郡本守说了算。"

何坚说："大人之言甚是，应当惩罚首犯。"

孟谦说："许师长可是大人亲自任命的啊！"

"本守知道，"张若说，"这个许韬也做过一些好事，学舍也不能贸然关闭，咱们还是给他一个反躬自省的机会吧！"

孟谦说："如此处理，堪称上善！"

张若口授了一道郡府通告。第二天由何坚、孟谦二人前去学舍宣读，然后又张挂在学舍的讲堂上。

郡府通告上赫然写着：一、查师长许韬阴将《诗》《书》引入课堂，违背郡府办学宗旨，致使学生思想紊乱悖逆，罪当笞杖徒流，虑及该人有弘扬秦文之功，只给严重警告处分，责令其反躬自省，痛改前非。二、士子王叕、高志狂妄放纵、烦言饰词、横议有司，念其少不更事，只给予记过处分，责令各写悔过书一份上呈。三、责令学舍将收藏的孔孟著述悉尽焚毁。四、学舍停课一月，郡府派员监督整饬，敢有违抗者，严惩不贷！

经过一个月的整饬，杏林学舍变成了只教秦文秦语的扫盲学校，不过在许师长的妥协和巧妙应付下总算逃过了一劫，免遭灭门之灾。只上读写课，对许师长和他的两个助手来说是驾轻就熟的事，根本用不着备课，这就给他们从事研究工作提供了更多的时间，许韬写带有反思性的学术文章，王叕研究蜀郡水利，高志探讨秦国法律和《孙子兵法》，就这样平平安安地过了两年，想不到天降大旱，高志演戏取水，又给学舍招来了一劫。

（五）蹇侯夜访许师长

蹇侯的嗅觉灵得很，他在成都开的七宝楼就是他的情报站，高志、胡日白上午表演的取水傩戏，他下午就知道内容了。晚上，他就带着他的爱子蹇烈去造访许师长。

戌时一刻，许韬在书房中的灯下训诫跪坐着的王叕与高志：

"你二人跟为师多年啦，悉知为师的想法，尽管张若对学舍有诸多禁令，但只要能办下去对庶民百姓就大有裨益。为师行将就木了，继续办学的希望就寄托在你们的身上。"

"老师！"

"唉，"许韬一声长叹，"高志啊，你不知道蹇侯是张若笼络的人吗？他们一个鼻孔出气！犯不着为了几桶水去招惹他！如今成都已闹得沸沸扬扬，那蹇侯岂肯善罢甘休？"

这时，李桂阳走到书房门前，说："老师，蹇侯父子看望您老来了！"

"请。"许韬向王叕、高志摆手，示意他们离去。

王叕与高志走出书房不远，就迎面碰上了正走来的蹇侯父子，蹇烈招呼："大师兄，二师兄！"二人驻足，拱手应声："公子，侯爷！"蹇侯打量二人，目光停留在王叕脸上，说："你是王叕学士？"王叕没开腔，只是点了点头。蹇侯又转头指着高志："你是高志学士？""正是，"高志冷眼盯着蹇侯，"侯爷好眼力！老师正在书房门前恭候二位呢！快请吧。"说完就朝前走去，王叕也跟着走了。

许韬杵着筇杖①站在书房前迎接蹇侯父子。

"老师！""师长！"蹇侯父子喊着走来，许韬点头，躬身说："请——请——"三人走进书房，分宾主坐下后，许韬说："老朽脚不方便，未到大门前迎接，祈望侯爷见谅！"蹇侯一笑：

---

①筇杖是用邛崃山生产的老楠竹做成，是一种古朴精致的工艺品，秦汉时期已远销西亚。

"老朋友了，还讲啥客气！"杜鹃端着托盘来上茶，给三人面前的案上各放了一杯。

蹇烈嬉皮笑脸地瞄着杜鹃说："杜鹃师妹儿，才一年多没见你，你就长成个大……"他本来要说"大美人"的，被父亲在腿上扭了一把，便急忙改口说"大人啰！"杜鹃没理他，转身走了。

许韬说："侯爷夜晚来访，有何急事？""没啥急事，"蹇侯说，"大半年不见，想念您老啦！趁今晚无事，特来看望您老，摆摆龙门阵。"转头对蹇烈吩咐，"把带来的一点小礼品给老师献上。"蹇烈提起身边一个黄色绸包裹，趋身上前，恭敬地将包裹放在许韬面前的案上，说："请老师笑纳。"

许韬打开包裹看了一下，里面有一个写着"上品茶"的精致木盒和一些银子。便说："又送上品茶，又送银子，这礼也太重了，老朽怎敢接受？"

"许老不必客气了，那茶是今年才在蒙山顶上培育出的新品种，请许老品尝一下，看有否推广价值？那点银子是我给许老的酬金。"

"什么酬金？"

"许老忘了，去年、前年，你都为我鉴定过多件古董啊。我把你鉴定过的都贴上标签，摆在七宝楼出卖，那价钱就翻几番，买主就相信许老的法眼啊！"

"侯爷既然把老朽看作朋友，为朋友办点事，怎能收酬金呢？""咳，许老你这就有点迂了，在商言商嘛，按说要和你分成才合法呢！只给点酬金，只是表示一点心意，许老就不要推辞了。"

"受之有愧，受之有愧啊！"

"不要固辞了。老夫还准备让蹇烈复学呢，就算交学费吧，孔夫子教书也是要收学费的，是吧？"

"好，老夫就收下，"许韬望着蹇烈，问，"蹇烈呀，你去年因病退学？你的身体一向很好嘛，怎么会突然患病呢？"蹇烈说"学生被大蟒蛇咬伤了。""怎么会呢？""是这样，学生我不是姓蹇名烈字龙吗？大巫师说既然沾了个龙字就要驯服一条龙，将来才能成龙上天，飞黄腾达！她就找人给我捉来一条叫黑龙的大蟒蛇让我驯服，那畜生咬了学生一口，差点要了我的命！是大巫师给我治好的，又赐给我一葫芦专治蛇伤的灵丹，最终，学生硬是把这条大蟒蛇驯得服服帖帖的了！"许韬说："大巫师这种激励年轻人上进的方法不可取，你父侯赐给你龙的字号，是望子成龙之意。"转问蹇侯："侯爷，这是你给儿子赐号的本意吧？""是的，是的，天下父母谁不望子成龙呢？老夫五个女儿，就这个老六是男娃子啊！""可以理解，"许韬说，"只靠驯蟒蛇是不行的，只有靠文化知识的巨大力量，才能使人成龙上天，飞黄腾达！"

"箴言，箴言！"蹇侯说，"所以老夫要让蹇烈复学，名师出高徒嘛！在许老教诲下，我儿有望成器。只是老夫担心……"

"我这学舍来去自由，侯爷担心什么？"许韬问。

"唉！"蹇侯一声长叹，"只怕学舍要关门啊！"

许韬一惊，半晌才问："侯爷听到了什么风声？"

"确实听到一些风声，"蹇侯做出非常诚恳的样子，说，"为了许老，为了学舍，作为老朋友，老夫就讲几句掏心窝子的话吧！"

"请讲。"

"二十三年前，在清查蜀侯恽和王婴等人的叛乱案中，有人就提出许老与王婴关系很深，应予查处。是老夫力争，并以身家性命担保，才使许老不致被株连。"

"老朽多谢侯爷，还有吗？"

"早有人告奸，说学舍两年前经过一番整饬，稍有改变，如今又故态复萌，对学生搞所谓的百家争鸣不加制止，以致王爰、高志等人又嚣张起来，今上午有学生搞演戏取水这样亵渎神灵的事，还说是奉老夫之命而为，这不是让老夫背黑锅吗？许老啊，我不仅把你视为老朋友，而且当作亲兄长，王爰、高志公然打老夫的脸，实际上就是与您老作对啊！现在成都坝子正遭大旱，人心不稳，这样做后果严重啊！"

许韬说："老朽明白侯爷的意思了。这样，老朽迅即呈文郡府，失误之责，老朽承担。对学生中违规越矩之事，一定严加告诫，在查明事实之后，再给侯爷一个交代。"

蹇侯说："好，好。那老朽告辞了。"

"请，请。"

许韬送蹇侯父子到书房门前。蹇侯说："别送了，我的车就停在门外呢！"

"侯爷、公子，请慢走，慢走。"

蹇侯父子走了几步，蹇侯又突然停步转身说："许老呀！"

许韬上前："侯爷还有何吩咐？"

蹇侯说："来的时候，在这见到许老的高足王焱，老夫突然想起了王婴，这王焱不会是王婴的后人吧？"

许韬笑笑："王婴当年受的是杀身灭族之刑，这一点侯爷是很清楚的。怎么？二十三年后侯爷还抹不去王婴的阴影呢！"

蹇侯说："这可是一起惊天大案啊，怎能忘记？这王焱如果真是王婴的后人，是王氏家族的漏网之鱼，这又是一起惊天大案啊！"说罢走去。

许韬望着走去的蹇侯父子，深深思索……

学舍门前，一辆挂着红灯笼的篷车徐徐驶去。车厢内坐着蹇侯父子。蹇侯说："到郡守府。"

郡守府的后院正厅中，灯火辉煌，已是午夜时分了，代郡守公孙若还在办公。在这抗旱的非常时期，他提出了一个"公事不过夜"的口号，并率先垂范，吃住都在郡府办公厅内，他要为同僚树立一个朝乾夕惕、终日勤勉的正面形象。此时，他正和主簿孟谦一起听取都水长周庸的禀报。周庸把都水曹收集到的旱情做了详细说明，认为农村受灾最重，提出突击抢修旧江，扩大加深进水口，引进都江水，让旧江流动起来，以解决郫县、成都、繁县的用水问题，成都之北的什邡等地可以通过在绵水上开渠将水引入旱区，周庸最后郑重指出：成都平原的地势是西北高东南低，所造成的灾害往往是西北旱而东南涝，这次受灾地区逐渐扩大到东南面乃是人祸造成。成都平原自古以来因不时发生大洪水，已冲刷出多条自然河道，形成了许多蓄水的池、沱、凼，是可以供很多人畜饮用的。但有的人为了一己私利而断江截流，霸占池、凼。不仅侯府这样干，连一些县、乡、亭、里也这样干，他们根本不把郡府的通告当回事，这就苦了百姓了。公孙若听了汇报后口授了两条命令，要孟谦连夜发出：一是成都平原北面的抗旱任务由什邡县廷牵头，抢修旧江的任务由郫县县廷承担，都水曹派人监工。二是对拒不执行郡府通告的水霸一律处以极刑，公孙若强调要杀几个人以儆效尤！这时，卫士长前来报告："蹇侯求见。"公孙若想了想说："请他进来。"

蹇侯带着儿子蹇烈走进，他做出心情沉重的样子，拱手说："诸位大人，老夫是带着蠢子前来请罪的，"转身对儿子严厉地说："给周伯伯跪下请罪！"蹇烈朝周庸跪下，挤出几点眼泪，用哭腔说："小子违背父侯之教，同意大管家断江截流的主张，以谋取私利。呜呜！周伯伯来视察，小子还口出恶言，辱骂朝廷命官，呜呜！既违背了郡府抗旱通告，又败坏了侯府一贯积德行善的家风！呜呜！小子知罪，请周伯伯严加惩处。呜呜！""起来，起来，"周庸拉起蹇烈，说，"你那些不逊之言周伯伯已经忘记啰！侯爷同意拆去拦江堤就很好啦。"蹇侯说："老夫接到郡府的通告后，就命他们赶快拆了，同时将侯府庄园内的大水池开放，让附近百姓每天取水一桶，不收分文。"周庸说："这样做，侯府虽然损失了点钱，但却收到了民心。""对侯爷这一义举，应当彰扬，"公孙若说，"孟谦大人，你会同都水长写一个通报，发给各县，号召各级官吏、富豪人家以侯爷为效仿榜样。自然，对各地在抗旱中涌现的好人好事，也要提一提，以收弘扬正气之功。"孟谦、周庸说："明白了。"公孙若说，"你们去办吧。"二人走去。蹇侯对儿子说："感谢公孙伯伯的宽大处理。"蹇烈向公孙若躬身行礼："多谢公孙伯伯！"公孙若说："以后注意点就是了！"蹇侯挥退儿子，说："你到车上等我。"蹇烈走出。

公孙若请蹇侯坐下，说："侯爷有何见教，请直言。"

蹇侯恭维说："大人提出的十六字抗旱举措十分得当，而且雷厉风行，夙兴夜寐，老夫至为钦佩！"公孙若说："受命于危难之际，本丞是如履薄冰，不能不兢兢业业业啊！""大人真国家干城也！"蹇侯说，"自从张若大人宴请重托之后，老夫就下定决心，要当好郡府的耳目股肱。"公孙若说："难得侯爷一片忠心，张若老大人不是吩咐过嘛，侯爷有何建言，可随时找本丞面谈。"
蹇侯说："在这非常时期要特别注意反秦势力兴风作浪啊！""侯
爷之见甚是，"公孙若说，"本丞提出'森严法令'就是为了防止
动乱，侯爷发现了什么苗头吗？""是的，"蹇侯说，"老夫以为
如果成都发生动乱，根子就在杏林学舍。"公孙若怔了一下，说：
"这个杏林学舍一直由孟谦在管，本丞对学舍情况知之甚少。侯
爷可否告知详情？"蹇侯说："老夫深夜来访，就是要告知大人详
情。"公孙若喊了声："上酒。"立刻，卫士长端着一个上置酒肴
的托盘走进。在两人面前的案上放上一壶酒、两只爵、一盘肉干。
两人边吃边谈，直到传来三更梆声，公孙若才将蹇侯送出大门。

第六章　乍起风波

（一）青城游侠

　　樊人何宏回到欢娱楼的当晚，就把他在护城河的所见所闻向玉
璜和吴戈做了详细禀报，引起了二人对杏林学舍的高度关注，又立
即派人去把说书人胡日白请来进行询问，在美酒佳肴和二十两银子
的诱惑下，胡日白把他听说的杏林学舍情况来了个竹筒倒豆子。他
说杏林学舍的士子都是些神仙唱歌——不同凡响的人！许师长的学
问天下第一，他的两个得意门生王燚、高志也是学富五车、才高八
斗。在下的说书本子大都出自高学士之手，"好个郡守张大人，不
治水，只修城，弄得百姓当干人！"就是高学士编的。以蹇侯的名
义演戏取水，也是高学士的主意，他不赞成蹇侯搞的那一套，所以
要以子之矛攻子之盾，他说江神不吐水，护城河变不成滔滔大江，
蹇侯推行的神学巫术就只有骗瓜娃子了。王燚满腹珠玑，但深藏不
露，他有雄鹰的双眼，看人看事尖锐得很，听说，他给郡守府上过
书，指责张若治蜀失策……
　　送走胡日白后，吴戈和玉璜对胡日白提供的情报进行了分析。
认定学子们对张若和蹇罢早已心怀不满，他们对秦国推行的苛政有
深刻的理解，而且敢想敢说，不像庶民百姓那样在高压下恐惧、麻

木，应当争取，为我所用。玉璜说："看来，要成大事，不仅要紧握刀把子，还要抓住笔杆子。从现在起，我们就要关注他们的行动，并给予配合。""至理名言！"吴戈称赞说，"叔叔完全赞成你的主张。"

第二天上午，孟谦在郡守府前院的公廨里审阅许韬给郡府的呈文。公孙若找他来了，给他打招呼，要他特别关注杏林学舍的师生动向。孟谦指着案上的简册说："今天一早，卑职正好收到许师长的呈文，正准备送大人审阅呢。"公孙若坐到榻上，摆手说："不看了，你简介一下许韬讲了什么。"孟谦说："蹇侯去找过许师长，这篇呈文是对蹇侯质疑的回答。概言之，要点有三：一是申明。称学舍始终坚持郡府规定的办学宗旨，造就了众多效忠大秦的士人，办学三十八年并未出现过忤逆的人和事，就是证明。二是解释。说学子们以蹇侯的名义抬神取水，是因蹇侯一向主张'敬天保民'，提倡巫术，是想借蹇侯大名以服众庶，并无恶意。自然，事先未经侯爷应允，就贸然而行，乃是大过，师长已按学规进行惩戒，并向侯爷致歉。三是建言。建言又分两点，首先说办学的目的是要培养有创新能力的人才，而不是培养奴才，这就要开阔学生的眼界和思维，进行学术研讨、争鸣是必要的，即使发现个别学子言论出格，也应以疏导说服为主，不能不教而诛；其次说他垂垂老矣，请求郡府准许他致仕。"公孙若说："看来这个许师长并非等闲之辈，你去告诉他，致仕之事，郡府暂不考虑，再给他打个招呼，现在是抗旱的非常时期，令他从严管理学生，如果出事，唯他是问。"

这时，都水曹的江浩提着马鞭气喘吁吁地跑了进来，一边擦汗一边说："二位大人，在下有急事禀报！"公孙若说："讲。"江浩说："今天一早，我和都水长赶到郫县，向县令杨太传达郡府由郫县牵头疏浚旧江的事，他说修整旧江受益的不只是郫县，还有成都、繁县，他们出力，成都、繁县就要出钱，要郡府给他一个承诺，否则他难以调动民工。"公孙若愤愤地说："这个杨太，你告诉他，立即调动民夫开工，所费资金先由他们垫支，然后造册上报，由郡府协调解决。"江浩说："都水长就是这样给他讲的，他不听，他说他要看张大人的手谕。"孟谦说："杨县令原是张大人手下的千人长，取蜀有功，他对郡府的一般官吏是看不起的，郡丞大人还是亲自到郫县走一趟吧！"公孙若说："本丞这些天要等咸阳诏令，不能离开成都，孟谦大人，就给这个居功自傲的县太爷写个手令。"

孟谦坐到案上展简、提笔。

公孙若口述："杨太听令，救灾就是打仗，十日之内旧江务必通水，做不到就提头来见！"

孟谦写好，递给公孙若。

公孙若看后提笔写上张若的名字，转交江浩，说："要他恪尽职守，小心掉了脑袋！"江浩持简走去。公孙若对孟谦说："你现在就到学舍传达本丞的命令，看看他们有无异动？"

孟谦应声走出……

杏林学舍许韬的书房中，许韬对王焱、高志说："看来学舍又有一劫了，怎么办？一要沉着应对……"李桂阳轻手轻脚地走来低声说："老师，孟谦大人到学舍来了。"

"唔，在什么地方？"

"在讲堂上看学生临简呢。"

"等他看吧。"

讲堂上静静悄悄。二十多名学生跽坐在矮案前照着范简[①]临摹秦篆。孟谦站在学生背后一排一排地看了一遍。他在最后一排最后一个学子的侧面站定，问道："叫什么名字？"学子答："宏儒。"孟谦一怔，"你抄的《论语》？"宏儒说："不，是商鞅的《垦草令》，这范简是老师亲笔所写。"孟谦拿起范简看，"是许师长亲笔所写？"问："许师长和你们的大师兄、二师兄在吗？"宏儒说："在书房会商呢。"

书房中许韬对两个学生说："一定要谨言慎行，让蹇罡抓不住任何把柄，高志不要外出找水了，不是开了水市吗？拿为师的钱去买。"高志说："那水市一天一个价……"

---

①范简相当于今日的字帖。

孟谦突然出现在书房门口喊了声："许师长！"

"啊，主簿大人，有失恭迎！"许韬师生拱手迎候。

孟谦走进书房，许韬请孟谦落座，又招呼上茶，王叕、高志欲走，孟谦招呼他二人坐下。一会儿杜鹃来上茶。孟谦喝了口茶问："你们会商什么呢？"高志说："我们都成了干人啰！商量解决水的问题呀！"

孟谦问："如何解决？"许韬说："为了避免与庶民争水，引起纠纷，准备买水。"孟谦说："这样考虑好。"高志说："学舍人多，用水量大，听说水市天天涨价，老师的积蓄能买多少水？"孟谦说："不要听风言风语，郡府有令，平价供应百姓，不能随便涨价。老师的钱不够可以让学生出点钱，坚持十天，旧江就可通水了。"王叕问："有把握吗？"孟谦说："郡府下了死命令，郫县牵头，都水长亲自指挥，加深加宽旧江引水口，疏浚河道，十日之内让旧江通水。"王叕说："很好，可解燃眉之急，不过，旧江两岸的护堤因年久失修而荡然无存，扩大加深了引水口，增加了流水量，就要解决保坎、护堤的问题，否则夏天一到又有可能出现洪灾了。""嗯，"孟谦说，"你的这一提醒很好，我转告都水长。"转对许韬，"学舍是人才济济啊！这与许老多年的辛劳分不开的，所以呀郡府不同意你致仕。"许韬说："孟谦大人长期为学舍排忧解难，老夫铭感心腹，可有人一直对老夫和我的学生心存疑虑，必欲置之死地而后快，为之奈何？"孟谦说："不就是高志演戏取水得罪了塞侯吗？师长给郡府的呈文已经解释清楚了，本人是赞同的，不过要引以为戒，在这非常时期，一定要保持安定，防止动乱，请师长告诫学子们，必须杜绝一切不利于抗旱救灾的言行，不要随便出去，就待在学舍，好好读书。"许韬说："一定照办。"孟谦说："这我就放心了，告辞。"许韬、王叕、高志拱手："恭送大人！"孟谦走去……

当天晚上，孟谦就向公孙若禀报了杏林学舍的情况，说未发现师生有什么异动迹象，也传达了大人的命令，许韬表示一定照办，至于塞侯对许韬、王叕与高志履历的质疑，建言完成抗旱任务后组织人力查证。公孙若点头称是，他要孟谦明天一早去郫县看看杨太是否执行了郡府命令。引水工程是否启动？孟谦领命而去。公孙若埋头于灯下看简册——各地上呈的请示文书和情况简报。

"父亲！"传来一声银铃般的叫声，公孙若抬头一看，欣喜地喊道："红红！"

这是公孙若的掌上明珠公孙红，年方十五，像是初开的一朵玫瑰，全身透露出一股无拘无束、天真活泼的劲儿！她快步走到父亲的案前，将手中提的一个漆木食盒放在案上，从中端出一个加盖陶罐，取出小铜叉、铜勺来放在父亲的面前。父亲问："什么好吃的？"女儿说，"你揭开看看。"公孙若揭开盖子，陶罐冒着腾腾热气，他用铜叉在罐里搅了一下，说："灵芝菌炖仔鸡！"他又起一块鸡腿咬了一口："鲜嫩清香，真美味也！"公孙红说："是女儿亲自为父亲做的。"公孙若问，"为什么呢？""犒劳父亲呗，"公孙红说，"为了抗旱，父亲夙夜匪懈，朝乾夕惕……""慢慢慢，"公孙若要考考女儿，"你这夙夜匪懈，朝乾夕惕，是表彰还是贬损啊？"公孙红摇头晃脑地背诵起来："《诗》曰，既明且哲，以保其身，夙夜匪懈，以事一人。《易》曰，君子终日乾乾，夕惕若厉，无咎。"望着父亲笑问："这是表彰还是贬损？"公孙若笑道："果真是士隔三日当刮目相看哟，红红的学问大有长进啊！"望着女儿问："为父数日未归，你母亲没生气嘛？！"公孙红说："怎么没有？天天抱怨说，蜀郡遭大旱，郡守不管，让郡丞一个人熬更守夜！"公孙若说，"你怎么说？"公孙红说："我支持父亲的行动。我说乡下都渴死人了，朝廷命官都有责任救民于水火，还分什么郡守、郡丞？""说得对，"公孙若说，"不过也怨不得你母亲，为了保密，有件事没有与你们讲清楚，"说着从一个漆木箱中拿出一幅绢书来递给女儿，"父亲对你解密，看看吧，你姑姑给为父的信。"公孙红看后高兴起来，调皮地对父亲打躬作揖，欢叫："恭喜郡守大人！贺喜郡守大……""别别别，"公孙若说，"郡守前面还有个'代'字呢！你姑姑的信不是说得很清楚吗？芈戎丞相要为父创政绩、立威望才能取消头上的代字。"公孙红："父亲把抗旱的事情做好了这不就是政绩吗？""乖女儿，你真聪明！"公孙若说，"这就是为父为什么要朝乾夕惕的原因。"公孙红问："张若大人何时离开蜀郡？"公孙若说："很快了！"公孙红说："张若大人一走，父亲肩上的担子更重了，可不要累坏了身子啊！熬夜不能超过二更！做得到吗？""听你的。""我们拉钩！"父女俩欢笑着伸手拉钩……

第二天一早，公孙若刚刚盥洗完毕，郡府卫士长口中高呼着"八百里加急！八百里加急……"跑步进入后院，将手中的一封羽书呈与公孙若，他瞟了一眼即吩咐备马，又把文案找来，要他告知何坚到郡府公廨值班坐镇，处理一切，说他要赶到津口面见张若大人。

郡守府大门外的广场南面街口处，僰人何宏和阿华摆地摊出卖芋头和干笋，有十几个百姓围着购买。一个老太婆问："你们不涨价嘛？"何宏笑眯眯地说："太婆，我们不是水市上的官商，天天涨价发灾难财！"他边说边注目郡守府门外，但见卫士长牵两匹马从右面走到门前，公孙若匆匆走出，两人骑上马朝南奔去……

何宏提高嗓门对顾客说："相因①卖啦，相因卖啦，两个半两铜钱一把干笋、十个芋头。"阿华说："货不多了，要买的快掏钱。"老太婆说，"我买，我买。"众顾客一拥而上，刹那间把本来就不多的芋头、干笋买光。何宏、阿华提起空筐快步走去……

玉璜、吴戈接到密报后，决定立即发动暴乱，以拖住张若，使之不能浮江伐楚，这是僰侯对楚国朋友的承诺。

少城笋里街的水市前，有序地存列着十大缸清花亮色的水。每个水缸前面置一矮案，上置一瓢一桶一个收钱木箱，卖水差役站在案前营业。拿着土碗、陶罐、葫芦、瓜瓢、竹筒，提着木桶的百姓在水市前拥挤着，争先买水。被一个十人队的兵卒横戈拦阻，盐官魏富、铁官向嬴提着马鞭监督，魏富高声吼道："不要拥挤，不要拥挤，盐铁署这几天组织人力车马不分白天黑夜不停地在运水，就是为了保障供应，大家不要心慌！现在，由向嬴大人宣布价格后就开市。"向嬴说："大家听好啦，今日的价格是一瓢五钱，

---

① "相因"为四川方言，即价格低、贱卖之意。

一桶五十钱，数好钱，排好队，有序购买，有敢扰乱秩序者，严惩不贷！"

群众大哗："涨成天价啰！""我们买不起，存心渴死我们呀！太没良心了……"女扮男装的玉璜领着乔装为成都人的何宏等人乘机起哄："秦狗官商，垄断市场，大发灾难财，罪该万死！"

王孴挤上前去，拱手喊道："魏大人，向大人，容晚生向二位建言几句吧！"魏富不屑地："你是谁？"王孴答："杏林学舍士子王孴！"魏富冷笑："早闻大名，听说你学问高深，善于辞令，本官就命你说服众百姓按官价买水，不得造次！"王孴说："晚生诚请二位大人郑重考虑你们这样做的后果。郡府有令，设水市是为了救民于大旱之中，明文规定实行低价，你们完全违背了郡府设水市的初衷，罔顾民众死活，天天涨价……"话未说完，已被魏富一拳打倒。

"你敢打人？"高志纵身上前，扶起王孴，大声喊道，"众位街坊邻里——你们亲眼看到的吧，我师兄王孴维护郡府的命令跟他们讲理，竟被重拳打倒……"魏富不等高志把话讲完，就提起马鞭猛抽，被高志抓住马鞭一拖，魏富向前一倾，高志乘势给了魏富劈面一拳，打得他鼻血长流！向赢命令士兵："拿下叛贼！"什长率士兵围攻高志……

翩翩"公子"玉璜振臂高呼："街坊们，打秦狗，打官商啊！"她从人丛中纵身飞起一丈多高，在空中又来了个漂亮的鹞子翻身，"嗨"的一声，飞脚踢倒了什长，夺过长矛一刺，什长"哎哟"一声仰躺在地，何宏等人跟着冲上，将其他士卒打倒。

刘铁匠等人欢呼："打得好，打得好！"有人拎起案上的瓜瓢和土碗猛掷魏富和向赢，二人抱头鼠窜，趴在地上的几个士卒挣扎爬起，欲溜，被玉璜喝住，命令他们把什长抬走……

玉璜站到正中的一张案上，向众人抱拳说："众位父老乡亲，听在下讲几句。"百姓安定下来，玉璜慷慨激昂地说："国以民为本，民以食为天，灾荒之年，救济灾民，是郡府的责任，这水就应当无偿供应。可是，盐铁署这些官商，不仅长期垄断盐铁专卖，聚敛财富，现在又垄断水市，大发灾难财，是可忍孰不可忍！"高志

鼓掌："说得好，说得好，敢问先生尊姓大名？"玉璜答，"青城游侠！"高志称赞："游侠除暴安良，主持正义，乡亲们排好队，把这水分了！""分分分。"百姓们站队分水，玉璜又煽动："把食盐铁器也分了，要活命的跟我来。"何宏跟着喊："跟游侠走呀！"刘铁匠等一百多人跟着玉璜朝附近的盐铁署冲去……

高志对王羕说："我去搞点食盐。"王羕拉着他，说："别去，水可以分，到盐铁署打砸抢，就犯法了！"转头对胡日白、赵老板、王汤圆说："三位熟悉街坊邻里，去劝劝乡亲们，千万别搞打砸抢啊！事情闹大了，吃亏的还是庶民百姓！"胡日白问高志："高学士你看？"高志一挥手："去吧，去吧。"胡日白、赵老板、王汤圆走去。王羕站到水缸前拿起一个瓜瓢，对百姓说："现在我们平均分水，人人有份……"

郡守府的门前，狼狈不堪的魏富、向赢一瘸一拐地走来，站岗的卫士上前问："二位大人为何负伤？"魏富说："笋里街出现了暴动，快带我们去见郡丞大人。"卫士说："郡丞大人不在，是何坚大人值班。""那就找何坚大人。"卫士带二人进府在公廨里找到了何坚。何坚听了二人的汇报后下令郡府卫队立即在郡府门前布防，防止暴徒冲击，他迅速写了个手谕命成都县尉出兵弹压，又派人急速赶到津口向张若、公孙若禀报。

这时，成都县令尚武正在城北率众开凿一个占地一亩多的水池，这池子被后人称为荷花池。县丞易南骑马奔来，滚鞍下马，急喊："县令大人，县令大人，出事了！"正埋头铲土的尚武转过身来提着铁铲走到县丞面前，问："出了什么事？"易南答："笋里街水市出现暴动！"尚武一惊，问："是暴动还是骚乱？"易南说："何坚大人的手令说是暴动，命令县尉庞石出兵弹压。"

"出兵了吗？"

"出了。"

尚武想了想，果断地说："笋里街的事我马上去处理。你现在回县廷办好两件事：一、县廷开设水市。立即组织人力车马远程取水供应城中百姓，有车马的富裕之家也可开设水市，但必须平价；二、出一道安民告示。说明现在成都四面都在修水池、凿水井，不日即可出水，护城河也会通水，众庶民不必惊惶自扰，对蛊惑人心、引起骚乱的奸人一律严惩不贷！这道告示要四城张挂，还要命各街里正明锣宣谕，务使人人知晓。"

易南颔首领命。

尚武骑马朝西南面的笋里街奔去……

笋里街水市前十缸水已经分完，分得水的百姓已纷纷离开，王叕、杜鹃、桂阳也各提着一桶水走去。

高志站着不动，回望正遭到上百人激烈打砸抢的盐铁署，激动地说："除暴安良，快何如之！"

王叕回头说："走吧，走吧，不要忘了老师的教导，为了学舍的生存，不要让人抓住任何把柄！"高志"唉"了一声，提起面前的一桶水不情愿地跟着走去，抱怨说："我们真窝囊！"王叕说："要学会妥协！"高志说："专制者会与庶民妥协吗？"王叕蹙眉深思，没有作声，两人踏着沉重的步伐，默然而行……

盐铁署两块招牌合署办公，有三进深，前面是营业的铺房，中间是办公的中堂，后面是库房。盐铁署作为郡府的一个行政部门，主要职责是管理市场、收取税费，但张若又批准他们搞盐铁经营的批发生意。这样，盐铁署就成了以权谋利的官商机构，这种运作方式，用今天的话说，就是官员既当裁判员又当运动员，于是盐官魏富可以到临淄、安邑进口食盐；铁官向赢可以到盛产生铁的楚韩两国进货，而且还以行政命令在成都、临邛等县低价收购铁匠们的产品。他们进口的食盐和生铁以及铁器成品，都由他们自定价格，批发给零售商，这样的垄断经营，当然会赚大钱，而且还要收私商的营业税，于是盐铁署成了张若的摇钱树，但也成了庶民百姓的眼中钉！

此刻，盐铁署内几十名情绪激愤的百姓和僰人，在玉璜的指挥下，把差役和账房先生打翻在地，然后砸窗棂、毁案几、推倒货架，把一袋一袋的食盐划开，让大家自由领取。何宏和一个同伙从后面抬出一个红色漆木大箱，玉璜捡起一把铁斧，劈开木箱，里面装满了铜钱和散碎银子。这会儿，署门外已陆续聚集了数百百姓，大都是围观者，有人亢奋地吼着："砸得好呀！

好呀！""毁他的官商衙门！""要不得，要不得！"胡日白、赵老板和王汤圆声嘶力竭地吼着，"乡亲们退出来吧！退出来吧……""哗——""哗——""当——""当——"蓦然，铜钱和碎银从署内撒了出来，一些人争着在地上捡钱抢钱，没有人理会胡、赵、王三人的呼吁了！

阿华一阵风似的跑来，从人丛中挤进盐铁署中，找到玉璜向他低声说了几句。玉璜命令何宏、阿华等人继续向街上抛撒银钱，她转头高声说："乡亲们，秦狗派兵镇压来了，拿起东西快跑呀！"人们抱着大包小包的食盐，拿着各种各样的铁器跑出。玉璜低声对何宏吩咐："让弟兄们按原计划撤退。"何宏点头，他吹了声口哨，一些佯装百姓的僰人跟他快速逃离现场，玉璜捡了几锭银子揣在怀中，又抓起几把铜钱撒出，街上的人又争抢起来……

玉璜走出，隐身在附近高矗的石笋背后。须臾，从东街传来一阵急促的跑步声，县尉庞石带着一个百人队奔跑而来，他高举宝剑高喊着："不许动，不许动……"玉璜朝着冲来的百人队"唰唰唰"地掷出三个银锭，这是她父母从小教给她的投石绝技，已达到了百发百中的程度，一锭打在庞石的额上，一锭砸在百夫长的额下，一锭打倒了一个士兵，百人队停步下来，玉璜高呼："乡亲们，快跑呀！"街上除了不愿跑的胡日白、赵老板、王汤圆，跑不动的老叟老妪和财迷心窍的人还在埋头找钱外，大多百姓已跟着玉璜惊惶地朝南街跑去……

庞石捂住流血的额头下令："快，把署门前的叛敌包围起来。"

士卒端矛冲上，很快形成一个包围圈，一个什长高喊："跪下，跪下不杀！"胡日白、赵老板、王汤圆等几十个百姓纷纷跪倒。

庞石又令："弓箭手上前，放箭！"

十名弓箭手上前，一字排开，向逃跑的百姓猛射，箭声嗖嗖……逃跑的百姓中有十多人中箭仆倒！

"停射，停射！"尚武催马而来，翻身下马，盯着庞石，"驱散他们就可以了，谁令你放箭？"庞石说："那些叛敌……"尚武说："谁是叛敌？谁打伤了你？搞清楚了吗？"庞石"这"了一声，答不出来。尚武下令："第一个十人队将嫌犯押到县廷候审，其余的在此布防。"胡日白、赵老板、王汤圆站起说："大人，我们是来劝阻打砸抢的啊！""到县廷讲。"尚武说，"本县绝不会冤枉一个好人，但也绝不会放过一个奸人！"

押走嫌犯，完成布防后，尚武和庞石快步走到南街口查看躺在地上的十五个百姓。发现有七人被射死，其中有个老者、一个妇女、一个赤着上身的少年。他们怀中都抱着一包食盐，汩汩流淌的鲜血把白盐染成了红盐！其他八人还有气息，有名的一个是杂货铺老板龚平，一个是铁匠刘真，他身旁有几把铁锄、铁铲、铁锤，刘铁匠气息奄奄地说："大人，小人不是抢，这些铁器都是我打造的，上有'刘'字呢，是铁署低价强迫征购去的哟！""别说了。"尚武心情沉重，转身吩咐庞石，"活着的送医馆疗伤，伤好后再接受审判。已死的准许家属收尸。"庞石提醒尚武："大人，依郡守大人的一贯做法，对这样的奸人是要暴尸三日的！"尚武严峻地说："暴什么尸？有老头，有妇女，有儿童！你就照我的话办，一切责任由本县承担！"说完，转身走去，他要赶回县廷审问嫌犯。

（二）士人的担当

杏林学舍前院的讲堂上，二十多名学子在静静地复习功课；后院书房中，师长许韬也在书房中询问助教王叕、高志。两人将水市风波的情况向老师做了如实禀报。

坐在榻上的许韬盯着高志问："你打人了？"

"被逼的！"高志说："这就是《左传》上说的，铤而走险，急何能择！"

许韬又盯着王叕问："是你主瓢分的水？"

王叕颔首："是。"

许韬沉重地说："灾难降临了，老师想走也走不动了，你二人赶快逃命去吧！"

王叕说："老师，我们没有参加打砸抢，郡府不会是非不分，随意抓人治罪吧？"

许韬说："张若是'轻罪重罚'的坚定执行者，治蜀以威猛著称，他不会轻易放过此事的，不仅要抓人还要杀人！不是已有多人被射死了吗？"

高志说："那我们就发动百姓与他抗争，周厉王时不是有过国人暴动吗？"

"不可，不可。"老先生是忠于大秦的，他摆手说，"千万不要有这种想法，为师讲过多少次了，以暴易暴只能造成生灵涂炭！社会的进步，靠的是和平渐进的变法改良，张若治蜀的失误，只能通过建言来促使他改正。"

王叕说："成都的建设和治水抗灾问题，学生是上过书的，但郡府根本没有回应，以致造成今日的惨祸！"

高志说："老师，我说句心里话吧，对于暴政，学生以为只有走武王伐纣的革命道路！或早或迟，蜀中一定会有人拿起刀剑反抗暴秦的，这就是学生研究兵学的原因。"

许韬说："把兵学作为一种学问研究，老师不反对，然则，你要用以对付朝廷，则大错特错了！秦王毕竟不是殷纣王啊！当今秦国如日中天，武力抗争只能是以卵击石，苏秦搞了一辈子合纵抗秦，最终失败，楚国的屈原、齐国的鲁仲连都是反秦志士，到处奔走呼号，但有什么成效呢？"

"那，"王叕说，"我们该走哪条路呢？"

"走商鞅之路，"许韬说，"商鞅其人和他的学说都有缺憾，他必定会成为历史上有争议的人物。这一点为师早给你们讲过了，但他变法的奋斗精神，是值得学习的。他一介书生，跑到秦国，凭着自己的渊博学识、坚强的毅力，不是说动了秦孝公变法吗？"

王叕说："老师的意思是通过朝廷来促使张若革故鼎新。"

"是的，"许韬说，"商鞅变法距今已八十年了，取得了很大成就，也留下了很多问题，如何解决这些问题？唯一的路子还是继续变法改革。老师风烛残年，夫复何求？你们还年轻，为了蜀中百姓的福祉，可以寻找机会到咸阳直接向朝廷进言。"王叕说："谨遵师命！"高志沉默，许韬望着高志，期待地："你呢？"高志说："看机会吧！""好，"许韬吩咐，"叫杜鹃、桂阳来一下。"高志走到门口喊了声:"杜鹃、桂阳快来书房。"杜鹃、桂阳应声走来,许韬吩咐,"你二人迅即到我寝房中将为师的那个黑漆木箱和所存银钱都拿来。"二人应声走去。许韬坐于案上取出一方绢,写了几句话交给王叕,说:"你二人去羌寨找羊摩,他是为师的学生,也算是你们的大师兄了。他会保护你们的。"须臾,桂阳抱着木箱,杜鹃提着一口袋银钱走进书房。许韬叫杜鹃将银钱分作两份。杜鹃又到后房中找了条麻布袋来分钱。许韬打开漆木箱拿出一卷绢书和小匣郑重交与王叕,说,"绢书是你爷爷王婴写的《蜀中治水方略》,木匣里装的是你爷爷在监狱里写的一份血书,你看后就知道二十年前蜀侯恽一案的真相了。这完全是一起冤案,也是冤案制造者之一的塞侯至今还想要赶尽杀绝的原因!"王叕说:"学生粉身碎骨也要揭露这一真相。"许韬又从后几上抱起一捆简册和数筒帛书交给高志,说:"这是老师的全部著述了,为师委托你二人缮写若干份传承。"转问杜鹃:"你是跟你兄长走呢?还是……"杜鹃哽咽着:"我要走了谁服侍老师呀!"许韬说:"老师不需要服侍了!"王叕说:"让桂阳和杜鹃留在成都吧,一来可观察动静,二来可传递信息,"许韬点了点头,提起一袋银钱塞给高志,"从后门走。"高志说,"何坚这些官老爷不会如此雷厉风行吧?"许韬说:"抓叛逆,他们会争分夺秒的!我估计,郡府卫队已经出动了,快走吧!"王叕、高志跪下给老师叩了个响头,跨出书房,疾步走去……

杜鹃倚在书房门口望着走去的兄长"呜呜"地哭了。

许韬安慰杜鹃:"别哭了,要学会坚强地面对困难,为师走后,你和桂阳都去学门手艺,自谋生计。你们的师兄宏儒是成都人,为人忠厚,有甚难事,可找他帮忙。"将一袋银钱递给杜鹃,"你和桂阳共用。"杜鹃说:"老师把钱都分光了,拿啥子养老啊?"桂阳说:"我们凭劳力吃饭,不能用老师的钱。"许韬笑了笑:"傻孩子,郡府会给我饭吃的。杜鹃,你去把老师的那件寿服和平时的换洗衣裳打包。桂阳,你去撞钟,为师还要给学子们上最后一课。"

沉重的钟声响起……

讲堂上，许韬坐于坛前，桂阳手捧筇杖，杜鹃抱个包裹站在老师身后，许韬闪着慈祥的目光望着挺胸跽坐的学生们，说："学舍就要关闭了，为师给你们上最后一课！"学子们惊愕，瞪大了眼睛，许韬继续说："从今后诸生将回到家里，走向社会，去找一条谋生之路，或从政，或从商，或从工，或从农，你也许会获得荣华富贵，也许会落得一贫如洗。为师期望诸生无论是身处顺境还是逆境，都不要忘记作为士人的道义担当，坚守士人的气节和操守，做到'富贵不能淫，贫贱不能移，威武不能屈'……"这时，传来一阵杂沓的脚步声，监御史何坚带郡府卫队包围学舍，他提着马鞭率领一个十人队快步走上讲堂，许韬没有理他，继续讲："要永远记住曾子的那句话'士不可不弘毅，任重而道远'……""啪！"何坚朝坛前的矮案上挥了一鞭，大喝一声："别讲了！"

"郡监大人有何吩咐？"

"把王叕、高志，还有个叫什么青城游侠的学生交出来。"

"我的学生中没有什么青城游侠。至于王叕、高志，他们已经离开成都了。"

"畏罪潜逃？"

"是老朽叫他们走的。"

何坚不信，命令卫兵："给我搜。"

卫兵闯入后院搜查一阵，果然不见王叕、高志踪影，只抄了些帛书、简册。

"许师长，"何坚说，"跟我走吧。"

许韬转身从桂阳、杜鹃手中拿过筇杖和包裹。

卫士催促："走！"

学子们抗议，齐声怒吼："加害圣贤，天理难容……""老师无罪！"杜鹃和桂阳上前抱住许韬的脚，哭着说："老师不能走，不能走啊！"被卫士拽开，许韬说："诸生不要抗议了，杜鹃、桂阳，也不要哭了，按秦国的连坐法，老师是脱不了干系的，当年商鞅作法自毙，今天轮到老师了！"说毕扶杖走去，何坚跟上，学子们望着走去的老师背影，潸然泪下，唱起悲歌："彼苍者天，歼我良人，如可赎兮，人百其身……"

（三）离蜀前夜

津口是都江正流在今日新津市邓公场附近与文井江、邛水交汇形成的一个渡口。虽说，两千多年前还没有形成五水合流的"城阙辅三秦，风烟望五津"那样的宏伟气势，但当时都江、邛水、文井江的水流量比今日的流量都要大得多，三江汇合后，江面陡然变得十分宽阔了。大江南岸的天社山逶迤，稠粳山①山峰高矗，山下江水浩渺，宛如一个湖泊，波翻浪涌，滚滚东去，十分壮观。

为了浮江伐楚，张若把津口变成了水军训练营地。他要把号称"旱鸭子"的蜀军变成善于水陆两栖作战的锐士。自从张若接到参与郢都会战的命令后，这些天来他一直坐镇津口，监督、指导郡尉张剑对士卒进行魔鬼式的训练。训练的科目主要有三项，一是基本功操练——升帆快桨，逆流开船；二是水中布阵作战；三是渡江登陆，抢占滩头，直取敌营。

这天早晨，雾锁大江，红日刚刚露脸，大江边突然金鼓齐鸣，号角声震天，一千只战船——斗舰、艨冲、赤马分别载着三万士兵在帅船张剑的指挥下乘风破浪，向南飞渡……

码头上，矗立着一座五丈高的望楼，张若站在望楼上观察，身后站着卫士长，旁边一个铜炉里燃着一炷计时用的条香，飘着袅袅青烟。张若放眼望去，但见江面上樯桅如林，旌旗招展，甚是威风！

太阳升起来了，飞舟抵达南岸，"杀呀，冲呀……"士兵离船登岸，高举刀剑、长矛、铜戈快速朝稠粳山冲去……

望楼上的张若回头问："多少时间？"卫士长答："往日登岸是一炷香的时间，今日提速了，只用了半炷香的时间！"张若高兴地说："很好！"这时，公孙若和一卫士飞马赶到，公孙若高呼："老大人，老大人，朝廷诏令到了。"张若"唔"了一声，说："你到军帐稍等片刻，我就来。"

张若的军帐设在离江岸八百步的两株大黄桷树之间。

_____

①稠粳山后名老君山，海拔高度442米。

公孙若到大帐前等了一会儿，张若就来了。公孙若将朝廷的羽书躬呈，跟随张若走进帐中，张若在正中的大案前坐下，又挥了一下手示意公孙若在侧案坐下，他打开羽书，取出一幅黄色绢书，是盖有玉玺的秦王诏令：命令他三日之内率蜀军在江州①集结，攻楚的巫郡和黔中。何时发起进攻？听白起的命令。同时，要他为白起加征军粮四百万斛②。张若看毕，既惊喜又感到沉重，惊喜的是他长期企盼灭楚立功的时机到了，沉重的是加征四百万斛军粮在大旱之年如何筹措？他盯着案上的诏令，蹙眉深思，从大帐外传来洪亮的禀报声："报，郡尉张剑奉命到来！"张若说："进来。"身躯凛凛、虎气彪彪的张剑抱着头盔，全身湿漉漉的，走进来问："大人，诏令到了？""是的，"张若站起，说，"大王令我军三日之内在江州集结。本守命令：一、粮草先行，我军所备军粮三百万斛立即启运；二、我军于明日拂晓浮江东下。"张剑挺身回答："遵命！"张剑转身欲走，张若又叫住他，说："你立即派两名骑士，分别飞驰南安、临邛③命令两县县令于今晚戌时三刻，赶到郡府。"从案上拿起一支令箭交给张剑，张剑领箭而去。

"报——"帐外传来一声高呼。

张若说："进来。"

一个汗流满面的郡府卫士躬身走进，说："监御史大人上呈紧急禀报。"将一编简册放在张若的案上，退出。

张若展简浏览了一下，递给公孙若，公孙若看简，张若愤愤地说："水市怎么会发生暴动？魏富、向赢怎么搞的？"公孙若说："大人，卑职立即赶回成都处理此事。"张若点头说："好，你先回去，记住，对暴徒、刁民，绝不能心慈手软！"公孙若说："晚辈谨记。"张若说："你回成都后立即派人传我令箭，命郫县、广

①今重庆。

②秦制粮食容积单位由小到大为龠、合、升、斗、斛。除一龠等于半合外，其余都是十进制换算。据出土的商鞅铜方升测量推算，一升相当于现制的半斤。当时一斛就是一石，一石合120斤。

③今邛崃市。

都、什邡县令今晚赶到郡府开会。请塞侯也参加。"交令箭与公孙若，公孙若转身，快步走出。

张若从坐案侧面的漆木几上拿起一把短尺、一支烟笔走到屏风前观看一幅硕大的绢画《秦楚图舆》，他看得很专注，在图上作记号、量距离。有顷，卫士长在帐前喊了声"郡守大人"，张若没有回头，只应了声"进来"。卫士长端着一个食案轻手轻脚地走进，放在木几上，说："请大人用午膳。"半晌，张若才转过面来，问："军粮上船了吗？"卫士长说："张将军正在码头指挥装船。"张若"唔"了一声，走到食案前端起一只陶碗喝了几口菜汤，抓起一个饭团边吃边说："带上杆尺，看看去。"说着走出大帐。

张若浮江伐楚，基本上是实施他堂叔提出的战略思想和行军路线。当年张仪在楚国曾向楚怀王说："秦西有巴、蜀，大船积粟，起于汶山，浮江已下，至楚三千余里。舫船载卒，一舫载五十人与三月之食，下水而浮，一日行三百余里，里数虽多，然而不费牛马之力，不至十日而距扞关。扞关惊，则从境以东尽城守矣。黔中、巫郡非王之有。"[1]张仪讲这段话是为了恫吓楚怀王，所以把浮江伐楚说得很轻松容易，其实有相当难度，从都江上游到江州要经历两道"鬼门关"：一是南安县——今乐山市大佛岩边的溷岩。溷岩即乱崖，是由大渡河和都江两股来自不同方向的大水长期冲击而在江中形成的乱石、暗礁。二是僰道——即今宜宾市北的朝阳崖，有一段峥嵘的巉岩伸入水中。这两个地方被蜀中水上营生的跑滩匠[2]们称作鬼门关，不熟悉水经、水势，没有高超的驾船技术，或稍有不慎就会船破人亡！当时，这段江上还不能通大楼船，运粮运兵都受局限，所以几年前司马错领十万巴蜀兵伐楚，用大楼船运粮，就避开了都江这一险段，而直接从江州出发。这次伐楚，是由蜀郡单独承担，为了赶时间，张若选择了从津口直下的行军路线。他深知

---

　　[1]见《史记·张仪列传》，文中说的汶山即岷山，扞关即江关，在奉节县东长江北岸赤甲山上。

　　[2]在江中驾船跑长途运输的，蜀民间称之为"跑滩匠"。

走这条路的危险，为了确保安全，万无一失，他早已征集了千名跑滩匠充当导航水手。现在粮船就要出发了，他要亲自去检查一番，看看还有什么漏洞和问题。

码头之东的岸边，有序地停泊着数百艘木船，距离码头半里的岸上有一座贮粮仓库。人人热汗涔涔地忙碌着，士兵从仓库扛出用麻袋装好的大米奔向岸边，每艘船的踏板前站着两个船工迅速接应，抬到船上堆放……

张若大步流星地走到码头边，后随拿着杆尺的卫士长。指挥装船的张剑迎上，禀报说："已装一半了。"张若点了点头，他沿着装粮船只的顺序一路检查下去，从踏板走到船上，询问水手载粮数量，用杆尺测量粮船的吃水深浅。最后，他命张剑把水手们召集起来，听他的训令。张若讲了两点：一是船的载量：大船不得超过六千斤，小船不得超过四千斤；二是明奖惩：凡顺利完成任务的赏铜钱一千，白银十两，授爵一级；破船失粮者处徒刑三年，人亡者罚家属，粮食遭水泡，视其轻重，扣除工钱，不予授爵。这种重奖重罚，是秦国一贯推行的国策。

讲完话，张若又和张剑商量了一阵明早部队开拔的相关事宜，这时已到申时一刻了，张若才到帐中取了行囊，挎在身上，风风火火地纵马赶回成都。

津口距成都一百里，张若赶回府邸已是黄昏时分了。

张若的府邸就在郡府的后面，一巷之隔，这是一座坐北朝南三进深的宽敞大院。高大的单檐歇山式门楼前有值房，进门后是一个石板铺成的天井，天井前有寿字照壁，跨过天井是厅堂，厅堂后有两排厢房，中间有宽阔的砖砌过道，厢房后有厨房和餐厅，再后面是花园，园中有奇石堆成的假山和水榭，栽有翠竹和各种奇花异草，紧挨院墙处，有一高矗的阁楼，是护院卫士的哨所。

出身于农家，成长于军旅的张若，生活作风一向严谨，他没有三妻四妾，只有个结发妻子冯氏，也是个农家女，两人育有一儿一女，儿子张亮做了僰道的监军，女儿嫁给了咸阳宫中的一位郎官。两人已年过六旬了，身边无儿无女，虽然住着高房大屋，过着锦衣玉食的日子，但总有着一种晚年寂寞的凄凉感。所幸，在僰地过着奢靡生活的儿子张亮还有点"孝心"，五年前，他把正妻和一个小妾生的、刚满周岁的男孩金宝、女孩玉珍送给爷爷奶奶抚养，说是为了承欢膝下，两个"空巢老人"甚为高兴，专门请了个叫吴妈的乳娘伺候这一对宝贝，这才使偌大的郡府有了生气，使老两口有了天伦之乐！今晚，张若刚在大门前下马，值房的老头高喊一声："大人回府！"小珍和小宝闻声喊着"大父，大父"欢快地跑出，张若迎上抱起孙儿、孙女边亲边问："奶奶呢？"孙儿说："在后面。"

　　冯氏站在堂屋的门前迎接丈夫。张若走近，问候夫人："身子骨还好吗？"夫人说："一顿能吃三碗哩。"

　　"好，告知庖厨赶快弄个小宴，老夫陪你吃三碗。"

　　夫人一笑而去。

　　张若牵着孙儿、孙女走进厅堂，在大案前的长榻上坐下，小珍问："大父给我们带回啥好吃的？"张若说："没好吃的只有好玩的。小宝去端盆水来。"小宝应声而去，张若取下行囊放在案上，说："打开，看看是啥？"小珍打开行囊，抓出四个鸡蛋似的白石，四个黑褐色的蚌壳。小宝端一铜盆水来放在案上，张若说："这就是大父给小珍、小宝带回的礼物。"小宝嘟着嘴："有啥好玩的？"张若说："好玩儿极了，你们看好了。"张若拿起两个白石撞击，火光闪闪，小宝说："好玩好玩。"从张若手中抢过石子，小珍也拿起两个敲了起来。张若又说："把这蚌壳放入水中，有好看的呢。"俩孩子放蚌壳于水中，张若说："蚌壳入水就会活起来。"俩孩子围着铜盆低头观看，一会儿蚌壳渐渐张开，俩孩子欢快叫着："活了，活了，张开了！"大父说："记住，有了水蚌壳才能活命，它大了会长珍珠呢。"冯氏走来说："吃饭了，吃饭了。"去抱小珍，小珍说："我要大父抱。"小宝说："我也要大父抱。""好，好，大父抱。"张若伸开双臂抱起孙儿、孙女笑着、亲着朝后院走去。

　　餐厅的高足铜灯下，摆着一张方桌形的矮案，张若夫妇和小珍、小宝围案而坐，案上摆着蒸饼、几样荤素菜肴、一罍醪酒。吴妈站在案前伺候，小珍、小宝啃着蒸饼，张若端起酒爵说："老夫先敬夫人一爵。"

"今儿个你怎讲起礼来？"

"夫人喝了老夫再说。要干啊！"

冯氏一口喝干。

张若说："老夫奉秦王之命，率军伐楚。"

"何时离蜀？"

"今晚，开完郡府会议就走了！特赶回来与你告个别！"

"唉，"冯氏凄然地，"黄泥巴都偎脚杆的人啰，还要领兵打仗！"小宝问："啥叫打仗呀？"

张若说："现在给你讲你还听不懂，大父给你请个老师，教你认字读书，将来就会明白啥叫打仗、为什么要打仗的道理了。"小宝说："一个人在家里读书不好耍，我要到杏林学舍读书。"张若惊问："你也知道杏林学舍？"

小宝说："大父不是说过等我长大一点就送我到杏林学舍读书吗？还说许师长有大学问，全秦国第一。"

"大父说过，说过，"张若乐呵呵地说，"小宝好记性，好记性。"

卫士长前来禀报："大人，郡丞大人说，开会的人均已到齐。"

张若说："稍等片刻，本守就去。"转头对冯氏吩咐，"把我的换洗衣服打包放在车上。"冯氏离席走去。

张若为孙儿、孙女夹菜："快吃，快吃。"

郡府正厅里，灯火辉煌。参加会议的人员分两排站着。秦制尚右，右排站着郡府官员，为首的是公孙若和特邀列席的塞侯、何坚、孟谦、周庸，鼻梁上贴着膏药的魏富，额头上包着纱布的向赢；左排站着成都县令尚武、郫县县令杨太、广都县令王丰、临邛县令丁磊、什邡县令赵光、南安县令余辉。

有顷，从厅外传来一声高呼："郡守大人驾到。"众官员挺身肃立。张若凛凛走进，后随抱着一个描金漆木小匣的卫士长，张若径直走到宽案长榻前站定，众官员跪拜。张若挥手，"请起"。众官员站起，张若又说："坐吧。"众官员退至左右两排的矮案前跽坐。张若坐到长榻上，扫视一眼，说："今晚开个紧急会议，由于紧急，边远的各县就没有通知到了。孟谦——""在。"孟谦站起。张若说："你做好笔录，将会议内容整理成文，发布全郡。""遵命。"孟谦坐下，展简，提笔，记录。

张若肃立，说："现在，本守宣布十天前收到的大王密令。"卫士长上前，将小木匣放于张若面前的案上，张若打开木匣取出一本黄色绢书来，念："大王诏令：令蜀守张若率军浮江伐楚，接令后从速备战，不得有误。何时出动，等候新令。张若出征后，任命郡丞公孙若代行郡守职务。大王廿四年二月八日。公孙大人请接诏令。"公孙若走到张若案前，匍匐跪拜，高呼："多谢大王隆恩！"站起，从张若手中接过诏令，躬身退归座位。

张若坐下，说："今天收到朝廷新令了。"又从匣中拿出一卷绢书来，看了看，说："我不全念了，要点有二，一是令我蜀军三日之内在江州集结，二是令我郡再加征军粮四百万斛，以为白起将军开展郢都会战之需。根据大王诏令，本守必须强调几句：蜀郡不可一日无主，大王任命郡丞公孙若担任代郡守，那是太后点的将，左右丞相也是认可的，公孙若大人年富力强，足以担当起这一重任。因此，蜀中大小官员均应衷心拥戴，唯命是从，决不可三心二意，阳逢阴违。能做到吗？"众官员齐声回答，"谨遵大人之命。"张若接着说，"现在议事，一是如何处理笋里街事件；二是如何完成征加四百万斛军粮的问题，诸位尽可畅所欲言。"

张若在蜀郡官员的心目中是个十足的"一言堂主"，在他的面前讲话是出不得一点差错的，而且要议的问题又是一件关乎全局、涉及众多百姓命运的大事，讲什么？如何讲？得仔细考虑。众官员都陷入思索，因此出现了冷场。公孙若点名说："何坚大人，你掌握笋里街事件的全过程，你先谈谈吧。""好吧，"何坚说，"眼下本史尚无定准，只能陈述事实。"

张若一笑："监御史大人，你上午给本守的禀报是怎么讲的？现在咋又变了？"

"郡守大人，"何坚说，"此事复杂，有些事还需坐实，故卑职不敢妄断。"

张若说："那你就讲事实吧！"

"遵命！"何坚说，"今日午时一刻，魏富、向赢二位大人报案，称杏林学舍士子王叕、高志在水市上煽动百姓反秦暴动，自己被打伤。卑职闻报，异常震惊，立即下令成都县尉出兵弹压，并令郡府卫队布防，以护郡府安全，同时命人急报郡守大人。由于处理及时，事件很快平息。除盐铁署损失较重外，其他地方均安然无恙。之后，卑职对杏林学舍进行了搜捕，主犯王叕、高志已逃走，只捕获师长许韬。申时三刻，卑职接到成都县廷的庭审文书，所述案情，与魏富、向赢二位大人所报不合。真相究竟如何？是暴乱还是骚乱？还需请尚武县令陈述。"

尚武站起说："卑职对在现场捕获的二十五名嫌犯进行了逐一审理。说书人胡日白、兴隆茶铺赵老板、王汤圆等多人提供的证词是：因水市宣布涨价，王叕上前理论，被魏大人一拳打倒，高志上前叫屈，又遭鞭抽，这才……"

"尚武县令，"魏富站起身来，指着尚武怒气冲冲地说，"你是为官府说话？还是为叛贼鸣冤？"尚武说："魏大人不必动怒，为了使郡守大人明白真相，就要讲事实。你说，你们宣布过提价没有？""宣布过，"魏富说，"做生意从来就是随行就市，提价是很自然的。众所周知，百姓遭灾，官员也一样受灾，这些天，水市除了供应百姓，还为郡府各曹、署无偿提供用水。用水量大了，成本就增高了，不提价，水市难以为继，王叕借此蛊惑人心，高志从旁支持，为了制止事态的发展，我和向大人才对两个叛贼略施惩戒，谁知他们早有预谋，一哄而起，在'打官商，打秦狗'的狂叫声中，对我和向大人以及维护秩序的十人队进行武力攻击，致使什长身负重伤，又对盐铁署进行打砸抢，要不是何大人果断处置，叛贼还会进攻郡守府呢！这不是反秦暴动是什么？"张若转头盯着尚武："你怎么看？"

尚武说："卑职以为，这是一个名叫'青城游侠'的奸徒，利用灾民对盐铁署垄断、水市天天涨价的严重不满情绪而挑起的一场风波。事实是，第一轮冲突之后，王叕、高志主持分水，水分完也就离开了现场，王叕还叫胡日白、赵老板、王汤圆劝阻百姓不要搞打砸抢。对盐铁署打砸抢完全是'青城游侠'领着一群灾民和一些身份不明的人干的。所有嫌犯的交代均已记录在案。请监御史大人详查。这中间有个重要问题需要进一步澄清，就是王、高二人与青城游侠的关系。他们是一伙的吗？是一个唱红脸一个唱白脸，用演戏的方式来迷惑我们吗？"

"老夫来回答尚武县令的问题。"蹇侯站起，说，"他们就是一伙的，他们就是在演戏，王叕、高志狡猾得很，不久前，他们假扮江神演傩戏取水就是这次暴动的预演。老夫曾说过，如果成都发生动乱，祸根就在杏林学舍。"公孙若插话："侯爷说过，侯爷确有先见之明。""不敢说有先见之明，"蹇侯说，"老夫相信举头三尺有神灵，一切伪装都逃不过神灵的眼睛，师长许韬以大学问家的面目出现，但城府很深，他的身世至今也是个谜。此人完全辜负了郡守大人对他的期望和信任。公正地说，学舍开初几年，是办得不错，受到郡府和朝廷嘉奖，以致声名远播。他就利用这一资本，暗中改变郡府办学宗旨，招降纳叛。王叕是什么人？他就是二十四年前蜀侯恽反叛案中被诛的主犯王婴的孙子！"埋头做笔录的孟谦坐不住了，他霍地站起，说："侯爷，这可是件大事啊，据本簿所知，当年王婴受的是灭门之刑，一家老小都被杀光了，档案中是有记载的。说王叕是王婴的孙子，那得有可信的证据。""当然，"蹇侯说，"老夫敢说就敢当。不过说来话长，明日老夫写成文书上呈，请监御史大人查证，可以吗？"何坚说："很好。"蹇侯瞭着孟谦说，"蜀侯恽、王婴一案已过去二十多年了，许多人都忘记了。可是——"突然提高嗓门，"有人没有忘！他们暗中聒噪，说蜀侯恽一案是一起株连甚广的冤案，叫嚣要平反，孟谦大人你听到过吗？"孟谦不屑回答："侯爷此问，与今晚的议题无关！""有，"蹇侯说，"这就是蜀中动乱的根源。""侯爷，"尚武说，"把未经核实的王叕身世问题与水市风波挂钩，使案情复杂化了，恐使真正的敌人漏网。""别说了，"张若瞥了尚武一眼，摆手说，"侯爷的忠谏是为了警醒大家。案情已经明白。代郡守大人，你决断吧！"

"遵命。"公孙若环视了众官员一眼，严肃地说，"以法治国是我大秦的国策，张若大人以严刑峻法治蜀，成就辉煌，这一传统

我辈要继承发扬，绝不能中断！水市事件中叛逆者有言有行，其性质就是反秦暴乱。对为首的王叒等主犯要通缉拿办，腰斩示众，对打砸抢的逆犯一律处以流刑，罚到边城做苦役。"

张若问："何坚大人，你赞同吗？"

"不，"何坚拱手说，"请公孙大人谅解，本史现在还不能表态，我只能说各位大人的陈述和见解，对本史有启发，王法如炉，不敢有所差池，此案今日才发生，就定性处理，太过仓促，要把这个大案办成铁案，经得起后人的检验，御史府还需要听微决疑，实际调查。"

张若想了想说："你说的有道理，你就去听微决疑，把此案办成铁案吧！但必须从快从重。"

"遵命！"何坚躬身回答。

孟谦问："如何处置杏林学舍？"

公孙若怔了一下，他知道学舍是张若办起来的，如何处理？得看张若的态度，他转头问张若："大人您看——""唉"，张若叹了口气，"这学舍是本守一手办起来的，说实话，还有点舍不得，连我的小孙子都想到学舍读书呢！现在要离开蜀郡了，很想给成都留下一点值得纪念的物事。"蹇侯说："那就保留学舍，另择师长。""算了，"张若说，"现在本守才体会到商鞅主张'燔《诗》《书》而明法令'的意义，为了秦国的根本利益，下令关闭吧！"

"遵命，"公孙若躬身回答，转头瞄着孟谦说，"杏林学舍乃动乱之源，切断这一源头，可保稳定，孟谦大人没有异议吧？"

"卑职服从命令。"孟谦说。

"公孙大人！"尚武站起，朝公孙若拱手说，"能否让卑职说几句？"

公孙若没有回应，望着张若，以目请示。

张若指着尚武说："你讲，把你的心里话都说出来。""谢大人，"尚武说，"卑职以为，保持蜀中局势的稳定是永远需要的，但稳定不是靠刀剑维持出来的。除了极少数叛逆、刁民外，绝大多数底层百姓都不喜欢乱，所谓'宁作太平犬，不作离乱人'就是他们的企盼。出现了动荡不安的局面，应当反省的首先应该是官员，对百姓只能以理而不是以力服人。灾荒之年，更应当宅心仁厚，怜民、恤民，实行惩办首恶、胁从不问的政策，千万不能扩大株连，这样才能化解官民之间的矛盾，达到长治久安的目的。"魏富、向嬴拍案吼叫："一派胡言！"张若摆手制止："是本守让他讲的。尚武县令能说掏心话，很好嘛。本守郑重考虑后再作回答。"

"谢大人！"尚武坐下。

张若说："现在不谈逆案了，议一议加征四百万斛军粮的大事，"指着几个县令说，"能否完成任务？都要讲真话。"

杨太口吃，他站起身来，结结巴巴地说："郡、郡守大人下、下令，平、平均摊、摊派，郫县保、保证完、完成任务！"

南安县令余辉站起，躬身说："卑职赞同杨县令的意见，各县平均摊派，南安县尽力完成。"

广都县①和什邡、临邛县令三人面面相觑。

张若点名："王丰，你不是很能干吗？主意很多吗？怎么不表态？""大人，"王丰说，"我们广都县不比郫县啊，郫县连年丰收，大灾之年，尚有余粮可供加征，我县抗旱能力差，丘陵地区已渴死、饿死八百八十八人了，再加征，怕要死更多的人了！"

周庸插话说："郫县也死人了！"

"王、王大人，周、周大人，"杨太不满地说，"你、你们，你、你们怎拿咱郫、郫县说、说事儿呢？灭、灭楚，并、并吞六国是大、大局，饿、饿死点人，是值、值得的！也是光、光彩的！""人命关天啊，"什邡县令赵光对张若拱手说，"大人，旱灾已将百姓推到了鬼门关前，再加征军粮，哪还有活路？这就很可能激起民变！为蜀郡大局计，卑职以为，筹措军粮事得另谋良策。"临邛县令丁磊接着说："卑职附议赵大人建言。"

张若严峻地说："看来尔等都怕饿死人，就不怕违抗朝廷的命令。"

"大人，"孟谦站起说，"这不叫抗命。加征，是郡府受了某

---

①广都地包括今双流、新津以及仁寿部分地区。

些县浮夸虚报的蒙蔽，以致在去冬上计中多报了粮食产量，朝廷还以为我们蜀郡富得流油呢？旱灾之情也报的是局部轻灾。卑职以为，现在，应向朝廷如实禀报蜀郡实情，争取获得减免。"

"糊涂啊，"张若说，"军情急如火，军需大如天！还容得你去请求减免。再说啦，你不加征，别的郡也就要加征，难道人家就不怕饿死人？"

"大人之言甚是，"公孙若环顾了众官员一眼说，"诸公把问题看得太严重了！忽视了蜀中百姓度荒自救的能力，民谚不是说，'蜀有大旱，芋头可餐'吗？除了吃芋头，他们还可上山摘野果、采野菜吃嘛。"顿了一下，又说，"朝廷在蜀郡加征是对我们的信任和重托，也是给我们立功报国的机会，伐楚、统一天下是大局，为了这个大局，完成加征，即使有所牺牲，也义无反顾。大人放心出征，半月之内卑职一定将四百万斛军粮亲自送到大人军营。完不成任务，甘愿受军法处置！"张若说："有代郡守的保证，本守也就放心了。"转头问周庸，"都水长，抗旱进行得如何了？""回禀大人，"周庸说，"正在加深加宽旧江进水口，疏浚河道，旧江流量可望倍增，成都城区也在加紧开凿水池、水井，三日之后，郫县、成都、广都的用水问题可望缓解。""很好，"张若又问，"什邡那边呢？"赵光回答说，"正从绵水、洛水凿支流引水，两三天内就可完工了。""好，"张若说，"抗旱也和打仗一样，只要有一颗为国尽忠的赤心，有一个克敌制胜的谋略和敢打敢拼的胆略，就会无往而不胜！"公孙若说："老大人将抗旱视为打仗，强调'赤心''谋略''胆略'，在座诸公要认真领会，不可懈怠！""灾荒之年加征军粮，还要惩罚一批叛逆，这会引起蜀人的怨恨，老夫心知肚明。"张若站起身来，脸色凝重地望着公孙若，"这两道命令还是以老夫的名义发布，一切责任由老夫承担！""遵命。"公孙若回答。张若接着说："会后，本守就要离蜀远征了！能否归来只有天知道了。再啰唆几句，是为最后嘱托。"

众官员齐声说："请大人赐教！"

张若望了望灯火辉煌的大厅，这个他长期发号施令的地方，不无感慨地说："转瞬之间就是四十年了！"他走到厅中，踱着方步，边思索边说："积四十年治蜀之经验，首要的一条就是维护我大秦国在蜀郡的根本利益，而要做到这一点，关键在于治民，使民朴。民间传说蜀地'星应舆鬼，故君子精敏，小人鬼黠'，周边地区戎狄甚多，民性强悍而又刁顽，不好治服。我大秦灭蜀后曾有三次叛乱，这血的教训一定要牢牢记住。"他瞥了尚武一眼，"要保证蜀郡的长治久安，靠的是商鞅提出的严刑峻法。这是治国的一把利剑，绝不能丢！孔夫子主张的以德治国，以仁化人，在这个争于力气的时代是根本行不通的！现在朝廷中虽有各家各派的人物担任要职，但他们都没有提出过要改变商鞅制定的基本国策。所以本守要奉劝尚武县令一句，不要迷信儒家思想啦！否则，你这个尚武的大名就应该改成尚儒了。"

尚武说："感谢大人提醒。"

"好自为之吧。"张若转头瞄着孟谦，"孟谦哪，你往后不要做谦谦君子啦，凡事都要按秦法办理！"孟谦说："多谢大人教诲！"张若又指着杨太说："杨太哪，你功忠体国，但要提高从政本领！"杨太说："谢大人栽——栽培！"张若又环视了众官员一眼，说："本守寄希望于在座诸公，在代郡守的率领下，同心竭力，共创辉煌！"向外喊，"卫士长，备车。"

公孙若一声高呼："上酒。"

张若摆手："不必铺张，不必相送，本守只能秘密离开成都。"

两个卫士端着上置酒壶、漆碗的托盘走来。

"大人，"公孙若跪下，汪着一眶眼泪，说，"一碗水酒与大人践行，略表郡府属吏对大人的感恩之情啊！"

"大人！"众官员纷纷上前跪倒在张若面前。

杨太、魏富呜呜地哭着……

张若感动，眼闪泪光，说："诸位请起吧，请起吧，老夫领情了！"众官员站起。塞侯说："老夫为大人斟酒。"走到卫士面前提壶斟酒。公孙若上前端起酒，说："卑职代表诸位同胞向大人敬酒。"双手捧着酒碗躬身献与张若，张若端着酒朗声说："老夫治蜀四十年，千秋功罪，让后人评说去吧！"一口喝完，将碗递与卫士转身走去……

众官员肃立，举目相送。

张若在灯火的映照下，身躯显得更加高大了，他迈步走下厅堂，越过天井，从值房的过道上走出郡府大门。官员们默默地走到郡府门前仰面观望，只见广场中一辆挂着红灯的篷车划过漆黑的夜色向南奔去……

没有喧天的锣鼓，没有雷鸣般的掌声，没有美酒鲜花，没有丽人的歌唱和舞蹈，为蜀郡流过血、流过泪、流过汗的首任郡守，就这样悄然地离开了成都，时间是秦昭王二十九年（前278年）二月十八日的午夜。

第七章　最后对决

（一）应对旱魔

河溶县城的城楼上，"秦"字大纛迎风飘扬。

秦军幕府内，白起正躬身在一块大沙盘上推演即将开展的郢都大战。

韩卢蜷在他的脚下。

"上将军"，门外响起司马靳的喊声。白起说："进来。"司马靳走进将一封羽毛信递给他，白起迅速浏览了一下，说："很好，张若的蜀军已至江州。拟令。"司马靳坐到案前，拿起一幅白绢，提起羊毫，白起口授："令张若所部蜀军十日之内，攻下扞关。"他在沙盘上的扞关插上一面黑色小"秦"字旗，"令他在此坚守，吸引楚军。"司马靳将写好的命令递给白起，白起看了一遍，签名、用印，问："我们与张若的秘密联络通道开通了？"司马靳说："开通了。我们高价请了十名向导，都是长年在大江上拉船的纤夫，对岸边的道路极为熟悉，又通过这些人，建立了五个秘密驿站，上至巴郡江州，下至扞关、西陵、巫郡、郢都。对情报的收集、军令的传达，都可做到秘密、快捷。""很好，"白起交令与司马靳，说，"八百里加急。""明白。"司马靳拿起命令朝车身走去，白起又突然问："李冰的云梯造得怎样了？"司马靳站定，回首说："正加紧赶造呢。"白起"嗯"了一声，挥挥手，司马靳快步走出。

河溶邑北面的山谷中，成了制造云梯的工场。山风呼呼，数百士兵默默地、有序地劳作：有的来来往往运木料，有的在三角枵杈上锯木，有的在长条木凳上刨木，有的在搭架……

李冰指导几个工兵安装一副云梯，二郎走来，对父亲低声说了几句，李冰转头一看——

郑洪和一士兵流着眼泪在锯木。李冰感到异常，便和二郎一起走到郑洪身边，问："郑洪，你为什么流着眼泪干活？"

郑洪说："在下收到家书，蜀郡遭大旱，我老娘和许多乡亲都活活饿死了！"

李冰心情沉重地"啊"了一声。

二郎说："怎么会呢？"

李冰说："抗大灾是件很困难的事，"拍了拍郑洪的肩，"坚强些，军人流血不流泪！"转身走到一块巨石上站住，挥了挥手说："弟兄们，停一停。"

军士们停止劳作，抬头望着李冰。

李冰说："凡来自蜀郡的弟兄请举一举手。"

士兵中有五十人举手。

李兵默念着点数，说："放下手。有五十个蜀籍弟兄呢，咱们工兵队五百人，蜀籍军人就占了五分之一。整个秦军中蜀人还有很多。蜀郡不仅出人，还要供给军粮，为我大秦国的统一战争做出了很大的贡献啊！我李冰从心底里敬佩蜀人！但我要告诉弟兄们一个不好的消息，蜀郡正遭受大旱灾，郑洪兄弟的老母亲还有些乡亲都活活饿死了。"

郑洪等蜀籍士兵抽泣……

"可是，郑洪兄弟仍含悲忍痛坚持干活，为什么？我想他一定懂得一个道理，那就是为什么打仗？弟兄们，我们可爱的赤县神州早在夏、商、周三代就曾经统一过，虽然不牢固，但在西周时代，也曾经创造过辉煌！所以孔夫子做梦都在怀念那个时代。自进入列国争霸的时代后，战争就持续不断，致使生灵涂炭，血流成河！饱

受战祸的百姓都希望和平，都渴望统一呀！要达到这个目的，就只能'以战止战'，今天，我们的军人流汗流血，为了什么？就是要让各国统一成一个大国家，组成一个大家庭，让我们的后代子孙平平安安地过日子，永远不再受战争造成的苦难！明白这一点，就会坚强勇敢，不怕牺牲！郑洪兄弟已经给我们做出榜样了，大家明白这个道理吗？"

众军士齐呼："明白！明白！明白！"李冰说："最后，我给蜀籍弟兄们一个承诺：我今晚就去找白起将军建言，请他下令：蜀郡在抗旱救灾中务必对军属从优照顾，对已遇难的军属从优抚恤！另外，现在蜀郡的代郡守公孙若是我的老同学、好朋友，我很快给他写信，请他一定要解决好这个问题！"

众军士齐呼："感谢大人。"

"弟兄们！"李冰说，"我们唱起秦国的军歌干活吧！"带头唱："岂曰无衣——"

众士兵跟唱：

与子同袍。王于兴师，修我戈矛。与子同仇……

歌声震荡山谷，士气陡然高昂，李冰、二郎和士兵边唱边干活……

当天晚上，李冰写好建言书后就去找白起，禀报他了解到的蜀中旱灾已挫伤了蜀军士气的情况，并呈上建言书，请白起审阅，李冰认为张若率领的蜀军中也很可能有这种情况，不可掉以轻心。白起看后，说："不会那么严重吧？我听芈戎丞相说过，蜀郡只是局部受灾。"

李冰说："就是局部受灾，延续时间长了，也就变严重了，在下离开安邑前，蜀郡就曾派人来找我供应他们万担平价救灾盐。"

"有这回事？"

"真的，找我办此事的人是蜀郡盐官魏富，持有郡府公文。"

"唔，"白起思索片刻，喊，"韩卢，传司马靳。"韩卢跑到门前"汪汪汪"叫了三声，值房里的司马靳闻声而来。

"将军有何吩咐？"

"李冰写了份建言书，你看看怎样？"白起将手中的绢书递与司马靳。

司马靳浏览了一遍说："卑将也听说蜀郡闹旱灾，我看上将军可以将建言书发给郡守张若，令他执行，以收稳定军心之效。"

"嗯，"白起颔首，坐到案前，在李冰的建言书上批了几个字、署名、用印，仰面盯着司马靳说，"此事极为重要，郢都会战在即，军心浮动，怎么打仗？还有，蜀郡供给我军四百万斛军粮能否兑现？如果做不到，得火速禀报朝廷。这件事，你亲自去办。"

"遵命。"

白起从案上漆木筒中取令箭一支，连同建言书一并交与司马靳，说："张若可能还在江州，你持我令箭，马上出发。最迟于明日午后，一定要见到他。"

"是。"

第二天申时一刻，偏西的太阳照着巴郡江州朝天门下的大江。这里，北来的潜水①与西来的江水交汇，形成波翻浪涌的宽阔江面，奔腾呼啸，滚滚东去……

江边，大楼船、艨艟、战舰连绵排列，一望无际，桅樯如林，战旗猎猎。

朝天门前耸立着一座江神庿。庿外的门坊上，两边各挂着四个大红灯笼，一个红灯上写着一个黄字——蜀、军、幕、府。

广场前面的土台上，竖立着一根高高的旗杆，绣有金色"蜀"字的三角形黑色军旗，迎风招展。

庿中一间厢房内，张剑向张若禀报："又出现了十名逃兵。"张若紧锁眉头："想不到旱灾对士气的影响竟如此之大！津口出发时就有人开小差，如果上了战场再出现这种情况，后果就不堪设想了！"张剑说："卑将以为，只有杀掉这些败类，才能制止逃跑风！"张若想了想，说："杀，是为了以儆效尤。你去集合队伍，行刑前由本守讲几句，做些开导安抚。"张剑说："如此甚好。"

---

　　①潜水即今嘉陵江。

一会儿牛角号"呜呜"地响了起来，士兵们从附近的营帐里跑出，在朝天门前的广场上列队。"弟兄们，今晚我军就要浮江伐楚了，临行前，我们要举行一项仪式。"站在旗台上的张剑一脸杀气，大声讲道，顿了顿，扫了众军一眼，高声喊，"什么仪式？杀逃兵、祭军旗！"士兵们震惊！

张剑命令："带逃兵！"

一卫士拉长声调高呼："带——逃——兵！"

一队行刑士兵将十个五花大绑的逃兵押到旗台前跪倒。

一身戎装的张若大步走来，后跟卫士长。

十个逃犯你一句我一句痛哭着说：

"大人救命啊，救命啊！"

"我不是怕死呀，是父母饿死了，小儿小女无人照看呀！"

"我婆娘饿死了，瞎子老妈没人管呀！"

张若眼闪泪光，挨个拍逃犯的肩头，安慰地："别说了，别说了。本守知道尔等的苦楚。"

张若站到旗台上，挥了挥手，沉重说道："蜀军锐士们，听本守说几句心里话，在津口誓师出发时，本守已将这次战争的意义讲清楚了。为了统一大业，蜀郡做出牺牲，死一些人，虽然不幸，但却是值得的！蜀郡遭灾，这只是暂时的，要坚信，郡府一定能率领蜀民战胜旱魔，渡过难关！今天上午本守已收到代郡守的禀报，成都北面的绵洛引水工程已经开通，西南面的旧江也已通水，成都城区已开凿了数十个水井水池。旱情已经得到控制，大家不要再担心了。"停了停，又说，"请记住本守一句话，忠君报国就是孝敬父母，福荫子孙，秦律规定，斩敌一甲士，授爵一级，奋勇作战，就可改变你一家的命运。听明白了吗？"

众军士齐声回答："明白了！"

"当逃兵是可耻的！本守保不了尔等了！"张若瞟了逃兵们一眼，又仰起面来横扫众军一眼，威严地说，"军令如山，违者立斩，行刑吧！"

军鼓咚咚，牛角号呜呜，气氛立刻紧张起来。

张剑提起宝剑指挥行刑队，将逃兵推到旗杆下跪倒。每个逃兵身后站着一名手提大刀的士兵。

张剑高举宝剑命令："听我口令！举刀——"行刑士兵举起鬼头大刀。

"刀下留人！"司马靳和一卫士吼叫着纵马奔来。

张若见状喊了声"停刑"。

司马靳和卫士滚鞍下马。

张若、张剑迎上，齐声："司马都尉！"

司马靳取出令箭和小木匣交与张若。张若打开小木匣取出绢书注目阅毕，又交给张剑。张剑看毕，说："这，这怎么办？"张若说："按白起将军的命令办。"司马靳说："这样做才能稳定军心。"张剑说："怎么处理逃兵？"张若说："具结开释。"司马靳点头说："这样处理好。"

张若走到台上，大手一挥，朗声说："锐士们，白起上将军特命司马靳都尉赶来传达他的命令，什么命令？事关每个锐士的福祉。就是，对蜀军将士中的受灾家属，要郡府特别加以照顾，对死难家属从优抚恤。这是朝廷和白起将军对我蜀中锐士的最大关爱！郡府一定字字照办。"士兵们欢呼："大秦万岁！大秦万岁！"十个逃兵跪着上前，哭喊着："大人，让我们死在战场上吧！"张若说："本守答应你们的请求，但每个人都要写具结，将功赎罪！"

（二）怨声载道

第二天黄昏时，公孙若接到张若的命令，便将郡府官员和成都县令招来连夜开了个紧急会议。

灯火辉煌的郡府公廨里，官员们齐聚一堂，凝神注目聆听代郡守的讲话。公孙若首先表彰了众官员在他提出的十六字抗旱方略的指引下兢兢业业、勤勉办事的精神，使抗旱救灾取得了重大成果。他宣布都水长周庸功劳卓著，郡府给予记功一次，奖银千两。

"谢大人！"周庸站起说，"这一阶段的抗旱只是解决了人畜的用水问题，眼看春耕在即，如果清明节前老天还不下雨，春耕就难以进行，后果将不堪设想，奖银就不要了，自愿捐给灾民。"

公孙若想了一下，说："本代郡守成全都水长的美意，企盼都水曹再接再厉，为解决春耕用水而不懈努力。"

周庸说："卑职和都水曹同人正在努力。"

"很好！"

公孙若接着宣读了张若从江州发回的紧急命令，他强调现在郡府的中心任务是要办好三件大事：一是加征四百万斛军粮；二是照顾、抚恤军属，保证前方作战胜利；三是深挖细查笋里街叛逆，捉拿首犯，进行处理。他说其中有两件事已进行多日了，今晚必须敲定落实。他瞄着魏富、向赢问："四百万斛军粮征集齐了吗？"

魏富说："根据大人的命令，我和向赢兄分头跑了十多个县邑，已筹得三百万斛军粮，还有一百万斛呢，我们准备在巴郡购买，卑职已与江州朋友写信了，请帮忙收购。"

"办得好！"

"是大人的决策英明。成都和各地大多数富人都接受了郡府的授爵金牌，为了统一大业，自愿捐钱献粮。"

"很好！"公孙若说，"所有军粮就在江州集中。张大人已下严令了，四百万斛军粮一两也不能少，不管有多大困难也要完成。待他攻下扞关后，由本人亲自送去。给你们十天时间，你们盐铁署要抓紧办理。"

"遵命！"魏富、向赢站起回答。

"关于照顾、抚恤军人家属的问题，本人设想，视其情况，每家军属至少救济五两银子，家有死人的抚恤金不得少于十两。蜀军四万人，在白起军中服役的蜀籍士兵有五千人。平均十两计吧，就需银四十五万两。"指着魏富、向赢，"你二人准备好资金，交孟谦大人去办。"

"大人，"魏富说，"没有结余了，在江州买粮的钱还需要筹措呢！"

"大人，"孟谦说，"靠卖爵位的办法来筹粮筹款，卑职总觉得不妥。郡府应当拨出专款买军粮、抚军属。"

公孙若说："说到卖爵位，本代郡守要解释几句。做出这一决策，我是经过深思熟虑的。老百姓都在饿肚子，还要从他们口中夺粮，当然行不通，但又要完成加征，怎么办？本守苦思冥想了一晚上，才做出了这一决策，根据有二：一是符合蜀郡实际，当年司马错将军曾说'其国富饶，得其布帛金银，足给军用'。张若大人四十年治蜀更使工商业繁荣发达，涌现了大批富人。'损有余而补不足'乃为政之道，灾荒之年更应如此；二是符合秦法，耕战有功者可授爵位，这有明文规定。富人所献钱粮是用于伐楚战争，给为统一大业做出奉献的人授以公大夫①爵位头衔，可以激发富人的爱国热忱，何乐而不为呢！"

尚武站起说："大人想出这一办法来解决筹款筹粮问题，堪称事半功倍，但卑职以为只能到此为止了。卖官鬻爵之门一开，后患无穷！卑职赞同孟谦大人之见，应当由郡府拨专款来买军粮、抚军属。"公孙若瞟了孟谦、尚武一眼，说："你们是不当家不知油米贵哟！郡府有钱，我还殚精竭虑？我还兴师动众？"孟谦说："大人不知道，张若大人还另设有金库呢！我们的盐署和铁署完全可以拿出这笔钱来。"

"孟大人，这不行吧。"魏富说，"天灾面前，官与民都一样，百姓遭灾，官员也遭灾。不能只救百姓不救官。把郡府多年的积蓄掏空了。郡府的开支怎么办？"

"高——高见！"向嬴说，"没有官，哪有民？"

尚武说："魏大人、向大人，现在的资金缺口不过几十万两银子，最多一百万两吧？我不相信，就会掏空郡府的积蓄？多年前，张若大人设盐铁官，从事垄断经营，肯定赚钱不少。私人做盐铁生意，也要给盐署、铁署交税。当时，张大人说这样做是为了积累资金，备战伐楚。拿这些钱来买军粮、抚恤军属，不正是张若大人的初衷吗？"

魏富说："尚武大人，你们成都县有人一直对张若大人实施的盐铁专卖和税收政策心怀不满。你身为县令，可不要被坏人当刀使啊！"

---

① 秦设官爵制，商鞅变法时经过整理，规定为二十等级。一级为公士，二十级为彻侯，公大夫为七级。

尚武说："我实话实说。"

"别说了。"公孙若站起，威严地讲，"本代郡守宣布：一、集资筹粮所采取的措施，一切责任由本人承担；二、凡是张若大人过去推行的政策，说过的话，做过的事，我等都要竭力奉行，不得改变。有没有另设金库？金库的钱如何用？都要请示张若大人，我等属下，不得妄议。三、这次大灾中蜀中富人表现不俗，应予通报表彰，孟谦大人——"

"在。"孟谦应声站起。

"由你草拟通报，"公孙若说，"发给各县。给蹇侯、樊侯，湔氏道丞桑布洛，羌寨的头人木姐丹曼也发一份，让这些大富豪也出点血！"

"照办。"

公孙若喊："魏富、向嬴——"

"在。"魏富、向嬴站起。

公孙若命令："所缺资金，由盐铁署暂行垫付，不得有误。"

"遵命！"

公孙若说："现在议叛逆案件，何坚大人，你先通报一下案件的进展情况。"何坚站起，摊开简册说："经过本史多日明察暗访，笋里街叛逆案件已经查清，首犯为青城游侠、高志、王叕。参与打砸抢的有一百一十五人，但能坐实姓名和住址的只有六十五人，就是说还有五十人不是成都居民。但是，由于主犯在逃，这五十人就成了悬案。另外，在街上捡钱的有五十八人。""如何处理？"公孙若问。"本史按张若大人的命令，已对首犯发布通缉令，在各县邑广为张贴，举报者赏银三千；对参与打砸抢的六十五人处以流刑；对在街上围观捡钱者处以双倍罚款，并具结保证，永不再犯。"公孙若强调，"处流刑的六十五人连同家属，一起罚到湔氏道筑城。"何坚点头称是。"何大人，"尚武站起说，"卑职有两点疑问不知当讲否？""尚县令请说。"何坚答。

尚武说："把王叕、高志和青城游侠一起定为首犯，有新的证据吗？孟子曰'罪人不孥'[①]，把处流刑的六十五人连同家属一起逐出成都是否株连过宽？"

公孙若不满地瞥了尚武一眼！

何坚说："请听本史回答，第一，本史详细核实了蹇侯的举报材料，又询问了许韬，他承认王焱确是当年被判灭门诛族的王婴孙子，是个漏网之鱼！这样的人对我大秦怀有刻骨仇恨，制造叛乱乃本性使然。不错，确有人证明他未参与打砸抢，而且还叫人制止，这正是他的阴险之处。事实是，他是第一个上前找魏大人理论的，所谓理论，就是煽动，紧接着高志、青城游侠相继上前，大打出手，并高呼'打秦狗'的叛逆口号，还有死党五十人相从，什长受重伤，其他士兵也被打趴下，可见他们不仅有预谋，而且很有实力！""是这样，是这样，何大人的认定极为正确！"魏富、向嬴附和。何坚继续说："第二，对六十五人的处理是否株连甚广？这就要看你对秦法如何理解了。秦法的要义之一，就是'轻罪重罚'以收震慑之功，对围观起哄的五十八人，本应处以笞刑，本史只处以罚款，已是法外施恩了。"公孙若说："本代郡守完全赞同监御史大人。"

"公孙大人，"尚武还想为民请命，被公孙若摆手制止，说，"尚武县令，千万不要忘了张若大人的谆谆告诫啊！治蜀就是治民，治民靠的是严刑峻法，绝不能姑息养奸，一定要将叛逆斩草除根，这六十五人的处理，就由你们成都县办，连夜行动，御史府派员监督，务必不使一人漏网。明日游街示众，而后押送到湔氐道服役。"

"大人，"尚武说，"这六十五人中就按三口和五口之家计，就达三百人左右，其中大多数是老弱妇孺，卑职以为，游街示众就不必了。"

"这也是一场战争，必须造势，震慑敌人！"公孙若闪着冷峻的目光，瞪着尚武问，"你不愿执行郡府的命令？"

---

①"孥"指妻子和儿女，此话意为不能因为一人犯罪而株连家属，语出《孟子·梁惠王下》。

"大人言重了，"尚武说，"卑职怎敢不执行郡府的命令？只是以为……"

公孙若挥手，打断尚武的话，严厉地说："愿意执行命令就别再唠叨了。叛逆事件发生在你的治下，你这位县大老爷有没有责任？应不应当反省？本代郡守郑重提醒你，成都是郡府所在地，应成为首善之区，不是儒家仁政的试验区！孔孟的主张不可取，不能再心慈手软了，一定要把刁民的嚣张气焰打下去，以保蜀郡长治久安。"尚武躬身："卑职明白了，卑职从命！"公孙若又转问何坚："首犯逃往何处？五十名死党又藏在哪里？"

何坚说："至今无人举报，关在监里的许韬对逃犯去向又死不开口。"

"本守要亲自撬开他这张铁口！"公孙若说。

会完后，尚武回到县廷，迅速将县丞易南、县尉庞石找到公廨会商，传达公孙若的命令，连同对他的训斥也如实讲了，最后拿出何坚给他的缉拿名单，交给庞石，沉重地说："只能照办了。"他望着县尉："给你一个百人队，一个月的粮食。"县尉点头应命。尚武又在案上摊开一张牛皮图舆，指着说："湔氐道治所俗称番落，距成都有一千多里，只有一条茶马小道相通，要翻越许多崇山峻岭，三百零二人中多半是老弱妇孺，要把他们平安带到，尽力做到勿死一人。还要告诉案犯，只要幡然悔悟，好生劳作，三年刑满之后，还可以回到成都。我向何坚大人请示了，准许家属携带财物。"庞石说："卑职记住了。"尚武转对县丞说，"你到茶马肆行请两名向导，并准备好粮草，本令今晚就在此守候，如有意外事情发生，随时禀报。"县丞、县尉领命而去。

庞石很快在西校场集合好队伍，下达逮捕令。他把百人队分成十个小分队执行任务，又把大城里正孙浩、少城里正丁大虎找来带路，命令捕获人犯一律押送到江渎畤关押。"出发——"庞石一挥手，高举火把的士兵们悄无声息地一溜小跑而去。此时，正是申时一刻，漆黑的夜色，笼罩着万籁俱寂的成都城，人们正在梦乡里遨游，大约过了半个时辰，城中突然响起了一阵此起彼伏的"汪汪，喔喔"的狗吠声，有的似在悲号，有的似在哭喊，在这静谧的午夜，使人感到惊悸而又恐怖！

（三）许韬之谜

第二天一早，成都开始戒严，每条大街的十字路口，都有荷戈执矛的卫士把守，观楼上站着弓箭手，一队骑兵在街上来回巡逻，"嘚嘚"的马蹄声敲得人胆战心惊！

"咣——咣——咣——"里正丁大虎传锣，后跟两名高举木牌告示的差役。丁大虎用沙哑的嗓子喊道："郡府传令，百姓听清，反叛作逆，必受严惩，六十五犯，连同家人，处以流刑，以儆效尤，以保安靖……"

后面，是骑马的庞石率领的百人队押解的囚徒队伍。一共有三百零二人。主犯铁匠刘真、杂货铺老板龚平、说书人胡日白等六十五人赤衣戴枷，后面是背包扶杖、拖儿带女的老弱妇孺，人人心情沉重，悲伤绝望，妇女嘤嘤啜泣，孩子们哇哇恸哭！

街道两边的屋檐下站着居民，汪着眼泪，默默地目送着踽踽而去的街坊邻居。

十字街头，何坚和尚武骑在马上审视。何坚问："一共多少人？"尚武答："三百零二人。""没有漏网的？""没有。"这时，胡日白突然冲出队列，跪倒在何坚马前，喊道："大人，冤枉啊，小人是去制止打砸抢的，咋个成了主犯哟？""住口！"何坚说，"你早有前科，与高志、王羖狼狈为奸，三日前本史亲自开导你，要你交代首犯的下落，立功赎罪，你交代了吗？"胡日白说："小人不晓得他二人的下落，拿啥子来立功赎罪嘛！"何坚一挥手，"带走。"士兵拽走胡日白，他泪流满面号丧似的哭唱着："说书人千里服刑去，从此成都无笑声……"

没有笑声，使民畏威，正是代郡守公孙若追求的目标，为了建功立业、树威望，他要把张若的治蜀传统发扬光大。这个传统就是商鞅设计的暴力专制恐怖主义。

当天晚上，公孙若设立了一个特殊法庭，对特殊人物许韬进行了特殊审判。

一盏高悬的莲花形巨灯，映照着画有《金鸟逐日图》的高大屏

风。烨烨的彩光下，金鸟似乎要展翅高飞。

屏风前设矮案两张。公孙若正坐，何坚侧立。

公孙若喊："带许韬。"

两狱卒押许韬走到房中。许韬穿一身麻布白衣，长袖宽博，颈至双手系着长长的铁链。

公孙若命令："给老先生去了刑具。"

狱卒上前，开锁去链。

公孙若指指前面的一个绣凳，说："老先生请坐。"

许韬坐下，狱卒后退。

何坚说："许先生，张若郡守已领军出征，今天是代郡守公孙若大人找你谈话。这已给您老足够的面子啦！要讲真话哟！"

"公孙若？"许韬一怔，瞟了公孙若一眼，说，"大人该不是秦国公孙贾的后代吧？"

公孙若说："公孙贾是我的老祖爷。"

"唔，"许韬说，"孝公时，你老祖爷曾做过太子驷的老师，你们公孙家族也因此而荣耀一时。可惜，你的老祖爷反对商君变法，被处以黥刑，公孙家族衰败。直到太子登基为王，处死商君后，你们公孙家族才得以翻身，可惜皇天不佑，你的大父灭蜀身亡，你的父亲体弱多病，未能做上大官，现在，公孙家族就看你这后生啰！""你，你，你，"公孙若惊疑，"你是谁？""猜猜吧，"许韬微笑着说，"老朽从二十岁开始，也曾风光过一阵哩！你老祖爷被黥面时我就是监刑人。"公孙若想了一下，肯定地说："尸佼①！"尸佼说："你这后生很聪明呀！"何坚问公孙若："大人何以知晓？"公孙若说："《秦记》中不是有记载吗？商鞅一党中，有个年轻的尸佼漏网。"

---

① 一说尸佼是商鞅变法的助手，见《史记集解》引刘向《别录》："今按《尸子》书，晋人也，名佼，秦相卫鞅客也。卫鞅商君谋事画计，立法理民，未尝不与佼规之也。商君被刑，佼恐并诛，乃逃亡入蜀。自为造此二十篇书，凡六万余言。卒，因葬蜀。"书中融合儒、法、道、墨各家思想，可见为反思之作。

何坚说："明白了。"

公孙若望着尸佼说，"想不到你逃到了蜀郡，而且当上了师长。"尸佼说："朝廷要在蜀郡推广秦国的语言文字，老朽有此专长，自然会得到信任。"公孙若说："既然得到信任，缘何要煽动学生叛乱？""否！"尸佼说，"老朽只是反思八十年前那场大变革的缺陷，告诉学生，是要引以为鉴，不要重犯我辈当年的错误。"

公孙若说："秦国变法是先王孝公主导，商鞅是因为反叛而被处决的，他虽身死而秦法犹在。咱们秦国就是靠变法强大起来的，想不到你这位商鞅的追随者却背叛了你自己，竟然宣称那场大变革有错误。"

尸佼说："讳言自己的错误还算革故鼎新者吗？商鞅自己都承认这场变革'难以比德于殷周'。为什么？后生要明白，商鞅变法的内容是完全按秦孝公图王称霸的目的而设计的。孝公说过，他要尽快显名天下，不能邑邑等待数十百年。所以他不喜欢商鞅谈的'帝道''王道'，而唯独钟情于'霸道'。所谓'霸道'，就是建立君主至上的集权体制，重刑罚，轻道德，把全国变成一个大军营。通过土地私有、奖励耕战、统一度量衡、加强税收来富国强兵；通过废除世袭特权来消除贵族对王权的觊觎和威胁，打击腐败，促使他们自食其力，建立新功；通过整顿吏治来保证君主政令的畅通执行；通过推行郡县制、编制户口、革除陋习，在底层建立什伍组织，实行军管，达到全民皆兵的目的；通过严刑峻法来保证这些政令得以雷厉风行地执行，这就是秦国能飞跃发展，从西鄙小国崛起为泱泱大国的原因。"

"这难道不好吗？"

"当然有好的一面，它符合大争之世的发展潮流，秦国的需要。一些具体政策会在华夏历史上产生深远影响。然哉，这种战时体制是不能维持久远的。当其时，我和商鞅豪情满怀，成天做着大国崛起一匡天下的美梦，但压根儿就没有想过要为生民立命！变法只是为了秦王的霸业，而不是让老百姓过上好日子，不仅忽视他们的基本利益，而且简直就把老百姓视为草芥！实行愚民政策，讲什

么'智者作法而愚者治焉''民愚则易治也''愚农不知，不好学问则疾务农'。我辈尊君贱民，刻薄寡恩，制定各种酷烈法令，告奸连坐，诛族灭门，人民只不过是推行耕战政策的工具，可以随便驱使、杀戮的牛马，那时，朝中大夫赵良就指责我辈'残伤民以峻刑是积怨蓄祸也！'"

"老先生！"公孙若打断尸佼的话说，"你在攻击秦政，侮辱你自己！"尸佼说："老朽唠叨这几句，是因为现在还有人在继续发展我辈当年犯过的错误啊！"公孙若一笑："无稽之谈，你说的有人是指谁？是指张若大人吧？张大人坚定执行先王主导的、商鞅制定的国策何错之有？"尸佼说："国策是什么？核心就是耕战。张若大人是只战不耕，在修城、推广秦文秦语、扩大蜀郡疆域方面是有功于国的，但在治水兴农方面却毫无建树！"公孙若沉下脸来，"休要攻击张若大人！""后生，"尸佼说，"你不是要建功立业复兴公孙家族吗？听老朽讲几句也许有所裨益。老朽在蜀住了数十年，蜀郡的根本问题不是张若郡守认定的民性刁顽不好治理，故要酷烈使民，以刑杀立威，而是水旱连年造成的民不聊生，引起的动荡不安，'笋里街风波'就是新的例证！因之，治蜀就要在'耕'字上做文章，现在蜀郡闹旱灾人人都在叫渴，不仅是要喝水，而且表达了一种强烈的企盼之情，渴望蜀郡出现个大禹式的人物来率领百姓治水兴农，使蜀郡水旱从人，物阜民安，这也是老朽多年来念兹在兹的期望！后生，你做到了这点就名垂青史了！""老先生，"公孙若说，"本人已耐心地听你上了一堂从政课了，不要再宣讲你自以为是的大道理了！讲真话吧，你为什么要收养王叕？又让他和高志一起逃到哪里去了？"尸佼说："老朽之所以要收养、救助王叕，就是当年制定'株连法'有我一份责任啊，罪及三代，太残忍了，何况他爷爷的案子本来就是一起冤案。因之，老朽让王叕远走高飞，他飞到了何处乃是秘密，岂能告诉他人！"公孙若强忍怒气，瞪着尸佼说："你既有前科，又有现行，再不与郡府合作，本代郡守就只有请老先生给你自己定刑了！"尸佼从容地说："作法自毙，五马分尸。"说罢闭起眼睛。

何坚走到尸佼面前，劝解地："老先生年事已高，一百多岁了吧？就不图有个善终？你讲出真情，郡府保证你安度晚年。"

尸佼沉默。

公孙若怒吼："老逃犯，你说不说？"

尸佼仍然不理。

公孙若挥手一指，屏风消失。审讯房的深处，一根巨大的铜柱在熊熊烈火中燃得通红；一只供烹人的大镬，沸水咕嘟咕嘟地翻波涌浪，冒着团团热气……

尸佼站起身来，从容地朝铜柱走去，火光在他脸上一闪一闪……

"站住！"公孙若一声大吼。

尸佼站住。

公孙若走上前去，阴鸷地说："老逃犯，你想来一个梅伯抱柱，在烈火中永生！不，我要让你享受自己发明的烹刑，把你煮成一锅肉汤！来呀——"

两狱卒冲上，托起尸佼，高高举起，就要朝大镬里扔……

"住手，住手，"千钧一发之际，蹇侯急步走来，大呼，"留人，留人！"狱卒放下尸佼。

蹇侯拱手说："公孙大人，何坚大人，看在老夫的面上，特赦了先生吧！"

说着就要跪下，公孙若急扶。

"使不得，侯爷！"公孙若说。

何坚说："公孙大人，就给侯爷一个面子吧。"

公孙若会意，点头。

（四）金钩钓鱼计

蹇侯用车将尸佼带到西城宽巷子一幢别墅中。尸佼挂着筇杖，蹇侯挽着他走过回廊，来到后院的一间大房前，推开了房门，指着屋内，格外亲切地说："老兄，这是小弟的书房。"

尸佼定睛一看。

室内存列着各种简册和蜀中古董：不同造型的青铜人头像、金面罩、太阳金鸟、陶俑、石人、石虎、金杖、玉琮、玉璋、玉珠、象牙，琳琅满目，流光溢彩。

尸佼眼睛一亮，说："侯府珍藏这么多宝贝呀！"

塞侯说："是不是宝贝？就要请您老一一鉴定啊！请，请。"塞侯领尸佼进屋说："老兄就住在这里，请坐，请坐。"尸佼坐下，塞侯又吩咐上茶，立刻有个侍女用漆木盘端来一杯热茶和糕点放在尸佼面前的案上。塞侯说："此女名叫玉姑，往后就由她侍候老兄了。""不敢当，"尸佼说，"侯爷，此举为何？"塞侯说："请对老夫这些收藏品，一样一样地研究，劳先生的大笔记载一下，什么时代的？是否真品？有何价值？老先生可是权威啊，您写几句，这些东西就价值连城了！拜托了！"

尸佼说："能研究这些珍宝文物，老朽自然求之不得。不过，侯爷，你将老朽软禁于此，恐非做文物鉴定，是别有用意吧？"

塞侯说："说句心里话，在下用身家性命保下老先生，当然有用意。""请坦陈。"塞侯感叹，"唉，说起来有点不好意思，老兄知道蜀人称我为苌弘学的继承人，是啥大宗师？实际上我对苌弘留下的天书至今都未破解。惭愧啦！"说着转身从文物架上捧起一个精致的漆木匣放在尸佼面前的矮案上打开，里面有两颗晶莹碧灿、大如鸡蛋的玉珠，他取出玉珠放在案上，又取出一幅黄绢图来打开，说："请老兄看看这是苌弘留下的遗物吗？"尸佼拿起珠子看了看，在手上搓了搓，又看黄绢图，上画有星宿图像，周围有钟鼎文字说明，尸佼看后说："按庄子的说法，苌弘死于蜀，藏其血，三年化为碧，碧就是玉珠？据说有九颗，这两颗是不是苌弘血所化？老朽难以断定，这幅绢图从文字看是周灵王时代的钟鼎文，与苌弘所处的时代相合，距今已二百多年了，对这图像的解读，老朽还需琢磨，一时难以回答。"塞侯说，"老兄，这就是小弟要请您住到这里的原因。小弟愿协助老兄建立一门苌弘学，苌弘是我们蜀人啊！把他的学说发扬光大，就是为我蜀人增光！"尸佼笑笑，"老朽是郡府捉拿的要犯，还谈得上建立学说？"

"不，"塞侯说，"老兄已经获得自由。还特许您原来的书童、侍女经常前来看望先生哩！"尸佼不相信："有这样的好事？"塞侯转身喊："塞烈。"塞烈走进："父亲有何吩咐？"塞侯问："桂阳、杜鹃找来了吗？"塞烈答，"孩儿已命沈叔将他俩人请来了。"蹇侯说："请他们进来。"

蹇烈朝门外喊："沈叔，把杜鹃、桂阳带来见老师。"

四十多岁的沈叔是蹇侯别墅的管家，他领着桂阳与杜鹃走进书房。蹇烈见了杜鹃眼睛一亮，讨好地说："老师是你们的，也是我的，欢迎二位经常来看老师、来玩儿！"

蹇侯朝蹇烈、管家摆了摆手，二人退出。

桂阳、杜鹃走到尸佼面前，跪倒在地，哽咽着说："老师，您受苦了！""起来，起来！"尸佼说，"老师不是好好的吗？"杜鹃、桂阳站起。尸佼说："学舍散了，老师身陷囹圄，你们找到活路了吗？"桂阳说："我在学石匠。"杜鹃说："我在学刺绣。"

"很好，"尸佼说，"你们还年轻，精通一门手艺，就可以自己谋生了。""老兄，"蹇侯说，"你们太悲观了，事情还大有转机啊！"尸佼怀疑地："还有转机？"蹇侯说："是呀，公孙大人曾游学稷下，精通各种学术，重视文教。老夫已向大人建言，齐国可办稷下学宫，我们大秦国怎么就不能办个杏林学舍呢？公孙郡守已接受了老夫的建言，答应恢复学舍，只是学生都走散了，当务之急是通知王羿、高志他们回来复课啊。"

尸佼问："赤水街事件就这么轻易了结啦？"

蹇侯说："通缉令已经撤销了。代郡守提审老兄实际上是走过场、做样子。当然，王羿、高志诸生是有错误的，年轻人嘛，要给人家改过的机会嘛！小弟之意是让他们写份反省书，具个结，保证下不为例就可以了。杜鹃、桂阳，你们速去告知他们回成都复学。"

桂阳、杜鹃沉默。

尸佼说："他二人在学舍做杂活，怎么知道王羿、高志的下落呢？"

"老兄，"蹇侯说，"你还有疑虑啊！兄弟再说一句，希望学生们回成都复学。本侯以人格担保你们师生的安全。桂阳、杜鹃，你等可以随时来此处看望老先生。"

尸佼说："感谢侯爷关爱，老朽要歇息了。"闭起眼睛。

蹇侯说："你歇息吧，小弟也不打扰了。"

杜鹃、桂阳告别老师后就去找师兄宏儒商量。宏儒住在城南的梨花街，父亲宏业极具经商眼光，在街上开了家名为"蜀旺"的商行，主要经营布帛丝绸和边民出产的刺绣产品，又叫大儿子在染房街开了家染房，叫擅长刺绣的大儿媳妇在城南护城河边办了个刺绣作坊。这就形成了一条商业链。宏业判断由于蜀中栽桑养蚕业的发达，蜀中的丝绸业、蜀绣业必然会大繁荣大发展，但蜀绣当时还处于起步阶段，不及羌绣。所以宏业特别注重与羌人通商，向他们提供各种色彩的布帛丝绸，换取羌绣和玉制品以及其他山货。久之，一批前来成都经商的羌人就成了"蜀旺"商行的座上宾，有个名叫杨石尔玛①的羌人与宏业过从甚密，此人是羌寨头领木姐丹曼的管家，是汶山青竹寨小头领羊摩的族人。宏儒听杜鹃、桂阳说明情况后，说："正好，杨石尔玛在成都，可以写封信请他交给大师兄羊摩。"

岷山下的都江边②，一棵大黄桷树下有天然形成的石桌石凳，着羌人服装的王叕拿着一幅绢画《治水图》观察山形水势。羌人打扮的高志朝着奔腾的大江中甩石子、打水漂……

王叕喊："高志，高志。"

"啥事？"高志走近王叕。

王叕展图说："你看看，这些天我画了张治水图，在江下游修座大堰，把这一江银水引到成都平原，蜀郡的旱涝问题也就解决了。"

高志一笑："这些天我还以为你老兄坐在江边画汶山的山水画哩，原来是在画这么个治水破图。"

"什么破图？"王叕说，"我是根据我爷爷的治水建言书，又做了多天实地考察画下来的。老师不是要我们上建言书吗？我想把这幅图附上，就更有说服力了！"

①古羌人自称。

②岷山和都江古有不同的称呼：岷山称汶山、渎山，都江称江水、渎水，从现在的白水河到都江堰那一段又称沫水。但最早的《竹书纪年》有"后桀命扁伐岷山"；《尚书·禹贡》有"岷、嶓既艺。沱、潜既道"的记载，"岷"即指岷山，东晋郭璞有《岷山赞》的诗歌流传。为了便于今人阅读，本书创作从早期古籍记载。

高志说："有什么用？"

王羿说："把这一江流水引到成都坝子，可是蜀人多年的梦想啊！从杜宇教民务农，到望帝鳖灵治水，再到二十多年前蜀中有识之士继承先贤遗志，建言治水已经有四百多年的历史了。难道，到了我们这一代就此罢休不成？"

"二师兄，"高志说，"二十多年前你爷爷建言治水被杀。难道你还要重蹈覆辙？别忘了，我们现在是张若的通缉犯！不是大师兄留我们在此避难，你我早成了张若的刀下之鬼了！走，走，进山看大熊猫去。"

"师弟，师弟。"羌人羊摩手持一封帛书喊着从山坡上跑下，此人约三十岁，是尸佼的学生，也是王羿、高志的老同学。两年前，他父亲死去，因继承青竹寨的小头人而离开了学舍。

高志、王羿应声："大师兄！"羊摩说："来这里坐下，尔玛有好消息告诉你们。"三个同学在大树下的石桌前围坐。羊摩说："我收到封信，你们看看吧。"高志道："你说，你说。"羊摩说："蜀郡政局有变！张若离开了，现在的代郡守是个文化人公孙若。"王羿问："老师的情况怎样？"

羊摩说："被捕了，后又被蹇侯保释出来，住在他的成都别墅中，搞文物鉴定。还说要恢复学舍，要你们回去复课呢！"

"唔。"王羿拿过信来浏览。

"圈套，阴谋！"高志说，"这就是所谓'金钩钓鱼之计'。"

王羿看完信说："蹇侯还准许桂阳和我妹妹去看望老师。"望着羊摩，"这信是谁带给大师兄的？不会有诈吧？"

羊摩说："是羌寨大头人木姐丹曼手下的管事杨石尔玛送来的，此人主管马帮商队，经常在成都来往，与宏儒师弟一家关系密切，木姐丹曼对张若、蹇侯早已不满，想来不会为虎作伥。"

王羿说："从信上的字迹看，出于宏儒手笔，这位师弟是个老实人。信上不是说他让杜鹃跟他嫂子学刺绣吗？看来他是在真心帮助我们。"

羊摩说："听杨石尔玛说成都大逮捕，有三百多人被处流刑。我担心老师身遭不测啊！"

王戣说："一定要救出老师！"高志说："蹇侯软禁老师，就是要诱捕我们，贸然去救，太冒险了吧？"王戣说："当然要冒风险，想想中原的士人，从商鞅、吴起到苏秦、张仪，他们一生冒过多少险？你高志一向不是心高志远，钻研过兵学吗？"

高志想了想，突然来劲了："二师兄说得对，如今七国争雄，风云际会！中原的士人十分活跃，纵横捭阖，折冲樽俎，大展才华。我们蜀中士人也不能自甘寂寞呀！把老师救出来，号召蜀民与秦狗公孙若较量一番！"他捡起一块石头，猛朝河里掷去："豁出去了！"石头"咚"的一声落水，溅起一团水花……

"笋里街风波"很快平息，使吴戈、玉璜认识到传说中的文化人公孙若并不文，其强硬不亚于张若。吴戈认为应暂时收敛，恢复欢娱楼的正常营业，做出若无其事的样子，并速请蹇侯到成都共商大计。传信人还没出发，蹇侯已来到了成都，因为他收到了郡府表彰蜀中富人捐款的通报。他明白这是郡府要他出血，便带了五万两银子来向公孙若表忠心。公孙若热情欢迎，设宴款待。觥筹交错之间，公孙若向蹇侯通报了"笋里街事件"的情况以及郡府的对策，希望蹇侯协助将一切动乱苗头消灭于萌芽之中。宴后，蹇侯回到欢娱楼与吴戈、玉璜密商，议决以拉拢王戣、高志为重点。蹇侯讲了三点，一是认为成都百姓经过严厉镇压后已经是敢怒不敢言，且饮用水问题已得到解决，难以发动抗争了。二是要成大事离不开列国，特别是楚国的支持。楚国朋友已有函告，指责我等没有拖住张若，目下他们处于两线作战，既要应付白起进攻郢都，又要防张若取黔中，无暇帮助我们。三是将来立国需要大量内政外交人才，从现在起就要招贤纳士。王戣、高志是蜀中名人，争取到他们可使蜀士归心。根据蹇侯的指令，吴戈、玉璜制定了一个缜密的拯救方案。

蹇侯离开成都的当天晚上，蹇烈来欢娱楼玩儿。

欢娱楼巫山苑的浴室内。昏黄的壁灯下，一个形同今日浴缸的漆木水船中冒着腾腾热气，蹇烈惬意地躺在水船中沐浴，手臂、胸口上都文着猛龙图形。半裸着上身的玉璜正为他搓洗、按摩头顶，问："公子兄弟，侯爷这些天为啥不来玩儿？""忙啊！"蹇烈说，"老爷子正忙着'钓鱼'呢。""钓鱼？"玉璜问，"在什么地方'钓鱼'？"蹇烈答："在别墅书房里'钓'。""书房里怎么'钓'？"玉璜笑着戳了蹇烈一指，"兄弟真会开玩笑。"蹇烈说："利用老师钓学生。""哦，"玉璜问，"是钓王叕、高志吧？"蹇烈说："还有个白面书生叫什么'青城游侠'。"玉璜一怔，"哦"了一声："有线索吗？""没有，"蹇烈说，"这个人神秘得很。'赤水街叛乱'事发后就没有再发现他的踪影。你这娱乐之处，来玩的人很多，如发现可疑的人，就派人火速告知我。""当然。"玉璜说。蹇烈叮嘱："要保守秘密啊。"玉璜说："晓得，晓得。"蹇烈说："等兄弟我捉到了要犯，立了功，就可当官呐！那时，少不了大姐的好处。姐，你不能光给我洗头啊！""我给你搓背。"玉璜边说边为蹇烈搓背。玉璜"咳"了一声，从屏风后走出一个健壮的女人，玉璜悄然退去，女人接着为蹇烈擦背，灯突然灭了，蹇烈猛然站起，把女人抱入水船中……

玉璜从蹇烈口里获得情报后，与吴戈商量，决定对宽巷子蹇侯别墅进行日夜监视，准备暗中对王叕、高志提供支援。

第二天中午，"蜀旺"铺门前五个羌人押着一辆马车来出卖山货。这五个羌人是羊摩和他手下的两个名叫羊鹰、羊鹂的年轻猎手，以及佯装成羌人的高志、王叕。宏儒正在店铺协助父亲经营。双方一下接上了头，但都以眼神示意。生意成交后，宏儒把五个人带到染房街小巷的库房卸货，这里僻静，守库房的宏刚是宏家族人，长得五大三粗，但却是个哑巴。五条汉子决定打地铺住于此处，实施拯救老师的计划，宏儒赞成，并说可由杜鹃给他们送吃食。

五条汉子在库房里美美地睡了一觉，吃过杜鹃送来的晚餐后，时已黄昏。宏儒把桂阳找来，八人商议一阵，便分头出去踩点。约莫二更时分，几个人回到库房交流情况，议定了详细的实施计划。高志最后以总指挥的口气说："我们这次行动，是智取，按照刚才的分工，一定要迅速。"

拯救行动，从当晚午夜开始。

郡丞府门前，高高的灯柱上挂着一串连珠红灯，光华闪闪，大门前阒无人迹。有顷，一个黑衣蒙面人闪出，"嗖"的一声向大门掷去一把匕首，"当"的一声将一方帛书钉在大门上！

郡丞府大门突然打开，守门人吴老头走出，他张望了一阵不见动静，回头一看，但见门上插了一柄钉着帛书的匕首，他打了个激灵，取下匕首帛书，急忙跨进门槛，关上了大门。

郡丞府后院，公孙若的书房中，铜灯下散发披衣的公孙若观看帛书，旁边站着吴老头。帛书上赫然写着：

代郡守公孙若公鉴：

你继任以来，秉承张若不治水只治民的恶政，尔之所谓抗旱亦是治标不治本，犹可恶者设水市而敛民财，陷百姓于天灾人祸的双重煎熬之中，众庶齐聚笋里街反垄断、打官商，实乃官逼民反。尔竟下令血腥镇压，草菅人命，天理难容。大侠命尔立即发布反省罪己书，取消首犯通缉令，释放许韬先生，召回被流放的成都居民，以安人心，以靖地方。令尔从速执行，否则本大侠将代天行罚，取尔之头以谢蜀人。

青城游侠谨上。

公孙若看完帛书后，只淡淡地问了一句："还有他人知道此事吗？"吴老头说："没有。""没事，"公孙若说，"你睡觉去吧。"吴老头"嗯"了一声，走去。

以青城游侠的名义给公孙若下通牒，是高志的计谋，第二天上午他又乔装改扮成货郎，挑着个小担到校场口、郡府和郡丞府转了一圈，他发现校场里没有兵卒操练，而郡府和郡丞府门前却戒备森严。高志暗自窃喜，以为公孙若中计了。

当晚深夜，残月低垂，夜色朦胧，一个黑衣蒙面人出现在郡丞府正中厅房的屋顶上，他用脚一蹬，一片"护脊瓦"哗哗坠落……

"捉刺客！"随着一声呼喊，埋伏在郡丞府内外的上百名卫士点燃火把，高举着刀剑齐声呐喊，何坚出现在院子中，他高举宝剑，大喝："刺客受降！"屋顶上的刺客从囊中取出鸡蛋大的石子猛击何坚。何坚闪开，高声命令："上房捉活的！""嗨，嗨，嗨"几个卫士飞身上房，蒙面人以石猛击，边打边退，最后，朝东遁去……

"追——"何坚向卫士长下令。卫士长一挥手，卫士们跟着他冲出郡府大门。

西城宽巷子蹇侯别墅门前，屋檐前挂着红灯。杜鹃带着王翌、高志走来，两人厨师打扮，一人捧食盒，一人提食篮。

"笃笃笃。"杜鹃上前敲门。沈叔打开房门，定睛一看，"杜鹃，咋晚上来看你老师呢？"杜鹃说："今天是老师的生日，我特在美食楼订了些酒菜送来给老师祝生。"沈叔怀疑："晚上来祝生？"杜鹃说："听老师说过，他生于晚上子时，又有熬夜的习惯，现在来正是时候！"沈叔打量王翌、高志："你们是？"

"美食楼的厨师。"

"进来吧。"

杜鹃、王翌、高志走进。

沈叔说："跟我走吧。"

高志猛然一拳打倒沈叔，摸出早已备好的一团麻布塞在他的口里，拖入值房中关好。

"跟我来。"杜鹃领王翌、高志走进后院，轻轻敲了几下书房门，还在灯下埋头写作的尸佼起身开门，杜鹃、王翌、高志走进。王翌、高志放下手中的物品，说："老师快走！"尸佼扫了三人一眼，说："糊涂，糊涂啊！尔等能把我救走吗？尔等不入罗网，老师倒有可能多活几天，现在，怕只要同归于尽了。""置之死地而后生。"高志说，"老师放心，你的学生不是笨蛋，我们已经将郡府卫队调开了。"转对杜鹃："你速去把马车叫来。"杜鹃应声去了。王翌与高志上前，扶起尸佼："学生扶你走。""我不走。"尸佼挣脱，大怒，"孽徒！你们还承认我是你们的老师，你们就赶快走，走！"

"说得好啊，"蹇侯突然走进。

"是王翌、高志学士吧？"蹇侯满脸堆笑。

高志"哼"了一声："你想怎样？"

　　蹇侯说：“你们的老师是郡府捕的，是老夫保释出来的，代郡守公孙大人已同意恢复学舍，你们去收拾一下，再接走你们的老师也不迟嘛。夜已深了，出去住什么地方呀？”王叕疑惑地，“侯爷答应我们接走老师？”“当然，”蹇侯说，“我这里来去自由！”转身把门窗打开，“请二位学士看看有没有埋伏？”

　　高志、王叕站在窗前观察一阵，四野黑黝黝、静悄悄。蹇侯说：“没有埋伏吧？老夫给你们说句真心话，张若出征了，归期难卜，代郡守和二位一样也是学士，有何过节，待复课之后，慢慢沟通。”

　　尸佼说：“侯爷让你们走，你们就快走吧。”“老师！”王叕、高志站着不动。尸佼突然奔到文物架前拿起一柄铜剑架在颈上说：“孽徒再不走，老师就死在你们面前。”“老师，”王叕、高志跪倒在地，“我们走，我们走！”两人站起，高志摸出匕首，一把抓住蹇侯，“请侯爷送我们到十字口。”蹇侯说：“可以，走吧！”两人挟持着蹇侯走出别墅，昏暗的街上，阒无人迹，只有两边的街灯忽闪忽闪……

　　经过十多间街铺，蹇侯突然说：“王叕、高志，你二人咋不相信老夫呢！”

　　左边一家铺门悄然打开，“呼”地飞出一颗铁蛋将王叕打倒在地，“师兄！”高志去救王叕，蹇侯乘机跑开，“抓叛贼！”蹇烈率铮奴等多名家丁冲出围上，王叕捂着流血的头，急喊：“别管我，快跑。”高志以匕首还击且战且退，蹇烈飞身上前，狞笑着脚踩王叕，命令：“捆起来。”四个家丁捆绑王叕，铮奴等激战高志，站在阶檐上的蹇侯喊着“抓活的”，铮奴发威猛杀，高志不支，左躲右闪，快被活捉了。突然，从屋顶上飞下四个黑衣蒙面人，为首的使用长剑猛刺铮奴，铮奴负伤，“哎哟”一声捂住肚子，家丁赶忙去扶。两黑衣人挟着高志，腾身飞上屋顶，奔去……

　　另外两蒙面人杀过去欲救王叕，倏然间，马蹄嗒嗒，何坚领一队郡府骑兵举着火炬从北面冲来，两黑衣人腾身飞上屋顶遁去，何坚和骑兵举火观看，屋顶上的黑衣人已不见踪影。

　　杜鹃与羊摩驾车从南面驰来，至宽巷子口街边的林荫中停住，只见何坚和卫队押着王叕走过，杜鹃欲喊，被羊摩一下捂住她的嘴，杜鹃热泪滚滚……

午夜，欢娱楼的暗室中，昏黄的灯下，摆着一案酒食，高志坐在案前望着酒食发愣。侍女说："高志学士请用吧，玉璜姐说了，这是给学士压惊呢！"高志说："什么玉璜？我要见'青城游侠'呢，是他带人救了我。"祖胸露臂的玉璜走了进来，挥退侍女，走到案前笑道："高志学士，你看我是谁？"

高志定睛一看，思索，想到赤水街水肆前，女扮男装的'青城游侠'振臂高呼"打秦狗！""想起来了，"高志说，"你就是'青城游侠'！"玉璜含笑点头。高志问："游侠为啥救我？"玉璜说："因为我们反抗暴秦的目标一致。"高志又问："能帮助我救出老师和师兄吗？""当然，"玉璜说，"不过现在情况不明，高学士先在我的密室中隐藏吧！"

灯火飘拂着，颤抖着！

西城监狱中，何坚连夜审问王叕，要他交代"青城游侠"、高志及同党的下落，王叕讲他和高志的目的只是为了救老师，没有其他意图，因之，与"青城游侠"没有关系，更没有什么同党。何坚施用吊打、炮烙酷刑，王叕始终不改口供。何坚无奈，只得下令将王叕关入死牢！

羊摩、杜鹃赶回宏家库房后，负责引诱郡府卫队。向东追击的羊鹰、羊鹞、李桂阳也相继回来，知道中了圈套。现在情况紧急，羊摩让桂阳、杜鹃换上羌人服饰随他返回羌寨。这时，响起一阵催晓的鸡啼声，宏儒给他们提来一筐食品，羊摩给他讲了拯救失败的情况，嘱咐他暗中打听老师和王叕师兄。

东方破晓，朝云出岫，羊摩一行乘坐马车来到西城门。一队荷戈执戟的十人队呈八字形站开，盘查出城人。什长手持一幅帛画，上有高志、青城游侠的画像，他把五个人喊下车来一一对照，又到车上检查，只见几捆帛布，几筐食盐。找不出什么可疑点，便挥手放行，马车驶出城门，疾驰而去……

（五）祭天祈雨

蹇侯这些天很得意，原因是尸佼落入了他的手中。王叕被捕，打入死牢，也去掉了他多年郁结的心病。昨日晚上，玉垒山江神祠的大巫师又派人给他送来一幅神谕："人牲祈雨，必降甘霖。"还附了一封书信，称如一次不灵，还可继续，她愿作第二人牲，仿效古时大宗师巫咸曝晒七日，天仍不雨就引火自焚。蹇侯看后大喜，他要利用这一事件来消除女姽第一次祈雨失灵，高志以他的名义演戏取水对他造成的伤害，提高自己的威望，让人们崇拜他、迷信他。

第二天上午，蹇侯去郡府公廨找公孙若，先是询问青城游侠、高志捉到没有？公孙若说这件事由何坚大人督办，恐怕短时间内难将叛逆一网打尽。他转问蹇侯："青城游侠与高志、王叕究竟是不是一党的？"蹇侯说，"老夫多次询问过尸佼，他只承认高志习武，但从来没有做游侠的学生。一般说来，法家对'侠以武犯禁'是厌恶的，尸佼平时都待在学舍里教书写书，与市面上没甚交往，他的话应可相信。""看来，"公孙若说，"从这老逃犯身上也榨不出什么油水来了！""所以，"蹇侯说，"请大人将他交与老夫处理。"公孙若问："如何处理？"

他从怀中取出一幅黄绫来递给公孙若，公孙若展看神谕。蹇侯说："这是大巫师祈得。她说人牲祭天，必降甘霖。天意不可违啊，从去年秋天至今，旱灾已延续了大半年了，人力抗灾，官民已竭尽全力，至今还是滴雨未下，眼看清明节就到了，这样下去，连夏粮都种不成了，后果不堪设想啊！""侯爷所虑极是，"公孙若说，"都水曹正为解决春耕用水而奔忙呢，能下一场大雨当然求之不得，只是用人牲祈雨，事关重大，侯爷有把握吗？""心诚则灵，"蹇侯肯定地说，"不说有十分把握，至少有七分吧，即使只有五分，也应当去做，这是因为治蜀需要两手啊！"公孙若感兴趣地望着蹇侯："请道其详。"

蹇侯说："过去张若大人一味强调严刑峻法，这自然是必要的、正确的，但老夫愚见，还要加一条，叫作'敬天保民'。"公孙若说："'敬天保民'，始于殷商，也算源远流长。""大人高见，"蹇侯说，"老夫收集的那些古代蜀国留下来的各种各样的金器、玉器、铜器，据尸佼考证说大多是祭器。可见古代的蜀王，什么鱼凫和蚕丛、杜宇与鳖灵都是奉行敬天保民的。当然，蜀王应当否定，但他们的治蜀方略是可以借鉴，为我所用的。治民，就要从这里治——"他指了指自己头脑，"让老百姓知天命、敬天命、认天命。俗话说得好，'命里有时当须有，命里无时莫强求'。人，认定一切都是天命注定，就不会产生非分之想、不轨之心，就不会犯上作乱。"

"我明白侯爷的意思了，"公孙若说，"王叕已落网，留这老逃犯也没用了。就交侯爷处理吧，不过要他学古时成汤王祈雨，做到自觉自愿，不要在现场闹出什么乱子来。"蹇侯说："大人放心，尸佼会的。""还有，"公孙若说，"对于民间的求神祈雨活动，郡府'三不政策'，只能由侯爷操办，官方就不参加了。""明白，明白。"蹇侯取得了公孙若的口头批准已经心满意足了。

蹇侯回到别墅后，立即命令管家派人到城北古祭坛洒扫除垢，进行布置，并在四城张贴神谕，呼吁百姓准备香烛，三天之后参加这次盛大祭典。

祭天祈雨的消息传出，震撼了成都！有人相信，有人怀疑，有人叹息！人们惴惴不安！尸佼的学生鸿儒时刻都在惦记老师的安全，他把成都的几位同学找到一起商议，大家都感到揪心和无奈，鸿儒感叹："老师教导我们士人要有担当，要有骨气，遇到这样的大事，我辈竟一筹莫展，可悲啊！这样吧，不管如何，我们都带上香烛去祭奠一番！"

都水长周庸这些天带着两个随从，住在玉垒山观察岷山上游的气候变化，测量都江水量，准备解决春灌问题。孟谦派人来要他赶回成都禀报相关情况，制止蹇侯的胡作非为。当天晚上，孟谦就和周庸、何坚、尚武一齐到郡丞府找公孙若建言，公孙若在书房里接见了他们。周庸首先发言，说："公孙大人，听说明日午时要举行祭天祈雨，卑职以为没有必要，可以取消。"

"春耕用水是件大事，都水曹有把握解决？"

"已作了预案，如果老天爷还不下雨，就加宽加深旧江进水口，但现在看来没必要了。"

"为什么？"

"最近几天很可能下一场大雨。"

"很可能？为什么？"

周庸说："俗云久旱必雨。民谚'太阳穿衣戴帽子，必定要下大雨'，据卑职在玉垒山顶的观察，这些日子确实出现了这种天象。当地百姓还有个观察气候变化的传统，叫'汶山乌，谨防大雨打破屋'，以往天晴，不仅在玉垒山，就是登上成都的张仪楼也可以远望汶山千里雪，但这几天看不见了！"

公孙若说："按都水长的意思明后天就会下雨？"

周庸说："卑职不敢断定。"

公孙若说："那你等于没有说，谁不知道久旱必雨的道理呢！"

"大人，"何坚说，"寒侯是想用祭天的方式来处决尸佼，卑职以为，秦国实行的是以法治国，这样做，实在不可取。"

孟谦说："卑职赞同何大人的建言，祭天祈雨，遗患无穷。"

尚武说："这么做，老百姓还会认为我们郡府相信鬼神呢。这对当前的抗旱救灾和以后的重建都会造成不利影响，请大人立即下令禁止。"

公孙若站起，瞟了众官员一眼，说："本守已明白诸公深夜前来建言的本意了。我现在明白告诉你们两点：第一，本守相信荀子'制天命而用之'的思想，相信人定胜天。第二，民间信仰和祭祀活动是有传统的，《左传》上不是有'国之大事，在祀与戎'的话吗？上古之时，因为干旱，祭天求雨的事例很多，尧帝暴晒女巫、成汤自焚求雨就是有名的典故。自然，时代变了，今日为政，不必照搬古人的做法，因此，本守命令，郡县两级官员一律不参加这次祭天活动。坚守郡府规定的'三不政策'——不提倡、不参与、不禁止。为了不出乱子，可以派支十人队去维护现场秩序。"

尚武说："这不就是支持吗？请恕卑职直言，大人的话有点扦格抵牾啊！"

公孙若说："那本守就再补充一句，治民需要两手。"

众官员疑惑地："治民需要两手？"

"是的，"公孙若说，"这句话请诸公自己用心思索吧！"顿了顿，又说，"这段时日救灾筹粮，诸公都很辛苦，回家歇息吧。"

"大人！"孟谦还想争辩。

"别说了，"公孙若沉着脸，"这是本守的命令。"

第二天早晨太阳刚露了一下脸，很快就被奔涌的铅灰色流云所遮掩，天空变得阴晦，空气沉闷而又炽热，这是暴风雨前的征兆。周庸和他的属吏江浩登上张仪楼观察天相，有顷，江浩说："都水长，你的判断是正确的，都江上游一片黝黑，连玉垒山都看不见了，很可能下雨嘛，还搞啥祈雨啊？"

"我已建言了，阻止不了啦，"周庸说，"正因为要下雨，他们才要搞呢！""为啥呢？""代郡守说治蜀需要两手。""哪两手？""我和你一样，不过就是个水工，何必去寻根究底，老老实实办好职务分内的事就算尽心了！""在下谨记。""你估计，这场雨何时能下？是大雨、中雨，还是小雨？""在下以为，两日之内，必将下一场大暴雨。""你和我的看法一致，走，去找成都县令谈谈。"

午时，蹇侯在别墅正厅中摆两案酒菜，宴请尸佼，蹇烈提酒壶站在一旁侍候。尸佼道："今日盛宴，侯爷是要送老朽归天吧！"蹇侯说："老兄咋还不相信小弟呢？摆这筵席，是为老兄庆功啊！""何功之有？""第一，老兄破解了苌弘天书。""不对，不对，侯爷没有细看老朽的文章吧？老朽对天文学并不在行，纯属一己之见，文章后面老朽写了三大疑问。""老兄太谦虚了，能提出疑问就是大学问。第二，老兄为小弟完成了全部文物鉴定，写了本简册，足以流芳千古了。还不该给您庆功吗？"端起爵，"老兄开怀畅饮吧，请，请——"

二人对饮一爵。

蹇侯说："今天小弟带来了一根金杖，还要请老先生看看。"拿起身边一根神杖，蹇烈接过，双手呈与尸佼。

尸佼细看神杖。

金神杖是用纯金箔片包木而成，上端刻有戴冠人头像，杖中至下，刻有箭穿鸟和鱼的图案。尸佼举杖观察，但见金光闪闪……

"真是稀世宝物！"尸佼说。

"是何年代？有何作用？"蹇侯问。

"可以断定，"尸佼说，"是古蜀国鱼凫或者说柏灌时代的东西。那个时候，蜀地巫风盛行，开创蜀国的蚕丛王、鱼凫王、柏灌王，以及以后的望帝杜宇、丛帝开明，他们既是人间之王又是通神的巫师，这金杖就是王权与神权的象征！"

"看来，"蹇侯说，"老先生对古代祭祀是很有研究啰！咳，光说话，忘记喝酒呢，"举起爵，"请，干。"

尸佼又干了一杯，忽然亢奋起来，说："侯爷这酒清香甘甜，好极，好极。"

蹇烈提壶塞到尸佼嘴前："请老师喝个够吧。"

尸佼将加了迷幻药的酒咕嘟咕嘟地喝完，顿时，产生幻觉，手舞足蹈，望天狂叫："啊，啊，王母娘娘来了，她赐我玉液琼浆呢……"跪地叩头，作迎接状，"王母娘娘，娘娘……"

蹇侯说："请汤王上祭场。"

蹇烈高呼："请汤王起驾！"

从厢房中走出两个装扮成金甲卫士的家丁，跪地说："恭请汤王起驾！"

"善哉，善哉，本王起驾！"

金甲卫士起身扶着尸佼走去……

城北祭坛的广场上挤满了男女百姓，他们引颈仰望，注目坛上，高高的祭坛正中堆着一堆干柴，前面竖着一株名为建木的金色神树，四名戴青铜面具的巫觋高举火把。祭坛四周飘着八卦太极图旗和长幡。前坛八名小巫吹排箫、笙、竽、鸣金、击鼓、敲磬，戴金箔面具的大巫师女姑手舞凤尾长翎舞蹈作法……

在肃穆的气氛中蓦然响起"侯爷驾到"的呼声。祭坛上的巫乐、巫舞戛然而止。一乘华丽的高车辚辚驶进广场。只见车上的蹇侯身穿八卦袍服，长发披肩，一脸神气。他的儿子蹇烈抱长剑，威风凛凛地站在他的身边。

高车驰到土台前停下。蹇侯站在车上环视一眼，举着金权杖大声讲道："大秦子民们，蜀郡遭旱灾，生灵涂炭，这是为什么？只因蜀中出了叛贼，逆天行事，蛊惑民心，亵渎神灵，天神才发怒示警。"顿了顿，提高嗓门，"叛贼就出在杏林学舍！老师许韬反躬自省，深感内疚，愿效当年成汤舍身求雨，做出牺牲，祈求上天普降甘霖。"

女姞大巫师呼叫："恭请汤王上祭台。"

一辆车厢四面敞露、中间竖有伞盖的轺车驶进广场。车上两个金甲卫士扶着仍处于迷幻状态的尸佼。他瞠目望着祭台，说："啊，啊，尧帝来了，尧帝来了！他要暴晒女巫师求雨呢，啊，啊，大哉女巫！大哉女巫！你舍己为众，多么了不起呀！"挤在人群中的鸿儒等学生望着师长泪流满面。尸佼扫了他们一眼："啊，啊，子民们，尔等为什么高兴得喜泪长流？是老天爷要给你们赐福吗？"

学生们捂嘴痛哭！

轺车驶到祭台前，大巫师女姞走下祭坛，用长翎在尸佼的眼前晃了晃，躬身道："迎接汤王！"那长翎有一股神奇的香气，可使人迷糊亢奋，并有引导作用。

"汤王，汤王，"尸佼大笑，"哈哈，朕手持黄钺，伐昆吾，逐夏桀，那是何等的英雄壮举啊！哈哈，夏桀是个什么东西？他设酒池肉林，淫于妇人，为了逗妹喜一笑，让三千人在酒池中牛饮醉死！哈哈，他是遗臭万年的大暴君啊！哈哈，他还自比太阳呢！老百姓诅咒这个太阳，说'时日曷丧，予及汝皆亡！'哈哈，成汤灭夏是承天命顺人心的啊！"

"汤王，汤王，"女姞又用长翎在尸佼的眼前晃了晃，说，"王的英名永垂青史，而今天下大旱，民不聊生，如何是好？"

"本王愿做牺牲，祈天降雨。"

"大哉，汤王！善哉，汤王！"蹇侯父子和巫师们齐呼。

女姞命令金甲卫士："送汤王上祭台。"

两金甲卫士把尸佼扶下车，挟持着他登上祭坛，置于柴堆上。女姞跟着走上祭坛。尸佼站在柴堆上，双手高举，仰望苍穹，呼叫道："苍天，你为什么这样无情？七年啦，滴雨不下，以致赤地千里，颗粒不收。苍天，你是在惩罚我成汤吗？我一人有罪，为什么要祸及万民？如果万民有罪，就让我一人来承担吧。"

天上乌云翻滚，闪电像一条飞舞的金龙在云中穿行，响起一声震天的霹雳，把广场上的人惊得目瞪口呆！

尸佼欢叫着："啊，啊，我看见天帝了，我看见天帝了，他正在等候我呢！吾将爰建木而登天兮……"小巫奏起巫乐，女姑舞蹈，狂风呼呼，汤王在风中欢呼舞蹈，他唱起了《商颂·玄鸟》："天命玄鸟，降而生商，宅殷土芒芒。古帝命武汤……"伴随着一阵隆隆的雷声，倾盆大雨哗哗而下……

第八章　郫都会战

（一）李都尉巧手造梯车

三天大雨后，消除了蜀郡干旱，原野上的池塘、沟壑里春水盈盈，枯黄的竹林和树木又开始转绿变青。"快快插禾，快快插禾"，催春的杨雀在树梢上欢叫，田野上农夫们在灌水、犁田、下种，脸上有了笑容。然而，在成都市区内却有成千上万的居民笑不起来，有的哭泣有的悲愤。不出王羲所料，成都有些土坯房屋在暴风骤雨的袭击下成了一摊烂泥，由于没有排水的系统管道，城南地势低洼，从西到东的一些街道，积水盈尺，居民用门板、木盆运送物资，苦不堪言。这次新的灾害造成五百多家房屋受损，一百多家垮塌。一百多人死亡，上千人受伤。不是周庸提前告知尚武，迅速采取了一些防护和抢救措施的话，损失将会更加惨重。公孙若令孟谦、周庸、尚武进行救灾和善后。正当人们忙于重建，忙于为死者操办丧事的时候，成都的一些贵族富豪执意要把丧事办成喜事，他们在欢娱楼大摆宴席，为塞侯和女姑求得降雨庆功。两人能通神通天的神话像一阵旋风吹遍了蜀郡城乡。这时，公孙若接到张若的紧急命令，称蜀军已占领扞关，令他七日之内将加征的四百万斛军粮送到。魏富禀报，四百万斛军粮已囤积江州，公孙若便带着魏富驱车赶到山城，租了十艘楼船，满载军粮开往扞关。

浩荡奔流的大江边，扞关雄峙，哨楼上飘扬着蜀军大旗。

半山腰的军帐中，张若接见公孙若和魏富，他把跪伏在地的公孙若和魏富扶起，高兴地说："起来，起来，莫讲礼了。"两人站起，张若笑道："办得好，办得好啊！有了充足的军粮，攻下郢都就更有把握了。这是蜀郡对国家的又一大贡献呀！"公孙若说："这是老大人多年治蜀的成果！""没有郡府多年积蓄，哪有钱买粮。"张若说，"也辛苦你们二位了，坐，坐，随意些。"二人跪坐，张若又喊，"上茶，上茶。"

卫士长端茶上来。

张若说："品尝一下，这是楚国有名的震泽茶。"

公孙若喝了一口，咂咂嘴，说："天下之佳物也！"魏富说："等拿下楚国咱们把茶生意也做起来。""可以，"张若问，"蜀郡情势如何？"

公孙若说："晚辈谨遵大人严刑峻法治蜀的教导，采取果断措施，一举将赤水街叛乱事件的首恶王叕抓获，对参与打砸抢的案犯连同他们的家属三百零二人处以流刑，罚到湔氐道修城，对漏网的正在加紧侦办。优待军属一事，按大人的命令已将抚恤金发放到军属手中。抗旱之事，晚辈按照大人多建蓄水池、多凿水井的一贯主张，督促成都县新修了四大水池、八十二口水井。几天前蜀郡又下了一场大雨，旱灾已经消除。百姓的用水难问题已经解决。现在的蜀中是人心安定，局势越来越好！"

"老夫放心了！"张若自得地说，"老夫没看错人呀！魏富，"魏富站起，"今后盐铁署的一切事务唯公孙大人的命令是从。""谨遵老大人之命。"魏富躬身回答。张若望着公孙若，勉励道："后生，竭智尽忠，一往无前，必然前途无量！""后生谨记。"张若转身喊，"卫士长——"

卫士长走进："大人有何吩咐？"

张若命令："一、令张剑将军集合队伍，请公孙大人讲蜀中的大好局势，鼓舞士气；二、令军中粮曹与魏富大人办妥军粮的交割事项。中午，本守宴请二位大人。""遵命。"卫士长转身，"二位大人请。"公孙若和魏富跟卫士长走出军帐。张若坐到案前，给白起写禀报。

白起收到张若的禀报后，在他的幕府里召开军事会议，都尉以上的军官与会。白起指令司马靳向军官们通报秦楚两军的态势。司马靳走到挂着秦楚对峙图舆的屏风前，指图解说："张若大人已占领扞关，加征的四百万斛军粮已囤积此地。两万楚军几乎没有抵抗就浮江东撤，在西陵一线集结，看其动态是要与防守夷陵、竟陵①的四万楚军会合，保住郢都上游的西部屏障。"顿了一下，又说："防守郢都的楚军约有二十万人，守城的统帅是黄歇，主要将领是我们的老对头景阳、项燕。"白起问："左徒昭雎有何动静？""据细作情报，昭雎拥兵十万，但驻扎在东城外的小邑上。"

"他想逃跑，"白起站起来说。他扫了众将一眼，问："明白了对决态势了吗？"众将官齐声回答："明白了。"白起望着司马靳说："你记一记，我讲作战部署。"司马靳坐到案前展简、提笔。白起指着地图说："一是令张若立即浮江而下，越过巫郡，南向进入黔中郡，火速攻击前进，直插洞庭湖，堵死楚国君臣向吴越逃窜的水路。二是由王陵率军攻打西陵一线，要快要狠，要一举打碎郢都西大门，席卷巫郡，把楚国先王陵墓夷为平地，断绝楚人的争霸梦想！三是待张若推进到洞庭湖、王陵在西陵击败楚军后，王龁再攻取郢都，五月一日三军首领在楚王宫会师。尔等对这一部署赞同否？有何建言都讲出来。"王龁站起说："上将军设想周到，只是，张若要横扫黔中郡恐怕至少得一个月，楚国君臣会不会率军提前逃跑呢？"白起说："这一点本统帅早已虑及。已经以大王和太后的名义给楚王写过信了，称他是秦国的女婿，愿与他和谈，他不能不郑重考虑。另外，王陵要尽快在西陵发动攻势，既可掩护张若又可吸引楚军，老祖宗的陵寝圣地受到威胁，他能一走了之？很可能派兵驰援。"盯着王陵，"你要注意设伏打援。""遵命！"王陵挺身回答。白起摆了摆手让王陵坐下，接着说："现在的楚王和他老子楚怀王一样都是庸君，再者，楚国的世袭封君制至今

①西陵在今湖北省宜昌市北；夷陵在今湖北省宜昌市东；竟陵在今湖北省天门市。

未改变，他们维护的是家族利益而非国家利益，军队分别由昭、景、屈、黄四大家族掌控，矛盾重重，难以形成合力。怀王十七年（前312年），秦楚丹阳之战，楚统帅屈匄和逢侯丑等七十余将领被我大秦俘获，这使楚军早已患上了'惧秦病'了。在鄢郢问题上，是死守还是放弃？我料定楚国君臣也会举棋不定，这就会迟滞逃跑时间。""上将军对楚国的国情、军情了如指掌，所定计策自然精确得当。"王陵站起身来，"就这么打吧，卑将今晚就行动。""善，"白起拿起一支令箭递给王陵，"去吧。"王陵接过："遵令。"

山谷中的工场上，李冰父子正在安装一架云梯。郑洪和几名士兵在打造另一架云梯。

白起牵着韩卢走来，后随王龁、司马靳。白起见着李冰就气势汹汹地吼叫："李冰，我给了你两个月的时间，令你造百架云梯。怎么搞的？才造了两架？攻鄢在即，贻误战机，是要治罪的！"

李冰对白起的霸气显然不满，说："上将军息怒，两个月不是要明天才满吗？这是最后两架了，末将是提前完工啊。"白起惊问："你造的云梯呢？"李冰向李二郎、郑洪打了个手势，便领着几个士兵，朝前面的山岩走去，将一堆树枝搬开，露出一个山洞来。白起等三人走近洞口。但见九十八架云梯分成三堆整齐地叠放在洞中。白起瞅了瞅，说："鄢都深沟高垒，你这云梯太短，有何用处？"李冰说："卑职前去暗中目测过，楚人尚九，鄢城墙高约九丈。城墙前的护城河宽约九丈。我这云梯是可长可短的。"李冰令士兵抬了一架云梯出来。云梯分三节，是折叠式的，下有两轮，安有机关，上用两根牛皮筋控制，称为"车梯"[①]。李冰按了一下机关，"嘎"的一声，车梯立起第二节，再一按，又"嘎"地升起第三节，高达十余丈。

白起乐了，他抚摸着车梯边看边说："车梯？这可是墨子的真传啊！"王龁不解："墨子真传？咋回事哟？"白起问，"你不知

　　[①]"车梯"见《墨子·经说下》记载。河南省卫辉市山彪镇出土的战国晚期水陆攻战纹鉴有带轮的云梯图像。

道墨子止楚攻宋的故事？"王龁说，"不晓得。"白起说："李冰，你给王将军讲一讲。"李冰说："现在楚王的八代老祖惠王，为更新军事装备，提高战斗力，把鲁国的能工巧匠公输班请到了郢都。这位能人先为楚国的水师设计、制造了钩强之备，是一种既可钩住又可顶住敌船的器械，后来又造了云梯，惠王就准备去攻打宋国，墨子是宋国人，听到这一消息，就徒步千里，去到郢都，劝楚惠王不要伐宋，并警告说我发明有车梯可以破公输班的云梯，楚军休想取胜。公输班不服，两人就当着惠王的面进行攻防演练，公输班进攻九次，都被墨子击退。于是楚王下令不去进攻宋国了。""好哇，"王龁说，"有了墨子发明的车梯，何愁郢都不克？哎，李都尉，你是咋学来的？"

李冰说："小时候，父亲教过我做云梯玩儿。"白起问："你父亲是谁？"司马靳介绍："就是咱们秦国著名的工师李水。""知道，知道，"白起对李冰说，"你父亲是墨家弟子，修渭水大桥的掌墨师，后随司马错将军入蜀平叛，不幸牺牲。是不是？""正是。"李冰答。白起夸赞："烈士后代，好样的！"白起又走到二郎面前，拍了二郎一掌，说："小子，你跟你父亲出来，是为国打仗呢，还是为了保护你父亲？"李二郎说："既是为国打仗也为了保护父亲。""两为呀？""是的，忠孝两全嘛！""哈哈哈，"白起畅笑，"你这小子回答得真妙呀！人道是'忠孝难以两全'，你却要忠孝两全，好样的，好样的。"

王龁向白起建议："上将军，是否组织一支陷队之士①由李冰都尉指挥架设车梯。"司马靳不赞成，他瞟着王龁正欲说什么，白起发声了："正合我意，李冰，我给你一千锐士，二十天时间，给我训练出一支出色的陷队之士来。""遵命。"李冰回答。

司马靳嗫嚅着终于没有说话。

（二）云梦之会

在江汉平原中心地带曾经耸立过一座已经消失的雄伟古城，今

---

① 陷队之士即今人讲的突击队、敢死队。

之考古学家们对它的遗址进行过实测，此城占地面积约十六平方公里。城墙高十四米，宽六米。在两千多年前的战国时期算得上中国的第一流大都会了，这就是"地方五千里，带甲百万"的楚国郢都。楚文王元年（前 689 年）从丹阳迁都于此，到顷襄王时代，经历了四百多年的发展，成了楚国规模巨大的政治、经济、文化中心。它处在南来北往、东来西去的枢纽上，是江淮之间的重镇，因之，有三十多万常住和流动人口，十分热闹繁华。市井稠密，店铺鳞次栉比，石板铺成的宽阔街道上，经常是车水马龙，行人熙来攘往，车辆是毂击毂，行人是肩擦肩，你推我挤，以致早上穿的新衣服晚上都被挤破了，史家称之为"朝衣鲜而暮衣弊"①，而老百姓则把纪南城戏称为"挤烂城"。然而，自从去年郢都的北大门鄢城失陷后，昔日的繁华已经消失，战争的阴云笼罩着整座城邑，市井萧条，除了巡逻的士兵，街上已很少行人了！民间舆情普遍认为虎狼之师的秦军一定会在今年春夏之交进攻郢都，经商的外国商人纷纷撤走，一些富贵人家也偷偷逃到乡下避难，留下来的居民惶惶不可终日，顷襄王也很不安。鄢城、邓城被秦军攻陷后，郢都的北大门就被打开了，秦军可以随时南下，一举攻破郢都。他举行了多次朝会，结果形成了三种主张：以令尹②昭睢为首的一派主张迁都以避锋芒；以左徒③黄歇、上柱国④景阳为首的主张坚决抵抗，黄歇还派人暗中出使韩国、魏国、齐国企图再来一次合纵攻秦；以子兰为首的宗亲王室老臣则主张和谈。顷襄王内心倾向后者，但没有契机，正好，二月底，他收到了白起的信件，这封麻痹顷襄王的信是由白起幕府的文曹起草的，内容有三点：一是解释秦军攻占鄢城、邓城的原因。说是为了实现当年楚怀王羁留咸阳时曾答应将巫

---

①《北堂书钞》卷一百二十九"衣冠部"引桓谭《新论》说："楚之郢都，车毂击，民肩摩，市路相排突，号为'朝衣鲜而暮衣弊'。"

②令尹相当于宰相，为楚国最高官衔，为百官之长。

③左徒相当于左相，地位仅次于令尹，"入则与王图议国事，以出号令；出则接遇宾客，应对诸侯"。

④上柱国相当于上将军，为楚国最高军事统帅。

郡和黔中郡割让给秦国的诺言，取两城代两郡是顾及秦楚长期的深厚情谊，到此为止，不再前进一步；二是说楚国朝里朝外有个深受屈原影响的反秦派，常给楚国的内政外交制造麻烦，秦出兵是为了惩戒这些奸佞，维护楚王的威望和政令统一；三是强调秦楚之间有着"娶妇嫁女，长为兄弟之国"的和亲约定，出身楚国的秦国太后视秦楚为一家，所以才把她的孙女、掌上明珠嬴九公主嫁给楚王为妃，这是秦王和秦国太后对楚国、对楚王的尊崇和厚爱，秦楚和天下无敌，"至信辟金"，望楚王深长思之。

"至信辟金"是引用《庄子·庚桑楚》篇中的一句话，意思是最真诚、最大的信任不需要用金石作信物。白起的笔杆子引用这句话意味深长，秦国从张仪起对楚国实行的是"以战相胁，以和相诱"的策略，以达到逐步削弱和蚕食这个天下第一大国①的目的，没有实在的"信物"保证，所谓的承诺和信用就只能是一句空话。楚怀王两次受骗，最终客死在秦国。政治平庸却文采风流的楚顷襄王继位后没有接受他老子的教训，在秦国和战两手交相运用的攻势下节节败退。楚顷襄王四年（前295年），楚国发生饥荒，担任秦相的魏冉慷慨赠粮五万石，这使楚顷襄王感激涕零，三次与秦昭王会盟，娶秦国公主嬴九为妃。

亲秦的结果，让韩、魏、齐、赵等国对楚国疏远，使黄歇的"合纵"攻秦政策难以推动。楚顷襄王接信后暗中派子兰去找白起会谈，白起热情接待，说只要楚王承认鄢城、邓城及周围的十二个城邑属秦，秦就和楚签约息兵，白起还特别陪子兰去新建的鄢城和白起渠观光，以证明他水淹鄢城不是暴虐楚地而是为当地百姓造福。子兰盛赞白起是当今天下战神，善破而又善立！白起也称颂楚王攻取原吴越土地，将楚国的疆土扩大到东海之滨的丰功伟绩，并表示如楚王同意和谈条件，他愿意在五月一日楚国的太阳节那天单人独马到郢都拜会楚王，签约盟誓，化干戈为玉

---

①楚国极盛时疆域西北到今陕西南部，北到今河南南阳，东北至今山东南部，西南至重庆和贵州北部，南至今广西北部，东南到今安徽、江苏、浙江。

帛，永结友好。子兰收了白起的贿金百镒而回到郢都，竭力劝楚王接受白起的和谈条件。

楚顷襄王本来就想和，自然满口答应，因为他患了"惧秦症"，对有着楚国血统又在秦国掌控大权的宣太后、魏冉、芈戎等人抱有幻想。然而，追逐权力最大化，矢志要扫灭六国，做天下之后的芈八子，在发动这次战争前已经转变观念，将自己日渐式微的母国和韩、魏、燕、赵、齐一样当作自己的猎物了。所谓故国之情，只是她和她两个兄弟记忆中的碎片、休闲时的谈资。但楚顷襄王却忘不掉魏冉相赠的五万石粮食和他身边如花似玉的美人嬴九，他对白起也做了研究，认定这位上将军虽有"人屠"之称，但起于步卒，为人豪爽仗义，光明正大，不善诈术。他相信了白起，决定来一个乾纲独断，等会盟前夜再告知群臣，以免主战派、迁都派从中作梗。

三月三日，楚顷襄王带着王妃嬴九和王室贵胄子兰、州侯、夏侯、鄢陵君、寿陵君和文学侍从宋玉以及多名侍臣、美女，到云梦泽举行一年一度的"云梦之会"。一队御林军簇拥着十乘宝马香车刚出宫门，在广场上就碰上了站在辂车上的庄辛，这老头儿是楚庄王的后裔，楚顷襄王的长辈。楚顷襄王首先招呼道："叔公，欢迎你与本王一起畅游云梦。""道谢了，"庄辛说，"老夫是来与大王告别的。""告别？"楚顷襄王一惊，"是的，"庄辛说，"老夫要到赵国避难！"楚顷襄王一笑，说："叔公真的老了，犯糊涂了，大楚国安如磐石，你去赵国避什么难？"庄辛冷笑道："三百里之外，二十万秦军正虎视眈眈，再过一个月，大王的王宫将会成为白起的幕府；大王的御花园将成为秦军的养马场；大王的王冠将戴在韩卢的狗头上！""一派胡言！"楚顷襄王怒斥。"看看"，庄辛说，"你带的人都是些什么东西？献媚取宠，贪财好色，淫逸奢靡，不顾国政，郢都能守得住吗？"楚顷襄王大叫："妖言惑众，你滚，滚——"庄辛"哼"了一声驾车奔去。楚顷襄王望着庄辛远去的背影，愤愤地骂道："老糊涂，狂悖，叛逆！"

"大王，"黄歇、景唐、宜僚带着两个壮汉纵马奔来。"左徒大人，"楚顷襄王说，"你也是来阻挡本王云梦之行吗？""不

敢，"黄歇说，"办好云梦之会，与民同乐，正好展示我王亲民爱民的风采，在当前更可收稳定人心之效。卑职怎能阻挡呢？"楚顷襄王说："那你就一同去吧。"黄歇说，"卑职有急事要处理，难以成行，特委托国士景唐、义士宜僚相从，供大王驱使，把大会办得更热闹，大王能接纳吗？"楚顷襄王说："可以。"他挥了挥手，车队辚辚而去……

"我王走好！"黄歇拱手相送。

方圆百里的云梦泽①在郢都的东南面，有八十多里路程，大泽边的丘陵地建有渚宫②和别墅群，是历代楚王和达官贵人的休闲之处。浩浩荡荡的车队，走走停停，直到下午酉时一刻才到达渚宫。御厨早已准备好了丰盛的晚宴，楚顷襄王和他的宠臣们略事休息后便在宫中的瞭阁上大快朵颐，侍女们将野鸭蹼、天鹅肉、各种烤鱼，一盘一盘地端上了案席，楚顷襄王一面饮酒一面观赏大泽的美景。大泽中的小岛上，有奇山一座，山腰的苍松翠柏丛中耸立着一座碧瓦重檐的雄伟殿宇，这就是楚国著名的高唐台观③。这时，夕阳西下，晚霞如火，茫茫水面鳞波闪闪放光，成千上万的野鸭在浪中一起一伏朝着岸边的芦苇丛游弋，高唐台观的上空，飘拂着几

---

①云梦泽，古泽名，司马相如的《子虚赋》写道："云梦者，方九百里，其中有山焉。"有人认为它西起今湖北松滋、荆门，东至今黄冈、麻城，北抵安陆，南过长江至洞庭湖。实际上没那么大，在远古，它是江汉平原上的一片沼泽地，以后形成一个不太大的湖泊，战国之后逐渐消失。仲春之月的"云梦之会"是古代为青年男女专设的定时、定点的公开性的社交节日，亦如今日之情人节，《墨子·明鬼》记载："燕之有祖，当齐之有社稷，宋之有桑林，楚之有云梦，此男女之所属而观也。""属"古汉语中指结伴或成群结队，"观"通"灌"，先秦时性交隐语。

②渚宫，是楚王修建的离宫。

③"高唐"楚台观名，在巫山，相传云梦泽中也有一座。袁珂《古神话选译》说高唐"在云梦泽中"（见该书 92 页，人民文学出版社 1982 年版），还说，闻一多写过一篇《高唐神女传说之分析》，认为是楚人祭祀高禖之地。高禖为古代掌管婚姻之神，即女娲之化身。

朵轻盈柔美的彩云，云彩下，一群仙女般的白天鹅舒展着双翼时而高翔，时而低回，绕圈翱翔，云彩随着天鹅的飞动，而不断变化着……

楚顷襄王问："高唐之上，独有云气，须臾之间，变幻无穷，奇妙至极，这是为甚呢？"文质彬彬的宋玉站起，说："大王，你用心看，那变幻着的彩云乃是巫山神女所化，即所谓巫山之女，高唐之姬也！"楚顷襄王说："这太神奇了，真的吗？""真的，"宋玉说，"微臣去年仲夏曾在巫山盘桓一月，父老传言，炎帝有个小女儿，名曰瑶姬，长得比西施还美，惜乎未嫁而殁，化作瑶草，吃了这瑶草，就会在梦中见到神女。当年，先王游高唐，梦中与神女相会，神女自荐枕席，王因幸之，一番云雨之后，王与神女喜悦异常，神女说，今后将抚君苗裔，藩乎江汉之间。""大善，大善，"楚顷襄王说，"这是篇好诗呀！宋玉，快给本王写出来。""遵命。"宋玉说。

立刻有侍臣呈上笔墨竹简，宋玉仰脖喝干了一爵酒，然后埋头疾书，他曾多次游览巫山，早写过一篇《神女赋》，但不太满意，经顷襄王一点，萌发了再写姊妹篇的激情，他文思泉涌，不到半个时辰，一气呵成，宋玉站起，捧着简册，说："此文写的是巫山神女，但却成于高唐，题名《高唐赋》，以记我王游云梦高唐之奇见异闻耳！"顷襄王说："念来。"宋玉喝了口醇酒，清了清嗓子，朗声将赋文念了一遍，立刻获得了个满堂彩。

子兰说："先王梦会神女，神女自荐枕席，作云雨之欢，令人神往，奇妙至极！"

州侯说："巫山云雨，浪而不荡，必将成为一个典故而流传千古！"

景唐说："这篇赋确实把民间传说中的巫山神女写活了，她不仅美丽多情，还有一颗护佑我楚民的赤心。除此之外，还把三峡的壮丽风光、险峻的高山、激湍的流水，奇花异树、珍禽灵兽、矿物宝藏，都生动形象地描绘出来了。能使楚民乃至华夏之民更加热爱这片神奇的土地，说这篇文字能流传千古，并非虚词。宋玉学弟，愚兄敬你一杯！"

宋玉端起酒爵，说："感谢学长夸奖，这要归功于大王的点拨啊！"景唐一笑："看来遵命文章也能出彩，好，就为大王出了个好题目干一爵。"宋玉举着酒爵望着顷襄王，说："我和学长向大王敬酒，感谢我王兴文盛德！"顷襄王说："众卿同饮吧！"众官员喝酒吃菜，须臾，喝得醉醺醺的顷襄王迷离恍惚地说，"今晚本王要住高、高唐，梦、梦会神、神女。"又转头对一侍臣说："告知王、王妃，就留在渚宫，督促乐工，演、演练歌舞。""遵命。"侍臣说。

亥时，一艘龙船将顷襄王和两个贴身侍臣送到了高唐观。

台观的大门前，大巫师和一群小巫跪迎圣驾，巫师禀告顷襄王要梦想成真，先要沐浴熏香，然后服用两片瑶草，顷襄王点头答应，跟着巫师走进殿中。

月色柔美的夜晚，大野泽的粼粼水面上，飘荡着一层紫蓝色的雾霭，迷迷蒙蒙，十分神奇。泽边的水榭中，景唐、宋玉、宜僚品茗议事。宜僚说："宋先生，你是鄢城人吧？""是的。""那你定然知道你父老乡亲的悲惨遭遇了！""刻骨铭心！""那，你为何在郢都存亡之际还写媚文，蛊惑大王去做荒唐的神女梦呢？""义士，我写的是媚文吗？"宋玉说，"我写三峡'广矣普矣，万物祖矣'，我要君王'思万方，忧国害，辅不逮、九窍通郁，精神察滞，延年益寿千万岁！'这不是媚上，是讽谏。""什么讽谏？应像屈原先生一样敢于直谏！"景唐对宜僚说："不要责备宋先生了，宋先生说的是实话。屈原遭贬后，他写了《九辩》为老师鸣不平，这是难得的！宋先生不是写奏本的谏官，是辞赋家，'劝百讽一'是辞赋创作的一种手法，现在的问题是要使大王理解、警醒，从速做好战争准备，保卫巫郡、黔中、郢都。"宜僚说："那就不要兜圈子了，干脆来一个冒死直谏。""没用，"景唐说，"左徒已经向大王建过言了，大王对秦国太后抱有幻想，被和平烟幕迷住了双眼。"宋玉说："眼下，只有通过巫山神女去开导他了，他不能不信神吧！"景唐望着宋玉："学弟做得到？"宋玉说："小弟做不到，但大巫师做得到，左徒大人已有安排。"景唐"嗯"了一声，转对宜僚，"明天我等见机行事吧。"宜僚怀疑，"大巫师真的能请动巫山神女？"宋玉说："高唐观大巫师神通广大，手眼通天，这一点毋庸置疑！"景唐说："但愿大王今晚能圆个神女梦！"

　　高唐台观后殿的一间寝房中，围着细纱围罩、挂着八卦幛幔、悬着流苏的一张大床上，躺着顷襄王。他的身上盖着绘有太极图的锦被。床榻前的几案边竖着一盏青铜莲枝灯，灯火幽幽地燃烧，闪射出淡紫色的光彩。心如悬旌的顷襄王闭着眼睛，想尽快入睡，会见神女，时间在铜壶滴漏中默默流逝，他恍恍惚惚渐入梦境，蓦然"滴答"一声响起，宣告进入午夜的丑时一刻了。这时，寝房门外响起了一阵风声，房门无声开启，环佩叮咚声中，一团氤氲的白雾涌起，神女像踏着一片飘拂的白云飞扬而来，轻柔地降落在寝房中央。顷襄王坐起一看，立刻被神女的美貌深深吸引，心里说：太美了，太美了，和宋玉描写的一样：杏脸桃腮，云鬓凤髻，这仙姿神貌啊，只能来自天上！她丰满婀娜的胴体上，披着水草般的翡翠裙裳，她的容颜温润如玉，她的美眸炯然放光，她明亮的眼睛流转生情，弯弯的细眉像蚕蛾飞扬，她的红唇鲜亮，吐气芬芳！啊，怎不叫人心旌摇荡！他喊道："神女啊，让我们作云雨之欢。"神女轻盈地走到顷襄王的床前，盯着他乞求、渴望的眼睛，神女有点动情了，解着腰带，问："王啊，你为何这样急切？"顷襄王说："宋玉的赋文讲了，当年先王游高唐，夜梦神女，神女自荐枕席，王因与之交欢，云雨之后，神女讲'幸妾之塞，将抚君苗裔，藩乎江汉之间'。"神女忽然停止了解带动作，问："大王是说，你和妾交欢之后，妾就会保佑你的子民在江汉之间辽阔的土地上生息繁衍，昌盛富强？"顷襄王说："正是，正是。"神女正色道："如此说来你这万民之主的君王就没有责任了？楚王啊，宋玉的赋文里还有几句重要的话，你为何没有记住呢？"顷襄王自思："还有何重要的话呢？"神女说："'思万方，忧国害，辅不逮，九窍通郁，精神察滞'，我王看懂了吗？""看懂了，正因为本王忧心于强秦犯我给楚国造成的巨大灾害，才诚心请神女护佑啊！"神女淡然一笑，说："楚王要妾来护佑，那又请谁来护佑妾身呢？如若秦军占领了巫郡，妾身就只能侍候秦王而不能陪伴楚王了！楚王，你能保住巫郡吗？"顷襄王"这"了一声，没有回答，神女说："你既然保不了妾身，交欢还有何义？"转身走去，"神女，神女！"顷襄王深情呼唤，神女回头莞尔一笑，说："通过床笫之乐、枕席之欢就能拯救楚国？""能。"顷襄王一下翻身下床，他伸着双手，激情地说，"天地相会，以降甘霖；阴阳交合，万物化醇；人神交媾，生灵勃兴；云雨之后山河将更为壮丽，充满生机！来吧，我的神女！"他向神女扑去，欲将神女拥抱，蓦然"呼"的一声，一团白雾涌起，神女消失，"神女，神女！"顷襄王紧急呼唤，他追到门口仰望，不见踪影，只听见从沉沉的黑夜中传来一阵远去的环佩叮咚声。顷襄王失望至极，他沮丧、颓然地走回，躺到床上唉声叹气，怆然涕下……

顷襄王的神女梦就这样破灭了！但是他毕竟会见了神女，也算是一件大事、喜事。他也有点怀疑，这神女会不会是大巫师通过巫术制造出来的呢？第二天一早，顷襄王盥洗、穿戴、用膳后就把大巫师找来询问，大巫师引经据典进行解释，说明巫师请神肯定是要使用巫术的。从前，伏羲氏通过神树上达天庭靠的就是昆仑山大巫师巫咸创造的巫术，而他的巫术正得之于巫咸的真传，不能告之凡人。关键的问题是大王昨晚是否梦见了神女？这神女与宋玉笔下的神女是否一样？如果一样，就说明我的巫术是成功的，绝非骗术！顷襄王承认梦见了，和宋玉笔下的神女一模一样，美丽得无与伦比，西施、毛嫱见了她也会自愧弗如，可惜只进行了交流。大巫师追问神女跟他讲了什么？顷襄王把神女的话重复了一遍，大巫师立刻跪倒在地向顷襄王祝贺，祈望顷襄王照神女的话去做，楚国就会转危为安！最后建言，举行祭天大礼，以答谢上苍和神女。顷襄王首肯。

会见顷襄王的神女真的来自巫山之巅、阳台之上兴云播雨的神女吗？当时，楚国巫风炽盛，人们都信以为真，但是，也有人认为这只不过是大巫师按左徒黄歇的指令导演出的一场巫剧，女主角就是王妃嬴九。目的就是要把宋玉《高唐赋》中的谏言变成顷襄王的行动。

大巫师在高唐观正殿举行庄严、隆重的庆典。随顷襄王来的王妃嬴九、子兰等王公大臣以及宋玉、景唐、宜僚等人被召来参加，奏编钟、跳巫舞，众人虔诚叩谢上天神灵，热烈祝贺顷襄王梦想成真。大巫师把顷襄王与神女相会的情形又叙述了一遍，宋玉非常激动，他打躬作揖，感谢大巫师的神术把民间传说变成了现实。王妃嬴九盯着顷襄王，敦促他表态如何兑现神女的嘱咐，顷襄王回应说："此事兹大，寡人当三思而后行。""大王，"景唐激动地说，"应该当机立断了，保护神女就要首先守住巫郡，否则黔中、郢都都难保了！丢掉和谈的幻想吧，立即振军济武，请回流放中的屈原，修明政治，凝聚民心，与暴秦决一死战，否则，二百二十年前伍子胥率领吴军攻陷郢都、鞭尸先王的悲剧必将重演！"宜僚紧接着说："国士之言甚是，草民附议，祈望我王立即决断。""放肆！"子兰斥责说，"军国大事，尔等草根之民，岂能妄议！""民心可用啊，"景唐说，"公子，实话告诉你，已有五百壮士集结，准备与秦军周旋，王公大人要妥协投降，楚国百姓不答应。"子兰说："你在威胁朝廷？"景唐说："我在上达民意！""别说了，"顷襄王制止说，"神女的旨意，本王自当奉行，然哉，今日不是议论军国大事的日子，办好云梦会，让来自楚国各地的少男少女们狂欢极乐才是正题。乐尹①何在？""小臣在，"乐尹钟宏从后排站起，此人是春秋时期著名音乐鉴赏家钟子期的后人，对楚国的音乐舞蹈和宫廷俳优艺术的创造革新有重大贡献。顷襄王问："歌舞准备好了吗？"钟宏答："准备好了。"顷襄王说，"今日寡人要与王妃一起与民同乐！"顷襄王"爱乐而好赋"，和他的老祖宗楚灵王一样，经常身披羽绂，在夜夜笙歌的章华宫表演歌舞。

　　云梦之会要狂欢三天。今天是第一天，天公作美，一早，太阳就从大泽的东面冉冉升起，金色的霞光映在碧澄的水面上、洒在四周岸边的芦苇丛中、射在小丘上的灌木丛里、照在林中公房的屋顶上，烘托出一幅色彩斑斓的奇妙美景。

　　春风荡漾，渚宫和高唐观的大门前竖立的九十九柱画着《女娲伏羲交尾图》的长幡在风中飘拂。蓝天上，九十九只人造的硕大喜鹊展开长长的翅膀翱翔，喜鹊背上坐着弄箫、吹笙、弹琴、打鼓、

---

①乐尹为楚国乐官名。

鸣金、击钹的靓女、俊男①，奏起一曲曲美妙无比的天音，这是钟宏按庄子率性自由、不拘形迹的美学思想创作的"至乐天乐"，着实令人惊奇，叹为观止！

黎明前，楚国十六岁至二十岁还未成婚的青年男女就从四面八方涌至云梦。最先到达的是那些早已相识相知、情投意合的青年男女，他们提前赶来是为了在公房找到一间住房，或者能选到景色幽丽之处搭建窝棚，以便快活三天。天亮后从水路、陆路赶到的，则是还没有找到相好的独身青年男女，他们要通过"云梦之会"来找到自己的意中人，所以刻意打扮以便吸引对方。辰时三刻来赶"云梦之会"的人数已达到数万人了。岸边停满了各种马车，湖面上无数的轻舟和舢板、木筏载着红男绿女，在欢声笑语中穿梭游弋。楚国是音乐歌舞之乡，年轻人通过唱歌、跳舞、吹笙、抚琴求偶，已形成一种传之广泛、深远的民俗风气。

高唐台观前面码头边的湖面上，停泊着一艘三层高的巨型龙船。顶层建有表演台，乐官钟宏指挥一队男女歌手在乐队伴奏下对唱一首情歌：

> 今夕何夕兮，搴舟中流，今日何日兮，得与公子同舟。蒙羞被好兮，不訾诟耻。心几烦而不绝兮，得知公子。山有木兮木有枝，心悦君兮君不知。②

一人唱万人和，声震云霄。歌声中，但见山丘上、茂林中、芦苇里、湖面的木舟上，少男少女们互赠信物，两情相悦者双双牵手，相拥相吻，一度春风，这是古代群婚仪式的再现。

午时一刻，顷襄王和王妃出现在龙船的表演台上，表演歌舞剧

---

①见《墨子·鲁问》："公输子削竹木以为鹊，成而飞之，三日不下。"《渚宫旧事》云："尝为木鸢，乘之以窥宋城。"可知这种木鸢是可乘人的。本书假设楚人继承了公输班这一技术。

②此歌为西汉刘向《说苑·善说》所收录之《越人歌》，可视为楚情歌，"公子"亦作"王子"。

《湘君》与《湘夫人》①，把"云梦之会"推向高潮。

"大王万岁！王妃千岁！"岸上和舟上的青年们欢呼着，引颈注目，眺望龙舟顶上的表演。王妃嬴九扮演的湘夫人手持兰花出场，后随八名伴舞的侍女，湘夫人边舞边唱："君不行兮夷犹？蹇谁留兮中洲？美要眇兮宜修，沛吾乘兮桂舟……"侍女表演划船舞蹈，簇拥着湘夫人，在水中前行。有顷，停下，湘夫人做观望状……

顷襄王熊横扮演的湘君挥舞神杖上，唱："帝子降兮北渚，目眇眇兮愁予，袅袅兮秋风，洞庭波兮木叶下……"

"大王，大王。"一个侍臣喊着，急步走进表演区，高举一卷插着羽毛的书简，跪下禀道，"紧急军报，左徒大人命人送来的紧急军报！"沉浸于角色中的顷襄王用戏腔说道："吾神要去会湘夫人，不谈军事！""大王——"侍臣欲说，顷襄王怒斥："滚！"一杖打去，侍臣抱头鼠窜，扮演湘夫人的王妃嬴九瞪着顷襄王惊问："还要唱？"顷襄王拖声："唱——哉——"，嬴九轻蔑地瞄了顷襄王一眼，放声唱道："交不忠兮怨长，期不信兮告余以不闲！"她踮脚起舞，飞快旋转，红裙飞舞，猛然纵身跳起，朝栏杆一头撞去，担任"舞台监督"的乐官钟宏眼疾手快，一步冲上抓住了嬴九的裙带，减少了撞击力，使她头部只受了轻伤，善于救场的钟宏对两侍女说："湘夫人要到九嶷山为湘君采兰草，送她去吧。"两侍女扶嬴九进入屏风后，钟宏低声问顷襄王："要终止吗？"顷襄王说："歌舞娱神，当蒙福佑，岂能终止？"钟宏说："那就唱《大司命》吧。"乐队奏起巫乐，顷襄王唱《大司命》，由一女巫伴唱……

王妃嬴九的撞栏行动，是要顷襄王终止演出活动，赶快回郢都处理军国大事。但想不到嗜乐成癖的顷襄王，不为所动，他和两

---

①《湘君》与《湘夫人》为《楚辞·九歌》中之恋歌。《九歌》是流行于楚国南方的祭祀歌曲，经屈原整理后的《九歌》分十一章。是通过神来表现人的思想情感，有简单的故事性。楚人还以演员的歌舞来演绎这个故事，这构成了中国戏曲的雏形。

百多年前的楚灵王一样，当吴国军队攻入楚国时，灵王正"躬执羽绂，起舞坛前"，守军派人禀报，灵王回答说："我正祭天帝祈福，不能去救。"而吴兵遂至，俘获王子、后妃而去[①]。今日顷襄王的回应与当年的楚灵王一模一样，他的结果也就可想而知了。

（三）白起收网

三天之后，顷襄王回到郢都，当晚在楚王宫召开了一个御前会议。秦军的突然进攻，使以子兰为首的和谈派彻底失语，主战派和迁都派的争论成了会议的焦点。左徒黄歇要求顷襄王一定要按神女的旨意办，严令驻巫郡的楚军死守，立即派兵驰援，击败王陵、张若的进攻，并充分利用这一带有利于我的山形水势，发挥楚国水师的优势，吸引并歼灭秦军。这样白起就被拖住，不可能再分兵攻郢了。上柱国景阳赞成左徒的意见，并主动请缨愿率四万精兵西上驰援。令尹昭睢仍然坚持迁都，认为鄢城之役，三十万军民葬身鱼腹使楚国元气大伤，影响了加强巫郡、黔中的武备。十天之前张若占扦关，七天之前王陵已攻入巫郡，这时才派兵增援，太迟了！昭睢的心腹爱将淖齿附会令尹的看法，并指责景阳丢了鄢城，造成今日的被动。景阳愤怒反击说："白起在鄢城被我守军击败，本柱国曾请大王派兵从秦军的两侧和后面发动攻击，我开城杀出，形成四面合围之势，全歼秦军。有人竟拒听王命，为保存实力而按兵不动，才为白起以水攻城提供了机会。"顷襄王站起，摆手说："将军勿再提旧事了，国难当头，需要同心协力，把一切失误都记在寡人的头上吧！"黄歇说："大王，亡羊补牢，未为晚也。即使西陵、夷陵、竟陵失陷也要夺回来，否则，秦军就扦住我大江上游咽喉，这在战略上对我国十分不利，而且先王陵墓也将被摧毁，这何以对祖宗？何以向国人交代？"这说到了顷襄王的痛处，他决心做最后一搏。命令景阳立即率兵驰援。郢都至夷陵，有两百多里，为了赶时间，景阳没有沿长江西上，而是渡过沮漳河、越荆山余脉丘陵地直插夷陵。这时，秦将王陵已在从扦关南下的蜀军配合下攻下了西

---

①此事见东汉桓谭《新语》。

陵，正集中力量攻打夷陵，并在夷陵东南面五十里外的鸦雀岑、土门垭一带埋伏重兵，专门对付来自郢都的援军。景阳统率的楚军一到就陷入了王陵部署的口袋阵。刚取得了西陵战役胜利的秦军，缴获了大量武器粮食，士气高昂，在秦军的强势狙击下，楚援军与秦军鏖战了十多天，不仅难以向前推进，实现与夷陵守军会师的计划，反而损失了一万多人。四月中旬夷陵、竟陵相继陷落，王陵按白起的命令，下令将夷陵城东楚国历代先王陵墓一座一座全数挖开，取出各种珍贵的殉葬品后，泼上焦油焚烧，这把火足足烧了五天五夜，从此陵墓圣地变成了一片废墟。白起的这一手确实狠毒，掘人祖坟，锉骨扬灰，这种超常的暴戾和侮辱，激起了楚人对秦人的无比愤恨，景阳下令全军缟素，呐喊着"为先王报仇""为国家雪耻"的口号，拼死与秦军厮杀，硬是将"口袋阵"撕开一个口子，斩首五千。正当景阳乘势扩大战机之际，被顷襄王急令召回郢都。原来是驻黔中郡守将黄垒给朝廷送来了一份紧急军报，称张若率领的蜀军早在上月中旬的西陵战役后就南向秘密进入黔中郡，一路之上，势如破竹，现正朝洞庭湖边的临沅城攻击前进。

巫郡失陷、黔中告急的噩耗先后传来，震惊郢都。楚王宫被一片悲哀沮丧和绝望的气氛笼罩，不出白起所料，楚国君臣们在保卫黔中还是郢都、是迁都还是放弃的问题上举棋不定。令尹昭睢在朝议会上警告说，白起在下一盘大棋，他命王陵侵占我巫郡的同时，又命张若秘密掠我黔中郡，进军洞庭湖，他是要切断我军从东南撤退的水路，将我君臣困在郢都，成为瓮中之鳖，白起的这一战略部署可称之为"斩首行动"。他直对顷襄王说："老臣掌握的十万大军一直未动，绝非一些人说的是为了保存自己军队的实力，而是为了保护我王顺利撤走。"景阳站起，不满地说："如今，我等是完全被白起牵着鼻子走啦！郢都已有四百年的历史了，怎能轻易放弃？现在左徒和本将还率领十万守城大军，加上令尹大人统率的十万，就是二十万了，郢城深沟高垒，易守难攻，如能统一指挥，分合得当，足以和秦军对抗。白起要打速决战，我们就打持久战，秦国军粮匮乏，他能坚持多久？"一位王室老臣说："上柱国之言甚是，老朽再建议一条，以白起之道还治白起之身，也进行一次水战，我大楚国民心可用，可派人潜入敌后，发动百姓，以备耕修渠为名，掘汉水，淹秦军，定能扭转战局，转败为胜！"又一位老臣附和："此计甚妙，不妨一试。""空谈误国！"昭雎扫视了景阳等人一眼，驳斥说，"现在秦军已对郢都形成了包围态势，郢都军民一天所需粮食至少五十万斤，道路被封死后粮食运不进城，你怎么打持久战？水淹秦军更是不切合实际。白起能做到水淹鄢城，那是他军中有治水能人，能在七天内修造一个大水池，抬高水位，形成攻城的冲击力！楚国有这样的人才吗？本令尹没听说过，要去寻找这样的人才，至少得花十天半月吧！"将军淖齿说："卑将完全赞同令尹大人的分析，时不我待，迁都是上上策。"景阳瞟了淖齿一眼，不屑地说："按令尹大人和将军的高见，我等食君俸禄的文武大员只能一拍屁股，溜走了之？！"昭雎说："不是溜走，是战略转移！楚国方圆五千里，大有回旋余地，迁都之后，奋发图强，重振军备，何愁秦军不能打败，失地不能收复？"顷襄王"嗯"了一声，转头问黄歇："左徒赞同令尹的建言吗？""大王，"一直埋头思考的黄歇站起说，"根据当前秦楚对决态势的变化，白起攻郢迫在眉睫，微臣以为要做两手准备，立足于打，同时也要做好迁都的准备，我军必须在郢都给秦军一个沉重打击，让他们知道楚国人是不好欺负的！否则，今后就难以和暴秦打交道了。大王，国事蜩螗，如沸如羹，必须下定决心，当机立断啊！"顷襄王沉思有顷，陡然站起，喊了声："典令何在？"持笔简的典令走出，"微臣在。"顷襄王口授了两道诏令：一是诏令令尹昭雎全权负责迁都事项；二是诏令左徒黄歇、上柱国景阳率领郢都军民全力抗秦，拱卫郢都。用玺后，分授三人。顷襄王又口授了一道告臣民书，称：

> 暴秦犯楚，天怨人怒，大王定计，诱敌深入。咨尔臣民，勿惊自误。军民协力，磐石之固，郢都城下，秦军之墓。

这篇告军民书，四城张贴，景唐领导的五百壮士敲锣打鼓，在大街上游行宣传，呼吁百姓响应顷襄王的号召，在街头巷口修战壕、埋铁钉、立竹尖、拉绊马索、准备利器，打击侵入郢都的秦军。

当天晚上，昭睢带着淖齿到顷襄王寝宫与其密谈，他主张迁都至陈丘①，那里是他的封地，朝廷用度和顷襄王的安全都有可靠保障。昭睢又指着地图详述了迁都此地的军事意义和行军路线，强调有勇猛善战的淖齿将军保驾，万无一失。他估计白起很可能在明后两日对郢都发起全面进攻，他请求顷襄王立即做好准备，明朝拂晓必须出城。

昭睢的估计正确。三天之前，白起已下令王龁指挥驻扎在鄢城、邓城、河溶一线的八万秦军分成四个纵队，昼伏夜行，秘密向郢都推进，四月二十七日晚的午夜，秦军如同一阵旋风向郢都之北卷来，护城河前面楚军所设的防线瞬间崩溃，数千人被斩首，上万人被俘，剩余的逃回城里，关门死守。

蓦然间，郢都城楼上警钟长鸣，烽火燎天，守城的将士在黄歇、景阳和项燕的指挥下纷纷就位，在鼎、锅下生火熬油，堆放好滚木、礌石，挥长戈、执连弩，随时准备投入护城战斗。

拂晓，在熹微的晨光下，可见金戈铁马的秦军已摆好了进攻的队形，正中摆着一部有二十个铁轮的巨大撞车，两旁由持盾的铁甲卫士组成一道钢铁护墙，掩护由都尉李冰指挥、由郑洪等组成的推着车梯的千名登城突击队和以二郎为首的一长排执连弩的弓箭手，后面呈扇形展开的是望不到尽头的、威武雄壮的步骑兵队列。

王龁骑马奔来，在二郎的面前下马，说："小子，听说你善射。"他从囊中取出一支缚着一封鸡毛信的箭，指着正在城墙上巡视的项燕说："你把这信射给他，此人比你大不了几岁，英勇善战，要生擒这小子，为我所用，所以你不能射伤他，要射在他头盔的簪缨上，做得到吗？"

二郎接过箭来，说："没问题。"端起弓箭瞄准城墙上的项燕，趁他停步与一位护城士兵谈话时二郎一箭射去，不偏不倚，正中簪缨，"好哇，小神箭手！"王龁和锐士欢笑赞赏。城墙上的项燕一惊，取下头上的箭信，急匆匆地朝城墙下跑去⋯⋯

---

①陈丘在今河南周口市淮阳区。

（四）楚王出逃

楚王宫后殿寝房中，王妃嬴九坐在梳妆台前由贴身侍女沅湘给她理发绾髻，另外四个侍女正在打包。嬴九对沅湘说："逃难嘛，越简便越好，绾个平髻，用巾帕包扎一下就行了。""明白。"沅湘问，"大王要带我们逃到哪里去呢？""谁知道呢。"嬴九说，"不是一个时辰前才告知的吗？"这时，门外响起一声侍臣的高呼："大王驾到！"室内的嬴九和宫女们起身正欲跪地接驾，顷襄王已带着殿前司马——身材高大、阔脸上有一圈钢针似的连鬓胡熊罴和多名威武雄壮的虎贲快步走进。"尔等出去。"顷襄王指着侍女说，"本王与王妃有要事相商。"沅湘等侍女退出。

"走不成了？"嬴九问。

"正是，"顷襄王说，"秦军已包围了郢都，给本王射来一信。"嬴九问："讲什么？"顷襄王说："这是背信弃义的白起给本王的最后通牒。他要寡人开城迎降，说是投降后由秦王给本王赐个侯爵，在洞庭湖之南划十个县作为本侯的食邑。""大王答应吗？"顷襄王说："如若答应，本王就不来求王妃了。""求我做甚？"顷襄王说，"白起要求本日午时一刻回答，否则就武力破城。所以，本王请王妃到城楼上向白起讲几句话，告诉他，事关重大，我楚国君臣得认真会商，要他退军五十里，明日午时一刻，本王给他一个满意的答复。"嬴九一笑："白起会听臣妾的？"顷襄王说："会的，王妃是秦王的爱女，秦国太后的掌上明珠，秦国的金枝玉叶，白起敢不听你的？！"嬴九瞪着顷襄王问："你真的愿意投降？"顷襄王说："要会商之后才能决定。"嬴九说："大王一向主张乾纲独断，今天却为何要与朝廷的文武大臣会商？现在郢都被围，你是为了逃走而用的缓兵之计吧？""王妃精明，"顷襄王说，"只有王妃能襄助本王实行突围这一计策。"朝嬴九一揖，"本王深深感谢了。"转对司马熊罴说，"午时一刻，由你送王妃上城楼讲话，按寡人的命令办，不得有误！"熊罴挺身说："遵命！"顷襄王转身飞快地走了。嬴九望着快步而去的顷襄王，心潮起伏，蛾眉倒竖，凤眼圆睁，愤然地吐出了两个字："可耻！"须央，沉湘和四个侍女走进寝房，嬴九对她们说，"尔等把收拾好了的东西都拿走。秦军要进城了，赶快逃命去吧！"侍女说："我等愿同王妃生死与共！""不必了，沉湘留下就够了。"嬴九瞪着四个侍女，"快走，这是命令！""王妃多多保重。"侍女各人抱了一包东西走出。嬴九对司马熊罴和四虎贲说："尔等也退出去，本王妃要更装！""可以，"熊罴说，"不过王妃要抓紧时间啊！"嬴九说："不是还有一个时辰才到午时吗？出去。"熊罴等人退出。

嬴九坐到梳妆台前，吩咐沉湘："梳高髻，戴最好的首饰，穿最华丽的衣裙。"沉湘说："明白了。"

嬴九是秦昭王的宠妃芈氏所生，芈氏是宣太后娘家的隔房侄女，生下嬴九不久，因患痨病去世，宣太后对这个从小就乖巧伶俐的孙女十分喜爱，接到身边，指定专人培育调教。

嬴九是在宣太后的精心呵护下长大成人的！

黄土高原生活风俗的影响和严格的宫廷教育，使得嬴九既具有秦国一般妇女的开朗、泼辣、务实，也有贵胄女性的文雅、高洁、矜持，有时还有点霸道。她知书识礼，通晓文史。楚顷襄王十四年（前285年），秦国主谋，以燕国为主力，准备伐齐，为了拉拢楚国，秦昭王与楚顷襄王会盟于宛[①]，重申和亲之谊。顷襄王难以抵抗秦昭王软硬兼施的攻势，答应娶秦国公主为妃，以示友好。宣太后决定抛出她的掌上明珠了，嬴九离开咸阳的头天晚上，昭王和宣太后一起接见她，昭王讲了让她嫁到楚国的原因，强调说："秦楚两大国有娶妇嫁女结为昆弟之国的传统，两国和好，天下无敌，意义重大，莫负父王厚望。"

宣太后告诉她："楚国是大国，是富国，让你嫁给楚王，主要就是让你到那里去过好日子，不是搞什么美人计。秦楚两国间的外交政事你一概不要管。你只要能迷住楚王，日子过得愉快，我也就高兴了。"嬴九秉承父王和祖母的临别赠言在楚国生活，很少过问秦楚两国的外交政事。去年三月上旬的一天，开设在郢都由秦商经

①宛，今河南省南阳市。

营的秦货肆——秦国设在郢都的地下情报联络站，派人以给公主送咸阳特产烤羊肉的名义进宫，通过嬴九的贴身使女沅湘见到了嬴九，给她送了一封白起亲笔写的要她阅后即焚的密信，这封信写在一幅绢上。嬴九展开一看，只见上面写着："秦楚即将大决，公主何去何从？请从速决定并告知来人。"嬴九看后当着来人的面将信烧掉，说："事关重大，容我三思。"来人说："决定后，请公主令人到货肆找我告知，以便采取行动。小人名叫汪兴。"

嬴九看了这封密信后，忧心忡忡，不知如何是好，以至寝食难安。她在楚国已生活八年啦，深深爱上了这个地大物博的国家——辽阔江汉平原上的锦绣江南鱼米之乡；比黄河清澈透明的滚滚长江，烟波浩渺的洞庭湖；灿烂辉煌的楚国文化；玄妙的老庄哲学；屈原、宋玉的诗歌；别具一格的音乐舞蹈，以及从庄王时优人孟传下来的宫廷俳优的精彩表演艺术。这些都使她入迷。随着年龄和阅历的增长，她对秦楚两国有了独到的认识，她认为楚国由于吴起变法的失败，主张变法改革的屈原被放逐，封君权贵利益集团的做大，王权弱势，政治上楚国落后于秦国，但经济文化方面并不弱于秦国，甚至某些方面比秦国更强。如果真正做到秦楚友好，包容互鉴、互通有无，两大国联手，制止以强凌弱的征伐，整个华夏百姓就会过上和平安宁的幸福日子。因此，她只要有机会就呼吁秦楚友好，她和乐尹、钟宏一起创作了一组祈求天下太平、百姓丰衣足食的歌舞，在每年春秋二季的大祭祀中都要在著名的章华台①隆重上演。

嬴九认为她的所作所为都是在贯彻她父王关于秦楚友好的和亲主张，然而三年前，她的父王却派司马错伐楚，逼楚献汉北及上庸两地于秦，现在又令白起兴兵与楚大决，与当年的主张完全背道而驰。这是一时改变和亲初衷，还是一些士人所说的"虎狼之国"的本性使然？或者如秦国上下宣称的"统一大业"的需要？不

---

① 章华台是章华宫的主体建筑，高大豪华，建成于楚灵王六年（前535年）。在今湖北潜江。经考古发掘，证实台高三层，约23米，基广约34—35米。

管是哪种原因，嬴九已经感受到她的父王和祖母只是把她当作一颗棋子在使用，可以任意抛出去，又可以随便收回来，但毕竟人不是一颗没有感知、没有情感的棋子啊！不是要她迷住顷襄王吗？她做到了，因为她美，而又通晓宫廷礼仪，善于陪王伴驾。在爱读辞赋而又风流的顷襄王眼中，她就是宋玉写的《登徒子好色赋》中"增之一分则太长，减之一分则太短，著粉则太白，施朱则太赤，眉如翠羽，肌如白雪，腰如束素，齿如含贝。嫣然一笑，惑阳城，迷下蔡"的邻家美女。嬴九一到楚国，她的美艳使楚宫的王后、三夫人、九嫔、二十七世妇、八十一女御全都相形见绌，黯然失色。顷襄王只要嬴九一笑，就会心猿意马，神魂颠倒，他在与嬴九成婚的前两年，两人相亲相爱，如胶似漆。然而，一个月过去了，半年过去了，一年过去了，嬴九也没有怀上孕，什么原因呢？她从一个御医处秘密了解到四十多岁的顷襄王已没有生育能力了，虽然已进行治疗，但至今还没有痊愈，他现在御女时大展雄风完全是靠的壮阳药。这引起了嬴九的深深思索，她想顷襄王已有十二个子女，十四岁的长子熊完已经立为太子，即使顷襄王能使她再生一个，谁能保证就一定是男孩呢？就算是男孩要代替熊完也不容易，十多年后的事，充满了变数和风险，甚至要经过刀光剑影的惨烈杀戮，宣太后的故事已经告诉她，没有军队的支持，要把自己的儿子扶上君王的宝座是完全不可能的。宣太后的成功是因为她有两个得力助手——兄弟魏冉和芈戎，魏冉掌握军队，芈戎控制行政。谁敢反对她立儿子嬴稷为王——不管是王亲国戚还是嬴稷的手足兄弟——一概加以诛除。嬴九深知她不具备这些条件，楚国的军政两界中她没有一个亲人，对她有点好感的只有左徒黄歇，平时能和她交流的只有文人宋玉和乐官钟宏，嬴九明白这两个人和她一样都是君王的玩偶，成不了什么大事，于是她毅然地放弃了"太后梦"，但是她也决不作狐媚君王的妲己、褒姒，红颜祸国是要遗臭万年的！向村姑、民妇学习吧，嫁鸡随鸡、嫁狗随狗，做一个助夫成业的普通妻子。成婚两年之后，嬴九从思想到生活都有了改变，她不再一味贪恋床笫之乐了，她找到了宣泄情感、怡然自乐的途径，这就是亲自参与和支持宋玉与钟宏对宫廷俳优艺术和歌舞的改革创新，而且经常登台表演，这使得她的生活变得充实而又愉快。战国时期楚国的文学艺术最为发达，庄王时就产生过特型演员。一个名孟的宫廷俳优扮演已死的令尹孙叔敖达到了惟妙惟肖的程度，以至于庄王和满朝文武都认为是故相复活，这就是历史上著名的"优孟衣冠"故事①。

嬴九的艺术悟性极高，她认为优孟的表演艺术应该发扬光大，她指令钟宏从民间选一个与顷襄王身高、面相相似的汉子来培养，使他成为顷襄王的替身和演顷襄王的特型演员。她请求顷襄王支持她的主张。嬴九的说辞是："首先，有了这个替身可以更好地保证大王的人身安全，可以代替大王到穷乡僻壤、蛮夷地区宣扬王化、访贫问苦，以提升大王威望，达到凝聚民心的目的。其次，有了这个俳优就可以编演为大王歌功颂德的歌舞戏，宋玉写的《风赋》《神女赋》等都与大王有关，可以令宋玉先将这些作品改编成歌舞剧演出，使大王的伟岸形象经常出现在章华宫的高台上。"经过嬴九的多次说服，顷襄王才点头同意。钟宏跑遍了楚国各地，最后在姑苏城的乡学中找到一个教射、御课程的中年老师。此人名叫宋扬，他的面相、身高、气质都酷似顷襄王，钟宏将他带回郢都，嬴九见了此人大为高兴，特别赐号"继孟"，并让他以御前卫士的身份待在顷襄王身边观察了半年。继孟有文化，有表演才能，加上嬴九和钟宏的指点与开导，他对顷襄王的言谈举止、举手投足、一颦一笑都了然于心而能极为熟练、自然地动形于外。再过了半年，继孟在钟宏编导的歌舞剧《风赋》中饰演顷襄王大获成功，达到了神形兼备的程度。楚顷襄王十八年（前281年），郢都发生了震撼华夏的"庄𫏋暴郢"事件②。

这一年楚国出兵南夷平叛，盘踞在荆山自称"护民将军"的"巨盗"庄𫏋乘郢都兵力空虚，率领一万多"护民军"乔装农夫、

---

① "优孟衣冠"的故事详见《史记·滑稽列传》。

② 记"庄𫏋暴郢"事件的史书有战国晚期的《韩非子·喻老篇》《吕氏春秋·士节篇》，汉代的《史记·西南夷列传》《后汉书·南蛮西南夷列传》等。这些书有的称庄𫏋为"巨盗"，有的称其为"将军"。事件发生的时间各书记载不一，本书的创作取《后汉书》的记载。

商贩秘密进入郢都，一天夜晚，突然围攻楚王宫，嬴九为了使顷襄王和王室人员从后宫门顺利撤退，命令继孟换上顷襄王衣冠，指挥御林军在宫门前迎敌抵抗。继孟应命，率军在宫门前阻击叛军，直拼杀到第二天早晨，终因寡不敌众而失败，继孟被俘，庄蹻很高兴，以为俘虏了顷襄王，将他捆绑拖在马屁股后，敲锣打鼓，游街示众，宣布顷襄王是昏君，历数他和朝廷奸佞沆瀣一气、骄奢淫逸、贪赃枉法、横征暴敛、卖官鬻爵、朋比为奸、陷害忠良、出卖国家的种种罪恶。这极大地鼓舞了郢都不满顷襄王的国人，他们和"护民军"一起对楚王宫和官宦之家进行了大规模的打、砸、抢、烧、杀，把郢都变成了一个恐怖世界！直到五日之后，景阳等率大军入郢勤王，庄蹻才匆匆向西撤走，沿着古老的南方丝绸之路，遁入夜郎，辗转至于滇国，在昆明称王。庄蹻撤走时，将假顷襄王继孟吊在楚王宫大门前的屋檐下示众，后被义士宜僚等人救下，才免于一死。通过这一事件顷襄王对嬴九刮目相看，感激不尽，有天夜晚，圆月当空，顷襄王拉着嬴九在御园中对天盟誓：在天誓愿作比翼鸟，在地愿作连理枝，海枯石烂，地老天荒，永不离弃。之后，顷襄王让嬴九参加一些重要的国事活动，并听取她的意见。嬴九多次建言顷襄王不要再沉溺于酒色，一定要消除宫中的奢靡之风，再不能浪费公帑而悠游岁月！应当振作起来，召回流放中的屈原，推行美政，做"一鸣惊人"的楚庄王、锐意改革的楚悼王，让楚国复兴，成为天下第一大国。对秦国不能太软，对其入侵应坚决抵抗，使秦楚两国保持势均力敌的平衡，这才有长久的和平。顷襄王唯唯诺诺，但嬴九对他却始终充满期望，所以她看了白起给她的密信后，经过反复思虑，不愿离开。她也写了封密信告诉白起，婉言称她现时不能离开楚国，她一走，就暴露了秦要与楚大战的谋划了。生死有命，请将军不要为她的安全担心。白起看了信后，称赞公主顾全大局，不再采取援救行动，这正是白起所希望达到的目的，作为大军事家，他当然知道大战之前派人暗中接走公主，一定会警醒楚王。无奈宣太后硬要他在开战前将公主接回秦国，所以他才以试探的口气给公主写了封信，现在有了嬴九表态的回信，他就可以向太后交差了。

在郢都大战爆发之际，嬴九是决心追随顷襄王共赴国难的。谁知到了生死关头，顷襄王为了逃命竟然抛弃了她，这使她感到锥心之痛，一下看清了顷襄王熊横的冷酷无情。原来床第上的卿卿我我，花前月下的山盟海誓完全是对她的欺骗和玩弄！她明白眼前的两难处境，作为一个弱女子她很难改变自己的命运了，但是，不做任何人的棋子和玩偶则是可以做到的！在沅湘给她更装后，她要沅湘去打一盆清水来净面洗手，沅湘刚一走出，嬴九将门反锁，迅即从一漆木大箱中取出一条白绫拧成绳索挂在室内的横梁上，又搬了个绣凳来放在绫绳下，美如天仙的她站上绣凳，打结、伸首、投环，"吧嗒"一声嬴九蹬翻绣凳，悬空吊了起来！门外的熊罴听到声响，一脚踹开房门，随手抽出腰间宝剑刷地掷去，将绫绳砍断，嬴九坠地，熊罴走近扶起她，说："王妃，大王对你不薄，你怎能寻短见呢？你死了，谁去城墙上退秦军呀！"

（五）李冰立功

雄伟厚实、气势磅礴的郢都城墙上，执长矛大戈、端着连弩的楚军站在城垛后与秦军对峙，他们从昨晚午夜守到现在，眼睛都熬红了，又饿又疲乏。火红的太阳向中天移动，午时快到了，景阳提着长剑，带着项燕在城楼上巡逻，他边走边说："注意，注意，打起精神，打起精神，午时快到了，秦军就要发起进攻了……"黄歇带着四名卫士提着食盒走上城墙，招呼景阳、项燕朝前面的阁楼走去，至楼门前，他站到台阶上，猛然转身挥了挥手，大声说："守城的将士们，尔等辛苦了！"将士应声："为国杀敌，死而无怨！"从城墙下传来一阵锣鼓声……黄歇继续说："郢都庶民慰劳各位来了，吃饱喝好，消灭来犯之敌！"他遥指护城河后面的秦军，秦军哈哈大笑……

这时，宜僚领着挑担、抬桶、提篮、执壶的数百百姓，敲锣打鼓，走上城墙，有序地发给每个守城士兵两张大饼、一葫芦酒、一竹筒水。

景阳对黄歇说："现在用膳敌军进攻怎么办？""暂时不会。"黄歇走进阁中的石墩、石案前，景阳和项燕跟进。黄歇叫卫士打开食盒，将两壶酒、几张大饼、猪蹄放在石案上，说："二位将军快吃。"两人大吃大喝。景阳边吃边问："左徒大人，有新情况吗？""有，"黄歇说，"为了大王能脱险出走，令尹昭睢策划了一场戏，"他扭头看了一下安放在楼角的铜壶滴漏，"还有两刻时间——也就是午时一刻，就要在城墙上表演。""什么戏？"景阳、项燕急问。黄歇答，"就是要逼迫王妃到城墙上喊话，让秦军退兵五十里，休战一天一夜。"景阳说："这是一招臭棋，王妃会讲吗？讲了白起会听吗？"黄歇接着说："是这样。王妃虽为秦人，但她秉性善良，心里装着百姓，而且一直呼吁秦楚和好，给她难堪，把她推到绝境，非大丈夫所为也！所以，我等只能作壁上观。""善！"景阳对项燕说，"绝不跟他们搅和，我们打我们的。"项燕说："明白。"黄歇说："看来，白起是要从城北突破。如此一来，这一地区的防务就十分繁重了，请景阳将军统一指挥，项燕将军则专司城墙上的守卫战，本徒负责城内各军和民间抗敌武装的联络和协调。"景阳问："大王和令尹转移了吗？西南方面的防务薄弱，咋办？"黄歇说："大王和昭睢已随齐国商人的撤退车队从西南面的小城门出走。为了防止秦军追杀，为了策应我们的正面防守，今天一早在大王行前，我请他写一封手令让淖齿所部在西南面阻击秦军，已经送达淖齿将军，他表示服从命令，但我估计昭氏军队不会坚持多久，就会以护送大王的名义撤走。如是，我军要守住国都就很困难了。"景阳说："卑将早讲过，将相不和，军队被贵族世家操纵，形不成合力，是楚国的致命伤，如今大敌当前，我辈军人也只有血洒疆场，为国尽忠、为己成仁了！""好，"项燕说，"老子跟白起拼了！""不，"黄歇说，"二位将军切不可有轻生赴死的想法！越王勾践忍辱负重、卧薪尝胆、发愤图强、转败为胜的事迹才是我等学习的榜样，何况我们楚国是大国，只要修明内政，完全有条件战胜暴秦，本徒已想好了，待这次战争告一段落之后，就去江南招募二十万新军。这一重任，还要靠二位去完成呢！所以，眼前这一战役的目的是：尽量多杀伤敌人，能起到震慑敌人的作用就是胜利。然哉，二位将军切不可硬拼，能坚持多久，就坚持多久。"景唐匆匆走进阁楼，向黄歇和景阳二人报告，称他组织的五百壮士已在城楼下集结，协助楚军守住城北大门，请左徒大人和上柱国去视察，讲几句鼓励的话，黄歇、景阳答应，随景唐走去。

午时一刻到了，秦军鼓角齐鸣，呼喊着发起进攻，陷队之士刚抵达护城河边，城墙上突然出现八个头戴兜鍪、插野鸡翎的御林军，他们挥着彩旗，齐声高喊："锐师请停，锐师请停，楚国君王，有话要说，有话要说……"

王龁扫视了一下城墙上的阵势，发现守军松懈，有的在吃喝，有的在闲聊，以为楚王要投降，便下令暂停进攻。继孟装扮的顷襄王王妃在熊黑、十名虎贲和四名侍臣的簇拥下走上城墙。御前司马熊黑走到城墙垛口前，大声喊道："白起将军，白起将军，我们大王要亲自和你谈谈！"

秦军阵地上，王龁与李冰策马上前，后随桓奇、郑洪、李二郎等。

王龁回应道："我是副将王龁，白起将军正在大帐中等候楚王开城迎降呢！""王龁将军，"假顷襄王继孟走到城墙垛口前说，"请你转告白起将军，要楚国投降，这可是一起惊天动地的大事啊！总得让我楚国君臣郑重会商之后再做决定吧！白起将军不是讲'至信辟金'吗？秦楚乃昆弟之国，不讲信用，贵国何以立足于天下？尔等应立即停止进攻，后撤五十里，明日午时，本王一定给白起将军一个满意的答复。"

王龁说："熊横听着，你别再耍花招了！白起将军命令你立即竖起降旗，打开城门迎接秦军进城，并重申一定按我军给你开列的条件办，保护你和主要王室成员的生命安全，由秦王给你封赏侯爵之位，食邑十县，今后不再操劳政事，安享清福，何乐而不为？本将再给你一刻时间考虑，过时——"王龁提高嗓门吼叫，"我叫你玉石俱焚！"

"王将军，"继孟带着哀求的声调说，"兔子逼急了，还会咬人呢！还是讲点仁义吧，再给我君臣一天一夜的时间……""大王，"熊黑睖了继孟一眼，不满地说，"跟秦国虎狼讲仁义，那是对牛弹琴——白费功夫！大王，您累了，回宫歇息吧！"两个侍臣上前扶走假楚王，两名虎贲跟去。

城下的秦军阵地上，王龁问李冰："楚王的话可信吗？"李冰说："不可信。熊横毕竟是在位多年的一个大国的君王，在大战已不可避免的情况下还跑到城墙上哀求我军延迟进攻，这不可能，不正常。此人是不是熊横本人，很值得怀疑。我看他们在演戏，目的是迟滞我军的进攻，掩护楚国君臣逃跑。""想骗我！""王龁——"城墙上的熊罴又大喊一声，"你睁大眼睛，看看这是何人？"两个侍臣将王妃嬴九推到城墙垛口。城下的王龁定睛一看，皱起了眉头，但他咬紧牙关没有开腔。"不认识吧？"熊罴说，"本御前大司马熊罴向你郑重介绍，"抬手一指，"她叫嬴九，乃是楚国王妃、你们秦国的公主。"转头对嬴九说："王妃，为了楚国，为了大王，你对王将军说几句吧，让他们立刻退军五十里！"嬴九凛然昂首，沉默不言。熊罴瞪着嬴九，严厉喝道："快讲，快讲！"嬴九冷言相对："熊罴，逼一个女人到城墙上退兵，堂堂楚国还有男子汉大丈夫吗？可耻，可悲！"熊罴劈面一掌，把嬴九打得鼻血长流，趴倒在城墙上，牛高马大的熊罴一手抓着嬴九的领口，一手抓着她的腰带，将她高高举过头顶，对城下的王龁吼道："王龁你好生听着，嬴九是你们君王和太后的掌上明珠，是你们秦国的金枝玉叶，你今天要攻城，我立即将她摔死在城墙下，看你回朝，如何向你的主子交代。"王龁狠狠骂着，他转头望着李冰，说："顾不得什么金枝玉叶了！强攻！""慢，"李冰说，"她是咱们秦国人啊，就是个百姓也要救。"他低声与王龁说了几句。王龁改变态度，又仰面放开喉咙吼道："熊罴司马听着，退军之事本将同意，但要禀报白起将军才能最后定夺，我军暂停进攻，本将立即去请示白起将军，少时，自会给你一个满意的回答。不过，你不能伤害公主一根头发。"说罢，掉转马头驰去。城墙上的熊罴将嬴九扔到城墙垛口下，嬴九的头顶被墙石碰破，血流不止，昏了过去。秦军阵地上的李冰向身后的李二郎使了个眼色。城墙上的熊罴从地上拎起嬴九说："别装死了，你必须喊话，让秦军撤退……"话音未了，"嗖"，李二郎射去一箭，正中熊罴的前额，他惊叫一声，仰倒在地，"大司马！"几个虎贲急忙上前去救护，有人叫

着："大司马死了！"正在守城楚军惊恐不安的瞬间，城下的李冰举杖一指，高呼："攻城，杀呀！"顿时，金鼓齐鸣，号角声声。连弩齐发，飞箭如一阵阵瓢泼大雨，倾泻在守城楚军的头上，在箭雨的掩护下，一百架车梯快速推到护城河边，锐士们按动机关，只听"嘎——"的一声，折叠式的车梯第一节"哗"地升起，又"嚓"地砸下，形成通过护城河的便桥；锐士冲上便桥再一摁钮，只听"嘎——嘎——"两声，第二节车梯升起直抵城墙；第三节呈直角升起，正好搭在城墙上端。

撞车在桓奇的指挥下，轰隆隆地通过便桥直向城门撞去……

"嗖、嗖、嗖——"经过李冰严格训练的一千陷队之士，分成一百支十人队，每个锐士如同攀树的猿猴，轻盈地、快速地通过百乘车梯向城墙上攀登……

守城的楚军被这种如同百戏的精彩"表演"惊呆了！

项燕从城墙上的阁楼中冲出，举剑高呼："用滚木、礌石砸，用沸油烧……"战鼓响起，守城楚军仓皇应战，但迟了半拍，李冰、郑洪、李二郎为首的三支十人队锐士首先冲上城墙。两个侍臣挟持着嬴九，在虎贲的簇拥下逃遁，李冰大喝一声："站住，放下公主！"数名虎贲反身击杀李冰，李冰以杖尺为武器还击，郑洪、李二郎等多名锐士冲上参战，经过一阵激烈的厮杀，虎贲被除，李冰飞身上前，打翻两名侍臣，救下嬴九。这时，一千陷队之士在死伤上百人的情况下已全部登上了城墙，双方都杀红了眼睛，戈矛对刺，剑戟互杀，撞击声、喊杀声、尖叫声、呻吟声响成一片，鲜血喷洒，人头滚滚落地……

小将项燕身先士卒，率领一队亲兵放滚木、礌石、火球攻击城墙下使用撞车撞城的秦军，登上城楼的陷队之士猛攻项燕，他退入阁楼抵抗，有顷，城门被撞开了，秦军大队迅猛冲入，项燕从阁楼中的暗道逃走。

城墙上，李冰大声喊着："楚军听着，城门已破，本都尉命令尔等立即放弃抵抗，投降不杀！"郑洪跟着喊："跪下投降，投降不杀……"楚军纷纷放下武器，跪地投降。

李冰命令号兵吹牛角号、旗手打旗语，向秦军幕府报告："登城战役已取得完全胜利。"之后，他趋身嬴九面前，伸手试了试她的鼻息，发现嬴九还有口气，急忙将嬴九扶起让她倚墙坐下，又从随身携带的急救包中取出止血药膏给她敷在头顶受伤处，再用一方细纱白麻布包扎好。李冰又叫二郎去找了一竹筒水来，他坐在她的身旁，小心翼翼地给她喂水……

这时，取得胜利的秦军雀跃欢呼，郑洪操着蜀音对李二郎说："二郎，司马熊黑是你射死的，这龟儿子是个大官哟，至少可授一个公大夫的爵位。"李二郎摇头，没有吱声。残酷、血腥的战争正震撼着这个少年的心！攀登车梯、登城拼杀时，李二郎感到热血沸腾，但现在他望着城墙上满地的鲜血和横七竖八的尸体，感到心悸，感到后怕，他突然"哇哇哇"地呕吐起来……

郑洪赶忙扶着他给他捶背，安慰说："没啥，没啥，看多了就不怕了，杀敌越多越高兴咧！""高兴啥？"二郎疑惑地问，郑洪说："斩敌首一级，赐爵一级，这是我们秦国的政策，不信，你问你父亲。"

"是真的，"李冰说，"这叫'首功制'，是商鞅制定的，奖励军功的一项重要政策，凡在战争中能杀得敌人甲士一人并取得其首级者，赐爵一级。杀两甲士得两首级者赐两爵，依次类推。爵位一共有二十级，一爵相当于五十石俸禄的官员，另外，还按爵位高低赏赐不同数量的桑田和奴仆。"[①]李二郎说："明白了，因为有这么多好处，我们的锐士才杀人不眨眼，杀人如刈草！这有点不仁义吧！"

李冰望着郑洪问："你如何看待这一政策？""好得很！"郑洪说，"实行这个政策，可以使我们这些穷苦人家出身的人通过战争改变命运啊！"李冰点头："你说了实话，这正是法家商鞅的高明之处，用升官发财来调动士兵的杀敌积极性，确实为下层贫困青年开拓了一条升迁之路，但走这条路并不容易，是以生命为代价的，很残酷、很血腥。所以儒家、墨家都抨击这一政策，认为它不人道、不仁义。但秦国不会因为这些抨击而改变这一政策的，因为

---

①关于秦国的军功制度，参见《商君书·境内》《荀子·议兵》《韩非子·定法》等。

它符合这个时代的需要，为秦军创造了辉煌！"瞄着李二郎，"二郎啊，我辈只能适应，"顿一下又说，"完善这一政策，增加它的道义规定是今后的事了。"

"李冰兄，"司马靳带着桓奇和四名卫士登上城墙，拱手道，"白起将军表彰您啦。说，没想到一个文人还能带敢死队冲锋攻城，而且取得了完全胜利。你和二郎都没负伤吧？""没有，没有。"李冰回答。司马靳又问："公主呢？"李冰说："还活着，当务之急是送公主到我军医曹疗伤！"司马靳说："白起将军很关心公主的安危，令你父子和郑洪三人将公主送到医曹治伤，并悉心护理，陷队之士从现在起就交给桓奇将军带领。"二郎说："城里正在激战，不让我们参加了？"司马靳对二郎说："你忘了，前年征召你父亲从军，叔叔对你一家是有承诺的，就是不让你父子到第一线冲杀，二十天前王龁将军提议你父亲训练并率领陷队之士架车攻城，叔叔就不赞成，因为白起将军发话了，才没阻止。幕府刚才议决，还有大事要等你父亲去做呢。""不要再讲了，"李冰说，"本人遵命。"嬴九喝水后渐渐苏醒，她睁开眼睛幽幽地细声问道："谁救了我？"郑洪说："是李冰都尉。""不，"李冰说，"是秦军。"嬴九潸然泪下……

（六）李冰冒死劝降

破城后王龁将秦军分为左、中、右三队。中军从北面担任主攻，左、右军对东城区和西城区进行扫荡，然后合围位于郢都东南面的楚王宫。那些在秦货肆以商人身份潜伏下来的秦国间谍，全都浮出水面，袒露左臂，打起黑旗，为秦军带路。尽管王龁的作战部署精密周到，并亲率中军从正阳大街向楚王宫攻击前进，但进展并不顺利，因为五百壮士硬是把郢都百姓动员起来了。通向楚王宫有相互交叉的大街，街上每三百步就修一道用条石和装满泥土的麻袋堆砌成的防护栅栏，前面拉上铁蒺藜，大街十字路口修有箭楼和各种防御工事，一些大户人家门前还挖有隐蔽战壕，底下插着尖刀，掉下去非死即伤。郢都百姓殊死抵抗，一些百姓拿着菜刀、木棒从门内、窗口袭击秦军，有的爬到房顶上用砖瓦猛砸……

死者枕藉，血染长街。秦军每前进一步都要付出惨重的代价。

王龁从下午申时一刻发起进攻，直到第二天辰时一刻，付出了一万多秦军的生命代价才攻到楚王宫广场前的出口处。

景阳、项燕想在宫前的广场上狙击秦军，他们以宫墙为依托构建一道防线，又在广场中挖了几道深一丈五尺的战壕，上面用薄木板加细沙石掩盖，但被王龁识破。王龁下令将楚国五千俘虏押来用麻绳捆绑，串成十人一队，当成人肉盾牌，用刀剑驱赶他们冲过广场，这些战俘一队一队地跌入战壕中，秦军就踏着他们的尸体向前冲杀。楚国的将士们怒气填胸、切齿愤盈，用连弩火箭猛射秦军，箭上所带火球是用细丝麻团裹茅草加荆山特产的桐油制成的，对皮甲、战袍、人肉有沾着就烧的效果。火箭如飞蝗扑向秦军，秦军纷纷着火，被烧得在地下打滚，嗷嗷直叫……

项燕乘势率领一支精兵杀进敌丛，宝剑长戈如闪电般飞动，人头削瓜似的落地，不到半个时辰，秦军进攻的第一梯队六千人被全部消灭，景阳正欲组织兵力追击，黄歇飞马而至，命令他们迅速撤退，说是卯时一刻昭家军已撤走，秦军已从西南面杀过来了，景阳长叹一声，下令撤退。

景唐将参与协防的五百壮士集合起来，准备去东皇太一庙死守。

黄歇走到队列前说："景唐贤弟，大势已去，随我撤走吧。"景唐问："大王走了吗？""昨日一早就出城了。"黄歇说，"准备建新郢都于淮水陈县。""善，"景唐说，"国祚尚存，左徒大人你就去辅佐大王吧。卧薪尝胆，发愤图强，秦人是可以赶走的，郢都是可以光复的。""贤弟，"黄歇说，"俗云'留得青山在，何愁没柴烧'，还是跟我走吧。"景唐说："决心已下，不可改变了！我等要给暴秦一个警告，楚人不怕死，秦人靠刀剑是征服不了天下的！""国士，国士，"继孟从宫门中跑出，激昂地说，"在下愿追随国士赴汤蹈火！""大善！请入列。"继孟入队站好，景唐一挥手："向东皇太一庙前进。"

"景唐贤弟！"黄歇呼唤，景唐头也不回，随队跑去……

黄歇望着奔去的五百壮士，热泪滚滚，躬身下拜！

王龁在楚军撤走后，立即下令将郢都分成宫廷区和东、西、南、北四区，组建五支护城千人队进行军管，经过一上午的清剿，除东皇太一庙之外，整个郢都已被秦军控制。

下午，白起进城。乐队开道，战旗飘飘，上将军骑着高头大马，秉旄仗钺，英姿焕发，神采飞扬，韩卢吐着长舌跟在后面。司马靳领一队披坚执戟的卫士，威风凛凛地行进在正阳街上。一会儿来到楚王宫前，白起下马，对司马靳说："去把李冰叫来。"

秦军的随军医曹①设在护城河边原楚军的一座宽大的军营里。一间病房中的木榻上躺着嬴九，她双眼微闭，脸色苍白。医师季和踞坐在榻前给她号脉，李冰站在一旁关切地看着。有顷，季和说道："脉搏已趋正常，比昨天好多了。"他又查看她头上的伤，说，"没有发炎、化脓的迹象，李都尉，这都是你昨日处理及时，用药得当啊！"李冰说，"你可别给我戴切云高冠，我是不得已而为之，讲医术我还是个蒙童！""哎，"季和问，"李都尉，你缘何自己带有急救包呢？"李冰说："受你老兄的教导启示啊！""受我的教导启示？""正是，你不是给军官们讲过一堂防护课吗？你不是很强调上战场一定要加强自我防护意识吗？""对，我讲过，"季和说，"李都尉，你能够举一反三、触类旁通，令人佩服！看来，你自备救急包的做法应该在秦国军官中普遍推广。"李冰说："我赞成。"

郑洪提着渔网，李二郎提一桶鱼走进，轻声说话："父亲，你的命令我们完成了。"提起桶，"你看——"李冰一瞅大为高兴，"好啊，大半桶活鲫鱼。"季和说："公主正需要食用这样的补品，李都御，你想得真周到啊！"司马靳带着沅湘和幕府卫士白光来到病房前喊出李冰与季和，问："公主病情如何？"季和说："已开始好转。"司马靳说："很好，我军在清理后宫时发现公主的贴身侍女沅湘，现在带来照顾公主，另加幕府卫士白光，主要负责公主的安全。李冰父子和郑洪随我去幕府晋见白起将军，另有任用。"李冰望着沅湘有点不放心，他望着沅湘说："小姑娘，去看看公主吧！"沅湘缓步走进室内，床榻上闭着双眼的嬴九听到脚

---

①随军医曹相当于今日的野战医院。

步声，一下睁开眼睛，喊道："沅湘，你来了！""公主。"沅湘叫着，趋身上前扑倒在公主的身上哭泣，李冰扫了一眼，对司马靳说："此人可信，我们走吧！"

白起把楚王宫变成了他的幕府。此刻，他正带着胜利者的骄傲在殿上徘徊观望，韩卢绕着他的脚跟转。有顷，白起指着铺有黄缎座榻的王座说："韩卢，坐那里去。"韩卢坐到王座上，两只前掌挥舞着，汪汪欢叫……

白起哈哈大笑，说："你学楚王讲话？"

司马靳和李冰父子、郑洪三人纵马来到楚王宫门口下马后，司马靳要郑洪和二郎在殿前等候，他和李冰去宫中晋见白起。

楚王宫高堂邃宇，这是屈原在《招魂》中对楚宫的形象描绘。高堂是指殿堂空间的高阔宏大，邃宇是说进深大而跨度长。司马靳和李冰进门后，经过三道大门，走过一个广场，登上九级台阶，跨过丹墀，这才进入建筑在台基地上的正殿。

"参见上将军！"

正逗韩卢玩的白起转身，伸起大手在空中画了个弧圈，说："你们看到了吗？雕梁画栋，金碧辉煌，这就是楚国。"

司马靳说："楚国确是个大国，也是个富国。"

"说得对，"白起说，"楚国库藏甚丰，本大良造决定成立'战捷司'，任命你——他指着李冰为右司丞，你——指着司马靳为左司丞。这个'战捷司'就设在子兰府里。你二人要组织人力，仔细地搜罗一番。把楚国的重器，楚王宫的美女、金银财宝、古董器玩，宗庙里的各种礼器、祭器、乐器等一一清理造册，收尽汇总，用辉煌的战绩，向咸阳报捷。"

司马靳、李冰挺身表态："遵命。"

"李冰哪，"白起说，"司马靳还要办幕府的事，战捷司的事你要多担待，你有这方面的专长。出了差池，唯你是问，记住了！"

"记住了！"

"去吧。"

李冰和司马靳带了两支十人队同李二郎、郑洪一起到子兰府部署"战捷司"的办公处。他们干得正欢，突然跑来一个传令兵，向李冰传达白起的命令，要他立即赶到东皇太一庙查勘，评估一下这座古庙有无保留的价值。

李冰奉命，带着郑洪、李二郎骑马奔去⋯⋯

东皇太一庙矗立在城东与龙门相对应的中轴线上，是一座建筑在台基地上的歇山式重檐建筑，庄严而又宏大。庙门前的广场上耸立着一对石阙，上面凿刻有"九头金鸟"和光芒四射的太阳。庙的四周有版筑的围墙。景唐和宜僚率领五百壮士在庙门前用木柱、门窗、几案、木板、石板等杂物构筑了一排栅栏。工事后壮士齐集，各执强弓、连弩、长戈、刀剑与秦军对峙。壮士们认定，东皇太一庙是楚国的圣地，绝不允许秦军玷污，他们发誓，与大庙共存亡！

东皇太一庙前的广场上，桓奇率领一队秦军呈扇形展开，与隐蔽在栅栏后的壮士对阵。桓奇上前喊话："楚人听着，尔等已被包围，展翅难飞，放下武器，投降不杀。""嗖——嗖——嗖"几支利箭飞来，桓奇急用盾牌挡住，后退回队，他气急败坏地骂道："这几百人，硬要顽抗到死！"一百夫长说："将军，用火攻吧，烧死那些兔崽子！"桓奇说："我不是讲过吗？火攻要请示幕府，本将已写了禀报，等批下来再说吧。"

王龁骑马来督战，问桓奇："太阳都偏西了，怎么还未攻下大庙？"桓奇说："这些自称壮士的亡命之徒不愿投降啊！""那就成全他们，"王龁说，"用火攻，把大庙和这些顽抗者一起化成灰烬。"

大街上，李冰、郑洪、李二郎纵马飞奔⋯⋯

东皇太一庙广场中，桓奇率一队秦军举着盾牌，执着火把，冒着如雨的飞箭向庙门冲去⋯⋯

"停止火攻，停止火攻！"李冰驰马奔来，大声吼着，"这是白起将军的命令，赶快撤回。"桓奇等秦军只好撤回。王龁怒视李冰，问："真是白起将军的命令？"李冰答："王将军，幕府不是下过一道命令吗，施行火攻一定要经过批准。之前，白起将军下令成立战捷司，要求收尽郢都的重器和瑰宝。刚才又令卑将来勘察大庙，评估有没有保留价值。据卑将所知，这东皇太一庙已有三百多年的历史了，里面珍藏着许多楚国的国宝，若将大庙焚毁，战捷司就只有收炭灰了！”

“咳，”桓奇皱起眉头，“这帮自称壮士的兔崽子宁为玉碎啊！”李冰说：“卑职去说服他们投降。”王龁板起脸：“军阵之上，无有戏言！”“敢立军令状！”李冰自信地说，“卑将已听说了，率五百壮士护庙的是楚国士人景唐。此人在临淄稷下游学时曾与卑将义结金兰，情同手足，卑将了解他的心性和为人。”“唔，”王龁想了想说，“只要你能让他们投降，可保全性命。不过，至迟要在下午亥时平息此事。”

“明白。”李冰颔首。

“撤！”王龁朝桓奇一挥手，桓奇令秦军退出广场。

李冰与郑洪、李二郎低声商议。李二郎说：“父亲独自一人深入虎穴，这太危险了，孩儿反对。”李冰说：“要相信景唐先生。”“那，”二郎说，“为防不测，孩儿陪父亲去。”李冰说：“不必！”二郎央求道：“父亲！”“别说了，”李冰正色，“服从命令，”转对郑洪，“去喊话。”

“遵命！”郑洪朝庙前走了几步，洪声喊道：“楚国壮士听着，本军已经撤走，诚心与你们休战。”

“嗖”一箭飞来，郑洪一把抓住，笑道：“暗箭伤人，算得什么英雄壮士？你们听我说，我们白起将军的帐前都尉李冰大人要请你们的统领景唐先生说话。”

隐身在大庙掩体后的景唐闻言一怔：“李冰……”

景唐皱眉思索，他的脑海里浮现出一组连环图画：

十六年前的齐国临淄，篆刻有“稷下学宫”的大门前，风华正茂的李冰送别景唐。景唐身后有个扛书箱、行李的随从。学宫前的驿道旁停着一辆轿车[①]，景唐拉着李冰的手，亲热地说：“在临淄能结交你这位秦国兄弟，我景唐是三生有幸啊！”李冰说：“能与仁兄义结金兰，小弟也是三生有幸啊。今日告别，不知道要何日才能相见？”“容易，容易！”景唐说，“到我们郢都来游历吧，贤弟不是喜欢楚国文化吗？东皇太一庙就很值得一看，”转对扛箱的

[①]古代用马拉的客车，四周有慢帐，车厢形状像轿子，故名。

随从说，"开箱，开箱。"

随从打开书箱。

景唐从中拿出一卷帛书来，送给李冰，说："这是愚兄手抄的屈原诗歌，赠予贤弟留作纪念吧。"李冰郑重接过，"多谢仁兄。"他们挽着手走到车前。景唐说："别再送了。"景唐和随从上车。李冰道了一声"一路珍重"。马车起动，景唐又从车厢里伸出头来，"欢迎你到郢都来游览啊。"

李冰挥手："一定来，一定来。"

马车辚辚远去……

广场上又传来李冰的喊声："景唐兄，景唐兄——"景唐一眨眼睛，从回忆中回到现实，自语道："原来是他！""景唐兄，景唐兄，"李冰朝庙门口走了几步，解下腰间宝剑，丢在地上，拱手说道："小弟李冰专程拜谒你来了。"

掩体后的景唐站起露面，瞪着李冰，一脸的轻蔑与不屑。

广场上的李冰指着自己的脸说："景唐兄，你看清楚，我真是李冰呀！"半晌，景唐讽刺道："我看清楚了，莘莘学子成了暴秦的鹰犬！李冰啊李冰，你不是立下宏愿要做一个造福万民的工师吗？你不是信誓旦旦地说过，一生只求做事不求做官吗？为何你现在成了大屠夫白起的帐前都尉了呢？嗯？"

"想知道原因吗？"李冰说，"请让小弟进庙与仁兄详细禀报。"朝前走去。"站住！"景唐端起弓弩，猛声喝道，"你再往前走，我就射死你！"李冰站住说："仁兄，休战和谈，确是出于小弟的至诚啊！""什么至诚？"景唐怒斥，"这不过是你们的阴谋诡计。念在朋友一场，我放你一马，快滚吧！""仁兄还是讲友情啊！"李冰笑道，"景唐兄忘了吧，你曾经邀请我来游历郢都，还特别叮嘱，到了郢都，一定要瞻仰圣地东皇太一庙。小弟现在如约而来，你却不让进，这就太不够朋友了吧！"

景唐沉思。

壮士宜僚上前跟景唐耳语了几句。景唐放下弓弩说："放他进来。"

"多谢仁兄，"李冰朝栅栏走去。一位壮士移开一块门板，李冰侧身跨进。"啪"，李冰被宜僚一闷棍打倒在地，两个壮士迅即将他五花大绑起来，押到殿中，景唐提着宝剑瞠目怒视。

李冰道："两国交兵，不斩来使，仁兄这么做，太过分了吧！"

"讲实话，"景唐喝道，"你冒死前来干什么？想玩什么花招？"

李冰平静地说："在下冒死前来就是为了保护你们这座东皇太一庙啊！"景唐冷笑："你是豺狼啃野菜——口素心不善！""不对，保护这座大庙，的确出于至诚，"李冰仰面扫视大殿，"看看，这大殿多么宏伟、庄严啊，铜尊大鼎、编钟金钲，一个个深厚凝重，金辉耀眼，啊！墙上还有巨幅壁画，画的什么呢？"景唐说："死到临头，我可以让你开开眼界。"

"谢谢。"李冰走到壁画前目不转睛地观赏。

古朴、艳丽、奇特的长卷连环壁画，一幅幅地掠过李冰的眼帘，他感叹道："真了不起！从远古流传下来的神话故事，都被画师一一形象化了。盘古开天辟地，东君驱车赶日，女娲造人补天，伏羲创卦教民，后羿射日，嫦娥奔月，还有洞庭湘君，巫山神女……"转过身来面对景唐："景唐兄，你们楚国画师的艺术想象力真是惊人呀，驰骋于天上、人间、地下。境界极其高远，结构极为缜密，堪称天衣无缝啊！其造型，其神韵，都让人震撼，让人陶醉！"

"不错，"景唐说，"这就是楚国人的精神，楚国的文明！"

"说得对，"李冰走近景唐问，"景唐兄，听说这些壁画曾经激起了诗人屈原的灵感。使他逸兴遄飞，创造了瑰丽神奇、远奥高古的长诗《天问》，一口气提出了一百七十多个疑问，对宇宙、对人生、对历史、对神话进行探究和思索，是这样的吗？"

景唐点头："是的。"

"那，屈原先生呢？"李冰开始攻心了，他闪着如剑的目光直逼景唐，"我是说屈原先生现在在哪里？"景唐一下被问住了，难以启齿。李冰又扫了众壮士一眼，高声问道："楚国的壮士们、英雄们，你们能回答我屈原先生现在在什么地方吗？"壮士们面面相觑，不知如何回答。

"我知道，"李冰动情地说，"你们楚国人都是很崇敬屈原先生的，把他尊为国师，可是，你们国师的命运怎样呢？据我所知，很悲惨啊！被你们的君王逐出郢都，永远流放。壮士们，你们都是些热爱楚国的血性男儿，你们好生想想，这是为什么呢？"

这恳切深沉的一问，迫使屈原的崇拜者们不得不垂首低眉，深深思索。继孟冲到李冰面前瞪着李冰，李冰也盯着他，说："你不就是楚王的替身吗？你能回答我的疑问？"继孟脸色铁青，全身抖抖簌簌，嘴巴嗫嚅，但一句也没说。这时，太阳落山，夜幕降临。广场上，桓奇带领一队秦军在夜色的掩护下悄无声息地朝庙门匍匐前进；郑洪和李二郎带领一队秦军朝庙后迂回运动，李二郎施展轻功上墙，跳进庙中，打开后门，郑洪率众进入。

庙中，李冰继续说："忠而见疑，信而见谗啊。诸位比我更清楚，屈原先生是位人杰，他的人格和诗篇都可与日月争光，与天地共存。'岂余身之惮殃兮，恐皇舆之败绩''长太息以掩涕兮，哀民生之多艰！'他针对楚国存在的弊端，提出了明法度、举贤能、革故鼎新、富国强兵的主张。如果你们的楚怀王父子能像我们的先王秦孝公重用商鞅一样地信任屈原，也许今天我们就不会这样见面了。可惜呀，你们操国柄、握重权的那帮人从楚怀王到现在的楚王，从王妃南后到尚官大夫靳尚，再到今日的子兰、昭睢，还有什么州侯、夏后、鄢陵君、寿陵君都是一群以谋取最大私利为目标，贪得无厌、穷极侈靡、妒贤嫉能、昏聩庸碌之辈，才造成今日的一败涂地！这就叫国必自伐而后人伐之。景唐仁兄，楚国的壮士们，责备自己吧，不要怨恨别人！"

"你，你——"景唐涨红了脖子，但他无法反驳李冰，只感到一阵绞心的痛苦。

"投降不杀，投降不杀！"桓奇和李二郎、郑洪带领的两队秦军从前后冲进，围住五百壮士。

"天亡楚也！"景唐举剑自刎，李冰一头撞去，将景唐撞倒在地。

五百壮士齐刷刷地挥剑自杀，颈项喷血，仰倒殿中。

这悲壮的一幕，把李冰和秦军将士震撼得发蒙了！

天上，月亮升起来了，苍白冰凉的月光透过门窗映照在东皇太一庙中那些横陈着的、双目怒睁的尸体上，颈下的血还在静静地流淌。

郑洪给李冰解开缚索，李冰急忙俯身试了一下景唐的鼻息，发现还有一口气，便对郑洪说："赶快把景唐先生背去医治。"郑洪背走景唐。李冰吩咐李二郎："你去照顾景唐先生。"李二郎随郑洪走去。

李冰倚靠在门坊上喘息，冷月的清辉洒在他的脸上，他望着殿中的死尸发愣！

第九章　释俘风波

（一）李二郎智服景唐

郑洪和李二郎快速将景唐送到军医曹后，特请著名军医季和诊治。

在一间单人病房里，景唐躺在木榻上昏迷不醒。季和详查了他颈项上的刀伤后说："没伤着喉管。"郑洪说："那是他举剑自刎时，李都尉撞了他一头。""唔，"季和惊讶地说，"他不是楚国人吗？李都尉既在战场上施救，又送他来疗伤，这样做是犯大禁的！"郑洪说："你不相信李都尉？"季和说："正因为我相信李都尉才提出质疑，怕他因此而招来灾祸。此人可是秦国的敌人啊！""季叔叔，"李二郎说，"此人拿着刀剑和秦军作对时才是敌人，他自刎，就是放弃抵抗，不与我们为敌了，还能叫敌人吗？只能叫战俘。"季和说："我随白起将军征战多年，可从来没有给战俘治过伤啊！"郑洪说："怕啥子哟，破个例嘛，李冰大人是幕府的左都尉，他的命令你能不执行？""我执行。"季和说，"但我需要他亲笔给我写个手令。"李二郎说："来不及了，他失血过多，已经昏迷不醒，得赶快抢救啊！"他跪下地，"我求叔叔啦！""起来，起来。"季和扶起李二郎，说，"你们如此固执坚持，究竟是何原因？"李二郎说："他是我父亲在稷下游学时的结拜弟兄，情同手足，是个大学问家，如果将他治好，争取他为秦国效力……""明白了，"季和说，"你父亲在为国求贤啊，我给他治。"立刻，季和叫来两个医护，给景唐进行了精心治疗：缝好伤口、敷好膏药、包扎好之后，又掰开他的嘴给他喂了三勺消炎止痛、补血养血、提神固本的灵芝药水。

如何处理东皇太一庙中五百壮士的尸体？李冰与桓奇发生冲突。桓奇比李冰的军龄长五年，但因此人有勇无谋、战绩不显，只获得了个公乘的爵位和校御的军职，比李冰的五大夫爵位和都尉军职低一级，他对李冰产生了嫉妒，他认为李冰一步登天，靠的是筑堤壅水，并非是在战场上一剑一刀杀出来的，这回围攻东皇太一庙他是主将，他正要靠这一战役立功晋爵，不料李冰又从中插一手，这使桓奇大为不满，所以他要在清理现场、埋葬尸体、处理景唐等事件上表现主动，避免李冰夺功。他下令将尸体抛入流经郢都东城的朱河中，受到李冰的坚决反对。李冰主张在城东凤凰坡挖一个大坑土葬。两人争论不下，只好去找白起的裨将、攻占郢都的总指挥王龁决定，李冰没讲什么大道理，只撂了一句："尸体丢入河中必然污染河水，造成瘟疫流行！谁担待这个责任？"桓奇无言可对，王龁说："就照李都尉的命令办。""卑将服从，"桓奇勉强地答应，但立刻又告李冰的状，"还有件大事要请将军决断。"王龁点头，"讲。"桓奇说："五百暴徒的头子景唐自刎时，李都尉一头撞倒此人，使之自杀未遂，之后，又令人将他送去治疗，这样对待敌酋，令人不可思议！""有这档子事？"王龁盯着李冰问，"真的吗？"李冰点头说："真的。"王龁问，"为个甚哩？"李冰说："学习王将军为国求贤呀！""学咱甚？"王龁说，"你可别把咱扯上。"李冰一笑，"昨日午时与秦军对峙，王将军要二郎射一封信给敌将项燕，曾说此人比你大不了几岁，英勇善战，要生擒这小子为我所用，你不能射伤他，箭只能射在他头盔的簪缨上，将军说过这话没有？"王龁点头承认，"说过。"李冰说："景唐是屈原的高足，有经邦济世的大才，裨将救他也是想争取他为我大秦国所用。"王龁沉思半晌，说："李都尉所想所为，本将认同，不妨一试。但此人在楚国名气很大，是反秦政策的领头人，如何处理他，要请白起将军最后定夺。治伤期间要派专人看守，严防他逃跑或制造事端。"李冰说："卑将已派二郎和卫士郑洪全天守护。"王龁颔首称好。

是夜，李冰将一个秦军千人队分成三队，分别进行挖坑、运尸埋葬、挑土垒坟，连夜造了一座大墓，并立了一块墓碑，上书"无名壮士冢"。又命一个百人队对东皇太一庙进行打扫清洗，将各种文物、宝器清点造册。办完这些事，已是第二天辰时三刻了，李冰顾不得歇息，吃了个烙饼、喝了碗稀粥就匆匆赶到军医曹去看望景唐。

病房门外，郑洪站岗保卫；室内，李二郎坐在榻前守护，景唐躺在一张木床上，闭着眼睛，沉沉入睡。李冰走进，示意李二郎不要作声，他走到床前躬身察看了景唐的伤势和脸上气色，然后招呼李二郎和郑洪到院中大树前的石墩上坐下，询问景唐治疗的相关情况。李二郎和郑洪将季和从不愿给战俘治伤到最后欣然同意并精心治疗的过程讲了一遍，又说今天辰时一刻，景唐苏醒过来，问他们是谁，为何要救他。他们回答了他的疑问后，他说不该救他，他只想一死，因此拒绝喝水用膳。听完两人的汇报后，李冰作了两点指示："一是要郑洪维护好景唐的安全，没有我的命令，任何人不得打扰和带走景唐先生。二是要想办法让景唐进食。"他提醒李二郎，明天是楚国的太阳节，能否利用这个节日做点文章？李冰说："在景唐的伤势未稳定之前，我暂不见他，因为很可能引起争吵，对他养伤不利。但可以告诉他我曾来病房探视，祈望他早日康复。再替我带句话，告诉他：'生在乱世，死是最容易的了，而生，却需要很大的勇气！'"李冰给李二郎、郑洪布置完任务后又去找军医季和沟通，他感谢季和为景唐精心治疗，他给季和补写了个手令，表示如白起将军怪罪下来，一切责任由他个人承担。

第二天早晨，朝霞映照滚滚东去的大江，水面上金波跳荡。

江岸上蜀郡郡守张若和五大夫王陵以及张剑等十多名校尉级军官纵马奔驰。他们已按白起的战略计划胜利完成了占领楚国巫郡、黔中郡的任务。今天是五月一日——楚国的太阳节，他们要赶到楚王宫去参加三路大军将领会师的祝捷盛会，并决定下一步的作战方略。

军医曹中，李二郎端着一个盛有饭食的托盘走进景唐的病房中，放于案上。李二郎躬身病榻前，亲切喊道："伯伯，伯伯，起来，吃点东西吧。"景唐挥手："去，去。"李二郎说："伯伯，您三天没吃东西了，要是死了，侄儿要受罚呢。"景唐有气无力、断断续续地说："去把你父亲叫来，伯伯跟他讲清楚。死，是伯伯自己的选择，与你无关。""嗯，"李二郎答应，停了停，突然问，"伯伯，您晓得今天是什么日子吗？"半晌，景唐喃喃地："什么日子？""五月一日呀！"李二郎说。

"啊，太阳节到了！"景唐说。

"伯伯，"李二郎问，"太阳节是太阳的生日吗？听说，凡是楚国人今天都要给太阳祝生。""是的，"景唐说，"这是全民参加的一个盛大节日。"李二郎又问："为啥要规定五月一日为太阳节呢？"

景唐细声细气但充满感情地讲道："南方最早是炎帝的王国，炎帝之后又出了个火神祝融，炎帝和祝融都是我们楚国人的老祖宗。而炎帝的父亲是太阳神东君，东君又是天帝与羲和所生九子中的长子，出生时间就是九万九千九百九十九年前的五月一日。其他八个早已被后羿射杀，只剩下东君这个唯一的太阳神了。这个唯一的太阳照亮了赤县神州，这是楚国人的骄傲和光荣。太阳节这天举国上下都要用太牢祭祀，用歌舞礼神。人人吃太阳饼，分享太阳的温暖和光明。"

"太有意思了，"李二郎说，"伯伯想为太阳祝生吗？"

景唐想了想，说："最后一次，伯伯想啊，只可惜没有祭品呀，拿什么来礼神？"李二郎说："侄儿给您准备，好吗？"景唐领首。李二郎转身跑出病房，过了一会儿，又走了回来，欣喜地说，"伯伯，我已给您准备好了祭品，可以礼神过节了！"

李二郎搀起景唐走到病房门外的小院中。这时，旭日升天，光芒四射，景唐定睛一看，只见院子正中摆着一张熠熠生辉的祭案。案前设有绣垫，案上置美酒一壶，金爵两只，太阳饼一盘。一个铜炉燃着柏香，青烟飞升，景唐感到欣喜满意。李二郎将他扶至案前，景唐仰面望着炫目的旭日，唱道："暾将出兮东方，照吾槛兮扶桑。"唱毕，跪于垫上。李二郎给他端酒一爵，景唐酹酒于地，向天拜揖。李二郎拿起一块太阳饼，递给景唐，说："请吃太阳饼。"景唐拿起就吃，吃了几口，忽然意识到中计，立即停嚼。李二郎说："伯伯，你刚才不是说过，太阳节这天人人都要吃太阳饼，分享太阳的温暖和光明吗？这可是礼神中一项重要的仪式啊，您怎能不吃呢？"景唐说："伯伯中计了。"李二郎说："父亲昨天辰时来看望过您，祝愿您早日康复，因您当时睡着了，就没有叫醒你，但他要我给伯伯带句话。"景唐说："讲。"李二郎说："生在乱世，死是最容易的了，而生，却需要很大的勇气！"景唐望着李二郎，沉思半晌，又拿起太阳饼咀嚼起来。这时，随风传来一阵钟磬声，景唐谛听一阵，自语道："难道白起准许楚国人过太阳节？""当然，"李二郎说，"白起将军眼下正在楚王宫举行太阳节庆典呢！"

金碧辉煌的楚王宫正殿上华筵盛开。二十八席有序排列，正面四席，左右各设十二偏席。白起在正席坐下，韩卢蜷伏在他的身边，张若、王龁、王陵分别坐在白起的两边。司马靳、李冰、桓奇、张剑等都尉级军官坐左右偏席。一案为一席，案上摆着盛酒的金罍，舀酒的长勺，饮酒的玉爵，装肉羹的铜豆，置鸡、鱼、肉块的描金大漆盘，放太阳饼的陶碗。军官们顶盔亮甲，气宇轩昂，每个人的脸上都充满着兴奋和自豪的表情，展现出一种威风凛凛、天下无敌的神态！

白起端起酒爵说："今天是楚国人的太阳节，咱们在楚王宫中欢庆胜利，吃太阳饼、尝长江鱼、喝楚国酒，这个意义是十分重大的！"顿了一下，白起提高嗓门，说："太阳是咱们的，不，太阳就是咱们的大秦王国！"

众将齐呼："万寿无疆！万寿无疆！"

白起又说："诸位，开怀畅饮吧！"

众将官大口喝酒，大口吃肉。

司马靳站起喊了声："歌舞开始。"

殿侧的乐队奏起舞曲……

一队杨柳细腰的楚国舞女飘然而上，表演长袖舞。她们强笑为欢，但那杨柳细腰的身段和轻柔的翩翩舞姿，却看得军官们眼迷心乱，心旌摇曳。唯有白起皱起了眉头，说："这可是弱民、亡国之舞啊！"他向司马靳招了一下手，司马靳赶快走到白起身后躬身相问。白起命令："把楚王宫的乐官找来。"司马靳点头走去。一会儿，带来乐官钟宏。原来顷襄王出走时除了王后、太子外所有后宫的人都被抛弃，秦军破城后钟宏为了保护楚国的至宝——楚灵王时留下的八组八十八枚编钟而未逃走，他想把这些编钟藏匿民间，不幸被秦军发现，被抓起来关进了大牢。白起知道楚国的音乐歌舞为华夏翘楚，下令保留楚国的宫廷乐队以为秦军服务。但钟宏情愿坐牢也不愿为秦军效力。今天是以举行太阳节庆典的名义将钟宏骗到现场组织指挥演出的，当然，钟宏也有自己的打算。

白起瞪着钟宏说："你们楚宫的歌舞不是号称丰富多彩吗？为何演这种让人丧魂失魄的淫舞？"钟宏一笑，说："那不是麾下的一位文曹官员定的吗？说将军们打仗辛苦了，要看轻松愉快、富有刺激性的长袖细腰舞。"

"别说了，"白起一摆手说，"秦国将军需要的是黄钟大吕、壮怀激烈！"钟宏说，"事先没有准备啊，不过，下官倒可以为将军献上一曲壮怀激烈的。""善，"白起点头，"你是乐官嘛，表演得好，有重赏。"钟宏对司马靳说："请借将军的宝剑一用。"司马靳怀疑地盯着钟宏。钟宏说："表演剑舞没有宝剑怎行？"白起说："给他。"司马靳抽剑递给钟宏。

钟宏向表演长袖舞的姑娘一挥手，乐队停止演奏，姑娘们退下。他提剑走到殿中，朝乐队点了一下头，做了个手势。立刻，编钟、金镈演奏起高昂、悲壮的曲调，整个大殿都轰响起来！

钟宏挺身，高歌屈原的《国殇》，边舞边唱：

> 天时怼兮威灵怒，严杀尽兮弃原野。诚既勇兮又以武，终刚强兮不可凌。身既死兮神以灵，子魂魄兮为鬼雄！

"唰——"正歌舞着的钟宏将宝剑朝白起猛烈掷去，猎狗韩卢腾身而起，一口叼住了宝剑。

钟宏纵身飞起，触柱而亡！

众将官惊愕，唯有白起不动声色，他喝了口酒，说："这个乐官还算条汉子，厚葬吧！"

（二）李冰舌战老军头

高堂广厦的子兰府成了"战捷司"的驻地、保管秦军战利品的库房。庭院中，长方形版状的楚国金币郢爰[1]和铜贝、蚁鼻钱分别堆成了两座山，堪堪是金光灿烂，耀人眼目。廊庑上摆满了形状大小不一，造型纹饰各异的青铜器：编钟、编磬、铜鼎、铜壶、铜盂、铜灯。府邸前厅，摆满了各种各样的珍珠、玛瑙、翡翠、珊瑚和各种类型繁多、色彩缤纷的玉器：玉璧、玉璜、玉壶、玉笏、玉刀、玉戈、玉龙、玉虎、玉册，还有各种著名的楚国彩绘漆器，以及通过南方丝绸之路进口的南亚玻璃珠，真个是珠辉玉映、琳琅满目。府邸后厅堆放着古色古香的楚国典册图笈，有各种各样的绢书、帛书和简册，弥漫着一派书香……

二十多个军中文曹小吏，两人一组，手持简册毛笔，对这些战利品进行逐一登记。李冰在后厅躬身清理绢书、简册。司马靳端着一个彩绘漆奁走来，说："李兄，你看看这是什么？"李冰揭开奁盖，只见里面装着十几颗多色、透明的玻璃珠。他拿起一颗仔细观察着，说："这像蜻蜓的眼睛一样，就叫它'蜻蜓眼'吧。"司马靳说："这珠子光滑透明，很是稀罕，中原各国都不生产啊。"李冰说："楚辞中提到过'陆离'[2]，莫不是这琉璃珠子？然而琉璃

---

　　①郢爰是楚国铸造、通用于列国的一种称量金币，所谓金实际上是铜，分版式和饼式两种。见姚政著《中国古代货币研究》（内部铅印交流本）。

　　②陆璃与琉璃的考证见1981年出版的《文史》11辑载史树青文《"陆璃"新辨》。关于"蜻蜓眼"及南方陆地上丝绸之路的考证见张正明著《楚史》（湖北教育出版社1995年7月第一版，第345—346页）。

珠与这种玻璃珠又有明显区别，我猜想，很可能来自遥远的异域外邦。”

一会儿，韩卢跑来，朝司马靳"汪、汪"呼叫。司马靳俯身打开韩卢颈上的铜铃，取出一方绢来，看了看。李冰问："何事？"司马靳说："白起将军令你我今晚去紫阳宫开会。"

如钩的新月升起，将它的清辉洒在紫阳宫屋顶上，给那些绘着黼黻的大筒盖瓦镀上了一层洁白的银辉，给人以苍凉、冰冷的感觉。紫阳宫原本是顷襄王的寝宫，白起选择在这里召开高级军事会议，一是为了保密，二是对他的高级将领进行一次军纪教育。白起治军极严，但对麾下的将官和士卒十分爱护，他要造就一支能吃苦耐劳，"士卒以军中为家，将帅为父母，不约而亲，不谋而信，一心同功，死不旋踵"的队伍，他认为这样的队伍才能克敌制胜。他认为楚国的失败就在于腐败，楚军"自战其地，咸顾其家，各有散心，莫有斗志"，而腐败的根子就是以顷襄王为首的朝廷中枢，"楚王恃其国大，不恤其政。而群臣相妒以功，谄谀用事，良臣斥疏，百姓心离"[①]。所以白起要召开一个现场会来对他的高级将领施教，同时决定下一步的作战方略。

寝宫内有几盏或跽坐或站立的裸体美人铜灯。铜灯的柔和光亮，映照着金色云龙的漆木屏风，以及那些雕刻或彩绘着各种精美花纹图案的描金漆木几、矮案、衣箱、陶柜和琴案等物。最为耀眼的是那张雕花漆木床榻了。床上有绣枕红被、挂有经纱帐帘，帘上绣有龙凤图案。戌时一刻，白起早已站在屏风前等候了。王龁、王陵、张若、司马靳、李冰等人鱼贯而入。众将朝他行礼，白起摆手说："知道为什么要你们到这地方开会吗？"王龁说："开开眼界呗！"

白起说了声"对"，就走到床榻前一拍，帐帘立刻抖动起来……
白起说："这就叫帐舞蟠龙，帘飞彩凤。"王陵说："绝了，绝了，楚王睡觉时还要搞出龙飞凤舞的名堂来。"王龁骂道："熊

---

① 白起以拔郢之功受封武安君，秦昭王称赞他"取胜如神"，白起解释，讲了书中引用的这一段话，见《战国策·中山策》。

横这家伙真会享福呀！"白起说："这叫生于忧患艰辛，亡于安乐奢靡！明白这个道理吗？""明白！"众将齐声回答，白起说："明白就好，这次伐楚，稀罕的战利品不少，我要告诫诸位，可不要乱伸手啊！""不敢，不敢。"众将官齐声回答。

白起悉心给他的爱将们排座位，他指着那张大花床要王龁、张若、王陵坐到床榻上，三人推辞不愿，白起说："这回伐楚，三位都立下大功，让你们坐一坐，是一种特别赏赐。"他要李冰在大床边的描金漆木凭几①上坐，说："水淹鄢城又修复鄢城，造车梯又带领陷队之士首先攻上郢都城头，功不可没！"又令司马靳坐在一张装潢精美的漆木几案前的玉墩上，说："这也是赏赐，也便于你做笔录。"几案上早已置好绢帛笔砚。

白起站到挂有帛画地图的屏风前，说："现在议事。"他指着地图，"当前的态势，楚王和昭睢君臣已逃向陈丘，淖齿的十万军队损失不大，景阳、项燕残部在洞庭湖以南集结，黄歇跑到江南招兵去了。我军是乘胜前进，一举灭楚呢？还是逼楚人和谈，就此罢兵？我想听听各位的高见。"说完坐于屏风前的一张镶金嵌玉的大木几上。

王龁说："乘胜前进，一举灭楚。"

"甚善，甚善。"张若、王陵附和。

三位主将的意见一致，还有什么可讨论的呢？于是，会议陷入沉默，然而，三位主将的意见并不符合白起的想法，有顷，白起点名："李冰，讲讲你的看法。"李冰站起，问："上将军，三位老将军都表态了，我再讲不适当吧？""却是为何？""如果我的见解与三位老将军一样，就没有必要浪费时间了；如果不一样，会不会……"白起打断李冰的话，说："见解都一致了，还会商个甚？开会议事就是为了听取不同意见，说错了也不治罪，直言吧！"

李冰站起身来，向三位将军拱手："三位长辈，就恕后生直言了。"

王龁说："你讲，你讲，你的见解能服人，就听你的。"

――――――――――

①凭几是一种带靠背扶手的几。

李冰说："我军占领郢都，已经是很大的胜利了，必将载入史册。听说楚王有和谈的愿望。卑将以为，应当接受和谈，就此罢兵。"

"你老弟，"王陵说，"不懂军事吧。""是呀，是呀，"张若显出一副老气横秋的样子，轻蔑地说，"李冰后生是嫩了点，没打过仗吧？不知道抓住战机的重要性。"李冰说："老前辈强调战机的重要性，这当然正确。不过，在后生看来，吃饭更重要。用兵制胜，以粮为先，兵无粮而自散。这回伐楚，朝廷指令蜀郡供应军粮，郡守大人，你供给了多少呢？"张若说："四百万斛。"李冰问司马靳："司马都尉，你说司马错爷爷几年前伐楚时带了多少兵？多少粮？"司马靳说："巴蜀兵十万，米六百万斛。"李冰说："白起将军现在统率的是二十万大军啊，算过账吗？四百万斛能供给我军吃多久？"

"这倒是个难题！"王陵说，"张大人，你们蜀郡还能不能再增加六百万斛？""这，这……"张若嗫嚅着，说，"怕有点难。""难什么？"王陵说，"你们蜀郡不是我们秦国最富有的地方吗？每年上计，都名列第一。"张若说："那，那就只有请朝廷下令再加征啰！""还要加征？"李冰说，"张大人，你们蜀郡不是才经历了一场大旱灾吗？"张若站起指着李冰："你，你如何知道？"李冰说："我大秦军中蜀郡人不少啊，隐瞒得了吗？"张若愠怒："你这后生，怎能说老夫隐瞒……"

"算了，算了，"王龁说，"另想办法吧。"转对白起："上将军，卑职以为楚国是鱼米之乡，我军完全可以就地取粮。"白起摆摆手说："咱现在是只听不讲，尔等畅言吧！"言讫，闭起眼睛。王陵说："就地取粮也是兵家常用之法，不妨一试。""不可，"李冰站起来走到地图前说，"以郢都为中心的荆鄢地区只是楚国富裕地区之一，广阔的鱼米之乡是淮水以南和原来的吴越之地。"指指地图，"还在江水的中下游呢。楚国不仅幅员广大，而且立国悠久，多数百姓有深厚的爱国情怀，我们已亲眼看见五百壮士和乐官的宁为玉碎了！一旦就地取粮，弄不好，将形成抢劫，必然激起民变，反秦之火一旦形成燎原之势，局面就难以收拾了。白起将军刚才讲了，淖齿的十万大军损失不大，黄歇正在江南招兵买马，很可能组织反攻。韩、赵、魏、齐正虎视眈眈地盯着我大秦。我军旷日持久地拖下去，他们会不会又来一次合纵攻秦？不要忘记，二百多年前著名战将伍子胥为报家仇，曾率吴军长途奔袭，攻下郢都，烧高府之粟，破九龙之钟①，掘楚祖之墓，鞭平王之尸，战绩何等辉煌！但不到十个月就铩羽而归。其中原因，老前辈们都知道，一是我大秦出兵救楚；二是越国趁吴国国内兵力空虚而出兵攻吴，差点拿下姑苏。"张若站起说，"这种情况不会发生，老相国魏冉到赵国兼任丞相，就是为了化解魏、韩、齐的合纵。"

　　李冰说："就算合纵攻秦之事不可能发生，楚国方圆五千里，一口吞下这个泱泱大国也难以消化。愚见，还是采取步步为营，得地一块，就巩固一块的策略。"王陵说："一举拿下楚国，再来巩固，不是更省事吗？""我们能一举拿下吗？"李冰说，"不可能。五月，已进入初夏了，这就是说，雨季就要到来了。楚国位居大江中下游，光大小支流就有上千条。雨多了自然水涨，即使不出现大洪水，也会出现星罗棋布的湖泊和沼泽地。在这样的水乡作战，我们的骑兵很难发挥作用。最可怕的是，江水流域还流行着一种胀臌病，百姓传言，是一种藏于水中的毒虫在作怪，人一感染，就会发病，如若深困水泽，我军有可能被暴水和疾病吞噬！"

　　几位将军都找不出话来反驳李冰。

　　"诸位的高见，我都听明白了！"一直闭眼听会的白起，猛然站起身来宣布命令。白起喊："张若听令。"张若站起。白起指图说："令你以临沅为根据地，率蜀军沿洞庭湖向西南方向继续推进。"张若回答："遵命。"白起又喊："王陵听令。"王陵站起，白起指图说："令你集结兵力于鄢城一线，做好直捣陈丘的准备，并派出一队斥候侦察、收集楚军在东北面的情况。"王陵回答："遵命。"白起再喊："王龁听令。"王龁站起。白起指图说："邓城、安陆、鄢陵、郢都全交给你了。你的任务是肃清残敌，维持安定，准备建郡。"王龁回答："遵命。"

---

　　①九龙之钟是楚国王权的象征。《新书·耳痹篇》又称为十龙之钟。

散会后，已是午夜了。但白起顾不得歇息，在他的住处口授给朝廷的奏章，由司马靳记在一幅黄绫上。昏黄的灯光下，白起来回踱步，思索着，字斟句酌地讲述着……

白起对李冰的建言很欣赏，其实在攻下郢都之后他就在思索这个问题了。李冰的话促使了他的最终决策。是的，用兵制胜，以粮为先，要拿下方圆五千里的泱泱大国，只能是一场持久战，需要投入全秦国的财力物力，靠蜀郡供应军粮，只是幻想，还是见好就收吧！白起从来不打无把握的仗，他要保持常胜将军、百战百胜的纪录。他现在摆出一副南北交击、横扫楚国的态势是要威逼楚国和谈，逼楚国承认既成的事实。他建言朝廷以郢都为中心设置南郡，暂时休战。这样，就可把伐楚战事画上一个圆满的句号了。他用了半个时辰才完成这篇奏章，之后，又令司马靳将嬴九公主的情况写一篇禀报，专呈太后，直到拂晓时才完成这两个文件。旭日窥窗时签发，以八百里加急的特件上报朝廷。

（三）李冰冒险释楚贤

"当——当——当——"咸阳宫前钟楼上的洪大钟声冲破朝雾、迎接朝阳，回响在咸阳城的上空。这报捷的钟声告诉人们秦国的军队又打了大胜仗。照例，由街正领百姓们上街游行，敲锣打鼓，唱歌跳舞，欢庆胜利。

咸阳宫的大殿上，冠盖齐集，举行朝会，文武大员席地而坐。昭王举着一幅白起加急上报的黄绫奏章，兴奋地宣布："众卿，伐楚之战已取得辉煌胜利。黔中、巫郡、郢都皆归我大秦了！朝廷决定在郢都设南郡，这样，就使巴郡、蜀郡、汉中郡、巫郡、黔中郡连成一片了。现在，江水上游，已尽入我秦国版图。"

众大臣欢呼："天命归秦，万寿无疆！"连呼三遍，声震殿宇。

昭王说："白起立下神功，嘉封为武安君。待楚国人答应和谈，并接受我大秦的条件后即班师凯旋。"顿了顿，又说，"我大秦为何不乘胜前进，一举灭亡楚国呢？主要就是军粮不济，原来以为蜀郡殷富，又有大江直通郢都，可以将军粮迅速地、源源不断地运往前线，但前年蜀郡一场大旱灾，打破了原来设想，蜀郡百姓缺粮，自顾不暇，再加征军粮，就会激起民变了！所以朝廷接纳了白起将军'得地一块就巩固一块'的建言，暂时休战。战争是综合国力的较量，要增强大秦国力就要发展农、工、商业。重点是农，要建立大规模的粮食生产基地，如何建立？众卿都要殚精竭虑，献计献策。龚大夫——""臣在。"龚大夫站起。昭王说："由治粟内史府①牵头，立即组织吏员到各郡勘察，制定规划。""遵命。"龚大夫额首领命。众大臣对昭王的决策称善，认为高瞻远瞩、全面周到。昭王又请坐在他身边的宣太后训示。宣太后说："本后完全赞同大王的决策，咱秦国要强势崛起，就要千方百计发展生产，增强国力。楚国是块大肥肉，只能一口一口地吃，硬要一口吞下，只怕胀破肚皮。看来楚国人要接受我大秦的条件怕也不那么容易。本后之意，要和谈，就让楚国派使者到咸阳来谈。"昭王称善。宣太后又问："公主怎样了？本后不是令白起将她尽快送回咸阳吗？怎么还没有消息？"昭王说："白起将军给太后专写了禀报，称公主负了伤，正在由军中良医季和治疗，待她康复后即派专人送回咸阳。""唔，"宣太后笑着，"好哉，好哉！"

　　第二天，昭王派他的近臣谒者②王稽为特使出发去郢都劳军并宣布他的诏令。王稽带着诏令及赏赐，在一队宫廷侍卫的护送下，经过数日跋涉到达郢都，白起率众郊迎，之后，在楚王宫召开了一个校尉级以上的军官会议。会上，王稽宣读了秦王封白起为武安君并且所有参战将领均晋爵一级的诏令，又念了以郢都为中心设立南郡的决定。接着又由司马靳宣读由白起签发的晋爵命令。这一命令分两项内容：一是七级以上立功军人的晋爵名单；二是规定七级以下的晋爵由各千人队审定后再报幕府备案。最后，王稽宣布昭王口谕，嘉奖全军"大酺"三天。就是让全军将士喝酒吃肉进行庆祝。白起的伐楚战争终于画上了一个完满的句号，取得了上上下下皆大欢喜的结果。只剩下一个如何处理一万两千战俘的问题了，按以往

_____

　　① 治粟内史，秦官，九卿之一，主管农业和财政。

　　②谒者为秦官名，是君王的近臣，主殿上时节威仪，传达君王的指示、命令，联系臣下、接待外宾等。

的做法就是杀掉了事，而且以斩首多少作为战绩上报朝廷，记入史册。但这回白起犹豫了，李冰用五千战俘整修了一条白起渠、重建了一座新鄢城给他留下了深刻印象，使他认识到不杀战俘，把他们变成劳动力，既可以创造物质财富，又可给自己留下一个好名声。但具体如何操作他还未想好，便向王稽请教，王稽建言他搞一次"献俘阙下"的活动，就是将俘虏押送咸阳，在宫前的冀阙广场上举行一个仪式，让他们全体跪下，由俘虏中的头面人物向秦王跪献降表，对顽固反秦者当场腰斩，其余俘虏，分散出卖给富贵人家，为奴为仆。王稽认为这样做不仅可扩大鄢都战役的胜利影响，而且可获得一大笔现金收入，以供军资。白起连声称善，并请王稽担纲主持其事，王稽一口应承，称此分内之事也！

这次秦军的评功晋爵活动中，李冰由五大夫晋爵为左更，从军多年、已获过四级军爵的郑洪，因第一批攻上鄢都城墙，取得楚国三个虎贲的首级，而晋升到七级——公大夫的爵位，十五岁的李二郎因射杀楚国殿前司马熊罴立了大功而被赐公大夫爵位。真是时势造英雄，李冰父子从军仅两年多就获得了高级和中级爵位，七级公大夫可以得到同县令相等的待遇，左更十二级在军中属将军级别，在文官系统中可做郡守以上的大官，这给李冰父子的仕途开辟了广阔而又光明的前景。然而，因处理战俘景唐问题使李冰的政治命运瞬间逆转，险些丢掉了性命！

"献俘阙下"的决定做出之后，白起把王龁找来交代任务，要他做好准备工作，特别强调从俘虏中选定一个在楚国有影响的头面人物来上降表。王龁认为李冰正在招降的景唐最合适，白起早知道景唐的情况，赞同王龁的看法，认定用这个人上降表影响巨大，能向列国证明楚国以屈原为代表的反秦派已经承认失败，诚意归秦了。白起询问李冰与景唐谈得如何了？王龁回答说："李冰与他谈过两次了，但此人很顽固，拒绝投降！"白起说："一定要降服此人！文的不行就来武的，李冰行事柔弱，与景唐又有同窗结拜之情，他断然下不了手，把他交给桓奇办吧，让这位楚国国士领教一下秦国的严刑峻法！"王龁颔首应命。

王龁找到李冰，传达了白起的命令，李冰请求再给他一次说服景唐的机会，王龁同意了，但告诫李冰，如果景唐仍坚持不降，就立即将他交给桓奇。

李冰匆匆朝军医曹走来。李二郎快步迎上，说："父亲，桓奇来过了，说是……""别说了，"李冰说，"我一切都知道了。"父子俩朝病房走去……

景唐伤势大有好转，只是颈上还缠着纱布。此刻，他正在病室内踱步沉思，一会儿，门外响起李冰的喊声："景唐兄，景唐兄！"

景唐闻言，急忙躺到床上，以被蒙头。"景唐兄，"李冰推门走进，坐到床榻边，"景唐兄，屈原先生又有新作了，是我军从一个渔夫身上搜到的，小弟特与仁兄送来。"景唐这才坐起身来。李冰将一份帛书递给他，是屈原的新作《哀郢》，景唐边看边流泪，情不自禁读出声来：

> 皇天不纯命兮，何百姓之震愆。民离散而相失兮，方
> 仲春而东迁……

景唐一抹眼泪，翻身下床说："我要去找先生。"李冰说："现在兵荒马乱，仁兄何处去找？听愚弟再讲几句好吗？"

"你讲。"

"景唐兄，"李冰真诚地说，"到我们秦国共襄大业吧！秦国有重用客卿的传统，商鞅、公孙衍、张仪不说了，现在还健在的老将军司马错，我的老师田贵都是客卿。""你还可以举出一长串名字呢，"景唐没好气地说，"可惜，曾经周游列国的孔子就是不愿入秦。"李冰说："商君变法之前，那时秦国还比较落后，缺少文化！"景唐说："你们现在就先进了？就有文化了？否，秦国推行的是十足的暴政，使民酷烈，以刑杀为畏，搞什么什伍连坐法，威逼父子、夫妇、邻里彼此监视，相互攻讦，使人间的亲情、爱心荡然无存。你们秦国军队是用杀人多少序功的爵位利诱和严刑威逼造就的一支没有人性的虎狼之师，暴虐天下，杀人盈城，杀人盈野！"

这时，桓奇领一队去抓景唐的秦军正在大街上跑步前进……

医曹病房中，李冰向景唐婉言解释："秦国实行以法治国，凡事皆决于法，自然需要周密和严厉，不能说秦法就好得很，愚弟就认为它还有完善的必要，但有法律总比没有法律的随意滥杀要好得多。事实证明，我们实行法治已经达到了富国强兵的目的。这就有力量完成一统天下的重任，使天下百姓得以免除战祸而永享太平。"景唐反驳说："现在各国的百姓都渴望统一。用什么来统一？那就是要统一于王道和仁政。你们秦人讲的统一，就是要把秦国的暴政强加至各国人民的头上。李冰，你不是崇敬屈原先生吗？那你就记着他的一句话吧：'靠暴政只能像流星一样一时闪光，行仁政才能像太阳一样万世辉煌。'""我记住屈原先生的话，"李冰直言道，"人要生存就得正视现实，是你们楚国失败了，仁兄何去何从？总得有个归宿吧。什么是霸道、暴政？什么是王道、仁政？留到今后……""还有今后吗？"景唐气咻咻地说，"要么你立即杀了我，要么你立即放我走。""景唐兄！"李冰几乎要哭了，哽咽道，"你这样坚持是要付出惨重代价的！""无非就是一死嘛！"景唐说，"愚兄早已做好了准备！"李冰想了一阵，嘘了口气，一咬牙关，沉重地说："我放你走。"景唐转身就走。"景唐兄！"李冰把他叫住，"你这样是出不了城的。"李冰把门外的李二郎叫来，取出一块铜牌给他，令他将景唐送走。

李二郎带景唐刚走，桓奇就带兵闯进病房来抓人，桓奇问："左更大人，你说服景唐投降了吗？"李冰摇头。桓奇说："那就把景唐交给我。"李冰坦然地说："我已放走了景唐，我到白起将军处领罪。"

（四）李冰革职

楚王宫厢阁内，白起拍案而起，瞪着站在他面前的李冰说："你犯的是死罪！"

李冰神色泰然！

"来人！"白起喊了一声。两卫士冲出，拽着李冰。白起下令："推出去斩了！"大门外，李二郎要闯进救父，被卫士挡着，扭打起来，郑洪急忙上前，抱着李二郎，说："二公子，别帮倒忙！司马都尉会求情的。"

厢阁内，司马靳跪在地上，对白起说："武安君，赦了他吧，赦了他吧！他可是烈士的后代啊，是太子爷推荐，太后、大王点头让他从军的，杀了李冰何以向朝廷交代？卑将与李冰从小就很相好，了解他的性情。他为人讲感情、重义气，对我大秦绝无不轨之心。卑将愿用人头担保。"

白起皱起眉头，思考了好一阵子，才慢慢缓和下来，坐到榻上，说："李冰，你说说，你为何要放走景唐？"李冰说："卑将以为屠一城、灭一国，都是容易的，要征服人心就不那么容易了。""好大的口气，"白起说，"放景唐，就是为了征服人心？""正是，"李冰说，"统一天下不是首先要统一人心吗？景唐在楚国百姓、特别是读书人中影响很大，他率五百壮士，死守东皇太一庙，就是要做楚国的忠臣义士！杀了他不就是成全他了吗？放了他就会影响深远，让天下人知道，我们大秦国的军队不是什么暴虐神州的虎狼之师，而是有王者风范，为统一华夏，让各族百姓永享太平而战的正义之师！"白起说："做得到吗？"李冰说，"做不到也要尽心去做。朝廷不是决定要在郢都建郡吗？一时的强弱在于力，千古的胜负在于理！要化楚人为秦人，不能只靠刀剑说话，要以理服人，至少得给人家一点实惠、一点好感呀！"白起"哼"了一声，踅来踅去，突然驻足，敞声大笑："哈哈哈，李冰呀李冰，真有你的一套！"对卫士挥手，"放了他。"卫士放了李冰，但李冰肃然不动，白起瞪了李冰一眼，说："你还有何话说？"李冰说："祈望武安君多一点王气，少一点霸气！"白起对李冰摆手："你走，你走！"李冰也不感恩，转身就走。

厢阁前的台阶下，一脸忧郁的郑洪坐在石阶上，李二郎焦急地走来走去，不住地抹额上的汗珠……

李冰出现在台阶上。

郑洪、李二郎惊喜迎上。李二郎说："可急死孩儿了。"李冰说："放心吧，武安君不会杀我了，不过，也不会留我了。"李二郎惊问："要罢黜父亲吗？"李冰说："至少，军籍保不住了，做好回家种田的准备吧。"郑洪说："我也回家，烦请大人帮在下向司马都尉请求一下。""为什么？"郑洪说，"在下从军六年啦，负伤三次，年岁也大了，想家啊，母亲去世了，还有老爹小妹呢！"李冰问："你多大年纪？"郑洪说："三十了。""唔，"李冰说，"该成家立业了，我帮你讲讲。现在，你二人回住处收拾好行李。我到战捷司办移交。"李二郎说："父亲说的只是一种猜测，白起将军不会这样快速处置我们吧？"李冰说："为父的猜想八九不离十，白起办事雷厉风行。"李冰猜得不错，此时，白起正埋头伏案写一封决定李冰命运的密信呢。

白起何等精明！他已看出李冰是个知识渊博，敢想、敢说、敢干的奇才，不仅有政治才能，而且有领军打仗的统帅才能。这样文经武纬的奇才异能不会长期屈居于他的手下，不会无条件服从他的命令。白起太熟悉商鞅、吴起、孙膑、张仪、苏秦等人的故事了。列国纷争，政治多元化，士人可以自由流动，弄不好就会被敌国请去，从而伤害秦国的利益。对李冰这样的英才，要么重用，要么杀掉。他把他的建议写给了朝中的实权人物宣太后。白起写完后，折好，装进一个特制的小木匣中，这是一种秘密信件。对韩卢说："把司马靳叫来。"

韩卢走出，叫了两声。

司马靳走来："参见武安君。"

白起吩咐："太后有令，要咱们尽快把嬴九公主送回咸阳，这件事就交给李冰办。"将密信递给司马靳，"把信交给公主，请她转交太后。"

司马靳接信，问："还让李冰回来吗？""不，"白起摇头说，"褫夺左更军爵，撤销左都尉军职，保留五大夫爵位，令他退役。这要通报全军。""遵命，"司马靳拱手，"我代李冰感谢武安君的宽大处理。"白起说："鄢、郢之战，李冰是立了大功的，奖给他一百斤郢爰。至于朝廷如何处置他，就看他的运气了。去办吧，给他一个通行牌，令他明天一早就走。"司马靳领令而去。

战捷司里，李冰正拿着简册点数那些战利品：数百口盛装各种珍宝的大大小小的漆木箱，以及成堆成捆的典籍图册。

"李冰兄，"司马靳走来，传达白起的命令说，"武安君令你送公主回咸阳。"李冰问："何时动身？"司马靳说："明日一早。"拿出一个铜牌给李冰，"这是幕府的特别通行牌。"李冰接过，淡然地说，"武安君要我离开军营了。""是这样，军职没有了，"司马靳说："但白起将军没有忘记你攻占鄢、郢立下的战功，仍建言朝廷保留你五大夫的爵位，并奖赏你郢爰百斤，一会儿，你就去幕府领取。还有什么要求吗？"李冰说："有两点，一是我的贴身卫士郑洪，从军六年，负过三次伤，已经三十岁了，他想退役回家；二是本人想选些典籍借回家阅读。""可以，"司马靳点头说，"郑洪有公大夫的爵位吧？"李冰点头称是。司马靳说："要他到幕府立案，办个证明。""好，"李冰说，"我回住处就立即告诉他。"司马靳叮嘱，"你们今天做好准备，明晨在北门等候。"

　　赢九已经康复，但仍住在秦军医曹的病房中。当天夜晚，在荧荧的烛光下，赢九和使女沅湘忙着收拾行装。赢九说："一听说要回咸阳，我的心里就突突地跳。"沅湘说："公主应当高兴才是，司马都尉不是说了吗？送公主回咸阳是太后的懿令。"赢九道："也只有太后才心疼我哩。谁送我回咸阳呢？"沅湘说："司马都尉不是说是李都尉？"赢九说："他没说名字呀，会不会是那个救我的李冰啊？"沅湘说："很可能就是他。"赢九心里想："那就太好了！"

　　第二天一早，郑洪就驾着一辆辎车，载着李冰父子和几箱行李书籍赶到郢都北门等候赢九公主的到来。须臾，司马靳骑马，一名驭手驾一乘轿车，载着赢九和侍女沅湘驰来。李冰父子和郑洪下马迎接，司马靳拉开轿车的后帘，沅湘扶赢九走到车后，李冰拱手，"参见公主！"赢九扫了李冰父子和郑洪一眼，"由你们三位送我回咸阳吗？"李冰说："正是。"赢九说："谢谢啦！""应该的，"李冰说，"请公主归座，我们趁早出发。"沅湘扶赢九归座，关好车帘。司马靳将一个描金漆盒和一个囊袋交给李冰，说："这漆盒以白起将军的名义送太后，这囊袋带给我的欣儿。"李冰点头接过。司马靳说："李冰兄，回咸阳请太子爷给你一份适合你的差事吧。不过，我要送你一句话。""请讲。"司马靳说："直如椽，死道边，曲如钩，始封侯。"李冰不喜欢这句话，但他不愿拂了同窗好友的一片深情，只说了句："你也保重！"三人登车，司马靳走到轿车前对驭手说："一切听李大人的！"驭手说："遵命。""走吧。"司马靳一挥手，两辆马车沿着兰武道①辚辚而去……

（五）李冰拒绝招亲

甘泉宫的后园内，宣太后坐在绣榻上，观看地毯上两个侏儒俳优表演傩戏。锣鼓声中，尖头俳优翻着跟斗上场，亮相造型，高声念道："吾乃水神共工，天地之间第一尊神，没有水，人就要渴死！"

胖头俳优空翻上场，亮相，念道："吾是火神祝融，天地之间第一尊神，没有火，人就要冻死！"

尖头俳优："你敢和我争第一？"

胖头俳优："我就敢和你争第一。"

尖头俳优："我们比！"

胖头俳优："我们拼！"

两人后退一步，摆开架势。

"噗——"胖头俳优大口一张，喷出一团烈火……

"唰——"尖头俳优张嘴一吐，喷出一股清水……

水火相交，化成一团青烟……

尖头俳优："我赢了，我的水灭了你的火！"

胖头俳优："我赢了，我的火使你的水化成了青烟。"

尖头俳优："那算扯平了，咱们比觝抵，我这尖头重有万斤，可以撞倒不周山，可以把上天戳个窟窿！"

胖头俳优："戳个窟窿也不怕，补天能手女娲娘娘就在我们秦国。"

宣太后问："女娲娘娘在秦国哪里呀？"

尖头俳优："远在天边，"

---

① 兰武道系由关中直通东南地区的古道，因要经过蓝田和武关而得名。

胖头俳优："近在眼前。"

两人齐声："就是您太后呀！"

"哈哈哈……"宣太后畅笑。

魏丑夫匆匆走进，禀报说："公主回来了。""在什么地方？""就在宫门外等候呢！""快接她进宫嘛，啊，不，我去迎接小公主。"魏丑夫牵着太后，从宫门内走出。

宫门外，站着嬴九，背着行囊的沉湘，手捧一个彩绘漆盒的李冰。

嬴九见太后来了，快步迎上："参见祖太后！"长跪地下，太后一把抱起她，"心肝宝贝，这些年可辛苦你了。"嬴九流泪，哽咽道："多亏了李冰都尉，要不孙女就见不到祖太后了。""晓得，晓得，白起有过禀报，"她向李冰招手，"侬过来，"李冰走近太后。太后笑微微地打量着他，赞道："哟，年岁不大嘛，又一表人才，咱们大秦国有了你们这些才俊，就大有希望啊。""谢太后夸奖！"李冰呈上漆盒，说："这是白起将军孝敬太后的。""什么宝贝呀？"李冰揭开盒盖。太后看了看，是十二颗"蜻蜓眼"，她拿起一颗细看，蜻蜓眼在阳光下发出耀眼的彩光，"真是稀罕，丑夫，收下吧。"魏丑夫接过漆盒。太后望着李冰问："侬家中有些什么人呀？""回太后，"李冰说，"内子田氏，另有一子一女。""好哉、好哉！"宣太后对魏丑夫说，"赏两颗珠子给他。"魏丑夫拿了两颗白色的珠子给李冰。"不敢，不敢。"李冰不受。宣太后说："是本后送给侬夫人的。"李冰接过，"谢太后！"宣太后又对李冰说："侬一路辛苦，先去歇着吧。"李冰退走。嬴九和魏丑夫扶着宣太后返回宫里，沉湘跟进。宣太后一边走一边对嬴九说："颠簸了几日，先去沐浴，然后呢，祖后给你接风，我们一边吃一边讲侬在楚国时的故事！"嬴九说："谢祖后。"她从贴身处拿出一个小木匣来交给宣太后，说："是白起将军写给太后的密信。""唔。"宣太后接过信。

李冰送嬴九回宫后，又叫郑洪驾车去司马错府邸，去看望老人家和代送司马靳给他儿子司马欣的物品。篷车来到司马错府邸门口，李冰、郑洪、李二郎从篷车上提下一个行囊、一袋藕粉、一

箱熏鱼脯、一根湘妃竹杖跨进大门，老管家从值房走出，笑脸迎上："啊，李冰、李二郎，贵客，贵客，来看望老将军的？"李冰点头，"是的，是的。""不凑巧，老将军到国尉府处理公务去了，怕要晚上才能回来。"李冰问："欣儿在家吗？"老管家说："在，老师正给他上课呢。"李二郎说："能不能叫欣哥出来一下。"老管家说："当然可以，"他转身对值房中的一名差役说："去请公子出来。"差役应声而去。老管家把李冰父子请进值房落座，给他们上茶。一会儿，与李二郎年龄一样大的司马欣欢快地从后院中跑出，几步跨进值房，就"伯伯""兄弟"地喊着上前拥抱李冰父子，与李二郎比高矮，扭着要听郢都大战的故事，李冰说："欣儿，今天不是讲故事的时候，听伯伯说——"李冰指着面前的几件东西道："这囊袋中的物品是你父亲送给你的，他在前线一切都好，请你转告母亲和爷爷，勿要挂念。洞庭湖产的湘妃竹杖是伯伯孝敬老爷爷的，峡江熏鱼脯、洞庭藕粉、上林茶叶、郢都烙饼是楚国特产，送你们尝个鲜。好了，咱们该走了。"李冰站起身来，司马欣说："就住我们家嘛。"李冰说："太后令咱们住广成传舍①呢！"

  李冰父子从司马错府邸出来后又乘车到南河里街去看望姑父母。两位老人住在渭水边的一座颇有特色的宅院中，这是李冰的父亲李水修好渭水大桥后朝廷给他的奖品。宅院坐落在渭水北岸之东，距大桥四百九十步。坐北朝南，面对渭河，有三进深，由前院、堂屋、厢房、后园组成。屋顶用悬山式和囤顶结合组成，最有特色的是门楼，就是在大门口的屋檐顶上加盖了一座两丈八尺高的阁楼，四面开窗，可以凭窗远眺，是李水专为观察渭水而设计的。它开辟了秦汉后楼房建筑的先河。正对大门的河边有一株大槐树，树下有石凳、石桌，供休憩之用。槐树与屋后一排高大的枣树遥遥相对，槐花开时一片白，枣儿成熟时一片红，形成一道赏心悦目的

---

  ①传舍又称驿馆。是古代旅行者休息住宿之处，在大道沿线和通都大邑都有此设施。秦都咸阳设有各种不同级别的馆舍，以接待不同客人。"广成传舍"属国宾馆。

景观。

昭王五年（前302年），大桥完工，然则，作为总工师的李水并不放心，他给治粟内史府写了禀报，强调管理的重要性，建言要组织一支十人护桥队，每天巡视观察，看大桥的承载力，水涨水落时桥体的变化，如出现问题即时维修，还要打捞淤塞桥洞的杂物和防止从上游漂来的巨木粗枝对大桥石磴跨柱的冲撞。内史府批准了李水的呈文，并任命他为什长，这样，李水长期在新宅里居住下来了。前年，李成满十六岁，被征入伍，现在老家，只有儿子和乳娘，这使李水很不放心，急需要把他俩接到咸阳来住。这几年，李水忙于修桥，很少回家，儿子李冰完全靠乳娘呵护和调教。李冰小时是很调皮的，五岁时就敢爬到树上取鸟蛋，六岁时学会了游泳，常到小溪捉鱼，在家里待不住，眨个眼睛就不见人了，弄得乳娘经常提心吊胆！抓住他要打，又下不了手，只有流泪，乳娘一哭，小李冰就害怕了，马上扑倒在乳娘怀中认错："娘亲别哭了嘛，我不跑啦，不跑啦！"小李冰六岁生日那天，李水回家看望儿子，除了给他带了些饴糖、糕点之外还带了几件玩具：能折叠的车梯、能跳动的竹编小狗、能飞起的风筝，李冰一看高兴得跳了起来，"给我，给我。"父亲说："当然要给你，不过你玩坏了要自己修理，答应吗？""怎么修理呢？"父亲又拿出几张图，说："照图做，但你要弄清车梯为啥会折叠起来可长可短？风筝为啥会飞上天？竹小狗为啥会在地上跳？""没家伙咋整呢？"乳娘说，"娘亲给你准备工具和材料。"小李冰点头称是，说完拿着风筝跑出屋去了。

李水对曾氏说："这小子生性好动，要让他坐得下来，启发他学会思考，学会想问题。明年就要让他上学了！"曾氏说："我晓得大哥的意思了。"果然，玩具吸引了小李冰，在玩的过程中逐渐改变了他的野性，提高了他的动手能力。七岁时，李冰进入李氏祠堂办的学舍读书，教他的老师人称李叔公，曾在太史府担任过管理图籍的小吏，对秦国特别是李氏家族的历史极为熟悉，致仕后回到家乡，被里正聘为李氏祠堂学舍教习。这位老先生只教"读""写"两课，"御""数"两课由一位年轻教习担任。李叔公使用的教材一是他自编的《李氏春秋》，主要讲李氏家族的来源，老祖宗皋陶的经历、李离如何办案、李悝如何变法的历史；二是朝廷推广的由许韬编写的《秦字三千》。李叔公懂得儿童心理，他把老祖宗们的正史记载和神话传说糅合在一起，编成通俗而又生动的励志故事讲给学童们听。小李冰被深深吸引了，在老师的启发、教育下，小李冰天赋的聪明才智得以爆发，他的记忆力惊人，半年之内就把三千秦字背得滚瓜烂熟，可以不用看书就用秦小篆和隶书默写通篇。八岁时，他开始写文章，把皋陶用神兽办案，准确无误，李离却因误判别人死罪而自判自己死罪的事件写成文章，并进行点评，叔公老师看后称赞说"真神童也！"九岁时，李冰读到了父亲找来的《秦风赏鉴》和《商君书集解》，他反复阅读，大大地扩大了知识面。十岁时，他阅读老祖宗李悝的《法经》，并提出各种疑难问题，请叔公老师给他讲解。老师夸赞他："孺子好学深思，可教也，可教也！"

话说回来，这时住在李家、给李水当助手的，是他的师弟、老搭档冯存厚。冯存厚的妻子李玉华是李水的堂妹，已育有两个男孩，一个叫冯有贵，已经十一岁，一个叫冯有福，刚满八岁，李冰和乳娘一来，这个新组建的家庭就热闹起来了。冯存厚夫妇早在郊斜村住时，就曾经多次劝李水和曾氏成婚，使家庭生活更加和谐美满，两人也有此心愿，但李水一直忙，修建渭水大桥从勘探设计到建成此桥就花了他五年时间。曾氏搬来后，冯存厚夫妇又劝，责任心极强的李水说，大桥刚落成还面临考验，心里不踏实，等明年夏季渭河涨水后，如大桥安然无恙，咱们搞一个热闹点的庆祝会，婚礼也一并举行。大家都赞同，才三十二岁的曾氏似乎又回到了少女时代，容光焕发，闲下来就做嫁衣，然而，天有不测风云，第二年，也就是秦昭王六年六月（前301年），出现了蜀侯恽叛乱事件，司马错奉命再次伐蜀。将军灭蜀后曾驻守蜀地两年，以后又入蜀平定陈壮叛乱，带巴蜀兵浮江伐楚。所以对蜀地山形水势十分了解。夏天蜀地多雨，容易突发洪水、泥石流、山体滑坡等自然灾害。这就需要组建一支工兵，以便做到"逢山开路，遇水搭桥"。司马错点名要李水担任工兵百人队的百夫长，六月十日上午，李水从国尉府回来碰见小李冰和有福、有贵在渭水边放一只大飞鹰，这是李冰设计的，但总是飞不起来，李水把飞鹰拿在手上瞄了一阵，说："翅膀用的绸太厚了，我不是说过吗？要用又薄又软的蜀绸。""咸阳买不着呢。""我到成都给你们买一块回来。""爹要到蜀郡？"李水点了点头，"等着吧，爹很快就会回来。"李水回到家里对曾氏和冯存厚夫妇讲了他被征兵入蜀平叛，而且要马上出发的消息。曾氏惊愕地问，"要你去打仗呀！？"李水说，"不，将军找我去谈了话，我只负责修路搭桥。给我收拾两件换洗衣服吧，一会儿有车来接我。""这么急呀！""军令如山啊！工兵打前站，是将军特许我回家收拾行装和你们告别的。""多少时间才能回来？""将军说最多一个半月。""唔，"曾氏急忙去为李冰收拾衣服，打成包裹，放入一个皮制行囊中，李水又把他使用的杖尺拿出来用清油擦洗。半个时辰后，驶来一辆轻便马车，李水拎起行囊，提起杖尺，登车而去。李冰和乳娘追去，边追边喊："爹，你要早点回来啊！""大哥，妹子等着你！"李水扶车辕回望，热泪盈眶……

　　李水走后的第三天，咸阳地区连下了三天暴雨，渭河水暴涨，咸阳大桥经受严峻考验。冯存厚带着十人队在桥的上下游观察守护，又雇请数十名水工在桥的上游打捞漂浮物，三天之后暴雨停止，天气放晴，五天之后，咆哮的渭水终于平静下来，大桥安然无恙。这天，太阳出来了，金色的阳光照在巍然屹立的大桥上，金光闪闪，恰似长虹卧波。冯存厚一家和李冰母子一起兴高采烈地登上长桥观光，在桥上来回走了一遍，冯存厚说："大桥安然无恙，连缝儿都没有裂一点，总工师李水大哥必将名垂青史了！""是呀，是呀，"玉华对曾氏说："大姐，好好准备一下，这喜酒我们是喝定了。"

　　一家人都盼着李水早点归来，开庆功会，举行结婚典礼。曾氏忙着泡糯米酿酒，还干熏了几十斤羊肉，又买来两头肥猪……一切都准备好了，只等主人归来，他们等呀等，一直等到七月初，还是没消息，曾氏着急起来，冯存厚安慰曾氏说："我去打听了，据国尉府的人说，这次平叛是飞军奇袭，战争规模不大，平叛军伤亡不多，料想李兄是平安的，再等几天吧。"终于在七月十五那天上午，等来了一辆轺车。小李冰眼尖，发现轺车缓缓驶来，便欢声叫着："爹回来啰，回来啰！"一家人都出大门来迎接，争喊着"大哥，大叔"，轺车停住后，从车厢里走下来身材魁梧、一脸和蔼的司马错将军和他的孙儿十岁的司马靳①，在场的人都愣了。

赶车的驭手介绍说，"是司马错将军！"冯存厚拱手，"恭迎将军。"欲跪，司马错摆手制止，李冰高声急问："我爹呢，我爹呢？"司马错躬身说："你是李冰吧？到你们屋头说。"冯存厚说："将军请。"领司马错走进李家在堂屋里坐下，司马错拉过李冰说："我给你介绍个朋友，我小孙儿司马靳，今后你们就是兄弟了，一起玩，一起读书，好不好？"司马靳大方地伸出手："我们拉钩！""不，我要我爹！""将军，"曾氏急切地问，"是不是李水大哥出事了？"司马错沉默片刻，沉重地说："李工师为国捐躯了！""啊！"曾氏悲痛至极，晕倒在地，"姐，姐！"玉华扶起她，冯存厚叫妻子把曾氏扶到寝房歇息。小李冰瞪着司马错，大声发问："你们不是说只让我爹修桥补路吗？"司马错说："老爷爷说过，你爹是在都江上架浮桥时，被突然暴发的洪水卷走的！""都江？洪水？"小李冰咬牙切齿地说，转对冯存厚，"姑父，给我点钱，我去都江找我爹！""好孩子，"司马错抚着小李冰的头，说，"爷爷派了八个十人队，八只大船，从出事的玉垒山下江中直找到津口，反复搜寻了十多天时间，都没发现你父亲的踪影呀！""那就是说我爹死了？！"司马错沉默。突然，小李冰高叫："我到阴间找爹！"说着就猛朝墙上碰去，将军眼疾手快，一把抓住他，"想干甚？"小李冰说："不是说人死了才能到阴间吗？"吼叫，"放开我，我要死，我要到阴间找爹！"不断挣扎，冯存厚急忙从司马错手中拉过小李冰，将他紧紧抱住，流着泪，哽咽着说："侄儿，你千万不可寻短见啊！""小糊涂！"司马错生气地说，"死了就能找到你爹呀？只有活着才能找到。"李冰平静下来，充满希望地问："只有活着才能找到？真的？"司马错叫司马靳去把车上的东西拿来，是李水遗物，一个皮囊，一柄杖尺。司马错从囊中取出一匹蜀绸，说："你爹到成都后就给你买了块蜀

①司马靳是司马错的孙儿，见《史记·太史公自序》。

绸，要你把飞鹰造成，能在天上飞三天！"又将李水用过的杖尺交予李冰，"你见到它，就见着你父亲了！""真的？""真的，你拿着它，闭着眼睛，慢慢想，你父亲就会出现在你眼前。"小李冰拿着杖尺观察一阵，说："咋没见呢？"司马错说："你没有默想呀，要想你父亲拿着杖尺干过哪些事，修过哪些房子，建过几座大桥？如何地吃苦耐劳，不顾个人得失？——想来，而且要经常想，你父亲的精、气、神就会传在你身上，他的形象就会在你脑里复活，就会在你眼前出现。""冰儿，照老爷爷的话去做吧！"司马错又说，"国尉府已议决，给你父亲晋爵为五大夫，抚恤金为白银四百两。从现在起，你就是爷爷的干孙子，到田贵爷爷办的官学读书。"转对冯存厚，"你们家答应吗？"冯存厚拉着李冰跪倒在地，"多谢将军的大恩大德！"按着李冰，"给爷爷叩头！"李冰叩拜……

半月之后，李冰成了田贵的学生，一读就是五年，之后又和司马靳、公孙若在齐国稷下游学，受教于黄老学派名家田阗，并成为田老的孙女婿。回秦国后被治粟内史府派到他老家解州盐池修防洪堤，五年时间内，李冰由水工师、盐亭长，直升任安邑县令。李冰任水工的第二年，夫人怀孕，参军的李成也因受伤退役，李冰就将夫人和乳娘母子迁回解县郊斜村老家住。在李冰求学期间，冯存厚夫妇对他和乳娘多有照顾，此番回到咸阳当然要去看望年过半百的姑父母。

李冰的车驶到槐树前停下。李冰父子下车，两人手中都提着礼品。李冰兴奋而又感慨，指着槐树和石桌对李二郎说："十一岁那年，为父在这里扎过风筝，坐在石凳上听过你大父讲过好多好听的故事。二十多年啦，时光过得真快呀！"

父子俩朝大门走去，一进门就高声喊着："姑父，姑母！"正在阁楼上喂鸽子的冯存厚应声，走下楼来："李冰侄儿呀，快到堂屋坐。"父子俩跟姑父走进堂屋，在岸前坐下。正纳鞋底的姑妈也从后室走出，"稀客，稀客，"望着李二郎，"老二又长高了一头哟，成大人啦！"李二郎问："姑爷姑婆身体好吗？"

"好，好，你父子不再当兵了吗？"

"不啦，不啦！"

"那就好，那就好，从此后，姑爹、姑妈睡得个安稳觉了。"

李冰把从郫都带回的礼品鱼脯、藕粉等送给姑父母，告诉他们如何吃法，又问两个表兄弟的从商情况。姑父母告诉李冰，说这几年两人都发了点小财，在商里街买了房子，带着婆姨、子女单独住，逢年过节才回来住几天。两位老人感到孤独，靠喂鸽、养鸡、在后园种点小菜打发时光，劝李冰把一家人都接来咸阳住，还是像当年一样，两家人住一起，暖烘烘的，日子过得有滋有味！李冰说一时做不到，如果朝廷对他在军队中犯的事能从宽处理，即使住在乡下也会经常到咸阳来看望二老的。听说李冰在军中犯了事，两位老人一下紧张起来，询问详情，李冰安慰二老，说朝廷自有公断，明后天就有结果了，为甚呢？因为宣太后要他住广成传舍，就是便于监控或者找他问话。

广成传舍坐落在咸阳冀阙广场南面的大街口，高大雄伟的门楼上挂"广成传舍"的金匾，闪闪发光，门前左右各竖着一柱高高的灯杆，挂着两串连珠红灯，耀人眼目。三进深的楼房、院落，用廊庑联结，有上百个房间，后院有花园，园中有凉亭、水榭。

郑洪驾着篷车驶到传舍门口，门前站着四位侍者，一个领班迎上，李冰父子下车，李冰拿出白起幕府铜牌，侍者看了看，将李冰父子迎进舍中，在账房由一个文案小吏验证、登记、交费，这一套是商鞅变法严格户籍管理规定中的一条。在秦国，没有证明休想外出旅行、做事，不说住国家经营的高级旅舍，连住私人开的鸡毛店也不行。

白起幕府的通行证，那可是响当当的，小吏要给李冰父子安排高级房间，李冰说："算了，找一间普通房间就行了，但要大一点的，我们三人共住。"领班侍者出门指挥三个侍者从车上搬下行李，一个侍者将马车赶至马厩，两个侍者扛着行李跟着领班带领李冰父子和郑洪，走过回廊，越过天井，进入一间设备齐全的宽大平房中，放下行李后，领班说："三位好好歇息吧，膳房在前，浴室在后。"李冰拱手，"谢了，谢了。"领班走去。

郑洪一屁股坐在一张绣榻上，惊呼："好安逸，又绵软又粑和，是啥子做的哟？"李冰说，"那里面装的是晒干了的芦花，这传舍的一切设施都很讲究。"郑洪问："为啥呢？"李冰说："这是国家办的传舍，除了住显贵、富商，还担负接待外宾的任务，几年前，赵国的蔺相如持玉璧到咸阳就住在这里。"李二郎说："太后要我们住这里，说明她老人家是看重父亲的。"李冰说："看来，太后还不知道为父受处罚的事！算了，不说这事啦。咱们今天歇息，先去沐浴，再用膳，然后呢再上街逛逛，明天再办正事。""要得，要得，"郑洪说，"在下再陪大人父子耍半天。"

五月下旬的咸阳，天气已很闷热了，李冰父子和郑洪沐浴后都脱了戎装换上平民穿的夏服。李冰着淡紫色绸制深衣，这是流行于战国时期的一种便服，有点像后世不开衩的长袍，头上玉簪绾髻，脚蹬木屐[1]。郑洪帻巾绾发，着黑白格子花色的葛布单衣，脚蹬麻耳草鞋，李二郎长发披肩，上身着白色麻纱窄袖短衣，腰系钩络带，下穿蓝色长裤，脚蹬凉皮靴。李二郎的装束，显然受了胡服的影响[2]。

李冰父子和郑洪穿戴好后才去用膳，这已是未时三刻了，李冰将一个皮制行囊挂在李二郎肩上，说："你郑洪叔叔明天就要回蜀了，咱们用膳后陪他逛逛街，看看有何物品值得购买。"郑洪说："购物就不必了，咸阳产的好些货物，成都都可以买到，只不过价钱稍贵些。我倒想去看看冀阙和李老爷爷修的渭水大桥。"李二郎说："我也想看。""好，"李冰说，"那就参观为主，购物为辅。"

午后，偏西的太阳斜射在咸阳宫前广场上耸立的一对高九丈、用赭色大理石修建的高阙上，闪射出奇异、灿烂的光辉！吸引着众

[1] 屐是一种木底之鞋，鞋底装有两个木齿，前后各一，呈竖直状，以利于出行远走。流行于日本的木屐，实际上是中国发明的。据《太平御览》记载，孔子周游列国穿的就是木屐。

[2] 北方少数民族因游牧时骑马的需要，多穿窄袖、短衣、长裤和皮靴，战国时赵武灵王首先引进以组建骑兵，史称"胡服骑射"改革，这种胡服制式受到中原人民特别是青年的欢迎和喜爱。

多游人。咸阳在秦昭王时代已发展成为人口三十多万、繁荣昌盛、"天下辐辏"的中心了。到此办外交的各国官员，做生意的富商巨贾，谋求发展的游说之士，一些做工、卖艺的国内外底层民众也都来咸阳讨生活。而到咸阳的人，大都要到广场一游，这里就成了一个著名的观光点。演百戏的，摆摊设点贩卖各种土特产品和小吃的齐集广场，十分热闹。李冰父子和郑洪漫步而来，李冰曾在咸阳田贵办的官学读书五年，自然对广场上的双阙了如指掌。他为郑洪、李二郎当导游，在百步之南、游客稀少的地方找到一个观光点，李冰伸手一指，说："你们看这对阙像什么？"李二郎说："像两座高大门楼。"郑洪说："像两座山。""你们的感觉不错，"李冰说，"阙，是立于宫门外的一种装饰和象征性建筑物，传说始于帝尧在宫门外立栋木，以接纳百姓谤言①，后来的石阙建筑是栋木的发展和衍化，现在能看到的实物证据是周朝以后留下的宫阙和城阙。眼前的冀阙顶丹垩，楼三层，高九丈，基座四方各九尺，底楼四壁用来张贴朝廷通告，悬挂各种标语和民众上书。也可以登高远望，故有人将阙称为'门观'。说是门楼也不错，它高大雄伟，确实像两座大山似的门楼屹立在咸阳宫的前面，两山对峙下的阶梯式阙道，直通雄踞北原台基地上的巍峨宫殿。人臣拾级而上，就会感到气势恢宏，神圣庄严，如同上天一般！"李二郎说："这是为了彰显君王权力至上，不可侵犯吧？""就是，就是，"郑洪附和说，"冀阙这个名字也取得稀奇古怪，我看也是为了吓唬人吧？"李冰扫了二人一眼，笑道："你二人的看法有一定道理，不过，也不能作望形生义的简单理解。冀阙和咸阳的修建及至定都咸阳，是商鞅变法中的一项重要举措，原来我大秦国曾先后在雍城、栎阳等地建都②，这两个地方对秦国的发展都不理想，后来才选定咸阳，

---

①《尸子》说"尧立诽谤之木"。"诽谤"一词在先秦时的意思相当于今人所说的批评，开明的君主和政治家是提倡"诽谤"的。从《国语》中《召公谏厉王弭谤》一文可以证明。把"诽谤"定为犯罪以钳制人民思想言论自由是由法家兴起的。

②雍城在今陕西省凤翔县南，栎阳在今陕西省西安市临潼区。

这里地处出产富饶的关中平原中部，九嵕山之南，渭水之北，山水俱阳，故名咸阳。东部的潼关是平原的一道天然屏障，而渭水则是直通大河东进中原的大动脉，可运粮运兵，进可攻退可守，孝公、商鞅决定在此定都确是高瞻远瞩。孝公十二年（前350年）修建冀阙宫殿和咸阳城，第二年迁都咸阳，冀阙是最先建造的奠基之作，商鞅第二次变法的主要内容，朝廷的教令就在此处公布。为何要取名'冀阙'呢？简单说，冀的意思是'记'[①]，记什么呢？就是要人们牢记商鞅变法的功劳；警醒官民与时俱进，时刻不忘变法图强，实现秦王霸业，一统天下！"二郎问："能实现这个梦想吗？""有可能，"李冰说，"不过还要走很长一段路。"

太阳落山的时候，李冰父子与郑洪来到咸阳南门渭水边观看渭水大桥。此桥的正式名称叫"横桥"。秦时，渭水流经咸阳至西安的这段河道水量丰沛，既宽且深，人们只有凭借舟楫南北摆渡方可往返，这严重制约了咸阳的扩大与发展，因之，秦昭王决心修建一座大桥，把渭水南北两区连接起来，使之浑然一体，形成"渭水灌都"的宏伟局面。修建这座大桥的总掌墨师就是李冰的父亲李水，他拿着昭王的诏令在秦国遴选了二十名精通桥梁建筑的能工巧匠，组成两支十人队，进行了一年的勘察、设计，又征民工三千，进行了四年的艰辛劳作，才创造了中国桥梁建筑史上的奇迹。李水因修桥有功，被赐公大夫的爵位。他的这一杰出贡献对儿子有着至深的影响。李冰对父亲的创造能力和创新精神充满了崇敬，在咸阳求学时就经过老师田贵的批准从金匮石室[②]借出横桥的勘探资料和各种设计图案，对照渭水大桥进行比较研究，写了一篇点评文章，田贵阅后十分欣赏，认为有博士[③]水平，这是李冰被派游学稷下的原因之一。现在，李冰带着儿子和郑洪又一次来瞻仰父亲的杰作，心情

---

①《史记正义》说："冀犹记事，阙即象魏也。""象魏"意为巍峨高大。

②"金匮石室"相当于今日的国家图书馆和中央档案馆，由当时的太史府主管。

③博士为君王的顾问和智囊，作为一种官职在秦惠文王、秦昭王时代均已设置。

十分激动，三人站在北岸的桥头上一会儿平视、仰视，一会儿又跑到桥头的左右两岸俯视、观察。这时，火红的晚霞给滔滔的河水洒下无数金斑，给横卧水面上的长桥披上了一件闪光、绚丽、炫目的彩衣，李二郎惊呼："哇——大父修的这座桥，好宽、好长、好宏伟啊！"郑洪接着说："硬是气派哟，像是天上的彩虹，又像传说中的金龙。"李冰说："你们的感觉和我一样，每次站到这里心情都很激动，这工程的宏大在当今华夏各国的桥梁建筑中堪称第一，据我的实测，此桥广六丈，南北长三百八十步①，六十八间。"二郎问，"什么是间呀？"李冰答道，"间又称跨，每跨之下在水中立石磉，以支撑桥面。桥面由八百五十柱，二百一十梁，上铺木板构成。这叫多跨的木排架梁式桥。桥的南北岸筑有护堤，以防洪水，再加上有个十人队常年护桥，夏日涨水期间，在上游五里处设点，打捞水中各种对大桥可能造成损害的撞击物。"郑洪说，"这桥修得好，又管理得好，必定能存在万年！"李冰说，"不说万年，使用上千年是有保证的。"二郎说，"就凭这座大桥，大父可以不朽了！"李冰说，"可以这么说，老人家为民造福的创造精神，值得我父子学一辈子了！走，我们到桥上走一趟吧！"三人融入桥上熙来攘往的人流，朝南走去……

南端桥头，一个蓬头垢面的少年端着一个石头凿成的饭碗行乞，他的身后草席上躺着一个奄奄一息的中年人，少年哀哀地呼叫着："老爷、公子，行行善吧，乃父快饿死啰！"郑洪听到这熟悉的乡音，便趋身过去，李冰父子也跟着走过去，郑洪问道："细娃儿，听你这口音，好像是蜀郡来的？""是喃，"少年说，"我们是郫县人。""啊，"郑洪惊喜，"我也是郫县人，你两爷子咋个跑到咸阳来当讨口子哟？"少年说："我们不是来讨口的，是

---

①《史记索隐》引《三辅故事》称："秦于渭南有兴东宫，渭北有咸阳宫，秦昭王通两宫之间作渭桥。"桥"长三百八十步"，"广六丈"，换算成今之计量单位就是长526.68米、宽13.8米。这在中国古代桥梁建筑史上是空前的创举。后来，李冰在成都府南河上造"上应七星的七桥"显然受了此桥设计思想的影响。

来找活路①做的，找不到才……""明白了，"李冰指着少年手中独具特色的石碗问，"这石碗是谁凿的？"少年说："我爹。"李冰说："有这么高超的手艺怎会流落异乡？我来看你父亲怎么样了。"李冰跨前一步，俯身观察躺在地上的汉子，伸出手指头试了试鼻息，又在他的脸上戳了一下，现出一个窝，李冰肯定地说："浮肿病，饥饿引起的，郑洪，扶起你的老乡，去吃一顿吧。"郑洪扶起中年人，中年人有气无力地说道："道谢大人，道谢老乡！"李二郎对少年说："别乞讨了，收起草席跟我们走。"少年应承，卷起草席，连同那个石碗放在一个竹背篼里，背在肩上跟着李冰父子走去……

　　天黑下来了，夜幕降临，桥头南面的临江街上，一家饭店门前挂有四方形的红灯笼，上写用秦篆书写"食宿客栈"。李冰父子一行走来，进入店内，店内四壁挂着油壶灯，闪射出明朗的光亮，店小二上前接待，李冰说："把四张矮案拼在一起，我们五人围着坐，好说话。上汤饼、煎饼、肉羹，每人一份。""好嘞！"店小二一面吼堂一面将四案拼成一张矮案方桌，另一个店小二端着一个圆形漆托盘从厨房中走出，将五碗汤饼、五盘煎饼、五豆肉羹放在案桌上。李冰招呼乞讨父子坐下吃，两父子怯怯不敢，郑洪说："李冰大人令你父子坐下吃，咋不动哟！""我不是什么大人了，"李冰望着汉子笑道，"和你一样也是平民百姓，今天，我请客，不要客气。"乞讨父子跪下，叩头，"谢老爷，谢公子！""坐下。"李二郎拉少年坐在他身边，郑洪扶汉子坐下，李冰提醒乞讨父子说，"先喝汤，要细嚼慢咽。"大家喝汤、吃饼。过了一阵子，乞丐父子苍白的面色有点改变，显得有点精神了，李冰才问他们的姓名和流落咸阳的原因。乞丐说："小人姓卓名实，别人都叫我卓石匠，我这个三娃儿叫卓富来，他上面还有个大姐、二哥，一个死于水灾，一个在前年大旱灾中活活饿死，穷怕了，所以才给这娃儿取了个'富来'的名字。唉，出来求富也不容易呵！"郑洪

――――――――――――

　　①川渝人说的"活路"，就是工作。找"活路"做就是找工作，犹今之外出打工。

说："三年前蜀中发生过大旱，这两年蜀郡就没发生水旱灾了，你还跑出来干啥？"卓石匠说，"去年好一点，今春又出现旱情，加之，张若大人领军伐楚后，所需军粮完全由蜀郡供应，去年、今年都在加征，不仅加征粮食，还增加各种税捐，现在的蜀郡连商人都在叫苦，老百姓的日子就更难过了。听说咸阳要大修街道，才带富来出来找工做，想挣几个吊命钱，哪个晓得？到处求爷爷告奶奶都找不到工作，只好当叫花子啰！"郑洪说："咸阳户口管制极严，外地人别想找到活路干，老乡，我劝你还是回去吧。"卓石匠说："半个小钱都没得，咋个走嘛？"李冰对李二郎说："给他两百铜钱。"李二郎从行囊中取出二十串方孔铜钱交给卓石匠，卓石匠放在背篼中又叩头感谢，李冰制止，说："这不是我对你的施舍，是给你做本钱，从事生产自救。"卓石匠问："大人的意思是？""你不是石匠吗？而且手艺不错。"卓石匠谦卑地说："说不上，说不上。"李冰说："从你凿的石碗就可看出你精于石工，因之，你除了种田，还可在石工方面发展，帮人家修房、修墓，也可以打石缸、猪槽、石磨这些东西去卖嘛。你知道石磨吗？"卓石匠摇头："不晓得。"李冰比画着说："这个磨，目前还只是陶磨，咸阳西市有卖的，你可以去买一副拿回去，依照它做成石磨，如果成功，销路一定很好，你就可以发财，实现富来的梦想了。"卓石匠问："为啥子嘞？"李冰说："现在的面粉、米粉主要是靠杵臼这样的简单工具生产出来的，虽有陶磨，但效果不佳，产量有限，如果改用石磨推，产量就可翻几番。为了多出面粉、米粉，用户自然会放弃杵臼而选择石磨。这样，你的生意不就红火了吗？"卓石匠颔首："多谢大人指点。"李冰说："不要完全照搬，可以改进，可以放大。"卓石匠连连点头，"记着了，记着了。"郑洪问卓石匠有没有住店证明，卓石匠回答说有，郑洪叫他就住此店，明日来接他去买陶磨，然后一同返蜀。

李冰父子和郑洪在返回传舍的途中，又逛了一会儿夜市，李冰父子又买了四张羊皮、四盒饴糖、四箱烤羊肉。他们回到传舍寝房后李冰将买回的物品分成两份，将一份分给郑洪，又送给他二十斤郫爱，说："回去娶妻成家。"郑洪不受，李冰说："两年来你为保护我父子操心劳神，流血流汗！在浴血奋战中形成生死与共的亲情，如同手足！作为兄长，襄助老弟一点成家费用，理所当然，你怎能不接受呢？"李二郎用激将法，说："郑洪叔不收下，就是不认我们的亲了！""我收，我收，"郑洪说，"二公子言重了，在下能结识大人和公子是三生有幸啊！"李冰说："不要叫我大人了，你和我现在都是有爵位无官职的平民百姓，称我兄长还亲切些。你回蜀郡后，把你的公大夫爵位证明向郡府和县廷呈报，你还年轻，他们会给你安排个差事的。"郑洪说："能给个差事当然好。万一不给呢，我家祖传是做蒟酱，我就把这项生意恢复起来，再不行呢，还可种庄稼嘛！""不，"李二郎说，"朝廷不是一再强调依法治国吗？给你落实公大夫的待遇，县廷敢不执行？县廷不办，你就去找代郡守公孙若，就说你是李冰父子的亲人和朋友。""要得，"郑洪说，"我回去后试一下，"望着李冰问，"仁兄还保留五大夫爵位，朝廷至少得给你一个县令干吧？"李冰笑道："听从朝廷的发落吧，我估计明日就有分晓了。""发落？"郑洪不放心地问，"难道朝廷还会再处罚你？"李冰淡然地："是福不是祸，是祸躲不过，担心也没用，睡觉吧，你明天还要赶路呢！"

第二天早晨，李冰父子和郑洪用完早膳后刚回到寝房，传舍侍者带一个小吏就走进室内，小吏问："谁是李冰？"李冰拱手，"在下便是。"小吏说，"跟我走吧。车在传舍门外等呢。"李二郎大叫："你凭什么捕人？"郑洪上前严厉地说，"把捕人命令拿出来看看。""尔等胡猜！"小吏说，"我又不是御史府、廷尉府的人，我捕什么人？是太子爷要见李冰！"郑洪拱手赔笑："错怪大人啦，还请见谅！"李冰问："太傅田大人在吗？"小吏说："你问他干甚？"李冰说："田老在研究各国文字，我想送他一本楚文字典。"小吏点头说，"带着吧。"李冰从木箱里取出一卷帛书，吩咐二郎送返蜀的郑洪叔叔一程，然后去找司马欣玩，并在将军府等他。言讫，跟着小吏走出。

东宫，太子府中的厢阁内，正中的几榻上坐着太子嬴柱，右矮案前坐丞相杜仓，左边两岸坐司马错、田贵，他们正在开会。杜仓脸色凝重，说："李冰出事了！"众人一惊，杜仓接着说："白起给太后写了封密信，建言朝廷如何处理李冰，他的意见归纳起来就是八个字，要么重用，要么杀掉。太后把信批给了本相，要求从速处理，昨晚老夫征求了相府几位属吏的意见，已形成决定，然哉，事关重大，不敢贸然宣布，想先听听王爷殿下和二老的意见，李冰已于昨日回咸阳，王爷殿下和二老都是他的恩人，都想见他一面吧！老夫已派员接他去了，有些不清楚的事，还可当面询问。"拿出小木匣出来，取出一封帛书，呈嬴柱："这是白起的密信，上面有太后的朱批，请阅示。"嬴柱浏览了一遍后递给司马错，司马错看后交给田贵，田贵看后交还杜仓。

"太子殿下，"杜仓望着嬴柱问，"你看，怎么处置李冰？"嬴柱说："本太子的态度你还不明白，当年我支持李冰等人出国游学，就是想为秦国造就一批英才嘛。白起承认李冰有大学问，郢都会战中又立了大功，他释放被俘的屈原高足，一定有他有利于秦国的政治考量。当年，秦穆公俘虏了晋惠公，朝议中公子执主张杀，大夫公孙枝主张放。最后穆公采纳了放的建言，将晋惠公礼送回国，收到了很好的效果①，孝公时也曾俘虏魏国宰相公叔痤，后来也释放了②。因之，李冰释放楚贤，没有罪过，他的错误在于事先没有请示白起将军，自作主张，给予适当的处分是可以的，但罪不至死，人才难得，对李冰，朝廷应当考虑的是如何使用他，充分发挥他的聪明才智，为国效力。"

司马错说："老朽完全赞同太子殿下的高见。窃以为，白起将军太极端了！怎么建言朝廷要么重用李冰，要么就杀掉他呢！难道就没有别的选择？"田贵说："白起还是有眼光的，他看出了李冰是个知识渊博、有独立见解的奇才，所以才提出要么重用、要么杀掉的建议。白起是借用发生在魏国的历史事件来说事。当年魏国丞相公叔痤的家臣商鞅有大才，他临死前建言魏惠王重用商鞅，如果

---

①秦穆公释放晋惠公事件见《国语·晋语三·惠公》。
②秦俘虏而又释放公叔痤事见（《史记·秦本纪》和《史记·魏世家》）。

不重用，就杀了他，不要让他离开魏国^①。魏惠王对商鞅既不用又不杀，于是商鞅就跑到我们秦国来谋求发展了，在先王孝公的支持下，通过变法改变了秦国，魏惠王后来很后悔，但对魏国的巨大伤害，已难以挽回了。白起是害怕李冰像当年商鞅、张仪、孙膑一样在本国得不到重用就跑到外国去做官，从而给秦国造成危害。从白起对李冰的处理看，只是削左更、撤军职，但还保留五大夫爵位，说明白起是倾向于重用的。老夫之意是，就取白起的'重用'二字，金无足赤，人无完人，选吏、使吏最为重要的一条，就是用人之长，蜀郡水旱连年，让这后生到蜀郡当郡守，不是正好发挥他的专长吗？"杜仓"嗯"了一声，高兴地站了起来，笑道："相府处理李冰的预案，符合太子的指示，也与二老的谈话契合……"此时，门外传来小吏高呼："李冰到！"嬴柱说："让他进来吧！"李冰挟着一卷帛书走进。他放下帛书，与四人挨个叩头："见过太子——见过丞相——见过老师——见过爷爷。"

司马错猛然站起，厉声斥责："你这小子！搞的什么名堂？完全辜负了太子爷、丞相、老师的一片期望！"李冰倏然跪下："爷爷！小子私自放走了屈原的学生景唐，违反了军规，请朝廷治罪。"杜仓说："起来，起来。"李冰站起。杜仓说："本相正式告知你，朝廷已核准白起将军对你的处分决定，褫夺左更爵位、撤销都尉军职，但还保留五大夫的爵位。念你在整个郢都会战中功大于过，朝廷也就不再追究了。你那个安邑县令在你从军之后，朝廷已命县丞继任。现在，你有何打算呢？"

李冰毅然地说："回乡种田，自耕而食。"杜仓说："就不想做点事？"李冰说："想做学问，小子这回在楚国收集到一批典籍图册、艺文史书、农田水利、天文地理，应有尽有，我想——""著书立说，"杜仓夸赞，"甚善，甚善，就照你说的办吧！"

李冰捧起一卷帛书走到田贵面前，说："老师，这卷《楚文字典》对你研究楚国的语言文字有参考作用。"田贵接过说："是

①这一事件见《战国策·魏策一·魏公叔痤病》。

你特别为老师收集的？""正是，"李冰点头说，"老师不是一直在研究如何统一华夏的语言文字吗？""老师道谢了！"田贵说，"李冰啊，做学问就是立言，必须要一丝不苟啊！"顿了一下又说，"到乡间过耕读的生活也是人生的一种乐趣，你好自为之吧。"李冰拱手："多谢老师教诲！"

嬴柱说："李冰，你可以走了。"

"遵命。"李冰躬身退出。

嬴柱望着杜仓说："就按太傅的建言办吧。""太子，"杜仓说，"事关重大，这还要禀报大王、太后呢！"嬴柱说："当然要禀报，这事就由丞相去办。""太子，"杜仓说，"现在蜀郡的代郡守公孙若可是芈相的小舅子啊。芈相力挺公孙若作代郡守，他的意图是很明白的。而李冰又确实犯了军规，刚受处罚，就任命他为蜀郡郡守，这难以服众，大王、太后怕也难以允准。本相赞同田老的建言，但要放一放，待时机成熟再说。"嬴柱说："放一放可以，但如此一来，公孙若的代郡守问题就突显了，已有人多次与本王建言，公孙若头上的代字冠冕已戴了三年多了，得有一个说法呀！"杜仓说："丞相府、御史府、廷尉府曾接到多件蜀郡民间举报公孙若的上书，经相府和御史府派员暗中考察，大部分举报属实。公孙若为政品质有缺陷，这后生功名心过重，虚报浮夸，蜀郡因水旱灾影响，粮食产量很低，百姓生活艰难，有不少人靠乞讨为生，以致社会矛盾尖锐，局势动荡不安，而这些在蜀郡的呈文中根本看不到，所见到的都是一片光明，物阜民安，局势大好，导致朝廷决策失误，郡都会战就是明显一例，四百万斛军粮，是以饿死百姓为代价外加卖官鬻爵换来的。自然造成这些问题不能全怪公孙若，这后生还年轻，才华出众，行政能力也很强，只要知过能改，这后生还是能担大任的。朝廷过去和现在都对他寄予厚望，老夫曾与芈相一起就公孙若的任命问题请示过大王和太后，获得明确谕示；只要公孙若搞出政绩来，能安定蜀郡，就取消他头上的代字。"嬴柱说，"那就按大王和太后的谕示办吧！""田老，"杜仓转头对田贵说，"公孙若是你的学生，请你再给他上一课吧！"田贵说："我了解公孙若的长处和短处，华而不实是他的致命伤，自从做了郡丞就没有进过我的门了，我可以写封信点拨他，但他听不听就很难说了，这后生有他的一套呢！"

门外，一个佯装送茶的侍女芈蕊在窃听，此人是华阳夫人的心腹。

太子府的会议刚散，芈戎的九夫人公孙娇就知道会议的内容了，她要即时向夫君禀报，寻找对策。这时，左相芈戎正在书房中阅读公孙若写给他的信。九夫人公孙娇端着一碗热气腾腾的补药款款走进，喊道："丞相老爷，把这药趁热喝了吧。"芈戎说："我又没病，吃什么药？""补药，"九夫人说，"是蜀中大巫师熬制的百猴灵丹，男用壮阳，女用补阴。我尝过了，清凉香甜，很好喝。"芈戎喝完药，说："味道不错。"九夫人说："是我兄长派专人给老爷送来的。还送了几箱玉器呢。"芈戎说："叫你兄长不要再送东西了。他的来信，本相已经看了，你给他回信，就说，取消他头上的那个代郡守的'代'字，是早晚的事，但关键是要出政绩，前些日子大王提出要建设粮食生产基地，蜀郡要拿出一个方案来争取嘛！坐着不动，光着急有什么用？"九夫人说："你不急，太子府那边可急呢，上午，杜仓、司马错、田贵等几个老头儿在太子府会商，贬低我兄长，举荐李冰为蜀郡郡守，让他去治理水旱灾，以发挥专长。""真的？"芈戎问，九夫人答："是你那宝贝女儿华阳夫人传过来的信息。不过，这些老头儿老奸巨猾，说李冰刚受白起处罚，现在报上去，怕大王、太后难以准许，决定先放一放，让李冰暂时回乡耕读。"

"我找太后去。"芈戎说。

这会儿，嬴九正在甘泉宫中后花园的凉亭上给太后念诗歌《秦风·车邻》："阪有漆，隰有栗，既见君子，并坐鼓瑟，今者不乐，逝者其耋。"

宣太后听后评道："咱们秦国的诗歌就是写得好。虽然没有楚辞那么深奥，但却说的是实话，讲的是真情。"嬴九问："什么叫'今者不乐，逝者其耋'？"宣太后口译道："年轻时若不尽情享乐，转眼就成了老太婆！"

魏丑夫带芈戎走进。

"太后！"芈戎说，"有要事要跟你禀报呢。"宣太后挥手，让嬴九退下，问："二弟，有啥事呀？""姐姐，"芈戎说，"杜仓等人在太子府秘商处理李冰的问题，你知道吗？""知道，"宣太后说，"白起给本后写信建言，说李冰是个奇才，要么重用，要么杀掉，这可是个烫手山芋啊！让杜仓去处理，免得你和我都犯难。另外呢，也可检验一下朝中的老人们对这个奇才的真实态度。"芈戎点头："姐姐高招！"宣太后问："他们是主张重用还是杀掉？"芈戎说："重用，准备让他做蜀郡郡守，以发挥他的治水专长。但这些老滑头，诡计多端，认为目前时机不成熟，决定放一放，先让他回乡耕读。"宣太后起身踱步，沉思一阵，说："不能让这个奇才落入那些自称'王党'的人的手中，本后现在就要重用他！"芈戎一怔，问："如何重用？"宣太后说："先招他为我的孙女婿！"芈戎问："公主答应吗？"宣太后说："她很欣赏李冰！"

夜幕降临，圆月升起。广成传舍的寝房中。李冰父子正在灯下收拾行李准备明天一早，启程还乡。

一个传舍侍者带着沅湘走进寝房。沅湘喊："李大人。""沅湘姑娘，"李冰问，"什么事？"沅湘说："嬴九公主看望你来啦！"李冰问："在什么地方？"沅湘说："跟我来吧。"李冰随沅湘沿着一条曲折的回廊向绿树掩映的后院走去，进入一间雅间。这是一间由两室组成的套房，后一间是卧房，前一间是会客室，陈设豪华，整齐地摆着雕刻精美、绘着各种花纹图案的漆木几、案。正中摆着一张大屏风，上面彩画着一个俊美的姑娘伸着双手，迎接空中玄鸟（燕子）降下的一粒红蛋。这幅精美的图画没有题款，但人们看得出这画是表现秦人的老祖宗女脩吞玄鸟卵而生大业的神话故事。虽是神话，但折射了历史真实，女脩就是上古只知有母、不知有父的母系氏族时代秦人的老祖宗，他的儿子大业是秦人进入父系氏族时代的象征。这一神话故事表明秦国的历史源远流长，一代一代地传承下来，写进史书，成了绘画创作的重要题材。摆出这幅画，使这房间有了浓厚的文化气息，显得更加古朴、高雅了！屏风前面的左右两方各摆一张可坐可卧的长榻。榻前设一案席，上置盛烤肉、水果、糕点的豆、盘以及方形铜壶、玉箪等物。

嬴九上身穿桃红色的护胸心衣[①]、外罩轻薄透明的素白短襦、配以柔软飘曳的淡绿色长裙，脚蹬木屐，长发披肩，不施脂粉，不戴首饰，显得更加艳丽、更加性感了！

房间顶端，挂着晶莹剔透的水晶枝形吊灯，散发着柔和的光亮，映照着站在屏风前思索的嬴九，她想作当代女脩，为秦国生个大业。

"请。"沅湘带李冰走进雅间。

"五大夫，"嬴九微笑迎客，指着左面的长榻，招呼，"请坐，请坐。"李冰笑道："公主，我现在是一介草民了。"嬴九说："白起只罢了你的都尉，并没有剥夺你五大夫的爵位呀！"李冰沉默，仍站着。沅湘说："公主叫你坐，你就坐呗。"李冰只好坐下。沅湘从陶柜上提起铜壶，拿起玉箪，给二人掺茶。掺毕，躬身退下。

嬴九在右榻坐下，端起箪，望着李冰，说："我不喝酒，只能以茶代酒，请。"李冰端箪，喝了口茶，问："公主有何吩咐？""五大夫，"嬴九说，"听说你明天要回乡，特别赶来看看你。"李冰拱手："太感谢公主了！"不能改变吗？"嬴九说，"五大夫，你是不是把老子、庄子的书读得太多了，想当隐士呀？""不，不，"李冰说，"我还没有那种高雅的兴致，只想过耕读的生活，做做学问。"公主说："留在咸阳，做学问不是更有条件吗？国家的金匮石室还有咸阳书府藏书甚多，足够你阅读研究了。"李冰说："我想探究的是天文地理、农田水利工程，到乡下做更实际些。""那，"公主说，"你可以到治粟内史府，或者少府去做个官嘛，这样，全秦国的农田水利、建筑工程，你都可以了解，可以接触。"李冰笑道："官，我是不想做了，也不可能做了。杜丞相已恩准我还乡。"公主说："秦国丞相之上还有秦王和太后呢。五大夫，你知道吗？当今秦国太后说的话才算数呢。"李

---

①心衣为古代女人上身穿的贴身衣服，东汉刘熙《释名·释衣服》说："心衣，抱腹而施钩肩，钩肩之间施一裆，以奄心也。"有点像后世的肚兜。

冰站起疑惑地问："太后之意是……"

赢九站起，走到李冰前，闪着火辣辣的眼光盯着他，说："太后要招你为她的孙女婿！"李冰淡然一笑，说："这怎么可能呢？""你才三十多岁，有何不可能呢？"赢九说着，扑倒在李冰身上。公主柔软、丰腴、温暖的身体，全身散发出的兰花芳香，使李冰神魂颠倒，如醉如痴。李冰挣扎着清醒过来，他咬紧牙关，推开赢九，从榻上翻下，又迅速站起，后退几步，理着衣裳，说："公主，饶了我吧，我可不是坐怀不乱的那种男人啊！"赢九站起，理鬓发、整衣裙，笑道："那你答应娶我了？！"李冰摇头：说，"不，冰，岂能为了高攀而祸及妻氏儿女。"赢九动情地说："李冰，你是个真男人！楚国人称你为水神，你确实是神，既有囊括宇宙的心胸，又有挚爱生命的仁慈，你水淹鄢城而又修复鄢城，你冒着巨大的风险，释放楚贤景唐，给五百壮士造墓立碑，使楚人感恩戴德！你还救了我的命，使我能有今天，你这些非凡的举动，即使上不了史册也会永久留在知情人的记忆中。""公主，"李冰说，"不要说了，我是人，就应当做人事！不值得挂齿，"拱手道，"告辞！"转身就走。"站住，"赢九叫住李冰，走到他的面前，瞪着他说，"请你看着我的眼睛，是邪恶，还是淫荡？不错，如同当年下嫁楚国一样，我只是祖后抛出的一颗棋子，但我心甘情愿屈服在你怀中，为什么？我要给你搭一座平台，做你的后盾，让你能充分施展才华，做出利国利民的大事！成婚之后，我一定善待你的夫人和一对儿女！我不要名分，做小妾也可以。"李冰感动，眼眶湿润，说："公主，你这是何苦呢？"赢九说："你难道不知道魏国的西河守吴起逃亡楚国的故事？""知道。""讲来听听。"李冰说："魏国文侯死后，武侯即位，西河郡守吴起的忠诚受到怀疑，相国公叔设计，请武侯将一位公主许配给他，以考验他对武侯的忠心，吴起拒绝了这门婚事，于是处境恶化，只好狼狈逃命！"赢九双眸闪光，直逼李冰："你想走吴起的道路吗？"李冰一怔，沉思一阵，猛然从深衣上撕下一幅细纱麻布来，咬破食指，写下一份血书，双手捧给赢九，说："拜托公主，请转交太后。"赢九展看血书，李冰退出寝房，疾步而去。很快，李冰父子乘坐马车连夜离开了咸阳……

第十章　秦楚和谈

（一）创建灵台

第二天一早，宣太后把芈戎找来，听取嬴九禀报并商量如何处置李冰。嬴九叙说了昨晚她到广成传舍会见李冰的详细过程。最后将李冰的血书呈予太后，强调说："他拜托我专呈太后。"宣太后展看血书。"哼，"芈戎在矮案上拍了一掌，怒气冲冲地说，"这个李冰太不识抬举了！"嬴九内疚地说："是小孙女做得不好！"宣太后说："这是预料中的事，他要答应当祖后的孙女婿他就不是李冰了！"仰面望着嬴九，说："祖后只是让侬去试试他，不是我的宝贝做得不好，能让他写下一封血书就是胜利！"嬴九说："感谢祖太后谅解。"宣太后说："侬昨晚定然未睡好，歇息去吧。""谢祖后。"嬴九退到屏风后偷听。芈戎说："这个人既然不为我用，必有异心。按白起建言，杀掉算了。"宣太后将血书递给芈戎看，芈戎看后奉还太后，说："他想消除朝廷对他的疑虑！"宣太后思考一阵，说："人家给你写了血书，发誓'永做秦国良民，决不出国做官！'你还杀他，这就亏理了，还是按杜仓的意见办吧，让他在乡下耕读，炼成庄子似的人物，对我大秦有利无害。"芈戎说："此人既有大才，城府一定很深，他的婆姨是齐国人，又与楚国景唐等人关系密切，就凭一份血书，就能保证他不投敌叛国吗？愚弟以为，可以不杀他，但一定要派人监视。"宣太后点头："可以。"

芈戎府邸的后花园里，芈卢裸着剽悍的上身正在举石锁，练武功。九夫人公孙娇沿着花荫款款走来，轻轻喊了声："驴子！"芈卢放下石锁，道："有什么机密事让夫人亲自动步？"九夫人瞅了他一眼："正是机密事呢，相爷要命令你到李冰家中为奴，实际上就是去监视他的一言一行。要吃点苦，也不知道归期，我先跟你打个招呼，使你先有个准备，千万不可抗命。"芈卢称："好！"公孙娇叮嘱："欲除李冰，听我的命令。但一定要做得干净利落，不留痕迹，做得到吗？"芈卢说："小事一桩。""不，"公孙娇说，"是大事，这件事要绝对保守秘密，只有天知、地知、你知、我知。"芈卢点头："明白。""你要发誓！"芈卢照办，发誓说："芈卢若泄密一字，天诛地灭，如天地不报，夫人可令人将芈卢剁成肉酱！"公孙娇"嗯"了一声，芈卢退去……

先秦时，从咸阳到运城解县有一条运盐的大道相通，约有八百多华里长。相传西周时就有了，所谓大道，按《诗·小雅·大东》的形容"周道如砥，其直如矢"，就是说既平坦又笔直，相当于现在的高速公路了。现在从咸阳乘大巴到运城四百一十多公里，只需四个多小时，而当年李冰父子乘坐的是马车，就慢得多了。幸好，父子俩持有白起幕府的通行牌，因之，出城门、过关隘都很顺利，两人除了在途中驿站吃饭、喂马以外，昼夜兼行，第三天的黄昏时分，他们的马车就停在解县郊斜村的自家门前了。

真是喜从天降！住在大门后值房的李成首先发现，他朝后院喊了一声："李冰兄弟和二郎回府了！"一家人都跑出来迎接，"姥姥，母亲，姐！"李二郎上前拥抱姥姥和母亲，又拉着姐姐一妞的手问好。李冰躬身问候娘亲、夫人、李成，抚着一妞说："又长高了，成大人啦！"一妞伏在李冰怀中，问："几天前接到父亲和二弟的信，说你们都晋爵了，回家乡有啥公干吧？"李冰说："没啥公干了，从今后，为父和大家一起自耕而食。""好啊！"乳娘高兴得热泪盈眶，她仔细打量李冰父子全身，问："没负伤吧？"李冰父子齐答："没有，没有。"乳娘说："好啊，你父子终于平安归来啦，从此一家团聚，姥姥心中的一块石头也落地了，今后可以睡安稳觉了！这都是祖宗神灵保佑啊！"望着李冰父子说，"你父子快去沐浴更衣，祭祖拜神，晚上呢，吃姥姥做的接风喜宴。"李冰说："我还带回楚国的一些特产呢，也拿出来请大家尝尝鲜。"

一轮又圆又大的月亮光辉四射地升腾起来，给李氏府邸涂上了一层晶亮的银色，府内红灯闪闪，充满了喜气和温馨，一家人在中堂祭祖拜神后，进入后院餐室中。宽大的餐室里，四角置高足雁形铜油灯，放射出柔和的光亮，映照着六张呈"品"字形案席，每张案席上都摆着一金色铜小鼎清炖蹄花汤，一豆葵菜煮肉丸子，一陶碗肉丝炒韭黄，一大漆盘熏鱼、鸡块、烤羊肉，一簋饭团。正面两席坐乳娘和李成，左面两席坐李冰父子，右面两席坐田颖母女，一家人喜笑颜开，喝着甜酒，享受着面前的美味佳肴。一妞端着酒爵说："姥姥、李叔、母亲，让我们高举酒爵为我们家出了一个公大夫、一个五大夫而干一爵。"乳娘问："妞儿，你这是干啥啊？"一妞说："姥姥，你喝了酒，我再给你解释。"乳娘说："好，我喝。"大家喝酒毕，一妞对姥姥解释："秦国实行军功制，以杀敌多少、立功大小赐给爵位，爵位有二十级，公大夫是七级，二弟就是这一级，可以做县大老爷，不做可得到县令的待遇。左更是十二级，可以做两千石的大官，父亲就是这一级。""爵位的事，姥姥懂得一点，"乳娘对一妞说，"但姥姥不关心这些事，以为不值得庆贺，应当庆贺的是一家大团圆！姥姥现在最为关心的是你父兄还会不会再离家外出的这件大事。"她转头望着李冰问："冰儿，你起先说，这次回家自耕而食，不再出去了，既然你父子俩都有爵位，不出去做官行吗？""行，行！""为啥呢？"李冰把他因释放景唐而遭白起处罚，褫夺左更爵位，回咸阳后杜丞相接见准许他回乡耕读的过程讲了一遍。一妞说："秦国奉行的是暴政，只有白起这样的人屠才吃香，墨子的兼爱、孔子的仁学在秦国根本行不通，父亲选择回乡耕读，远离暴政，是十分明智和正确的。""哟，"李冰说，"妞儿成了秦国体制的批判者了，你哪来的这些思想？"一妞说："把法家和儒家、墨家、道家的书对照起来看，只要不是白痴，对秦国的法家政治就会有看法。"夫人说："你和二郎走后，一妞感到寂寞和失落，我就要她多读书，在书中找到乐趣，这两年她涉猎了诸子百家的大量著作，书读多了，自然会产生一些看法，不足为怪！"李冰望着一妞说："妞儿，为父建言你再把咱们老祖宗李悝的《法经》找出来和商鞅的文章对照看，弄清两者的联系和区别。这样你对法家就会有更全面、更准确的认识了。"一妞说："谨遵父亲大人之命！"乳娘说："啥法家、儒家老身不懂，说不出个道理，老身只认定民间流行的一句话'铁打的官府，流水的官员'。别看白起今天威风八面，可以把冰儿整下台，焉知今后他就不被别人整呢？啥叫福？一家人平平安安、团团圆圆过日子就是福！"望着李冰父子，"今后，你父子俩不要再离开家了，不要稀罕啥子爵位，不要受高官厚禄的引诱，俗话说宦场深似海，卷了进去就出不来，官再大比不了亲情大！"李冰连连称是。乳娘继续说："做庄稼也有学问，你父子可以到田间多观察，也可下田做点活路，学点种田的知识技术。但总的是以读书做学问为主。"李成说："我赞同母亲之见，李冰兄弟和一妞、二郎都应以读书做学问为主。百亩桑田的活路靠愚兄就够了，农忙时请几个临工帮忙，还用得着你父子下田吗？"乳娘又望着李冰夫人问："颖媳，你赞同吗？"李夫人说："完全赞同。""很好，"乳娘说，"我再唠叨几句，把话说清楚，冰儿今年才三十多岁，二郎才十多岁，今后的路还很长，人生一世，男子汉大丈夫，总不能无所作为吧？娘亲只反对你父子做官，但支持你们苦读诗书，成为有真才实学的人；盼望你们能为平民百姓做几件实实在在的好事，冰儿，娘亲曾给你讲过，你父亲为啥要给你取名李冰的事。还记得吗？""记得。""讲来听听。"李冰说："我生下后娘亲抱着我去请父亲给我取名字，父亲想到了荀子在《劝学篇》中写的一句话，说，'青，取之于蓝，而胜于蓝，冰，水为之，而寒于水，就叫李冰吧。'意思是要我超越他，做个为民造福的好工师。"乳娘说："正是如此，你父亲修好了渭水大桥后，朝廷授他公大夫爵位，他不接受。管修桥的少府官员汪大人以为你父亲嫌低了，请示丞相后，给你父亲授五大夫爵位，你父亲还是不接受。汪大人说：'已给你提两级了，为何还不接受？'你父亲回答说：'不敢有违父教啊！'汪大人问：'什么父教？'你父亲说：'我爹讲我等乃是墨家弟子，作为工匠，只求做事，不求做官！'冰儿，这就是李家的家训、家风，今后就按你父亲所言所行去做事吧！"李冰说："谨遵娘亲教诲！"

久别胜新婚！是夜，李冰和夫人一番肌肤之亲以后，夫人伏在李冰的怀里说："看样子你的事还没有完啊！"李冰说："夫人之言甚是，我已被宦海的旋涡卷了进去，在郢都，我曾听人说当今秦国的朝堂上有'王党'与'后党'之分，我不相信，也没在意。这回我出事后才亲自体察到这点，太子爷、杜丞相要我回乡耕读，而太后却派公主来纠缠我，说要招我为婿，留我在咸阳做官，而且提醒我不要忘记吴起的故事。我明白了他们怕我逃跑出国的意图后，写了封表示'永做秦国良民，决不出国做官'的血书交给了公主，拜托她转呈太后，算是对她老人家表忠心吧！但绝非投名状，只是表明我只做民不做官的坚定态度。"夫人说："表忠心可能换来表面上的安宁，但你拒绝做太后的孙女婿，也就不可能从根本上消除'后党'对你的怀疑！"李冰说："夫人所虑极是，那就让他们怀疑去吧，说不定会因祸得福呢！""因祸得福？"夫人说，"你是不是太乐观了？"李冰亲吻了夫人一口，说："祸福相依，没有什么可怕的，乐观才能延年益寿啊！秦国不是强调依法治国吗？我不犯法，他们又奈我何？无非是不要我做官嘛，这不正是我的企盼吗？走庄子之路，大隐于乡，仰观天文，俯瞰地理，与山水为伴，和大自然为友，听天籁之声，做鲲鹏之逍遥游，这是何等惬意啊！"夫人说："还要加一条才更惬意。"李冰问："哪一条？"夫人说："夫唱妇随。""善、善、善！"李冰说着紧紧将爱妻拥抱……

郊斜村住着一百多户姓李的人家，正好组成一里。里正也是李氏家族的族长，第二天李冰父子去拜望、呈报他们回乡耕读的原因和所获爵位的证明，李冰说他要为家乡做点实事，先办个学舍，之后修座灵台、造窥天管镜，培养一批能观察天象、预报气候的人才的计划，里正表示欢迎和支持，当日中午，里正设宴，请来族中长辈和主管文教的三老、主管治安的游徼以及什长、伍老等多人作陪，为李冰父子接风，乡亲乡情使李冰父子分外高兴。

第七天，李冰主办的家庭学舍就开学了。宽大的书房就是课堂。学生中除一妞、二郎外，还招收了李经文、李明昌、赵宏光、王星阳四位爱好天文学的青年，他们跽坐在放有笔砚、简册的矮案前，听李冰讲课。漆木儿、陶柜上堆放着各种各样的绢书、帛书和成捆的简册。屋角，还有个"铜壶滴漏"的计时器。李冰坐在一张长条形带有矮屏风的榻上，前面置一长方形矮案，案上放有几卷帛书。李冰说："你等已读过不少诗书了，对华夏各国的历史文化，儒、墨、名、法、道家学说也已有了初步了解。现在，要把学习和研究的方向转到经世致用的学问上来，着重学习、研究天文地理。先研究天文，后研究地理，然后将天文地理结合起来研究。这门学问非常重要，关乎国计民生。我年轻时学过一些，但很不够，还需深入学习。这门学问很深奥，但也很有趣味。读屈原的长诗《天问》可以从中领会到它的魅力！都翻开屈原的《天问》。"学生拿起案上帛书手抄《天问》翻开。李冰指着二郎："你念第一段。"二郎站起，展书念道："曰，遂古之初，谁传道之？上下未形，何由考之？冥昭瞢暗，谁能极之？冯翼惟象，何以识之？明明暗暗，惟时何为？阴阳三合，何本何化？圆则九重，孰营度之？惟兹何功，孰初作之……""好啦，"李冰招手，示意二郎坐下，说，"屈原的诗歌是用楚国的方言写成的，有些字有独特的读音和韵味，形成了一种与诗三百篇完全不同的风格，被称为楚辞，这方面为父知之不多，就不去说它了，咱们能弄懂诗中的大致内容就很不错了。妞儿，你用秦国语言将这段诗翻译出来。"一妞站起，瞄着帛书口译道："屈原发问，远古开辟的情形，是谁把它传述到当今？那会儿天和地都没有形成，你根据什么去考察、去弄清？当时白天黑夜不分，昏暗迷蒙，又有谁能把它弄得清楚，看得分明？"望着父亲问，"'冯翼唯象'这句不懂！"李冰说："'冯翼'的'冯'是满的意思，'翼'指元气，古人认为最初的宇宙由元气构成。知道什么是宇宙吗？""知道，"二郎说，"《墨子·经上》说：'宇，弥异所也。'意思是说宇是无所不包的空间。'久，弥异时也。'久，包括一切时间。宇宙是无限空间和时间的统一。"李冰说："回答正确。""母亲讲过，我也记得。"一妞望着兄弟问，"'象'的意思你晓得吗？"二郎说："知也。"一妞说："讲来听听。"二郎说："讲不出来，我说的'知也'是孔子讲的'知之为知之，不知为不知，是知也。'"一妞说："诡辩！"二郎笑道："诡辩也是名家的一门学问呀！哈哈，姐姐把我恭维成名家了！""嘻嘻，"一妞一哂，说，"小公大夫，姐是贬你呢！""莫嘻嘻哈哈的了，听课吧，"李冰问李经文等，"你们中有谁能解释'象'的意思呢？"四人有点怯生，有顷，赵宏光说：

"'象'就是一种样子吧！"李冰说："宏光的看法接近事实了，准确地说，'象'就是古人想象中的事物的一种形态，故'冯翼'二字就有人释义为元气浮动之状态。""明白了，"一妞继续口译，"元气充满空间无形无象，人们又怎能识别？那时宇宙光明与黑暗混杂，谁又能把它分辨？阴阳二气结合化生万物，这两气谁是演化，谁是根本？天，又圆又高，上有九层，这项工程太伟大了，谁是它的设计者？谁是它的建造人？"李冰击掌，表扬说："妞儿翻译得不错。屈原《天问》的开篇大体是这个意思。"二郎说："阴阳二气化生万物，天和地是它化生的吗？为何天高有九层呢？这太有意思了！""还有呢？"李冰说，"这篇诗还问，'天何所沓？十二焉分？日月安属？列星安呈？'就是问'天和地在什么地方相合''十二时辰是怎样划分的''太阳、月亮怎样悬挂在天上''群星为何又罗列成这样'。屈原作品中还有很多涉及天文学的问题，今后在学习过程中为父和你们一起共同磋商、慢慢破解，你姐弟俩有这个兴趣和信心吗？"两人齐声回答："有。"又问赵宏光等人："你们呢？"四人回答："有。""好，"李冰说，"你们几位和李汾、李渭还生疏，不免有些局促，大叔也不是师长，是和你们共同学习、相互琢磨。今后如何学呢？第一是读书。这次我从楚国借了一批天文书回来，一是楚将唐昧写的一篇讲廿八宿的文章，因有损坏，连题目都没有了，但主要内容还可参考，二是楚国人甘德写的《天文星占》，三是魏国人石申所著《天文》[1]。两人所记星宿的名称在天体中的位置不尽相同，代表了南、北天文学家的不同见解，相互参鉴，大有裨益；第二，建观星台，造窥天管镜，对天象变化做长期观察记录；第三，绘制日月五星、二十八宿等在天上的位置、移动、运行图表。"二郎说："读书容易，做起来就不容易了。观星台、窥天管镜怎么造呀？"李冰说："古人

---

[1]中国天文学在新石器时代即已萌芽，到战国中后期已发展得比较成熟，自成系统了。甘、石二人生活在公元前4世纪，他们的主要贡献是对产生于公元前5世纪的二十八宿体系做了重新测量、整理，著乎竹帛。见张正明著《楚史》（湖北教育出版社1995年7月第一版，第321—322页）。

为了观察天象，认识星辰，制定历法，指导农事和政事，早在夏、商、周三代就建过观星台了。咸阳附近的长安邑，是周初古都丰京和镐京旧地，相传周文王在此建过一座观天台，当时，叫灵台①。《诗》中之《大雅·灵台》篇说'经始灵台，经之营之'。为父在咸阳求学时，曾去观光，并画有草图一张。"李冰走到陶柜前，从存放的简册、卷书中找出一幅帛画来递给二郎，说："你们都看看，它高二丈，周回一百二十步。"二郎埋头看图。这时，李冰夫人端着一个漆盘走进，上置水壶、陶碗，说："已过半个时辰了，喝点水吧。"众人倒水喝，宏光四人惊喜欢呼："师母给我们喝蜜水呀！"二郎笑道："我母亲酿造的蜂蜜水就是香甜。""这就是自耕而食的好处。"夫人望着李冰，"你们议论什么呢？"李冰说："建观星台的事。我正把我当年求学时画的文王灵台草图给他们看呢？"六人轮流看图，二郎说："咱们就照这张图，在李子山顶建一座。"一妞仰面说："父亲的图画得很细致，又标明了尺度，照建就行了。"李经文说："我和明昌都学过木匠，宏光、星阳当过泥水工，再请几个帮手，保证能建好。"李冰夫人说："应当按现有地势有所改变和发展，还有，观察天上的星象，光靠人的肉眼是不行的。古书《尧典》讲，古人用的是'璇玑玉衡②'，这是何种仪器？找得着吗？"李冰说："已经失传了，有人考证说是一种圆口玉璧，这不难造，但恐怕作用不大，我想按墨子书中讲的光学、物理学原理，自己造一架长管形的窥天镜。我说的镜不是铜镜，而是将陆璃打磨成透明的窥天管镜。"

李夫人对丈夫说："陆璃的透明度不高，恐难使用。"李冰

---

①除《诗经》外，《孟子》中也讲到了周文王建灵台的事。今人考证文王灵台在今陕西省西安市长安区的灵台村。

②"璇玑玉衡"出自《书·舜典》："璇玑玉衡以齐七政。"有两种解释，一是认为是指星象，即"北斗七星"。二是认为是观天仪器，孔安国说"正天之器，可运转"。有人指出土的一块"缺口玉璧"为璇玑玉衡，是观察星象的仪器。（见《中国天文》，上海三联书店1998年版，第8页）本书创作从第二种说法。

说，"确实如此。""呃，"李夫人说，"你拿回来的那对蜻蜓眼珠子透明度很高，可以试试用这对珠子来打磨镜片。"李冰说，"这对珠子是太后赏赐给夫人的啊，毁了，岂不可惜！"夫人说，"为了造窥天管镜，顾不得了。"

李成提一篮蔬菜走回，喊："兄弟，王县令看你来了。"

"啊，"李冰对夫人说，"你们继续商讨，我去会王县令。"言讫，走出书房。

李家小院中，王县令走进："李大人，回乡间居住，习惯吗？"李冰说："不仅习惯，简直就是享福！""那就好，那就好！"王县令说，"丞相府令我前来看望大人。""可别喊我大人了！"李冰说，"我可是你王县令治下的一个庶民百姓哟。""你可别这么说，"王县令道，"你本来就是安邑县令，我的顶头上司，称你为大人，理所应当。现在大人虽不做官，却是立了战功的，爵位还在啊！朝廷有令，你的俸禄还是四百石，由安邑县每年秋后支付。另外，还赐给你青铜轺车①一乘，奴仆一名。"李冰说，"多谢朝廷厚爱，我离开军营时白起将军奖给了我一笔郢爰，如需请帮工，我有钱支付，请免去赏赐奴仆。"王县令说："朝廷有法度啊，县廷怎敢不执行？按你和二郎的爵位可食邑三百户呢！"他转身朝院外喊："阿牛，你进来。"院外，站在轺车旁的阿牛应声走进，此人就是芈卢，只见他蓬头垢面，褐衣破烂，像是一个乞丐。他颤颤抖抖地走进院内。

李冰对阿牛挥手说："我从不使用奴仆，你回家吧！"阿牛跪地，可怜巴巴地说："小人无父无母，无家可归。请大人赏口饭吃吧，小人会赶车。"李冰扶起他，踌躇一阵，说："我和王大人商议后再回答你。"

李冰拉起王县令进入厅堂，两人分宾主坐下后，李冰问道："王县令，咱们算是老朋友、老搭档吧？""当然，"李冰说，"那就请大人如实回答，你奉的是杜丞相还是芈丞相之命？"王县

①轺车是古代一种载人的轻便马车，车厢敞露，中间树有车盖，制作精美，行驶轻快。

丞说："两个丞相我都没见过面，是今天一早丞相府的行人①，带着相府公文直接到我们县廷命令我照办的。"说着从怀中取出一封帛书来给李冰看。

李冰看完相府文书后交还王县令，又问："这个阿牛也是行人带来的？他是什么人？"王县令说："阿牛确是行人带来的，有驾车的专长。他是个奴隶，在右额上还有烙印的痕迹呢！"李冰说："要是我不接受这个阿牛呢？"王县令说："依在下看来，大人这样做，就有怫相府的美意了。行人说，大人在治理盐池和秦楚之战中都立了大功，触犯军规乃是小过，人才难得，相府和县廷对大人都要刻意保护和支持。看得出来，朝廷对大人还寄有厚望啊。送奴隶阿牛就是要他为你养马驾车、干粗活，让你一心一意做学问。李府所有人都可以役使他，发现不轨行为可以严加惩处！"李冰沉思半晌，说："我收下他。"两人又转身走回小院，王县丞说："阿牛，李冰大人收下你了。"阿牛又长跪在地，作揖叩头，涕泪纵横地说："多谢大人不弃！"李冰扶起他，说："我们共耕而食吧！"转身喊，"李成兄，"李成应声走出，李冰说，"朝廷送的辎车和马匹都收下，然后呢，你带这位驭手阿牛去沐浴更衣，并安排住处。"李成对阿牛说："跟我来吧！""阿牛，"王县令喊住他，叮嘱道，"李大人宅心仁厚，不会亏待你的。但你要时刻记住，你是李府的奴仆，一切都要听从主人的使唤，不得有半点差池，否则就要受到严惩！""是是是。"阿牛躬身承诺。王县令一挥手，阿牛跟李成走去。王县令又转身问："李大人还有需要帮忙的事吗？"李冰说："我拟建一座观星台、造一架窥天管镜，想雇用十名能工巧匠，精通建筑和精通陆璃制作的各五名。可否请县廷出告示招聘，由本人试测，合格的由本人付给酬金，不要县廷出一分钱。""大好事呵，"王县令说，"有了观星台、窥天管镜就可预报天气了吧？"李冰说："只能说有此可能，还要经过漫长的探索呢！"王县令说："我支持大人的探索，成功了那是对华夏之民的重大贡献啊！李冰大人呵，我不是拍马屁吹你，你在安邑管了三

①行人是相府传递文书、命令，沟通上下的官吏。

年盐池，练成了治水能人，被人称为水神。现在你又研究天文地理，我相信你的探索一定能成功。"李冰说："我个人算什么？还需要有高人指点和襄助啊！大人若公务繁忙，可找盐亭长赵晶民帮忙，据我所知此人善于结交各种匠人。"王县令说："我就找晶民具体办，他一直叨念大人，昨晚听说你已回乡，本来今天就要随我来看望大人的，但行人又通知他搭车去咸阳商讨赔偿的事。""赔偿什么？"王县令说，"赔偿牧主的迁场费用。这件事大人是知道的，大舜盐池被污染是盐池主水上游一家牧场所造成的，当年，太子爷来视察，大人禀明情况后，太子爷不是表态要迁走这家牧场吗？""是的，"李冰说，"我记得清楚，当时太子爷说过这个难题由他帮我们解决。怎么到现在还没解决呀？"王县令说："太子爷发话后，牧主答应搬迁，我们很高兴，盐亭长就率众整治池子，掏污泥、除杂草、砌堤岸，等牧场迁走后就清理主河道，放水。可是，牧主口头答应迁，拖到今天也未迁。""为什么？""牧主要求补偿五百万两银子！""太多了！""惹不起啊，此人是芈相的侄儿！声言钱不到手，他就不迁！""你们怎么处理？""我们给杜丞相写了禀报，说明安邑的盐业收入全部上交了治粟内史府，县里无钱可出。杜丞相指令治粟内史府处理。""唉！"王县令感叹一声后，低声说，"大人，你知否？现在朝廷是外戚擅权啊！政出多门，只顾捞钱，弄得下面很难办，大人有从政、从军经验，可否给咱安邑县当个襄赞啊？"李冰急忙摆手说："王大人可别这么说，我有做官经验就不会被贬还乡了！本人现在坚定奉行不在其位不谋其政的儒家格言，决不沾染官场之事，现在本人一门心思就是深隐于乡，研究天文地理，建观星台，造窥天管镜，还望大人成全。"躬身一礼。王县令想了一下说："人各有志，本人也不再强人所难了，李冰大人，专心研究你的天文地理吧！"

在王县令和盐亭长赵晶明的支持下，李冰半月之内完成了十名能工巧匠的选聘工作，于是，观星台的修建、窥天管镜的研制，得以迅速地、有序地展开……李冰回乡耕读的这一段历史，就是后世的一些学人把他称为隐士的原因，有的说他隐于鬼谷，有的说他隐于岷峨，都是受道教思想影响的编撰而非事实。

（二）公孙若买官

在李冰回乡向天文地理科学艰苦进军的同时，他的同窗好友、蜀郡郡丞公孙若也没闲着，他正为取消头上的代郡守冠帽而劳神费力。自从去年郡守张若离蜀后，他就通过他的妹妹公孙娇进行了多次公关说项，但都无结果。前不久昭王号召建立粮食基地，为统一战争提供充足的军粮，芈戎指示公孙娇给她兄长写信，要他赶快弄出一个把蜀郡变成秦国粮仓的方案来，呈报治内史府立项，有了政绩，头上的"代"字才会取消。公孙若在蜀郡任职多年，他深知蜀民要求治水的呼声很高。造物主给蜀人造就了一个西北高而东南低的成都平原，高处常闹旱灾，被百姓称为"赤盆"，低处常遭水涝，被百姓称为"泽国"，改变"泽国""赤盆"的关键是治理都江，这是蜀中上下和治水精英的共识。公孙若接到妹妹的信后，因西夷人中的邛、笮两族长年矛盾，影响蜀郡西南部的安定，公孙若率军前去制止，临行前，他命令都水曹制定治水方案，三个月后，公孙若搁平邛、笮回到成都。都水长周庸将已制定好的治水方案呈报公孙若，被否定。公孙若和李冰年轻时游学稷下因犯事而被弄到大河工地修过防洪堤坝，其间听过治水名家白丹的课，所以他自认为是懂得治水的内行官吏，决定亲自动手设计，建一个前无古人后无来者的不世工程。九月中旬，公孙若带着都水曹的吏员在郡守府十人卫队的护卫下来到湔氐道①的玉垒山考察都江。公孙若手拿一张帛画观察山形水势。身后站着都水长周庸和属吏江澄，以及数名牵马的卫士。有顷，公孙若向卫士长命令："摆开笔案。"卫士长即从马背上取下矮案一张、皮垫一块放上笔墨、石砚摆在岸边。公孙若坐到矮案前摊开治水图，朝周庸招了招手，周庸坐到他的身边。江澄站到周庸身后，文案摊开竹简，取下插在头顶上的烟笔准备记录。公孙若说："引都江之水灌溉平原，你们的这个构想不

①道，是秦汉时期中央政府在边远少数民族地区设置的行政单位。级别相当于内地的县。当时的湔氐道辖区从现在的都江堰玉垒山起至茂、汶、松潘。道治设于松潘，但当时的松潘还是个正扩建中的聚邑。

错。只是气魄太小了！咱们要创造辉煌的政绩，就要建一个宏大的不朽工程。"周庸说："请大人指教。"

公孙若指着都江对面的山头问："对面那座山叫什么名字？"江澄说："是青城山①的一部分。"周庸说："百姓称之为大面山。"公孙若又问："咱们身后的山呢？"周庸说："古称湔山，百姓称玉垒山。"公孙若说："叫玉垒山好啊，这儿不是产美玉吗？"周庸说："是的。"

公孙若起身又将两岸的山形观察了一番，对江流上下又打量一阵，他的宏伟构想就出来了。他重新坐下拿起笔就修改，重画起来……

这时，传来杜鹃啼叫声，一个牧羊人在后山唱着山歌：

> 杜鹃啼啊杜鹃悲，啼泪泣血呼治水。苛政只知征赋税，不顾蜀地水旱危！啊，都江何时治呃？禹王何时归？

公孙若的"治水图"画出来了。他指着图对坐在他身边的三人讲解。文案赶忙摊开简册记录。公孙若说："对面的大面山，这边的玉垒山，就是天然的堤岸，再在大江上修筑一条人工长堤坝，把都江拦腰斩断，这上面就成了一个特大水湖了。在堤上开一个缺口，安上闸门。再修一条河，通过郫县直达成都，再经武阳，直达南安与汶水汇合。在这条数百里长的人工河上，每隔五里修一支渠，供灌溉之用，十里修一个大池子，池中养鱼，岸上栽花种树，供观光之用。冬天蓄水，开春放水，成都坝子的干旱问题不就解决了吗？"

周庸疑惑地问："夏天洪水来了呢？上面的水湖能盛得下吗？"

"嗯，"公孙若思索一阵，拿起笔又在堤上画了个缺口，说，

---

① 青城山最早称西山，《华阳国志·蜀志》说："帝（指杜宇）升西山隐焉。"西山即青城山。秦时称渎山，见《史记·封禅书》，但西汉时已有清城山的记录了，东方朔的《五岳真形图序》中说："拜清城为丈人，署庐山为使者。"《华阳国志·蜀志》亦有记载。不过青城山的"青"是"清"。西汉文人能将清城山写入文章，想必这座名山的名字早已在民间流传很久了。

"在挨近大面山一边的拦江堤坝上再增加一个缺口、一道闸门，洪水时节，将它打开，将洪水导入都江正流，防洪问题不就解决了吗？"

文案赞赏地说："大人的构想堪称绝世宏图呀！"

"我这叫青山出大湖，银水结玉瓜！"公孙若说，"治水就要有夏禹王的大气魄！你们都水曹要组织人力把两山的高度、江面的宽度、江水的流量、流速都仔细测算一下。在本守这一构想的基础上，画出施工细图，造一个预算，算出需要多少劳力、多少钱。要重点写明这项工程完成后在灌溉、防洪、抗旱、航运、观光方面的巨大效益。"周庸点头："照办。"

其实周庸和江澄对公孙若的宏伟构想并不认同，只是不想得罪这位与张若一样专断，却比张若有文化、更自负、能言善辩的顶头上司而没有将自己的意见公开说出来，但作为专业治水人士，深知治水事大，弄不好就会祸国殃民，怎能昧着良心说假话！怎么办？他俩商量一阵，认为上这样的大工程一定是要经过朝廷治粟内史府批的，精细地绘出施工图，如实地造出各种预算，以说明工程的艰巨和耗资巨大，用这种迂回曲折的方式，来表明他们要讲的真话。半月之后，一份施工细图和相关说明，以及总预算草案，放在了公孙若的案上。公孙若把都水曹呈上的工程说明书和施工细图及工程预算仔细看了一遍，认定基本符合他的设计思想，工程的总造价为白银五千万两，造价有点高，但公孙若认为不是问题，只要能争取朝廷拨给一千万两，他就可以在蜀郡采取多种方式集资，以解决资金的缺口问题。公孙若嫌说明书写得不好，就事论事，没有理论色彩，没有把这一工程的伟大作用和历史意义写透，他亲自捉笔修改，给说明书标了个题目，叫《蜀中治水方略》。在夫人的鼓励和督促下，公孙若决定带着这份宏图去咸阳请朝廷立案，同时解决代郡守问题。他立即命令主簿孟谦组织文案将都水曹上报的两个文件誊写、刻制了五份备用。

夜晚，公孙若府邸门前，盐官魏富和铁官钟秦匆匆走来，与守门的吴老头低声说了几句便径直朝里面走了去。此时，公孙若和夫人正在书房中收拾去咸阳所用文件和各种物品。在烨烨生辉的莲枝灯下，公孙若夫人将案上的帛画治水图折叠好放入一只漆盒中。一旁的公孙若在另一案上拾起一封帛书说："还有呈文呢，放在一起。"夫人接过，边叠放边说："这回去咸阳一定要芈相把你那代郡守头上的'代'字去掉。""放心吧，"公孙若抚摸着夫人亲了一口，说："你会是郡守夫人的！"

"大人！"门外响起魏富的喊声。

"请进。"公孙若说。

魏富和钟秦走进。

"请坐，"夫人招呼后说，"你们谈公事，我走了。"说着走出门去。公孙若坐到榻上瞄着魏富问："到咸阳送的礼金准备好了吗？"魏富说："准备好了，黄金千镒，白银五千。""嗯，"公孙若说，"白银加到一万吧。"魏富、钟秦面面相觑。公孙若说："两署平摊。"魏富说，"好吧。"拿出一卷帛书打开，说："请大人在这里签个字。"公孙若问："有这个必要吗？"魏富说："郡府特支，要郡守批的。"公孙若浏览了一下帛书，说："放这儿吧，我给你们签。"又问，"那些土特产呢？"钟秦说："送到咸阳的蜀中特产一向都由塞侯办。因为大巫师和湔氐道的夷人都听他的。"公孙若问："他还未办齐？"魏富说："办齐了，而且很丰盛。"公孙若问："为什么还不运来？"魏富说："他有个要求，虽然没直说，但卑职听得出来，他请大人这次到咸阳，推荐他儿子担任郡尉一职。"公孙若质疑："举荐塞烈做郡尉？"魏富点头。公孙若想了想，说："可以，不过，还是先从代郡尉做起吧。"魏富说："这样甚好。"公孙若踱步沉思，在心里说："这个老奴主，献忠心原来是为了买官！"有顷，转对魏富、钟秦说："你二人随本守到咸阳。"

三天之后，公孙若率领车队，带着魏富、钟秦来到咸阳。此刻，在芈相府中，芈戎的九夫人公孙娇正领着兄长公孙若、魏富和钟秦从回廊上朝后院她的寝房走去。公孙若挎一个胀鼓鼓的皮囊，钟秦抱着一大摞珍品，魏富抱着几匹蜀锦，几个士兵抬着两口装满金银玉器的黑漆大木箱。九夫人领他们走进寝房，指点放东西的地方，"放这儿，放这儿。"士兵放好木箱后退出。公孙若对魏富、钟秦说："办你们的事去吧，一定要把盐铁生意做大。搞工程是要

花很多钱的。"魏富、钟秦说:"明白。"躬身退出。公孙若转对妹妹说:"木箱里的金银玉器供你给达官显宦送礼之用。送谁?送什么,由你定。"妹妹点头说:"好的。"公孙若又问:"芈相在府里吧?"妹妹说:"在骊山找太后商量事呢。正好,你去骊山见见芈相,请他和你一起拜见太后,这回说什么,也要把你头上的'代'字去掉。"公孙若说:"好,为兄就赶去骊山。"

骊山在咸阳的东面临潼县境内,乘马车要两个多时辰才能到达。早在周幽王时代因发现山的西北麓有温泉涌流而在此处建立温泉池。秦时扩大为三口,称"骊山汤",并在温泉附近新建了多座殿宇,山道上,飞阁相连,水环翠荫,幽雅宁静,是王公大人们的休闲胜地。这天下午,嬴九伺候宣太后在龙凤池中沐浴,一会儿,魏丑夫在池门外呼道:"太后,芈相和蜀郡郡丞公孙若求见。"宣太后答道:"叫他们在暖阁等着。"

暖阁中,公孙若站着和坐在绣凳上的芈戎谈话。石案上放着一个锦盒。

芈戎对公孙若说:"你的事,我已向太后禀报过了,看她老人家怎么决断吧。"

"是。"公孙若点头。

魏丑夫和嬴九扶着刚出浴、裹着绸缎绣花袭衣的宣太后走来。

公孙若跪地:"太后万寿无疆!"

"起来吧。"太后说。

"谢太后。"公孙若站起。

宣太后坐于绣榻上,问:"小若子,给我送什么来了?"

公孙若从石案上捧起锦盒,答:"回春如意丹。"

"有什么用?"

"滋阴养肾,强心固表,回春如意。是为太后特制的补药。"

太后笑道:"老了,是得补一补啊!丑夫,收下。"魏丑夫从公孙若手中接过锦盒。公孙若接着说:"太后用后,若有效果,我们蜀郡派专人制造,长年供奉。以保太后国色天香,青春常在!""吃吃再说吧!"宣太后说,"小若子呀,你大老远地跑来,不单是为了送丹药吧?""太后圣明!"公孙若说,"郡守张若大人离蜀已久。蜀中政事……""明白了，"宣太后说，"芈相已跟本后说过了，你想取消那个'代'字！小若子呀，郡守那可是封疆大吏啊。秦国是有规矩的，'有功者显荣，无功者虽富无所芬华'！没有战功，也要有政绩呀，本后早说过，你做出点名堂来，朝廷自然就会把你那个'代'字取消。"公孙若垂首，说："蜀郡水旱连年，小子经过实地勘察搞了个治水方案，变水害为水利，将蜀郡建成秦国的产粮基地"，又在石案上拿起一木盒，"请太后御览。"宣太后问芈戎："你看过了吗？"芈戎说："刚才我已浏览了一下，工程很宏大。"宣太后说："那就好。呈送治粟内史府吧！"公孙若说："遵命。""还有，"宣太后说，"你还要建立威信，蜀民是很刁顽的。用成都人的话说，就是要镇得住场子。张若治蜀以威猛著称，强调严刑峻法，他就镇得住场子！朝廷之所以迟迟没有宣布免职张若，就是怕乱，也是想历练历练侬！"公孙若垂首，"太后圣明！""这事你不用着急，"宣太后说，"现在朝廷急着要处理的是秦楚和谈这件大事。这件大事解决了，才能统一考虑蜀郡、南郡、巫郡、黔中郡的郡守任命事，小若子，官，有你做的。不过，你要牢记，一要政绩；二要立威！去吧。"公孙若垂首："遵命。"退出。宣太后望着芈戎，说："谈谈秦楚和谈的事吧。"芈戎说："大王要举行朝议呢。""唔，"宣太后想了想说，"此事兹大，朝议一下也好。"

（三）田贵力荐李冰

三天后，秦昭王在咸阳宫举行朝议。太子嬴柱、左右丞相、国尉、御史台、廷尉府大夫、少府、治粟内史、太史太傅等中枢领导人物参加。御案前左右各置矮案一张，王稽站着施礼，年轻的王绾跽坐记录，此人是杜仓学生，专为昭王写起居注。铜壶滴漏响起滴答之声，报道辰时一刻已到，王稽高呼"鸣钟——"，"当——当——当——"洪亮的钟声响起，众大臣肃然起立，王稽又喊，"朝议开始，请大王训示。"

秦昭王站起扫视群臣一眼，挥手说："众卿坐下。""多谢大王！"众大臣跽坐，昭王也坐下，讲道，"楚国左徒黄歇的信，寡人已批给众卿看了，如何应对？各位臣工①尽可畅言。"杜仓站起说，"从黄歇给大王的信看来，楚国惧怕我大秦联合韩、魏再进行一次伐楚战争，瓜分楚国。愿意通过和谈与秦交好，看来有一定的诚意。""难说，"芈戎道，"太后训示我等，要认真分析一下楚人的动态。楚人一面讲和一面又派兵反攻，楚国正在与张若的蜀军激战呢！"杜仓说，"楚人和张若的蜀军打一下，是要证明他们还有点实力，增加他们谈判的筹码呀！其实，郢都的陷落，使楚人的元气大伤了，十年之内恐怕也难以恢复。"司马错说："丞相之言甚是，楚人迁都远至淮南陈县，已对我构不成威胁了！值得注意的是，黄歇在信中说如果我们打击楚国就会加强韩国、魏国、赵国。这话不是讹诈，有一定根据，因此之故，我联合韩、魏再攻楚国的战略应停止执行。为什么？当今中原的态势是，齐燕两国因领土争端和历史上的各种积怨而陷入重重矛盾，在今后相当长的一段时间内必将相互攻伐而自我削弱，这两国对我大秦构不成威胁，还可利用其矛盾谋取我国利益。能威胁我国的是赵国。赵国自赵武灵王实行胡服骑射的改革后，这些年来强势崛起，韩、魏两国投靠赵国与我为敌，据我谍报侦得，信陵君近来正暗中活动，欲再来一次合纵攻秦。据微臣估计，不出十年，秦赵之间必有一场大战。韩、魏扼住我东进、北上的要道，这一障碍不扫除，秦赵大决，就难以取胜。"

昭王问道："国尉的意思是……"司马错说，"调整战略，与楚亲善，安定南线，向东、向北发展，首先削弱韩、魏势力，占领其战略要地。当然，对楚人也要提高警惕，可采纳白起将军建议，令张若在洞庭湖边筑临源城以拒楚。"

"嗯，"秦昭王沉思一阵，说，"这是个大转变，众卿以为如何？"

嬴柱说："儿臣赞同老将军调整战略的建言，只想补充一点意见。父王和祖后三月前就从秦楚大战的得失中，提出要大力发展经济、提升国力的主张。儿臣以为这是高瞻远瞩的英明之见。然而，

①臣工指群臣百官，源于西周，《诗·周颂·臣工》有"嗟嗟臣工"句，《毛传》解释"工"，官也。

要进行经济建设，就必须要有一个和平环境，因之，向东发展的第一步应以实行连横①之策为主，战争手段为辅，各个击破，以化解韩、赵、魏等国的合纵图谋。魏国就在我大秦的家门口，搞合纵攻秦最为积极，父王可令白起将军率军攻魏，先占他两城，教训一下魏国君臣，使他们不敢轻举妄动，也使楚国君臣明白，秦国不会联合韩、赵、魏再进行一次伐楚战争，楚国君臣放心了，南线才会真正安定。这样就可取得一个相对的和平时期，使我们可以放开手脚，从速发展农业和工商业，为秦赵大战、统一六国做好充分的物质准备。"

"太子高见，"杜仓说，"抓住这一战略转变时期，落实我王建立大规模粮食生产基地的诏令，时不我待，治粟内史府经过全面考察已提出了一个方案，龚大夫，你讲讲吧。""遵命，"龚大夫站起说，"经过在上郡、汉中、巴郡、蜀郡的实地考察，我府同袍一致认为，只有蜀郡适宜建立大粮仓。根据有四，一是地理条件优越，它有一块很大的成都平原，纵马眺望，无边无际，十分辽阔；二是土地肥沃，可以种植稻、麦、菽、芋头等粮食作物和栽培桑、麻、果树等经济作物；三是蜀民有务农的传统，熟稔耕作技术；四是安全，它是我秦国的大后方，北有秦岭、巴山、汉中郡，东南有巴郡、巫郡、黔中郡，西南部的邛、笮地区还有一块平原，其他多为山区，为夷人所居，对其恩威并用可保安定。制约蜀郡发展的主要障碍是因都江不治而造成的水旱灾，这一难题如能解决，变水害为水利，蜀郡必定能成为我秦国的大粮仓！"昭王盯着龚大夫说："不是如能解决，而是一定要解决。"他站起身来扫了众臣一眼，说："如何解决，寡人以为，建设就是宏图大业，要有一种大谋略、大气派，和打仗一样，要有敢打敢拼、敢于取胜的精神！然哉，搞建设、发展生产，又和打仗不同，打仗靠武将，建设靠文

---

①"合纵""连横"是在战国中期秦国崛起后策士中的精英创造、提出的一种斗争策略。韩、魏、赵、齐、楚、燕联合反秦叫"合纵"，创始者为苏秦。秦国派人采取各种手段，利用矛盾，拆散六国联盟，远交近攻，各个击破叫"连横"，创始者为苏秦的同学张仪。

士，治山治水，开办作坊，商贸营运，是要讲技术、技巧、方式、方法的，故既要思想开阔，也要小心谨慎，更不可蛮干，按这几条去办，必定能推动我大秦经济突飞猛进。本王郑重宣布，从现在起实施全面开发巴蜀的战略[①]，如何开发？要点有二，一是大力发展自耕农户，除了鼓励开荒之外，要进一步贯彻开阡陌的法令，据本王所知，这一法令在巴蜀地区执行不力，要打破奴隶主的阻力，把他们垄断的土地分给小民；二是治水兴农，以此为龙头，带动百业发展，再造一个金城天府[②]。"

众大臣站起，激动高呼："大善，大善！"

昭王接着说："秦国凭借关中天府而崛起，成为七国之雄！在蜀郡再建一个天府，就有实力扫灭六国，一统华夏！"

"我王圣明！"芈戎说，"再造一个天府的诏令颁布天下，必将鼓舞全国特别是蜀郡官民，增强他们建设强大秦国的信心。自我王发出建立大规模粮食生产基地的号召后，蜀郡代郡守公孙若闻风而动，经过对都江的实地勘察，制定了一个宏伟的治水方略。"掉头问："龚大夫，治粟内史府收到了吗？"

"收到了，"龚大夫说，"我府正认真研究。""还研究什么？"芈戎瞄着龚大夫说，"我看过那个方略，很宏大、很具体，施工图都有了，批办就是了。落实大王的诏令应雷厉风行，不能拖拖拉拉！"龚大夫说："左相大人，大王刚才讲了搞建设既要胆大

---

①《汉书·地理志》说："（秦）孝公用商君，制辕田，开阡陌，东雄诸侯。子惠公初称王，得上郡、河西。孙昭王开巴蜀。"昭王开巴蜀的主要内容，据今之史家解释，就是开阡陌，大搞经济、文化建设，治水、修城、发展经济。（见童恩正：《古代的巴蜀》，四川人民出版社1979年版，第145—146页。）

②"天府"一词出现于西周时期，指朝廷储藏珍宝之处。称一个地区为"天府"始于战国时期的苏秦，他盛赞秦惠文王统治下的关中地区为"金城天府"，他说："夫关中左殽函，右陇蜀，沃野千里……此所谓金城千里，天府之国也。"见《史记·留侯世家》和《战国策·秦策一》。根据苏秦的赞语，昭王完全可能提出再造一个天府的主张。

敢拼，也要小心谨慎。蜀郡的治水方略设想宏伟，名叫'高山出大湖，银水结玉瓜'，要修一座八百多丈长的大堤将都江拦腰斩断，能否实施？本府没有把握，准备请李冰等几位秦国治水名家到咸阳会商。"芈戎又瞥了龚大夫一眼说："多此一举，李冰等人没有亲自到都江考察过，他们能提出什么中肯意见？不信，你把这些人叫到咸阳来一定会提出这个问题。你治粟内史府还得组织这些人去考察都江，再建一个天府的大事就要拖到猴年马月了，治水兴蜀，还是要依靠蜀郡的官吏嘛，代郡守公孙若在蜀郡任职多年，熟悉蜀郡和都江情况，应当放手让人家干嘛。"杜仓说："芈相强调治水兴蜀要依靠蜀郡官吏，这是正确的。但说放手让公孙若干就没有根据了……""没有根据？"芈戎说，"你让人家长期戴着一顶代郡守的帽子主持蜀中政务，这不是一种限制是什么？"杜仓说："芈相是要求取消公孙若头上的'代'字，正式任命他为郡守，这点本人不赞成，为什么？本人早已和芈相交换过意见了，不再重复，还是请大王决断吧！"昭王说："蜀郡是个大郡，谁任蜀郡郡守，寡人还在斟酌之中，左相既然提出了这一问题，众臣工不妨一议。"芈戎说："张若大人推荐公孙若担任蜀郡郡守，微臣以为，大王和相府应当接受这一建议。"

众大臣缄默不语。

芈戎转向田贵："太傅大人，公孙若是你的学生，谈谈你的意见吧。"

田贵说："我教过的学生中有三个颇为出众、各有长处的学生，就是司马靳、公孙若、李冰。司马靳出身兵家，喜欢打仗；公孙若出身官宦之家，喜欢做官；李冰出身工匠之家，喜欢做事。刚才大王和丞相都讲了，要进一步开发巴蜀，把蜀郡建成秦国的大粮仓，就要发展农事，就要兴修水利，根除水旱。这些事情都是很实在的，光熟悉官场那一套的人是不行的，要老夫推荐，老夫就推荐会做实事的李冰！"芈戎急了，说："李冰犯了军规，该杀头的。你还荐他去做封疆大吏，居心何在？"田贵道："李冰是犯了军规。可白起将军宽恕了他，肯定他建有大功，奖郢爰百斤，保留五大夫爵位。杜丞相也讲过，不再追究。李冰是有缺点，但金无足赤，人无完人。我们是用人之长啊！"太子嬴柱点头，望着昭王，说："父王，就按田老师的建言办吧！"田贵望着太子，微笑夸赞："太子殿下慎思明辨，举贤不避怨，难得！"芈戎"哼"了一声，指着田贵说："田老先生，我实话告诉你吧，公孙若担任郡守是太后点的头。"昭王一听，火了，拍案道："谁做蜀郡郡守连寡人都还没有想好，你怎么就捅到太后那里去了？"瞪着芈戎，提高嗓门，"左相，舅爷，你这是挟太后以自重！"芈戎垂首，"大王，这……""不要说了，"昭王说，"郡守之事，待秦楚和谈之后再议，这不是太后讲过的吗？"转头望着杜仓，"右相，你向楚国发出信息，寡人诚心与楚国修好，结为与国。如楚王同意，就派黄歇及楚太子来秦签约、由在郢都的白起陪同到咸阳。"杜仓躬身，"谨遵王命！"

（四）公孙娇密令

朝议之后，芈戎回府，一进门就吩咐下人"摆酒摆酒"。公孙娇听说连忙到厨房催促庖人，给丈夫弄了一案丰盛的酒席，并亲自陪他用餐，从金罍中给丈夫舀酒，芈戎一口一爵，连喝了三爵，公孙娇笑问："相爷夫君，有何喜事？"芈戎没开腔，把酒爵一杵，愤然地说："喜事？为了取消你兄长头上的'代'字，本相得罪大王了！"公孙娇急迫地问："却是为何？"芈戎说："田贵建言李冰担任蜀郡郡守，获得太子爷的支持，为夫就抬出了太后，想不到我这个侄儿竟然大发雷霆，斥本相是挟太后以自重。"公孙娇紧张起来，"这、这……咋办？"芈戎指了指空爵，公孙娇又连忙给他斟酒，芈戎又连喝了三爵，醉醺醺地说："没有什么可怕的，秦国离得开芈——芈氏家族？你，你给小华阳讲，让她一定要劝阻太子，不要支持大王任李——李冰为蜀守。另外，给你兄长写信，让他把治水方略的可行性再找人论——论证一下，不妥之处再修改一下，给本相报——报来。""诺、诺。"九夫人连连点头。

当天晚上，公孙娇就以给王爷送药物为名进入太子府，除了给太子爷送蜀中大巫师炼制的壮阳药百猴灵丹外，还送华阳夫人一箱美玉饰品和一箱金银珠宝。她传达了芈戎的指示，要太子爷阻止李冰任蜀郡郡守。三天后华阳夫人告知公孙娇，太子爷没有被她说服，只答应建言父王给公孙若安排相应的职务。公孙娇一听心都冷了半截，她早已知道白起曾写信给宣太后建言朝廷要么重用有大才的李冰、要么杀掉他。太子、杜仓、司马错和田贵等老臣是公开主张重用的，而宣太后也被李冰的才华和一封血书迷惑，李冰拒绝当太后的孙婿就表明他不会投靠"后党"，而太后却不愿杀掉，还想培养一个秦国的庄子，她认为太后老了，失掉了当年的锐气，加上太后的得力助手原秦相魏冉还在魏国挂职未归，他的夫君只是个副丞相，在朝中孤掌难鸣，难以阻挡李冰上高位了，她的兄长恐怕连代郡守都做不成了，更别想通过担任郡守而封侯拜相了，她父亲公孙消临死前要她兄妹俩矢志恢复公孙家族当年荣光的遗言就要付之东流了！公孙娇躺在床榻上翻来覆去思考了一夜，决定消灭她兄长的竞争对手李冰。

　　李冰父子一心扑在天文学上，经过三个月起早摸黑的苦干，在十名能工巧匠的参与下，又雇用了二十名泥工、石工在李子山顶上建成了一座高三丈、周回一百二十步的观星台，称"李氏灵台"。造出了两台九尺长、可伸缩的青铜窥天管镜，用铁制三脚架架在观星台上。灵台上还安置有绘着二十八宿、五星运行的浑仪，观察日影的圭臬和计时的刻漏。灵台四周的墙壁上画着与天文有关的神话故事，挂着天干地支、六十甲子、二十四节气等各种图表，形成春夏秋冬、风雨雷电的说明书，日食、月食，太阳黑子的历代记录。存列古代观天仪器璇玑玉衡等复制品，俨然形成了一个小型的天文馆。为了对村民开放，李冰自己出资聘用李经文、李明昌、赵宏光、王星阳，做协理研究士和解说员，并负责守护灵台。古时，人们主要是通过观察天象来进行生产和安排生活的，这就离不开天文学，人人都需要学习它、掌握它。明清之际的著名学者顾炎武说："三代以上，人人皆知天文。"[①]这一传统代代相传，李冰在家乡创建的小小天文馆很快引起轰动，受到人们的热烈欢迎。

　　这天晚上，蓝莹莹的辽阔天幕上缀满了无数闪光的星星，李冰指导一妞、二郎和四位协理研究士在观星台上观察天象。他们站在

---

①见顾炎武《日知录·卷三十·天文条》。

一旁，拿烟笔、帛册记录。寂静的夜空里响起李冰父子、女儿的对话声音。二郎和一妞坐在石凳上，从不同的位置和方向，通过窥天管镜观察天宇，惊叹道："啊，满天璀璨的星斗，多么地美丽，多么地神奇！"李冰用仿制的璇玑玉衡观察。李冰说："无垠深邃的天宇有着永远说不完的故事。"一妞惊呼，"啊，我看见横亘长空、波光闪闪的银河了！"李冰说："银河是由很多、很多颗星星组成的，是一条白云状的光带，人们把这一似云非云、似气非气的天象看成'盈盈清且浅'的银河，这比喻很贴切，这想象很美！"转头对站在一旁的四位协理研究士说："经文，你们上前看。"李经文等四人轮流上前观看。李冰说："看清了银河，再寻找牛郎、织女星。"四人看罢，一妞上前看。二郎问："看到牛郎、织女星了吗？"

一妞说："还没有。"李冰说："俗云河东织女，河西牛郎，我们的窥天管镜应该看得到。"一妞看了一阵又问："这两颗星有啥特点？"李冰说："按天文书的说法，织女星很亮，但很柔和且亮中带青色。牵牛星由三颗构成，中间一颗也比较亮，亮中带黄色。"一妞看了一阵说："没有发现有这些特点的星星。"李冰指点说："把管镜拉长一节再看。"一妞照办，有顷，说："我已发现它们的影子了？"李冰走近说："你把管镜再向北移一下。"一妞移动管镜后再看，欣喜欢叫："我看见织女星了！"她又向西移动管镜说："牵牛星也看到了，二弟，你来看。"一妞让开，二郎上前看，有顷，问："咋是黄色的呢？"一妞说："牛郎经常与泥土打交道，那黄色是身上的泥土在发光。""有意思，再看看织女吧。"他向西北方向转动管镜，"我看到织女星了，她的光亮比牛郎星大，幽美温染，太美了！"小赵等四位协研士陆续上前观看，赞不绝口："牛郎、织女又神奇又美丽！"

过了一阵，二郎转头望着父亲发问："不是说河东织女，河西牛郎吗？怎么正相反呢？织女星在天宇的北面？"李冰说："历书《夏小正》说：'七月，初昏织女正东向''十月织女在正北向'，现在正是十月，所以织女星就偏北了。"二郎说："书上说织女星是恒星，它在天上的位置咋会动呢？而且每年只有在七月七日两颗星才能在天河两边出现？""是呀，"李冰说："这就是我们通过观察天象要深入探究的问题，我估计它与日月的运行变化有关，为父甚至怀疑我们所居的地球在转动。"二郎问："我们居住的大地是方是圆？怎么会转动呢？"

李冰对二郎说："是方是圆有两种说法，一说天圆地方；一说天地如一颗鸡蛋，蛋黄就是地球，周围是阴阳二气形成的天，天上缀满了数不清的大小不同的星星。为父赞同第二种说法，认为地是圆球形的，而且在转动。"二郎问："有何根据呢？"李冰说："咱们观察天象就是寻找根据，庄子在《天运》篇中提出疑问，天在自转地不动吗，还是相反？尸佼写过一篇文章回答了这个问题，指出大地在自转，'天左舒而起牵牛，地右辟而起毕昴'，这是说天和地在做反方向的相对旋转。由于这一原因，同一颗星，在不同时间会在天空不同方向出现，牵牛、毕昴星是这样，金、木、水、火、土五星也是这样。拿金星来说吧，它离我们居住的大地最近，亮度仅次于日月，故在甲骨文中称'大星'，而在《诗》中又称'明星'，《陈风·东门之杨》说'昏以为期，明星煌煌'，就是在黄昏时看到它的情景，这时它在天上的西边，早晨出现在东方，《诗》中的《小雅·大东》说'东有长庚，西有启明'，也是指的它，因它发出的光呈清白色，又称太白。这颗星和太阳、月亮一样在天上运行，一早一晚位置不同，为父认为是地动引起的，地球是自己在旋转还是围绕太阳转动，目前还搞不清楚。"虽然没搞清楚，但李冰和尸佼、庄子等已看出大地在动，看出了地动与天上星星移位的关系，这是很了不起的发现！

月亮西坠，满天的星星渐渐隐去，在黎明前的黑暗中，唯有启明星一颗独秀，放射着令人注目的闪亮光辉，李冰朝东向天宇一指，说："看到了吗？那就是启明星！"六人随李冰的手指方向看去，说："看到了。"李冰说："这颗星的作用可大呢，可以帮助人识别方向，告诉你时间，它一出现就说明寅时已过，卯时来临。"

此时，四野传来彼此起伏的鸡啼声……

启明星渐渐淡隐，旭日东升，霞光万道。

李冰叫小赵他们回屋歇息，他和一姐、二郎下山。

他们披着朝霞走在山坡上，边走边谈。李冰问："花了半夜时间观天，你们有收获吗？"二郎说："认识了牛郎织女、启明星。"一姐接着说："是我先发现了银河，在父亲的指点下才顺利找到了牛郎星、织女星。按《甘德星经》讲，二十八宿才是天上的重要星座，它与五大行星关系密切。位置也在移动，怕不那么好找了。""慢慢来吧，"李冰说，"我们可以按孔夫子说的话办。"二郎疑问："孔夫子也是天文家？"李冰说："他是教育家、思想者，他在《论语·为政》中说过涉及天文的话。姐儿，你说说孔夫子讲的什么？"一姐说："子曰：'为政以德，譬如北辰居其所，而众星共之。'""正确，"李冰说，"孔子讲的是为政，但涉及天文，用北辰来打比方，北辰就是北极星，有人又称它北斗星。它处在众星拱绕的地位，也就是星宿王国的中心，找到了它，其他的星座就不难辨认了。读书要善于举一反三，由此及彼，进行推断。"三人说着漫步下山，朝自家院子走去……

李家小院外的大路上，阿牛持大竹扫把扫地。他见李冰、二郎、一姐走来，急忙退站路边，跪地喊道："老爷、小姐、少爷早安！"李冰说："起来，起来，"阿牛站起，李冰看着他，和蔼地说："我讲过多少次了，不要跪着讲话，不要喊老爷，喊大叔就可以了，你是我家驾车驭手，不是奴隶！"阿牛假装感动，"多谢大叔恩德！"李冰问："用早膳了吗？""用了，""吃饱了吗？""餐餐都吃得饱，"阿牛拍胸说，"进贵府才三个多月，我就长了一身膘。"李冰拍阿牛的肩，笑道："很好，你扫完地，赶快把轺车擦洗一下，早膳后我要用。""是，是，是。"阿牛应承。

花树丛中，李夫人戴面罩打开木制蜂箱放蜂，李冰父子和女儿走来，二郎、一姐喊道："母亲，要帮忙吗？"李夫人回首，"用早膳去吧，姥姥等着你们呢。"

李冰一行跨步进院，李冰边走边叮咛："用早膳后，歇息一个时辰，起床后写观察日记。"姐弟应声。

院子外，一个乞丐走来，对阿牛"嗯嗯嗯"地打哑语，表示来讨饭的。阿牛瞅着乞丐思索着，他想起来了，离开咸阳的头天晚上，在芈府后院一角，九夫人曾指着腮帮上长有一颗长毛黑痣、外号"一颗毛"的家丁对他说："今后就由他与你联系。"阿牛眼前的乞丐正是此人。他故意高声问："你这叫花子是哑巴？是来讨饭的？""嗯，嗯，嗯，"乞丐点头，暗暗比了个"杀"的手势。阿牛说："哪有剩饭给你，快走，快走！"李夫人闻声，站起问："阿牛，吵什么呢？""禀夫人，"阿牛说，"一个要饭的，是哑巴，赖着不走呢？"乞丐"啊啊啊"地高叫着、比画着，要求施舍。夫人说："去找李成大哥给你两升米送给这乞丐。""遵命，"阿牛对乞丐说，"你等着，我去给你拿米。"说罢放好扫把，快步跑进府里，很快提着一小麻袋米出来，交给乞丐，用眼睛说，我一定照九夫人的命令办。乞丐朝花丛下的李夫人"嗯嗯嗯"叫着，打躬作揖，表示感谢。阿牛催促"快走，快走"。乞丐走去。

阿牛去大院左侧的马厩中，推出辂车来打扫擦洗……

大约过了半个时辰，李冰穿一套紫色的深衣，拿着陶埙走出，喊："夫人，我走了。"李夫人走到李冰身边，取下面罩，问："你到哪去？"李冰说："你忘了，王县令前天发来请柬，说大舜池今日通水，要我去帮助鉴定水质。"李夫人说："你应该去，但不能叫阿牛驾车啊，你忘了嬴九公主的来信。"李冰说："阿牛不就是芈相府派来监视我，防止我叛国投敌的吗？我又不外逃，他能把我怎样？"李夫人说："让二郎、一妞陪你去吧。"李冰说："他们要写观星日记呢。"一会儿，阿牛走来，说："大叔，马车已备好。""走，走。"李冰说着走去。

李夫人望着李冰走去的背影，思索着，自言自语，"呃，怎么一大早会出现一个乞丐？这乞丐怎么会找扫地的人要饭？"她感到事有蹊跷，急忙快步进府，直奔书房，找到正埋头书写的二郎、一妞，吩咐姐弟俩赶去保护父亲，见机行事。

太阳高高升起，把通往盐池的马路照得明明亮亮，马路两边的森林，显得更加郁郁葱葱了。阿牛驾着青铜辂车，载着李冰缓銮行驶，凉风习习，李冰感到很惬意，闭着眼睛吹陶埙，沉醉于音乐之中。蓦然，阿牛摸出一根铁钉来猛刺马屁股，马一声长嘶，前蹄立起，阿牛迅即跳车，惊马狂奔乱跳，车翻了，李冰被重重地摔倒在地上。带伤的马拖着坏车继续朝前奔去……

阿牛走到李冰面前，只见他被摔得头破血流。阿牛蹲下身子伸手去试李冰的鼻息，发现还有口气，便喊："大叔，大叔！"李冰睁开眼睛，说："阿牛，快扶我起来。""大叔！"阿牛说，"你的命真大呀！"他突然摸出一把匕首来，摸着刀口，说："感谢大叔三个多月的盛情款待，但是，我不能帮你啦，阿牛奉命送你去地府！"高举匕首朝李冰的胸膛刺去——

"嗖！"一箭飞来，正好射在阿牛持刀的手上。阿牛回头一看，只见一辆马车直朝他奔来，驾车人是一姐，射箭的是二郎。

阿牛捏着受伤的手，钻进附近的密林中，逃去。

一姐和二郎的马车驰到李冰身边，兄妹俩扶起父亲。二郎要去追阿牛，一姐说："算了，救人要紧。"姐弟俩把李冰抬上马车运回家中，火速请来郎中医治。王县令和盐亭长赵晶明听说李冰出了车祸，急忙飞马赶来看望。

李冰府邸的寝房内。受伤的李冰躺在榻上，一个郎中正为他包扎伤口，周围站着李夫人、二郎、一姐、乳娘、李成。乳娘急切地问："冰儿伤得重吗？"郎中说："各位放心吧，只是外伤，不要紧的。""李大人，李大人。"王县令和赵晶明喊着匆匆走进，"伤得不重吧？"郎中说："没有内伤。"王县令说："那就好，那就好。"挎着一葫芦水的赵晶民说："吉人自有天相啊！"二郎说："王大人，这车祸可是阿牛有意制造的啊，后生已找到那匹惊马了。"拿出一根铁钉，"这就是锥在马屁股上的那根铁钉。他见我父亲未死，还要举刀杀人呢！"一姐说："王大人，阿牛是你领来的，你应当给我们一个交代。我父亲在乡下过耕读生活，招惹谁了？""一姐，"王县令说，"这事有点复杂，阿牛确是丞相府行人带来的，晶明和县廷所有人都可以作证。他对李冰大人为何下毒手，是谁指使的，目前还是个谜，但是，本人向你们全家保证，迅速缉拿凶犯，查出原因，给李冰大人和你们全家一个交代。"二郎说："一定要将凶犯和指使者绳之以法！"一姐说："要是相府的人干的，你们还敢查吗？""敢，"王县令说，"朝廷不是提倡以法治国吗？我们立即向丞相府、御史台、廷尉府写呈文，本令将亲赴咸阳，为李冰大人伸张正义！"

李夫人说："有劳王大人奔波，尽力而为吧！"一妞说："母亲，这件事不能妥协！"李冰说："妞儿，你母亲的话是对的。"转头望着盐亭长："你背的是水吧？""是的，"赵晶民说，"是大舜池新开的主流河水，我舀了一些来，请大人帮助鉴定一下水质如何？"李冰说："给我看看。"赵晶民说："我把水放在这里，等大人伤好了再说吧。""不要紧，"李冰说，"二郎，扶为父坐起。"二郎上前将床榻上的父亲扶来坐起，一妞抱一个羊皮枕头放在李冰身后做垫背。晶明叫李成找来一个陶碗，从水葫芦里倒了一碗水递给李冰，李冰接过，仔细观察一番，又抿了一口，咂嘴品味，之后，又喝了一大口，说："此水不错，颜色透明，口感纯正，能出好盐。"赵晶明说："大人肯定，我就放心了。"王县令说："大人好好养伤吧，我回去办案了。"赵晶民说："过几天再来看大人。"两人转身，又安慰李家人几句，这才离去。

五天之后，在咸阳芈相府中，芈戎拍案训斥九夫人："糊涂，糊涂！你这是成事不足，败事有余！"九夫人说："相爷生这么大的气，贱妾可受不了啊！""看看，"芈戎举着一幅帛书，说，"安邑县呈文相府，说是阿牛对李冰下毒手。你不下命令，芈卢敢干？""呜呜，"九夫人哭着说，"白起将军不是建言可以杀掉李冰吗？呜呜，贱妾这么做也是为了朝廷，为了芈氏家族啊！呜呜……""别哭了，"芈戎说，"听本相讲，让芈卢回老家隐藏，有人问你，就说阿牛不是芈府的人，是相府行人在奴隶市场上买的，责任归行人承担。"九夫人说："那个行人不是已被杀了吗？"芈戎瞪了她一眼，说："不是被杀，是畏罪自杀。"九夫人连忙附和："是、是、是，是畏罪自杀。"芈戎问："那个给你传话的家丁处理了没有？"九夫人说："他来领赏时，我赐了他一爵毒酒。"芈戎"嗯"了一声，表示认可，又说："给你兄长写封信，告诉他谁当郡守，决定权在太后手里，要他安心做事，赶快把再一次论证、修订后的治水方略给我报来，不要跑咸阳了，这段时间朝廷正忙着与楚国交涉，准备和谈呢。"

第十一章　李冰复出

（一）李冰说服楚使

郢都之战后，白起就一直威逼楚国和谈，但和谈却拖了一年多才得以进行。这是因为楚顷襄王已从郢都之战的失败中惊醒过来了，祖宗的坟墓被掘，大片国土丢失，刻骨铭心的国仇家恨，促使他奋发图强，实行亡羊补牢之策，从赵国召回骂过他的庄辛，封阳陵君，让这位有远见的宗室大臣参与中枢决策，疏远令尹昭睢，使他从楚国政坛淡出，重用抗秦派领军人物左徒黄歇。君臣协力，励精图治，用文武两手回击秦国。在江南地区紧急组建了二十万新军，在景阳的指挥下，与秦军打了大半年的拉锯战，从张若控制的黔中郡夺回十五邑①，但黄歇深知，要收复楚国的全部失地是不可能的，为了防止秦国与韩、魏结盟，再攻楚国，黄歇又进行"文攻"——给秦昭王写信，修复秦楚关系，表示愿通过和谈与秦国结盟。这封说理透彻、充满激情的信打动了秦国君臣，促使秦国调整内政与外交策略，虽然被楚国夺回去了十五城，也坚持和谈，但在什么地方谈？双方讨价还价，拖了数月，直到取得秦昭王书面保证楚国使臣的安全后，秦楚和谈才得以在咸阳举行，这已是昭王三十四年（前273年）五月初的事了。

咸阳宫的正殿上，秦昭王、宣太后在右丞相杜仓和武安君白起的陪同下接见楚使黄歇和副使景唐。魏丑夫站在宣太后身后。竭者王稽跪坐在一方漆几前记录。昭王说："二位使节，为了贵国利益，不远千里而来，寡人极为欣赏！""本后也热忱欢迎！"宣太后说，"黄歇、景唐先生，看到二位一身楚装，就勾起了本

---

①说十五邑在黔中郡，见于《史记正义》。有学者认为楚人夺回的"江旁十五邑"应在青阳以北、郢都之东即今鄂东、赣北地区。因这一带产铜，是楚国的经济命根子。

后的故国之情，真是，乡亲见乡亲，热泪湿衣襟啦！"硬是挤出了几滴眼泪。

黄歇、景唐起身拱手说："太后不忘故国之情，令楚人感佩！"

宣太后说："与楚国修好结盟，是我朝上下的一致意见。你们有什么话尽可畅谈。""大王，太后，"黄歇拱手，说，"外臣奉楚王之命出使贵国，不仅仅是为了楚国的国家利益，同时，也是为了贵国的国家利益。""知道，知道，"秦昭王说，"黄歇大使游学博闻，谙熟国际事务，你写给寡人的那封长信，一开头就说'天下没有比秦楚更强大的国家了，秦楚交战，犹如两虎相斗，其结果，会被劣马和恶狗利用，秦国应当善待楚国！'寡人十分赞同这一看法，所以，才请贵国派出使节，进行和谈。""大王，"黄歇说，"老百姓都知道'听其言而观其行'的道理，既然太后、大王都主张秦楚亲善、结为与国，为何白起将军又令张若在洞庭湖以南修筑临沅城呢？"白起站起说："我是个军人，不善辞令，直说吧，本人信奉法家名言'以战去战'，贵国发动反攻，夺我城邑，我当然要命张若筑城抗拒。""我是个文人，"景唐站起说，"信奉道家主张，兵者，不祥之器，非君子之器。不得已而用之，也要不过分为好。打了胜仗，也不该自以为美，自以为美，那就是喜好杀人了，喜欢杀人的，天下人必不归服他，这样的人不会得志，也没有好下场！"[①]"景唐先生，"杜仓笑道，"请坐，请坐，道家的主要人物李耳、庄周都出在你们楚国，这是楚国人的荣耀啊。不过，据老夫研究，道家讲究'清静无为'，过分的壮怀激烈就违背道家的思想了。老夫很欣赏庄周的一句话：'知其无可奈何而安之若命，德之至也。'"景唐说："秦国占领了我们的巫郡、黔中郡、郢都等大片土地，丞相是要我们楚国人承认既成事实？"杜仓说："既然是事实，当然要承认。存在的就是合理的，没有什么是非之争。这也是庄周在《齐物论》中阐发过的道理，老聃有'玄览'一说，就是要静观、细察、默想、顿悟。请景唐先生三思，或许可能顿悟。"景唐一笑："丞相这样理解庄周的《齐物论》是否

①据《道德经》三十一章意译。

太过于肤浅，过于实用了？""景唐先生说得很对，"杜仓说，"秦国人就是务实。据老夫看来，学术这个东西从来就是仁者见仁，智者见智，只有一家之言才有百家争鸣。""本后也来鸣一鸣，"宣太后站起，瞥了景唐一眼，说，"第一，楚国并入秦国的疆土问题，一律不再议论；第二，"她望着黄歇说，"本后生在楚国，为报答母国生养之恩，你们夺回去的十五城，本后作为礼物送给贵国，不再讨回。本后有生之年决不再兴兵伐楚了，也不联合、不支持其他国家伐楚。本后一言九鼎，永不失言！"黄歇拱手道："多谢太后。""不忙谢，"宣太后说，"还有一条，本后是秦国太后，自然也要为秦国的利益着想，你们楚国人真愿意与我大秦结为同盟，就应当把楚太子熊完送到咸阳为质，以表诚意。不违背本后讲的这三点就继续谈下去，否则就别谈了，"回首对魏丑夫说，"我们走！"魏丑夫搀太后走去。

气氛立刻紧张起来！

景唐一脸愤怒，紧咬牙关！

秦昭王说："今日会谈就到此为止了，太后已经亮出底线，这是不可逾越的。二位使节回到住处再好好想想吧，如同意呢，就签约。"黄歇说："如果不同意呢？"

秦昭王说："寡人就只有送客啰！"景唐拱手说："大王，外臣有一事相求。"昭王说："讲。"景唐说："看来，此生怕再也到不了咸阳啰，外臣想会会李冰，以当面感谢他保护东皇太一庙不被焚毁的功德。可以吗？"白起笑道："景唐先生是不是有点自作多情呢？现在东皇太一庙属于我们大秦国！"景唐瞥了白起一眼，大声说："它也属于华夏各族百姓！"

秦昭王望着杜仓，问："丞相以为如何？"

杜仓说："臣以为，我朝现在仍应坚持以和为贵的方略，景唐副史的要求可以满足。"秦昭王点头，喊："王稽。"王稽站起，"臣在。"秦昭王命令："去把李冰接到咸阳来。"王稽应声："遵命。"

銮铃叮当……

从安邑通向咸阳的驿道上，李冰和王稽乘坐一辆绘有花纹、彩饰华美的轩车，朝咸阳进发……

　　为了向楚国示好，秦王让黄歇和景唐住进了秦国规模最大、景观最美的上林苑的敬贤馆舍中。上林苑坐落在渭南，面对峰峦叠翠的终南锦屏，地跨咸阳、长安、周至、户县、蓝田等县邑，它始建于西周，秦时进行了扩修，但其主要设施集中在挨近咸阳的长安邑境内，除了秦王和太后的离宫别墅外，还增建了专供王公大臣休憩之用的宜春苑，招待贵宾的敬贤馆舍、嘉宾馆舍等。敬贤馆舍外，有一片波光潋滟的水池，鹤翔鱼跃，生机盎然。

　　春光明媚，和风习习，此刻，敬贤馆的侍女班头小倩领着黄歇、景唐和两名随从，正在池边参观，但人人心情沉重，无心观景。小倩说："尊贵的楚国客人，你们说这上林苑与你们江南的林园相比，更胜一筹吧？"黄歇说："只能说各有特色。"小倩说："这上林苑比你们楚国的东皇太一庙历史悠久啊。"景唐说："是的，这上林苑创建于周朝，确实历史悠久，《诗·大雅·灵台》有'王在灵囿'的句子，'灵囿'就指的是这座上林苑，那是周武王在长安邑境内修建镐京后建造的，你们秦人只是在它原有的基础上进行了扩建。我们的东皇太一庙建造于楚文王时期，时间晚于上林苑，但却是楚国人自己的原创。"小倩反击说："原创就一定好吗？继往开来就不善吗？""善极了！"景唐讥讽地说，"这说明你们秦王精明，很爱美、会享受，没有把古人留下的珍贵遗产变成一片废墟！""不说这些了，"黄歇制止景唐，对小倩说，"我们中午还要会见一位客人，烦请带我们回去吧。""不着急，"小倩说，"正在给你们准备酒宴呢。""谢谢！"黄歇说，"钱，由本大使付。"他向两位随从招了招手，两人走近他，黄歇说："给我一袋钱。"一个挎行囊的随从从囊中取出一个皮钱袋递给他，他又吩咐："你二人中午和驭手、护卫一起用膳，一定要吃好吃饱，下午离开咸阳回国。"二人领首，转身走去。小倩对黄歇说："大使先生为何如此急迫？就不能在美轮美奂的上林苑多玩几天？""没心思玩了。"黄歇说，"不瞒姑娘，本大使要赶回故国，准备打仗！"

　　午时，在花木环绕、精舍飞翠的敬贤馆舍大门前，李冰和王稽站在石阶上等候景唐和黄歇的到来。花径前端，小倩带领黄歇和景唐走来。李冰一眼瞧见，高呼："景唐兄！"朝景唐奔去。"李冰贤弟！"景唐朝李冰奔来。二人相携，热泪涟涟，"又见面了，又见面了！"

王稽一个眼神将小倩召到自己面前，两人低声交谈。

李冰对黄歇稽首，"黄歇大人！""李冰先生，"黄歇握住李冰的手，"在临淄稷下，我们失之交臂，不过，从景唐口中，我早已认识先生了。"一位男侍走出向王稽低声禀报了几句，王稽点了点头，车身上前对黄歇说："酒宴已经齐备，三位边吃边谈吧。"黄歇拱手，"请王稽大人也赏光吧。""我还有事呢，就不奉陪了，"王稽说，"你们是朋友，好容易见一面呀！就不要客气了。"小倩上前，说："请尊贵的客人跟我来吧。"领三人走进馆舍。

后院一座轩敞的阁楼内，珠帘幔卷，玉屏生辉。蒲席上呈"品"字形摆着三张长方形、四矮足的食案。案上置酒壶、酒爵、俎、匕、匙等餐具。小倩领黄歇等三人走到门口，脱履而进。三人坐下后，小倩朝外喊了声："上菜。"三个侍女各端着一个黑漆圆盘走来，盘中盛烤羊腿一只，恭敬地放于案上，然后躬身退出。紧接着，又有三侍女端着正冒热气的小铜鼎走来，放于案上，那里面是肉丸加荠菲，这叫列鼎而食。三个侍女跪在案前与客人斟酒。黄歇说："我们是朋友聚会，就不要多礼了。"他打开钱袋，拿出几个金币来赏给美女，挥手让她们退下，又将钱袋递给小倩，问，"姑娘看看，够这餐饭钱吗？"小倩接过，打开钱袋看了看，又掂了掂分量，笑道，"上百金币，绰绰有余！"黄歇说，"有余的就归你啦。"小倩躬身行礼，"多谢大使先生！"退出。

李冰提壶斟酒，景唐夺过酒壶，给李冰、黄歇斟酒，说："俗话讲，日久见人心，秦楚之战中，贤弟冒着生命危险，保护了楚国的东皇太一庙和各种文物典籍，开释我这个死囚，墓葬五百壮士，还给他们立碑！老弟为此付出了很大代价，愚兄铭心感激啦，请贤弟接受愚兄这杯敬酒，请。"两人对饮一爵。"仁兄不要夸奖了，"李冰说，"保护华夏各族老祖宗留下的文化遗产，是每个炎黄子孙应尽的责任啊。""我也敬先生一杯，"黄歇端起爵说，"先生义举，确是功德无量！尽管郢都珍贵的文物典籍，现在大部分已不属楚国了，但只要能保存下来，传播开去，楚国文化对华夏各族都是有益处的。请先生接受本人的这杯敬酒，请。""谢谢！"李、黄对饮。景唐说："请吃菜，请吃菜。"

三人用匙从鼎中舀起肉食，用匕在俎上切碎羊腿，边吃边谈。

黄歇问："听说先生最初受教于墨家学者田贵？""是的，"李冰说，"青少年时代，一直是田贵老师教我。"黄歇说："难怪先生有墨家'兼爱'的博大情怀，'视人之国，若视其国；视人之家，若视其家；视人之身，若视其身。'"

"惭愧！"李冰说，"在下对墨学的理解还很肤浅，实践更差！"

景唐对黄歇说："不是我虚夸，我这位贤弟是个通才，在临淄稷下，他对道家、法家、儒家、名家、农家，甚至邹衍的阴阳五行学说，都下过一番苦功夫研究。他还特别喜爱屈原先生的诗歌。"黄歇说："先生学识渊博，才堪大用。为什么正当盛年却放弃仕途，回乡耕读，当起了隐士呢？是像我们楚国的庄周一样，看透了人生？""不，我不是隐士！"李冰说，"在下还没有庄周那种安贫乐道、摆脱一切羁绊、高蹈远遁、追求生命自由的思想和勇气。在下乡居，只是回归自然图个清静，好钻研学问，有机会的话，还是想继承祖父和父亲的遗志，当个好工师。"景唐说："贤弟不改初衷，令人钦佩！愚兄也想研究学问，恐怕没有机会了。"李冰问："景唐兄何出此言？"景唐说："这次出使咸阳，会谈没有成果啊！贵国提出的条件太苛刻了，我们是不会在盟约上签字的，这样，贵国的白起之辈，又会加兵于楚国了。"李冰惊问："贵国还准备打仗？""没有法子，"黄歇说，"谈不拢，秦国定会再兴兵伐楚，我们也只有宁为玉碎，不为瓦全了。"

门外，窃听的小倩转身急速跑去……

馆舍后园的小亭内，王稽在亭中踱步……

"大人，大人！"小倩匆匆跑进，说，"楚使不愿签约，还说秦国再兴兵伐楚，他们就要宁为玉碎、不为瓦全了！""唔，"王稽问，"李冰说了些什么？"小倩说："李冰说他回乡居住，不是当隐士，只是图个清静，好钻研学问，想当个好工师。""再探，"王稽命令，"要特别注意听李冰说些什么。"小倩点头，转身奔去。

　　阁楼内，李冰站着，深情地背诵黄歇给昭王信中的一段话："国家被摧残，社稷被破坏，宗庙遭毁灭。人民剖腹断肠，折颈毁容，身首分离，尸骨暴露在草泽间，头颅僵仆在地上。境内到处能够看到，父子老弱被缚着脖子捆着手成为大批俘虏，在路上前后相随。鬼神孤苦悲伤，没有人祭祀。人民没办法维持生活，以致同家族的人分离失散，流浪逃亡成为奴仆婢妾的充满天下了[①]。"

　　阁楼外，偷听的小倩，仿佛也被感动了，她汪着一眶泪水，似乎看到了伏尸遍野的战场、焚烧的乡邑、押走的俘虏、逃难的老弱……

　　阁楼内，黄歇说："先生说的，不就是本人写给秦王信中的一段话吗？"

　　"是的，"李冰说，"月前，在下去田老师处请教学问，在那里有幸把大人的信拜读了一遍。"黄歇说："李先生好记性啊。""不是在下的记性好，"李冰说，"是大人的文章写得好。没有对战争惨烈的锥心之痛，没有对人民苦难的真挚同情，没有对和平的深切渴望，怎能写出这样感人肺腑的文章。可惜呀，和平已经光临你们楚国，黄大人，景唐兄，你们为什么又要拒绝呢？"景唐说："既要我们承认秦国占领楚国领土的既成事实，又要楚国太子到咸阳当人质，这样苛刻的条件楚国人能接受吗？""应当接受，"李冰说，"听田老师讲，我朝已决定了向东向北发展、安定南线、开发巴蜀的策略。所以，太后才说，在她有生之年决不允许兴兵伐楚。这是真诚的，绝非诈术。这样，楚国就可享有几十年的和平。"

　　黄歇沉吟，"几十年的和平？""机会难得啊，"李冰说，"几十年的和平，关系到楚国整整一代人的身家性命！贵国方圆五千里，

　　[①]《史记·春申君列传》收录了黄歇给秦昭王信全文，其中有一段讲战争给人民造成的苦难，文曰："本国残，社稷坏，宗庙毁。剖腹绝肠，折颈褶颐，身首分离，暴骸骨于草泽，头颅僵仆，相望于境，父子老弱系脰束手为群虏者，相及于路。鬼神孤伤，无所血食。人民不聊生，族类离散，流亡为仆妾者，盈满海内矣。"此处据此演义。

失掉了少部分领土不足影响你们大国的地位。至于太子为质乃是当今七国通行的惯例，并非什么国耻！我们大王即位之前，不是在燕国当了好几年的人质吗？让年轻的太子到咸阳来接受几年磨炼，对增长知识才干大有裨益。屈原先生早已为楚国的美政设计了蓝图，如贵国能出现一位好的储君，能实现屈原先生的美政理想，楚国还是有希望的，至少，可以让全国百姓过几十年和平安宁的日子吧。"黄歇点头，道，"李先生之言有理。"景唐叹气："理是这么个理，就是忍不下这口气啊！"李冰说："忍是痛苦的，心字头上一把刀嘛。但是，不能忘记孔子的那句名言哟，'小不忍，则乱大谋'！"景唐不作声。李冰坐下，又劝："景唐兄，听小弟的拙见吧。仁兄推崇仁政，窃以为行仁政就要从'民为贵'出发，尽量让百姓避免无谓的流血牺牲！天下肯定是要统一的，这是各国百姓的共同愿望。但是，在小弟看来，要达到这一目的，至少还需要四五十年。那个时候，你我都化作尘土了！是通过战争还是传檄而定，难以预测，那是下一代人的事了，还是想开一点吧！"景唐沉重地点了点头。黄歇说："签约吧，我这个左徒愿陪太子到咸阳做人质。"

　　李冰说服黄歇在"秦楚和约"上签字，并自愿带太子熊完到秦国当人质，意义重大，固然秦国获益犹多，但也使楚国和黄歇受益匪浅，它使楚国获得了一个宝贵的和平发展时期。和约签订后，黄歇带太子在秦为质，数年之后，楚顷襄王死，熊完回国继位，是为考烈王，黄歇晋升为令尹，封春申君，获得了从今天的苏州到上海的大片封地，他在今日的华东地区进行经济建设，扩修苏州城，开发上海地区，建立交通系统。当时的上海还是个渔村，春申君在此修房立屋，"治水入江，导流入海"，为上海的发展奠定了第一块基石，人们没有忘记他的功劳，称上海为"申城"就是取自春申君的封号。黄歇重视文教，聘请著名学者荀况担任兰陵县令。荀县令除处理行政外，还聚徒讲学，培养了两个著名的学者和政治活动家韩非、李斯，两人的学说和政治作为影响至今。黄歇率军灭鲁，将楚国的领域扩大到今山东境内，司马迁在《史记·春申君列传》中赞扬黄歇说"当是时，楚复强"，春申君成了与孟尝君、信陵君、平原君齐名的战国四公子。这些都是后话。

（二）李冰受命

小倩飞快地跑到王稽处，向他禀报了李冰说服黄歇、景唐答应签约的详情，王稽又迅疾赶到咸阳宫厢阁，向等待在那里的昭王、杜仓、白起禀报，详述了李冰说服楚使的过程，强调说黄歇不仅答应签约，还表示由他陪太子来咸阳为质。

"善，甚善！"昭王高兴地说，"想不到李冰对楚国人还很有影响。"杜仓说："这一事实再次证明李冰是忠我大秦的。如果采纳田贵大人的建言，任命李冰为蜀郡郡守，不仅可以发挥他善于治水的特长，而且可以解除楚国人对蜀军'浮江伐楚'的顾虑，楚人放心了，必然更倾心于我大秦！"白起说："我早就讲过，李冰是个特立独行的奇才，要么重用，要么杀掉。"昭王说："寡人决不做当年魏国轻易放走商鞅的魏惠王。"

"重用？"杜仓说。

"杀掉？"白起说。

昭王剑眉一扬，定睛思索，有顷，说道："本王任命李冰为蜀郡郡守。"

第二天一早，在甘泉宫的御花园中，宣太后给花架上的鹦鹉喂食，那鹦鹉舒展一下羽毛，欢快叫道："太后万寿！太后万寿！"宣太后开心地笑了……

魏丑夫领芈戎走来。

"太后，"芈戎说，"你知道吗？大王已决定任命李冰为蜀郡郡守了。"

宣太后说："大王昨晚来过了，他翅膀长硬了，要乾纲独断了！"芈戎问："不能改变吗？""难啊，"宣太后说，"丞相杜仓、太史田贵、老将军司马错，都是支持李冰的，连嬴九也说，她父王任命李冰为蜀郡郡守英明正确。现在，要改变这一任命，已经不可能了。"芈戎问："怎么办？"宣太后说："从李冰担任安邑县令到秦楚之战中的表现看，此人确如白起对他的评价，是个特立独行的奇才。让他主政一方，从才干上说是可以胜任的，为姐担心的是他的特立独行。"芈戎说："小弟担心的也是这一点。他连当今名将白起都看不上眼，可见此人的心高气傲。蜀郡远离咸阳，又有秦岭阻隔，把军政大权交给他，会不会又像当年的公子通国、蜀侯恽、蜀侯绾一样闹独立，搞反叛啊！"宣太后说，"对此，当然要提高警惕，严加防范。你有什么好办法吗？""小弟以为，"芈戎说，"一要坚持实行留质制度，让他的家室居住咸阳；二是让公孙若继续担任郡丞一职，充当股肱耳目。"宣太后说："不给你那个小舅子升官，他想得通吗？"芈戎说："小弟会说服他的。""这我就放心了。"宣太后想了想，说，"不过，也要给公孙若打个招呼，如果李冰入蜀后的作为对开发蜀郡确有好处，有利于秦国的国家利益，没有什么逆言逆行，也不要过于刁难和掣肘。常言说得好，春兰秋菊各逞一时之秀，人家既然有奇香异彩，就让人家秀一回嘛！"芈戎说："小弟谨记。"

秦昭王决定任命李冰为蜀郡郡守后，左相杜仓委托司马错和田贵找李冰谈话。将军府的客厅里，手扶竹杖的司马错盯着李冰问："后生哪，这两年，你深居乡野、超然物外的日子过得很安逸嘛？！"

坐在矮案后、喝着茶的李冰笑道："挺惬意的。""要是让你出来做官从政呢？"司马错问。"爷爷，"李冰说，"后生既已选择了回归自然，耕读为生，就不想再从政了。""后生啊，"司马错说，"读书万卷，其义自见。你学有专长，就不想建功立业，上报君王，下酬黎庶？""爷爷，"李冰说，"你和田老师从小就教导后生要为国为民，后生早已铭刻在心，不敢有须臾的忘记。只是，实现这一目标，有多种途径，并不一定要做官，我选择……""咚咚"，司马错生气地用竹杖拄地，打断李冰的话，说，"又是你选择！爷爷不喜欢听你这句话，就准你自己选择，就不准别人为你选择？你知道吗？有人承认你有才，但才的前面加了两字，叫'不羁之才'，你得注意啊！""老将军别生气，"田贵说，"这正是李冰个性中的可爱之处。他对自己的生活有追求，而且一旦选择了，就不轻言放弃。为政或做学问，有点'不羁'也是需要的，循规蹈矩，墨守成规，就没有创造力了！"转对李冰："李冰哪，为师也要告诫你几句。"李冰说："请老师教诲。"田贵说："个人的选择是有限度的，要受环境和世事发展的影响。一个人想干什么，就干什么，不仅在这个七国争雄、风云激荡的时代办不到，以后就是神州一统、天下太平了也很难实现。前年，老将军和为师支持你回乡耕读、研究天文，这有当时的情况，现在情况发生了变化，要你从政做官，你就要适应这种变化，顺时达变，若再坚持原来的个人选择，那就不是执着，而是顽固不化了！"司马错说："是犯上！犯上！"李冰说："有这么严重？""后生，"司马错说，"跟你直说了吧，大王要任命你为蜀郡郡守！"李冰惊疑，"让我就任蜀郡郡守？""是的，"司马错说，"今天，我和田老就是奉杜仓丞相之命找你来谈话的，你可不要任着性子，拒不从命，那就很可能招来杀身之祸！"

"杀身之祸！"李冰愕然，沉思半晌，跪在席上，心情沉重地说，"后生愿听君王驱驰，只恳请二老转告丞相，能否做一点小小的变动？"

"讲。"

李冰说："请大王任命公孙若做郡守，我做郡丞，情愿当他的副手。"

"为什么？"

李冰想了想，说："后生旨在继承家父遗志当个好工师，对上层政务没有研究，不熟悉。公孙若出身仕宦人家，又做郡丞多年，有从政经验。"田贵扶起李冰，说："你不是也做过县令吗？"李冰忧郁地说："后生起自布衣，我在他之后……""别说了，"田贵道，"老师推荐你正是看重你从小生活在底层，了解民间疾苦。至于公孙若嘛，为师会对他晓以大义，芈戎副丞相也在做说服工作，你就不要多顾虑了，放心去吧。"

李冰说："后生遵从师命，只是……"

"你还下不了决心？"司马错说，"后生啊，秦国是有连坐法的，田老和爷爷冒着风险举荐你，是因为你是我们看着从小长大的，信得过你。当然，爷爷还有点私心，就是希望你去蜀郡帮爷爷还债。"李冰一惊，说："爷爷的债就是后生的债，后生一定负责还清。爷爷你欠蜀郡谁的债？"老将军深情地说："全蜀郡百姓的债！"李冰问道："爷爷，这……何从说起？""你晓得吗？"司马错说，"四十多年前，秦灭蜀就是爷爷和田老的主张……""不，不，"田贵打断司马错的话，说，"我可不能和你分享这一巨大功劳！那时我只是个中尉，不过是给将军敲敲边鼓而已。"司马错接着说，"为此还和当时主张伐韩的丞相张仪争论了一番。我说，'想使国家富有，务必扩充土地；想使军力强大，务使人民富有；想要建立王业，务必广施德政①。'先王批准了了爷爷的建议，并令爷爷和张仪统兵灭亡巴蜀。灭蜀后，爷爷守蜀三年，曾对蜀民承诺说，秦灭蜀是为了禁暴、止乱，让蜀地百姓能过上太平安定、丰衣足食的日子。之后，爷爷又多次领军入蜀平叛，兴兵伐楚，蜀中百姓省吃俭用，供给军粮；蜀中健儿，跟随爷爷，奋勇征战，血洒疆场。四十多年过去了，张若任内，虽然扩建、新修了几座城邑，但蜀郡面貌并未得到根本改变，水旱相煎，百姓的日子苦哇，远未达到丰衣足食！近年来，更有不少人跑到咸阳来乞讨！想从前，看眼前，爷爷痛心啊，总有一种负罪感。"李冰被老将军的话深深打动，他跪倒在地发誓说："爷爷，老师，后生发誓，此番守蜀，决不辜负君王和前辈的厚望，纵然治蜀之途有千难万险，也要尽心竭力，广施德政，使人民富有！"

当天晚上，咸阳宫灯火辉煌，华宴盛开。峨冠博带的秦廷大员们列席而坐，钟鸣鼎食，庆贺"秦楚和谈"成功。为了表示对楚国使节的尊重，正使黄歇被安排坐在昭王身边的主席案前，副使景唐和李冰安排坐在靠近主席的右案前。

咸阳宫中独特奇妙、自行联奏的乐器——十二个坐皆高三尺的青铜美女列在一筵上，各执琴、筑、笙、竽等乐器，皆组绶华彩，俨若生人。两乐工在筵后操控，演奏起热烈、欢快的音乐……

王稽主持宴会，他高呼："请大王致辞！"

铜人音乐停止演奏。

"众卿，"昭王站起身来，说，"秦楚和谈成功，盟约业已订

---

①司马错的原话是："欲富国者务广其地，欲强兵者务富其民，欲王者务博其德。"见《战国策·秦策一》。

定。请举爵，为秦楚亲善、永结友好干杯。"众大员举爵饮酒，三巡之后，昭王又说："寡人还要宣布一道诏令。"王稽走出，展开一幅黄绢，高声念道："大王诏令：任命李冰为蜀郡郡守。秦王三十四年（前273年）。"

李冰上前跪拜："多谢大王隆恩！"

杜仓、白起、司马错、田贵、治粟内史府、少府的一些大员、黄歇和景唐等人喜悦击掌。芈戎、御史大夫和廷尉等人表情漠然，还有人感到吃惊！

黄歇站起，举爵对昭王说："外臣黄歇为秦王这一英明的任命敬酒一杯！"

秦昭王："大家请，大家请。"

李冰退回座位，众官员饮酒吃菜，觥筹交错。景唐端爵向李冰敬酒祝贺："贤弟守蜀，必能大展宏图，蜀人之福也！为兄祝福你马到成功！""多谢了，"李冰说，"小弟一定恪守大王秦楚修好的诏令。在小弟的任上，不会再有蜀军浮江伐楚的事了。"景唐说："多谢贤弟。"王稽又喊："宴乐开始。"

一队宫廷男女舞伎歌舞上殿，他们唱道：

　　呦呦鹿鸣，食野之苹。我有嘉宾，鼓瑟吹笙。吹笙鼓簧，承筐是将。人之好我，示我同行……

（三）君臣际会

旭日东升，霞光万道，雄伟、庄严的咸阳宫一片辉煌！高耸的冀阙前，李冰盛装，沐浴着灿烂的阳光，在王稽的陪同下登上石阶朝宏伟的宫门走去……

这天，是秦昭王三十四年六月十六日，昭王接见李冰。老聃说"知人者智"。秦昭王确有知人善任的智慧和驾驭臣下的本领，在他的统治时期，以耕战立国的秦国升起了两颗巨星——战星白起冉冉升起于前，耕星李冰扶摇直上于后。两颗巨星的运转推动了秦国的历史发展。自从几年前李冰担任安邑县令起，秦昭王就对他开始注意了：罚款王子，水淹鄢城，修整白起渠，造车梯攻郢都，营救公主，释放战俘，顶撞白起，说服楚使签约，这一切都给嬴稷留下了深刻印象，他认定李冰有着出类拔萃的不羁之才。这样的干才，多正身直行，不屈不阿，"可亲而不可劫，可近而不可迫，可杀而不可辱。[1]"为了表示敬重和礼遇人才的明君风范，秦昭王把太子、左右丞相都招来陪同他接见李冰，以示隆重。自然，也要搞点法家的驭臣之术，让这个"不羁之才"畏威怀德，为王驰驱。接见之前，秦昭王和太子与左右丞相交换了意见。担任这次会见的记录是王绾。芈戎对昭王说："大王，李冰赴任后，其家室应当留住咸阳，以示君王和朝廷对封疆大臣的体贴关怀。"

秦昭王没有表态，转对右相杜仓，问道："右相以为如何？"杜仓笑道："左相的主张，是留作人质吧？""右相，"芈戎说，"你怎么能这样理解呢？这可是祖宗成法啊！"杜仓说："这种对封疆大臣的驭术，虽然实行过，但并非成文法律，即使是祖宗成法，也应因时因人而异！"芈戎说："对李冰可以因人而异，对其他封疆大臣如何解释？还讲不讲公平……"太子嬴柱说："李冰已给祖后写过忠于大秦的血书了。他的忠诚是有保证的。""太子殿下，"芈戎以教训的口吻说，"法家以为，君上不要相信臣下任何口头的、书面的保证，实行刚性的法律制度才能管住人。这一见解是正确的。大王认定李冰有不羁之才，这一评价十分英明、准确。善体圣意，就要用其才而防止他的不羁！"嬴柱说："相爷的话发人深思，嬴柱受教了！"秦昭王望着杜仓问："右相有何看法？""大王，"杜仓说，"微臣还有一点建言。""讲！""把公孙若调到巫郡或黔中郡任职。""为什么？"杜仓说，"李冰和公孙若两人都是我大秦国的青年才俊，都是血气方刚的人，弄不好，会产生矛盾，相互掣肘……""不会，不会，"芈戎说，"两人是同窗学友，情同手足，咋会闹矛盾呢？大王，臣以为公孙若在蜀郡为官已好几年了，熟悉情况，和李冰联手，必能创造奇迹，还是让他留任郡丞吧！"杜仓说："芈相不是主张公孙若担任郡守吗？然何一改初衷呢？"芈戎说："此一时也彼一时也，本人为国

---

[1] 见《孔子家语·儒行解》。

选才一贯奉行'外举不弃仇，内举不失亲'的箴言，大王求贤若渴，高瞻远瞩，选任布衣出身的李冰为郡守，这对全秦国的草根士人是一个巨大的鼓舞。为大树我王权威，为使天下的士人归心我大秦，本人放弃原来的主张。"杜仓问："公孙若愿放弃吗？"芈戎说："我会说服他顾全大局的。""很好，"杜仓说，"我没什么意见了，一切听大王决断吧。"秦昭王转头望着嬴柱说："柱儿，你看怎么处理？"嬴柱说："听说公孙若与李冰有生死之交，两人能精诚合作，再造一个金城天府就更有把握了，可让其留任郡丞。至于留质一事，可暂时按原制度办，但准许李冰先带走李二郎，李二郎参加过郢都大战，而且获得了公大夫爵位，他是郡守的贴身护卫，不是一般家属。李冰的夫人和女儿可以暂住咸阳。儿臣以为对留质制应当变革，在咸阳给外地郡守和镇守边关的将军一座府邸是完全应该的，便于他们回咸阳公干和探亲，但三年之后，经过上计考核，对有功无过的大员家属，就应该让人家来去自由。"昭王扫了左右丞相一眼，问："二位丞相以为如何？"杜仓表态："完全赞同太子爷的高见。"芈戎勉强点了点头，秦昭王说："就这样办。"

王稽走进，禀报："大王，李冰已到，正在殿外等候接见。""宣！"秦昭王说。王稽退出，站在门外喊："宣李冰晋见——"

李冰从回廊健步走来，脱履后跨进厢阁，伏地跪拜："参见大王！"

"平身！"

李冰站起。

"赐座。"

王稽搬了一个绣垫放在李冰脚下，李冰跽坐。

"爱卿，"秦昭王亲切随和地问，"你今年三十几了？"李冰说："下个月的六月二十四日就满三十八岁、吃三十九岁的饭了。"秦昭王说："正是挑重担的时候啊！""多谢大王信任。"李冰跪地说。"平身，平身。"昭王说，"爱卿守蜀的首要任务，就是实施本王提出开发巴蜀、再造一个天府之国的诏令，把蜀郡建成秦国的大粮仓，统一六国的基地。"李冰躬身，"微臣谨记。"

秦昭王说，"如何着手？爱卿到蜀郡实地考察一番后，再拿出一个切实可行的治蜀方略来上报朝廷。要注意，前事不忘，后事之师，秦灭蜀后，蜀地曾经发生过三次叛乱，蜀郡远离咸阳，又有秦岭阻隔，心怀叵测的人就容易关起门来，搞分裂、闹独立！要特别注意政局的稳定，一乱，就谈不上建设了。"李冰说："微臣谨记。"昭王又问："爱卿有何要求？可以直言。""谢大王，"李冰想了想，直陈己见，"微臣以为再造一个天府，是一个宏大的系统工程，经纬万端，牵涉甚广，不可能一蹴而就，在建造的过程中也不会一帆风顺，请大王和朝廷给予微臣至少二十年时间，在此期间，要保证微臣有职有权。另外，还要准许犯错误，准许改正错误。"

昭王"嗯"了一声，徘徊思索……

"李冰，"芈戎瞥了李冰一眼，说，"你在讨价还价！把这件事说得很难，什么'系统工程，经纬万端，牵涉甚广，不能一蹴而就'，依本相看，你上任之后，只要抓纲治蜀，纲举目张，一切问题就可迎刃而解，要不了几年时间，就可完成大王交给你的任务。"李冰望着芈戎，真诚地问："芈相讲'抓纲治蜀，纲举目张'，卑职第一次听到，感到很新鲜，如果以此治蜀果然灵验，何乐而不为？敬请芈相详示。"芈戎说："你不是学富五车吗？咋没读过古书《盘庚篇》。"李冰说："卑职哪有学富五车之才？况且，古书目前还是单篇流传，这个《盘庚篇》①还真没看到过。"芈戎说："盘庚对他的臣民讲，做事要避免错误，不出紊乱，就要抓纲，纲是什么？就是渔网的总绳，抓住了它就好撒网打鱼了，这是为官从政的一种形象比喻。治蜀的纲是什么？就是治民。商鞅说，'治天下者，必先治其民者也'②，如何治民？商鞅也讲了，'故有国之道，务在弱民'③，弱民的手段有二，一是使民'朴'，朴就是使庶民朴实忠厚，愚昧无知。二是通过严刑峻法，消除一切

---

①古书西汉时称《尚书》，孔传解释为"上古之书"。《盘庚篇》分上中下三篇。上篇有句："若网在纲，有条而不紊。"纲指网的总绳。

②见《商君书·画策》。

③见《商君书·弱民》。

不稳定的因素于萌芽，把百姓治理得服服帖帖，让他们无条件服从指挥，这样，治水兴农、发展工商业就会一呼百应，快速进行，哪里用得了二十年？"李冰的心情一下沉重起来，他认同商鞅的耕战政策，赞成他废除世袭制的主张，欣赏他与世俱进的变革精神，但对他的"弱民""愚民"政策从来就不赞同，不过，李冰不想反驳，他明白商鞅视民为草芥的思想在秦国一些权贵的头脑中是根深蒂固的，和他们争辩不仅毫无用处，反而会自招祸灾，他已从顶撞白起的事件中吸取了教训，不想让人抓住任何把柄，便垂首低眉，佯装出一副谦卑、虚心接受的样子，在心里却骂自己违心搞曲意逢迎，又向芈戎打躬作揖，"感谢戎相教诲，使卑职明白了从事政务要抓纲，以及纲举目张的道理。"

杜仓说："李冰，听本相说几句。"李冰拱手："请杜相赐教。"杜仓说："方才芈相提出'抓纲治蜀'的问题，强调纲就是'治民'这个问题很重要，你必须弄明白，'治民'是需要的，但怎么治呢？大王诏令你再造一个天府之国，就是要发展蜀中经济，做到民富国强，要说'治民'，大王的主张才是最好的治民之方略，这才是纲！商鞅变法已经八十多年了，他的变法使秦国迅速发展崛起，这是他的功劳，然哉，几十年的历史证明，商鞅的主张和制定的政策，有的正确有效，有的已经过时，有的有错误……""杜相，"芈戎打断杜仓的话，"错误？谁讲的？"杜仓说："商鞅自己。"芈戎说："不可思议。"杜仓说："'治世不一道，便国不必法古''苟可以强国，不法其故；苟可以利民，不循其礼''当时而治法，因时而制礼'[①]，这些话是商鞅自己讲的吧？"芈戎"这"了一声，不满地瞥了杜仓一眼，还想争辩，被昭王挥手止住，说："商鞅讲过这些话，他是主张与时俱进，这才是商鞅思想的精华，可以继承发扬，而不要拘泥于他制定的具体政策，好的就执行，不好的就要革故创新。""大王圣明，"杜仓说，"大王的这一指示，极为重要，李冰，你要牢记。"李冰拱手说："微臣谨记！"

---

① 见《商君书·更法》。

杜仓接着说："如何治蜀的问题大王已说得很清楚了，要你到任后对蜀郡做一番实地考察后，再拿出个如何治蜀、如何再造一个天府的方略来，上报朝廷。你现在应当解释的是你为何要提出两点要求？准许犯错误这一条好理解，日月有蚀，太阳有黑子嘛！人当然会犯错误，犯了错误改了就好。我想，大王和朝廷会赞同你这一条的。你需要说明的是：为什么要朝廷给你至少二十年时间？统一战争急需军粮，国家能等二十年？说一下你是如何考虑的。""对呀，"昭王接着说，"你要二十年总有你的想法嘛。""大王、丞相，"李冰说，"容臣详禀，七日前在闻听大王、朝廷要任命微臣任蜀郡郡守后，深感责任重大，不敢懈怠，这几天，微臣拜读了大王开发巴蜀的诏令，治蜀内史府考察蜀郡的文书，又到金匮石室查阅了古蜀国和建郡后的历史文献。认定把蜀郡建成天府之国的关键是治理都江，文献表明，从大禹到古蜀国的国王都治理过都江，然而都不成功，这说明治理之难，而且，我们现在治理都江不能像古人那样仅仅着眼于防洪，是要变水害为水利。要达到四个目的：防洪、灌溉、航运、观光。为了尽快为统一战争提供军粮，微臣的设想是五年之后见初步成效，十年之后见中成效，二十年之后见大成效。治水兴农，发展工商百业，繁荣城乡经济都是要人干的，要建造天府之国就要发掘和培养一大批英才，这些都是需要很长时间的，关中平原之所以被称为沃野千里的'金城天府'，那是从西周开始经过周人和秦人数百年开发、经营而形成的。微臣提出二十年也只是建设天府之国的第一阶段。微臣以为，大王提出创建的'天府之国'不应该只是一个名词，更应该是一个动词，它应该不断发展，不断充实，永无止境。能给蜀郡后人打下一个坚实的发展基础和空间，就是大王和我朝对历史的重大贡献了！"昭王问："爱卿所言的初见、中见、大见成效是何标准？"李冰答："初见成效有两条：一是改变蜀郡普遍贫困的状况，使百姓能吃饱穿暖；二是每年给国家提供至少八百万斛军粮。中见成效呢，就要使百姓不仅要吃饱穿暖，还要吃好、穿好、住好，每年向国家至少提供一千二百万斛粮食。大见成效呢，那就要做到水旱从人，百业兴旺，文教发达，人民不知饥馑，丰衣足食，每年为国家奉献至少两

千万斛粮食。蜀郡城乡齐头发展，成为人民生活、居住的最佳理想之地，社会和谐，物阜民安，……""大善、大善！"秦昭王兴奋起来，"爱卿对天府之国的解读，深合寡人之意，天府之国就应该是藏珍储宝、宜家宜室的天上人间！"李冰说："这只是微臣的一个梦想。"秦昭王说："有梦想，有长期坚忍不拔的苦心经营，梦想就能实现。你的两条要求本王照准。"李冰一揖，"多谢大王！"昭王说："今午本王赐宴，之后呢，爱卿就赶回安邑，处理好老家事务后，就全家搬到咸阳来住。"

"到咸阳来住？"李冰一怔，问，"必须吗？"昭王点了点头，芈戎大声说："必须！朝廷赐你府邸一座。"李冰想了想，说："不必了，微臣之父在修建渭水大桥后，朝廷曾奖给他一座宅子，就在渭水大桥下的渭水北岸，与咸阳南街毗邻。少时，卑职和娘亲一直住在那里，直到临淄游学才离开，到安邑任职后才举家搬回郊斜李氏故居，这宅子由姑父母居住、守护。现在朝廷要微臣家眷住咸阳，让他们回此旧宅居住就可以了，不需要动用国帑与微臣购置府邸了。""也好，"芈戎说，"必须尽快办理。"杜仓说："二郎做你的贴身卫士，随你入蜀。"李冰躬身，"谢大王，谢丞相。"秦昭王说："爱卿就在你生日那天走马上任。""遵命！"李冰说，"微臣一定轻车简从，不事铺张。""否，否，"秦昭王摆手，说，"寡人要为爱卿造势呢！咸阳和成都都要举行送往迎来的隆重典礼。"转头喊，"赐镇蜀宝剑。"王稽捧着一柄宝剑走到秦昭王面前，将剑交予秦昭王，秦昭王赐予李冰，说："寡人就把蜀郡交给你了！"李冰跪地接剑，说："微臣一定蹈厉奋发，治好蜀郡，决不辜负大王和朝廷厚望！"

第十二章　李冰赴任

（一）家人的心事

秦昭王接见并赐宴李冰后，当日午后他就乘轺车赶回老家。直到第二天傍晚才回到郊斜老宅。在与娘亲请安、问候夫人后，便去沐浴换衣，酉时一刻，与家人齐集膳堂用晚餐，席上，一妞、二郎发问：“父亲见着景唐没有？咋一去咸阳就十多天？”李冰说：“为父早饿了，先吃饭吧，吃完了再谈。”待众人用膳毕，李冰才郑重地向家人叙述了他十天前被接到咸阳会见楚使，之后，被任命为蜀郡郡守的经过；又传达了朝廷令他带二郎赴蜀上任、其余的人搬到咸阳居住的命令。他吩咐家人从明天起开始收拾服装家具，凡用得着的生活用品以及书简、图籍等物，都打包装箱，三天之后，朝廷派车来接。府邸请里正派人管理，桑田百亩退还公家。全家人听了李冰的话后出奇地缄默无语，他们惊奇、疑惑、不安，心中有话，但又不知如何说起。过了好一阵子，一妞站起，愤愤地说：“女儿反对父亲到蜀郡去当什么郡守。应当上书立即辞掉。”李冰道：“说说你的看法？”一妞说：“宦场深似海，父亲在郢都前线立了大功，结果落得一个贬职还乡的下场。这也就罢了，可人家还要加害于你，王县令不是给我们讲了吗？阿牛谋害父亲的案子为何查不下去，就是芈戎丞相作祟。据女儿之见，阿牛行凶，就是芈戎的九夫人指使的，目的就是为了他兄长能当郡守，父亲去蜀郡与公孙若合得来吗？”李冰说：“芈戎丞相作祟，这只是王县令的一种推测，并无确证。对你公孙伯伯不能轻易怀疑，他与为父是生死之交。”“父亲！”一妞说，“争权夺利会使人疯狂的！庞涓与孙膑不是老同学、好朋友吗？后来怎样？不是成了不共戴天的仇敌吗？”“哎哟，”李冰笑道，“一妞硬把策士们的书读透了哟，怎能把你公孙伯伯看成是当年的庞涓呢？”“还有，”一妞说，“为什么不让我们全家去蜀郡？只准父亲带二郎去，还要女儿和母亲一起住到咸阳。”二郎说：“这实在使人不解，父亲，这究竟是怎么一回事啊？”李冰说：“为父小时就在咸阳渭水桥边的一座小院里长大的，那是你们的爷爷修渭水大桥立了功获得的奖赏。后来，为父外出求学，做了县令才借给了姑父母住。现在让你们去住，也就是继承祖业了。住在咸阳能得到司马错爷爷一家以及田贵老太师的照应，有什么不好？”一妞说：“父亲是在宽我们的心，实际上就是让女儿和母亲留在咸阳当人质！”

李冰一怔。

二郎问："父亲，是这样的吗？"

李冰沉默。

二郎说："如果是这样，说明朝廷并不信任父亲，还去做什么郡守？"李夫人说："不能这样看，秦国有不成文的规定，叫作'留质'制度，就是封疆大吏和边关守将的家属必须住在都城。不是只针对你父亲一人。"一妞说："朝廷可以兴它的制度，父亲不做封疆大吏它还管得住吗？""不可能不做了，"李夫人瞄了妞儿一眼说，"听母亲讲几句，我和你父亲年轻时就追求田骈爷爷主张的生命自由、本性自然、精神逍遥的生活！只想做事，不想做官。可是时势比人强啊，细想起来，你父亲从担任安邑县令起就踏进了秦政的门槛，治理盐池又得罪了朝中勋戚，在郢都前线又和白起发生冲突，这就卷进了秦政的激流中！面对激流，只能勇进，不能后退。实际上除了出国也无路可退，你父亲不愿出国，是写了血书做了保证的，这就要坚守诚信。平心而论，秦王是知人善任的，他用你父亲之长，让他去治水兴蜀，再创一个天府之国，而且答应了你父亲提出的两个条件，这已经是很大的信任和支持了！应当高呼吾王万岁了！"一妞说："这只不过是君王的驭臣之术！"夫人说："虽然被驭，却是你父亲发挥自己的专长，建功立业，上报君王下酬黎庶的大好机会。我们全家都要支持他。"一妞还是不服，她把目光投向乳娘，说："姥姥，你一向反对父亲做官，你说几句吧！"乳娘唏嘘感叹，"唉，从何说起啊，为了一家人团团圆圆过日子，我确实反对你父亲做官，但现在君王下令了，丞相发话了，反对又有啥子用？蜀郡是姥姥的家乡，那里经常发生水涝干旱，大灾害几年一次，小灾害几乎年年都有，弄得许多乡下人缺吃少穿，讨口叫花，卖儿卖女，家破人亡！姥姥从娃娃时起就过的是揭不开锅的穷日子，有巴心巴肝的痛苦记忆啊！蜀人都盼望出个大禹一样的人来治好蜀水，使大家能过上平平安安、有吃有穿的好日子，我看你父亲就有这个本事，让他去解救蜀中受苦受难的乡亲吧。""姥姥，"一妞说，"父亲虽有这个本事，但现在的秦国是外戚擅权，他们对父亲只是限制使用，蜀郡不仅水旱灾害严重，又号称是'蛮夷之国'，社会动荡不安，不好治理，去当蜀郡郡守，那是个烫手山芋，要冒很大风险！"姥姥严肃地说："下河打鱼，就不要怕风浪；上山砍柴，就不要怕虎狼！"她转头望着李冰，"冰儿，娘和李成留在咸阳照顾颖媳和妞儿，你放心去吧，娘等着你治好蜀水，也好落叶归根啊！"李冰激动，眼闪泪光，他安抚着乳娘说："娘亲，你会等到这一天的！"

一妞"唉"了一声，不再说话了。

李冰回家只有三天时间处理家务事。最令他牵挂的是天文台。当晚，李冰顾不得休息，就让二郎打起灯笼陪他上李子山天文台探视，找四位后生谈话，给他们鼓劲。是夜，天色灰暗，星星稀疏，上弦月不时从云层中露出脸来，向大地洒下一些朦胧的银色雾光。李冰父子登上山顶后，见四个后生正在两台窥天管镜前聚精会神地工作。两人一组，一个打灯笼，做记录，一个窥天观察。李冰父子放轻脚步走进，四人竟未发觉。李冰为四个年轻人专心致志的工作精神所打动，他感到欣慰。半晌，李冰才招呼他们："四位协理研究士辛苦了！"四人停止工作，掉头一看，见是李冰，高兴得跳了起来："大叔，你从咸阳回来了？"李经文问："二郎，你咋不告诉我们？"二郎说："父亲刚回来呢。""大叔，你在咸阳耽搁了十多天，有啥事吗？"李冰说："走，走，我们到书房去谈。"所谓书房，就是天文台的资料室。几个人走进书房后，小赵点燃一支烛，五个青年围着李冰坐下。李冰问："这十多天你们都做了些甚？"李经文汇报说："我们在金山的带领下，晚上观星，白天会商，写成文字存档。""很好，"李冰问，"我走时，吩咐你们要研读《小正》^①一书，进行得怎么样了？"赵宏光说："很有收获。"李冰问："哪些收获？"赵宏光说："这本书是夏朝历书，证明我们的老祖宗上千年前在天文学方面已经有很高的造诣。此书虽然不长，但很博大精深。"李冰问："博大精深在哪些地方？"指着李明昌，"你讲。"李明昌说："把一年分为十二个月，按顺

---

①《小正》，汉时称《夏小正》。《史记·夏本纪》说："孔子正夏时，学者多传《夏小正》。"孔子研究、整理过这本历书，今之学者认为此书成于商代，最迟也是周代。

序记载了每个月的物候、天象，以及植物的生长、动物的活动情况，还有农夫按时进行的田猎、农事活动。"李冰又问："你们怎么判断书的记载是正确的呢？"赵宏光说："问老农。我们分头到各乡各里进行过访问，还收集了许多相关的民俗谚语。"李冰赞扬："一边读书，一边进行采访，这种学习方法好呀！谁发明的？"宏光说："是二郎发明的，"二郎连连摆手，"不，不，不，是大家发明的，"说着从书案上抱了几捆简册来放在父亲的面前，说："这是我们采访收集的物候、气象的谚语。"李冰一一打开简册看了看，连声称好，说："把这些汇总起来，制成帛书，多抄几册，以备实用。"李经文说："我们照办。"李冰说："看到你们短时间内取得的成果，叔叔很高兴，希望你们四人携起手来把这个天文台长期办下去，一定要持之以恒，要越办越好，要做到经常与乡亲们报告天气变化！"四位小后生惊疑发问："叔叔何出此言？"李冰说："我和二郎要离开你们了，到蜀郡做事。"四位后生一下眼闪泪光，问："不去就不行吗？"李冰说："这是秦王和朝廷的命令，不能更改。我父子走后，委托经文、宏光为左右台司，今后，台里遇到什么难事，就找县廷解决。另外，叔叔要带走一台窥天管镜和少许必要的书籍。这两天，你们协助二郎抄写，将管镜装箱。今后，你等自己动手，再造两台更先进的窥天镜。"四位后生挺身说："我等决不辜负叔叔的厚望！"

（二）李冰祭祖

离开家乡的前一天，李冰一家都忙于祭祀，告别祖宗。上午去盐湖附近的李氏陵园，拜祭李冰的父母。父亲李水死因不明，至今连尸骨都没找到，李冰暗下决心等找到父亲的尸骨后，要与母亲西门氏合葬，因此，他在原母亲的坟墓前增加了一块先父的石碑。他们在碑前点燃蜡烛，摆好三豆肉食、一盘面饼、一盘鲜果。在石香炉中燃烧松柏枝丫，又把一件黄色镶红绣花的丝织深衣投入炉中……

李冰没见过自己的生母，田颖和一妞、二郎更没有见过两位亲人，他们每年春秋二季来扫墓、祭祀，心情都感到无比的怅惘和沉重。视李水为亲哥、西门氏为亲妹的曾氏每次到坟前都要痛哭一场，一家人也跟着哭作一团！今天，曾氏的心情虽然也沉重，但更多的是激动、喜悦，这位蜀地农村妇女没有食言，她把刚来到人间就失去亲生母亲、儿时又失掉父亲的李冰拉扯大，又帮李冰夫妇带大一对儿女，如今，他们都长大成才，她几十年来含辛茹苦，得到了回报，她要向她的恩人、亲人李水夫妇倾诉，要他们在阴间也感到高兴、自豪，所以今天曾氏没有哭，和家人一起向坟墓里的亲人行三拜九叩大礼后，她就抚着坟前的墓碑深情地诉说："西门妹子，你坐起来吧！李水大哥，你的魂魄归来吧！你夫妻俩睁眼看吧，你们的儿子李冰出息了，他要为国为民挑重担了！你们的孙儿二郎、孙女一姐也长大了，你们可以笑着安息了！"

天上飞来一对喜鹊，落在松树巅上，叽叽喳喳地欢叫着……

一姐、二郎激情欢呼："爷爷奶奶听着了！听着了！"

午后，李冰和二郎又到李氏祠堂向老祖宗告别，按当时的规矩，女人不能进祠堂，只能由李冰父子去。李氏祠堂在解县城之西四里路处，南靠巍巍中条山，北临粼粼硝池。是一座建立在台基地上的木结构歇山式建筑，有三进深，宏大，庄严。正门上高挂晋文公题写的"李氏祠堂"的匾额。周围苍松翠柏环绕，端门前有个广场，竖立两根楠木制的双斗灯杆，广场正前方高耸着一对石阙，进祠门后是一个石板铺成的天井，左右是通向大殿的走廊，气势恢宏的大殿由八根巨大的红色漆柱斗拱支撑，正面的墙壁两侧挂着黄绫幔帐和一对红色纱灯，正中墙壁上画着牵神兽獬豸的皋陶和拿秤杆的李离、拿《法经》的李悝、拿杖尺的李水。画像下面是神案，竖着云头神牌，分别写着鼻祖皋陶、老祖李离、曾祖李悝、先祖李水之神位。神牌前燃着红烛，金簋中摆着用牛、羊、猪肉制作的胙肉，三足铜豆中盛着汤羹，玉盘中摆着鲜果、面饼，金爵里斟满甜酒，神案前面正中放着一个大铜鼎，里面燃烧着檀香木，青烟缭绕，香气弥漫……

中国人有着"慎终追远"的家国情怀。对自己的姓氏来源，总要寻根究底，写成家谱、族谱代代相传，使后代儿孙不忘根本，还要修祠堂、建家庙，以增加氏族的凝聚力，把为本氏族增辉添彩的人物供奉起来，以使后代子孙记住老祖宗为国为民的丰功伟绩，并加以发扬光大。战国后期，解县郊斜村的李氏后裔在李氏祠堂中供奉皋陶、李离、李悝、李水，说明他们对自己姓氏的来源已经有了清晰、准确的认识和记忆。李姓，源于理官这一名称。尧、舜时期，皋陶曾担任掌管刑狱的理官职务。以后子孙世袭，按照当时的习惯，以官为氏，称理氏。理氏改为李氏的原因是皋陶后裔理徵，在殷商朝廷为官，因直谏得罪了殷纣王，而被处死、灭族，其妻契和氏带着儿子理贞逃难到尧帝母族封地伊侯之墟，这个地方在今山西临汾南面的伊村古堡①，因食李子充饥，才得以活命，为了逃避追杀，也为了感激李子救命之恩，便改理氏为李氏。

从李利贞开始，李氏家族在河东地区发展繁衍起来，到了春秋时期，晋文公时代出了个著名的大法官李离，他继承了李氏鼻祖皋陶的法制观念与办案传统，主张德治与法治结合治国，即"明于五刑，以弼五教"②，五刑处于辅助地位，教化不听再处以刑罚。他们都强调执法过程中法官的重要作用，法官要严于律己，执法要公正无私。李离因善于办理各种疑难案件而受到晋文公的重用，但有次他误听了下级法官汇报的不实案情而错杀了人，便令人给自己戴上刑具并关押起来，自判死罪，上报晋文公。晋文公要赦免他，亲自到监牢对他宣布说："官有贵贱之分，处罚有轻重之分。下级官吏有错，不是你的过错。"李离说："我担任的官职是国家大法官，我的权力不让一点给下级官吏；享受俸禄多，也不和下属分享。现在我错误地听从了下级汇报而错杀了人，却把罪过转嫁到下级官吏身上，这是没有道理的。"他拒不接受赦令。晋文公说：

---

① 伊侯之墟在今什么地方有两说：一说为今山西临汾之南，一说为今河南伊川一带。本书创作从前说。由于理徵受的是灭族之刑，其家族中也可能有人逃到河南地区，这成了后来楚国李姓的老祖宗。

② "明刑弼教"出自《尚书·大禹谟》，五刑指墨、劓、刖、宫、大辟五种刑罚，亦说为笞、杖、徒、流、死。五教指父义、母慈、兄友、弟恭、子孝。"弼"是辅助的意思，即"德主刑辅"，这是儒家主张的立法、司法原则。

"你如果自以为有罪，我也有罪吗？"李离说："法官遵守法纪，错误地判刑也应判自己刑罚，错误地判人死罪就应判自己死罪。您因为我办案能'断微决疑'，所以才令我当大法官。现在我错误地听取下吏的汇报而错杀了人，辜负了大王的任命，罪责当死。"他不接受晋文公的赦免，伏剑而死，以身殉法①。李离用自己的生命捍卫了法律的尊严，宣示了法律面前人人平等的理念，彰显了法官刚正不阿、勇于负责、敢于担当的精神，为后世的法官树立了榜样。晋文公被李离的高尚人格感动，下令为他建祠祭祀，并亲笔题写了"李氏祠堂"的匾额。

　　历史进入战国时代，曾经称霸多年的晋国解体，分成韩、赵、魏三国，魏国的疆域比较分散，其主要地区在今山西省西南部的河东和今河南的河内。在魏文侯时期出了个著名的改革家李悝，他是子夏的学生，满腹经纶，魏文侯时被任命为丞相。他是战国时期早期法家的代表人物，他著《法经》六篇：《盗法》《贼法》《囚法》《捕法》《杂法》《具法》。这部《法经》集六国法律的大成，为秦汉时期的法律奠定了基础。他又是战国初期进行变法革新的先行者：政治上他主张废除世袭制，选贤任能，赏罚分明，使西门豹这样的开明官吏、治水专家得以脱颖而出。经济上提出"尽地力之教"，鼓励农民开荒，扩大耕地，精耕细作，提高产量。他制定"平籴"之策：丰收之年粮价低，就由国家出资购进粮食囤积，以免谷贱伤农；荒年粮价上涨，就由国家把存粮平价卖出，使市场稳定，保证人人有饭吃，这样的好政策当然受到百姓拥护。魏国在战国初期成为最富强的国家。他死后魏文侯下令厚葬，相传他的墓地就在运城地区的李氏陵园。李冰的生父李水因设计修建渭水大桥而名扬全秦国，又在司马错平定蜀侯恽的叛乱战役中壮烈牺牲，被授予五大夫的爵位，当然应当进入李氏祠堂内受族人的顶礼膜拜。算起来李冰是李悝的第四代后裔。

　　申时，李冰父子在三老的引领下，里正、游徼以及族中一群老人的陪同下进入红烛高烧、青烟缭绕、香气弥漫的祠中，神案左侧

①李离事迹见《史记·循吏列传》。

的黄绫伞盖下，八名穿祭服的祠堂乐工，立即奏响庄严、肃穆的祭
祀音乐，三老叫礼：

> 钟鼓喤喤，磬筦将将。祈我老祖，降福穰穰。先祖之
> 德，山高水长！后代子孙，蹈厉发扬！

李冰父子对老祖宗创建的伟业和英雄故事早已牢记在心，父
子俩怀着无比崇敬的心情，虔诚地向先人三拜九叩，从内心发誓：
一定要像老祖宗一样，尽心竭力，为国为民，死不旋踵！礼成后，
里正又请李冰父子和老人们到祠堂后院的膳房中饮宴，分吃祭祀
酒食，为明早离开故乡的李冰父子践行。里正祝酒致辞，把从鼻
祖皋陶到先祖李离、李悝、李水的光辉业绩宣扬了一番，寄语李
冰父子继存发扬老祖宗兴邦济民的大志大谋，在蜀郡创造奇迹，
光宗耀祖！

李冰父子没有辜负父老乡亲的期望，果然在蜀地郡守任上修
成了举世闻名的都江堰。从李冰入蜀算起，五十二年之后（前221
年），秦始皇统一六国，为表彰李冰治水兴农、创建天府粮仓、支
援统一战争的重大贡献，下诏将李氏祠堂改建为李冰祠，由李斯书
写秦王诏令，刻石立碑于祠前[①]。过了十三年，即秦二世元年（前
209年），陈胜、吴广起义，反暴秦的烈火迅速燃遍神州大地，又
两年，刘邦、项羽为首的反秦大军，取得决定性胜利。楚项羽击败
章邯后，从河东地区进攻咸阳，一支楚军千人队经过郊斜村，得见
李斯书写的秦王诏令，楚人对嬴秦有着刻骨仇恨，千人长立即派了
支十人队的工兵，用铁锤把石碑砸成齑粉，又放起一把火，把偌大
的李氏祠堂化为灰烬！直到北宋时期，宋太祖给李冰父子封王，李
氏后裔又才在原李氏祠堂的基地上建筑了李冰家庙。

话说回来，当天黄昏时，从咸阳来迎接李冰的两辆辎车、两辆

---

①《风俗通义》载："秦昭王听田贵之议，以李冰为蜀守，穿成都两江，
造兴田万顷以上，始皇得其利，以并天下，立其祠也。"秦始皇曾为李冰立
祠是可信的。

轿车已开到李家门前。李冰父子回到家里已是戌时一刻了。李冰吩咐李成和驾车驭手立即将要带到咸阳的各种生活用具以及简册书籍、蜂箱装车，又叫二郎把李清明大叔请来交钥匙，这是里正、三老、游徼三人会商后决定的，李冰一家迁走后，李家宅院由李清明一家居住，并负责保管维修，李清明是李水的徒弟，已经五十多岁了，但他有两个儿子，一个是木工，一个泥水工。由他们来守护这一座老宅院是最恰当不过的了。一会儿，李二郎带李清明父子来了，他们给李冰送来一麻袋干饼、一麻袋红枣，供他们在路上吃，李冰表示感谢，又郑重把几把钥匙交给清明大叔，说："老宅如何防水、防漏、防塌，你们是内行我就不多说了，一切拜托！"清明说："放心吧，我父子仨会像保护李氏宗祠一样护理这座宅院的，等你告老还乡后，在此安度晚年。"李冰一笑："但愿如此。"又吩咐说："明天我们走得早，就不打搅乡亲们了，烦你对来送行的乡亲们解释一下。"

　　当天晚上，浓浓的恋乡之情，使李冰一家都没睡好，金鸡报晓，晨光熹微，全家便登车去也……

　　第二天上午，李冰一家到达咸阳，住进了李冰少年时代和乳娘曾氏一起曾经住过的渭水边的老房子。

（三）公孙若梦碎

　　秦昭王在做出李冰担任蜀郡郡守的决定后，下令保密，要在李冰赴任的三天前再告知蜀郡。六月二十日，蜀郡代郡守公孙若在郡守府的议事厅中召开会议，郡府官员何坚、孟谦、周庸和成都、郫县县令尚武、杨太，以及蹇侯父子等人到会。公孙若踌躇满志，讲道："秦楚和谈已胜利结束，朝廷可以腾出手来抓蜀郡的大事了。""哈"，杨太喜笑颜开，站起来结结巴巴地说，"要——要取消大人头上的代——代字了吧？"公孙若说："秦王的诏令还未到达，不可乱说，我是讲治水兴蜀的大事。蜀郡这两年风调雨顺，有点积蓄，使我们有条件搞大型水利了。"他令一文案将一幅巨大的治理都江帛画图挂在屏风上。公孙若指着图将他的"高山出大湖，银水结玉瓜"的构想讲了一遍，说："这一治水方略已报芈相审批。芈相指示本守，再做一次论证，现在已是六月下旬了，如诸公没有意见，秋后就动工兴建，而现在就要开始准备，筹集资金。本守刚才已把这项治水工程的构想向诸公讲了。诸公有何高见，请畅所欲言。"杨太结结巴巴地奉承说："高、高、高山出大湖，银、银、银水结玉瓜的构想，简直就是半天去里点天灯——高、高、高明啊！"蹇侯说："确实宏大，郫县、成都首先受益，老夫完全赞同。"蹇烈也跟着说："赞同，赞同。"孟谦说："讲治水，我等都是外行，听听都水长的意见吧。"

周庸直言："卑职按大人的指令到都江出口处的玉垒山一段作了一番实测，八百里拦江大堤工程艰巨，江水流量大，而且急速，施工很难……"

"放心，放心，"公孙若说，"本守早有考虑，本守游学稷下时曾参加过在大河堤坝的修建，有实际经验。我还有个同窗好友李冰，诸公知道吗？水淹鄢城明为白起所为，实际上那个积水的人工湖是李冰造的，七天完成，人称'水神'，我这位好友正赋闲在家，本守一定能请他来担任施工。"

郡府传令官急步走进，报："郡守大人，秦王急诏。"

公孙若："前堂接诏。"公孙若、蹇侯、何坚、周武、孟谦、尚武等郡县二十多名官员急奔前堂，匍匐跪地，肃听来自咸阳的钦差王稽宣读秦昭王诏书。

王稽洪声念道："秦王诏令：任命李冰为蜀郡郡守，代郡守公孙若为郡丞；周阵任郡尉。"众官员愕然，公孙若瘫倒在地。蹇烈哭丧着脸说："有没有搞错啊？！"

公孙若病倒了！

郡丞府后院的寝房中，带屏风的床榻上，躺着公孙若，他一脸的忧郁和愤懑。陶柜上放着一个铜洗，郡丞夫人在铜洗①拧起湿帕给公孙若敷在额头上。"夫人！"侍女端药汤来到寝房门前，说："老爷的汤药熬好了。"

夫人反身走到门口接过，坐到榻上，给丈夫喂药。

---

①秦汉时盥洗用的青铜器皿。类似于后世的洗脸铜盆。

"我没有病！"

"正发高烧呢，喝吧，喝吧。"

公孙若喝了几口，沮丧地说："没有想到啊，真没有想到啊！"

"我早就提醒过你了。"夫人说，"宦海风云、变幻莫测，太后跟你谈话后，一直没有下文，我就预感到有蹊跷，你就该再到都城活动，可你却沉醉于什么政绩工程，治水宏图。"公孙若道："创政绩是太后的懿令，我能不照办？奇怪的是，小妹为什么不给我透透风呢？""父亲，"公孙红拿着一封羊皮信匆匆走进，递信，"父亲的信。"公孙若接过信瞟了一眼，说："这信不是几天前来的吗？""是的，"公孙红说，"是五天前。"公孙若撕开牛皮信封取出一封绢书来，看了一遍，说，"为什么不及时送给我？"公孙红说："父亲这几天不是在郫邑、鱼凫勘探水道吗？郡府值房的人说，这封信是咸阳驻成都百货铺的伙计送来的私人信件，不是公函，就送到家里来了。"

"算了，不说了，一切都明白了，"公孙若说，"你还有什么事？""父亲！"公孙红说，"李冰伯伯不是你的同窗好友吗？据女儿看，你俩都是英才，二人联手，一定能治好蜀郡，何必要计较当一把手还是二把手呢？"公孙若："父亲在计较吗？"公孙红："父亲不计较？为什么听了秦王诏令，就告病假呢？""红红，"夫人说，"你怎么能对父亲说这样的话呢？""她说得好啊，"公孙若道，"夫人，咱们的红红长大了，深明大义了。""父亲！"公孙红依偎在父亲胸前。公孙若说："二十四日你李冰伯伯就起程来蜀赴任了，我已命令郡府和成都县廷，一定要清洁街道，设置香案，隆重迎接。"

（四）壮别咸阳

早晨，太阳从东方升起，万道霞光映红了大地，渭水边、山丘下的长亭内，冠盖云集。杜仓、司马错、田贵、王稽、治粟内史、廷尉、御史大夫等十多名大员，为李冰送行。

一支庞大的宫廷乐队，演奏起雄壮、高昂的音乐。长亭前的驿道上，李冰的车队驶来……

旗幡、伞盖开道，一面写着"郡守李"的大旗迎着晨风飘扬。国尉府新任命的蜀郡郡尉周阵率领一支千人队挥戈执戟，簇拥着李冰乘坐的华丽高车走来。羽冠鹤氅的李二郎骑马跟随在父亲的车后，最后，还有两辆装行装、书籍、天文仪器的辎车，一辆备用轿车。

车队在长亭前停下。

李冰下车，李二郎下马。

杜仓、司马错和田贵走下长亭。李冰参拜："参见丞相、爷爷、老师。"

杜仓说："大王命臣等来为郡守饯行。"李冰拱手说："多谢大王隆恩！请丞相、爷爷、老师赐教。"杜仓说："郡守此去蜀郡，任重道远，老夫无以为赠。"解下一块佩玉来，"请收下这方佩玉吧。美玉，外柔和而内坚实，做人为政，可以为鉴。"双手奉给李冰。"多谢丞相教诲之恩！"李冰郑重接过，佩玉于腰。杜仓回头，"司马将军，田老，你们有什么要讲的吗？""该讲的都讲了，"司马错说，"就看后生到蜀郡后的作为了。"田贵说："放开手脚大胆地干。"李冰说："后生谨记。"杜仓向李二郎招手，"少年郎，小公大夫！你过来，过来，让老夫瞧瞧你。"李二郎有点腼腆，走到杜仓前就要叩头，杜仓扶住他，笑眯眯地端详着，"嗯，少年英俊，像你父亲，你打仗堪称小英雄，可到蜀郡是治水啊！听说蜀中暴发大洪水可厉害啦，浪头比小山高！你怕不怕？""不怕，"二郎说，"我经常到河里捉鱼逮王八。""哈哈……"杜仓畅笑起来，问，"知道'大禹治水'的故事吗？""知道，"二郎说，"我在书上读过。"

"哪本书？"

"《墨子》。"

"小小年纪，还读过墨子的书？"杜仓有点不相信，说，"背上一段给老夫听听。"二郎背诵："墨子称道曰：'昔者禹之淹洪水，决江河，而通四夷九州也。名川三百，支川三千，小者无数。禹亲自操橐耜，而九杂天下之川。腓无胈，胫无毛。沐甚雨，栉疾风，置万国。禹大圣也，而形劳天下如此。'"杜仓回头问田贵：

"田老，你是墨家学者，你说，这少年郎背得对吗？"田贵道："一字不差。""了不起，了不起，"杜仓夸赞说，"少年郎呀，你定然会成为你父亲的好帮手。去吧，去吧。"

通往长亭的驿道上，李成驾着一辆辂车，载着李夫人和一妞飞奔，一妞怀抱一壶酒，他们是要赶去与李冰父子饯行。

长亭前，杜仓和众大员举爵为李冰饯行。杜仓说："向李冰郡守敬酒三爵，以壮行色。请！"

"请！"李冰举爵和众大员饮酒，他们先向天地酹酒，而后再共喝。之后，李冰登车，二郎上马。众大员挺身，举樽齐呼："祝太守一路平安，创大业，建奇功！"

高车启动……

乐队放声高歌：

> 举金樽、饮琼浆，壮行色、别咸阳。扬扬拥盖去，奔波父子忙。殷殷丞相嘱，频频伊人望。高车辚辚，情怀快快，大业凭谁创？都只为酬黎庶，报君王。那顾得也，蜀道崎岖，山高水长！

李成驾车赶来，但见高车已去，夫人和一妞，弃车登上山丘，瞭望李冰。

车上的李冰回头，看到了山丘上的夫人，李冰止不住热泪流淌。

歌声中，骏马奔驰，车轮滚滚，黄尘飞扬……

但只见金牛道上李冰一行直线进军，像一条起伏的游龙，从壁立千仞的危岩边、绿树丛中越过……

剑门关前李冰的车队一闪而过，接着是广阔的平原，长长的驿道；车轮滚过，留下望不尽的道道车辙……

成都北门遥遥在望。

门楼前，停着几辆马车。肃立着公孙若、蹇侯、樊侯、孟谦、尚武等官员。他们拱手齐呼："迎接郡守大人！"

市区街上，百姓们焚香顶礼迎接郡守。

李冰的车队驶进市区，刚进入北街走了一段，车队戛然停下，车上的李冰一怔。一郡府卫士前来禀报："百姓拦车喊冤！"坐在第二辆车上的公孙若比了个驱散的手势。

前面十字口，围着李桂阳、羊摩、宏儒、王汤圆等许多百姓。杜鹃跪地，高举一幅血写帛书，高呼："郡守大人申冤啊！"呼声传来，高车上的李冰对身边骑马的二郎说："去，接了冤状，让百姓散去。"二郎称："是！"纵马奔去。

前面的十字口，蹇烈领一群卫士用马鞭抽打杜鹃，驱赶百姓，李桂阳、羊摩等护住杜鹃，宏儒等人高呼"反对打人，反对打人"，与卫士推搡。

"不准打人！"李二郎大声呼喊着骑马驰来，说，"郡守有令让百姓散去。"卫士停止打人，后撤。

李二郎抽出宝剑，指着跪地的杜鹃说："呈冤状来。"杜鹃误会了，以为要杀她。她猛然站起，挺胸伸脖，盯着李二郎。李二郎瞪着她说："呈冤状！"李桂阳示意杜鹃高举冤状。李二郎用剑挑过冤状，拨马而去。百姓拜揖欢呼，纷纷让道。车队蠕动起来……

后面车上的蹇侯闪着阴冷的眼光对樊侯说："来者不善啊！"

李冰父子

陈泽远　陈实·著

下

中国言实出版社

第十三章　治蜀新篇

（一）李冰接印

公孙若等蜀郡官员将李冰迎进郡府后，由秦王特史王稽主持在郡府正厅举行了一场简短的郡守印信交接仪式。蜀郡大小官员齐集，气氛庄重。公孙若捧青绶银印躬身交予王稽，王稽亲手给李冰佩在身上，官员们纷纷祝贺，李冰表情淡定，只是微笑着向众人拱手还礼。

王稽发表讲话："郡守大印的交接顺利完成，励精更始，可喜可贺！这是我大秦王广开贤路、英明决策的结果，让我等齐颂万寿无疆！"众官员跟着高呼："万寿无疆！万寿无疆！万寿无疆……"

王稽摆摆手，官员止呼。他接着讲："李冰郡守有经文纬武的大才，蜀郡大小官员，都要膺服拥戴，在李郡守的统率下共创辉煌！"

众官员齐呼："谨遵上命！"

王稽又讲："本特使还要为郡丞公孙若大人说几句，公孙大人才华出众，代郡守期间成就斐然，更难能可贵的是，他顾全大局，堪称官员典范，值得所有官吏学习。"

"不敢当，不敢当！"公孙若一脸谦卑的样子，拱手说。

王稽的这几句话是公孙若用一万两银子买来的，这是王稽第一次受贿，这位君王近臣有太多的机会收人钱物了，就渐渐养成了习惯，后来在河东郡守任上大肆贪污，事情暴露后，被秦昭王杀掉，这是后话。

这会儿的王稽趾高气扬，牛气冲天，他继续讲道："本特使来成都已经多日了，即将回朝复命，本特使走了，但郡尉周阵大人率领的千人队将长住成都。郡尉周阵曾是国尉司马错将军麾下的一员，骁勇善战，屡建奇功，军职都尉，爵位五大夫。他为蜀郡郡尉，是大王钦点，国尉司马错将军签署的命令。一千锐士是周阵将军亲自从十万秦军中挑选的，战斗力超强，每个锐士都是武功高手，每个十人队都能独当一面，在蜀中上层权力转移之时，有敢兴风作乱、图谋不轨者，必将受到严惩！"说罢，朝站在他身后的两名金甲卫士一挥手，"走！"卫士跟着他大步朝厅外走去，李冰、公孙若、周阵躬身拱手，"恭送大人。"王稽摆手，"不必相送。"径直大步而去。

主簿孟谦带领李冰父子和八名卫士，去到原张若住过的郡守府官邸。

卫士长马骏领卫士在府邸四周勘查。孟谦导引李冰和李二郎在三进深的大庭院中走了一圈，然后在后花园的石墩上坐了下来。

孟谦介绍说："张若郡守原住这里，他接管黔中郡、修了临沅城后就把家属接走了，这里已一年多没人住了，大人愿住此处否？"李冰说："当然愿住。这么大的一座庭院让它荒芜岂不可惜！"孟谦问："是否修葺翻新？"李冰说："不必要了，打扫干净即可。"他掉头吩咐二郎，令卫队先将寝房和书房收拾出来，把窥天管镜和鸽笼都安放在后花园的阁楼上。二郎领令而去。

孟谦又找来一老一少两个庖厨，对李冰介绍说："这两位庖厨是两父子，都姓安，老家住郫县。今后就由他二人负责大人的膳食和起居。"李冰拱手说："有劳二位了。"老安师傅说："能为郡守大人效力，我父子脸上有光彩啊！大人喜欢晋菜还是蜀菜？"李冰说："晋菜、蜀菜我都喜欢，对蜀菜更感兴趣。"

老安师傅问："为啥子喃？"

李冰回答："我的乳娘是蜀郡人，从小就给我做蜀菜吃。"

孟谦一惊，问："大人是奶妈带大的？"

李冰笑道："奶妈是蜀人的称呼吧？我称之为娘亲，和我生母一样亲！"

老安师傅问："大人的娘亲住蜀郡哪里？姓啥子？"

李冰说："家住郫县石埂子，姓杜。"

"唔！"老安师傅一震，又惊又喜地问道："她的丈夫叫啥名字？"

李冰回答："娘亲说她丈夫叫曾长顺！早已离世了。"

老安师傅"啊"了一声，说："曾长顺，郫县有名的木匠师傅！大人啊，长顺是我的毛根朋友，只大我六岁！杜大姑大我四岁，我们安家与杜家还有点拐角亲呢？"

"好啊，"李冰说，"那就是一家人了！"

"一家人，一家人。"安师傅说，"听说二十多年前长顺在钟南山为秦王修离宫时坠崖死去，他的妻儿为秦国一位工师收留，想不到就是大人家收留了他们母子俩啊！"

"正是，"李冰说，"我是吸着娘亲的奶汁长大的！"

"好啊，好啊！"老安师傅拍了儿子一把，咧嘴欢叫道，"幺儿咧，我们遇到称心人啰！蜀人有盼头啰，有盼头啰！"

李冰问："安师傅何出此言？"

安师傅答道："俗话说，儿贴娘，英雄郎！杜大姑从小就深明大义，心地善良，为人厚道，自己穷还救济比她更穷的人！大人是杜大姑——啊，不，杜老夫人带大的，那一定是好上加好啊！"拉着儿子，"幺娃儿，走走走，给大人做两道拿手好菜。"

"辛苦二位了！"李冰笑道。又转对孟谦说，"你忙去吧！"

"诺，"孟谦转身走去，边走边感叹，"奇哉，伟哉！郫县农妇带出了个郡守……"

李冰是郫县农妇杜氏带大的消息，通过孟谦、安师傅迅速传遍了蜀郡城乡，底层人民欢欣鼓舞，奔走相告，"乳娘就是娘"，这是民间传统。既然李冰是吸着杜大姑的奶长大的，他就是杜大姑的儿子，杜大姑是蜀人，李冰当然就是蜀人了，所谓亲帮亲、邻帮邻的乡土观念已深植民心！这是李冰很快获得蜀人认同的一个原因。可不是吗？他一进成都就接了杜鹃的冤状，并下令保护拦车喊冤的百姓，这不是主持公道、维护蜀人利益吗？人们已从李冰入蜀的第一天看到了这位新郡守敢于担当的魄力和自信，于是，蜀中父老将他看成自己的称心人！

且说樊侯奉命来成都欢迎新郡守，仪式结束后他就回到蜀乐苑，把吴戈、玉璜、高志叫到密室会商。他先介绍了解到的李冰情况，称李冰是一介书生，与公孙若是同窗好友，虽然参加过郢都战役，但他的专长是治水和搞建设，从他能接受冤民的冤状这件事看，他今后的施政举措，很可能与张若、公孙若推行的暴政不同，秦王选中了李冰，抛弃公孙若，说明朝廷对蜀郡的政策有变化。在这种态势下，采取何种策略推动复蜀大业？他要大家好好议论一下。

参赞高志望着樊侯，说："我先提出一个疑问。"樊侯说："你讲。"高志说："公孙若是个能吏，是推行暴政的干将，很自负的一个人，朝中又有芈戎这个大后台，他怎么会被抛弃呢？他完全可以跟张若一起去黔中郡任职，却为何将他贬官留下？公孙若竟坦然受之，岂不怪哉！"

吴戈说："参赞之言甚是，这样的人事安排，显然有幕后交易！"

樊侯"嗯"了一声，说："这个疑问提得好，必须弄清。"

"有必要吗？"玉璜说，"趁李冰初来乍到，将他除掉，必然引起大的震动。"

"不可能！"吴戈说，"李冰进城时我到北街看了一下，李冰有千人队追随，这些锐士，个个身强力壮，甲胄鲜明，武器精良。这表明，李冰会得到强有力的保护。听说，与他形影不离的儿子、人称李二郎的李渭也武艺高强，是郫都大战中的小英雄。要刺杀李冰很难下手。"樊侯，"特使王稽把郡尉周阵带来的千人队着实吹了一番，说他们个个武功高强，又放狠话恐吓蜀中所谓图谋不轨者。看得出来，他们确实是有备而来！"高志说："目前，我们对李冰了解不深，对蜀郡政情也不清楚，因之，不宜采取大行动。""那干什么呢？"玉璜问。高志说："四个字——凝聚民心。得民心者得天下。现在，成都百姓要求释放王叕、平反所谓笋里街暴动造成的冤案，呼声很高，杜鹃等人拦车喊冤能吸引数百百姓参加，就是明证。我们要干顺应民心的事，以此为契机，深刻揭露秦国暴政，逼迫郡府平反冤案，释放王叕。"玉璜问："如何着手？"高志说："第一步棋是先给李冰一点威慑，令他三日之内释放王叕。当然，他不会照办，但一定有所反应。"樊侯点头说，"可以。看他如何动作，待局势明朗之后，再下第二步棋。"

（二）老友促膝

午后，一辆轺车使到郡守府门外停下，公孙若和女儿公孙红从车上走下。公孙红手提一竹篮鲜桃。

父女俩匆匆走进郡守府。

郡府后院西厢李冰的书房已布置妥当，有序地存列着各种帛书、简册。屋角安放铜壶滴漏计时器，门外挂着铜铃。这会儿李冰正坐在案前看杜鹃用帛布写成的冤状，冤状后面有一百百姓具名，并盖有血手印。冤状不长，李冰很快看完，他望着那一百个血手印深深思索，他在心里感叹着：民不畏死，奈何以死惧之！

"郡守大人！"从庭院中传来公孙若的喊声。

李冰叠好冤状走出书房，跨步迎上，拉着公孙若的手说："老弟，不要叫什么大人了，你我相交多年，还是兄弟相称吧。""使不得，"公孙若说，"尊卑有序，是官场礼治，不可不遵。"李冰说，"现在是私场，还讲究那一套？""好、好、好！"公孙若说，"今后把公私场合分开。"他把女儿介绍给李冰，说："这是小女公孙红，叫李冰伯伯。"公孙红喊："李冰伯伯。""呃——"李冰畅声回答，"红红长得真水灵靓丽呀！"转头，朝角楼喊："渭儿，渭儿。"阁楼上，二郎从窗户上探出头来，长声问，"有一何一事？"

公孙红朝阁楼望去，这位情窦初开的少女被二郎的帅气深深吸引，眼闪异彩。

"下来，下来。"李冰朝李渭招手。

二郎从阁楼上走下，几步奔到父亲面前。

李冰对二郎说："见过公孙若伯伯。""公孙若伯伯，"二郎欲跪地稽首，被公孙若搀住，"好小子，长成大人了！"公孙若拍着二郎，"咸阳见面后，想念伯伯不？""想念。"二郎说。公孙若说："红红，见过二兄长。"公孙红大方地喊："二哥。"二郎腼腆地，"公孙红妹妹。"公孙红问："你在楼上忙啥呀？"二郎答，"装鸽笼，安窥天管镜。"公孙红惊喜地，"什么宝贝呀？带我去看看好吗？"二郎说："当然可以，""去吧，"公孙若从女儿手中接过竹篮，说，"父亲要和李伯伯谈话呢。"他拣了几个蜜桃塞给二郎，说："你们上阁楼吃去吧。"

二郎接过蜜桃与公孙红走去。

"请！"李冰、公孙若走进书房。公孙若把竹篮放在陶柜上，顺手拿了一个桃子给李冰，说："你尝尝。"李冰接过，擦着。公孙若说："这是城东龙泉山出产的，香甜味美。故老传言，说远古之时，这水蜜桃曾被送去参加过王母娘娘的蟠桃会呢。"

"哇，"李冰咬了一口，"真有点神仙味儿！"

角楼顶上，竖立着一根竹竿，上挂招引信鸽的一条红丝飘带，楼顶朝北的翘角下挂着鸽笼，笼口敞开，一对被扎着翅膀的鸽子咕咕地叫着，绕着角楼跳跃……

公孙红问："这是信鸽吗？"

"是的，"二郎说，"一只叫闪电，一只叫旋风，是住在咸阳的姑爷送的，说通过训练，让它们熟悉成都这个地方，就可在咸阳与成都之间来回飞了。"

公孙红："哟，二哥是要在空中架条'邮路'呀？"

"是的。"二郎说。

公孙红极感兴趣地观看着墙壁上挂起的一幅绘有黄道、赤道的二十八宿图，又走到窗前抚摸、观看伸出窗口直指蓝天的长筒形窥天管镜。二郎对公孙红说："你坐到这里来看。"公孙红走过去，坐下，掌镜观察……

在李冰书房中，正与李冰谈话的公孙若倏然跪地道："李冰兄！""你这是干什么？"李冰急扶公孙若，"起来，起来。"公孙若不起来，坚持说："我要向仁兄赔罪啊。"李冰茫然，说："老弟，你这是何故嘛？"硬把他拉了起来，坐于榻上。公孙若说："仁兄曾遭受过奴隶阿牛暗算，你知道，这是谁指使的吗？"李冰说："贤弟，事情已经过去，你还提它做甚？"公孙若说："这件事情不澄清，你我之间就不能真正消除心中隔阂，如果闹矛盾，蜀郡政事就不堪设想了。"李冰说："贤弟所虑极是，但愚兄是完全相信你的。"公孙若说："你再相信，我也要说明。听说仁兄险遭不测后，小弟曾经写信问过我小妹，是谁指使阿牛暗算仁兄，是她还是其他人？她一口否定是她干的，她说是那个芈姓大地主出钱请人干的，原因是：此人不满仁兄为了保护盐池水源不被污染而让他迁走牧场，经济损失很大，乃雇人进行报复。我小妹说的话是真是假，难以断定。但小弟要郑重说明的是，小弟绝没有因为想当郡守而指使或暗示别人对仁兄下毒手，这一点小弟敢发毒誓！"

"你发什么毒誓？我先前才说了，我完全相信贤弟。"

"是何原因？"

李冰："我相信咱们十年的同窗友谊；相信你公孙若也是饱读圣贤书的有识之士，不会为了一顶官帽而去杀人犯罪。"公孙若道："这只是仁兄的一种推想吧？你就这么相信我？"李冰说："我相信事实，你在事发之前曾与我写信要我入蜀助你修堰治水，这就说明你不知道我会被任命为蜀郡郡守，我还从司马错爷爷和田老师跟我的谈话中知道，要我任蜀守是秦楚会谈之后大王的决定，只有杜相、白起知道。阿牛暗算我的事发生在秦楚和谈之前，大王并未讲过要我担任蜀守的事，你怎么会为争郡守这个位置而指使人暗算我呢？""感谢仁兄的调查、剖析，"公孙若说，"这下小弟就释怀了。我还要说几句心里话。""请讲。"李冰说。公孙若直抒胸臆："最初，钦差王稽宣布了对仁兄的任命后，我一下蒙了，很想不通。后来读了田老师的来信，才心悦诚服，深感大王天纵英明，破格起用一代英才治蜀，是蜀郡之大幸啊！今后，唯仁兄马首是瞻。""贤弟可别这么说，"李冰说，"我只做过小小的县令，你担任郡丞多年，从政经验丰富，了解蜀中情况，今后还要贤弟多多指教。"公孙若说："知道的，一定会说。朝廷下令开发蜀郡，仁兄肩头上的担子重啊！当然，也是大丈夫建功立业的好机会。此前，小弟按太后的旨意搞了个治水方略，"拿出一卷帛书来交给李冰，"已经上报朝廷，如仁兄首肯，秋后即可动工。"李冰说："我一定好好看看，只要切实可行，就由老弟统筹办理，为兄给你当参赞，照图施工。"公孙若说："都水曹按小弟的设计，还搞了个立体模型。""好啊！"李冰说，"你领我去看看。""好咧！"公孙若指着铜壶滴漏计时器说，"看，快到申时三刻了，该准备去参加接风宴会了！"李冰问："大王的治蜀诏令复制好了吗？"公孙若说:"前天接到这一诏令,小弟就看出这是一篇创建天府之国的指针,必将彪炳史册的文献,我就下令复制了。"李冰说:"贤弟高见!今晚的会议就由你主持,宣讲这一诏令,让大家畅所欲言,我想听真话。""明白,"公孙若说,"窃以为既要放得开,也要收得拢。"李冰笑道:"好一个放得开,收得拢!就照郡丞大人之见办!""诺诺,"公孙若拱手作谦卑状,"谨遵郡守大人之命!""诺诺,"李冰佯打官腔,"不得有误!"两人相对大笑……

角楼上,公孙红透过望远镜观察天象。此时已日落西山,晚霞灿烂。

公孙红欢叫:"啊,太阳要回到地下睡觉了,那金色的彩霞,是它床榻上闪光的幔帐!"二郎说:"你的想象很美。"公孙红说:"我喜欢作画,自然之美,对我总有启发!"二郎说:"好啊,师法自然,你的画定有独到之处,能让我欣赏你的画吗?"公孙红说:"当然可以,有机会我就请你看。现在我感兴趣的是天文。二哥,请你告诉我,为什么天上有日月星辰、风雨雷电?为什么地上有春夏秋冬、寒来暑往?为什么一年要分为十二个月?为什么一月有三十天?为什么一天又要分为十二个时辰?为什么有明丽的早晨,朦胧的黄昏……"二郎说:"你提的这些问题,我一个也说不清。让我们共同来学习,共同来讨论。"

公孙若走到角楼前喊:"红红——"

公孙红从角楼的窗口伸出头来,问:"有甚事?"公孙若说:"今晚,我和你李冰伯伯要参加张仪楼的宴会。你带二郎到街上玩儿吧。"

"好咧。"角楼上的公孙红脆声回答。

(三) 傩戏风波

夜幕降临,成都城西南张仪楼下的大门前,张灯结彩,喜气洋洋,一队乐工细吹细打……

郡府官员何坚、孟谦、周庸、魏富、钟秦、蹇侯、樊侯和湔氐道丞桑巴洛、严道道丞马赫,成都县令尚武、广都县令王丰、什邡县令赵光、临邛县令丁磊、南安县令余辉、武阳县令朱琨,新都县令罗发以及资中、武阳、沮县、郪县、葭萌、梓潼、蒲阳、汉阳等十四县的县令、县长①，站立两旁，迎接郡守。蹇侯和樊侯手拄金杖站在队列前端。突然，蹇侯说道："衮衮诸公，你们晓得吗？新任郡守李冰大人是郡丞大人的同窗好友哩，情同手足，好得简直像一个人。""是真的。"魏富附和说，"几年前，李大人任解县县令时，我去买盐，公孙大人给李大人夫妇送药材，是本人亲自办理的。"众官员"啊"了一声，有人惊喜，有人惊疑，交头接耳，窃窃私语……

蹇侯、魏富故意散布公孙若与李冰的特殊关系，是蛊惑人心，证明新郡守也只不过是他们的代理人。"侯爷，"尚武笑着反问，"你说公孙大人与李冰大人好得像一个人一样，那为何秦王要特别任命李冰为郡守呢？""幼稚，"蹇侯冷笑一声，"提这样的问题。"王丰说："这个问题大哟，发人深思。""就是，就是，"一些县令附和。孟谦拍拍手掌，招呼说："噤声，噤声，清点一下人数。"他举目横视，默点数目，说："郪县县令杨太未到？"蹇侯说："杨大人要老夫帮他告个假，他腹泻，待痊愈后，就来拜会新郡守，聆听指教。"孟谦"嗯"了一声，脸露愠色，赵光说："此公平时一餐能喝十斤米酒，啃半只羊，咋会闹腹泻呢？"罗发说："人家是取蜀功臣，是老资格，是想新郡守单独接见他吧？""正是，""可能，"余辉等县令赞同。孟谦一摆手，"别议他了，郡守大人快到了，准备迎接。"

乐工奏起热烈的迎宾音乐……

---

① 秦制，万人以上的县称县令，以下的称县长。其时，蜀郡可考的县有：成都县、郫县、临邛县、广都县、繁县、沮县、葭萌县、武阳县、南安县、什邡县、新都县、郪县、资中县、梓潼县、蒲阳县、汉阳县。秦时蜀郡辖道有：湔氐道、严道、僰道、青衣道、笮道。（据《汉书·地理志》《华阳国志·蜀志》；龚煦春撰《四川郡县志》；罗开玉《中国科学神话宗教的协合——以李冰为中心》，巴蜀书社1989年版；刘琳《华阳国志校注》，巴蜀书社1984年版；马非百《秦集史·郡县志》，中华书局1982年版；任乃强《华阳国志校补图注》，上海古籍出版社1987年版）

众官员翘首以待……

卫士长马骏率领郡府卫队簇拥着一辆挂着两串红灯的高车驶来，在百步之外停下。从高车上走下公孙若，他站在车旁迎接李冰和周阵下车，引领二人踏着红地毯朝官员们走去。众官员拱手齐呼："恭迎郡守大人，恭迎郡尉大人！"李冰和周阵拱手回答，"多谢诸公，多谢！多谢！"魏富跨步上前，朝李冰躬身行礼，说："李大人还认识我吗？"李冰望着魏富，笑道："你是盐官魏富嘛。几年前不是打过交道吗？"魏富说："大人好记性，好记性。"公孙若咳了一声，不满地瞟了魏富一眼。魏富急忙退回队列。公孙若把蹇侯和何坚等人一一介绍给李冰和周阵，相互拱手为礼。

赤里街①，繁华热闹的夜市。鳞次栉比的铺门前，各种样式的灯笼放着奇光异彩。飘拂的油壶子灯下，是卖吃食和杂货的小摊。三三两两的商人和富豪徜徉夜市……

公孙红陪二郎走来。二郎高兴地说："成都是个好地方！"

公孙红说："这两年风调雨顺才好起来的，三年前旱魔肆虐，把成都害惨了！"

二郎说："旱魔不可怕，开条河到成都就可驱逐旱魔！"

公孙红问："能做到吗？"

二郎答："必须做到。水是城的命脉，不解决用水和排水问题就发展不起来。咸阳是渭水灌都，郢都有四河穿城，这才使这两座城邑巍然崛起，充满生机。"

公孙红说："你讲得很有道理，我赞同。"

两人融入人流，朝前走去。

公孙红说："这条街叫赤里街，是成都最繁华、最热闹的地

---

① 成都赤里街的地理位置有两说。任乃强的《华阳国志校补图注》认为赤里街在今成都之北昭觉寺附近的赤土坡。王文才的《成都城坊考》则认为在少城南外，即今南大街的位置上，批评赤里街在城北之说"特说荒渺，时地俱非"。又，《寰宇记》引《蜀都记》云"成都之南于名赤里"。《华阳县志·古迹一》"旧志（指《嘉庆华阳县志》），仍称赤里，今则通呼南大街，而赤里之名隐矣。"本书的创作，从王说。

方。秦国移民中的富豪、巴蜀和外国的富商大贾都住这条街。"二郎仰头观望，惊叹地说："啊，还有多座楼房呢！如何修的？"公孙红说："这要归功于张大人，"她抬手一指，"看见尽头的那幢楼房吗？"二郎注目观看，说："看见了，好像是两层，楼上有士卒放哨，下面好像有人在办公。""是的，"公孙红说，"这叫观楼射栏，不过，是仿制。楼上面的兵、楼下面的官都是市场管理者。听说是从粮仓的建筑演变而来。"二郎问："粮仓与楼房建筑有何关系？"公孙红答："民以食为天，管好粮食的储备是朝廷的头等大事。成都县的粮仓有四个，都是挨城垣修的，为防风吹雨打，就在仓顶上修屋，派士卒守卫，这屋就发展成可以四面观望的楼，楼里安放石砲机和弩具，以防盗贼。可能一些建筑工师和商人从观楼射栏中受到启示，发展成了一楼一底的建筑制式。临街楼房下作商铺，楼上住人。有两进深，三进深的，有中堂后院，很阔气。"二郎问："有多层楼建筑吗？""有的，"公孙红说，"城西南面的张仪楼便是，最为雄伟宏大。"二郎又问："这些逛夜市的都是成都百姓？"公孙红答："不，有好些是外地和外国商人。"两人谈着，走到一家卖汤圆的铺门前，长方形灯笼上，篆书"王汤圆"。公孙红说："二哥，我请你吃成都风味小食王汤圆。算是给你接风洗尘！""谢谢了！"二郎笑着点头。

张仪楼的二层楼中，帘幔高卷，彩灯辉煌，华筵盛开……

主案席上，中坐李冰，左坐周阵和公孙若，右坐蹇侯、樊侯。偏席分左右两行，八字排开。坐着郡县两级官员、严道和湔氏道丞。席案前，是开阔的表演区。表演区顶上吊着一盏铜制嵌玉的圆盘形莲花彩灯，旋转着，闪射着迷人的彩光。公孙若主持欢迎宴会，他端着酒爵说："全体起立，为郡守大人接风洗尘！"众官员站起，齐呼："祝郡守福寿康宁，创建奇功！"李冰站起，微笑道："多谢各位，我们共干吧，请——"众官员举爵喝酒，觥筹交错，气氛欢乐。过了一会儿，公孙若对李冰说："成都傩戏班要为大人献戏一出。"李冰笑道："欢迎，欢迎。"公孙若转头对小吏说："开始吧。"小吏走到案前的表演区中恭敬地向李冰作了个揖，说："傩戏班向大人献戏《黄龙助禹治洪水》，"然后转身向楼口高声喊道，"献戏开始——"

响起悠扬的箫、竽、锣、鼓声……

从楼门外飘进两名少女，进入表演区。这是一对姐妹，她们提着竹筐，拿着长条木钩来到河边采桑。乐队跟着进场，坐后侧伴奏。旋律优美的乐曲中姐妹俩表演采桑舞；时而攀枝细采，时而托举上树，活泼的舞姿，轻柔的舞步，看得众官员喜笑颜开。突然大鼓咚咚，一个牛头人身的江神①从江中升起——从乐队之后突然跃入表演区，姐妹俩大惊失色，后退，江神紧逼，绕圈旋转，江神摇身一变，成为一个白面书生，笑道："吾乃都江水神是也！两位童女正好做吾神夫人。"两位姑娘骂道："恶神，邪神！""嘻嘻，"江神涎脸笑道，"两个小美人儿，随吾神到水宫享福吧！""不不不！"姐妹拒绝，江神又摇头一变，化成张着血盆大口的一头猛牛，他腾身飞起，猛扑两女，连续几次，皆不得手，江神大怒，狰狞吼道："不从吾神，尔俩和蜀人将化成鱼鳖！"言罢，"哇哇"吐水……

金鼓齐鸣，笙竽高奏，琴瑟大作，使观者感受到山崩地裂、洪水泛滥、惊心动魄的艺术效果。音乐声中，两个姑娘在水中作沉浮舞蹈状。"哈哈哈……"江神的双手变得特长，左右齐出，一下抓住两姑娘，"放了民女！"楼门外传来一声大喝。接着由二十个戴突眼、斜眼、纵眼和高鼻青铜面具、着黄色犊鼻裈②，上身和腿脚裸露，贴着闪闪发光的金色鳞甲的壮士舞上。第一人举着龙头，后

①都江江神的形象有两说：东汉应劭《风俗通义》记李冰"劝神酒，化牛斗"的故事，说明江神是牛形。《蜀梼杌》说："古史云，震蒙氏之女窃黄帝玄珠，沉江而死，化为奇相，今江渎神也。"《山海经》说："神生汶川，马首龙身，禹导江，神实佐之。"由此可知，这个神话传说中的江渎神是马首龙身的女性，民间称她为"玉女"，今都江堰市白沙镇附近有地名玉女房，相传这位女神曾在这一带助禹治水。她与李冰治水无关。有人把江神和江渎神两个不同的神话故事混为一谈，笔者认为不妥。故本书对江神的描写从《风俗通义》记载。

②犊鼻裈，据王先谦的《汉书补注》说，谓如今之围裙。

面的人依次举着一节龙身，最后的一人举着龙尾，形成一条黄色金龙。戴斗笠、着麻布短褐、气宇轩昂的大禹手执长柄开山神锸，威风凛凛地站在龙背上。金龙朝水神涌去，将他围住，大禹用神锸指着江神说："放了姑娘，立即将泛滥的洪水引入本王开凿的河道。"江神狞笑道："休想！""看打！"大禹高举神锸，向江神打去……

"停！"蹇侯突然站起，高举金杖，大喝一声，在场的人都惊呆了，音乐、表演戛然而止。

周阵眉峰一皱，睐了蹇侯一眼！

"大人！"蹇侯走到李冰面前，拱手说，"请郡守大人下令停止演出！"李冰问："却是为何？"蹇侯说，"蜀人长期崇奉江神，把水神演成恶神，让禹王惩罚，是严重亵渎神明，必将引起江神震怒，发大洪水报复。"李冰一字一顿地问："发大洪水报复？""是的，"蹇侯说，"为了蜀郡的安全，所以老夫才斗胆叫停，而且建言，请郡守明日赶去玉垒山请大巫师女姞作一堂法事，郡守代蜀人向江神谢罪，以拯救蜀郡百姓！"蹇侯的言行，让李冰感到愤怒，但他搓着佩玉强忍着，没有发声。尚武说："发大洪水？江神就这么灵？还要郡守去谢罪？太荒谬了！"王丰等县令附和："荒谬绝伦，郡守绝不能去！"

"尔等不信？哼！"蹇侯挺立，拍着胸口说，"诸位忘了，三年之前蜀中大旱，老夫说，人牲祈雨必雨！如何？不是应验了吗？今晚，老夫敢立军令状，如三天之内都江不暴发洪水，请在成都祭坛诛老夫以谢蜀人！"转头望着孟谦，说："请主簿大人给老夫笔简。"公孙若急忙制止，招手说："请侯爷坐下，军令状就不必写了，本丞听你的。"蹇侯扶杖坐下。公孙若感到蹇侯这一手太阴毒了，超过了他俩商定的对待李冰的底线，而且三天内暴发洪水的事，之前没听他露过一字？一定是女姞告诉他的。女姞的话就铁定可靠么？他沟通女姞想干什么？用巫术控制李冰，成为他们的代理人？这不能容许！公孙若婉言道："郡守明日上午有要事与本丞会商，不能离开成都。"蹇侯问："那如何办？这件事必须由郡守或郡府头面人物出面请大巫师沟通神灵，否则，蜀民又要遭灾了。"公孙若笑道："侯爷，你不就是蜀郡的头面人物吗？你明天一早，乘郡府快车赶到玉垒山江神祠，请大巫师作一堂法事，你就代表郡府和郡守大人讲几句话，说明献演傩戏《黄龙助禹治洪水》是偶然失误，不是有意亵渎，祈求江神不要降灾报复。"他转头问李冰，"郡守大人，这样处理行吗？"李冰"嗯"了一声，想了一下，说："甚善，就请侯爷代本守辛苦一趟吧！"蹇侯说："为郡守和郡府效力是老夫的职责，只是，郡守大人初到蜀郡，大巫师女姞怎会相信老夫是代表大人给她下祈神令呢？"李冰站起喊："主簿孟谦——""在"，孟谦站起，李冰说："今晚制一份加盖郡府大印的文书，交给侯爷，由侯爷转交大巫师，说明此举是受郡府和本守委派。"孟谦应声："遵命。"李冰问蹇侯："这样做，可以吗？"蹇侯点头认可，说："难得郡守大人对江神一片诚心，老夫当尽力而为。""大善！"李冰夸赞了蹇侯一句。他明白，蜀地和楚国一样，巫风盛行，许多百姓虔诚信神，蹇侯敢于立军令状，一定是大巫师暗中给他通报了三天之内都江要发洪水的信息。对于巫师的历史文化李冰做过研究，大巫师在夏、商、周时代是为君王掌管卜筮的近臣，有些君主如周文王，古蜀国国王鳖灵（即开明）本来就兼有大巫师身份，由此可知，在神权时代，巫师的地位很高。从春秋到战国时代，神权政治解体，巫师走向民间，形成了一个在神秘面纱笼罩下的士人阶层，被称之为方术之士①。这些人精通阴阳八卦，为人通神占卜、看相算命、勘测风水，练灵丹妙药，追求长生不老之术，等等。其中一些人沦落为江湖骗子，但也有一些方士确实对天文星象、气候变化、水旱灾祸有深入的观察和研究，对医药医术、祛病健身的针灸、导引、气功也有独到的见解和实际运用。女姞是方术之士中的骗子还是精英？蹇侯和她结盟要挟郡府想达到什么目的？这两个人在蜀郡影响很大，要识破他们，并进行恰当的处理，最好是化阻力为助力，争取巫术为民所用，这需要时间。李冰左手搓着佩玉自我提醒："莫生气，莫着急，暂时退让、

---

① "方术之士"指卜、巫、相面、求仙药之类的士人。转引刘泽华著《先秦的士人与社会》，天津人民出版社2004年2月第一版，第11页。

妥协，慢慢争取或征服他们！"

　　"郡守大人，"公孙若说，"献戏演砸了，实在抱歉！"他把火发在孟谦身上，转头责备道，"主簿孟谦对这戏没有很好审查？严重失职！"孟谦说："朱班主说，这出戏是他根据民间传说改编的，是歌颂大禹治水的，卑职就没审看了。"蹇侯大喝一声，"朱班主！""小人在。"饰演江神的朱优取下牛头面具回应。蹇侯金杖一拄，厉声问道，"尔根据的是何民间传说？"朱优说，"主要是根据'黄龙负舟''大禹治水斗江神'①两个传说故事。""胡说，"蹇侯道，"只有江神协助大禹治水的故事流传，哪有什么黄龙助禹治水斗江神的传说？所谓大禹斗江神，是原杏林学舍的叛逆王叕、高志等人编造出来的，旨在诬蔑和否定江神。可信的故事是：古时洪水泛滥，生于西羌的大禹到岷山一带治水，隐居牟尼岩洞修炼的牦牛大仙出来，协助大禹开凿了都江主流河道以及支流、溪沟一百三十八条，才使泛滥的洪水归入溪沟、河道，顺流东下，直入大海，使蜀民得以陆处。鉴于牦牛大仙功勋卓著，禹称王后，就敕封大仙为都江水神，永享蜀民祭祀。"

　　李冰问："侯爷，你讲的是文字记载，还是口头传说？"蹇侯说："两者都有，老夫以为，老百姓的口碑更重要，这证明江神崇拜已深入民心。早在古蜀国开明王朝时，百姓就自愿出钱出力，在本侯的封地玉垒山给他建了神祠，连年祭祀，香火不断。"李冰听后，想了一下，喊道："朱班主，""小人在。"李冰问："你对侯爷的意见如何看？"朱优说："侯爷讲江神崇拜深入民心，确实如此。"李冰问："那你为何要把江神写成恶神？""给大人回，"朱优说，"蜀中百姓对江神是既崇敬又惧怕，崇敬他，是希望他保佑蜀郡风调雨顺，永无水旱灾害之苦。惧怕他，是大祭

---

　　① "黄龙负舟"和"大禹治水斗江神"均为原灌县文化馆研究员王纯五收集整理，第一个故事见《成都民间文学集成》（四川人民出版社，1991年版，第57页）；第一个故事见《王纯五自选集》的打印稿。既然傩戏已做了改编，与原故事就不一样了。相传松潘县黄龙景区的黄龙庙就是为纪念黄龙助禹治水而修建的。

之年要送给他两个童女，弄得被选人家骨肉离散，家破人亡！因此之故，民间对江神是又怕又恨，故有'大禹治水斗江神'的故事流传。""胡说，"蹇侯道，"给江神送童女是蜀民敬神行善的崇高义举，能与江神联姻的人家都当着大喜事办，哪有家破人亡的悲哀？"转对李冰，"请大人勿听忤逆之言，立禁傩戏演出。"李冰环视众官员一眼，说："诸位同胞有何看法？"尚武说："卑职以为，傩戏萌生不久，深受蜀民喜爱，岂能轻言禁止？"王丰说："我看应当禁止的是用人牲祭祀！""极是，极是。"赵光、丁磊、罗发等县令附和。魏富站起，大声地吼："卑职赞同侯爷高见……""别说了，"公孙若摆手制止魏富发言，"请郡守大人决断！"李冰站起，喊道："朱班主听令。"朱优肃立回应道："小人听令。"李冰说："《黄龙助禹治洪水》一戏暂停演出，进行修改。"朱优问："如何修改？请大人指教"。李冰回答道："主要是彰扬大禹艰苦奋发、善于创造的治水精神。对江神的描写，可以按侯爷之见，将它写成协助大禹治水、为民造福的善神。脚本改好后，先请侯爷看看，再交孟谦大人审定。""郡守大人，"尚武站起欲提反对意见，李冰摆手制止他，"尚县令，别说了，本守主意已定，"望着蹇罡，"侯爷精通蜀中巫术文化，民情风俗，本守诚请侯爷帮助傩戏班把这出戏改好、演好。"蹇罡拱手道："谨遵大人之命！"李冰盯着朱优说，"朱班主，改戏之事要多多请教侯爷，"朱优回答："遵命！"李冰接着说："我郡即将开展治水兴农的大建设，弘扬大禹精神，切合时宜，十分必要。傩戏班所有优伶都要同心协力，一定要改好、演好这出戏。不仅要在成都演出，还要到各县、各乡、各亭演出，演出场次越多越好，郡府有奖赏。"转头望着公孙若问："给傩戏班准备了晚膳吗？"公孙若说："准备了。""善，"李冰说，"让他们用膳去吧！"公孙若站起，说："傩戏班的演出，由于剧目有缺陷，就此终止。然而，他们向新郡守献戏的真诚之心，是可嘉的，郡府决定欢娱楼赐宴。朱班主，带领你的优伶赴宴去吧。"樊侯站起，高声叫着："我请客，我请客！"朱优作罗圈揖："感谢郡守大人，感谢郡府各位大人，感谢两位侯爷，感谢各县、各道大人。"转身向优伶、乐工们挥了挥手，大家跟他走去。

赤里街的王汤圆铺内。油壶灯下，公孙红和二郎已经吃完汤圆。王老板笑嘻嘻地站在他俩的矮案前，公孙红拿出两个铜钱付账。王老板说："公孙小姐，别付钱了，就算小人给公子接风洗尘吧。"公孙红不解地，故意用成都话反问："王老板，你说啥子哟？"王老板笑道："这位不就是新郡守李冰大人的二公子吗？"公孙红问："你咋个晓得？"王老板说："小人今上午在十字街口焚香顶礼迎接新郡守啊！杜鹃姑娘拦车喊冤，塞烈带领一群卫士如狼似虎地殴打喊冤人，是公子骑马上前，制止他们打人，又接了杜鹃的冤状，小人看得一清二楚。"公孙红说："王老板眼尖哟！"二郎未置可否，拾起案上铜钱，塞在王老板手里，说："我们不会白吃的。"转身拉起公孙红就走。王老板急挡，"请公子稍待片刻，小人还有几句要紧话要讲。"二郎问："什么要紧话？"王老板眼闪泪光，说："成都之痛啊！"二郎问："你说的就是拦车喊冤的事吧？"王老板说："是咧，是咧，"二郎说："放心，郡守大人会公正处理的。"王老板说："百姓们害怕哟，蜀郡有人一手遮天啊，新郡守要了解真相并不容易，本人是亲历者，想讲几句，为郡守判案提供一些证据。"二郎说："你讲吧。"王老板说："请公子转告郡守大人，五年前赤里街的暴动事件，郡府处理得很不公平啊！那年闹大旱灾，郡府出告示命盐铁署设水市平价卖水，但垄断卖水的盐铁署天天加价，才引起了那场风波，可是煽动打砸抢的坏人没逮住，却把好人王叕先生弄去坐牢，还把三百多名有老有小的百姓押到千里之外的松潘服劳役，听说已折磨死了好些人了。有点德行的成都人都感到心痛啊！"二郎问："王老板，就凭你一个人的话，怎能让我相信呢？"王老板说："二公子，请你坐下稍待，我现在就关门不做生意了，马上给你找十个证人来请公子盘问。"二郎问公孙红："红红，你要听吗？"公孙红想了想说："这件事在成都影响很大，但我也是风闻，不了解详情，听听亲历者的叙述也好。"二郎对王老板说："我听，你去找人吧。""多谢公子，"王老板作揖打躬，"请公子小姐坐。"二郎和公孙红坐下。王老板回头喊："幺堂倌儿，给公子小姐上茶。"幺堂倌应声

"来啰"，端茶盘走到案前，给二郎、红红面前各放一陶盅茶，王老板吩咐说："天太热了，给公子小姐拿两把蒲扇来。叫你厨房的两位师兄歇火，关门回家，今晚不再做生意了。你在此侍候公子小姐，师傅出去找几个人就回来。"幺堂倌点头说："要得，要得。"

王老板走出门去……

（四）开放议政

待傩戏班离开后，主持宴会的公孙若宣布："现在请郡守大人训示。"转头对孟谦吩咐，"令书吏做好笔录。"孟谦点头离席，到楼门外招来书吏韦昌，踞坐笔录。

"初来乍到，没有什么好训示的。"李冰站起说道，"本守现在郑重宣布一条命令：郡府和各县官员一律不变动，祈望各位安心职守。""多谢大人信任，大人英明！""大人守蜀，蜀郡之幸也！"官员们纷纷夸赞。"别这么讲，"李冰摆摆手说："英明属于咱们大秦国的大秦王！我辈只不过是为王前驱的战士，本守很喜欢我们秦国'岂曰无衣，与子同袍'的战歌，从现在起本守和在座诸公就是'同袍'了！"李冰这么一讲，进一步拉近了与官员们的距离，"同袍，同袍！"众官员齐声欢呼！李冰继续说："个人的能力总是有限的，我等要永远记住'众志成城'的箴言。要把蜀郡建成天府之国、秦国的大粮仓、统一六国的基地，这一任务重大而又艰巨！本守决心与各位同袍，踔厉奋发，砥砺前行，共襄大业。各位有何高见？尽可畅言，我等边吃边谈，放轻松一些，想到就说，说错了，也不追究。"李冰笑容可掬，双眼闪着和蔼可亲的光亮，与大搞一言堂的张若的威严、公孙若的矜才使气形成鲜明对比，会场气氛进一步活跃起来。一些蜀郡官员也算得精明之士，公孙若失势，饱学之士李冰被秦王任命为郡守，已使他们感受到朝廷对张若在蜀郡推行的政策不满意，正在实行改变和调整。李冰敢于接受拦车喊冤人的冤状，说明了这位新郡守的高度自信和大度宽容，这给蜀中以孟谦、尚武、王丰为首的开明派官员以鼓舞，而对代表蜀中守旧官僚、奴隶主利益集团的蹇侯、樊侯、魏富、钟秦等人则形成了一大威慑，李冰究竟是个什么人？除了公孙若其他官员都不了解，他要推行什么政策来治理蜀郡？这些人都急切地想知道。不是讲"说错了，也不追究吗？"那就敞开谈吧，诡计多端的蹇侯还想给李冰一个"下马威"，深藏不露的樊侯却要讨好李冰，以便取得信任，以待时机！

都水长周庸首先站起发言。本来，这位农水专家不关心政治，无意在新郡守面前自我表现，但下午有人给他传达公孙若的命令，要他今晚一定要争取首先发声，向新郡守推荐他们宏大的治水工程。毕竟他是管农水的官员，他答应了。他一口喝了一爵酒，壮了壮胆，说："卑职以为，按君王的旨意，朝廷的命令，治蜀就是四个字，治水兴农。成都平原的地势是西北高，东南低，水道紊乱，洪涝与干旱交替为患。根治水旱的关键在于治理都江。都江发源于羊膊岭①……"

"太啰唆了，"公孙若打断周庸的话，说，"讲清这一工程的重大作用就行了，本丞已将《蜀中治水方略》送呈郡守。"

周庸接着说："这一宏大工程名叫'高山出大湖，银水结玉瓜'。有四大作用：防洪、灌溉、航运、观光。"周庸听说治水方略已送到李冰手上，他很想听到有"水神"之称的李冰的看法，便问道："郡守大人有何高见？"

李冰一笑："我还没看过你们制定的方略和模型，遑论高见？看了再说吧。""郡守大人，"何坚站起，说，"蜀中民性强悍啊！本史以为，要治水先要治民。"魏富、钟秦附和说："监御史大人高见，高见！"

何坚本来就自负，加上公孙若的鼓动，要他担负起维护张若治蜀传统不至于中断的任务，所以他提出了治水先要治民的主张。

蹇侯赞叹："治水先要治民，有道理，有道理！"

何坚接着说："百姓信服法令，就会一呼百应。凿山开渠、治

---

①羊膊岭系古称，今发现都江有两个水源头，即处于岷山中段的郎架岭和弓杠岭。

水兴农，就会顺利进行。由此可以说，治民即治水。如若放松控制，刁民就会闹事捣乱，今天这里打官商，明天那里抢粮仓，后天拦车喊冤，甚至冲击郡府，治水兴农的政务也就难以实现了。"

"监公所虑极是，"李冰说，"要搞建设，确实需要有一个安定的环境。建天府之国是一个涉及蜀郡方方面面的大工程，如何做到政通人和，有序进行，事关全局！监公有何谋略相谏？"何坚说："谈不上谋略，本史以为，治理蜀民，四字足矣！"李冰问："哪四字？"何坚拿着刀叉，戳起一只猪蹄，一字一顿地说："严刑峻法！"李冰"唔"了一声，没表态。塞侯说："老夫也有治蜀四字。"李冰说："请讲。""敬天保民。"塞侯高举酒爵说，"这是老夫一以贯之的主张。"李冰点了点头。樊侯说："在下也有治蜀四字，""请讲。""刚柔相济。"樊侯喝了口酒，缓声道，"把严刑峻法和敬天保民结合一起实行，治蜀就完美了。""对头，对头，"道丞桑巴洛说，"我们湔氐道多种夷人杂居，戾气炽盛，只有实行严刑峻法才能镇住场子，只有敬天祭神才能使他们心服口服。"严道道丞马赫附和说："西南夷地区也是这样，除了杀人，还要祭神！"李冰点了点头，说："侯爷和二位道丞的话，本守听明白了。"尚武站起说："卑职也有治蜀四字。"李冰颔首，"你讲，"尚武说："治官化民。"魏富站起，瞪了尚武一眼说："尚武县令，你又在宣讲孔老二那一套了。官为民之父母，怎能治官？难道李冰大人也要被治？这是鼓励百姓犯上作乱嘛！"钟秦附和说："魏大人说得极是，咱们秦国靠的是商鞅制定的严刑峻法治国，治蜀就是治民，张若大人治蜀之所以取得重大成就，用的就是法家的思想和政策。用孔老二那一套治蜀，必将一事无成！"尚武笑道："'治官化民'可不是孔子讲的啊，而是管子讲的①，管子是儒家，法家？我不知道，但卑职认为这话讲得对，道理很深刻，所以就向郡守大人建言了。"孟谦站起说："我赞成尚武县令的建言，不管儒家、法家，说得对的我们就要采用，孔子讲：'凡上

---

① "治官化民，其要在上。"见《管子·君臣上》。

者，民之表也，表正则何物不正？^①'这句话与老百姓说的'上梁不正下梁歪'是相通的嘛。官员贪污腐败，不干正事，怎么为民表率？怎么带领百姓创建天府之国？"魏富站起，瞥了孟谦一眼，"不要抹黑蜀郡官员！"赵光盯了魏富一眼，"何谓抹黑？魏大人能保证蜀郡官员个个都是不贪不腐、廉洁奉公？"魏富说："那就请孟大人、赵大人指出，谁是贪腐官员？"公孙若拍了拍矮案，对魏富等人摆手说："尔等杀偏锋了，杀偏锋了！郡守大人是要听治蜀建言，尔等争什么贪腐？"他环视众官员一眼，"请诸位围绕议题发言。"王丰站起说："卑职以为，我大秦一贯主张'凡事皆取决于法'，如何治蜀？也就是依法治蜀。没有必要再提新的主张了。过去，张若大人强调'严刑峻法'，是为了对付叛乱，本来商鞅制定的秦法就很严苛，施行种种骇人听闻的酷刑，早就该修改了，你现在还加以强调，以为越严越好，就会失之公正，而走上暴虐的道路。这也是国内外一些人诟病秦法刻削、寡恩的原因。对民施法一定要得当，做到不枉不纵！"

尚武站起，举爵说："王县令讲得好，讲得好，在下敬你一爵。"武阳县令朱琨起举爵说："我也敬王同袍一爵，咱不善言辞，王县令说的就是咱想说的。"罗发等县令也举爵附和。王丰说："一孔之见，不值夸奖，共干吧！"何坚"啪"的一声，将铜爵猛蹾案上，倏然站起，冷笑道："看来，王大人对秦法有异议！""否，"王丰说，"卑职主要是对一味地强调严刑峻法有异议。"何坚"哼"了一声，"你，你，"何坚指着尚武和王丰气咄咄地说："丢掉了严刑峻法如何治民？"塞侯扶杖站起，扫了尚武、何坚等人一眼，说："监公刚正不阿，强调治民完全正确，老夫赞同。然哉，手段单一，没有把握好治民的根本之道哟！以至难以服众。"何坚瞪了塞侯一眼，"哼"了一声，塞侯没理何坚，转向李冰，"郡守大人，"他想在新郡守面前表现一番，也想说服众官员接受他的治蜀主张，便说道："今晚的会商有全郡绝大多数官员参加，机会难得，老夫有必要对本人一贯倡导的敬天保民做些说

―――――――――――
　　①这句话见《孔子家语·王言解》。

明，可以吗？"

"当然可以。"

"那老夫就直言不讳了。"

李冰抬手相请，蹇侯侃侃而谈：

"国政良否，要在决策。决策正否，要在审视。蜀郡的情势如何？秦灭蜀已四十多年了，为何多次发生叛乱？老夫一直在思考这一问题？为此而常观天象，也曾多次请教大巫师。现在，蜀中民间还保存着大量商周时期祭天祀神的铜器和玉器，说明蜀人敬天祀神、崇尚巫术由来已久。故治蜀之策当合民心，顺民意。老夫曾向郡丞大人建言，治蜀需要两手，一手是'严刑峻法'，但这只能治标；另一手就是'敬天保民'，这才能治本。倡导百姓敬天信神，让百姓从内心深处敬天命、畏天命、认天命，懂得天和神的旨意是不可违背的。了解'生死有命，富贵在天'的道理，认命，就不会怨天尤人，为非作歹了！"他瞥了尚武、王丰一眼，继续说"可惜，我郡一些治民者并不懂得治民的根本之道。以为老夫的主张是迷信，常言道'人在做，天在看'，不敬天，不信神，不怕鬼的人，心地绝不会善良，只会成为作恶多端的歹徒，犯上作乱的叛臣贼子！"

"侯爷，"尚武站起，严正地说，"你把不认同你看法的人都骂为恶人歹徒、乱臣贼子，太过分了吧！"蹇侯一笑，说："老夫只是谈自己一孔之见，并未点任何人的大名，尚县令何必如此反感？"尚武说："不是卑职反感，如果蜀郡官员都照侯爷说的施政，后果不堪设想。""哈，哈，"蹇侯冷笑，讥刺道，"尚武县令，你一向倡导儒学，张若大人要你改名尚儒，以便名实相符。想不到你这位尚儒之人，竟不知道'敬天保民'是你崇敬的儒学老祖宗周公提出的。'生死有命，富贵在天'是孔子门徒子夏提出的①，孔老头儿自称经常梦见周公，尚儒县令就没有梦见过周公吗？"尚武说："很可惜，侯爷曲解了周公的思想，提倡的是殷商

---

①见《论语·颜渊第十二》："子夏曰：'商闻之矣，死生有命，富贵在天。'"

王朝一些暴君的主张，你以活人祭天就是铁证。按史书记载，殷商王朝把'国之大事在祀与戎'①奉为国策，凡事都要祭神问卜，为了表示对天帝祖先神灵的虔诚，获得护佑，大搞杀人殉葬，所谓'敬天保民'成了虐民、残民的谎言，故被周人革了命。周公总结了殷王朝奉行神权恶政、残民以逞的失败教训，对'敬天保民'作了新的解释，他主张治民的官吏要'上畏天命，下畏百姓'，实施'明德、慎罚'②的政策，以达到'保民'的目的。当官的要有良好的德行，要接近人民、了解民情，不能不教而诛，要少用刑罚，凡刑杀皆须合宜，倡导要对在押的囚犯进行甄别，谨慎判定罪与非罪，做到'义刑义杀'。"

　　"够了！"何坚再也听不下去了，一拍矮案，猛然站起，说，"什么'敬天保民'？什么'义刑义杀'？都根本违背大秦国策。张若大人离蜀前曾谆谆告诫，要保证蜀郡的长治久安，靠的是商鞅提出的'严刑峻法'，这是治蜀的一把利剑，决不能丢！"他睥睨了众官员一眼，疾言厉色地说："全面继承商鞅的思想和政策，是富国强兵的需要，是我大秦争霸中原、一统天下的根本保证。强调德治与法治结合，正是儒家的主张，完全违背商鞅思想和政策，本史难以认同。"魏富、钟秦等人附和说："卑职也不认同。"尚武说："认不认同得讲道理呀！"魏富说："咱们认同以严刑峻法治蜀当然有道理。"顿了顿，扫视了众人一眼，说："治病讲对症下药，是不是？治民也一样嘛，古蜀国乃是蛮夷之国，蜀民既刁钻顽固而又诡诈狡猾！外郡人称蜀人是……"想不起来了，转问钟秦，"是甚？"钟秦站起，大声地："蜀耗子！""正是，正是，"魏富接着说，"耗子最会打洞也，一只耗子就会闹得一家不安，整他们不仅要投以猛药，还要封洞！"尚武质问："魏大人，你要把蜀人当老鼠整？"魏富冷笑一声，"尚县令，你以推行'仁政'为

---

　　①见《左传·成公十三年》："国之大事在祀与戎。"其中的"祀"是指祭祀活动，"戎"是指战事。商周时期一些政治家认为"祭祀与战争是国家要处理好的两件大事"。

　　②见《尚书·康诰》和《尚书·无逸》。

名，姑息养奸，不赶快纠正，类似笋里街反秦暴动事件还会在成都县发生！"尚武不服，"本县令姑息养奸？请举证！"钟秦站起，"本人与你举……"

"别说了，成都县政不在此议！"公孙若摆手，打断钟秦的话，又正目众官员，说，"议论已经很充分了，分歧矛盾，都摆出来了，也笔录在案了。请郡守大人做指示吧。"

李冰入蜀还不到一天，已感受到蜀郡不仅官民矛盾尖锐而且官员之间也有重大分歧，这种分歧实际上是朝中"王党"与"后党"矛盾在蜀郡的反映，一些人有着深厚的商鞅情节，但在李冰看来，他们奉行的是商鞅思想的糟粕，是朝中外戚集团倡导推行的那一套，是激化官民矛盾的主要原因，如何消除影响、化解矛盾，协和同僚，引导他们走上正确的治蜀之途，逐步摆脱商鞅错误思想的桎梏，建立一个以德化人、以法治蜀的良好制度，使蜀郡长治久安，李冰早已考虑到了。要从制度上解决问题，光靠他郡守的权力是做不到的，光靠他的说服、训示也无济于事，管仲实行"尊王攘夷"的策略成就了齐桓公"九合诸侯、一匡天下"的伟业，这才是他效仿的榜样，他要用"尊王拒后"的策略来达到目的，所以他要公孙若复制昭王的诏令，并由他宣讲。

李冰抚摸腰间佩玉，思考着，字斟句酌地说："方才各位同袍围绕如何治蜀这一问题畅谈了自己的看法，提出了各自的建言，虽然有分歧，有争论，但都是想把蜀郡治理好，君子和而不同嘛，这是正常的，我们秦国中枢保留了一个好传统，这就是朝议。商鞅变法、秦灭巴蜀都经过朝议，经过激烈辩论。"李冰顿了顿，说，"那咱们蜀郡也兴一个郡议，凡蜀中大事都要经过郡议，主张正确，就接纳，错误的就加以辩明和澄清，凡大事都要做到有议有决，决定了的就要办。"他转头问郡丞、郡尉是否同意。两人均表同意，李冰说："议事要有规则，诗曰：'天生蒸民，有物有则。'人的一切活动都要遵守规则，特别是国家事务更要遵循君王和国家制定的规则。由郡丞定出个议事规则来，颁布实施。"

公孙若颔首："遵命。"

李冰说："今晚的会商实际上就是一次郡议，诸位同胞围绕如何治蜀这一中心议题已讲了很多了，使我想到了稷下学宫的百家争鸣，这表明大家都在动脑子！现在可以学习秦王如何治蜀的诏令了，对照一下，我等的想法与秦王的设想有何差距？又如何落实我王的诏令？"望着公孙若："请郡丞大人宣讲。"

公孙若朝身后的小吏打了个手势，小吏端着一个漆木盒走到公孙若面前。木盒内放着一沓黄色绢书，公孙若从盒中取出一篇黄色绢书来，吩咐说："给在座的各位大人送一篇。"小吏端着木盒依官员的席次走了一圈，每位官员都从木盒中领取一篇诏书。诏书不长，众官员很快便看了一遍。公孙若站起，说："大王的朱批诏书，极为重要，所以，郡府复制出来，发给全郡官吏人手一篇，学习领悟，贯彻执行。现在，本丞先谈一谈，供诸公参考。这篇诏书是今年六月十日大王、太子、左右丞相接见郡守李冰大人时君臣之间的谈话记录。其重大意义有三点，一是彰显了大王和朝廷继承和发展了我大秦穆公开创的招贤纳士、尊重人才的传统政策。我王针对蜀中水灾严重、旱灾频发、民不堪命的现实，特地任命具有奇才异能的李冰大人为蜀郡郡守，答应给予李大人二十年时间，通过兴修水利和相应的建设，创建一个赛过关中平原的天府之国，在这一过程中准许犯错改错。这一批示意义重大，堪称史无前例；二是李冰大人认为天府之国不应当是个名词，而应当是个动词，一定要着眼未来，为子孙万代造福，这就需要顺应时代而不断发展，这一见解非常深刻且独到。李冰大人又提出建设分三阶段进行，亦即五年之内初见成效，十年之内中见成效，二十年后大见成效。到了大见成效时，蜀郡要达到水旱从人，时无荒年，人民不知饥馑，百业兴旺，文教发达。蜀地亦成为人们生活、居住的最佳理想之地。大王对这段话的朱批是'大善，大善，爱卿对天府之国的设想，深合寡人之意，天府之国就应该是藏珍储宝、宜室宜家的天上人间'。"

"啊，宏伟壮丽，造福万代，这太鼓舞人心了！"众官员兴奋地议论。

公孙若抬起头，扫了众官员一眼说："李冰大人说这只是他的一个梦想。大王批示说：'有梦想，有长期坚忍不拔的苦心经营，梦想就能变成现实。'诸公，要圆这个梦，从此就要殚精毕力、奋斗不息啊！能做到吗？"众人齐声回答，"能！"尚武等县令说：
"全力以赴，死不旋踵。"

公孙若称赞："好极了！"又说，"最后一点，就是大王十分
关切蜀郡的政局稳定。批示说，前事不忘，后事之师。秦灭蜀后，
蜀地曾经发生过三次叛乱，蜀郡远离咸阳，又有秦岭阻隔，心怀叵
测的人就容易关起门来搞分裂，闹独立！故要特别注意政局的稳
定，一乱，就谈不上建设了。这一条是建成天府之国的根本保证，
请诸公一定牢记。"

"太英明了，"塞侯站起说，"大王高瞻远瞩，以史为鉴，我
等一定要时刻保持警惕！"魏富和钟秦附和说："侯爷的见解准
确，这后面一条太重要了！"一些县令也点头赞同。

这个秦王诏令还有杜仓、芈戎两位丞相的谈话实录，公孙若没
宣讲，理由是突出王令，丞相的讲话由官员们自己看，自己领会。

尚武站起，说："卑职以为除了郡丞大人讲的内容外，使我等
受教的还有两位丞相关于如何治蜀的看法以及秦王的批示。芈相主
张抓纲治蜀，纲是什么？就是治民。如何治民？就是贯彻商鞅的严
刑峻法，实施商鞅的愚民政策。杜相不赞成，认为大王提出的开发
巴蜀，解决民生问题才是最好的治民办法。杜相还认为商鞅变法
已80多年了，历史证明，他的主张和政策，有的正确有效，有的
已过时，有的有错误，商鞅主张'苟可以强国，不法其故，苟可以
利民，不循其礼。''当时而治法，因时而制礼①。'这是说要根
据变化制定政策。这也证明商鞅本人都不赞成后人对他的主张和制
定的政策全盘继承。大王的朱批指出，商鞅主张顺时达变、与时俱
进，这才是他思想的精华，可以继承发扬，而不要拘泥于他制定的
具体政策，好的就执行，不好的就要敢于革故创新。"

"我王圣明！"王丰欢声说，"大王的朱批打开了我辈禁锢的
头脑，从此我等可以放开手脚做事了！"端起酒爵，"诸位同胞，端
起酒来，为我王的天纵英明干一爵。"众官员喝酒，高呼："万寿
无疆，万寿无疆！"

---

①见《商君书·更法》。

何坚站起，扫了王丰、尚武等人一眼，说："本史以为，大王强调政局稳定是建成天府之国的根本保证，这一点十分重要，如何维持政局稳定，当然要靠商鞅的严刑峻法了。"

"何大人的理解非常正确！"魏富赞扬说。

"正确极了！"钟秦恭维说。

王丰严肃地："三位大人一再坚持商鞅的'严刑峻法'，置大王的朱批和杜相的指示于何地？商鞅变法之初，因为阻力大，所以他强调'严刑峻法'，把一些议论新法的人称为'乱化之民'，一天就在渭河边上杀死七百人，'渭水尽赤，哭号之声动天'①，这在八十多年前的变法初期还可以理解。八十多年后的今天，在蜀郡创建天府之国也是一场新的变革，是为子孙万代造福。只要与百姓讲清楚，我广大蜀民定会衷心拥护，还需要搞严刑峻法杀人吗？我看，将来反对的不是底层百姓而是极少数有权有势的大富豪！"瞪着何坚，"何大人，你一再高举'严刑峻法'这把利剑，敢向他们杀去吗？"

"你，你，你——"何坚戟指王丰，"你讲清楚，谁是有权有势的大富豪？""这还用问吗？"王丰怼应，"你身为监御史……"

"不要斗嘴了！"公孙若站起，瞪了王丰一眼，摆手说，"现在，要考虑的是如何落实大王的诏令。今后，全郡官员都要反复学习，把大王的诏令铭刻在头脑里，落实在行动上。本丞以为，各曹各县的首官，都要根据各自的实际状况，写一篇如何施行大王诏令的表忠书上呈郡府和朝廷。"转头低声问李冰："郡守大人以为如何？"李冰称善。公孙若说，"那就这样定了，大人可以作结论了。"李冰断然地，"延迟会期，明天晚上吧，咱想拜读一下诸位同胞的书面文章后再讲。"公孙若说："明白了，我来安排。"他站起身来，瞄着众官员，说："文武之道，一张一弛。贯彻秦王诏令，必须雷厉风行！会议延长一天，明日午时，众位定要将如何施行大王诏令的表忠书写好，晚上在郡府开大会。现在，本丞宣布，欢迎宴会完美结束，我等振臂欢呼，大秦国万寿无疆，大秦王万寿

①见《史记·商君列传〈集解〉引〈新序〉》。

无疆！"

"万寿无疆，万寿无疆……"众官吏齐呼，声震夜空，一颗小星颤抖着飞去……

（五）百姓诉求

这时，王汤圆铺内的矮案前，十多个百姓围着二郎和公孙红讲述五年前笋里街事件的亲历见闻。天气很热，大家都摇着扇子。油灯下，宏儒埋头在一方帛布上做记录。王老板说："二公子，大小姐，方才几位街坊讲的都是千真万确的事实啊，他们都在现场，亲眼所见，可以算证据吧？"二郎想了一下说："可以，但还不够，还要按手印。"二郎目光灼灼，肃然问道："尔等敢上公堂对质吗？"众人齐声回答："敢！"二郎说："好！尔等按手印吧！""请公子稍等，"两鬓霜白、手扶拐杖的老人岑范铁师站起说，"老朽还有几句话要讲。"二郎和蔼地说，"老爷爷请讲。"岑范说："冰冻三尺，非一日之寒，赤里街事件，绝非偶然。老朽今年六十二岁了，蜀王开明十二世时我已是晓得时向的小哥了。末代蜀王，是个无道昏君，骄奢淫逸，不顾百姓死活！秦惠王派司马错、张仪伐蜀，檄文上说是为了禁暴止乱，广地富民，博施秦德，救民于水火之中，这自然受到蜀人欢迎，成都百姓箪食壶浆以迎王师。老朽当年在蜀王的制铁坊做工，曾带领几个小兄弟冒死打开成都北城门，迎接打先锋的张若将军率军入城。张若当了国守后，赏了小人一个里监门①差事，后来，又征入盐铁署任铁师，专司铁器收购。实打实地说，开初，张若大人扩修成都城，创建各种商坊和工场，设官管理，使交易有序，让成都变得和咸阳一样繁华，是做了许多好事的！成都人有商可行、有工可做、有钱可赚，自然高兴，民谣说：'没有成都城，哪有成都人？郡守筑城费艰辛，子孙万代记深恩！'可惜好景不长，蜀归秦五年之后，就发生了蜀相陈壮杀蜀侯通国的叛乱，蜀西严道的丹、犁夷人也卷入，叛军占领成都，号召驱暴秦，复蜀国。朝廷派大兵平叛，蜀民热烈拥护。然

---

①里监门，秦汉时，专守城门的差人。

而，在平叛后的大清查中，就令蜀人寒心了！"二郎问："是何原因呢？"岑铁师说："大约是受了这次叛乱的影响吧，郡府一些官员，对蜀人产生了异常偏激的看法。公然宣称，蜀地原是西僻之国，戎狄之长，蜀人既有老鼠一样的狡猾与鬼黠，又有蛮夷的刁顽和强悍，既不畏威也不怀德！只有实行严刑峻法，威猛治蜀，才能让蜀民遵法从令。于是乎，青衣江一带和成都被定为清查重点。在成都由国守府派官兵，坐镇各街各巷，挨家逐户清查叛逆，奖励和逼迫街坊之间相互告奸，彼此揭发，弄得亲人反目、邻里成仇！凡是与叛军有过接触的，不管自愿还是被迫，一概定成叛乱余孽，五百多人被杀，上千人遭流放。然而严厉的惩罚，并未使蜀郡获得稳定和安宁！数年之后，又出现了多次镇压！"二郎疑问："平定了陈壮叛乱后，还有多次镇压？""正是，"岑铁师说，"影响最大的有平定蜀侯恽和蜀侯绾的叛乱。这两个蜀侯是真叛乱还是被冤枉，至今还是个谜。但在当时，却大搞株连，伤及众多无辜……"老人扶杖，挽起左脚裤管，伸出被斩去左趾的残废小腿，让二郎看，"这就是老朽被株连的证据！"另一位叫刘铁柱的中年汉子又抖着右手空袖说："我被砍去一只胳膊也是冤枉！"二郎惊问："这，这是怎么回事……"老人说，"人尽皆知，蜀之大患在于水旱连年。都江泛滥造成的水灾特别严重，小灾年年有，大灾数年一次，大洪水过后，千家万户家破人亡！故世世代代的蜀人做梦都想能治好都江。可叹，官府只治民不治水，百姓怨声载道。蜀中有识之士早看出了不治好水灾，蜀地就摆脱不了困境，难以安宁，更谈不上发展。今王六年（前301年），蜀侯恽顺应民意，在取得丞相樗里疾的批准后，下令征集民夫两万治水[1]，又命侯府的郎中令王

---

　　[1]按《华阳国志·蜀志》记载："蜀侯恽一案是被秦廷中央平反了的冤案。'十七年闻恽无罪冤死，使使迎丧入葬之廓内，初则炎旱，三月后又霖雨；七月，车溺不得行。丧车至北门，忽陷入地中。蜀人因名北门曰咸阻门，为蜀侯恽立祠。其神有灵，能兴云致雨，水旱祷之。'"蜀人为蜀侯恽立祠，将他当作能"兴云致雨"的神灵崇拜，说明他生前从事过治水活动，且在民间留下深刻印象。

婴征集一千工匠在芒城邑①开炉炼铁，打造各种开山、凿石、修渠用的铁具。然而只进行了两月即叫停止！""是何原因呢？"二郎问，岑铁师说："有人告奸，说蜀侯恽招兵买马，私制武器，图谋反叛，铁官钟秦命老朽去鉴定，硬要我将铁钻说成铁剑，铁钎说成长戈，还要在一篇他们事先写好的文书上具名，老朽怎能昧良心说假话呢？便逃到青城山中避祸，途中被捉，斩去左趾，后被罚作鬼薪②，弄到湔山伐木，两年后，突遇一场泥石流，将伐木场和两百多犯人一起埋葬，我被冲到山脚下捡了条命，悄悄逃回成都老家，后来，有人举报，秉公执法的成都县令尚大人下令说：'蜀侯恽一案已过了多年，不再追究。'"二郎望着刘铁柱问："你被砍胳膊，又是何原因呢？"牛铁柱说："在下遭冤枉的原因和岑铁师一样。当时，王婴任命小民为炉伍长，带领四个徒弟打造铁钎，铁官钟秦硬要我承认是铸造兵器长戈，小人拒不承认，被定为叛逆孽奴，砍去一只胳膊，罚作城旦③，弄到郫县修城墙。两年后的一个夏天，狂风暴雨使城门楼坍塌，监工令我和十多名犯人扛木抬石前去抢修，刚登上去，城墙又垮，我等和泥土石块一起坠落墙根，昏死过去。城监下令，在城西的乱葬坟将我等埋葬，被叫来挖坑埋人的农夫陶爷爷，见我还有口气，将我救下，我在陶爷爷家养了半年伤，听说成都有司不再追究蜀侯恽一案的嫌犯了，我才回到成都老家！""唉！"额上缠着一块帛巾的妇人卫氏一声长叹，"这些年，不是青天大老爷尚县令施行仁政，我们这些人都活不出来哟！""这位婶子，"公孙红问，"你也遭到株连？"卫氏点头说："是咧。"解开头上帛巾，脸颊上露出一墨色"犯"字，公孙红大惊，说："你这一生都是犯人了！"卫氏沉重地点头，"永远

---

① 芒城在今都江堰市青城乡芒城村。1996年发掘出面积约10万平方米、有城墙包围的古城。专家认定是4000年前新石器时代后期的一座古城。战国时期古城已消失，在基地上建邑。乡邑相当于今天的乡镇。

②鬼薪，秦汉时徒役三年时的刑名。主要为宗庙或官府从事伐薪和搬运木石的强制体力劳动。

③城旦，秦汉时服四年强制筑城劳役的刑名。

洗不清的奇耻大辱啊！我出身穷家小户，十八岁嫁人，十九岁生娃娃，婆家也穷，听说蜀侯府王婴大人的大儿媳要雇用个奶妈，我就去王府请求，人家答应了，一个月给我三十个铜钱，我就断了我儿子的奶，让他吃稀饭、米汤，把奶让给王家少爷吃。半年之后王婴出事，朝廷说他是蜀侯恽一党的叛贼，被诛族灭门，我和一些奴仆也被拘捕，我哭诉冤情，说我与王家没一点亲戚关系啊，就是个卖奶水的妇人！判案官说我为王婴哺育孙子半年就有罪，属叛党的残渣余孽，死罪可免，活罪难饶，处黥刑外加三年舂刑[1]。还说，这是按商鞅之法的宽大处理。哎哟，这个商鞅之法不讲情理啊，我给王家当奶妈是因为贫穷嘛！"宏儒插话："这就是商鞅发明的株连法！不仅可诛一族还可诛三族，诛九族，诛一切与案犯有点交往的人，凶险得很啊，只要牵连到你，轻罪可以重罚，无罪也可重罚！姊子，你就是无罪也被重罚的活证。"二郎睐了宏儒一眼，说："学士，不要议论商鞅之法了，讲清楚蜀侯恽一案与你师兄王叕的关系就行了。"宏儒说："在蜀郡一手遮天蔽日的塞侯，认为王叕是蜀侯的郎中令王婴的孙子，是王家被诛族灭门中的漏网之鱼，对大秦怀有刻骨仇恨，所以王叕要在笋里街煽动反秦暴动。塞侯之流就是用这一说辞来上骗朝廷下哄百姓的。"二郎说："明白了，"他望着王老板说："我也讲几句，可以吗？"王老板打躬作揖，"诚请公子指教。"二郎说："郡守大人接了杜鹃等人拦车喊冤的冤状，本人今晚又聆听了尔等的陈述，我郑重告诉各位父老，郡府一定会公正处理，既不冤枉一个好人，也不放过一个坏人。这期间，尔等要耐心等待，一定要做遵纪守法的良民，做得到吗？"众人齐声回答："做得到，做得到！"二郎接着说："蜀人治好都江的梦想就要实现了！此番，我和父亲奉秦王之命来蜀治水，就是要将水旱连年的蜀郡变成水旱从人的天府之国，使百姓摆脱贫困，家家户户丰衣足食！"宏儒急问："真的？"二郎说："不达目的，蜀民将来可找我父子算账！"宏儒激动得欢呼："太好了，蜀郡大

----

①黥刑，秦汉时一种刑名，在犯人脸上用刀刻或针刺字，以墨涂之。舂刑，秦汉时女犯服四年劳役的刑名，主要是为官府或祠祀舂米。

有希望，大有希望啰！"众人也连声称好。公孙红说："知道好，就要放弃从前的仇怨而一心一意投入到创建天府之国的行动中。祈望在座的父老能做到，并劝说街坊邻居、亲朋好友也做到，千万不要再闹事了！要同心协力，在郡守大人的率领下，共创美好新家园。"二郎强调说："最要紧的是同心协力四字！"王老板说："请公子小姐放心，小民虽不懂高深学问，但明白常识道理。前事已过，来日方长，创建天府之国是为蜀民造福，蜀中百姓人人有责，自当全力以赴，不辞劳苦！"岑范说："老朽志愿为铸造铁工具出力。"刘铁柱说："打铁，算我一个。"卫氏说："我没啥本事，可到工地做饭。呃，二公子，啥时候开工啊？"二郎说："到时，郡府会发布告的。""好啦，莫再耽搁公子小姐了，我等按手印吧！"宏儒将帛录交给王老板，"你看看吧。"王老板迅速浏览了一遍，说："写得好，很清楚。"环视了众人一眼，说："按血手印！"说罢，一口咬破食指，朝帛录上滴血……

（六）二郎出手救冤民

　　李冰回到府邸已经是子时三刻了，此时，安师傅和儿子小安早点燃灯笼和红烛，烧好盥洗用水，坐在厅堂前的台阶上静候李冰的归来。大门前响起一声"大人回府！"二人忙站到大厅门前躬身迎接，"迎候大人！"李冰走来，微笑道："两位安师傅，还没歇息呀？"老安师傅说："给大人收拾寝房、烧热水咧，天气太热，请大人去泡个澡吧。""多谢了。"李冰拱手道。安师傅说："请跟我来。"李冰跟着老安师傅走过正厅，小安随后。他们从一侧门进入后院，后院中有个长方形的天井，天井两面各有三间厢房，厢房前的过道直通后面三间寝房。寝房后侧有一间盥洗室。三人走来，安师傅推开盥洗室的门，请李冰进入，但只见室内一尊七尺高的铜人高举一盏圆盘铜灯，燃着五支灯芯把室内照得通亮，室内摆着一个高格陶柜，上置铜镜、牛角梳、奁盒。烧水的灶台上有烧热水的大釜，烧开水的带嘴铜壶，洗脸的铜洗，洗脚的木盆，沐浴的大木桶，屏风、凭几、矮案、长榻，有序陈列，老安师傅请李冰坐于凭几上，介绍说，"这里原是老郡守的盥洗房，现在供大人使用了。"李冰点头称好，小安忙从灶上端了一陶碗茶放在李冰坐前的案上，请李冰喝茶。老安师傅说："喝了酒最好喝几口茶消解，茶，要慢喝、细品。"李冰端起陶茶碗呷了一口，说："甚善。蜀人真聪明，不仅发明了茶，还发明了泡茶、饮茶方法。"老安师傅说："听说是杏林学舍的师长尸佼发明的，此人不仅学问大，品德也高，舍身祈雨，以救百姓。""知道，"李冰说，"这位师长值得蜀人永远怀念。"过了一会儿，安师傅又吩咐："幺娃，舀水进桶，等大人喝完茶好沐浴。"李冰阻挡说："不，不，我自己来，从现在起，咱们规定一条，你父子只负责烧水，烧热后告诉我一声就行了。"这时，从大门外传来一声吼："抓刺客！"小安一惊："有刺客！""没事，"李冰说，"有卫士呢。""报——"卫士长马骏在厅外喊了声，李冰听到了，对小安说："是卫士长，你去叫他进来。"小安出门跑了几步，高声叫道："卫士长，大人叫你进来。"马骏手持一箭和一方帛书快步走来，小安说："郡守在盥洗房。"领卫士长走进室内，李冰问，"有刺客？抓住了吗？"马骏说："看样子不是来行刺的，只向大门射了一箭，我取下来一看，箭杆上裹着一方帛书。"将箭与帛书呈上，李冰接过看了看，问："抓住射箭人了？"马骏说："箭是从三百步之外射来的，夜色很浓，连人影都没看到。我派了四名卫士正暗中搜索。"李冰说："别搜了，这方帛书上写得清楚，是青城游侠给本守下书，要本守三日之内释放王叕，取消原张若的通缉令，平反笋里街冤案。"

马骏说："这不是威胁吗？太狂妄了，得抓住这个青城游侠。""对头，对头，"安师傅插嘴说，"青城游侠煽风点火搞打砸抢，该抓来治罪！至于王叕先生呢，就，就……"李冰问："就怎么样呢？"安师傅说："就不该抓，"李冰问："为甚呢？"安师傅说："王先生是好人呢，成都人大都这么看。""唔，"李冰说，"你也这么看吗？""当然，"安师傅说，"王叕是许老师抚养长大的，我年轻时在杏林巷卖过几年汤饼，那时，许韬老师就带着小王叕住在杏林中的一座茅屋里，他俩经常到我的小店吃汤饼，我们就成了熟人，才晓得王叕是许老师的外孙，后来张若大人委派许师长办杏林学舍，他成了许老师的好帮手，学界称他为大师兄。他还办夜学，除了教秦文秦语外，还教筹算。他开导商人们说，无论你做小买卖还是做大生意，都要懂得筹算，才会精打细算，赚钱发家。王汤圆、蜀都酒肆老板，还有一些做丝绸生意的商家都跟他学过，现在都发财了，所以好些成都人一提到王先生就这个。"他竖起大拇指比了个大好的手势。李冰说："明白了，两位师傅忙了一天了，回去歇息吧。"安师傅说："那我们告辞了。"与儿子一起走出。

李冰对卫士长马骏说："青城游侠的事，不要声张，本守自会处理，叫大伙提高警惕就是了。"卫士长说："明白。"李冰将箭和帛书交给卫士长，说："你明日去监御史府找监公，传我口谕，尽快捉住游侠。我看这箭头，乃是钢铸的，非一般人所用，箭杆也与众不同，从这下手。记住了？""记住了，"卫士长应声点头，问，"夜已深了，要不要派人去接回二郎？"李冰说："算了，有红红陪同，料想不会出啥事。你歇息去吧。"马骏走出。

蜀乐苑的大门前，高高的灯柱下，李桂阳小跑着奔来，直朝门内走去，守门人挡住他。桂阳说："我有急事找二师兄。""等着，"守门人说，"我去给你通报。"不一会儿，高志和吴戈匆匆走出，高志问："何事惊慌？""杜鹃被蹇烈抓走了。"高志问："抓到哪里去了？"李桂阳说："不晓得，我买夜食去了。"高志思索，"抓进监狱了？""我看暂时不会，"吴戈判断说，"这个色狼不会轻易放过杜鹃的，到他的淫窝找找看。"高志问："他的淫窝在哪里？"吴戈说："蜀都酒肆。"

赤里街，"蜀都酒肆"的大门前。两串连珠红灯在夜风中微微飘动，光华烨烨……

楼上一间寝房被推开。铮奴拦腰环抱着披头散发、双手反剪的杜鹃走进，将她扔在榻上，杜鹃大呼："救命啊，救命啊……"铮奴将一丝麻团硬塞在杜鹃的口中……

提着一个红漆食盒的蹇烈醉醺醺走进寝房，叫道："龟，龟，龟儿子，你，你干啥？"

铮奴站起，回首望着蹇烈"嘿嘿"地傻笑着……

蹇烈上前扇了他两耳光："滚！"

铮奴退出，关上房门。

蹇烈上前，将食盒放在陶柜上，跪在榻前，说："小、小、小师、师妹，受、受、委、委屈了！"边说边为杜鹃松绑，从口中掏出丝麻团。又站起身来，打开食盒，从中提出一壶酒，端出一盘肉丸，取出两个酒爵，说："龙，龙，龙哥给师，师、师妹儿，压、压惊。"斟满两爵酒，端一爵给杜鹃，杜鹃不接，说："你还认我这个师妹，就立马放我走！"蹇烈说："你、你、你说出拦、拦车喊、喊冤的策、策、策划人，龙哥就、就、就放、放、放你走！"杜鹃鄙夷地睃了蹇烈一眼，沉默。蹇烈连问数声"你说不说？"杜鹃始终不吭声。蹇烈恼羞成怒，他咕嘟咕嘟地喝完一壶酒，"啪"的一声，将酒壶掷在地上，伸手指着杜鹃说："不识好歹！"杜鹃猛然站起，向蹇烈一头撞去，竟将这醉鬼撞倒在地，她急忙将榻上的绸被裹在身上，推开窗户，纵身跳下……

二郎和公孙红走来。

冷不防，"咚"的一声，从二楼掉下一团棉被来。二郎和公孙红一惊，快步上前，趋身一看，突地，棉被里坐起一个披头散发、衣裙撕破的姑娘，她是杜鹃。

杜鹃跪地："公子，小姐，救命啊！"

从酒肆大门内，跑出铮奴和两个打手，抓住杜鹃，说："裹着被褥跳楼，想逃跑呀，没门儿！"拽起就走。杜鹃挣扎："不，不，不。""放了她！"公孙红大声制止。二打手停步。铮奴说："你管得着吗？是少侯派我们抓的，暂时关在楼上。"公孙红说："去把你们的少侯叫来。"铮奴说："小丫头，你是吹鼓手出身的吧，好大的口气！"二郎说："她是郡丞公孙若大人的千金——公孙红！""啊！"铮奴和打手惊惧，转身跑去。

公孙红扶起杜鹃："没伤着哪里吧？"

杜鹃说："脚，脚扭伤了。"

"杜鹃，杜鹃！"李桂阳和高志跑来。

"桂阳，二师兄！"杜鹃哭着。

李桂阳上前背起杜鹃就走，高志跟去。他们快速闪进一小巷，消失在黑暗中。

"红红，红红。"醉醺醺的蹇烈喊着，偏偏倒倒地走来，后随铮奴和打手。

"烈龙大兄，"公孙红说，"又在干抢劫民女的勾当呀？"蹇烈说："她是刁、刁民，拦车喊冤的主、主、主犯，为保成都安、安、安宁，我、我要把她和她、她、她的同伙，一、一、一网打尽，通、通、通统卖到外国去，做、做、奴、奴隶！"

二郎说："百姓犯罪，自有朝廷的法律处置，你怎么能僭越呢？"

看热闹的人，渐渐围上来，形成一个圆圈。

蹇烈蛮横地说："我是代郡守的侍、卫士长！奉命执行公、公、公务！你娃敢、敢、敢阻挡，不、不、不想活了！"朝二郎一拳打去。

二郎抓住蹇烈的手说："一身酒气，小侯爷，你醉了。"

蹇烈说："老子的醉、醉、拳，天下闻、闻、闻名！敢和小、小侯爷比、比、比试！"

二郎放了他，说："我不和酒醉鬼打架！"

公孙红说："烈龙，你晓得他是谁吗？回去吧，别在这儿丢人现眼了。"

"丢——丢、丢人现眼？"蹇烈"哼"了一声，脱掉上衣，露出龙纹的上身，他双臂一划，咬牙运气，胳膊嘎嘎地鼓起几个肉疙瘩，使出蛟龙出海的招式攻击二郎……

二郎后退，绕着圈子，躲闪回避，摆手说："算了，算了，我不和你比。"

"嘿——"蹇烈腾身飞起，一个饿鹰扑食，朝二郎的头顶劈去。二郎迅即避开，蹇烈扑地，摔了个狗啃泥！

围观的人哈哈大笑……

二郎拉起公孙红就走。

夜空中传来三更鼓响，李冰在寝房中等待儿子的归来，烛光柔和，李冰伏案写日记。有顷，二郎匆匆走回，在门外喊了声"父亲"。李冰喊："进来，进来。"二郎推门走进，满头大汗，李冰问："你这么晚才回来？"二郎说："红红请我吃汤圆，吃完了就走不脱。"李冰一笑，"没钱给？""哪会呢？"二郎说，"老板认出我来了，此人很关心王劵案件，说蜀郡有人一手遮天，害怕只凭杜鹃的冤状把案翻不过来，想再提供一些旁证，又去找了十个人来，让我听听当年亲历者的见闻，并做了记录，按了血手印。"从怀中取出帛书放在父亲面前的案上，李冰指着门侧边的一张长榻说："你就睡那里，先去盥洗房泡个澡吧，还有热水呢。"二郎说："王劵这个案子，恐怕得好好复查一下。""为父知道，"李冰说，"你去泡澡吧！"二郎应声走出。

灯下，李冰展看捺着血手印的帛书，凝神思考。有顷，他打了个哈欠，凭几睡去。

（七）公孙若宴请

昨晚，欢迎宴会散会后，公孙若对李冰说："今晚是公家为你接风，明天中午小弟为你父子接风，诚请光临。"李冰欣然答应，说："你不请，我父子也要登门拜访啊。"

第二天上午巳时，李冰父子带着礼品来到郡丞府。守门人吴老头一声高呼："贵客到！"公孙若夫妇和女儿走到门前，把李冰父子迎进厅上，二郎手提两个陶罐，背一个行囊，分宾主坐下后，李冰说："渭儿，给伯伯、伯母献上薄礼。"公孙若笑道："你老兄一向不是主张'君子之交淡如水'吗，怎么今天送起礼来了呢？"李冰也笑道："我可没给你送礼呀，是我的夫人送给你的夫人和红红的。"二郎将两个陶罐和从囊中取出的两个锦盒放在公孙若夫人献慧敏[①]面前的案上，拱手说道："请笑纳，小子代表父母，向伯父、伯母致敬，向小妹红红问好！"

"哎哟，"慧敏夫人欢叫道，"二小子的话讲得好甜啊，过来，过来，坐在伯母身边，给我讲讲，你送的礼物有啥稀罕？"二

---

①献慧敏是秦大夫献则的女儿，献则与公孙消交好，两人是亲家关系。献则曾建言有功而未获得重用的公孙消投靠芈戎，以达到封侯拜相的目的。事见《战国策·秦策五·献则谓公孙消》。

郎走到夫人坐的长榻前，夫人拉他坐下，二郎先将一个陶罐的盖子揭开，指着说："这是蜂蜜，母亲说常食蜂蜜可以养颜。"慧敏夫人说："我听说过，蜂蜜有此作用，感谢你母亲啦！"二郎又揭开另一个陶罐，指着说："这是有名的稷山板枣[①]，加酒密封而成。香甜味美，有益气、补血、养肾、安神的作用，民间传说'一日吃三枣，一辈子不显老'。"红红伸手就拿了一颗来放在口中，欢叫着"又甜又脆"。二郎又将两个锦盒打开，一个装着一对金镶玉手镯，一个装着带玉坠的珍珠项链，二郎解释说："这两样东西，据史书记载远古时期人们都把它们作为饰品戴在手上和项上，名称至今没定论，称手镯、手圈、项链、项圈、首饰或颈饰的都有。这对金镶玉手镯，是母亲设计绘图，用家藏的一块和田玉请专人打造的，送给伯母。"二郎将装金镶玉的锦盒恭送夫人，慧敏夫人接过，拿起手镯欣赏赞叹："金镶玉！太美了，你母亲能设计出这样漂亮的首饰，了不起！伯母收下了。""好，"二郎又拿起另一只锦盒，对公孙红说，"珍珠是多年前父亲和我在珍珠池捞的，传说是舜的两个女儿娥皇、女英在池中沐浴时散落的……""真的吗？"公孙红惊问，二郎说："父老乡亲都这么说。"公孙红从锦盒中拿起珍珠项链，爱不释手，"好神奇，好漂亮！"二郎说："正是送给小妹的，戴上它吉祥、长寿，人更美！""给我戴上，戴上。"公孙红欢叫着，二郎有点羞涩，迟疑着，夫人催促："二小子，你是二哥嘛，给你小妹戴上。"二郎转头望着父亲，李冰话中有话，盯着二郎说："你伯母都发话了，你还迟疑什么？"二郎给红红戴上项链，她摆了个姿势："怎么样？"三个家长都喝彩："靓丽，靓丽！"

一个侍妇走来禀报："老爷，夫人，酒宴齐备。"公孙若抬手，"请，请。"

家宴在花厅里举行。红地毯上摆着呈圆形的五张矮案，公孙若请李冰父子坐，李冰说："夫人、红红先请。"公孙夫人说，

---

①稷山县属今山西运城地区，地处吕梁山南麓，汾河下游，有三千年的种枣历史。见《山西风物志》，山西教育出版社1985年版，第365页。

"你父子是贵客，先坐吧。按儒家定的礼教，我和红红是不能入席的……""夫人别说了，"李冰摆手道，"儒家对妇女的一些看法错误，什么'男女授受不亲'女孩子七岁以后不能与男人同席，很荒谬，咱们不兴这一套。"红红说："伯伯不是儒家？"李冰笑道："伯伯什么家都不是。"公孙若对红红说："你伯伯主张择善而从。我与你伯伯有生死之交，情同手足，一家人分甚彼此，都坐下，都坐下。"他拉着李冰挨席坐下，夫人挨着公孙若坐下，指了指身边的矮案，说："二郎挨着伯母坐这一席。"二郎躬身行礼，"谢谢伯母。"坐下，公孙红挨着二郎的一席坐下，每张案上摆了一只酒爵、一盏茶、一双象牙箸。公孙若说："成都人吃酒席是有讲究的，先要喝盏开胃茶。"端起盏，"请，请。"二郎喝了口茶，拿起黄澄澄的箸观察，好奇地转头问红红："这是啥箸呀？"红红说："象牙箸。""蜀郡有大象？""听说古时有，现已绝迹了。""那，是从哪里来的？"公孙红答不出来，公孙若说："象牙产于乘象国[1]，这个国家在昆明的西南面，乘象国的商人把各种象牙制品卖到昆明，昆明的商人又把它卖到成都。"李冰深感兴趣，问："咱们成都有商人到昆明和乘象国经商的吗？"公孙若说："到昆明的有，到乘象国的还没听说过。""唔，"李冰说，"今后要鼓励我们的商家走出去。"公孙若说："山高路远，很难。""是很难！"李冰说，"但商品流通也很厉害，山高水险也难阻挡。咱们找个时间好好商量一下，如何解决走出去的困难。""好。"公孙若点头。二郎问："这象牙箸有啥稀罕呀？"公孙若对二郎说："可以检验饭菜有毒无毒，如有，箸就会变乌变黑。待会儿我送你们几双，今后随你父亲外出，一定要带在身上，用自己的箸吃饭。"二郎说："多谢伯伯。"

公孙若喊："上酒肴。"唐庖师托着一个长案盘，侍女小翠和小莲各抱着一个金罍，走到席前。唐庖师把长案上的五个大黑漆圆

---

[1]乘象国是当时我国民间对古印度的俗称，梵语称摩揭陀（Magadha），《史记·大宛列传》称为"身毒"，《后汉书·西域传》说："天竺国一名身毒，在月氏之东南数千里。"

盘一一端下，分别放在五人的案前。公孙若说："斟酒，给郡守大人上清酒，给夫人、红红上甜酒。"①二郎说："我也喝甜酒。"小翠抱罍上前给李冰舀酒，公孙红走过去，从小翠手中拿过小勺，说："我给伯伯舀。"李冰说："道谢，道谢。"公孙红给李冰舀了一爵后又给父亲舀酒。与此同时，二郎从小莲手中拿过小勺给公孙夫人和公孙红舀酒，也给自己舀了一爵。

公孙若站起，端起酒爵说："举办这个家宴是为李冰兄长和侄儿二郎接风，小弟代表全家敬兄长一爵。""哎哟，"李冰站起说，"弟兄家就不必如此讲礼了，我们共干吧。""好！"两人对饮一爵，公孙夫人站起，说："我也要敬兄长一爵。"公孙红上前给李冰舀满酒，夫人举爵说："我还有几句话要献给兄长。"李冰说："请讲。"夫人说："你和我的夫君早有手足之情，现在又有袍泽之谊，《易》云'二人同心，其利断金'，竭诚希望，二位今后能做到同心协力，创建奇功！"李冰说："决不负夫人的殷切希望。"二郎端爵站起，说："小子敬伯父伯母一爵，诚祝健康长寿！"公孙夫妇笑着，"好，好，喝，大家都喝。"众人喝酒吃菜，二郎拈了一块鸡肉放入口中，被麻辣得直哈气，公孙红见状，笑道："麻倒啦？辣倒啦？"二郎喝了口茶，说："祖婆讲，蜀人喜欢吃麻辣，这是咋回事呀？"公孙红说："听人说蜀地潮湿，多吃麻辣可增加人体热量。"二郎又问："这麻辣食材是哪里来的呀？"公孙红答不上来，闪着询问的目光，望着父亲，公孙若说："蜀人调麻辣味，主要使用的是生姜、茱萸、花椒。茱萸是一种野生植物，长在山岩间，三五尺高，绿叶婆娑，春华秋实。其实椭圆，红如玛瑙，清香扑鼻，可入药入馔，《礼记·内则》记载'三牲用薮'，薮就是茱萸，可见，用它作肉食、蔬菜的佐料，已有很长的历史。"望着李冰，"我说得对吗？"李冰说："有事实为根，有典籍为据，当然对啰！蜀人既然喜爱茱萸，为何不将野生

①河北平山战国墓中曾出土两铜壶酒，经分析，酒中含有乙醇、糖、脂肪等十多种成分，是曲酿酒。这种酒通称醴，即醪糟酒，又称甜酒。经过滤除糟、密封储藏一段时间后，度数增高，渐至芬烈，称清酒。

变家生呢？"公孙若说："三年前我就提倡人工培植了，严道的夷人做得比较好，又香又麻的花椒就是他们培育成功的，现在正试种茱萸。"

"热菜来啰！"唐庖师和一个徒弟端着长案、圆盘走来，给李冰等人的面前放上多种冒着腾腾热气的美味佳肴。唐庖师将长案交给徒弟，徒弟走去。他指着案上的小铜鼎说："这是虫草炖野鸭，汤鲜鸭爽，阴阳两补。"指着铜俎豆说，"这是芋儿烧鸡，清香味浓，口感软滑，别有风味。"指着陶碗里的芋儿说，"这叫水煮芋儿，又叫手撕芋儿，剥皮后就可吃了，喜欢咸的可加点盐，甜的可加点蒟酱。芋头还可烧来吃，芋头干也可以煮来吃，加点油，烩锅炒一下，味道更好。芋干和叶，还可作猪饲料。芋头一身都是宝，郡丞大人告诉小人说，郡守大人提倡多种芋头，这太好了！平时可当菜吃，灾荒年，可靠它吊命。小人做这两道芋儿菜，是请大人尝鲜！"李冰朝唐庖师拱手，"道谢，道谢！"提起箸从铜豆中拈了块芋头放入口中品尝，称赞道："又软又滑，很可口！"又剥了个水煮芋儿吃，又说："吃白味也好！"唐庖师又指着一个白色陶瓷盘和一个鹅黄色小碗说："这一盘一碗，是成都人喜欢吃的小食套餐，总称福、禄、寿、喜，这点红的叶儿粑，可作祭品用，故称'福粑'，这块用米粉加饴糖做的发糕，有人说'糕'就是'高'，吃了它禄位高升。这两块饼，一个是椒盐味的烧饼[①]，一个是带甜味的酥饼，办喜事吃的，故称'喜饼'。这碗面条[②]，是手撕的，每一根有一尺多长，称'长寿面'，做生必吃。"

"福禄寿喜，太有意思了，"二郎埋头看着盘中餐，说，"做工精致，好漂亮，好香啊，"他拿起酥饼咬了一口，边嚼边说，"酥、脆、香、甜，真好吃！"

唐庖师说："这些年成都的餐饮业发展很快，大家都在色、

---

①"饼"的出现，最早见于《墨子·耕柱》，到了战国后期饼的制作已很普遍并多样化了。

②青海喇家遗址博物馆存列有四千年前齐家文化时期的一陶碗面条。战国后期面条的种类更多了，有手撕面、刀削面等。

香、味方面比拼，力争一菜一格，百菜百味。"李冰夸赞，"大善、大善！"望着公孙若问，"是贤弟促成的吧？"公孙若一笑，"是的，不过是倒逼出来的。"李冰问："此话怎讲？"公孙若说："三年前，老郡守出征后，尚武跟我叫苦，说成都财政困难，盐铁税是大头，全归郡府收，不公平，他们的税源很少，怎么过日子？我说这个税收政策是经过朝廷核准的，不能改变。成都地盘大，又是郡府所在地，来往客商、流动人口很多，你这个聪明人就不能想出扩大财政收入的办法？真是，响鼓不用重槌敲，过了十天，这个聪明人就给我送来了一篇大力发展成都餐饮业的呈文。我一看，就批了'照准'"。李冰问，"他采用了哪些措施？"公孙若说："主要有两条，一是鼓励城乡有钱人投资馆舍、饭庄、茶楼、酒肆；二是准许百姓摆摊设点卖酒菜和小吃，还可挑着鼎釜，走街串巷卖面食、汤圆、饼子、米粑。""这件事办得太好了，"李冰夸赞，又问，"餐饮业发展起来后，府廷如何管理呢？""'严'字当头，"公孙若说，"一开始我就要尚武搞一个管理章程出来。我说尚县令崇拜儒学，一定记得孔子'食不厌精，脍不厌细'的一段话吧？他说记得，孔子强调饭菜肉食要做得精细，过了时、变了色、变了味的蔬菜、鱼肉不能吃，肉切得不合规矩，烧菜时酱、姜等佐料用得不当的，不吃[①]。我说我也当一回儒家信徒，你就按孔子的要求规定几条，做得好的奖，做得不好的罚，造成食客中毒的店家老板轻者处徒刑，重者大辟！""善，"李冰肯定说，又问，"发展小吃，离不开面粉、米粉，靠杵臼工具生产有限，你们是怎么解决的？"公孙若说，"主要靠石磨，已办了多家生产米粉、面粉的作坊，用大石磨推。"李冰问："谁发明的？生产情况怎样？"公孙若说，"这件事由尚武经办，具体情况我还说不清楚，唐庖师晓得吗？""晓得点，"唐庖师说，"是个姓卓的石匠发明的，他是郫县人，三年前他从咸阳回蜀后就开始做石磨。先做的是一个人推的小石磨，拿到成都出售，销路很好，尚武县令发现后，大加夸奖，还找了蜀都酒楼的老板出钱，帮他在南

①见《论语·乡党》。

门护城河边办了个石磨作坊，打造两人推的大石磨，这以后，才有面粉、米粉作坊的开设。"

"明白了，"李冰说，"哪天我去看看。"他转头对小翠说："小姑娘，给我再拿个爵来。"小翠立即跑去拿来一爵，李冰舀满酒，双手端给唐庖师，"我敬庖师一爵。"唐庖师说："不敢当，不敢当。郡守大人怎能给炊哥敬酒呢？"

"啥叫炊哥啊！"李冰问。唐庖师说："成都人称庖师为炊哥。"李冰转头问公孙若，"这样称呼没贬义吧？"公孙若说："没有。"李冰拉过唐庖师的手将酒爵放在他的手中，说："我就敬成都所有的炊哥！"唐庖师接过酒爵说："多谢大人！"李冰说："请唐庖师传句话，就说新来的郡守李冰对炊哥们比拼蜀菜的色、香、味很欣赏，有竞争才有发展，希望大家不懈努力，力争逐步做到一菜一格，百菜百味，要使蜀菜别具风味，名扬天下！"唐庖师说："在下一定将大人的话广为传播。""善，"李冰举爵说，"喝。"两人对饮一爵。唐庖师说："在下告辞了，大人、夫人、公子、小姐，你们慢用，虫草炖鸭，要趁热吃，多喝点汤。"转身走去。

"斟酒，斟酒，"公孙若叫着，他望着李冰说，"咱俩弟兄今日一醉方休！""不不不，"李冰说，"下午我得看同袍们写的文章，准备今晚上的讲话呢！"公孙若说："那，你喝点鸭汤吧。"李冰舀汤喝，公孙若拈起一块鸭腿啃着，问道："兄长，如何解决拦车喊冤的案子？有想法吗？"李冰说："查清事实，依法处理。"公孙若说："这件事小弟想给仁兄提个醒。"李冰说："请讲。"公孙若说："喊冤人要为王叕翻案？"李冰点了点头，公孙若介绍说："这个王叕罪大恶极，已判极刑，打入死牢，之所以未执行，是因为案情重大，涉及面广，一些事未查清，一些人未归案。成都有些刁民一直想为他翻案，这绝不能允许，要从快从重处理。否则将危及蜀中大局！"李冰思忖、自语："危及蜀中大局？"公孙若说："绝非危言耸听。""伯伯，"二郎问，"王叕既然罪大恶极，为何还有人为他说好话呢？""就是，就是，"公孙红附和说。公孙若说："蜀人狡猾啊——当然我不是说所有蜀

人，蹇侯一再讲，蜀地星应舆鬼，故君子精敏，小人鬼黠。仁兄精
通天文，研究过没有？是否如此？"李冰说："一些星象学者将天
上的舆鬼星宿作为划分地域的坐标，并与人事挂钩，然，并非都
灵验。"公孙若又说："案情虽然重大，但仁兄完全可以举重若
轻！"李冰思忖"举重若轻？"公孙若说："就是不管！"李冰一
怔，"不管？""正是。"公孙若说，"三年前的笋里街叛案和昨
日拦车喊冤事件，都发生在成都，县令尚武难辞其咎，还有鉴御
史何坚，负责侦办、缉拿王叕同党青城游侠和高志，至今没有结
果。"李冰问："为甚呢？"公孙若说："一是此案确实复杂，二
是办案官员相互扯皮。"李冰"唉"了一声，公孙若说："仁兄不
必担心，王叕逆案虽大，但与仁兄无关，朝廷降罪也降不到仁兄的
头上。仁兄下一道手令，督促何坚、尚武从速办理就可以了。"李
冰思忖着说："那，咱得亲自与何坚、尚武谈谈啊！"公孙若说：
"当面下令，以示郑重，好！"提起筷子，招呼大家："吃，吃，
把摆上案的美酒佳肴都来一个风卷残云！"

众人欢快饮酒吃菜……

（八）书房咏桃夭

午宴毕，公孙红拉着二郎到她的书房看她的书画作品。公孙若
派管家送李冰回府。

李冰一进书房，孟谦送来的一大摞表忠书已放在他的案上，李
冰坐到案前埋头阅读……

公孙红的书房中，二郎跽坐在四方形的雕花红漆矮案前垂首赏
画，他被面前的一叠绢帛字画深深吸引，他一张一张地翻看，凝
神屏息，目不转睛，简直入神了！公孙红坐在二郎的对面深情地
望着他，她内心的喜悦和兴奋通过眼神之光投射在心上人的脸上，
书房里寂静无声，门窗前的一株吊兰散发出沁人幽香。良久，良
久，二郎才从艺术境界中走出，说道："丹青妙笔，不同凡响，好
极了！""二哥，"公孙红笑道，"恭维过分了吧？"二郎说：
"咱讲的是实话，"公孙红道："那你说，好在哪里？"二郎说，
"画中有诗！"公孙红惊喜，笑问："什么诗？"二郎答："流行

华夏的《诗》，你的每一幅画就是其中的一首诗。"公孙红说：
"知我者二哥也！写出来吧，写在我的画上。"二郎欣然命笔，他
在第一幅绢画《桃花图》上写道："桃之夭夭，灼灼其华。之子于
归，宜其室家。"写毕，问道："你这画取材于《周南·桃夭》，
是吗？""正是。"公孙红点头。二郎点评："此诗的作者以桃
花比喻美女，堪称'空前启后'！"公孙红问："何谓'空前启
后'？"二郎说："诗人以桃花比美女是空前的创造而后人只能模
仿了！"公孙红说："很可能。我的画也是模仿吗？""不，"二
郎道，"应该说是再创造，虽然诗画相通，但毕竟是两种形式。由
于你对诗的理解准确，故而构图着色均能体现诗情，绿茵茵的草地
上一树桃花迎风绽开，色彩鲜艳，娇媚迷人，能使看画人浮想联
翩！"公孙红笑道："怕只有你这样的识者才会浮想联翩啊！"取
过画幅一看，激动地站了起来，说："二哥，你的秦篆写得好啊，
铁画银钩，刚劲有力，给小妹的画大大增色了！"把画放在书架
上，又转头催促："再写，再写。"二郎说："红妹要考咱吗？"
公孙红说："不怕你笑，小妹是个诗迷，希望你也是。"二郎说：
"孔子曰，'不学诗，无以言'，小时，父母就是用这句话来教育
我和姐姐的，咱对《诗》可是下过苦功夫的咧！""好也！"公孙
红说，"你快写。"二郎提笔在第二幅绢画《木瓜图》上写道：
"投之以木瓜，报之以琼琚，匪报也，永以为好也！"问道："你
这画取材于《卫风·木瓜》？"公孙红点头，二郎接着说："画面
上只有一个金黄色的木瓜和一块佩玉，没有人物出现，但，却能使
人想到男女相爱、互赠礼物的情景。红妹，你说是吗？""然也，
然也！二哥，你咋看出来的？"二郎说："你把木瓜画得很大，用
雄黄加沙金粉着色，看起来灿烂辉煌，你笔下的木瓜成了宝贝，不
能吃，只能送人。"公孙红说："二哥喜欢，这幅画就送你！""多
谢红妹！"二郎怦然心动，站起身来，取下腰间佩玉送给公孙红，
说："这是杜丞相送给我的，请笑纳。"公孙红睁着火辣辣的眼睛
望着二郎，柔声地问："是信物吗？"二郎深深地点了点头，公孙
红接过，珍惜地揣在怀中。二郎弓着身子，奋笔在第三幅帛画，取
材于《邶风·击鼓》的《征人图》上写道："死生契阔，与子成

说，执子之手，与子偕老！"公孙红轻声念着，春心荡漾，爱的力量在体内冲击，不能控制，喊了声"二哥"依偎在二郎怀中……

花园中的桃树枝头，一对喜鹊欢叫着，似在为这对纯真的热恋者唱赞歌！

这时，李冰正在书房的案上奋笔疾书，他已将官员们写的表忠书认真看了一遍。战国时代，由于百家争鸣和纵横家活动的影响，上层政治、外交事务的对话和书写，往往要引经据典，以增强说服力。诸子百家学说和《诗》中的警句，经常被引用。所谓"登高能赋，可以为大夫"①，所谓"言之无文，行之不远"②，这是当时社会对士人的要求。李冰明白，要写一篇好文章、做一次好讲话并非轻而易举，需要黾勉从事，研精覃思，以达到切中肯綮的目的，故他将在咸阳已写好的就职讲辞拿出来再作修改。把所引用的典籍原文加以核对，并重新在帛上抄写一遍，以强化记忆，避免失误。

夜幕降临，钟鼓楼上，撞钟击鼓，悠长而又有节奏的钟鼓声响彻夜空……

郡府大厅内灯火辉煌，厅的前端有一木台，置有宽案长榻，坐着李冰、公孙若、周正。厅中，众官员分两列跽坐。有顷，主持会议的公孙若站到台前，高呼："请出秦王镇蜀宝剑。"

英气勃勃的卫士长马骏率十名卫士捧着秦王镇蜀宝剑，抬着高九尺的陈剑铜架，走到厅的前端木台上放置正中，分左右列队侍立，威风凛凛！

公孙若上前一步，高呼："请郡守大人致训辞。"

李冰走到剑架下站立，身躯挺拔，目光炯炯，朗声说道："冰，首先要向我的前任——老一辈的蜀郡郡守张若大人表达敬佩之情！"

公孙若、蹇侯、何坚、魏富、钟秦等人惊讶，都怔怔地望着李冰。不明白李冰为何要来这一手，老谋深算的蹇侯看出来了，李冰要搞"以子之矛攻子之盾"。

---

①见《汉书·艺文志》。

②见《左传·襄公二十五年》。

　　李冰转身对着秦王镇蜀宝剑行拱手礼，然后说："恭祝张若大人在我大秦王的引领下，再立新功！"须臾，转头说道："张若大人是取蜀功臣，治蜀能吏。守蜀三十八年，功勋卓著，建树甚多，荦荦大端者有三：一是开疆拓土。张大人不仅巩固了我大秦在蜀地的统治权，而且拓展了蜀郡的疆域，亲率蜀军取筰及江南地，使蜀郡领土从都江、沱江流域扩展到金沙江流域，从此，被称为'西南夷'的少数种族，成了我大秦国的人民。这是张大人为国家、为华夏各族的融合所建立的不朽功勋！二是建城促商。张大人扩修、新修了成都城、郫县城、临邛城。三城屹立在成都平原的中部、西部、西南部，互为掎角，不啻有重大的政治、军事意义，而且促进了商业和手工业发展，增强了城乡之间、内地和边远地区之间的经济、文化交流。三是兴学，推广秦文秦语，加上移秦民万家入蜀，使秦蜀的民情风俗得以交流，中原文化得以在蜀中普及，提升了蜀民对国家的认同感。这些重大成就是如何取得的呢？"顿了顿，锐利的眼光从魏富、钟秦的面上扫过，最后停留在何坚的脸上。李冰认为，这位倔强倨傲的监御史以张若治蜀的功绩来强化他全盘继承商鞅思想的论述，与历史事实不符，这一看法不仅有害，在蜀郡官场中还有市场，魏富、钟秦等人跟着附和，绝非偶然。在宣讲了秦王诏令后，何坚还在表忠书中顽固坚持，作为郡守的他不能不表态了。他问道："监公，你说，张大人的三大建树，是全盘继承了商鞅的思想和政策而取得的吗？"何坚一愣，"这……这个，从全局看，应该说是吧？"李冰肃然，"非也，非也！冰在郫都曾与张大人有过长谈，在咸阳待命期间又在石室金匮查阅了蜀郡的文书档案和各种图籍，研究了张大人治蜀的经验教训，又拜访了太史府、廷尉府、治蜀内史府的主官，听取了他们的治蜀建言。窃以为，张大人治蜀，并非全盘继承，而是打破了思想禁锢，既有突破又有创新。众所周知，不断拓展秦国领土，从秦穆公'开地千里，遂霸西戎'起就是秦国历代君王奉行的国策。张大人扩地千里，和夷西南，继承和发展的是穆公的战略思想，与商鞅的主张无关。经济方面，商鞅提出'重农抑商'政策，把商业称为末业，把商人列为排斥、打击的对象。张大人并未奉行这一政策，而是竭力实施'筑城促商'，在成都扩修大城、少城。大城主体为行政办公区，少城主体为商业发展区。为扩大市场，又营广府舍，建造各种商铺，修整里阓，市张列肆，使百货便宜交易，还设市官管理，使各种经营有序进行。张大人在郊区四周将取土筑城形成的洼地修成水池，城北有万岁池、龙坝池，城东有千秋池，城西有柳池，西北有天井池，池中养鱼，周围遍植花木，形成供人游览的园苑①。最值得称道的是张大人打破了日中为市、日夕罢市的旧规则，全天候开放市场，这对商业发展和百姓的生活甚是有利。"转头盯着魏富、钟秦，问道："二位同袍，如何看？"两人愣呵呵地相互张望，钟秦吞吞吐吐地说："张大人没，没，没……"魏富随风转舵，大声说："没有全盘继承！"为了讨好李冰，魏富说："在秦王诏令的教诲下，在郡守大人的启发下，卑职做了省思，在表忠书中已作了陈述，张大人确实没有搞商鞅'重农抑商'那一套，张大人亲手创办了盐署、铁署，生意做得红红火火，为郡府积累了丰厚的资金。张大人支持塞侯开七宝楼，樊侯开蜀乐苑，准许民间兴办各种店铺，摆摊设点，还下令保护大商家，比如驰名巴蜀的寡妇清，继存祖业，做丹砂生意发了大财，有人建言收归官办，张大人批示说按律收税就可以了，对守法商家应予保护。这说明张大人不是搞'抑商'而是'扬商'，这才有今日成都的繁荣昌盛。"李冰说："魏富同袍有此反省，甚善！"转头瞄着众官员，说："商鞅提出的'重农抑商'政策，在某个历史阶段或某种非常时期有其必要性，但从长远看绝对不能实行，道理很简单，农业经济、手工业经济、商业经济，以及水泽鱼盐、山林矿产经济是彼此联系、不可分割的，而以交换为目的的商业则起轴心作用，没有这一轴心，国家经济的大车就不能奔驰。这一点，比商鞅早两百多年的管仲就已看出来了，他在齐国拜相后提出'以商止战''以商兴国'的主张，通货积财，充分利用齐国丰富的鱼盐资源和齐纨等特产将国家经济盘活，然后实行低关税政策，进行国际贸易，使齐国迅猛崛起，成为'一匡天

---

① 《华阳国志·蜀志》有"惠王二十七年，与城成都……"一段。著者常璩用一百多字详细记载了张若筑城、兴商的历史。本书据此进行创作。

下'的泱泱大国！管仲的经济思想值得咱们学习，张若大人的'扬商'经验更要加以发扬。历史的经验表明：无农不稳，无商不富。今后，咱们奉行的政策应该是重农而不抑商，重商而不抑农，不仅要治水兴农还要治水兴市。使农村和城邑相得益彰，共同发展！"

"精彩，精彩，大人评人物，尊重事实。""论经济，新颖、深刻！""我等受教了，受教了！"尚武、王丰、朱琨等县令争着说。

李冰摆了摆手，让他们噤声，接着说："张大人治蜀以威猛著称，如一些同袍所说，他全盘继承了商鞅的'严刑峻法'，并将此作为治蜀的一把利剑使用，所以取得了重大成就。这符合事实吗？"转头盯着何坚，何坚一挺前胸，昂然地，"当然，当然！""否！"李冰断然否定，说，"商鞅以我祖李悝的《法经》为据，改'法'为'律'，形成'盗律、贼律、囚律、捕律、杂律、具律'等'六律'，有一百二十多条，这个'六律'有对前人的继承更有商鞅的发明创造，堪称法网严密，条目繁多。历代先贤认为，立法之道在谋天下之大利，求人间之公平正义，商鞅背道而驰，他的立法思想是轻罪重罚，偷'一钱以上者斩左趾'[①]，'弃灰于道者斩手'[②]。重罪处罚就更加严厉了，于是，出现了宫、劓、刖、烹、绞、枭首、腰斩、弃市、剖腹、车裂等各种各样的酷刑，而且施行连坐法，一人犯法，诛灭全家，甚至诛灭三族！他认为这样做，就可恫吓住人，无论轻罪、重罪都不敢犯了，这叫'以刑去刑'。商鞅想得很美妙，实践如何呢？咱们就以蜀郡为例来阐明之：武王元年（前310年）诛灭了蜀相陈壮的叛乱，而且平叛后进行了大清洗，然则，当今大王六年（前301年）又出现了蜀侯恽的叛乱，镇压也是严厉的，蜀侯恽夫妇被赐死，侯府郎中令婴等二十七人及其家属被诛。结果呢，当今大王三十年（前277年）又出现了蜀侯绾叛乱，又进行了大镇压，年前又发生赤里街暴动，今

---

① 见云梦秦简和《商君书·境内》。

② "商君之法，刑弃灰于道者。"（见《史记·李斯列传》），这源自"殷之法，弃灰于公道者断其手"。（见《韩非子·内储说上》）

日本守进城又有百姓拦车喊冤，这些事实充分说明，只靠商鞅的严刑峻法，是达不到以刑去刑，使蜀郡获得长治久安的，硬要坚持下去，那就走向人神共愤的暴政了！"

"大人高见，我等赞同！""治蜀之策，应予改变！"尚武、王丰、孟谦等官员争着说。

李冰停顿了一下，说："如何改变？就是不折不扣地按大王的诏令办，首先要打破'全盘继承'的思想禁锢，放开手脚，敢于和善于革故创新。这样做，不是只针对商鞅，对各家各派的学说都要取这样的态度，只能择善而从。这是因为任何学说都是有局限的，这需要去芜存菁。本守希望主张'全盘继承'的同袍认真领会我王的教诲，自觉修正错误。"

"修正错误，"何坚摇头说，"郡守大人，'商鞅虽死秦法犹在'。这个问题太大了！不是卑职想不通，恐怕许多同僚都难以转这个弯子！"

"是吗？"李冰抚着腰间佩玉，思忖片刻，说，"那，咱就再唠叨几句。"

李冰感慨地说："商鞅被处死八十多年了，但他的英灵还在我们大秦国游荡！确实有'商鞅虽死秦法犹在'的说法，这表明商鞅变法的影响至深，在本守看来，这种影响可能在华夏历史上将长期存在。商鞅为了建立一个高度集权的君主专制体制和耕战结合的强大王国，他以大无畏的精神和坚忍不拔的毅力，冲破各种阻力，大刀阔斧地推行了多项新政，对我大秦国的迅猛崛起起了重大作用，这是应当肯定的。但商鞅自己也承认他讲的霸道和推行的强国之术'亦难比德于殷、周'[1]。殷，是指以'苟日新，日日新，又日新'[2]为座右铭的成汤；周，是指制礼作乐倡导德政的周公。商鞅的失误在哪里？与成汤、周公一比差别就出来了，差别就在于如何

---

[1] 见《史记·商君列传》："吾以强国之术说君，君大悦之耳，然亦难比德于殷、周矣。"

[2] 这是商朝开国之君成汤刻在洗澡盆上鞭策自己的一句箴言，称《盘铭》，见儒家经典《大学》二章。

对待人民这一根本问题上。商鞅的主要思想倾向与华夏主流文明的主张是背道而驰的。从三皇五帝开始，经过尧、舜、禹和夏、商、周三代的发展，到当今天下百家争鸣，华夏民族就已形成了一套比较完整的治国、理政之道，最重要的是出现了必将垂诸华夏青史的'民本'思想，'上古之书'①曰：'民可近，不可下，民为邦本，本固邦宁。'②相传这是大禹王的训示，要求官吏对待人民，只可以亲近，不能够认为他们卑贱而看不起他们。只有人民才是立国的根本，根本稳固了，国家才会安宁。齐国的贤相管仲不仅进一步阐释而且实践了'以民为本'的治国理念，他反对以严刑峻法治国，说'刑罚不足以畏其意，杀戮不足以服其心'，强调'政之所兴，在顺民心，政之所度，在逆民心'，如何做到'顺民心'呢？就是要满足人民的'四欲'：'民恶忧劳，我佚乐之；民恶贫贱，我富贵之；民恶危坠，我存安之；民恶灭绝，我生育之。''仓廪实则知礼节，衣食足则知荣辱'③。把管仲的论述归结起来，就是两条：一是经济上要实行富民政策，使民有恒产，有恒产才有恒心；二是法律上要保证人民有自主之权，过上丰衣足食而又有尊严的生活。商鞅则把人民看作君王和国家驱使的牲口和工具，平时荷锄种粮，战时执戈打仗。为了维护高度的集权体制，树立君主的绝对权威，他反复强调要实行'弱民''愚民'政策，认为'制天下者必先制其民者也'，只有弱民、愚民，国家才好治理，才会强盛。他的论断是'民强国弱，民弱国强'，'故有国之道，务在弱民'④，'民愚则易制也'⑤！"

　　李冰对商鞅的点评，像一声炸雷，震惊了众官员，他们睁大

---

①"上古之书"最早叫《书》，汉代称《尚书》，《孔传》解释为"上古之书"，成为儒家经典后称《书经》。

②见《尚书·虞夏书·五子之歌》。

③见《管子·牧民》。

④见《商君书·弱民》。

⑤见《商君书·定分篇》。另在《商君书》的《君臣》《慎法》《开塞》《说民》《垦令》中对弱民、愚民政策都有记载。

了眼睛，肃然恭听，整个会场静极了，只响彻着李冰深沉而有力的声音……

何坚嘀咕："这，这，这……"

李冰盯着何坚，说道："监公，不要嗫嚅其词，有何见解，可以公开讲出来！"

何坚昂然地说："君王受命于天，至高无上，弱民乃强国之策，尊王之道，何错之有？"

李冰铿锵回答："没有人民哪有国家？哪有君王，古人确有'君权天授'之说，然哉，并不符合史籍之记载，从三皇五帝到尧舜禹都是由百姓推选出来的。尽管夏启之后开始了以血缘为纽带的'家天下'传统，然而'君为民立，官为民设，人民是社稷之主'的观念并未改变。古贤想象中的上天与人的关系是人民为主，'上古之书'曰，'天矜于民，民之所欲，天必从之。''天视自我民视，天听自我民听'，所谓'天命'就是'民命'；君王与人民的关系也是人民为主，'抚我则后，虐我则仇'①，这是说，抚爱咱们百姓的君王才是百姓的君王，虐待咱们百姓的君王就是百姓的仇寇。管子曰：'王者以百姓为天，百姓与之则安，辅之则强，非之则危，背之则亡。'②孟子曰：'民为贵，社稷次之，君为轻。'③由于商鞅在对待人民这一根本问题上出了错误，由此，又派生出其他错误，一是通过'轻罪重罚'来对人民实行恐怖统治；二是从思想文化方面弱民、愚民。商鞅主张'燔诗书而明法令'，这异常错误！本来'革故鼎新'的'变法'，首要的就是'开启民智'，然而商鞅却反其道而行之，'禁《诗》《书》，贱学问'④，不准办学，这样做只能使人变成愚昧的、毫无创见的白痴。打仗拼命还行，要发展，就难了！衮衮同袍，请深长思之，靠愚昧无知的白痴能建成天府之国吗？"

①见《尚书·泰誓》。

②见《说苑·建本》中管子与齐桓公的对话。

③见《孟子·尽心》。

④见《商君书·约刑》。

"哗——"尚武、赵光等十多个县令一下击掌欢呼，高声说，"大人讲得好啊，好啊！很精彩，很新颖，很深刻！"尚武说："醍醐灌顶，醍醐灌顶啊！"赵光说："振聋发聩，振聋发聩啊！"孟谦、王丰和罗发等人说："使吾人茅塞顿开了，茅塞顿开了！"樊侯说，"郡守大人博学宏才，对人民、社稷、君主三者的关系，分析透彻，切中肯綮，尤其是对商鞅思想独具慧眼，洞见症结，褒贬适当，令人佩服，佩服！"蹇侯摇头叹气，魏富、钟秦一脸茫然，两个道丞感到惊愕，公孙若显得很尴尬，他走到前台，摆手说："不要太激动了，静听郡守大人宣布治蜀令！"

"听宣！"李冰大手一挥，马骏从腰间囊中取出一捆简册，跨步奉上，李冰说，"本守第一道命令为'明法令'"，展开念道："'以德化人、以法治蜀'为本守治蜀之不易之策。然哉，蜀郡只有监察御史府而无审理断狱之府，实属法制残缺。上不能与朝廷廷尉府对接，下难规避冤假错案之滋生。创建天府之国乃一弥久巨大工程，务必有法律保障，新建断狱都尉府势在急需，该府职责是：彰明秦法，废除轻罪重罚，改变各种酷刑，破解疑案，制定地方法规。断狱都尉由全郡众吏推荐，本守任命，报朝廷备案，一月内完成，此令！"

主簿孟谦上前接过命令。

马骏又上前一步，奉上一捆简册。

李冰接过简册说："本守第二道命令为'兴学令'。"李冰展简念道："兴学育才，造就各行各业的优秀人才是创建天府之国之急需。查，前郡守张大人倡导的、著名学者尸佼主持的成都杏林学舍成就显著，影响颇大，个别不肖学子忤逆，可依法处理，因此而停办学舍，实属因噎废食，显然不当，着令一月之内恢复。选好德才兼备的师长是办好学舍的关键，采取推荐、自荐、郡府任命的方式产生。学舍科目除书、数、射、御外，新加农水一科，以适应治水兴农的需要。各县亦可创办县校，允许私人聚徒讲学。此令！蜀郡郡守李冰。惟秦王三十二年六月二十九日。"

孟谦上前接过。

李冰说"请郡尉周阵大人宣布《强军令》"并退后一步。周阵上前，接过马骏奉上的一捆简册，念道："兵者国之大事也，本尉佐郡守典兵，以增强蜀军建设，提高战力为旨归。盖，张若大人率蜀军主力伐楚，蜀境内军力减少，国尉府特令：新建三万精锐之师，其使命是维护我大秦西南边疆之安定，为创建天府之国保驾护航。另，对各县里兵也要加以整顿和训练，使之能切实担当起维护地方治安之任。蜀军建设，奉行'寓兵于农'之策，实施细则，随令发下，各县当切实遵行此令。郡守李冰，郡尉周正。惟秦王三十二年六月二十九日。"

孟谦接过。

李冰口谕："迅速公布全郡。"

孟谦说："遵命。"退走。

公孙若上前一步，高声宣布："大会结束。我等振臂高呼，大秦国万寿无疆，大秦王万寿无疆！"

"万寿无疆，万寿无疆……"众官吏齐呼。

第十四章　刑场止杀

（一）李冰视察都水曹

夜空，启明星渐隐，东方的天际出现曙色，渐渐照亮大地。

这是一个闷热的早晨，天刚亮，庭园中树上的蝉儿就聒噪起来，"知了，知了"地叫个不停。

李冰父子出现在庭园中，观察花木。

二郎注目一株银杏，说："蚂蚁上树呢！"李冰走近观察，说："天气闷热，蝉声聒噪，蚂蚁上树，是要下暴雨的征兆。"

父子俩朝角楼走去，沿着木梯，登上角楼。

二郎透过望远镜观察天象。有顷，二郎说："今天不会出太阳了。"李冰说："你再往西边看看，"二郎移动镜位，朝西边的天空看去。过了一会儿，二郎说："雾气沉沉，什么都看不清。"让出位置，"父亲，你看看吧。"李冰俯身观看，说："都江上游已经在下雨了。"

角楼下，王庖师走来，望着角楼喊："大人、公子，该用朝食了。"

二郎从窗口伸出头来，说："就来，就来。"

鸽子闪电、旋风绕着二郎的双脚"咕咕"地叫，二郎在饲盒中抓了把碎米撒给它们，两只鸽子欢快地啄食。

用膳时，二郎嘱咐小安师傅帮喂信鸽，小安一口答应，说他养过鸽子，一定能将这对鸽子训练成真正的旋风、闪电。

巳时，公孙若领李冰、二郎到都水曹看治水模型。周庸、江澄等吏员站在门口迎接，他们拱手喊道："欢迎郡守大人前来视察。"

"不必多礼。"李冰说。

"大人请。"周庸领李冰、公孙若、二郎去到后院的一座亭台上。用泥土、石块、细沙制作的治水模型就建在台中的一方石板上，长九尺，宽六尺，模型的山水布局是岷江流过玉垒山一带的景观缩微。李冰父子走到模型前，仔细观察。

公孙若指着模型给李冰父子讲解："你们看，都江从群山峻岭中奔来，在玉垒山处出口，流向平原。如果暴发洪水，它就会像条孽龙一样在平原上肆虐。我们在玉垒山前面修一座大长堤，锁住这条孽龙。将都江拦住，上面形成一个大湖，在堤上开两道闸门，根据季节的不同需要开闸放水或蓄水，这样，就可做到水旱从人了。"

周庸演示开闸、关闸后，模型中的水流变化。

二郎显然被深深地吸引了，称赞道："伯伯的设计，雄伟壮观啊！"

"你别吹，"公孙若说，"听听你父亲的意见吧，他才是权威。"

"什么权威？"李冰说，"你我的治水知识不都是从同一个老师白圭那里学来的吗？"

公孙若道："本丞可没实践经验啊，怎能和郡守大人治水相比？请多多指教吧！"

"郡丞大人的设想大气啊，"李冰说，"拦河筑坝，设闸控

水，引都江之水灌溉平原，这些都很有创意。只是筑高堤造大湖的难度很大，要等我亲自踏勘后才能提出具体意见。"

"好，"公孙若说，"郡守大人定个时间，让都水长周庸陪你去踏勘吧。"

周庸躬身说："遵命。"

李冰望着周庸又说："都水长，我向你请教一个问题。"

"大人请讲。"

李冰问："如果天下暴雨，成都平原会不会形成洪灾？"

周庸说："如果只是成都平原下暴雨会形成一定的水灾，但影响不会太大。若都江上游也同时下暴雨，那就可能形成洪灾。"

李冰说："据本守观察，都江上游已经在下大雨了，今天，平坝地区也会下暴雨，赶快命令各地，做好防洪准备。"

江澄说："塞侯不是去玉垒山请大巫师祈祷，请江神不要发洪水了吗？"

李冰说："要是江神不发善心呢？有备无患，赶快以郡府的名义下达紧急防洪令！"

周庸说："谨遵大人之命。"

李冰问："都水曹设有专施防洪的机构吗？"

周庸说："我们曹组建有抗灾队，卑职立即命令他们派员分头出发，以八百里加急的速度赶到容易遭水淹的几个县传达命令，并指导各县防洪。"

李冰问："哪几个县容易受灾？"

周庸说："郫县、成都和成都西南面的广都、新都、武阳、南安这一线的城乡。"

李冰说："心中有数就好，去吧。"

周庸和江澄快步走去。

（二）审查王叕案

李冰父子刚回到府邸，闷热的天气终于炸裂开来，闪电划破长空，霹雳震天，暴雨倾泻……

李冰吩咐二郎与卫士长马骏一起，驾车去把何坚和尚武接来，在他书房里开会。他特别叮咛，要求二人将王叕和笋里街案件的所有案卷、审判记录都带来，他要一一过目。

二郎走后，李冰把小安师傅叫来烧茶，李冰擦陶杯。

有顷，二郎领披着油衣的何坚、尚武走到门前，他们各抱了一大摞简册、帛书。

"父亲，"二郎站在门前，说，"何坚、尚武大人到。"

"请，请。"李冰起身相迎。

二郎领何坚、尚武走进。

李冰朝小安师傅打了个手势，小安退出。

"大人，"何坚趋前一步，将腋下的案卷放在几上，说，"这是王叕的罪案，"指着一卷帛书说，"这是他的罪证——亲手写的建言书，"又指着一捆竹简说，"这是历次对他的审理记录。"

尚武也把一捆简册和一卷帛书放在案上，说："这是审理嫌犯的记录，还有百姓写的证明书。"

"好，好。"李冰点头，指了指已摆好的两案，"请坐，请坐，"

二郎给二人各端了一杯茶："请用茶。"

何坚喝了口茶，问："大人还要复审？"

李冰说："有人喊冤，自然要给喊冤人一个交代。给个什么样的交代？本守想听听二位的高见。"

"大人，"何坚说，"三年前笋里街叛逆案件经本府多次审理，并报朝廷御史府核准，已经定案。刁民拦车喊冤，为已判死刑的王叕翻案，实属寻衅滋事，罪不可赦！卑职以为，应悉行逮捕，处以流刑，以保成都安定。"

尚武站起，说："卑职不赞成，郡守大人应为民申冤，尽快释放王叕。"他走到案前拿起一卷帛书放在李冰面前，说，"这就是卑职呈文，请大人详察。"

李冰说："放着吧，我会认真看的。"

"哼，哼，"何坚冷笑道，"尚武县令，我今天才明白为啥朝廷廷尉府至今对王叕一案未予批复。原来是尚大人在为逆犯鸣冤叫屈啊！尚武，你越级上书，置郡府于何地？你想干什么？"

尚武说："为了维护秦国法律的尊严！王叕是成都百姓，我作为成都县令，有义务保护每一个成都人，是冤案就要给人家昭雪！"

"说得好听，"何坚说，"你这是软弱无能，忠奸不分……"

"算了，"李冰打断何坚的话，"今天不议成都县的政务。只请监公回答本守一个问题。"

何坚说："可以。"

李冰问："朝廷对这一案件的处理是如何批复的？"

何坚说："御史府肯定我们处理及时，方法得当，要求将组织、策划的叛逆头目一网打尽，从重处理。"

李冰又问："你府将王叕定死刑，朝廷核准没有？"

何坚说："御史府同意我们的判决。"

李冰再问："廷尉府呢？"

何坚说："至今没有批复。"

李冰说："所以对王叕没有执行死刑。"

"不，"何坚说，"按御史府的批复，我们随时都可处决王叕。没杀他，只是为了用他作香饵来钓高志、青城游侠，还有他们的追随者。"

尚武说："没有廷尉府的核准你敢杀人？长期羁押是违法的！"

何坚蔑视地说："违什么法？你为死囚翻案才是违法！"

"不对，"尚武说，"朝廷颁布的《法律答问》规定有判决后，允许犯人或他人提出复审的要求①。"

"算了，"李冰摆手，"不说了，二位针锋相对，叫本守听谁的？这样吧，我马上就看二位送来的案卷，明天巳时三刻，请二位到此，听本守决断。李渭，还是由你和卫士长驾车，送二位大人回府。"二郎"诺"了一声，李冰又对尚武说，"雨越下越大，要注意防洪。"

尚武说："已按都水曹通知做了准备。"

———

① 出土秦简《法律答问》说："以（已）乞鞫及为人乞鞫者（'乞鞫'即要求复审），狱已断乃听，且未断犹听也？狱断乃听之。"

"好，你们走吧。"

二郎请何坚、尚武跟他走。

李冰坐到案前翻看材料，他从尚武送来的两捆材料中，先打开一卷帛书，是尚武询问居民的笔录。秦国法律严酷，但治狱程式的规定也很严格，律法规定不允许搞逼供，"凡讯狱必先尽听其言而书之"①。这一卷帛书共有一百篇，是尚武询问一百个百姓的笔录，姓名、性别、年龄、职业、居住地以及与王叕的关系都写得清清楚楚，被讯问者都按了手印，完全可作合法证词采用。李冰仔细审看这一百篇证词，还将重要的笔录写在简册上。

半个时辰之后，二郎返回，对父亲说："已将何坚大人送回府。"李冰仰面问："他在车上说话没有？"二郎说："一直绷着脸，直到下车时才撂下一句话。""什么话？""谁也别想为王叕翻案！"李冰"唔"了一声，沉思一阵，吩咐二郎："你去把孟谦大人请来。"二郎应声走去，李冰埋头看帛书，过了两刻时辰，二郎将孟谦带到，李冰招呼孟谦坐下，二郎给孟谦端了杯热茶，孟谦喝了一口，问："大人有何训示？"李冰说："没有训示，只有垂询。杏林学舍一直是由你兼管的吧？"孟谦点头称是。李冰说："那你对学舍师生情况应该是很熟悉的。""熟悉。"孟谦回答。李冰说："你讲讲王叕、高志的情况。"孟谦说："这两人都是尸佼的学生和助手，在学舍人称大师兄、二师兄。王叕文质彬彬，有君子之风，主要研究治水和筹算；高志气宇轩昂，锋芒毕露，会武功，研究法律和兵学，对咱们秦政、秦法有异议。"李冰问："笋里街叛逆事件是这两人组织起来的吗？""不是，"孟谦说，"这件案子已议过多次，卑职赞同尚武县令对这一案件的分析，魏富、钟秦二位大人违背郡府'平价卖水通告'，天天提价引起百姓不满，给反秦叛逆提供了煽动打、砸、抢、烧的契机，出面的是一个自称'青城游侠'的人。"李冰说："青城游侠不是学舍中人？""绝对不是，"孟谦说，"这一点我敢具结。"李冰摆手

①出土秦简文《封诊式》说："治狱，能以书从迹其言，毋笞掠而得人情为上，笞掠为下，有恐为败。"

说："具结就不必了，本守相信你的话。那，为何判决书要把王叕与青城游侠连在一起，而且说王叕是主犯。"孟谦说："这是何坚大人听信了寋侯的说法，推断出来的结论。"李冰问："寋侯有何说法？"孟谦说："大人是知道的，二十多年前蜀侯恽谋反，朝廷派司马错将军入蜀平叛，蜀侯府的官员全部被囚，后来不知是否经过审理？侯府有郎中令王婴等二十七名官员及两百多名家属被处死，王婴判的是灭门罪，全家被杀，但寋侯却说王叕是王婴的孙子，是漏网之鱼，对我大秦仇恨刻骨，成为叛乱头目是必然的事。"李冰问："侯爷讲这些话有证据吗？"孟谦说："没有物证，听说他给何坚大人写过一篇书面证词，竭力主张从速处死王叕！"李冰沉思一阵，问："寋侯如此主张，有特殊原因吧？"孟谦说，"卑职曾主持修《蜀记》，有人提出，民间有议论说蜀侯恽一案是朝廷权力争斗造成的冤案，王婴一家被诛是因王婴的好友寋侯告奸造成的。应当入史。"李冰问："王婴是寋侯的好朋友？"孟谦说："是的，寋侯现在都承认，说他是大义灭亲。"李冰问："这些事件入史没有？""没有，"孟谦说，"我怕惹事，主张还是按朝廷当年做的结论写，正文之后加一句'或曰：民间相传为冤杀，株连甚广'就行了，就这句'或曰'，老郡守审阅时大发雷霆，说就凭这句话，足够杀我等之头了！可见这一案件的敏感！寋侯把王叕和蜀侯恽、王婴的案子联系起来，不仅使甄别王叕案变得十分困难，而且要担很大风险！"

"嗯——"李冰站起，走到窗前，望着漫天大雨，听着滚滚雷声，心潮激荡，沉思有顷，他蓦然转身，对孟谦说，"朝廷不是强调依法治国吗！不管风险再大，都要将此案查清。"

孟谦仰面望着李冰，"大人下决心了？"

李冰沉重地说："人命关天啊！"吩咐二郎将孟谦送走。

待二郎领孟谦走后，李冰坐到案前，翻看何坚送来的一大摞案卷，他凝神专注，边看边录。

"咚"的一声，铜壶滴漏报时，标尺显示，戌时一刻已到，夜幕降临，室外风雨如晦，室内光线昏暗，过了一会儿，二郎走进书房，打燃火镰，点燃壁灯，又端了一盏桐油灯放在父亲的案上，李冰没抬头，只说："多加几根灯芯，今晚要熬夜。"二郎应声去拿了几根灯芯放入灯盏，说："该用晚膳了。"李冰说："你去吃吧，吃完了给我带两个烧饼回来就是了。""好吧。"二郎转身走去，过了一阵，二郎端着一个盛烧饼的陶碗走回，放于案上，说："趁热吃吧。"李冰抬头，拿起一个烧饼就啃，二郎给他倒了一陶杯水，递给父亲，李冰喝了两口放于案上，对二郎说："你现在就去睡，五鼓声响，你就起床，迅速赶到护城河边查看涨洪水没有？"

"是。"二郎应声走出书房。

（三）紧急会议

在这个风雨如磐之夜，郡守李冰没有睡，郡丞公孙若也没睡，此刻，他正在自己的书房里，召开紧急会议。蹇侯向公孙若通报了他到玉垒山面见大巫师女娼的情况，说大巫师讲要向江神赔罪，就要献上两名童女，就凭郡守大人的几句话，很难得到江神的宽恕。

公孙若问："那就是说江神要发洪水惩罚我蜀民？"

蹇侯说："完全可能。"

公孙若问："还有挽救的办法吗？"

"有。"

"如何挽救？"

"人牲祭祀，"

"谁做人牲？"

"王叕！"

"王叕？！"

公孙若站起，踱步思索，俄顷，转头盯着何坚问："郡守对王叕一案有何看法？"

何坚说："他未表态，说明天上午听他的决断，但我看郡守很可能为王叕翻案。"

公孙若问："你有何根据？"

何坚说："我的根据有三，一是郡守昨晚的讲话；二是他颁布的法令；三是尚武为郡守提供了大量为王叕翻案的材料。"

"还有，"蹇侯说，"昨晚，烈儿逮捕了喊冤的杜鹃被二郎勒令释放，王汤圆老板还找了些刁民当着二郎、红红的面为王叕鸣冤叫屈，并写成证词，由二郎转交郡守。主张'民为贵'的郡守能不接受老百姓的申诉吗？"

"肯定会。"何坚说，"蜀郡不建治狱都尉府是老郡守张若大人的决定，秦律规定郡守就有断狱权，是一郡的最高法官。新郡守为何要新建治狱都尉府？就是要否定郡守依靠监御史府进行审判、监察的治蜀传统，对王叕等叛逆翻案！"

蹇侯说："王叕翻了案，不仅两位大人脱不了干系，还涉及朝廷大员。蜀中刁民的反叛气焰必然更加嚣张，政局将不堪设想了。"

公孙若皱眉思索。

蹇侯说："郡丞大人，下决心吧，这样做也是爱护郡守，免得他被王叕一案卷进激流旋涡，遭受灭顶之灾！"

公孙若转头望着何坚，说："监公，就按蹇侯的建言办吧，王叕迟迟不处决，刁民就有幻想，就会闹事。"

何坚说："那就杀吧。"

蹇侯说："要赶在新郡守做出决定之前，就是说，至迟在明朝巳时一刻，必须腰斩王叕。老夫可到旧江边刑场作法，祈江神开恩，免发洪水！"

何坚说："侯爷，杀王叕，是依照国家法律惩处叛逆，与祭江神无关，侯爷就不要参与了。"

蹇侯想了想，说："可以，那，监御史大人就多多担待了。"

公孙若朝何坚一挥手："去准备吧！"

（四）怀璧其罪

夜更深了，风雨声中响起"咚咚咚"的三更鼓声……

此刻，在西城角街监狱的死囚牢里，披发带镣、身穿赤衣的死囚王叕扶着铁栏，听着高墙外的风雨声，喟然长叹："苍天，蜀民不幸啊，又要遭灭顶之灾了。"他在狭窄的牢房中踯躅徘徊，轻声咏颂古诗《邶风·柏舟》[1]：

> 泛彼柏舟，亦泛其流。耿耿不寐，如有隐忧。微我无酒，以敖以游！

监狱的走廊上，狱卒董麻胡一手提灯笼，一手提个装酒食的竹箪[2]，踽踽地朝死囚牢走来。他来到铁门前，接着王弈的咏叹，说："王先生，有酒啦，有酒啦！"他打开牢门走进，从竹箪中拿出一块麻布片铺在地上，又从箪中提出一壶酒，取出两个土酒碗，四个猪蹄子放在布片上。王弈转身，瞥了一眼地上的酒食，说："董叔，深夜给我送酒食，莫非要在今夜办了我？"

董麻胡说："不会的。"

"为啥呢？"王弈问。

董麻胡说："一刻时辰前，狱丞做了部署，他们要杀一儆百，明日将先生游街示众一番，然后腰斩。我听到风声，才弄点酒菜来，趁夜深人静，给先生饯行。"他斟了两碗酒，端了一碗给王弈，说："喝了这碗酒，明天，王先生就能够'以敖以游'了！"

王弈说："生死对我来说已不重要了。死囚倒是要借董叔的酒，敬董叔一碗，感谢董叔三年来的暗中呵护。否则，我是活不到今天的！"王弈跪地敬酒。

"起来，起来，"董麻胡扶起王弈，说，"我晓得王先生是被冤枉的，你又是我们蜀地的一位英才啊，我不帮你还有良心吗？王先生，我俩共干吧！"两人举碗互敬，喝干碗中酒，董麻胡捡了个猪蹄子递给王弈，"吃吧。"

王弈接过猪蹄，但未吃，说："董叔，你能不能告诉我，为啥

---

①《邶风·柏舟》有两种解释，一说写怨妇之怨，一说写男性仁臣"言仁而不遇也。卫顷公时，仁人不遇，小人在侧"。后者是《毛诗序》的看法，笔者认同后一种解释。

②古代一种竹编圆形盛食器，有点像竹笕。所谓"箪壶酒食"就是把酒壶和食物放在这种盛食器中。

他们突然决定要在明天杀我呢？"

董麻胡说："昨天新郡守上任，你妹妹拦车喊冤，郡守接了冤状，我想，那些残害你的人，怕新郡守为你翻案吧！"

王爰问："新郡守是什么样的人？"

董麻胡答："听说是个饱学之士，姓李名冰，善于治水，有'水神'之称。"

"'水神'！"王爰一惊，"真的？"

董麻胡说："听郡府的人讲，这是郡丞公孙若亲口讲的，曾经想请他来帮助治理都江。"

"唔，"王爰说，"'水神'治蜀，蜀郡之福也！董叔，劳烦你去找狱丞转达我的一点建言。"

"啥建言？"董麻胡问。

"防洪。"王爰说，"今年的洪灾可能很大，这狂风是从西面吹来，倾盆大雨也是由西而东，我在这铁窗中都感觉到了！这说明都江上游正在下大暴雨，这就必然引发大洪水，大洪水从湔氐道群山中冲出，流向由高到低的平原，其速度是一刻时间三十里，半个时辰就可从玉垒山对面的旧江口冲到成都。"

董麻胡说："有这么快吗？"

王爰说："我测量过。令人担忧的是，三年前为了抗旱，加宽了旧江的引水口，以后又对两岸保坎加以维修，这时洪水大量涌入，整个旧江难以容纳，必然泛滥！故死囚建言当局应从速派民夫在旧江进水口加固堤岸，筑石堤拒水。成都应在西门大桥旧江与护城河连接处修一长堤，挡住滔滔洪流不至于冲垮城墙，闯进市中。"

董麻胡说："王先生大限已至，还建言如何防洪？真令人感动！可是，三更已过，狱丞正抱着美女酣睡呢，我一个小狱卒敢去喊吗？即使喊醒了，他会听你这个死囚犯的建言吗？王先生，你书生气十足啊！"

王爰一怔，想了一下，自嘲地说："是书生中的十足笨蛋啊！董叔，我们喝酒。"他提壶斟满两碗酒端起一碗就喝……

夜空中闪电耀眼，炸雷震耳，暴雨倾盆……

　　李冰书房中，李冰添了根灯芯，拨亮灯光，埋头细看简册——《审理实录》。他越看越疑惑、越惊诧，双眉拧成了一个疙瘩。他"哼"了一声，愤然自语："诱供、逼供全用上了！"

　　李冰起身，踱到窗前，朝外望去——

　　夜雨中，似乎王叕的身影在闪现，他，一身血迹，举着戴镣的双手高呼："建言治水，何罪之有？"

　　李冰眼光一闪，幻影消失。他扼腕叹息："怀璧其罪，怀璧其罪啊！[①]"反身走到案前，拿起被当作罪证的帛书——王叕亲笔写的《治水建言书》，伏案审读……

　　高高的谯楼上，更夫挥槌击鼓，连敲五下：咚，咚，咚，咚，咚。

　　李冰看"建言书"，越看越高兴，越看越兴奋。

　　鼓声中，天边出现了鱼肚色，晨光降临大地。这时，雨已经停了，只有狂风还在呼呼地刮着……

　　二郎推门而入，打开窗户，晨光泻了进来，屋里一片光明。

　　二郎上前将灯吹灭。李冰问："护城河涨水没有？"

　　二郎说："都水曹派人在河边监视，说只涨了几寸，目前不至于成灾。"

　　"好啊，"李冰说，"那我们今天可以提审王叕了，你看看，王叕的《治水建言书》写得不错，有些构想可取！"

　　二郎说："天刚亮，郡府的卫兵就出动了，说是要去刑场布防，腰斩王叕。"

　　"啊！"李冰大惊，站起身来。

　　巳时，大街上，法鼓咚咚，过山号呜呜，马蹄嗒嗒，何坚骑着一匹高头大马，领着一群刽子手，押着囚禁王叕的囚车，杀气腾腾，飞奔而去……

　　人群闪动，街道两旁出现了尤数惊惶的脸，悲痛的脸和流着热

---

　　①语出《左传·桓公十年》，本意为身藏璧玉而获罪，引申比喻有才能、有理想的人因不被理解而受害获罪。

泪、燃烧着火焰的眼睛！

人群跟着囚车奔去……

西城门外的旧江边，狂风呼啸，一排柳枝在风中不停地摇曳……

囚车滚滚而来，出西城门，沿着城墙边蜿蜒的道路向前滚动……

城墙上，旧江岸边的石桥上，到处挤满了黑压压的人群。

囚车至旧江边的一块草地上停下。

百姓蜂拥上前。

刀斧手驱赶百姓。

蹄声嗒嗒……

一匹快马沿着旧江岸边飞奔而来，至何坚面前，武士勒着马头，惊恐禀报："禀大大大——大人……"

何坚："何事惊慌？是不是李冰——"

武士："不，不，不是'凝冰'，是是是山洪！"

何坚："山洪？"

众人闻水色变。

何坚故作镇静："知道了！"一挥手，武士勒马而去。

何坚转对刽子手下命令："赶快行刑！"

"咚咚咚……"一个赤膊露胸的刽子手擂响法鼓……

一个牢头走到囚车的木制囚槛前，用钥匙打开铁锁，欲提王叕出来。

此时，青衫薄履的李冰出现在石桥上，他大喝一声："住手！刀下留人！"

何坚回过头来，惊诧地凝望着桥头上的李冰！

击法鼓的小卒回过头来惶恐地凝望着李冰！

手执鬼头大刀的刽子手回过头来愕然地凝望着李冰！

囚车中的王叕睁着希望的大眼凝望着李冰！

李冰撩起袍服，走下桥头，二目如电，威严地向何坚走去……

蓦然，传来一阵暴风雨般的锣声，夹杂着人们绝望的哭叫声："山洪下来啰！""快逃命呀！"

法场上人群崩山似的跑散……

何坚打马遁去……

李冰蓦然回头：只见旧江上游滔滔的山洪挟着狂风，掀起巨大的浪涛，以吞噬一切之势，咆哮着，汹涌着，滚滚而来……

二郎出现在城墙上，他大声呼叫："父亲！父亲！"

洪涛滚来，李冰被冲走。

城墙上的二郎一个雄鹰展翅纵身跳入水中。

洪水席卷法场。西城门外顷刻间变成了一片泽国。

法鼓和两根鼓槌在水面上一颠一颠地漂浮着……

一个刽子手在洪涛中挣扎，他伸出手持大刀的手呼叫着："救命啊，救命啊！"一个浪涛打来，刽子手沉下水底，水面上泛起了几个泡沫。

囚车木槛在水中旋转着，旋转着，木制囚栏中的王叕安全无恙。一会儿囚槛卷入激流，顺水漂走……

浪涛滚滚，李冰搏击着浪涛。

二郎迅速向父亲泅去，从身后托起李冰，继续向前划去……

囚槛里的王叕，紧咬着牙关，睁着痛苦的眼睛望着一江洪水，只见：

——漂走的无数房门、屋顶、纺车、织机……

——漂走的一根大树上，站着一只小山羊，小山羊望着江岸，咩咩地叫唤着……

——漂来的一只大木盆，盆中坐着一个婴儿，婴儿哇哇地哭叫着……

王叕泪眼模糊了，他紧闭双眼，等婴儿的哭声听不见了，他才慢慢睁开眼睛。忽见两个黑点向他漂来。

王叕呼喊："朝我这里游，朝我这里游！"

两个黑点朝他漂来，这是李冰父子，二人已经精疲力竭了。

"快抓住囚槛，快抓住囚槛！"王叕叫道。

二郎咬着牙关，使劲地推着父亲向囚槛靠拢，李冰伸手，一次、两次……终于抓住了囚槛。

囚槛随着洪涛一颠一颠地向前漂去，漂呀，漂呀，渐渐地成了一个黑点，消失在远处的水平线上。

第十五章　父子历险

（一）齐心抗洪

郡丞府前院的一间公廨中，公孙若焦急不安地在室内踱躅，何坚紧皱眉头，一旁伫立。须臾，公孙若驻足，瞪着何坚问："郡守为何跑到刑场呀？""大人，"何坚说，"我不是已经讲过了吗？制止行刑，刀下留人！""哎，"公孙若拍拍额头说，"急昏头了！"抱怨道，"他咋会这样？他咋会这样？""唉！"又一声长叹，"入蜀才三天，父子俩就遭洪水吞没，怎向朝廷交代？怎向他的家人交代？"何坚说："只是失去了联系。孟谦、周庸、尚武一早就率领军民在城南防洪，他们很可能救起李冰父子。""嗯，"公孙若振作起来，"有这种可能，走，我们看看去。""你不能走，"何坚说，"按秦法规定，郡守出缺，郡丞替代。我立即命值房通知各曹，现在由公孙大人代行郡守之职，掌控全面。寻找郡守父子的事由我去办。"说罢走出。

何坚刚跨出门，就迎面碰见匆匆走来的郡尉周阵，他的身后跟随马骏和八名锐士。周阵劈头就问："郡守父子有消息了吗？"何坚说："我正准备去寻找。"周阵说："我挑选了几位善于游水的锐士，由卫士长马骏率领，你带去吧，我坐守南营，监管城内治安，如需出动军队，可随时告知。"

"很好，"何坚朝马骏一招手，"跟我走吧！"

奔腾呼啸的山洪在席卷西门法场后，又沿着西城门的护城河向南冲去，水位高过河岸六尺，南城墙阻挡了它的任性撒野，它咆哮了，发出雷鸣般的吼声，它要破墙而入，到街上周游一番。巳时初分，山洪终于推倒了西南面一处城墙，形成一丈多宽的缺口，山洪疯狂涌入，沿护城河南街向东狂奔，城东南的上莲池、中莲池、下莲池街一线顷刻间变成了山洪的甬道，房屋垮塌，椽檩柱子、木制家具成了水面上的漂浮物。幸好，街上的居民早已在洪水到来之前疏散，没有人被洪水吞噬。

　　"当、当、当"，锣声激烈响起，一百多名赤膊精壮汉子在县令尚武、县丞易南、县尉庞石的带领下以圆木作枕铺路，接连推出三艘长两丈八尺装满了巨石的船棺①，从张仪楼下的石鼓街冲出，直向城墙决口奔去，将船棺推入激流奔泻的缺口中，船上的八名小伙子用铁钎将船底戳穿，使船和巨石一齐下沉，一艘沉后，二艘推上，二艘戳沉后，三艘又上，终于用巨石堵住了缺口，紧接着孟谦又带着一百多名汉子扛着装满沙石的麻袋奔来，将麻袋投入缺口，在巨石的基础上堆砌成一堵挡水墙，周庸又指挥数十名工匠在挡水墙后横加一层木板用铁钎固定，用木桩支撑。

　　经过一个多时辰的搏斗，溃墙缺口被堵住了，几位官员都很高兴，他们走到张仪楼下，和抗洪军民一起歇息、用膳——每个人一竹筒水，两个干饼。周庸对尚武等官员说："初战告捷，但防洪队伍还不能解散，还要看都江上游下不下雨。"尚武说，"我们做了最坏的准备，再下雨，水再涨，咱们就和老天爷死扛，我相信人定胜天！"县丞易南说，"塞侯说蜀人对江神不敬，江神才发洪水惩治。他的话在民间影响甚大，不破除这一思想障碍，动员百姓抗洪就有困难。"周庸说，"不要和塞侯抬杠，神的问题一万年也扯不清，你们告诉民众一个简单事实就行了，大洪水是都江上游连日大暴雨形成的，只要都江上游不下大暴雨，都江就不会涨大洪水，不相信的人可登上张仪楼远眺观察。"江澄从张仪楼上匆匆走下，大声地喊："雨过天晴了，可看到岷山雪峰了！""善哉，善哉！"周庸说，"洪水可以逐渐消退了！"何坚匆匆走来，向几位官员讲了李冰父子被洪水卷走的情况，大家的心情一下沉重起来，尚武埋怨地说："何大人咋不早说呢？"何坚说："我已经带着马骏等锐士沿护城河走了一遍，很遗憾，未发现郡守父子的踪影！"周庸

---

　　①船棺是用特大的圆木打造成的一种独木舟式的葬具。成都商业街曾发掘出一座船棺合葬墓，其中有4具大型船棺，长10多米，宽近2米，有考古专家认为蜀人的这种葬俗流行于古蜀国和战国初期，战国后期还保留着，但已不时兴了。船棺葬俗在古蜀国流行与洪灾频仍有关，蜀之先民认为人死后躺在船棺里不怕水淹。

说："郡守父子是被山洪的第一泼浪头冲走的，就是活着，也不会在护城河这一段出现。"尚武说："有道理，咱们马上到下游去寻找。"周庸说："你不能走，要防止城墙被水泡松后出现新的垮塌。"何坚说："现在是郡丞代行郡守职务，如何寻找？派哪些人去找寻？还要请公孙大人决策。"孟谦说："那，我们先商定一个寻找方案，再去找郡丞。"

郡丞府前院，夫人献慧敏和端着个食案的小翠走进会客室。小翠将一豆肉丸汤，一盘杂拌，一壶酒，一对金爵，两碗饭团，两双象牙筷，放在一张矮案上。夫人瞄着公孙若说："事已至此，焦愁何用？不吃不喝，饿坏了身子骨怎么办？为妻陪你吃点吧！"公孙若一声长叹，说，"要是李冰父子真的喂鱼了，怎么办啊？""李冰父子不会喂鱼的。"声至人到，是蹇侯父子来了，蹇烈提了一条还在摆尾巴的大鲤鱼，"侯爷来得正好，"夫人说，"请劝劝他吧，一听说李冰父子出事了就像掉了魂儿一样，不吃不喝，红红也关在屋里哭，真叫人难受！""不要紧，不要紧，"蹇侯说，"老夫卜了一个上卦，李冰父子有惊无险，江神只是略施薄惩而已！"转头吩咐蹇烈，"把鲜鱼交给小翠，让膳房立即红烧出来，给公孙大人佐酒。"蹇烈交鱼给小翠说，"这条鱼是我在中莲池街抓住的，"小翠提鱼走去，公孙若问，"莲池街进水多深？"蹇烈说，"开始有七八尺深吧，人可以在水里游泳呢！"慧敏夫人说，"那么大的水公子不害怕？""伯母，"蹇烈笑道，"我会水，大巫师说，我属龙，水越大越好玩儿！"蹇侯对公孙若说，"龙儿确实会水，他主动请缨，想找几个会水的兄弟一起去寻找郡守父子。"公孙若说，"公子精神可嘉，本丞已令何坚寻找去了。这是郡守府遇到的一件大事，结果如何？很难预料，公子带人寻找不适合。"蹇侯想了一下，说，"郡丞大人之言甚是，龙儿就不要参与了。""好吧，"蹇烈说，"我去劝劝红红，把父侯卜的上卦告诉她。"夫人说，"好的，叫小珍带你去。""晓得。"蹇烈应声走去。

小翠端一盘红烧鲤鱼走来，放在案上，蹇侯对小翠说："给夫人拿碗筷来。"夫人说，"算了，我就不奉陪了。"蹇侯说，"不，夫人，老夫还有几句心里话要说。夫人慧敏，名副其实，是公孙大人的贤内助，可以帮助斟酌斟酌。"小翠给夫人拿碗筷来，放在案上后退出，三人围案坐下，边吃边谈，蹇侯说，"李冰上任的前夜，郡丞大人曾与老夫原原本本传达过太后、芈相的谕示，这是对老夫的最大信任，因之，老夫看出了李冰的问题就不能不告知大人。"公孙若说，"本人一直信守张若大人离蜀前的嘱托，引侯爷为知己，侯爷看出了什么问题？请直言。"蹇侯说，"李冰能当上封疆大吏是朝中杜仓、司马错、田贵等老人力荐的结果，太后、芈相同意他任郡守是用他善于治水的一技之长，让大人屈居他之下，是为了监督他，防止他特立独行，干出犯上作乱的事来，这是太后和芈相的意思吧？"公孙若颔首称是，蹇侯说，"这个人有大学问，但确实又需要监督。欢迎宴会上的讲话，有许多谬误，说得重一点，就是蛊惑人心、攻击秦政的逆言。接受刁民为王歪翻案的冤状，制止对王歪行刑。他的这些言行，不立即加以制止，不仅张若大人治蜀的优良传统必将中断，还要开罪太后，闹出大乱子来，你我都难脱干系啊！"公孙若说："我也有侯爷的这种担心，但我和李冰有多年的交谊，知晓他的性情，我想对他动之以情，晓之以义，说服他修正错误还是有可能的。"蹇侯淡淡一笑，说："郡丞大人讲究信义，不忘友情，令人感佩。但恕老夫直言，在官场上，在权力争斗中，是无信义、友情、亲情可讲的。秦王要坐稳王位，就要杀掉反对他的亲兄弟。还有，庞涓与孙膑、张仪与苏秦都是同窗学友，因为政见不同，权力争夺，而成为死对头，这种例证，历史上数不胜数！"公孙若沉思。蹇侯又说："我等一定要记着，李冰是敢于顶撞白起的人，这种人在秦国可是独一无二的啊！他还有什么事不敢干？"慧敏夫人对公孙若说："夫君，侯爷的话给我们敲响了警钟啊！"公孙若一口喝干一爵酒，叹息道："我何尝没有想过，只是，内心充满矛盾哟。"望着蹇侯，"侯爷何以教我？"蹇侯说："有些话老夫已经说过了，但今晨的突发事件，提醒我等对郡守的言行不得不高度重视，初步想出应对三策。"公孙若说："请讲。"蹇侯说："一、估计王歪还活着，应从速捕杀，决不能让此犯掌握在李冰手中；二、让李冰全身心投入治理都江工程，但必须按大人的治水方略进行，开阡陌和设置断狱都尉等政事一概由大人主持;三、对商鞅思想持异议的李冰不应担任秦国高官,待完成都江治理后,就劝他自己写辞职书,请朝廷准许他退出政界,当个博士,专门研究天文、地理、水利。老夫这三条是完全站在大人的立场从爱护李冰出发而提出的。捕杀王叕,避免李冰犯错误;让他一心一意搞治水是发挥他的专长;让他去研究天文地理水利,是实现他的追求和梦想,他一生的愿望不就是想和他父亲一样当个有名的工师吗?"公孙若思索。夫人慧敏说:"侯爷所献三策好极了,既符合太后、芈相的谕示精神,又成全了李冰,何乐而不为?""嗯,"公孙若说,"侯爷一说,我的思路就清楚了,本人欣然接受。"端起爵,说,"祝愿李冰父子绝处逢生!喝,喝。"

前院中,公孙红对寨烈哭叫:"别骗我,别骗我!"寨烈说"真的,真的,不信,你去问我父侯。"公孙红大步朝会客房走去,一进门就怒斥正喝酒的父亲和寨侯,"可耻,可耻!李冰伯伯和二哥都被洪水冲走了,如今生死不明,你们不去救人,还有心思喝酒!呜呜……""胡说,"公孙若喝道,"出事之后,为父已派何坚大人寻找去了。"夫人走近红红,抚着她说,"乖女儿,别哭,你父亲说的是真话,刚才是举杯祝愿李冰父子绝处逢生!""能绝处逢生吗?"红红伏在母亲的怀里哭,寨侯说:"红红,不要悲伤,你听老爷爷说,我确实卜了个李冰父子有惊无险的上卦,你不相信本侯,也应相信大巫师嘛。还记得吗?三年前闹了大半年的旱灾,大巫师说用人牲祭天,即可下雨,结果怎样?大雨倾盆!前天晚上傩戏班演戏亵渎江神,本侯就预料江神必然在三日之内发大洪水惩罚蜀民,有人不信,怎么样?今日巳时不是就发洪水了吗?庆幸的是,郡守信奉江神,当晚立即决定停演傩戏,并派本侯前往玉垒山江神祠请大巫师作法,向江神赔礼道歉,所以江神原谅了郡守,只表示略施薄惩而已。本侯卜的上卦就是神意的表现,是绝对可靠的。"公孙红止哭,将信将疑地问,"真的可靠?"寨侯回答说,"真的,堂堂侯爷会说话骗人?"夫人说,"侯爷料事如神,我们相信,相信。".

寨侯并非料事如神,只不过谲诈多端而已,三天之内会发洪水是大巫师女媱告诉他的,女媱十四岁就进入江神祠,跟随昆仑山大巫师巫咸十八代传人巫灵学习巫术。她已在玉垒山住了二十多年了，每天一早一晚观察天象，对岷山地区的气候变化，对都江水涨水落的现象都做了记载，经过长期研究，掌握了规律，所以她能准确地预报洪水。

　　塞侯为何敢保证李冰父子没死，是在洪水席卷法场后，他命塞烈骑马火速赶到中莲池街站在望江台上作细心观察。那会儿，城墙还未冲坏，莲池街还未进水，他发现李冰父子和王叒都抱着囚栏木柱向下游漂去，塞烈赶紧跑回宽巷子别墅，把观察到的情况向父亲做了禀报，塞侯判断李冰父子在临淄、安邑和郢都都与水打过交道，有水神之称。李冰识察水脉，善游泳，不可能轻易被洪水吞没；塞侯还精通相术，他认为李冰气宇轩昂，天庭饱满，隆准直高，有长寿之相，远未到绝命之时；再者，蜀郡因洪水频发，造成了一些人在洪水期间拿起长杆铁钩，到河边打捞所谓浮财的习俗，这样，李冰等人就很可能被人救起。据此，塞侯做出了李冰父子有惊无险的判断。

　　"郡丞大人。"何坚、孟谦、周庸三人走进。

　　公孙若不等来人开腔，急问："找到郡守父子了吗？"

　　三人摇头。公孙若生气地说："尔等不是在现场吗？就没有发现郡守父子的踪影？"周庸说："郡守父子是被山洪的第一泼浪头卷走的，当时，我等在督促居民撤离，加之江面上漂浮物太多，洪水一瞬而过，根本就分不清楚人和物。"公孙若质问："现在咋办？"孟谦说："我等已采取措施，弄了一条大船，由都水长指挥，沿江寻找。我、何坚大人、郡守卫士长和八名会水的锐士参加，大人以为如何？"

　　"快去，"公孙若命令，"生要见人、死要见尸。"

　　"遵命！"三人拱手，走去。

　　公孙红追上，说："孟谦叔叔，我跟你们一起去。"

　　郡丞夫人上前，拉着女儿："你疯了，那么大的洪水！"

　　公孙红哭闹："我就要去，就要去！"

　　孟谦说："红红，听你母亲的话，待在府里听好消息吧！"言讫走去。

"母亲!"公孙红伏在母亲怀里痛哭。

(二)绝处逢生

滔滔洪水中,十名船夫划着一支大木船在江中搜寻。孟谦、何坚、周庸、马骏站立船上,逡巡两岸,船头船尾各站四名挂着长竿带钩的卫士。他们从未时一刻至申时初分,对护城河下的两边河岸进行了拉网似的搜查,找人和木制囚栏。周庸强调要特别注意木制囚栏,说:"即使散了,也要找到一两根木柱作证。"这次郫县、鱼凫一带的多个乡邑被洪水席卷一空,因此,河中的漂浮物特别多,一些连根拔起的树木、竹子被洪水冲到岸边,百姓常用的竹木器具,在大树、竹笆间聚集成堆,搜寻辨认并不容易。两个时辰过去了,一点线索都没发现。周庸命令沿洪水新冲出的南向河道寻找,他的判断是:新河是第一泼又急又猛的洪浪冲刷出的,郡守父子正是在此时被卷走,故他们只能在新河道里漂流。

山洪经过一天的咆哮,渐渐平息下来。黄昏降临,河面上浮起一层蓝雾。河风习习,欸乃声声,木船在江面上行驶,何坚与孟谦一向左一向右,睁大眼睛,观察两边。夜色渐浓,天上,一轮弯弯的月亮升起,在云层中穿梭移动,江面上映着朦胧的月光,周庸命令卫士在船头船尾竖起红灯。

搜寻船在江中缓缓行驶,红灯笼在河风中摇曳……

前面的山丘下,河道拐弯,形成一个回水沱。清冷的月光下,但见两具尸体,在水面上漂浮旋转。

周庸注目前方水面,说:"回水沱中有尸体呢!快划,快划。"船夫奋力摇桨,木船驶进回水沱,接近尸体。

卫士用长竿铁钩抓住尸体翻看。

孟谦、何坚、周庸辨认,异口同声说:"非也,非也!"

周庸命令木船靠岸,叫船夫捞起两具尸体,安葬于山坡上,又叫大家到山腰的岩穴中生火烤饼,用膳歇息,等天明再找。何坚说:"不恰当吧,错过救人的黄金时间,谁担责?"周庸说:"夜色昏暗怎么找?这回,我信塞侯卜的上卦,郡守父子有惊无险。"孟谦说:"都水长有何根据?"周庸说:"我等已找了四个多时辰了，但未发现被水冲散了的囚栏木柱，这就是说囚栏完好无损，二十四根木柱构成的囚栏，简直就是一只木筏，足以乘载善游的郡守父子和王叕了。”

周庸的推测不错，木制囚栏如同浮槎，李冰父子和王叕死死抓住它，在汹涌的波涛中漂荡，黄昏时，他们被冲到杏花山脚下，一株长数丈的粗大麻柳树倒在水中，二郎眼尖手快，一把抓住树枝，使囚栏停靠在树干边，他们放弃囚栏，将树枝当纤缆，一手抓缆，一手划水，终于脱险上岸。李冰、二郎、王叕在泅水的过程中衣裳被漂浮物撕碎成布条，履也冲掉了，三人光着脚丫，半截铁锁链还戴在王叕的手上。

三人走到临江岩下的沙石地上歇息。他们与洪水搏斗了一天，这会儿是又冷又饿，李冰哆嗦着说：“看样子，洪水不会再涨了，就在此处过夜。”“诺。”二郎点头。李冰指着王叕，吩咐二郎将他手上的半截铁锁链去掉，二郎拉着王叕到崖边，捡起一块青石将锁链砸断。李冰又吩咐：“赶快捡柴生火。”二郎、王叕攀上崖去寻找干柴，李冰埋头在河边乱石中寻找火石。一会儿，王叕和二郎各抱一捆竹木干柴、枯树枝叶走来，在沙石地上摞成一堆，李冰找到了两颗白色的火石，躬身在柴堆下敲打，火星飞溅，瞬间，枯树叶着火，柴堆渐渐燃烧起来，越烧越大……

李冰父子坐到火堆前的大鹅卵石上，脱下破衣烂裳，光着身子烤火，稍远处王叕怯怯蹲着，不敢上前，李冰望着他，说：“王叕，过来烤火呀，先把烂衣裳烤干，以御风寒。”王叕问：“合适吗？”李冰说：“现在我等都是灾民，有何不合适的？”王叕移步上前，脱下破衣烤火。李冰对二郎说：“我等现在是饥寒交迫，急需得到帮助，扎个火把到山上看看，找父老借几件衣裳，要点饮水、食物。”二郎说“诺”，他到岸边找了几根细竹，拿来在火上烤干，用石头将竹节砸碎，用片石划竹成条，用树根捆扎成火把。

李冰说：“山上肯定住有人家，王叕，你说是吗？”王叕答：“是的。”李二郎点燃火把，李冰说：“去吧，沿途要做好标记，别忘了路。”

二郎举着火把朝山上攀登……

李冰走到江边,把漂浮竹木和各种损坏了的家具、长短不一的木柱、门板、树枝捞起,有序地摆在火堆旁边烤干。

王叕好奇地看着李冰,说:"大人还会干粗活?"

李冰问:"这奇怪吗?"

"不,"王叕说,"人,能粗才能细。"

李冰瞄了王叕一眼,没有作声,他掏火,加柴,火势猛增。他抬眼瞄着王叕问:"这个地方叫什么名字?"王叕答:"广都的杏花山。""啊,"李冰说,"离成都三十多里了。"王叕道:"大人何以知晓?"李冰说:"你写的建言书上不是讲过成都到广都的距离吗?还讲蜀王为避水灾曾在广都建都,杏花山、牧马山都是他的游猎、饲养场地。"王叕说:"是的,大人过目不忘,记忆力超强!"

李冰指着河水问:"这条河叫何名字?"

王叕站到河边观察了一阵,说:"是被洪水冲出的一条新河。"

"那成都没有泄洪渠道?"李冰问。

"有,"王叕说,"在护城河东面尽头,开凿过一条南向的河道。"

"唔,"李冰说,"明天看看去。"

过了一阵,李冰又问:"杜鹃是你亲妹妹,为什么她姓杜呢?"

王叕说:"我们是同母异父。"

李冰:"你的生身父亲早死了?"

"正是,"王叕沉重点头,"二十五年前,我家遭灭门大祸,父亲与爷爷同时被杀。那年我一岁半,是母亲带着我逃出成都,流落到了青城山下的江源。后来,尸佼老师找到了我们母子,在他的撮合下,母亲和一个姓杜名仲的医士结了婚,几年之后,才有了小妹。继父给小妹取名杜鹃。"

"你继父和母亲还在吗?"

王叕答:"十年前的夏天,羌寨突发瘟疫,头人木姐丹曼邀请父亲到羌寨除疫救人,返回时,死于汶山突发的泥石流,母亲抑郁成疾,两年后去世。"

"啊!"李冰感叹了一声,须臾又问,"本守从你的罪案上看到，王家之所以遭到灭门重刑，是因你祖父王婴参加了蜀侯恽的反秦叛乱，你对这一点怎么看？"

王戣说："这只是官方的说法。真实情况是，蜀侯是被冤枉的，我爷爷是因建言治水而获罪的。"

李冰问："你如何知道？"

王戣说："我的建言书就是根据爷爷的建言书写成的。"

李冰又问："你怎么有你爷爷的建言书？"

王戣说："我爷爷生前与尸佼老师交往甚密。他建言书的原稿就保存在老师处。"

李冰接着问："你想为你爷爷翻案吗？"

"当然想翻案！"王戣说，"不昭雪冤案，这世道就没有公平正义了！"

李冰被触动，深感事态的严重！他站起身来，走到河边，望天默想——天上，月亮穿出云层，银光倾泻，河面上，山林中，清辉闪烁，树上的两只猫头鹰似在相互调情，一唱一和地狂叫着，其声恐怖！

二郎手执火把，匆匆往山上走。林中有一头黝黑的野猪闪着一对通红发光的大眼，紧盯着他。

二郎来到谷口的一棵大树下，一阵山风吹来，火把熄灭，他听到了林中有响声，急忙举起半截火把，摆出迎战的姿态。朦胧的月色下，一头野猪从林中蹿出，直扑二郎，二郎闪开，用半截火把击打，被野猪"哇"的一声衔去，并乘势向二郎发起进攻，二郎纵身一跳，抓住一根横着的树枝，悬吊在空。野猪从二郎的脚下扑过，撞在前面的岩石上，摔了个四脚朝天！

二郎赶快爬到树干上，折下一根粗枝条，作为武器。

野猪翻身，走了几步，睁大眼睛，望着树上的二郎嗷嗷直叫……

二郎想灭了这畜生，好吃野猪肉，他一脚踏树干，一脚踩树枝，摆好一个居高临下的进攻姿势。待野猪张嘴号叫时他"嗨"的一声，从树上扑下，手中木条直刺进野猪的口中，使劲地往里戳着，野猪口咬树枝，"咯嘣"一声，树枝竟被咬断！

野猪猛扑二郎，二郎用半截枝条抵御，边打边退，直至悬岩边。千钧一发之际，蓦然飞来一柄铁叉，扎倒野猪！

二郎惊疑，注目前看——

围着兽皮的雷老汉，举着火把健步走来。此人须发飘忽，六十多岁了，但身板硬朗，目光慈祥。

二郎说："多谢老爷爷！"

雷老汉使劲地将铁叉往野猪的身上按了按，说："你这害人的野物，老汉等了你七个夜晚了！"举火把照看二郎，"小伙子，你咋个光着身子？"

二郎说："我是被洪水冲下来的，想到山上找人家借几件衣服，找点饮水、饭食。"

"晓得了，跟我来。"雷老汉说。

山岩下的沙石地上，李冰和王叕还在谈话。

李冰问王叕："你那建言书里引用了一首民谣，说是'好个郡守张大人，不治水只治民，弄得百姓当干人！'干人是何意思？"

王叕说："蜀郡地方语言中的'干人'就是指的一无所有的穷人！并不是单指没有水喝。水为万物之源，不变水害为水利，不仅农事难兴，城邑建设也要受到制约。五谷不丰产，工商不发达，老百姓就只有陷入贫困而成为干人了！"

"是这个理。"李冰肯定说。

"父亲，父亲！"二郎喊着走来，他已穿上雷老汉给他的补丁累累的麻布衣裤，脚穿草履，腰系一根兽皮带，披着长发，土中见帅。一手执火把，一手提了块野猪腿，两双草履。后跟雷老汉，他挎着一个水葫芦，抱着几件衣服，提着一个竹篮。

李冰起身相迎。

"父亲，"二郎介绍道："这是雷爷爷，孩儿遇到了野猪，是雷爷爷救了我。"

"多谢老人家。"李冰拱手道。

"应该的，"雷老汉放下竹篮、衣服，欲行大礼，"李大人！"

李冰扶住他："不必多礼。"

雷老汉说："大人父子遇难成祥，真是吉人天相啊！"拿起一套麻布衣裤递给李冰，说："夜冷风寒，快快穿上。"

"多谢了。"李冰接过衣裤。

雷老汉又给王叕一套。王叕迟疑不接，李冰说："收下吧。"王叕拱手道："多谢雷爷爷。"接过衣裤。

"还有草履。"二郎说着给父亲和王叕各递了一双。李冰和王叕拿起衣裤，提着草履走进凹岩后换。

二郎坐到火堆前，拿起野猪腿在火上烤。

李冰穿上褐色的麻布短衣和长裤走出，笑道："正合身，好像给我定做的。""快坐，"雷老汉又从竹篮中拿出三只土碗来放在三人面前，取下葫芦斟满水，说，"先喝点水吧，还有饭团呢。"又端出一土碗饭团放于火堆旁。二郎说："我起先在雷爷爷家中喝过一碗了，感觉这水有点咸味。"

李冰喝了一口，说："是盐味。"他滴了两滴在柴火上，火起白泡，问，"雷大爷，您这水是从哪里取来的？"

"前山杏花溪。"雷老汉说，"这小溪流的可是神水啊！"

李冰说："我看是地下的卤水浸入了溪水中。这地方有盐。"瞄着二郎，"记住这个地方，等洪水过后就来勘察。"

二郎将烤好的肉撕了一块给雷老汉，雷老汉交给李冰，说："大人先吃吧，漂了一天，一定饿坏了。我自己烤吧！"从篮中取出一块猪耳朵烤着，二郎又撕了块肉给王叕。李冰说："抹点盐水在猪肉上吃，味道一定不错。"二郎、王叕照办，在猪肉上抹了点盐水再吃，连声称道："真香，真香。"

雷老汉瞄着李冰，产生幻觉：

李冰幻化成他的儿子雷大。雷大穿着麻布新衣，笑眯眯地望着父亲！

雷老汉失声地："儿子，儿子！"

幻景瞬间消失。

李冰惊异："老人家，您……"

雷老汉说："见笑了，老汉我忽然想到儿子雷大啊！"

"想到儿子？"李冰借着火光，看了一下身上的麻布新衣，说，"这麻布新衣是您儿子穿过的吧？"雷老汉点头说："只穿了一回。"李冰亲切地问："老人家，这是怎么一回事？"

雷老汉说："那是二十五年前的事了。"

李冰算了一番道："二十五年前，那正是当今大王登位的第六年。"

"对头，"雷老汉说，"那一年年辰不好啊！是年初夏，蜀侯恽下令，在全蜀征集了铁匠去芒城建大炉，打铁钎，准备秋后开山筑珊。①我儿是铁匠，自然被征了去。"

"老人家，"李冰询问，"征调您儿去打铁钎有什么凭据吗？"

雷老汉说："有啊，里正发的，老汉现在还保留着呢。"

"很好，"李冰说，"等会儿，您拿给我看看。"

"要得，"雷老汉说，"我儿去芒城才过了一个多月，只打了几百铁钎，上面突然叫停。不过蜀侯对百姓仁义，给每个铁匠发了两百铜钱，才将他们遣散还乡。我想利用这笔钱为儿成婚，就请人在青竹乡给他说了门亲，缝了这袭新衣，我儿穿上这袭新衣去相亲，刚走到河边，就遇到了洪水暴涨，从上游冲下来一个小娃娃，雷大脱下衣裳、裤子，就跳到河中救人，结果一去未回。"

李冰感动，赞道："舍己救人！"

雷老汉说："我去找儿子，只捡回了这套才穿了半个时辰的新衣裤！"

听了这个故事，李冰、二郎、王蚁的眼睛都湿润了！

雷老汉接着说："多年来蜀中百姓被水灾、旱灾害苦了啊。李大人，你父子俩今天也险些丢命，这是不是江神作怪啊？"

"江神作怪？"李冰沉思。

"是嘞，"雷老汉说，"听说，都江有江神，就住在玉垒山下的水中，江水涨落，全凭他一句话。所以，每年春秋二季都要为他举行祭礼，大祭之年还要给他送两个美女，否则他就要发洪水，惩治蜀民！"

李冰问："老人家，你这是听谁说的？"

雷老汉答道："蜀中百姓都这么说。"

"唔，"李冰沉思了一下，说，"请雷大爷给父老乡亲传言，

①"珊"就是今人称的"堰"，古蜀人称"珊"。

李冰此翻守蜀，就是要治好蜀水，变水害为水利！江神襄助，本守就敬他！江神胆敢作对，本守就灭了他！"雷老汉有点担心，问："郡守大人有这个把握？"李冰笑着，不置可否。二郎说："雷爷爷，江神不可怕，人力可以降服它。"雷老汉摇头，"怕人力降服不了它哟。"王裒插话道："人力不行，那就靠神力，雷大爷放心，李郡守有水神之称，定能制止江神作恶。"雷老汉疑惑地问王裒："李大人真是水神？真能打败江神？"王裒回答道："无须怀疑，眼前的事实就是明证。郡守父子与洪水搏斗了一天，最后毫发未损，顺利上岸，这就说明江神不是水神的对手。"雷老汉一拍大腿，兴奋地说："对头，郡守父子在大洪水中泡了一天，竟平安无事，凡人做得到吗？老汉相信，郡守不仅是吉人而且是神人！安逸，我们蜀郡大有盼头啰！"雷老汉站起身来，拱手道："李大人、二公子、王先生，你们歇息吧，我回去给你们蒸点菜粑，明天一早送来。"说完便点燃一支火把离去。

待雷老汉走后，李冰望着王裒，严肃地质问："王裒，尔的胆量真大，竟敢当着本守的面造本守的谣！"

"本人没造谣！"

"本守确有信仰神灵的情怀，更尊重百姓的信仰，才对雷大爷说了那几句话，尔怎能把我说成是水神呢？"

"说大人是水神，乃是郡丞公孙若讲的。"

"尔不是在坐牢吗？何以知道？"

"罪人是听牢头麻胡叔讲的。大人不信，可以去查。"

"唔，"李冰说，"听来的怎能随便讲呢？"

王裒说："老百姓喜欢神啊！"

李冰说："不说了，睡吧。"

三人在火堆旁边枕石而卧。

无奇不传，李冰父子打败水神的故事，通过雷老汉之口，迅速传遍蜀郡城乡。

（三）救济灾民

早晨，一轮掩映水浪的红日从江面上升起……

临江岩下的沙石地上，篝火已经熄灭，余烬飘着一缕青色的烟雾……

火堆旁边，李冰父子枕石而卧，王叕坐在旁边打盹。

从江面上飘来此起彼伏的喊声："李冰大人，李冰大人……"

李冰父子闻声站起，朝江边奔去。王叕一愣，退至岩边，他想逃跑，但终于没有，他蹲下身来，准备接受郡守大人给他的命运安排。

二郎朝江中挥手："我们在这里。"

马骏转头远眺，一指，说："大人和二郎在岩下江边，快划，快划。"

江中，周庸一行乘坐的木船迅即划来，至岸边停下。

"大人受惊了！"周庸、孟谦、马骏跳上岸，拱手问候。

"简直没有料到！"何坚跳上岸说。

李冰说："多亏了那个木囚槛啊。"

何坚瞪着王叕，冷笑道："你这叛逆的命大呀！你手上的铁锁链怎么断了？"

王叕沉默。

何坚转头向卫士下令："将死囚犯王叕捆起来，押解郡垣，名正典刑。"

"慢！"李冰阻拦，说，"你不能带走王叕，本守还要继续审问他。"

何坚道："请大人回郡府审问。"

李冰说："此案涉及治水，本守要沿江审案。"

何坚不以为然，他语意双关地说："沿江审案？大人，往下走，那是洪泛区，一片泥泞沼泽，谨防落入陷阱啊！"

李冰说："本守还要绕一圈朝上走呢！"

何坚说："朝上走可是逆水行舟啊！"

"明白，"李冰道，"逆水行舟不进则退嘛！何大人，能不能跟本守一起共进共退呢？"

何坚愣了一下，睥睨李冰，半晌才说："本史还要捉拿王叕的同伙高志和青城游侠呢，没有时间陪大人沿江审案了。"

李冰说，"那就忙你的去吧。不过，你还要与郡丞大人带句话，本守这样做不仅是为了弄清王燊的罪错，也是为了实施他制定的'高山出大湖，银水结玉瓜'的治水规划。"

何坚怀疑地反问："难道大人此举，也是为了实施郡丞大人的治水规划？"

"正是，"李冰说，"治理都江的目的之一就是防止洪灾。趁洪水泛滥平原东南部之时，去灾区亲眼看看，弄清楚洪水肆虐之处的情况，才能开出一条结玉瓜的银水来。治水如同医师看病，要通过望、闻、问、切找准病因，才能对症下药。"

何坚想了想，说："大人考虑周到！"

李冰说："本守令你办好一件事。"

何坚说："请大人示下。"

李冰说："查一查各县令、县长在这次防洪救灾中的表现，好的嘉奖，坏的惩罚。"

"诺，诺！"何坚点头。

"这可是你的分内之事啊！"李冰说。

"诺，诺！"何坚说。

李冰转对周庸说："都水长随本守视察灾区。"

周庸躬身回答："遵命！"

"孟谦大人，"李冰说，"你迅速赶回成都，协助郡丞做好救灾大事。速向全郡发一道通告，传本守命令，凡是灾区的县令、县长，都要亲自出马，做好救灾安民的各项事务。对无家可归的灾民，由府库出粮，施行救济。"

孟谦说："大人，各地府库空虚啊！"

"借粮，"李冰说，"由灾区县廷出面，向富豪之家借粮。蜀郡这么大，还可以到没有受灾的地方筹粮嘛，灾区的县城、乡亭都要广设粥棚，不准饿死一个人。"

孟谦说："明白了。"

李冰说："通告要强调三条：一、成都和各县城粮铺都要开门营业，平价出售。凡囤积居奇，哄抬市价者，严惩不贷；二、要防止洪水之后造成的瘟疫流行，凡是受灾的县、乡、亭都要广施防疫

药汤；三、各县要把赈灾与治灾密切结合，广开生产门路，尽量把损失降到最低。"

孟谦说："记着了。"

李冰说："卫士长马骏和大雷、小于二卫士留下，其余人都速回成都守卫府邸。""告辞！"何坚、孟谦和几名卫士跳上船去，船夫开船。

"大人，大人，"雷老汉提一竹篮快步从山岩边走下，说，"我给大人蒸了点菜饼，盛了一葫芦水，路上吃吧。还有，征调令也给大人拿来了。"

"谢谢老人家啦，"李冰接过征调令看了一下，说，"很好，我借去用一下好吗？"

"要得，"雷老汉说，"不过，老汉我不明白，大人要这一小块旧布片有何用？"

"一时说不明白，"李冰说，"以后老人家就清楚了。"

"唔，"雷老汉说，"那，大人就带走吧，"将竹篮交给李冰。

李冰看了一眼，又闻了闻，说："又清香又新鲜。"顺手交给二郎，接着又对雷老汉说："这衣服我就穿走了，几天之后就给您老还来。"

雷老汉道："我老头没个亲人，这衣裳留给谁穿呀，老汉就送给大人吧。"

"谢啦，"李冰说，"老人家，我李冰父子就是您的亲人啊，今后，我和儿子都会来看望您老人家的，您老有什么困难，就到成都郡府找我，好吗？"

雷老汉说："怕那些守门的兵不让我进啊！"

李冰说："有人挡你，你就说找我的儿子李冰，孙子李渭！"

"大人！"雷老汉握住李冰的手，闪着泪光，感动难言！

第十六章　视察蜀南

（一）暗访谋策

　　李冰决心以最快的速度在洪水消退之前弄清平原东南部的受灾情况及其原因。告别雷老汉之后，他就令周庸和卫士长带两个卫士一起赶到广都县廷①，要几匹马来，做一个跑马观灾。同时，找一幅蜀郡图舆和绢帛、木牍、烟笔来供他途中使用。李冰特别关心郡城成都的泄洪河道，提出要迅即赶去看看。周庸吩咐王叕带李冰父子到黄龙溪视察从成都东门南向流入武阳的泄洪河，并在黄龙山等候。他领着三名卫士匆匆走了。

　　王叕手提竹箪，带领李冰父子，一早从杏花山区转进到黄龙乡，足用了两个时辰才走完了二十多里曲折的泥泞小道。为了赶路，他们脱下草履，卷着上衣，打着赤脚。天色阴晦，空气中散发着泡木和死尸的腥臭味。一路之上唯见洪水浩劫后留下的满目疮痍：辽阔的田野上，阒无人迹，到处是泥泞和积水，正扬花的稻谷倒伏在水中，等待腐烂，房屋垮塌了，只剩下几根光柱柱。树木、竹林，歪歪斜斜地倒在积水中。几条饿狗睁着磷火似的绿眼睛在扒吃死尸，一阵狂风吹来，卷起几块破布片……

　　"唉——"李冰注目原野，心情沉重，长声叹息！

　　快到黄龙山下了，李冰摔了一跤，二郎急忙将他扶起，问："伤着没有？"

　　"没事，"李冰说，"只可惜把雷大爷的衣裳弄脏了！"

　　王叕伸手一指，说："大人，前面就是黄龙山了。"

　　李冰仰面一望，说："有青烟，山上住有人家？"

　　王叕瞄了一阵，说："茅房都是新搭建的，可能是避水的

---

　　①据《蜀王本纪》载"蜀王本治广都之樊乡，后徙成都，"可见广都县建县甚早，战国时广都县廷所在地在今双流中和场。（据《寰宇记》等书记载）

灾民。"

"唔，"李冰说，"看看去。"又提醒二郎、王歆，"注意，不要暴露身份，不要扰民。"两人点头。

三人把脸脚洗净，穿上草履，放下裤管这才朝山上走去。

离黄龙溪不远的黄龙山并不高，它只不过是平原上凸起的一座清幽丘陵。

山腰的坡地上新搭建了数十间茅棚。山丘上，老翁放羊，老妪带孩子，采摘野菜；茅棚前，妇女绩麻打草鞋，男人剖竹、捋葛，编制各种竹器、葛筐。灾民有吃有住有活干，大家虽然心情沉重，却也安定。

王歆领着李冰父子登上坡地，正好碰上在棚区巡视的广都县丞黄祥和亭长汪芪。黄祥迎上，问："三位是上山避水灾的吗？"李冰不置可否，只是"嗯，嗯，嗯"地点头。黄祥和蔼地说："这里是灾民收容站。我名黄祥，是专管救灾事务的广都县丞。"指着汪芪说，"他叫汪芪，是黄龙乡的亭长，报上你等的姓名，哪个乡哪个亭的，登记在册，就可在此居住了。"汪芪从挎囊中取出一片竹简、烟笔，催促说："老乡，报姓名吧。""不忙，不忙。"李冰要对收容站暗访一番，以便弄清真实情况，便摆手说，"先领咱们看看灾民住的茅棚，如何？"黄祥说："这是昨晚半夜才开始搭建的，还很简陋。看样子，你等不是广都县人，是外地来的？"李冰点头说："正是。"黄祥说："那就看看吧，要是不称心，你等可以离开。"说完，领着三人在山腰灾民居住的茅棚区察看了一番，李冰很满意，称赞道："灾民情绪稳定，黄大人，你县做得很好！""应该的，"黄祥说，"县令王丰大人严令县廷大小官吏都要下到灾区，贯彻实施郡府的救灾通令，不得饿死一个人。"李冰问："这样的收容站办了几个？"黄祥答："三个，还在龙泉山、牧马山各办了一个。"李冰又问："粮食从何而来？"黄祥答："一是靠府库存粮，二是靠捐赠。王县令号召县廷官吏和富人慷慨解囊，有粮出粮，有钱出钱，凡捐粮十石、纹银百两者，县廷发给旌旗一面。这旌旗挂在家门口，不仅风光体面，还可免除三年赋税劳役。"李冰又称善，再问："灾民避水还干活，也是县廷发动的？""正是，"黄祥说，"王丰大人发出正业损失副业补的号令，要求灾民自己动手，进行生产自救，不能坐等救济。"李冰又点头称善，这时，从山顶上传来一阵钟声，黄祥说，"用午膳了。"李冰问："我等也可享用吗？"黄祥点头说："当然可以。"挥手一指，"请吧。"李冰父子和王叕，跟着黄祥朝山顶走去……

山顶上的黄龙祠有三进深，正殿上供着巨型石雕黄龙神像，殿下有一个大天井，两边有走廊，住着老、弱、病、残的灾民。此刻，天井正中三座熬稀粥、烘芋头、煮野菜的大铜釜冒着腾腾热气，周围站着一群提着竹箪、木桶，拿着陶碗、瓜瓢等盛食器的灾民。

乡吏三老捧着竹简唱名，游徼、啬夫①掌勺，灾民挨个上前领取食物。一人一瓢稀粥，两个芋头，一碗野菜，小孩减半。领得食物的灾民，有家室的返回茅屋食用，单身的就在天井两旁的长廊上吃喝。黄祥领李冰父子和王叕上前，领取了一份食物。三人走到长廊上与灾民一起用膳。李冰问一老人："老大爷，吃得饱不？"老人瞟了李冰一眼："将就吧，灾荒年能吃上一碗米粥已很知足了！"

"老人家，"李冰一笑，"你这是知足常乐呀！"

卫士长马骏提着马鞭走进祠中寻找李冰。二郎眼尖，发现了马骏，对父亲低声说，"卫士长找我们来了。"李冰说，"你去告诉他，不要声张，到祠门外等候。"

二郎悄声上前，拍了正东张西望的马骏一把，与他低声说了几句，马骏退出祠门外。一会儿，李冰父子和王叕从祠中走出，在马骏的带领下，沿着一条向东的石径朝望日台走去……

望日台是黄龙山的第一观景点，坐落在黄龙山的松林峰上。古朴而又庄重，周围有赤色的漆木栏杆。台中立有一块高大的石碑，上面刻着望日台三个篆字，碑前有石凳石案。这时都水长周庸、县令王丰和县令史正从行囊中取出土碗、水壶、竹简、绢帛、图卷、

---

①管生产的乡官。

毛笔，烟墨盒，几块扁平木牍来摆在案上。须臾，马骏带李冰父子和王叕走来。李冰人未到声先至，"二位同袍，辛苦，辛苦！""郡守大人。"王丰拱手上前，欲行大礼，被李冰一把拦住："不必多礼。"王丰打量一身麻布褐衣、脚蹬草履的李冰父子，大为感动，说："大人，二公子，你们在洪水中泡了一天，深受黄汤浸染之苦，理应回郡府歇息，却徒步视察灾区，真是……""不谈这个，"李冰摆手制止，问道，"我等所需马匹和物件备齐了吗？"王丰说："大人所用之物都已齐备。唯马匹还未落实。"李冰问："你等是怎样来的？"王丰说："乘马车来的？""乘马车？"李冰说，"你县牧马山不是养马之地吗？连几匹马都找不到呀？"王丰说："张若大人伐楚，经过训练的好马都带走了。要重新挑选八匹骏马，是要费时间的。"李冰说："那就等一下吧！"转头望着周庸："这里能看清泄洪河和黄龙溪的流向吗？"

"能，"周庸抬手一指，说，"请大人站到栏杆前瞭望，一切尽收眼底。"

李冰站到栏杆前，放眼望去——但见从成都南下的泄洪河和东来的黄龙水像一群脱缰之马在平原上狂奔乱闯，肆意践踏着良田沃野，两江在山下汇合后又才汹涌澎湃地朝南流去。李冰观察了一阵，吩咐道："展开图舆。"王丰从石案前拿一卷绢图展开，李冰俯身看图，有顷，又到栏杆前远眺一番，再回到石案前，对周庸说："都水长，给咱讲讲两条河的情况？""遵命，"周庸指图说，"这条从成都东门转弯南流而来的河道，其上游是从湔氐道经郫县流向成都的旧江和护城河，起泄洪作用。"李冰问，"是人工开凿的？"周庸说："卑职没有考证。"李冰盯着王叕，"王叕，你知道吗？"王叕说："相传是古蜀国开明九世从郫邑迁都成都后，为了成都的安全而开凿的一条泄洪渠道，老百姓称之为'败水河'。"

李冰"唔"了一声，说："败水河？这名字取得好呀。行军打仗，在制定谋略时既要立足于胜利但也要考虑到失败，这就需要选定败路。治水也一样，不选好败水途径，修好败水通道，夏日水涨就要造成灾害。"指着奔腾的黄龙溪问，"这条也是人工河吗？"

王焱道："这，这可能不是。"周庸说："的确不是，这条河名黄龙溪，发源于成都之东的龙泉山，在此，与成都流来的泄洪河汇合后称赤水。赤水也是民间称呼，它向南流到武阳与都江汇合。之后流向南安，汇入大江。①"李冰"嗯"了一声，又俯首看了看图舆，然后又转身，抬头远眺，指着远处的龙泉山说："龙泉山像一道长堤横竖在成都平原的东面，就靠图舆上标的金三峡②能解决成都平原西北面的泄洪问题吗？"周庸回答说："一般洪水可以应付，特大洪水就不行了，沱江节点金堂邑③一带就要遭水淹了。"

李冰转头对二郎说："李渭，把二江的流向和交汇态势画出来。"二郎应"诺"，从石案上拿起一片木牍和烟笔，走到栏杆前边远眺，边绘图。画完后呈父亲审阅，李冰看后点头认可，又在图上写了"重点整治，确保成都平安"一句话，然后交给马骏收存。

李冰招呼众人坐下喝水。他问王丰："王同袍，讲讲你县的受灾情况。"

王丰答："三个乡重灾，五个乡轻灾。"

李冰问："死了多少人？"

王丰答："五十八人。"

李冰惊叹："五十八人，太惨重了！"

王丰说："八年前发大水，死了二百五十八人呢！这次算最轻的了。"

李冰问："却是为何？"

---

①古蜀国开明九世开凿的泄洪河即后世扩建后的锦江（又称府南河），黄龙溪发源于龙泉山长松乡。赤水有两说，其中一种认为黄龙溪即称赤水，但另有一种《蜀志·先主传》"黄龙见武阳赤水"的记载。武阳即今眉山市彭山区。可见是黄龙溪和从成都流来的锦江，汇合后才称赤水。

②金三峡即今金堂峡，是成都平原的一个重要出水口，平原西面和北面各条河道均通过此峡口汇入沱江，经资阳、内江至泸州流入长江。金堂峡相传为古蜀国开明王朝首任君主鳖灵所凿。有人据《尚书·禹贡》中的一句话"岷山导江，东别为沱"，认为是大禹所为。

③战国时的金堂邑，大体在今赵镇的位置上。

王丰答："这次发大水前，郡府不是发了个紧急防洪令吗？卑职接到命令后立即将居住地势低洼的乡民一律迁移上山。"

"大善！"李冰肯定说，又转问周庸，"都水长，我看这黄龙溪和赤水河都没起到泄洪败水作用，反而泛滥成灾。是何原因呢？"

周庸说："一是地势原因，成都平原的地势是西北高东南低，水往低处流，都江涨洪水时，平原东南面的郫县、江源、鱼凫和成都、广都、新都，繁县直至武阳、南安一线的低地就成了洪水肆虐之地；二是排泄不畅，都江发洪水，一瞬流量以千百计，只靠都江正流和一条旧江，显然难以承受；三是成都平原东南面的水系紊乱，有好些不知名的自然河，就是由于洪水东冲西撞造成的。赤水也只不过是在自然河道的基础上加以疏浚而成，沿江狭窄而又屈曲行绕，不合规则，以致漶漫无常。"

李冰瞄着王叕问："你怎么看？"

王叕说："都水长之言甚是，我还要补充一条，造成今年的大洪灾还有人祸。""人祸？"李冰一惊，"有何事实根据？"

王叕说："有，三年前遭旱灾，为了引都江之水救下游各县，郡府决定加深加宽旧江引水口和河道，当时这样做是完全正确的，但事后就要加固堤岸，以利防洪。本人曾向孟谦大人建言，旱灾解除后，一定要加固旧江进水口两边的堤岸，河道两旁一定要修高位保坎，否则旱灾之后又要闹水灾了。"

李冰转头问周庸："有此事吗？"

"有，听孟谦大人说过，"周庸说，"当时，都水曹给郡府上了改造、加固旧江提案的呈文，代郡守批示，'毕其功于一战，为避免浪费国帑，旧江的改造应与渠首工程的修建结合，通盘考虑。'"

"明白了，"李冰说，"眼前的惨痛教训告诉咱们，治水不仅要解决上游引水的问题，还要解决下游排水的问题。在工程设计上引水与排水密不可分，是一个整体。"李冰望着周庸说，"都水长，郡丞大人设计的'高山出大湖，银水结玉瓜'方案是如何解决这一问题的？"

周庸说："郡丞设想在旧江基础上修一条新河。"

李冰说："能解决排洪问题吗？"

周庸说："论证得不充分，也无具体规划，能否泄洪就很难说了。"

"很难说？！"李冰望着周庸说，"忽视排水泄洪问题，引水工程设计再好也没用。"李冰又转头对王嫘说："你那个建言书在这个问题上也讲得很简单、很空泛。"

"是的，"王嫘说，"本人没有实地考察过，只是根据前人的论述展开分析，所以提不出解决问题的可行方案。"

李冰说："可行的方案，只能产生在实地考察之后。"扫了周庸和王嫘一眼，又问道，"刚才都水长的介绍，还有你王嫘写的建言书，都说成都平原的地势是西北高东南低，这一结论是如何得出来的？"

周庸说："卑职的根据有二：一是古蜀国留下的残编断简记载，二是在不同地区对旱灾、涝灾的发生情况进行实地考察发现确是如此。"

二郎不相信，说："古蜀国只有很少的图像文字，你等看得懂？"

周庸说："象形文字，可以结合实物进行揣摩。"

二郎说："那是猜谜？"

周庸笑道："可以这么说，谜也是可猜准的。"

"准不准需要实证。"李冰转头盯着王嫘，问，"你如何看？"

王嫘说："窃以为古蜀国的治水先贤对成都平原西北高东南低的认定，是正确的。开明一世修金三峡，九世在成都修败水河，都是将沱江、都江之水往东南方向疏导，这符合水往低处流的规则。"

"嗯，"李冰颔首，又转问周庸："都水曹对蜀郡的山形水势做过实测丈量吗？取得了何种数据？"

周庸摇头："没有。"

李冰皱起眉头，说："只晓得西北高东南低的地势，远不能满足治好蜀水的需要啊！"他手扶栏杆，远眺原野，凝神思索，半晌，转身扫了众人一眼，毅然地说："看来，得下定决心，立即着手，进行一次大普查。"

"大普查？普查什么？"

"普查蜀郡的山形水势。"

"如何普查？"周庸说，"请大人详示。"

李冰说："你记一下。"

"唯！"周庸坐下，摊开一幅素绢，提起烟笔准备记录。

"先说普查项目，"李冰坐下，他喝了口水，说，"一、弄清蜀地高山、丘陵的高度，及其与水流的关系；二、弄清成都平原西北高东南低的具体数据，哪些县、乡、亭、里高，哪些县、乡、亭、里低。高多少，低多少，以及从高到低的走向是怎样的；三、要对都江、沱江及其支流，眼前的黄龙溪、赤水和蜀地其他主要河道，进行实测，弄清河水的流向、长度、宽度、深度，不同季节的水流量，以及河床和两岸保坎的构成和变化。要用各种图表和数据说明真实的情况，要做到丈、尺、寸、厘，分毫不差。"指着案上的图舆说，"这蜀郡图舆太简约了，需要重新绘制，尽力做到精确至极。"

"精确至极？"周庸说，"这可是件大工程啊，需要一批术业有专攻的人才！"

"是这样，"李冰问，"蜀中从事堪舆的人多吗？"

周庸说："把堪舆作为一门学问来研究的人不多，由于蹇侯的提倡，蜀人崇尚阴阳五行学说，民间活跃着一批为人家建房、修墓，选择所谓风水宝地的风水先生。"

二郎问："能用这些人做勘察吗？"

"这个，"周庸说，"本人没想过。"

李冰说："可用他们一技之长。咱们在杏林学舍的农水科中加一门堪舆学，可招生百人，组成一支勘察队。把风水先生中的佼佼者，懂得天文地理、数术筹算、识察水脉的人都延揽进来，进行深造。实行能者为师，互相切磋琢磨。你、我都去讲学，还可到咸阳和国外聘请堪舆学的高人来传经送宝。通过半年强化培训后，投入勘察普查。"

周庸说："如此甚好。"

李冰说："这件事就由都水曹策划并与杏林学舍协作，共商共谋，完成重任。"

"唯，唯！"周庸领命。

李冰转对王丰说："王县令，你治下的广都县可是藏宝之地啊！"

王丰问："大人发现了什么？"

"盐！"李冰兴奋地说，"杏花山一带的地下深藏着食盐啊！开发出来，对广都县乃至整个蜀郡的经济发展，都大有裨益。你可组织人力做些勘察，发现有卤水的地方，就做个标记。"

王丰应声："唯，唯。"

李冰又问："听说王县令对秦国和中原各国的法律都有研究？"

"谈不上，"王丰说，"只是喜欢而已。"

"喜欢就好，"李冰又问，"现在流行的管子著作中有篇《海王》你看过没有？"

王丰回答说："看过，是桓公与管仲的一次对话，管仲回答桓公如何积累资金来治国，管仲提出了官山海、正盐策的主张。"

"然也，然也，"李冰欣喜地说，"你就照管仲官山海、正盐策的主张结合蜀郡实际，为郡府起草一篇招募商民参与食盐开采的文告。开采食盐是要花一笔钱的，发这篇通告就是为了筹集资金。文告要讲明食盐和一切矿藏均属公家，但欢迎商民通过出资金、出劳力参与开发，公家可给他们分利息或支付工钱，关键是后一条，要想得周到点，要有吸引力，以调动商民的积极性，但也不能影响国家收入。咱的思路是通过食盐的开发和销售，为治水兴农大业筹集资金。"

"明白了。"王丰说。

"第二，"李冰说，"你县贯彻郡府救灾通告得力。鼓励捐赠解决灾民的食粮，号召灾民生产自救等事务都做得甚佳。其中的经验值得推广。县承黄一祥忠于职守，善待灾民，值得表彰。你写篇呈文，上报郡府，由本守批发各县。"

王丰应声："唯，唯。"

"第三，"李冰从怀中取出雷老汉的征调令交给王丰说，"出布告，在广都全县收集这份征调令，有多少收多少。收齐之后交给主簿孟谦，由他转给本守。"

王丰应声："唯，唯。"

李冰抬头看了看天色，说："咱们该走了。"

王丰一笑："大人，你走不成了，今晚就在黄龙驿站住一晚上吧。"

"王丰！"李冰正色，"你搞什么名堂？不知道本守要赶到武阳、南安吗？"

"知道，"王丰说，"昨天，大人饱受洪水祸害，既未睡好，也未吃好，长途奔马，如何受得了？倘若出了差池，我这个县令如何向蜀中父老交代？卑职已吩咐黄龙驿站了，要他们做好接待准备，大人就在此好好歇息一夜吧！"

"不行，"李冰说，"准备马匹，我等马上赶路！"

王丰说："大人是跑长途，从这里到南安还要沿都江西上到郫县、湔氐道，回成都，转这么一圈，好几百里路呢！随便牵几匹马来，途中出了事咋办？"

"大人，"周庸说，"王县令考虑周到，就在此住一晚吧！"

李冰问："从这里到武阳多少路程？"

"五十多里。"

"从武阳到南安呢？"

"一百多里。"

李冰沉思半晌，望着王丰，无奈地说："王同袍，本守只有听你的了。"

王丰说："如此甚好！"

"不过，不能只睡大觉啊！"李冰说。

"大人还要办公？"王丰问。

"咱们三人分头办公。"李冰说，"本守讲过要沿江审案！今晚主要审问三个问题：二十五年前蜀侯恽反叛的真相是什么？王戣陈述的征调铁匠到芒城是铸造治水用的铁工具还是造反用的兵器？聚集民工是准备治水还是造反？王同袍，你就在本地找几个当年曾被征调的农夫来作证，如何？"王丰称"唯"。李冰接着说，"除此之外，你还要连夜赶写咱刚才说的那两件文书。"又转而吩咐周庸，"都水长呢，要连夜把组建勘察队的策划书写出来。明早由二郎带回成都，交郡丞和主簿办理。"

王丰代领李冰一行从黄龙山下来，边走边察看灾情，到达黄龙驿站已是黄昏了，匆匆吃了顿晚膳后，李冰、周庸和王丰分头办事，直到半夜才歇息。

李冰问了半夜，只获得一个重要信息：当年，王婴在芒城聚的治水动员会上讲过，蜀侯恽治水是樗里疾丞相批准的。

第二天一早，黄龙驿站大门前响起了一阵萧萧的马嘶声，和衣而卧的李冰父子被惊醒，翻身下榻，穿上草履，两名驿站侍者各端一铜洗热水进室，请二人盥洗。父子二人梳洗毕，王丰和周庸进来，禀告所需马匹、干粮、饮水均已备好，又将各自连夜写好的文书呈与李冰，李冰审看后，表示肯定，随即交与二郎，并叮嘱道："渭儿，你就不参加视察了，现在就赶回成都。第一，给公孙伯伯报个平安，告诉他一切皆好，不日就回去。要强调一点，为父这样做，就是在落实他的治水规划；第二，把这三篇文书交给主簿孟谦大人处理，传为父口谕，广都的救灾经验要立即颁发各县，引资开发食盐的布告要迅速张贴；第三，要主簿和郡丞一起尽快落实法曹人选名单，等我回成都后进行审议。你要向公孙伯伯和孟谦叔叔强调，落实好为父的三道治蜀令，完成引资开发食盐任务，就是打好创建天府之国的开局战。这两件事一定要争分夺秒地进行，不得贻误战机。"二郎说："孩儿照办。"李冰又说："五天之后，你把换洗衣裳都带到郫县传舍，在那里等我。"二郎点头应诺，李冰拍着儿子的肩，低声却深情地说，"以为父和你的名义给姥姥和你母亲、姐姐写封信，给他们报个平安。"二郎说："晓得。"李冰对王丰说："找个驿卒引领李渭回成都，要快。"王丰应诺。李冰和二郎匆匆用完早膳后，便骑上骏马，分头赶路了。

（二）安定民心

二郎从黄龙驿站出发，在驿站驭手的引领下，骑快马赶回成都。到达后，先找了孟谦传达了父亲的口谕，将三件文书交给他处理，然后赶到郡丞府找公孙若。

郡丞府门内的值房内，守门的吴老头儿正埋头读简册《礼记》。他是个近视眼，眼睛挨近了竹简念道："大凡生于天地间者曰命。其万物死皆曰折，人死曰鬼。"

二郎走进。吴老头出门阻止，厉声喊道："止步，你是哪个？"

二郎笑道："大名李渭，又号金山，人称二小子，又有人叫我李二郎！"

吴老头瞪大眼睛，观察披头散发、穿着补丁麻布衣的二郎，突然神经质地喊着："你不是喂鱼了吗？"抖抖瑟瑟地后退着，颤声说道："二公子哪是你这个样子啊？披头散发的，你是鬼，你是鬼……"

公孙红走出，拂开老头："你吴老叔才是鬼呢！"扑向二郎，紧紧抱着他："二哥，二哥！"流着眼泪哭喊。

"别哭了，"二郎说，"我这不没事嘛！"

公孙红说："孟谦、何坚叔叔已来禀报过了。听到你和伯伯还活着，我好高兴啊！"

吴老头凑近，问："二公子，你们在洪水中漂了一天多，看到了江神没有？""什么江神？"二郎问。

吴老头说："都江中是有江神的，大祭之年，还要给他送两个美女呢！不然就要发洪水。"

二郎笑道："不怕！我与父亲和洪水搏斗了一天，江神也没能吞噬我们嘛。"

"是咧，是咧，"吴老头道："这么说来，你父子俩打败了江神？"

二郎说："吴叔可以这样理解。"

吴老头追问："你父子是怎样打败江神的？"

"别给他讲了，"公孙红拉起二郎就走，说，"吴老叔最信鬼神了。”

公孙红挽着二郎的手，朝公孙若的书房走去。

“父亲，父亲，”公孙红喊着和二郎走进书房，“你看谁来了。”

“公孙伯伯。”二郎喊。

公孙若打量二郎，说：“你这小子简直成了个叫花子了！”

二郎说：“父亲要我回来给伯伯报个平安，他一切皆好，不日就回成都。父亲这样做，就是落实伯伯的治水规划。”

公孙若说：“不用说了，我知道了，你现在赶快去沐浴，换换衣服。晚上，伯伯请你吃好吃的。”

“谢谢伯伯，”二郎说，“父亲还要我向伯伯转达几句话。”

公孙若说：“你讲。”

二郎说：“父亲强调，落实好他的三道治蜀令和完成引资开发食盐任务，就是打好创建天府之国的开局战，一定要争分夺秒地进行，不得贻误战机。”

“记着了，”公孙若挥手，“你去吧。”

公孙红陪二郎走出郡丞府。

李冰父子战胜江神的故事再次通过吴老头之口，迅速在蜀郡的城乡传播，逐渐形成民间传说故事李冰父子斗江神的最初版本。

蜀乐苑的回廊上，玉璜领蹇侯和蹇烈父子向迎宾室走去。

蹇侯问玉璜：“你父侯还在成都吗？”

玉璜说：“他已经回僰寨了。”

蹇侯“唔”了一声没有再问，又说：“今晚，郡丞大人要设宴为二郎压惊，请了本侯。干爹就说我也要表示表示呀，不如就在蜀乐苑办个宴会，大家聚聚，乐一乐。”

玉璜问：“郡丞答应吗？”

蹇侯说：“如果不答应，干爹就不会提早来了！”

“好哇，”玉璜说，“我一定让大家吃上成都最好的、最有特色的菜。”

申时三刻，太阳快落山了，橘红色的晚霞给成都城披上一件闪光的彩衣，一辆华丽的轩车从郡守府的大门驶出，车厢内的横舆正中端坐着公孙若夫妇，他俩的左边站着二郎，右边站着公孙红，两人手扶车辕，容光焕发，正目前方，一脸的喜悦和自信。红红靓丽，二郎帅气，简直就是神话传说中王母娘娘面前的一对金童玉女。车前有四卫士鸣锣开道，车后有八卫士追随。轩车从赤里街郡府广场左面驶出，进入东面的府城街，在这条通衢大街上往北走了一段，又穿过府城后街，再进入西面少城根街，然后往北朝武担山附近的蜀乐苑驶去……

这是公孙若导演的一场戏。他对二郎和红红说："这样做的目的是告诉成都百姓，郡守父子虽被然被滔滔洪水卷走，但二人有神功，善于击水破浪，故能化险为夷，安然无恙，以收稳定蜀中局势之效。"公孙若说他的这些话已传出去了，城中百姓们只要看到二郎就会信以为真，谣言也会不攻自破，更可震慑那些想趁郡守遇难而图谋不轨的叛逆。作用如此之大，两位年轻人自然要按公孙若的指示投入表演。不过公孙若还有一个目的，只是未说出来，那就是他要使成都百姓明白郡守李冰不仅是我公孙若的同窗好友，而且还是儿女亲家。

这场戏的演出确实收到了稳定局势的效果。前天，成都人听说李冰父子被洪水冲走了，许多城中百姓——特别是那些为王燚鸣冤的人一下陷入了深深的悲哀！他们都已知道郡守是吸吮着蜀郡母亲的奶水长大的，从他接受冤民告状，再到他冒险到法场制止冤杀，人们已认定他就是蜀人的儿子，是蜀人的好当家，把一切美好的希望都寄托在他的身上。故一听说洪水卷走了李冰父子，父老乡亲们不由得产生挖心摘肝似的痛楚！好些人家焚香顶礼，祈求上苍保佑李冰父子平安。昨天，传出李冰父子有惊无险的消息，百姓们才稍为安心，但仍是将信将疑，现在二郎突然出现在成都大街的轩车上，百姓们这才转悲为喜，他们拥挤在两边街沿坎上望着二郎的风采，欢呼鼓掌，水神打败了江神的故事立刻让成都沸腾了！

过了一阵，轩车驶到蜀乐苑门外，停下。

立刻，有一男一女两名侍者上前迎接。从车上走下公孙若夫妇，二郎和公孙红。侍者领他们走进蜀乐苑，将他们带进雅阁中，设有坐垫的红地毯上摆着呈正方形的六张矮案，上置各种美酒佳肴，蹇侯父子和玉璜，早已在案前躬身相迎，请二郎和郡丞一家入席。大家坐定后，公孙若说："小子，给你置酒席压惊，是侯爷和伯伯的一片真心诚意啊！"

"是的，"蹇侯说，"让我的干女儿玉璜代本侯给二郎和公孙大人、慧敏夫人、红红敬酒。"

玉璜提起清酒壶给二郎斟酒。

"谢谢，"二郎捂着酒爵说，"我不喝清酒。""哎哟，怎么会呢？"玉璜说，"美酒壮英雄。公子英姿焕发，虎气生生，怎能不喝清酒呢？""对头，"蹇烈说，"二郎兄弟是郫都会战的英雄，一定有海量，今天应该一醉方休！"公孙红为二郎解危，说，"他喜欢喝甜酒。""好，那就喝甜酒吧。"玉璜从案侧陶柜上放的盛酒金罍中给二郎舀了一爵甜酒，又问，"红红小姐也喝甜酒吗？"公孙红点头称是，说，"母亲也用甜酒。"玉璜给红红和慧敏夫人舀甜酒，给公孙若和蹇侯父子上清酒，她边斟酒边说，"今天郡丞大人和侯爷宴请二郎，本苑卢特推出蜀中名菜，南安火烤乳猪、青衣水煮剑鱼、繁县板鸭、青城老腊肉、玉垒鲜菇汤、鱼凫香酥饼、江源叶儿粑，还有成都小吃，请各位贵客慢慢品尝。"公孙若举爵说，"为郡守父子绝处逢生，为二郎顺利归来，干。"蹇侯说："还要为江神赐福。""对，对，还要为江神赐福，干。"众人站起喝了口酒，公孙若又喊，"坐下，吃菜，"大家坐下夹菜吃，公孙若望着二郎说："小子，别客气，敞开肚皮吃。"

二郎说："小子真诚感谢伯伯一家和侯爷对我父子的关心爱护！"

"这是应该的。"蹇侯说，"昨天，听说你父子出事了，老夫就去祈神卜卦，请江神保佑你父子逢凶化吉，江神果然开恩，所以你父子才能绝处逢生啦！"

二郎说："多谢侯爷！"

公孙红问："这些天你们都吃些啥呀？"

二郎说："吃过一回野猪肉，还有就是冷水加野菜饼。"

蹇侯笑道："那不是野人吃的东西吗？唉，你父亲也是，在洪水里泡了那么久，该回郡城歇息几天嘛。他为啥不回来呀？"

二郎说："父亲说王叕的案子牵涉治水，他要沿江审案，把王叕的案情查清，同时视察灾区，搞清楚都江正流和支流在蜀郡东南面的运行情况。父亲说这也是为了落实好伯伯的治水规划。"

公孙若说："弄清楚蜀郡西南面的水情水势有此必要，不过搞什么'沿江审案'就没有必要嘛。"

"是啦，"公孙若夫人说，"二郎，伯母知道，你父亲最疼你了，你要多给他建言。王叕是已经定了案的死囚，他作为郡守怎能去阻止行刑呢？治水方略也由你公孙伯伯早已制定好，照着办就行了，当太平官有啥不好？为王叕翻案，乃是对抗朝廷，自寻灾祸！"

塞侯说："我们都是为你父亲好啊，他才来蜀郡，不了解情况，弄不好要栽大跟斗的！"

"感谢公孙伯伯、伯母和侯爷的教导，"二郎说，"不过，我想为父亲解释几句，他之所以对王叕一案没有果断处理，是因为有很多百姓为他喊冤。"

公孙若问："成都有多少老百姓为王叕喊冤？"

二郎说："听父亲说拦车上书具名的有一百多人。"公孙若说："就算一百五十人吧，小子，你晓得成都有多少人吗？"二郎说："不知道。"公孙若说："伯伯告诉你，现在，城中心加城郊区已经有二十多万人了①。这一百五十人岂能代表成都民意？王叕的死刑，是经过监御史府多次审理并报朝廷御史府核准的，这怎会错？"

"是呀，"塞侯说，"你父亲信奉民本思想，这很好。然而，不能书生气十足，要知道，民是要区分好坏的，有良民、有顺民、有愚民，更有与官府作对的刁民、暴民，那些拦车为王叕喊冤的就是刁民、暴民，一定要严加惩处，决不能心慈手软！"

二郎站起，说："小子铭记侯爷和伯伯的指教。"

---

①《汉书·地理志》载：成都户口七万六千二百五十六，人口三十万左右，仅次于长安。这是东汉时期的统计，公孙若讲的是战国后期人口数，较为符合实际。

公孙若招手："坐下，坐下，边吃边说，"

二郎坐下拿了块酥饴嚼着，公孙若问："小子，刚才侯爷和你伯母的话你听明白了吗？"

二郎答："听明白了。"

公孙若说："劝你父亲照此办理。"

二郎颔首。

公孙红瞄着二郎问："你多久到郫县见你父亲？"

二郎说："约定是五天之后。"

"好兄弟！"骞烈端起酒爵，跪地膝行到二郎面前，说，"劝得你父亲回心转意，我们就是一家人了，龙哥敬你一盏。"

"哟，"公孙红说，"龙哥不是要跟二郎比武吗？今天咋讨好起来了？"

"红红妹儿，"骞烈说，"你可别乱说哟，龙哥什么时候说过要与二郎兄弟比武？"

公孙红说："你忘了，有天晚上，赤里街蜀都酒肆门前。"

骞烈一想，又瞅了瞅二郎，笑道："误会，误会，大水冲了龙王庙——一家人不识一家人，龙哥给二郎兄弟赔罪了。"放下爵，叩头。

"别，别，"二郎扶起骞烈，"龙哥当时喝醉了，小弟不计较。"

骞烈说："二郎兄弟真是宰相肚里能撑船，佩服！喝了这一盏，我们永结友好。请——"

二郎说："小弟不善饮，只能慢慢喝。"

骞烈说："不行，得一口干，有情感，喝一盏；情感浅，舔一舔。"

二郎站起："我喝一盏！"一口喝干。

"好呀，好呀！"众人鼓掌。

玉璜又给他和二郎斟满酒，骞烈高举酒爵说："为早日诛除王矟，干！"

二郎没有响应，说："我，我头晕，再喝，就要趴下了！"

玉璜为二郎解危："二公子快喝点鲜汤，就可解酒了。"

玉璜走到二郎案前，给他舀汤，二郎连声道谢。

公孙若说："不斗酒了，多吃点菜吧。"

众人吃菜喝汤。

（三）韬晦之计

且说，樊侯听了李冰的两次讲话后，震动很大，第二天早膳后，他就叫高志去听他传达，他边回忆边讲，要高志笔录下来形成一篇文章，发给手下的核心人物阅读研究，以便"知彼知己"，战胜李冰。第三天，樊侯听说郡守父子被洪水卷走后，他一悲一喜，悲的是此人内心中深藏着一个英雄情节，他认为李冰和他一样都是一代英雄，被洪水吞噬实在可惜；喜的是大洪灾加大丧事很可能引起蜀中大乱，他可以乱中夺权，实现他"驱暴秦，复蜀国"的计划。于是，他一面派人去郡守府和都水曹打听李冰父子的消息，一面和玉璜、吴戈一起商议行动计划，并写了两道军令准备发给樊军中他的嫡系头领阿华与何雄，要他们厉兵秣马，做好准备。中午，打探消息的人回来向他禀报了蹇侯和周庸对郡守父子"有惊无险"的判断，樊侯一向从内心里不信蹇侯的"神话"，但对都水长的话比较相信，认为这种干实事的人说的话实在，所以停发了两道军令，准备再观察两天之后再作决定。果然再过了一天，李冰父子获救的消息传到成都，再过一天，李二郎回来了。蹇侯和公孙若还要在蜀乐苑设宴为二郎压惊，樊侯思索了一阵，认定这个宴会上一定要提王戾问题，他不宜参加，他要玉璜去应付，这就有了玉璜在宴会上提壶把盏，巴结奉迎的表演。

酒宴散后，玉璜立即到密室通报情况。这时，樊侯、吴戈、高志早已在密室内喝着酒等待玉璜的信息。

玉璜记忆力惊人，她把她在宴席上听到的所有人说的话，一字不差地重复了一遍，最后得出结论，说："李冰接受冤民诉求，坚持要为王戾平反是真实的，公孙若和蹇侯等人顽固反对，也是真实的，我看他们之间的矛盾不可调和，这给我们的反秦复蜀大业提供了机会。"

樊侯喝了口酒，分析说："璜儿的见解抓住了要害，张若治蜀四十余年，为了维持他的暴力统治，培植了一个以大奴主塞罡、新官僚公孙若为首的利益团伙，这个团伙荣辱与共，狼狈为奸，横征暴敛，攫夺蜀中百姓财富！他们在朝中的后台是被称为后党的太后、魏冉、芈戎等王亲国戚，二十五年前蜀侯恽的冤案，据本侯所知，就是后党与蜀郡的代理人共同制造的，目的是整丞相樗里子。把三年前所谓的笋里街反秦叛乱事件硬栽在王叕、高志先生的头上，也是制造冤案。这是公孙若奉行张若暴力治蜀的必然结果，他的做法为有良知的尚武、孟谦等官员所不满。他们早就想为王叕翻案了，但一直被公孙若捂着。李冰一上任就接受百姓喊冤，李二郎公开向百姓表态说郡府一定会对王叕案件进行甄别，对方采取突然袭击的办法杀人灭口，李冰亲自到刑场叫刀下留人，现在又带着王叕沿江审案，这些行动说明了他在王叕问题上不会退让。其中原因，我等可以从李冰的出身经历和他在郡府的讲话中找到答案。李氏的开山老祖宗是皋陶为李氏之祖，后人中又出现过李离、李悝。这些人的故事深深影响着李冰，培养出他敢于担当的刚毅性格。李冰大肆张扬'民为邦本'的治国理念，提出给农夫分土地，使之有'恒产'，通过治水兴农、发展经济来解决蜀中动荡不安的社会问题。他认定人才决定国家命运，王叕这样的英才必然会受到李冰的重用。新官上任三把火，本侯以为李冰的第一把火会在王叕身上烧起来，为什么？平反王叕冤案可以消除张若苛政的恶劣影响，调动蜀中士人和庶民建设蜀郡的积极性，可以彰显他的以德化人、以法治蜀的治蜀长策，可以起到凝聚人心的作用，李冰这样做，这是顽固奉行暴力治蜀的公孙若团伙所不能允许的，这样双方的矛盾就不可避免了，而且只会愈演愈烈，很可能把朝廷王党与帝党之争牵扯出来。在这种新态势下如何实现我们的复国大业，采用何种对策，我看要向我们的对手李冰学习，做到'顺时达变，与时俱进'。"

高志说："的确应当如此，孙子的兵书说，'知己知彼，百战不殆'，我看还要加一个'知时'，时，就是时势、时局，以及天时、地理的变化。"

樊侯说："这些年，多次让参赞先生周游列国就是为了交朋友，了解国际形势。为了制定新的反秦策略，请先生介绍一下当前

的国际形势。"

"唯，唯，"高志说，"这两年在侯爷的指令下本人曾多次出国奔走，表面上是做生意，实际上就是交朋友，了解各国情况，想从天下形势的变化中找到反秦机会，但遗憾得很，这几年列国的反秦怒潮已处于消退之中。楚国在郢都之战后，丢了巫郡、黔中郡，秦国版图扩大，国力进一步增强，现在，白起代司马错成为国尉，军威大震，不可一世。韩、魏两国在秦国的威胁下苟延残喘，齐国与燕国的矛盾至今未解决，相互消耗，无力西顾，楚国迁都郢陈后忙于恢复，目前，只有一个赵国有实力与秦对抗，但，要牵头进行合纵抗秦，却不可能。当年，公孙衍、苏秦等人发动的多国合纵抗秦，近几年恐怕难以出现。赵国、楚国的朋友愿意在道义上和武器甲胄上支持我们，但是，如今汉中、巫郡、黔中郡都成了秦国领土，要运进这些军需品到僰地也很困难。现在，我们只有阿华、何宏掌握的两个千人队，在蜀中单独起事，很难成功。刚才玉璜妹子和侯爷都讲了：李冰与寋侯、公孙若为首的利益团伙的矛盾不可调和，这给我们的反秦复蜀大业提供了机会。这个判断非常正确。因之，我们的对策就应该是充分利用这一矛盾，加深这一矛盾，促使他们纠缠死斗，相互厮杀，相互削弱，我们乘势分别地、一个一个地收拾他们！"

"高见，高见！"吴戈称赞说，"侯爷、玉璜侄女、高志参赞的见解和主张都很高明，本人竭诚拥护，只建言一点，在实行利用矛盾，加深矛盾，分别击倒的策略中，个人以为可以争取李冰为我所用。本人产生了这个大胆设想是因为看了——不，是学习了侯爷发给我李冰的讲话后，本人大开眼界，深受震撼！虎狼之国派出的封疆大吏应当如狼似虎，但他却是一只麒麟，发出的是祥瑞之声，他不愧是敢于顶撞屠夫白起的英雄，能对张若推行猛于虎的苛政进行抨击、纠正，并提出了一套有序的、完整的富民政策和建立天府之国的宏伟计划，而且其出发点和目的都是为了人，为全蜀百姓千秋万代的福祉，这实在了不起！他是我们的敌人、但我对这样的敌人表示崇敬。李冰的治蜀宏图公布并付诸实施之后，必将得到全蜀各界人士的衷心拥护，而我们以反暴政为突破口的复蜀计划就很难推动了，我等遇到的这个新对手比之张若要利害百倍。为今之计只能采用利用矛盾、各个消灭的策略，实行这一策略的同时可否争取李冰？我认为有可能，一是如侯爷所说，他是秦国的一个异类，从他公开宣扬孟子'民贵君轻'的思想看，我认为，他这个'从道不从君'的士人，不会死心塌地愚忠秦王。听说李冰特别尊崇屈原，与屈原的学生景唐有深交。世人皆知，屈原是楚国反秦派的首领，李冰敬重屈原，说明他有可能走上反暴秦之路。二是后党对李冰是不信任的，他们勉强同意朝中田贵等老臣的推荐，不过是用李冰善于治水的一技之长，然而后党又不放心，于是把代郡守公孙若降为郡丞，而公孙若又欣然答应，这说明了什么？说明他们很可能是让公孙若监督李冰，并随时准备取代李冰。眼光远大，讲究人格独立的李冰显然难以接受，他就有可能在后党的逼迫下，弃旧图新。三是'民为邦本'这一条确实是立国之本，任何国家政权违背这一条必将走向崩溃，我等恢复古蜀国的宗旨，不仅仅是为了继绝祀，而是要给蜀人造福，给我们的子子孙孙造福，要建立一个民康物阜、繁荣昌盛、国富兵强的新蜀国，在这大争之世才能站住脚，而李冰有治水兴农、搞经济建设的专长，复国成功之后，可以让他当丞相，"望着樊侯，"当然，这只是我的一孔之见。"樊侯说："吴公的设想大气，有新意，和我们的楚国朋友的主张相一致。"樊侯望着高志问，"高参赞以为如何？"高志说，"本人完全赞同吴叔高见。不仅要争取李冰，还要争取公孙若。除了塞罡而外，一切愿意反秦的人士都是我们争取的对象。至于如何凝聚蜀中民心，我看，吾人可以提出一个'复兴大同蜀国'的口号来破除李冰'天府之国'的诱惑力，可以大力宣扬杜宇王教民务农，与民同甘共苦，最后又禅让开明的故事，说明我古蜀国有施行大同德政的传统[①]，我等复兴的蜀国，要做到选贤任能，老有所终，壮有所用，少有所

---

①《华阳国志·蜀志》说古蜀国杜宇"会有水灾，其相开明决玉垒山以除水患。帝遂委以政事，法尧舜禅受之义，遂禅位于开明"。

长，鳏、寡、孤、独、废、疾者皆有所养①。这才有吸引力。这是一场和平的斗智之战，本人愿意深入虎穴和他们周旋，折冲樽俎，纵横捭阖，以达到'不战而屈人之兵'的目的。"

玉璜说："本人以为，除了施行和平攻势外还是要做好武力抗秦的准备，现成的武器甲胄运不进来，就进口生铁、皮革等原材料，自造武器。发挥我族人善骑射的特长，尽快建立十支精锐的千人队，以为和平攻势的后盾。"

樊侯说："善，两手准备，以策万全。军事方面的事就由璜儿主持！"

"遵命！"玉璜应声。

樊侯转头对高志，说："既然王羲可以平反，张若签署的通缉令也就作废了，参赞可以公开活动了。"高志说："是这样，事不宜迟，我想今晚出发，赶到武阳，明天会见李冰。"吴戈问："明天？参赞有把握？"高志说："玉璜妹刚才不是讲了吗？李冰正带着王羲师兄沿江视察，明天到武阳。"吴戈疑惑地问："那李冰能轻易见到吗？"高志自信地说："李冰会主动见我的。"吴戈："参赞有把握？""当然，"高志说，"侯爷不是要我笼络杏林学舍的英才为我所用吗？这些年，我与羌寨的羊摩、成都的宏儒、武阳的彭秉铿，一直在暗中保持联络。在反秦国暴政、搭救王羲师兄的问题上吾人早有共识。现在，李冰下令恢复杏林学舍，孟谦推荐宏儒为师长，这对吾人大有好处。还有，郡府发布的救灾告示，其中有一句'不准饿死一个人'的话，引起了我的注意，据我所知，郡府和各县廷，钱粮均缺，灾民又多，敢于将'不准饿死一个人'这句硬话写在布告上，肯定出自李冰的命令，这表明了这位新郡守对救灾济民一事的高度重视。于是我就给三位学友写了封密信，派专人给他们送去，要他们立即出钱出粮，参与救灾，把灾民团结起来，通过灾民之口，表达我等之诉求。""这步棋下得好！"樊侯夸赞，又说，"看来，本侯也要为救灾做点奉献。"转而对吴戈

①高志讲的大同世界源于孔子与言偃的一次对话，见《礼记·礼运》。"大同"思想在中国历史上有重大影响。

说，"老弟，以蜀乐苑的名义给郡府捐救灾银二万两。"吴戈应声："照办。"樊侯说："不能悄悄地捐，要敲锣打鼓，把白花花的两万两银子送到郡守府。""妙极了！"高志说，"这样做必可带动蜀中的富贵之家效法侯爷而捐钱献粮。李冰对侯爷当刮目相看了！"

樊侯捋须一笑。

（四）空中邮路

二郎参加完晚宴后回到郡府，又冲了个淋浴，让自己的头脑清醒起来，然后去父亲书房，连夜用素绢写了封家书，用薄羊皮做的信封封好①。第二天上午，二郎正准备去交邮，小安师傅告诉他，可以用飞鸽传书。二郎问他是如何看出的？小安师傅回答道："二公子，我不是说过吗？我养过鸽子，还放过鸽子，当然就懂得鸽子。闪电、旋风角膜闪亮，眼珠子转动灵活，双翅硬、两足健，身长，背宽，成飞箭型的体形，这种信鸽善于飞长途。更令人惊奇的是，它俩特别灵敏，短短时日，就会归巢入舍了，还通人性，称得上鸽中之王！这三天，我才跟它俩喂了几回食子，它们就认识我了，我一进阁楼就围着我咕咕地叫，昨天上午我解开了它们的双翅，让它俩在成都的上空飞几圈，以识别标志。我放它们时嘱咐说，'闪电、旋风听着，你们在天上飞半支香的时辰，就飞回来。要不要得？'它俩咕咕的又叫又点头，好像是回答我'要得，要得'，它俩冲天一飞，我就点燃一炷香等候，果不其然，它们展翅高飞一阵后就飞了回来，我一看香，正好燃了半支，你说神不神？"二郎说："姑爷对我说过，闪电、旋风很有灵性，但没有你说得这么神！"小安师傅："就是神！二公子，你从咸阳就开始喂它俩吧？它俩肯定听你的。叫它们飞咸阳，不得拐！"二郎说："养这对鸽子就是为了架设一条空中邮路，不过要慢慢训练它们。我们今天就试试。"为了保证家书万无一失，二郎将家信复抄了一

---

① 从春秋到战国前期，写信大都使用竹简和木牍，字数较少。战国后期，绢、帛书信流行，字数增多。

份，先去郡城邮驿交了一封八百里加急的快信，回来后才和小安师傅一起上阁楼给闪电、旋风喂食，然后将绢书裹成小卷系在闪电的左脚上，给旋风的右脚拴了个响哨，二郎伸出两手，小安师傅将闪电、旋风捉来放在他的掌上，奇迹发生了，这对飞禽竟然像两个士兵一样，在二郎的手板心上挺立着，眼光灼灼，望着主人，二郎大声说："闪电、旋风听令，主人命你俩飞回咸阳老家传信，"双手朝前一扔，"往北飞吧！"

"扑——"两个空中邮差确如闪电、旋风一样，刹那间就冲上了云霄……

今年，咸阳的夏日特别炎热，幸好，滚滚的渭水、习习的河风可以给人们送来一波一波的清凉，于是渭水两岸就成了百姓们的消暑圣地。今天，被当着人质圈住在渭河之滨老家的李冰夫人一家，午膳后就到门前老槐树下坐在石凳上乘凉、做手工。在一放着布帛、丝麻的篚筐前，存厚之妻李玉华为李冰父子打履底、乳娘杜氏缝履衣①，李夫人拿着圆形花绷子做刺绣，李汾埋头于石桌上阅读。

乳娘杜氏对玉华说："蜀郡这个地方潮湿，履底、履衣要做得厚实些。"

"好咧！"玉华点头说。

申时一刻，在冯有贵的杂货铺中当伙计的李成匆匆走回，向母亲和李夫人禀报了一个刚刚获得的消息：李冰父子被突发的洪水卷走了。说是听刚从成都回咸阳的行商朱公陶讲的。这消息如同五雷轰顶，把槐树下的三个女人都震蒙了，半晌才回过神来，杜氏汪着泪水，哽咽质疑："这怎么会呢，怎么会呢？""有甚不会呢？"李汾说，"姥姥不是讲过吗？你家的房屋不就是被洪水冲走了的吗？大洪水冲走两个人还不容易。现在要弄清楚的问题是，父亲和二弟是怎样被洪水冲走的？结果如何？""汾儿说得是，"李夫人望着李成问："行商朱公陶就没讲这些吗？"李成答："朱公陶是李冰弟和二郎刚出事的那天离开成都回咸阳的，他说他也是听成都

---

①上古时人们称鞋为屦，战国时人们称鞋为履（见《韩非子·外储说》），隋唐以后称履为鞋。所谓履衣，就是隋唐以后称的袜子。

一个商人讲的，据说是李冰去到成都西门外刑场救人，遭遇突发洪水才不幸被冲走，结果如何不清楚。我回来给母亲和夫人禀报，就是想急去成都弄清情况。""要得，"杜氏说，"儿也，快去收拾一下，立马赶到成都。"

"二郎来信啦！"冯存厚拿着信激动地吼着，快步朝槐树下走来。

"真的？"

"当然是真的啦！"冯存厚说："是我们的闪电、旋风带回来的信，还会假？"将小卷书信递给李汾，"汾儿，给大家念念吧。"

李汾将裹着的绢书展开，瞄了一下，说："是二弟写的。"

"快念，快念！"在场者屏息静听。

李汾念信："姑爷、姑婆、姥姥、母亲大人膝下：孩儿随父入蜀赴任，已经五日，所经所历，感慨万端！易曰：'修辞立其诚。'①孩儿不善修辞，只有真诚。故只择要事，向众位大人如实禀陈。入蜀之时，孩儿信心十足，以为父亲有秦王钦赐的镇蜀宝剑，可以消除一切障碍而大展宏图。谁知刚进成都，即遇百姓拦车喊冤，高呼士人王焱无罪，遭到蹇侯之子蹇烈的镇压。父亲一贯遵循'民为贵'之理念办事，镇蜀宝剑岂能指向百姓？于是乎，父亲命孩儿上前接受冤状，而父亲从此陷入蜀中政治旋涡中矣！是夜，父亲参加郡府欢迎宴会，孩儿由公孙红小妹陪同游览成都夜市。蜀人善良、精明、耿直，在赤里街汤圆铺王老板竟然将孩儿认出，又去找了十个百姓来为王焱鸣冤叫屈，并写成文书，按上血手印，请孩儿转呈父亲。

"第二天中午，公孙伯伯设家宴款待孩儿和父亲，孩儿和父亲也将母亲酿造的蜂蜜、制作的首饰相送，伯父伯母欣然笑纳，红红还要孩儿将珍珠项链亲手与她戴上。"李汾停念，望着母亲说，"这公孙红看上二弟了？"李夫人说："也许吧，这件事由你二弟自己做主，母亲不干预。继续念。"李汾念道："酒席筵前相

---

①见《乾卦·第一》，意为修饰言辞出于感情的真诚。

谈甚欢。公孙伯伯提醒父亲不要管王叕这个大案，父亲表示要面见何坚、尚武谈后再定。第三天一早孩儿和父亲观察天象，发现都江上游已开始下暴雨，料定都江必涨洪水，于是父亲下令做好防洪准备。下午，大雨滂沱，父亲令成都县令尚武、监御史何坚携带王叕的所有案卷到他书房会商。何坚认为王叕有罪，尚武认为无罪。二人争吵起来，父亲有些生气，令孩儿将二人送走。之后，父亲又叫孩儿去把主簿孟谦接来询问，孟谦讲得很详细，他认定王叕是被塞侯冤枉了，他还陈述：蜀中有人认为，二十五年前蜀侯恽和王叕的大父王婴等人被朝廷当作叛逆而遭杀身灭族，也是一起株连甚广的冤案。父亲听后，连夜审看王叕的相关文书案卷，直到天明。父亲认为王叕无罪，且他的治水建言书写得不错，有可取之处。第二天一早，孩儿去西门查看旧江是否涨水，发现郡府卫队在江边刑场布防，准备腰斩王叕。孩儿便急忙回府向父亲禀报，巳时，父亲赶到刑场制止冤杀，孩儿也跟着前去，正当刽子手打开囚栏的铁锁欲拉王叕出来时，洪水突然从旧江的江面上冲向法场，孩儿和父亲皆被洪涛卷走！"

"哇"，杜氏哭了起来。李汾安慰说："姥姥，还没念完呢？"

李夫人催促："快念，快念。"

李汾续念："幸好王叕的囚槛救了孩儿和父亲。我等抱着木柱在洪水里漂荡，直到晚上才在杏花山的脚下上岸，之后，又得到山民雷爷爷的帮助，这样才化险为夷！"

"啊，"紧张静听读信的人这才放下心来，杜氏感叹，"祖宗保佑，祖宗保佑啊！"李夫人说："继续念吧，他们现在干什么？"李汾继续念："第二天，郡府官员何坚等人找到了我们，要带走王叕，父亲不答应，说王叕一案涉及治水，他要继续审问他，要趁洪水未消去之前弄清成都平原洪水泛滥的情况和原因。父亲转进黄龙乡视察令孩儿回成都与公孙伯伯报平安，并转交三道治蜀手令，约定五天后到郫县与他会合。孩儿回成都后的当晚，公孙伯伯和塞侯在蜀乐苑设宴为孩儿压惊。席间，公孙伯伯、伯母、塞侯都要孩儿劝告父亲不要管王叕的案子，更不要为王叕翻案，说为王叕翻案是对抗朝廷，自找灾祸。父亲只要按公孙伯伯的治水方略施工，治好蜀水就名垂竹帛了，何乐而不为？现在，孩儿心中忐忑，犹豫不决，要说服父亲吗？能说服父亲吗？望诸位大人和姐姐教我。晚生李渭敬上。惟秦王三十四年伏月三十日。"

听信的人都陷入了沉思！

冯存厚说："议一议吧，给二小子写封回信，让闪电、旋风带走。"杜氏说："王焱的冤案把冰儿缠绕住了啊！"李汾说："从这封信可以看出，蜀郡不仅洪水肆虐，官场更险恶。我看，应按公孙伯伯的意见办，劝阻父亲为王焱翻案。"李夫人沉思，乳娘杜氏盯着李夫人说，"颖媳，你拿主意吧！"李夫人对一妞说："信，由你来写。"

"写什么？"

李夫人说："提醒你父亲，昭雪王焱冤案，必须要掌握真凭实据，应不应昭雪，要以事实为凭，以法律为准。无论昭雪与否，都要把王焱的案子，办成经得起历史检验的铁案。"

李汾说："母亲，这样写不是鼓励父亲继续为王焱翻案吗？风险太大啦！"

"有权就有责啊！"李夫人说，"你二弟的信说得明白，你父亲自从接了杜鹃的冤状就被卷入蜀郡政治旋涡中去了，而今只有乘风破浪，激流勇进了！"

"母亲，"李汾说，"二弟的信上说，公孙伯伯讲了，只要父亲不管王焱这个案子，专事治水，就可从漩涡中脱身，何乐而不为？"

"专事治水？"李夫人说，"靠你父亲一人就能治好蜀水？他要动员蜀中精英和成千上万的百姓一起来干，才能成功。而且，王焱一案与治水有关，你父亲作为郡守，他能不管？就照我的话写。"

李汾说："可以把女儿的建言写上吗？"

"可以，"李夫人说，"你去写吧！"

李汾走去。

杜氏一声长叹："蜀郡官场的水深啊！治蜀难啊！"

（五）高学士挑战李冰

今早，李冰一行从黄龙驿站出发，快马加鞭，沿赤水而下，当日午时即达武阳。在周庸带领下登上彭亡山的制高点，站在一株遒劲的老松树下，视察这一带的山形水势。李冰举目而望，说："这彭亡山虽然不高，但树木葱茏，山花烂漫，却有几分仙气。"周庸说："彭祖坟就在山腰。"李冰问："老百姓相信吗？"周庸说："大都相信。""学界有争论，"王叕说，"有学人以为这山腰的彭祖坟只是彭祖后人修造的衣冠冢。还有人认为，古蜀国商周时期曾出现过一个彭氏部族，彭亡聚、彭亡山都是这个部族留下的历史遗迹。与帝尧时的重臣彭祖无关。"李冰问："有证据吗？"王叕说："是根据民间传说的一种推测。"李冰说："那就考证归考证，传说归传说吧！学术问题，可以争鸣，求同存异。彭祖值得咱们重视的不仅是他的出身，更是他的思想和作为。他是道家鼻祖，他创建的烹饪学、养生学、气功学很值得今人研究、继承、发扬光大！"周庸说："相传彭祖还襄助帝尧治过水呢。"李冰说："孟子讲过，但愿彭祖的英灵能襄助咱们的治水大业。"李冰朝山下两江汇合处望去，周庸介绍说："山下江边的那些被洪水冲垮剩下的残垣断壁就是江口邑了。聚邑前，就是赤水和都江的汇合处。"

王叕补充说："百姓称之为跑虎滩！"

李冰"嗯"了一声，极目远眺，最后定格在跑虎滩的江面上。良久，但只见从北面流来的赤水和西来的都江骤然交汇，相互冲击，浪涛汹涌，翻腾呼啸，恰似万头猛虎在狂奔。此处称之为跑虎滩确是恰当。由于流量猛增，水位提升，向两岸漫延，江口邑的临江小街瞬间就被洪水冲得七零八落了。

李冰朝卫士长打了个手势，马骏从行囊中拿出图舆，烟笔、绢帛放到石案上。李冰埋头看了一阵图舆，又拿起烟笔和一方绢帛，一边观察两江汇合处的山形水势，一边在绢帛上绘图。这时，卫士带着武阳县令朱琨和县丞汪平走来，两人戴白色孝冠，穿白色麻布孝衣，一脸悲戚，上前拱手行礼："郡守大人！""不必讲礼了，"李冰回声，埋头画图毕，将绢帛交与马骏后，才转头望着二人，惊问道，"二位同袍，为谁戴孝？"

朱琨流泪，哽咽说："为县尉矢夫、十二名里兵、三百二十位子民披麻戴孝啊！"

"大人，"王平哭着说，"我县在这场洪水中损失惨重啊！"

李冰闻言，眼眶湿润，沉默了一阵才说："在抗洪护民中殉职的官员和里兵都应受到表彰和抚恤。二位给他们披麻戴孝以示哀悼，完全应该。你们速将县尉矢夫和里兵的殉职详情写成文书上呈郡府，转发全郡，进行旌表。你县还要给他们立碑纪念。"

朱琨和王平应声："诺，诺。"

李冰又问："你县的损失有详细统计吗？"

"有。"朱琨将一帛书呈李冰。

李冰展看后，沉重地说："八百六十间房屋倒塌，两千亩良田被淹，还有三百多人失踪。损失太惨重了！"李冰转头瞄了周庸、王焱一眼，问："两江汇合处的跑虎滩是如何形成的？"周庸说："是江心中一些巨石阻拦加上上游冲来的沙石堆积，使河床增高，水流不畅。"李冰又问："巨石从何而来？"王焱说："传说是古时彭亡山的一支余脉的残留。""嗯，有可能，"李冰又将跑虎滩观察了一阵，转头望着朱琨，说，"朱琨同袍，知道你县损失惨重的原因吗？"朱琨"这"了声，"请大人指教。"李冰说："都江流到你县生病了！""什么病？"朱琨问。李冰答："肠梗阻！"朱琨再问："如何医治？"李冰说："对症下药。"朱琨和周庸都拿起烟笔和一方帛布准备记下郡守开出的药方。李冰在石案上摊开图舆，周庸、王焱、朱琨、王平围上去，李冰指着图舆问："这江口邑是都江中游偏下吧？"周庸答："是。"李冰说："这好比人的肠子，上面长了一颗毒瘤，阻碍了人的排泄，要治好这病，唯一的办法就是消除这颗毒瘤。"

朱琨问："如何消除？请大人详示。"

李冰答："第一步是把脉，把飞虎滩底长的毒瘤搞清楚。现在你县要做的是：立即在江口邑建立一个水文观察哨，参与者应是懂得水文地理的内行，通过在江中设置测水物和流动勘察，达到两个目的：一是记下江口邑河段不同时期的水流量与河面的宽度和深度，两岸保坎的高度。二是河床中的巨石、泥沙构成状况，数据一

定要准确，为疏浚河道提供依据。第二步是动手术。咱以为，不管将来都江上游如何治理？这个'肠梗阻'都必须先消除，否则，年年入夏，武阳一线都会闹水灾。故，本守决定，今年入冬枯水季节就动这个手术。届时，我和都水长都前来参加。"朱琨拱手："多谢郡守大人！"

"看看灾民去。"李冰吩咐。

"无家可归的灾民都集中住彭祖祠。"朱琨说。

李冰说："就到彭祖祠。"

彭祖祠坐落在城北的一片高地上，占地九亩，三进深，四周松竹环绕，古色古香，大门前矗立着一块洁白嶙峋的巨石，上刻篆书彭祖祠，填以墨色，十分庄重。神祠大门前有一条林荫路，浓荫中掩隐着几家小商店和小食铺。朱琨领李冰一行走来，李冰指着一家食铺对朱琨说："你领诸位去用膳吧，我一人去看看就行了。"朱琨说："让卫士长跟你去？"李冰摆手说："不要扰民！"径直朝祠门走去。彭祖祠的大门前有九级石阶，正中是条石板铺成的大路，左右各有两条小泥路。这时，左边小路上一个额头砸伤、贴着膏药的小伙子挎着一床裹成筒的篾席，扶着一个左脚捆着夹板的爷爷一瘸一拐地走来，祖孙俩艰难地蹬上石阶，李冰疾步上前搀扶，两人挟着老爷子越过石阶，跨过大门，走进祠内，低声交谈。

祠内的大天井中，摆着三个正冒着热气的大釜：一釜熬雉鸡羹，一釜蒸饭团，一釜煮菜汤。大釜后站着三个拿铁铲、铜勺、木瓢的庖厨。里正站在一旁监视。破衣烂裳，扶老携幼的近百灾民拿着土巴碗、陶罐、瓜瓢等盛食器围着大釜，眼巴巴地望着开饭。一个妇人怀中的小女孩"哇——哇——"地尖声叫着，一个汉子愤怒地吼道："都午时三刻啦，还不开膳，里正大人，故意饿死灾民嗦？"里正训道，"黄大娃，你咋胡说八道嘞？这个灾民收容处是两位学士捐钱捐粮办起来的，是签了契约的，七天之内，乡里要保证住此处的灾民吃饱，哪个敢故意饿死灾民？我刚才讲了，只等李冰大人一到，就开膳！"李冰从灾民后挤上前去，对里正说，"咱到了，给灾民分食吧。"里正眯起眼睛，从头到脚把李冰扫描了一遍，说，"格老子，真稀奇！郡守大人身穿麻布衣？脚蹬粗草履？

哥子，冒充郡守行骗是要杀头的！"这时，高志和彭秉铿从大殿走下，站在一旁观察。李冰对里正说："我真是李冰！"里正不相信，"你拿出凭证来证明你是李冰？"李冰说："眼下咱拿不出证据，请相信我的话！"里正说："无凭无据我相信你才怪！"高志上前拉开里正，道："我有办法让他说真话，"走到李冰面前，说，"你既然拿不出凭据，可以回答我的提问吗？"

李冰回答："可以。"

"请问，烹饪鼻祖彭祖创造的天下第一菜，叫何名字？"

"准确地说，彭祖创造的不叫天下第一菜而叫天下第一羹！"

"然也，天下第一羹的俗名叫什么？"

"雉鸡汤！"

"写诗称赞雉鸡汤的诗人是谁？"

"屈原。"

"诗的题目是——"

"《天问》。"

"诗的内容是——"

"彭铿斟雉，帝何飨？受寿永多，夫何久长？"

"郡守大人！"高志纳头便拜。

"不必多礼，站起叙话。"李冰摆手说。

高志站起。

李冰问："相信我是李冰啦？"

"相信，相信！"高志说，"不是才高八斗、学富五车、尊崇屈原的李冰大人，谁能回答吾的问题？"转头喊，"父老乡亲们，参见新上任的郡守大人吧！尔等要晓得，大人和二公子在大洪水中泡了一天一夜，打败了江神。李冰大人不仅是蜀郡郡守，而且是拯救蜀民的水神！"里正高呼："参拜水神！"灾民们跪地齐呼："水神保佑，水神保佑！"在百姓的心目中，神比官大，比官更重要，于是叩头不迭……

"咱不是神，和众位一样是有七情六欲的凡人，都起来吧，起来用膳。"李冰挥手，说了几遍，众人这才站起。高志说："不忙，请稍待片刻。"掉头对彭秉铿说，"师弟，给李冰大人献汤！"彭秉铿从釜中舀了一陶碗冒着热气的雉鸡汤端到李冰前，说："请郡守大人先用一碗'天下第一羹'。"李冰接过闻了一下，说："还真香，你熬的？""正是，"彭秉铿说，"本人研究彭祖烹饪学多年，昨天午后特捕三只野鸡，今早开始文火细熬，加上我自制的秘方，所以特别香，特别补人。是专为大人制作的。"李冰说："专为咱？这又何必呢？"彭秉铿说："大人这些天视察灾区，很辛苦啊！当年，帝尧率众治水，积劳成疾，喝了彭祖的雉鸡汤，立刻痊愈，容光焕发，精力充沛，大人喝了这汤就可消解疲劳啊！""感谢美意！"李冰说，"咱没有帝尧之功。"转身端着碗走到瘸老人面前，"曾爷爷，咱敬您这碗雉鸡汤！"老爷爷拒绝："使不得，使不得。""使得，使得，"李冰拉着老人的手，将碗硬塞在老人手中，转头对众人说，"众位父老，知道咱为何要将这雉鸡汤，献给这位姓曾的老人吗？刚才，我和他爷孙俩交谈了，他左脚折断，孙子头上负伤，皆是为抢救遭洪水危害的邻居而造成的。他住在山丘上，为何要下山救人？因为八年前他住在都江边的家和除了孙子而外的亲人全被洪水吞没。他深知洪水的危害，懂得拯救生命的重要。他这种舍己为人的善举是咱们学习的榜样！曾爷爷，喝汤吧！"曾爷爷不喝，也不开腔，只是流泪！"令人感动！"高志说，"郡守大人从普通百姓的身上发掘出了一种做人的高尚精神！吾人深受教益！"他舀了碗雉鸡汤端着上前，对李冰说："郡守大人不喝，我等黔首怎敢喝？共干吧！"李冰颔首，从高志手中接过汤，对曾爷爷说："曾爷爷，咱们共干吧！"曾爷爷点了点头，两人同时将汤喝完，相互亮了亮碗底，众人击掌喝彩！高志对里正说："可以分食了。"里正高呼："分食开始，挨个上前，不得拥挤。"众灾民有序领食。

李冰询问："这收容处是二位捐资办起来的？"高志说："正是。""善！"李冰称赞，"请问二位学士的尊姓大名？"彭秉铿说："在下彭祖八十代后裔，名彭秉铿。"高志说："在下高志，杏林学舍二师兄，王嬴的好朋友！"李冰一惊，瞪着高志，说："你是郡府的通缉要犯？！"这时，卫士长带两名卫士走来。高志白了卫士长一眼，说："大人要逮捕我吗？"李冰沉思不语。高志说："大人，你接了杜鹃的冤状，你到刑场制止冤杀，说明大人已看出了王羕无罪，既然王羕无罪我高志还有罪吗？既然无罪，就应该无条件释放王羕，取消张若对吾人的通缉令！"李冰仍不作声。高志叹息一声，说："大人大度有余而果断不足啊！"李冰正色道："高志，听本守口令：你涉及的案件正在复审，青城游侠还未捕捉到，故，通缉令还不能取消，本守令你回成都到郡府投案。做得到吗？"高志一笑："无可遁逃！"李冰向卫士长打了个手势，卫士长从囊中取出烟笔和一支竹简交与李冰，李冰在竹简上写了一行字交与高志。高志看了后说："唯命是从。"李冰对彭秉铿说："你能担保你师兄不会逃跑吗？"彭秉铿说："能。"李冰说："咱相信尔等一回。"卫士长提醒李冰："大人，时间不待了。"李冰说："那就走吧！"

通往南安的都江边，李冰一行纵马飞奔……

高志赶回成都。连夜向襃侯、玉璜做了详细报告，三人一起研究对策。第二天一早，高志持李冰手书到郡府投案，公孙若与何坚一起接待他。高志做出谦卑、诚恳的样子，申明他从不反秦，只对襃侯有些异议，他举证说明他在学舍解散后的这些年一直在做丝绸生意，与青城游侠毫无关系，他又分析了"以武犯禁、独来独往、神秘鬼诈"的游侠特质，指出游侠与文士不可能是一条道上的人，他切盼有机会能为郡府效力。高傲的公孙若被巧言令色的高志说动，认定此人有可用之处，便说："本丞给你一个立功赎罪的机会！"高志跪地长拜："多谢郡丞大人！"仰面问，"不知有何功可立？"公孙若说："协助郡府逮捕青城游侠。"高志"这"了一声，公孙若盯着他，"不愿意？你不是说与青城游侠无关吗？现在只有抓住他，才能证明你的清白！"高志说，"大海捞针，何其难哉！""那，"何坚说，"只有让高学士入狱了！"高志说："吾非不愿，这青城游侠在下只见过他一面，就是五年前水市出事那天，现在此人形象在吾心中已经模糊，难以识别。"公孙若问："谁能识别？"高志故作沉思状，有顷说："对青城游侠印象深刻的应该是和他交过手的十人长，在下建言请十人长回忆，画师绘图，在下按图索骥，方可万全。"公孙若没有作答，他给何坚打了个手势，两人走到屏风后商议。一会儿走出，公孙若宣布，令高志入住郡府卫队军营，协助十人长一起进行侦缉，如抓住青城游侠，可将功折罪。以破大案为契机，高志开始走进蜀郡权力中心。

（六）视察南安

李冰一行黄昏时分到达南安。秦时的南安即今乐山，此县辖区广阔，包括今青神、丹棱、洪雅、夹江、峨眉、犍为、沐川、荣县等地。这一地区是原古蜀国蜀王故治①。开明王朝的创建者鳖灵从荆楚沿大江西上后，曾率领他的氏族在此经营多年，他用大量财宝收买僰族、青衣羌、丹、犁人头领，并与他们歃血盟誓，结为兄弟，共同经营这一地区，使之成为北上争霸的根据地。在青衣江、大渡河和都江交汇处建灵青聚，以为统治中心，形成一股对抗杜宇王朝的强大政治势力，因之，这一地区号称开明王朝的"龙兴之地"。秦灭蜀后，开明王朝的后裔和这一地区的部族头领，当然不会认同秦的统治，于是骚乱不止，战火不息。史书《华阳国志·蜀志》讲的"戎伯尚强"指的就是这一社会现实。第一任国守司马错将军针对这一实际情况，提出两个应对策略。一是政治上实行一郡两制，即分封制与郡县制并行，既封蜀侯，又设国守，以此昭告蜀中各族：秦国并未灭亡蜀国，只不过是"贬蜀王更号为侯"而已！这是一种笼络人心的战术；第二个策略就是移秦民万家入蜀，夯实统治基础。秦惠文王更元十一年（前 314 年），秦廷实施司马错提出的治蜀策略，封公子通国为蜀侯，陈壮为蜀相，张若为国守，司马错回朝任国尉。张若为消除古蜀国的政治影响，将三千移民安置在原蜀王的龙兴之地。要安置移民就要筑城。张若领导了新城的创建，他把他修成都城时结识的秦国建筑精英李水等人请来，调动秦国移民的积极性，用了一年半的时间，在灵青聚的位置上筑起了一座新城，取名南安，以示安定蜀南之意也。

都水长周庸多次来过南安，熟悉这座城邑，他领李冰等人进住

---

① 见郦道元《水经注·卷六·江水》：南安"县治青衣江会枃带二水矣，即蜀王开明故治也"。

土桥街县廷附近的青江传舍。此刻，传舍里只有个姓范的看门老头儿和一个庖人留守接客，其他人员都防洪去了。周庸告诉范老头，郡守大人及其随从要在此住宿一夜，令他赶快安排好食宿。范老头点头应承，说："大人请稍坐，我去禀报余县令，请他……""不必，不必，"李冰打断范老头的话，说，"老人家，请你找庖人赶快给咱们烧一釜菜汤，热几个干馍，我们填饱肚子，就去防洪。"范老头以为穿麻布衣、脚蹬草履的郡守大人在搞微服私访，不敢怠慢，急忙转身离去，李冰又叮嘱："别忘了，把咱们的马匹喂好，明天还要赶路呢。"

"晓得。"范老头回应。

过了一刻，庖人送来一釜冒着热气的菜汤，李冰等人就着汤匆匆啃了两个干馍，就出舍直奔防洪现场艄公嘴。这里是大渡河和都江交汇处，最早是利用一块伸进河里的三角形卵石沙砾地修建的码头。艄公是蜀人对撑船工人的尊称，所以人们称之为艄公嘴，但现在人们却叫这个地方为萧公嘴，这是明朝以后的叫法，原因是明太祖朱元璋曾为襄助他打天下的萧伯轩死后封为"五湖显应真人"，并下令各地建庙祭祀。真人的神职是保佑行船走水人的安全，于是，水工们集资在岸边修了座萧公庙，祈神保佑，艄公嘴因庙改名为萧公嘴。

艄公嘴隔大江对面耸立着两座高约八十米左右的山峦，中有宽约七十余米能通水的"浩口"，即今人称的"麻濠"，将两山分开。因为山上长满了郁郁葱葱的树木，青翠如玉，加上青衣江在南安城西十里处汇入大渡河后①，从两山下奔腾流过，于是人们将两座山取名青衣山。唐以后因天下第一大佛的凿成，佛教文化的弘扬和影响，才有凌云山和乌尤山的名称出现。

南安县令余辉是秦人，老家住关中泾水边的泾阳邑，其父是个

①大渡河在汉代称湔水，《汉书·地理志》："湔水，南至南安，东入大江。"又称沫水，《史记·司马相如列传》："司马长卿便略定西夷……西至沫若水。"《索隐》张揖曰："沫水出蜀广平徼外，与青衣（指大渡河）合也，若水出旄牛徼外（指今雅砻江），至焚道入江。"

水工，他十岁就跟父亲参加过泾、渭水合流处的防洪治理工作。他深知在三江汇合的南安，防洪应当经常化，他建立了一支由里兵为骨干的两百人防洪抢险队。四天前接到郡守府的防洪命令后，便火速组织人手在艄公嘴岸前修了一段百丈堤，防止不断上涨的洪水冲倒城墙。余辉提出的口号是：人人上阵，防洪抢险，水上涨一寸，堤增高一尺。

李冰一行来到临江街，但只见无数火把在游动，南安居民扛着各种各样的防洪器材直朝艄公嘴奔去⋯⋯

高约五尺的护堤上，每隔一丈，竖着一柄熊熊燃烧的火炬，把长堤和附近的河水照得通亮，余辉指挥由里兵和壮汉两百人组成的防洪抢险队在加固护堤，李冰进入现场后，和都水长一起观察了一阵水势和护堤，他指着两江交汇点岸边的一处护堤说："这一段两水相激，最易出事。"周庸点头称是，李冰用足蹬堤，审视其是否结实。县尉卢刚带几个赤膊壮汉扛铁桩、木方、装满沙石的麻袋走来，李冰问："你等是来加固这一段的吗？"卢刚说："正是。这一段由在下负责死守。""善，"李冰说，"咱们干吧。"李冰、周庸、王焱、卫士等人和五个壮汉一起干活，打铁桩，安木方，摞沙石麻袋。卢刚问李冰："大哥，听你口音不是本地人吧？"李冰说："防洪抢险分什么本地外地？"

大堤右端，光着膀子的余辉和一壮汉打着火把，提着一柄铁锤从堤的西面走来巡视、督促，他吼着："加紧干，莫歇气，水上涨一寸，堤增高一尺。"

"大人，"负责观察水势的县丞姚云，带差役江水生和余平洪跑来，一个手举火把，一个扛着量水标杆，欣喜禀告："洪水下降了！"

"降了多少？"

"都江五寸，沫水两寸。"

"大善！"余辉登上堤顶，拿过水标杆伸入江中试了试，又提起来看了看标杆上的刻画，说："洪水确实在消了！"跳下堤来，又说，"瞭水站的观察是对的，都江和沫水源头都没下雨了。"

江水生说："这只是原因之一。"

"还有原因？"

"是的，父老传言，是水神打败了都江江神，故都江水位下降了五寸。"

"谁是水神？"

"新来的郡守大人呀！"

"听谁说的？"

"我二哥，"余平洪说，"他今天下午刚从成都回来，说四天前李郡守到西门外的法场救人，他和他的儿子二郎被突发的洪水卷走。父子俩在洪水中与江神搏斗，打了一天一夜，打得江神奄奄一息，江神求饶，答应赶快消水，郡守父子才在杏花山登岸。"

余辉一笑："这个'龙门阵'好听。"

姚云说："我看可以写成一篇文章，四处张贴，广为传播。"

余辉说："使得，使得！"

李冰斗江神的故事，才四天便在全蜀流传开了，在传播过程中故事情节得到不断的丰富和发展，使它越来越好听了！

余辉沿堤巡视，边走边喊："诸位壮士听着，江神已被打败了，洪水已在消了，为防万一，我等还是要加固护堤，如果洪水继续消下去，明天本县令就宣布减除警戒。各位再辛苦一晚吧！"

众人齐声回应："谨遵大人之命！"

余辉发现了都水长周庸，惊喜喊道："周大人！多久来的？"

"啊，"周庸回应说，"余大人呀，我是陪郡守大人来视察的！刚从武阳赶到。"

余辉一惊："从武阳赶到，一百多里啊，不累？"

周庸说："我等骑马。"

余辉说："马背上奔驰更累人，郡守大人现在哪里？"

周庸一笑："你看不出？"

余辉举着火把分辨，护堤正中背面，王叕躬身掌着一铁桩，李冰撸起袖子挥锤猛打……

余辉扫视在场的人，目光停留在一身麻布衣的李冰身上，笑道："李大人好身手呀！"

"啥好身手呀，只是学着干吧！"李冰回答。

余辉打量着李冰一身装束，说："大人微服私访呀？"

李冰笑道："啥微服？是杏花山雷大爷送给我的新衣裳！"

余辉惊疑地："大人真的在洪水里泡了一天一夜？还打败了江神？"

李冰说："准确地说，只是一天多！能从洪水中脱生，也可说战胜了江神吧。"

众人齐声称赞："大人神功无敌，令我等敬佩！"

"别，别这么说，"李冰急忙制止，"我和诸位一样，都是凡夫俗子，哪有什么神功？今后别这样讲了，干活吧。"

"别干了！"余辉对李冰说，"这回防洪，我是指挥长，在这里人人都得听我的号令？歇息去吧！"

李冰说："咱也是壮劳呢，用不着歇息！"

"不行！"余辉命令，"县丞姚云，县尉卢刚听令！"

"唯，唯！"姚云、卢刚挺立。

余辉说："速送郡守大人一行回传舍歇息！"

"慢，等咱说两句，"李冰摆了摆手，扫了余辉、姚云、卢刚一眼，笑道，"县令、县丞、县尉都到现场干活。真个是三驾马车齐出动，防洪抢险建奇功！本守为你们喝彩，向你们致敬！"拱手作揖。

余辉、姚云、卢刚还礼，说："分内之事，受之有愧！"

李冰说："能与百姓休戚与共的官员值得尊敬！"停了停，又问，"刚才说，水位下降了，是何原因？搞清楚了吗？"

姚云说："主要原因就是三条河的上游都没下雨了。"

"你怎知道？"

"卑职专司天象观察和水势变化。"

"如何观察天象？"

"看峨眉山。峨山显，大晴天；峨山隐，大雨淋。看天气变化，就上凤首山观察。很灵，这是南安人一代一代传下来的经验。"

"凤首山在哪里？"

"就在城中。"

"明天一早带咱上山看看。"

“唯。”

余辉催促：“大人一行，回传舍歇息吧！”

李冰说：“我还要问你一些情况呢？”

余辉说：“请大人到我的防洪指挥所听取卑职禀报，如何？”

“可以，”李冰说，“咱正想喝口水呢。”

余辉说：“咱给大人沏壶上佳绿茶。”

李冰问：“是何上佳绿茶？”

余辉说：“咱们在峨眉山上培植出的绿茶，名叫‘万年春！’”

“大善！”李冰说，“咱要好好品尝一下‘万年春’！”

余辉吩咐：“水生娃，去沏壶‘万年春’来。”

水生应“诺”而去。

余辉领李冰一行边谈边走……

在防洪指挥所中，李冰对余辉、卢刚使用地方武装里兵防洪救灾特别感兴趣，一边喝茶一边询问，一问一答就谈到亥时三刻了，周庸都打盹了，但李冰却越听越振奋。余辉止住，指着铜壶滴漏说：“大人，亥时三刻了，大人和都水长奔波了一天，太累了，回传舍歇息吧，我给你写一篇书面禀报，如何？”

李冰瞟了正打盹的周庸一眼：“都水长，你看如何？”

周庸迷迷糊糊地回答说：“一切听——听大人的。”

李冰说：“回传舍睡觉！”

周庸站起身来打了个呵欠。

李冰叮嘱余辉：“明天一早来叫我，别忘了带《南安舆图》。”

屹立在南安城中的凤首山，在南宋王象之写的《舆地记胜》中称之为高幪山、高望山、万景山，明清后民间称老霄顶。这是一座拔地而起的奇峰。两千多年前当比今日更高，山峰上林木叠翠，蓊郁清苍，峰顶建有观景台，台前置燎天青铜大鼎，鼎中燃烧着檀香木，一年四季，青烟袅袅，香气弥漫……

早晨，一轮旭日升起，霞光四射，映照着南安的山山水水。山披彩霞，水涌金波，令人炫目。此时，李冰一行已在县令余辉和县丞姚云、县尉卢刚的陪同下站在凤首山顶观察山形水势了。李冰目光灼灼，远眺峨眉，近视三江，情不自禁地赞叹：“美哉南安！壮哉南安！"

余辉说："咱们南安城，依山傍水，龙飞凤舞，既美且壮！"

"龙飞凤舞？"李冰思考着，仰视远处，但见西来的大渡河和北来的都江，两江交汇，掀起滔滔巨浪直朝青衣山脚下一处伸入水中的山岩冲去。日久天长，这座山岩就被冲成了许多嶙峋的怪石。在这片水域中，如刀锋箭镞般的礁石密布，七棱八角的石柱、石根高矗，很是突兀怪异，人们把这称之为溷岩。当时的位置就在今天的大佛脚下。洪水在溷岩前东突西撞，咆哮翻滚，激起巨大的波涛，波涛挟着河风哗哗啦啦地狂吼着不断拍击岸边，给人以惊心动魄之感。最为奇特的是在青衣山和古城之间的宽广水面上又屹立着一块任风吹浪打，兀自岿然不动的绿洲，像一颗晶莹的巨大碧玉，这又使人赏心悦目了！

李冰说："沫水奔腾，都江浩荡，真有巨龙腾飞的气势啊，凤舞呢？"俯首看城，时左时右，说，"这山是凤头，这城中正街是凤身，这沿着都江、沫水左右延伸的城垣就是凤凰的双翼了，她展翅欲飞，是扑向江中那块在河之洲吧？"

余辉说："大人的观察、理解，完全正确！"

"何以见得？"

"符合当年建城总工师的构想。"

"尔如何得知总工师的构想？"

"咱十岁随父母移民至此，并与老父一起，参加了南安城的修建，亲耳听总工师讲过。"

"如何讲的？"

工师说："三江相会于此，恰是巨龙腾飞！龙属阳，只有属阴的凤凰才能与之匹配。依山形水势建飞舞之凤凰城方可阴阳和谐，灵气荡漾，生机无限。"

"工师是谁？"

"李冰！"

"啊，"李冰惊喜，心中说，"父亲的又一杰作也！"

余辉指着江中绿洲说："那在河之洲还没名字呢，请大人赐名？"

李冰脱口而出："朴凤洲。"

余辉说："妙极！"

一个"朴"字让凤凰飞舞起来了！"朴凤洲"被人们叫了两千多年，它以水上碧玉的天然美而吸引着天下游人！

李冰吩咐："展开图舆。"

余辉将一张绘在羊皮上的《南安图舆》在石榻上展开。

李冰俯身，专注图舆，指着图问："都江从南安流到僰道就汇入大江了？"大江即今人说的长江。周庸回答说："正是。""里程多少？""四百里。"李冰说，"这一段应属都江下游了！"周庸点头称是。李冰又指着图上江中的溷岩、雷垣、盐滩询问："'溷岩'好理解，溷，乱也，《离骚》有'世溷浊而不分兮'的诗句。把青衣山伸入水中又被水冲成的乱石称之为'溷岩'很确切。这'雷垣''盐滩'是何意？"周庸说："江中之暗礁险滩。"王叕补充说："都是土著方言，为水中滩碛之名。"余辉说："水流漂疾，损害舟船，长年患之。"

"嗯。"李冰点头，他朝卫士长打了个手势，卫士长从囊中取出木牍烟笔呈上，李冰走到高处远眺江面，边看边绘山形水势图。完成后，在图中的"溷岩"边写了个"凿"字，在"雷垣""盐滩"边写了个"平"字。他把木牍、烟笔交给卫士长收存，转头对余辉等人说："很可惜，都江到此也患病了啊！"

余辉不解："患了什么病？"

李冰望着周庸，问："都水长，你说是什么病？"

周庸说："和江口邑一样，长毒瘤了，需要切除！"

李冰望着王叕："这些毒瘤是如何形成的？"

"吾人以为，"王叕回答说："沫水、青衣江、都江都发源于崇山峻岭，有巨量的悬浮物和推移物，顺水流来，三江汇合后水势徒增，溷岩又使水势裂变，形成无数漩涡，河床凹处，水中的浮动物质就沉淀、积聚起来，形成肿块，'雷垣''盐滩'即是也！这里是都江下游，亦如人之大肠，除去肿块，方能使排泄顺畅！"

李冰问余辉："余辉同袍有何看法？有何打算？"

余辉说："咱赞同都水长和王叕先生的高见，不清除都江中这些'毒瘤'，对我大秦国军力的发挥，蜀郡经济的发展都大有影响。当年，张仪丞相在楚国曾对楚王说：'秦西有巴、蜀，大船积粟，起于汶山，浮江已下，至楚三千余里。舫船载卒，一舫载五十人与三月之食，下水而浮，一日行三百余里，里数虽多，然而不费牛马之力，不至十日而距扞关，扞关惊，则从境以东尽城守矣，黔中、巫郡非王之有。'①张丞相的话虽然是恫吓楚王，但确实讲出了都江在军事上的重大作用，但由于中下游的'肿瘤'作怪，至今也不能通大楼船，当今大王二十七年（前280年），司马错将军率巴、蜀兵十万，大舶船万艘，粮六百万斛，浮江伐楚，是从江州出发的。前年张若大人伐楚，号称战船千艘，名头也响亮，什么斗舰、艨冲，但都是小船，撑船的个个都是高手，士兵也在津口操练了数月，但在通过溷岩鬼门关时，也有三十八船遇难。"李冰一惊，说："牺牲太大了，不过，张若大人没出事，也算不幸中的万幸了！"余辉说："是卑职向郡尉张剑大人谏言：从南安到僰道这一段，决不能让张大人乘船，应走陆路去下游再乘船。"李冰"啊"了一声，"余同袍想得周到。对都江的作用，也认识深刻。看来清除'肿瘤'，通正水道势在必行，而且，这个大手术要赶快做。"余辉说，"如何清除？咱也想过，但阻力重重。""是何阻力？"余辉说："百姓和官吏中盛传溷岩那一片水域是河神矗贔的宫殿，动不得，动了，南安城就要沉入水底。"李冰说，"蜀郡和楚国一样，巫风炽盛，老百姓信仰各种神灵，有其必然，官府不必反对，但要引导，要向众庶讲明，神和人一样，有好、坏、善、恶之分。对护佑百姓的善神可敬之拜之，对祸害人间的恶神则要斗之灭之。②"

---

①见《史记·张仪列传》。

②沫水水神名矗贔，形状如龟，神话传说中又称巨灵，形体巨大，力可分山，张衡《西京赋》"巨灵矗贔"，注曰："巨灵，河神也。"《水经注》卷三十六说："昔沫水自蒙山自南安西溷岩，水脉漂疾，破害舟船，历代患之，蜀郡太守李冰，发卒凿平溷岩。河神矗怒。冰乃操刀入水与神斗。凿平溷岩，通正水道。"（《水经注》这一段抄至《华阳国志·蜀志》）

"大人之言甚是，"余辉转对姚云说，"这篇宣传文章由你做，写好了，当告示张贴。"

姚云一挺："诺！"

李冰接着说："除了清除官民中的思想障碍外，还要有切除毒瘤的具体措施，咱初步想到'凿''平'二字。但，如何凿，如何平，实施起来，并不容易，要精心谋划。现在你县要做的是：训练出一支千人水上作业队。实行军事编制，军事训练，要求每个队员都要成为'水上漂'和能潜入水底作业的勇士。潜水也不是很难，戴上人造通气管，就会延长水下作业时间。蜀人自称是鱼凫的后代，何谓鱼凫？就是会捉鱼的鱼老鸹。蜀人将此作祖先神灵崇拜，会水者一定很多，可下令招募，给予优待，定会从者甚众。"余辉说："谨遵大人之命！"李冰继续指示："水上作业队训练有素后，可对溷岩、雷垣、盐滩进行一次全面测量，弄清水流水势和水中礁石、河床积存物的构成以及数量和准确位置。掌握了确凿数据后，咱们再商量如何动工，本守给你们两年时间准备，如何？"余辉应诺。

"还有，"李冰最后强调说，"钟灵毓秀的南安是蜀南重镇，是蜀中物产的水路集散地，是南下荆楚、西向昆明直达身毒的基地，要在统一规划下，进行改建和扩修。商坊、工场、货栈、茶楼、酒肆、旅舍都要大量增加、提速发展，使之既繁华又美丽，成为熠褶生辉的天府明珠。本守期望在创建天府之国的进程中，南安能成为革故鼎新、冲锋在前的锐士。"拱手作揖，"三驾马车，本守拜托了！"三驾马车还礼，铿锵回答："竭精殚力，不负重托！"

（七）看望移民

辰时一刻，李冰一行离开南安沿青衣江西上，到泾口戍视察并看望来自秦国关中泾水流域的老移民。泾口戍的治所设在青衣江中游的大观山前，具体说来，约在现今夹江县千佛岩入口前面的聚贤街上。

从南安到泾口的青衣江边有一条驿道，刚上路，李冰就说：

"驿道宽阔，咱们赛马吧，看谁第一个到达？"也不等人回答，喊了声"驾——"就纵马飞出，卫士长紧紧跟上，王叕不服气，想要超越郡守，奈何卫士长的马紧贴着李冰的马，形成了对王叕的阻碍，王叕只能紧追；周庸无意也无能力参与竞赛，只能跑在最后，卫士大雷、小于陪伴着他。

六匹骏马扬蹄奔腾，疾驰如风……

一座高大的石牌坊出现了，上有金色篆书，"泾口戍"。

李冰、马骏、王叕首先冲到，"吁——"马驻足，人下鞍，三人已是满头大汗了！

李冰神态自若地嘘了口气，问："谁是第一呀？"王叕说："自然是郡守大人第一了！"李冰笑道："自然是？王叕，你不服哟！确实，咱不是第一，真正的第一，应是马骏！""不敢，不敢！"卫士长连忙推辞。这时，周庸赶到了，他翻身下马，大汗淋漓，气喘吁吁地说："大人，在下跟、跟、跟不上啊！"李冰说："你现在不是跟上了吗？"周庸抬头看了看太阳，说："从辰时一刻离开南安，现在不过是巳时三刻吧？不到两个时辰跑了六十多里，这速度也太惊人了！"李冰说："要在洪水消退之前，弄清它在平原上的泛滥情况，就必须快马加鞭啊！"

"哎，那就加吧！"周庸顿了一下，又抬手介绍说，"泾口戍后改名泾口乡，是个相当于县的大乡，这牌坊前的大片农田和村落叫㵲水乡，还有上面的木城，下面的乾江，都属它管。过大桥，走半里就是青江渡，再往前走，不到两里，就是乡公所了。"李冰点头："明白了。"转头吩咐马骏，"你先行一步，去告诉乡啬夫，新上任的郡守李冰特别来看望居住此处的秦国移民。要说明，因时间紧迫，不可能挨家挨户拜访，只能集中会见，地点由他们定。"马骏应诺，策马奔去。李冰又说："咱们步行，以便观山望景。"周庸说"甚好"。卫士大雷、小于牵过李冰、周庸、王叕的马匹，跟着他们朝石拱桥走去。

石桥下，一泓溪水潺潺流过，欢快地向田野奔去……

这时，从附近的田野上传来歌唱声："泾水一石，其泥数斗，且溉且粪，长我禾黍……"①李冰转头放眼望去，但见水稻田中有几名农夫唱着歌户水、薅秧。

"啊，"李冰感慨，"四十年了，他们还没忘记故乡的泾水。"

周庸说："秦人恋旧，这些来自泾水流域的移民，一向把青衣江当作关中的泾水，把这个地方取名泾口！"

王叕说："这就是乡愁，难以释怀的乡愁啊！"

三人朝前走去，登上石桥。李冰走到正中，朝前眺望，但见两山对峙，一水中流，赞叹道："两山夹一江，绝佳的天然图画也！"周庸说："这里不仅风光旖旎，而且形势险要。是青衣江中游的要隘，上通严道，下连南安。江两岸的土著居民，以丹族、犁族和青衣夷为主，他们是蜀王的铁杆效忠者！当年，张若大人把三千来自秦国泾水的移民安排在这一带，并设置戍所，进行军事管制，十分必要。现在还有人主张重建泾口戍呢！"王叕不认同都水长的话，说："丹、犁二族的头领被蜀相陈壮欺骗，参与反秦叛乱，此事发生在大秦武王元年（前310年），距今已三十八年了，军管早已取消，变戍为乡了，张大人当年的做法，不值得肯定，更不能走回头路！"周庸回敬："那是一段历史，否定不了的，石牌坊上不是还保留了泾口戍的名字吗，至于需不需要重建？应由李冰大人决策。"李冰摆手说："算了，这事咱知道一些，不要议了，还是讲水灾的事吧。二位注意没有？这青衣江流域的水灾明显比都江轻得多啊！是吗？"

周庸、王叕齐声回答："诺。"

"是何原因呢？"

周庸回答："两江源头不同。都江源头是岷山弓杠岭，附近有大雪山，水量充沛。青衣江的主源虽也是夹金雪山，但它是接纳了天全河与荣经河后在严道才形成青衣江的。如上面两河没涨水，青衣江自然不会涨水。还有，青衣江在严道和洪雅邑都有分水河，在南安草鞋津汇入沫水也很顺畅，不至抬高青衣江水位。"

---

①关中泾水民歌，载东汉应劭《风俗通义·山泽·渠》。

李冰又问："这是得力于天然还是人工？"

"这个？"周庸说，"卑职没有探究。"

"叕以为，"王叕说，"与都江相比而言，青衣无大灾，乃人工耳！"

"有何根据？"李冰问。

王叕答："古书《竹书纪年》有一条记载，'瑕阳人自秦导岷山青衣水来归'，吾师尸佼考证过，这事发生在蜀王开明九世时。九世将国都从广都樊乡徙至成都后，制礼作乐，很想有一番作为。他想消除蜀地水患这一痼疾，便通过秦王从魏国瑕阳请来一名水工，这名水工确实精通水利，经过一番考察后认定治理蜀水要从都江着手，但青衣江两岸居民是王朝嫡系，南安又是蜀王故治，故蜀王要求先治青衣江。水工只能遵从，其主要功劳，就是在上游蒙山和下游南安开凿新河道将青衣江疏导入沫水，使江流通畅，有所归宿，不至泛滥。"

李冰说："这个瑕阳人是咱老乡呢，他的分水减灾法颇为高明！"

三人走下石桥朝前走去，到了青江渡口，驻足观看。浑浊的洪水已经消去，江水渐渐变得澄澈碧绿了。

码头前，停着一条渡船。一群男女挎着行囊，提着竹篓，挑着担子，挨个上船……

江中，五只满载货物的商船依次从上游驶来，为首划桨的小哥放声唱着："泾以渭浊，湜湜其止……"①

李冰驻足倾听，赞叹道："船工唱诗，有关中泾水之风啊！"

马骏骑马奔来，滚鞍下马，禀报道："大人，啬夫正在刑场审案。说，待完了，大人即可会见移民。"

李冰说："咱们去旁听。"

"好，"王叕说，"大人可以见到一个蜀中的顶尖才子了！"李冰问，"是谁？"王叕答，"三老江文！"李冰又问，"是你的同窗？"王叕说，"不是，是尸佼老师入蜀后最先收的八个私塾弟

---

①出自《诗经·邶风·谷风》。

子之一。"

泾口戍所在地前面一里半的大观山与青衣江之间，有一块开阔地，这里就是当年有名的军戍刑场了。坐北朝南的一方土台上，置有矮案和坐垫，左右两边各有十杆秦字大旗，猎猎飘扬，正中竖立十台绞架，还放着一台铁锧——腰斩人的铡刀，赫赫恐怖！

这个刑场和紧挨着的大监狱是秦武王二年（前309年）建立的。蜀相陈壮的叛乱平定后又进行大清查，成都地区和青衣江流域是重点，原因是陈壮担任过丹、犁族的酋长，两个部族的上层人士是他的铁杆追随者。国守张若建言在此建卫戍据点，实行军管，肃清一切暗藏的反秦分子，维护从严道到南安这一地区的安定，把古蜀国的"龙兴之地"变成真正的秦国属地。武王批准了这一建议，给予十个百人队的编制，张若推荐的戍长沈毅，赐嬴姓，以示信用。武王的叔父、号称秦国智囊的丞相樗里疾提醒："实施这一计划一定要恩威并用，以争取民心为上，切忌扩大株连，滥杀无辜。张若、嬴毅把丞相的提醒抛诸脑后，一开始就实行军事戒严，把青衣江划为十段，每一段由一个百人队负责，大兴商鞅的'连坐法'，一年之内，先后逮捕了一千二百人。凡是参加过陈壮叛军的一律处以黥刑，并罚作工奴。担任过什长军职的处绞刑、全家为奴。什长以上的军官处腰斩、剖腹、车裂、凌迟、镬烹并诛灭全家甚至三族。以严峻刑法恫吓蜀人，震慑反秦者！"

这种残酷的镇压确实收到了一时之功，老百姓都成了沉默的羔羊，但内心却充满了对暴政的仇恨！矢志恢复蜀国的樊侯要为死去的反秦志士报仇，他要惩办戍长嬴毅，并揭露张若和秦武王推行的暴政。樊侯多方打听，弄清了嬴毅其人好酒色，到成都公干，总要到蜀乐苑嫖妓。便使人买通一个妓女，让他在神魂颠倒中饮了一爵美酒，这酒是樊侯请高人炮制的，可使人疯狂，但要在一个月之后才发作，发作后也不会一下死去，要自我作践一段时间才会毙命。

秦武王三年（前308年）的岁末，郡府在议事厅召开上计年会。所谓"上计"就是由各县、各部门向国守府报告一年来的工作成绩。会议刚开始，国守张若正作开场白，忽然嬴毅尖叫一声，他的眼前出现幻觉：一群冤魂厉鬼，伸着血淋淋的手要抓他偿命！他

吓得脸色苍白，全身颤抖，抱着脑袋，躲到厅堂左角，声嘶力竭地吼着："别杀我，别杀我，我捉尔等，杀尔等是奉命而为呀！我奉谁之命！张若呀，秦王呀！"张若和众官员被嬴毅的突然疯癫惊呆了，一时竟束手无策。只听他大吼着："别杀我，别杀我，对尔等施行酷刑？也是奉命而为呀！张大人说，只有实行商鞅的严刑峻法才能治好蜀郡呀！"张若这才明白过来，说："此人疯了！"转头喊，"卫士长！"厅外的卫士长应声走进。这时，嬴毅吼着："别追我，别追我。"飞快地跑出郡府……

张若吩咐卫士长将嬴毅带去看医生。弄清他是真疯还是假疯？

披头散发的嬴毅跑到繁华的赤里街十字口，跪在地上，叩头作揖说："饶了我吧，饶了我吧，用商鞅的严刑峻法治蜀是张大人的命令呀！说蜀人是蛮夷，是蜀耗子，狡猾得很呀，既不畏威，又不怀德，只有杀、杀、杀……"百姓围观，斥责"疯子，疯子……"有人向他吐口水，有人朝他扔垃圾。

一驾马车驶来，从车上跳下国守府卫士长和两名卫士，将嬴毅架上马车驶去……

嬴毅经名医周济诊断后，得出结论：嬴毅患了疯癫症，而且病入膏肓，无药可救。张若下令将他关起来。在牢中嬴毅仍成天疯狂吼叫，直到声嘶力竭，累倒在地，方才作罢，天天如此，反复折腾了大半年。

秦武王四年（前307年）的八月初一，嬴毅不再吼叫了，牢头感到奇怪，便开牢探望，只见他面如死灰，口吐泡沫，说了句人话："武王恩赐咱嬴姓，咱消受不起，咱要去会他，还给他。"话毕死去！过了十天传来噩耗，甘茂率秦军攻下了与周王室临近的韩国重镇宜阳，实现了武王"车通三川，窥周室"的宏愿。心花怒放的秦武王快速赶到洛阳，耀武扬威地闯进周王室太庙观光，见到了三代传国之宝——大禹王铸造的九鼎，兴奋不已！武王孔武有力，酷爱举重，就要和大力士孟说比赛举鼎，结果是：他举龙文鼎时刚举起一半就坠落，砸断了左脚，当晚毙命，史称"绝膑"而死。这两件互不相干的偶然事件都发生在八月，叠加一起在蜀中引起强烈反响，蜀民拍手称快，认为这是"报应"，是上天对施暴者的惩罚！官场中一些力主严刑峻法治蜀的人也受到震慑，惴惴不安！这时，新任蜀侯嬴恽为了安抚民心，稳定局势，向张若建言：在青衣江一带推行新政，将泾口戍改成乡，解除军事戒严，将原来的十个百人队调走八个，编入蜀郡地方军，留下两个百人队维持地方治安。乡官另选，着重抚民、安民，奖励开荒，改善民生。公正执法，平反冤假错案。今后，乡里出现重要案件由啬夫会同三老、游徼会商解决，杀人必须要报侯府和国守府核准。张若心里不赞同新政，但表面上还是点头同意，之所以说他心里不赞同，是因为平定陈壮叛乱后他就向朝廷建言废除一郡两制，实行单一的郡县制，但朝廷没有采纳，又把惠文王之子、昭王的同父异母弟公子恽封为第二任蜀侯，而且，在侯府设立各种办事机构行使职权，他认为这是被封为严君的丞相樗里疾的精心安排，让嬴恽分他国守的权并监视他。嬴恽背景深，来头大。张若不得不服从，但他撂下了句话："如果今后又出现反叛事件，谁担责？"嬴恽说："涉及侯府的，自然由本侯担责！""很好，"张若说，"那就按侯爷的新政治理蜀郡吧！"

蜀侯恽在取得国守张若的同意后即率领侯府郎中令王婴等人，进驻泾口戍，开始他的新政。丞相樗里疾大力支持，将他在严道获得的三年税收，拨给嬴恽当抚恤金使用，并指令蜀侯恽要大力宣扬秦人蜀人一家亲的观念，要保证在法律面前秦人、蜀人一律平等。经过三年努力，终于驱散了笼罩在青衣江上空的恐怖阴霾。丹夷人、犁夷人也逐渐归心朝廷，青衣江两岸的夷人和蜀人开始过上太平日子了，可以看到农夫的笑容，听到从江上飘来的渔歌！嬴恽感到欣慰的同时，也激发了他在蜀郡大搞建设的热情，几年奔走于蜀中大地，使他认识到影响蜀郡发展的根本问题就是都江泛滥造成的水灾，他的助手郎中令王婴是治水专家，对蜀中治水历史有深入研究，两人看法一致，便写了个治水方案，上报朝廷，获得丞相樗里疾支持。正当他们调集工匠在芒城聚开炉铸造治水工具时，一桩惊天大案发生了。昭王六年（前301年）伏月丙戌日，朝廷突然宣布蜀侯恽谋反，又命司马错入蜀平叛，结果是：蜀侯恽夫妇被逼自杀，郎中令王婴等二十七人及其家属被诛。蜀侯恽的头颅送到咸阳宫朝会验证，樗里疾当场昏倒，一病不起，魏冉取相位而代之。

为肃清蜀侯恽流毒，张若主持清查，但重点在成都，没有涉及泾口乡，原因是蜀侯恽当年处理泾口乡的问题时甚为慎重，乡的啬夫王强、游徼鄢刚都是老秦人，只有三老江文是蜀人，这三人的任命又是经张若审定同意的，文书上有他的具名，张若不愿自己打脸；二是郡府孟谦、县令余辉等官员的反复建言。他们认为经过改制、整顿的泾口乡，这几年社会秩序稳定，人民安居乐业，再没有发生过反秦事件，如以蜀侯恽划线再搞清查，扩大株连，是走回头路，愚蠢折腾，自毁成果！自然，泾口乡也有些老秦人不服气。这些人有得是参与过告奸的，平时以征服者自居；对蜀民作威作福、进行敲诈勒索的；还有原泾口戍的下台官吏。其中有个嬴毅的副手叫万全宝的人是这些人的头领。他们对嬴恽推行的"新政"压根儿就不认同。蜀侯恽出事后，总想挑事来否定"新政"，借此扳倒乡啬夫、三老、游徼这"三驾马车"，然哉，"三驾马车"受到郡府的保护，特别是直接管理泾口乡的南安县令余辉，多次到乡里坐镇，支持三驾马车行使行政权力，万全宝等人无可奈何，但他们在随时窥测方向，寻找时机，以求一逞。万全宝耳朵尖，他已得知李冰从武阳到南安视察的信息，他断定李冰视察南安后必然要到泾口，于是，他昨晚联络同伙硬把一件小事炒作成大事，逼迫三驾马车在老刑场公开审判，要泾口附近的老秦人和蜀人都参加，尽量造大声势，逼迫李冰就范。

巳时一刻，啬夫王强、游徼鄢刚、三老江文和乡文案在两个执长戈的十人队护卫下健步走上土台，之后十人队迅速散开，在土台和刑场四周布好岗哨。王强等三位乡官端坐于正面矮案后，文案坐侧面笔录。游徼鄢刚走到土台前大手一挥，吼道："肃静，肃静！听咱宣布会规。参加今日公审会的所有庶人，都必须循规蹈矩，不得高声喧哗，更不能寻衅滋事，现在由原告金黄氏陈述。"

土台下第一排的金黄氏站起，这是个泼辣的妇人，她慷慨激昂地说，"咱，秦国老移民金黄氏带小儿子金虎，控告蜀人刁民朱石及其儿子朱狗儿。朱狗儿竟然把我儿子金虎当马儿骑，还拿柳条抽，以致使我儿金虎碰得头破血流，这是欺负我大秦国人，是大逆不道！控告文书昨日已上交，请啬夫大人当众宣判，严惩朱氏父子。"这时，李冰一行已到会场，在后场静坐旁听。

"金黄氏！"啬夫站起说，"你呈上的控告文书咱和三老、游徼都看了，你，还有支持你的人要求开公审会，咱们应允了。既然是公审，那就首先要弄清事实。本啬夫问你，朱狗儿把金虎当马儿骑是你在何处亲眼看见的？"

"我……"

"说实话！"

"咱不在现场。"

"咱在现场，"万全宝从人群中走出，站到台前，"咱亲眼看见，就在离青衣渡不远的江边。"转头问，"朱狗儿，你骑过金虎吗？"坐在父亲朱石身边的朱狗儿站起，说："骑过，我们是……""别说了！"万全宝转头说，"啬夫大人，朱狗儿已承认骑过金虎，可以定刑了！"金黄氏附和："应定重刑，朱狗儿应斩左趾，父亲朱石曾经参加过陈壮的叛军，受过黥刑，死不悔改，应当腰斩！"王强举戒木在案上拍了一下："事实未清，怎能判决？"对游徼鄂刚吩咐："让俩蕞娃①上台。"鄂刚下台将两蕞娃抱上台。王强走到俩蕞娃面前，和颜悦色地问："你叫金虎？""嗯。""多大年纪了？""八岁。"又转问："你叫朱狗儿。""嗯。""多大年纪了？""七岁。""你骑过金虎的马儿吗？""骑过。""是你强迫金虎骑的？""不是，我两个轮流骑，他先骑我，我后骑他。"王强问金虎："是轮流骑吗？""是。""为甚呢？""咱们是好朋友！"金黄氏大声制止："金虎，你胡说啥？""我没胡说，我们经常一起上树掏鸟蛋，下河捉鱼虾。""你，你，你这兔崽子忘了娘咋教你的……"鄂刚制止："金黄氏，你再干扰审判，就对你执法！"金黄氏指着自己的鼻子，挑衅地说："你要对咱老秦人执法？""正是，秦人、蜀人国法面前一律平等。"鄂刚一抖马鞭，"四十鞭刑！"金黄氏还欲逞强，被她男人金钺拉回座位。王强说："童心无邪！"

---

①蕞，《广韵》释为小貌。关中古语中称小孩为蕞娃。

抚着小金虎的头，"说真话，就是好娃！"蹲下，解开金虎头上包伤的帛布，说，"让叔叔看你头上的伤！"又朝三老、游徼招手，"都来验伤。"两人躬身察看，王强伸手按了按包块，问："疼不疼？"金虎说："不疼。"三老江文说："属轻伤。"鄂刚点头称是。王强问金虎："咋绊倒的？""我正作马儿跑，忽然有大人的脚绊了我一下，正好碰在了前面的一块石头上。""看清绊你的人吗？""只看清了脚。""什么脚？""穿皮履的脚。""明白了，"朝台下喊，"金钺，朱石，领走你们的娃，要善待，不许打骂。"两人上台带走孩子。三驾马车到后台合议一阵后宣判。游徼高呼："肃静，听啬夫大人宣判。"王强走到台前，庄严宣布："经现场审理和合议，七岁的朱狗儿骑八岁金虎的马马，是相互轮流骑，蜀中民间有骑马马灯的习俗，纯属蒙娃玩游戏。驳回金黄氏朱狗儿欺负秦国人，大逆不道的指控，朱狗儿父子无罪！""我反对！"万全宝站起，愤然地说，"你这样的判决，是支持、鼓励叛逆，纯属别有用心！""谁别有用心？"王强突然命令："把你的右脚抬起来！"万全宝一惊："这……""抬起来！"王强大声命令。万全宝抖抖索索地抬起右脚——一只穿皮履的脚。王强严厉地说："你必须坦白交代，为何要伸脚故意绊倒金虎，想达到什么目的？""当时现场围观者甚众，你咋就断定是咱呢？"王强说："泾口邑街上穿皮履的就只有你。""你这是陷害，我要找李冰大人控告你。"

后场，马骏一声高呼："李冰大人到！"

王强接呼："恭迎李冰大人！"跪下，在场的人纷纷跪倒在地。

李冰健步走上土台，周庸、王叕、卫士长随后，李冰笑吟吟地说："起来，起来，本守是专程来看望众位乡亲的咧！"

王强高呼："多谢大人！"众人跟呼，叩拜后站起。

王强又说："众庶知否？三天前，郡守父子到成都西门刑场制止一场冤杀，被突发洪水卷走，郡守父子就与江神斗，在洪水中大战了一天一夜，官衣官帽都打没了。终于战胜了江神，使洪水消退，现在郡守穿的麻布衣是上岸后一位农夫借给他穿的。"一老人说："我还以为是郡守在微服私访呢？"一壮汉说，"您老住在山里，不晓得时向，现如今成都、武阳、南安都传开了，新来郡守大人是水神，比江神的法力大一万倍！""那咱蜀郡有好日子过了！"众人又跪拜，高呼："水神保佑，水神保佑！"

李冰笑容可掬，说："起来，大家都起来，咱们可是乡亲啊！"

王强挥手："都站起来！以便郡守问话。"

众人站起。

李冰说："是秦国移民的都请举手。"

人群中上百人举手，李冰一一点数，"有一百零九人呢！"吩咐说："都水长记一下。"

卫士长取烟笔简册交周庸记录。李冰拱手向众人作了个揖，说："大家都是乡亲，咱就先说几句心里话，本守不是神，和诸位一样都是凡夫俗子。我父子在洪水中漂了一天多能平安上岸，主要是两个原因：一是关王羕先生的木栏起了作用；二是咱父子身康体健，咱今年三十八岁，儿子十八岁，又会游泳，洪水其奈我何？可见，战胜洪水靠的是人力，不是神力！今后众位乡亲不要再传咱的神话了。"顿了一下，又拱了拱手，说，"现在咱向诸位乡亲表达最诚挚的问候，感谢诸位多年来在秦人蜀人友好交流中为国家的稳定和发展做出的重大奉献。诸位乡亲有何建言都可敞开谈。""多谢大人，天高听卑咧！"万全宝沉重地说："咱是来自秦国泾阳县的老移民，名叫万全宝。咱，没有困难只有困惑！"李冰问，"有何困惑？"万全宝答，"痛彻心扉啊，咱们蜀郡一些秦国官员忘了初衷！""忘了初衷？""正是，"万全宝说："四十年前惠文王下令移秦民万家入蜀，国守张若大人将其中三千移民安置在青衣江流域的两岸定居，却是为何？原来这一带是蜀王的根据地。原居民大都是些蜀王的忠实奴才，他们对我大秦灭蜀是有刻骨仇恨的，时刻都妄想变天复辟。故此，张若大人当年谆谆告诫我等移民要当好郡府的耳目，一经发现夷人和蜀人的逆言逆行，要火速告奸，严惩不贷。令人痛心的是，武王大薨后，嬴悍来此推行所谓'新政'，提出秦人、蜀人、夷人一家亲，秦律面前一律平等，还给一些受到制裁的反叛者发放抚恤金，这是啥新政？是向叛逆者投降！不错，伸脚绊倒金虎的就是在下，咱为何要来这一撇？"扫视众人一眼，提高嗓音，"就是要惊醒咱老秦人，莫忘初衷！"瞪着王强等人，怒怼道："啬夫、游徼、三老早已坐歪了屁股，成了为蜀人效力的奴才！"他走到铡刀前摸了一下说，"铡刀已生锈了！"又拍了下绞刑架，绳摆木摇，灰尘飞散，"绞架也腐朽了！"他大声质问道："这哪能彰显我大秦雄风！"跪倒在地，"请郡守大人做主，查办三个乡官，重建泾口戍，恢复我大秦威武雄壮之大气！"金黄氏和八名老秦人跟着跪，万全宝见跪者不多，又站起高呼："众位乡亲都跪下，都跪下，请大人做主！"没有人响应，只好自己跪，李冰摆手，"别跪，别跪，站起叙话！"万全宝说："大人不答应咱们的诉求，咱们就跪死尘埃！"

王叡听了万全宝的话，脊梁骨都凉透了，心里说："暴政把人变成了嗜血的畜生，竟把秦国的耻辱当光荣！"他沉静地观察着，看李冰如何处理。农水专家周庸对敏感的政治问题，一向是回避，他瞪着万全宝，却一声不吭。有顷，李冰发话了，他严肃地说："万全宝！今日本守来看望秦移民。在此的乡亲有上百人之多，就听你一个人讲？而且还要本守马上答应你的诉求，这可能吗？你还是闭上嘴巴，听听其他乡亲的话吧！"金钺上前拉走金黄氏，"别跟着人家瞎起哄啦！"接着又有两个女人去拉走跪着的男人。

李冰不再理睬万全宝，望着其他秦人，说，"万全宝要跪就让他跪吧。咱先问乡亲们一句，日子过得如何？能吃饱穿暖吗？过得舒心吗？"

一个华发苍颜的老人站起说："实打实地讲，多数移民的日子比在老家过得好，咱是第一批移民，十岁随父迁居至此，对老家虽也怀念，但在老家时吃的穿的却比不上现在。咱还记得小时常吃豆饭藿羹①、糜子糊糊，逢年过节才能吃点粟米窝窝饼蘸肉酱。住到泾口乡后就不同了，这里有山有水有田，山上可养羊，河中可捉鱼，田中可种稻，只要勤快，白米干饭、鱼、羊、猪肉是有吃

---

① 《战国策·韩策》说："民之所食，大抵豆饭藿羹。"就是将豆和豆叶掺和煮吃。

的。""大善！"李冰说："听了老人家的话本守很欣慰！""当然，"老汉继续说，"也有困苦的秦移民，比如一些丧失劳力的。""有多少？""咱只晓得几个，不知全乡有多少？"李冰立即命令王强："下乡查实，给予救助。"

一个络腮胡子站起说："咱是首批移民，日子过得不舒心咧！""有何困难？""咱两个儿子，大的三十岁，小的二十六岁，找不到婆姨呢！""为甚呢？""有人不准与蜀人通婚呢。"李冰转头望着王强问："乡上规定的？"王强说："是当年泾口戍长规定的！"李冰说："这不合秦律规定，乡上可发一通告废除。"王强挺身回答："照办。"李冰朗声说："秦人、蜀人通婚合理合法。请注意，咱说的蜀人是居住在蜀郡境内的所有不同的族群。婚姻，取决于男女双方自愿，谁也不能阻拦，本守已令泾口乡发通告废除当年京口戍的错误规定。"老者拱手作揖道："多谢大人！"一壮年汉子接着说："咱也不舒心，为甚呢？咱勤扒苦做，一年养四条肥猪，找不到阉猪匠阉咧！猪，经常打圈又不长膘！"李冰问："本地没有阉猪匠？"汉子说："有咧。"一指朱石，"狗儿的爹朱石就是有名的阉猪匠，可他受过黥刑，不准他干这一行咧。"李冰转头，低声问王强："乡上的规定？""不，泾口戍时的旧规定。""此人真善于阉割技术？""听说是三代家传，我看过他家养的八头猪，是自己阉的，确实长得好！""此人除了参加陈壮叛军外还有劣迹吗？""没有，参加叛军也是被迫的。"李冰转头对着台下，喊："朱石站起！"朱石抖抖索索站起，他的额上有个针刺的黑色"囚"字。

全场肃静，人人都睁大眼睛瞪着李冰。

万全宝仰面望着李冰说："大人下令惩处朱石，必将大得人心！"

李冰没理万全宝，只对王强、周庸说："你二人都记一下，本守要为朱石下一道特令。"王强急忙从乡文案手上接过笔简，周庸展开简册，李冰说："泾口乡民朱石，三代均为阉割匠人，本人亦擅长此术。朱石可走乡串巷从事牲畜阉割营业，并可招徒传技，以造福乡人，蜀郡郡守李冰特令，惟秦王三十四年（前273年）孟秋月三日。"李冰转头问："写好了吗？"王强、周庸同声回答：
"写好了。"呈上。李冰接过竹简，浏览了一遍，又签上名字，交
给王强，说："一件乡上存档，一件交朱石，以为行业凭证。"王
强说："遵命。"向台下喊，"朱石上前。"朱石走到土台前，王
强将竹简交与他，朱石泪流满面跪地长拜道："多谢郡守大人！"
万全宝站起，嘶声哭吼："大人，使不得，使不得咧！大秦国的堂
堂郡守怎能为一个囚犯阉猪匠下特令，准许他行业咧！"

一个银须飘飘的老人策杖站起，他精神矍铄，声音洪亮，指着
万全宝说："你娃胡搅蛮缠，忒麻米儿咧①，郡守下的这道特令嫽
得太②！"

"嫽得太，嫽得太！"众多老秦人跟着欢呼，有人斥责万全宝
日白撂谎……

李冰低声问王强，发言的老人是谁？王强回答说："老移民邝
希，泾口成成立前曾任渱水乡三老，已致仕在家几年啦，潜心研究
农学。"李冰颔首称善。

王强向众人挥手说，"静声，听邝老继续讲。"

邝希说："阉割之术又称去势之术，经过阉割的猪会长得膘满
臀肥。这是咱们老祖宗在牲畜饲养方面的创造发明，早在商朝的甲
骨文上就有记载了。蜀中盛产水稻，而种好水稻的关键是水和肥。
肥，主要是牲畜肥，故，蜀人又说，'猪多、肥多、粮多。'如何
做到三多，蜀人已摸出一套经验，阉割术就是其中之一，这是值得
咱们秦人学习的。郡守下特令，准许朱石经营阉割术，对庄户人家
不是'嫽得太'吗？""讲得好！"李冰走下土台抚着掌，笑盈盈
地走到邝老面前，拱手为礼，道，"邝老先生对发展蜀中农业甚有
研究啊！堪当吾师！""郡守大人谦虚了！""咱是真诚的，"李
冰说："诗曰：'黍稷稻粱，农夫之庆。'促进农牧业发展，让农
夫过上丰衣足食的日子是蜀郡各级官府的长期使命，故，咱请老先

①麻米儿，关中方言，意为不明事理。

②"嫽得太"，关中方言。"嫽"字形容女人美丽、聪慧，《诗经·陈
风·月出》"月出皎兮，佼人嫽兮！""嫽得太"意为好得很、美得很。

生不吝赐教。"邝希点头说："共同切磋吧。"李冰招呼周庸、王叕来听，并做好笔录。邝希说："老夫以为成都平原虽有都江水灾危害，但幅员辽阔，一些地区无水灾，多旱地，可因地制宜，把一年种一季庄稼变成种两季，水稻收割后可再种一季小麦，这就可使粮食成倍增加。"李冰称大善，转问周庸："可行吗？"周庸说："邝老设想大气，可以一试。"邝希说："老夫以为咱们秦人长于种粟、麦、菽、黍，一些老把式是颇有经验的，可以让他们做出示范，然后推广。"李冰称"大善"，说："改稻田种麦，一季变两季，是个复杂大工程，要在全郡推开也不容易，邝老先生可否把你的设想写出来交郡府审议，然后再决定如何实施？""诺。"邝希点头。李冰说："邝老，郡府诚聘你担任都水曹的农事参赞。"邝希说："老夫的探索、试验均在农村，离不开乡土咧。"李冰说："不需老先生离开乡土，你只参加重要的会商就行了。"邝希说："要得，要得。"李冰一笑："邝老会操蜀话了！"邝希说："入乡随俗咧。"李冰亦用蜀话夸赞，"要得，要得！""哈哈！"两人对笑。

　　李冰对周庸说："都水长，我看都水曹应改名农水曹。除了管水还要管农作物的栽培，大力推广发展农业的先进技术。咱们应在全郡延揽一批像邝老这样的人才充当参赞。"周庸说："卑职遵命。"李冰环视一周，又说："从邝老身上咱们看到秦移民的重大作用！众位乡亲还有何意见，请继续畅言。"一位身材伟岸的汉子站起说："咱，高秦蜀，既无困惑也无困难，只有一点希望。"李冰说："请讲。"万全宝突然站起，吼道："这个高秦蜀不是秦人，是个杂种！郡守大人别听他的。"王强怒斥："万全宝你胡说甚？高秦蜀的父亲名高泾，是关中泾渭水交界处的高陵人，是司马错将军麾下的一名百夫长，是我大秦取蜀的英雄！他率秦军锐士在青江渡一带阻击欲渡河南逃的蜀军，激战中负重伤，被一个名叫江成仁的老农救助，并留在他家养伤，伤好后与其女成婚，在此安家。这是司马错将军批准的，还赐了三百两银子做安家费用。"李冰问："高秦蜀，这名字是你父亲给你取的吧？"高秦蜀说："正是。"李冰说："取得好！本守做主，你尽量畅言。"

"我抗议！"万全宝嚣张怒怼，"郡守李冰，你，你，你也忘记了初衷，坐歪了屁股！"

"嚣张至极！"王强指着万全宝怒斥，下令上绑。

游徼鄂刚率二武士上前将万全宝捆绑在绞刑柱上，万全宝挣扎狂叫："我抗议，抗议……"

鄂刚给了万全宝劈面一拳，打得他鼻血长流。鄂刚挥拳还欲再打，被李冰制止，说："别打了！动员众庶，揭露和查实他的罪行，然后依法处置。"

"诺，诺！"王强，鄂刚应声。

王强吩咐文案："做好笔录。"

李冰转对高秦蜀，抬手说："你继续讲。"

高秦蜀说："先父曾任湾水乡里正，他在世时曾对我讲'泾渭分明'的故事。他说，泾浊渭清，人品也有清有浊；他说，泾渭分明，就是评人论事要界线清楚，是非分明。先父还多次给我讲司马错将军的教诲：古蜀开明王朝十二世时有桀纣之乱，民不堪命，秦取蜀是为了禁暴止乱，将大秦之恩德布施于蜀中，让蜀民过上好日子。故先父对平定陈壮叛乱以后的大清查、大镇压颇不以为然，对嬴悝推行的新政竭诚拥护，认为樗丞相提出的秦人、蜀人、夷人一家亲，法律面前一律平等的主张非常好，是蜀中长治久安的保证。下民希望郡府能继续坚持这两条。"李冰点头，"你放心，本守不会让你失望。"高秦蜀接着说："嬴悝宅心仁厚，对嬴毅的高参万全宝仅免其职，未作法律处理，使这个心灵污浊的人得以兴风作乱，嬴悝被朝廷宣布为叛逆后，父亲想不通，精神抑郁，万全宝纠集一些人，冲到我家对我父亲围攻辱骂，说父亲是嬴悝一党的叛逆，要扭他到成都交张若大人处理，活活将父亲逼死。"转头怒问万全宝，"万全宝，有这事吗？"

万全宝不吱声，只是摇头。

一个妇女站起，说："咱叫吴玉华，就住在高秦蜀家附近，可以为此事做证。"

王强问："敢与万全宝对质吗？"

"敢！"吴玉华说："咱和附近的张家人、李家人都愿出来做证。老英雄做里正时，做了很多好事，却被万全宝活活逼死，咱濡江乡民要为老英雄打抱不平咧！"

一妇女站起说："吴嫂讲的是实话，咱也敢画押担保。万全宝还仗势强奸妇女，对夷人敲诈勒索，蜀人暗中骂他是估吃霸赊的龟儿子！丢尽了老秦人的脸。"

"是咧，是咧！"众多秦人附和。

王强对李冰说："万全宝虽罪恶昭彰，但颇能迷惑一些人！今日一些秦人敢于揭发他的罪行，是因为大人在此。"李冰"唔"了一声，说："咱讲几句。"王强高呼："欢迎郡守大人训示。"李冰笑吟吟地说道："听了几位老乡亲的讲话，本守深受启示。"邝希说，"大人过谦了，放言吧，我等受教。"李冰说，"不是过谦，是真实感受。诸位都来自泾水，今日的发言，可谓泾渭分明，浊者自浊，清者自清。首先，咱回答万全宝提出的不忘初衷的问题。什么是秦王取蜀的初衷？就是方才高秦蜀所说的司马错将军当年的主张，将军的原话是：'欲富国者务广其地，欲强兵者务富其民，欲王者务博其德，三资皆备而王随之矣。'①现在，大王号召创建天府之国，就是不忘初衷，兑现当年对蜀民的承诺，实现从孝公开始历代秦王统一华夏的宏愿。如何建成天府之国？靠绞索吗？靠铡刀吗？显然不能！万全宝之言实乃狂瞽之说，不可取。现在国内外一些人骂咱们秦国推行暴政，万全宝要用绞架、铡刀来彰显秦国的大气，这是授人以柄，抹黑秦国。"万全宝呼叫，"不，咱是尽忠大秦！"李冰指着万全宝说："你这是伪忠，打着忠字的旗号行奸，谋个人私利。"转对众秦人，"蜀中一些官员为何热衷于严刑峻法治蜀，热衷于搞告奸、连坐、酷刑镇压这一套？从万全宝身上咱们可以找到答案，那就是要用无辜者的尸骨来铺垫出个人升官发财之路！迷信这一套不仅残害蜀人，也危及秦人，老英雄高泾拥护新政，有功无过，却被活活逼死。蜀人蔑娃的马马灯，被说成反秦叛逆，要求处以重刑，三位乡官下台，重建泾口戍。乡亲们，咱们能答应万全宝的诉求吗？""不能，不能！"老秦人齐声回答。

---

①出自《战国策·秦策》的《司马错论伐蜀》。

李冰说，"本守向众乡亲郑重说明，创建天府之国是蜀郡的重要任务。因之，首先要消除蜀中反秦势力和不安定因素。如何做到？咱们一靠法律，二靠军队，最重要的是要通过教化，建立一个和谐蜀郡。"他转头望着三老江文，说："三老同袍，听说你曾经师从尸佼，精通文史，把'和谐'二字的意义给诸位乡亲宣讲一下吧！"

"遵命，"江文站到台前，说："'和谐'二字最早见于《书·舜典》，文中有'律和声，八音克谐'之句。稍后，《左氏春秋》一书中的襄公十一年记载了一段史事：晋侯要把他的乐队分一半给他的臣下魏绛，以奖赏他的宏谋大略。晋侯说：'子教寡人和诸戎狄，以正诸华。八年之中，九合诸侯，如乐之和，无所不谐。''和谐'二字就出在晋侯调整中原各国与少数族群关系的历史之中。魏侯是用音乐来打比喻，说明他和戎的成功。古蜀国号称戎狄之长，境内居住着众多族群，除了蜀族外还有丹、犁、僰、邛、羌、冉駹、青衣夷等。郡守提出建立和谐蜀郡主张，就是要吾人学魏侯的做法，拿出'九合诸侯'的精神来，竭力调整好各族关系，使之和谐相处。"转头望着李冰，李冰点头说，"讲得好，放开说。"三老讲道："和谐是先贤吸取诸子百家的思想精华而创造出的一个理念，从中吾人可看出道家的天人合一，儒家的'仁义'与'中庸'，墨家的'兼爱'与'尚同'……和谐是人世间一切事物发展变化的内在动力，也是彰显事物最佳状态的表征，这有点生涩。吾还是以晋侯讲的乐队为例说明之，乐队由不同的乐工组成，有人撞钟，有人击鼓，有人敲磬，有人吹箫，有人抚琴，发出不同的乐声，但，乐工是按乐谱演奏的，各种音律有序配合，就形成了多种多样美妙动人的乐曲，这就是和谐的作用。人世间也是个大乐队，分工不同，人们应各尽其能，各得其所，相互促进，共同发展，依法消除内斗互伤，这样就可进入和谐佳境了！""精彩！"李冰抚掌说。江文一躬，"大人过奖了！"李冰说："你讲得不玄不虚，深入浅出，易于让常人接受，这就很精彩，你可写成文章刊布于世，使官民均受教诲。本守将向朝廷举荐你为博士。"

"嫽得太，嫽得太！"众多老秦人欢呼，"咱们乡要出高士了！"

李冰摆摆手，说："众位乡亲，听咱再说几句，就是如何建设和谐蜀郡的问题，咱以为要从蜀郡每一个人做起，无论你是官还是民，都要在脑子里牢记一个'和'字，在心坎上树立一个'爱'字。孔子说'礼之用和为贵'，俗语讲'人和百事通，家和万事兴'。要做到人和，首先要有爱心，孔子讲'仁者爱人，己所不欲，勿施于人'，这句话说出了为人处事的道理，咱们都应当践行，四海之内皆兄弟也，故，要做到视人之身为自身，视人之家为自家。这样人与人交流才会真诚坦荡，邻居之间才能相处和睦。还要强调一点，人不仅要爱人，还要爱与人共生的大自然，爱山山水水、花花草草、森森林木。天与人浑然一体，若是失衡，人就要遭殃。本守期盼下一次来到此地，咱能看到这个刑场已变成蹴鞠场；能看到蕤娃们骑马马、捉迷藏的游戏；能听到众乡亲发自内心的欢乐笑声；泾口乡的山更青、水更秀、人更美！"

"嫽得太，嫽得太！"在一片欢呼声中会见结束。

午时一刻，李冰一行吃了泾口乡特产叶儿粑，喝了一陶碗青江鲜鱼汤，便扬鞭纵马直奔津口……

第十七章　蜀西探秘

（一）勘察都江津口

公孙若导演的金童玉女游街展演后，李二郎和公孙红成了成都百姓热捧的明星！参加过王汤圆铺举证会的十多个人对二公子和公孙红小姐更是赞不绝口，说他们没有一点架子，却有一颗怜民、惜民、爱民之心，能与平民百姓打得拢堆，硬是王母娘娘派来拯救蜀民的金童玉女。今天上午，二郎陪公孙红乘轿车到北大街杂货店买颜料。他俩刚下车就被人发现，须臾间，十多人上前围观，争着喊"二公子好啊！""公孙红小姐好啊！"二郎、公孙红微笑着拱手回应："大家好。""大家都好！"接着，百姓们又争相提问，一个老者问道："二公子，听说你父亲雄心勃勃，要推行新政，创建天府之国，真的吗？"一个商人问道："郡府布告说私人可投资开

发盐井，赚了钱可分红利，咋个投？咋个分哟？"一个青年问："听说要恢复杏林学舍？哪些人可去读？有没有年龄限定？"又一个士人问："听说要成立断狱都尉府，请问，能真正实现法治，做到惩恶扬善、保护众庶吗？"这时围观的人越来越多。二郎说："我先回答老爷爷之问，家父确实有雄心、有毅力推行新政，因为，创建天府之国是秦王的诏令……"话才开头，就被人群后的尖叫声打断："我等要看金童玉女！""看金童玉女……"是一些追星的青年男女在狂呼乱叫！驭手站到车上，"啪！"甩了个响鞭，指斥道，"娃儿些，吼啥子？吼啥子？快散开！""别骂人！"二郎叫下驭手，自己站到车上，拱手道，"众位大爷大叔，各位兄弟姐妹，感谢众位的厚爱！所提问题，咱会向郡府禀报，请郡府贴布告回答。咱们是来买颜料的，请各位散去吧。"一小伙子高声叫道："听说公孙红小姐会唱诗，请她给我们唱一个，要不要得？"围观者击掌响应，"要得，要得！"二郎望着公孙红，问："你唱吗？"公孙红说："唱！"二郎跳下车，公孙红登上，大大方方地向围观者行了个注目礼，现场立刻安静，人们仰望着她，像黑夜观望天上的星星！公孙红朗声说："我唱咱们大秦国的军歌。"所谓大秦军歌就是《秦风·无衣》：

　　岂曰无衣，与子同袍。王于兴师，修我戈矛，与子同仇！
　　岂曰无衣，与子同泽。王于兴师，修我矛戟，与子偕作！
　　岂曰无衣，与子同裳。王于兴师，修我甲兵，与子偕行！

　　公孙红的音质清脆明亮，音域宽广，她激情的演唱，既有高亢昂扬的震撼力又有低回婉转的亲和力，在场的人屏息静听，如痴如醉，及至公孙红已唱完，袅袅余音还在听者的心中缭绕，他们竟忘了击掌欢呼。这时，杂货铺古老板站在门前阶沿上吼了一声："让条路，请公子小姐进店。"围观者变得听话了，很快让出一条通道，二郎、公孙红微笑着，朝店里走去……

　　午后，郡府内的孟谦办公廨中，佐吏韦昌向孟谦禀报："郡守的讲话和相关治蜀令发布后，各县和民间反应热烈，但郡府一些官吏反应冷淡。用蜀人的话说叫祠堂里供的神木偶——稳起不动！"孟谦问："引私资开发盐井，事关盐铁署，魏富、钟秦也不想管？"韦昌说："这是块肥肉，他俩咋会丢掉？现在缄口，是在看郡丞的脸色！"孟谦说："我看，他俩不插手最好。"又问，"推荐断狱都尉的情况如何？"韦昌答："已收到五个县令的荐书。""荐何人？""王丰、尚武！"这时，二郎喊着"孟叔，孟叔"走进公廨。两人都热情地招呼，请二公子落座，二郎说："你俩商议何事？要是机密，咱就不打扰了。"孟谦说："没啥机密，就是商谈如何落实郡守的命令。"二郎说："好呀，咱上午去北大街买颜料，被百姓围堵，就有人向我提问。"孟谦问："问了些啥？"二郎把百姓所提问题详细重复了一遍。孟谦又问咋回答的。孟谦说："百姓之问好啊，说明蜀民对创建天府之国有殷切而热烈的期待，从速落实治蜀三令，尽快解决开发盐业的引资问题，做好了这些，就打赢了创建天府之国的开局战，这也就是对蜀民的最好回答。"二郎说："正是，正是。叔叔对打赢开局战有何设想？"孟谦："关键是郡府各曹的主官要在郡守的统率下形成合力，郡丞不是讲'贯彻秦王诏令要雷厉风行'吗，本人自愿负责恢复杏林学舍，已着手选师长，待定后再拟招生章程。至于盐井开发，我意是新设一曹，专施其事。谁做断狱都尉？几个县令推荐的是尚武和王丰，我意，成都县令不能动，最好迁升广都县令王丰。这三件事等郡守核准后，再布告众庶。"二郎说："孟叔的设想甚好，可否写成文书，把老百姓的期盼也写进去，请公孙伯伯审核一下，发郡府官员阅读，使他们了解民心可用，民力可使，尽快行动起来。"孟谦说："民心可用，民力可使，二公子这话讲得好啊！我写，但要郡守、郡丞审核后才能下发。""应该，"二郎说，"孟叔的文书最好今晚交给公孙伯伯，明天我去见他，后天我带到郫县。此地，咱不熟悉呢！"孟谦说："我和韦昌陪你去。有些想法要向你父亲面陈。"二郎说："谢谢孟叔。"孟谦又问："你父亲现在什么地方？"二郎说："我估计，他已离开南安，沿都江西上，后天到郫县。"孟谦感叹："短短数天，跑一大圈，太辛苦了！"

李冰一行离开泾口戍后，沿着通往成都的驿道直奔津口。为了在戌时赶到，上路之后，李冰又提议赛马，鼓励周庸说："老弟，这回赛出个好名次。""老弟！"周庸一惊，"如此称呼，在下实不敢当！"李冰说："咱今年三十八岁，你三十六岁，不是兄弟是什么？""汗颜，汗颜！"周庸明白，郡守在使用激将法，他咬紧牙关，挺直上身，喊了声"豁出去了"，两手一提缰绳，双腿一夹马，箭一样地射出！李冰大声说："都水长领跑，咱们跟上，看谁跑第一！"五骑紧跟，你追我赶，激烈竞争，互不相让，过彭山邑后，马骏向大雷、小于使了个眼色，放缓速度，让李冰、周庸、王叕去竞争，他们在后跟跑。三人还当真玩起了比赛，憋了一肚子气的王叕，他心中发誓，要把两个秦官甩在他的后头；周庸也不服气，他暗下决心，作为长官，他绝不能输给一个罪犯；李冰想，竞赛是他发起的，玩真格，他就应该跑出好成绩，展现一下北方汉子的精巧骑术。"驾""驾""驾"，三人不约而同地吼着，快马加鞭，三匹马奔腾起来，四蹄生烟，急驰如飞，李冰骑的是匹白马，周庸骑的是匹红马，王叕骑的是匹黑马，夕阳西下，黄昏降临，唯见红、白、黑三点，在朦胧的夜色中、哒哒的马蹄声中、呼呼的风声中飘飞！

黑蒙蒙的天社山出现了。山下驿站前，高耸的灯柱上挂着木盒灯，闪着明亮的光华，映照着飘荡的津口驿长幡，还有八百步竞赛就到点了，紧跟在三人后面的马骏高呼："在灯柱下停马，在灯柱下停马！"一直奔跑在周庸、王叕马后的李冰吼了声"驾"，双腿猛敲了一下马肚，白马长嘶一声，四蹄凌空，冲了上去，这是后发制人，王叕和周庸不肯相让，吼着"驾，驾，驾！"扬鞭"啪，啪，啪！"终因起跑后跑得过急，最后冲刺不起来，被李冰超越。王叕与周庸迟一步到达。"吁，吁，吁"三马停住，李冰的白马前蹄立起，啸啸长嘶，似在夸耀它的成功！三人下马后喘气不止，周庸疲惫不堪，他右手扶着马鞍，强忍着，李冰叫马骏当裁判，马骏走到三匹马前仔细查看了马蹄印，伸出八字手指在地上量了一番，说："白马快一步，这很明显，李冰大人第一。黑马与红马慢了一步，两马落脚蹄印接近，都水长周庸和王叕先生并列第二，咱就三、四、五名了。"李冰望着周庸、王叕说："这裁判还公道吧！"周庸解嘲："有意思，并列第二？"王叕躬身看了看地上的马蹄印，说："确实并列，天意吧！"李冰说："什么天意？赛马一靠体力，二靠御术，三靠谋略。二位输在谋略上，不过两个多时辰能跑二百多里，这个成绩已很不错了。"这时，驿站驿丞邵光喊着"都水长！都水长！"走来，后随一仆从。周庸转头，"啊，邵兄。"邵光上前，周庸说："我给你介绍一下，"指李冰，"这位是新来的郡守大人。""啊，已听说郡守大显神威的事了！"邵光拱手，"驿丞邵光参见郡守大人！"欲行跪拜大礼，被李冰扶住，"不必多礼，咱们一行，今晚就住你这里了。"邵光说："欢迎之至！"李冰转身对众人吩咐："今晚不办公事了，用晚膳后，就睡觉，好好歇息！"又对驿丞说，"给马喂点精料。"驿丞应诺。

是夜，驿丞用当地特产红烧黄辣丁为主菜，配以津口糯米酒款待李冰一行，随从人员大快朵颐之后，都入室鼾睡了，李冰却未睡，他到浴房擦了擦身子，泡了泡脚，便叫来驿丞领他出站看看。

李冰这位北方汉子，不仅有一副硬朗的身板，更有一颗坚定的"酬黎庶，报君王"的赤心，作为博学之士，他明白学问是无穷无尽的，要实现他的抱负，并不容易，改造事物必须先要了解事物，蜀地的民情风俗和山山水水都是他需要了解的对象，所以他要利用一切可以利用的时间来达到自己的目的，这是他踏月夜游的原因。

驿丞邵光很精哨，他布置了暗哨，一个人陪同李冰出站巡视。

这时，一弯新月高悬中天，把它柔和的银色之光洒满大地。邵光领李冰出站，在一条小街上漫步，月色溶溶，河风习习，李冰感到爽快，他和邵光边走边谈，邵光介绍说："这津口是都江中游的枢纽，是成都平原和蜀南地区的交汇点，是南来北往的旅人和各种物资的集散地。然而，这里五水交汇，摆渡困难，有'走遍天下路，难过津口渡'的民谚。"李冰"啊"了一声，说："那过渡要排队等候了？"邵光说："正是，先到先走。""人多了咋办？"邵光说："等吧，打紧的时候，等三五天是常事，还有等十天半月的。""公家的紧急公文咋办？也等？"邵光说，"驿站组建有水上应急队，由善水的锐士驾轻舟送到对岸。"李冰说："太冒险了！"驻足张望一阵后，又问，"山边的窑洞还有这条小街，是私家修的？""是的，"邵光说，"商人精明得很啊，他们看出了公家的驿站只能满足官差的需要，还有大量等候过渡的人员和货物，人要住宿，物要存放，加上这天社山有五座高峰，奇拔俊秀，蜿蜒连绵，山上有奇花异树，珍禽灵兽，登山望都江，可收乐山乐水之奇观，所以常有文人墨客、富贵人家来此游览。于是，就有人在此修旅舍、饭铺、酒肆、货栈，还有夷人到此在山边开凿窑洞，长居于此，渐渐地，这里就形成了聚邑。"李冰说："此地大有发展余地。找个货栈看看。"前面三百步的山脚下，有一座宽大的四合院，门前挂着两个红灯笼，照着一块黑匾，上书金色秦篆：兴隆货栈。

邵光陪李冰走进货栈，货栈的天井中搭有雨棚，堆放着各种装陶器、铜器的木箱、凭几、立柜，各种色彩的矿石。天井两旁，各有八间厢房，每一间都由蜀西南各地行商包下存货，堂屋中堆放着各种蜀布和成捆的丝麻，堂屋后依山修了个保鲜水果的冰窖。李冰扫视院中一圈后，来到存放南安特产的厢房前，有个行商正在油灯下清理药材，李冰询问："兄弟，你这些药材都产于南安？"行商说："大都是，光峨眉山就有十种。""十种？""正是，有黄连、姜黄、石斛、佛手、天麻、干姜、泽泻、龙胆、知母、虫白蜡、牛膝、豆根，等等，都是南安和峨山特产啊，批发价七折。客官，要买吗？"李冰说："咱不买，但可帮推销。"商人说："道谢了，道谢了。"李冰走进堂房察看，他拍着码成一堆的蜀布说："听说这种蜀布销路很好？"邵光说："正是，布料结实，经久耐用。"李冰点头称善，又径直走到后面的冰窖视察，有个汉子正清理水果，李冰注目观察，问："小兄弟，这里存放哪些鲜果？"汉子回答："樊道荔枝，南安海棠果，沐川猕猴桃，峨边、泾口出的红桃、脆李、木瓜。"李冰又问："水果能保鲜几天？"汉子答："木瓜、猕猴桃可保鲜三天，荔枝最多一天。""明白了，谢谢！"出栈后，邵光又陪李冰到前面的江边码头视察：这时，雾锁大江，在朦胧的月色中依稀可见广阔江面上奔腾的波涛，码头下停泊的大小船只与木筏。浪拍堤岸，涛声哗哗……

邵光介绍说："五年前张若大人曾在此训练水军，这码头就是他领导修建的。"

"修得好！"李冰肯定地说，"咱们明天上午过江，六人六马，要切实保证安全。"邵光说："卑职已传令驿站佐吏，选最好的艄公，用一只大木舟载人，两只大木筏载马。舟、筏上各加四名善水的护卫。据今日酉时的测量，洪水已消去五寸，今晚还要消退，波澜已趋平稳，明日过江，卑职保证万无一失！"李冰又吩咐："明日朝食后你领咱上保资山看看。"邵光应诺。

第二天，辰时一刻，李冰一行在邵光的引领下登上保资山，这是天社山五峰之一中最高一峰，与江水距离最近。故，当年张若就在峰巅上修建了瞭望台，以观察水军操演。邵光领众人进入瞭望台后，李冰径直地走到瞭望台前的栅栏后眺望江水，王叕和马骏在石案上摊开图舆，摆好笔墨。周庸和邵光站在李冰身后，以备顾问。李冰远眺近瞧，自语道："这里是三江相汇？还是五水混合？咱分不清呢！"转头望着周庸，"都水长，给咱讲讲。"周庸说："卑职讲过，成都平原水系紊乱，至今没有规整，有些是自然河，或曰季节河，夏天涨洪水，它就是江河，冬天无水就是沙滩，所以江河数量难以精确统计。"抬手指着，"现在看得清楚的就是从西北面湔氐道流来的大江，位居正中，是岷江正流，但这一段称陻水，又叫皂江，民间称之为金马河①。都江东面的那条河叫杨柳河，是在金马河上游鱼凫乡玉石聚分水而形成的，全长一百三十多里，流到此地白鹤滩又回归都江。都江之西的一条河叫文井江，流到这一带民间称西溪。重要的就是这三条河。"邵光说："文井江这条河值得重视，它发源于笮地，经临邛，流到此处与都江合。南面还有溪水河、乾溪河，统称南河，这是五江交汇说的来源。"李冰听后，再次察看了周围的山形水势，然后走到台中的石案前，观看图舆。

---

① 金马河在《汉志》中名为陻水，《水经注》和《元和志》因之，"陻"转音为"皂"，故又称皂江，新津渡口称皂里津应是在秦汉之际。

周庸与邵光跟进。有顷，李冰抬头问："都江全长多少？三段是如何划分的？"周庸说："没有进行过精确的丈量，只是通过步行里数来确定它的长度，估计都江全长一千八百多里，从松潘发源地到玉垒山出平原这一段称上游，从玉垒山到南安这一段称中游，从南安到僰地这一段为下游，每段长度约六百里。津口这个地方的重要性，在于它位居中游，是承前启后的枢纽。"李冰望着邵光，问："这里的灾情如何？"邵光说："东南面受灾严重。"李冰又问："文井江涨水没有？"邵光说："涨了，比都江的水更大更野。"李冰望着图舆沉思一阵，又步出台外再一次对这里的山形水势进行目测。之后，回到台内，对周庸和邵光说："咱有两点设想，请二位记一下。"周庸和邵光坐到石案前提笔展简记录，李冰说："一是解决津口附近的水灾问题，应通过治理都江上游来解决，杨柳河与皂江汇合后流向津口这一段是重点，首先要疏而不堵，其次要加固堤岸。对文井江要做一次全程考察，在此基础上进行疏导，咱的想法是通过文井江的疏导要将严道、笮道临邛、津口、南安联结起来，使之成为蜀南各族交往、货物流通的水上高速路。二是解决津口的过渡问题，咱的意思是建桥。""建桥？"周庸、邵光有点惊异，李冰说："发展经济，必须要发展交通。历代秦王都十分重视桥梁建设，景公三十六年（前541年）公子铖去晋，在大河上搭建了一座临时河桥，使千乘车队顺利到达晋国绛地。在大河上搭桥，这是华夏历史上的第一次。咱们秦国发展桥梁建设，论成就、讲技术都优于六国。这是我大秦飞速发展的原因之一。当今秦王即位后，继先王之遗烈，倡导大兴河桥，在大河上建造了一座常设浮桥，作军事之用，在秦国内地建了多座木石结构的桥梁[①]。既促进

---

① 今之学者认为，"秦在桥梁建设能力方面的优势是秦人成功进行军事征服、最终实现统一的重要条件，有关秦桥梁建设工程成就的历史记忆，构成秦史闪光的页面"，"李冰治蜀，除兴修水利、开通水路外，亦注重桥梁建设"。（见王子今：《秦桥考议：再论秦交通优势》，《史学月刊》2020年第5期）李冰领导修的津口浮桥和以后修的汉安桥，相传毁于王莽时公孙述据蜀的战火中。

了经济发展，又方便了百姓生活。"邵光说，"看来，很有必要在此修座大桥啊！"李冰说："这里水域宽阔，又是多流汇聚，要建一座横贯大江的木桥或石桥，如咸阳的渭水大桥，咱们现在做不到。然，搭建一座浮桥是可做到的，搭浮桥要与重建码头并举。技术问题，可到咸阳或国外请工师前来相助。浮桥建成后，也不废除木舟、竹筏的运用，这就可解决通往成都的滞阻问题，诸位同意咱的设想否？"周庸和邵光表示"完全同意"。李冰转问王叕："王叕，你怎么看？"王叕说："郡守这两点设想，很有创意，本人佩服！"李冰说："别拍马屁，是何创意，你讲出来？"王叕答："这两点设想都是蜀中前人没想过的，没做过的，郡守现在提出来了，这就是创新，实现这两点，意义重大。如果这一设想成功了，都江中下游各段都可择要地建码头、搭桥，这就把蜀西平原和蜀南平原连成了一片。"李冰瞄了王叕一眼，说："你的解释丰富了咱的设想。""不能说丰富，"王叕说，"叕之所言乃是郡守设想题中应有之义。"李冰说："不谈意义了，咱们说干就干。考察文井江并做出疏导预案，由都水曹负责；搭浮桥、重建码头由津口驿负责。两者的预案要在三月内完成，今年十月开会申议，决定开工时间。能做到吗？"周庸、邵光挺身回答："能！"

在李冰的倡导下，都江流域在秦汉时期先后创建了五大名津：首名皂里津，就是原来的津口，在它的示范下，又先后修筑了白华津、江首津、沙头津、江南津。还在今眉山市的彭山区北面都江上修过一座木结构的汉安桥。两千多年前都江水势要比今日的水势更大，说它是阻碍两大平原交通的"天堑"也不是夸张，创设多处渡口，增加舟楫，搭建桥梁，便宜人行物流，就使"天堑"变通途了！李冰的这一创举，使两大平原融合在一起，为创建天府之国奠定了地利基础。"城阙辅三秦，风烟望五津。"在唐代诗人王勃的笔下，"五津"就是西蜀的象征，理所当然地受到后人的景仰！

（二）惩霸镇恶

巳时一刻，李冰一行由津口南岸顺利渡到北岸，之后，便沿着金马河西上，考察灾情……

此刻，在成都的李二郎也没闲着，他正在公孙若的书房里和公孙伯伯一起议论如何打赢创建天府之国的开局战。公孙红也在场。公孙若对二郎说："孟谦写的文书昨晚就交到伯伯的手里了，伯伯一连看了三遍，很振奋！"公孙红说："我今早也看了一遍，也感到振奋！""啊，"二郎高兴地说，"我就知道，孟谦叔叔的文笔上乘，能征服读者的心！"公孙若瞟了二郎一眼，说："什么文笔上乘？文以载道，文以记事，没有'道'载，没有'事'记，文笔上乘有个屁用？""也是，"二郎说，"请伯伯明示。""小子，"公孙若说，"伯伯对你父亲在这场开局战中确定的战略目标，捕捉到的战机十分认同，佩服他高瞻远瞩的眼光！"二郎望着公孙若问："伯伯指的是食盐？"公孙若点头，说："小子精敏，伯伯说的正是此事。治水兴农、创建天府之国是要花大钱的，没有钱，一切都是空谈。现在朝廷积累的资金主要用于战争，地方建设只能靠各地自筹。你父子在广都发现了食盐，你父亲立即决定发出通告引用民资进行开发，这就为建设找到了资金来源，这就是正确的战略选择，这样的果断，这样的雷厉风行，就是对战机的把握。打赢了这一仗，开局战也就胜利了。"

二郎说："我认同伯伯的分析，然而，打胜仗是要靠人的，谁去冲锋陷阵呀？"公孙若说："郡府盐铁署呀，伯伯已发出命令，要魏富、钟秦立即行动起来，做好引用民资这件大事。"二郎说："孟谦叔叔主张新设一曹，专司此事。"公孙若说："没必要，新增一曹，就要增人，增薪俸，那是浪费国帑。孟谦做好恢复杏林学舍的事就可以了，引民资事，他不能插手。他建言断狱都尉由王丰担任，伯伯也不同意。"二郎问："伯伯之意，谁合适呢？"公孙若说："伯伯还没有想定，再听听各级官员的推荐意见再说吧。"二郎沉默了，公孙红望着二郎，"父亲的话你没听懂？"二郎说："听懂了，咱如实向父亲禀报！"公孙若说："很好，你到了郫县后向你父亲禀报三点，一是伯伯对他引用民资开发盐井的决策和恢复杏林学舍的命令衷心拥护。贯彻秦王诏令、创建天府之国一要有钱二要有人，这一点我和你父亲的看法一致，办好这两件事是打好开局战的当务之急，伯伯一定尽心竭力。二是新建断狱都尉府的问题，有异议。不过，伯伯赞成，此事是你父亲作郡守令发布的，既然是命令，就必须执行。然而，这一新建机构是掌握刀把子的，事关重大，人选问题当从长计议。明白了吗？"二郎想了一下，说："小子如实禀报父亲。"公孙若说："小子，你昨天有两句话说得很好，伯伯很欣赏！"二郎茫然，问："哪两句话？"公孙若说："孟谦的文书不是引用了你说的'民心可用，民力可使'的话吗？""唔，"二郎说，"我讲过。""小子，"公孙若说，"你这八个字道出了做官的真谛，为官之道有千条万条，归结起来不过就是用民心、使民力而已！一个'用'，一个'使'，这两字用得特好，小子，你年不过二十，就有这样高的从政智慧，再通过一番历练，必定能在仕途上飞黄腾达！"二郎一笑，"感谢伯伯的鼓励！"

公孙若接着说："王焱问题，伯伯还要讲几句，告诉你父亲不要再搞什么'沿江审案'了！到了郫县后就将王焱收监。劝他回成都歇息几天，再处理政务，别累坏了身子。"二郎说："感谢伯伯关怀，只想问一句，把王焱关起来是执行死刑？还是……"公孙若说："是处死还是为他翻案？你父亲都不要管了，让别人去办。这两天，伯伯反复想，你父亲这样有智慧的人怎么会冒巨大风险去法场止杀呢？他一定从中看出了深层次问题，因而要为之一搏，伯伯想到这点心里就打战！弄不好，是要灭门诛族的呀！为了保全你父亲，即使要为王焱申冤翻案也由别人去办，故主张将王焱关起来再审。小子，给你父亲强调一下，这是伯伯作为有生死之交的老朋友对他最后的劝告和忠告？听明白了吗？"二郎说，"明白了。不过小子有一建言，不知伯伯能听从否？"公孙若说："伯伯从谏如流，只要你讲得有道理。"二郎："笋里街反秦事件中的主犯是青城游侠，这一点成都百姓众口一词，没有异议。蹇侯和监御史何坚大人也不否定，此人现在还在暗中活动，监御史府为何不将其逮捕？抓住此人不仅可使这一反秦大案真相大白，弄清王焱有罪无罪？而且能消除蜀中动乱隐患。故，小子斗胆建言，请伯伯将抓捕青城游侠当作打好开局战的又一重要项目来办理！"公孙若一笑："小子，你说得不错，伯伯已考虑到这点了，叛贼青城游侠十分狡猾，笋里街事件后，一直深藏不露，加上办案官员相互扞格，以致没能将其捕获。现在，此贼又跳出来了，加上高志投案，伯伯抓住这一战机，亲自指挥，务必尽快抓住此贼，很快，你父亲就可听到捷报了。"二郎说："太好了！"公孙红问二郎："你明天到郫县？"二郎点头，公孙红又问："叔叔一行能赶到？"二郎说："他们骑马，我估计，父亲一行今天已到郫县境内了。"

郫县城是古蜀国杜宇王的都城，其属地辽阔，今都江堰市都江以东以北的地区和今成都市温江区、崇州市部分地区，属杜宇的王畿之地，秦灭蜀后建县因之，郡守张若还将郫县城进行了扩建，使之成为仅次于成都的一座大城。李冰一行渡江登岸后，周庸就对李冰说："沿皂江西上入郫县境，七十多里，从图舆上看此河较直，实际上有多处弯道。"李冰笑道，"不赛马了，咱们挽辔缓行，好好看看两岸受灾情形。"顿了一下，又说，"先'摆个龙门阵'吧，为何这段都江正流要称金马河呢？"周庸说："是民间俗称。"李冰说："民间俗称，就一定有'龙门阵'。"周庸问："郡守爱听'龙门阵'？""当然，"李冰答，"咱小时就爱听娘亲讲蜀中'龙门阵'，什么'大禹治水'啦，'鱼凫变鸟'啦，'杜宇化鹃'啦。"周庸问："听说郡守的乳娘是郫县人。""正是，"李冰说，"就住花园邑。"周庸说："难怪老夫人熟悉郫县掌故。"李冰说："娘亲用蜀中土语摆这些'龙门阵'非常生动，至今还记得。"王焱说："那，郡守应算半个郫县人了！""可以这么说，"李冰道，"你讲个金马河的故事来听。"王焱讲道："父老传言，鲁班和他的徒弟赵巧听西蜀连年遭水灾，便志愿来帮助蜀人治水，师徒议定在玉垒山下开凿两江，师傅开内江，徒弟开外江。赵巧在开江过程中拾得一块金光四射的石头，他定睛一看，形状有点像马，赵巧就摸出小刀，将这块金色石头雕刻成一匹扬蹄飞腾的奔马，放到河中，忽然'哗啦啦——哗啦啦——'从上游流来一股银水，石马刹那间变成一匹金马，随着水流奔腾而去……人们就称这条河为金马河，这一天正是八月十五日，父老传言，每年八月十五深夜皓月当空之时，就可看到金马在河中奔腾，庆贺人间花好月圆！"周庸反驳说："这故事不值深考，鲁班是工匠之祖，擅长木工，他何曾治过水？"王裒说："然而，蜀地民间确有'赵巧开拓金马河'的传说啊！[1]""荒诞无稽，"周庸说，"民间传说故事，与历史真实可以不同，但还是要有点谱嘛。"李冰瞄了周庸一眼，说："那，都水长讲个有点谱的故事来听。"周庸讲道："父老传言，这金马河流域原是一片水草地，有一匹金马经常在此啃草、饮水，老百姓认为金马会给这一带的居民带来安康吉祥，因而尽量保护，有个啬疙瘩财主，却想捕捉金马归己，借金马称霸一方。然而，抓金马谈何容易？它通人性，好人上前，它就十分温顺。坏人上前它就嘶嘶怒吼，甩蹄子乱踢！啬疙瘩和管家商量如何才能捉住金马？管家经过打听，给啬疙瘩禀报说：'要用金氏家族坟地上开黄花的千年丝瓜藤，编织成网，才能罩住金马，将它捕捉到并驯服它。'啬疙瘩经过一番寻访，在天社山中找到金氏坟地，果然，坟场上长有许多株开黄花的丝瓜藤，啬疙瘩请巫师作法，才砍下四株瓜藤，拿回家编了一副丝瓜藤网。一天早晨，金马正欢快地啃吃鲜草，啬疙瘩和管家提着丝瓜藤网，蹑手蹑脚走到马屁股后，管家正欲撒网，金马尾巴一甩，将管家扫倒在地，管家吐血而亡。啬疙瘩急忙从管家手中抓过网来，拼力从马屁股后撒去，将马罩住，倔强的金马哪肯就范，扬鬃撒蹄，萧萧嘶吼，四蹄翻飞，拖着啬疙瘩朝前奔去，暴风雨般的嗒嗒蹄声，使大地震动，忽然，地上裂出一个大黑洞，金马和啬疙瘩一起掉入黑洞中。一场大雨之后，泥浆将黑洞封死了。老百姓为了救出金马，就沿着金马蹄印挖土，挖出许多金片，得到金片的人就拿金片当神物供奉，以保一家平安。于是，挖金马的人越来越多，挖了数十年，挖出了条小沟，又经过数十年，小沟变大沟，大沟变大河，人们称之为金马河，希望金马能给两岸人民造福！"李冰说："都水长讲的有点靠谱，王裒讲的也可能存在，民间传说嘛，能反映百姓的美好愿望就好。"周庸说："在下讲的有现实意义呢。"李冰说，"都水长是说世上还有'啬疙瘩'这样的人存在？"周庸说，"正是。"李冰

---

[1]《赵巧开拓金马河》载《成都民间文学集成》，四川人民出版社1999年9月第一版，第629页。

说："不奇怪。人，不受良好的教育，没有自我修养和砥砺就会变恶。"

他们缓步前行，李冰放眼观察金马河两岸的乡村和田野，六天了，洪水已经消退，但仍可看到洪水扫荡平原后的满目疮痍，稻田成了沼泽，竹篱茅舍垮塌在水中，路断人稀，新坟累累，白幡飘飘，李冰愁眉紧锁，说："惨不忍睹，这一带的灾害比其他地方更严重啊！""是的，"周庸说，"越往上走，灾情会越严重。"李冰问："是何原因？"周庸回答说："都江第一段六百里在岷山的峡谷中奔腾，左冲右突，积累起巨大能量，洪水期间更是如此，它从玉垒山奔出后，就像千万匹脱缰的怒马，在平原上狂奔，郫县、鱼凫、江源等地遭受的是第一波冲击，洪水力度特大，自然房倒屋垮，人为鱼鳖了！"

洪水消退，蜀西金马驿码头开始摆渡行船了。这个码头就在金马河上游今日温江的三渡水大桥处。是当时成都、鱼凫通江原①、晋原②和临邛的唯一渡口，官方在这里建立了驿站、旅舍、商店及货栈。驿丞名叫金马彪，他原是金马河上的船老大，为人讲义气，在这一带颇有些名气，人称他为"码头金大爷"，被蹇侯收为干儿子，并举荐他当上了驿丞，从此他就死心塌地为侯府效力。此刻，这人正在驿站公廨中和几位成都商人就渡船费讨价还价。一位商人哀求道："金大爷，灾荒年生意不好做，把渡船费再降点吧！"其他商人卑躬屈膝请求："金大爷，行行善吧，我等感激不尽。"金马彪呷了口茶，说："一口价，过渡十钱，包船百钱！"商人们惊呼："涨成天价啰，哪个出得起？"金马彪说："出不起，就别坐船！"一商人说："有些商家一文不出，不是也可以过河吗？"金马彪说："有这样的商家，可惜你等不是呀！""不公平！"商人们齐呼！

"水神来了，水神来了……"金马彪的侍从小马卒喊着，疾步走进，"金爷，金爷，水神来了！""哪来的水神？""就是新来

---

①今崇州市。

②今大邑，秦时属临邛。

的郡守李冰呀！"一商人振臂高呼："找青天大老爷去！"奔出公廨……

金马彪慢慢站起，说："莫慌，强龙压不住地头蛇！"

码头岸边，立着一座岗亭，是过渡售笺处，有两个执矛卫士把守。过渡的人先要在此买笺，朝前走十八步才进入码头。码头见方九丈，有木桩铁鍊围住，临水边搭着宽两尺、长九尺的木板，通向停靠在江中的渡船。此刻，站在岗亭前的李冰被一群人围着，身边站着周庸、王叕、金马乡的啬夫乔淼、游徼芮刚。

一个挎着行囊、杵着根扁担的老汉说："大人，我是河对面长盛乡人，是个脚夫，帮商家挑货到成都，八十多里路咧，才挣七钱，哪来的十钱过渡呀？"一小伙子指着身旁的两个伙伴说："我等都是在成都做工的，家乡遭了水灾，老板发善心，各发三文钱，让我们回家看看，可被这个金码头的高船价卡住了咧！"一个商人说："不仅卡住了百姓的日常生活，而且卡住了成都至临邛这一线的货物交流。成都有八家大商号，在这里过渡，来去自如，分文不出，对我们这些平民商家，却以各种名义涨价，使许多商家破产！"李冰转头问周庸，"你听说过这样的事情否？"周庸说："听人讲过，因不属我曹管辖，便未作深究。"李冰又问："他们为何要这样做呢？"周庸说："一箭双雕，既可敲诈百姓钱财，又可垄断从成都到临邛到西南夷这一线的商业贸易！"王叕说："有人就是靠发灾难财而致富的！""唔，"李冰思索，又转身问啬夫乔淼，"刚才几位说的是真话？"乔淼说："是。"李冰又问："你们乡上与驿站关系怎样？"乔淼说："没有来往，驿丞金马彪说这地方是骞侯封地，他只听侯爷的。"芮刚说："此人傲慢自大，看不起乡官！""明白了，"李冰发令，"传驿丞！"卫士长马骏高呼："传驿丞——""来啦，来啦！"小马卒应声，笃笃跑来，金马彪随后，他大摇大摆地走到李冰面前拱手道："在下驿丞金马彪，参见郡守大人！""金马彪！"李冰呼道，"本守有话问你，你要如实回答。""大人，"金马彪说，"既是公事，请大人到公廨办理，可以喝着茶水，听卑职详细禀报。"李冰说："事关众庶，本守就在此办理。""啊，"金马彪不无讥刺地说，"大人要现场办公？"李冰正色，"听问！""请讲。""过渡五钱，包船百钱，这价是你定的？"金马彪说："是。"李冰又问："平时也是这个价吗？""不，"金马彪说，"是根据河水的涨落定价，河水涨，价就涨，河水落，价就跌。"李冰再问："跌的时候是多少？"金马彪说："过渡一钱，包船十钱。"李冰斥责："你定的是天价！咱们秦国粮食国家定价是三十钱一石①，坐一次船就要十钱、百钱，这不是公开抢劫吗？"金马彪说："取之于民用之于民嘛！大人，请艄公、修缮码头与河边堤岸，是要花钱的。""修缮码头堤岸？！"李冰指着上游垮塌的堤岸生气地说，"亏你说得出口！金马河进入郫县这一段的堤岸多处垮塌，尔等修什么堤岸？你这个码头也不像样子！尽搞些米糊糊工程，借此捞钱罢了？你贪污了多少？"金马彪"这"了一声，缄口不语，李冰厉声追问："你贪没贪？"金马彪睥睨了李冰一眼，昂然不答。李冰从金马彪的傲慢中看出了他身后有人，甚至一伙人，他要打狗惊主，清除这个毒瘤。他对周庸说："都水长，你记一下。""诺。"周庸应声。马骏取出烟笔、竹简交周庸记录。李冰下令："郡守李冰令：一、撤销金马彪所任金马驿丞之职，并追究其任职期间的所有罪错。此案由郡府监御史府特办。二、任命金马乡啬夫乔淼兼任金马驿丞，立即对驿站进行整肃。渡船以便民为上，收费应当合理，宜低不宜高。此令。惟秦王三十四年孟秋月六日。"

"感恩青天大人！"众百姓跪拜……

（三）瞻仰鱼凫城

待押走金马彪后，李冰又指令啬夫乔淼在此重修码头，搭建浮桥。他把在津口对邵光的讲话和要求重复了一遍，并要乔淼与津口驿丞邵光取得联系，相互协作，共同磋磨。李冰把津口和金马两码头的改建当作示范工程来做，从设计到施工都全程指导，一年之后两个

---

①见《睡虎地秦简·司空律》云："系城旦春，公食当责者，石三十钱。"又，于琨奇论文《秦汉粟价与更赋考》也认为官定粟价为一石三十钱。（此文刊《扬州师范学院学报》1999年9期）

码头竣工，金马乡码头的位置在今日温江三渡水大桥处。都江堰建成后，外江水流量减少，江心两边形成沙滩，阳光下，沙石生辉，白花花一片，后人给它取了个饱含诗意的名字——白华津。

　　李冰处理完金马驿的公务后，已过午时，在驿站用完午膳后，他提出要去拜谒柏灌、鱼凫王墓并瞻仰鱼凫城，周庸婉言相劝，"最好不去，去了，也只能作古迹欣赏，不要发表称颂讲话。"周庸为何要阻止？原来前郡守张若曾发布过一道废除古蜀国文字和历史的命令，古蜀国的图画文字还在初创阶段，与秦篆没法比，宣布废除，无人反对。废除蜀国历史，只讲秦史就使蜀人大为反感了！但张郡守对"欲灭其国必先灭其史"的征服理论十分赞同，他认定蜀人特别是士人对古蜀国的开创者充满了崇拜之情，是一股反秦的复辟思潮，必须要严厉打击，谁要称颂古蜀国王业绩，谁就是犯罪，蜀侯恽和王衉的罪行中就有这条。这一重罪能否成立？涉及鱼凫祠的建立，此行就是要弄清真相。这一目的，李冰没说出来，只是正面解释，说："历史是一条后浪推前浪而长流不息的大河，是斩不断的。后人只有汲取前人的经验教训才能进步，这叫以史为鉴。咱们要治好蜀郡，认识、探究古蜀国王治蜀的成就与失败，很有必要。蜀人崇拜自己的老祖宗，没错，为政者应当顺应民心！当然，对一些利用民心而图谋不轨的人要保持警惕！"王衉回应，"郡守见解深邃，大度宏达，郡守珍重蜀人的信仰也必将获得蜀人的珍重！"周庸说："理是这么个理，然哉，我们大秦是主张大一统的！"李冰说："大一统，主要是政治、军事、文字、度量衡，不同地方的历史文化是不能也不应该统一的。咱们华夏地域辽阔，民族众多，一方水土养一方人，一方人创造了一方的历史文化，这些历史文化各具特色，保留并弘扬各地有特色的历史文化，就使咱们华夏文明多姿多彩了！"周庸想了想，说："郡守宏论，使我茅塞顿开，那就去拜谒吧！"

　　在周庸的引领下，李冰一行朝鱼凫乡的寿安亭转进……

　　从金马驿到寿安亭约二十来里，骑马代步的李冰一行，很快到达寿安亭。亭长白松和鱼凫乡啬夫杨宗、游徼柳亘、三老余宏教已在亭中公廨等候多时了。乡官们拜见李冰，分上下坐定后，李冰问：“你等怎知本守要前来拜谒蜀王陵墓？”啬夫说：“有高人指点啊。说郡守大人午时三刻来此，要我等前来迎接。”李冰、周庸、王叜都感到惊奇。李冰说：“奇哉！咱是午膳后才做的决定，这位高人咋知道？难道有人给他通风报信？”啬夫杨宗说：“不，高人是昨晚告知我等的。”“昨天晚上？”周庸一惊，说：“这不啻是高人，简直就是神人！”李冰问：“此人是哪里人氏？叫何名字？”啬夫回答说：“非本地之人。说起来蹊跷，是九天前的午时突然出现在鱼凫祠的祭室中。一现身，就对祠侍说他要见三老，有要事交代。”三老余弘教接着说：“接到祠侍的告知后，我就去见他，但见此人身高八尺，腰板硬朗，自称觋广，戴着金箔面具，长裾褒袖，脚蹬方屦，手提金杖，身背行囊。他对我说，他紧急赶到鱼凫城要做两件事：一是告知，后天要下暴雨，涨大洪水，你等要立即率众防洪，以确保鱼凫城不被水淹；二是他要帮助我乡救灾。我惊疑，他说，如他的预测不实，就将他当妖孽烧死！我把他的话如实向啬夫、游徼二位做了通报。”啬夫杨宗说：“我们三个乡吏会商，议决：认同觋广预测，立即下令防洪，沿河两岸居民转移高处避水，集青壮汉子四百人连夜在鱼凫城西筑一道护堤，防止洪水淹城。因之，这次的洪水虽大，但我乡损失不大，只有三十六家房屋垮塌，无一人伤亡。”李冰夸赞：“大善！你三驾马车做得好，不愧为鱼凫王后代。这个觋广，不是他的真实姓名，是个大巫觋，他如此关心鱼凫乡的安全必有原因。”“正是，”三老说，“他自称是鱼凫王十八代裔孙，诞生在‘三星伴月’之地，在雁江之滨的王城住了二十四年，以后又到灵山向大巫师巫真①的嫡传弟子学习巫术二十年，现在，周游天下，拜见名师，学得了些神圣而又神秘的巫术。据说《山海经》中记载的那些绝域之国他大都去过，殊类之人他大都见过。”“看来，”李冰说，“此人不凡，可以询问他

————————

　　①据《山海经·大荒西经》记载：灵山有巫咸、巫即、巫盼、巫彭、巫姑、巫真、巫礼、巫抵、巫谢、巫罗等十大巫师。灵山为山中天梯，上有百药。十巫从此上下于天，往来采药，宣神旨，达民意。袁珂认为灵山，疑即巫山。（见袁珂《山海经校注》，巴蜀书舍1993年版，第453—454页）

掌握有哪些能造福人间的奇术。"三老说："招物神术。筑堤那晚，他驾了艘大木船在杨柳河中施法，默默地叨念一阵后，就将一根金神杖插入水中，河中的卵石就哗哗地飞到他的船上。"李冰问："此人现在何处？"三老说："招了八船卵石后，他撂下一句话，说七日后要来此做一场法事，为鱼凫的后代子孙禳灾祈福！就乘三轮飞车飞走了。""乘飞车飞走？"周庸质疑说，"太神了，《山海经》记载的都是些神话传说，能变成现实？"王叟说："鱼凫这地方本来就是神秘、神圣之地，发生这样神奇的故事，甚为自然！"

李冰站起身来，说："今晚不走了，就住鱼凫城，好生体会一下这里的神秘、神奇、神圣。"三驾马车齐声说："欢迎之至！"李冰说："咱们先去谒墓！"

"请——"在几位乡亭小吏的陪同下，李冰一行先聚参拜柏灌王墓。

森森翠柏隐掩着王陵，树冠上歇着一群白鹤，李冰一行刚踏入墓园，群鹤欢叫着，飘然飞起，闪着洁白的羽翼在天空中盘旋逡巡……

三老笑道："仙鹤代表柏灌王在欢迎大人呢！"

李冰抬头望着天，朝天拱手，操蜀语说："道谢啰，道谢啰！"

柏灌王墓建筑在夯土台上，呈椭圆形，周回十八尺，高九尺，是用青白石块堆砌成的石棺椁，顶上跪着一石人，高举一面刻着八卦的圆石。椁面上长着青苔野草，风吹草动，窸窸有声。墓碑用一整块白石凿成，碑上没有文字，只刻画着一个长着翅膀、下身围虎皮、上身裸露的纵目人。墓碑前面分左右耸立着两根巨大石柱，柱顶上伫立着石雕鱼鹰，两只鱼鹰瞪目而视，展翅欲飞，形象生动。正中伫立一个由四个石龟驮着的石香炉。由于多年失祭，墓前墓后，荒草萋萋，李冰走到墓前，观望一阵，问："真是两千年前的柏灌墓吗？"三老说："主体是吧！"李冰又问："何谓主体是？"三老说："石棺、石碑、石刻八卦应是当年的留存。"李冰追问："有何根据？"三老说："古蜀先民崇拜大石，认为石头有神性，是生命之源，生命之归。传说大禹生于石纽山刳儿坪，他在治水中为了通环辕山而化成一头巨熊，他的夫人涂山氏看见了，惊骇不已，化成一块石头，禹到石前大呼'还我子'，石向北而破，儿子启诞生了。这就是生命来源于石头的传说，死了，也应回归石头，故所以要用石棺石椁葬人。传说这是从蚕丛王开始的，他生前居岷山石室中，死，作石棺石椁，国人从之。柏灌部族曾在灌口、观坂一带活动，与蚕丛关系密切，他继承蚕丛的丧葬礼俗就很自然了。"李冰肯定说："有道理。"三老继续说，"由于长年累月的风吹雨打，王墓难免有损伤之处，后人自然要加以修葺，"他走到墓前指着一块青石说："这就是后人加的。"李冰说："这值得学习。对文物古迹的保护，主体绝不能变动，更不能推倒重来，制造假古董！"王岌插言："大人的看法甚是精确。应该变成政策，公布全蜀执行。"三老等人表示拥护，李冰问周庸："都水长以为如何？""甚是，"周庸说，"现在造假古董的人太多了！"李冰指示："都水长起草一篇文告，交孟谦处理。"周庸颔首："唯。"

李冰问："祭品准备好了吗？"

"已备好了，"三老说，"灾荒之年，不宜以三牲祭奠，就用蜀地民间燔祭，加一壶清酒，不知郡守大人以为如何？""何谓蜀地民间燔祭？"李冰问。三老说："按儒家《礼记》的规定祭祀，众多百姓因为穷困，不仅用三牲祭祀困难，就是用蜡烛、信香也不容易，所以，蜀中民间发明了用松柏和爆蚝蚤树叶为祭物来敬天地和祖先。松柏枝芽燃烧起来会发出一股浓浓的清香味，爆蚝蚤树叶会发出噼噼啪啪的脆响声，这样，祭神的人感到喜庆，被祭的神灵听到响声，闻到馨香也乐于接受了。"李冰说，"大善！敬神，讲一个诚字，咱们心诚，先贤是乐于接受的，可以提倡。"就因为李冰的提倡，这种简朴的民间燔祭延续到了近代。农村中的贫困农家清明节上坟祭祖，就烧爆蚝蚤树叶来代替放鞭炮，穷人家小孩过大年也烧爆蚝蚤树叶取乐。

"来人。"三老朝后一招手，一个乡吏提着竹篮，领着一对童男女从林中走出，男孩抱着一捆松柏和爆蚝蚤树叶，女孩提着一陶壶清酒走来。小吏指引童男将树枝放于石香炉中，小吏放了九陶碗于墓前，童女在碗中倒满酒。三老摸出一个皮包，取出一枚火镰，火石，火绒，他躬身在炉前打燃火石，点燃火绒，放入炉中，吹了口气，祭物燃烧起来，噼啪爆响，青烟飞升，香气弥漫。三老端一碗酒给李冰，李冰接过，上前一步，醉酒于地……

李冰及随从虔诚地对着大墓躬身施礼！

拜祭完柏灌墓后，李冰一行又到鱼凫王墓拜祭。鱼凫王陵墓和柏灌陵墓设施相当，但规模更大。通往石棺廓的甬道两旁，各伫立着八名头戴鸟头冠、手持石长戈、腰围树叶、裸露上身的赳赳武士和一对展翅欲飞的鱼鹰。全是用整块巨石雕成，古朴、宏伟、庄重。石廓样式与柏灌墓不同处是长条形，石廓里面的棺是船棺。石廓顶上有个山形铜磴，磴上跪着一个纵目铜力士，高举着一面大铜伞盖，作与风雨搏斗状！李冰仰视一阵后说："看来，石廓顶上的铜人是后世加的。""正是，"三老说，"鱼凫祠祭室中有记载。"李冰说，"甚好，祭墓之后就去看。"在三老的操持下，以拜祭柏灌墓的规格和仪式完成对鱼凫王的拜祭后，李冰一行在鱼凫乡三吏的陪同下，朝鱼凫古城转进……

> 鱼凫王呃，教民作艄公呃，治水捕鱼呃，显神通哟喂！一桡片呃，划过千重浪呃，一篙竿呃，撑得船行快如风，快如风哟喂！

从杨柳河上飘来一首道地的蜀味民歌吸引了李冰，他驻足倾听，说："看看去。"

鱼凫渡口垂柳列岸的杨柳河中，四只渔舟在水中漂浮，打鱼人吆喝着鱼鹰捕鱼，一个老艄公用篙杆挑着个鱼鹰放声高歌……

李冰一行漫步走来，注目观看——

河中，鱼鹰在捕鱼，有的凫在水面上窥测方向，有的一个筋斗钻入水底，有的叼着活鱼浮出水面，有的颈脖里鼓起一个包，扑扑地飞到舟上，渔人抱起鱼鹰，用手把它的脖颈往上一抹，鱼鹰又长又大的嘴张开了，朝船上的木篓中吐出一条半尺长的鲜活鲤鱼来。李冰饶有兴趣地观看着，说："把鱼老鸹驯化成捕鱼之鹰，为民所用，这很了不起！相传是鱼凫王的创举。"转问三老，"是这样的吗？"三老称是，又说，"鱼凫王还发现了一种能吃的野菜鱼腥草呢。"

王弈插言："这种野菜还可当药用，有清热解毒，利尿通淋，消痈排脓的功能。"李冰说："那太宝贵了！"周庸说："一点也不宝贵，老百姓称这种菜为猪鼻孔、折耳根，只要有湿润的土，田埂上，坟垣中，屋前屋后都生长。"转头朝田野上一指，说："那些妇女儿童都是在挖这种野菜。"李冰转身观看一阵后，问啬夫杨宗，"是乡上提倡的？""是，"啬夫说："洪水淹了稻田，今年粮食肯定要减产，乡上就号召乡民多捕鱼多采野菜度荒。这其实就是当年鱼凫王用过的办法，以鱼凫子孙为荣的乡民也很自觉，不仅自己干，还能做到邻里相帮，故所以虽遭大灾，却无一人外出讨口！""大善！"李冰肯定说，"看来鱼凫还有影响力呀！"

"咣、咣、咣……"从上游传来一阵锣声和吼声，"大巫觋在鱼凫渡作法，为民祈福，为民祈福啰！"

人们闻声从竹林盘内的住宅中，从阡陌纵横的田埂上跑到鱼凫渡集结。人们的奔跑脚步在不断的锣声与喊声中翻飞，很快，在鱼凫渡两岸就聚集了上千名男女老幼。河中的打鱼人停止作业，将船停靠在岸边，静候大巫觋的到来。

喊声和锣声戛然而止，接着从天空中传来一阵悠扬、飘然、神秘的巫乐……

人们睁大眼睛向上游望去——

杨柳河上游，大巫师觋广乘坐水、陆、空三用的三轮飞车从水面上驶来。它，像是一艘小艇，划开碧波，缓缓前行，到了鱼凫渡后停泊在水中央。觋广头戴回纹筒形高冠，金箔罩面，身穿绛色窄袖长衣，腰系八卦法带，他站起身来，仰望天空，长声唱道：日出暾兮照亮四方……

觋广朝空中掷出一个碗口般大的圆形五格青铜太阳轮。太阳轮旋转着，呼啸着上升，发出耀眼的万道金光……

人们睁着惊喜的眼睛仰望长空。

觋广又举起一根闪闪发光的金神杖，仰天唱道："鱼凫王兮，降福吾乡……"

一大群鱼鹰从东飞来，在阳光下变成闪光的金乌，在空中翱翔飞舞，相互嬉戏追逐，形成一个巨大的太阳神鸟圆圈，在云层下旋转着，旋转着，它们似在展示鱼凫国的国徽？顷刻间，天上地下一片辉煌！

觋广跪下，不停地叫道："吾王降福，吾王降福……"

岸边的人们也跪倒在地，齐呼："吾王降福，吾王降福……"

奇迹出现了。旋转飞翔的金乌散开来在天空中摆成一字长蛇阵，"唰——"金乌一个接着一个，有序地从空中箭一样地射入河中，潜入水下，瞬间，叼着一条活鱼又飞起来，将鱼扔在靠岸边的木舟上，欢叫一声飞走……

如此这般，只用了两刻时间，四只木舟上装满了活鱼。觋广站起，朗声说："吾王降福，以示激励：永葆福祉，民创民立！吾去也！"他朝车的前端踩了一脚，前车轮翘起，他捏了一下神杖上的机关，杖上飞起一张白帆，飞车鼓着东风飞去……

跪在地上的人齐声欢呼："大巫觋一路顺风，一路顺风！"

在人们的欢送声中，飞车在天上翱翔一圈后，远去，渐渐消失在云层中……

三老对李冰等人说："在下没说假话吧？"

周庸说："我服了，看来真不能小觑巫术！"

王戎说："这证实了《山海经》的记载：奇肱国人会造飞车！"

李冰说："也许吧！巫术是古代的大学问，不能轻易否定，自然它是精华与糟粕共存，咱们只有通过学习研究，才能做到去伪存真。刚才觋广的临别赠言，讲得很好。"转问啬夫、三老，"你等听清了吗？"

啬夫、三老回应说："听清了。"

李冰说："是何意思？"

啬夫说："觋广说，神灵降福，只是对人的一种激励，人要获得幸福，还是要靠自己！"

三老说："人要独立自主，不断进行创造，才会获得永久的福祉！"

李冰说："理解不错！今后要以此教化乡民，强调这是鱼凫王

李冰父子 下
LIBING FUZI

对后代子孙的期望与要求！"

三老、啬夫齐声回应："遵命！"

李冰抬头看了看天色，说："到王城里看去。"

柳树，柳树，无数铮铮挺立的杨柳树，轻拂着细丝，组成一圈翠绿的屏障把鱼凫城包围起来。相传，植柳树以划界别域，是鱼凫王的命令。鱼凫古城有四道门，啬夫、三老领李冰一行从西门入城，三老当向导，他介绍说："这座鱼凫城现在已是一个聚邑了，他是在鱼凫城遗迹的基础上扩建的，郊区还有个温泉，值得一看的是鱼凫祠和祭坛。先看城墙吧。"他走到城墙边，指着墙基说，"这基脚是用卵石铺垫的，上面用的是夯土，全长约八千八百尺。这是鱼凫王筑城时留下来的，然而夯土不耐久，后人进行过多次加工。"

李冰说："这是必要的。"

他们走过一条商业街，由于天灾影响，做生意的人不多，显得有点冷清。在几间干栏式的房屋面前，李冰驻足看了看，说，"还保留了一批干栏式建筑？有古之风味！"啬夫说，"前面还有个市场，要不要看看。"

李冰说："不啦，去鱼凫祠。"

鱼凫祠建筑在城北的台基地上，是一座占地九亩的重檐歇山式建筑，门前有一八卦广场，入口处耸立两根高一丈八尺的石柱，顶端两只石雕鱼鹰，伸着长嘴展着双翅，两相对望，形成一道门阙，周围松竹簇拥。李冰一行从翠竹道上走来。

"到了。"三老引李冰、周庸、王叕进入广场。

李冰注目观瞬，赞道："筒瓦重檐，四角飞翘，金钉朱户，有王都之气！后人修葺过吧？"三老回答："是。然而鱼凫王宫最早的基地确是这里。"李冰说："真是吗？"三老说："大人进去看看就知道了。请——"

李冰等人进入神祠。

宽大的祠殿中，八根朱漆楠木撑着彩绘的斗拱和横梁，那上面画的都是鱼、鹰及水波纹。殿的正中立着神龛，供着鱼凫王的神牌。神龛上亮着一盏长明灯，照着一盘供果。进门左边的板壁上绘着五幅表现古蜀国历史的彩画，右边板壁上挂着展现鱼凫王丰功伟绩的石器和铜器。李冰进殿后径直走到鱼凫王神龛前作了个揖，然后沿着墙壁，从左到右凝神屏息，观览了一圈。左边的板墙上有五幅巨型壁画：《蚕丛开基》《柏灌立国》《鱼凫兴国》《杜宇劝农》《开明治水》。右边的墙上挂着精美的石器、玉器、铜器，有石凿、石锛、石斧、石钺，玉剑、玉刀、玉戈，青铜权杖、青铜鸟头、青铜纵目高鼻人头像。

瞻仰完毕，啬夫问："郡守大人有何观感和指示？"李冰说："还有疑问咧，遑论指示？"啬夫问："大人有何疑问？"李冰问："这个地方真是一千多年前鱼凫王的王宫？"啬夫和三老都说"是"。"有何根据？"李冰追问。三老回答："一是出土的古物，二是大学问家尸佼、王婴等人的考据。"李冰说："你们这些古董是新挂上墙的嘛，哪里来的？"三老说："盗墓贼卖出来的！秦武王三年蜀侯恽下令修整王祠，充实祭品，并高价收购蜀王时期的文物，便收得了这些古董，从此，鱼凫祠的香火又旺盛起来。这后来成了蜀侯恽的一条罪状，王祠关闭。大巫觋预料郡守大人会来此瞻仰，叫我们做好准备，我大前天才命人打扫布置，昨天开放，没逃过大人的法眼。"李冰盯着王羽，说："你祖爷王婴和蜀侯恽搞这个鱼凫王祠的用心何在？是不是为了叛秦复蜀做准备？将这里变成蜀王行宫！"王羽说："完全是诬陷！"李冰厉声："讲事实！"王羽说："据尸佼老师考证，这鱼凫王祠是开明九世下令兴建的。开明九世蜀王雄图大略，将王都从广都樊乡迁到成都，建宗庙，制礼乐，开新局。为了证明王朝的正统和合法性，他们把从蚕丛到鱼凫的古蜀王都奉为祖宗，对鱼凫王特别崇敬。他们创作的青铜国徽太阳神鸟，把太阳崇拜和鱼凫崇拜很巧妙地结合起来了。在鱼凫王发迹之地建一座祠堂供后人拜祭，是开明九世的诏令，来自荆楚的开明氏族，对楚国文化情有独钟，这祠堂的样式、设施、布局仿照的是楚国郢都的东皇太一庙……""这点用不着讲，好认定，"李冰打断王羽的话说，"咱问你的是蜀侯恽和王婴建此祠的目的。"王羽说："目的就是贯彻朝廷安蜀的方略。朝廷在平定蜀相陈壮的叛乱后，仍然封嬴恽为蜀侯，以此证明朝廷一郡两制的治蜀方略未变。既然古蜀国还存在，当然应准许蜀人立祠祭祀。鱼凫王在蜀地影响甚大，这个王国发迹于杨柳河畔，先是打鱼狩猎而后是垦荒种稻，并不断向外扩展，二世以后就从都江流域发展到湔水和沱江流域，三世以后他们在蜀北的鸭子河和牧马河经营，建造了王城，铸造出无与伦比的青铜器物，武王伐纣，鱼凫王国派兵参加，士兵戴着青铜面具参战，大败殷人。这表明鱼凫国的强大！所以不少蜀人都以做鱼凫后代为荣，蜀侯恽上承朝廷旨意下顺民心，扩建、翻新这座早已存在的祠堂，供众庶瞻仰祭祀，何罪之有？"

李冰愣了一下，踱步沉思……

周庸说："按王学士的高见蜀侯恽无罪有功！"

王燚道："正是。"

周庸说："那，朝廷为何要令司马错将军入蜀平叛呢？为何要杀蜀侯恽夫妇和王婴等人呢？而且是诛族灭门啊！"

王燚道："这是朝廷上的大人物因权力角逐的需要而制造的一起惊天冤案！"

李冰连声："证据呢？证据呢？"

王燚说："人在做天在看，只要功夫深，证据总会找到的！"

李冰声称的"沿江审案"已进行六天了，虽也弄清了一些事实，但蜀侯恽一案却没有突破性进展，这不免使他焦急，他要的关键证据，第二天终于在郫县的监狱中发现了！

这天晚上，公孙若接到高志的密报，称在郫县城关发现了青城游侠的踪影。公孙若立即在郡府密室召开了一个抓捕青城游侠的会议。他把何坚找来，先听取高志和什长伍一宝的禀报。公孙若先问高志："你怎么知道青城游侠会在郫县滋事？"高志说："青城游侠自诩见义勇为，除暴安良。郫县灾民甚多，官府的救助很难满足需要，自然会产生不满，他就会利用这点。在下以为，他会把四年前成都笋里街事件中的作为在郫县再来一次表演，以展现他的侠肝义胆！"公孙若"嗯"了一声，认同高志的分析。何坚问："尔等能断定他是青城游侠？"高志说："是。"伍一宝说："肯定是，与我交过手，他把我踢倒在地，又刺了一矛，险些要了我的命，为了复仇，我永远记得他那张带女娃子相的脸！"高志补充说："据经历过笋里街事件的百姓讲，此人武功高强，飞檐走壁，还会用石头砸人，百步之外也能百发百中。"公孙若下令逮捕，并作了详细部署，强调秘密进行，要抓活口。

午夜，何坚领着一支精悍的郡府卫队奔向郫县……

（四）李郡守为民请命

早晨，郫县城南街的土主祠①前立着八把一丈六尺高的油脂皮伞，伞下安有八个大釜。釜下燃着柴火，煮着只有极少米粒的青菜汤。正中插着一条幅，上书"义粥赈灾"。

手持各种盛食器的数百灾民，有序上前，站在釜后的八位庖厨在义粥主持者符良的监督下给灾民分食。分得一碗一瓢的灾民，坐在祠前阶沿下的烂草席上默然地喝着吊命的清汤寡水。一位母亲从土碗中好不容易才挑出一颗饭粒喂入怀中婴儿口中，一个少年从土缶中挑起一片青菜叶送到爷爷嘴边，爷爷摇头，示意少年自己吃。一个名叫余大禾的农夫，咕嘟咕嘟地喝完一土碗清汤，激愤地说："听说城里施义粥，跑了三十多里路赶来，才喝一碗清水汤！"一壮汉怒骂，"不执行郡府布告，存心饿死人！"一老者拿着一只空瓜瓢指着符良说："符老板，你是郫县有头有脸的人物，你代表郫邑十家富商办的粥棚，称得上一个义字吗？头两天半干半稀；第三天全部是稀；今天就变成一碗清水！这是咋回事啊？"一些人跟着吼："拿话来说，拿话来说。"符良拱手道："众位父老乡亲，听我说，县廷奉行商鞅之法，不准赈灾。只因今年洪灾甚巨，众多灾民涌入城里讨口求生，侯爷讲情，县廷才网开一面，准许民间救灾。十商家会商议决，每家出钱四百文，侯爷捐粮十石，推举在下来主办此粥棚。可叹，粮价天天上涨，这义粥也就由干而稀，由稀而变清水，粥棚已坚持四天啦，这几釜清水舀完后粥棚也只能关门。乡亲们自谋出路去吧。"他举起几片竹简和帛布，说，"买粮证券，粥棚开支账目均在此，不信者可查。"一老者说，"看来是

---

① 秦时郫县城的具体位置有两说，一是认为在今县城北之杜鹃城遗址，二是认为在今马街场附近。土主祠是祭祀杜宇的祠庙。

粮铺老板在作怪，他们在发灾难财啊！"余大禾振臂高呼，"走，吃粮铺的大户去！"

蜀人讲的"吃大户"就是灾荒年间，穷苦人家吆喝一起，成群结队，到富人家去取米煮饭吃，办流水席，这有强迫性，但与打家劫舍的盗匪不同，富人只要配合，不会受到人身伤害！

一群人跟着余大禾朝北街涌去……

北街粮铺前早已人群聚集，与店铺的老板和四名手持木棍的伙计对峙，郫城小商万一粑对坐在柜台后的黄老板说："粮铺天天涨价，从一文两升涨到五文一升，这样的天价哪个吃得起？这样不仅无法救济灾民？连县城居民也要当饿死鬼啰！"众人喊着，"平价，平价！"黄老板冷言说道："嫌贵就别卖！"人们被激怒了，大骂："奸商！"余大禾挤到人前，高声说道，"灾荒年吃奸商的大户，不犯法！乡亲们，我们自己动手，把奸商的粮食盘去开义粥！"大多数人拥护"要得，要得！"余大禾一群青壮欲冲进粮铺，伙计挥棍拦阻，双方扭打起来，"住手，住手！"郫筒乡游徼郑洪带着伍长陈义和两个乡兵走来制止："不准乱来！"额上流着血的余大禾说："是奸商先动手的！"一老者说，"请郑游徼主持公道。"郑洪向众人拱了拱手，大声说，"请众位父老乡亲务必保持冷静！粮铺天天涨价是不合法的，吃大户也要不得，我叫他们按郡府规定的粮价出售就是了！"一灾民问，"还有粥棚呢？"郑洪说，"请县廷出面办。"郑洪挤到粮铺前，"黄老板，请你立即按郡府规定的粮价售粮，否则要出大事！"黄老板执傲地说："郑洪，你不就是郫筒城关管治安的一个游徼吗？你没有资格管物价！"郑洪问："谁有资格管？"黄老板说："杨县令！"郑洪说："我就去找杨县令。"转身面对众人，"众位乡亲，请忍耐片刻，只片刻！千万不要生事，要相信县廷，粮食平价、续办粥棚这两件事，马上解决。"又对伍长吩咐，"一定要劝阻大家不要闹事！"说罢，挤开一条路，朝县廷奔去……

县令杨太嗜酒如命，一早他就在县廷后院中他专用的膳房中喝酒。边喝边办公，这是他的习惯。一个厨娘侍候他，给他斟酒夹菜。站在案边的县尉英隼正向他禀报："到城里求食的灾民越来多，很可能闹事！如何对付？"杨太说，"这是办，办——粥棚，惹，惹——的祸！通，通，赶——赶走，令其回——回乡，自——自谋生，生——路。"郑洪噔噔走进："大人，大人！"杨太瞥了郑洪一眼，问："何——何事？"郑洪说："有两事禀告，一、请大人发一命令制止粮铺涨价，按郡府规定的价格售粮；二、由县廷拨粮，继续办好粥棚，以使流入城关的灾民有口稀饭吃，不至生事。"杨太说，"你，你——讲的这两——两条，不，不——不可取。"郑洪追问："为啥？"杨太朝英隼歪了歪嘴，"跟他讲，讲，讲清——清楚！"英隼说："商鞅之法规定，发生灾荒不准赈灾，只能治灾。"郑洪惊问："啥意思啊？"英隼说："就是不准用国家的粮食、财物救济灾民，国家的山泽、林园也不能向灾民开放。我们秦国重战功，可以说是以此兴国。灾民并无战功，就不应获得国家的赏赐，如国家给灾民无偿发粮、发钱，他们就是无功受禄，为国家立功之士便会被人看轻，民人事功之心便会淡化。所以坚定奉行不准赈灾的商鞅之法，其意义十分重大！"郑洪说："如此，灾民没有活路了！"英隼说："有呀，国家提倡治灾。治灾即要求灾民千方百计从事生产自救。县城开办粥棚，吸引乡下人涌入城里吃现成，是鼓励懒惰，'救灾饭，养懒汉'。这不能提倡。让他们在城关讨口，不仅有碍观瞻，而且极易生事。"郑洪问："那，咋个办呢？"杨太说，"先——先礼，后——后兵，兵！"英隼说："先劝，劝不走的，就是刁民，可用兵弹压！"郑洪冷笑一声，说："二位抬出商鞅这块招牌，来抵制郡府的救灾通告。是'拉肚子用泻药——开错了方子'！"杨太大怒道："你，你胡——胡说，想，想干——干啥？"郑洪说："祈望杨大人采纳我刚才讲的两条建言！""不，不可能！"英隼说，"郑洪，本尉正告你，不执行杨大人的命令，我马上撤你的职！"郑洪笑笑："我早就不想干了。杨县令、英县尉，我郑重告诉二位，县上下令平粮价，开办粥棚，使灾民有吃有住。这全城的治安责任就由我郑洪来负，保证不出乱子。如果大人硬要弹压，对不起，我手下的一百乡兵就向二位大人告假了！"说着转身就走。"站住！"英隼喝住郑洪，"你想做甚？"郑洪说："你二人以商鞅之法做挡箭牌，抵制郡府的救灾通告，我要到郡府控告你们！"英隼说："想起来了，你给李冰当过卫士，想借势整倒咱们？"杨太戟指郑洪说："你，你休想扳，扳——扳倒老爷！"他向英隼眨了个眼睛，英隼高呼："来人，拿下郑洪！"四个衙役冲上抓郑洪，郑洪反抗，与衙役扭打，英隼提起一陶酒壶猛向郑洪的头部砸去，将郑洪砸倒在地。杨太下令："将郑洪关入死牢。"英隼打了个手势，四衙役抬着郑洪跟他走去。

北街粮铺前，人们还在与黄老板对峙，突然，响起青城游侠的声音："乡亲们，你们受骗了！"众人回头一望，只见粮铺对门酒楼的屋脊上站着青城游侠，和当年在笋里街闹事时穿着一样，一副翩翩公子的派头，背长剑，挎皮囊，蹬长靴，飘青衿，她洪声说："游徼、县令、粮老板，都是奉行秦国暴政的走卒！他们不会为我等百姓说话办事的。不准赈灾的法律，中原各国都没有，只有秦国才有。是视民如草芥的商鞅想出来的，是十足暴政！不反暴政，我等百姓都要饿死！乡亲们，为了生存，挥起你的双拳，赶走秦狗，为蜀人争条活路啊！"

"青城游侠！"伍长李义告知身边里兵，"快去禀报县尉！"一里兵飞快跑去。李义对众说，"乡亲们，游侠的话听不得啊！"话犹未了，飞来一碎石砸在他额上，伍长倒地，里兵急扶。

青城游侠又从囊中取出一小圆石朝黄老板掷去，"啪！"黄老板的脑壳马上开出了一朵血花。四个小伙计吓得发抖，紧接着，"唰——"游侠纵步飞到柜台的案上，又转身飞起一脚，把柜台后的粮木仓踢了个大洞，大米流出，他又取出宝剑"嚓——嚓——嚓——"几下子把摞成堆的米麻袋划开，白米撒了一地，他提起一麻袋白米朝街上灾民抛去，吼道："自己动手吧！"余大禾等人冲进粮铺搬米，一些饿慌了的灾民扑在仓中，蹲在地上，大口大口地抓吃生米……

蓦地，从粮铺左、右侧巷中，各冒出二十名郡府卫队。左边由提矛的伍一宝领头，右边由执剑的高志带队，形成对粮铺的包围态势。督队的何坚高呼："活捉叛贼！"青城游侠跳到柜台上，取出两个小石子，左右开弓，分别砸在伍一宝和高志的前额上，二人

"哎哟"一声，停下步来，摸着额上直叫，何坚举剑高呼："冲上去，活捉叛贼！"青城游侠瞟了何坚一眼，莞尔一笑，"呼——"又飞到对面的屋脊上，为了引走卫队，便于灾民抢粮，他飘飘地朝东奔去。何坚命卫队中两名武功高强的锐士飞身上房追赶，他率众沿着街沿朝前跟进，并令弓箭手做好准备。快到东门城墙了，游侠一蹬足，朝城墙顶层飞去，何坚命令："放箭！""嗖嗖嗖"，十箭齐发，游侠身中五箭，跌落在城墙边，何坚率队围上，说："要活口。"青城游侠突然站起，哈哈大笑，猛然抽出身上的箭，向何坚猛掷，何坚闪开，伍一宝大喝一声，将长矛刺进游侠的腹中，"老子要报仇。"用力搅动长矛，游侠喷吐鲜血，闭眼死去，何坚瞪了伍一宝一眼，说："运回成都，放在笋里街，暴尸三日。"

英隼骑马率四个里兵十人队，对粮铺前抢粮吃的灾民，进行了严厉镇压，打死三人打伤十多人，逮捕关押三十多人，灾民纷纷逃避……

县廷内的膳房中，杨太还在大口喝酒大口吃肉。县丞龚正匆匆走进，"大人，有要事禀报。"杨太醉醺醺地问："有，有，有何要——要事？"龚正说，"新任郡守大人来我县视察。"杨太一怔，问："何——何时通——通知的？""刚才，"龚正说，"是都水长周庸告知的，他们昨晚歇鱼凫城，今天一早就赶过来了，说郡守这几天很辛苦，要我们好生接待，一定要安排好食宿。""明——明白了，"杨太想了一下，说"在，在鹃城酒舍，设——设盛——盛宴款待。郡守，现——现在何——何处？"龚正说，"在丛帝陵视察。"杨太说，"你，你带县廷各，各曹官去，去——迎接，我去酒舍等——等候。"站起身来，欲走。"大人，"龚正喊住他，"在下写的撤郡府通告，做好救灾事务的文书你看了没有？虽已晚了几天，现在发布执行，还能挽回些损失，稳定局势。"杨太说，"你，你写——的文，文书，总是书——书生气十——十足。当前，只有靠商——商鞅之法，才能稳——稳定局——局势！"龚正说，"对商鞅不准赈灾的法令一直有争论，我等不能奉为圭臬。县尉用武力对付灾民，完全错误，在下建言……"杨太摆手说，"你别——别说了。本令知——知道如何处——处理！你走——走！"

龚正迈着沉重的步伐走去！

丛帝陵在郫县城郭之南一里处。就在今日的望丛祠中。开明王朝的开创者鳖灵死后葬于此地，是为丛帝冢。这里松柏繁茂，翠竹成林，幽静的园林中耸立着一座巨大的石樽，石樽前立有石碑，用粗犷的大石作成，其形如笋。石碑上刻有古蜀国不同于秦篆的图画文字："丛帝冢"。石碑之前的石香炉中燃着松柏和爆虼蚤树枝叶，轻烟冉冉升腾，这是李冰刚才敬献的。

李冰坐在墓前的石磴上，与王裒谈话。周庸提着马鞭匆匆走近陵园。李冰问："到城里见到县令了吗？"周庸说，"见到了县丞龚正，我把大人到郫县视察的事通知他了。""好，"李冰说，"坐下歇息吧。"卫士长从葫芦中给周庸倒了杯水。

李冰问王裒："这里只有丛帝墓？"

王裒回答："正是。"

李冰又问："望帝杜宇曾在郫县建都，他化作杜鹃后就没有在郫县留下一点遗迹？"

"没有，"王裒说，"只在百姓的心中留下了深深的怀念，将郫县城叫成鹃城。"周庸说，"有些地方修了土主庙，传说就是祭祀杜宇的。"王裒说，"规模最大的是都江出口处玉垒山上的望帝祠。"

李冰再问："杜宇将王位禅让给鳖灵的传说可靠吗？"

王裒回答："禅让说反映了蜀民对望丛二帝的尊崇。杜宇教民务农，鳖灵为民治水，都有功于民，故获得人们的崇敬。人们心中将二帝想象成远古的尧舜，具有美好的情操，高尚的道德，这就产生了杜宇将王位禅让给鳖灵之说。但尸佼老师认为不可能。"

李冰问："尸佼的根据何在？"

王裒说："老师以为自从'夏传子家天下'之后，朝代的更替、政权的转移，就不可能是和平的了，必然充满阴谋诡计和腥风血雨！"

李冰说："照尸佼先生的论断：开明王朝取代杜宇王朝也充满腥风血雨？"

"正是。"

"这就有'龙门阵'了。"

"是的，有'龙门阵'了。"

"讲来听听。"

王燊走到丛帝墓前作了个揖，说："小子要摆你和望帝的'龙门阵'了！"

听说王燊要摆"龙门阵"，卫士长和大雷小余以及陵园的守墓人和挖野菜的农民都围了上来。王燊环顾四周，围观群众也安静地望着他，时光在墓冢的上空流转，仿佛回到了四百多年前的望帝时代。像当代的电影一样，随着王燊的讲述，呈现出连续的画面……

四百多年前，有个来自朱堤①的年轻人，名叫杜宇，他率领他的部落来到蜀西，一年后与江源②的女部落酋长朱利结婚，形成部落联盟后继续发展壮大，最后取代了鱼凫王朝，在成都平原建立了一个庞大的蜀国。他以继承鱼凫王的正统自居，很是自豪，在中原六国称王之际，他称帝，自号望帝，他教民务农，深受百姓爱戴，他的晚年，出现了一场大洪水，望帝不能治……

鸭子河边的王城，高高的城墙，城墙下一片汪洋……

城楼上，杜宇王手提金权杖，闪着一双忧郁的眼睛视察洪水，他的身后站着王妃朱利和两名卫士。传来一阵祭神的巫乐声……

杜宇望着阴霾的天空，沉重呼唤："苍天，孤王和巫师已虔诚向你祈祷七天了，整整七天了！你为什么还不能发善心呢？为什么还不挥退洪水呢？"

"国王陛下，"王妃说，"事在人为啊，还是张榜天下，寻求治水能人吧。"

这时，在南安经营多年，时刻都觊觎杜宇王位的鳌灵，认为机会来了，因为他有治水的专长，他要施展这一特长而打入杜宇王朝的中枢，他施展巫术，变成一具尸体，从都江中漂浮而上，到了郫县的毗河。

①在今云南。

②今崇州市。

毗河上，一群水鸟噗噗飞翔。岸边芦苇丛中划出一只小舟，上有两个姑娘，漂亮的白鸹撒网，壮实的鱼姑划桨。白鸹撒网、收网，她拖着，拖着，说："好沉，好沉！"鱼姑："是条大鱼吧？"白鸹使劲拉，"大鱼"渐渐浮出水面，是一个背上文着一个乌龟，赤条条的年轻男人。

王叏讲述："这就是鳖灵，又称巨灵，他对水有一种特殊的感情，传说他常以江水为被，以河底为床，在水下睡觉！"

在场的人都被深深吸引了："真神了！后来怎样？"

王叏继续说："鳖灵和白鸹姑娘成了亲，之后揭了招贤榜，到王城会见望帝。被封为丞相，专施治水之责！他率领蜀中百姓，加宽了沱江下游的金堂峡，传说他是化成巨人用两只大脚将大山蹬开而形成峡口的，现在山上还留有他的脚印。峡口形成后，又令民夫进行加工，使洪水能顺利泻入都江正流，解除了洪水对成都平原和王城的威胁。正当鳖灵在外辛劳治水之时，不该发生的事情发生了……"

那一天，望帝杜宇召白鸹单独觐见。白鸹推辞不过，只能带着侍女鱼姑奉召前往。望帝早已在后宫备下酒席。在两宫女的侍候下，杜宇对白鸹说："丞相在外治水，夫人一定寂寞苦闷吧！所以，本王今天特别请你来喝酒，散散心。"白鸹推辞说："我不会喝酒。"杜宇凑近白鸹，举爵说："本王陪你同饮。"白鸹无法推辞，只得浅尝了一下，酒刚入喉，便立刻伏倒在案。杜宇竟然抱起白鸹朝寝宫奔去。侍女鱼姑惊呆了，她知道自己势单力薄，阻拦不住望帝，便头也不回地往相府跑去。

相府门官听完鱼姑的讲述，愤怒不已，立刻吩咐仆从去金堂告知鳖灵，一边驾车同鱼姑往后宫要人。他们一路硬闯，直捣后宫。

宫女想要阻拦被鱼姑一掌推开，直朝寝宫奔去。鱼姑飞起一脚，踢开房门。往里一瞧，只见龙凤帐在窸窣抖动，隐约可见杜宇搂着不省人事的白鸹……

鱼姑愤然地吼了一句："无耻！"

王叏讲述："古代帝王多纳几个妃子和美人是常事，无可厚非！然而，'朋友妻，不可欺'作为一种道德观念早已深入人心，杜宇淫其相妻，是严重失德，当然要受到谴责和讨伐。"

江边工地上，上千民工高举锄头、铁钎、锤子、斧头高呼："反了，反了！"鳖灵骑在马上，举剑一挥，高呼："返回王城，捉拿昏君！"

王城宗庙里。陈列着各种熠熠生辉的青铜器，神龛上立着高高的青铜人像。身后的高台上放着一株作为人神沟通的青铜神树，两边墙上悬挂着各种各样的青铜人头像。神龛前摆着玉制的各种祭器和象牙……

杜宇披头散发，踉踉跄跄地奔进宗庙，他向青铜人像叩头三响，泪流满面地说："祖宗啊，先王啊！不肖子对不住你们啦！一时的冲动，招来的是国破家亡和永远也洗不净的奇耻大辱！"王妃和小王子以及一些大臣和武士涌入。王妃说："鳖灵大军快到王城了，请国王赶快下令定夺。"杜宇高举权杖，说："众卿听令，立即疏散。这宗庙里的一切国宝，全部付之一炬，然后深埋于地。"顿了顿，高声说："把杜宇王国的光荣和耻辱一起埋葬吧！"说完，将金权杖猛掷于地……

城外，鳖灵骑着马，率一队造反的民工奔驰……

城内浓烟滚滚，火光燎天！广场祭台前，三个土坑的巨大火光，交相辉映，照得满天通红。士兵把金权杖和铜人像、象牙、玉器等物扔进火坑中……

城外，鳖灵驻马瞭望，望着大火，他的脸色严峻！

后来，望帝杜宇逃到了西山，也就是青城山。在内疚和悔恨中忧郁而死，传说他死后化成了杜鹃鸟！

人们默默倾听，王燚缓缓讲述，柏树枝头的杜鹃鸟嘶叫着……

李冰陷入了沉思。

有人问："杜鹃鸟叫的什么？"王燚说："有人说他叫的是'归去，归去，不如归去！'可我听他叫的好像是'治水，治水，快快治水'。"李冰问："鳖灵还治水吗？"王燚说："鳖灵继位后，建立了开明王朝，号丛帝，他继续治水，古书《禹贡》篇说的'岷山导江，东别为沱'就是丛帝所为。"

李冰站起：说："明白了，蜀国的历史就是一部治水史啊！"

王叕说："大人的概括极为精确，只有治好蜀水，蜀地才能安定。"

"都水长，"李冰对周庸说，"你跟咱跑了七天，辛苦了！你可以回成都了，郫县是个大县，咱准备在此住两天。你回去后，先与郡丞大人作个汇报，然后沐浴更衣，好好休息几日，再入曹办公。"

周庸说："这七天经历实在太丰富了，胜读十年书啊！卑职向郡丞大人禀报什么呢？"

李冰说："不设限，你认为该讲的就讲。"

"明白了，"周庸说，"大人也在郫县好好歇息两天吧。"

李冰叫卫士小余陪都水长回成都。二人策马驰去。

李冰转身盯着王叕，说："王叕，你是个聪明人，这几天，应该已看出了本守对你案子的态度，然，青城游侠还未捉住，你的案子还不能了结。"

王叕不满地"哼"了一声。

李冰说："真金不怕烈火炼。"转头命令，"卫士长，将王叕暂寄押在郫县狱中。办完事后你和大雷就到县传舍住下等李渭和我。"

卫士长说："都水长已回成都，大人独行不安全吧？"

李冰说："有啥不安全的？本守初来郫县，一身葛布褐衣，有谁认识？"

郫县城内最豪华的鹃城酒舍，相传是由古蜀国王的御园改建成的，临街有高大的门楼，门内有走廊和花木扶疏的小院，过了小院才是宽敞的厅堂。堂上，颠顸而又霸道的县令杨太对酒舍冯老板说："赶快——准、准备。中午，本县——县令，要在你舍举办宴——宴会，宴请郡守大——大人！"

"多谢杨大人经常光顾，"冯老板说："但不知办多少席？规格如何？请大人明示。"杨县令说："这回要办二、二、二——"冯老板问："二席？"杨县令："二十席。除了县上的官——官员，郊区各乡、里、亭长都要来赴——赴宴，规格一定要高——高、高、高！"

此时此刻，李冰已经来到郫县县城南的城门洞。在杂草为铺的地上，坐、卧着多名衣不蔽体、蓬头垢面的灾民。婴儿在母亲的怀里哭叫……

一个几岁的孩子，扭着奶奶直叫："我饿，我饿！"老奶奶塞给孙子一块青菜头。李冰望着灾民的悲惨状况，心情沉重。他俯身问带着孙儿的老奶奶："老奶奶，你们怎么住这儿？"老奶奶："房屋被洪水冲走了，到城里来讨口，又遭驱赶。今天打伤了好多人哦，听说还有被打死的！"李冰大惊，问："为甚呢？"老奶奶说，"我老婆子讲不清，吴二娃，你给这位大哥讲讲，劝这位大哥不要进城了！"吴二娃对李冰说："大哥，你别进城了，粥棚已停办，连一碗清水汤都喝不到了。粮铺天天涨价，百姓要求平价，老板不干，穷人些就吃他的大户，县廷派里兵弹压，已经打伤二十多个，死了三个，杨大人下了死命令，街上不能见到一个灾民！"李冰问："这又是为啥呢？"老者杜大爷说："听说今天新到任的李郡守要来视察，他要在鹃城酒舍大摆酒宴款待，说灾民有碍观瞻。"

李冰说："我就是新来的郡守，你们都跟我去吃酒席。"灾民惊疑，都睁大了眼睛！吴二娃打量着李冰，说："大哥，你是新来的郡守？别涮坛子（开玩笑）啊！"李冰问："各位没听说，新来的郡守李冰到法场止杀，被洪水冲走的'龙门阵'？"吴二娃说，"嘈昂了，嘈昂了，都说新来的郡守是水神！他和他的儿子一起打败了江神！"杜大爷问，"听说郡守是我们蜀郡一位妇女带大的？"问李冰，"此人叫啥名字，家住哪里？"李冰说，"我的娘亲叫杜大姑，家住郫县花园邑。"杜大爷激动地抚着李冰，热泪盈眶，"多年前，杜大姑就代信说，丈夫死后，她在晋南解县郊斜村帮李工师带娃娃，这娃娃乖得很咧！乡亲们，这就是杜大姑带大的李冰呀，是我们的称心人啊，跟他走，不得拐！"

鹃城酒舍的门前，十八名县廷卫士分左右，整整齐齐站得笔直。不远处有一老一少乞丐走来，卫士立刻上前毫不留情地驱赶。杨太从内走出，看见被驱赶的乞丐，满意地点头说："郡——郡守大——大人就要到了，周围一定要安——安静，讨口的通通轰——

轰走，顽——顽抗的关——关监！"

正在这时，李冰领着二十多个老弱灾民走上前来。说："杨大人，本守请了这些乡亲来赴宴，你欢迎吗？"

"郡——郡守？"杨太瞪着眼，瞅着李冰的穿着，冷笑道："你哪——哪一根汗毛像郡——郡守？你是刁——刁民！"李冰笑道："不要以衣冠取人嘛！"杨太又伸着鼻子闻李冰，说："一身滂——滂汗臭！还敢冒——冒充，给我拿下，丢——丢监！"

四名卫士上前，猛然抓住李冰，不由分说将他推押着走了。

在鹃城酒舍的厅堂上，呈品字形摆着二十席，上置餐具、酒具和各种肉食、水果。除了前面屏风前的主宾席而外，其他食案前均已坐满。他们是县尉、令史和一些乡、亭、里长。

这时，杨太和冯老板走进，说："诸位，请稍——稍为等一下，郡守大人一到，就开——开席。"他扫视了一眼，说："咋个没有准备音——音乐？"转对冯老板，"赶快去调一支乐——乐队来。"冯老板："哪种乐队？"杨太："演奏雅——雅乐。开宴时伴，伴奏，此'钟鸣鼎食'之谓——谓也！"他摇头晃脑、得意扬扬地说。龚正匆忙走来禀报，"不见郡守大人！"杨太说："到，到传舍迎——迎接！"衙役说，"传舍无人，卫士长说大人在微服私访哩！""哇——"杨太的嘴巴张得老大，但却"哇"不出声来……

第十八章 开局之战

（一）牢中会故人

杨县令、英县尉自诩不忘初衷，为了显示他们对大秦王国的忠诚，坚持贯彻商鞅"不准赈灾"的法律，并以严刑峻法来强制执行，对坚持留在城关乞讨的灾民逮捕关押，几天下来，郫县西城的一座偌大的监狱，已经人满为患！只有一间关押钦犯的死囚牢房还可容纳几名因犯。于是王叕、郑洪、李冰三名新犯被狱长先后关进了这间死牢。

　　牢房阴森可怖，墙壁上只有一个高不可及的小窗口，从这里射进一缕光亮，依稀可见地上铺的草垫、烂席。一张矮案前坐着一个又矮又小的囚犯，年龄五十岁左右，头发长，胡子也长，几乎拖到了脚跟。他的名字叫阿丹，是个钦犯，上面的交代是，此人罪重，但只能长期关押，不能杀。阿丹精于泥塑，可把一堆湿泥巴捏成各种各样的栩栩如生的飞禽走兽，阴干之后，上点颜色，拿到市上出售，大人娃娃都喜欢，很有卖点。监狱长看重阿丹这一特长，让阿丹在狱中进行泥塑创作，使他感到生活有情有趣，不至于因绝望而做出蠢事。为了让阿丹多出作品，多为监狱创利，监狱长特别给他招了个名叫贾精灵的徒弟，此人二十多岁，是犯私斗罪进来的。既跟阿丹学艺，也照顾他的生活。此时，阿丹正在矮案上捏一个泥虎，嘴巴嗫嚅着，但听不清他在说什么⋯⋯

　　李冰被关进来后，王叕一见笑道："哈哈，大人也作了我的牢友，可喜可贺呀！"李冰坐到王叕身旁，操蜀语说，"你是看我的笑讪儿啊！"王叕说，"余讲的是真话。大人一到蜀郡就祸不单行，七天时间，既亲历了蜀中洪水，接触了各色人等，现在，又要品尝蜀中牢狱之苦，什么是蜀郡？大人现在恐怕已有刻骨铭心的认知了。岂非天意也乎？"

　　李冰说："天行有常。此乃偶然性也！"王叕说："偶然寓必然啊！华夏族人是很讲究衣着的，有所谓'黄帝垂衣裳而天下治'的说法。朝廷又有法度，什么官穿什么衣服。大人被抓进监牢，很可能就是你这身麻布衣服惹的祸啊！"李冰笑道："还有一身臭汗。用蜀郡的土话说，叫'滂臭'！"两人说着哈哈大笑起来。

　　头缠帛巾，蜷缩在一角的郑洪闻声坐起，喊了声"李大人"，便爬了过来，抱着李冰的脚号啕大哭⋯⋯

　　"郑洪，郑洪兄弟！"李冰抚着郑洪也激动得流泪。郑洪说："你就任的第二天我就听到消息了，第三天想来拜望你，又听说你被洪水冲走了，我好心焦啊，以为这辈子见不到你呢！"说毕又哭。李冰说："男儿流血不流泪！"抚着郑洪负伤的头，问，"你不是在做游徼吗？谁打伤了你？把你关进死牢？"郑洪说："不是郫县地头蛇杨太和他的打手英隼，谁敢动我？"李冰问："这两人是什么来历？"郑洪说："杨太和英隼都自称是取蜀功臣，是张若手上下的红人。"

突然，那个矮囚拿着一个小泥虎唱了起来：打碎吧，打碎吧，这恶毒的雌虎。打碎吧，打碎吧，这母狼的骷髅。打碎吧，打碎吧，这充斥宇内的妖雾。打碎吧，打碎吧，这无边无际的忧愁！

李冰、王叕注视矮囚，只见他一边唱一边把泥虎捏碎，又噗噗吐些口水，重新捏塑……李冰惊疑地看着他，不知在思索什么……

这时，只听"咣！"的一声，牢门被狱卒打开了，周庸和卫士长走进来，径直来到李冰的面前，说："大人受惊了。"李冰回过神来，对王叕示意说："你注意打听一下这个犯人的情况。"王叕点头明白。

鹃城酒舍赴宴的人们早已昏昏欲睡，他们静静地坐着，无精打采地等候传说中的郡守大人李冰到来……冯老板已经不知道是第几次走进来，说："诸位大人先生，再等等吧，郡守大人一到就开席。"

只听门外一声高呼："郡守大人到。"

宴席上的人顿时精神一振，随着乐队奏起雅乐，李冰从小院中走来，进入厅堂，后面随着周庸和卫士长。冯老板恭恭敬敬地向周庸施礼，说："请郡守大人上坐。"

周庸睃了他一眼，指着李冰说："这才是郡守大人呢！"

席上的人顿感惊讶！冯老板眼疾手快，赶紧抽了自己一个嘴巴说："我混！"然后手指上席，对李冰说："请大人入席。"

李冰入座，问："县令杨太呢？"

只听高昂的乐曲中，传来一个尖厉的声音——"卑职在——在——在——"

那杨太正应着，他上身赤裸，光着脚板，背着荆条，跪地膝行至李冰面前，说："卑职是有眼无——无珠，三分冷水和七分面粉，十、十、十分糊涂！卑职负荆请、请——请罪！"

李冰盯着杨太，半晌才向乐队挥手，音乐终止。

李冰问："你有什么罪？"杨太说："卑职得罪了大——大人！"李冰说："你得罪了广大百姓！灾民在挨饿，连野菜都吃不上，你还在此大办筵席？杨太呀杨太，你身为朝廷命官，吃着百姓上交的粮食，为什么连一点怜民惜民之心都没有？"

杨太说："卑职知——知罪了，请大人惩——惩罚！"

李冰说："本守暂不施罚，本守要你将功折罪，站起来！"

杨太站起来，李冰问他："你看过郡府的救灾通告吗？"杨太点头："看——看了。"李冰问："为什么不照办？粥棚关闭，连街上的粮铺也不开，你让老百姓怎么活？"杨太回话说："大人，这郫县是——是蹇侯的封、封地，街上的粮铺都是侯爷的亲属开的，郡府下令平价售粮，他们就关——关门啰。本县府库空——空虚，粥棚也办——办不下去，只好关——关闭啰！"

李冰又问："为什么不找富家巨室借粮？"

"难——难，"杨太说，"为政者不得罪于巨——巨室嘛！"

"错，"李冰说，"儒家这话不可取！不得罪于一家巨室，就要得罪于一大片百姓。'损有余以补不足'，这才是为政之道。你去侯爷家传达本守的命令，迅速打开粮铺，不准抬高市价，再借粮万斛，救济灾民。"

"遵、遵命！"

李冰说："立即把粥棚办起来，这筵席上的鸡鱼肉都拿去宰成碎块，和着稀粥熬，今晚，本守要到粥棚视察。"杨太说："大人还未吃——吃饭呢！""哼！"李冰拂袖而去。

（二）重开粥棚

郫县衙门，门前站岗的士兵已换上郡府的卫士。

远处一个矫健的身影策马奔来，他身上背着宝剑，马背上驮着两个大皮囊。卫士长迎出，见是李二郎。二郎下马，卫士长取下马背上的行囊，一卫士牵走马匹。卫士长提着行囊领二郎走进衙内，穿过大堂，走过长廊，直至后院。卫士长朝一间厢房一指。二郎朝厢房走去。

李冰正伏在案上埋头看审理记录。案上有水一碗，面饼两个。李冰一边看一边吃饼。二郎蹑手蹑脚走进，伸手蒙住父亲的眼睛。李冰笑道："是二郎！"

　　"父亲，"二郎哈哈笑着，忽然皱眉耸鼻说，"哪来的一股异味？"他凑在父亲身上："好臭，好臭！"拉起父亲就走："沐浴去，沐浴去。"李冰说："衣服带来了吗？"二郎说："带来了，还有好吃的呢！"

　　天色已经向晚，衙门前，杨太对卫士长说："粥棚已经重新开——开起，请大人去视——视察。"卫士长回禀说："大人正沐浴呢，等会儿再说吧。"

　　浴室的灯下，李冰躺在一大木桶中沐浴，热气腾腾的水面上漂着兰草。李二郎一边为父亲洗头、捏肩、擦背，一边和父亲亲切地交谈着。

　　李冰问："小子，是哪些人给你设宴压惊？""多啦，"二郎说，"有公孙伯伯，有伯母，有红红，有侯爷，有龙哥。"李冰说："你小子的面子大呀！蜀郡的头面人物都到场了，他们都说了些什么？"

　　公孙若严肃地，伸出食指说："第一，劝父亲你立即将王燹案件交给监御史府处理，从此不要再管了，这样做，对父亲你有百利而无一害；第二，劝父亲你以伯伯的'治水方略'为蓝图，制定治水细则，争取今年秋后动工，尽快治都江。"

　　二郎一边模仿公孙若，一边说："公孙伯伯说，王燹的案子敏感得很，牵扯面广，叫你不要管了，交给人家监御史处理嘛。伯母说，王燹是已经定了案的死因，治水方略也早由公孙伯伯制定好了，照着办就行了，还在下面跑什么？"

　　"唔，"李冰问，"侯爷说了些什么？"二郎说："侯爷讲你初到蜀郡，不了解情况，谨防栽跟头！""嗯，"李冰说："小子，你对这些话怎么看？"二郎说："孩儿以为，值得父亲很好考虑。"李冰说："为父会考虑的。"

　　夜幕之下，城墙边搭起了一排敞门茅草房，这是专为灾民搭建的粥棚。几口大釜熬着稀粥，每一大釜前站着一个掌瓢人。

　　秀贞提着一个木桶，把里面的鸡、鱼、肉块依次放进釜中……大釜前站满了等候开瓢的灾民。郑洪佩剑带几个士兵维持秩序。"好香啊，好香啊！"灾民朝前拥挤。郑洪站在一方石凳上，大声说："不要挤，不要挤，排好队，排好队，老弱站前。"士兵上前整理队形，每一大釜前，依次站着一列呈纵队形、手持瓦钵、陶碗、瓜瓢的灾民。郑洪讲话："乡亲们，听我说，你们看见了吗？每口釜中都放了些肉食呢，请大家打个牙祭，沾点油荤。"一些灾民咧嘴笑了，七嘴八舌地说："安逸，安逸。""道谢啰，道谢啰！"郑洪又说，"你们晓得这些肉食是从哪里来的吗？是杨县令办酒席款待新来的郡守大人，大人一口没吃，命令重开粥棚，将办筵席的肉食宰成碎块，放在粥里，让全体灾民共享！"一老者感激涕零，说："郡守大人对百姓情重如山啊！"老奶奶说："感谢郡守的大恩大德啊！"郑洪："开瓢。"灾民挨个上前，庖师为他们舀稀粥。

李冰、二郎微服，在杨太、周庸、卫士长陪同下走来。他扫视一眼，满意地点了点头。杨太悄悄观察了一下李冰的脸色，也跟着咧嘴笑起来。郑洪回头，发现了李冰，几步上前，纳头便拜："李冰大人。""郑洪！"李冰扶起他，抱着他："好兄弟，好兄弟！"郑洪说："大人来做蜀郡的郡守呀！蜀郡有希望了，有希望了！"

等李冰回到县衙，月照中天，夜已经很深了。二郎累了一天，回到厢房倒头便睡，到底是年轻人，很快便睡着了。李冰还埋头在灯下书写。在一片竹简上他写："公孙若贤弟"，蓦然响起公孙若的声音："王叕的案子敏感得很，牵扯面广，你不要管了，交给监御史处理嘛。"李冰停笔，拿起案上的刮刀，把刚写的"公孙若贤弟"刮去，他慢慢地刮着，思索着，响起蹇侯的声音："你初来蜀郡，不了解情况，谨防栽跟头。"

李冰刮完，放下竹简和小刀，起身踱步，走至窗前，推开窗户，抬头仰望——天上，月亮在云层中穿行。朦胧的月色中出现司马错将军高大的身影，洪亮的声音："想使国家富有，务必扩充土地；想使军力强大，务使人民富有；想要建立王业，务必广施德政。"李冰眨眼，幻景消失。李冰靠在窗上沉思，出现秦昭王接见他的画面——秦昭王说："你正是年富力强挑重担的时候啊，寡人就把蜀郡交给你了！"

李冰心中一阵激动，快步走到案前，奋笔疾书……有顷，只听二郎喊着："妈妈，妈妈！"李冰放下笔，坐起身来。扭头问二郎："怎么了？"二郎说："我梦见妈妈了！"

李冰站起来，走到二郎身边说："为父也很想念你妈妈和你姐姐呢！"

二郎问："父亲，你说妈妈和姐姐现在在做什么？"

李冰说："现在，只有天上的月亮才能看见她们在做什么。"

二郎对父亲说："我睡不着了，我要给妈妈、姐姐写信。"

"好，"李冰说，"你先写，把你要说的话先说完，父亲再接着你的写，好吗？"

清晨的太阳缓缓升起，朝霞满天……郑洪和秀贞早早忙碌起来，小天井的阶沿上，一副人推的大石磨正在缓缓转动——那是一种有着圆形大石盘的石磨，盘上置双层小石磨。推磨的把衔接在一根丁字形的木柱上，郑洪利落地握着把柄前后推动，秀贞站在磨前朝着磨洞加米。雪白的米粉，随着转动的上扇石磨，细细撒落在石槽中……他们两口子准备做汤圆招待李冰。

秀贞问："李大人喜欢吃甜汤圆还是咸汤圆？"

"说不准，"郑洪说，"甜的咸的都做点吧。"秀贞说："要得。"

"郑洪，郑洪。"门外响起一个洪亮的声音，是李冰和二郎一起走了进来。

"李大人，二公子！"两口子急忙迎上。郑洪说："我想推完磨就去接您呢，李大人怎么就来了。大人怎么知道我住在这里？"李冰说："你郑洪也是郫县的名人啊！"李二郎："我们是问着来的。"秀贞说："别站着说了，请大人、公子进堂屋坐。"李冰说："弟媳忙去吧，我看着石磨。"

秀贞用小扫帚将米粉扫入钵中，走去。李冰走近石磨仔细观察一番，然后又操着把柄推了一下，连声说："很好，你发明的？"

"我？"郑洪说："我这笨脑袋瓜咋想得到？要说发明者不是别人，正是你李冰大人啊！"李冰说："你别乱说，我可不敢掠人之功！"郑洪说："大人记得不？三年前我们在咸阳不是遇到一个名叫卓石匠的叫花子吗？"李冰说："有这回事。"郑洪说："大人给了他一百铜钱，叫他把陶磨改制成石磨。咳，这卓石匠还真灵，回到郫县就干开了，既做小石磨，又做大石磨，不出大人所料，这东西比对窝舂米强多了，因此，很快就推开了。"

"能工巧匠在民间啊！"李冰盯着圆圆的磨槽，创造的灵感又萌发了，他想搞水碾，自语地，"要是把这石槽再加大呢？用一个圆形巨石在上面滚动呢，可是，这巨石又用什么来推动呢？"郑洪："大人又想发明什么？"

"还未想清，"李冰说，"将来稻谷丰收了，要保证家家户户吃白米干饭，脱谷壳出白米就是一个大问题。待会儿，我们去拜访卓石匠。"郑洪说："卓石匠已经不在郫县了，他招了几个徒弟，到成都开了个小石器店，听说发了点小财。"李冰说："靠手艺发财，值得提倡。"秀贞从堂屋里探出头来："大人，公子，请进来喝口水。"郑洪说："大人，公子请。"

三人走进堂屋，只见食案上，已放着两碗荷包蛋。李冰父子坐下一看，拿起汤匙一舀，说："是鸡蛋？"郑洪说："这个叫荷包蛋。我们蜀郡有个礼节，客人上门，无论是早晨还是中午，都先要吃碗荷包蛋。这个礼节，在乡下特别盛行。"秀贞说："请用，请用。釜里还煮得有呢！"李冰："好客是个好传统，吃。"说着，拿起汤匙吃了起来。

李冰对郑洪说："我要你办一件事呢。"郑洪说："大人请讲。"李冰拿出一绢写的手令，交给郑洪："这是我的手令，你今晚将监牢中的王焱转移到一个安全的地方软禁。要绝对保密。"

郑洪领命说："是。"

在县衙后院的客房里，周庸住宿在这里，他正在看治水图……

杨太坐在一旁，问："都水长，大人还要在我县视——视察多久？"周庸说："不知道，听候大人吩咐吧。"正说着，卫士长就带着李冰和二郎走进来。

李冰进入："都水长。""大人，请坐。"周庸、杨太同时招呼。李冰点点头，坐下。杨太问："大人用过早——早餐吗？"

"已经用过了，"李冰对周庸说，"都水长，咱们还是有劳有逸，今天沐休一天，你就在此歇息呢，还是回成都？"周庸回答说："回成都一趟吧。"

"好，"李冰对二郎说，"你去把昨晚写的文书和信拿来。"然后转头问杨太："杨县令，向侯爷借粮的事还没办吧？"杨太说："卑职今天就去，正巧——巧、巧、巧啦！今早听说，侯爷昨晚回到了他在郫县的庄——庄园。"李冰问："侯爷的庄园在什么地方？"杨太："花园邑。"李冰："本守随你去。"杨太："太好——好好好了！"

正说着，李二郎已经将信和文书拿了进来，李冰接过交给周庸，指示说："这文书（指一捆竹简）交郡丞大人处理，这封家信请帮交邮。"

周庸点头，将文书信件放入囊中。李冰又说："你明日中午赶回来。"周庸遵命退下。李冰对杨太说："你去告知卫士长备马。"杨太应声走去。

李冰同二郎走出来，下阶檐时，脚崴了一下，险些栽倒。二郎扶住他，问："父亲，你怎么了？"

"头有点晕。"李冰说着拍了拍头，"没事了。"

二郎说："昨晚一夜没睡，今天就补瞌睡吧。"

"那怎行？"李冰说，"灾民等米下锅啊。"

（三）蹇侯庄园

蹇侯庄园名叫花园邑，坐落在人工河旧江北岸的高地上。靠庄园一边的河岸边修有一条防洪的长堤，以保庄园不受水淹。这是一所奴隶主庄园，颇为壮观，由三进深的庭院组成。四周有高墙维护，正面是高大的门楼，左右有侧门。后院巍然耸立着一座木结构的方形高楼，上有执矛、带刀的家丁观望。

此刻，庄园内敞轩上，玉璜和蹇侯父子坐在屏风前，漆木几后的绣墩上喝着酒，商谈购买女奴的事。一个管家站在蹇侯身后。

"干爹，"玉璜说，"把你新进的一批女奴叫出来看看吧。"蹇侯回头对管家说："叫。"蹇烈制止："不忙，不忙。"玉璜："烈龙兄弟有话说？""璜姐，"蹇烈说，"常言道得好，亲兄弟明算账，先说断，后不乱。这批女奴来得不容易啊，是从边远各地弄来的。璜姐是做转手买卖呢，还是你买来自己使用？""自己使用，"玉璜说："我给干爹讲了，现在，蜀乐苑生意清淡，为姐想组建一支歌舞队，仿效俳优、傩戏，进行演出，以招徕顾客，希望龙弟关照。""好说，好说，"蹇烈说："你出多少钱买一个？"玉璜："我跟干爹讲好了，五百钱一个。""五百？"蹇烈说："太少了，太少了。"玉璜："你要多少？"蹇烈："一千。"玉璜："五百。"蹇烈："一千！一千！"玉璜："干爹，你看，龙弟太过分了吧，不讲交情只讲钱。""龙儿，"蹇侯说："玉璜毕竟是你的干姐姐啊，让她一点吧！""老爷子，"蹇烈说："你高高在上玩儿官派，晓得侯府有多少人，一天要开支多少钱吗？"转对玉璜："玉璜姐，是你买，我才低价出售。别人买至少两千，让你一半，这不是讲交情吗？"玉璜："一分钱一分货，你总得先让我看看人，再定价吧。""好，"蹇烈对管家："让玉璜姐看看货色。"

管家走到轩前，高声："带活口！"两个手执皮鞭的家丁，押着十个戴着手铐的羌、氐、邛、樊姑娘，走上敞轩，站成横排。这些姑娘披头散发，衣不蔽体，但脸有秀色。姑娘们都低着头。蹇烈说："抬起头来。"姑娘们抬头。蹇烈走上前，撑着一个姑娘的眼皮，对玉璜说："你看，你看，双眼皮，大眼睛。"又掰一个姑娘的嘴唇，说："你看，满口银牙，非常整齐。"又再走到一个姑娘面前，说："请看丰乳肥臀！"说着，就欲伸手去摸——

"够了。"玉璜上前，制止蹇烈。显然，她同情这些姑娘，不满蹇烈。她愤然说："她们是人不是牲畜，一千就一千，我买下了。"

这时，一个管家疾步跑来禀报："侯爷，侯爷，郡守李冰前来拜访。"

蹇侯一惊，站起，说："把这些活口藏好。"管家押走女奴。玉璜跟着走去。蹇侯又说："打开中门，恭迎郡守。"

盛装佩剑的李冰父子和县令杨太骑马朝侯府奔来，后随四名骑马的卫士。只见花园邑庄园的中门洞开，蹇侯率蹇烈、管家等出门恭迎。李冰行至大门前，翻身下马，家丁上前牵马而去。蹇侯父子大声说："恭迎郡守大人！""免礼，免礼。"李冰微笑着。蹇侯把儿子介绍给李冰："这是蠢子蹇烈。"蹇烈行大礼："参见郡守大人。""不必行大礼，"李冰扶起蹇烈，说，"二郎已经认识侯爷和公子了，我就不介绍了。"蹇烈说："小侄已和二郎结为兄弟了。""好呀，"李冰说，"那，你带二郎玩去吧，我和侯爷要商量些事呢。"蹇烈点头称好，拉起二郎走了。

蹇侯对李冰："大人请——"李冰："侯爷请。""你是贵客嘛，"蹇侯挽起李冰，"请，请。"二人跨进大门，朝正堂上走去，杨太后随。三人穿过花荫满庭的院子，通过七级台阶，走进四角微翘、绿檐红柱、雕梁画栋的正堂上。堂中陈设华丽，摆着四张带矮屏风，可供坐卧的榻，榻前有嵌金镶玉的漆木几。蹇侯笑着，指榻："郡守大人请上坐，请上坐。"

庄园正堂上，蹇侯举金盏，说："大人请。"李冰："侯爷请。"两人喝茶。蹇侯问："这茶怎么样？"李冰说："有点苦味，但清香纯正，很是可口。"蹇侯说："这是青城山产的苦茶，不仅能解渴，而且能清毒祛病。"李冰说："好极。"蹇侯瞟了杨太一眼，见他呆呆坐着，一脸尴尬的样子，便说："杨大人怎不喝呢？"

"卑职，"杨太，"这这这……"

"心里不安吧，"蹇侯说，"杨太呀，你知道老夫为什么昨晚连夜赶回庄园吗？"杨太摇头。"就为了你！"蹇侯站起，一脸正气地说，"你陷本侯于不忠不义啊！"杨太一听这话，越发地结巴起来："侯爷，这话从何说——说起？"

蹇侯说："百姓遭灾，郡守有令，粮铺必须开门，平价出售。可郫县一些粮商，竟打着本侯旗号，拒不执行郡守命令，关门停售，你这不是陷本侯于不忠吗？你关闭施粥棚，让我家乡遭灾的父老饿肚子，流落街头，沿街叫花，这不是陷本侯于不义吗？"杨太说："那是府库缺——缺粮呢！"蹇侯说："为什么不禀报？本侯捐粮万斛，支持你把施粥棚继续办下去。"杨太点头："遵——遵命。"蹇侯说："粮食就在县城里出，救灾如救火，你赶快回城办。""是，是。"杨太赶紧领命退走。

塞侯转向李冰，笑问："郡守大人光临寒舍，必有训示吧。"

"有什么训示啊？"李冰说："本守要说的话，侯爷刚才全说了。我很高兴，没有什么好讲的了，看看侯爷的庄园吧，让本守也开开眼界。"

那边塞烈领着李二郎走到林中一栋小红楼，上了阶梯来到一间小厅，看着地面铺着红氍毹，像是个歌舞演出的场地。小厅前端，安放一排几案，几个绣垫。

塞烈指着绣垫："请坐，请坐。"二人刚一落座，便有两个姑娘端着托盘走进，将盘中酒肴、餐具摆在案上，跪在地上，给二人斟酒。二郎道："龙哥，小弟一沾酒就醉，怎看歌舞呢？"

"那，"塞烈说，"你喝茶吧。"话音刚落，他便朝着门厅外击了两下掌，立刻进来几个穿着裸露的巴姬，在红氍毹上为塞烈、二郎热烈地舞蹈……几个姑娘在一旁奏乐。塞烈说："这是新近从巴郡江州请来的巴姬，名气大得很哟，要不要她陪陪你。"二郎摇头说："我又不喝酒，要她陪什么？龙哥不是说还要看'龙蛇斗'吗？""对，"塞烈说，"一会儿带你去看。"

蟒蛇窟建筑在土夯的台基地上，外形像一座大坟，外实内空，窟下有一道铁栏杆门，门外是一方开阔草地。周围围着绳网。窟的顶端有一圆形洞，盖着铁条铸成的圆盖。塞烈带着二郎来到顶洞边，俯视洞中，只见深邃的窟底盘着一条大蟒蛇，它高昂着头，血红的分叉舌头，"突突"地向前吐着，发出"呼、呼、呼"的威吓声……蛇窟里残存一些白色人骨头和被撕碎了的布片。二郎不寒而栗！对塞烈说："这龙蛇斗不看也罢。"

塞烈拉着二郎下了顶洞，说："看了长见识呢，学两手，万一将来遇到了蟒蛇，你就不怕了！"说完也不管二郎愿意不愿意，就带着二郎朝蛇窟前的草坪走去。

蛇窟外的草坪上，一个汉子赤着文满龙形的上身，正手提一只活兔逗引蟒蛇。蛇跟着他绕圈梭游……绳网外观看表演的塞烈兴高采烈，兴奋地大喊："好呀，铮奴！冲，冲！"二郎则感到惊愕，紧张地盯着那个名叫铮奴的汉子。蟒蛇伸着脖子，猛然向他窜冲过去，铮奴手疾眼快，丢掉兔子，一把抓住蛇的脖子，将蛇头伸过头顶，蛇张口吐信子，蛇身猛缠汉子，汉子运气肚腹鼓起，倒地翻滚，又慢慢站起，突然肚子一凹，蛇身脱落，汉子乘势抖索蟒蛇，蛇的骨节酥麻，动弹不得。二郎这才舒了口气，称赞道："好汉，好汉！"

庄园的铸铁工场炉火熊熊，锤声叮当，二十多名热汗涔涔的工奴正在忙碌着：有的拉风箱，有的用铁钳在火炉中夹起铁块放在铁砧上飞锤锻打。打成雏形的刀、锄、锸等被放入盛满冷水的石缸中，发出哧哧的响声，冒起缕缕青烟……这些工奴中有少数是蜀人，多数则是从蜀郡西南部山区掳来的"披发左衽"的夷人，其中有笮、冉駹和樊人等，大部分都是今天彝族先民。工奴们戴着沉重的脚镣劳动！此时，大管家正率十多名家丁给工奴们打开脚镣，口中催促着："快，快，快，取下的脚镣带走。"家丁们取下工奴脚上的铁镣，抱着匆匆跑出。管家对工奴们训话："一会儿郡守大人要来视察。你们要笑着干活，笑着，尔等笑得来吗？笑给我看看。"早已没有笑的奴隶们，装笑都是一副哭相！大管家怒斥："你们这是笑吗？是一副哭相！"他作了个微笑的示范动作，"这叫微笑，要很自然，要发自内心！为了表示无限高兴，还可以发出声来，哈哈……嘿嘿……嘻嘻……"工奴们跟着笑："哈哈，嘿嘿……"管家摆手制止说："现在不笑，等郡守大人来了再笑。另外，如若郡守大人问你们吃得饱不，你们要回答吃得很饱，初二十六吃肉打牙祭，每十天沐休一日，还发钱让大家到成都去游览观光。"

这时，还有个蹲在地上给樊人老头木札打开脚镣的家丁胡二，尖叫了一声，"糟了！"管家几步走过去，说："你怎么还没打开？"胡二哭丧着脸，举着半截钥匙，说："钥匙断了。""蠢货！"管家怒吼："你误了侯爷的大事，我把你扔到蛇窟中喂蟒！"

蹇侯、杨太正陪着李冰，他们已经走进了庄园的铸铁工场，看着工奴们一边干活，一边"嘻嘻""哈哈""嘿嘿"地笑着，李冰感到很奇怪！

他走到正拉风箱的木札面前问道："老人家，你拉风箱吃得消吗？"

"吃得好，吃得好，"木札答非所问，咧着嘴笑道："嘿嘿，我们吃得很饱！嘿嘿，初二十六吃肉打牙祭！嘿嘿，每十天沐休一日！嘿嘿，还发钱让大家到成都去游览观光！"

李冰愕然，他观察木札，发现他的双脚被一块麻布覆盖，便问："老人家，你的脚怎样了？"俯视观察，已见露出的脚镣。管家急忙上前，挡着木札，对李冰解释说："老人家的脚给砸伤了，我们请医生给他上了药，做了包扎。"李冰说："真这样？那就好。"

虽然李冰是带着凝重的表情从铸铁工场出来，塞侯还是在暗地里松了口气，漫步朝着宽阔的牧场走去。几条膘肥腰圆的牛正在啃草，一群羊像是落地的一片白云在草坪上滚动，几支小羊羔，活蹦乱跳，咩咩叫着……李冰称赞说："侯爷，你这牧场办得不错呀。"塞侯说："哪里，哪里，原来老夫的牧场比这大得多哟，羊群、牛群是分开养的，现在因地方大大缩小，就关在一起饲养了。"李冰问："是因为朝廷开阡陌封疆，侯爷把一部分私人封地献出去了吗？"塞侯回答说："正是这样。"李冰说："侯爷深明大义！"

一条膘肥腰圆、毛色光泽的牛摇着尾巴走过来，逗留在李冰的身后吃草。李冰走上前去，喜爱地拍着牛背，说："这牛儿真可爱啊。"塞侯说："看样子，大人对牛是情有独钟啊！"李冰深情地说："牛为农家之宝啊，它吃的是青草，却为人生产粮食，老了，拉不动犁了，还要被送到屠场，把自己的身体献给人间享用。这才叫无私奉献啊！"塞侯说："郡守说得对极了！老夫一向主张，对牛要向对神一样崇敬！"李冰说："奉牛为神，有根据吗？"塞侯回答说："有呀，都江中的江神就是牛形。"

"这传说有意思，"李冰说，"现在自耕农户越来越多了，如何养好耕牛，是一个大问题。侯爷，能不能把你们牧场的养牛经验向农户推广呢？""当然可以，"塞侯说，"不过，养牛这事是牧工做的，老夫是青蛙跳水——不通，不通！"李冰笑了，说："那是，那是，请牧工讲吧。"蹇侯仰头看天，说："太阳都偏西了，该用膳了。"

庄园的厨房中，玉璜拴着围裙，戴了顶无沿软帽。对两个胖胖的庖人说："侯爷吩咐了，款待郡守大人的午宴，一律不用大鱼大肉。"庖人问："那做什么呀？"玉璜说："听我安排。"不一会儿，大釜陶碗便置办得满满当当，在玉璜麻利地指派中，花厅里摆放着四张漆彩绘花、制作精美的食案和四个色彩华丽的坐垫。四张食案上已经摆好酒菜、餐具。酒爵里已盛满猕猴酒，豆、盘、碗中盛的是竹笋、香菇、葵菜，还有两个白面饼。临近食案一角，摆有一张矮方桌，上面放着一个冒着热气的大釜，四个陶碗。

玉璜和一个胖庖人站在柜前等候，远远看见花径上，蹇侯正陪李冰走来，后面随着蹇烈和二郎。蹇侯对李冰说："郡守尽管放心吃，老夫不是杨太，不会陷大人于不义的。"李冰笑着："那就好，那就好。"

四人走上花厅。蹇侯拉李冰坐上席，自己则坐偏席。蹇侯说："大人看到了吧，全是蔬菜，只是增加了一道汤。"他仰面向玉璜招手说，"上汤。"胖庖人揭开釜盖，拿起勺舀了四碗羊肉汤。玉璜放于长托盘上，端到案前，分别在李冰、蹇侯、二郎和蹇烈面前放上一碗冒着热气的羊肉汤。李冰一看，"啊"了一声，说："想不到在蹇侯这里能吃上家乡饭菜。"二郎接着说："羊肉泡馍！"蹇烈问："咋吃呀？"二郎说："把白面饼掰成碎块，放在汤里，搅和着吃，味道特好。"

"先净手。"玉璜端一小盘，走到案前，给每人发了一方净手巾。李冰擦着手，说："这位姑娘很精通这道菜的做法和吃法呀？"玉璜说："小女子在成都开的欢娱楼，经常接待从咸阳来的商人，这道菜是从他们那里学来的。"李冰点头。蹇侯说："她是我干女儿，名叫玉璜，今后还请大人多多关照。"李冰说："繁荣成都工商，郡府是支持的。"玉璜说："谢大人！"李冰说："姑娘和庖师都累了吧，就不要奉陪了，下去吃饭吧。"

玉璜与庖师退走后，大家继续吃着。蹇烈膝行而进，来到李冰面前，说："小侄敬伯伯一爵。"李冰说："伯伯不胜酒力啊。"

蹇烈说：“是青城山的猕猴酒，不醉人的。”“好好，”李冰说，“伯伯喝！”等李冰喝完，蹇烈又膝行到二郎跟前，说：“二兄弟也尝尝吧。”二郎说：“龙哥别客气了，你自己坐下吃吧。”“好，好。”蹇烈回到自己座位，大口吃起来。蹇侯说：“今天大人莅临敝庄，必有观感，务请指教！”李冰说：“侯爷既然垂询，本守就开心见诚吧，只有一句话，祈望侯爷善待那些被称为奴仆的各族工人。搞杀鸡取卵那一套来聚敛财富，既不义也不利啊！”

“伯伯，”蹇烈颟顸地说，“我们没搞杀鸡取卵呀，养鸡的奴仆都是等鸡生了蛋才去捡的。”“你懂什么？”蹇侯说，“大人讲的是如何对待工人，明白吗？”“嗯，嗯。”蹇烈似懂非懂地点了点头。

李冰说：“本守初来乍到，也请侯爷推心置腹，建言赐教。”蹇侯说：“老夫也开诚相见吧。也只有一句话，祈望郡守大人千万别去碰王叕的案子，这句话，几天前我已向二公子说过了，”说着瞄着二郎问，“你向父亲转达了吗？”二郎说：“转达了。”“很好，”蹇侯说，“今天当着大人的面再次唠叨，实在是出于爱护大人的一片真情啊！大人一代才俊，年不过四十，前程远大啊！栽在王叕的案子上，那是非常可惜的。”李冰说：“我倒想请教侯爷，二十五年前王叕的爷爷究竟犯了什么大罪，以致抄家灭门。”蹇侯说：“他以治水为名，鼓动蜀侯恽造反，自立为王。”李冰问：“有什么罪证吗？”蹇侯：“和王叕一样也是写建言书，说什么治水之事关系国家兴衰成败。大禹治水成功，就成了夏朝的开国君主，杜宇治水失败就丢了蜀国。鳖灵治水成功，就成了蜀国开明朝的国王。”李冰问：“就是根据这些言论定的罪？”蹇侯说：“如此露骨的叛逆之言，当然可以定罪啦。蜀侯恽听信了这些蛊惑之言后，就聚集蜀中刁民以治水为名图谋不轨，趁太后生日献毒酒，企图谋杀太后和大王。结果阴谋败露，太后和当时的魏冉将军立即下令平叛。大人知道是谁领军入蜀诛灭叛贼吗？”

李冰摇头：“不知道？”蹇侯说：“就是郡守的大恩人司马错将军。”

“啊！”李冰的内心极为震动。蹇侯阴险地瞥着李冰说：“那次平叛还牺牲了一个秦国著名的工师，他的名字叫李水！"李冰站起，急问："叫什么？"塞侯一字一顿："李——水！"李冰惊厥，只感到天旋地转，眼前一黑，栽倒在案上！

二郎大惊："父亲！"

塞侯闪着阴冷的眼神，一言不发地瞥着李冰。

第十九章 病中叙情

（一）身世之谜

这时，守门的吴老头带卫士长急匆匆走到书房门口，禀报说："郡丞大人，郡守病倒了。""啊，"公孙若一惊，说，"快接回成都医治嘛！"卫士长回答说："已接回郡府。"

"快请医师！"公孙若说。"我去。"孟谦说着往外走去。

"何坚大人，"公孙若瞄着何坚说，"这正是了结王叕一案的好机会啊！"何坚说："卑职明白。"公孙若说："要立即办理，这么做，是为郡守好呀，免得他栽在这个案子上。"

孟谦带领挎个医箱的周医师匆匆走进郡府的后院，直朝李冰的寝房走去。寝房已经点着灯，昏迷的李冰躺在一间带有屏风的床榻上，二郎坐在榻前守候。见孟谦带医师走进来，二郎正欲起身招呼，孟谦打了个手势，示意别出声。

医师放药箱于几上，走到床前观察病人脸色，二郎给医师移过一个绣墩。医师坐下，拉起李冰的手号脉。这时，公孙若和公孙红悄声走了进来。公孙红手提一筐鸡蛋，朝二郎扬了扬眉，二郎接过她手里的筐，放在屋角的木柜上。屋里静静的。半晌，医师才说："没有大碍，大人只是劳累过度，又受到刺激，一时气厥才晕倒了，我给他扎扎针，再吃点药，好好休息几天，就会康复了！"说着取出银针，在李冰的头部、胸前和四肢的一些穴位上做针灸。

有顷，李冰慢慢清醒过来，问道："我怎么了？"二郎说："你晕倒了。"李冰见一屋子的人围着他，就要挣扎起身，周医师按住他："别动，别动！"李冰说："公孙兄弟，孟谦大人，还有红红，谢谢你们来看我。"公孙若说："仁兄，你在洪水中泡了一天一夜，获救后，又马不停蹄地在灾区跑了半个多月，吃不好睡不好，累得够呛，怎会不得病嘛？"

"公孙兄弟，"李冰说："我那两条指令你看见了吗？"公孙若说："你从下面发回来的所有指令，小弟我都一一照办了。"李冰问："谁下灾区检查哪？"

"我，"孟谦说，"明天，我就带人下去。"李冰又问："如何处理王叕，你们议论了吗？"公孙若说："议论了，我已命监御史何坚办理。李冰兄，今年蜀郡虽遭大洪水，但由于抗灾举措得当，现在局势平稳，你就不要担心了，好好养病吧。"

郫县监狱大门外，一辆四周设有帷幔的辎车驶来，在夜色中戛然停下。从车上跳下戎装带剑的郑洪和四个城防兵。他们快步走进狱中。狱吏迎上问："郑大哥有何贵干？"郑洪拿出李冰手令来，说："奉郡守大人的命令，提审王叕！"狱吏看了看手令，说："跟我来。"

郑洪和士兵押解着王叕走出漆黑的大狱，他抬头望着天空的星斗，还没站稳就被士兵推上了辎车。郑洪亲自驾车，一抖缰绳，辎车飞奔而去，消失在夜色中。

须臾，举着火把的何坚一行驰马赶到牢狱，滚鞍下马，直朝狱门走去。狱吏迎上，拱手道："大人！"何坚厉声说道："提死囚王叕！"

"王叕？"狱吏说："刚才已被郡守大人提走。"

何坚说："胡说。"

狱吏说："真的，是城防士吏郑洪奉郡守大人之命带走的。小吏亲眼看了李冰大人的手令。"何坚站在原地，皱眉思索。

第二天天刚亮，何坚便来到了郡丞府，向公孙若禀报了郫县监狱发生的事情，厅堂里公孙若皱着眉头，踅来踅去，他一边走，一边自语："想不到我这个仁兄还有这一手。"何坚问："要不要审问郑洪？"

"没用？"公孙若说："这个人伐楚之战中立过战功，有个公乘大夫的爵位，做过李冰的贴身卫士，他能告诉你什么？""那，怎么办？"何坚问。公孙若说："等他病好了，我再找他谈谈，我们全是为他好呀，我不信就把他争取不过来。"

蹇侯方才一直坐在绣榻上，闭目思索，这时候才睁开眼睛，说："现在，他就算想翻王叕的案怕也翻不下去了。"

"为什么？"

蹇侯说："他再翻下去，就要把他父亲参与平叛的功劳一起否定了。"何坚问："他父亲是谁？"蹇侯说："工师李水，昨日老夫一提到李水的名字他就愣了，像遭到五雷轰顶一样，惊厥栽倒。老夫断定，这李水一定是李冰的父亲。郡丞大人，你应当听说过吧？"公孙若想了想："对，对，听说过，他死去的父亲就叫李水。这下好了，我这个仁兄可以回心转意了。"

蹇侯说："但愿如此。"

庭园中，翠竹下，一张凭几，几只石凳。李冰已渐恢复，可以在户外活动了。他正靠着凭几看古《书》的"禹贡篇"，只听他轻声念着："岷山导江，东别为沱；又东至于澧；过九江，至于东陵……"

庭院寂静，偶有小鸟绕枝啁啾。二郎端个托盘走来，把托盘放在石凳上，端起药，送到父亲手上。李冰喝完药，又漱口，吐入几侧的一口铜盆中。二郎问："父亲的病好一点吗？"李冰说："好多了。"二郎又问："父亲，侯爷说的李水，真的是我的爷爷吗？""你坐下。"李冰说。二郎依言坐于石磴上。

"是的，李水就是你的爷爷。"李冰说，"但为父却一直不知道你爷爷是怎样牺牲的，至今也不知道。""为什么？"二郎问。李冰说："没有人告诉为父呀！司马错老爷爷也只说是随他出征，因公殉职。那时，为父只有十三岁……"

二十五年前的渭水之滨，李家小院就坐落在一片枣林当中。枣林中有一座小院，太阳透过茂密的浓荫在地上洒满了光斑，蝉儿在枝头上悠然地唱着。树下的石磴前，十三岁的李冰赤裸上身，只穿着犊鼻裤，正伏在地上，聚精会神地安装一只木鹰。他手持一柄小斧，时削时敲，将各长一尺五寸的两只鹰翅膀镶嵌在一尺五寸长的鹰身上。乳娘杜氏从屋内端一陶碗出来，说："冰儿，喝口水吧。"李冰似乎没听到,埋头给木鹰穿斗线。乳娘放碗于石凳上,感叹着:"这后生,玩起来啥都不顾了。"说完回身走了。

有顷,一个挎着装满斧、尺等工具皮囊的壮汉从门外走进,蹑手蹑脚走到李冰身后,捏着他的鼻子,说:"小师傅,造木鹰呀?"李冰回头大叫一声:"父亲!"高兴得跳了起来,抱着父亲,"你咋又是几天才回来?""帮人家修房呀!"李水说,"我儿这几天都干什么啊?"李冰说:"造了一架云梯,啊,不,是车梯。还有就是这架木鹰。"李水说:"为父要你背一篇墨子的书,再抄写一遍,做到了吗?"李冰摇头:"我想长大后和父亲一样做工师,读书何用?""你这小子,"李水说,"没学问咋当工师?你这木鹰飞得上天吗?"李冰自信地说:"当然能飞上天!"李水问:"你这么自信?"李冰说:"不信就去试。"李水又问:"到哪里去试?"李冰说:"河边呀,河边风才大。"

乳娘端碗水走来,李水取下身上行囊交给乳娘,喝了一口水,对儿子说:"走,到河边放木鹰。"李冰说:"我要骑马马。"李水蹲下来说:"骑呗。"李冰拿起木鹰,骑到父亲肩上。"别,别,"乳娘喊着,"冰儿,你父亲刚回家,天又这么热!""让他骑吧。"父亲起身,扬着双手像跑马那般,跨出门外。"驾驾驾。"小李冰在父亲的背上欢快地吼着。

"这两父子。"乳娘笑了一笑。

在渭水岸边的开阔地上。李水掌木鹰,小李冰牵长线奔跑放鹰,木鹰只飞了几丈高,就打着旋子栽下地来。李冰喊着:"飞,飞,飞,"他一个劲儿只顾朝前奔跑,木鹰散架了,双翅脱落,只剩下一个木身!"别跑了,"李水喊道,"你的木鹰坏了!"小李冰回过头来,一脸沮丧,挽着线,收拾木鹰残骸,自语地说:"为什么飞不上天呢?"李水走到儿子面前,捡起一块石头,一片羽毛,说:"儿子,你看好啦。"把石头朝河里掷去,"咚"的一声,很快落水;再把羽毛甩出去,羽毛随风在江面上飘了好一阵子,才徐徐降落江面。李水问儿子:"这是为什么?"李冰说:"石头重,羽毛轻。"李水从儿子手中拿过木鹰残骸,说:"用木料制作木鹰,本身就很沉重,怎能飞上天呢?"李冰说:"书上不是说墨翟制的木鹰能在天上翱翔三日吗？""是的，"李水说，"墨翟制的木鹰上面是安了机轮的，鹰头、鹰尾、鹰身、翅膀都是很讲究的，能把天上的风和气流变成木鹰的推动力。""你教我做，教我做。"李冰叫着。李水说："这里面的学问大呢！为父也还在琢磨，不过，造个能飞上天的绸鹰，父亲倒是会的。"李冰说："那就先造绸鹰。走，快回去教我。"李水说："急什么？先要备办材料。造绸鹰，最好用蜀绸。"李冰问："为什么？"李水说："蜀绸很薄，又很细密，等为父买到了就教你造。"李冰说："好。"李水说："不过为父有个条件，你今后必须下决心，熟读《墨子》一书，达到倒背如流的程度。"李冰嗫嘴问："这跟造绸鹰有什么关系嘛？""关系大得很，"李水说，"百工技艺的学问都在这卷书里。比如有几篇就讲了力的作用，力的轻重和平衡。造飞鹰，不懂得这些道理行吗？当然，你小子现在还不可能了解，但先记在心里头，将来慢慢会理解，会运用的。""好吧，"李冰说，"我读。"李水说："你小子不是敏而好学，而是敏而好工，光口说不算，还要击掌。"李冰说："击就击。"

"啪啪啪。"李冰和父亲击着掌。这时候，马铃声声在河岸响起，声音渐次响亮起来。

原来是司马错将军和卫士李成从上游岸上驰马奔来。人还未到声先至："李工师，李工师！"李水回头一看，说："唷，司马错将军。"司马错下马，说："我要劳烦工师呢！"李成亦下马，李冰招呼道："李成哥！"两人走到一块悄声说话。李水走近司马错说："将军有什么事找我，捎个信，带个话就行了，还劳得着大驾亲临？""略表敬贤之意嘛！"司马错说："你可是咱们秦国的著名工师啊！"李水问："将军找我何事？"司马错说："随我出征。"李冰上前急问："跟你去打仗呀？""不，"司马错说，"搭桥、修路！"

李冰对二郎说："当天，你爷爷就跟司马错将军走了。一个多月过去了，还没有消息，为父好想你爷爷赶快回来哟，等他教我造绸鹰呢，每天都要到渭水边去望几次……"

每天，小李冰都在渭水边吹埙，他闪着忧郁眼神眺望着远方。

司马错将军的卫士李成每天给他们家扛一袋粮食，他看着小李冰的样子，总不忍心，说："兄弟，回去吧。"小李冰问他："没有消息吗？"李成摇头。小李冰说："李成兄，你那天就该跟父亲一路去。"李成说："将军不让呀，叫我看守咸阳老营，说是为了对家里有个照应。"李成拉着李冰往家里走，一直走到树叶黄了，随风飘荡……

"等呀等呀，从夏天等到秋天，真难熬啊，一天就好像一年！有天上午，我正坐在门前吹埙，那个埙是你爷爷送给为父的，你爷爷说如果想他了，就吹。"李冰坐在小院门口的门槛上吹埙，埙声忧郁，充满怀亲的感情。

"冰儿！"这天，乳娘提着一篮菜走回来，喜滋滋地说："司马错将军已班师回朝，兴许，你父亲今日就要回家了！"

"好啊，"李冰高兴得跳了起来，将陶埙塞给乳娘，就朝外跑。乳娘问："你干什么？""捉鱼，"李冰边跑边说，"父亲最爱吃水煮鱼了！"一边跑一边脱衣，至渭水边，蹬脱裤子，"扑通"一声跳入水中。李成驾着一辆轿车来到李家小院前停下，从车上走下司马错将军。李成从车上提下一个皮囊，领着司马错向李家小院走去。

渭水河中，小李冰从水中举着一条鲤鱼伸出头来。他把鱼扔到岸上，又赶紧游上岸来，扯了根茅草，把两条鱼串在一起，穿好裤子，提起鱼就往家里跑。他跑到家门前，瞧着停放的马车，心想："父亲坐车回来了！"他兴高采烈地喊着，跑着，"父亲，父亲！"

小李冰奔至堂屋门口，往里一看——堂房中的几案前坐着心情沉重的司马错，乳娘和李成站在屋角埋头落泪。

李冰见状惊了，鱼掉地上，他大声喊叫："父亲，父亲！我的父亲呢？"

"来，"司马错上前将李冰拉进怀中，从皮囊中拿出一块蜀绸交给李冰，说，"这是你父亲带给你做绸飞鹰的。"李冰抱在面前，大声问："我父亲呢，为什么没回家？"司马错说："小子，爷爷不想骗你，你父亲因公殉职，再也回不来了。""哇——

哇——"李冰放声大哭,蹬着脚:"父亲,父亲!"望着司马错,"你说过,不让他打仗的?"司马错说:"修桥、筑路也会死人的啊!"李冰猛然朝墙壁撞去,被司马错一把抓住,说:"小子,你想一头撞死呀?"小李冰哭着说:"呜呜,我要到阴间去,呜呜,我要到阴间去寻找父亲。""冰儿,"乳娘抱住李冰,热泪长淌,说,"你千万别寻短见啊,你父亲走了,还有李成哥,还有乳娘哪!你母亲生下你不久就走了,是乳娘把你带大的,乳娘就是你的母亲啊,你舍得再丢掉一个母亲吗?""母亲!"李冰伏在乳娘怀里抽泣!"小子,"司马错说,"秦国对外战争不断,死去的人很多,留下的孤儿寡母也很多。难道这些人就不活了?烈士的遗孤,应当活下去,而且要活出个样子来。"乳娘抚着李冰的头,说:"记着爷爷的话。"司马错说:"你父亲李水为什么给你取名李冰?冰生于水而又寒于水,你父亲是希望你将来能超过他呀,现在,朝廷已明令授予你父亲公大夫的爵位,这是你父亲的光荣,你也可以进官学读书了。我有个孙儿叫司马靳,正好和你做伴,今后,我就是你的爷爷。好吗?"乳娘推着李冰上前,说:"给爷爷叩个头!"小李冰听话地伏地叩头:"爷爷!"

(二)私赦囚犯

四下一片寂静,唯见几枝竹叶在微风中轻轻摇曳。李冰和二郎已是热泪盈眶了!半晌,二郎才说:"看来,我爷爷就死于平定蜀侯恽叛乱的战争中。"李冰说:"塞罡是蜀侯恽叛乱的检举者,平叛的参加者,立了大功,被赐侯爵。他讲你爷爷死于此役,应当是可信的。"二郎说:"那,父亲为王燮翻案,不是把祖爷爷司马错和爷爷的功劳都否定了吗?"李冰问:"你这样看?"二郎说:"塞侯和公孙伯伯不就是这种看法吗?"李冰摇了摇头,说:"不要人云亦云,为父要你谈自己的看法。"二郎犹豫了片刻,"我……"李冰说:"你好生想想,还可查阅朝廷的法律规定,看看为父哪些做对了,哪些做得不对?"说完起身在房中踱步。

二郎说:"这件事太重大了,孩儿未必能弄得清楚,父亲做出决定,孩儿照办就是。""否,"李冰说:"你不能盲目服从。做这件事要担很大的风险的，为父现在也感到进退维谷，特别想听到自己亲人的真实看法啊！"顿了顿，又说："我们写给你母亲和姐姐的信，她们该收到了吧？"二郎说："应该收到了。"

李冰抬起头来，只见一群带哨的鸽子在蓝天下飞过，发出"喔儿、喔儿"的响声……那哨响穿过云雾，回荡在咸阳城，回荡在渭水边枣林中的李家小院里。

李夫人正在花架下绣一幅手巾，绣的是屈原的诗句："亦余心之所善兮，虽九死其犹未悔。"已快绣完了，只剩最后半个"悔"字。一妞拿着一幅写满篆字的素绢从堂屋走到李夫人面前，说："母亲，给父亲的回信，女儿已经写好，请过目。"李夫人放下针线，接过素绢，摊开浏览。

两只鸟儿在枝头上呢喃。李夫人说："你对父亲在信中提出的问题有不同的看法？""嗯，"一妞说，"父亲把为王叕的平反，称为治水兴蜀的破题文章，女儿以为他是在下一着险棋。"李夫人："为什么？"一妞天真地说："父亲在天文、地理、水利方面学有专长，搞一个切实可行的方案，是不难的。再以他郡守的权力，发布一道命令，不就搞起来了吗？去平反冤案，王叕倒是高兴了，可制造冤案的人高兴吗？必然遭到反对，这不是下一着险棋吗？"李夫人说："你说你父亲在下一着险棋，这是有道理的。但是，你把治水兴蜀的事看得太简单了。方案加权力就能搞起来？"一妞问："难道平反冤案就能搞起来？"李夫人站起，说："也不能这么简单地看。做好治水兴蜀这篇大文章，有许多的事要做，但你父亲的思路是正确的，母亲是赞成的。"一妞又问："为什么呢？"李夫人踱步说："你父亲的信讲得很清楚，蜀郡之患不仅仅是天灾，还有人祸。天灾是可怕的，天灾与人祸交织在一起就更加可怕了！"她回头望着一妞，说："你想，在一个思想禁锢，讲治水历史都要被判罪的环境里，正义不伸，民气不顺，志士寒心，无心用事，谁还来跟着你治水？权力可以让人戴上枷锁来为掌权者建功立业效命，但它绝不可能使人自觉自愿，尽心竭力，弄不好，还会引起暴力抗争。而治水兴蜀是要蜀中大批有识之士和广大百姓一起来做，并且充分发挥他们的聪明才智，才有可能成功。因此，你父亲把治水兴蜀的破题文章做在人的身上，天地之间人为贵，民为邦本嘛！自然，这样做，要担当很大的风险，你父亲也意识到了这点，已经感到进退维谷了。正是因为这一点，我们才更要支持他。"一妞说："母亲讲的是大道理。但现实的情况是，这样做，要承受巨大压力，那就应该趋利避害。"李夫人对子女也很仁厚，说："你不同意母亲的话，你可以再写几句向父亲建言呀。"一妞说："好的，我再补写。"

这时，院外传来一声呼唤，"阿姨，妞妞！"原来是李成和司马欣一人扛着一袋粮食，手里还提着一篮荔枝。

李夫人出来，笑问："小后生，又来给我们送什么好吃的呀？"司马欣说："鲜荔枝。"一妞摘了一颗，就要放入口中，司马欣抓住她的手，说："要剥皮。"一妞脸红了，挣脱，说："我自己剥。"司马欣又拿起一枝，给李夫人，说："伯母尝尝。"一妞边吃荔枝边说："真甜，我第一次吃呢，哪儿来的？""蜀郡，"司马欣说，"蜀郡的樊道盛产荔枝。"一妞说："是蜀郡的官员孝敬你祖爷爷的吧？""是的。"司马欣说。一妞问："谁呀？"司马欣说："听祖爷爷讲，不是塞侯就是郡丞公孙若，他们最爱给朝臣送东西了。"

成都郡丞府的后花园里，花荫中的石桌上摆着一个盘，也盛满了荔枝，公孙若和塞侯正剥荔枝吃。公孙若说："侯爷，你怎么想到给司马错送荔枝呢？这老爷子一向不收礼的哟，不要弄巧成拙！"塞侯说："荔枝虽然名贵，但不值钱，请他尝个鲜，我想，老爷子是不会拒绝的。老夫也给下人讲了，他要拒绝，就收他一点钱，就算是老夫帮他买的。"公孙若说："何必如此呢？"塞侯说："常言道，一把钥匙开一把锁。老夫是想通过送荔枝，给老爷子传递一个信息，我塞罡还健在，还惦记着他老人家。老夫以为，要开李冰这把锁，得靠司马错这把钥匙啊！这叫未雨绸缪，不能事到临头才去敬神！"公孙若赞道："侯爷深谋远虑。"塞侯问："李冰把王娤藏到了哪里？搞清楚了吗？"公孙若摇头。

在郫县郑洪家的天井里，卓石匠、杜鹃和李桂阳坐在阶沿边，与郑洪谈话。卓石匠问："听人讲，十天前，新来的郡守曾经带着王裒先生在望帝、丛帝墓前审问过。结果如何？王先生现在何处？你这管治安的官，应该晓得吧！"郑洪说："我可以告诉你们两点，一、王裒先生还健在，你们不要担心；二、王先生的案子还未了结。至于他关在什么地方？我就不知道了。"

"道谢了。"

卓石匠三人出了郑洪家，走到郫县的大街上，赶场的人比往常多了，他们就这么在街上徜徉。杜鹃说："这里离湔氐道近了，我哥哥的好友羊麾先生就住在羌寨。他认的人很多，我们去找他想想办法吧。""要得，"卓石匠说，"我老嫂子和儿女还在玉垒山避水呢！正好去看看他们。"

阳光洒满庭院，花荫下碎金点点。李冰住所的角楼上，李二郎通过管镜朝西方观察。他惊喜地说："可以看到岷山呢！"李冰俯向看了一下，说："天气晴正了，可以下去了。"李二郎迟疑地问："你的身体……"

"好了，壮了。"李冰抬胳膊，伸腿，做了个矫健的姿势。二郎扑哧一笑。正在这时，传来卫士长的喊声："李大人，您的邮包，从咸阳来的。""啊，"李冰说，"万金家书呀！"父子俩兴高采烈，从楼梯上欢快地跑下。二郎上前接过邮包，抱在胸前。李冰说："快打开。"

父子俩坐到石案前的石凳上，打开邮包，里面有一绢书，四双布袜子，一块手巾，一包红枣。李冰看着、抚摸着："啊，布袜、手巾，都是你母亲千针万线做的呀。"二郎说："还有红枣呢。""快念信，快念信。"李冰说。二郎摊开绢书，念："父亲大人膝下……"李冰微笑聆听，好像在享受一曲感人肺腑的音乐。二郎念："十五日的傍晚，收到了父亲和二弟的来信，母亲和女儿还有奶奶、叔叔，好高兴，好高兴啊！"

"父亲和二弟被洪水冲走了一天一夜，又奇迹般地生还，使我们感到很欣慰！是上苍在暗中保护父亲和二弟吧。"听到这里，李冰仿佛看到那一轮团圆的明月挂在碧空，照耀着远在咸阳的李家小院。枣树下，石案前，李夫人、乳娘、李成，他们也围坐在一起，静静地听着一姐读信。

二郎续念道："这件事竟成了神话！听李成叔叔说，他在街头听到从成都来的商人讲，郡守李冰父子为救百姓，操刀入水与江神搏斗，大战一天一夜，打败了江神，才得胜而归！"

"哈哈……"李冰畅笑，旋问："你母亲他们生活得怎样？"二郎看着信，说："都很好，要我们不要挂念，专心治水兴蜀。他们有司马错、田贵祖爷爷和嬴九公主的关照。"李冰很高兴，说："这下放心了！"二郎说："母亲还讲，蜀郡气候不比北方，多雨潮湿，做了四双布袜寄来，要父亲和孩儿注意，不要忘记穿布袜。"李冰抚摸布袜，二郎说："绢书后面还有姐姐对父亲的谏言呢。"

"我看看，"李冰从二郎手中拿过绢书浏览，仿佛是一姐的声音在说："父亲，女儿对你治水兴蜀的破题之作，提一点谏言。你为王叕翻案，也许是必要的，但要担当很大的风险，父亲是在下一着险棋啊！被平反冤案的人会高兴，制造冤案的人却不会高兴。父亲曾教育女儿和弟弟，做事要讲稳重、要讲策略。女儿以为，父亲硬是绕不过王叕这个案子，如果要给他平反，也只能限定王叕一人，不可再扩大范围了，否则，将树敌过多。不知父亲以为如何？"

李冰问二郎："你赞成姐姐的建言吗？"二郎说："赞成。"李冰说："你姐姐的提醒是可取的。"二郎说："母亲怎么没写几句呢？"

"这就是你母亲的信。"李冰抖开手巾，只见巾上绣着："亦余心之所善兮，虽九死其犹未悔！"

李冰起身感叹："知我者夫人也！"

在郡丞府，公孙若正在书房中埋头看那《治水图》。夫人给他端了一盏莲子羹来放在案上，说："你这个治水工程还上得成吗？"公孙若边吃莲子羹，边说："只要李冰点头就可上。"夫人说："他要不点头呢？"公孙若想了想，说："争取吧。"

这时，吴老头带着李冰走进来，他手里还提着半包红枣。

"李冰兄。"公孙若夫妇迎出来。李冰说："公孙兄弟，弟媳也在呀，好好，"他走进书房，将红枣放在案上，打开，说："尝尝，这是你嫂子从咸阳带来的醉枣。"公孙若和夫人捡起枣来吃了一个，称赞说："味道不错！"公孙若夫人捡起枣子说："你俩弟兄要谈话，我先告辞了。"李冰对夫人说："给红红拿去。""好好。"公孙若夫人笑着走了。

公孙若说："李冰兄，身体康复得怎样？"李冰说："完全好了，可以下去了。"公孙若问："又要下去？"李冰指指案上的治水图，说："就为了你老弟这一大作呀！在病中，我又把你主持制定的治水方略看了多次。实说吧，你老弟的构想很宏大，要投入大量的人力物力。为兄不到羌氏道都江出口处亲自踏勘一番，是下不了决心的。"公孙若："仁兄注重实地考察，这很好。要小弟陪你去吗？"李冰说："让都水长周庸参加就行了，拜托贤弟还是留守郡府，处理日常事务。"公孙若问："听说老兄把王叐转移走了？"李冰说："只是换了个拘押的地方。郫县老监狱关的犯人太杂，王叐不适合关在那里。为兄就令士吏郑洪换个地方，对他单独羁押，这样安全一些，又方便随时提审。至于郑洪把他关在什么地方，因为突然发病，一直没有过问。""啊，是这样。"公孙若说："仁兄打算如何处理王叐？"李冰说："为兄不是已经表示过自己的态度了吗？你告诉侯爷，请他放心，本守处理王叐，决不会涉及二十五年前蜀侯恽的陈案；你再告诉何坚，王叐还有什么新的罪行，他对处理王叐有什么意见，都给我写个呈文，好吗？"公孙若点头说："小弟当然照办。"李冰说："那，为兄明天就下去了。"

朝霞如火，照亮了郫县东门的城门洞。霞光中，李二郎、郑洪押着穿赤色囚衣、戴铁镣的王叐走来。

二郎对郑洪说："父亲要我们在东城门等他。"郑洪说："好，就在这里等。"

远处马蹄声声，李冰、周庸和四卫士骑马奔来，其中，还有一匹专驮行李的马。李冰翻身下马。郑洪上前道："参见大人！"李冰问："王叐带来了吗？"郑洪一指："那不就是。"李冰瞄着王叐，说："王先生气色不错，受到了优待吧？"王叐说："正是，小人十分感谢郑洪士吏。"李冰说："王法如炉，王先生还要跟着本守戴脚镣乡间考察啊！你怨恨本守吗？"王羿说："不敢，不敢。"李冰说："今天，我们就考察丛帝鳖灵开凿的那条人工河，弄清楚它的得失。"

蜀乐苑门前，十个衣着一新的女孩正在舞剑，她们是玉璜从塞侯府中买来的十个女奴。她们身着胡服改制的短衣、长裤和马靴，一点看不出奴隶相来，一个个飒爽英姿。玉璜看着她们舞剑、对杀，皱眉喊道："停。"姑娘们立刻站成横队，听玉璜训话："还不够刚健、有力，要狠、狠、狠。我训练你们不只是为了表演，而是要来真格的，要真刀、真枪、敢打、敢拼、敢杀人！在这个干戈乱浮云的时代，女人要不受欺压，就要学游侠聂莹姐弟，学能文能武的钟离春！"一个侍女走来，给玉璜悄声说了几句，玉璜对姑娘们说了句："你们自己练。"便转身随侍女走了。

玉璜匆匆来到雅室中，只听高志对塞侯管家说："感谢管家跑这一趟，"然后拿出一锭银子，交给管家，说："去洗个金花浴。""道谢。"管家退出，正碰到玉璜。高志在屋里蹙眉思索，踟躇而行，没注意玉璜已经进来了。

"管家说了什么？"

高志这才抬起头，看见是玉璜，连忙说："李冰带着王羿从郫县出发，沿旧江考察，我估计他们一定要上玉垒山。"玉璜说："你想给他一个出其不意的打击？""对，"高志说："鼓动在玉垒山避水的灾民，救出王羿，杀死李冰，搞乱蜀郡！"说完，他狠狠地在几案上砸了一拳。

第二十章　释囚波澜

（一）青城游侠

日照下的玉垒山，浮云朵朵，大江奔流。江边壁立陡峭，层峦叠嶂，树木幽深。山恋水，水恋山，山水相亲，玉垒山就是伫立在都江出口处的一块美玉！可是，秀丽的玉垒山，如今成了灾民的栖息之所。树丛中搭着简易的窝棚，岩洞里都住满了灾民。一些女人在编草垫、渔网。他们是想通过打猎、捕鱼来维持生计。一个窝棚前，两个光腚小孩坐在地上"哇哇"地哭着，他们的母亲提着竹篮从山上走回，给孩子各人一个野果，孩子们大口地啃吃。

山坡上的岩穴前，搭着一个遮风挡雨的茅草盖，里面有三个巨石搭成的简易灶，上架一口大陶釜，煮着野菜汤，掌瓢的人是卓石匠的老嫂子——人称卓妈妈，这是她办的施粥棚。卓石匠在灶下添柴加火。

卓妈妈搅和着菜汤，对卓石匠说："你说，杜鹃和桂阳到羌寨能找到羊摩先生吗？"卓石匠说："羊摩先生在羌寨是很有名的，容易找到。"卓妈妈说："都已经两天了，也该回来了。"这时，一个小孩走过来，眼泪汪汪地说："卓妈妈，开瓢吧，我饿，我饿。"卓妈妈摸着她的头，轻言细语地说："乖乖，再等等吧，有的野菜有毒性，要多煮一会儿。"

"卓妈妈。"从林中传来杜鹃的喊声。卓妈妈掉头一看，只见杜鹃扛着一筐萝卜，李桂阳、羊摩还有几个男女羌民各扛一麻袋杂粮匆匆走来。卓妈妈和卓石匠迎上去，帮忙把粮食放下来。

羊摩说："给大家送点杂粮、菜蔬。"旁边灾民一听说送吃的，都欢呼起来："有粮啰，有粮啰！"卓妈妈对羊摩说："羊摩先生，感谢你啊！"羊摩说："应当感谢你哟，你带上山的粮食，都拿出来办了粥棚，救济老弱孤儿，令人敬佩呀。"

卓石匠招呼羌民："都坐，都坐。"卓妈妈说："跑了那么远，喝口汤吧。"说着给大家舀汤。

"铛、铛、铛"三个老者敲着锣，由两个侯府家丁抬着一幅用黄绫书写的"神谕"走过来。蹇烈骑着马，铮奴等八名执刀矛的家丁随后，杀气腾腾地奔上山。灾民们睁着惊恐、愤怒的眼睛，盯着上山的蹇烈一行。

三老鸣锣叫喊："江神降谕，百姓听清：玉垒仙山，侯爷封地。神仙都会，宜静宜虚，凡人住此，扰乱神居。黎民百姓，火速撤离。如若抗拒，危在旦夕！"

"三老，"羊摩上前说，"人敬神是因为神是保佑人的。这山上有岩穴、山洞，可使灾民栖身；有野果、野菜可供灾民充饥；虽然仅仅能活命，也算得是恩赐吧，怎么会降下神谕赶走受苦受难的灾民呢？"

"大胆，"塞烈大喝一声，滚鞍下马，提着马鞭走到羊摩面前，"你是什么人？敢在此胡言乱语？"羊摩拱手："在下羊摩！""啊，"塞烈想了想，说，"我知道你，你是羌塞的一个小头人，通晓秦语，也算小有名气。少侯今天就给你留点面子，三日之内，你把这些人给我撵下山。""下山？"羊摩问："搬到侯爷的庄园住？"

塞烈说："搬到我家庄园住？这些灾民与我侯府有何关系？"

"关系大啊！小侯爷，"羊摩说："你们侯府为了保花园邑的庄园，在旧河道的北面修了一条又高又长的土堤，天旱时堵水，涝时又把东南面作为泄洪地带，以致济源、徐渡、玉石、沿江等近十个乡、里、亭成了重灾区。难道这与你们侯府没有关系？"

"一派胡言！"塞烈说，"今年遭遇大洪水是因为人心不古，不敬江神！大巫师说啦，再不敬神，洪灾之后还要降瘟灾呢！"羊摩笑笑说："神因人而存在，怎么会害人呢？""住口，"塞烈说，"你执不执行少侯的命令？"羊摩坚决地说："碍难从命！"

塞烈对家丁们招手命令道："砸了粥棚。"那群家丁立刻冲向粥棚，灾民们阻挡，双方厮打起来。

玉垒山下，一辆有围盖的辎车和一辆载着粮食的马车飞奔而来，戛然停下。辎车的挂帘打开，十多个背刀剑、着黑衣的蒙面人跳下车来，迅即朝山上跑去。最后下车的人是高志，他手拿蒲扇，迈步上山。

此时，在岩穴前的山坡上，灾民中的年轻汉子和一些妇女，正与塞府家丁激烈打斗。卓石匠、卓妈妈和杜鹃也拿着木棒站在粥棚前守卫；三老躲在一棵树下，吓得发抖；羊摩与塞烈对打，李桂阳与铮奴对打。羊摩使矛、塞烈用剑，你死我活地拼杀在一起。李桂阳与铮奴拼拳头，一来一往，难分上下。有顷，塞烈一剑将羊摩的长矛劈断，又飞起一脚，将羊摩踢倒在地。塞烈狞笑着，举剑欲刺——

"嗖——"从林中飞来一把匕首，刺在塞烈的手腕上，宝剑哐当一声落在地上。

铮奴见主人受伤，即抛开桂阳前来救援。十多个蒙面人从林中冲出，扑向家丁。蹇烈下令："快撤，快撤！"铮奴背起蹇烈就往山下奔，被打伤的家丁拐着脚，跟着逃窜。妇女、孩子们纷纷捡起山石掷打逃走的家丁。

"哈哈哈……"高志畅笑着，摇着蒲扇从林中走出，一副"军师"的派头！

羊摩掉头一看，惊喜地迎上前，说："高志！"高志快步上前拉着他的手，"羊摩兄！"两人相互看着，问候着。羊摩问："听说你和王叕兄被官府押解回成都时，在剑门关被人救了，是谁救了你？这些日子你在干什么？为啥不到羌寨来找我？"高志叹了口气说，"一言难尽！"

"高志哥。"杜鹃喊着走来。高志回头一看，"啊哟，杜鹃妹妹！你怎么也到了玉垒山？"杜鹃说："听说我哥哥还活着，我特别到羌寨找羊摩兄想办法，看如何能救出他。"高志说："我们想到一处了，我就是为了你哥哥而来。至迟明天就能见到王叕兄了。"杜鹃说："好啊，有啥办法救他呢？"高志说："不要着急。我给乡亲们弄了点粮食来，就在山下，你带人去搬上山来，让大家好好吃一顿，再想办法救出你哥哥。"

斜阳衔山，晚霞如火，济源乡驿前的检江，是一条能通成都的旧河道，有些河段已经干涸，露出沙石河床，有的河段则积着深水。晚霞中，李冰、二郎、周庸和王叕沿江岸而上，卫士在后牵着马匹。

李冰边走边观察。有顷，他停步问道："这条河究竟是人工河还是自然河？"周庸说："以卑职看，既是自然河，也是人工河。"李冰说："此话怎讲？"周庸说："都江从群山中奔涌而出，进入平原。由于惯力，必然要冲出一段河床来。"李冰问："王叕，你看呢？"王叕说："都水长之言有道理。父老传言，古蜀国的鳖灵就利用了这些自然河段开的这条河。它刚建成时的目的是分洪，避免古蜀国的国都郫县不遭水害。但年久失修，河床淤积，河岸垮崩，早已起不到分洪作用了。这些年来，侯府为保庄园，筑堤堵水，使地势本来就低的东南地区遭灾更重。"

"人祸加天灾啦！"李冰说，"孟子曾经痛斥中原一些国家在河水边筑堤搞'以邻为壑'，侯府搞的是'以民为壑'。周庸呀，你是主管农水的官吏，为什么不制止？"

周庸说："早就制止过，但禁而不止。地方上下为了自保，都是各自为政，想筑堤就筑堤，想开河就开河，也不顾上下左右。"李冰说："你讲到要害了，咱们一定要搞个全面的规划。"

周庸说："所以这回郡丞大人制定的治水方略就注意到这个问题。""那好。"李冰又问，"这条旧河的进水口在什么地方？"王叕答："都江进入平原处的马尔墩。"李冰抬头，看了看天色，说："今晚就歇息了，明天再去吧。"周庸问："住驿站，还是？"李冰说："找一家农户住。"

入夜，岩穴外的岩壁上插着火把，燃着松明子，高志和青城游侠带来的十多名男女，和羊摩、卓石匠夫妇、杜鹃、李桂阳、几个羌民和灾民中的男女青壮年，坐在一起开会。青城游侠玉瑛和她带来的男女义士仍着短打黑衣，只是没有蒙面，露出头部。他们商量如何救出王叕，正议论纷纷，有人主张"文攻"，有人主张"武抢"。

高志对羊摩说："羊摩兄，你看如何？"羊摩说："救出王叕兄我当然赞成。但是要不要武抢，就要慎重考虑。听说新来的郡守表示要治水兴蜀，在郫县罢宴，将大鱼大肉分给灾民吃，表现不俗，虽然这只是传言，但为了不扩大事态，愚意以为，是否先跟郡守进行谈判。"

"对，对，"卓石匠说，"应当相信李冰大人。"一些人附和。

青城游侠说："乡亲们，对暴秦千万不要存在幻想了！高志先生的亲身遭遇，就充分说明了在暴政之下，是没有地方可以讲理的。"

"是这样，"高志站起身来拱手说，"各位乡亲，请听我几句心里话吧。本人对嬴秦也曾经抱过幻想，当年，许韬老师教导我们要学商鞅向朝廷直接建言，我和王叕兄就跑到咸阳上书，建言治水，结果呢，落得个身陷牢狱，要不是游侠相救，早已成了刀下之鬼！经过这几个月的反省，我才认识到秦国推行的是十足的暴政，其使民也酷烈，乐以刑杀为畏。这不只是我们少数读书人发的牢骚，中原各国都一致谴责秦国施行暴政！在秦王和各级官吏的眼中，老百姓不过就是可供他们驱使的工具，可以任意宰割的畜生！压根儿就没有一点'民为邦本''民为贵'的仁政思想。"

（二）李冰认亲

　　李冰一行借住在一间翠竹环绕的茅屋，在这唯一的正房里，铺着稻草，住着李冰、二郎和周庸、王焱。卫士们在阶沿下打地铺，马拴在竹林里。

　　正房里，两个石头顶着一方木板，那算是主人家的"几案"了，上面放着一盏陶灯，闪着幽幽的光。李冰和王焱、周庸坐在草铺上吃干饼，各人的面前放有一个陶碗，二郎手提盛水葫芦，给大家倒水。

　　李冰说："把主人家请出来一起吃嘛。"二郎说："老人家不愿意。"李冰拿起两个饼，走进隔壁的灶房。

　　这灶房很窄，月光从茅屋顶的洞中泻进，朦胧中，灶房显得异常清冷。灶房里只有一个放着釜的土灶，一个破水缸，一方缺腿、用石头垫着的残案。案上放着两个残缺的陶碗，几把野菜。瞎老人抱着孙子，蜷缩在灶前。李冰走到老人面前，说："老人家，小后生，吃个饼吧。""不，不，"瞎老人说，"按我们乡坝头的规矩，贵客进门，是要吃荷包蛋的！自从老婆子去年死后，我瞎老头变得更穷了，啥都没有……反而吃客人的？这咋使得？""使得，使得。"李冰硬把饼塞给祖孙二人，小孩子拿着就啃。李冰问："老人家，你家中还有其他人吗？"瞎老人沉默，流泪。李冰不好再问，回身扫视灶房。他俯身看釜，伸手摸了一把，里面什么也没有。他走到案前拿起野菜闻了闻，又放下，蹑脚走出。月色溶溶，李冰在竹下踱步，他流泪了，他想到屈原的诗句："长太息以掩涕兮，哀民生之多艰！"

　　二郎蹑脚走到李冰面前，说："父亲！"李冰沉重地说："蜀郡的百姓苦哇！”

岩穴内外，夜色森森，高志还在侃侃而谈。他说："说到治水问题，请乡亲们再好生想一想。蜀国并入秦国的版图已经四十多年了，蜀中水旱连年，这是连小孩子都知道的事实，蜀人呼吁治水，一代又一代，嬴秦的执政者不可能不知道，可是，他们不仅不治水，反而对建言治水的有识之士进行逮捕杀戮。暴政最为恶毒之处，就是推行愚民政策，钳制思想，仇视士人。从王裒兄的爷爷到我们这代人都讲治水关系国家的兴衰成败，谁能治好水，谁就能坐稳江山，大禹治好了水就成了夏朝的国君，古蜀国杜宇治水不成功就丢掉了江山，鳖灵治水成功就成了蜀国开明朝的君王，这都是历史事实，有什么错呀？可是，却被安上蛊惑人心、大逆不道的罪名。"

羊摩说："老弟说的，都是前任郡守干的？"

高志说："小弟以为，新上任郡守也一定会继续推行嬴秦的暴政。不然，他就当不上郡守，他一上任就押着王裒兄跑遍了半个成都平原。乡亲们，他这是要干啥呀？"杜鹃站起说："新来的郡守接了我的冤状。听人讲，这位郡守认为，此案涉及治水，他沿江审案，以便弄清治水建言书中的是非。""杜鹃小妹儿，"高志说，"你受骗了！乡亲们，你们都受骗了！新郡守在执行一种新刑罚，叫'游乡示众'。"众人议论："游乡示众？""这是一种什么刑罚呀？"高志说："通俗地讲就是杀鸡给猴看，是专门针对读书人的。王裒兄是蜀中有名的英才，影响很大。他让王裒兄穿着赤色囚衣，戴着铁镣，让士兵像牵猴子一样牵着游乡，先贤有言，士可杀不可辱！这不仅是对王裒兄的侮辱，也是对蜀中所有士人的侮辱啊！王裒兄为民请命，竟落得如此悲惨下场！"一边说着，流泪抽泣……

游侠说："稍有点良心的人，都应当舍身相救！"

"别说了，"李桂阳说，"我赞成武抢，跟秦狗拼个你死我活。"一些青壮汉子跟着吼："武抢，武抢。""赞成，赞成。"

卓石匠说："使不得，使不得，那不是造反吗？"

"不，这叫革命！"高志站起说，"《易》书上有句名言，叫

'汤武革命，顺乎天而应乎人'。圣贤孟子对反暴政极为称赞，乡亲们都听说过商汤流放夏桀，周武王讨伐商纣的故事吧？圣贤孟子以为夏桀王、殷纣王都是推行暴政，残名以逞的独夫民贼！起兵诛杀他们是解民倒悬的正义之举。现在的蜀郡是民有饥色，野有饿殍啊！乡亲们哪，靠吃野菜、草根、树皮过活，这样的日子能维持多久哇？"

一汉子站起，激愤地："叫革命也好，叫造反也好，我们都革了，都反了，饿死不如造死！"一些人附和："对，饿死不如造死！"

高志对羊摩，说："羊摩兄，你说几句吧。"

羊摩说："义愤达于激点，我还说什么？吾从众吧！"

游侠一挥手："听我的。"

旭日从岷山顶上升起，都江滚滚东流……都江岸边的马尔墩，从都江正流引水进入平原的旧江进水口就开在这里。李冰一行站在东岸观察，他望着上游说："江水从群山间奔来，就此进入平原。从地势来看"，掉头向下俯瞰，"从这里到成都是越来越低。"

"是这样，"王袤说，"是西北高东南低。故老传言，这个进水口就是蜀王丛帝鳖灵开的。"

"啊，"李冰观察四周地形，说，"从都江正流引水进入平原，这个构想不错。只是，这个进水口的位置没选好，不是制高点嘛。"李冰从岸边抓起一把泥沙，仔细观察、搓揉，说："这地层、土质也难使两边的堤岸筑得坚实。"

"所以，"周庸说，"郡丞大人的方案就主张在前面的两山之间，"抬手指去，"就那儿，筑一长堤，拦腰截断江水，在大堤上开水口，引水入平原，这一宏伟构想，要比当年的鳖灵高一万倍！"

"也不要苛责古人！"李冰说，"几百年前，成都坝子上的小农户稀少，郫县、成都的人口也不多，鳖灵这样搞也可以理解，他就是以自然河床为基础，开出一条人工河来，分分洪水，减少灾害。咱们今天搞得就不同了，不仅要防洪，还要有利于航运和灌溉，并且要解决城中的用水问题。通过治水，达到兴蜀的目的。"

周庸说："卑职也是这么想的。"

"很好，"李冰说，"上玉垒山看看吧。"

此时，郑洪正在郫县城门洞前，与一穿着便衣的探子谈话。他问："游侠真的上了玉垒山？"暗探点头："昨天就上去了。"郑洪一想，说："令骑兵立即出发。"

玉垒山与虎头岩之间，有一缝隙，山与岩对峙，形成一对阙形。李冰一行走来，注目观察。李冰突然想到了咸阳的冀阙！咸阳城巍然耸立的冀阙啊。李冰惊叹："这山岩多像咸阳的冀阙啊！"

"嗖——"一箭飞来，二郎手疾眼快，挥剑砍落飞箭。李冰等人一惊，举目一望——

玉屏山顶，高志击鼓，"咚咚"之声震撼山岳。山坡上，以游侠为首的蒙面人领着羊摩等羌民和灾民，各执刀矛、锄头、木棍吼着"杀秦狗""救王叕"，冲下山来……

玉垒山下，周庸立刻押走王叕，隐于山石后。四卫士冲上迎击。二郎提剑护着父亲。

在通往湔氐道的驿道上，郑洪领着骑兵急驰……

玉垒山虎头岩下，郡府卫士和蒙面人、灾民激战。身躯矫健的游侠甩开卫士，纵身飞向李冰。二郎阻击游侠，两人对杀……卓石匠和杜鹃忧心忡忡地走下山来，后随一群老弱妇孺。李冰疾呼："住手，住手，有何要求，本守可以坐下来和你们谈。"

卓石匠认出了李冰，大喊："不要打了，不要打了。李冰大人是好官啊，是好官啊。"说着跑去，护住李冰，转身大喊："不要打了，不要打了，乡亲们，这就是在咸阳救过我的李大人哪！"李桂阳一怔，停止打斗。羊摩也叫羌民："住手，住手。"几个羌民退出战斗。只有蒙面人和少数灾民与二郎和卫士激战。

远处马蹄嗒嗒，郑洪率领的骑兵赶到。蒙面人一声呼哨，钻林逃走。郑洪命令："捉拿首恶。"几个士兵去追蒙面人，另有几个士兵和卫士去抓拿着刀矛、木棍站着发愣的灾民。李冰摆手："算了，那逃跑了的才是首恶呢，凡是灾民，一个也不要抓。"卫士和士兵放了灾民。

杜鹃上前，问道："李大人，我哥哥王叕呢？"李冰掉头喊：

"带王叕。"周庸押王叕从岩后走出。杜鹃冲上去大喊："哥哥，哥哥！"

王叕疑惑地问："妹妹，你怎么到了这里？"

杜鹃说："我为救你来的呀。"王叕叹息："唉，这种行为，只怕给哥哥加罪啊！"杜鹃走近李冰，问："大人，乡亲们都是为我哥哥，才铤而走险，你要加罪吗？"李冰说："乡亲们这种行为可以理解，本守概不追究。但是，也有人不是为你哥哥而来的。"扫了一眼，"乡亲们，要警惕哪，千万不要受人挑拨闹事，闹事是闹不出粮食来的，只能越闹越穷！只有种好庄稼，做好手艺，求得温饱，那才是正路。"

一个老人走出来，说："不是旱就是涝，咋能种好庄稼？"李冰说："本人此番奉秦王之命守蜀，就是要治水兴蜀，使蜀郡的父老乡亲们都能过上丰衣足食的日子。"杜鹃说："我哥哥不正是建言治水吗，为何落得如此下场？""是呀，是呀，"卓石匠说，"李大人，我在咸阳遇见大人时就说过，蜀中水旱连年，百姓缺吃少穿啊，本分一点呢，就出外乞讨；不那么本分呢，就偷就抢。世道就不安宁了！王叕先生到咸阳建言治水，是为了蜀中百姓能吃口饱饭，过上安稳的日子呢。咋个就要判成死罪咧！"李冰说："经本守沿江审问，王叕先生的案情已经弄清，我在此向众位父老乡亲郑重宣布：王先生无罪。"

杜鹃和在场的人都感到惊喜，王叕尚持怀疑态度。李桂阳高声地说："那就应该释放王先生。"李冰扫视一眼，说："可以啊！"回头对二郎说，"给王先生去了刑具。"二郎与王叕打开锁链。周庸提醒李冰："大人，是不是……"李冰说："就这么定了。"转对王叕，"王先生自由了，回家去与亲人团聚吧！"

王叕、杜鹃感动得热泪滚滚，扑通跪地。王叕说："小人早已无家可归，就只有小妹杜鹃一人，愿追随大人鞍前马后，治好蜀水。"

卓石匠一家和李桂阳也跪地高呼："愿随大人治水！"山上山下的灾民纷纷跪地，齐声："愿随大人治水！"声震山谷。

相信"民为贵"的李冰也感动得热泪盈眶，他面对可敬的百姓跪下了！

在成都郡丞府的花厅里，"啪"的一声，一只彩绘陶碗被掷得粉碎。几案前，公孙若气得脸色铁青，呼呼地直喘粗气。公孙若夫人走来，说："光生闷气有个屁用，我早就说了，你这个同窗好友难以争取过来，得想办法撸掉他！"公孙若起身就朝外面走。

夫人唤道："你到哪里去？"公孙若说："找何坚。"

何坚正在御史府厅堂，一脸严峻，他已经听得公孙若的说辞，说："本史确实未曾料到，他竟然一意孤行到这种地步！"公孙若说："为叛逆翻案，蜀郡刁民必然翻天，蜀郡大局将不堪设想了！你这个监御史也没法当了！"

何坚说："大人放心，本史亲自到湔氐道，让他收回成命！"

玉屏山脚下的平地上，卓石匠、李桂阳等十多名百姓在平整地基，搬运木料，准备修房。掌墨师拿着墨斗、皮尺和一个小伙在量地。卓石匠说："还是要整宽大点哟，都水曹要设在这里啊。"掌墨师说："我也是这个意思，还想修楼房呢，可大人不准。"李桂阳说："是要修好点，说不定等大堤修好了，这里会发展成一座城呢。"一个姑娘向往地说："山环水抱，那一定是蜀郡最美丽的城！"

午后的都江岸边，在原来公孙若坐在那里画图的地方，此时正坐着李冰。他在对照山形水势审核公孙若的治水图。他一会儿观察，一会儿看图，一会儿踱步沉思。直到太阳偏西，周庸走来，挨近李冰，说："大人，你对郡丞大人的这个设计有何高见？"李冰说："周庸呀，你是专司农水的官员，也算是理水行家，你对这个设计就没有看法吗？"周庸说："卑职曾向郡丞大人提过，筑堤工程难度甚大。"李冰说："仅仅是筑堤难度吗？"指着图上说，"对面是大面山，这边是玉垒山，山有多高，水有多深？水面有多宽？都江从群山中奔来，全程有多长？流速有多快？水流量有多少？枯水季节是多少？洪水季节是多少？水中夹带的泥沙是多少？人工湖能储存多少水量？长堤要承受多大的冲力？筑堤壅水对都江上下游有什么影响？这些基本情况，你们弄清楚了吗？"周庸说："有个大体估算。"李冰说："要精确。扁鹊之所以成为神医，就在于他对于人体的各部位，五脏六腑、骨骼经脉乃至每个穴位都了如指掌，所以才能做到对症下药，药到病除。大江大河和人一样，也是有生命的，有血肉、有骨骼、有水经、有水脉。连脉都没有号准，怎么能治病？治水和治病都是为人造福，弄不好，就会给人造祸造死！"顿了顿又说："搞治水工程千万不可急功近利！""大人，"周庸说："郡丞搞这个方案，也不是一时的心血来潮，而是遵奉太后的旨意，创新政绩。"李冰说："太后说过要在这里造个大湖？"周庸不吱声。

二郎牵马走来，说："父亲，该回驿站歇息了。"李冰又对周庸说："政绩不是做出来给上面的人看的，治理都江，要着眼全局，着眼长远，还是从长计议吧！"说着朝上游走去。周庸望着走去的李冰，一脸不满！

斜晖脉脉，都江边的白沙驿站①，李冰父子和周庸暂住在这里。

门外有卫士站岗、差役倚马值班。站内小院中，有序地列着三个大陶缸、三只大木桶。上面画着一、二、三的符号。王羕和羊摩领着几名羌人男女青年背水进站，特从都江取来的水，分别倒入陶缸和木桶中。杜鹃和卓妈妈在厨房中烧水做饭。羊摩问王羕："大人要搞什么试验？"王羕答："检验水中含有多少泥沙。"

正说着，只见李冰父子和周庸回站。杜鹃给众人上茶。李冰说："吃了晚饭，大家就歇息吧。"

入夜，羌寨羊摩住处，皎洁的明月，照着羌寨，石砌的屋顶上闪着银辉……王羕和羊摩在山坡上徘徊。羊摩说："新郡守的作为真还有点新意啊！"王羕说："此人曾游学临淄，从他的言谈中，可以看出他知识渊博，能知天文晓地理，对各家各派的学问都涉猎过，他对法家学说好像有点保留，对墨翟、李耳、管仲、孟轲的学说似乎比较钟情。"羊摩说："秦王能任命这么一个人当蜀守，真是难得呀！""是的，"王羕说，"不过，这只是初步观察。愚兄想，无论他是在重用还是利用我们蜀中士人，都要促成他治水成功。治水兴蜀，毕竟是为生民立命啊！"

---

①今都江堰市西的白沙街，此地在白沙河与都江汇合处，是西进的要隘。

　　两个人一边说着，一边朝住所走去。羊摩说："高志老弟越来越偏激了，他跟那个游侠搞在一起，不知道想干什么？"

　　王叕说："谁知道，过于偏激，无济于事。有机会，还是要争取他。"

　　一阵鸡啼声，旭日渐渐东升，白沙驿站的早晨格外清馨。李冰和周庸都来院中观察水中沉淀物的情况。他从水桶中捧起泥沙观察，周庸也捧了一把来看。须臾，王叕和羊摩走来，李冰指着缸中的水说："看看水中的积淀，就可知道从山谷中奔来的江水所含泥沙、细石甚重。"王叕说："是这样。"李冰说："把数据记下来，再做个试验。"王叕说："是。"便去拿来笔砚。李冰说："今天要在不同的水域取水，激流处、平流处、回流处。"王叕就在水桶上分别写上"激""平""回"三个篆字。

　　在玉垒山的再雟古道上，何坚骑着马，后随两名卫士，朝上游走去。

　　白沙河与都江汇合处，李冰和二郎、王叕站在岸边观察。后面站着拿标杆、绳索的卫士。李冰来回观察了一阵后，对王叕说："把两江汇合后河面的宽、深，水流速度都测量一下。""是。"王叕颔首。这时，一个卫士策马来报："何坚大人要面见大人。正在驿站等候。"李冰说："我就回去。"

　　驿站中，何坚端着茶碗，边喝边问杜鹃："你就是那位拦车喊冤的杜鹃姑娘吧？"杜鹃点头。何坚说："你在这里做些什么呢？"杜鹃说："给郡守大人烧茶煮饭。"杜鹃走去。何坚"哼"了一声。

　　须臾，李冰从外走进。何坚迎上呼："郡守大人。"李冰应道："坐吧，有什么要事吗？"何坚也不坐，质问道："请问大人，为何无罪开释王叕？"李冰耐心解释说："王叕在咸阳悬挂《建言治水书》，不是在咸阳闹事，朝廷设冀阙如同帝尧立谏木一样，本来就是为了广纳谏言。建言书讲治水关系国家的兴衰成败。蜀中曾有蜀王治水的传说，建言书主张借鉴前人治水的经验教训，这不能定为怀念蜀王蛊惑民心。建言书还批评了张若大人治蜀失策，主要是说他只强调了战，忽视了农耕；只重视修城，不重视治水，不关心农夫的死活。是不是这样？朝中已有公论，这怎么能定罪诽谤朝廷命官呢？至于说他的祖父曾因蜀侯恽一案而被杀，事已过了二十多年，怎么能再株连第三代呢？"

何坚说："三年前，王叕煽动成都百姓砸水铺，殴打朝廷命官，这不是搞叛乱吗？"李冰说："赤水街事件本守亲自做过调查，有众多百姓作证，煽动这件事的人是'青城游侠'不是王叕。蜀中心怀异志、图谋不轨的人确实有！何大人想过没有？为何你押解王叕归蜀在朝天关遭到拦截？本守带王叕上玉垒山又遭到围攻？这当然有人在暗中操纵，而且此人消息灵通。对这样的人才应当加以追究，捉拿问罪。办案，要注重事实，注重区别啊！"

何坚说："大人高论，卑职不敢置喙。不过，大人此举，是否过于独断了呢？连招呼都不打一个！""何大人，"李冰说，"本守没有打过招呼，你怎么知道此事呢？"

"这——"何坚顿时语塞。李冰趁机说："朝廷法度，郡守有'决讼断辟'之权，本守此举也并未超越权限。"何坚说："监御史也有监察、弹劾一郡官吏之权。"李冰问："你想干什么？"何坚说："请大人立即收回成命，下令逮捕王叕！"李冰说："要是本守说不呢？"何坚说："上奏朝廷！"言讫，转身就走。

李冰被激怒了，他大喊一声"站住"，忽又摸腰间丞相赠玉，旋即冷静下来。挥手说："你走吧，去行使你的职权吧，本守决不干预！但必须把我刚才讲的话一并呈上。"

何坚走出驿站，李冰坐下，刚想平静一下，都水长周庸又叉着腰进驿站，他装着肚子疼的样子，对李冰说："大人，大人，我肚子疼，告假，告假。"李冰瞟了他一眼，说："想回成都治病？""对，对。"周庸说。"去吧。"李冰挥手。"谢大人！"周庸作揖退出。

李冰盯着周庸的背影自语道："他们想干什么？"

第二十一章　深山历险

（一）二郎擒龙

成都郡丞府的书房中，公孙若正在听取周庸禀报。

"现在，"周庸说，"王叕已成了李冰郡守的帮手了，要上大人的治水方案，恐怕很难。"公孙若问："他对治水方案说什么来着？"周庸答："他说脉都没号准，怎么治病？"公孙若问："说我脉都没号准？"周庸点头："还说治理都江要着眼全局，着眼长远，从长计议。""明白了，"公孙若说，"你回府好生养病吧！""谢大人。"

周庸刚退走，蹇侯便走进来了。

"侯爷请坐。"公孙若招呼。蹇侯也不坐，说："他敢于为王叕翻案，就敢于否定你的治水方略。老弟，不要碍于情面，要想法撸掉李冰才是。"

"不容易，"公孙若说，"他是大王亲自任命的，又得到杜仓、司马错、田贵这些老头子的支持。太后也发过话。"蹇侯说："太后发过话？你可没有给老夫说过啊！"公孙若说："我也没有亲自听到过，是小妹转达芈相的指示信中说的。"

蹇侯问："太后讲了些什么？"公孙若想了想，说："大概的意思是说春兰秋菊各逞一时之秀，人家既然有奇彩异香，就让人家秀一回嘛。他入蜀后的作为只要有利于秦国的国家利益，没有什么逆言逆行，就不要过于刁难和掣肘。根据太后的懿诏，芈相才要我们争取他，为我所用。本人也觉得，朋友一场，他能当上郡守也不容易。就成全他，让他秀一回吧，可他……唉！"

蹇侯说："还是太后英明啊，让他秀一回的前提条件是没有什么逆言逆行。他公然当着众多刁民的面，宣称王叕无罪，并当场释放，这就是最大的逆言逆行。而且，他的矛头是针对太后的。"公孙若说："他不会承认的，已对我说过了，称王叕一案与当年蜀侯恽、王婴的旧案无关。"蹇侯说："这就是他的高明之处，他一步一步来啊，最后必然要把案翻到太后和魏冉将军的头上。我怀疑，他的背后有人指使。不然，为什么对你我苦口婆心的劝说无动于衷？"公孙若说："你说的是丞相杜仓？"蹇侯点了点头："这老头知道，太后的兄弟魏冉现在在赵国当挂名宰相，迟早是要回秦国掌大权的。杜仓为了保自己的相位长久，必然要向太后和魏冉姐弟泼脏水。"公孙若说："很可能。""所以，"蹇侯说，"我们不能上李冰的当，要把王叕和他爷爷的旧案紧紧联系在一起，收集李冰入蜀后所有的逆言逆行，写成奏章，通过芈相，直报太后。"公孙若说："何坚已在写了。"蹇侯说："他只能给朝廷的御史和廷尉写官面文章，而且，按规矩，还得附上李冰的陈诉，能起什么作用？"公孙若说："至少可以起到投石问路的作用吧。"蹇侯想了想，说："为了慎重，先听听朝中的反应也好。老夫以为，李冰外柔内坚，城府很深，他在下面辛辛苦苦地跑，为什么？收买人心哪！真要撸掉李冰，最后，还得由老弟亲自出马。"公孙若说："必要时，我会到咸阳的。"蹇侯说："到咸阳是不能空着两手去的，这一回，礼轻了怕不行，得送厚礼，从现在起就要开始做准备。"公孙若说："美玉、百猴丹、珍贵兽皮还是拜托侯爷准备。"蹇侯说："老夫立即派人进山。"

白沙驿站内李冰住室，墙上挂着一幅都江流域的帛画地图。李冰正在与王叕、羊摩谈话。王叕问："大人还要进山考察都江源头？"李冰说："对，本守决定亲自进山踏勘。"羊摩问："大人有何想法？"李冰说："本守已有一个初步构想，要对都江上游，"指图说，"这一段进行实地踏勘后才能定夺。要知道，水利工程一旦建在河里，就将改变水沙流动态势，从而使河床发生演变，故不能孤立地以工程论工程，要从一条河的整体来作考虑，比如，一个最基本的问题是，"指图又说，"都江发源地的水储量怎样？它在这段崇山峻岭中的运行情况怎样？它的河床构成主要是泥沙还是鹅卵石？这些问题不搞清楚，引水工程的建设就失掉了依据。"王叕说："大人之见甚是，我辈也在讲治水，但只是从书本到书本，并未做过实地考察，一到工程的具体构建就感到茫然。"李冰说："书本上的东西也是有用的，它给后人提供经验教训，当

然，要看你如何读书了，比如《夏书·禹贡》讲'岷山导江，东别为沱'。治水的地址选在岷山，而且强调一个'导'字，这就很有启发。在都江正流引水，开出一条江来在平原上绕一圈又回到都江，这叫'东别为沱'，对我们也有启发。但是江沱开得不成功，一是进水口没有选好，它的流向也不对，又没有解决泥沙的淤积问题，这样江沱发挥的作用就不大，甚至，在洪水季节成了一条害河！我们建渠首工程和在平原上开江，就要吸取古人的教训，不能重复他们的错误。"羊摩说："大人这番话，对我们也是很大的启发。"说完站起来，"进山吧，我给大人做向导。"

在公孙若的客厅里，他打开一方信牍，二郎坐在他的对面。公孙若看信牍，响起李冰的声音："为兄正根据山形水势的实际，来审视贤弟的治水方略，一旦考察完毕，就做出答案，愚兄劝贤弟不要着急，千秋大业应从长计议。"公孙若一脸的不高兴，放下信，对二郎说："请你父亲回来主持全局，一郡之守哪能老在下面跑呢？"二郎说："父亲决定了的事，怕很难改变，请公孙伯伯按要求给他准备干粮吧。"公孙若想了想，说："我准备。不过，伯伯要你给你父亲带句话，就说伯伯的治水方略已上报朝廷治粟内史府了。"二郎点头："好。"

郡丞府的后花园，是一座繁花绿树的园林，流红滴翠，迎门，一个古色古香的青铜架子上，摆着一块细长而玲珑的玉石。园中有假山流水，亭台水榭，美不胜收。

二郎和公孙红走来，从玉石前经过，二郎说："这块玉石真漂亮！"公孙红说："你喜欢，我叫父亲送给你。""可别，"二郎说，"乱接受别人的东西，父亲知道了，是要打我屁股的。""打屁股？"公孙红说，"你父亲打过你的屁股？"二郎说："小的时候。"

二人说着，走到小亭上。二郎凭栏望着假山，问："这假山是按岷山的样子堆的吗？"公孙红说："不知道，我没有到过岷山。二郎，你和你父亲真要去钻深山老林？"

"嗯。"二郎点头。公孙红："那就是说，你父亲要否定我父亲的治水方略？"二郎回答说："没有听父亲说过。""可是，"

公孙红说，"你父亲的这一行动已经表明了这种想法。"二郎说："治水是为子孙万代造福，一点也马虎不得。不到都江上游亲自踏勘，采用什么方案？父亲难以定夺啊！"停了停，公孙红问："二郎，要是你父亲和我父亲将来闹得势如水火，你我怎么办？还能交往吗？"二郎说："红红，你把问题看得太严重了吧？怎么会呢？"公孙红："怎么不会呢？王叕一案，治水方略，两件事都被否定，叫我父亲怎么想得通？"说着，竟然流泪抽泣起来。

"红红，"二郎看着她说，"不是谁否定谁的问题，要看问题是否处理得正确？我相信，两位长辈有足够的智慧来处理他们之间的分歧。"说着走近公孙红，亲切地告诉她："我们两家永远是朋友。"

公孙红望着二郎："你这样想吗？"

"发自内心，"二郎说，"红红，无论是官员还是百姓，对同样一件事有不同的看法，是很正常的。长辈之间发生了矛盾，我们做晚辈的只宜相劝，不宜火上加油！"

"谁火上加油了？"不知何时，公孙若夫人已站在小亭前，蹦出了这么一句。

"伯母！"二郎招呼。公孙若夫人冷淡地："二公子，你走吧，跟你父亲去创建千秋大业吧。"公孙红："母亲！"公孙夫人瞥着女儿："没出息！"

夜幕降临，月亮升起。公孙红在床榻上辗转反侧，睡不着觉。迷迷糊糊中，二郎朝她走来，说："我们两家永远是朋友！"

"你这么想吗？"

"发自内心。"

这时，母亲的训斥声响起来："没出息！"

二郎顿时消失。公孙红哭了……

清晨，孟谦带着两个衙役牵两匹驮着干粮的马朝成都西门走去，二郎早已等候在那里了。孟谦说："这些干粮，足够十个人吃一月了。"二郎道谢，正欲起程，公孙红骑马奔来，说："你真要走呀？"二郎点点头。公孙红说："都江上游，山高林密，野兽毒蛇凶猛，还有山精呢，谨防把你给吃了！"二郎说："我不怕！"

马上的公孙红说："不怕死，你就去吧。"说着将一个行囊扔给二郎，拨马而去。

二郎打开一看，是些制作精美的点心。他笑了。

雅间里，塞侯躺在欢娱楼的安乐榻上，闭着眼睛，玉璜正给他捏肩。玉璜说："干爹，听说郡守要深入岷山考察？"塞侯睁开眼睛，阴毒地说："他进得去吗？"

岷山巍峨壮观，气势磅礴的崇山峻岭，峡谷中都江奔腾，惊涛拍岸，浪花飞溅……

李冰、二郎、王叕、羊摩出现在江边，后随四个牵马拿测杆、抓子、绳索的卫士。李冰手持杖尺，头插着一支笔，二郎手拿一轴素绢。李冰观察一阵后，取上头上的插笔，二郎即打开卷轴，李冰在上面写画。

一行人来到都江与龙溪河汇合处至龙池，站在两江汇合处观察。羊摩介绍："这是汇入都江的一条支流，名叫龙溪河。"李冰问："从东西两岸汇入都江正流的支流有多少？"羊摩说："没有精确的计算，大约有一百三十多条支流、溪沟汇入。"李冰说："这叫大江不择细流，故能成其大。"又问，"龙溪河的水源来自何处？"羊摩说："上面有个大池。"李冰说："看看去。"羊摩说："这个地方很少人去。"李冰问："为什么？"羊摩说："传说有条白龙盘踞池中，时常兴风作浪，血嗜生灵，殃及六畜。"李冰笑着说："没有这么可怕吧？夏朝时君主孔甲不是养过两条龙吗？一条雌龙被下人养死了，还做成肉酱给他吃了呢！走。"

弯弯曲曲的山道，两旁绿树遮天。李冰一行走来，边走边聊。二郎问："真有龙吗？"李冰说："古书上说有。"二郎问："什么样子？"李冰说："生于渊，行于无形，游于天。"二郎说："生在水里，又可以任意在天上飞翔，真神啦。"王叕说："就是有点神，其实很可能是人们根据蛇、鳄、蜥蜴这些鳞虫想象出来的。故有'蛇化为龙，不变其文'的说法。"李冰说："王先生的解释有道理，从殷商时刻在龟甲上的文字看，龙字与蛇的形象相似。后来，刻在铜器上的龙，不过只是增加了鹿的角、鹰的爪、虎的掌、鱼的鳞、牛的耳，这样龙就变得更威严、更神气了。"二郎说："为什么会有这种变化？"李冰说："要人们既崇拜它，又惧怕它。"

不知不觉中，一行人来到了龙池边。四周皆山，形如偃月。湖中青山翠竹倒映，湖水清澈如镜。李冰定睛一看，称赞道："这里风景绝佳啊！"王叕走到池边，俯身注视水下倒映着的山林，说："那水下的倒影，还真的有点像龙住的宫殿呢？"

"是吗？"二郎朝王叕站的池边走去。

猛然间，一阵旋风刮起，湖中涌起波涛，一股青烟裹着湖水打着旋儿往空中绞。王叕一怔："还真有龙呀？"话未说完，一条白蟒从水中猛地蹿出，昂头吐舌，要咬王叕。二郎眼疾手快，推开王叕，一把抓住了白蟒的脖子。众人大惊！李冰喊："别松手，别松手。"白蟒用力缠二郎，二郎鼓着肚子与白蟒搏斗，滚入池中，在水中翻滚、沉浮……

卫士长提着绳索跑来，喊："二公子，把蟒头撑出水面，撑出水面。"

二郎奋力把蟒头伸出水面。卫士长将打着活结的绳索抛去，使劲一勒，套住了蟒头。二郎凹肚，岸上的卫士长一拖，白蟒从二郎身上滑脱。卫士长拉蟒的头，二郎拉蟒的尾巴，在水面上猛抖，蟒骨被抖松，三丈长的大家伙被制服了，把它放在水中也动弹不得了！

李冰诙谐地说："别伤了它的性命啊，它可是龙王爷的太子呢！"

二郎牵着瘫痪了、只能摆尾的白蟒朝池中央游去。

——"二郎擒龙"的故事，在成都平原广为流传。但有不同的版本，不同的说法。有的说锁龙处在伏龙观离堆下的深潭处，有的说捉龙处是在青城前山的王婆岩，有的说与龙大战的地点是在新津望娘滩，有的说就发生在这座池里。白龙经二郎教训后，不敢乱来了，规规矩矩吐水为民。"二郎擒龙"的故事尽管版本不同，但这些传说集中地、曲折地、变相地反映了一个主题：李冰父子治水所经历的艰难和险阻！

（二）二郎被掳

走过横跨急流的索桥，大雾弥漫，李冰父子拉着竹筒从索桥上滑过，惊险异常。茂密的山林中，一群蓝面翘鼻的金丝猴，在树上纵横跳跃、往来嬉戏，相互追逐。李冰一行走到林边，望着前面林中猴群，立刻止步。他生怕惊动了群猴，低声说："它们玩得正欢呢，我们绕道而行吧。"

"嗖、嗖、嗖——"三支响箭向猴群飞去……"吱、吱、吱"三只中箭的猴子从树上掉下，一只奄奄一息，一只在地上挣扎，一只带箭奔跑……忽然一声呼哨，冲出十多名执弓箭、长矛、提麻网的捕猴人，他们的头上、身上都用树枝叶作伪装。捕猴人将两只受伤的猴子捉入麻网中，又去追捕逃跑的猴子。

李冰命令众卫："阻止他们，不准捕杀猴。"四卫士立刻向捕猴人奔去，截住他们："站住，不准捕杀猴！"捕猴头目号叫："谁敢阻拦，格杀勿论！给老子杀——"十多名捕猴人围着卫士厮杀……

林边的李冰望着眼前的一切，说："太嚣张了，二郎去助战，抓两个活口。"

"是。"二郎提剑，一个雄鹰展翅，张臂屈腿如天马行空，穿过树丛，直取那身手不凡的捕猴头目。几招过后，二郎把他手中的长矛削为两节，头目大惊，定睛一看，惊呼："二公子！二公子！别打了，一家人，一家人啊！"捕猴人与卫士停止打斗。

二郎问："你是……"那人揭下头上的树叶帽，说："我是铮奴呀！给二公子表演过'龙虎斗'，还指点过你如何擒蟒？你忘了？"

李冰带着王叕、羊摩等人走来，问道："怎么回事？"

铮奴说："我们都是蹇侯府上的人，奉郡守府的命令进山捉猴。"

"奉郡府之命？"李冰说："郡守府下过这样的命令？"铮奴说："咋没有呢？前面石鼓不是设有郡府的山货栈吗？"李冰蹙眉。

石鼓山道边的收货栈，有序地排列着三间干栏式的木屋，树皮盖顶，上长苔藓。木屋分两层，正面，有木梯相通，上层住人，下层关养动物。

此时，这三间木屋关了几只猴。附近，有两个差役执矛警卫。正中一间的木屋檐下，飘着一条黑色长幅，上有篆书"郡府山货收买栈"。木屋中，寨侯的大管家正与莫扎谈话。这个莫扎是冉駹族的头领，又曾由朝廷赐爵封为"伯"，在秦设的湔氐道挂名任事。此人与郡府有来往，和寨侯关系密切。

管家说："这批玉是贡品，一定要玉溪河产的。"莫扎说："这玉溪河属羌寨头人木姐丹曼管辖，此人心高气傲，对上贡一事，颇多怨言。"管家说："侯爷说了，此人在羌寨颇有影响，还是要争取她。听说，你看上了她的大女儿，何不屈尊驾拜她为岳母呢？这样，今后的事就好办了。"莫扎说："这得送厚礼呢。"管家说："侯爷给你准备了。"他从屋角的木柜中，提出三个麻袋出来，摆在莫扎的面前，说："这是金，这是银，这是贵重首饰。"莫扎说："我就委曲一回，去求求她吧。"管家说："大丈夫，能屈能伸嘛！"

铮奴带李冰一行，攀枝踏草疾步前行。木屋上下，管理收货栈的小吏噌噌地登上木屋上层，说："郡守视察来了。""啊，"管家一怔，说，"下楼迎接。"

两人刚一下楼，李冰已经出现在他们的面前，栈吏、大管家齐跪："参见大人。"李冰扫视一圈，发现关着的猴，他的脸都气青了，他要骂人了，"你们浑——"忽然摸着腰间佩玉，旋即冷静下来，轻轻吐了口气，说："尔等也是奉命而为，站起来吧！"两人站起。

李冰问："这收货栈建了多少年？"栈吏说："七八年吧。"李冰问："一年捕捉多少只猴？"栈吏说："至少一百只。"李冰说："这是犯罪，犯罪啊！尔等知道吗？猴是从远古流传下来的活宝贝，有了它们这山才有灵气，赶尽杀绝，这山就成了死山！本守命令，从今天起，不，从现在起，这收货栈立即关闭。""大人，"栈吏说："这货栈，是郡府专为采集敬献朝廷的贡品而特

别设立的啊！""是呀，是呀，"蹇侯管家说："有些贡品——象
百猴丹是专为太后炼制的。"李冰："不要推在太后身上。太后有
旨，要蜀郡为她炼百猴丹吗？保护自然环境，朝廷是有法度的，弃
灰于道，随便摘人家一片桑叶，都是要判刑的。""大人，"栈吏
又说："关闭了这个货栈，小人，还有十来名弟兄干什么呀？"李
冰踱步沉思。

羊摩走近李冰，低声地说："栈吏通晓羌语，还可使用。"王
叕建议："建个护山所吧。""善，善，"李冰走近栈吏，说：
"本守决定将郡府收货栈改为郡府护山所。"栈吏问："做什么
呢？"李冰说："本守下一道封山令，严禁任意砍伐树木；严禁捕
杀猴和山中的一切飞禽走兽。违者，一律逮捕法办。你们的任务就
是维护本守这道命令的执行，平时栽树、巡山。"栈吏说："谢大
人！"李冰说："不忙谢，本守一年之后来视察，干得好，本守升
你为护山令；干不好，就撸了你。现在，你就给我具个结。""我
给大人写。"栈吏退走。李冰对管家："你负责把伤了的猴医治
好，把关在笼中的猴全放了。"大管家回答说："是。"李冰恨恨
地说："现在就放。"大管家赶紧对守笼的差役，说："快放，快
放。"差役打开铁笼，猴欢跳着从李冰面前走过，向林中奔去。

李冰笑了！

蹇侯正在庄园里陪着公孙若转悠。蹇侯问他："李冰进山多少
天了？"公孙若说："十多天了。"

"侯爷。"大管家骑马奔来，滚鞍下马。

蹇侯问："这么快就把事办完了？""全砸了！"管家说：
"我是连夜赶回来的，我们碰上了进山的李冰大人，他把郡府的
收货栈关闭了，改名为郡府护山所。还下了道封山令，严禁捕杀
熊猫、金猴，砍伐树木。"蹇侯气得咬牙，半晌才说："李冰是
处处与我们作对啊！"公孙若说："侯爷不是说，有妙计阻止他
进山吗？""是呀，"蹇侯说："老夫已有安排，就让他魂断深
山吧。"

羊摩带着李冰一行走到一处迷雾笼罩的山谷。在谷口，羊摩
说："前面就是断魂谷，穿过峡谷是条捷径，就是雾气太大！"

李冰说："是捷径就走，雾气有什么可怕？"

他们走进峡谷。峡谷中浓雾翻腾，寒气逼人，四周的景物若隐若现……李冰一行摸索着，朝前走去。忽地，从前面谷口传来一个女人的尖叫声：地有地魂，山有山精，玉女守门，凡人远遁。

"山精？"二郎惊呼。李冰说："什么山精？这不是人的语言吗？"

他们抬眼望去——迷漫的雾气中，前面谷口的一方岩石上站着四个化妆奇特的女巫，戴着大耳环，头戴高约三尺的尖帽，帽上有不同的枝杈和圆形装饰，帽后有两条长长的飘带，身穿无袖分衩长裙，裸露着臂和腿，赤脚，腰间有皮带围束，前有铜盘扣饰，每人手里都拿着一支长长的竹筒乐器，似箫非箫，似笛非笛。她们狂舞着……她们吹巫乐……乐声恐怖刺耳，如同鬼哭狼嚎，夺魂摄魄！李冰等人闻声脑涨欲裂，周身无力，纷纷倒地。

李冰双手捂耳，挣扎着，站起来，喘着粗气说："捂耳，快捂耳，大笑，啊，哈哈哈哈……"二郎等人急忙捂耳、站起、大笑："啊，哈哈哈哈……"

"啊，哈哈哈哈……"

声震山谷，空气振动，瓢泼大雨哗哗而下……

在岩穴中，李冰依岩而坐，他望着滴滴落下的雨水，问："还头昏脑涨不？"大家说："不了，不了。"卫士长说："这山精还真厉害，就凭乐声就可置人于死地。"李冰笑笑："不是山精，是女巫。"二郎问："女巫？"王叕说："有人在给郡守大人下套啊！"羊摩说："肯定是。卫士长，快去抓吧。""算了，"李冰摆手，"不过是受人指使。况且，人家表演音乐舞蹈欢迎咱们呢，凭什么治罪啊？"二郎说："便宜她们了！"李冰说："这女巫很有点学问啊，她还会吹奏古老的《桑林》之曲。"王叕说："《桑林》之曲？怎么回事？我不懂，羊摩兄你知道吧？"羊摩说："你老兄都不懂，我还晓得啥？大人，讲讲吧。让我们长长见识。"

李冰说："巫师征服人，主要靠巫术。古时巫乐巫舞都是巫术的一种，它有着浓厚的神秘色彩和威慑力量。《桑林》是商王成汤在火上自焚时所用的乐舞，后来很少演奏。因为宋国是殷商的后裔，所以，保留了这一乐舞。宋平公在楚丘宴请晋悼公时曾请他欣赏《桑林》，结果把晋悼公惊吓得魂不附体，害了一场大病。"

二郎问："巫术就这么厉害？"

李冰说："其实破它也很简单，不信、不听、不沉浸入它的那个仪式中，就不会上当了。"二郎说："应当下令禁巫。"李冰说："信仰用命令未必能解决。何况巫师当中有些是学问家呢！我估计塞侯搞的什么百猴丹就是这些巫师炼的。"二郎又问："巫师真有学问？"李冰说："在上古时代，巫师担负着人与神沟通的使命，国家的大凡小事都取决于巫师，治病也要靠巫术，古蜀国的巫风曾经相当盛行，什么鱼凫、蚕丛、杜宇、鳖灵，他们很可能既是君主又是巫师。王叕，你讲杜宇败走王城时，曾将许多玉石祭器、青铜面具付之一炬，并深埋于祭祀坑中，这只有巫师或相信巫术者才能干得出来。"

"大人高见，"王叕说，"正因为蜀中曾经巫风盛行，影响至今，塞侯倡导敬天保民，祭江神，用活人作牺牲，才得以通行无阻啊！"

李冰沉思，说："这是个大问题啊。"

羌寨的正房里，木姐丹曼手拄黄羊神杖，询问眼前人："莫扎头领来到敝寨，又有何事呀？"

"大事，"莫扎说，"塞侯有令，要贵寨出玉百斤，敬贡朝廷，指定要玉溪河出的上品。"木姐丹曼大为不满："又要纳贡？"

"买。"莫扎将一袋银子放在案上。木姐丹曼不动声色。莫扎又将一袋首饰放在案上，他打开，捧起各种金银首饰，说："这是送给您老人家的。"木姐丹曼说："送这么些金银首饰怕不仅仅是为了百斤美玉吧！""寨主英明啊。"莫扎一下跪倒在地。木姐丹曼哂笑："你可是冉駹寨的头人，又是湔氐道的官啊。男儿膝下有黄金，你这么一跪，不感到太掉价了吗？"莫扎回答说："在下要拜寨主为岳母大人！"木姐丹曼问："你看上了我哪个女儿？"莫扎说："羊角。""你有眼光呀，"木姐丹曼说，"不过，女大不由娘。羌人有羌人的规矩，择偶自由。"莫扎一拜再拜，说："求寨主成全。"木姐丹曼说："你要去求羊角成全。"

在禹石岭上有一棵大黄桷树，奇特的是这树抱着一块石头。后来，人们在下面树了碑，故此地又被称为"禹碑岭"。

李冰一行正站在大黄桷树下观察，山下的流水蜿蜒曲折。王叕指着远处说："那里就是杂谷脑河和都江的汇合处。"李冰说："看来杂谷脑河水势不小。""是的，"王叕说，"故有人称为沱水，说是大禹所开。"李冰很感兴趣："是吗？"羊摩见状，说："有关此事，我们羌寨中还流传着一个神奇的传说呢！"

二郎插嘴道："说来听听。"羊摩说："传说当年大禹就站在我们现在站的地方指挥治水。"他走到树下，摸着嵌进了树身的那块石头，"这块石头就是当年大禹坐过的。后来又有人在此刻碑，故此地又称禹碑岭。"二郎说："我情愿相信这是大禹坐过的一块石头。"羊摩说："我也是。传说，大禹之前都江和杂谷脑河之间有一座突兀的山峰挡道，大禹来此治水，要将它凿开，但无论如何凿不通，大禹忧心如焚，不知如何是好。大禹的夫人女娇看见丈夫整日愁眉苦脸，就对她的一儿一女说，我们去帮助你父亲把那山峰凿开吧。女娇就去请女山神色姆帮助，讨来三颗仙丹，吞下后，母子三人变成了一群力大无穷的山野毛猪，去到工地猛力拱山掘地，果然开辟出一条水道来。禹是圣人，独具慧眼，知道是妻儿所为，便在家里准备了丰盛的筵席，想慰劳妻儿，夫人知道丈夫已发现她们变毛猪拱山导水的事，觉得变猪的形象太丑陋了，难以见人。羞愧之下，避禹出走。"

那奇山秀水间，羊摩的话荡荡悠悠缥缥缈缈。二郎问："到哪里去了？"

羊摩说："越过都江上游弓杠岭逃到了西凉国，定居下来，后来，当地的百姓知道大禹夫人助夫治水的高尚品格后，就坚决禁食猪肉。失掉了夫人的大禹在此举目凝望了三天，但因治水任务繁重不得不离去，只留下一块坐过的石头。"

王叕叹息说道："这个传说很感人。"李冰就近采了几枝野花放于树碑前，说："治水就要以大禹王为榜样。"

莽莽的原始森林，阴暗潮湿，李冰一行在杂草灌木中穿行，枝柯交错，绿叶重重，凉气森森，不见日影。地上铺着一层厚厚的枯树叶和青苔。人在地面上走，像走在棉絮上，李冰用力一踩，地上出现了一个窝，冒出水来。

李冰说："这下面藏有丰富的水源。"

王叕说："大森林是大江河的兄弟姐妹。护江要护山，护山要护林！"

羊摩说："老百姓讲，山上多栽树，等于修水库。水多它能吸，水少它能补。"李冰点头说："是这样，但需要坚持啊！"

他们一边说着，一边朝前走去。这时，羊摩抬头茫然四顾："噫，我们走到哪儿呢？"

李冰对二郎说："把'指南'拿出来，确定方位。"二郎赶紧从囊中取出指南，正在观看的时候，一只大熊猫出现，正朝前走去。

羊摩说："跟着大熊猫走，就可走到江边。""好啊，"李冰说，"我们试一试，看我这指南准确否？"

于是一行人跟在熊猫之后，慢慢走，慢慢游，爬坡下坎，穿林过溪，只见大熊猫来到水边低头饮水。李冰抬头观察山形水势，但见青山俊秀，二水争流，他们已来到热务沟与都江交汇处的岸边了。有顷，二郎展开卷轴，李冰从头上取下毛笔后奋笔疾书。

李冰见河里有一块露出水面的卵石，便提起杖尺，跨步到石头上站着，俯身观察河床。王叕说："大人，危险啦。"李冰说："水浅，无大碍。"

话犹未了，石头滑动，李冰顺势跌入水中，众人大惊，二郎纵入水中。水不深，只齐腰，但脚下卵石移动，站起来，又被冲倒，如此几次，一下冲了好几十丈远。

王叕、羊摩、卫士等赶紧追去，甩麻绳，撑竹竿，急呼："快抓住，快抓住……"

好容易李冰父子才抓住了绳索，把着竹竿上岸来。王叕焦急地说："大人，好险呀，下面就是深潭！"李冰一身湿漉漉的，冻得嘴皮发青，但十分兴奋，他哆哆嗦嗦地说："王叕，快记，快记。"

　　羊摩展绢，王叕拿起笔写。李冰说："我在水中为什么站不稳？原来河底的卵石是移动的，而且不止一层，是多层移动。看来这都江河床的构成不仅是泥沙而且还有卵石。如果在下游拦江筑堤、壅水为湖，必然很快被泥沙卵石淤积起来。"

　　王叕点头说："记下了，请大人、二公子歇息，生火取暖吧，这都江上游的水可是雪水，刺骨的冷啊！"李冰咬着牙关说："没，没，没事。"话音刚落便打了个喷嚏！惹得众人都笑了起来。

　　朗月悬挂在碧空，月光洒在清澈的玉溪水上，银辉闪闪，水下有漾青泛绿的光斑，那是深藏于水草和乱石中的美玉。溪边耸立着一座像天工神斧砍伐而成的悬岩，陡峭光滑，上有岩画。画的是：一轮红日下，一群裸体男女跪拜羊神。岩下燃着一堆篝火，火光映着岩画，忽闪，忽闪。篝火前跪着以羊角为首的八个披着青纱的裸体姑娘，她们是准备下水捞玉。捞玉是神圣的，按羌人传统规矩，先要敬羊神，等待夜阑人静之时才能下水。天上，月亮钻进了云层，大地灰暗起来，八个姑娘站起身来，脱落青纱，大姐羊角一挥手，七个姑娘跟着她纵入水中……

　　月照中天，李冰一行正在玉龙洞中歇息。

　　二郎睡在洞口，过了一阵，一个憨态可掬的熊猫来拱二郎，二郎坐起。熊猫转身走了，二郎拿起身边的葫芦喝水，发现没水了，便朝熊猫走去的方向追去。二郎穿过一片密林，来到河边，二郎抬眼一看，只见晶莹碧透的水中有八个拖着长发的裸身姑娘在摸玉。二郎惊奇，正欲转身回避，冷不防已被人一闷棍打倒在地。

　　旭日东升，照亮群山。"二郎，二郎，你在哪里？"呼声在山林中回荡。

　　李冰、王叕、羊摩寻觅着四处找来；在猕猴欢跳的林中，李冰寻找着儿子；在危岩边，羊摩喊着"二郎"。

　　"二郎！"王叕走到玉溪河边，发现地上的葫芦，他拿起看了看，举起叫着："有线索了，有线索了！"

　　李冰、羊摩跑过来，李冰拿过葫芦看了一阵，说："是我们用的。"王叕问："不会遇到什么猛兽吧？"羊摩说："这一带没有猛兽呀。"李冰察看地上的踪迹，判断说："被人抢走了。"

第二十二章　羌寨奇遇

（一）拒婚结亲

羌笛悠悠，碉楼高耸，那里有依山修建，石砌而成的古老山寨，层层坡地，柳絮飘飞，珙桐滴翠。在碉楼下的地牢里，二郎正被关在此处。他正从小窗往外观察，听着悦耳的笛声，感到分外新奇。

碉楼前的石径上，羊角提着一个小竹篮轻盈地走来。伴着笛声，那走路的姿态好像在跳舞。她，明眸皓齿、杏脸桃腮，芳兰竟体。包绣花头帕，用两根发辫盘绕作鬓，穿花短衫，衣领及绣口上镶排梅花形银饰，腰系绣花围袄，绣花飘带，带银牌、领花、耳环、圈子。

莫扎从石径拐弯处走出来，嗲声叫道："羊角姑娘。"

"莫扎大人！"羊角说，"你到我们羌寨来做什么？"

"给你送礼呀！"莫扎说着，拿出一个小木匣来，打开："你看，玛瑙戒指，是从成都买来的。"说完又去拉羊角的手。

羊角笑着丢开，说："拿去送你的情人吧！"然后朝前走去。

"羊角！"莫扎上前，挡着她，"难道你还不知道我的心意？"

羊角说："不知道。"

莫扎躬下身子，说："你母亲都答应了，要我向你求婚。"

羊角一边走一边说道："你可以求，但我不答应呀！"

莫扎挡在她面前，问："去看那个偷看姑娘摸玉的小子？"

羊角回答说："是妈姆要我去的。"

莫扎恐吓她说："我听说，那小子面目狰狞，简直像——像一只老虎。"

"哈哈，"羊角大笑，"人像老虎？那倒稀罕了，我得去见识见识。"说着从他身边走向前去。莫扎望着羊角走去的背影，咬牙切齿！

羌寨的地牢有石梯相通，门外有一个持刀壮汉把守。羊角走上前，拿出一块银牌向壮汉亮了亮，径直朝里面走去。

二郎从窗口发现有人进来，赶紧退到柴草铺前侧身躺下。只听一个姑娘的声音在窗口喊："老虎，老虎。"二郎不理睬，又传来捶打窗口的声音："老虎，老虎。"二郎坐起，凝目往外看去。

羊角被二郎的帅气镇住，眸子放光，心想："他叫老虎？怎么像我梦中的他？"于是招手说："你，过来，过来！"

二郎依言走到窗口，见那姑娘从篮中取出两个麦粑、两个雪梨塞过来，二郎接过，愣住。

羊角说："吃呀，是妈姆要我送给你的。"

二郎听不懂她的话，见她比画着仿佛在说："吃呀，吃呀！"二郎也早饿了，干脆啃了一口梨。

羊角点头："吃，吃，吃。"二郎大口吃着。羊角晒笑。

在山寨的石阁中，莫扎对木姐丹曼说："岳母大人……"

木姐丹曼问他："你求婚成功了？"莫扎摇头："羊角还没有答应。"木姐丹曼："那，你为什么叫我岳母呢？"莫扎："木姐头人，你不该让羊角去看那小子啊，还给他送吃的。"木姐丹曼问："那应怎么样？"莫扎说："尽快杀掉。"木姐丹曼说："这里不是你们牦牛寨，是羌寨，羌人有羌人的规矩，不审问清楚，就能杀人？""那，"莫扎说，"就尽快审问吧。"木姐丹曼站起，大声说："击鼓开堂。"

石阁外传来一阵"咚咚咚"的鼓声……

通往羌寨的山道上，李冰和羊摩、王戎并马而行，后面追随着一队卫士。见李冰脸色焦虑，羊摩安慰说："大人放心，如果二郎落入了羌人手中，是可以救出来的。"李冰说："你认识这里的羌人头领吗？"羊摩说："认识，她的名字叫木姐丹曼。"

此时此刻，山寨的正堂上，木姐丹曼，坐于铺着绣垫的石榻上，正在审问二郎。她的身后是高高的神龛，上面供着一只特大的石雕山羊。她的身旁分左右各站着四名执尖刀、戴面具的人。

两个赤裸上身、文着羊形图案的壮汉，把捆着的二郎按跪在地，二郎不跪，壮汉就用羊鞭抽打他。二郎在地下翻滚，怒吼道：

"我没罪，我不跪，打死我也不跪！"

木姐丹曼问释比①："他喊什么？"

释比说："他说他没罪，打死也不跪。"

木姐瞥了二郎一眼，说："小小年纪，还有点英雄气概！别打了，让他站着说吧。"

两个壮汉退到一边，二郎站起身来，说道："昨天晚上，我就给你们的人讲了，我是去江边打水，无意看到几位姑娘在水中取玉。"

二郎一边说，释比便一边翻译给木姐丹曼听。木姐丹曼说："你总看了。汶山之上乃是圣地，是不准人进入的。水中取玉是庄严、神圣的，决不能让人偷看，你偷看了，而且是个年青男人，按我们的氏族的规矩，要么被处死，要么娶她们为妻。"

释比翻译给二郎听。木姐丹曼身边的八个人，一下揭了面具，冲到二郎面前，吵着："娶我，娶我。"原来，她们都是在水中取玉的姑娘。木姐丹曼将手中的羊头权杖一杵，说："规矩，规矩！"姑娘们散开。

木姐丹曼道："八个人能一齐成亲吗？只能实行走访婚。挨个来，第一个自然是我的大女儿。"羊角咧嘴笑了，其他姑娘一脸沮丧。木姐丹曼命令："把他送到玉女房中。"

壮汉刚押走二郎，莫扎便从后面走出来，斥责道："木姐头人，你老糊涂了，怎么能这样判？"木姐丹曼说："我糊涂了吗？莫扎，我早给你讲过，羌寨有羌寨的规矩。"莫扎转头对羊角说道："羊角，你不能嫁给他呀！"羊角笑着："我就喜欢老虎，不喜欢你这牦牛。"小幺妹冲着莫扎做鬼脸："滚回牦牛寨去吧，我们姐妹呀没有人会嫁给你！"其他姑娘也齐声吼起来："滚，滚，滚。"莫扎一脸狼狈，踉跄着走下去了。

在碉楼下，羊摩带领着李冰一行走来。两个站岗的文身武士高举铜斧，阻挡他们。

卫士长提剑上前："让开，郡守大人驾到。"武士不听，"哇

---

①相当于巫师，是羌寨有学问的人，懂秦语。

哇"叫着，就要动武。羊摩上前，说："我是'尔玛'"，他口中操着羌语，问："有没有见着一个年轻人？"

武士说："昨晚抓了个偷窥者。"

羊摩放心下来，转身对李冰说："就是这个寨子的人抓的。"

李冰说："去见他们寨主。"羊摩上前用羌语转告武士。武士不同意李冰、王夑等人进去。

羊摩对李冰说："委屈大人在此暂歇一时。"

"可以，"李冰说，"你先进寨吧。"

羊摩走后，李冰登高瞭望，群山寥寥，辽远的山坡上，山花烂漫，绿草如茵，蜂飞蝶舞……

在悠扬的笛声中，羊角登上山坡摘花。她心花怒放，唱着羌寨的山歌：

> 羌笛声声传喜讯，梦中情郎降眼前。采摘山花献芳心，但愿与郎结姻缘。郎是蜜蜂飞上天，姐是蜘蛛网屋檐。蜜蜂落进蜘蛛网，郎要抽身姐要缠！

李冰对碉楼的建筑很感兴趣，问："王夑，这碉楼建筑，很有特色。它是怎么建成的呢？"王夑说："我也讲不清楚。"

这时，有个银须飘飘，身板硬朗、身背尖背篼的老人从寨中走出来。王夑看见老人背篼里装有斧子、曲尺等工具，料定是个工匠，便喊："老大爷，老大爷。"

"叫我吗？"老工匠问。

"懂秦语，"王夑高兴起来，"老大爷请你过来。"

老工匠走近。王夑说："你给这位大人讲讲，这碉楼是怎样建成的？"老工匠有点不高兴，问："什么大人？"

李冰说："什么大人哟，我爷爷、父亲都是工匠，我也想当工匠，学两手呢！你们这羌寨碉楼好像都没有使用木柱架构支撑，纯粹用的石片堆砌？是吗？"

"行家，行家！"老工匠说，"你一眼就看出来了，羌寨的碉楼呀，一概不用木柱木梁，只用石片为料，黄泥黏合。这就是它的奇妙之处。"

"黄泥黏合？"李冰走近碉楼，用手抚摸、拍打，问，"能经住雨水冲刷？能防地震？"

老工匠说："百年不坠！"

"啊，"李冰又问，"怎么设计的呢？"

"什么设计？"老工匠说，"老汉从小跟着爷爷、父亲修房子，从来不绘图，不吊线，凭的就是祖传手艺。"

李冰说："有机会，我要拜您老人家为师啊！"

老工匠摆了摆手，说："不敢当，不敢当。"

羌寨的玉女房是用玉石砌成，房中陈设也大多是美玉工艺品。一尊颇大的玉雕《女娲伏羲交尾图》很扯人眼球。雕的是人面蛇身的女娲伏羲双尾相交缠。女娲手捧月亮，伏羲手捧太阳，相对笑望，中挂一婴儿。床榻是红豆木做的，挂着绣花宝帐，是实行走访婚的洞房。

二郎望着"女娲伏羲交尾"的玉雕沉思，他似乎明白了什么，心里只想着快逃跑。可是当他轻手轻脚打开房门，刚刚跨出，却正好与羊角相遇。

羊角笑眯眯地将一把鲜花献上。"尔玛。"羊角用羌语给二郎讲，二郎听不懂，不断地摇头。羊角只好采用肢体语言与二郎讲。她比手势，扭身躯，像表演哑剧一样叙说："我们羌人有插花的习俗，男女之间都以羊角花求爱。没有羊角花的季节，就采摘九种山花来代替，对方接受了花，就表示接受了对方的心，答应了婚事，就可以成双成对……"

见二郎还是一脸茫然，羊角便一把抱住二郎，亲他。二郎尴尬得直挣扎，退入房内，"砰"的一声关了门。

羊角站在门外喊开门，举手捶门。

屋内，二郎抱头睡觉。

羊摩正在寨主的大房内与木姐丹曼谈判，两人都说羌语。

木姐丹曼说："什么郡守、郡丞、侯爷，都是强盗！他们进山来就是为了美玉。"羊摩说："过去是这样，现在却不同。新任郡守李冰，是为了治水才进山来的。李郡守是个好官，他已将郡府收货栈改为护山所，并下了一道封山通告。"

"封山？"木姐丹曼说，"什么意思？"羊摩说："就是不准山下的人来砍伐树木，捕杀动物。"

木姐丹曼想了想，说："很好，请他进寨吧！"她从头上取下支玉簪交给羊摩，那是路引①。

等羊摩走出去，木姐丹曼自语："能与这样的人结亲家，好啊！"

"不好，"羊角一脸沮丧地走来，"他不愿成亲！""什么？"木姐丹曼大怒，"这小子看不起我们，我得教训教训他。吹号！"

在牛角号声中，羌寨的祭祀广场上聚集了数百男女羌民。木姐丹曼戴猴皮帽②拄着羊权杖，威严地坐在祭坛前面。身后分别站着戴面具的八个女儿。身前站持刀武士和执羊皮鼓、羊尾巴的释比。一排牛角号手鼓着腮帮呜呜吹着，声震山野……两个戴面具、执铜刀的武士把被捆缚着的二郎带到广场中央。

羊摩带着李冰、王焱及两名卫士匆匆走来。

"木姐，木姐，"羊摩喊着，快步跑到祭坛，"刚才说好了的，你怎么一下就变卦了？"木姐丹曼冷冷地说："是你们二公子变卦了，他拒绝成亲，按我们的族规，就应当把他处死！"

李冰走近前去，听二郎在高喊："父亲！"他给二郎打了个手势，示意镇静。两个卫士把着剑，紧盯着戴面具的武士。

这边羊摩把木姐丹曼的话翻译给李冰听，李冰说："给她解释清楚，任何家族的规矩，都不能大于国家法律。国法没有'拒绝成亲者杀'的规定。乱杀人是犯罪的行为。"

羊摩把李冰的话翻译给木姐丹曼听。木姐丹曼想了想，说："不杀也可以，"她望着二郎，说："看他一脸的英雄气概，你问

①放行证。

②这种帽无檐，下圆口，上扁顶，呈"山"字形三个凸峰。从左到右，第一峰代表黑白分明，第二峰代表天，第三峰代表地。皮帽背面下端垂悬三条猴皮带，帽的中额有银牌，颈下有几枚虎骨。

他，敢不敢比武？"

羊摩翻译给李冰听。李冰问二郎，二郎说："比就比。"李冰对羊摩说："木姐是要找个台阶下啊！那就比吧，不过要规定一条，点到为止，不能重伤对手。"

羊摩把李冰的话翻译给木姐丹曼，木姐丹曼说："放心，不会取他性命的。"她命令武士："解开缚绳。"

武士与二郎解开绑绳。二郎活动身子。

木姐丹曼拿出一支短短的竹笛来，吹了一声，一条名叫灵獒的猛犬从寨中奔了出来，在广场上跑了一圈才乖乖地蟺伏在木姐丹曼的脚下。众人惊异。木姐丹曼对羊摩说："就让他和灵獒比吧！"羊摩连连摆手："不行，不行，你这是侮辱人！"木姐丹曼说："我要让他们知道，羌寨的狗都不是好惹的！"举起竹笛一吹，灵獒纵身扑向二郎，二郎就地一滚，灵獒扑空，如此猛扑几次，皆抓不住二郎。灵獒发怒了，就去咬二郎的脚，二郎展、闪、腾、挪、纵、跳，如风一般，灵獒犬还是咬不住他，反而累得喘气。二郎乘机抓住灵獒的双耳，甩了起来，然后又猛地把犬抛向天空。快要落地时，二郎又飞脚将灵獒踢起，如此几次，像在踢球。

木姐丹曼惊呼："别伤它性命！"二郎最后将灵獒踢得老高，快要落地时又将它接住，放在木姐丹曼面前。木姐丹曼抚摸灵獒，灵獒呜呜哭着，一瘸一拐地走到二郎面前跪下。

两个卫士和王叕见状都哈哈大笑起来。

那八个姑娘揭下面具跑到二郎跟前，跳着笑着说："你赢了，你赢了！"羊摩高呼着说："二公子，她们祝贺你胜利了。"木姐丹曼说："摆酒庆贺！"

夜色降临，大房的屋角石柱上，置着铜灯照明。房的正中是火塘，边上放有石板，烤着羊肉、鲜鱼。火塘边坐着木姐丹曼、羊摩、李冰、二郎、王叕。每人面前摆着一木桶米酒，一个漆木盘，上置鱼肉、雪梨、柿子。大家的手里都拿着一根竹管。

木姐丹曼喊了声"请"。大家就把竹管伸入米酒桶中吸吮，这叫喝"咂酒"。木姐丹曼吩咐："随便吃。"羊摩也从旁翻译："随便吃，随便吃。"

大家边吃边谈。李冰对木姐丹曼说："你们羌人和我们秦人最早都住在西北，交往密切，犹如兄弟姐妹。"木姐丹曼点头："是这样。"李冰又说："你们羌人的老祖宗不简单呀，曾参加过周武王讨伐殷纣王的战争。"木姐点头。李冰说："木姐，你今天没招成女婿，但我们也可以结干亲呀，我让二郎拜你为干妈？答应吗？"羊摩翻译给木姐丹曼。木姐丹曼大为高兴，点头笑道："我有八个姑娘，就缺个儿子呢！"羊摩翻译给李冰听。

李冰叫二郎拜干妈。二郎走到木姐丹曼面前，纳头便拜："干妈。"木姐乐开了花，抱起二郎："儿子，儿子！"八个姑娘从后堂舞出，围着木姐丹曼、二郎、李冰边舞边唱：

啊——你是飞来的雄鹰，歇在尔玛的心里。你是一团火炬，温暖了羌寨儿女！深情化作都江水啊，日夜奔腾永不息！纵然是我住江之头，君住江之尾。心有灵犀一点通啊，永远不分离！

木姐丹曼、李冰、二郎、王茭、羊摩加入舞蹈，围着火塘，拉手成圈，旋转欢跳。

（二）雪谷遇险

塞侯管家和莫扎也在凭窗而望。牦牛寨朦胧的夜色中隐约传来羌寨的歌唱声，莫扎"砰"的一声关了窗，恶狠狠地说："唱吧，跳吧，老爷要让你们下地狱！"

管家问："如何让他们下地狱？"

莫扎说："点就牦牛兵，杀！"

"愚蠢！"管家说，"杀郡守，那不是造反吗？朝廷大兵一到，你牦牛寨就玉石俱焚了！"

莫扎问："那怎么办？"

管家说："要做得很自然，不露痕迹。"

天边朝霞如火，一只山羊站在山坡上欢叫，在羌寨出口，木姐丹曼随带拿羊皮鼓、打扮奇特的"释比"送别李冰一行。

蓦地，灵獒跑来，对着二郎汪汪叫着。二郎抚摸灵獒，灵獒不叫了，亲二郎。

木姐丹曼说："灵獒喜欢二郎，带走吧，它可以传递消息呢。"羊摩说："很好。"木姐丹曼通过羊摩翻译，嘱咐李冰，说："告诉干亲，都江源头的雪山是神山，干亲前去考察，一定要先敬神，让释比随干亲去，就是好做法事，求神保佑平安。"羊摩向李冰翻译。李冰听后，说："感谢干亲的关照，就请释比随我们一同去吧，请——"

卫士牵过一匹马来，让释比骑上。李冰等人翻身上马，缓缓驰出。

二郎回头一看，但见山坡上站着羊角等八个姑娘，她们怅怅地望着李冰一行离去。二郎在马背上挥手，大声喊："羊角姐姐，回去吧。"

羊角流泪了！

李冰一行骑着马沿河边朝上走，来到小河边的草甸上，一群牦牛在啃吃野草。看牛的是一男一女两个十来岁的小孩，他们破衣烂衫，面黄肌瘦。

李冰问卫士长："我们到弓杠岭考察的事，告诉莫扎了吗？"卫士长回答说："昨晚就通知了。"李冰注视着牦牛，忽见两个小孩打了起来，在草地上翻滚。

李冰勒住马，下马，走去拉开小孩，问："为什么打呢？"

小女孩拿着一个野果，说："他的饭吃完了，又抢我的。"李冰问："吃野果当饭？"小女孩点头。李冰对二郎："去拿几个饼来。"二郎走去。李冰对羊摩说："听小孩的口音不像是本地人？"羊摩说："是从山外买来的或者抢来的。"李冰说："这寨主就是莫扎吗？"羊摩点头："是。"

二郎拿了几个饼来，分给小孩说："各吃各的，别争抢打架，嗯？"

男孩点头。

牦牛寨跟羌寨有些不同，一排依山而建的干栏式房屋，屋顶上盖的是树皮瓦，墙面分别由红、黄、兰、白、黑五种颜色涂成。屋檐上装饰牦牛头，门上挂着成串的牦牛尾，还有人骨兽骨。中间的一幢大房前飘着"蜀郡湔氏道"的大旗。

大房中，莫扎和管家正与两个家奴谈话。他问："准备好了吗？"俩家奴躬身回答："准备好了，老爷！"

"老爷，老爷，"一个家奴匆匆跑进，说："郡守已经到了。"

莫扎站起，说："快到寨门外迎接。"

家奴回答："郡守到灌木林中去了。"

莫扎"啊"了一声。

寨前的灌木丛中有很多帐篷，其中一只帐篷里，有十多个小姑娘用纺锤织毛线，有的在编织毡毯。这些小奴隶一个个蓬头垢面，骨瘦如柴。在监工的鞭子下拼命干活。

李冰一行走进观察。监工呵斥着阻拦："出去，出去，你们是些什么人？"

羊摩说："是郡守大人前来视察。"

监工不耐烦地说："我不认识什么郡守大人，我只服从莫扎老爷，给我出去……"

"混蛋！"卫士长上前，"你敢阻拦，我……"监工被镇住。

李冰向卫士长摆了摆手，对监工说："本守只是顺便看看。"他在里面走了一圈，看着孩子们的惨相，鼻子一酸，几乎流出眼泪。他心情沉重地走出帐篷，撑着一棵灌木，让自己的心平静下来。

莫扎带着一个家奴匆匆跑来，远远看见李冰便上前跪拜："郡守大人，有失远迎。"

"请起，"李冰说，"莫扎头人，本守要到弓杠岭勘察都江源头，来回之间要在你们寨子歇歇脚，多有麻烦哪。"

莫扎回答："郡守说到哪里去了，这是我们湔氏道分内之事嘛。食宿都准备好了，请。"李冰一行在莫扎的引领下朝寨子里走去。

寨中一间小房内，管家从窗户中伸出头来，朝外眺望。一会儿便"砰"的一声关了窗门。

莫扎领李冰一行走进大房。房中早已摆好了坐垫、矮案、酒

菜。与塞侯款待李冰的菜肴一样，几盘野菜，一碗羊肉，两个烧饼。莫扎请李冰等人入席："请，请。"李冰等人入座，灵獒伏在二郎身边。莫扎给众人斟酒。

李冰说："头人也会做羊肉泡馍？"莫扎说："是塞侯关照我们做的，说大人居不重席，衣不重彩，食不重味，一切从简。"

李冰问："你和侯爷很熟吗？"

"是，"莫扎说，"侯爷带我到咸阳朝见过太后呢！朝廷封了我一个伯爵，在湔氐道任事，自然有机会到成都。到了成都当然要去拜会侯爷。这是当年张若大人规定的呢。说全郡各道的事都由侯爷管理。"

李冰说："所以，你通晓秦人的语言和文字？"

莫扎回答："也算朝廷命官嘛，自然要努力学习秦语秦文嘛。""很好。"李冰说："你既然是朝廷命官，当然就知道当官要为民的道理。你们塞上放牛的、做手工的，全用的是小孩子。这些孩子是哪来的？"莫扎回答："是从成都买来的。"

李冰转头问王叕："成都有人口市场？"

王叕说："明的没有，暗的是有的。买卖奴仆大有人在。"羊摩说："平原上的穷人和边远地区的所谓夷人，都是买卖对象。"李冰说："人毕竟不是牲口啊！"转对莫扎："莫扎头人，能不能做到让这些孩子吃饱穿暖呢？"莫扎说："能。"李冰："希望你能做到。朝廷之所以在边远少数族群居住的地方设'道'，并给一些头人赏赐爵位，封侯、封伯，这是尊重。各族百姓过去信什么神，现在还信什么神；祖宗流传下来的风俗习惯也可以保留。但是，道和郡县一样，都属于秦国的一部分，百姓也是秦国的百姓，这就要奉行秦国的法律。家法、族法都不能大于国法。不把人当人，不经审判，随便用酷刑处死奴仆，把人的头骨当作饮器，像这些陋习都要改掉。"

莫扎说："是，是，是。"羊摩慨叹："积习甚久，怕一时也难以做到。"李冰："一时做不到，也要努力去做，本守坚信，人间的事是变化的，总有一天能做到。"

楼屋下层的火塘上烤着一块牛腿，两个奴仆正陪四个卫士用餐。给他们割肉、斟酒。他们大口吃肉，大口喝酒。

大房中，李冰等人已吃完饭，正喝茶。李冰问莫扎："听说，进雪山先要敬雪神？"莫扎说："是的。大人也要祭吗？"李冰指着羌寨来的释比，说："带这位祭师就是为了祭雪神嘛。""好，好，"莫扎说："在下就派人去准备。"李冰说："那，今天就不能进山了。"莫扎说，"不能，一则到雪山还有几十里路程呢，二则，祭雪神要在太阳出山之时。"李冰说："那就明天一早去吧。"

第二天清晨，红日照雪山，山顶上闪射着奇异的光辉，雪山下，无数小溪流过，翡翠般的草甸上水网如珠，开放着不知名的野花。李冰一行带着灵獒走到雪山下，举目一看，只见山谷冰川白雪皑皑，银光璀璨。

二郎发现了一行上山的脚印，说："这是什么？"李冰等人俯身观察。羊摩说："是脚印。"王叕说："这脚印很乱，"朝前看，脚印通上雪山。

李冰疑惑地说："有人来过了？而且上了雪山。"

释比说："不会，不会，人怎能上雪山呢？那一定是雪神娘娘下来过。"二郎问："什么雪神娘娘？"释比说："你们看这雪山有八座最高的峰，那是女娲的八个女儿变的呀，她们用圣洁的乳汁，滋润着辽阔的草原和大地。"

李冰问莫扎："你说是神呢还是人呢？"莫扎说："说不准。也可能是神也可能是人。"李冰问："平时有人进山吗？""有，"莫扎说，"有的人进山是为了采雪莲、猎雪豹，有的呢是专为敬神。""专为敬神？"二郎问："山里有神祠？""有哇，"莫扎指着前面的谷口说，"进那谷口之后，就可看到一座冰宫殿，传说雪神娘娘就住在那宫殿里呢。"释比说："那，就到宫殿前去祭祀吧。"

李冰仰望、环视雪山，想了想说："那就进山吧。""大人，"羊摩对李冰说："这一带就是都江的发源地了。"他挥手划了个弧圈，"雪水融化后形成许多细流，然后汇成江水。我看就不必进山了。"王叕也劝："冰天雪地，很危险。"李冰说："不是说有人进去过吗，进去踏勘一下，看能否测量雪山的高度。"莫扎说："进山不要走得太远，是没什么危险的。"

羊摩："那，请莫扎头人带路吧。"

"我——"莫扎一惊，站着不动。

卫士长上前，威逼地："走，带路。"

雪谷两面是雪山，中有一条长长的冰埂。莫扎走在前面，后面两个卫士，像是跟随又像押解他的。再后面才是羊摩、王叕、二郎和李冰。卫士长和另一卫士在李冰左右走着。灵獒跟随二郎。他们走了一段后，来到一雪岩处。莫扎停下，用棍往前一指，"你们看，前面就是女神住的宫殿。"

众人抬眼望去——前面是一个琼玉世界：一片晶莹的冰林，有的像透明的圆柱；有的像一根根水晶琉璃；有的像宝剑刺天；有的像古树婆娑。太阳照在冰林上，流光溢彩。

羊摩对释比说："就在这里祭神吧。"话犹未了，忽然雪山上一声巨响，出现雪崩，白雪滚动着，如同巨大的瀑布，咆哮着向山谷冲下，灵獒狂叫。

羊摩喊了一句："雪崩！快出谷。"二郎和卫士长挟起李冰就跑。雪浪咆哮滚动，雪花飞溅。灵獒跑出了山谷。一会儿，崩雪填谷，把他们埋葬。

第二十三章　上下求索

（一）雪谷祭祀

雪谷中堆着厚厚的一层雪，牦牛寨的两个家奴在里面察看。

"汪汪……"灵獒叫着，带领木姐丹曼和羌寨的几十名男女拿着铲、筐冲进雪谷。灵獒在雪地上嗅着，突然停步，欢叫几声，用嘴拱雪。羌民们在灵獒认准的地方奋力深刨……

塞烈来到了牦牛寨，正在大房中徘徊，管家侍立一旁。他们正等待好消息的到来。

一会儿，一个家奴噌噌地跑上楼，说："公子，羌寨的人已将郡守等人刨出。"

蹇烈问："死了没有？"

家奴回答说："有口气，正抢救呢。"

蹇烈又问："莫扎头人呢？"家奴说："莫扎头人，还有个郡府卫士没找到。"蹇烈生气地说："这笨蛋，怎么会……""公子，"管家说："这不很好吗？"转头对家奴说："你们牦牛寨的人也要赶快派人去抢救，送药，送吃的。"家奴躬身应了一声，赶紧退下。

蹇烈和管家纵马奔驰在冉駹古道上，他们要赶回成都。

离雪山不远，一条小溪潺潺流过，草甸上有个牦牛帐篷，看得出来，帐篷是新搭建的，附近挖了个地灶，放着一口大釜，一个羌人姑娘在烧火，釜里咕嘟咕嘟地直冒热气。几个羌人姑娘从溪边走到灶前，将洗净的贝母鸡、雪鸡、虫草等放入釜中。

帐篷门口，羊角扶着木姐丹曼紧张地望着帐篷内。她的身后站了一片羌人、冉駹族的百姓，大家都忐忑不安！帐篷内，铺着牛毛毡，上面躺着李冰、二郎、羊摩、王叕、卫士长、卫士、释比。

篷中放了个金盆，燃着麝香等药物，飘着袅袅青烟。一个释比跪在金盆前作法，口中念念有词，但不发声，他用牦牛尾扇烟，青烟弥漫，帐中一片氤氲。

"呵欠！"李冰等人打了个喷嚏！

木姐曼丹惊呼："醒过来了！"羊角也高呼："醒过来了！"百姓们都高兴得跳了起来。

木姐曼丹说："上汤药。"羊角传话："上汤药。"几个姑娘一人端一碗冒着热气的汤药走进帐篷。

帐篷外，几个羌人老人对木姐丹曼说："这是雪神娘娘显圣呀！"

"要大祭哪。"木姐曼丹说，"我给干亲讲。"

羊角搀着木姐走进帐篷，李冰等人均已坐起，正在喝汤药。

"干亲！"木姐曼丹喊着走进。

"干亲！"李冰应声，"快坐，快坐。"

木姐曼丹坐下，问："没事吗？"羊摩翻译。李冰说："埋得

不深，也感谢你们的医师呀！"木姐曼丹说："要感谢雪神娘娘呢！莫扎就没找到，这不是雪神显灵吗？"李冰说："派人继续找吧，要救出莫扎头人啊！"木姐曼丹说："正找呢，能不能找到，找到后他还活得成不，就要看雪神娘娘的神意了。"李冰说："但愿雪神娘娘保佑。"木姐曼丹说："干亲，我们羌寨有规矩，每年的春天秋天都要祭祀山神。现在正是秋天，我们想做一次大祭，为干亲祈福祈寿。干亲参加吗？"李冰想了一下，说："我参加，我要为蜀郡百姓祈水呢。"

木姐曼丹连声："好，好。"

李冰、二郎、王羉、羊摩围坐在木姐曼丹和羊角的身边。羊角端着一个铜碗，碗中有水，她拿着一个青珠在铜碗中磨。木姐曼丹说："岷山产的这种青珠治痈疮、冻伤很神呢！一擦就好。"李冰说："身上有冻伤的就擦吧。"二郎挽起袖子，羊角用一块白布蘸起珠水给他擦伤。

塞烈已经风尘仆仆地赶回成都，"父亲！"他喊着走进塞侯的书房。

塞侯正观看一件古董——玉女人像，问："雪神娘娘收了李冰吗？"

塞烈说："放了他。这个人水神不要，雪神不收，是不是有神灵附体啊？"

塞侯问："他现在在干什么？"塞烈回答："参加夷人的秋祀呢。"塞侯说："他信神就好。"

雪山下的祭坛是用石头临时搭建的，上置三牲、鲜花、果品，燃着火把香枝、飘着青烟……祭坛的两边，各插着一面绘有羊、牛图案的大旗和几杆彩色的长幡……祭坛两面各有一支乐队，由羌寨的释比和牦牛寨的巫师组成。音乐演奏。先是笛、箫、埙为引子，然后是笙竽和牛角号齐吹，最后是锣鼓加入，形成高潮。

祭坛前面铺着红地毯，站着羌寨和牦牛寨的头人，李冰和他们站在一起。后排是二郎、羊摩、王羉等人。后面站满了各族百姓。

一个祭师高呼："蜀郡郡守与汶山八寨头人、各族百姓致祭雪神娘娘大典开始。"

音乐停止演奏，全体肃静。祭师又喊："三呼九拜。"众人拱手齐呼："祈求雪神，保我安宁！"众人连呼三遍，跪地叩头九个。祭师又喊："请蜀郡郡守致辞。"

李冰面向大众，朗朗说道："本守今日能和各族乡亲一起祭祀雪神娘娘感到很高兴。雪神娘娘的故事，非常美，非常善，令本守肃然起敬！"他又对木姐说，"干亲，你把这个传说再讲讲吧，让雪神娘娘的故事广为流传。"

木姐欣然同意，她环视众人一眼，讲道："很早很早以前，这里原来是一个海子。"娓娓羌语去雪山荡漾，雪山也化成了一个海子，白浪如雪，渔舟逐浪。岸边，开着奇花异卉，长着繁茂的森林，百鸟飞翔，群兽欢奔。只听木姐的声音说："这里风景优美，犹如人间仙境，百姓安居乐业，靠打鱼为生。"

李冰脸上露出一片欣然地称赞道："木姐头人讲得不错！"说着拿出一块鱼化石，高举着说，"本守在雪谷中捡到一块有鱼纹的小石头，证明很久以前，这里确实是个海子。"

各族百姓称奇，交头接耳，脸色激动。

"后来，"木姐沉重地说，"这片乐土，被来自天外的一群妖魔霸占了。"

乌云滚滚，飞沙走石，一群妖魔飞来，降落在海面上，张牙舞爪地狂舞嘶叫，海子干涸，花草枯萎，人和野兽逃奔，黑漆漆的乌烟瘴气中，唯见妖魔在欢跳。

木姐说："妖魔把这片乐土变成了人间地狱！我们的大地娘娘知道后，大为生气，为了拯救她的孩子，派了她贴身的八个女儿飞来降魔……"

那八个穿着白色衣裙的仙女驾着祥云飞来。仙女与群魔激战；群魔口中吐出黑珠，天空瞬间一片黑暗，狂风夹杂着闪电向仙女们激射而去。

木姐说："为了一举歼灭妖魔，并让他们永远也不能作怪，八个仙女变成了八座雪峰向妖魔压了下来，你们看，那最高的八座雪峰就是。其他二十多座矮小的雪峰是她们的衣裙碎片化成的……"雪山上，八座高峰形状各异，木姐继续说："八个仙女化成雪峰后，被女娲封为雪神娘娘，令她们时刻流下圣洁的乳汁，形成小溪，汇成大江，哺育土地、草原、人民……"木姐挥起羊头权杖画了一个大弧圈，说："这里的每一滴水都是雪神娘娘的乳汁呀！"

众百姓虔诚地仰望雪山——阳光下，雪谷冰川，银光璀璨，冰雪悄悄溶化着，滴着晶莹的水珠……

"父老乡亲们，"李冰大声说，"木姐头人讲得很好呀！本守现在要宣布一道命令。为了使雪神娘娘永远宁静，不受惊扰；为了使她们哺育众生的乳汁一尘不染，纯洁晶莹，本守下令：在这方圆百里内不得搭帐篷、修房屋；不准砍伐树木，不准捕杀飞禽走兽。进山采药，必须得到湔氐道的核准。乡亲们知道，秦国有保护环境的法律：弃灰于道者罪。就是说随便把灰土、垃圾倒在道路上就要判刑、罚作苦役。水养万物，就更不能有丁点污染了。希望父老乡亲，切实遵行，本守已下令组建护山所，有专人巡山，对违令者一律捉拿问罪。这是为了神，也是为了人！"

木姐说："这道命令下得好啊。应当刻石立碑，人人奉行。"

其他头领也表态："保护圣水，责无旁贷！"

祭师又高呼："献圣水。"

笛声中，羊角高举一金瓶，在几位姑娘簇拥下，来到李冰面前，将金瓶献与李冰。李冰高举金瓶，说："本守要让雪山圣水滋润蜀郡大地。"

百姓欢呼，唱起赞歌跳起舞来……

入夜，更阑人静之时，郡丞公孙若心事重重，孤独地在后花园中徘徊。宣太后的话在他耳边回响："秦国是有规矩的，有功者显荣，无功者虽富却无荣光，没有战功，也要有政绩呀！"他停住脚步，望着天边的一轮残月。

夫人拿着一件披风，轻手轻脚地走来，将披风披在丈夫身上。

"夫人！"公孙若回头。

"你又睡不着觉了，咱们叨叨吧。"夫人拉丈夫坐到凉亭上。

"又想你那个治水方略了？"夫人问。

公孙若说："我那治水方略早已报到治粟内史府，可至今没有下文。怎不叫人忧心如焚啊！"夫人说："李冰考察都江至今不归，他肯定是要否定你的方略而另起炉灶，这一点不仅老谋深算的塞侯给你指出过，连红红都看出来了，你咋还死心眼？得另谋他图哟。"公孙若说："咱们秦国是个重功利的国家，长期奉行的就是'有功者显荣，无功者虽富却无荣光'。太后曾谆谆告诫我要创新政绩，现在，大王和朝廷给蜀郡规定的第一政务就是治水兴蜀。抓不住这个第一，还有什么大事可为？能出什么政绩？""说得也是，"夫人说，"不过要抓住这个第一，不能只在治水问题上做文章，而是要撸掉李冰。"公孙若踌躇地说："唉，毕竟我和他有同窗之谊啊。"夫人说："你就只记得同窗之谊，就不记得父子之情。"公孙若："什么父子之情？""你想想，"夫人说："父亲临终时是怎样嘱托你的？"

公孙若沉思着，想起了十年之前。

咸阳公孙消府邸的一间寝房中，公孙若的父亲公孙消躺在床榻上，他已气息奄奄。年轻的公孙若夫妇和一个小女孩公孙娇跪在床榻前聆听老人的临终嘱托。公孙消患的是哮喘病，他咳嗽着断断续续地说："尔等要记着，公孙家族是秦国的贵戚权门，三百多年前，老祖宗公孙枝就官居极品，是秦穆公的股肱之臣，国家大政，无不垂询老祖，及至尔等的爷爷公孙贾也是王者之师。太子驷，也就是惠文王，就是老爷子教出来的。太子年轻时因触动商鞅之法，老爷子代受黥刑之后，数年间闭门不出，常以泪洗面，曾多次拉着为父的手说，复兴公孙家族全靠吾儿了！即至惠文王登基、处死商鞅，为父才得以出仕，然而天不作美，病魔缠身，恭奉太后不力，以致不得升迁。老爷子复兴公孙家族的遗愿就留给尔等了。"

说着他拉起公孙若的手说："我儿才略过人，不避艰险，奋发蹈励，凭借祖宗余荫，何愁不能拜相封侯。"

公孙若泪流满面说："儿遵父命！"

想到这里，公孙若站起身来："去咸阳。"

第二天，公孙若找来三个官商欲筹资百万去都城活动。那三名叫魏富、向赢、钟秦的商人脸色愁苦。魏富说："筹资百万现银难啊！数量太大，且卑职掌管的钱，按成例，支出是要经郡守核准的。"向赢、钟秦附和说："是呀，是呀，我等确有难处。"

"别叫难了，"公孙若说，"这是郡府创新政绩的公用开支，出了什么问题，一切责任由本丞担任。魏富呀魏富，早在本丞代郡守期间就给你打过招呼，要你把贩盐生意做大，为创新政绩效力！"魏富点头："是是是，大人早说过，小人也是尽力把生意做大了啊。"公孙若："不是本丞扶持你，你的生意能做大？哼，你们手中有多少钱？上交了多少，自己贪了多少，本丞都是有一本账的。"向嬴说："郡丞大人，可不能这样说呀，盐铁业都是官营！卑职等为国效力，怎敢私贪？""哄鬼呢！"公孙若说，"尔等早把官营变成私营了！哼！"说着转过身去。

"算了，算了，"蹇侯不知什么时候走进来，说："三位商家既有难处，郡丞大人也不必勉强，百万现银，区区小数，就由老夫襄助好了。"魏富说："这咋使得？郡丞大人搞工程，乃是为国为民，我等怎能不襄助。这样吧，我们三人各出三十万两，怎么样？"钟秦、向嬴附和道："情愿，情愿。"蹇侯拱手说："我代郡丞大人向三位表示感谢了。去筹银吧。"

"是。"魏富等人退出。

公孙若转身生气地说道："这些家伙，鼠目寸光！"蹇侯不以为意地说："奸商就是这个样子，管他呢？说正事吧。这回进咸阳，做些什么？怎么做？"公孙若说："咱们好好商量商量。"

驿道上，公孙若乘驷马高车，后跟三辆轺车，向北驰去。

（二）治水图现

都江中，李冰、二郎、王裒、羊摩及三卫士也乘着竹筏顺流而下。李冰站在竹筏前，说："注意观察两岸的山形水势。"王裒、二郎、羊摩等人注目两岸，不知不觉已经到了白沙河与都江交汇处的河面上。李冰站在筏头朝下游观看——前面的江心中，出现露出水面的沙滩，上有水草。沙滩前端，呈三角形，像浮在水面上的一条大鱼。

"这条'大鱼'可起分水作用啊！"李冰一指，说："上沙滩看看。"

竹筏朝沙滩驶去，慢慢靠近沙滩。羊摩用篙竿搭起扶手，李冰、王叕、二郎走上沙滩。卫士等人将竹筏在沙滩边靠定。李冰抓起脚下的泥沙观看。有顷，李冰吩咐："打木桩测量沙滩的地层情况，再测量一下这沙滩四周水的深度和流速。"二郎、羊摩、王叕、卫士等人按李冰的吩咐操作；用测杆量水，将麻绳拴上巨石投入江中。

在沙滩的头、尾、正中打木桩……李冰观察山形水势，徘徊思索："这里山峦忽然张开，构成喇叭形的山口，是都江从群山奔来，进入平原的咽喉要冲，又是成都平原的制高点。水沿山而行，有弯道，有凹岸，渠首工程应当布局在这里，对，只能定在这里！"李冰注目江下游，只见滔滔江水沿着玉垒山前的凸岩流走，又转弯沿着凹岩冲向虎头岩，形成一股旋流，再沿着虎头岩的南麓流向下游平原。李冰观察着，思考着，如痴如醉。他的眼前出现幻景：虎头岩像一扇门一样，突然打开，江水冲进大门……太阳照着李冰激动的脸，他喃喃自语："水门，水门，那不就是天然的水门吗？"

夕照下的虎头岩，晚霞似火，李冰站在虎头岩上，指着前面的江心沙滩，说："那不是天然的分水鱼嘴吗？"

"啊，从千山万壑中带来的沙石怎么办？"他盯着江中涌起的漩涡，"让它在回旋中，飞泻出去吧！"

入夜，白沙驿站内，李冰在灯下奋笔画图，案上摆有筹算和曲尺。门外，守候他的二郎和王叕、羊摩都睡着了。远处，一声鸡啼，太阳升起，朝霞映着李冰激动的脸。他放下笔，都江渠首三大工程——宝瓶口、鱼嘴分水堤、飞沙堰，平原上流向成都的二江跃然绢上。

二郎、王叕、羊摩走进。

"你们看看，"李冰说，"这就是我的治水图。"

二郎看后说："公孙若叔叔的构想宏大，而父亲的构想似乎简朴，重在梳理。"李冰说："是的，仁者与天地万物为一体。都江就像一个美人，她是有生命的，搞什么拦江筑堤，就是截断她的血管，她还能活吗？我们只能因势利导、因地制宜地帮助她把前进的道路理顺。"王叕称赞："选择制高点虎头岩开水门很准确，鱼嘴分水，将都江一分为二，顺平原西北高东南低的地势开两江流向成都，不仅可以防洪，形成自流灌溉，而且将成为发展航运的黄金水道。大人的构想真是奇妙啊。"

羊摩说："自动飞沙的设计也很神奇！整个工程在简朴中体现出天人合一，道法自然的深邃。"

"不要夸，"李冰说，"是否可行还要做起来看，请王叕先生绘出细图、制作模型，将每一项工程的大小、高低及三项工程之间的距离再作精确的计算。三项工程能否相互配合，发挥作用，要进行试验。"

杜鹃端一碗面汤、两张烙饼进来，说："大人，该吃点东西了。"李冰说："我是有点饿了。"杜鹃："你昨天午饭、晚饭都没吃呢！"李冰笑道："现在就补吃吧。"拿起烙饼咬了一口。

咸阳传舍的后院里，公孙若正请治粟内史府主管财经、农水、粮食的曹官们吃饭。请这些专司具体业务的官员们支持他的治水方略。雅间的酒宴是丰盛的，饮酒用大觥。不断有庖人捧盂献馔，几个女乐低弹浅唱……一阵觥筹交错之后，公孙若说："报给府里的治水方略，是在本人担任代郡守时，秉承太后的懿旨制定出来的。本人亲自到都江上游进行过勘察，是切实可行的。祈望诸公鼎力相助，促成治粟内史府早日核准。秋天已到，时不我待。本人这次专程来都城，就是要拿张府里的批文呢。"

官员甲说："公孙大人的治水方略我们都看过了，不错，不错。"

官员乙说："很好，很好。"

官员丙说："很宏伟，很壮观！"

公孙若："诸公既然称好，为何府里迟迟未批呢？"官员甲："这个，这个，"转头对一官员，说："赵大人是管府里大印的。你说说这是怎么一回事？"赵大人说："公孙大人，给你说实话吧，治粟内史府刘大人认为你上报的治水方略构想宏伟，工程浩大。但是，投资也很大。如今，府里筹集军粮、军费都深感不易，哪还有钱拨给你们呢？所以就搁下了。"官员甲："公孙大人，咱们府里的刘大人是怕出钱，你明白了吗？"公孙若："明白，明白。"

　　夜色已经很深了，咸阳传舍的门外，连珠灯下停着几辆轺车。公孙若和随从把几个喝得醉醺醺的官员送出门。官员甲："公孙大人就别送了。"公孙若："车已备好，要各位大人平安回府，我才放心啊，请，请。"公孙若的随从把酒醉饭饱的官员一个个扶上车。车上都放有一个装银两的木箱和一堆蜀中土特产。公孙若挽着专管大印的赵大人朝一辆高车走去，说："赵大人，乘我的高车回府吧，我送大人一程。"赵大人："不必了，不必了！""要送，要送。"公孙若扶赵大人上车。

　　马车缓缓启动，驷马高车在寂静的、灯火阑珊的咸阳街道缓缓行驶……车厢内，公孙若和赵大人屈膝而坐。赵大人指着车厢中的两个木箱说："公事公办嘛，公孙大人，送钱送物不好吧？"公孙若说："到都城办事不容易啊！赵大人，你要体谅地方官的苦衷啊！"赵大人叹气一声，说："公孙大人，芈相不是你的妹夫吗？你为什么不直接找他呢？"公孙若说："芈相办事绝不越权，有了治粟内史府的批文，他才好表态哟。至于刘大人怕出钱，这好办，不出就是，咱们自筹资金，怎么样？"赵大人想了一阵，说："好吧，你明天来取批文。"公孙若："谢赵大人。"

　　跟赵大人告别后，公孙若来到咸阳芈相府，他要求见妹夫芈戎。

　　书房里，芈戎踱着方步，听取公孙若的禀报："李冰入蜀之后，卑职念及同窗之谊，一直按太后和芈相指示善意相待，以期同心协力共襄大业。大王和朝廷规定蜀郡的第一政务是治水兴农，但他对此却漠然视之，至今没有拿出一个治水方略来，却热衷于为逆贼王叕翻案，搞什么微服私访，沿江审案，收买民心，最后，当着众刁民的面，宣布无罪开释王叕，并引为知己。"

　　芈戎问："为什么不阻止？"

　　公孙若说："卑职和蹇侯以及监御史何坚都多次劝说他，千万不要敌我不分，为王叕翻案，并向他们讲明王叕的爷爷王婴是二十五年前蜀侯恽谋反案中的主犯，但他不听劝阻，一意孤行。"

　　芈戎说："处理蜀侯恽谋反案的是太后和魏冉将军，他翻得

了吗？"

公孙若说："问题的严重性就在这里。李冰有恃无恐地为王叕翻案，实际上就是为王叕的爷爷和蜀侯恽翻案，他的矛头是针对太后和魏冉将军的。监御史何坚对李冰之所为向杜仓丞相以及御史府、廷尉府都写了呈文，进行参劾，但至今没有结果，说明朝中有人支持他。"

芈戎想了一下，说："本相明白了。你把李冰的逆言逆行都写一写，由本相转呈太后定夺。"

"已经写好了，"公孙若从囊中取了一份缣帛书呈与芈戎，又说："卑职报到治粟内史府的治水方略已经被核准，请丞相也批一下吧。"然后将一份帛书放在案上。

芈戎走过去，提笔写了"照准"二字。公孙若喜形于色。

在玉垒山的禹穴内，李冰对王叕说："这禹穴宽大，又安静，你在此公干吧。本守之意是先绘图、做模型。你和羊摩先生商量着办。"

王叕说："是。"

正说着，二郎、杜鹃和卫士扛着几案、坐垫、炊具、粮食等物走进，在穴中布置。李冰对王叕说："让你妹妹给你烧茶煮饭吧！王先生每月给多少俸米，我回郡府后跟主簿商量一下再定。"王叕说："有碗饭吃就行了。"李冰说："不能亏待英才啊。"

王叕说："大人，有件事我还没有向你禀报呢。"

"你说。"

王叕说："在郫县坐牢的时候，大人不是要我打听一下那个矮犯人的情况吗？"

李冰回想了一下，脑子里闪现这一个画面：一矮犯人捏着泥虎，唱着：打碎吧，打碎吧，这雌虎的土偶……"想起来了，想起来了。他是什么人？犯了什么罪？"

王叕说："听说是个疯子，从他的只言片语中，可以推测他是从宫里逃出来的。"

"唔，"李冰说："回成都要经过郫县，正好再去看看。"

这天，李冰与郑洪、二郎一起，来到郫县监狱。狱吏陪着他们走过过道，来到木栏前，观察矮犯人的表现。只见那草铺上，矮子犯人仍搓着泥虎，边搓边唱：打碎吧，打碎吧，这雌虎的土偶……

李冰问狱吏："这个犯人关了多久了？"

狱吏说："小吏接任之时，这个人早已关在这里了。大约二十多年了吧。"李冰问："什么罪行？"狱吏回道："案卷中只有两个字：疯子！"李冰说："是疯子就应当让人家出狱治病。关二十多年，合法吗？"

走出监狱大门，李冰对郑洪说："这个矮人疯子，看来是宫廷中的一个俳优。你把他转移到乡下僻静的地方居住，请医生给他治病。注意，一定要保密。"

郑洪回答："明白。"

李冰、二郎等人上马，刚要离开，只听郑洪的老婆秀贞一边喊着："大人，大人！"一边快步跑来，手里还提了一瓦罐辣酱。秀贞高举瓦罐，说："大人，把这罐酱带回成都吃。"李冰笑道："你做的辣酱吧？我不会吃辣呢。""要学会吃咧！"秀贞说，"蜀郡不比北方，天气潮湿，不吃辣子咋个要得？"郑洪笑道："蜀郡有些人，有些事辣得很呢，大人不燥辣点怎行？"李冰也笑："好，好，吃辣子，变辣点。"

二郎下马从秀贞手中接过瓦罐："谢谢呀。"

成都北门，"驾——"驭手吆喝着。公孙若乘坐的驷马高车驶进城门。成都郡守府门前的广场上，李冰、二郎一行骑马走来，正好与驰来的公孙若高车相遇。

公孙若高喊："李冰兄，"下车，"有好消息奉告。"

李冰勒马下来："公孙老弟，刚从咸阳回来？"公孙若回答说："是呀，走，走。"

两人并排着走进郡府正堂。公孙若拿出朝廷批文，放在案上："小弟的治水方略已经由治粟内史府和芈相核准照办。现在，可以着手准备，秋后即可动工。仁兄，筑堤雍水是你的专长，你可以大展宏图了。"李冰看了看朝廷的批文，放于案上，说："公孙老弟，经过为兄一个多月的实地考察，现在郑重表示，老弟的方略不可行，应予否定。"公孙若眼睛一瞪，怒吼："你不是否定我公孙若，你是在否定蜀郡郡府的政绩，对抗朝廷！"

李冰泰然。

第二十四章　绝情断交

（一）追忆旧谊

"老弟，"李冰说，"冷静，冷静！"

"我冷静得了吗？"公孙若发泄大声说道，"自你上任以来，小弟念及多年生死之交，一直对你真诚相待，可以说做到了披肝沥胆，开心见诚。你父子被洪水冲走，我寝食难安，立即派人沿江寻找。你这几个月一直在下面跑，蜀郡面上的事完全由小弟一人硬撑，你发回的一切命令，小弟是一一照办。"

李冰说："确实如此，愚兄十分感激。"

公孙若说："可是，你是如何对待我公孙若的呢？你为王焱翻案，你否定治水方略，把我做的两件大事全部推倒。李冰兄啊，你自视才高，笑傲王侯的老毛病是一点也没有改啊！你不是在否定我公孙若一人，你是在否定蜀郡郡府的政绩，对抗朝廷。"

李冰说："老弟，言重了。"

公孙若皱眉说："我给你讲过，王焱问题敏感得很，劝你不要去碰，你却一意孤行。你知道吗，下令通缉王焱，那是前任郡守张若大人的命令，而且经过朝廷御史府、廷尉府的核准，是为稳定蜀中局势而采取的一项重要措施，严刑峻法是秦国的国策，况且王焱的爷爷是二十多年前蜀侯悝反叛案中的主犯，主办此案的是当年的大将军魏冉，钦定此案的是太后。你现在释放了王焱，并引为知己，你这不就是在否定蜀郡郡府的政绩，与朝廷作对吗？"

李冰说："王焱问题，我已向朝廷写了呈文，如果朝廷降罪，愚兄一人承担。"

公孙若愤然道："好，你一人承担！还有，我的治水方略，是按照太后创新政绩的旨意，郡府袍泽，同心协力搞出来的。而且，早在你上任之前，郡府已经议决，并呈报治粟内史府，你凭什么否定？"

"公孙贤弟，"李冰说："创新政绩是好事，但不能搞急功近利啊！"

公孙若说："什么叫急功近利？建功立业乃大丈夫所为，当年，张仪丞相不是用'争名于朝，争利于市'的话来说服先王兵进三川吗？"

李冰严肃地说："谋利当谋天下利，求名当求万世名！"

公孙若说："你要谋大利求大名，那要看朝廷准不准，哼！"说完拂袖而去。

李冰转身呼道："卫士长。"

卫士长应声走来。李冰拿出他的《治水方略》交给卫士长，说："送郡丞府。"

卫士长应声走去。

入夜，李冰坐在连枝铜灯下看书。

二郎站在李冰身旁，说："父亲，我们可能犯了一个错误。"李冰抬头问："什么错误？"二郎说："进山之前，红红曾经问我，如果将来父亲和公孙伯伯闹得势如水火，我们怎么办？"李冰说："你是怎么回答她的？"二郎说："我以为她把问题看得太严重了，现在看来，红红的担心不无道理。"李冰说："是呀，为父是把这个问题看轻了，把人家做的两件大事都否定了，人家怎么想得通？让他发泄一下，骂我一下也好，毕竟，我和你公孙伯伯有多年的生死之交，为父相信，他会以大局为重，会理解我的。"

二郎问："父亲，你多次说过，你与公孙伯伯有多年的生死之交，这是怎么一回事啊？"李冰说："回想起来也挺有意思的，你也长大了，可以告诉你了。"

二郎给父亲端了一杯茶，放在李冰的面前，李冰喝了一口，说："为父和司马靳、公孙若伯伯从小受教于田贵老师。今王十三年，我们三人一起被派到齐国稷下游学……"

古柏森森的驿道上，飞奔着一辆风驰电掣的马车。车上坐着风华正茂的李冰、司马靳和公孙若，每个人的脚下都放着一个书箱和一个行囊。公孙若、司马靳衣着华丽，一副公子哥儿的派头，李冰却穿着葛布褐衣，脚蹬草鞋。

公孙若盯着李冰，忽然哈哈大笑。李冰说："你小子笑什么？""李冰兄啊，"公孙若说："你这身打扮，是为了表现墨家学子的'以极苦为乐'的风范呢？还是存心要丢咱们秦国人的脸？"李冰不以为意道："你小子就会危言耸听。""危言耸听？"公孙若说："田老师建言，朝廷批准让你我到齐国的临淄游学，这是何等荣耀！咱们秦国乃是泱泱大国，你穿得像叫花子，岂不让齐国人笑掉大牙？"李冰说："我不会给秦国人丢脸的，我也做了两件新衣裳，不过，要到临淄后才穿。"公孙若："老土。"司马靳说："什么老土？你小子家资富有，忘了节俭了。""开个玩笑而已！"公孙若从囊中拿出一袭绸袍来，说："这是我送仁兄的。"李冰有点惊异，望着公孙若说："是吗？"手上却推辞拒收。公孙若哎了声，说："真心送你！"司马靳从旁劝解，"既然是真心，那就收下吧。"说完从公孙若手中拿起衣服，扔给李冰。

马蹄嗒嗒，车轮滚滚。李冰回想着那段往事，对二郎说："临淄稷下学宫，是名震天下的文化学术中心。它以黄老学派为主，但也容纳儒家、名家、阴阳家等各种学派，不少著名的学者在此研究学问，聚徒讲学。我们到达学宫后，拜有'天口骈'之称的田骈为师，他是田贵老师的叔伯大哥，你母亲的爷爷……"

田骈年近八旬，须发飘忽，脸色红润，身板硬朗，他端坐于稷下学宫内的杏坛堂上，接受着李冰、司马靳、公孙若的三拜九叩。一支以竽为主，再加玉磬、编钟等乐器的乐队演奏起齐国音乐，旁边，站一排参加仪式的官员，太子法章也在其中。

翠柏隐掩的田骈府邸，田骈一边给李冰、司马靳、公孙若三人上课，一边问："尔等千里求师，知道老师是什么人吗？"

司马靳说："田贵老师给我们介绍过的。老师是研究黄老之术的大学问家，人称'天口骈'。""这是美称，"田骈："还有呢，齐国人说我是三十岁不嫁，却有七个女儿的老姑娘。"

"扑哧！"公孙若笑出声来。"别笑，"田骈说："这是真的。一天，有个齐国人对我说，'先生，听说你尊崇大义，不愿做官，而愿为人服役。'我说你是从哪里听来的？他说，是从邻居

之女那儿听来的。我说，你这是什么意思？他回答说，我的邻居之
女，不愿出嫁，三十岁了，却有七个女儿，不嫁虽是不嫁，可是比
起出嫁的女子来，有过之而无不及。现在先生不愿做官，而俸禄千
钟，门徒百人。虽是不做官，比起做官的人来，却有过之无不及。
尔等对这位齐国人的话有何评价？"

三人陷入沉思。

半晌，李冰说："有点道理吧！"

"很有道理。"田骈说，"议政而不参政，做事而不做官，追
求生命自由，本性自然，精神逍遥，才能进入道学的堂奥。"三人
赶紧笔记。只听田骈又说："你们先熟读老聃的《五千言》，弄清
'人法地，地法天，天法道，道法自然'的道理，再来和为师讨
论。"三个学生齐声答应："善。"田骈又说："道无所不在，无
所不包。因此，为师不仅不反对，还提倡你们对各家各派的学说都
进行钻研，一切顺其自然。为师的后院，有一屋子书，是我孙女在
保管。"说着回头喊："田颖——"

一个如花似玉的姑娘从后面走出："爷爷。"田骈说："爷
爷给你介绍一下，这是从秦国来的三位学士。"田颖大方地打招
呼："各位师兄好。"公孙若站起："田颖小姐好，认识你很高
兴，我叫公孙若。"司马靳说："我叫司马靳。"李冰说："我叫
李冰。"田骈说："你们借书就找她。临淄是当今最繁华的城邑之
一，绿酒红灯、声色犬马是很诱人的。尔等一定要自律！"三学士
齐声："谨遵师命。"

田骈府邸的后院是由正房、厢房、小院组成。小院中花木扶
疏，蜜蜂嗡嗡地在花丛中穿梭飞舞。十八岁的田颖住在后院里，除
了管理典籍，还喜欢养蜂。一树枣花下，田颖戴着用很薄的丝绵
做成的网罩，正在修理木板蜂箱。李冰抱着一捆简册走来，嘴里喊
着："田颖小姐。"

田颖起身，推着李冰朝后退，说："我正修蜂箱呢，蜂儿们都
飞出来了，当心蜇着你哪！""不怕。"李冰说。田颖取下面罩，
问："来还书？老聃的《五千言》读完了？"李冰回答："读完
了。"田颖问他："还想看什么？"李冰说："想看管仲的书。"

田颖说："好，我去给你找。"李冰说："我帮你修木箱吧。"田颖问："你会吗？"李冰说："我父亲是木匠，我从小就跟他干活。"田颖把手中的小斧递给李冰，又把面罩戴在他头上，说："不要大意，这样保险些。"说完朝正房走去。

李冰便走近枣树，蹲下修理木蜂箱。

"田颖小姐，"太子法章不知什么时候来到后院，走到枣树下，他没看出蹲在花丛中的是李冰，很轻佻地说，"昨晚请你参加宫里举行的舞会，你怎么没来呢，害得我一夜没睡好。"说着还伸手去拉……一群蜜蜂飞到他脸上，蜇得他惊叫起来，捂着脸在园中乱跑，群蜂在后追着。

田颖抱着书出现在院子的台阶上，看着法章的样子大喊："快卧倒，快卧倒。"

法章抱着头，赶紧卧倒在地。

李冰这时已修好蜂箱，他把蜂王板取出来放在木箱上，周围涂上蜂蜜，散乱的群蜂渐渐飞回，歇在板上。一会儿，李冰端起蜂王板，把它放进蜂箱中。

"没事了。"李冰取下面罩说。

田颖说："你还真行。"说着把一卷简册、一份帛书交给李冰。

"哎哟，哎哟。"卧在地上的法章号叫。

"太子，怎么样了？"田颖与李冰走近法章。法章仰起面来，脸红肿得已像一副猪肺！

"哈哈！"李二郎听到这里也哈哈大笑起来，"以后怎样呢？"

李冰说："法章当然不会罢休，不过当时秦国和齐国正处于友好时期，齐王把与秦为敌的孟尝君免除了相位，任用秦国五大夫吕礼为相。法章不好公开整我们，就暗设圈套进行陷害……"

几天后，公孙若兴冲冲地从门外走进稷下传舍，一把推开厢房的门。李冰正在案前看书，聚精会神，竟未发现有人进来。公孙若走到他面前，说："还在用功呀？"李冰指着案上的竹简，说："《管子》这部书内容很丰富。有讲如何理财、富民的，还有几篇是讲如何治水的，很值得读一读。"公孙若问："你看完了，我也看看，司马靳呢？"李冰说："找达子将军请教兵法去了。"公孙若将一方红绸上写金色字的请帖放在案上，说："太子请我们去看歌舞呢。还特别派来一辆轺车，正在门外等候，走吧。"

李冰看了看请帖，问："太子怎么会请我们？"公孙若回答："说是为了庆贺我王称西帝，齐君称东帝。在临淄的所有外国人都请了。"

"啊，"李冰问，"秦王、齐王同时称帝？"公孙若说："千真万确。"李冰说："那就去吧。"

临淄街道繁华，车毂击，人肩摩，一片喧闹。一辆轺车载着公孙若和李冰向前驶去。直到傍晚才来到齐姬闾门口。轺车驶到停下来，赶车人说："二位学士，到了，到了。"

听见从闾内传来的音乐声，公孙若对李冰说："果然有歌舞呢，走，走。"

两人刚走进女闾，几个妓女便一拥而上，"欢迎两位学士。"不由分说将二人分割包围，拥着上楼。

四名汉子走进来，鸨儿迎上去，只听一个汉子问："鱼儿进网了吗？"

鸨儿点头，伸出食指，指了指楼上。

楼上雅间，烛光下，一个妖艳的妓女勾引着公孙若。公孙若说："不是要庆贺齐王称东帝吗？"妓女说："就在这里庆贺吧。"公孙若半推半就，妓女吹熄床头柜上的烛光。

楼上另一个雅间里，妓女搂着李冰拖他上床。妓女躺在床上解衣，李冰忽然想到田骈的话浑身一震，说："姑娘，对不起，我是来参加庆典，观看歌舞的。"转身去开门，欲走。

"站住。"妓女几步上前，抓住李冰问，"你知道这是什么地方吗？"李冰摇头。

"这里叫齐姬闾，闾是什么？"妓女说，"就是妓馆。让男人销魂的地方。"

李冰不听，还是要走。妓女死死抱住李冰，说："先生，你走了，我会挨打的。""那，"李冰想了一下，说，"我听你唱首歌吧。"妓女松手，李冰坐到绣垫上。

妓女坐到琴案前，说："我给你唱首齐国民歌《东方之日》吧。"

说完抚琴歌唱：

> 东方之日兮，彼姝者子，在我室兮。在我室兮，履我
> 即兮。
> 东方之月兮，彼姝者子，在我闼兮。在我闼兮，履我
> 发兮。①

李冰说："你这《东方之日》已是改写过的了，能唱《东方未明》吗？"

妓女问："什么《东方未明》？"

李冰说："也是你们齐国的民歌呀，入选了《诗》的。"

妓女说："你提个头，看我记得不？"

李冰念："东方未明（东方无光天没亮），颠倒衣裳（颠去倒来穿衣裳）。颠之倒之（忙得衣裳颠倒穿），自公召之（只因公爷叫唤忙）。"

蓦然，门外传来打斗之声，公孙若的呼救声断断续续传来："救命啊，救命啊……"

李冰站起就要走，妓女上前阻止，李冰一把推倒她，夺门而出。

公孙若那边，房门洞开。他躺倒在地，脸被打肿，鼻孔、嘴角都在流血。鸨儿、妓女和四名汉子站在他的身旁。一个妓女端着一盏油灯。鸨儿用脚踢了踢公孙若，说："别装死了，付了钱就走。"

李冰噔噔走来，扒开众人喊道："公孙兄弟！"说着将公孙若扶起呵斥："你们为什么打人？"

鸨儿回答说："这小子上了齐姬的床，不给钱还口出恶言。"

---

①据《诗经·齐风》《东方之日》改写。

公孙若有气无力地说：“我们……被……骗了，他们漫……漫天要价啊！”

“漫天要价？”鸨儿说：“要他出黄金五十镒，算是优惠了！”

李冰说：“五十镒？不是一百两吗？还算优惠？”

鸨儿说：“我们这齐姬阁，是临淄女阁真正的老字号。三百多年前，上卿管仲创建女阁，这是第一家。知道管仲是谁吗？他就是高擎‘尊王攘夷’大旗，协助齐桓公九合诸侯、一匡天下、青史垂名的大圣人、大贤人！凭借管仲创建的这块招牌，就要卖大价钱。”

李冰说：“好，好，我们出。”

公孙若说：“哪里去找百两黄金啊？”

李冰说：“现在，治伤要紧，想法儿吧。”

鸨儿说：“你这位学士点了民歌一首，在我纨儿的雅室中待了半个时辰，就减半吧，只交二十五镒，一共是七十五镒。”说着拿出一方缣帛，说：“肯定二位学士身边没带这么多现钱，就写张欠据吧。”

“拿缣帛来。”李冰说。鸨儿递欠据与李冰：“已写好了，学士留个名字就行了。”

李冰瞟了欠据一眼说：“你们早就有预谋哟？”一侍役端过笔砚，李冰签名。鸨儿从李冰手上拿过。李冰背起公孙若就走。

“慢，”鸨儿说，“记住，五日之内交齐，违期者就是赖账。按齐国的法律规定，赖账的人要被罚到黄河边做苦役。”

临淄街上，行人稀少，夜风习习，落叶飘滚。李冰背着公孙若踽踽而行，他累得满头大汗，但两眼仍不断向街道两旁巡睃。

公孙若有气无力地说：“歇……歇歇吧。”李冰说：“你伤势不轻呀，得赶快找到医师啊。”一边咬着牙关，拖着沉重的脚步，朝前走去……

“公孙伯伯应该记得这件刻骨铭心的事吧？”二郎的问话把李冰拖回现实。

“他应该记得。所以，为父对于公孙伯伯还是寄予厚望。他这个人有长处，善于交际，脑子灵，学东西快。‘女阁事件’是件坏事，但也歪打正着，使为父和你公孙伯伯又结识了一位名师，掌握了一门治水筑堤的新学问。"

二郎说："啊，这很有意思，快展开讲讲！"

李冰说："是的。我们五天之内交不出一百多两黄金，于是，被罚到大河边去做苦役……"浩浩奔流的大河，巨浪滔滔……岸边正修筑一条挡水堤防，已完成一段，高高耸立，气势雄伟。工地上有成千人参加劳动。有的打夯，有的堆砌，有的糊泥，有的运送石料和泥土。其中多是穿囚衣的犯人，有人面上刺了字，有人还戴着脚镣。附近，有哨楼和司工房、工棚等建筑。工地上有监工、士兵巡视。

公孙若和李冰"吭哧吭哧"地抬着一筐石料走来，两人都累得满头大汗。

公孙若喊着："放下，歇会儿。"一屁股坐到地上，擦着汗，叫着："累死我了。哼，我们被法章太子构陷，司马靳这兔崽子竟然也下屁蛋，答应人家罚我们！"

李冰说："你错怪司马靳了，是齐相吕礼叫人这么做的。"

公孙若说："这吕礼不是咱们秦国人吗？为什么不说句好话？"李冰："现在秦齐交好，他不愿得罪法章啊。听司马靳说，吕相与这里的首领打过招呼，不会亏待我们，而且，我们只干一个月就回临淄。老弟，就当这是到大河边游玩吧。"

公孙若说："不行，不行，这个活儿太重，得找个轻松活儿干。"说着，起身走去。

李冰问："你到哪里去？"公孙若答："找他们头儿。"

司工房简陋，但却宽敞，看得出来，是临时搭建的施工指挥部。正中的案前坐着白圭，两旁有几个人伏案绘图。有的拿着筹算在计算，有的拿着曲尺在比画。白圭已是耄耋之年的老人了，高个、清瘦，胸前垂着飘飘长须，双目炯炯有神。他是战国时期著名的筑堤专家。此刻，他正对围在案前的几个工头说："现在筑成的那一段堤防，就是后筑的榜样。后面还有八十里呢，为了保证进度和质量，必须分段包干，按图施工，注意段与段的衔接处，每道工序都要细心检查。"

公孙若走进去，站在这些人的身后，谛听着。一工头说："白大师，分段图不够啊？"白圭转头盯着站在他身边的儿子白士说："怎么搞的？不就是临摹老夫的设计图吗？"白士说："临摹的人也难找啊，我再想办法去请两个吧。"

"不必去请了，"公孙若说："我们来干。"

白圭打量公孙若："你是……"

公孙若说："来临淄稷下游学的秦国学士，志愿为白大师绘图效力。"白圭："学士？怎么跑到这里来了？"

白士杵着父亲的耳朵嘀咕了几句。白圭说："你们试试吧。"

这时，李冰一个人在工地上，一个提着鞭子的士兵走过来，说："赶快抬走石料，要不——"说着举起鞭子。

"住手，"公孙若喊着跑来："混蛋，你知道他是谁吗？是白大师请来绘施工图的李冰学士。"士兵："真的？"公孙若一指："不信，你去问白大师。"士兵悻悻而去。

公孙若与李冰哈哈大笑。

司工房数名绘图人员中，又增加了两席，正是李冰和公孙若。两人坐在案前，临摹白圭的分段施工图。案上摆有尺和矩。公孙若很惬意，吹着口哨。李冰睃了公孙若一眼，低声说："大师来了。"公孙若止吹，两人埋头，一脸专注的神情。

白圭在儿子白士的陪同下走进。白圭环视一眼，走到李冰和公孙若面前。白圭拿起公孙若临摹的图看了一眼，说："不错。"又拿起李冰描绘的图瞄了一下，说："很好。"白圭对儿子说："八十里长堤，要画的图还很多。不能亏待人家，给一点酬金吧。"

"不要酬金！"李冰说。白圭说："那你们要什么呢？"李冰说："请大师收我们为徒，教我们如何筑堤治水。"

"想学治水？行啊。"白圭说。

"谢大师！"李冰和公孙若跪地，参拜。

白士问："父亲，这合适吗？"

"有什么不合适的？"白圭说："老夫行将就木矣！收两个聪明的徒弟，把老夫的治水经验发扬光大，有何不好？请起，请起。"

白圭说："善治水者善治国，你们嬴秦的老祖宗白益就曾经协助大禹治水，以后才有秦国的发展壮大。希望你二人能成为当今治水英才！"

长河落日，霞光万道。李冰、公孙若搀扶着白圭老人沐浴在霞光之中。白圭的声音在大堤上朗朗回响："起堤防，重在定好位，筑好堤基，堤身要细密，能塞蚂蚁之穴。"三人走上大堤，远眺着大河东去，浪涛澎湃，狂号怒吼，白圭说："治水切不可忽视治沙。这条大河含沙甚重，治理的办法是束水冲沙……"

李冰对二郎说道："白圭老先生曾治水切不可忽视治沙，治沙很重要，你公孙伯伯的治水方略却完全忽视了这一点。这样的设计怎么能用？"

二郎说："公孙伯伯从政多年，怕早把老师教的忘了啊！"

"是这样，"李冰说："得跟他严肃谈谈。"二郎说："他正在气头上，你们谈得拢吗？"李冰想了想，说："你代为父先找他谈。"二郎问："谈什么呢？"李冰说："我们商量一下吧。"

（二）代父商谈

公孙若府邸的值房中，守门老头儿在读竹简《海经》，他摇头晃脑地念道："洪水滔天，鲧窃帝之息壤以堙洪水，不待帝命。帝令祝融杀鲧于羽郊。"

"老叔！"二郎走进，热情招呼。

老头从值房走出来，看见是二郎招呼道，"二公子呀，"老头指着竹简说："我就弄不明白，鲧从天上带了点泥土到人间治洪水，这是有利于人间的大好事呀？天帝为什么要派祝融杀他呢？"

二郎看了一下竹简说："书上不是有一句'不待帝命'的话吗？就是说鲧没有听从天帝的命令啊。"老头："啊，就是说没有按上天的旨意办，你就是做了好事也要受罚。"

"是这个意思。"二郎一边说着一边朝内走。

老头挡下说："公子是去找郡丞大人吧？"二郎点头。

"不要去了，"老头说："郡丞大人吩咐了，他谁也不见！"

二郎说："看看红红总可以吧。"

"不可以，"老头说："你忘了，红红住在后院呀，到后院要经过大人和夫人的住房呢！"

"那，"二郎想了想说："我给红红留一竹简好吗？"

"可以，可以，"老头说："你进去写好，我帮你转交她。"

二郎约公孙红在城南的杏树林中见面，傍晚公孙红如约而至，两个人在林中散步，谈话。

公孙红倚在树干上，忧伤地问："他们的关系还能改善吗？"二郎说："当然有可能，不然我找你干什么？父亲说了，公孙伯伯一时想不通，发泄一下，骂骂人都是可以理解的。毕竟，他们两人是多年的生死之交啊！"

公孙红说："二郎，你起先说，你父亲救过我父亲的命，是真的？"

"我想，"二郎说："我父亲不会说假话，公孙伯伯也不会忘记这件刻骨铭心的事。"公孙红想了想，说："走，我和你一起去找我父亲谈谈。"

回到公孙若府邸，夜幕降临，金灯炫煌，公孙若正在书房的灯下，指着李冰的治水图对夫人说："你看，你看，搞这么小里小气的工程怎么能改变蜀郡的面貌？"夫人附和说："看他这个图呀就像看见他这个人，土里土气。"说着，两个人哈哈大笑起来。

门外响起公孙红的声音，"父亲，母亲！"

"什么事呀？"公孙若开门，见是女儿，身后还跟着二郎。

"二郎看您来了。"

"唔。"公孙若沉思着似要说些什么，公孙夫人的脸已陡然变色，眼看就要发作，公孙若一个手势制止说，"请吧。"

公孙红朝着门外喊了声："二郎，你进来。"

二郎走进来，躬身道："伯伯，伯母。"

公孙若客气地说："坐，坐。"

二郎依言坐下。

公孙若从漆盘中捡起一个雪梨递给二郎，说："吃。"二郎接过，说："谢谢。"公孙若问道："你父亲要你给我带什么话？"

二郎说："父亲说他很理解伯伯现在的心情，骂他几句也没什么……""不说这些，"公孙若说："王羖问题，你父亲已表过态了，由他负责。现在，就说治水工程问题，他打算怎么办？"二郎说："父亲的意思是，令郡县两级官员参加会商。父亲公布他的治水兴蜀方略，听听大家的议论，然后，以郡府的名义上报朝廷，如蒙照准，请公孙伯伯主持修建工程，以期同功一体，休戚与共。"

公孙若冷笑道："好一个同功一体，休戚与共，这绝对办不到。伯伯治水方略已经朝廷核准，已是施行的问题了。"他拿起案上的治水图，问："你父亲的这个东西还值得议论，值得上报吗？"

二郎说："伯伯不赞成父亲的方略？"

公孙若说："不赞成，完全不赞成。"

二郎一时无言以对，房间的气氛变得异常沉闷起来。

"父亲，"公孙红这时插话，说："你就不能宽容一点，退让一步吗？毕竟人家李伯伯救过你的命啊！"公孙若一震，扫了女儿和二郎一眼，说："二郎，是你给红红讲的吗？"

二郎点头算是默认。

夫人心中愤懑丛生，怒道："这不是丑表功吗？"

二郎连忙解释，说："伯母，我的意思是想，父亲和伯伯有生死之交，曾经同甘苦、共患难，如果反目成仇，实在叫人痛心！"

公孙若眯着眼睛，说："你父亲是救过我的命！伯伯当年在临淄女间被人打得死去活来，确实是你父亲把我背出去找医生抢救过来的。但，伯伯为什么挨人家的打呀？深究原因，完全是你父亲引起的。"说着，鼓起双眼瞪着二郎，"你父亲承不承认，我和他是受了齐国太子法章的陷害！"

二郎说："承认。"

公孙若说："法章为什么要陷害我们呢？根源不就是你父亲和你母亲相好而夺了法章的爱吗？实际上是伯伯代你父亲挨打。"

夫人扫了女儿和二郎一眼，厉声说："听清楚了？不要受人蒙骗！"

二郎没想到公孙若夫妇是这般心态，生气地使劲捏着梨子没回答。

　　"还有呢，"公孙若说，"你父亲和你母亲能结成伉俪，也是伯伯的玉成。"

　　公孙若夫人从旁说："讲得详细一些，让二郎好生记着。"

　　公孙若沉思一下，盯着二郎说："女闾事件后，你母亲很生气，不再理你父亲了……"公孙若说着，思绪来到田骈府邸的后院。书房中，田颖坐在席上，埋头在案上写简。

　　太子法章走进来，问："田小姐，忙什么呢？"

　　"太子，"田颖点了点头，"要借书吗？"

　　"不，"法章说，"我请田小姐看样东西。""什么东西？"田颖问。

　　法章将一方缣帛放在田颖面前的案上，那是一张欠据——欠齐姬闾嫖资黄金七十五镒。

　　欠账人是李冰。田颖咬着嘴唇看完，说："我知道了，你走吧！"

　　看着法章拾起欠据，得意地离开，田颖关上房门，伏在案上恸哭……

　　此时，公孙若正半躺在稷下传舍的床榻上，他的脸上敷药，缠满了白布条。李冰则坐在蒲垫上，双手抱头。怒气冲冲的司马靳在厢房里踅来踅去，指着他们骂道："无耻，嫖娼欠债，还要公家给你们偿还？"

　　"谁嫖娼了？"李冰抬起头，正色说，"那是陷害！"

　　司马靳说："是不是陷害？我要调查。"

　　"调查归调查，"李冰站起说，"为了不给女闾以口实，扩大事态，我想，还是先想法把钱给交了，你调查清楚了，再叫他们退还不好吗？"

　　司马靳断然拒绝，说："不行。现在我手头的钱只够我们吃住的开销。"

　　"算了，"公孙若说，"李冰兄，你去找田颖小姐暂借一时，我马上写封信寄回咸阳，叫家里邮来。"

　　田颖哭累了，双眼含着珠泪靠在凭几上发愣。李冰就在这个时候走进来，叩门喊："田小姐，田小姐。"田颖抬头问：
"谁呀？"

听清是李冰在回答后，她擦干眼泪，走到门前，伸手欲开门，
又停下，问："借书吗？"李冰说："有点事跟你商量。"田颖痛
苦地说："没有什么可商量的了，你走吧！"门外的李冰着急起
来，用力地叩门喊："田颖！"田颖大声地说："你走吧，去女闾
玩儿吧。"李冰听出话里有转机的意味，赶紧说："去女闾的事，
听我解释。"

田颖流着泪，背靠着门板，说："我不听！你走！"

李冰待了半晌，转身离去。

太阳落山，晚霞映着小院。只见公孙若杵着根棍子，一拐一拐
地走来，后随李冰。公孙若坐到书房门前的阶檐上，李冰赶紧隐入
花丛中，等待田颖出来。有顷，田颖果然打开书房的房门，走了
出来。

"田小姐。"公孙若上前叫住了她。

"你！"田颖吃惊地望着他包着白布条的脸，"怎么了？"

公孙若说："被陷害了。"说着，拿出那张红绸请帖递给田
颖，"你看看这个就知道我和李冰兄为什么去女闾了。"

田颖看清了请帖上的字，说："原来是请你们去参加庆典，观
赏歌舞。"公孙若对她说："我们是被骗到女闾的。到了女闾，李
冰兄也没有做对不起你的事呀！他只点了一首歌。"

田颖微愠，"你怎么知道？"

公孙若说："是鸨儿说的。我敢起誓，李冰兄是清白的。田小
姐，原谅他吧。"

"什么清不清白？"田颖冷笑道："让我恶心的是，欠债逛女
闾，那不是无赖所为吗？"

公孙若说："那欠据是鸨儿事先写好的，当时，李冰兄急着要
送我去治伤，所以就在欠据上写上了自己的名字。"

田颖垂头想了想，说："看来，你们是被冤枉了！"

李冰不失时机地从花荫中走出来，说："是真的，真被冤
枉了。"

"李冰。"田颖明知公孙若是李冰的说客，她心中所求的不就是他清清楚楚明明白白地给自己一个交代嘛，如今交代有了，她也就心无旁骛地原谅了李冰。

公孙若一笑。笑容中不无得意，他面对眼前的二郎说："事情就是这样，是伯伯玉成了你父母的美满姻缘。"

夫人也从旁敲打，说："二郎呀，不是公孙伯伯的玉成，能有你的今天吗？"

二郎正色回答说："晚辈铭记。"

"还有，"公孙若说，"前几年，你父亲在安邑经营盐池，搞了些水利建设，就骄傲了，以为自己是治水权威。其实，你父亲起步学治水还是伯伯促成的，这一点，他给你讲过没有？"

"讲过，"二郎说，"父亲说伯伯善交际，头脑灵，学东西快。"

"就是嘛，"夫人插话说："你伯伯也是治水大师白圭的高足！"

公孙红瞟了母亲一眼，说："讲讲今后怎么办吧？"

公孙若说："二郎，你听好了。伯伯是念旧情的，我和你父亲是可以不计前嫌，重归于好的。但必须做到两条。"

二郎问："哪两条？"

公孙若说："一、王叟问题，劝你父亲不要唱承担责任的高调了！要作自我检讨，给朝廷写一封罪己呈文，求得谅解。二、治水问题就按伯伯的方略办。"

二郎沉默着没有回答，觉得自己此行究竟是白费了。夫人盯着二郎的表情，说："回去劝劝你父亲吧，这样，你父亲就可以太太平平地做官了。"二郎站起来，问："要是我父亲不答应呢？"公孙若怒视着二郎，厉声说："那就让你父亲做好准备，接受参劾！"

二郎明白了，行礼说道："伯伯、阿姨再见。"然后把手中的梨放在几上，退出门去。

"二郎。"公孙红欲去追，被母亲一把拉住。

第二十五章　开局受阻

（一）旧案重提

入夜了，李冰还在灯下书写，等待着儿子归来。

"父亲，"二郎推门而入："你还没歇息呀？"

"等你呢，"李冰从陶柜中端出一盘点心放在儿子面前，"还没吃夜饭吧？"二郎拿起一块干饼咬了一口。李冰问他："谈得怎么样？"二郎回答说："谈了很多，但归结起来只有一句话，做好准备，接受参劾！"

李冰怔怔的，虽然他有这样的思想准备，但听儿子亲口说出来，心里还是不好受。

"父亲，"二郎说，"很可能公孙伯伯已经把你告了。"

李冰说："不是可能，已经是事实了。他到咸阳去，花费百万，就为了拿一张批文？"

"父亲，"二郎说，"孩儿担心，孙膑与庞涓的悲情故事，会在你们两位老同学身上重演。"李冰说："果真有一天，为父的双脚被削去了膝盖骨，你怎么办？"二郎说："孩儿誓死为父亲申冤，孩儿侍候父亲一辈子。"

"好儿子，"李冰拍着二郎的肩膀，安慰说："这样的事不会发生的。庞涓陷害孙膑的阴谋之所以得逞，是因为他背后有一个昏君魏惠王。咱们大秦的当今圣上是位明主，丞相杜仓是位贤相，足可信赖。"

"父亲，"二郎说："天有不测风云啊！"

"是的，"李冰说："人生的道路本来就不平坦，既可能遭遇狂风暴雨的袭击，又可能碰到冷箭伤人的暗算。怎么办？如果你做的事有益于天下苍生，符合道义，那么就义无反顾地走下去，决不徘徊退缩。"

二郎点点头，说："孩儿谨记。"

李冰从陶柜中取出一壶酒来，又拿出两爵，摆在几案上，说：

"咱父子俩今晚喝点酒。"见二郎专心斟酒，李冰说："儿子，你不会喝酒。醉了，就好好睡一觉吧！明天呢，就走咱们自己的路，别人怎么说，怎么做，由他去吧。"

二郎端起爵，说："父亲请。"

李冰端起爵，幽默地说："为睡一个好觉。干！"

公孙若把塞侯父子请进府邸，拿着李冰的治水图跟他们如此这般地讲述了一番。塞侯"啪"的一声，把图拍在案上，怒气冲冲地说："按李冰的这个治水图，在虎头岩开水门，我塞家的风水宝地玉垒山就完了；在平原上开河，我郫县庄园也就毁了。李冰啊李冰，这是要灭我塞家啊！"

塞烈说："他要灭我塞家，我就要他的命！"公孙若阻止道："贤侄，可不能干这种蠢事。他可是朝廷任命的郡守，只能通过合法的手段撸掉他的职位。"塞侯问："有把握吗？芈相有何指示？"公孙若说："我在咸阳已将揭露李冰逆言逆行的呈文交给了芈相。他表示要送太后处理。我估计，等不了多长时间，朝廷就会对李冰采取行动。"塞侯说："这就好。李冰的动向如何？"公孙若说："他现在正寻求各地县令的支持。"

公孙红站在书房外，神色复杂地咬了咬嘴唇，转身走了。她匆匆忙忙来到郡府后院，远远看见王庖师提着个菜篮朝外走去。

公孙红喊："王师傅，二郎呢？"王庖师朝角楼一指，说："观天象呢。"公孙红立刻朝角楼走去。

在后院角楼上，二郎正透过窥天镜观察天象。公孙红走进角楼，看见二郎正埋头在竹简上书写着什么，"二郎！"

听见呼唤，二郎抬起头来，惊喜地说："红红呀，来观天象！"

公孙红急道："他们要参劾李伯伯！"

"谢谢你的关心！"二郎并没有像公孙红想象的那般吃惊愤怒，反而风轻云淡地对她说，"朝廷自有公断，由他去吧！我带你看看云彩的变化吧，真美！"

公孙红走到窗前，通过"窥天镜"观察天象，说："怎么云像一块一块的瓦碴呢？"二郎念竹简："瓦块云，热死人！"公孙红走近二郎，问："简上有记载？"二郎说："是我和父亲从民间收集的谚语。"公孙红拿起竹简，念道："楼梯去，干破盆；瓦碴云，热死人；鱼鳞天，不雨也风颠；天上钩钩云，地下水淋淋；天上起了泡头云，不过三天大雨淋；天上有云像羽毛，地上风狂雨又暴；日落云里走，雨落半夜后；黑云接太阳，下雨今晚上；云向南，落满坛，云向东，红彤彤，云向西，雨凄凄，云向北，有雨落不得；天上起了鲤鱼斑，明天晒谷不用翻……"又翻简，"还有说风，说雷，说种庄稼，说栽树的。这么多，怎样收集来的？"二郎说："我和父亲在乡下住了好多年呢！"公孙红说："看来，你和伯伯都很喜欢实用的学问？"二郎说："谈不上学问。却对种田人有好处。"公孙红问："对做官有好处吗？"二郎说："对做官有没有好处很难说。但对个人却是有好处的。"公孙红又问："为什么？"二郎说："如果做不成官，可以回老家种田呀。"

"明白了。"公孙红感动地说，"原来这就是李伯伯不怕丢官罢职的原因。"

此时郡守府的厢阁内，郡府主簿孟谦、成都县令尚武和郫县县令杨太齐聚谈话。李冰对他们说："修堰治水，千秋大业。不容许有一点疏漏，这就需要集纳各种建言，择其善者而从之。这项水利工程直接涉及郫县和成都。所以先把二位大人请来商议。"

尚武说："请大人吩咐。"杨太迫切地想表白自己，反而结巴得更厉害："吩——咐。"

李冰拿起一幅治水帛画说："这是已绘好的治水图，二公拿回去再复制放大两份，一幅挂在衙门内，一幅挂在衙门外，让各方面的人士都来集思广益，然后将这些议论整理成文，给本守报来。"又拿起一捆简册说，"这是本守写的说明，讲了设计构想以及如何实行的几项措施，传达到乡、里、亭长。"

尚武和杨太立即遵命，孟谦取下一图一简交给他们。杨太浏览了一下图，问："原来郡丞大人搞——搞的那个高——高山出大、大、大湖，银——银水结玉、玉、玉瓜，还要——要不要呢？"

李冰："你说呢？"

"我——"杨太噎住。

孟谦说："哪个方案好就用哪个。"杨太问："要是两——两个都好呢？"孟谦说："那就好中选好。"杨太点点头，说："明——明白了。"

李冰回到后院，吩咐二郎说："为父已令成都、郫县公布治水图，你可以去看看，听听百姓有何议论？"

在成都赤里街县廷门外，比人高一点的木架上挂着一幅放大了的帛画——修堰治水图。旁边坐着一个书吏，几上摆着竹简、笔墨，不时书写。尚武站在书吏旁边。图前围着十多名男女百姓。有的伸长脖子，有的踮着脚，注目看图，惊喜议论。

化了妆的玉璜和高志也杂在人群中。

"安逸，"卖汤圆的王老板说，"开两条河到成都，而且是从岷山上头雪神娘娘那里引来的水，那可是神水啊，成都人不再当干人啰。"一个商人接着说："成都人要发财啰。"一妇女问："要发财了，真的呀？""是呀，"商人说，"你们看这流到成都的两条河，就是金河、银河哟。""金河、银河？"商人说："有了水，你可以开酒坊，开染坊，开茶铺，还可以把汶山的牦牛、羌寨的黄羊运到成都开汤锅铺，总之有了水就可开很多的作坊，很多的铺子，这不发财了嘛。"一个青年说："等开成了，我要进山做竹木、山货生意。"商人说："那更赚钱。"

混在人群中的水肆老板向赢说："做梦入洞房——想得安逸哟。"王汤圆责问道："向老板，你倒啥子灶？怕成都来了水，你那水铺要关门吧？"向赢说："我向老板真那么小家子气吗？"王汤圆说："你倒灶，就是居心不良！""胡说，"向赢说："县令大人讲了，言者无罪！"站在一旁的尚武笑着："你无罪，请畅所欲言。"

二郎正走过来，站在一旁听。向赢咳嗽两声，畅言道："乡亲们，就是外行一眼也能看出这个治水图的毛病。第一，这个鱼嘴分水堰是利用江心沙滩修建，既无堤无坝，它怎能起到分水作用？都江那么听话？经过鱼嘴埝就一分为二了？因此，所谓的无坝引水根本不可能！第二，在玉垒山的虎头岩开水门，不可能成功。因为玉垒山是神山，江神会让你开吗？就算你坚持开，它也坚硬无比，仅靠人力根本凿不开。连水门都开不出来，都江的水怎么能引向成都？"

观图中的一位名叫鸿儒的老者说："向老板的话不无道理，不过老夫不敢苟同。据老夫看来，这治水图的设计者，既是个仁者，也是个智者。圣人说'仁者乐山，智者乐水'，设计者对山、对水充满了爱心。他充分利用山形水势来布局简朴的工程，不伤及山，不害及水，只是让都江分出一部分水来造福百姓，然后再归还给她。这个设计，称得上天然佳构。开水门确很困难，但设计者既有大仁大智，他就一定能想出办法来解决这一难题。"

百姓们纷纷鼓掌，赞同老先生，说他讲得好。

来自樊道的樊侯站在欢娱楼门口，亲自将蹇侯送出门去。来到高车前，蹇侯说："干亲你放心，李冰即将遭到朝廷的惩罚，今后的蜀郡还是公孙大人说了算。"

樊侯对他说："那好，那好，我心中有数了。"蹇侯见车上推着一木箱金银和大包小包的土特产，说："干亲你又破费了。"樊侯说："小意思，小意思。"等蹇侯上车，高车才缓缓驶动。

李冰父子和孟谦等人站在西城门前，迎接木姐丹曼。迎面一辆马车驶来，在他们面前停住。赶车人下车，将一只木凳放在车门口。打开车厢。木姐丹曼出现在门口。李冰父子上前迎接。

李冰喊："干亲！"二郎喊："干妈！大姐！"木姐丹曼笑着，后随大女儿羊角，翻译羊摩，挨个走下车来。木姐丹曼说："干亲请我到成都来会商大事，这是从来没有过的，我很高兴。"李冰说："干亲能来，我也很高兴。干亲一路辛苦，先在郡府的传舍住下，好好歇息两天，让二郎陪你们走走、看看。"木姐点头。李冰："请上车吧。"木姐说："不坐车了，走路吧，边走边看。"李冰说："请——"

于是由卫士开路，李冰一行朝城里走去。

欢娱楼的雅间里，樊侯问："这李冰把本侯请到成都开会，他葫芦里卖的是什么药？"高志说："这叫笼络人心。由此可看出李冰这个人的厉害。"玉璜："如果不早除去李冰，我们的复国梦想恐怕就化为泡影了。"高志说："眼前不宜对李冰下手。他开释王殁，在郫县罢宴，进入岷山踏勘，这几手深得民心。在这种态势下，要号召百姓反李冰，反嬴秦，恐怕应者不多，我们反而陷于不义。"玉璜问："那，怎么办？"高志说："李冰越得人心，纨绔公孙若、奴主蹇侯就会更加不满，就会收拾李冰。"樊侯深表赞同，说："蹇侯说他们已经在参劾李冰了。"

"很好，"高志说："我们坐山观虎斗，必要时加深他们之间的矛盾，促成他们相互残杀。到时他们内讧不休，就顾不得下面了。"说完转头面向樊侯，"侯爷就可在樊道招兵买马，练就一支精兵，以待时机。"

樊侯想了一下，说："好，这是个长远之计。"

太阳慢慢落山，从成都通向郫县的驿道上，郑洪驾着一辆有车围的马车正在疾驰。他乘着夜色回到郫县的家里。

郑妻秀贞正在大门后点盏灯打鞋底。听见门外响起敲门声，秀贞起身开门。

郑洪引着身披斗篷的李冰走进屋里，对妻子说："我去带人从后门进。"秀贞点头说："你去吧。"说着转头对李冰行礼，"大人请。"

秀贞点着灯，领李冰走进堂屋，将灯放在案上，又到厨房端来一碗荷包蛋，送到李冰手上："大人，喝点热汤。"李冰一看："又是荷包蛋？"秀贞说："规矩，规矩。"李冰一笑，吃了起来。

后门响起敲门声，秀贞朝后房走去。经过菜园，来到后门，打开。见郑洪带着个矮人走进屋，这矮人已剃去了长发和长须。郑洪把矮人带到李冰面前。矮人伏地叩拜："参见大人！""起来。"李冰打量矮人，见他已剃了胡须，脸上的腮边有一颗痣。

李冰问："你的病好了吗？"矮人说："我本来没病，因装疯装久了，也就成了真疯子，感谢这位军爷，给我请了医生，吃了几服药，扎了几回针，也就好了。"李冰又问："在乡下住得惯吗？"矮人回答说："好极了。不几天就吃回毛毛菜、水泡菜，身子骨也长硬朗了。"说着还翻了个跟斗。

李冰笑道："什么毛毛菜、水泡菜让你恢复得这样好？"矮人说："毛毛菜就是鸡呀，水泡菜就是鱼呀，有这两种东西吃，还不长壮？"李冰说："你说你是从宫里逃出来的？有谁可以证明？"矮人说："当今君上，他是记得我阿志的。"李冰问："你叫阿志？"阿志摸着腮边的那痣说："以痣为名。大王说，有志气好，但不能有病，就把那病壳壳给我去了，成了有志没病的人了。"李冰说："那你为什么被关到郫县监狱？"阿志说："这与二十五年前魏冉、太后制造蜀侯恽的冤案有关。"

（二）堂前接诏

咸阳甘泉宫中，宣太后与秦昭王并坐一起，正与丞相杜仓、芈戎谈话。

宣太后说："这个李冰真是胆大包天，他竟敢翻二十五年前蜀侯恽的叛逆案？两位丞相知道吗？"

"知道，"芈戎说，"蜀郡监御史何坚和郡丞公孙若先后呈文参劾李冰。"

宣太后问："你们打算怎么办？"芈戎说："令李冰回朝接受勘问，如罪行属实，应当受罚。"杜仓瞟了芈戎一眼，没有开腔。秦昭王见状说："杜丞相，你也谈谈看法嘛。"

杜仓拱手道："谨遵圣命。臣已会同廷尉、御史府会商过蜀郡监御史的呈文以及李冰本人的陈述。按我大秦律令的规定，允许复审，且郡守又有'决讼断辟'之权，李冰此举并不违法。王叕建言治水，其措辞和做法有过激之处，但罪不至死。"

芈戎说："王叕的爷爷是当年蜀侯恽叛逆案中的主犯。为王叕翻案就是为他爷爷翻案，其目的还不明显吗？"

杜仓说："大王，太后，王叕爷爷的旧案，已过二十五年了，就不必再株连第三代了。"

昭王没开腔，却看了看太后的脸色。宣太后说："朝廷明白规定，蜀郡的第一政务就是治水兴蜀。不把主要精力集中在这项大事上，却为王叕翻案？这个李冰，究竟想干什么？"

杜仓说："太后，李冰为王叕翻案，也不是一时的心血来潮。他上任那天，车队一入城就遇到王叕的妹妹和一群百姓拦车喊冤，他作为刚到任的新郡守，总不能下令镇压吧？只好接了诉状，既接了诉状，自然就要给喊冤人一个说法，且此事牵涉治水。李冰经审问后，开释王叕，就是为了调动蜀中英才和广大百姓治水兴蜀的积极性。"

芈戎责问："偌大一个蜀郡难道就只有王叕才是治水英才？"

杜仓说："通过一个人来影响一大片，这也是为政之道嘛。"芈戎说："依丞相之言，就让李冰在蜀郡想干什么就干什么？"杜仓说："本人可没有这个意思，如果不相信微臣的话，大王和太后还可以派人去查，但将李冰调回朝中问罪，则应缓行，轻率处理一个封疆大吏，必将引起政局波动，为心怀叵测之人利用。"芈戎一听这话，不由得提高了声音："心怀叵测之人利用？丞相是话中有话啊！"杜仓说："本人是为安定蜀郡大局……"

"不争了吧。"昭王打断了杜仓的话，刚站起来想问什么，只听宣太后说："那你自己拿主意吧！"昭王陷入沉思。

驿道上，三辆轺车在奔驰。前有骑士开路，后有虎贲护卫，直奔向成都郡守府。

郡县两级的会议正在郡守府的议事堂召开。议事堂的墙上挂着放大的治水图。屏风上写着司马错的话："欲富国者务广其地，欲强兵者务富其民，欲王者务博其德。"李冰坐在上席，木姐丹曼、樊侯坐于李冰两侧，羊摩坐在丹曼身后担任翻译。塞侯、公孙若、何坚、孟谦、周庸、盐铁官魏富、钟秦等郡府官员坐成一列。尚武为首的各县令、县长坐成另一列。

李冰扫视一眼，问："郡尉周武为什么没来？"孟谦说："周大人告假。"

李冰深吸一口气，说："今日之会，就是商议如何把'治水兴蜀'变成现实。通过治水，兴农、兴工、兴商、兴文，把蜀郡建成统一六国的基地。治水的首要任务，就是治理都江，这是治水兴蜀的龙头工程，牵涉到都江的上游、中游、下游，所以本守把江之头、江之尾的两位头领也请来共襄大计。"

樊侯说："郡守大举宏图，卑侯竭诚拥护，郡守着眼全局，用意深远。确实，都江下游从南安到樊道的河道也需治理。"李冰说："本守已将它列入第二期工程。"木姐丹曼通过羊摩翻译说："保护水源，至关重要。光郡府下令还不够，建言郡府呈文朝廷，将岷山列入全国祭祀的神山。""这建言很好，"李冰对木姐说："本守上报治水方略时，将干亲的建言一并上报。"

王稽率领的三辆辂车辚辚驶入北城，郡守府内的议事会议还在继续。

公孙若站起来说："郡守大人，朝廷已核准了蜀郡的治水方略，应该尽快上马施工，再报一个，那不是给朝廷出难题吗？"孟谦说："有比较才有鉴别嘛，上报两个方案，可使朝廷有个选择。"尚武说："主簿大人之见甚善，应当上报。"广都县令王丰说："卑职也赞成上报。"公孙若对杨太："开二江要经过郫县，你说说你们县的反映。"杨太说："有人说是——是，是，有人说不——不，不！"塞侯问："你自己咋看？"杨太说："我——我看，还是由郡府定、定吧！"

"好，"李冰说，"就这么定了。修大堰的事不能草率上马。等朝廷核准了本守的治水方略后再说。但是，我们从现在起就要着手准备。治水兴农是要花费巨资的，钱从哪里来？朝廷的军费开支已经很大了，不能靠朝廷拨款，只能靠自己生财，据本守在广都实察，以及各地的禀报，蜀地蕴藏有大量食盐。因此，本守决定开发井盐，做到一年自给，二年赚钱，这件事，先从广都做起。"广都县令王丰站起来说："遵命。"

李冰说："要做好城邑建设，以便繁荣工商。所有县城，都要安置下水道。本守已请人在咸阳物色了两名工师来作指导。这件事由成都县率先垂范，取得经验，再行推广。"尚武站起："遵命。"

李冰说："蜀地有栽桑养蚕、织绸的传统，要进一步发展，这件事由都水曹统领。"周庸站起："遵命。"

李冰说："成都的杏林学舍要继续办下去，以进一步推广秦国文字和秦国语言。这件事由孟谦大人落实。"孟谦站起："遵命。"

李冰强调说："本守以为要办好这几件大事，首要的任务是正官风；其次呢，要保持蜀中安定。"说着转头问何坚："何大人，青城游侠案子侦办如何？"何坚硬着头皮说："王叕叛逆案都还没有结论，遑论游侠？"李冰严肃地说："本守早已讲过，你可以行使你的监察权，但是，蜀中绝不能再出乱子了！否则，唯你是问。"

这时，堂外传来一声高呼："李冰接诏。"王稽大步走进，后随两名虎贲。

李冰急趋堂前，跪地说："微臣接诏。"

王稽摊开一张黄绢，念道："大王诏令，命李冰即去钦差处述职。"李冰接过诏令，问："现在就走吗？"王稽点头："就走。"李冰回头，对公孙若说："请郡丞大人主持继续议论。"李冰说完随王稽走去。

众官员惊疑不解，唯有公孙若、蹇侯、樊侯得意扬扬。

公孙若说："郡守大人怕是回不来了！诸公可以大胆揭露李冰的逆言逆行了。"

他的话停了许久，却没有一个人作声。

又是一乘轺车在虎贲的簇拥下，从成都西门一闪而过。

在赤里街王汤圆的店铺外，二郎提着个小包袱正领着羊角从外走进来。待两人坐好，王老板上前问："二公子，几碗？"二郎说："先来两碗，加饴糖！""好嘞，"王老板喊堂，"两碗，加饴糖。"

这时，王叕匆匆走进店铺，慌乱低呼："二公子，出事了。"

"出什么事了？"二郎问。羊摩对二郎低声说了几句。二郎大惊失色，三人迅即走出店铺。王老板端汤圆走来，望着三人远去的身影，惊惶地说："出事了？"

街口停着一辆轺车。二郎和羊角远远地看见木姐站在车前，刚走到跟前还没开口询问，便听羊摩说："是真的，正开会时，你父亲被朝廷派来的人带走了。"

"二郎！"公孙红喊着跑来。

"红红。"

"二郎，"公孙红说："伯伯被抓走了，他们很可能对你下手呢？跟我走吧。"

木姐皱眉问："这姑娘是谁？"羊摩用羌语说："郡丞公孙若的女儿。"木姐说："让二郎跟我走。"说着先行上了车。

"走，"羊角拉二郎。"这……"见二郎不情愿，羊摩说："暂避一时吧。"说着拉上二郎上了车。羊角瞪着公孙红，满脸怒气。公孙红不甘示弱，盯着羊角说："你，你抢人！"羊角"哼"了一声，反身上车。

见马车启动，公孙红喊了声"二郎"。忽然，身后响起一阵马蹄声，公孙红回头一看，是寋烈和铮奴两骑追来。

公孙红急喊："二郎，快跑，快跑。"

第二十六章 钦差密查

（一）优人之死

羌人驭手驾车急奔，来到成都西门。

卓石匠和桂阳拉着一车巨石吭哧吭哧地正从城外走进来。见一辆羌车迎面急奔。车上一个人从车窗中伸出头来，喊了声："卓师傅——"

卓石匠抬头，见是羊摩。羊摩给他使了个眼色，卓石匠立刻会意，往羌车后一看，但见前面的大街上两骑追来……

卓石匠喊了声："桂阳，快。"两人急忙将石车拉来横挡在路中。

寋烈和铮奴追来，马被石车挡着，惊叫一声，前蹄立起，寋烈被狠狠地摔了下来。

寋侯府邸，管家正向寋侯禀报，说："钦差一行已回咸阳。"寋侯问："看得真切？"管家答："我在成都北门亲眼所见。宫廷卫队押的车，第一辆车上坐着一位官员，看那派头就知道是朝廷大官。"

寋侯微微一笑，说："好啊，李冰终于滚了。你去找何坚，告知老夫的意见，速抓王衮。"

在玉垒山冉駹古道边的禹穴，穴前依岩建有两间树皮为顶的小屋。小屋前有石案、石凳。杜鹃正和山民吴奶奶以及她的小孙子果儿围在石案边择野菜。只见一辆羌车驶来，停下。从车上下来几个人，是羊摩、木姐和羊角，二郎提个行囊随后，满脸的焦虑。杜鹃忙招呼："羊摩兄，各位贵客，请快坐。"说着回头喊，"哥，来客了。"吴奶奶也让座，说："客人请坐。"

木姐和羊角坐下，杜鹃给二人端来两碗水。见王叕从穴内走出来，羊摩赶紧迎上，说："出事了，郡守被朝廷来的人带走了！"王叕问："为什么？"羊摩说："详情不知。恐怕，他们会对二郎和二郎兄下手，随我到羌寨暂避一时吧。"

王叕犹豫了一下："到羌寨？"吴奶奶说："去后山住我家吧，就是神仙也找不到。"二郎想了想，上前跪在木姐面前，说："孩儿不能送你回羌寨了。"木姐扶起二郎问："为什么？"听着羊摩翻译，二郎说："孩儿一路上在想，光逃避不行，孩儿得找到父亲，跟他们论理。"说着，从行囊中取出一根银簪来给木姐插在头上："这是孩儿孝敬干妈的。"又从行囊中拿出一块铜镜来送给羊角，"姐姐，这是小弟送给你的。"

羊角照了照镜子，感到很惬意。听羊摩对木姐说："就让他们暂避吴奶奶家吧。"羊角一下抱住了二郎，热泪滚滚。

"姐姐，"二郎说，"今后，我们还会见面的。"

木姐对羊角说："那，我们赶路。"说完摸了摸二郎的脸，依依不舍地上了车。

吴奶奶和小孙子领王叕、二郎、杜鹃很快进了玉屏后山，在密林中行进。

他们离开不久，何坚率一队骑兵赶到禹穴，他手提马鞭领着几名士兵进穴搜查。一士兵报告说："里里外外皆无人影。"何坚思索，心想怕是钦差已逮捕了王叕。

入夜，郫县境内的军营中，帅帐里还点着巨烛，光炎煌煌。司马错和田贵端坐于几案后，李冰就站在案前。

司马错对他说："蜀郡有人举报你敌我不分，不仅为王叕翻案，而且还要翻二十五年前蜀侯恽的叛逆大案，是真的吗？"

李冰刚喊了声："爷爷，田老师。"司马错便正色打断他：

"我说过了，我们是钦差。是奉君上之命来蜀郡勘问你的！"

"是，"李冰说，"钦差大人，卑职已向朝廷写过陈述，只是为王羿翻案。"

田贵问："你事先知不知道王羿的爷爷是蜀侯恽叛逆案中的主犯？"

李冰说："是在审案过程中才知道。据卑职最近了解到的情况，蜀侯恽一案也可能是冤案！"司马错和田贵一惊，田贵谨慎地说："这事可大了，你说这话有何根据？"李冰说："卑职手中掌握有证人。"司马错问："你想怎么办？"李冰说："弄清楚后，上报君王。"

"李冰啊，"司马错严肃地说，"你在触动龙之逆鳞啊！会招来杀身灭族之祸！"

李冰一震，急忙跪在地上。

田贵说："站起来吧，听你爷爷给你讲讲。"

司马错告诉他，那是在昭王六年的六月初六，适逢太后四十四岁华诞。

甘泉宫的大殿上，垂挂着寿幛和明月珠。乐工吹箫、击磬、弹琴，演奏着热烈欢快的喜乐，峨冠博带的秦廷大员云集，都是为太后祝寿而来。

宣太后时年四十四岁，丰容靓丽，端坐于殿上。

二十六岁的秦君嬴稷首先参拜，而后坐到母亲的身边。丞相樗里疾已经六十多岁了，他是先王的弟弟，新君之叔，他也率领魏冉、芈戎、司马错、田贵等二十多名文武大员向太后拜寿。

只听群臣高呼："敬祝太后万寿无疆！"执礼官高呼："入席。"众大员分两列，在殿两旁早已摆好的矮案前落座。执礼官又呼："献艺。"

一个巨人阿大伸着右手掌，上面站着矮小的侏儒阿丹（阿志的孪生兄长）跨进殿中，掌中小人儿还"噗噗"地吐着火，一团一团的火焰在空中飘拂、旋转，渐渐显出"万寿无疆"四个光彩夺目的大字。众大员欢呼，称善叫好。

太后盈盈一笑，对巨人招手道："过来，过来。"巨人憨笑着缓步朝太后走去，侏儒在他的头顶上不停地翻跟斗，"叫什么名字？"

巨人的嗓门似洪钟击缶，说："阿大，我是阿大。"

太后身边的嬴稷指着他头顶上的小儿问，"他是叫阿小啰？"

"我叫阿丹。"小儿的嗓门又尖又细，惹得众大员击节欢笑起来。

只听执礼官又高呼："献寿酒。"几名宫女怀抱金罍飘然入殿。宣太后突然站起，问："献的什么酒？"侍臣魏丑夫碎步走到太后面前，尖声说："蜀侯恽献的蜀中清酒。"宣太后说："先赏赐阿大、阿丹。"

于是宫女斟酒两爵，魏丑夫接过来端给阿大、阿丹。阿大、阿丹举着酒，高声说："多谢太后，祝太后万寿无疆！"两人等欢呼声毕，对望了一眼，一口喝下酒。顷刻间，他们脸色变紫，口鼻流血，全身痉挛，倒地而亡。

众大员惊愕！宣太后盛怒，站起："蜀侯恽胆敢献毒酒生事，这是大逆不道，这是反叛！"顿了顿，扫视群臣一眼，喊道："司马将军！"五十多岁的司马错将军站起出班，躬身道："臣在。"宣太后："令你领军入蜀平叛。"

司马错目光炯炯，盯着李冰，说："蜀侯恽献的寿酒毒死了人，是爷爷还有田老亲眼得见。平叛，也是太后亲口下的命令，你想翻这个案，不是触龙鳞吗？"

李冰眯着眼睛沉思不语。

夜幕中，公孙若亲自到蹇侯府。烛火幽幽的书房里，蹇侯与公孙若密议。

公孙若对他说："咱们上当了。据剑门关的驿吏禀报，至今没有发现钦差的车队回咸阳。"蹇侯问："朝廷派来的钦差是谁呢？为什么行动这么诡秘？"公孙若说："钦差肯定是诏王秘遣，不和我们见面，看样子，不是为参劾李冰而来。得赶快弄清情况啊！"蹇侯想了想，说："这些天郡尉周武一直未露面，钦差很可能就住在他的野外军营里。"说完，立刻叫管家备马，他要亲自前往打探一番。

天不亮，蹇烈与管家便骑马奔到了军营的栅栏门外。待他们翻身下马，一个小校走出，问："你们找谁？"蹇烈回答说："找郡尉周武大人。"小校说："大人不在。"蹇烈问："到什么地方去了？"小校回答不知道。

吴奶奶的木屋掩映在玉屏后山的密林中。杜鹃之前离开后，偷偷前往成都打探消息，如今回来，便急忙找到王叕和二郎，"听人讲，钦差没有把大人押回咸阳，还留在蜀郡。"

王叕问："可靠吗？"杜鹃回答说："公孙若、蹇侯急得像热锅上的蚂蚁，派人四处打听钦差和大人的下落呢。连王汤圆老板都找去问了。"王叕想了想，说："这种情况下，我料想蹇侯之流不敢贸然向我们下手。二郎，你回郡府静观事变。我呢，还是回禹穴干我自己的事。"说完，便准备跟吴奶奶辞行。

在白沙邮附近的都江岸边，有一棵古老遒劲、枝繁叶茂的黄桷树，树下几块石磴，是行人歇脚之处。此时，司马错正拄着竹杖和田贵、李冰一起，在树下踯躅。山坡上，站着周武和王稽，要道上有虎贲和蜀兵站岗。几匹马在山脚下啃吃野草。司马错指着江心沙滩前的河道对李冰说："你看好，你父亲就牺牲在那里。"

李冰望着司马错手指的方向，脑中仿佛响起人喊马嘶的声音……

暗夜里，大面山下都江上面的笮桥火光熊熊。三十多岁的蜀侯恽和六十多岁的侯府郎中令王婴、四十多岁的中尉吴戈率领侯府卫队和大小官员眷属，举着火把朝对岸的青城山进发。人马过后，几名卫兵将火把扔在笮桥上。

拂晓，司马错和蜀郡国守张若、郡尉张剑、蹇罴骑马，带领一队平叛军从玉垒山下的冉駹道追到笮桥处。他勒马看着笮桥还在烈火中燃烧，发出啪啪的响声，竹绳断裂，着火的木板纷纷掉入江中，回头对一卫士说："传李工师。"

卫士拨马而去，张若对司马错说："看来，叛逆要依托青城山负隅顽抗了。"司马错道："要拖住他，不要让他们逃跑了。"张若问："如何拖住他们呢？"司马错说："我给蜀侯恽写封信，派人泗水送去。"

不一会儿，卫士带着李水骑马奔来。

"李工师，"司马错问，"你看修复这座笮桥要多长时间？"

李水说："至少得三天吧。"司马错说："给你一天一夜时间，白天备料，晚上施工，防止泄密。""这太难了，"李水说："我沿江看一下，想一下，再回答将军，好吗？"司马错说："可以。不过情况紧急，必须很快决断。""明白。"李水策马朝上游奔去。

蜀侯恽和他的妻儿以及臣属二十七人，沿着长长的石梯朝山腰走去，来到一个石洞前便再也走不动了。蜀侯恽命卫士在洞口前和石梯上站岗，自己带着眷属进了洞。山洞有两进深，前洞有石磴、石案、石灯，传说轩辕黄帝的大臣宁封曾在此养气、炼丹。大家神情沮丧，干脆倚壁而坐，还有的直接躺在了地上。

蜀侯恽和侯府大臣王婴、吴戈等人围着石案议事。蜀侯恽说："下一步怎么走？尔等尽可直言。"

"走。"侯府尉官吴戈说，"待在青城山难以维持长久，末将以为应沿江而下，越南安到僰道，或去夜郎，或走昆明！"

王婴说："那就走上不归路了。"吴戈说："这不是朝廷逼的吗。"王婴说："退避青城山是为了暂避锋芒。当务之急是立即修书，呈与朝廷，辩明冤情。"

"说得对。"蜀侯恽说，"就由王大人捉笔，写好后派人送给司马错。"

王婴遵命去到石几前书写。这时一名小校喊着"启禀君侯"，跑进来说："司马错派人下书。"蜀侯恽说："押上来。"

于是，郡尉张剑便被押进洞来。他赤裸上身，腰系短裙，全身湿漉漉的，背上背了个竹筒。看得出来，他是泅水过来的。张剑嚷着："蜀侯，能这样对待郡府尉官吗？"

吴戈上前扇了张剑一个耳光，说："就是你的主子张若、蹇罡阴谋陷害，才使侯府上下沦落到这般地步。咱们奋起反抗，是为了活命。"

"你兔崽子敢造反！"张剑一脚踢去，被卫士抓住。吴戈冲上又要打张剑。"住手！"蜀侯恽上前制止，吴戈退站一边。蜀侯恽

问："司马错将军的信呢？"张剑："在竹筒里。"小校取下竹筒，献与蜀侯恽。

蜀侯恽抬头命令："先把张剑关进后洞。"等小校和卫士押走张剑，他才从竹筒中取出帛书看。王婴、吴戈上前问："司马错说什么？"蜀侯恽说："要本侯和他一起回咸阳辩诬。"王婴问："有什么保证吗？"

蜀侯恽说："一个不杀。"

吴戈说："司马错诡计多端，不可轻信。君侯，还是做走的准备吧！"嬴恽说："你先派人到南安、僰道，联系好了再说吧。"吴戈说："那得在这里待好多天呢！"蜀侯恽说："多待几天无妨。笮桥已毁，司马错岂奈我何？"

同样是在白沙邮都江岸边的黄桷树下，就在这块石墩前，李水对司马错说："搭浮桥最方便，又快又保密，白天在岸上扎好竹筏，晚上下水安装，明早拂晓就可使用。"

司马错问："浮桥搭在何处？"

"将军请看——"李水伸手一指，"江心不是有片沙滩吗？用它作中间的桥基，江面的距离就缩短了，再把扎好的竹筏连接起来，不就成了一座浮桥吗？""甚善，甚善，"司马错说："工师分派任务吧！"李水说："马上命令二百人伐竹木，在附近找个隐蔽的地方扎筏。"司马错对张若、蹇罜说："你二人马上去办。"等张若和蹇罜领命离去，司马错又问："工师还有什么要求？"

"还有？"李水想了想，说，"还有一点要求。"司马错："直说。"李水道："打完这仗后，我想告假两日，到成都买块蜀绸带回去，我儿子李冰正等着用它扎绸鹰呢。"司马错笑着，拍李水肩，说："工师无时无刻不在惦念儿子啊，好父亲！放心吧，我给你买。"

李水领着几十名工匠和士兵走了，隐蔽在山沟中扎竹筏去了。

太阳渐渐偏西，蜀侯恽正在彭祖峰下的山腰石洞里趑来趄去，吴戈匆匆走进洞中。蜀侯恽止步急问："有什么动静？"吴戈说："司马错酉时率军撤退了。"蜀侯恽问："想从下游渡江？"吴戈回答说："我看可能与涨水有关。"蜀侯恽问："都江真要发大水吗？"吴戈说："据山民讲，这几天都江上游一直在下大雨，今明两日必定会暴发大洪水！"蜀侯恽拍手长叹："天助我也！"

天上星星稀疏，微弱的星光下，李水正率着工匠在白沙邮下面的都江里搭浮桥，在士兵和工匠的操作下，第一道浮桥已经接近江心沙滩。天刚拂晓，浮桥便搭好了，桥的两端，各有几名工匠和士兵站在水中以肩护桥。

浮桥上人影晃动，司马错、张若、蹇罴率一队步兵轻装前进。张若、蹇罴为前锋、司马错垫后的平叛军静悄悄地急速通过浮桥；天渐渐亮起来，都江上游漂来一些白色泡沫，树叶、杂物在浮桥边打漩；张若、蹇罴率队冲过第一道筏桥，登上沙滩，朝第二道筏桥奔去；站在水中以肩护桥的李水吼着："快过，快过，要涨水啊。"

张若、蹇罴率队冲过第二道浮桥；垫后的司马错和两个卫兵越过沙滩，踏上第二道浮桥。他回头对水中的李水说："李工师，快起来，起来，涨水了。"李水吼着："将军快走，竹筏动荡呢，你一上岸，我们就撤。"

正在这时，竹筏动荡，卫兵挟起司马错冲过浮桥，跳上岸去，回头一看，但见山洪咆哮着滚滚而来，涌起几尺高的巨浪，把浮桥冲断，冲散，李水等一干工匠便被吞没了……

司马错杵着竹杖，望着江水热泪盈眶，过了很久，他才转身对李冰说："李冰哪，你要给蜀侯恽翻案，对得住你父亲吗？"

"父亲！"李冰大喊一声对着大江跪倒在地，泪如雨下。

司马错动情地说："你父亲临上战场还没有忘记要给你买一块蜀绸回去扎风筝。他出身布衣，用自己的生命，才换来一个公大夫的爵位，有了这个爵位，你才有资格进入田老办的学宫读书，也才有今天！田老和爷爷担着风险力排众议，保举你为蜀郡郡守，是要你上报朝廷，下酬黎庶。你入蜀之后就应该集中全力搞好治水兴农！你却去平反冤假错案！"

李冰缄默，只是流泪。

田贵上前，说："老将军，让他好生想想后再回答吧。"说着又走到李冰面前，说："我们去看看你那个治水模型。你和张将军就在驿站等候。"

（二）旧案重提

司马错带着田贵、王稽从上游来到玉垒山禹穴，杜鹃正在小屋烧火做饭，炊烟袅袅。

三个人走进禹穴。见王叕脸色憔悴，披头散发地站在一个巨大的沙盘前。这个巨型沙盘摆放在禹穴正中，是用有色泥土做成的渠首三大工程和二江流域的立体模型。模型的下端放着两个木桶。王叕舀了一瓢水从渠首前的都江灌入，看水流的变化。他呆呆地观察着，思考着，司马错等人轻脚走近，他竟未发觉。

司马错等人站在他的身后观看。听王叕自言自语道："怎么才能使江水直奔鱼嘴呢？"司马错笑道："年轻人，你冥思苦想简直达到了旁若无人的境地啊！"

"啊，"王叕这才扫了三人一眼，说，"对不起，对不起，老先生来此做甚？"

田贵说："游山玩水。"

"好啊，"王叕说，"仁者乐山，智者乐水。我建议老先生，"说着挥手指了指，"出穴不远的拐弯处，有一条山道，从那里可以登上玉屏山的擂鼓坪，就可以饱览这一带奇秀无比的山光水色了。"显然他是要把三人打发走。

"待会儿吧，"田贵说，"年轻人，能把这治水工程给我们讲讲吗？"

王叕说："这个模型是按照郡守李大人的设计制作的。小人只是负责试验，对李冰大人的奇思妙想，理解不深，未必能讲得清楚。不过，这工程有一大特点，就是寓深邃于平朴之中，相信您三位饱学之士一看就懂。"司马错："什么饱学之士？老夫对治水是一窍不通啊。"

于是，王叕提起一桶水倒入"峡谷"的"都江"中。司马错、田贵、王稽凝目观看，只见水经过鱼嘴埝一分为二，内江流入水门，通过水门流入成都平原上的二江，直达成都，之后又流向武阳、南安、僰道。司马错、田贵、王稽被深深吸引，但他们都没

- 626 -

表态。司马错问："能实现吗？"王叕："大人说，要做起来看。""唔，"田贵走到王叕面前说，"年轻人，老夫看你容颜憔悴，双眼布满血丝，一定是朝乾夕惕，苦心焦思了，如此劳神费心搞试验，是为了什么呢？"

王叕问："老先生是外地人吧？"田贵回答说："来自关中。"王叕说："小人并不感到劳心费神，能参与这项治水工程那是三生有幸啊！"田贵问："何谓三生有幸？"王叕说："治好都江变水害为水利，这是我们蜀人一代又一代的梦想啊！可惜，过去讲治水是要杀头的。李冰大人主政后，这种局面才开始改变。"

"唔，"田贵又问，"过去讲治水要杀头，有何根据？"王叕警惕起来，笑笑："老先生，这件事很敏感，不说也罢。"

"嗯，"司马错说，"成都人不是有摆龙门阵的习惯吗？年轻人，就给我们这些远方游客摆个龙门阵嘛。"

"算了算了，"王叕，"事隔多年了，说之无益。"田贵说："年轻人，我们外地人不会告密的，摆摆龙门阵也让我们增长点见识嘛。"王叕这才说道："其实这件事并无秘密可言，想保密的只是官府。蜀中百姓上了点年纪的人都知道，二十五年前发生的蜀侯恽叛乱案是一起十足的冤案，就是因治水而引发的。"

司马错说："不对吧，我听说是蜀侯恽献毒酒而引起的。"王叕说："那只是有人蓄意制造的借口。从成都运酒到咸阳，最快也得四天。要做手脚，在酒中放毒，有得是机会。再说，只是毒酒问题，派个御史或廷尉清查处理就行了，用得着派司马错将军带大军入蜀平叛吗？"司马错说："听人讲当时蜀侯恽组建了上万人的叛军？""什么叛军？"王叕说，"那是招来治水的民夫。"

司马错"啊"了一声。只听王叕继续说道："那时朝廷治理蜀郡采用的是封国制与郡县制并存的方式。蜀侯是君侯，张若是监国，俗话说一山不容二虎，张若想废掉蜀侯自任郡守，就抓住侯府属官王婴的建言书发难……"

那夜，在郡府厢阁里，国守张若和国守府丞塞罡在座，王婴手持简册站立一旁。张若对王婴说："王大人，把你的建言书念念吧。"王婴展开简册，说："治水，国之大政也，关系国家社稷之兴衰成败。治水成，则可为君为王，治水败则亡国失位。女娲治水，晋封娲皇，大禹治水成功，而夏朝乃建，蜀王杜宇治水无能而让贤出走，鳖灵因治水成功，而创立开明王朝……"张若摆手打断他说："不念了，说说具体措施吧。"王婴卷起简册说："仿效古蜀王开明帝的做法，招民夫一万，开一条河，引都江水灌溉平原。"张若说："仿效蜀王？君侯同意吗？"王婴说："君侯欣然同意，并诚请张若大人共襄大业。"张若点头说："好，我收下你的建言书。"王婴将书简交给张若。张若接简后，说："王大人请回吧。"王婴刚退走，塞罢便说道："治水是假，造反是真。蜀侯是要仿效开明自立为蜀王啊。他招民夫一万干什么？就是组建叛军。"张若说："就按你说的写呈文密报给魏冉将军。"

禹穴里，司马错问王聂："年轻人，你怎么知道得这样详细？"

王聂说："我老师是尸佼，是他亲口告诉我的。老师与王婴是好朋友，过从甚密。"司马错问："尸佼还在吗？"王聂说："塞侯让他作了祈雨的牺牲。"司马错又问："蜀中百姓对蜀侯有何看法？"王聂说："百姓不仅怀念他，而且还有人想为他立祠呢。"司马错问："你赞成吗？"王聂："我不赞成，那是要杀头的。"

这时，门外传来杜鹃的喊声："哥，吃饭了。"

"你去吃吧，"司马错说："我们也该走了。"

四人从穴内走出来，只见石桌上摆着一瓦缶野菜，四碗稀饭。杜鹃、吴奶奶和小山果围坐着，等王聂出来吃饭。王聂对司马错说："老先生，喝碗热汤不？""道谢了，道谢了，"司马错说，"年轻人，你给郡府做事，没有薪俸？"王聂说："有六斗米，百文钱。"司马错问："那，为啥一家人吃稀饭？""老大爷，"吴奶奶说，"我们不是一家人，我和孙儿住在后山，穷，王先生照看我们呢！是老婆子和孙儿分吃了他的粮啊。"王聂说："吴奶奶，你可别这么说，你又没有白吃我，经常给我们捡干柴烧。那不是钱呀？"司马错点点头，说："明白了，你们吃，你们吃。"

白沙邮内的正堂里，李冰正看这铜壶滴漏一动不动。

周武走来，说："大人，该用午饭了，是不是去请二老回来。"李冰说："再等等吧，让二老尽兴。"

司马错与田贵走到冉駹古道边的皂角树下，后随王稽和几个牵马的虎贲。

田贵说："蜀侯恽一案是疑点多多呀？"

"是呀，"司马错坐到树下的一方条石上，对田贵说，"回想起来，当时就有争论……"

咸阳宫那烛火煌煌的夜晚，映照着昭王忧郁的脸。

他的左边站着丞相樗里疾，右边站着大将军魏冉。左庶长司马错一身戎装，躬身对昭王说："臣谨遵太后之命领兵入蜀，但不知此次叛乱规模有多大？需带兵多少？"魏冉说："据张若、蹇罢密报，嬴恽已招兵万人，正蠢蠢欲动。张若已有防备，庶长带兵一万入蜀就可以了。务要将蜀侯恽夫妇及王婴等叛臣一网打尽，就地正法。"

"不可，"丞相樗里疾说，"蠢蠢欲动，就是说只想动，但还没有动。献毒酒是怎么一回事？是蜀侯恽加毒献上，还是有人做了手脚？这些疑问都还没弄清楚，怎么就能杀人？老臣以为，司马错将军应将蜀侯恽等人生擒活捉，押回朝中审问。"

霸气十足的魏冉说："老丞相如此袒护蜀侯恽，莫非害怕被株连？"

"笑话，"樗里疾说，"公子恽封蜀，确是老臣建言。但大王和太后不是也点了头吗？老臣如果惧怕株连，还要求保留活口？"

魏冉说："你不怕株连，那就是怕你在蜀郡的封地严道被取消！"

樗里疾不紧不慢地反驳说："你也想到蜀郡弄块封地吧？"

昭王摆手："不要再说了，要死的还是活的，由司马错将军按形势的发展变化，自行定夺。"

于是，司马错骑马领着平叛军连夜赶往蜀郡，刚进成都北门，便有张若、蹇罢前来迎接。张若对司马错说："叛逆闻风丧胆，已逃往青城。"司马错问："他怎么知道？"张若说："蜀侯恽朝中有人啊！"

"去青城！"司马错挥动马鞭，命张若和蹇罡带路，直接上山。张若对蹇罡说，"彭祖峰的山腰有个石洞，我领军先去探探，你护将军随后上来。"

在山腰石阶，洞外到处都有平叛军跟吴戈的几名卫队厮杀。王婴护住蜀侯恽，高声说："司马错将军有信，保证一个不杀！"张若冷笑上前，一剑刺死王婴，随后又砍下了蜀侯恽的脑袋，"杀杀杀，一个不留。"

士兵听令冲上去，将蜀侯恽夫人、幼子以及大小臣属全部杀死。张剑被人从后洞救出，他走到吴戈、王婴、蜀侯恽的尸体前，狠狠地踢了几脚。

这时，司马错才刚走进洞穴，他扫视了一眼，不经意地皱起眉头。

几天后，昭王端坐殿上，祝贺司马错凯旋。戎装的司马错穿过两厢侍立的文武大员，上殿叩拜，并交付了半边虎符。张若举着一个木匣上殿，在昭王前面打开。昭王蹙眉看着蜀侯恽的人头没有说话；张若转身向文武大员展示；魏冉一脸得意；樗里疾气得全身哆嗦，胡须抖动，竟然一头栽倒在地。

"蜀侯恽一死，毒酒问题就死无对证了。"在冉駹古道边的皂角树下，司马错说。

田贵说："其实已经很清楚了，蜀侯恽事件后，樗里疾丞相病倒在床，一年之后去世。魏冉当上了丞相，张若当上了郡守，连地头蛇奴主蹇罡也捞到了个侯爵。上下联手得益。再制造一个毒酒事件作为引子，也就在情理之中了。"

"是这样。"司马错站起，田贵也跟着站起，两人边谈边走。阳光下是四只行走的脚，空气中是两人深沉的声音。

司马错说："我是客卿，不敢忘记商鞅的教训，对王室之中发生的事从来不去深究，更不去过问。唉，前人作了孽，后人尝苦果啊！"田贵说："老将军不必自责，说句不臣的话，咱们秦国有两个朝廷。一个以大王为首，一个以太后为首。那会儿，大王年轻，实权操在太后手中，谁敢不遵？"司马错说："田老说到要害了。这种局面至今还未得到根本改变啊！李冰哪知深浅？田老，他是你的学生，得好好开导开导他啊！"田贵说："这是自然。我看王叕问题可以不再查了，禹穴中那个年轻人就是王叕。就按杜丞相的指示向后生宣布吧，免得他忐忑不安。"

成都塞侯府邸也有四只不停行走的脚。花厅上，塞侯拄着神杖踱着方步，儿子塞烈侍立一旁，说："孩儿寻遍了成都和周边地区，没有探出钦差和李冰的踪影。"

"侯爷，"管家匆匆走来，禀报说，"有消息了。"塞侯止步，转身："讲。"管家说："钦差和李冰可能去了湔氏道的玉垒山。"塞侯问："你亲眼看见？"管家回答说："小人到了玉垒山，但有兵卒盘查进不去。小人询问当地山民，他们说今日一早有四个大官在一队兵丁的前呼后拥下进了山。""嗯？"塞侯思忖着，自语道，"他们进山干什么呢？"管家说："王叕不是在禹穴中搞试验吗？""嗯！"塞侯沉吟，"钦差去询问王叕？还是逮捕王叕？"

傍晚时分，白沙邮内点着铜油灯，正房中摆着四张几案。正面两席坐着司马错和田贵，左右各一席，坐着王稽和李冰。几案上置一盛肉羹的豆，一碗菘菜，一个耳杯。

李冰提起铜壶正准备与司马错斟酒。司马错说："你知道爷爷不善饮酒。"李冰说："这是青城山的猕猴桃酒，纯甜清冽，不醉人的。"司马错说："那就尝尝吧。"李冰又与田贵、王稽斟酒。王稽说："你也坐下吃吧。"李冰落座右案，举杯："爷爷、老师、王大人请。"四人共饮，吃菜。

司马错说："后生哪，蜀郡有人弹劾你漠视治水，为叛逆王叕翻案，根据你的陈述和我们的调查，这两件事都不是什么问题。朝廷不再追究了。放心做你该做的事吧。"

李冰面露喜色，说："感谢朝廷秉公而断。"

司马错转头问："田老、王大人你们怎么看？"田贵叮嘱李冰："官场如战场，明枪暗箭总是免不了的，要善于对待。"王稽说："大王是信任李郡守的，不然为什么顶着压力秘派老将军和田老来查此案？你想过没有？"李冰说："大王呵护臣下之恩，李冰铭感肺腑。"司马错说："如果你没有什么意见，我们就准备召开郡府会议，公开宣布了。"

李冰沉思一阵，问："蜀侯恽和王婴的冤案怎么办？"司马错一听，不高兴起来："你说怎么办？"李冰缄默。王稽说："你不再提这件事不就完了吗？"

"王大人，"李冰说，"沉冤不雪，民气难舒，是难以从事建设的。蜀侯恽和王婴一案因治水而起，二十七人死于非命，株连甚众，牵涉面广，影响甚大。如不平反，将成为蜀地百姓的一块心病！"

"李冰啊李冰，"司马错站起，"你再坚持为王婴、蜀侯恽翻案，我就建言朝廷先撤你的职！"司马错坐下，盯着李冰热泪盈眶，说："爷爷说过，欲立王业，务必广施德政。今天，我却在此讲违心话，做违心事，当年不知实情，尚情有可原，现在知道了，却无法改变，爷爷心里也很难过，是爷爷怕否定了自己的功劳吗？想保住自己的名声吗？不，爷爷年过八旬，夕阳已照着头顶，双脚已入土三尺。功劳名声早被我置于度外了。为什么呢？只是你这后生哪，来日方长，还可以为国为民做好多事哪！你一旦耗在这个案子上，会招来横祸，累及妻儿。"

"爷爷，"李冰跪地，"后生知道爷爷的一番苦心了。后生只求爷爷接见一下阿志，听听他的诉求……"田贵摆手站起来，说："不要再讲了，也让咱俩合计合计吧！"

傍晚，二郎正走在郡府后院的花径上，花荫中忽然闪出个影子，在他的背后猛拍一掌，"嘿！"

二郎回头，见是个戴着神女面具，满头缀花的女人站在他的面前，"你是？"

那女郎说："吾乃花神是也，还不跪拜？"

二郎定睛，打量她的身材，心里一喜，"红红！"公孙红咯咯笑着，取下了面具花冠。

二郎说："你干吗装神弄鬼？"公孙红含笑回答，说："逗你开心呀！"二郎问："我不开心吗？"公孙红问："这些天你跑到哪里去了？"二郎说："打听父亲的下落呀！"公孙红告诉他："放心，这回李伯伯是有惊无险。"二郎又问："你怎么知道？"

公孙红说："是我观察父亲的脸色得出的结论，塞烈他们不敢动你了。走，观察天象去。"说着，她从花荫中取出一篮水果和点心来，说："走，上角楼边看边吃。"

夜色笼罩着凤凰山，蜀军的野营里，李冰将矮人阿志带到司马错和田贵面前，接受他们的询问。阿志将一幅写在绢帛上血书呈与司马错。司马错展开，只见上面写着："魏丑夫酒中放毒，请大王查办。"

那血书上的字在阿志的声音里变得扭扭曲曲，仿佛一把把带着腥味的剑，将尘封的往事拨开……

魏丑夫站在甘泉宫后殿的一间厢房里，房中陶柜上存列着几个金罍。他将一个写有"蜀"字的罍盖揭开，把一小罐药物倒进罍中。巨人阿大和侏儒阿丹从廊上走来，一边走，一边喊着："大人，大人。"走到门前，刚好看见魏丑夫正往金罍里倒药。

魏丑夫见到两人也不回避，问："干什么呀？"巨人说："不是大人令我们来的吗？""是呀，是呀。"魏丑夫开门走出，说："我忙于给寿酒加香料呢。"阿丹问："大人有何吩咐？"魏丑夫说："明日太后大寿，要你们献艺，准备好了吗？"阿丹神气地说："准备好了，我和阿大表演吐火变字。"魏丑夫问："变什么字？"阿丹说："万寿无疆。"魏丑夫朝他扬了扬手，说："好极了！阿丹，你是宫中最聪明伶俐、最善解人意的俳优了，你们明天的表演必将获得巨大的成功，无上的荣耀！为了做到万无一失，你们从现在起，就在这后殿练习，大人令人给你们送好吃的哪！"阿丹说："谢大人，只是我那安在口中变字的玩意儿，还有油松，都没带来，请准许小人回去拿来再练。"魏丑夫说："我令人去给你取来。"阿丹说："找不着。混饭吃的玩意儿，是不能随便放的。"魏丑夫说："你不能走来走去地分心了，你兄弟知道吧？"阿丹做沉思状，过了一会儿才说："对，我兄弟阿志知道。"魏丑夫说："大人就派人去找你兄弟。"阿丹说："一定要我兄弟亲自送来。"魏丑夫问："为什么？"阿丹说："别人不懂，弄坏了玩意儿就演不成啰！"魏丑夫想了想，说："就让你兄弟送。"

看着魏丑夫离开的背影，阿丹的神情变得十分难看。

"哈哈哈，"巨人阿大傻笑着，伸出巨手说，"兄弟，翻上来。"阿丹一个跟斗翻上去。阿大望着手中的阿丹说："巨大成功，无上荣耀来啰，哈哈哈……"阿丹哭着："呜呜呜，我们死定啰。"阿大问："什么死定了？"阿丹反问他："你看见魏丑夫在屋里干啥？"阿大说："在酒中放香料呀！"阿丹说："他在放毒啊！"阿大憨痴痴地说："放毒？咋会呢？"阿丹说："咋不会呢？贡酒还用得着再放香料？这种小事还用得着大人亲自动手？他为什么不让我们走？就是要留着我们品尝他的毒酒啊，明天表演一完，他就会送我们下地狱。"阿大这下彻底傻了，问："他为什么要害我们呢？"阿丹说："他要嫁祸于人啊！"阿大问："怎么办？"阿丹说："写封血书，请大王为我弟兄申冤。"

这天，阿大和阿丹坐在案前吃午饭。案上摆着大饼、猪蹄和浑鸡，饮食格外的好。一侍臣领阿志走来。阿志提个陶罐和一个绸包，进来就说："哥，这是你要的东西。"

"好好。"阿丹上前接过。

"哥，"阿志说，"还缺什么吗？"

"不缺，不缺。"阿丹拿起一块饼交给阿志，说，"魏丑夫请我们吃好的。"一边说着，食指在阿志的手心暗暗挠了挠，又一边递了个眼色，"拿回去尝尝吧。"

阿志对司马错说："我到偏殿的一间小房里，才掰开饼，取出血书。我知道哥哥要被毒死了，那是太后赐的酒。我想魏丑夫敢于在酒中放毒，必定是受了太后的指使。我就不敢把血书交给大王了，悄悄逃出宫来，以待时机。我一出逃，太后就下令捉拿矮人。我逃到成都后被捕，便装疯卖傻死不承认自己的身份，他们就把我转到郫县监狱，是要把我关死了事。"司马错说："明白了。"转对李冰，"你带走阿志，将他好生安置。"

"是。"李冰带走阿志。"证据确凿，"田贵说，"只有如实上报大王了，一切后果，由我们两个老头子来承担吧。"司马错点头说："我们可以露面了。"

郡守府议事堂里坐满了蜀郡官员，李冰、公孙若、周武、何坚、孟谦、周庸以及尚武等各县县令人人表情严肃，等待钦差的到来。

门外一声高呼："钦差大人到。"司马错、田贵、王稽盛装走进。官员纷纷站起，躬身迎候。三人在带有屏风的几前坐下，司马错环视一眼，单刀直入地说道："前些日子，蜀郡有人上书朝廷，称郡守李冰入蜀后漠视治水兴蜀大业，热衷于为叛逆王叕和他的爷爷王婴、蜀侯恽翻案，犯了对抗朝廷，诋毁太后之罪，主张参劾李冰。"

众官员一片惊疑。司马错继续说："大王和朝廷对此十分重视，即派本人为钦差，太史田贵、谒者王稽为襄赞，入蜀查办，经多日调查，已有结果，现在公布。"

众官员注目以待，竖耳静听。王稽展开竹简，念："一、李冰上任之日，即遇民女杜鹃拦车喊冤。身为郡守受理此案，乃为职责，无错。二、大秦法律有禁诬告，重调查，允复审之规定。李冰经过详察，开释王叕，于法有据，无错。三、王叕一案涉及治水，李冰在审问王叕的过程中，弄清了都江泛滥的原因，了解到了古蜀国治水的经验教训，又经实地勘踏，设计绘制了治水图。说李冰漠视治水兴农，纯属不实之词。四、王叕新案和二十五年前蜀侯恽与王婴旧案，不能相提并论。旧案是否需要重新审理，由大王独断，蜀郡官员一律不得议论。五、由于大王圣明，朝廷处理及时，举报虽有诬告之嫌，但未造成后果，对举报人不予追究。但要引以为戒，下不为例。"

司马错站起，扫视一眼，严肃地说："本钦差诚望蜀郡各级官吏，都要以大局为重，摒弃前嫌，共创辉煌。"

众官员齐呼："谨遵钦差大人之命！"

司马错和田贵回到咸阳宫，昭王在后庭御书房接见了他们。他从案上的竹简上抬起头来，对侍立左面的司马错和田贵说："这样处理，深合寡人之意，甚善。"说完，抬头望着坐在右面的杜仓，问："丞相以为如何？"

"甚善，"杜仓说，"微臣只有一点建言。"秦昭王说："讲。"杜仓说："能否将郡丞公孙若另迁他郡？"秦昭王想了想，说："可以考虑。"又拿起阿志写的血书，边看边说："俳优阿志，寡人还有印象。"司马错问："大王如何处理？""事关重大，"昭王说，"先冷下来，过些时间再说吧。"

清晨，芈戎夹着一捆竹简，行色匆匆地从甘泉宫后庭的廊上，一直赶往太后的寝房。

梳妆台前，魏丑夫正与太后梳头发。"太后，太后……"听见是芈戎的声音，人已经到了卷帘前。

"进来吧。"

芈戎走进来，太后问："有什么急事啊？"

芈戎说："上当了，上当了。你不该点头同意司马错当钦差啊。"太后冷冷问道："司马错回咸阳了？"芈戎说："回来第三天了。带回一个处理蜀郡参劾案的五点意见，大王表示完全同意。"太后问："他们是怎么处理的？"芈戎说："完全为李冰说话，把举报李冰逆言逆行的人称为诬告者。最为恶毒的是不准把王焱一案和蜀侯恽、王婴叛逆案相提并论，并提出要大王重新审理此案。"

魏丑夫一惊，"哎哟，弄痛我了！"太后尖厉的声音传来，他才发现自己的手因为颤抖，在太后的头上一阵乱梳。太后回头瞥了他一眼，问："你被重审蜀侯恽旧案吓到了？"魏丑夫哈气镇静，强笑道："有太后在，小的不吓，不吓。"太后说："这司马错是痴呆了吧？他不是当年带兵平定蜀侯恽叛乱的统帅吗？他怎么会同意给蜀侯恽翻案呢？这不是给自己抹黑吗？"芈戎说："他是按杜仓的意思在办呢，要给姐姐和冉兄抹黑呢！这些年，杜仓打着维护王权的旗帜，分裂我嬴秦宗室，朝中的一些老家伙都跟着他的屁股转。他害怕魏冉兄回国后取代他的相位，必然要来这一手。"

"反了！"宣太后怒，说，"找嬴稷去。"

第二十七章　御前辩论

（一）御前立状

"大王，大王！"

老内侍疾步匆匆地来到咸阳宫的厢阁里。案后的昭王嬴稷站起来，听老内侍结结巴巴地说："太……太……太后传大王呢。"昭王皱了一下眉头，走出去。

大殿的御座上赫然坐着宣太后，侧站芈戎。内侍领着昭王快步走入殿中，至御案前，纳头便拜："参见母后。"宣太后虎着脸，不吱声。昭王问："母后来此，有何训示？"宣太后冷冷地："听说我儿要重审蜀侯恽一案，让你的生母当被告？"昭王愣了一下，仰面瞟了芈戎一眼："造谣，儿臣何时说过要重审蜀侯恽一案？"说着直指芈戎问："二舅爷，你亲耳听到过吗？"芈戎："这——"没有继续回答。

"稷儿，"宣太后说，"你不要恨你舅舅，嬴秦王室与芈氏外戚犹如一个人的血肉之躯，是不可分割的。没有为娘和你的两个舅舅，你能有今天吗？"

昭王躬谦地说："孩儿感恩戴德。"

宣太后点头道："站起来吧。"昭王这才站了起来。宣太后说："秦灭蜀后，蜀相陈状，蜀侯恽、绾曾相继叛乱，不严厉镇压，蜀郡早成了独立王国啰！"

昭王点头说："儿臣明白。"

"明白就好。"宣太后说，"你立即下诏，把你魏冉舅舅诏回国来。"

昭王看了看芈戎，说："他在赵国为相，怎么诏回？"

"秦国需要他！"宣太后想了一阵，说，"六盘山的义渠戎一直威胁着我大秦后方，现在已到了非解决不可的地步了。本后已设奇计，将把义渠王诱来咸阳，然后让你舅舅举兵，将义渠各部一一歼灭。"

"是。"昭王，"母后还有什么吩咐？"

"还有两条，"宣太后说，"第一，朝中七十岁以上的老臣，一律致仕，回家安度晚年。第二，不准为蜀侯恽翻案，不准将公孙若从蜀郡调走。"

成都郡丞府，公孙若终于等来了咸阳的来信，他欣喜地喊："夫人，你来看。"

公孙夫人走进，问："有甚喜讯？"

公孙若说："小妹来信了。太后三计安天下。杜仓这些老朽，已成了秋后的蚂蚱——蹦跶不得几天了。上我的那个治水方略，还大有希望。"

李冰还在厢阁完善他的治水实施方案。二郎在一旁收拾整理文书，将散乱的竹简串在牛皮筋上。

"郡守大人，"周庸匆匆走进来，问，"传卑职何事？"

李冰说："请坐吧。"周庸坐下。李冰问他："如何实施治水方案？你们都水曹有考虑吗？本守写了几条，你看看。"说着将案上的竹简递与周庸。

周庸接过看了看，问："实施哪个治水方案？"

李冰说："你没有听钦差大人的讲话？"周庸说："钦差大人没有明确讲这个问题呀！朝廷至今并未下文否定郡丞的方案，也没有肯定郡守大人新订的方案啊！叫下面怎么办事？"

二郎用惊疑的眼光扫了周庸一眼。李冰说："你们专司农水的都水曹没有个主见？要看了上面的批文才行动？才办事？"

周庸说："这难道不应该吗？"

李冰说："那，你们都水曹干什么？"

周庸说："等呗！"

李冰说："王衮一直在玉垒山搞试验，你去看过没有？"

周庸说："大人亲自在抓，卑职不好染指。"

"明白了。"李冰说："你走吧！"

看着周庸走开，二郎说："听红红讲，公孙伯伯还在坚持他那个治水方案，说是朝中有芈相支持。"

李冰说："不要动摇，相信朝廷自有公断。"

在咸阳的丞相府中，因对蜀中的两个治水方案各执一词，右相杜仓与左相芈戎正争论不休。芈戎强调说："办事要讲程序，公孙若的方案报来最早，而且已经由治粟内史府和本相核准了，现在否定，那不是出尔反尔？朝廷还有什么威望？"

杜仓强调说："不是早不早的问题，而是好不好的问题。治水，是关乎千秋万代的大事，要'好'字当头。"

芈戎质问："你凭什么就认为李冰的方案好，公孙若的方案就不好呢？那还不是你个人的感觉。"

杜仓说："好吧，那就请大王和朝中大臣来评议吧。"

秦昭王下令，召李冰和公孙若回咸阳参加廷议。

咸阳宫正殿冠盖云集，群臣列坐。秦昭王御座前的左右两侧专设了两个屏风，上面挂着大幅帛画治水图，站在左边的公孙若看着对面站立讲话的李冰，眼前闪动着一些过往，心里一阵恍惚，只听李冰最后一句："卑职陈述到此。"直到李冰坐下，他才回过神来。

昭王说："公孙若，你讲吧！"

公孙若定了定神，向昭王行大礼，而后向众大员拱手，才侃侃而谈道："华夏治水，源远流长。女娲补天，杀黑龙以济冀州，积芦灰以止淫水，是为治水之肇端。而大禹治水则集华夏上古治水之大成。总结出治水方策四字：曰疏、曰分、曰阻、曰滞。卑职治理都江之构想，即以阻、滞、分、疏四字为本。阻、滞就是在都江冲向平原的出口处——"说着他指着图，"就是这里，修一条大堤把江水拦腰截断。这两山之间就形成了一个大湖，是为之青山出大湖。在大堤上开两道水门，左边供泄洪之用，夏日发洪水时打开水门，将洪水放入原来的都江正流，这就解决了防洪问题。右边水门下开一条直通郫县、成都的人工河，以解决平原上的灌溉问题，这就是分和疏。在这条人工河上还可开几个水池，池中养鱼，池边栽花种树，以供游览。这叫青山出大湖，银水结玉瓜。"

公孙若舌灿莲花，他的讲述把治水图全都讲活了，让诸位臣僚耳目一新！昭王说："两个方略都讲了，众卿可以畅所欲言。"

有个大臣摇头，说："郡守的方略，气势不大，显得小气。"

公孙若大喜，接口说："而且土气！没有表现出咱们泱泱大国的气派。"说着转向昭王鞠躬，"大王，卑职以为，要建就建不世之工程！"

昭王问："何谓不世之工程？"公孙若说："规模之宏伟巨大为华夏神州历来所无。"

杜仓站起，说："大，不等于话大，能造福千秋万代才是大。建治水工程是为了实用，不是为了好看。不可尚虚词而不顾实际。"说着转向昭王，"大王，臣以为李冰的设计注重实用，着眼长远，强调物我两不相伤，人与自然和谐，生态环境得到保护。工程简朴，费省效宏，是可取的。"

治粟内史说："微臣附议丞相之言。李冰的设计确有许多长处，可以付诸实施。"而后转向李冰，"从总体上讲，李大人的设计施工容易，但开虎头岩也是个难点，要设法解决。鱼嘴堰、飞沙堰、水门三大枢纽工程如何相辅相成，相互作用也要精确筹算。"李冰额首："谨记。"

司马错说："老臣附议丞相之言。"

田贵说："老臣也附议丞相之言。"

"我也说几句，"白起走到两张图前看了一番，大咧咧地对公孙若说，"你老弟这个东西呀，好看不好用。"公孙若不服，反驳说："水淹鄢城，不是壅长谷之水为湖吗？"白起说："那个湖只管几天，水一放就完了，治都江，可要管一千年、一万年！"他又走到李冰近前，边看图边说："道法自然，贵在疏导。善，善！"转对李冰："你老弟这个东西不错，二江开成之后，能溉田多少？"李冰说："设想在十万顷以上。"白起说："那，你每年得多供应军粮六百万斛。"

芈戎不解，说："武安君大人，治水方案都还未定，怎么就谈起了军粮的事？"白起说："怎么不谈呢？耕与战好比两个轮子，秦国的历史就是靠这两个轮子推动的。现在是战的轮子强，跑得快，耕的轮子却转得慢。这怎么往前跑？"芈戎说："等大王决定了治水方案后，再讲两个轮子吧。"

"是，是。"白起笑笑，"请大王决断吧！"

昭王站起宣布："上李冰的方案。"

众大臣点头称道，只有芈戎和公孙若显得气馁！昭王问李冰："要多少时间才能修好大堰？"李冰说："三年便可修成，不过完善它怕要五年，扩大灌区那就要更长的时间了。"昭王说："修堰资金如何筹措？"李冰说："通过开凿盐井，繁荣工商来筹集资金。"

"那就按你的构想去办吧。"听昭王如此，李冰赶紧俯首："微臣谨记。"

芈戎说："大王，事关全局，应当令李冰立军令状。"

昭王望着李冰问："敢立军令状吗？"

"敢！"李冰回答，"三年之内修不好大堰，微臣引咎辞职，肉袒请罪，听凭朝廷发落。"

清晨的渭水之滨，枣林中的李家宅院被一层薄雾笼罩。枣树下，一妞正在舞剑，她剑路清晰，一招连一招，一式接一式，不乱不紊，无断无间，最后来了一招"仙人指路"，姿态优美。

"好哇！"叫好声和鼓掌声从旁发出，一妞定睛一看，惊呼了声："父亲！"确实是李冰，他身着深衣，挎个行囊伫立在旁边，笑盈盈地望着女儿。

一妞拥抱着父亲，高兴地问："父亲是从天而降吧？"李冰说："从地上走来。"一妞放开父亲的手，朝屋内高喊："母亲，奶奶，父亲回来了。"

李夫人和乳娘相继迎出，李冰走去："你们都好吧？"夫人和乳娘点头，"好，好。"乳娘高兴得流泪。一家人走进堂屋坐下。夫人吩咐一妞："给你父亲泡蜜水。"一妞走去。李冰问："李成兄呢？"夫人说："到安邑帮你请盐工去了。"

李冰从囊中取出一对玉圈给乳娘戴上，又拿出一根玉簪给夫人插在头上。一妞端着一碗蜜水走来，放于几案。李冰坐到案前，招呼一妞坐在他身边，拿出一根银饰项圈，戴在女儿的颈上，说："这是羌人姑娘最喜欢的饰品。"

李冰一边喝蜜水，说："夫人，这是枣花蜜吧？"夫人点头："这渭水两岸枣花多啊！"

李冰说："到蜀郡酿菜花蜜吧！"夫人面露惊喜，问："朝廷准许为妻也到蜀郡？"李冰说："廷议之后，杜仓丞相找我谈话，宣布了大王的这一决定。"一妞高兴得一下站了起来："好啊！"

甘泉宫门外停着一辆高车，站着一队执戈士兵。

李冰夫妇乘一辆敞篷车前来告别嬴九公主。两人下车后朝宫门走去。见嬴九也正从宫内走出，后随沅湘，她身挎行囊。李冰夫妇迎上前，恭敬地叩拜："公主。"

嬴九止步，说："李冰郡守！"李冰说："回咸阳参加廷议，蒙大王圣恩，准许内子与我一起返蜀，特来向公主辞行。"李夫人说："衷心感谢公主对我一家的关照。"嬴九望着李冰夫妇，眼眶湿润，说："祝愿你夫妇永远团聚，白头到老！"说完，转身朝高车走去。

李冰问沅湘："公主要到哪里去？"

沅湘说："太后令她下嫁六盘山的义渠王。"

李冰"啊"了一声，抬眼看去——嬴九上车的背影——双肩抽动，她似乎在哭！沅湘说："这是太后的计谋，也可能平安归来。"说罢，朝高车走去。李冰怔怔望着远去的高车，感叹："真是美人命薄啊！"

李夫人也唏嘘："公主又被当成诱饵哪！"

高车启动，士兵奔跑……

李冰治水兴蜀的方略受到了昭王和杜仓丞相的有力支持。但他提出的通过平反冤假错案来凝聚人心的措施，却得罪了朝中的贵戚集团。这就使得李冰的仕途充满了坎坷和风险。

高车奔驰，车轮滚滚……大篷车的车厢里坐着李冰夫妇、乳娘和一妞。后面一辆辎车上坐着李成和两个打井工师。四名卫士骑马跟随。

渝水滚滚而来，云雾缭绕的峡谷中，峭壁上盘桓着一条栈道。这条人行栈道是在岩壁上，凿出孔洞，横插木桩，铺上木板修成的，上面还有一层遮雨的顶篷，远望宛若凌空廊阁，又称云阁。

李冰一行出现在栈道上，他们徐徐向前走着。李冰远眺近看，说："这栈道得加宽加长，能过车就好了。"李夫人问："你准备修吗？"李冰说："当然。"他们来到明月峡前，被眼前壮丽的景色深深吸引。仰观、俯瞰，心情激动。李夫人赞叹："蜀山蜀水真是壮美呀！"一妞双手举起，做喇叭状，大声说："壮哉，蜀山！美哉，蜀水！"山鸣水应。

李夫人这是第一次来到蜀地，欣喜地期盼着同儿子团聚。刚到家，第一件事却是要同二郎、一妞一起安置蜂箱。二郎问母亲："这园中的花可以酿蜜吗？"李夫人说："蜜蜂可以在此安家，但要靠园中的杂花酿蜜怕不行。"李冰走来，说："可以按季节不同，搬到郊区去放。""只能这样。"李夫人望着李冰："应当在蜀郡推广家蜂。""这主意好，"李冰说："哪天你到乡下走走，找些个农夫、乡亭长聊聊。"二郎说："我陪母亲下去。""让一妞陪吧，"李冰说："你的任务是协助魏富、李成叔叔开创盐井。"

望妃楼后堂的红地毯上摆着几席食案。

公孙若、蹇侯、蹇烈和官商魏富、钟秦、向嬴等坐在案前饮闷酒。人人脸色忧郁，心情沉重。公孙若说："芈相说啦，问题出在蜀郡，根子还在朝廷。要我们静观其变。"魏富说："观什么变？是朝中之变还是咱们蜀郡之变呀？"公孙若说："当然是朝中之变。太后的三大计谋正在实行中。"蹇侯问："哪三大计谋？"公孙若说："一是请魏冉老丞相回国；二是令司马错、田贵这些年过七十岁的大臣回家养老；三是不准为蜀侯恽翻案，本人还是留蜀当郡丞。"蹇侯欣喜地说："太后深谋远虑啊，抓住了要害，我等赝服，等吧！"公孙若点头："是这样。"

向嬴问："现在如何对待李冰？"

公孙若说："这要自己动脑筋了。"

魏富说："我给他来个软拖硬顶。"

这边酒席刚散场，魏富和李成就被孟谦叫到郡府议事堂内谈话。三人在矮案前盘膝而坐。魏富问孟谦："要我负责开凿盐井？"孟谦拿起案上的竹简扬了扬，说："我刚才不是向你宣读了郡府的任命吗？足下仍然担任盐长，这位李成先生担任过司马错将军的卫士长，有公大夫爵位。深通凿井技术，郡府任命他担任盐丞。"

魏富对李成拱手："恭喜，恭喜！"李成也揖道："请多多指教！"魏富说："在下只会做盐生意，不会凿盐井！"孟谦插话说："不会就学。足下到过不少的盐场买盐，对如何制盐、如何经营总晓得一些嘛。"

见魏富沉思不言语，孟谦说："好好想想吧，不要辜负了郡守大人对足下的信任啊。"

魏富仰面，说："我干。"

郫县郊外的翠竹林里，郑洪提着行囊，站在林盘外东张西望，似在放哨。原来是李冰与矮人阿志在里边谈话。李冰说："阿志，你兄长的血书已经呈与大王了。据司马错将军说，大王讲，他还记得你哩！"阿志感动地直跪了下来，一边说："圣明的大王啊！"一边朝着北边的方向叩了三个响头。

"只是，"李冰沉重地说，"要惩办元凶，还你兄长一个公道，是难以做到的。"阿志悲戚地说："沉冤莫白，天理何存？！"李冰说："本守也只有徒叹奈何啊！"说完掉头喊了声："郑洪。"郑洪走进竹林中。李冰指着郑洪对阿志说："本守能给你的帮助，就是让你远走高飞。"郑洪说："郡守刚从咸阳归来，就来处理你的问题。走吧。"说着便将行囊递给阿志。

"谢大人。"阿志跪地。

李冰："走吧，走得越远越好。"

阿志转身走了，却把凄厉的歌声留在翠竹林里，"但将冷眼观雌虎，看你横行到几时！"

郡丞府的守门吴老头匆匆朝后院走去，远远看见后园的水榭上，郡丞大人公孙若和夫人、女儿正悠闲地下着围棋。公孙若按下一颗黑子，说："围棋的学问可大呢！"

"大人，大人。"吴老头在花园的进口处喊。

"什么事呀？"公孙若问。

吴老头说："郡守和夫人看你来了呢！"

公孙若说："开中门迎接。"说着和夫人一起站了起来。

中门徐徐打开，李冰夫妇和一妞走进来，一妞的手里还提了一陶罐蜂蜜。迎面而来的正是公孙若夫妇和女儿公孙红。只见公孙若拱手，夫人敛衽："欢迎光临，欢迎。"李夫人也敛衽道："兄弟、夫人好啊！"公孙夫人："好，好，大家都好，请，请。"

大家走上厅堂，分宾主坐下，两位夫人又分别把女儿相互介绍。公孙夫人夸赞说："一妞长得多水灵啊。"李夫人对一妞说："你是姐姐，给小妹红红见个礼吧。"两个姑娘都很大方，对站着相互敛衽："大姐好！""小妹好！"在众人的畅笑声中，公孙红跟母亲告请，挽着一妞走出门去。

李夫人提起陶罐，放在公孙若夫人面前，说："一点心意，请笑纳。"公孙夫人闻了一下，说："是蜂蜜。"李夫人说："常吃可以养颜呢。"公孙夫人啧啧了两声，说："哦哟，难怪夫人一点不显老啊。你经常吃吧。"李夫人笑道："我自己养有两箱蜂。"公孙夫人一惊，说："你会养蜂？"公孙若对夫人说："嫂夫人做姑娘的时候，就喜欢养蜂了。"说罢望着李冰道，"今天晚上你们就别走了，我请客。"李夫人摆手道："我们来看看兄弟和夫人，饭就不必吃了吧？"公孙若正色说道："必须吃。一来呢，为嫂夫人接风；二来呢，庆贺李冰兄的治水方案获得朝廷恩准。"李冰说："这是蜀郡同僚共同取得的成果。愚兄还是那句话，今后，你我弟兄都认真按照钦差大人的命令去做，摒弃前嫌，团结一心，共创辉煌！"公孙若笑着："那是，那是。"

傍晚的后花园花香馥郁，公孙红挽着一妞正在园中漫步，两个少女一见如故，不知不觉聊得越发地深入。一妞问公孙红："你是不是喜欢二郎？"见公孙红缄口不言，她说："讲真话。"

"喜欢。"公孙红说，"但又不敢！"

一妞问："为什么？"公孙红说："我父母不会答应的。"一妞问："你父母是不喜欢二郎还是我们李家？"公孙红说："准确地说，是不喜欢李伯伯。""不对吧，"一妞说，"你父亲和我父亲不是多年的至交好友吗？"公孙红说："在权力面前，同窗好友反目成仇的例子有得是。廷议之后，两位长辈的矛盾似乎已经化解。但我看来，这只是暂时的。提醒一下你父亲吧，和他作对的，还有个塞侯！"

大巫师女媭住地的殿堂上，烛火幽幽。挂着黄色帷帐和旗幡的神龛上供着一个手握权杖的青铜神像，在夜色中显得格外神秘。此时，大巫师手执神杖，正端坐于神龛下的蒲团上，身旁站着年少的一巫一觋，如同一对金童玉女。

塞侯父子走来，跪地叩拜。塞侯说："李冰开凿盐井，动我蜀中地脉，请神灵阻止他吧！"

大巫师微合的眼皮不经意地动了一动。

（二）盐神之乱

杏花山下有一大片繁忙的工地，简易的工房排成一排，有的充作厨房，有的存放着铁钎、桔槔和陶圈，更多用来住人。附近田野上，魏富和李成正领着两位工师和几个民工，寻找打井位置。工师用铁钎插地，李成用竹筒取水，品尝鉴别，确定位置后，再由民工用石块围起来。魏富提着根铁条走来走去，四处逡巡，什长则带领十名荷戈执矛的士兵四处巡逻。

远远地，田老头和雷老汉带着十多个男女乡民走来，嘴里喊着："不要打井，不要打井！"魏富手提铁条迎上去，怒吼："尔等来干什么？滚回去！"田老汉上前，拱手道："惊动了盐神，坏了这里的风水地脉，周围十地的乡亲都不得安宁哪。请求官府体谅百姓疾苦，不要凿井了。""胡说。"魏富瞥了老田一眼，说，"尔等愚昧无知。什么盐神？老爷才是盐神！"雷老汉上前打量着魏富，说："你哪根毛像盐神啊？"

"放肆！"什长说，"他就是盐长魏富大人！"田老头说："魏富大人，盐神显圣，下令停止凿井吧。"魏富二话不说，挥着铁条便打过去，田老头的额头上顿时冒出汩汩的鲜血！雷老汉见势不妙，上前护住田老头，高声嚷道："你敢打人呀！"

"老东西！"魏富又抽了雷老汉一条，对什长命令，"把这两个蛊惑人心的老东西捆起来。"

士兵上前捆缚田老头和雷老汉，"盐长，盐长。"李成赶来阻止，拉过魏富，说："驱散他们就是了，不必……"

"你不知道，"魏富说，"蜀中民性强悍，软了不行！"说着又下令，"吊在树上，看谁敢造次。"

乡民们被镇住了，一个老妇说："乡亲们，快走吧。"

看着百姓们纷纷逃遁，魏富"哼"了一声，露出得意的表情。

二郎到杏花山上找雷老汉，来到山间小屋的柴扉前，手中挎着一个行囊，一边推开柴扉门一边喊着："雷爷爷，雷爷爷！"院子里无人回应，也不见人影。他寻思着，爷爷到哪里去了呢？心想或者先去工地找找李成再说。

待他来到杏花山下的工地上，天色已经傍晚了。

工地出口处的树上，吊着雷、田两老人。什长带领几名士兵守卫。不远处，站着魏富和李成，两人在争论。李成说："我也讲不出什么大道理来，我总觉得这样对待百姓不恰当。"魏富问："要怎样才恰当呢？"李成说："放了算了。"

"成叔，"二郎正匆匆走来，抬头一看，只见雷老汉被吊着，大惊失色，急步上前，抱着雷老头的双脚，急呼，"爷爷，爷爷！"

"二公子，"魏富大步上前，说，"这老头蛊惑人心，反对凿井，罪有应得。"

二郎吼着："有什么事放他下来再说。"

"不，"魏富说，"治蜀必先治民，治民必须严峻刑法！这是我大秦国的规矩，也是张若大人守蜀以来形成的传统。百姓服法，刁民不敢闹事，开凿盐井才能顺利进行。"二郎说："雷爷爷不是坏人！"魏富说："你没有看到，今上午，一群刁民跑来，胡说什么盐神显圣，反对凿井，我把这两个为首的抓了，才把一场风波平息下去。"

猛然间，四面八方响起一阵"铛铛"的锣声，魏富和二郎都扭过头去，只见上千农夫手持锄头、木棒、铁钎、扎刀吼着"打昏官""救乡亲"向魏富冲来。

魏富命令什长："顶住，顶住！"然后趁着士兵们上前阻止的间隙，转身逃走了。

二郎迅疾抽下什长身边的宝剑，跃上树去，砍断绳索。李成上去背起雷老汉就走，二郎又跳到另一根树上砍断绳索，将田老头解救下来。这时，乡民们已经包围上来，跟士兵起了冲突，打成一片。

李成高喊着："二郎快走。"二郎从树上一个箭步跳出人群，跟在李成身后，扶着雷老汉跑开了。

乡民还在与士兵激烈地打斗。山坡上，二郎转身呼叫："什长别打了，撤退上山。"刚说完，便看见什长断后负伤，被乡民抓住了。

三老上前护住什长，对那些拥上去乱踢乱打的人吼着："别打死了！"可是，愤怒的人群已经失控，他们冲到工房中砸烂大釜，摔坏陶碗；还有的抢铁钎和陶圈。游徼和啬夫制止说，"别乱来，别乱来！"但根本无济于事，开始有人放火烧工房，瞬间，火焰燎天。

李冰在郡府主持召开紧急会议，议事堂中灯火辉煌，公孙若、孟谦、蹇侯、何坚、周武、尚武等参加，与会者们个个表情严肃。

李冰先开口，说："孟谦大人，你先介绍一下情况吧！"

"接盐长魏富紧急禀报，"孟谦拿起一帛书说，"今日酉时，广都杏花山盐井工地，遭上千叛民袭击，工房被焚，物资被抢，什长落入叛民手中，至今生死不明。叛民气焰嚣张，围困杏花山，欲置我官兵和凿井工师于死地。请求郡府火速派兵弹压。"

"事在燃眉，"公孙若说，"请大人决断吧！"

李冰说："本守想听听各位的高见。不过，时间紧迫，只能长话短说。"

周武说："卑职已令南营士兵做好准备，随时可以开拔。"何坚说："剿抚并用。"尚武问道："情况不明，遑论剿抚？"公孙若说："烧杀抢劫，围困朝廷命官，这事实还不清楚？"尚武又问："原因呢？盐官的禀报可一字未提啊。"蹇侯说："原因当然有。乱刮翻案风就是因，今日的叛乱就是果。今后，这种事还不知道要发生多少次，由郡守大人决断吧！"

"好，"李冰站起说，"就由本守决断。一、军队驻在营里待命。二、成都四门加岗，严防城内心怀叵测者趁机生乱。此事由郡丞、郡尉、郡监共同负责；三、本守和主簿即去工地处理此事。"
说完对孟谦道，"走吧。"

等二人疾步走去，公孙若故作关切地高声说道："李冰兄，
要注意安全呀！"蹇侯则阴阳怪气地说："但愿郡守大人马到
功成。"

一个卫士长高举着火炬冲过成都南门，李冰和孟谦紧接着纵马
奔出城门洞，那火炬像一颗流星在夜色茫茫的原野上飘飞。

杏花山上下烧着几堆柴，被魏富激怒的农夫把杏花山围了起
来，与山上的官兵对峙。通往山上的要道，都由官兵筑起了栅栏，
有荷戈执矛的士兵把守。栅栏上插着火把。山下的一处火堆前，围
坐着三老、游徼、啬夫等三名乡官和几名青壮农夫。

三老说："这么闹下去不是个办法。只要盐长答应条件就把他
们放了算啰。"

有人问："要是他们不答应呢？"大家都沉思着。

公孙若、周武与何坚留在郡守府值班。前院厢房油灯闪亮，公
孙若踱着方步，说："唉，我那仁兄书生气十足，只身闯虎穴，真
叫人不放心啊。"

周武说："有什么办法？他不用兵嘛。"公孙若说："出了事
怎么办？我等如何向朝廷交代？"何坚说："可以调些兵去保护他
的安全。"周武有些犹豫，说："他不是要我等待命吗？怎么调
兵？"公孙若说："调县上的。事情发生在广都县，他们就要对郡
守的人身安全负责。马上通知广都县。"周武领命道："好，我这
就派人去。"

夜深了，三老和手提扎刀的罗大从杏花山下上了坡。三老一边
走一边高声呼叫："山上的人听着，我是本乡的三老，请盐长说
话，请盐长说话。"

有顷，魏富出现在栅栏后，他伸出脖子说："三老，你不教化
百姓，反而参与叛乱，该当何罪？"

三老说："没有人叛乱！是你打人吊人激起了众怒啊！只要大
人答应停止打井，开释雷老汉，修座神祠祭祀盐神，乡民就此作
罢，否则就不散！"

"不散好哇！"魏富满不在乎地说："只等平叛大军一到将尔等斩尽杀绝！"

罗大汉火冒三丈，吼道："魏富，你这个贪官！昏官！等着吧！老子把你剁成肉酱！"说着提起刀就往上冲，三老拉罗大汉，说："别跟他废话！"

二郎和李成把雷老汉背回他住的山间小屋里，点燃松明子。二郎把昏迷不醒的雷老汉包扎妥当，放在木板床上躺好，便坐在床前守护着。

李成站在一旁，沮丧地说："唉，怎么会弄成这样？"

"啊——"雷老汉长出了口气。"雷爷爷，雷爷爷！"二郎喊着。李成赶紧端了碗水到床前，二郎接过，给雷老汉喂了水。雷老汉睁大眼睛盯着二郎："你是——"二郎说："我是二郎呀！"雷老汉却闪着敌视的眼光，怒吼："滚！"

"雷爷爷！"二郎拿过上午放在屋里的行囊，放在雷老汉的枕前，说："上午我来看过爷爷的，你不在……"雷老汉挥手说："你走，你走！"

李成见势，拉着二郎走出柴扉，边走边说："等他消消气再说吧。"二郎犹豫了片刻，丢开李成的手，说："我还得进去。"

杏花山下燃着的火堆前，几个小青年把被俘的什长押到栅栏前，对魏富说："你要不答应我们的条件，就宰了什长。"

"你敢？"栅栏后的魏富伸着脖子说，"别忘了，雷老汉在本官的手中呢！"刚说完，便传来人声："郡府派兵来啰！"小青年们一听，立刻押走了什长。魏富得意地大笑起来。

"拼了，拼了！"乡民们举着铁钎、木棒、扎刀站成弧线，严阵以待。远处的马蹄嗒嗒，越来越近，只见是卫士长高举火把奔来，后随骑马的李冰和孟谦。

乡民们围上去，纷纷瞪大了愤懑的眼睛！李冰翻身下马，大声说："乡亲们，看清楚了吗，就我们三个人！"一个青年疑惑地问："你的兵在后头？"李冰说："你们可以派人去侦察嘛，看看后面有没有兵？"罗大汉吩咐说："二娃子，你去。"那个叫二娃子的青年听话地跑去了。

　　孟谦高声地说："乡亲们，郡守大人连夜赶来，是要和你们真诚交谈的，大家千万不要误会。有乡官在吗？"话音刚落，三老、游徼和啬夫走出来。三老介绍说："小人是三老，这位是游徼，这位是啬夫。"

　　"很好，"孟谦说，"劝大家散了吧，留下几位长者和郡守谈。"罗大汉态度强硬地说："不行。留下少数人你们好抓带头的呀！"一个妇女站出来，附和道："不答应我们的条件决不散伙！"孟谦说："这么多人，怎么谈？"三老说："人多才能集思广益嘛。"李冰说："那就请三老主持交谈。"三老转身大声地说道："乡亲们，都坐下吧。"

　　等乡民们原地坐下来，三老又说："请郡守大人先说吧。"

　　李冰说："好，本守先讲几句，俗话说，有理走遍天下，无理寸步难行。本守相信，乡亲们都是通情达理的，本守连夜赶来，就是和乡亲们讲理。先讲这件事发生的原因，再讲你们提出的条件，好吗？"

　　过了半晌，一些人才说："好。"

　　啬夫讲道："这件事说起来也很简单。这杏花山一带有盐，乡亲们是早就晓得的，为啥没开？就是怕得罪盐神！前天晚上，盐神显圣，说不准开井。田老汉、雷老汉等十多位乡民今早就来到工地，请求盐长不要凿井，盐长蛮不讲理，挥起铁条把两位老人打得头破血流，又下令吊在树上，这才激起了众怒。"

　　李冰问："盐神显圣？谁看见了？"几个乡民站起，纷纷说："我看见了，我看见了。"李冰又问："游徼，你是管治安的，你说有没有这回事？"游徼说："前天晚上我带着二娃子在乡邑的街上巡夜，亲眼看见了。"李冰说："讲详细一点。"

　　"是。"游徼说："子时三刻……"

　　据游徼所说，当时正值深夜，他执矛和二娃在乡邑街上巡更。二娃敲着木梆，两人从一小巷中走出来，看见正街上一间酒舍的门虚掩，露出了灯光。游徼上前，推开门，只见几张矮案上杯盘狼藉，喝酒的醉翁有的趴在案上，有的躺在地上，只剩田老头和雷老汉还在默默对饮。掌柜坐在一边打盹儿。游徼说："三更了，还喝酒呀？"田老头醉醺醺地说："今晚我做生，请老哥老弟喝一杯。硬是喝安逸了，就不想走，来，请你也喝一杯。"游徽说："道谢了，道谢了！"转对雷老汉，"雷爷爷你怎么回山呀？"雷老汉说："我陪田哥哥喝通宵酒。"蓦然，外面传来一阵"铛铛"的锣声，游徽赶紧跑出去，田老头、雷老汉和掌柜的也紧随其后，他们站在街沿上朝场口望去——只见一个神将骑马奔来，那神将戴着金色面具，两眼大如铜铃，阔嘴血红，他边敲锣边吼："盐神有令，不准打井，盐神有令，不准打井……"锣声中，街道两旁有几家的门打开了，有人掌灯，有人举烛。大家惊恐地看着奔马轻飘飘地奔驰着，从人们的眼前一闪而过。

李冰说："这就是说，你们看到的只是一个骑马奔跑的神将，并不是盐神本人？这就有诈了！据本守所知，在巴蜀的神话传说中确有廪君与盐水女神的故事。传说中的盐神是个女子，美丽、善良、多情。她的使命就是给人间奉献食盐，让世人的日子过得健康、幸福。怎么会反对凿盐井呢？这神将肯定是冒充的，请乡亲们三思。"

一席话让乡民们陷入沉思，大家都没说话。

二郎还在雷老汉的小屋里，苦口婆心地说着："爷爷，你好生想一想吧，哪有盐神反对开盐井的道理呢？那神将很可能是假冒货！"李成走进来，对二郎说："你父亲来了。"二郎面露喜色，问："他在哪里？"李成说："正和乡民交谈呢。"

雷老汉听说李冰来了，脑海里闪过当时在江边，李冰对他说的话，"有什么事，就到成都郡府找我。"雷老汉回他："只怕门口当兵的不要我进呢？"李冰说："你就说找我儿子李冰。"想到这，他双眉一跳，对二郎说："带我去见你父亲。"

夜已经很深了，李冰还在工地上跟乡民交涉，他说："刚才乡亲们提出的三个条件，本守可以负责地回答你们。释放雷爷爷，本守完全同意，并且还要加一条，由打人的盐长出钱医好雷爷爷、田爷爷的伤，并赔礼道歉！"

众乡民交口称好，李冰又说："给盐神修座神祠，常年祭祀，这一条，本守也答应。不过，本守要给乡亲们提个醒，修神祠是要花钱的，常年祭祀也是要花钱的。这些年，水旱相煎，乡亲们现在还很穷，拿什么来修神祠呢？"

见乡民沉思不语，李冰说："停止开凿盐井这一条，本守不能答应。要问为什么，因为这种反对完全没有道理。"

人群中有几个尖厉的声音吼着："不答应这条，我们就不散！"

"乡亲们，乡亲们，"这时，二娃子连滚带爬地从远处跑来，边跑边喊，"官兵来了，官兵来了！"

果然，马蹄嗒嗒的声音在黑夜里格外刺耳。乡民们一下站起，攥紧了手中的武器。

前面，广都县令王丰和县尉正率领一队骑兵，高举火把，挥剑执矛急速冲来。很快，骑兵便包围了乡民。

县尉和士兵吼着："放下武器，投降不杀！"

提扎刀的罗大汉浑身热血上涌，他愤懑地飞步上前，抓住李冰，目眦皆裂，怒吼道："你不讲信用？官兵胆敢动手，我就和你同归于尽！"

第二十八章　首创奇功

（一）盐井出盐

在场的人都被罗大汉的举动震惊了，尤其是骑兵，立刻勒马伫立。

李冰在罗大汉的手中不动声色。只见火炬闪闪，发出"啪啪"的响声。卫士长瞪着罗大汉的一举一动，不敢造次。孟谦挥手大喊："别胡来！"

只听李冰高呼一声："王丰！"

"在。"王丰翻身下马。

李冰命令："令县尉带走骑兵！"

王丰皱了皱，不安地喊了声："大人！"

李冰正色道："执行命令！"

王丰见状，挥手说："撤。"骑兵们扭转马头，缓缓驰去。

等骑兵全都走远了，李冰对罗大汉说："怎么样？本守是讲信用的吧？"王丰说："你们弄清楚，骑兵是本县令带来保护大人安全的，并非事先安排。"罗大汉"哼"了一声，丢开李冰退回人群中。

李冰说："好啦，接着再谈。"三老说："乡亲们听着，郡守是讲理的，谁要再胡来，我等乡官就不管了。""乡亲们！"李冰说，"我们的商谈还是有成果的嘛。三项条件已达成两项，现在只剩一个凿井的问题。本守建议，乡亲们要把修神祠和开凿盐井两个问题，联系起来考虑。"

"开——"众人循声一瞬，只见雷老汉拄着木杖走来，后面跟随着李成和二郎。雷老汉说："乡亲们，我们撞笨了，撞笨了！我们被那个神将吓傻了哟！"

二娃子问："我们咋傻了？"

"咋不傻呢？"雷老汉说："俗话说，吃尽美味离不开盐，走遍天下离不开钱。盐井开成了，有盐吃，有钱花，这是祖祖辈辈都没有遇到过的好事啊，我们却反对，这不是傻了是啥？"

李冰说："雷爷爷讲得好哇，开凿盐井，不仅对国家有利，对各位父老乡亲也大有好处啊！"一个中年妇女问："对我们这些平头百姓有哪些好处呢？"李冰亲切地说："人是离不开食盐的。乡亲们现在吃的是什么盐？"中年妇女说："土盐。"一些人说："咸石盐。"李冰问："就是用咸石煮成盐水食用？"一些人回答说："对头。"李冰又问："你们吃过齐国的海盐、安邑的池盐吗？"一个中年汉子说："海盐、池盐好啊！又白又纯，又入味，可是价钱比肉价还贵！小户人家哪里买得起，只有逢年过节才买点来吃。""这就是了，"李冰说，"本守可以负责地告诉父老乡亲，井盐一旦开凿成功，它的质量可以超过海盐和池盐，就在各位的家乡生产。运输费用没有了，价格自然就低，不久，各位就可食用价廉物美的井盐了。"

众人一听，有些兴奋地开始点头。

"还有呢，"李冰说，"可以增加乡亲们的收入。"一些人惊疑地问："怎么增加收入呢？"李冰说："凿井、取卤、熬盐，都需要一批工人；盐熬好了，还要包装，这又需要工人；要包装就需要许多麻袋，这就要求多种麻，制麻、编织又要好多人去做；要把盐运到县城、郡城去卖，这就要修好能通马车的大路，还要有一批人专搞运输。这样，乡亲们除了种田，还有很多挣钱的活路，这就有更多的机会生财致富了！"三老说："郡守大人一席话，让我等百姓看到了希望啊！乡亲们，我们怎么办呀？"

乡民们齐声说："开盐井。"

这高喊声将暗夜撕开了一道口子，天边朝霞如火，一轮红日喷薄欲出，杏花山立刻沐浴在朝霞中。

从杏花山山道至凹岩的山道上，李冰、王丰、李成和二郎正朝前走着。李冰问王丰："昨晚你带兵来是奉了谁的命令？"王丰说："郡尉周武的命令。""唔，"李冰又问，"开盐井的事，本守早给你打过招呼，你们广都县为什么不参加？"王丰说："盐长不让呀，说只能由郡府独家经营。"李冰皱了皱眉："这个魏富！"

"呼噜，呼噜噜……"凹岩处传来一阵响亮的鼾声。李冰一行循声走去。但见魏富以枯枝烂叶为铺，和衣而卧，睡得正香哩！李冰等人见状，止不住笑了。二郎上前，俯身推他，喊："盐长，盐长！"

"别逗，"魏富说，"有郡守大人平叛，我不管了！"说着翻过身去，又打呼噜。王丰上前，重重地推了他一把，在魏富的耳边高呼："郡守大人到！"

魏富这才坐起，不惊不诧地拍落身上的杂草乱叶，闪着惺忪的睡眼，打了个呵欠，问："在哪里？"

李冰上前一步，怒涌心头，大声地说："魏富盐长，你——"忽然，他摸着腰间佩玉，平静下来，放低声音说："你搞什么名堂嘛？"

魏富说："忙了一天，又折腾了半夜，太困了，"又打呵欠，慢慢站起说，"叛乱已平，郡守还有什么吩咐？"李冰说："你昨晚就没到工地看看，听听？"魏富说："我看啦，听啦，知道郡守

大人在向叛民推行仁政。就想，一定能搁平。所以，就上山来睡大觉了。"说完就准备要走，李冰问他："你到哪里去？"魏富说："回成都洗个澡，换换衣裳，等工房重新修好后，再开工吧。"说完又要走。

"魏富，"李冰喝住他，"你办完一件事再走。"魏富问："什么事？"李冰说："乡民反对开凿盐井是不对的。你身为朝廷命官就应当问明原因，向他们解释清楚。可是，你却二话不说，挥起铁条就打，还把人家吊起来，这是违法的。你应当向被打伤的人赔礼道歉，并用自己的薪俸给二人治伤。"魏富冷笑道："自从盘古开天地以来，哪有当官的给小民赔礼道歉的？这么做，官府还有什么威信？"李冰严肃地说："这是本守的命令，你必须执行。"魏富说："我宁愿辞职，也决不执行。"说完，大步朝山下走去。

李冰望着魏富的背影，皱眉思索。

成都郡丞府的厢房里，传出一道高声的责备，"你错了，大错而特错！"是公孙若在训斥魏富。公孙若说："魏富呀魏富，你是精明一世，糊涂一时啊，你怎么能把盐长的职务轻易地辞了呢？"魏富说："我辞官后做生意，更来钱！"公孙若说："没有官府给你做后盾，你赚个甚钱。"

魏富"这"了一声，直瞪瞪地望着公孙若。只听公孙若说："李冰城府很深，他把自己的管家提升为盐铁丞，就是要控制盐铁署。你主动辞职，他必然要喊你交账，你那个账经得起查吗？"魏富一惊，问："怎么办？"

公孙若说："赶快去找李冰反省罪己，以求挽回。"

杏花山的工地上，工房已经被焚成一片废墟，啬夫领着罗大汉、二娃子等十多个乡民在清理现场，准备重新搭建工房。二十多个乡民扛着材料，提着工具等物走来，排成一线。游徼逐一登记于简。乡民将送来的东西有序堆放。已确定了的井位前，一个工师指挥几个民工掘土，垒井台，架桔槔、辘轳。附近，李成和一个工师指挥民工搭建煮煎卤水用的盐灶。二郎领两民工在确定了的井位上，堆石兵插上小旗。整个工地上已插了十多杆了。什长领兵在工地周围巡逻。孟谦正与三老谈话，说："工房要照原样修复，失散的东西要如数归还，一样也不能少。"三老说："一定办到。"

李冰和雷、田二老谈着走来，后跟卫士长。李冰说："有三老出面，事情就好办了。"三老拱手："郡守大人还有何吩咐？"李冰问："啬夫和游徼在吗？""在，"三老转身喊，"啬夫和游徼过来，听大人训示。"

啬夫和游徼快步走到，拱手道："叩见郡守大人。"李冰说："本守要告诫尔等几句，三位乡官职位虽小，但却很重要。他们成天与乡亲们打交道，是最直接的亲民之官和理民之官。什么叫理民？就是要用国法来规范民众的行为，用道理来开导民众，理顺民气。昨天发生的事情，尔等都要好好反省一下，看看哪些做对了，哪些做错了。"三老、啬夫和游徼共道："遵命。"孟谦叮嘱说："给郡府写个呈文，具个结，保证以后不再发生这类事件。"三老等人回："是。"

李冰回到郡守府，在议事堂召集郡府主要官员开会议事。官员们盘膝而坐。李冰说："本守向诸公通报两事，其一，盐井工地风波已告平息，郡府和广都县廷都不要再进行追究了。要记住一条，治民和治水一样，贵在疏导。其二，这一风波，是由盐长魏富引起的，本守用人失察，本守深刻反省，并向朝廷呈文罪己。诸公有何高见？请予赐教。"

公孙若问："郡守大人如何处理魏富？"李冰说："魏富本人已提出辞呈，本守照准。另外，还有个都水长周庸，也长期告假，本守也批准他长休。"说着转对孟谦道，"你宣布一下新的任命。"

孟谦站起，摊开简册，念道："郡守令，迁王丰为盐铁长，李成为盐铁丞，削去钟秦铁官一职。"又拿起一简："迁升王叕为都水长。"

李冰问："诸公有何意见？"

沉默一阵，公孙若问："盐铁长由一人担任？"李冰说："将两署合二为一，避免人浮于事。"公孙若又问："原铁官钟秦干什么？"李冰说："有人检举他贪污，等查清之后再作处理。"

"大人，"何坚问，"王叕担任都水长合适吗？"李冰说：

"蜀中还有比王叕更懂水利的吗？如果有，也可推荐。"众官员沉默不语，公孙若轻轻吐气。

李冰站起来，说道："墨子有句话讲得好，'官无常贵，而民无终贱，有能则举之，无能则下之'，就这么定了。"公孙若不满地瞟了李冰一眼。

这时，议事堂外传来魏富的喊声，"大人，大人！"只见他赤裸上身，光着双脚，背着荆条，跪地膝行，爬进议事堂，一直来到李冰面前，说："我反省，我请罪……"李冰淡淡地说："去办移交吧。"

魏富趴倒在地，像一条狗。

欢娱楼的一间寝房中，幽幽的烛光下，高志踱着方步思索，"王叕当了都水长！拉着这根线，深入虎穴……"床上躺着的玉璜慢慢下床，她只穿着肚兜、短裤。一边拉着高志上床来，问："你想什么呢？"高志说："深入虎穴的时机到了。只是，要想一个深入之法，让李冰深信不疑。"玉璜拥高志上床，说："上床想吧。"

成都西郊的柳池边，柳絮飘飞，绿波荡漾。公孙若正坐在池边垂钓，一副悠闲的姿态。附近的草地上，公孙若挖了个土灶，上置铜釜，灶下燃着柴火，釜里熬着清汤，冒着热气。灶旁边的地上，铺着一张牛皮，周围摆着几块坐石。牛皮上摆有碗、筷、酒壶、酒爵，盛佐料的小陶罐、姜、葱。公孙若夫人坐在一块石头上，在一铜洗里洗姜和葱。公孙红站在岸边看父亲钓鱼。须臾，池中水面上，浮杆点头，公孙若举杆，钓起了一条活蹦乱摆的鲤鱼。"哈哈哈。"公孙若畅笑道："钓到大鱼啰！"公孙红赶忙拉过来，将鱼在河边清理干净，转身走到灶前，将鱼放入釜中。公孙夫人放姜于釜，对女儿说："把火拨一下。"公孙红蹲下拨火，夫人说："火不要太大，慢慢煨。"

杏花山工地上的五眼大灶前，李成和李二郎上身赤膊，汗流浃背，抱着一筒一筒的粗木柴往灶里塞，灶膛中烈火熊熊。

李冰、王丰和两个工师在煮盐的大铁锅前观察。李冰说："火势还可以再猛一点。"李成拨火，二郎加柴，一个工师手握铁铲在盐锅里搅和，白色的盐水起泡，冒着腾腾热气。

柳池边，公孙若和他的夫人、红红、蹇侯和蹇烈围坐在牛皮席前享用野餐。公孙若呷了口酒，说："哎呀，现在我才体会到一点'生命自由，本性自然，精神逍遥'的味道。"

蹇侯问："这句话是哪位道家先生说的吧？""不错，"公孙若说，"二十年前我与李冰、司马靳去稷下游学，拜研究黄老学说的田骈为师，老先生给我们上第一堂课，就讲了这句话。说人有了这种追求才能进入道学的堂奥。可惜，自从政以来，就把老先生的教导忘光了啊！"

蹇侯说："老弟现在为什么又想起来了？"

公孙若说："现在李冰把一切实权都抓过去了，在下是有职无权，有官做而无事可干啊！这也好，有时间钓鱼了，有心思欣赏柳絮飘飞，绿波荡漾，云卷云舒了！"公孙若猛喝一口酒，感叹道，"厌倦了官场中你死我活的争斗，厌倦了宦海中的挣扎与沉浮……"

夫人问："想当隐士呀？"公孙若不吱声，又喝闷酒。"我赞成。"公孙红说："父亲也可以学当年的李冰伯伯呀，到乡间买幢房屋，过耕读生活，那多有乐趣呀！"蹇烈说："红红，你怎么能这样说呢？公孙伯伯是国家的栋梁之材，不仅有资格做郡守，将来还要拜相封侯呢！"公孙红说："你这样恭维，是把我父亲往绝路上推。"

"红红，"蹇侯说，"你们公孙家族乃是秦国的名门显宦啊！你父亲比李冰还小两岁呢，这就是优势，前程远大，必有一番大的作为。拜相封侯才能光宗耀祖，对得起祖先啊！"夫人说："侯爷说得对。红红，你不知道，你爷爷临终之时是有嘱托的。老人家要求你父亲担当起振兴公孙家族的重任。想不到，"她仰面望着丈夫，汪着泪水，"才受了点小小的挫折，就自暴自弃！"公孙若笑笑："夫人放心，我没有忘记！我只不过在休闲之中，对道家思想有了点真切的体会而已！"公孙红说："那就应当付诸行动。"

"红红，"蹇侯说："道家的真谛不是当隐士，而是讲无为而无不为。无为正是为了有为，以屈求伸、以静制动、以柔克刚，这才是道家的本意。"

"明白了，"公孙红说，"你们现在是在搞以静制动，可是，这有什么用呢？你们不动，李冰伯伯不是也把盐井开凿成功了吗？"夫人说："那是仰赖你父亲的支持。"公孙红问："怎么支持的？"夫人说："不反对就是支持。"

杏花山的盐井出盐了！工地上正在举行出盐庆典。宽阔的原野上彩幡飘飞，四面围着观看热闹的乡民。十八口盐井错落有致地分布在原野上。有十多口是深井，井口有土台，上架有桔槔、辘轳，有的建有四柱井架棚，横杆上有用于滑动的木轮，吊着汲卤水的木桶。也有几座大口浅井，形若池状。有工人在操作。一排煮煎卤水，安有大铁锅的五眼大灶有序排列，上有树皮盖的顶棚，用四根木柱支撑。顶棚上青烟与白雾交织飞升。

为首的一口五眼灶前，盐已熬好，正准备出锅。盐长王丰、李成站在灶前。八个小伙子两人一组抬个簸箕，立在灶旁。棚前排列着蜀郡郡县两级官员。

孟谦一声高呼："出盐。"

农民乐队敲锣打鼓，八名笙竽手，鼓腮长吹。二郎抱着五把拴有红绸的铁铲走来，分别献给李冰、公孙若、謇侯、何坚、周武。王丰和李成共同揭开锅盖。李冰等官员依次上前一人三铲，从大锅中铲起颗粒状的白盐倒入簸箕中，小伙子立即抬走。

李冰穿广都盐井是中国有文献记载的开凿最早的盐井，在世界盐业史上也占有重要地位。之后井盐生产才在四川发展壮大起来，成为国内的重要产盐区。井盐产业在当时为治水兴蜀积累了资金，在以后漫长的岁月中更为四川的经济发展起到了重大的促进作用。如同都江堰一样，穿广都盐井是李冰为四川人民建立的又一千古不泯的丰功！

一树鲜艳的桃花迎风开放，春天来了。龙泉驿的山坡上，桃花灿若红霞。桃花丛中，蜜蜂时而上，时而下，穿梭飞行，嗡嗡吟唱。桃花树下，有序地放着几口蜂箱。

李夫人和一姐在此推广养蜂技术，有一乡官啬夫陪同。李夫人坐在山石上，左右分站一姐和啬夫。二十多个男女乡民或坐或站，或倚在树上，专注地聆听夫人讲话。

李夫人说："养家蜂的好处还有很多，今天呢，我只说这三点，你们听明白了吗？"一些人回答："听明白了。"一妞说："是不是真明白了啊？要考呢。"她扫视一眼，"都说说看，养蜂有哪些好处？"一个青年说："蜂蜜香甜，好吃。"一个少女说："可以养颜。"一个老者说："可以治病。"一妞问："还有呢？"一中年汉子说："可以卖钱。"一妞又问："还有呢？"一个姑娘说："对庄稼，水果大有好处。"一妞再问："为什么呢？"那姑娘思考了一阵，说："因为——因为稻子、麦子、水果都要先开花，然后才能结果。这花呢又有雌雄之分，两者要那个，那个……"一位快嘴大嫂站起，说："啥子那个，那个啊，就是公的和母的相配。蜜蜂就好比是媒人，它成天飞来飞去，就是玉成公花母花成婚，生出胖娃娃来。"

众人哄笑，嫂子身边的丈夫，拧了她一把："说啥丑话呢？"

"话丑理端！"大嫂子转身问李夫人，"夫人，我说得对不对？"李夫人微笑道："你的理解是对的。"她拿起一块钉着蜜蜂标本的木板说："我再给乡亲们讲讲蜜蜂是怎样工作的。"她边说边指，"这是一个蜂巢，由一只蜂后，数百只雄蜂和成千上万只雌蜂组成。这大个头的就是蜂后。这边缘地带的就是雄蜂，它们有点像人世间的花花公子，只干一件事，就是给蜂后当新郎，让蜂后产卵。雌蜂又称工蜂，它们最辛苦了，要不停地飞出去采蜜，还要哺育小蜂儿。"

"啊哟，"大嫂子惊叫一声，"那不是女人供养男人呀！"李夫人说："蜜蜂的世界的确是这样。但在缺乏食物的时候，雌蜂就会和雄蜂打架，把它们赶出巢外，这些只会和蜂后交欢的花花公子，就只有在野地里冻死、饿死了！"大嫂子揪了丈夫一把，说："可别学花花公子呀！"众人哄笑。

（二）真假游侠

玉垒山中的禹穴中，王叕正躬身在治水立体模型前观察，在鱼嘴堰前插上一杆小旗。一个黑衣蒙面人闪身而入，将一把寒光闪闪的宝剑架在王叕的脖子上，说："别动，跟我走。"

来到禹穴外的江边，王叕问蒙面人："你要带我到哪里去？"

"哼，"蒙面人说，"你这蜀中志士，竟然当上了李冰的都水长！大侠要你表明心迹，是做暴秦的官还是为建立大蜀国而效力！"王叕说："古蜀国并入大秦国的版图已经四十多年了，恢复蜀国只是梦想。放弃吧，跟着李冰大人，为家乡父老做点好事，这才是蜀中志士应走的光明道路。"蒙面人说："那我就只有送你下地狱了。"说着，举剑刺去——

"铛"的一声，高志不知什么时候冲出来，一剑挡住。

"你这叛徒！"蒙面游侠飞起一脚将高志踢倒，举剑欲刺。

冉駹古道上，杜鹃提着一篮蔬菜，羊摩和李桂阳用木棒绑缚着一只山羊，担着从上游走来。李桂阳手里还提着一柄猎叉。忽然，他望着前方，大喊一声："住手！"说时迟那时快，李桂阳提着飞叉，羊摩挥起木杠冲来。交手几招之后，蒙面人退走，飞身上山，消失在密林中。

羊摩扶起高志。高志捂着下身，"哎哟，哎哟"地叫着："这家伙真毒，真毒！"

王叕和羊摩送高志回禹穴，让杜鹃去找李冰禀报此事。

在禹穴疗养了几天后，高志执意要走，羊摩商定由王叕与他同行。

高志说："谢谢羊摩兄帮我跟李冰大人说情，你就不要再送了。"

羊摩说："就送到出山处吧。"高志说："羊摩兄还有什么嘱咐的吗？"羊摩说："放不下心啊，再啰唆几句吧。"高志说："请讲。"羊摩说："治理好都江是你我多年的梦想，现在机会来了，望贤弟千万珍惜！"高志说："这是自然。"羊摩说："要取得郡府和李冰大人的谅解，贤弟就要下决心克服过于偏激的毛病。与青城游侠的关系也一定要来个'竹筒倒豆子'——毫无保留地向李冰大人交代清楚，并决心与之一刀两断。"

王叕说："这点很重要，否则，我这个都水长也保不了你啊！"

高志点头："那是，那是。"

在临邛的火井旁，大灶前，二郎握一根铁管，工师打燃火镰，在管口一晃，立刻燃起一团大火。二郎将铁管伸入灶中，火势越燃越大，围观者雀跃欢跳。李成说："这样一来，粗约计算，月产可达五万多斤。"

说着，转身对李冰禀报说："盐井开凿已在全郡铺开。除了广都杏花山的十八口外，又在贵平开了十四口，龙泉驿开了八口，临邛开了十二口。你看，全是用火井烧灶，火势很猛，还可以扩大。"

李冰兴奋地说："好哇！这里月产能达到十万斤以上就好了。"

李成说："蜀南一些地方正陆续发现卤水，开发出来，月产井盐十万斤，年产井盐超过百万斤，应该没有问题。"

"好啊，"公孙若说，"蜀郡从此盛有养生之饶呀！此事李成大人功不可没啊！"

李成说："功劳应归郡府各位大人。"

李冰问王丰："魏富和钟秦的账查得如何了？"

王丰回道："贪污、挪用钱物的情况严重，数量也很大。"李冰说："一定要清查到底，"想了一下，说，"将二人拘押审问。"公孙若一惊。李冰问："郡丞大人没有异议吧？"公孙若支支吾吾地说："没——没有。"

李冰命王丰、李成，"你二人立即去办。"

"遵命！"等王丰和李成退出，李冰见公孙若还在发愣，他问道："公孙贤弟，魏富和钟秦贪污、挪用钱物的事，贤弟是否知情？"

公孙若说："过去，这两个盐铁官只对郡守张若大人负责，小弟对二人的情况知之甚少。这回，小弟一定协助仁兄把此案查清。"李冰说："此案贤弟就不必过问了。"公孙若愣了一下。李冰说："拜托贤弟协同何坚大人先办高志与青城游侠这个大案吧。"

公孙若问："有线索吗？"李冰说："高志已经浮出水面了，不日他就会送上门来。愚兄之意是通过高志一定要将青城游侠活捉，肃清其死党，以消除蜀中隐患。今年秋天，修堰工程就要上马，迫切需要创造一个安定的环境，时不我待，所以，青城游侠案必须在近期内侦破。"公孙若说："小弟尽力而为吧。"

李冰在郡府后厢房接见高志，王叕也来了。

李冰对高志说："先生交来的《治蜀论》写得不错，对蜀中历史文化和现状的分析剀切中理。对治水兴蜀的建言也有独到之处，本守一定好好拜读，择善而从。"高志兴奋起来："多谢大人赏识！"

"不过，"李冰话锋一转，说，"先生还要写一篇文章，讲清楚你被游侠劫去后干了些什么？这个游侠又是什么人？他闯荡江湖究竟是为了什么？"李冰走到门口，喊："请何坚大人！"何坚走进来，对高志说："跟我走吧！"说着便要带高志走出厢房，高志心中一惊，不满地瞟了王叕一眼。

王叕对李冰："大人，这……"

"真金不怕烈火炼！"李冰说，"弄清楚了，才能起用。王叕呀，读书人做官，有个通病，往往感情用事。这一点，你和我都要注意。"王叕说："谢大人提醒。""还是谈治水兴农的大事吧，"李冰吩咐说，"二江流向的路线要尽快测定，整个的工程预算也要尽快编制出来。本守已经决定，秋后动工。""是。"王叕说。

何坚把高志带到了御史府内，准备亲自审问。高志却闪着轻蔑的眼光，拒不开口。

公孙若走进来，对何坚说："我可以让他开口。"

在恐怖的刑讯室内，高志被两狱卒推进来。公孙若早已俨然坐定。室里熊熊的烈火正烧着一根发红的铜柱。公孙若问："高志先生，你知道这刑罚的名称吗？它是谁发明的？谁又是第一个受刑人？"

高志说："暴君殷纣王发明的炮烙刑！第一个受刑人叫梅伯。"

"不对，"公孙若说，"高先生自称才高八斗、学富五车。可是，书你还没有读到家哟！我告诉你，最先发明这种炮烙刑的不是殷纣王，是早他五百多年的夏桀发明的。桀自称太阳，所以他特别喜欢炎热和烈火。第一个享受这种刑罚的不是梅伯，而是挑战太阳的关龙逢！这些，古书上都是有记载的，是哪一本书呢？你想查一查，作些考据吗？这挺有趣呢！"

高志说："还考据什么哟，误我一生是读书！"

"又不对了，"公孙若说，"读书只会使人聪明，怎么会误你一生呢？误你的是你自恃才高、自不量力，想挑战太阳，要学关龙逢啊！"高志故作惊恐，全身打抖，嘴巴哆嗦，有顷，他颓然跪地，说："我招！"

这天一大早，公孙若、何坚、周武押着高志，率领一队荷戈执矛的士兵朝青城大面山迈进。

马上的公孙若对高志说："此举若能抓住青城游侠，可以将功折罪。"何坚说："如果是欺骗，就罪加一等。"高志说："明白。"

在山坡上的石洞中，一个身材酷似玉璜的黑衣蒙面人正与两个打手谈话，他们都身背宝剑。蒙面人说："二位明白今天的任务吗？"二打手不明白："请大侠明示。"蒙面人说："高志已经叛变，本大侠要把他诱上山来，将他除掉。"二打手立刻领会，说："明白了。"

在山道石径和山洞的门内外，高志沿着石径朝山上攀登。边走边喊："游侠，游侠，青城游侠！"

山洞门前的蒙面人和两个打手听到喊声走出来。蒙面人俯视山下，说："高志，你这个叛徒，想带官兵捉拿我吗？"高志说："青城游侠，山洞已被官军包围了，你走不脱了，投降吧。"蒙面人大笑，吼道："咱游侠的脑海中，没有投降二字。"说着，飞起一脚将一块巨石踢下。巨石哗啦啦地在山径上滚着，高志急忙避开。

林中的周武听到动静，喊道："杀呀，活捉游侠。"

士兵们冲出来，朝山洞门口冲去。

蒙面人等用巨石不停地向山下猛砸。四名官兵拉着麻绳从山顶的岩石坠下，攻击蒙面人和打手，蒙面人和二打手与官军厮杀，周武乘机率领官军冲上，蒙面人和打手退入洞中。洞中，官军将三人

分割包围、厮杀。三人拼死抵抗，终被官军杀死。

公孙若和何坚押着高志进入洞中。公孙若走到黑衣蒙面人的尸体前，躬身撕开他的面纱，问高志："他就是青城游侠？"高志说："正是。"公孙若命令："砍下他的头来。"

公孙若和何坚回到郡府。

李冰正坐在厢房的案前审看魏富、钟秦的贪污罪案卷。他边看边对旁边的王丰、李成说："唔，魏富、钟秦对自己的贪污罪行已供认不讳。"

"是的，"王丰说，"二人已签字画押。"李成说："所贪金银数目巨大，令人吃惊啊！"李冰站起说："将二犯收监，抄没家产。就在盐署中，摆个展览，让大小官员都来看看，以儆效尤！"王丰："善。"李冰吩咐道："去办吧。"

公孙若顾不得跟王丰、李成寒暄，兴奋地告诉李冰说："李冰兄，青城游侠及其同伙二人已被我军诛除。"

李冰问："为什么没抓活的？"公孙若说："三人殊死顽抗。"李冰问何坚："能确定死者是青城游侠吗？"何坚说："谁也没见过这个游侠，他自称是。"公孙若说："我已命人砍下他的头颅，仁兄可以验证。"

"怎么验证？"李冰说，"我也没有见过游侠啊。"公孙若说："放心吧，高志已经具结，保证今后再没有青城游侠捣乱了。"

李冰将信将疑地点了点头。

玉璜的消息很灵通，她在欢娱楼的密室中，跟父亲樊侯说："高志已成功打进了虎穴，并取得了公孙若的信任。"

"好哇，"樊侯说："这个高志真是有胆有识啊！"玉璜说："死了三个弟兄，换来了我的安全。父亲可以放手在樊地招兵买马，以待时机，女儿呢，就坐镇成都发展。"

樊侯说："廷议之后，公孙若和塞老头一直很消沉，他们跟李冰斗得起来？"玉璜说："他们在搞以静制动，眼下，已静不下来，非斗不可了。李冰重用自己的人，拿公孙若的心腹开刀，周庸被免职，两个盐铁官被逮捕。又以清算贪污为名，命令大小官员和眷属都去参观。公孙若、蹇老头受得了？"

魏富和钟秦贪污的大量金银财物都运到盐署陈列展览。郡府和成都等县的官员和眷属排成一列，从赃物面前走过。众官吏和眷属见了这些堆积如山的金银财宝，都感到吃惊和愤怒。

公孙若和蹇侯脸色苍白，无地自容。

李冰提着马鞭走进来，命令道："带钟秦和魏富。"

二人被卫士推进。李冰说："这些东西是你们的家藏吗？"二人跪地求饶："是，是。"李冰沉重地说："蜀郡水旱连年，饿死了多少人？你们却不择手段拼命聚敛财富，你们这两条蛀虫，要了老百姓多少命，喝了老百姓多少血呀？"

公孙若趁机走到魏富和钟秦面前，高喊道："你们这两个败类！"说着，猛然抽出剑来要杀二人，李冰眼疾手快地挡住。

"按国法处置他们吧。"他转对何坚道，"监御史听令！"

何坚站出说："卑职在。"李冰说："由你亲自审理此案，依法判罪。"

"遵命！"何坚说。

李冰环视一周，又说："奉大王诏命，修大堰、开二江的工程秋后即行动工。这可是一项耗资甚巨的工程呀！本守不希望搞一项工程，出一批贪官。谁敢以身试法，严惩不贷！"

公孙若和蹇侯投去仇恨的一瞥！

第二十九章　开山受挫

（一）咸阳换相

公孙若的手在打抖。他坐在郡丞府书房的几案前，面前是魏富等人的交代材料。有简册，有帛书。监御史何坚坐在一旁喝茶，不动声色地看着公孙若。

公孙若说："魏富、钟秦和向赢揭发我前后拿走他们一百六十万两银子？"

何坚回道："正是。"公孙若说："按咱们秦国的法律，

'赃一钱以上，斩左止'，一百六十万两都够得上剁成肉酱并夷三族了！"

何坚问："郡丞大人，你究竟拿没拿过？"公孙若说："拿过呀！可我一分也没塞进自己的腰包呀！"何坚问："那，这些银子到哪里去了呢？"公孙若说："为了蜀郡的利益，孝敬了太后和朝中官员。"何坚说："请大人写一写吧。"

"本丞可以写，"公孙若说，"不过，李冰有胆量查下去吗？"

何坚说，"那我择日再来拿。"说着起身告辞。

公孙若看着何坚离去，提笔在竹简上书写，一脸苦涩。夫人端羹走进，说："别写。他能把你怎么样？"公孙若说："李冰说了，不讲清这一百六十万两银子的去向，就要我承担责任。"

"好歹毒！"夫人说，"他这不是要把你打成贪污犯，置你于死地吗？"

"正是如此，"公孙若沮丧地说，"如果朝中还是杜仓这老头掌权，这一劫怕是难以躲过了。"书房中顿时一片寂静，夫人也不知如何安慰他才好。

"父亲。"是公孙红，她拿着一封信，匆匆走进来，交给公孙若。公孙若开信，对夫人说："是妹儿的信。"他急速地看信，渐渐地笑逐颜开："杜仓老头完了！"

原来，信中说丞相杜仓去骊山，半路上忽然遭遇了山上滚下的巨石。坐骑受惊，将杜仓从马背上摔了下来，昏迷不醒。

公孙若："大王已任命魏冉为相国了。"说着他站起身来走到房门外，欢叫道："满天乌云风吹散啊！"他要夫人备轿，要去欢娱楼，去见蹇侯！

尽管已经深夜，蹇侯得信，还是匆匆赶到了欢娱楼，不忘带上了高志。雅间中，烛光下，三人兴高采烈地喝着酒。

蹇侯说："想不到朝中之变来得这样快！真是天助我等也！前几天，李冰造访，我还愁着大埝一开，风水宝地没了，庄园没了！蹇烈嚷着拼他个鱼死网破呢！"

"不能硬拼。"高志说。

"是啊，我也这么想。"蹇侯说，"只能请江神来惩罚他。李冰对我说，大埝工程不日开工，开水门和二江都要征用本侯的部分封地，要我以大局为重，给予支持。考虑到损失，郡府决定给我一定的补偿。"

"那是应该的。"公孙若说。

蹇侯说："我对李冰说，他的治水方案是经大王和朝廷核准的。是为了造福子孙万代。老夫理当做出奉献，遑论补偿？"

"侯爷说得好。"公孙若称赞。

"可李冰却说，郡府规定了一条，无论是官民的房屋、土地，在开江中需要拆迁占用的，均一律按郡府制定的标准予以赔偿。"蹇侯说。

"侯爷怎么答？"公孙若问。

蹇侯说："我问李冰：这一条对百姓来说是必需的。大人推行仁政，很好！还有什么？李冰说，蜀中百姓有信仰各种神祇的传统。他进入岷山曾遇到山精阻路，雪山崩塌，险些丧了性命。说是山神、雪神显灵。开凿盐井又遇到盐神反对，闹了一场风波。故老传言，都江中是有江神的。为了保证修埝工程的顺利进行，他想在开工之前，进行一场祭祀大典，以求江神保佑。"

高志说："他还想得周到啊！今年正好是三年大祭。"

蹇侯说："不错。李冰说本侯一向提倡敬天保民，且多次主持其事。请将礼制、规矩相告。让老夫给他写个方案。"

公孙若说："我这几个月受尽了李冰的窝囊气，今晚，咱们来个长夜之饮！"说完吩咐玉璜端馔来上。玉璜佯装不认识高志，故意问："干爹，怎没见过这位大人呀？"

蹇侯说："他是高志学士，因诛除青城游侠有功，公孙大人已收他为书吏了。"

公孙若说："这只是暂时的。只要高志先生为本丞尽心竭力办事，前程远大呀！"

高志拱手道："愿为郡丞大人效犬马之劳。"

李冰一连忙活了几天，好不容易才有时间回府。

夫人、二郎、一妞、李成和乳娘都在，高兴地一起围案吃饭。李冰问李成："魏富和钟秦的案子审得如何了？"李成说："奇怪得很，这两个人今下午突然翻供，把原来招认的犯罪事实全否了。""啊，"李冰说，"什么原因呢？""情况不明，"李成说，"何坚大人也很泄气，说这案子恐怕审不下去了。"

"大人，"孟谦拿着一封加急文书匆匆走来，说，"朝中有紧急文书到来。"李冰放下筷子起身，朝书房指了指，与孟谦同进书房。

二郎说："朝中可能出了什么大事，而且，公孙伯伯已经知道了。"一妞问："你的根据是什么？"二郎说："魏富等人翻供，肯定与公孙伯伯有关。"李夫人赶忙制止，说："不要乱猜。"二郎垂眸想了想，又才拿起了筷子。

李冰来到书房，看完文书，放于案上，说："杜仓丞相坠马摔伤，大王任命魏冉为相国。"

孟谦说："难怪何坚大人说魏富等人的案子审不下去了。"

李冰沉思一阵，说："丞相变了，可秦国的法律并未变啊！事皆决于法，而法不阿贵，这是秦国自孝公以来形成的传统。你告诉何坚大人千万不可妥协，要一查到底。"

"是。"孟谦颔首。

"还有，"李冰说，"告诉郡府大小官员，要忠于君王，信任朝廷。杜仓丞相因坠马摔伤去职，是正常的。魏冉有拥立大王之功，而且早已担任过大将军和丞相，晋封相国，也是意料之中的事。我等不可东猜西疑，该干什么还干什么。"

"是。"孟谦颔首。李冰拿起案上的一份简册，对孟谦说："这是都水长王叕拟定的施工方案，各县征调多少民工，多少铁匠、石匠、木工都有详细规定。你照此拟一个通告，以郡府名义发给各县，让他们做好准备，九月九日准时开赴工地。"

城南银杏林中，公孙红倚树观望，看得出来，她在等人。

一会儿，果然是二郎来了，喊道："红红。""二郎哥，"公孙红说，"你如约而来，我很感激。""看你说些啥？"二郎说，"这几个月我一直跟着工师在乡下跑，学习开凿盐井。也没有时间来看你。"公孙红说："你和你父亲一样都是很看重事业的人！今天，我约你来是想给你告个别。"二郎急问："你要离开成都？"

公孙红说："是的，姑妈来信，要我去咸阳相府读书，父母亲欣然同意。"二郎说："你自己呢？"

"我也愿意去，"公孙红痛苦地说："这一辈子恐怕再也不能相见了，二郎哥，你多多保重吧。"二郎顿时愣住，那一树的红枫，在秋风中摇曳、飘落。他望着远去的公孙红，想挽留又无法开口，只好喃喃地说道："红红，你也多保重！"

阡陌间、山巅上、河道旁、街衢边，乡官三老健步如飞，手里提着一面大锣"吭——吭——吭——"地敲着。随着他的脚步，那光洁的锣面上，便不断映出繁忙的画面。秋天来了，阡陌间的田埂上，背着简单行囊，扛着铁钎、铲、锸、镢、锄的农夫在欢快前进……山道上，扛着工具，背着行囊的山民在前进……白沙河上游，几支小船、木筏载着男女羌民，顺江而下……街衢上，一队牵驴的铁匠在前进，他们的驴上驮着皮囊风箱、钻砧……民工在郡府的号令下从四面八方拥到玉垒山施工现场。

玉垒山禹穴已被修葺一新，岩上的"禹穴"二字有新上的涂红。洞门前飘着两面书有"秦"字和"蜀守"的大旗，高高的灯柱上挂着一串连珠红灯，两名卫士荷戈站岗。穴内壁上挂着巨幅治水图，中间放着大埝渠首三大工程的立体沙盘。穴内前左方、右方有序地放着矮案、坐垫和屏风。屏风后有床榻。这是李冰特设的"指挥部"。

此刻，蜀郡郡府的官员公孙若、蹇侯、何坚、周武、王叕、李成、王丰以及尚武、杨太等，以及成都、郫县、广都、繁、新都、武阳等县的县令，齐集禹穴，雁列两旁听宣。孟谦拿着一竹简，念道："郡守令：令王叕负责施工的全面监督和协调，令羊摩负责鱼嘴埝和飞沙埝的施工；令李渭负责开凿虎头岩水门，令尚武、杨太负责开凿二江，令孟谦负责钱粮开支。"

李冰拿起几卷帛画，走到队列前分别递给羊摩、二郎、杨太和尚武，命令他们照图施工。孟谦又宣布："现在，请各位随同郡守一起，去白沙邮江边祭祀江神。"

"慢，"蹇侯说，"今年是三年大祭，一定要隆重。按古书记载，江神需取美女二人为妇。按传统规矩，必须给江神至少嫁去一名新媳妇。老夫给大人写的祭祀方案上，特别指明了这点。大人，准备了吗？"

李冰说："本守准备了一对珪璧，以代替美女。"

"不可以，"蹇侯说，"大人，心不诚则祭不灵啊！"李冰说："不是有'三代不同礼而王'的话吗？进退盈缩，与时变化，宇宙之常道。传统的礼制是可以而且应当革新的。"说着举手一挥，"诸位，请吧。"

在白沙邮附近的江边，锣鼓喧天，笙竽长吹。江边搭着祭坛，上置牛羊豕三牲和鲜花果品。燃香点烛，青烟袅袅，祭坛两边飘着彩旗、长幡。上千民工聚集，祭奠江神。通往江心沙滩的鱼嘴埝工地上，已搭好了一座浮桥。李冰率众官员走来，行三拜九叩礼。

李冰父子一人捧玉璧，一人捧玉珪，走上浮桥，至激流处，将珪璧投入江中大漩涡之中，此史书所言"珪璧沉渍"是也。

李冰父子走上鱼嘴埝工地。李冰提起一把铁铲在地上铲了三铲，大呼："开工啰！"二郎接着喊："开工啰！"江岸边的王叕、羊摩接着喊："开工啰！"民夫们接着喊："开工啰！"

背石、挎筐、抬石、执铲的民工通过浮桥涌上江中沙滩工地。

在咸阳，新任的相国魏冉要来看望老相国杜仓。

府邸后院寝房内，榻上的杜仓满脸苍白，比起传言中的不省人事已经好很多。相国魏冉来到床前，关切地问："杜老，身子骨恢复得怎样？"

"好多了，"杜仓说："医师说，没有大碍，还会站起来的。"魏冉说："这就好，这就好。大王和太后有令，等杜老康复后就任太傅一职，辅佐和教导太子柱和公子㜈。"

"老了，"杜仓说："只怕有负大王和太后的重托啊！"魏冉说："杜老德高望重，太傅一职非你莫属。"杜仓点点头，说："那就只有尽力而为了。"

魏冉问："杜老，还有什么要求吗？"杜仓说："李冰设计的都江治水方略，很有特色，拜托相国支持他搞下去，千万不要半途而废。"魏冉说："杜老放心，治水兴蜀关系秦国的千秋大业，本相国自然要鼎力支持。相府已接到李冰禀报了，大埝的修建已正式开工。”

杜仓说：“这就好，这就好！”

魏冉回到丞相府，芈戎已经在厢阁等候多时。

芈戎将一摞简册、帛书捧给魏冉，说：“这个李冰好像有三头六臂一样，既要修大埝又要反贪污。而且把矛头指向公孙若。”

魏冉瞟了瞟，说：“这大概就是李冰的特立独行之处吧。给他下文书，令他一心一意修好大埝。贪污案件，由朝廷派员下去查处。”

芈戎称善告辞。

（二）江神作恶

玉垒山的虎头岩上，卓石匠、李桂阳、罗大汉、二娃子等数百民工用铁钻开石，用铁钎撬石。锤声叮当，火星四溅。

李冰父子在山上巡视，发现进度很慢。铁钎经不起几锤就被打秃、打断。李冰父子亲自操作，李冰掌钎，二郎抢锤，狠劲地打了起来。

杜鹃用竹篮提水壶和土碗上山。一会儿，李桂阳走来，说：“大人，你歇着吧。”抢过二郎的铁锤说：“看我的。”二郎代替父亲掌钎，桂阳一阵猛打，“啪”的一声，铁钎折断，铁锤擦伤了二郎的手。

送水来的杜鹃见状，赶忙上前用手巾为二郎包扎。二郎说：“没事，只擦破了点皮。”“好危险啊。”杜鹃说着又给李冰、二郎倒水。

“谢谢你。”二郎接过杜鹃手中的水，感到一丝不同寻常，当他望过去，却见她已经回身给桂阳倒水。

李冰喊：“卓师傅，你来一下。”卓石匠走来。李冰拿起铁錾说：“卓师傅，你看看，是不是铁錾不行啊？”卓石匠摇头说：“这不是李成大人从楚国进口的宛铁吗？这种铁錾应该是很坚利的。”李冰问：“那为什么一打就断呢？”卓石匠捡起一块岩石给李冰看：“这一带是砾岩，都是子母石，坚硬无比。”李冰问：“有什么好办法吗？”卓石匠：“我想先开槽，再用铁钎撬。”

这时，罗大汉和二娃子等民工围了上来。一个民工说："这进水口要开五十一尺宽，用撬法，那要撬到猴年马月啰！"

又一民工说："撬还是要开槽打缝呀！"一边举起打断了的铁錾，"靠这秃錾打开这么大一座虎头岩，简直是用灯草立屋子——白费劲。"二郎鼓励说："别泄气嘛。"李冰说："水滴可以穿石，功到自然成嘛，我们共同想办法吧。"

有个老者站出来，说："我倒有个办法。"李冰说："老人家请讲。"老者朝李冰拱手，说："郡守大人，可别笑我愚昧呀，这个地方，据我爷爷讲，原本是江神的圣地，是不能随便动的。"他抬头一指，"那儿不是有座江神祠吗？"

众人掉头望去，隐约可见江神祠内香烟缭绕，大殿的神龛上还供着青铜神像——牛首人身。李冰对老人说："老人家，那江神祠本守早已去参拜过。开工之时，本守又举行了祭祀大典。神因人而产生，为人而存在。如果江神真有灵验，他应该为众生降福了。"

老者说："大人的祭礼太轻了啊！按规矩，大祭之年是要给江神送去至少一名新媳妇的。"李冰说："送一名新媳妇给江神，这虎头岩就能凿开？"老者说："当然。"罗大汉说："我反对。把好端端的一个姑娘扔到水里淹死，那是作孽！我现在什么神都不相信，我们杏花山开盐井就遇到盐神反对，还闹了一场风波，后来开了十八口井，至今也没有遇到盐神降灾。"

"话不能这么说，"老者道，"那年闹干旱，成都舍林学舍的许老师自焚祈雨，老天爷不是降下了一场大雨吗？"罗大汉说："那是缺牙巴咬虱子——碰巧了。"老者气愤地说："你说这话要遭报应的。"罗大汉也生气了，大喊："狗屁！"

"好了，好了，"李冰说，"二位的意思本守已经明白了。给不给江神送新媳妇，由本守决断，好吗？现在大家都按卓师傅的建议试一试，先开槽，后用铁钎撬。"

民工散去，按铁钎开槽的方法试验。

太阳已经偏西了，从郫县到玉垒山的驿道上，蹇烈和管家正押着一队人马走来，马背上驮着粮食，几个家丁挑着酒坛。

松茂古道出口处的山脚下，已经建起一排工房，其中有两间是为民工做饭的伙房。伙房外，膳食总管周正扛一筐青菜走进来，放下。他朝灶上的人一招手，说："还有粮食，都跟我扛粮去。"两个男厨走出来。

周正等人刚走不久，蹇烈领着送粮队就来了。蹇烈提着马鞭和管家走进伙房，劈头便问："谁是这管事的？"杜鹃走出，问："什么事？"好色的蹇烈一见杜鹃，眼珠子就转不动了，也忘了问话。管家急忙说："是这样，侯爷为了襄助治水大业，特捐献粮食千斤、美酒十坛。"杜鹃吃惊地问："侯爷也来捐粮？"管家说："郡守大人不是有号召吗？为了治水兴蜀，百姓都要有钱出钱，有力出力吗？成都的商人、郫县的富家、广都的大户、繁县的粮绅、江源的财主都纷纷献金献银，堂堂侯爷岂能落后？"杜鹃说："那就搬进来吧。"

侯府家丁搬粮、抬酒坛进屋。杜鹃欲去帮忙，被蹇烈拉住。杜鹃生气地挣扎跑开。蹇烈涎着脸说："杜鹃小姐，我们又见面了，真是有缘呀！哈哈……"

夜幕中的玉屏山，树林中闪着幽幽的光点。那是从民工居住的窝棚中射出的灯光。蓦然，传出一阵恐怖的牛角号声，那是从江神祠中传来的，小巫们吹着牛角号，大巫师举铜刀，跳巫舞，牛角号声在山间回荡。

虎头岩下一间新开的铁铺里李冰、王叕、二郎和卓石匠还有一老铁匠研究如何提高铁錾的硬度。灯火中，李冰拿起一根折断的铁錾说："铁匠师傅，能不能在淬火上想想办法。"没等老铁匠回答，杜鹃和李桂阳就匆匆跑来禀报，说："不好了，出事了，大人快去看看吧！"

李冰和二郎、王叕匆匆走出来，一路上，只听牛角号声越来越响。

山坡上，月色惨淡，牛角号声中，一群民工抱着被盖、行李朝山下奔跑。罗大汉和二娃子从林中冲出阻挡民工们。罗大汉说："乡亲们，别散伙呀！"老者说道："江神降罪了，好多人突然得病了，再不离开玉垒山，就活不成了。"

罗大汉指着他的鼻子骂道："你胡说。"

二娃子说："你们是被神吓傻了啊？"老者说："好些人都躺倒了。我劝你们也走吧，否则也要遭殃。"罗大汉大吼："老子就不离开玉垒山，看江神能把我——怎——"

话没说完，只觉突然气紧，嘴巴哆嗦，肚子发痛，痉挛欲倒。二娃子急忙抱住他，疾呼道："罗大哥，你怎样了？"

李冰、二郎、王叕正好赶到。在卫士长高举火把照应下，三人上前，盯住罗大汉。李冰急问："罗大汉，你怎么了？"罗大汉说不出话，他指了指肚子，头一偏便没了知觉。王叕拉起罗大汉的手号脉，有顷，悲怆地说："摸不着脉了，完了。"二娃子大哭："罗大哥。"民工们被吓倒了，吼着："死人了，死人了，快走啊。"纷纷作鸟兽散。

李冰对二郎说："令木工立即打造棺材一口，安放遗体。"又对卫士长说："你和二娃一起去杏花乡把罗大汉的亲人接来。"

三人来到山腰工棚中，草铺上已经躺着十多个民工，他们有的呕吐不止，有的按着肚皮"哎哟，哎哟"直叫！王叕蹲下给病人号脉，李冰摸病人的头，说："这些人和罗大汉一样，都有股酒气，他们喝过酒吧？"

杜鹃说："是。"李冰问："哪来的酒？"杜鹃说："这几天，成都、临邛都有人来献过酒。今天下午侯府公子又献来十坛。"李冰对杜鹃："你去把所有的酒都封存起来，等候验证。"卓妈妈惶恐地说："大人，听说是江神显灵，降下的瘟疫！"

王叕说："是中毒。卓妈妈赶快去烧水，我去找解毒草药。"

李冰说："我去会江神。"

江神祠中，小巫们还在使劲儿地吹着曲调神秘的牛角号，大巫师疯狂地跳着巫舞。李冰父子刚走进来，牛角号戛然而止。

大巫师一个金鸡独立，铜刀往空中一搅，蓦然从半空飘下一幅黄绫神谕，大巫师接过，躬送李冰。李冰把神谕浏览一遍："啊，江神要娶亲，要本守为他在民间选一位美女，亲自送去。""正是。"大巫师说。李冰说："本守谨遵神谕。"

卫士长带着罗大汉的母亲赶到玉垒山下，马车刚停住，二娃子扶着罗大汉的老母下车。年老的女人一下车，就哭叫着："我的儿子呢，儿子呢？"

卫士长往山里一指，说："郡守大人送你儿子出山了。"

哀乐声中，李冰、二郎、王裂、羊摩抬着罗大汉的棺木从冉駹古道上走来。老母迎上去嘶声痛哭，"儿呀！"

李冰等人放棺木于路旁的条石上，慢慢揭开棺盖。老母伏到棺前恸哭："儿呀，儿呀……"李冰说："老人家，你儿子是个好汉，不怕威胁，坚持不离开工地，可以说是因公殉职，郡府要给您老人家以抚恤的。请老人家节哀，把儿子运回乡里安葬吧。"

老母责问道："好端端的一个人，为什么突然就没了？这是为啥子？"

李冰说："他喝了毒酒。本守一定查出肇事人，给予惩罚，为您儿子报仇。"

虎头岩上已恢复了原来的平静，却没有民工干活了，只留下一些草鞋，折断了的铁钎，被开凿过的石槽痕迹。

李冰在禹穴中召开会议。在座的有二郎、王裂、羊摩、卓石匠、李桂阳。李冰问："民工跑了多少？"二郎说："凿虎头的民工大都跑了。"卓石匠说："住玉垒山下的还没走，正在等待大人的命令呢。"李冰对羊摩说："修鱼嘴埝的呢？"羊摩说："只跑了少部分，羌寨来的民工都没走。"

"唔，"李冰又问："'江神娶亲'是怎么回事？"王裂说："我听说过，但没见过。"卓石匠说："我见过，但只是站得远远地看热闹，不晓得还有啥规矩？"李冰说："你们想想，有谁知道详细情况的？"卓石匠一想，说："编背篼的祝老汉就知道呀！"李冰立刻起身，让卓石匠带他去见祝老汉。

一间宽敞的工房中，吴奶奶等老人、妇女在编盛土石用的背篼、箩筐。一个瞎眼老人正飞快地编着一个背篼，十来岁的孙子给他递篾条。李冰看到他的第一眼便认出来，祝老汉就是当年的瞎老人，考察旧江时还曾借住在他家里。瞎老人说："大人要我讲讲女儿芙蓉被江神娶亲的情况？""是的，"李冰说："越详细越好。"

瞎老人回忆起十年前的旧事……

在竹林盘中的茅屋里，他的女儿芙蓉正提个空竹篮匆匆走回，一边走一边急呼："父亲，父亲！"祝老汉出来，问："什么事？慌里慌张的。"芙蓉说："我到街上卖竹货，被人家看中了。""看中了啥子？"

"恭喜，恭喜，江神看中芙蓉了！"塞罡手提马鞭，随带两名家丁走进院子："大巫师就来迎亲了。"紧接着，旗幡飞舞，鼓乐声声。大巫师带着一群小巫和两人抬的花轿，涌进竹林小院，不由分说，将芙蓉塞进轿中抬走。祝老汉上前护女，被家丁打倒在地。

"那天晚上我女儿被关进了江神祠，说是要给新娘沐浴更衣……"江神祠门外，祝老汉悲怆地敲着门，叫喊着芙蓉的名字，手拍出了血，嗓子嘶哑了，可门始终不开，直到他力竭倒下。三星没落，晨光熹微。神祠门吱的一声打开了。塞罡从里面匆匆走出。躺在地上的祝老汉惊起，他望着塞罡离去的背影，无助地骂道："天杀的！"

那日江边，观者如堵。一群女巫演奏巫乐，打旗扬幡，抬着花轿走到岸边。江边已停着一只扎花挂红的舢板。女巫将已经吓呆了的芙蓉扶上舢板，推入江中，舢板卷入激流，朝下游漂去。祝老汉推开人群，声嘶力竭地吼着："女儿，女儿……"他看见江上面，一个漩涡将芙蓉吞没。祝老汉捂着双眼，他的双眼流血，从手缝中溢出。

"老人家的眼睛是哭瞎的啊！"李冰凝神思索。

这天，李冰大步走进江神祠内，后随二郎。

大巫师问："郡守大人决定了吗？"李冰说："决定了。"大巫师问："民间选美？"李冰摇头说："不，开虎头岩是本守决定的，如果得罪了江神，责任自然由本守承担。愿将长女许配江神，以赎前愆，以结亲缘。"

大巫师问："真的吗？"李冰说："大巫师体谅本守现在的心情。修堰治水，本守是与朝廷立了军令状的。急需早日复工，修好大堰，祈望江神赐福。"

大巫师想了想，说："我请示一下江神吧！"她跪倒神龛下，念念有词，又突然起身，舞蹈一阵，铜刀一指，从空中飘下一幅黄绫，巫师接过，交与李冰。李冰一看是个"吉"字。大巫师说："江神答应了。"

父子二人走出江神祠，李冰对二郎说："你回成都把你姐姐和母亲接来。"

二郎吃惊地问："父亲真要把姐姐许配给江神？"

李冰说："都给江神许愿了，还能更改？"

二郎一愣！

第三十章　降龙伏虎

（一）嫁女诱巫

二郎若有所思地看着父亲，说："父亲又在下一着险棋。"

李冰驻足，头也不回地问："是吗？"

二郎有点不满地说："郡守大印又不是萝卜做的，父亲为什么就不动用手中权力呢？"李冰问："怎么用权？"二郎说："令人查明谁送来的毒酒，将他们绳之以法，不就真相大白了吗？"李冰说："这是一种解决方式。但是，蜀中从古以来就巫风盛行，几代蜀王就是运用神的力量来统治的。影响很深，致使相当多的百姓都信仰神灵。对手多次与父亲较量，采用的都是同一手法。我们要做的，不仅是揭穿对手的阴谋，还要有助于教育百姓。"

二郎说："让姐姐去冒这个大风险，孩儿就是想不通。"

"你听为父给你说。"李冰拉过儿子，边走边低声说。

玉屏山脚下有一座新修的三进深的庭院，叫都水曹。都水长王叕和曹中属吏就在此办公。议事堂中，王叕和他的几名属吏，以及羊摩、卓石匠、李桂阳等在此等候李冰的到来，人人脸色忧郁。

卓石匠对王叕说："王先生，要劝劝大人啊，把女儿嫁江神，那是去送死啊！"说话间，李冰匆匆走进来，他扫了一眼说："自从民工罗大汉暴死后，现在是人心惶惶，没法干了，就停工几日吧。"

王叕问："停多少天？"李冰说："难说，等本守为江神办完婚事后再说吧。你们把这都水曹收拾一下，张灯结彩，弄得像个办喜事的样子。"王叕问："大人，真的要把女儿嫁给江神？"李冰说："当然是真心。"

"大人，大人，"杜鹃跑来，猛然跪在李冰面前，说，"让小女子嫁给江神吧。"李冰说："本守已经答应大巫师了，你就不要争了。"

"不，"杜鹃说，"大人要不答应小女子的请求，我就跪死不起。"

二郎走上前，扶杜鹃说："起来吧，我父亲决定了的事是很难改变的。"杜鹃硬是不起来，放声大哭。惹得众人也都眼汪泪水。

蹇侯、蹇烈却不信，他们找来高志密谈。欢娱楼的雅阁中，几个人一边喝酒一边说。

蹇侯说："李冰答应把自己的女儿嫁给江神？他是出于对神的诚信呢，还是在搞什么计谋？"高志说："本人也在琢磨这个问题呢。"蹇烈说："公孙伯伯夸高先生是个智囊人物，必有高见。""是吗，"高志一笑，问，"少侯想不想李冰把大埝修成？要说心里话。""想个屁！"蹇烈说："大埝修成了，咱侯府的亿万家产就完了。""那，"高志说，"在下就谈谈看法吧。从李冰的骨子里讲，他是不相信神的。可为什么答应把女儿嫁给江神呢？一是出于无奈，二是出于计谋。江神降灾，而且死了人，致使民工散伙，工程停工。而按时修好大埝又是立了军令状的，李冰现在岂能不心急火燎，如临深渊！为了安抚百姓，他不得不答应江神的要求。"

"是这样，"蹇侯说，"老夫就要让李冰在众目睽睽之下，把自己的亲生女儿扔进河里！"高志神秘一笑，道："不可能。"蹇侯："为什么？"

"李冰学识广博，"高志说，"他肯定熟悉一百多年前，魏国西门豹治邺时惩治女巫的故事。临时，随便说点道理就可把主张江神娶妇的女巫扔进河里。不仅可保女儿安全，还可在历史上留下一个革除陋习的美名。侯爷、少侯旁观，不正中了李冰的计谋吗？"

蹇烈问："那怎么办？"高志答："将计就计，让他女儿暴死在江神祠中，既可彰显神力，又可摧毁李冰的意志。他女儿可是他夫妻的掌上明珠啊！"

二郎从成都把一妞接来都水曹。他从车后跳下，又到车前，搭上矮凳，拉开车帘，扶着一妞和母亲下车。一妞佯哭，声音撼天动地："我不嫁江神，我不嫁江神……"

二郎和李夫人劝慰着，扶一妞进入都水曹。一群民工见状，有的惊疑，有的摇头，有的表示敬佩。

江神祠内，大巫师也得知了这个消息，对众小巫说："郡守已将小姐接到都水曹，午时三刻一到，就去迎亲。"

李夫人在都水曹后院的寝房里，为一妞梳妆打扮。

午时，都水曹的内外张灯结彩，但没有一点喜气。门外，聚集着卓石匠、卓妈妈、杜鹃、由孙儿牵着的瞎老人以及一些不知名的男女群众。人人脸色悲痛，唏嘘不已！

午时三刻，大巫师率一队执旗幡、抬花轿的人，吹吹打打前来迎接新娘。李冰夫妇扶着搭红绸盖头的一妞走出，二郎紧随其后，一妞在哭；两个小巫上前扶新娘上轿，一妞还在哭；小巫们欢快舞蹈，抬走新娘，一妞依然在哭。

李冰夫妇跟去送亲，二郎、杜鹃、李桂阳等人喊着"姐""小姐"追去。李冰挥手让二郎等人退回。

新娘被安坐在江神祠的神龛下面，李冰夫妇一旁坐守。有顷，大巫师走进，说："郡守大人，要明日太阳升起的时候才送新娘到水晶宫呢！"李冰问："为啥要等到明日太阳升起的时候呢？"大巫师说："现在已是酉时了，不吉，要明日卯时才大吉。"

"好。"李冰点头。

大巫师说："郡府送亲官员，要今晚起程，明晨赶到，这是老规矩。"

"好，"李冰说，"本守明天一早赶来，不过，新娘要有人小心侍候，出不得半点差错。""放心吧。"大巫师说："新娘有专人侍候的。"

落日衔山，夜色苍茫，江神祠内，一盏神灯幽幽地闪着，新娘身边只有一个小女巫陪坐。夜深了，从山里传来"木鱼哥哥，木鱼哥哥"的叫声，一阵山风吹来，神灯熄灭。小女巫抬起头，跟新娘说了句"我去看看"，便退走出门。蓦然，一个戴牛头面具的江神从神龛上轻轻跳下，铜铃般大的眼睛闪闪发光，大嘴露出獠牙。他扑向新娘一抱，新娘闪开，扯下盖头，回身猛踢了江神一脚。

江神定睛一看，说："小妞儿好漂亮呀！"又扑上，一妞腾身飞上神龛，踢起一个铜香炉，"啪"地打在江神头上。面具打落在地，江神露出本来面目，原来是蹇烈。

蹇烈捡起面具重新戴上，转身欲逃，二郎不知从什么地方杀出来，与蹇烈对打。姐弟俩夹攻蹇烈，从祠内打到山上，打到江边，终将蹇烈打翻在地。

十多名郡府卫士举着火把，冲进神祠。大巫师正欲逃走，被卫士挡住。

李冰迈步走进，大喝一声："女姞！"大巫师惊恐地仰起面孔，问："大人怎么知道我的名字？"李冰说："在岷山中的断魂谷，看到你演唱的《桑林》之曲，本守对你这位神秘人物就留下印象了。"女姞说："大人要把我怎么样？"李冰说："你不是能通江神？本守就烦你到水晶宫走一遭，告诉江神的父亲，就说他的儿子作恶多端，被凡人捉住了。"女姞震惊，跪倒在地："大人饶命啊！"

太阳升起，玉垒山冉駹古道沐浴在晨雾中。李冰和王羕、羊摩等人站立在古道的出口，正等候着什么人。几辆马车驰来，公孙若、蹇侯、何坚、周武、孟谦、尚武等官员从车上走下。李冰上前说："列位大人，请。"

大家朝玉垒关的方向走去，孟谦上前关切地问："大人，你真的要把女儿嫁给江神？"尚武说："这万万使不得呀！"见李冰不吱声，蹇侯笑道："郡守大人招江神为婿，必有好报啊。"李冰冷笑一声："是吗？"

此时，牛面人身的"江神"被绑缚在玉垒关前的岩峰树上。大巫师女姞蹲在一旁发抖。二郎、一妞持剑守卫，周围站着郡府卫队。山上、岩边站满了看稀奇的群众，有的小孩还爬在树上观看。李冰领众官员走来。大家举目一瞬，大为惊骇。蹇侯脸色骤变。公孙若上前，问："李冰兄，这是怎么一回事？"李冰说："他就是被本守活捉的江神！"蹇侯上前打量，说："他不是江神。"李冰说："侯爷不是说过吗？都江中的江神是牛的脸面人的身子。"扫视一眼，威严地说："江神是离不开水的，送他回水晶宫去吧！"

两卫士上前解开绑缚的绳子，把蹇烈抬起来，就要往江里扔。蹇烈大呼："父亲，救命啊！救命啊！"蹇侯急忙上前阻拦："住手！"回头对李冰哀求，"郡守大人，老夫只有一个儿子啊！小畜生亵渎神灵，请大人恩准老夫将逆子带回，重重责罚！"

蹇侯正欲跪下，李冰一把扶住，说："侯爷真会开玩笑！江神怎么会是你的儿子呢？"转命卫士："扔！"

"唰——"蹇烈被扔到江中，一个漩涡将他吞噬。蹇侯气急倒地。李冰威严地说："杀人是要偿命的！"

"哈哈哈……"高志的笑声回荡在欢娱楼的后园中。他的身边是玉璜，两人在后园中散步。他说："李冰与蜀中奴主蹇罡结下了杀子之仇了！可以预料，今后，蹇侯必将疯狂地报复李冰。"玉璜问："李冰会继续追究蹇老头吗？""不会，"高志说，"他要尽快复工，最多只能在巫师身上做点文章。"

都水曹外的广场上，聚集着数百民工开会。巫师女姑在何坚的监督下向民工交代罪行。女姑说："世间上有没有神？信之者有，不信者则无。"何坚说："讲你和蹇烈犯下了哪些罪行？"

"是，"女姑说，"一、郡守在岷山考察，少侯要我用巫术在断魂谷阻止郡守前进，听说，雪崩也是少侯指使人干的，但我未参加。二、郡守开盐井，少侯找我商量如何阻止，我建言他装扮神将去吓唬乡民。三、江神娶亲、献毒酒是我和少侯秘商后共同办的。但我说过，毒酒不能太烈，使人致病就行了。罗大汉被毒死，可能是因为喝得太多了。少侯要杀死新娘，我完全不知道。"

何坚看了一眼在一旁作记录的是书吏，继续问女姑："就这些了？"女姑想了想，说："百猴丹也是我炼的。"何坚说："你过来。"女姑走到何坚面前。何坚从书吏从手中拿过记录，说："你签字画押。"

李冰从民工群中站起，说："女姑呀，你要能炼出能治疗百病的丹药有多好。"说着巡视民工们一眼，说："乡亲们，你们还惧怕江神吗？"

民工齐呼："不怕了！"

"很好，"李冰大手一挥，"复工。"

（二）相国寿礼

在鱼嘴的工地上，从江边到工地有竹筏搭成的浮桥相通。用尖背篼背石头、挑泥土、抬巨石的民工穿梭来往。江心沙滩上有人在平地基，有人用卵石堆砌。

李冰和王叕在视察，羊摩介绍浆砌鱼嘴情况。李冰有点担心用卵石层层堆砌起来的鱼嘴，问羊摩："能否经得住洪水浸泡冲击？"羊摩说："还要糊一层黏泥。"王叕说："羌寨的碉楼就采用的是黄泥浆砌。"李冰想了想，说："没有其他更好的办法？"王叕、羊摩都沉默不答。李冰说："那就按你们的想法施工吧。"

虎头岩上，石工们按卓石匠的建议先凿槽口，后用铁钎撬，然而，开槽口困难，撬起来也不容易。二郎与桂阳用铁钎使劲撬一块巨石，结果铁钎弯了，巨石岿然不动。"唉！"二郎气馁地扔掉铁钎，说："这怎么办？"

入夜，二郎命人在虎头岩下燃好一堆篝火，烧着一铜壶水，他与卓石匠、李桂阳等人围火而坐，商量如何提高工效的问题。

二郎说："不要让虎头岩拖了整个工程的后腿。""是呀，是呀。"李冰和王叕走来，说："一定要想出个提高工效的办法！"卓石匠拿起土碗给李冰倒水，手一动，水滴了些在石上，蓦然"啪"的一声爆响。卓石匠拾起一铁钎拨火观看。李冰、二郎、王叕等人也趋身观察。

只见火堆下山石龟裂，出现一条裂缝。

李冰和王叕都若有所思，有顷，李冰问卓石匠："这里的山石和虎头岩是一样的吗？"卓石匠用铁钎戳着龟裂的地方，仔细辨认，说："完全一样。"李冰一拍大腿："用火攻！"二郎、王叕齐声："好呀。"

"好呀！"公孙若此时也在他的书房中叫好。他正看信，越看越高兴，情不自禁地叫了起来。夫人问："有啥喜事？"公孙若说："魏冉相国要在十月九日举办六十大寿庆典，芈相点名要我参加呢！"

夫人问："李冰栽赃你的贪污问题呢？"公孙若说："芈相点名要我进咸阳参加庆典，这就是公开为我平反呀！哈哈……"

李冰还在和王叔、二郎等人研究火攻虎头岩的问题，孟谦匆匆走进禹穴，说："大人，卑职有要事禀报。"李冰对王叔等人说："火攻虎头岩的事，午后再议。"等王叔几人退出，孟谦才说："丞相府发来公文，说十月九日要为相国举办六十大寿庆典，令全国各郡派员参加。看来我们得准备一份厚礼。听说汉中郡、巴郡都在打听，看谁送的礼重。"

李冰道："不要攀比。我早说过，本守已下令封山，熊猫、猕猴一个也不能捉。什么熊猫皮、百猴丹都制不成了。"孟谦说："送美玉、黄金吧。"李冰问："送多少？"孟谦说："怕要八箱美玉、千彻黄金才出得了手。"李冰说："让百姓去捞玉、制玉那是扰民！千彻黄金拿走了，修堟治水的事就别想干了。我看写贺表一篇，再送点蜀中土特产就行了。"孟谦问："什么土特产？"李冰说："送一幅绣上寿字的蜀锦，搞得精美一点。再从广都选几筐上好的芋头，洗净晒干，精心打包成封，就可以了。礼物虽轻，但却能表达蜀郡官吏和百姓对相国大寿的真诚祝贺！"

孟谦说："大人何时启程？""我走得了吗？"李冰说，"开虎头岩正是关键时刻，准备用火攻，但还要做试验，我能离开？你去咸阳一趟吧！""不行，不行。"孟谦说，"给相国做生，全秦国高官聚会，说白了，就是向相国表忠心。机会难得啊！大人怎能不去呢？""尽心为忠，"李冰说，"你就代表我去参加吧，向丞相府的人解释清楚本守不能参加庆典的原因。"

孟谦有点生气了，说："大人，卑职对你有意见！"李冰说："讲啊！"孟谦说："你知道一些人对你的议论吗？"李冰问："什么议论？"孟谦说："有人说你只会做事不会做官！"李冰怔了一下，说："也许是吧，官场上有些东西，我恐怕一辈子也学不会了！"

塞侯当日被抬回侯府，一直没有露面，这天却杵着神杖，来到郡丞府拜见公孙若。只见他一扫阴霾之气，喜形于色，说："李冰不去，咱们去，就凭这一点，就可定李冰藐视相国之罪。"

高志拿着一卷轴走来，交给公孙若。公孙若展看。塞侯说："检举李冰重用王叕一定要抓住要害。李冰、王叕二人结为死党，目的是什么？就是背叛大秦，复辟蜀国。李冰到处收买人心，想当蜀王，王叕想当丞相。是这样写的吗？"公孙若说："侯爷提醒得对，高志先生，你与王叕是同窗好友，你能出面检举是很有分量的。你的笔应当是一把锋利的剑！"

高志说："在下再改一次吧。"公孙若说："本丞已决定，等王叕获罪，你就接任他的都水长。"高志赶紧躬身，说："谢大人栽培。"

李冰和二郎、王叕在虎头岩的岩坡处搞"烈火猛烧、冷水激浇"，使岩石爆裂的试验。他们抱干柴堆砌，有人用木桶提水。中午停工的间歇，李冰与二郎便和王叕、卓石匠、李桂阳等一群民工吃午饭。他们吃的是干粮。那时，干粮称为糇，装在竹器里，调和糇的水装在瓦壶里。

李冰一边兑水一边吃，乐呵呵地说："你们知道吗？这就叫作'箪食壶浆'！"

这时何坚骑马奔来，刚在岩脚下马，就对着坡上的李冰喊："李冰大人，卑职有要事禀报。"李冰回应："我这就下来。"

何坚与李冰来到虎头岩下的僻静处，对坐于山石上。

何坚问："大人找到了凿岩的办法了吗？"李冰说："有办法了，不过还要试验。"何坚说："但愿大人能成功！"李冰问："有何要事？说吧。""两件事，"何坚说，"一、相府派员来已将所有贪污案卷调走，但对如何处理案犯却没有明确指示。在押的案犯魏富、钟秦如何处理？关押还是释放？"李冰说："相府不是给我下过一个文书吗？要我一心一意、聚精会神做好修堰工程，反贪的事由朝廷派人查处。根据这个文书的精神，本守的话怕不管用了。建议何大人给相府写呈文，就处理案犯问题作专门请示。"

何坚问："要是相府迟迟不批复呢？"李冰断然道："那

就继续关着。"

"善，"何坚说，"还有一点。有人又在做王焱的文章了！"说着从皮囊中取一卷帛书，交给李冰，"是高志的检举。""不看，"李冰摆手说，"为王焱翻案的事早已为钦差大人和杜仓丞相首肯，大王最后也点了头。他们还想把案再翻过去？""大人，"何坚说："高志原来是王焱的同窗好友，他的话是可以作证的。"李冰说："现在出卖好友的人大有人在。庞涓与孙膑的悲情故事永远不会绝迹，他敢作证，就让他作吧。"

"大人，"何坚说，"能不能听卑职一点建言呢？"李冰说："请讲。"何坚说："免去王焱的都水长，但大人可以将他收为幕僚，襄助治水。"李冰问："为什么？"何坚说："大人入蜀以来为治水兴蜀、开凿盐井宵衣旰食、殚精竭虑，卑职看在眼里，记在心里，十分敬佩。不想因王焱的问题而牵连大人啊！"

李冰说："谢何大人的关心，但我不能这么做。"

何坚说："大人，王焱的祖父曾经被判抄家灭门的重刑。这是不是冤案？朝廷至今未明确表态，这就成了被人抓住不放的把柄。如果修堰工程出了什么问题，大人就很难说清楚。现在，朝廷谁当权？是太后和她的两个弟弟，相国魏冉、华阳君芈戎。自古以来，就是政从人出，有些事情翻过来覆过去，就是因人事变动而引起的。大人在此埋头开山，别人在干什么？你知道吗？大人，你要未雨绸缪啊！"

"谢大人的提醒，"李冰说，"本人也曾作过静思。官场上的许多问题，都是制度决定，时势所迫，非个人之力可以挽回。我想，只要能上报君王，下酬黎庶，无愧于自己的良心，纵然前面有万丈深渊，也只有义无反顾地走下去了。"

"那，"何坚说，"大人好自为之吧！"

说完，他站起身，独自朝前走去，一路上东看看、西瞧瞧，被群众的劳动热情感染。

来到工房中，瞎子爷爷和吴奶奶等老妇和老头正在编背篼。何坚推开门，发现是他们，有点惊奇，自语道："想不到连瞎老头儿也来治水了！"

"瞎老头儿？"瞎老人有点光火，"为啥瞎老头儿就不能来治水呢？你晓得我这眼睛是咋个瞎的吗？我一家三代，十二口人，就有十人死于洪水，女儿又被江神娶了亲，我这双眼是哭瞎的啊！"

吴奶奶说："成都坝上的百姓哪家哪户没受过水旱的苦啊！"瞎老人又说："而今李冰大人开释主张治水的王叕先生，又传令蜀中父老齐心协力，根治都江水患，这是为子孙万代造福的大事，我瞎老头能不来吗？"这时，又一个老头说："李冰大人、王叕先生与民工同吃饭、同干活。这样的好官到哪里去找？可有人还要整他们、害他们呢！""还不是那个老贼！"吴奶奶说，"啥子江神娶亲，全是他编造出来的。""太没良心了，太没良心了！"

何坚深受感动，默默地走了出去。

咸阳，相国府内的厅堂已布置成寿堂，但只见官盖云集，华宴盛开。众高官在芈戎率领下，向端坐于寿堂前的魏冉拜寿。魏冉微笑着端起酒，说："请诸公开怀畅饮。"大员们退至两厢，在已摆好的宴席前座下，大吃大喝起来。

喜乐声中，一队舞女飘然而上，边舞边唱：

群黎百姓，遍为尔德。如月之恒，如日之升。如南山之寿，不骞不崩。如松柏之茂，无不尔或承。

（取自《诗经·天保》后一段）

相国府的大门外，孟谦蹲在地上，面前堆放着礼品——几封芋头，一卷裹着的蜀锦，几匹蜀绸。此公在此等待召见已经多时，闻到从府内传出的酒菜芳香，孟谦忍不住起身朝门内一瞅，只见公孙若、塞侯等官员正大口喝酒，大口吃肉。他又蹲下来，摸出一块干饼啃着。

有顷，一个门官走出，冷漠地问："你是代表李郡守来参加庆典的吗？"孟谦回答："是，是。"然后捧起礼品。

门官说："回去吧！"孟谦上前道："大人，听我解释。"门官不听，转身离去。孟谦一脸的尴尬！

入夜，相府依旧红烛高烧，煌煌烨烨。魏冉在书房内接见公孙若和蹇侯。

他拿起一封芋头问："这是李冰送的蜀中土特产，尔等看看是什么宝贝？"公孙若打开看，说："是广都产的芋头。是老百姓吃的，灾荒年间靠此物吊命。"蹇侯说："李冰给相国送这种东西是别有用心！"

"是呀，"魏冉说，"这个人特立独行、恃才傲上，用心良苦！"蹇侯说："应当立即查办，就凭他藐视相国，招降纳叛，为蜀侯恽翻案，把矛头指向太后。就可定死罪。"

"嗯，"魏冉摆手说，"本相国刚刚复职就杀封疆大吏，不好，不好。""怎么办呢？"公孙若说，"请相国明示。"魏冉说："治水兴农是国政，让他搞吧，搞好了对国家有利。他不是立有军令状吗？如果失败，新账旧账一起算。"

"相爷！"公孙若拿出一绢书来，说，"王叕确实罪大恶极，李冰和他勾结一起，图谋不轨！这是王叕的同窗好友高志的检举绢书，确实可靠。"

魏冉说："交御史府吧。"又问，"李冰把虎头岩凿开了吗？"

"只怕很难，"公孙若说，"听人讲他要用火攻！"

李冰的确是在用火攻。

夜色中，他正骑在马上指挥民工，虎头岩从上到下都铺上了一层厚厚的枯枝树叶和干柴。二郎、桂阳、杜鹃等近百民工，高举火把围在岩脚下。李冰大声说："乡亲们，今晚有大风，正好用火攻，"大手一挥，"点火！"

执火把的民工冲上将火把扔到岩上。刹那间，干柴着火，山岩燃烧起来……山风呼啸，火仗风力，越燃越大，形成一座火山，映红了半边天！子母石的山岩着火后，发出噼噼啪啪的爆响，飞溅起团团火星！

第三十一章　功亏一篑

（一）火攻开岩

山风呼啸，火仗风力，越燃越大，形成一座火山，映红了半边天！子母石的山岩着火后，发出噼噼啪啪的爆响，飞溅起团团火星，煞是壮观！

李冰大声命令："准备浇水。"

红色的天际渐渐化成白色，烧了一夜的虎头岩，火势渐小。岩脚下，数丈远的地方，有序地站着多排民工。为首的一排站的是二郎、桂阳等几十名青壮。每人提一木桶水候令浇岩。李冰近距离观察火中岩石的变化。烈火烤得他满脸是汗，他凝目观察，但见：被烈火猛烧了一夜的虎头岩，山石呈赭色。

李冰后退几步，转身环视一眼，挥手命令："浇水！"

第一排民工冲上，朝山岩浇水，浇完后提着空桶朝岩的东面跑去；第二排紧接着冲上浇水，然后提着空桶朝东面跑去，如此轮番浇泼不息。

都江绕岩东流，虎头岩不远处的都江岸边，放着一排空木桶。李夫人、一妞、杜鹃、卓妈妈等上百名妇女，还有少数儿童，手握木瓢，不停地往空木桶里舀水。二郎和民工们提着空桶跑来，放于岸边，拎起盛满水的木桶转身跑去。盛满水的木桶被拎走，空木桶又出现，如此反复，像是一条传送带：妇女们不停舀水的手；汉子们奔跑的脚步；"哗——哗——哗——"水泼到岩上；"啪——叭——砰——"

岩石爆裂，形成裂缝。

孟谦从咸阳回到成都，他匆匆走进成都县廷，直朝一间厢房走去。厢房中，县令尚武在看开二江的设计图（帛画）。孟谦兴奋地说道："尚武，凿开水门蛮有把握了。"尚武站起问："大人采用的是什么办法？"孟谦说："烈火猛烧，冷水激浇，使岩石裂缝松动，这样开凿起来就方便多了。大人说，水门工程有可能提前完成。因此，要命令成都、郫县立即行动，开创二江，按总设计图施工。"

尚武说："好啊，开二江就是开辟流向成都的两条黄金水道啊！老百姓早就盼着这一天了！"

劳动号子声响彻云霄，一群凿山、筑堎、开江的图画在玉垒山下铺开：嗨——劈开玉垒山哟，修好分水堎哟。开出两条江哟，灌溉大平原哟。除去涝和旱哟，幸福万万年哟……号子声中，虎头岩上，李桂阳等壮汉光着上身，用铁钎撬石，巨石滚下岩去，卓石匠随裂缝开石，砾岩渐碎。汗流满面的李冰和二郎用铁铲铲石入背篼和簸箕中，杜鹃等姑娘背着、挑着岩石跑去。号子声中，一群羌人民工背着石头，挑着黄泥通过浮桥，奔向江心沙滩上的鱼嘴堎工地。工地上，羊摩、王妿指挥民工堆砌卵石，一层一层地往上堆，外用黄泥贴缝。号子声，成都县令尚武指挥开凿检江；号子声中，郫县县令杨太指挥开凿郫江；号子声中，雪花飘飘，人们冒雪劳动……冬去春来，杂花生树，群莺乱飞……

终于，玉垒山下传来了民工们的欢呼声："水门打开啰！水门打开啰……"

雄伟的水门是在玉垒山与虎头岩之间凿出的底宽七八丈的楔形口子。山顶、山腰站满了观看的民工和群众。杜鹃等一群姑娘站在玉垒关的山坡上，李二郎等小伙子站在虎头岩顶上，相对遥望，欢呼雀跃。李冰采用烈火猛烧、冷水激浇，使砾岩爆裂、松动，再行开凿的施工办法，大大缩短了工期，成功地开凿出水门，亦即后人所称的宝瓶口。它是内江的进水咽喉，严格控制着进入平原的水流量，是内江能够"水旱从人"的关键工程。从设计到施工，都表现了李冰的非凡创造力！

这天傍晚，卓妈妈正在都水曹后院伙房灶前烧火，大釜中水冒热气。杜鹃拎一木桶走进来，舀热水于桶中，提走。李冰和二郎走进来，两个人的脸色都异常兴奋，但身躯疲惫，头发散乱，满身泥污。

杜鹃迎上去，喊道："大人，二公子！"

二郎问："请我们来吃好吃的？"

"有好吃的，"杜鹃说，"不过，先要沐浴更衣。"李冰问："都水曹增设了浴房？""刚建起，"杜鹃说，"在后院。""好哇，"二郎说，"几个月没洗澡呢。杜鹃，你闻到了吗？我这一身是不是潲臭？"

杜鹃捂着嘴只是笑。

浴房中，摆着两个大木桶，热气氤氲……李冰、二郎各躺在一个木桶中沐浴，水面上有兰草。二郎潜进水里，半晌才伸出头来，连声欢呼："好痛快，好痛快！"李冰也惬意地说："还是女孩子心细，想得周到啊！"二郎说："杜鹃是个好姑娘！"李冰说："小子，你喜欢她吗？"二郎不吱声，潜下水去。李冰自叹："这些年生活之弦绷得太紧了！也没顾得上你和你姐的终身大事。"二郎这才伸出头来，说："这种事就用不着父亲操心了！"李冰说："男大当婚，女大当嫁，这是人生大事哩！关心儿女的婚事是做父母亲的责任。小子，你看上谁家姑娘了，说出来，为父请个媒人，给你说合。"

二郎不回答，只是傻傻地笑，惹得李冰唉了声，"说呀！"

二郎念道："蒹葭苍苍，白露为霜。所谓伊人，在水一方……"

沐浴更衣后，李冰和二郎来到膳堂，王叕、羊摩都已经等候多时。面前的矮案上摆着盘、勺和酒爵。羊摩提壶给李冰斟酒，说："大人，今晚应该喝点酒。"

"好吃的来啰。"杜鹃托一案盘走来。上盛四个有盖的深腹铜豆。二郎站起，给父亲、王叕、羊摩各端一豆，他揭开豆盖，问："什么好吃的呀？"杜鹃说："青城银杏炖的鸡。"二郎闻了一下，"好香！"关切地问："你和卓妈妈有这道菜吗？""有嘞！"杜鹃走去。二郎这才坐下来吃。

羊摩举爵说："为大堨竣工干一爵。"

李冰举爵说："本守为王叕先生、羊摩先生多年来的辛勤劳作干一爵。"四人喝酒吃菜。李冰说："大堨只是初具规模，要经得住夏天大洪水的考验，还要加工完善。二江虽已开成，但要达到自流灌溉的目的，还要在二江之上开支渠、干渠、斗渠、毛渠，在平原上构成一个流动自如的水网。这需要统一筹划，精心施工。我等还不可松懈啊！”

王戾说：“大人所言极是。卑职即令都水曹所有属吏下去进行擘画，指导施工。”

“很好，”李冰说，“按郡府谁修埝，谁受益的规定，把工程分给各县各乡去办。”王戾说：“这样做好，能调动大家的积极性。”“一定能成功！”二郎举爵说，“为成都平原水旱从人再干一爵。”

春阳艳艳，黄莺声声，在南郊的桑园里，枝叶繁茂的桑林中，李夫人、一妞、王大嫂和两个小姑娘手执懿筐，攀枝采桑。

有顷，啬夫走来说：“夫人，小姐，该歇气打尖了。”一妞笑问：“啥叫‘打尖’哟？”啬夫说：“就是歇歇气，喝点水，吃点东西。”一妞说：“不累。”王大嫂提个大箩筐上前，夺过一妞手中的深筐，将桑叶倒在大箩筐中，说：“打尖是农忙时节的规矩呢，小姐和夫人都采了两个时辰了。”李夫人说：“入乡随俗吧。”然后把采的桑叶倒入箩筐中。

“请，请。”啬夫说，“就在前面桑亭中。”

桑林中的凉亭，用茅草、翠竹搭成，野趣十足。亭中有老树虬枝撑起的一方石案，旁有竹垫、竹几等物。石案上放着一盛水葫芦，几个土碗，一钵菜粑，一盘樱桃。几个采桑妇女在亭里歇息，有的拿着竹筒饮水，有的吃着干粮。

一个妇女说：“你们看见吧？李夫人干起活来简直和我们庄稼人一样麻利。”另一个妇女问：“李夫人也是穷苦人家出身的吧？”有妇女站起来说：“不是，不是。听说夫人的出身高贵得很，是齐国临淄有名的书香门第。”众人惊佩。

王大嫂和啬夫引领李夫人、一妞走来，妇女们招呼着：“夫人、小姐，请坐。”有的拿垫、有的倒水。李夫人连说：“谢谢，谢谢。”这时，又陆续走来几名挎筐提篮的桑农，亭子里坐不下了，他们就站在外面。

一个妇女说：“夫人到乡下来玩玩就是了，还干活？”啬夫说：“乡亲们，夫人不是来玩的，是给我们金花乡送金蚕来的。”“送金蚕？”乡民们心中为之一震！啬夫从囊中取出用红绸包裹着的一个小木匣来打开，里面躺着一条金灿灿的蚕。他说：
"我们三个乡官商量了，等今年蚕茧上市的时候，看哪一家生产的
蚕茧多，质量高，就将金蚕奖给这一家。""好哇，好哇。"桑农
们鼓掌。李夫人说："蜀郡养蚕、织丝的历史源远流长，有很好的
基础。送个金蚕，是希望父老乡亲们看重这项事业，多栽桑，多养
蚕，多缫丝，多织锦，靠金蚕发家致富。"

"夫人，"啬夫说，"栽桑、缫丝、漂白都离不开水呢！等二
江通水了，我们准备在检江上再开条渠，把水引到我们金花乡来，
我保证养蚕业再翻一番。"

李夫人说："二江已经修通，你就放手干吧。"

在新开的郫江岸边，一条新开的河道，弯曲向前。李冰拿着施
工图在岸边视察。王叕和孟谦牵着麻绳在河中测量宽度，用标杆测
量深度。不远处，两名卫士牵着三匹马。李冰朝上看去——前面河
道绕过一大坟似的土墩而开，形成一个弯道。李冰又对照施工图审
视，紧蹙眉头，转头喊道："卫士长！"

卫士长跑到李冰面前，问："大人有何吩咐？"

李冰说："去县城把杨县令找来。"

郫县鹃城酒肆中，县令杨太正和几名县级官吏以及十多名乡、
里、亭长边喝酒边看歌舞。正堂上，摆着十来席酒筵，卷帘下，音
乐声声，四名舞伎演唱民歌《关雎》：关关雎鸠，在河之洲，窈窕
淑女，君子好逑……

杨太看得过于入神，正咧嘴笑呢，卫士长提着马鞭走近身前，
拍了他一把。

杨太一怔，赶紧起身，跟卫士长走出。

十多个男女乡民齐刷刷地跪在李冰面前，要请李冰大人为他们
做主，李冰扶起说："请起，一个一个地说。"然后指着一位老
农，说："老人家，你先讲。"

那老农道："听说郡府有令，开河道占了农夫的田，拆了农夫
的房子，都要给补偿，是吗？"李冰说："有这个文书。而且规定
甚详，拆了多大的房子？占了多少田？砍了多少竹木？都由县里给
予补偿。"老农说："我家房屋全被拆除，乡里都没有给一个小钱

啊！”一个汉子附和道：“我那一亩二分田全给占了，也没有得到一点补偿。”一个妇女也说：“我家林盘全被占了，也没有人赔钱。”

“知道了。”李冰说，“众位乡亲都有这种遭遇吧？”“是呢，是呢。”乡民连连点头。李冰掉头喊：“都水长。”

王叕走近，李冰说：“你把乡亲们因开江而受的损失都一一笔录下来。”

“是。”王叕招手，“乡亲们这边来吧。”乡民走过去，围着王叕坐了下来。李冰又喊：“孟谦大人，你来一下。”孟谦走到李冰面前。李冰愤然自语：“姑息养奸，姑息养奸啊！”孟谦问：“大人说的是杨太吧？”李冰说：“说我自己。再不撤了杨太，就要误大事了！”孟谦说：“早该撸了他了。大人任命谁担任县令？”李冰说：“我们商量一下吧。”

二人正低声商量着，卫士长领杨太骑马奔来。

李冰问道：“杨县令，你在城里干什么？”杨太说：“搞个庆——庆典。”李冰问：“庆什么？”杨太笑道：“庆——庆功呀。为开郫江，数月苦——苦战，全县大——大小官吏，同——同心协力，终成大——大业。”李冰说：“庆功大典开得太早了点吧？”杨太说：“卑职只是为了鼓——鼓舞士气，以利再——再战！”李冰又问：“你为什么不照图施工？让河床绕过土墩，形成一个弯道？”杨太说：“那土——土墩是侯爷的龙——龙脉，开了要遭报——报复。”李冰说：“你怕报复，还当什么官？还有，要对开江中受到损失的农户进行补偿，这是郡府的命令，你为什么不执行？”

孟谦在旁边补充问道：“本人亲自给你县拨了一万二千两银子的专款。钱呢？”杨太支支吾吾，说不出话来，“我——我——”李冰说：“去找新县令交代吧。”杨太瞪大眼睛，说：“要罢——罢我的官？”

孟谦说：“杨太听令。”然后拿出命令念道：“郡守令，郫县县令杨太削职为民，迁升郑洪为县令。”

“呜——”杨太放声大哭。

（二）恩师崩殂

玉垒山山顶擂鼓坪上，耸立着一亭阁。亭分两层，上层设有观天仪器，和成都亭阁里的一样。杜鹃提一小竹篮攀登上来，走到阁前，喊道："二郎，二郎——"

二郎从窗口伸出头来，"杜鹃，上来。"杜鹃沿木梯登上亭阁，惊喜地问道："你在干什么呀？"二郎指着长筒形的窥天镜说："透过这镜观察天象呢。"

杜鹃将竹篮交与二郎，说："你吃饭吧，让我也看看。"她走到窥天镜前，俯身观看。二郎从篮中拿出一块干饼吃。杜鹃惊叫："那不是雪山吗？"二郎移动镜位，说："你再看。"杜鹃看着，说："成都，那不是成都吗？真神奇！"

在新开的检江岸边，有一条新开的河道通往远处。李冰、王叕、孟谦、尚武从岸边朝上游走。后面有卫士牵马随行。李冰说："尚武呀，你们成都县提前完成开江任务，不错。"尚武说："我们只是照图施工。百姓们都盼望早日实现二江绕城的梦想，都肯出钱出力。"孟谦说："顺应民心民意的事，再困难办起来也不难了！"李冰说："是这个理！"

他们继续朝前走去，前面有一群民工正在筑河岸。有的喊着号子打夯，有的运送泥土、石料，有的用卵石堆砌堤埂。成都县都水长江川拿着标杆、曲尺在现场指挥。

李冰一行走来，注目观察。江川走到李冰面前，问："大人有何指示？"李冰说："提醒一下，注意要防止水污染。"

"水污染？"江川不解。李冰说："水是极容易被污染的。所以开河床、建堤岸时就要引起注意。用卵石堆砌堤岸，要掺和泥土，使之能长草，不能搞成铁板一块，上面多种芭茅、芦苇、菖蒲等亲水植物，既美观又可起到护岸作用。"江川领悟道："大人提醒及时，我等照办。"

"人们需要什么样的河流呢？"李冰环视一眼，说："我想，它应该是水面清澈如镜，倒映着蓝天白云，水下长着浅浅的野草，各种鱼儿遨游其间，晚上，能听到青蛙缠月的欢叫。"尚武说：

"大人是要我们把成都平原变成一个鸟飞鱼跃、水澄天碧的人间天府？！"李冰点头。

郡府后院的花园中，鲜花盛开，蜜蜂飞舞。李夫人和一妞在园中拾掇花草。

李冰提着马鞭匆匆走进："夫人，妞儿！"

"父亲。"一妞和夫人迎上。夫人问："看你这样子，出了什么事吧？"李冰眼闪泪光，说："刚接急信，司马错老爷爷病危！妞儿，快去收拾一下，随父赶赴咸阳。"

李夫人问："二郎呢？"李冰说："没有告诉他。妞儿和司马欣虽未成亲，但早迟也是司马家族的人了。让她回去尽尽孝吧！"李夫人颔首。

玉垒山下的都水曹门外，公孙若率领一队人马，吹吹打打，抬着羊羔美酒前来"贺功"。孟谦、王叕、羊摩出门迎接。公孙若下马，说："大埝竣工，蜀郡文武和成都名流前来渠首工地，与郡守大人贺功。"孟谦说："很遗憾！大人不在，他令我等接待诸位。大人说，大埝初竣，还要接受洪水考验，若要言功，为时尚早。敬请各位多多指教。"公孙若说："百闻不如一见，还是让我等看看嘛！"

高志走出队列，拱手道："王叕兄，羊摩兄，二位追随郡守大人，立下奇功，可喜，可贺呀！"王叕说："还请多多建言，多多指教。"

孟谦挥手："诸公，随我走吧！"

大家跟着孟谦朝玉垒山走去。

在玉垒山的斗犀台处，参观的人们围着孟谦，听他介绍。孟谦说："这个地方自从把假江神送下水后，老百姓取了个名字叫斗犀台，还说，江神变成了一头牛，郡守大人也变成了一头牛在江上搏斗呢！鄙人还助了一臂之力呢！"

公孙若说："哪个烂文人编的吧？"

"不然。"老者鸿儒说，"牛乃农家至宝，辛苦耕作，只求奉献，不图回报。以牛寓郡守大人，意义深远，妙极，妙极！"孟谦对王叕说："给大家讲讲工程的作用吧。"王叕颔首道："蜀地西北高而东南低。利用这个地型，我们可以因势利导，进行无坝引水。首先在江心修筑分水堤，把岷江分为内外两江，西侧外江是岷江正流，用于排洪排沙；东侧内江在湔山下，用于灌溉。内江深而外江浅，丰水期，多余的水自动排入外江；枯水期，则能保证内江的水量。同时在分水堤末段修筑低堰，洪水时，内江水位高过低堰，洪水流入外江，还能排走内江的泥沙。我们还要凿开湔山虎头岩修建引水口，这样既可控制内江水量，又可引水灌溉。岷江水经过引水口流入成都平原，顺应西北高、东南低的地势沿引水渠不断分流，自然而然形成一片灌溉渠系。"

众人听了，无不称赞："宏图壮举，夺天地造化之功。"

蓦然，传来一阵歌声：春风吹呀春意浓，一江春水乐融融，郡守壮志起宏图，丰碑树在人心中。

公孙若说："美哉，想不到山野之中还有如此动听的民谣呀！"他居心叵测地望着何坚，说："监御史大人，你听清楚了没有？'郡守壮志起宏图，丰碑树在人心中。'有意思，有意思啊。"

何坚道："不唱过去的蜀王唱我们秦国的郡守，很好嘛，何必捕风捉影？"公孙若道："我说的是唱歌人！"

山岩下，清泉边，杜鹃蹲在山泉边，欢快地唱着歌，搓洗着衣服。她的身旁放着一个盛衣的竹篮。二郎打猎归来，他身背弓箭，手提两个野兔，从岩边经过，一眼瞧见杜鹃，便轻手轻脚地走下岩去，站在杜鹃的身后。清泉中出现了二郎英俊的倒影。杜鹃惊奇地用手拂动水面，二郎的倒影晃动起来。

"哈……"二郎笑了。杜鹃霍地站起身来，惊疑地望着二郎，胸脯起伏着。

二郎深情地望着杜鹃，良久，慢慢从杜鹃手中接过衣来，看了看："又是我的衣服！"随即躬身从篮中翻看，"还有父亲的。"杜鹃说："这是我的职责！"二郎说："杜鹃，你真勤快呀！来，我帮你拧。"

杜鹃朝左拧，二郎也跟着朝左拧。杜鹃朝右拧，二郎也跟着朝右拧，杜鹃扑哧一声笑了。"二少爷，你算了吧！这样拧，如何能拧干呢？"二郎问："要如何拧呢？"杜鹃比画着，说："我朝东，你朝西！"二郎说："那，那咱俩不是永远也拧不到一块吗？"杜鹃唰地红了脸，生气地："你别瞎说！"

二郎爽朗地说："真的，我要娶你为妻！"

"你！"杜鹃心慌意乱，羞怯地低下了头。二郎解下项上的长命锁，要与杜鹃戴上。杜鹃抬起头来，睁着水灵灵的大眼，深情地望着二郎，有顷，她推开了二郎伸出的手，急忙提起竹篮向山坡上走去。二郎急了，追赶上去喊道："杜鹃，杜鹃！"他追上杜鹃，边走边说："杜鹃，你听我说——"杜鹃加快了步伐："这是办不到的！"二郎问："为什么呢？"杜鹃说："别忘了，你是郡守的公子，我只是一个百姓！"说完，跟跟跄跄地奔跑起来。

"啊！"二郎止步。他望着杜鹃走去的身影，怅惘起来，紧拽着金锁。

李冰和一妞正在成都北门外的驿道上，往咸阳的方向疾速奔驰。车内坐着的父女俩心情沉重，脸色忧郁。车驾行了半月，抵达咸阳的时候已经傍晚，李冰带着一妞赶到司马错府邸。

寝房中，火烛高烧，蜡泪流淌。司马错躺在床榻上。老人已行将落气了。榻前跪着泪流满面的司马靳和李冰。二人的后面，跪着司马欣和一妞。有顷，司马错伸手招了一下。

李冰和司马靳膝行至床边："爷爷，你有什么话要说吗？"司马错盯了李冰一眼，李冰附耳聆听。

司马错断续地："把爷爷的骨灰撒在都江中，爷爷要看着你把大堰修好！"说完便咽下了最后一口气！

滚滚东流的都江水边，李冰捧着一个墨玉石骨灰盒，沉重地向上游走去。后随捧松柏枝丫的李夫人和二郎。

在鱼嘴堰上面的河边，停着一只木舟，王叕和羊摩执篙竿、桡片，早已等候在船上。李冰等走上木船，王叕、羊摩划船到江心，李冰将骨灰撒入河中。李夫人和二郎随放松柏枝丫，只见江水滔滔，涛声哗哗。冷月在滚动着的乌云中时隐时现。

做完这一切，李冰来到玉垒山巅的擂鼓坪上。亭阁中，他和王叕观察天象。有顷，李冰说："蜀地对应的星星忽明忽暗。那是浑浊之气上浮于天啊！"王叕说："那就是说岷山开始化雪了，水气在不断上升。""是这样，"李冰说："汛期可能会提前到来。"

日照岷山，瑞雪初化，雪水奔流，形成无数小溪，小溪倾泻到山下，汇入都江，都江水涨。这是一个阴冷的日子，鱼嘴埝上，李冰召开现场会议，王叕、羊摩、二郎、桂阳、卓石匠等人参加。李冰说，"今年的洪水可能提前到来，大埝初竣，"他指着脚下的卵石浆砌的鱼嘴说："我们要千方百计保证它不被洪水冲毁，如果保住了分水鱼嘴，就可使洪水分流，避免下游灾祸；如果鱼嘴毁了，后果将不堪设想。"他扫视一眼，"诸位有什么护埝的办法吗？"

王叕说："卑职和羊摩兄商量过了，在鱼嘴的前头和左右加一排木桩，防止从上游而来的漂浮物对鱼嘴的撞击。"

"为防万一，"李冰又说："这浆砌的石堤，还要加一层黏土，要使它能经受得住洪水的浸泡。"王叕点头。李冰说："大家分头准备去吧！"

狂风呼啸，大雨滂沱，果然不出李冰所料，护埝现场会开了不久，老天爷就开始下雨，而且越下越大，一连下了三天。

"哐、哐、哐……"在一阵紧急的锣声中，李冰披着蓑衣站在浮桥头指挥，身后站一排拿麻绳、执抓杆的救护人员。护埝大军冒着倾盆大雨，扛原木、背泥土，通过竹筏浮桥冲上鱼嘴。王叕指挥二郎、李桂阳、卓石匠等几十个赤裸着上身的汉子在鱼嘴头前面打木桩。二郎等人站在齐腰的江水中抱着原木，上面的李桂阳等人挥锤猛打。

蓦然，从江上游冲来一株巨大的老树疙兜，二郎来不及躲避，被树疙兜撞入激流。堤上的王叕等人齐喊："二郎！"李桂阳纵身跳入洪流，去救二郎。又一株大树冲来，撞在鱼嘴头上，石砌的提堰开始垮塌。

王叕难过地一挥手："撤！"民工们拥上竹筏浮桥，民工们快要过完时，一个大浪打来，浮桥折断，散了，羊摩、王叕和几个民工落入水中，抱着竹筏在浪涛中挣扎。

李冰呆了，泪水和着雨水流淌。

第三十二章　李冰蒙难

（一）二郎英逝

李冰眼睁睁地看着王叕、羊摩和民工们在水中挣扎，急呼道：“快救人！”

他身后的十多名青壮，奔至江边下游迅速将用麻绳系着的浮木抛入江中，将长长的抓杆伸到水面上抢救落水者。

孟谦负责在郡守府前院厢房中值夜，指挥防洪。在辉煌的灯火中，他站在窗前，瞅着漫天大雨沉思：“郡守大人料事如神啊！十天前就预见到有暴雨、有洪水！”

卫士长提着马鞭匆匆走来，“孟谦大人，”刚跨进房内，便将一扎书简交上，“郡守大人紧急文书。”

孟谦道：“你回去告诉郡守大人，抗洪救灾事宜已按他十天前的命令进行，请大人勿虑。”卫士长领命退走。孟谦展看竹简，一惊。

门外响起急促的脚步声，只见李成全身湿透，提着马鞭跨步走进来。

“李大人请坐。”孟谦招呼。李成说：“不客气。”紧接着，全身湿漉漉的王丰也提着马鞭走进来。孟谦收起竹简，问：“二公，情况怎么样？”

李成说：“卑职到了郫县，在玉石江边找到了县令郑洪。他已在五天前按郡府的紧急命令，将沿江地势低洼的居民迁走。现在郑县令正带城防兵沿江抢险。”

“好样的，”孟谦说，“派城防兵抗洪，这做法好啊！”转问王丰，“广都县情况怎样？”王丰说：“和郫县一样，县里五天前就疏散了沿江居民。有八个乡受灾，但未死一人。县廷所有大小官吏都已下乡救灾。”

“很好！”孟谦说，“只要这两个沿江大县不出娄子，大局就可稳定。”李成问：“郡守那里的情况怎样？”孟谦沉重地说：

"鱼嘴埝和飞沙埝被洪水冲垮,二郎在保埝行动中负了重伤。"

王丰、李成大惊:"这……这怎么可能呢?赶快把二郎运回成都医治吧!"

孟谦摇头,说:"二郎的伤势在颅内,动不得的。可是,郡守还惦记着全郡的防洪救灾,准备明日赶回。"

王丰急道:"这怎得。郡守大人不能离开二郎。防洪救灾之事,我等完全可以承担。"孟谦说:"我也这么想。李成大人,你请个名医,偕李夫人一起,明天赶到玉垒山。"

李成点头,转身走出。王丰对孟谦说:"一定要劝阻郡守大人啊!"

孟谦说:"我给大人写封信。"

东方天际露出一抹鱼肚色,晨光熹微,在成都西门至郊原驿道上,一乘敞篷马车冲出城门洞。车上坐着心情沉重的李夫人和一名周氏老医师。李成驾车,直朝湔氏道奔去。前面一些路段已被水淹,马车驰过,飞溅起团团水花。

白沙邮下的都江岸边,羊摩趴在一块大石头上,望着江中已荡然无存的鱼嘴埝,痛哭道:"万斛心血,付之东流了!"王叕蹲在地上,默默流泪。李冰走来,大喝一声:"站起来。"羊摩站起身来,猛然跪倒在李冰面前,说:"大人,我有罪啊!"李冰扶起羊摩,说:"你胡说什么?你有什么罪?"羊摩说:"是我负责鱼嘴埝、飞沙埝的施工啊,大人,治我的罪吧!"王叕说:"我是都水长,一切责任由我承担!"李冰责备地说:"书生意气,书生意气哩!"

羊摩说:"大人,士无信不立,责任确实在我!"李冰说:"现在是追究责任的时候吗?即使将来朝廷追究责任,自有本守一人承担。江水冲垮了大埝,但是,只要治水人的信心和意志没有被冲垮。就能重新将它修好,最终把洪水驯服。"王叕说:"大人所言极是,我等软弱了。"李冰说:"洪水不相信眼泪!我等现在要做的,是找出大埝被冲垮的原因,从中吸取教训,制定出重修方案。"

王叕说:"我和羊摩兄琢磨了一夜,今天一早又来江边观察。

一致认为不是工程的设计问题，而是施工问题。"羊摩说："是黄泥黏土经不住江水浸泡，造成垒石垮塌。"李冰说："这个问题，本守也在反省。你二人现在做两件事：一、请一些老人会商，听取他们的建言；二、广泛查阅前人记载，看能否从中受到启发。"

禹穴内，头部撞伤，用一条帛布包扎着的二郎躺在榻上。他正发着高烧，时而昏迷，时而清醒。守护他的杜鹃从盆中拧起湿帕在他的额上冷浸。

这时，李冰、王叕和羊摩轻脚走进，俯身榻前，看望二郎。李冰抚着儿子的头，脸色一惊："发高烧！"

王叕为二郎号脉，渐渐皱起眉头。忽地，二郎呼叫："水，水，水……"

杜鹃端过一碗水，用勺喂二郎。二郎喝了一勺，问："洪水消去了吗？"李冰说："洪水已经在退了。"二郎听出了父亲的声音，睁开眼睛，挣扎欲起，父亲扶住他："躺下，躺下。"二郎睡好后，问："大堨保……保住了吗？"李冰沉思着，难以回答。王叕急忙道："保住了，保住了。当然，洪水那么大，也小有损失。"羊摩说："等洪水退后，我们就把它修复。二郎，静心养伤，早日痊愈，我们一块干。"二郎微笑，渐渐合眼睡去。

李夫人、李成带周医师走进来。李成背着医师的药箱。夫人默默地向大家点头致意。她忽然踉跄，李冰上前，扶住夫人，走向儿子的病榻。母亲望着儿子苍白的脸，热泪滚滚。周医师上前，察看二郎头上的伤，然后坐下号脉，脸色焦虑。

周医师一边从药箱中抓药，一边对围在他身边的李冰夫妇、李成、王叕、羊摩、杜鹃说："二公子伤势不轻啊！颅内积血甚多，把这些药赶快熬出来，给他喝。"杜鹃接药走出。

王叕说："周老，您是名医，治好二郎的伤，应该有把握吧？"周医师说："病太重了，不过，二郎身体素质好。康复还是有希望的。"李冰夫妇感到一丝欣慰。周医师说："伤在颅内，要让病人保持平静，千万不要再受刺激。"李冰夫妇点头。李冰说："羊摩、王叕，你们陪周老到都水曹歇息，要派专人侍候。""明白。"王叕转身，"周老请。"周医师点点头，与王叕、羊摩一起走出禹穴。

李成拿出一册信简，交给李冰："孟谦大人写给你的。"李冰坐下看简。李夫人对李成："二郎的病，不要给奶奶说。"李成点头。李冰站起："这下我放心了。孟谦大人，做得不错呀！"李成说："大人坐镇值房，须臾不离，并派了专人到灾区督促、检查。所以，兄弟就不要离开二郎回成都了。"李冰又问："粮食问题解决了吗？"李成说："十天前接到你的命令后，我就和王丰合计，用八万斤盐在巴郡换取了五十斛粮食，已经启运。"李冰说："手中有粮，心中不慌。你回成都办你的事吧。"李成走到二郎前告别："二郎，叔叔走了，隔天来看你！"说完挥泪离去。

李冰夫妇坐到榻前守护儿子。禹穴里静静的，夫妻俩对望着，欲语无言。

有顷，二郎醒来，喊了声："母亲。"夫人俯首："二郎，二郎。"二郎睁开眼睛，看见眼前的母亲，精神有所好转，微笑着："我正梦见母亲呢，母亲就来了。""好儿子，"夫人说，"妈妈不离开你了，不离开你了！"热泪滴在儿子的脸上。

杜鹃端一碗药，走进来："夫人，二郎的药熬好了。"夫人接过，吹了吹，用勺给儿子喂药。二郎喝不下去。母亲鼓励说："这是成都有名的周医师给你配的药呢，喝了一定能好起来。"二郎喝药。

第二天一大早，杜鹃便来到山下古道的草丛中寻找落地的白果。卓妈妈、吴奶奶和一个小男孩走来。吴奶奶手提一只母鸡。卓妈妈喊："杜鹃，杜鹃。"杜鹃站起来，说："卓妈妈，啊，还有吴奶奶和小山子。"走到他们面前，"啥事呀？"

卓妈妈说："你不是要给二郎做银杏炖鸡汤吗？我去找吴奶奶买鸡，她不收钱，硬要送。"吴奶奶说："二公子是护埝受的伤，也就是为我们百姓受的伤。再穷，我们也要表表心意呀，怎能收钱？"杜鹃说："吴奶奶，你不收钱，大人不会答应的。"吴奶奶说："我就去找郡守大人说，正好去看看二郎，走，走。"杜鹃说："白果还未捡够呢。"小山子说："我来摇。"说着"嗖嗖"地爬上高高的银杏树，用脚蹬丫枝，银杏如雨，"唰唰"落下。

禹穴内，李夫人正给二郎喝稀粥。李冰站在一旁观察，说："已经三天了，终于可以吃点稀饭了。"王叕和周医师走进。李冰夫妇以眼神相迎。周医师对二郎看望一阵后，问："进食多少？"李夫人回答说："小半碗粥。"周医师露出欣慰的神色，说："病情算稳住了。"

李冰赶紧道谢。周医师说："再吃几服化瘀药，有望好转。"

吴奶奶提着鸡走进禹穴，杜鹃、卓妈妈和小山子也都跟来了。李冰迎上道："吴奶奶。"吴奶奶说："大人，我来看看二公子。"李冰说："谢谢您老人家。"吴奶奶举起鸡，说："收下吧，大人。"李冰说："老人家，您来看二郎，我和夫人都很高兴，就不要送东西了。"吴奶奶说："一点心意。"杜鹃说："吴奶奶不愿收钱。"李冰说："那就收下吧。"杜鹃这才从吴奶奶手中接过鸡。

吴奶奶走到榻前看望二郎："二公子，还痛吗？"二郎睁眼，说："不。"吴奶奶说："这就好，这就好。"杜鹃提起鸡对二郎说："这是吴奶奶送的，我给你做好吃的——白果炖鸡。"二郎一笑。

卓石匠和几个老汉聚集在都水曹的议事堂里。王叕、羊摩、李冰坐在一旁听取老人们的建言。卓石匠说："用卵石来作垒修堤是对头的，因为都江的石头取之不尽。纰漏出在哪里？主要是用来填缝、粘连卵石的黄泥黏土经不住水泡，大水冲一下就散了，起不到固定卵石的作用。"

老者甲说："是这么个理儿，固定卵石，使之稳当才有抗洪能力。"王叕问："老人家，有没有固定卵石的方法和技术呢？"老者甲说："大家想嘛。"

这时，老者乙说："我看可以用篾条固定。"王叕说："愿闻其详。"老者乙说："我没做过。不过，我看过，就是用竹篾编成长条形的、灶圈形的竹笼，把卵石塞进去，用来挡水。"李冰感兴趣地问："老人家，你在什么地方看过？"老者乙说："记不清了。大概是在都江上游的黑水河一带吧。"李冰站起说："老人家提供的线索很重要。都水长和羊摩先生，你二人立即进山考察。"

王凫、羊摩领命，李冰说："可请木姐丹曼帮忙。"

王凫、羊摩道："明白。"

得知二郎重伤，高兴得发狂的蹇侯，在府邸叫嚣着："李冰呀李冰，老夫要你家破人亡！"他挥起神杖，"啪"的一声，将一个土陶俑打得粉碎！

翌日，两乘高车驶来玉垒山口，从上面走下蹇侯和公孙若。后随蹇侯管家和高志。高志提一只装着鸡蛋、补药的篮子，几个人走上禹穴。

病榻上的二郎清醒了些，他问母亲："父亲呢？"李夫人说："议事去了。你有什么话，可以给母亲讲呀！"二郎挣扎着，欲从枕下摸东西。"别动，"母亲说："我给你拿，你要拿什么东西？"二郎说："金锁。"

母亲从枕下取出"长命金锁"塞到儿子手中。二郎说："我想把它送给杜鹃，可她不要。"夫人微笑着问："儿子，你喜欢杜鹃吗？"二郎"嗯"了一声。夫人说："儿子，这件事包在妈妈身上，妈妈帮助你说服杜鹃，她会答应的。等你伤好了就定亲，过年呢，就成亲，妈妈要把你们的婚礼办得既隆重又热闹。"

"嫂夫人。"公孙若提着竹篮走进来。李夫人迎上去，说道："公孙兄弟，你来作甚？"公孙若说："看看二郎，也想找李冰兄交谈交谈。"说完将竹篮交给夫人，"是些补药补品，给二郎补补身子吧。"

李夫人拒收："使不得。"公孙若说："不要见外，嫂夫人，一见到你我就想到二十多年前的田颖小姐。小弟和李冰兄是有分歧，但分歧归分歧，感情归感情啊！"

李夫人这才接过竹篮，说："李冰在都水曹，兄弟找他去吧。"显然要把他支走。公孙若说："让小弟看看二郎吧。"说着便走到榻前，望着二郎。

二郎睁开眼，公孙若的脸在他眼前化成了个笑面虎。只听公孙若说："二郎，好好养伤吧。伯伯关心着你啊。伯伯相信你一定能重新站起来。"说完转身走了。

"老夫也来看看二郎。"蹇侯杵着神杖也走进来。李夫人急挡着，说："侯爷，不必了吧。"

"老夫与令郎感情深啊，"蹇侯说着径直走到榻前，盯着二郎，问，"认得侯爷吗？"二郎睁眼看着，蹇侯的脸化成一张老虎脸，睁着血盆大口，要吃他哩！只听蹇侯说："二郎，老夫痛心啊，你舍身保埝，可是大埝还是被洪水冲毁，你父亲塑在人心中的丰碑垮了！千秋大业变成了千古笑柄！福民工程，变成了祸民工程啰！"

"你走，你走！"李夫人抗议道："连孩子都不放过！"

公孙若走进来，拉着蹇侯要走。蹇侯边走边说："这难道不是事实吗？可悲，可悲啊！"二郎一听这话，重浊地咳嗽起来。李夫人急趋榻前，抚着二郎，说："儿子，别听他胡言乱语！别听他的。"

可二郎咳嗽不止，额上沁出豆大的汗珠。

公孙若拉着蹇侯来到都水曹，他们上正堂准备与李冰对峙。

一见到李冰，公孙若便强忍怒气，抱起一摞竹简、帛书放在他的面前，说："你看看这些东西吧。"拿起一件帛书一抖，"这是成都巨室公族联名参劾你的。"又拿起几片竹简，"这是万民禀。百姓强烈请求朝廷追究你的责任。"李冰不看，说："你二人要我怎样？"公孙若说："李冰兄，你应当承认，你的治水工程已经失败了，而且酿成巨祸，造成了祸国殃民的严重后果，弄得民怨沸腾。在这严重时刻，你就不想一想如何善后？"

"我想了，"李冰说，"我已命王叕进岷山考察，寻找筑埝的新方法。一俟洪水退走，就把大埝重新修好。"蹇侯气鼓鼓地说："他还在重用王叕？哼！"

"李冰兄，"公孙若说，"大埝垮塌的事实已经证明，对我大秦怀有刻骨仇恨的王叕，是不会干好事的。他只是利用你做他的保护伞，从中进行破坏捣乱！"李冰说："大埝垮塌不是有人破坏，是本守的失误。"

"李冰兄，"公孙若说，"你把责任揽在自己的头上是很不明智的。"李冰问："那要怎样才明智？"

公孙若说："一、速斩王叕，并向朝廷禀明治水失败是王叕从中作祟的结果；二、引咎辞职，回乡过耕读生活，这也是仁兄多年的愿望。如果仁兄同意这两条，小弟愿为仁兄与朝廷疏通，这样可保证仁兄身家性命的安全。"

"愚兄做不到！"李冰站起就走。

"站住。"蹇侯一杵神杖怒喝。李冰站住，扭头瞪视蹇侯，一边摸着腰间佩玉，强忍怒气。

"李冰啊，"蹇侯说，"你是不见棺材不落泪啊！郡丞提出的两条，完全是顾念旧情，为你着想。你顽固不化，那就等着被腰斩弃市吧。"

李冰泰然道："只要能修好大埝，杀身灭族也在所不辞！"说着便拂袖而去。

二郎气急攻心，昏迷不醒，只好又劳驾周医师前来。李夫人站在一旁看着周医师流泪。李冰匆匆走进来，问："二郎的病？"

李夫人不答，只是伏在李冰肩上哭泣。周医师站起身来，痛心地说："大人，夫人，令郎的病情急转直下啊！"他走至侧面的几案前，坐下，抱起药箱走。

李冰喊道："周医师！"

周医师说："大人，多陪陪儿子吧。这是谋杀啊，回天无术了！"说完沉重地离开了。二郎又急剧地咳嗽起来。

"二郎。"李冰上前抚着儿子。二郎好不容易停止咳嗽，睁眼问道："父亲，侯爷说，大埝被冲垮了，是吗？"

李冰仰面，问夫人："蹇侯来过？"

李夫人点头。李冰沉思一阵，难过地说："是垮了。"

二郎闻言大恸！但是，他已哭不出声来了，嘴巴哆嗦着，热泪从他的眼中流出。

李冰安慰说："好儿子，不要悲伤，为父会把大埝重新修好的。"二郎却只是咳，口角直流血。李冰给他擦干净，李夫人给他喂了一勺水。

"孩儿，"李冰热泪盈眶，问，"你还有什么话要说吗？"

二郎说："孩儿死了，也要帮……帮父亲治水啊！"

李冰点头落泪。二郎又说："叫杜……杜鹃。"

李夫人问："想见杜鹃？"

二郎点头说："是。"李夫人从枕下拿出长命锁，问："你想把长命锁送给杜鹃？"二郎点了点头。李夫人从被中拉出儿子的手，把长命锁塞在他的手里。

这时，杜鹃端一碗热气腾腾的鸡汤走进来，至榻前，深情地望着二郎，说："喝点鸡汤吧。"二郎望着杜鹃，说："拜托你，照看我的父母。"杜鹃含泪点头，说："我会的。"

二郎说："好——"

话音刚落，便闭上了眼睛，手中还握着长命锁。

"二郎！"杜鹃惊呼。

都江呜咽，玉垒山山巅，垒起了一座新坟，坟前竖大石碑。上书"李渭之墓"。坟前，香烟缭绕。郡县两级官员何坚、孟谦、尚武、王丰、李成、郑洪、秀贞夫妇，以及卓石匠、卓妈妈、李桂阳、吴奶奶等都来悼念二郎。

人们齐立在坟前，为二郎默哀。杜鹃搀着李夫人，无声饮泣。李冰披着长发，怆然地扶着新坟边一棵树，双肩抽缩。孟谦走到李冰面前，说："大人，请下山歇息吧。"李冰转身，仰天长啸："垓毁人亡，功亏一篑，是天命也乎，天命也乎！"

李冰感叹着，下意识地朝悬崖边走去，这可吓坏了众人。李成、郑洪跑去抱住李冰的脚，李夫人奔去挽着丈夫的手，哭着："夫君、夫君啊！"

"唔。"李冰清醒过来，拍着额头。

杜鹃上前，跪在李冰夫妇面前，说："大人，夫人，若不嫌弃，杜鹃愿拜在二老膝下，侍奉终身！"李夫人扶起杜鹃，从怀中取出二郎的长命锁给杜鹃戴上。

（二）重整旗鼓

骊山坡地，宣太后、魏冉、芈戎姐弟三人在吃野餐，他们一边喝酒，一边欣赏这道美味菜——烤牛犊的制作。铁板下面是挖好的灶膛，一个庖人正伏地加柴火。铁板渐渐被烧红了，新鲜的牛肉炙烤后发出"嗞嗞"的响声，飘起缕缕青烟。魏丑夫介绍说："这样烤出来的牛肉才可口——又香、又活、又松软。"

两个卫士用木杠抬走铁栏。两个庖人上前切牛肉。三宫女各端来一盘烤牛肉，跪献。太后用小叉戳起一块，尝了尝，说："不错。"又瞟了魏冉、芈戎一眼，"你们也吃吧。"魏、芈二人这才动手。魏丑夫从宫女手中接过盘来，给太后挑肉。三人边吃边议。

芈戎说："姐姐，你知道吗？李冰修的大堨被洪水冲垮，酿成巨祸了！"宣太后眉头一蹙，问："真的？"魏冉回禀说："相府收到了李冰的呈文，他承认大堨工程失败。"芈戎说："蜀中巨室和百姓上万民禀参劾李冰。姐，你看此事如何处理？"

宣太后问："老大，你看怎样处理？李冰可是大王看中的人才啊！"魏冉说："能为我所用的才是人才，不为我所用那就是敌人，杀之可也。"宣太后犹豫着说："杀封疆大吏，不给大王打个招呼？"魏冉说："小弟还未禀报大王呢。"宣太后说："那就先削职吧。将他调回朝中责问。之后呢，再禀报大王处理。"

魏冉说："李冰治水失败，王叕干系甚大，此人可杀吧？"宣太后说："此人早该除去了。"芈戎说："李冰削职后，是否迁升公孙若为蜀守？"宣太后想了一阵，说："可以。不过，要告诉公孙若，治水兴蜀是国政，关系秦国国家利益，要继续搞下去，李冰失败了，他就要成功。"芈戎得偿所愿，连连称是。

这日午后，王叕、羊摩和木姐丹曼以及一羌人老人来到白沙河边。老人牵一头牦牛，上面载着几个竹笼，有长条形的，三角形的，灶圈形的。后跟灵鳌。

李冰、夫人、杜鹃、卓石匠和李桂阳正站在斗犀台上观察水门。李冰对卓石匠说："你看看水门还需不需要加宽加深？"卓石匠说："我好好琢磨琢磨吧。"

起风了，树枝摇摆。杜鹃上前说："义父，起风了，回去歇着吧。"卓石匠也催促说："大人你回去吧。水门有啥不足，我和桂阳若看出来，随时给大人禀报，大人就放心吧。"李冰拱手："谢谢，拜托了。"

李冰和夫人、杜鹃走下坡，沿着松茂古道朝上游禹穴处走去。三人刚到禹穴门前。杜鹃便惊喜地叫道："哥哥他们回来了。"

"啊。"李冰和夫人止步,朝前一看。王夏一行快步走来:"大人!"

"干亲!"李冰夫妇迎上去。李冰给木姐丹曼介绍夫人:"这是干亲。"木姐丹曼喊:"干亲。"李冰说:"干亲学会了秦语?"羊摩说:"为了来见大人,他学会了'干亲''二郎''干儿子'等语。"李冰笑着称好。

木姐丹曼说:"听说二郎伤了,她是专程来看望干儿子的,把灵獒给他带来了,二郎在哪里?伤好了没有?"李冰夫妇一听,都沉默着落下泪来。王夏、木姐丹曼和羊摩一下紧张起来。倏然,灵獒汪汪地叫了起来,回头就往山上跑。

木姐丹曼、王夏、羊摩、羌人老人跟着灵獒跑去。灵獒跑到二郎的新坟前转了三圈,汪汪地哭叫着。木姐丹曼等一下扑到坟前,大放悲声:"二郎!"王夏、羊摩跪倒在二郎坟前,流泪不止。

有顷,李冰夫妇和杜鹃走来。低声劝慰木姐丹曼。

都水曹内,烛光煌煌。李冰夫妇、王夏、羊摩陪木姐丹曼吃饭,杜鹃和卓妈妈端菜盛饭。李冰说:"干亲请啊!"木姐丹曼端起碗又放下。王夏说:"我们已找出重修大堞的新方法,可以告慰二郎在天之灵了。"

"是的,"李冰说,"起先老人传授的杩槎竹笼技术,本守以为可行,再经试验改进,我们一定能成功。"说着端起碗来,"干亲,请吧,把大堞修好,你干儿子才高兴呢。"

木姐这才慢慢端起碗。

翠竹坡上炊烟袅袅,工棚的伙房里,李夫人在灶前加柴添火;卓妈妈往冒着热气的釜中下米;杜鹃在一旁切菜。竹林中的一片空地上,一群民工在破竹划蔑,编扎三丈长的长条形竹笼。江滩上,李冰站在岸边,观察杩槎、竹笼的试验。王夏、羊摩、羌人老人、卓石匠、李桂阳和数十民工把四对杩槎放入江中,又将装着卵石的长条形竹笼顺着杩槎沉入江中。杩槎挡着竹笼,竹笼捆着卵石,江流湍激,笼中卵石越冲越紧,深扎水中,纹丝不动。李冰挽起长袍,下水观察,用脚蹬、手推竹笼,发现确有很大承受能力。李冰上岸,朝上游的民工挥了挥手,高声喊:"放漂。"江中,几十根圆木和大树疙兜等漂浮物，逐浪漂来，猛撞在竹笼上。水花飞溅，但竹笼仍岿然不动。李冰愁眉舒展。

驿道上，钦差的车队在金甲卫士的簇拥下，向成都疾进。翠竹林中的空地上，民工们坐在地上饮酒吃饭。人人兴高采烈。李桂阳说："杩槎竹笼的威力真大呀！"卓石匠说："这下，就不怕洪水再冲喽！"李冰和王叕、羊摩各抱一摞土碗。李夫人、杜鹃各提一壶酒走进林中。李冰说："今天，本守请各位喝酒。"羊摩、王叕发碗。李夫人、杜鹃为大家斟酒。李冰举碗说："各位，本守决心已下，就用竹笼和杩槎拦江筑埝。为早日修好大埝，干。"民工齐呼："干，我们一定能成功！"

远处传来急骤的马蹄声，众人一震。只见何坚手提马鞭，疾步走进竹林，说："李冰大人，朝廷派来的钦差已到成都，命令大人火速回郡府接诏。"

成都郡守府门外，停着许多车马，八名金甲卫士手执长戟，威严站立。正堂上冠冕云集，秦王的圣诏已宣读完毕。捧诏官捧着圣诏庄严站着，正待李冰谢恩接诏。

李冰跪在地上瞠目无言，如痴如呆。众官员注目李冰。朝廷派来的钦差大臣——肥胖的御史大夫端坐于正中，威势显赫地睥睨着李冰；蹇侯和公孙若得意扬扬地睨视着李冰；孟谦、何坚、周武惊疑、同情地望着李冰；捧诏官怒视李冰，压低嗓门，贯着鼻音，喊："李冰谢恩接诏！"

李冰呆呆跪着，似乎没有听见。捧诏官提高嗓门："李冰谢恩接诏。"李冰仍然不动。钦差大怒，拍案叱之："胆大李冰，你在蜀中招降纳叛，造成治水工程失败，酿成巨祸，致使朝廷兴蜀大计严重受挫。你还自比禹王，收买人心，使蜀中之民，只知有李冰，不知有秦王。真是罪该万死！如今朝廷下令，削职回朝，听候勘问，已是仁义宽厚。你还要违抗圣诏吗？"

李冰哆嗦着，嗫嚅着，半响，还是没有动静。

捧诏官再次呼喊："李冰谢恩接诏！"

李冰这才痛苦伏地叫道："臣接诏谢恩！"连拜三拜，接过圣诏。然后缓缓解下腰间青绶银印。捧诏官接过大印，呈于钦差面前的案上。孟谦默默上前，搀起李冰。

一个校尉进来，与钦差耳语了几句。钦差盯着李冰说："李冰，你愿戴罪图功吗？"李冰一震，激动地："钦差大人，卑职极愿重修大堰，报效朝廷。"

钦差说："遵旨意，要你亲缚叛贼王燚献于朝廷。"李冰默然。

钦差又说："斩其首级来献，也是一样。"李冰不语。

"你不愿意？"钦差站起说："加派兵力，张榜悬赏，务要缉拿王燚归案。"

第三十三章　王燚献头

（一）死而无憾

郡守府发生的一切，李成都看在眼里，他顾不得多说什么，即刻纵马通往玉垒山的驿道上。

翠竹坡上，李夫人和杜鹃正在择野菜，准备做饭。竹林中，几十个民工有的砍竹，有的破篾，有的编竹笼。王燚、羊摩巡视指导，大家干得正欢。

只见李成驰马奔来，径直朝李夫人走去。

"李成兄。"李夫人迎上。李成趋前，低声与夫人讲了几句。

"告诉民工，"李夫人说着朝林中走去，杜鹃、李成紧随其后。李夫人大声宣布："父老乡亲们，停工吧。"王燚、羊摩快步上前问："夫人，出了什么事？"

李夫人说："夫君被罢官了！"众民工大惊。"啊！"吴奶奶、卓妈妈等妇女伤心恸哭："我们的郡守大人啊！"

"哼！"李桂阳气愤地挥刀砍去，一根大竹被拦腰斩断！

李夫人和杜鹃回禹穴收拾东西。她们将李冰的衣服、书简放在囊中，交给李成，说："你赶快回成都，找孟谦大人商量。"

"是。"李成挎囊走出。杜鹃说："怎么会这样？"李夫人取了些干饼打包，又拿了两件衣服裹成一个包袱。夫人感叹说："你义父只会做事，不会做官啊！"杜鹃说："义父学识渊博，怎么不会做官？"李夫人说："你义父做的是墨子、孟子笔下的官！而现实的官场却不是理想者的乐土！对上，要卑躬折节、阿谀奉迎、上贡送礼，他做不到；对百姓要如狼似虎，但又要善于欺骗，把恶行、恶政用漂亮的外衣包装起来。他也做不到。"杜鹃说："也难为义父了！"夫人收拾好行囊，对杜鹃说："你义父自身难保了。让你兄长远走高飞吧！"

杜鹃含泪道："多谢义母的关照。"夫人又拿起二郎用过的宝剑，说："带上二郎用过的宝剑，作防身之用。告诉你兄长，一定要活下来，千方百计修好大堰，这是对一切奸佞小人的最好回击！"

杜鹃说："义母也去避一避吧。"夫人说："我估计，他们还不会把我怎么样？你走吧。"

玉垒山上，三老鸣金呐喊："钦差传令，百姓听清：若有人能缉拿逆贼王叕归案者，赏金百镒；斩头来献者，赏银百两。知情不报者与王叕同罪！"

"铛、铛、铛！"锣声不断地响着，随着锣声所到之处，武士冲进山坡土棚：卓石匠、李桂阳、羌人老人等被掀出棚来，瞎老头踉跄倒地，陶罐打碎，苇席、床褥被甩到山野。

都水曹的王叕住处，简册、图笺和一张《治水图》被扔在地上，任武士的脚踩来踩去。

禹穴外，民工齐集，悲痛地望着武士把写有"蜀郡郡守李冰"的旗幡降了下来。魏富和一校尉带领八名武士奔来，冲进禹穴。李夫人还在默默地等候什么，魏富指着她说："她就是李冰的老婆。"

校尉上前，问："王叕呢？"李夫人不语。校尉道："钦差说啦，缚而献之，或取其首级献上，都可为李冰减罪！"

李夫人望着校尉，半晌才说："……送我走吧！"

"哼！"校尉转身命令，"搜山！一定要生擒王叕！"

二郎坟前，王叕扶树沉思，身旁站着杜鹃，杜鹃提着一个行囊，囊中裹着一口宝剑。山下传来人喊马嘶之声。

杜鹃声泪俱下，苦苦哀求："哥哥，你快走吧！"说着捧上行囊，道："这是夫人给你准备的干粮。这宝剑是二郎用过的，你带着它，远走高飞吧！"

王羣接过行囊，膝地而拜："多谢夫人！"转身欲走，忽又踌躇起来。心想："我今一走，不是更累及李冰大人吗？"于是转身对杜鹃说道："妹妹，听说钦差悬赏，若将为兄之首级献上，就可减轻大人之罪，果真有此事吗？"

杜鹃点头："是这样，你问这些干吗？快走吧！"

"唉！"王羣故作疲劳饥饿的样子，"饿了！饿了！为兄一日一夜水米未沾，实在走不动了！"从身上取下葫芦："妹妹到那边山溪弄点水来，待为兄吃点干粮再走！"

杜鹃迟疑地接过葫芦，走了几步，又回过头来。王羣拿出一块干馍啃了一口，故作哽咽状。挥手："快去，快去。"杜鹃走去。王羣望着妹妹走后，哗的一声扯下一块袍衣，撕为两片，咬破食指，书写血书："妹妹！心，不要颤。手，不要抖。毫不犹豫地切下为兄的首级来，献于朝廷，就说是奉李冰郡守之命斩杀的。"又翻至另一片写道："大人若能治好都江，造福子孙万代。羣，死而无憾矣！"王羣写毕血书，踱到二郎坟前，深深地拜了三拜，然后站起身来，仰天长叹："有心济世，无力回天啦！"说完拔出宝剑，向自己的颈项刎去。

随着染血的宝剑落下，那只紧握血书的手也捂着胸口，慢慢地倒了下去。

山腰上，传来人喊马嘶之声，杜鹃提着一葫芦水，仓皇奔来："哥哥，哥哥。"坟前不见人影，杜鹃惊疑起来，张望寻找，寻至树下，一眼瞧见哥哥尸体，杜鹃惊叫一声："啊！"她丢掉葫芦，猛扑过去，伏尸大恸，葫芦中的水汩汩流淌。

良久，杜鹃才从哥哥手中拿过血书来，跪在地上，泪流满面，翻看着，嘴唇咬出了血。

人喊马嘶之声渐渐近了，近了。杜鹃霍地站起身来，揣好血书，抹去脸上的血泪，从容提起宝剑。校尉率领一群武士冲上山来。杜鹃镇静地，挥剑一指："他已经死了！"校尉瞥了一眼尸体："你杀的？"杜鹃点头。校尉笑道："好，有赏。"杜鹃说：

"小女子不求赏钱，但愿能与李冰大人一见。"校尉问："这是何意？"杜鹃说："与李冰大人复命！"校尉想了一下，说："好吧！"

李冰所住的郡守府，现在已成了软禁他夫妇的地方。通往后院的大门前，有卫士巡逻。李夫人坐在几案前望着踱步思索的李冰说："罢你的官不会是大王的旨意吧？"

李冰说："我也这么想。但眼前的事实是，朝中是太后和相国说了算啊。为夫为王叕翻案，又对蜀侯恽、王婴旧案表示异议，他们能容忍吗？借治水失败做文章，乃是必然！"李夫人说："先贤有言，邦有道则仕，邦无道则隐。为妻陪夫君回乡种田吧。"李冰说："如恩准我夫妻回乡种田，那就是万幸了！"

这时，一脸悲伤的杜鹃走进来，跪拜在地："义父，义母！"

"杜鹃，"李夫人问，"你兄长逃走了吗？"

"他——"杜鹃双泪流淌，哽咽难言，她从怀中取出两份血书捧给李冰。

李冰接过血书，展看着，字字泣血的声音从空灵中传来，"大人若能治好都江，造福子孙万代，叕死而无憾矣！"李冰浑身颤抖，他的手也打着哆嗦，珍重地将血书藏于怀中。

他想起司马错临终的嘱托——躺在病床上的司马错说："把爷爷的骨灰撒在都江中，爷爷要看着你把大堰修好。"

眼光一闪，又见二郎端着酒爵笑盈盈地望着他说："为成都平原水旱从人，干！"

他激动不已，迈步朝门外走去。夫人问："你到哪里去？"李冰说："恳请钦差，准予戴罪图功，重新修好大堰。"

李冰刚走到后院前门，便被卫士将他拦住。李冰说："带路，我要见钦差大人。"

郡府前院的厢阁桌案上，摆满了琳琅满目的蜀中名产。寨侯、公孙若正向钦差馈赠礼物，几个随员一旁恭候。公孙若指着案上礼物介绍："这是碧玉，出于玉山。""这是沙金，出于金沙江。""这是蜀锦。""郫筒酒。""蒲扇。""竹杖。"……

钦差很有兴趣地拿起一根古色古香、盘根错节的竹杖观赏着：

"是临邛产的吗?"

"是的,此杖是用嵝山千年老竹制成。""好极,好极。甚有上古遗风!"钦差杵在地上试了试,赞叹道:"蜀郡是个好地方嘛!方物奇玩,应有尽有。"说着掉头望向公孙若:"老弟,如今李冰已被革职,叛贼王叕也已伏诛。治好蜀郡,报效朝廷,就看你这个新任郡守喽!"

公孙若欣喜地回道:"卑职当肝脑涂地,在所不辞!"

"好!"钦差转对蹇侯,"侯爷虽然不在其位,也要以国事为重。"

蹇侯回道:"老夫一定尽心竭力!"

"还有,"钦差说,"本差要郑重地向二位转达太后懿旨。"蹇侯、公孙若齐声道:"请讲。"钦差讲:"太后说,治水兴蜀乃是朝廷国政,关系秦国的国家利益。要继续搞下去,李冰失败了,公孙若就要成功。"

公孙若赶紧说:"卑职铭记,决不辜负太后厚望。"

这时一名卫士走进花厅,禀报:"李冰求见。"

钦差挥挥手,随员们收起礼物,跟随蹇侯、公孙若退入后堂去了。

李冰不等传宣,径直走上厅来。钦差瞟了李冰一眼,满脸不高兴地说:"你来做甚?""钦差大人!"李冰跪地,慷慨陈词,"自我大秦灭蜀以来,四十余年了。然而,蜀中仍然水旱相煎,年复一年,以致生灵涂炭,怨声载道。君王圣明,谋臣擘画,做出治水兴蜀的决策,这是一项深得民心的美政,关乎秦国的千秋大业。冰忠诚拥护,不敢懈怠。入蜀之后,即深入汶山,考察都江,定出方案。此案曾经由廷议确认,并无不妥。盖分水堤毁于一旦,实乃施工失误造成。冰自然不敢辞其咎,情愿领受处罚,但现已经找到失败的原因及筑堤的新技术了。冰有信心重新修好大堤。恳请钦差大人转奏君上,恩准李冰暂留蜀中,戴罪图功,重修大堤。"

"断难应允,"钦差说,"治水兴蜀,事关重大。只能交给那些对朝廷忠心耿耿之士来完成。你别再想染指了。你现在要做的是规规矩矩跟随本差回朝,接受勘问,倾箱倒箧地交代你在蜀中的逆言逆行，求得宽恕！"

孟谦、何坚匆匆走来，何坚说："钦差大人！百姓呈来万民禀，挽留李冰！"说完捧上帛禀。钦差接过一瞥，随即扔在案上，大喝："君命惶惶，断难更改！监御史，你给本差……"握紧拳，做了个弹压的手势。

何坚为难地说道："来的百姓成千上万哪，大人！"

"哼，这些刁民！"钦差不安起来，踅来踅去……

（二）夫妻生离

郡府门外的广场和两边街道上，密密麻麻跪满了百姓。老年人默然流泪，年轻人眼喷怒火。有的捧信香，有的举血书。有几条白大绸做成的长幡，昭人眼目，一幅赤写："收回成命，还我郡守。"另一幅赤写："天听自我民听，天视自我民视。"又一幅赤写："圣人无常心，以百姓之心为心。"再一幅赤写："凿成盐井，惠我蜀民，重修大堰，必获全功！"请愿者秩序井然，没有一点儿声音，只有疾风在吹，树枝在摇。

郡府前院厢阁中，李冰还在继续禀报："大人，朝廷召罪臣回朝者，无非有人进谗，以致怀疑李冰远在西陲，心怀二心也！"

钦差问："你无二心？你用什么来表明呢？！"

李冰无言以对。这时，李夫人走进，跪地说："罪臣之妻愿随钦差回咸阳充当人质。"说着跪拜在地。

"夫人！"李冰跪地抚着夫人，泪流满面。

钦差翻着白眼，瞟着李冰思索……有顷，问："王叕是你命人斩杀的吗？"李冰点头又摇头。孟谦上前一步，拱手说："王叕已伏诛，钦差大人代天巡狩，是有权处置的。郡守开凿盐井成功，就证明有能力重新修好大堰。万望大人恩准，卑职愿以身家性命担保！"说毕跪地。何坚也跪地，说道："卑职亦愿以身家性命担保！"

钦差沉吟半响，这才说道："好嘛，一年为限！"

"一年？"孟谦说："钦差大人，请再宽限……"

"休要多言！"钦差吼道："当初李冰是在朝中立了军令状

的，以三年为限，现在已过了两年，再给一年合情合理。到时，本钦差还要来蜀验收，要是大堰还未修成……"李冰说："请斩冰之头，以谢蜀人！""好！"钦差转身命令："随从听着：速囚李冰之妻，回都城复命！"

成都北门外，长亭里，驿道旁，挤满了前来送别李夫人的百姓。

队列前头，站着葛布褐衣的李冰，他端着一觥酒。杜鹃提一个行囊站在李冰身旁，郑洪、李成、秀贞、李桂阳、卓石匠、卓妈妈等人一旁侍立。

军鼓声声，人们引颈而望。只见城门洞前，一群金甲卫士簇拥着钦差的驷马高车疾速奔来。高车之后，一队武士押着囚禁李夫人的囚车，紧紧跟随。高车过后，百姓们哭叫着向囚车拥去。卫士用戈矛驱赶拦车的百姓。

李冰端起一觥酒向囚车奔去，杜鹃举着行囊向前奔去。囚车中，李冰夫人睁着泪眼注目李冰。"夫人！"李冰呼叫着，趋身向前。囚车急驰起来，从李冰等人的面前一闪而过。

别亲人，泪沾襟，一杯水酒未曾饮，一声号令催登程。车轮辚辚人去远，马蹄声声碎断魂。从今后啊，云山阻隔路漫漫，两地相思梦频频，何日见亲人？何日见亲人？

李冰举爵跟着跑去。脚步越来越快，突然踉跄倒地，手中的觥也被抛出老远。看着囚车远去，李冰挣扎着奔上长亭，凭栏远眺。囚车远去，远去了……李冰踮脚引颈凝望。直到远去的囚车渐渐变成了一个黑点，消失了……李冰才紧闭双眼，身子摇晃了一下，杜鹃赶忙扶着他。蓦地，李冰"哇"的一声，吐出了一摊殷红的鲜血！他拿出手巾揩血。那张手巾上，还有夫人绣的屈原诗句："亦余心之所善兮，虽九死其犹未悔。"李冰一震！

这天，咸阳司马错府的老仆听到卫士传报，说有人在外求见，却讲不清到底找谁。她打开门，看见是一个年轻的女人，"姑娘找谁？"那女人说："一妞。"老仆摇了摇头。女人说："就是李汾，司马欣的未婚妻。"老仆点点头，说："请吧。"

小院中，一妞推着有四个轮子的躺椅，载着祖奶奶（司马错之妻）在院中绕圈活动。一个女人出现在阶沿下，嘴里喊着："一妞姐姐。"

一妞掉头一看，原来是公孙红，没想到她也来咸阳了。"红红。"一妞回头喊了来人，附在祖奶奶的耳边轻语了两句。公孙红对前来的仆妇说："我找你家少夫人有点事，你照顾祖奶奶吧。"仆妇点头。

一妞走近公孙红。公孙红对她说："你要沉住气啊，一妞！"

一妞心里一紧，问："父亲出事了？"公孙红说："听姑妈讲，李冰叔叔已被削职为民，阿姨已被送回咸阳做人质。"一妞怆然泪下。

公孙红说："你是司马家未来的儿媳，他们会允许你去看阿姨的。"

女监在咸阳郊区，沿城墙搭着一排没有门的工棚。里面有几十名着赭衣的妇女在舂米。李夫人也在其中，她脸色憔悴，抱着一大木杵，吃力地舂着。几名手提皮鞭的女狱卒巡逻、监视。对那些动作迟缓的人挥鞭猛抽。

一妞和司马欣走来，四处观望，看不到李夫人，一妞索性放声大喊："母亲，母亲——"工棚内，夫人听到了女儿的声音，她停杵抬眼一瞧："妞儿！妞儿！"

一妞和司马欣也发现了母亲，眼睛一亮，直朝茅棚奔去。

李夫人丢开木杵朝着女儿奔去。"站住！"女狱卒上前制止。另一狱卒上来推走夫人！一妞无奈地高呼："母亲，母亲！"

司马欣带着一妞去求见太史，他们双双跪在田贵面前。这位早已致仕在家的太史已经垂垂老矣，须发皆白，唯双眼仍然闪着睿智的光彩。

田贵说："两位小后生，快站起来。自从魏冉拜相后，老夫就预料到李冰有可能身遭不测！祸福相依，也不必太难过。"他望着司马欣，问，"你父亲和白起将军在咸阳吗？"司马欣说："魏相国伐齐，家父和白起将军奉命防魏。数月前，即已离开咸阳。"

田贵说："唔，老夫抹下老脸，去找魏冉求求情吧。"

魏冉在相府听说老太史求见，半点不敢怠慢，赶紧在前院值房放置了坐席。田贵便坐在值房里等候魏冉接见，身旁站着一妞和司马欣。

几案上放着一盏茶，他们已经等了很久了，茶也喝干了，魏冉还是没有出来。田贵端起盏，欲喝，见已无水可喝了，气愤地掷盏于案："他是不愿见我哟！"又等了一会儿，一个门官才慢慢走来。此人满脸堆笑："田老，久等了！"

田贵说："老夫登门造访，相国连一面都不愿见吗？"

"哪里，哪里，"门官说，"相国正和诸位大人商量攻打齐国的要事，实在难以脱身。相爷要在下向田老深表歉意。并要在下转达两点：一、秦国是有连坐法的，但是，李冰的问题决不会牵连田老，敬请放心；二、田老为国操劳一生，桑榆晚晴，应当珍惜，好好在家颐养天年吧。"

"明白了，"田贵拄杖站起，说，"老夫也有两点，请门官转达。"门官说："请田老直言。"田贵说："一、战场上没有常胜将军，修埝治水也不可能一次成功。准许失败，才有成功的希望。二、人质和罪犯是有严格区别的。将李冰之妻加以白粲之刑，罚作舂米，于法无据。"门官解释道："不是刑罚，那是为祠祀择米。有身份的妇女才可以担任此神圣的职责呢。"

田贵一杵木杖，道："老夫没有给你讲，你如实禀报相国就是了。"门官连声应答。

田贵愤然说道："多行不义必自毙！"司马欣和一妞扶着田贵朝门前停的马车走去。

傍晚，一妞便和司马欣纵马朝成都疾驰。

李冰此时歇在郫县郑洪的家里。寝房中，他还在桐油灯下书写开工擘画，忽然咳嗽起来。郑洪端着一碗药走进来，看见他这样，说："大人，你怎么又起来呢？周医师说你至少得卧床歇息五天。"李冰说："想到复工的事我就睡不稳啊。"郑洪说："吃药。"李冰端着药就喝，郑洪说："大人不要着急。我已叫杜鹃到成都把李成、王丰请来，一起商量复工的事。"

门外传来马蹄嗒嗒之声。郑洪喊着："秀贞去开门。"李冰站起欲出去，郑洪拦住他，说："外面风大，就别出去了。"正说着，杜鹃便领着李成和王丰走进来。

王丰问："大人，身体好点了吗？"

"没啥，"李冰说，"谈复工的事吧。"李成道："我已请卓大哥、李桂阳分头告知民工，五日之内，重返工地。"李冰望着王丰问："钱粮问题如何解决？我给公孙若写了个预算，他怎么说？"王丰说："卑职找过他。公孙若虚与委蛇，说还要商议。我想，可以动用原来剩余的三十万斛救济粮。钱呢，由盐铁署先拨两万，以济燃眉。"

李冰说："烦劳王大人了，明天我就回工地。"

公孙若如今坐镇郡府，很是志得意满，他对高志说："本守迁升高先生为都水长，周庸为都水丞。你立即去工地视事，任务是监督李冰，看看重修大堰能否成功。"

高志遵命。公孙若问他："高先生还有何建言？"高志说："大人应从速清理门户，把李冰的死党，全部撸掉。"公孙若说："本守正在考虑此事。"高志说："先把钱柜子夺过来。"公孙若问："你指的是盐铁署吧？"高志点头。

高志安排魏富和钟秦到郡守府前院，聚集了一队荷戈执矛的士兵。他二人提着宝剑"噌噌"走来。魏富扫了士兵们一眼，说："有人抢劫郡府粮库，奉郡守之命，前去缉拿！要将为首的盗贼生擒活捉。"

南街郡府粮库门前停着两乘马车、两乘牛车。卓石匠、李桂阳、二娃子等十多名民工正从库内搬粮上车。王丰、李成也帮着扛粮。王丰催促："快，快。"几辆车上已堆满粮袋，正准备运走。

"站住！"魏富、钟秦带兵冲来，将王丰等人团团围住。魏富叫嚷："胆大王丰、李成，竟敢监守自盗。"王丰说："胡说。李冰大人重修大堰，是朝廷钦差准许的。这批粮食是救灾余粮，用来重修大堰，合理合法。"

"住口，"魏富朝钟秦歪了歪嘴，"宣读命令。"钟秦展开一幅帛书，念："郡守命令，着即将王丰、李成削职，并逮捕法办，追究其贪污盗窃罪行，以昭炯戒！"

魏富命令："拿下王丰、李成。"

话音刚落，几名士兵便扑上，将王、李二人捆缚起来。民工们眼喷怒火，眼睁睁地看着王丰和李成被带走。

一妞和司马欣回到成都，却不知道该去哪里找寻父亲，他们牵着马走到赤里街。司马欣对一妞说："先找公孙若打听一下伯伯的住处吧！""不，"一妞说："我不愿见他。"

说着，二人走至王汤圆门前。一妞说："吃点东西吧。"二人在拴马桩上系好马，走进铺内。王老板迎上来热情地说："客官请上座。"王老板招呼二人坐定后，又问："吃甜的还是咸的？"司马欣说："各来一碗吧。"

"好嘞！"王老板喊堂，"一甜一咸，快下锅啰。"一妞问："王老板，跟你打听一个人的情况可以吗？"王老板道："小的是眼观四路，耳听八方啊，知道的，一定说。"一妞问："前郡守李冰现住何处？"王老板说："听口音，二位好像是从咸阳来的吧？"一妞点头。王老板又说："小人要反问一句，朝廷出了奸臣吗？"一妞不回答。司马欣问："这与李冰大人有关吗？"王老板说："关系大着啦，肯定是出了奸臣，不然李冰大人不会有如此悲惨的遭遇啊！"司马欣问："他怎么啦？"王老板说："儿子二郎为护堰而死，大人又被削职为民，为了留下修堰，夫人被押作质。"

犹如晴天霹雳，一妞和司马欣惊问："二郎死了？"王老板沉重地点了点头。

"呜——"一妞伏案痛哭，司马欣理智尚存，跟王老板打听了二郎坟茔所在。

天日阴冷，凉风阵阵，司马欣跪在墓碑前。一妞扑在坟上，抓着坟土，大放悲声："二弟，二弟……"李冰就站在他们身后，暗暗饮泣。有顷，他上前劝道："妞儿，是为父对不起二郎，你要责怪就责怪为父吧。"

一妞起身，猛然跪倒在父亲面前，说："父亲，你能听女儿一句话吗？"李冰扶起一妞，说："有什么话，你讲。"一妞说："回朝辩诬！"司马欣也说："对，回朝辩诬。我已写信给父亲禀明伯伯的遭遇，要父亲请白起将军帮忙。"李冰说："不重修大埝了？"一妞说："还修什么大埝啊，让公孙若去搞他的'高山出大湖，银水结玉瓜'吧！"李冰说："不行，那是劳民伤财的无用功！"一妞说："父亲一介庶民，还管得着吗？现在连老百姓都知道，朝中是奸臣当政，为这些贪婪弄权的王亲国戚效劳，那是愚忠！"李冰制止女儿，说："妞儿，不要这么说，朝中还有大王呢，他是明君。""明君？"一妞激愤地说，"女儿不信，大王就一点不知道你现在的处境，为啥就不发一句话？孟子早就说过'君之视臣如手足，则臣视君为腹心；君之视臣如犬马，则臣视君如国人；君之视臣如土芥，则臣视君如寇仇。'孔子提倡尊君，可他老人家也讲过'道不行，乘桴浮于海'，父亲回朝辩诬，如果失败，就远走他乡，天下之大，何处不能存身？"李冰说："妞儿不能这样想啊！"

"大人！"李桂阳喊着，快步跑来，说，"民工用粮被官兵挡下了。"

"啊，"李冰一惊，"王丰、李成呢？"李桂阳咬着牙，激愤地说："被逮捕下狱了。""唔——"李冰一晕，几乎栽倒。

一妞扶住他，悲惨地呼唤："父亲。"

第三十四章　以权谋功

（一）复工代价

李冰镇静了一下，说："公孙若不让我复工哟！"一妞说："那就不复吧。父亲啊，为了这个大埝，还要死多少人？株连多少人啊？"李冰难以面对女儿的拷问，只能沉默。

李桂阳说："大人放心，我师傅讲了，乡亲们自带粮食也要重新把大埝修好。"李冰说："民气高扬，难得，难得。"

"还有，"桂阳说，"羊摩先生也到羌寨筹粮去了。"李冰的脸上终于露出一丝生气，说："好，好。"

羌寨木姐丹曼的堂屋中，羊摩正在与木姐丹曼商量筹粮钱，复工修埝的事。

丹曼说："没有什么了不起！郡府不出钱粮，我们羌寨出。"羊摩拱手道："多谢寨主义举。"木姐喊了声："羊角。"大女儿羊角走出来，问："妈姆，有什么吩咐？"木姐说："领你妹妹们摸玉去。"羊角点头，说："是。""然后呢，"木姐说，"请玉匠把它们制成各种各样的饰品。""明白了。"羊角笑着走去。

木姐问羊摩："是后天复工吗？""是。"羊摩答。木姐说："你去准备船只，先给干亲运两船杂粮去。"

现在，李冰就暂住在禹穴。石案前围坐着李冰、一妞、司马欣和李桂阳，他们正吃饭。案中放有几盘小菜。附近的灶房中，卓妈妈烧火，杜鹃正在釜里炒鸡蛋。李冰说："妞儿，吃了饭你和欣儿就走吧，回咸阳后想法救出你母亲，即使一时救不出来，也要经常去看她。"一妞汪着泪水不答应。李冰说："父亲拜托你了！"一妞痛苦地说："父亲坚持留蜀，孤单一人，孩儿放得下心吗？"

杜鹃端着盘炒鸡蛋走出，放于案上，说："大姐，放心吧，我会照顾好义父的。"卓妈妈从灶房走出来，道："我们商量好了，我跟杜鹃为大人烧茶做饭、洗衣裳，桂阳呢，管大人的安全。桂阳武艺可高强呢！"李桂阳说："谁敢动大人一根汗毛，我就和他拼命！"

冉駹古道上，司马欣牵着两匹马走在前面，李冰父女跟在后面边说边走。

一妞说："当初父亲为王戣翻案，女儿就以为是在下一着险棋！现在，王戣没有保住，父亲自己也弄得家破人亡！可父亲还在苦苦坚持，没有一点后悔之意，女儿百思不得其解。"

李冰说："你年轻，不理解你父亲，为父不怪。不过，你母亲是了解为父的，她要为父永不言悔。"一妞止步，疑问："母亲让你永远不说悔字？"

李冰也停下来，说："是啊，那是二十多年前的事了……"

河水边，年轻的李冰正在展读帛书《离骚》："亦余心之所善兮，虽九死其犹未悔……"少女田颖问道："你所善的是什么呢？"李冰高声说："做工师，做个好工师！"田颖伸手按着李冰的胸口，说："那你就铭记在心吧，永远不要说个悔字！"

　　李冰拿出珍藏的那方帛巾交给女儿，说："这是为父入蜀后，你母亲写给为父的第一封信。"一妞展看，是李夫人刺绣的屈原诗句："亦余心之所善兮，虽九死其犹未悔。"一妞叠好帛巾交与父亲。李冰说："不悔并不等于没有愧疚。为父对不起你兄妹，对不起你母亲啊！大堨重新修好后，为父一定赶回咸阳，和你母亲一起，为你和欣儿举办一场隆重的婚礼。"

　　三人走至山道门口，司马欣已经在前方牵马等候。

　　"父亲请回吧，多多保重。"一妞抹眼泪，翻身上马。"伯伯多保重！"司马欣也翻身上马。两人并辔缓行，一步三回头。李冰说："要经常去看你母亲。""记着了。"两人齐声回答，挽辔驰去。

　　李冰挥着手，望着远去的女儿和女婿。

　　欢娱楼的夜晚依旧灯火辉煌。雅间的美人铜灯下，公孙若、蹇侯和高志还在喝酒。公孙若问高志："李冰复工了吗？"高志说："他正为钱粮发愁呢。"蹇侯说："就要让他开不成工。这样，就可施行郡守大人的'高山出大湖，银水结玉瓜'之计划了。"

　　见高志不表态，公孙若问他："都水长以为如何？"高志说："另起炉灶风险太大！第一，李冰不会合作；第二，李冰建在江心沙滩上的鱼嘴埝尚被洪水冲垮，何况拦河堤坝呢？能保证成功吗？"公孙若觉得有道理，不禁陷入了思索。

　　蹇侯问："那你说怎么办？"高志说："给钱给粮，支持李冰修好大堨。"蹇侯不满地说："让李冰扬名显身，留名青史？"高志一笑，喝了口酒，一字一顿地说："历史是胜利者书写的，功过是掌权者决定的。"

　　公孙若瞟了高志一眼，觉得他这话说得过于露骨，却也不无道理。

　　旭日照玉垒，云蒸霞蔚，李冰正在玉垒山巅擂鼓坪上的亭阁中观察天象，他欣喜地说："好天气，好天气啊！"杜鹃匆匆跑上山，高喊着："义父，义父！"李冰从亭阁中伸出头来，问："什么事？"杜鹃说："卓老伯带领民工进山了。"

　　"好啊！"李冰说，"我这就下去。"

冉駹古道上，卓石匠带来一百多民工。他们的面前都放着各种工具，以及简单的行李和用竹篮、背篼、麻袋装的食品。队列前，广都的二娃子和一青年各举一帛布长幡，上写："重修大堨，必获全功！"

李冰和杜鹃从山上走下来，一抬眼就看见在风中飘荡的长幡，心中深受感动。卓石匠说："李大人，还有一批呢，待会儿就送到。"李冰说："卓师傅，感谢你请来了这么多的乡亲。"卓石匠说："大家都是心甘情愿来的，人人自带口粮。"

"了不起，"李冰走到瞎老人面前，问，"老人家带有口粮吗？"瞎老人说："有啊！"他的小孙子提起一筐芋头，说："我和爷爷吃芋头。"李冰大为感动，他抚摩着小孩，潸然泪下。

"干亲！""大人！"远远地，木姐丹曼和羊摩也纵马奔来了。李冰迎上，木姐对他说："我给干亲送来两船杂粮，以济燃眉。还制了八箱美玉，老身要亲自到成都义卖，为干亲筹集修堨资金。"

"干亲，"李冰长拜不起，说，"你帮了大忙啊！"木姐扶着李冰说："这还不是为了蜀郡好嘛！"羊摩说："羌寨民工也全部返回，我让他们仍住白沙邮。""很好，"李冰说："卓师傅，羊摩先生，本人诚请二位担任总提调，安排好乡亲们的住处，把伙房也办起来。明天就动工。"

枫叶红了，层林尽染，玉垒山巅，二郎坟前尽是红叶。

银须飘飘的鸿儒坐在坟前抚琴，老者悲怆地唱道："护堰子死妻质因，呕心沥血两鬓秋。苍凉最是太守印，难换知己项上头！"歌声飘向江心鱼嘴。那里有一排杩槎、笼石已将内江截断。杩槎上搭木板，成了一座便桥。挑土、运石、扛木的民工就都从上面走过。

鱼嘴工地上，李冰正在安羊圈，他仰起面来，经数月的苦斗，已经苍老了一头，一身葛巾野服，除了系腰的麻绳上吊着的那块杜仓丞相送他的佩玉而外，已经完全像个村夫了。

李冰对羊摩说："这个就叫他羊圈工程①吧，是我受竹笼的启发想出来的。用它作鱼嘴堰坝的基础，然后，在上面用长条竹笼一层一层的垒砌。有了这羊圈可防止洪水把底脚淘空，不致使竹笼下塌。"李冰指着鱼嘴前头和左右，比画着，"垒笼时要特别注意鱼头基脚的严实！"

"明白。"羊摩刚说完。杜鹃就从岸边走来，踏上用枊槎搭的便桥，喊着："义父，义父！"李冰应声问："什么事呀？"杜鹃说："几位大人找你呢。"李冰回答说："我就来。"

禹穴内早已没有昔日的陈设，只有一张木板搭成的矮案，上面放着一盏油灯，一堆简册。柴草搭成床榻就是李冰住处。禹穴门前是灶房。此刻，孟谦、尚武、郑洪正坐在禹穴中喝水。尚武说："昔日的封疆大吏就住这个地方？"郑洪骂道："公孙若也太毒了，连一点旧情都不讲。"孟谦说："官位权力，那可有巨大的诱惑力啊！"

李冰走进来，三人止了话，齐喊道："大人！"李冰一摆手："不要叫大人了，我现在还是个罪人，再喊大人那可是犯讳的。"郑洪问："那叫啥子嘛？"李冰说："就用你们蜀人的叫法称老哥子吧！你们来干什么哟？"郑洪说："公孙若把我们三个都撤了！"孟谦说："所以，我们就来帮大人修堰。"尚武说："郡府和成都县全换上了公孙若的人！""唉，"李冰拱手，"是李冰连累了你们啊。李成、王丰有消息吗？"孟谦说："公孙若把二人交给了魏富、钟秦审问！"

"啊，"李冰一惊，说，"他们会吃苦的。"

李成此时确已遍体鳞伤，他的双手双脚都戴着镣铐，只剩胸腔里的那口豪气。魏富拿着一方用布帛写好的供状要他签字画押，说："李成，写上你的名字，或者画个押就没你的事了。郡守大人说了，你可带着你的老母还乡，并给你一千两银子安家。怎么样？"李成瞟了瞟供状，说："你们太狠心了，削了李冰的职，还

---

①用上下四根横木与柱脚联成四方形的框架，四周竖插木棍，内放卵石，顶部封以大石，宽一米五，高三至四米。

不解气，还要栽诬他贪污，难道要将他置于死地？"魏富毫不在乎，只问道："你不画押？"李成吐了口唾沫，说："老子死也不会钻你们的圈套。"钟秦见状，双手击掌，道："带老婆子。"

两狱卒将李冰的乳娘推进刑房。魏富温和地说："老太太坐啊。"见乳娘不理他，魏富换了诱惑的口气说道："老太太，李冰并不是你的亲生儿子，只是吃你的奶长大的。他做了郡守，却没有给你什么好处啊！你只不过就是他李家的奴仆。只要你母子检举李冰贪污白银万两，就可得到一千两银子的奖赏，你就可和你儿子一起，回老家安享晚年！怎么样？劝劝你儿子吧！"

"呸！"乳娘说，"李冰贪污了？亏你们这些小人想得出来？他买田置地了？他修高房大屋了？他娶三妻四妾了？他两千石的薪俸，大都拿来接济了穷人，他上对得起朝廷，下对得起蜀郡的百姓。他是堂堂正正的君子，是朝廷的好官、清官！"

钟秦不耐烦地说："老东西不识抬举，给她上刑。"乳娘说："用不着你们动手。"说完一头撞向刑柱，当场便死了。李成心中大恸，怒火填膺，朝魏富猛冲，他要拼命，用头撞、用嘴咬、用脚踢，可是什么用也没有，钟秦举起几案，一把便将他打倒在地，魏富挥起狼牙棒，狠狠地砸下去，竟将李成活活打死。眼看魏富打死了人，钟秦满不在乎，拉着李成的手，蘸起他的鲜血，在帛书上按了个血手印。

内江已经断流了，鱼嘴前的杩槎和竹笼把江水阻隔去了外江，凤栖窝处露出许多沙石。李冰和孟谦、郑洪、尚武以及几十个民工一起用铁铲和锄头淘沙石。一些民工用背篼、簸箕、箩筐将沙石运到河边垒岸。

孟谦问："这凤栖窝一段，为何沙石如此之多？"

李冰杵着铲，手指内江："你看。"郑洪、尚武、卓石匠、李桂阳等人纷纷走到近前，听他说："这内江的水是经过凸岩流进这段湾道的，底层水中的泥沙就在凤栖窝淤下来了，所以沙石特别多。表层水夹带的泥沙呢，可以通过虎头岩下的回旋水流飞泻出去。看来，这大堨修好后，要维持长久，每年都应当岁修，我想了几个字，'深淘滩，低作堰'。"

孟谦说："淘多深？应当有个标志才好。"

李冰说："我想，可以在下面埋一头石犀或一条卧铁。"

孟谦说："很好，使后人淘滩有个标准。"

"卓师傅，"李冰说，"请你打造五头石犀，一个呢，就安放在这里，作淘滩的标志。另外呢，你再刻三个石人，"他一边说，一边朝前一指，"立于白沙邮附近的水中，与江神约定，水竭不至足，盛不没肩。"

卓石匠："求江神帮助？"

"也可以这么说，"李冰笑道："还可以起到观察水位的作用啊。"

正在这时，杜鹃哽咽着跑来，"义父，听人说，奶奶和李成叔叔被人整死了！"李冰顿时目瞪口呆，惊愕悲愤得说不出话来。只听"扑通"一声，郑洪猛然跪倒在地，嘶号着说："李成兄，小弟发誓，一定为你报仇！"

魏富、钟秦拿着画押的供词赶往公孙若的府邸，李成母子的事必须密报，有那张供词在手，什么都好办了。果然，公孙若立刻命令："将李成母子尸体烧掉！"这时，吴老头跌跌撞撞地跑进来，说："李冰要见大人。"

公孙若朝魏富、钟秦挥了挥手，二人识趣地朝后房退去。李冰已经大步走进堂前，声音亮如洪钟："郡守大人！"

公孙若满脸堆笑："是李冰兄啊，请坐。"又回头吩咐："上茶。"

李冰说："我不是来喝茶的！"公孙若把李冰按坐在矮案前，随手拖过一绣团垫坐下，故作亲热地说："我早想来工地上来看你呢！重修大埝有何困难？你说。"

李冰道："钦差已准许我戴罪立功，这就是说，我还是修大埝的指挥，是不是？"

"是呀，"公孙若说："一切由你主持。"

"那，"李冰问，"几百民工要吃饭你为什么不拨粮？除了卵石不要钱外，竹子、圆木、各种工具总要钱吧？你为何不拨款？"

公孙若说："这是下面的人在作怪，小弟立即严加申斥。你再造个册子来，小弟一定如数给你放粮、拨款。"

"册子我早就给你造过了，现在不必要了。"李冰说："请郡守大人将我乳娘和兄长还我。"

"这个嘛，"公孙若说："小弟确实不知他们的下落，我拿什么来还你呢？"

李冰冷笑道："你不知道？没你的命令，李成、王丰会被捕？孟谦、尚武、郑洪会被撤职？"

公孙若说："实话告诉你吧，张若大人主政时，就要撤孟谦和尚武了，小弟只是照老前辈的指令办。至于郑洪嘛，在小弟看来，他不通文墨，做郫县豆瓣生意，带几个城防兵抓盗贼还可以，当县令实在不适合。"

李冰说："你可以把你说得一清二白。可我李冰自己的亲生遭遇却告诉我你是一个不为圣贤，就为禽兽的人。有人说过，读书人要是变坏了，那比狐狸还狡猾，比豺狼还恶毒。我从你身上，看到了这点。"

"你骂，你骂，"公孙若笑道，"我理解你有气，发泄一下好，免得积在心里成病。李冰兄，你是看重事实的人，我有那么坏吗？你总得指出几条来吧？那样，小弟才知过能改嘛！"

"太多了，"李冰说："在临淄游学时，我救过你的命，可你是怎样对待我的？我主持蜀政以来，出现了多次拆台事件，甚至要置我于死地，难道与你无关？"

公孙若说："小弟和仁兄的分歧主要有两点，一是治水方案，二是王焱问题。有不同的看法，那很正常嘛！至于祭江神啦，民工中毒啦，你在岷山中遇险啦，均与我无关。这次，仁兄被朝廷撤职，那是治水失败，酿成巨祸，朝廷降罪，怪不得别人的！现在，小弟郑重表示两条：一是立即下令查实李成母子下落，如果确已不在人间，小弟发放千仞①抚恤金，请仁兄转交给他故乡的妻儿；二是绝对保证仁兄的安全，从此没有人敢动你一根汗毛。仁兄是个把事业看得高于一切的人，小弟成全你成就万世之名。"

---

①古代计量单位，一仞（周尺八尺或七尺。周尺一尺约合二十三厘米）。

"道谢了。"李冰太了解公孙若，以往还能有所制衡，现在已经拿捏不住他了。

他走出府邸，上了李桂阳的车。敞篷马车路过西城门，李冰瞧见门洞蜷缩着一个衣衫褴褛的老人，奄奄一息。他叫李桂阳停下车，走到那人面前，蹲下，伸手试了试鼻息，发现还有口气，又伸手摸了摸他的头，说："正发高烧呢。"这时，老人慢慢睁开眼，看到李冰的一瞬间竟激动得浑身颤抖。李冰也觉得仿佛在哪里见过他，便问道："老人家，你叫什么名字，怎么流落到此？"

"我叫木扎，是僰，僰——"话没说完，便又昏了过去。

"看来是个僰人，"李冰对桂阳说，"救他一命吧。送到郫县去，让秀贞请人治。"桂阳说："好。"

两人把木扎抬上车，李桂阳一抖缰绳，马车飞奔而去。

（二）杀人夺功

高志几乎夜夜在欢娱楼跟玉璜厮混。清晨，他拿着眉笔，蘸着砚中的黛为玉璜画眉。玉璜对着梳妆台说："画柳叶眉吧。""不好，"高志说，"画蛾眉吧，这种细长弯弯的眉毛，是时下最流行的样式，《诗》写道：'螓首蛾眉，巧笑倩兮，美目盼兮。'等会儿，见着阿华，一定会使那小子神魂颠倒。"

玉璜眉目一转，问："你吃醋了？"高志说："我吃什么醋啊。为了我们未来的大蜀国，我可以牺牲一切。"

这时，侍女走到门前禀报："阿华酋长到。"

"请，请。"玉璜、高志站到门前。只见仆役带着个二十多岁的俊勇男人从廊上走来。阿华酋长蓄着长髯、着斑布短衣、穿马裤、蹬长靴，腰挎鞘刀。后面还有随从武士。

玉璜说："请兄弟进屋坐。"阿华进屋，在绣墩上坐下。随从武士阿明站在他的身后。侍女上茶。玉璜说："兄弟，姐把住房都给你收拾好了，你昨晚怎么没过来？"

"到郫县找父亲去了。"阿华说。

"有线索了吗？"玉璜问。

"没有。"阿华答。

"谁告诉你父亲在郫县？"高志问。

阿华回答说："从庄园逃回僰道的阿大呀。"他说，"这几年，我父亲一直在侯府庄园铁工场干活。"高志说："因为开江，庄园已大大缩小了，老弱病残全被侯府赶了出来，四处流浪。"阿华气愤地说："老子要找他们算账！"高志说："找长期奴役僰人的秦狗算清血泪账，已为期不远了。酋长再忍耐几天吧！"玉璜说："姐即便陪你在成都走街串巷，也要打听出伯父的下落。"阿华说："这回来成都，我是下了决心的，生要见人，死要见尸。""很好，"高志说，"你和玉璜大姐好好商量出个办法来，在下不能陪你了，要到修堋工地去一趟。"

高志押着几车粮食来到玉垒山下的都水曹。都水丞周庸从门内走出，老远就高声喊道："都水长。"高志拱手说："都水丞辛苦了！"周庸说："谈不上，谈不上，不就是跑跑工地四处看看吗？"高志问："你是水利行家，据你看，李冰重修大堋，有可能成功吗？"周庸说："有可能。"高志说："我去看看。"说着转身走去，高庸随着他一起走向江心鱼嘴的工地。

鱼嘴堋已基本完成，只见：鱼嘴下安羊圈和承重桩，周边还打有排桩。上垒长条塞石竹笼，一层接一笼，全长约数百丈，又一笼一笼地堆砌上去，高出水面十多丈，下宽上窄，呈山形。很是壮观。还有一些民工，用卵石竹笼加高层面；一些民工站在鱼嘴头前面江中，打数排防浪柱，以防止洪水期间漂浮物的撞击。羊摩正在来回巡视，指导众人。

高志从枹槎搭建的木板桥上，走到江心鱼嘴，嘴里喊着："羊摩兄，羊摩兄！"

工地上的羊摩掉转头来，不冷不热地喊了声："都水长！"

高志故作热情，拱着手快步走近羊摩："羊摩兄，辛苦了。"

羊摩说："都水长视察来了？"高志说："我早就想来学习了。只是为筹集修堋钱粮，才拖到今天。"说着回头扫了工程一眼，说："给小弟介绍介绍这宏伟的工程吧！"羊摩说："什么宏伟，不过就是就地取材，造就的乡土工程罢了。""乡土工程，"高志说，"这名儿好。"羊摩说："都水长也是行家，自己看吧。"

高志四下巡看,这里瞅瞅,那里摸摸,对基脚工程还不时用脚踩,试探其承受力。

太阳渐渐偏西,位于鱼嘴分水堤尾部与水门比邻的飞沙堰工地上,李冰正指挥着郑洪和几十个民工用塞满卵石的竹笼堆砌堤埂。

高志和周庸走来,听李冰对民工说:"这道埝起什么作用呢?枯水季节时,挡住内江的水,逼它流进水门。洪水季节时,内江多余的水,和山洪带下的沙石就从堤埂上漫过去,所以,这道堤埝要做得低一点,标准是,比凤栖窝中的卧石牛高过六尺。"

高志说:"大人设想太高明了,太精妙了。"

"不要叫我大人了,我是罪人!"李冰瞄着高志说,"还望都水长指教。"

"不敢,"高志说,"我是来给大人打下手的,大人从现在起不要为钱粮操心了。一心一意搞工程,必获全功。"郑洪笑道:"吃了你都水长送来的粮食不会又中毒吧?"高志说:"公大夫,你真会说笑话!卑职敢发誓,如别有用意,天打五雷轰!民工再有一人中毒,卑职和都水丞担当一切责任。你们可以把我二人千刀万剐!"李冰说:"都水长不必赌咒发誓。民心不可欺,老百姓是分得清善恶的。"高志叹道:"大人,治好都江是蜀中一代又一代人的梦想啊!我高志也是土生土长的蜀民,也是个有心有肝的血性男儿,也曾经为治水而奔走呼号,以致……"

"明白,"李冰打断高志的话说,"咱们干活吧。"

大家开始干活,往笼中填石。高志和周庸也跟着干得很起劲。

民工们在清理沙石,有的铲,有的挑。"嗨呀左,嗨呀左……"卓石匠和李桂阳等八名壮汉,抬着一个很大的碡走进凤栖窝河道,放于河床中间。卓石匠喊:"李冰大人,你来看看。"

李冰拿着曲尺、标杆走来。先量碡长短、高度。再用标杆丈量附近的河床,确定埋碡的位置。直到太阳落山,黄昏到来。高志与周庸从飞沙堰走过来,问李冰:"大人,天色已晚,是否鸣锣收工?"李冰说:"要在清明节前重新修复大埝,还是挑灯夜战吧。"

"好，"高志对周庸说，"令伙房将干粮和饮水送到工地上来。"

"好。"周庸领命走去。

高志看着夜晚的鱼嘴埝、飞沙埝、凤栖窝河床及两岸工地上，火光点点，火把流动，蔚为壮观，心中涌起一阵难以言说的豪情。

朝霞灿烂，公孙若府邸的花园中，一树树桃花次第绽开。公孙若和蹇侯正在桃花树下下围棋。蹇侯问："听说大埝已经修好，老弟怎样处置李冰？"

公孙若说："等清明节放水之后再说吧。"说着手执一颗黑棋压下。

蹇侯一看，说："老弟赢了。"

春染玉垒，漫山苍翠，鸟鸣树梢。禹穴门外，李冰、孟谦、尚武、郑洪、羊摩、李桂阳、卓石匠等人围在石案前喝酒。卓妈妈和杜鹃在灶房里炒菜。李冰站起朝着灶房说："卓妈妈，杜鹃，你们别再做菜了，出来一起吃吧。"杜鹃和卓妈妈各端一盘菜走出，放在案上。李冰说："大埝能顺利修复，你二人也有一份功劳啊。"卓妈妈说："该做的，该做的。"杜鹃说："各位大人吃好。"

这时，高志和周庸也来了，他们一个抱着一坛酒，一个提着一篮菜，里面有煮熟了的猪蹄、鸡块和全鱼。高志说："给李冰大人贺功。"说着朝灶房里喊道，"杜鹃妹儿拿几个碗出来。"周庸把肉食放在案上。杜鹃抱一摞土碗出来。周庸接过，斟好酒，给在座的人各端了一碗。高志端起酒，说："为大埝修复成功，干。"

大家都看着他不喝，高志喝干一碗，亮了亮碗底，说："在下是先干为敬。"李冰说："难得都水长和都水丞一片心意。我等就喝吧。"

郑洪端起碗一饮而尽，周庸提壶又给郑洪斟酒。郑洪说："不喝白不喝。"

孟谦、尚武和卓石匠等人这才吃喝起来。

李冰瞟着高志说："都水长不会让我等白吃白喝吧？"

"卑职瞒得过你李冰大人吗？"高志笑着说道，"是有点建言。"

李冰说：."讲啊。"

"是这样，"高志说，"鱼嘴埝、飞沙埝已重新修好，二江也已开通，平原上的支渠、斗渠、毛渠也开得差不多了。眼看，清明节快到，正是成都坝子上用水之时。卑职建言，是不是砍开杩槎放水。"

李冰说："不是要等钦差来验收吗？"

高志说："朝廷已给郡府行文，钦差要在夏天才来审看大埝是否能经受住洪水冲击。"周庸补充说："如果放水后发现问题，还可加以补救、整修，从清明节到汛期至少还有三个月呢？"

大家不禁沉思起来，李冰说："都水长这一建言有道理。"说着扫了孟谦、尚武等人一眼，"诸位以为如何？"

众人说："试试吧。"

清明节这天，民工和前来观看放水的大人小孩挤满两岸。

都江与白沙河交汇处的江边立着一个和真人一样大小的石人。鱼嘴埝的内、外江口也分别伫立着两个石人。笼石砌成的鱼嘴埝、飞沙埝、水门三大工程一一掠过人们的眼睛。鱼嘴与岸边的内江之间横跨着一排杩槎竹笼，轧断江水，上铺一层木板，人可通行。上游水位已经提高，只等砍开杩槎竹笼，江水就可通过已淘深的内江河床，直奔水门。鱼嘴埝内江口岸边的石人前，设祭坛，摆着三牲供品，燃着香烟。岸边插彩旗，飘长幡，一支农民乐队，敲锣打鼓，吹笙竽，郡府卫士骑马警戒。

公孙若、高志、周庸、蹇侯站一列；李冰、羊摩、孟谦、尚武、郑洪另站一排。李桂阳等八名青壮提巨斧站在杩槎上，卓石匠领几十个民工拉套在杩槎上的麻绳。

羊摩主持祭礼。他说："放水之后，要有个官员沿内江，骑上马领着水跑，直至成都。以示迎来圣水，预祝丰收。"说着瞟了公孙若、高志一眼，"哪位官员来领水呀？"

高志说："当然是郡守大人了。"羊摩说："那就由大埝的总设计、总施工、前郡守大人李冰主祭，各位没有异议吧？"

郑洪、尚武、孟谦等齐声说："完全应该。"

公孙若、高志和周庸也说："可以，可以。"

羊摩这才开口，高声宣布："恭请李冰大人主祭。"

李冰走到祭坛前，对着大江拜了三拜，又醑酒于地。大声宣布："砍开杩槎放水！"李桂阳等挥斧砍开杩槎。"嗨——"卓石匠等喊着号子用力拉绳。

江中，杩槎倒了，竹笼垮了，上游积水汹涌奔下，浪涛滚滚。百姓欢呼雀跃。公孙若骑着马，后跟二卫士沿内江奔去。

成都南门新开的检江两岸，早已聚集着许多男女百姓，他们敲锣打鼓，欢声雷动。随着银水滚滚而来，男男女女扑向江边，儿童相互泼水嬉闹。

放水之后，一连好几个夜晚，公孙若在书房内整晚整晚地徘徊。在连枝铜灯的幽光下，公孙若的兽性与人性正在作最后的较量。为了窃夺大埝成果，他要害死李冰。可毕竟李冰救过他的命啊！

他的脑海中呈现着临淄街上踽踽而行的身影。"歇……歇歇吧！"奄奄一息的他说。可李冰背着他说："你的伤势不轻呀，得赶快找到医师啊！"可顷刻间，又是宣太后接见他的情景。太后说："秦国是有规矩的，'有功者显荣，无功者虽富无所芬华'，没有战功，也要有政绩呀！"钦差的声音也在耳边回响："李冰治水失败了，公孙若就要成功！"

公孙若踱步到几案前，坐下，喝了口茶，又陷入沉思……仿佛是老父亲公孙消躺在病床上拉着他的手说："……老爷子复兴公孙家族的遗愿就留给尔等了。我儿才略过人，不避艰险，奋发蹈厉，凭借祖宗余荫，何愁不能拜相封侯。"

"夫君，"公孙夫人不知什么时候走进书房，她坐在丈夫身边说，"不要瞻前顾后了。当今大王，为了坐稳江山，即位的第二年，不是一口气就杀掉了十多个不服他的亲弟兄吗？"公孙若沉思不语。夫人又说："小妹儿不是来信说了吗？要把红红许配给魏相国的至亲。你有了治水之功，又有红红这层关系，何愁不能入朝做官，拜相封侯。"

公孙若倏然站起，跨出门去。夫人在身后大声地问道："你到哪里去？"公孙若头也不回地说："找何坚。"

监御史府书房中，灯火荧荧。

何坚站起身来，躬身说："郡守大人亲临寒舍，不知有何吩咐？"公孙若坐在几案前，面无表情地问道："本守对大人怎样？"何坚说："撤了孟谦、尚武，还保留了我的职务，大人对卑职是恩重如山啊！""你还有高升的希望，"公孙若说，"我给你交个底吧，现在朝中是太后、魏冉、芈戎丞相掌权，本守不久将上调都城，这郡守一职，我想让你来做。"何坚一听，跪地高呼："感谢大人栽培！"公孙若说，"不过，有件大案还要你办！"说着，他拿出李成的那份供词来交给何坚。何坚一看，说："李冰贪污白银……""对，"公孙若说，"你要让他招供，然后按律治罪，这是第一种办法，叫作公开处理。"何坚问："要是他不招呢？"公孙若说："那就秘密处死。""明白了！"何坚说。

禹穴外，卓妈妈正在一个大盆里搓衣服。杜鹃坐在石案前，用纺锤织麻打线。李冰一旁使用篾刀将一杆长长的白夹竹，剔节做鱼竿。

忽然，李冰抬头问道："桂阳呢？"杜鹃回答说："打野兔去了，说是要给大人改善一下伙食。"李冰说："难为他了。"卓妈妈问："大人，大堨修复成功，清明节开水后，坝上的农夫、成都的百姓都很高兴。大人立了大功，为啥上面还不请大人回去呢？"

李冰说："郡守说了，要我耐心等待朝廷的钦差来验收呢，看大堨能否经受洪水冲击。怕还要等两三个月！也好，休息休息，看看书，钓钓鱼。"

马蹄声声，何坚正带一队士兵疾奔而来，魏富鬼鬼祟祟地跟在队列后，东躲西闪，最后隐入路边树丛中窥视。何坚来到禹穴，居高临下故作威严，他说："李冰，有人告发你贪污白银。跟本御史回成都接受裁问。"

李冰泰然地放下篾刀，说："公孙若要卸犁杀牛了。"

何坚也不废话，直接命令道："上刑。"士兵将铁镣套住李冰，何坚冷冷地命令："带走。"士兵掀起李冰就走。

"义父！""大人！"卓妈妈、杜鹃冲上维护李冰，被士兵掀翻，踢倒。何坚对倒在地上的杜鹃大声说："你真大胆！"忽又放低声音，"叫郑洪赶快到我府收尸！"杜鹃一愣，眼睁睁看着李冰被带走。

监御史府的桌案前，李冰端坐在何坚对面。他从何坚手里接过李成的那份口供，慢慢地看完，然后平静地望着何坚，说："监御史大人，你以为我会在你们编造的诬陷书上画押吗？"何坚说："大人，请原谅，卑职也是奉命行事，画不画押，那是大人的事。跑了大半天，吃点东西吧！"说完，朝内吩咐："摆酒菜。"

卫士端上酒菜走来，分别与李冰和何坚各人一份。何坚端起酒爵，说："大人请吧。"李冰说："可叹，庞涓只要他同学孙膑的一双腿，我这个同窗好友却想要我这条命！"何坚说："为大人免受皮肉之苦，卑职只能这样办了！"

"甚善。"李冰端爵一饮而尽，立刻昏倒。

魏富跑进来，问道："他死了吗？"

何坚说："死了！"

第三十五章　李冰复出

（一）咸阳避难

魏富不放心，蹲下去试探李冰的鼻息。何坚在旁催促道："快去请郡守大人来验尸。"魏富赶紧噔噔跑出去。何坚把李冰的身体放直，又试了试他的鼻息。

不一会儿，公孙若便提着马鞭走进来了。他走到李冰近前，用马鞭戳了戳，又蹲下试鼻息、摸脉。何坚禀告说："说了半天，他不愿招，所以卑职采取了第二种方案。这是用断肠草配制的药酒，毒在五脏，五官不会有异，这样可宣称他是饮酒过量而死。"

公孙若问："他生前说过什么吗？"何坚说："李冰何等精明！他一看了那份检举，就知道活不成了。他希望大人念在同窗之谊，赏他个全尸，让郑洪、杜鹃将他埋葬。"

第二天一早，李冰饮酒过量而亡的消息就传遍了全城，监御史府邸门外聚集着黑压压的人群，直到黄昏时分也没有散开。

卓石匠领头，人们怒吼着："反对加害李冰大人！""加害李冰大人太没良心！"郑洪、李桂阳与杜鹃也在人群中挤着、吼着。卫士用戈、矛阻挡。

公孙若知道如此下去不是办法，只好与何坚一起走出来。

"父老乡亲们，"公孙若故作沉痛，一脸泪痕，说，"本守的同窗好友李冰，因饮酒过度，不幸身亡！"

郑洪大怒："你胡说，你胡说！"

何坚大吼一声："郑洪，郡守大人说的是真话。"他悄悄比了个手势，说："不信的话，你跟我来收尸吧。"然后命令卫士："把刁民驱散！"

郑洪悄悄吩咐杜鹃："我去带李冰大人出来，你和桂阳赶快去叫辆篷车。"

交代完毕，郑洪随何坚匆匆走进监御史府。看到李冰的尸首那一瞬间，郑洪就扑倒在地大恸号哭。何坚蹲下给郑洪耳语了几句，又塞给他一包药。郑洪会意，背起李冰就走。

门外，杜鹃、桂阳已叫来一辆篷车。见郑洪背着李冰出来，忍不住大放悲声，郑洪也大哭起来，一边哭一边迅即将尸体抬上篷车，飞奔而去……

在玉垒山巅，二郎坟边，又立起一座新坟，竖立的大石碑，写的是"李冰之墓"。

郑洪、杜鹃、卓石匠、卓妈妈等人在坟上培土。魏富躲在林中偷窥。李桂阳在坟的附近，搭建起一间茅屋，还故意大声说："我等轮流在此为大人守墓。"

魏富见此情形，放心地回到郡丞府交差。厢阁中高志也在，正坐案前提笔在竹简上记录着公孙若说的话，"给朝廷的呈文要重点突出我等新修的大堰与李冰那个一冲就垮的旧堰如何不同，要强调新修大堰的优越之处。"

"是。"高志埋头写。见魏富进屋，公孙若急问："有什么异常吗？"魏富说："看来，李冰确实被何坚毒死了。"公孙若点头说："从现在起，就要做好迎接钦差的准备。"魏富说："是。"

从墓前回来，郑洪跟秀贞说他要去咸阳，秀贞什么也没问，只是默默地收拾行装，将一些干粮、衣服打包。寝房中灯光荧荧，她一边打包一边流泪。

"秀贞，"郑洪说，"不要担心，到咸阳等待时机，请大王主持公道，这是为大人申冤的唯一希望。大人的好友、亲家司马靳已升任左更了，他不会不管的。"

秀贞说："也只有这条路了。你不走，他们也会害死你的。"

郑洪说："你明天一早就回娘家，到乡下躲起来。"

秀贞问道："我走了，木札老人怎么办？"

郑洪说："你走了，就请他帮看家，给他留足半年的粮食，再给他点钱，把病治好后，就让他回老家。"

"好。"秀贞点头。

夏天到了，连日滂沱的大雨让汛期提前到来，豆大的雨点洒在都江河面上，洪水暴涨。终于雨过天晴，一株古老的皂角树上，闪着晶莹的雨珠，嗒嗒滴落……

朝廷钦差在公孙若、蹇侯、高志、周庸、杨太的陪同下前来验收大堰。后面，有一队卫士牵马跟随。一行人沿着松茂古道，登上斗犀台的高处俯瞰、观察。洪水中，波翻浪涌，三大工程巍然屹立。

钦差夸赞："了不起啊！"公孙若说："去年洪水一来，就把鱼嘴埝、飞沙埝冲垮了，为什么？李冰说，不是设计问题，这完全是诡辩，实际上就是设计出了问题。三大工程之间的比例不对嘛。经过卑职苦思冥想，实地丈量，重新设计才解决了这个难题。"

钦差："这么说来李冰无尺寸之功了。"

"是的，"公孙若说，"李冰被撤职后，心怀不满，意志消沉，经常喝得酩酊大醉。卑职见状忧心如焚，担心误了朝廷治水兴农、开发蜀郡的大计，才毅然接过手来。委任蜀中水利英才高志先生为都水长，周庸为都水丞，坐镇工地指挥，这才有今天的结果。"

高志说："这大堰确是在郡守大人亲自主持下，由卑职具体施工建成的。无论是构想设计，还是工程施工都是全新的创造，根本与李冰去年搞的那个洪水一冲就垮的工程不同。"杨太结巴说：

"李冰搞的就是，劳——劳民伤——伤财。"

"明白了。"钦差说。

这时，魏富和钟秦假扮百姓，率领着身穿破旧衣服的向嬴等人，高举"万民伞"，抬着"功追神禹""郡守大人劳苦功高"的金匾，吹吹打打地走来。

一群人高呼："大秦国万寿无疆！万寿无疆！"钦差微笑挥手道："蜀中百姓归心朝廷，可喜可贺。"钦差对公孙若说："公孙郡守，你立大功了！"

魏富见机，带头高喊："功在朝廷，利在百姓！""郡守大人劳苦功高！"

公孙若满脸堆笑，拱手道："多谢各位父老！"

钦差对百姓说："本钦差回朝，一定为你们的公孙郡守请功！"

李冰被害之后，孟谦和尚武就逃到了玉屏后山。那里有一间依岩而建的工棚，搭得很雅致。此刻，两人正下围棋，见羊摩背个尖背篼匆匆走来。

"羊摩先生！"

"你二人快走，"羊摩放下背篼说，"公孙若要贪天之功，必然要灭活口，你们速到羌寨，请木姐丹曼保护。"

孟谦问："郑洪呢？"

羊摩说："已经逃走了。这个地方已经暴露。你二人快走吧，路引和羌民服装，我都给你们准备好了，就在尖背篼中。"

山下传来搜山的吼声："出来，出来。"

羊摩说："高志带人搜山来了，我来应付他。"

孟谦提起尖背篼，刚与尚武消失在通往后山的密林里。高志就提着剑，率十多名执矛的兵卒冲上来。

羊摩从棚内走出，笑道："原来是高志老弟，怎么弃文习武了？"

高志也不跟他废话，问道："孟谦、尚武呢？"

羊摩摇了摇头表示不知。

都江边的白沙邮站，早就被封了，一列士兵在道口盘查行人。

孟谦和尚武穿着羌民服装背着尖背篼走来。士兵小校上前，挡住羌民孟谦、尚武。孟谦拿出路引，一边比画，一边说着"尔玛……"谁也听不懂的话。小校当然也不懂。尚武从尖背篼中拿出一坨盐来，跟小校比画，示意自己是到成都卖山货买盐回去的客商。小校果然从尖背篼中查出了几坨盐，只好挥手放行。

孟、尚二人离开驿道，沿着小路朝都江上游走去。

高志把羊摩请到都水曹去喝酒，要他说出孟谦、尚武、郑洪等人的下落。

羊摩说："孟谦和尚武都是为官之人，郑洪也跟李冰多年，他们对官场中的那一套，恐怕比老弟还要熟悉。李冰一死，他们还看不出，这是公孙若以权谋功、杀人灭口的诡计么？还等着你去灭他们的活口？"

"羊摩兄，"高志道："看来你是不愿帮助小弟了。"

"我怎么没有帮助你？"羊摩说："多年前公孙若通缉你，你在我家躲了一年多，吃、穿、用哪样不是我提供给你的？"高志道："所以小弟才请仁兄喝酒啊！"羊摩说："是赏我的上路酒吧！"高志说："那要看仁兄是不是说实话了。"羊摩说："我也是知情人，我说不说实话，老弟都要杀我的。为兄有一点小小的请求，等我写完一卷书之后再杀我。"

高志问："写什么书？"

羊摩说："关于大堰的书呀，我参加了修堰的全过程。对大堰的设计、施工过程、其作用、其维修都有亲身体验，写出来传诸后人，对后代儿孙也算积了点德。"

高志心想：等他写出来，我署名，这就名扬千古了！

"怎么样？"羊摩问。

"好呀，"高志说："仁兄就安心在后厢房写吧，这儿有吃有喝，也安静。"

比起李冰之死，塞侯仿佛更关心朝廷的态度，他几乎天天跑到郡守府邸。这天公孙若接到了咸阳的消息，对塞侯说："据我小妹来信，两位丞相对我等果断处置李冰之事，都认为妥当。御史大夫也向大王上书，为我请功。"

塞侯笑道："老弟政绩至伟，升迁指日可待。"

公孙若踌躇满志，说："眼下有两个职务在等我呢，一是治粟内史大夫，一个是咸阳内史。"塞侯建议说："任咸阳内史好。魏冉相国的第一个职务就是咸阳内史。"公孙若说："相国说啦，等红红成婚后就办理。"塞侯说："红红办喜事，老夫送礼银百万。"公孙若说："这礼金太重了。"塞侯说："老夫的儿子没了，红红就是老夫的女儿啊！"

咸阳的司马靳府邸不似司马错府邸那般惹眼，却也是一等一的安全地方。

郑洪抵达咸阳后，就被一妞和司马欣带到此地。在后院的一间厢房里，司马靳接见了郑洪。司马靳比起当年显得老了一头，留着短髭，但体魄健壮，两眼放光，不失军人风度。他着便装襜褕。听完郑洪的讲述，司马靳说："想不到公孙若这小子变得这么可怕！简直禽兽不如！"郑洪说："他想拜相封侯，做一人之下、万人之上的主儿！"

这时，半躺在床上的人开口说话："为了这个目的，他是不择手段啊！要不是何坚用计救我，愚兄早就见不着贤弟了！"

一妞端一碗药走进，拿起小勺，"父亲。"

那个人就是早已被成都郡守宣判死亡的李冰，此刻，他端起一妞手中的碗，说："我自己来。"一妞说："孩儿早给父亲讲过，应该回朝辩诬，向大王申冤。可父亲就是不听，现在怎么样？大堰重修好了，可是，功劳被人家夺了，还险些丢了性命。"

李冰笑了笑说："建成大堰的功劳当归蜀郡百姓。公孙若抢得去吗？"一妞说："对这种以权谋功，残民以逞的巧伪人总该揭露吧。"

"应该，"司马靳说，"不过还要等待时机。"转对李冰，"李冰兄，你和郑洪就住在我这寒舍吧，只要不出大门，没有人敢把你们怎么样。"

李冰说："多谢贤弟。"

司马靳说："把身体养得壮壮的。再好好写篇诉状，小弟设法转呈大王。"李冰说："个人荣辱为兄现已等闲视之了。最放心不下的是你嫂子啊！她身体单薄，怎经得起那繁重的劳役？"

"放心，"司马靳说，"小弟会找他们要人的。"

司马欣噔噔地从前院跑进，有些紧张地说："父亲，公孙若登门造访。"

李冰、一妞和郑洪顿时一惊。"走漏风声了？"

"这厮追到咸阳了？"司马靳说："我去对付他。"说完与儿子一起走出。

在前院的客堂里，公孙若坐在几案前等待多时，因为要跟司马靳会见，他带了一堆礼品，悉数放在面前。

"公孙老弟！"司马靳走进来，爽朗地拱手。

"司马兄！"公孙若站起。"请坐，"司马靳问："多久到的咸阳？""昨天。"公孙若说。"啊，"司马靳打量公孙若："老弟发福了，到咸阳有何贵干？""看看仁兄呗！"公孙若说。"多谢，多谢！"司马靳说，"李冰在你们蜀郡干得怎样？""唉，"公孙若作痛苦状，说，"李冰兄太不幸了，太不幸了！半年前，他饮酒过度，突然去世。"说着，还流下泪来。

"什么？"司马靳故作惊疑，大叫起来，"李冰兄饮酒过度，突然去世？他喝酒从不过量。这是怎么回事？多年的生死之交，你老弟就不管管？"

"你不知道，"公孙若说，"李冰兄对自己的治水才能十分自负，可他修成的大埝，被洪水一冲就垮，朝廷降罪，削了他的职，他想不通，终日喝酒，我劝了他多少次，他都不接受，以致……唉！"说着又是泪流满面。

司马靳问："后事处理得怎样？"

公孙若说："已将他厚葬于风景秀丽的玉垒山上。"

"唔，"司马靳说："明年清明节，我要去给他扫墓。这么说来，你老弟迁升郡守了？"公孙若说："推辞不掉啊，只好勉为其难了。"司马靳问："这回到咸阳，还有何公干？"公孙若说，"小女红红明日出嫁，想请仁兄参加婚礼。李冰去了，小弟就只有你这位同窗好友啰！"

司马靳拧着眉头，问："在咸阳办？女婿是谁？"

公孙若："是她姑母做的主，将红红许给了魏才。"

"魏才？"司马靳说："那不是魏相国的智囊吗？"公孙若补充说："还是相国的隔房兄弟。""恭喜，恭喜，"司马靳说，"魏相、芈相两位大人物都成了老弟的亲戚了。我一定参加，婚礼是在芈相府办吧？"

公孙若说："是。"

在芈相府后院花园旁边的一间厢房内，公孙红坐在梳妆台前，呆呆地望着铜镜，木头人似的，任凭她的姑妈——芈戎的九夫人给她梳妆打扮，梳"凌云髻"，插玉簪，戴耳坠。

公孙红心里想着二郎，头脑中不断回想着那些相处的甜蜜过往——角楼上二郎教她观察天象；银杏林中，二郎和她谈笑风生；想着这些，公孙红的泪水便潸然而下。

九夫人说："红红，今天可是你的大喜日子呢？你怎么哭了？"公孙红隐忍不言。九夫人安慰她说："魏才的年龄是大了点，但，男人年龄大，才心疼女人啊。芈相比你姑妈大三十多岁呢，咱俩的日子不是也过得挺舒心的吗？"

这时，公孙夫人抱着一袭色彩绯红艳丽的新衣走进来，说："头饰完了，就换新衣吧。迎亲队伍就要上门了。"公孙红说："母亲，你别操心了，孩儿就穿这一身去。"

"这怎使得呢？"公孙夫人说，"大喜穿红，这是规矩。这面料全是蜀绸蜀缎，是母亲在成都特别给你定做的。"

屋外传来锣鼓、笙竽的喜乐声。

公孙红说："你们去照料客人吧，我自己穿。"

九夫人喊来侍女梅香，吩咐她说："你伺候小姐换衣。"说完便和公孙夫人走了出去。

公孙红抖开新衣，在身上比了一下，说："这腰还要缝几针，"然后对梅香说，"去拿针线来。"

梅香走出门后，公孙红反手便关上了门。

芈相府门外到厅堂，站满了前来贺喜的宾客。迎亲队伍打着彩旗，抬着花轿前来迎亲，在府门外停下。新郎魏才簪花挂红，从一乘大轿中走下，两个男傧相搀着他，从门外走进，越过庭院，径直走上厅堂。这新郎六十多岁了，还是个瘸子。

厅堂上两旁站满的贺客中，司马靳也在其中。他眼看着公孙若夫妇坐于案前，看着魏才叩拜，"见过岳父、岳母大人！"

公孙若一见女婿尊容便皱起了眉头，夫人却乐不可支，满脸堆笑。魏才说："小婿亲自前来迎娶，请小姐上轿吧。"

芈相府后院花园的新娘厢房，房门紧闭，梅香等几个侍女已经拍了很久的门，"红红小姐，快开门。"房内依然无人应声。

公孙若夫妇和司马靳等人快步走来。

"红红，红红。"夫人边叩门边喊。屋内还是无人应声。

"砸门！"公孙若命令。一个下人用肩猛烈一撞，房门开了。公孙若夫妇抬眼一望，只看见一双晃荡着的脚。

"女儿啊！"公孙若夫妇瘫倒在地。

"唉！"司马靳摇头叹息，转身离开了！

公孙若痛哭流涕，从自家府邸一直哭到了魏冉相府。书房中，他还跪倒在地，双肩抽缩。魏冉和芈相对望了一眼。芈戎上前扶起公孙若，说："节哀，节哀！本人和相国都很同情。"魏冉说："人死不能复生。还是为生人着想吧。""是的，"芈戎说，"相国将为你请功！"魏冉说："你比李冰还小两岁吧，正是挑重担的时候，不要以区区儿女情为累，要以国事为重。你的前程远大着呢。"公孙若擦干眼泪，说："卑职铭记相国教诲。"

（二）昭雪复职

咸阳宫的夜晚，华灯璀璨，昭王看着帛书和简册，抬头宣召魏冉觐见。

等魏冉奉召前来，昭王劈头便问："李冰暴死？公孙若当郡守？这是怎么回事？"

魏冉说："蜀郡有呈文，相府有奏章，大王没看？"

魏冉如此不恭，让昭王心中不悦，他拿起案上的帛书和简册说："你这些呈文、奏章是多久呈上的？为什么数月前发生的事现在才报？"

魏冉说："舅舅是想为大王分忧解难啊！大事小事都要大王

一一处理，大王累得过来吗？"昭王说："舅舅推荐中更胡伤去攻赵国的阏与，被赵将赵奢打得大败，八万铁骑，全军覆没！丢尽了秦国的脸面，也是为寡人分忧解难？"魏冉不在乎地说道："自古以来就没有常胜将军！"

昭王睖了魏冉一眼，说："应该有运筹帷幄的好统帅！你越过韩、魏去攻打齐国，究竟为了什么？"魏冉说："扩大秦国的版图呀！"昭王不悦，说："是扩大自己在定陶的封地吧？"魏冉说："那封地不是大王的母后封给舅舅的吗？"

昭王盯着魏冉，怒火中烧，嘴巴哆嗦了一下，但隐忍未言。

清晨，一辆轿车疾驰而来，在咸阳传舍的门前刹住。王稽从车上走下，匆匆走进传舍。传舍的后花园中，一个中年男人（范雎化名张禄，年四十多岁）光着上身，正在做导引健身，他做的是"熊经鸟伸"——就是模仿熊、鸟攀登、飞翔的动作。旁边还有一个差不多大的人在仿学。

"张禄先生，张禄先生。"王稽呼喊着走进花园。

名叫张禄的男人收拳迎上，说："王稽大人。"

王稽说："快穿好衣裳，梳好妆。"

张禄问："有什么事吗？"

"大喜事，"王稽说，"大王要接见先生呢！"

山林中的一座离宫，为了保密，昭王在此接见。

昭王在殿中踱步，等待先生的到来，忽闻笑声，昭王侧耳倾听。

"哈哈哈……"宫门外，张禄大肆地笑着，他对一侍臣说，"你们秦国只有太后、穰侯这些人闻名于世，哪还有什么秦王？"殿上的昭王一惊。只听王稽又说道："别说了，这些小侍臣懂什么？"一边拉着张禄走进殿中。

王稽介绍说："这就是大王。"张禄叩头行大礼："外臣张禄叩见秦王。"昭王扶住张禄，说："先生免礼。"说完朝王稽一挥手，王稽颔首退走。

直等殿内只剩下他们两个人，昭王才说："范雎先生给寡人写信，指出魏冉的战略错误，寡人看过深受启迪，特请先生来，当面领教。"

张禄微微一笑，说："外臣为了行走方便，化名张禄，还请秦王不要怪罪。善，善。"昭王见他不置可否，跪下道："请先生赐教。"范雎也跪下来，说："善，善。"昭王膝行一步，说："寡人是诚心请教啊！"

范雎很是为难，说："外臣是不敢说啊。"

昭王问："为什么呢？"

范雎说："从前姜太公渭水钓鱼，遇见了周文王，说了几句话，文王就尊他为太公，最终在他的辅助下，灭商而得天下。商朝的箕子、比干，身为王亲重臣，竭诚向纣王进忠言，纣王不听，反将二人杀害，商朝因而灭亡。没有别的原因，就是在用人上信任与不信任的不同结果。要说血缘关系，姜太公与周文王的关系虽然疏远，但周文王信任他，所以文王能成就周朝大业，姜太公也能享有代代相传的封侯。箕子和比干与纣王体内都流着同一祖先的血脉，却得不到信任，所以难免受辱遭害，不能挽救国家败亡的命运。本人无亲无故客居秦国，想要对大王说的话，关系秦国安危、兴亡，甚至要涉及秦国的王亲国戚，大王若不相信，那将无法挽救秦国，大王若深信不疑，王亲国戚肯定不依，本人就有可能遭到箕子、比干一样的灾祸，所以不敢轻易开口。"

"先生多虑了，"昭王又膝行一步，说，"这里只有你我二人，先生尽管放心地讲，上至太后，下至大臣，不论涉及谁，寡人决不责怪你。"

范雎对秦王一揖，说："那就恕我直言了。秦国之患，患在外戚专权，王权衰落。太后和他的两个弟弟魏冉、芈戎大权独揽，擅行不顾，出使不报，妒贤嫉能，安插亲信，欺下蔽上，以成其私。聚敛盘剥，使私家之富重于王室。魏冉的对外战略尤其错误，为了一己之利，他竟然派兵越过韩魏而伐齐。出兵少赢不了齐国，出兵多则伤秦国。结果是劳师远征，大王连一寸土地也得不到。"

昭王又膝行向前一步："先生的高见是……"

"远交近攻！"范雎毅然说："远交，能使远离我们的国家高兴；近攻，能使秦国的领土扩大。由近到远，如同蚕食桑叶，逐渐向外扩展，何愁天下不平？"

昭王又问："如何实施远交近攻之策呢？"

范雎说："远交齐楚，近攻，先拿韩魏开刀。然后各个击破。"

"善，善，善！"昭王击掌称赞。

回到咸阳宫，昭王即刻将王稽、郑安平、内史腾、咸阳中尉等人召至正殿。入夜的咸阳宫，殿上灯火辉煌，戎装佩剑的将军挺立听令。

一个侍臣将四份黄绢写的诏令分发给四人。昭王站起，威严地说："立即照寡人的诏令行事，不得有误。"

四人齐声："遵命。"

咸阳城的夜晚，朔风呜咽。王稽、郑安平、内史腾、咸阳中尉各领着一队金甲卫士，手执火把奔跑在各自不同的街道上。

魏冉府中的厅堂上，金甲卫士将魏冉按跪在地，听王稽宣读昭王诏令。

芈戎府中的前院，金甲卫士揪住芈戎听郑安平宣读昭王诏令。

甘泉宫内，金甲卫士围着坐于绣垫上的宣太后。内史腾向她宣读昭王诏令。太后一脸轻蔑的神情，听完之后，大骂儿子。

秦昭王四十一年（前266年），昭王采纳范雎建言，废太后，逐穰侯魏冉、新城君芈戎等"四贵"于关外，范雎被任命为丞相。

李冰沉冤昭雪，得以复出。

昭王在咸阳宫厢阁内召见李冰，范雎在座。李冰跪在地上，昭王将他扶起，说："爱卿的诉状，寡人已经看了。对爱卿的不幸遭遇，寡人深表惋惜，也深感愧疚！"李冰道："多谢君王的理解。"昭王问："爱卿还有什么要求吗？"李冰说："我妻还在服苦役啊！"昭王说："我已令他们放人了。"

"谢君王。"李冰说，"请君王恩准微臣和妻子一起回乡务农。"昭王说："爱卿，你今年不过五十多岁嘛，治水兴蜀非卿莫属啊！"

范雎在一旁说道："战，将越打越大了，军粮问题至关紧要啊。李冰郡守，把这副重担挑起来吧。"

李冰说："范丞相，我早已不是郡守了。"范雎说："御史大夫削你的职，不算数。"昭王说："那是魏冉背着寡人干的。寡人重申，爱卿才是蜀郡合法的郡守。回去吧，把制造蜀侯恽冤案的塞罠、以权谋功的公孙若及其同党捉拿问罪。"

咸阳渭水边的李家小院里，一妞和司马欣正在打扫落叶。

李冰走进院中，说："妞儿，欣儿，走，去接你母亲。"

"李冰大人，"肥胖的御史大夫也走进小院，说："你看，谁回来了？"

大家往院外一瞧，只见两个女狱卒扶着一脸憔悴的李夫人走了进来。

"母亲！""夫人！"李冰父女和司马欣趋前迎接，夫人微笑着向大家点头。一妞和司马欣扶着李夫人朝堂房走去。御史大夫对李冰说："鄙人把夫人还你了。李郡守，真对不起。鄙人上受制于太后、魏相、芈相，下受蒙蔽于公孙若，才给郡守带来灾难！唉，朝臣也不好做啊，李郡守，能原谅鄙人吗？"

"能，"李冰说："上下都有人为你承担责任，你这位御史大夫还有什么责任？"

御史大夫尴尬地说："这不是上推下卸，真的如此。"

李冰拱手道："不要再说了，大人请回吧。"

御史大夫点点头，走去。

司马靳夫人用有轮躺椅推着老奶奶在府邸的后园散步。司马靳走来，说："老奶奶，后天是黄道吉日，孙儿和李冰兄商量好了，想把欣儿和一妞的婚事办了。"

老奶奶说："早就该办了，要热闹点。"

渭水边的李家后院浴房内，淡黄的灯光，氤氲的水蒸气。一个大木桶盛着热水，水面上漂浮着花瓣。李夫人躺在水中，李冰撩衣捋袖为夫人搓揉头部。刚一搓，掉下一指灰白的头发，李冰拿起一看，睹物伤情。

落日的余晖中，年轻的李冰和田颖坐在海滨，海风吹着田颖又黑又亮的披肩长发。李冰痴痴地望着。

"你看什么？"

"你的一头秀发呀，像神话中的仙女。"

李冰望着妻子的灰白的脱发热泪长淌，滴在夫人的脸上。夫人说："不要悲伤，人老了，头发自然会变白，自然也会脱落。"

"夫人啊，"李冰哽噎地说，"你才四十多岁，不是身心受到巨大的折磨，怎么会变成这样？我李冰对不住你啊！"李夫人仰面，深情地望着悲伤不已的丈夫，说："你也是白发早生啊！夫君怀璧其罪，降志辱身，对于一个士人来说，这是何等悲哀！夫君，为妻替代不了你，自己多保重吧！"

"夫人啊，"李冰泪水涟涟，深情倾诉，"我李冰出身寒微，非圣非神，也是一个有七情六欲的人啊！眼见骨肉亲人、朋友知己，一个个因我而倒下去，或者受折磨，遭侮辱，我的心在流血呀！有时，真想去当个隐士，像庄子那样，靠打草鞋为生也好呀！之所以还咬紧牙关向前走，是那些让我魂牵梦绕的英灵，是蜀郡那些艰难困苦、善良勤劳的百姓在鞭策、激励着我啊！"

夫人说："那你就应该按大王的旨意赶快返回蜀郡。四贵被除的消息传到那里，必然会引起公孙若、寒侯等人的强烈反应，夫君将面临一场你死我活的争斗啊！可惜，为妻疾病缠身，不能同你再返蜀郡，为夫君分忧解愁了。"

李冰说："我想办完一妞的婚事就走。二郎之死，已使我抱恨终身，不能再对不起女儿啊！"

夫人说："好。"

李冰抚着夫人说："夫人也要好好养病。"

后院的厢房中，一妞坐在梳妆台前，李冰为女儿梳头、插簪戴花。李夫人坐在床上指点着。李冰欣喜地说："这一辈子还没给我女儿梳过头呢！不对的地方由你母亲指点。"李夫人说："我看着呢。"

小院门外，彩旗飘飘、鼓乐笙竽齐奏，司马欣簪花挂红，骑着马，领着一乘大花轿来迎娶一妞。堂屋中，李冰夫妇端坐于神龛下。两边站立着郑洪等众多贺客。伴娘挽着搭红绸盖头的一妞和司马欣一起向二老跪拜。鼓乐高昂，笙竽长鸣。

成都郡府的大堂上，一支乐伎也正吹箫、击磬、抚琴。红氍毹上，八男八女正在表演女娲伏羲之舞。公孙若夫妇、寒侯、何坚、魏富、钟秦、向嬴等人正坐在几案前喝酒观看。大多数人看得眉飞色舞，津津有味。唯有公孙若似无兴趣，显得心事重重。

歌舞正酣时，一个农妇打扮的女人跨进厅堂，大喝："别唱了！"歌舞终止。农妇说："你们都要掉脑袋了，还在寻欢作乐！"公孙若等人定睛一看，才发现农妇装束的人是芈戎的九夫人，公孙若的亲妹，后随侍从芈卢。

九夫人说："太后废了，魏相、芈相被逐，范雎拜相了，尔等咋办？"

众人闻之大惊失色！正商量如何应变之时，玉璜和高志戎装佩剑，大步走来，后随一队飒爽英姿的女兵。

玉璜说："钦差王稽和李冰一行已过了新都了，正向成都奔来。"

"不可能，"公孙若掉头问何坚，"李冰不是早被你处死了吗？"

何坚说："实不相瞒，卑职玩了点雕虫小技。"

"你，"公孙若狂怒，"真胆大啊，背叛了本守，还稳坐钓鱼台！"

何坚说："我要是潜逃，不是早暴露了吗？我要让李冰来给你算总账！"

公孙若从高志身上取过宝剑，顷刻便手刃了何坚。

玉璜说："现在你们已没出路了，跟我们干吧！"

公孙若说："跟你们干？你们是谁？"

高志说："棼道杜侯的千金，就是大名鼎鼎的青城游侠。杜侯佯称棼人，实乃蜀王之后，深得棼人拥戴，早已练就精兵数万。恢复蜀国，大功必成。"

玉璜说："我们要建立的是一个大蜀国，除了东取巴郡，北进汉中，还要南征夜郎和滇越。将来，公孙若可作丞相，侯爷可封太师，魏富、钟秦都任郡守，怎么样？"

公孙若的妹妹说："已经没有退路了。"

蹇侯对公孙若说："哥哥，我们干吧！"

公孙若眼看大势已去，勉强点了点头。

"那就听我的，"玉璜对公孙若说，"首先要从周武手中夺过兵权，再把你等的家丁都组织起来。怎么打，我们商量一下。"

第三十六章　发兵平叛

（一）征伐褮王

在成都北门，李冰和郑洪领一队骑兵风驰电掣般冲来。

南校场中，郡尉周武也正在集合队伍。骑马的钟秦对周武说："郡守令你发兵北门，捉拿叛逆，你怎么不动？"

周武说："郡守的兵符呢？"这时，李冰与郑洪骑马奔来，钟秦一见，赶紧朝后辕门逃去。周武见到李冰大为惊诧："大人没死？"李冰说："为什么没死？以后你就知道了。"说着拿出秦王兵符，"这兵符是秦王亲授，公孙若和褮罡叛我大秦，立即发兵，随本守讨伐逆贼。"

郡守府内，玉璜、高志、褮侯、公孙若全身披挂率大管家、铮奴等家丁严阵以待。玉璜下令："分两厢埋伏。"

这时钟秦匆匆跑来，说："李冰已到校场点兵，周武可能反水！"

玉璜说："撤！为了迟滞追兵，放火烧郡府。"

女兵们听令放火烧房。

当李冰率军朝郡府奔来，只见郡府内外，浓烟滚滚，烈焰冲天！

李冰命令："救火！"

傍晚，一艘大船从成都南门检江下水，上面坐着玉璜一行。郑洪率一队人马追到江边，已不见玉璜踪影。他骂道："溜得好快呀！"

都水曹后面的一间厢房前，监视羊摩的都水丞周庸打开铁锁走进房中，拍了拍正埋头书写的羊摩。

羊摩说："要送我到杀场？"

"你自由了，"周庸满脸堆笑，说，"你那个同窗好友已经逃跑了。李冰大人又回蜀主政了。"羊摩说："这是怎么回事？"周庸说："请先生去沐浴更衣，而后呢，小人为先生置酒压惊，我们边吃边谈。""好嘛！"羊摩点头。

因郡守府被烧，正在修复，钦差王稽驻节县衙。王稽问李冰："尚武等人何时能回成都？"李冰说："正往成都赶呢！"

驿道上，羊摩、孟谦、尚武骑马飞奔。

成都县廷的正堂上，二十多名郡县两级官员肃立两旁。钦差王稽展开黄绢，宣读圣旨："大王诏令，李冰复任蜀郡郡守；迁升尚武为蜀郡郡丞；迁升孟谦为蜀郡监御史；迁升郑洪为蜀郡郡尉，平迁周武为左都尉。迁王丰为主簿。"

李冰、尚武、孟谦、郑洪、周武、王丰站出队列："叩谢君王隆恩！"跪拜。

王稽又说："责令郡府出兵平叛，捉拿公孙若、蹇罡等叛逆问罪。"

竹林，竹林，望不尽的竹林。风吹林动，涌起万顷碧波，像是无边无际的绿色海洋。铜鼓咚咚地响着，震撼山岳！这就是樊王山。山顶上，用巨石堆砌成樊王宫殿的寨门，高大、雄伟、古朴、神秘。进入寨门后是一片宽阔的广场，场中竖一高高的神柱，上面挂着牛、羊的头角和成串的人头骨骼。顶端，飘着一面金黄色的大旗，旗上用绿色丝线绣着一个斗大的青蛙——这是樊人崇拜的图腾。广场之后是殿堂。大门两侧的屋檐下各插九杆青色长幡，上面画着赤色神符。每杆长幡下摆着一面铜鼓。十八个赤着上身，胸口上文着青蛙、长辫高耸的樊汉挥臂擂鼓。

殿堂内，高高的玉榻上铺着虎皮，坐着手持金斧的樊王，后站国师和玉璜，八名背鞘刀的女侍分站在左右。樊侯复蜀国自称樊王，正接受群臣朝拜。

蹇罡、公孙若、魏富、钟秦、向嬴等人全都梳着冲天高髻、穿斑布短衣、大裆短裤，脚蹬长筒靴，装扮成樊人的样子，他们和阿华等八名大酋长一起，伏地叩拜，朗声齐呼："国王陛下，万寿无疆！"

樊王说："众卿平身。"

"谢大王。"众人站起,分左右站立。

僰王说:"众卿,尔等晓得吗?僰族早在殷商之时已很强盛,长期与古蜀国亲如一家,建蜀国称望帝的杜宇,他的老家就在僰地南面的朱堤,继望帝之后的开明王朝丛帝也曾在僰地经营多年,而后才进入成都平原的。秦灭巴蜀以后,从秦惠文王到郡守张若几经征伐,才将僰地纳入秦国版图,设立僰道。可是,暴秦给了僰人什么呢?苛捐杂税,层出不穷,掠我百姓为奴,使我僰人陷入水深火热之中。所以本王上承天意,解民倒悬,恢复以僰地为中心的大蜀国。本王早已令人在三江口筑城,作为国都。"

高志说:"陛下圣明,在三江口筑城建都,就可控制东出、南进的要隘了。"

僰王又说:"本王位尊九五,号令天下,众卿皆有拥立之功。本王立法严明,有功者赏,有罪者罚。"说着转头喊道:"国师,宣读诏令。"

"遵命!"国师走到玉榻下,展开一块青布,念道,"天神灵灵,四纵五横,僰王号令,天下遵行。敕封塞罡为大蜀太师;高志为蜀侯;公孙若为蜀相;玉璜为护国玉公主;阿华为靖僰神武将军;魏富为蜀伯,钟秦为巴伯,向嬴为南郑伯。各僰寨寨主皆加封僰伯。"

众文武又拜,僰王站起,说:"大酺三日,犒赏神军。"

郡守府已经迅速地恢复一新,议事堂的夜晚,灯火辉煌。前面的屏风挂着一幅蜀郡和周边地区的帛画大地图。郡县两级官员齐集,踞坐于席地上。

李冰站在屏风前讲话:"诸公,治水兴蜀,改善民生,是头等大事,决不能因为出了公孙若、塞罡的叛逆事件而中断。"

众人回答:"是。"李冰接着说:"我等要清醒地看到,大堨只是初步竣工,要使它能充分发挥作用,还要不断地进行完善,这需要多年时间。吞并战争将越打越大,蜀郡供应军粮责无旁贷,本守之意,在三年之内,要开稻田百万亩以上。"说完瞟了羊摩和周庸一眼,"能做得到吗?"

"能,"羊摩站起,走到帛画地图前,指着图说,"卑职想在渠首再开一条江以灌溉江西。解决江源到鱼凫这一带的用水问题。可新开稻田四十多万亩。"

"善哉！"李冰说："开成之后就以都水长的名字命名，称羊摩江。""这倒不必。"羊摩笑笑。

"李公，"郑洪迈步走进，说，"据我军斥候来报，叛军逃到了棘道，自建伪蜀国。"李冰决断地："郑洪、周庸——"郑、周二人挺身。李冰命令："令你二人领兵三千，立即去南安，清除危岩、乱石、暗礁，通正水道，使各种船只通行无阻。"郑洪、周庸齐声："遵命。"李冰又喊："周武——"周武站起。李冰说："令你立即整军备船。本守不日率军亲征，荡平叛逆。"

棘王山龙泉湖畔，翠竹丛中隐掩着多间干栏式的竹楼，这是神武将军阿华居住的地方。竹寨外，阿明带着几个棘兵巡逻。湖边，有棘兵洗马。

棘族姑娘何荔沿着池边快步走来，她芳龄十八，面无粉黛，身无绫罗，却天生丽质，如烂漫山花。何荔朝竹楼走去。竹楼上，阿华正对着铜镜穿缀有金甲的将军服。一个侍女抱着头盔站在一旁。何荔走进来，说："见过神武将军。"阿华惊喜地掉转头，说："表妹，你来得正好。"侍女放好头盔，退走。

何荔问："给我封官吗？"阿华说："女娃子当什么官？"何荔说："老妖精不是当了护国公主吗？"阿华说："表妹，你对玉璜姐不能好一点吗？老叫人家老妖精？她是棘王女儿，封公主是应该的。况且她行侠仗义，武功确实好。"何荔说："我也是为人正义，舞蹈也确实好呀！""好，好，"阿华说："你们是各有所长吧。"说着走去，打开木箱，拿出一对金镯来，走到表妹面前，拉起她的手给她戴上，"月前，我去成都寻父，特别给你买的。"何荔说："你在成都是住在老妖精那里吧？""又是老妖精！"阿华生气地说，"你吃什么醋？你怎么不相信表哥呢？""表哥，"何荔抚着阿华说："表妹怕失掉了你啊！"阿华说："我在成都一门心思寻找父亲，跑遍了郫县、成都的大街小巷，不见父亲踪影，成天着急痛苦，还有心思去干那些偷情采花的事？"何荔问："没有找到舅父的下落吗？""八年啦，"阿华沉重地说："恐怕早被那些狗官、奴主折磨死了啰！"

成都郡府后院书房，原本就是李冰居住了多年的地方，此刻他伫立在房中，手拿曲尺，专注地看墙上的帛画地图。

地图上的樊道用红圈标出。李冰用曲尺量距离。

李桂阳带着秀贞和木札从园中走来，他现在已经成了李冰的贴身卫士。只见李桂阳走到书房门前，报告："大人，客人到了。"

李冰转身，笑道："请，请。"

秀贞领着樊人木札走进。

"坐。"李冰招呼二人坐下。

李冰在木札面前坐下，盯着他问："老人家还认得我吗？"

木札打量李冰，脑海里回想起在蹇侯庄园铸铁工场的时候。

木札说："那年大人视察蹇侯铁工场，问过我吃得饱不？双脚怎样了？你是郡守大人啊！"说着就要叩头，被李冰止住。

秀贞说："去年，你躺在城门洞中快断气了，也是大人救了你。"

木札拱手作揖："大恩人啊！"李冰问："老人家，你是什么时候到蹇侯家做工奴的？""八年前！"木札说，"我和妻子被蹇侯的大管家抢来成都的。妻子被卖到了关中，至今生死不明。"李冰又问："家里还有其他人吗？"木札答："有个娃娃，那时他才十二岁，因跟人上山打猎，才躲过了这一劫。"李冰问："唔，老人家想回家乡吗？"木札说："做梦都想啊！"李冰说："本守送你回家乡！"

樊王山下青山叠翠，御园就在这里，飞瀑从山崖上流下，形成一个池塘，名叫龙塘。池水清澈如镜，倒映着一群姑娘舞蹈着的身影。铜鼓、陶埙、排箫、竹笛、玉磬合奏。

何荔为首正带着一群姑娘在塘边表演蛙舞。舞蹈语言是从青蛙在水中和陆地上两栖生活中的动作提炼出来的，并加以夸张神化，造型优美、姿态万千。时而飘逸轻盈，如蛙之戏水，鸟之飞翔；时而双臂舒展，如大鹏振羽；时而劈叉蹲踞，如蛙之腾跃。

樊王、国师、高志和七名寨主、玉璜、蹇罡、公孙若夫妇、九夫人以及魏富、钟秦都坐在附近的篾席、竹垫、竹榻上，吃着樊地特产荔枝，喝着碧色佳酿"荔枝绿"美酒，兴致勃勃地观赏歌舞。

樊王的眼球滴溜溜地绕着领舞的何荔转动。站在樊王背后的国师，俯身说："国王陛下，仆臣是打过卦的，选她做王妃，乃是天赐良缘。"樊王色眯眯地说："美极了，就选她。"一曲终了，有人叫好，有人击掌。樊王朝何荔招手，说："姑娘，你过来。"何荔没有理睬，随队退场。国师喊："何荔姑娘，国王陛下传你呢。"何荔一愣。樊王招手道："过来，过来。"

众人这才把目光投向何荔。只见何荔缓步走向国王，一脸疑惑。樊王一把拉着何荔的素手，涎着脸说："本王要封你呢……"

"国王陛下——"阿华喊着，与随行武士阿明"噔噔"地跑来，两人都身着戎装，背箭，带刀。

樊王放下何荔的手，问："将军，出了什么事？"阿华说："三日大庆应当终止了，准备打仗吧！"樊王说："有敌情？"阿华对随行的阿明说："给陛下禀报。"

阿明说："李冰领蜀军浮江伐樊，船队已至南安。"

乌尤山下，波翻浪涌，都江中，李冰正率船队从江上游驶来。

为首大的大船舶上，飘着一杆写有"蜀守李"的军旗。戎装佩剑的李冰站在船头旗下，右郑洪、左周武，身后是李桂阳。

兵栏山下，有山岩巍然屹立，俯瞰大江。危岩伸入水中，怪石嶙峋。

高志正在岸边指挥上百名樊人利用危岩和怪石修栅栏，牵上一排又粗又长的竹纤缆，封锁大江。下游有一可泊大船的码头。高志戎装佩剑，站在一岩石上，大声说："大家快干呀，这次李冰浮江伐樊，是要荡平樊地，杀尽老人孩子，把男女青壮掳去给秦人当奴隶，所以，大家要同仇敌忾，誓死保卫家园。"

这里原本是蜀王兵栏，山顶建有军帐，石砌的瞭望哨所，烽火台。山腰建有壕堑和防御工事。阿华和阿明指挥脸上画蛙的樊兵在壕堑里设伏。这些兵称神兵，头缠白练，一根独辫高耸，身背一皮囊可作箭用的火炬，手执强弓硬弩，腰挎鞘刀。

"神武将军。"玉璜戎装佩剑大步走来，后随八名女兵，玉璜说，"樊王传旨，这第一仗一定要大破秦军，打出我们神军的威风来。"

"将军，将军！"高志气喘吁吁地从山下跑上，说，"上游发现李冰船队。"

阿华登上瞭望所，朝江上游看了一眼，转身命令："神兵听着，待李冰的船队在江中受阻后，就用火攻。"玉璜和高志也登上瞭望所，举目朝江上游望去——前面的大江中，李冰的船队向下游驶来。

瞭望所上的阿华命令："点燃火箭。"壕堑中的樊兵用燧石打火，点燃火炬，准备用强弩发射。前面的江中，李冰的船队突然靠岸。瞭望所上的阿华惊疑："李冰不攻了？搞什么鬼？"

入夜，翠屏山的山腰和谷底都搭起了简易的军帐供士兵宿营。

大帐中，点着蜡烛。李冰对郑洪、周武、李桂阳说："樊人扼守的地方原来就是蜀王的防守据点，既是东出大江又是南进樊地的要隘。我们必须攻破此地，才能在下面的码头登陆，大军才能展开。"郑洪说："关键是要搭好破敌的拦江工事。""是这样，"李冰拿起一绢图说："我想用帆箭破它。"摊开图说："你们都看看。"只见那绢图上，一根粗大的圆木，上面插帆，形同独木舟，舟前的圆木头上装置双刃尖刀和倒挂铁钩。李冰说："要测定一个风大的时候进攻。"三人齐称："好。"李冰把图交给郑洪，说："照图制作。"郑洪点头。李冰说："平叛要有两手。刚才讲的是武攻。更重要的是要进行智取。叛逆只是少数人，广大樊人也是我们的父老乡亲，不能伤害他们。本守写信一封，请木札老人带回去，直接找樊侯，劝说他们交出叛逆，取消王号，归心朝廷。"郑洪说："这样甚好。"周武问："要是樊侯不答应呢？"李冰说："那就武攻！桂阳，你陪木札老人去。如何应付，你把老人请来，我们仔细商量一下。""是。"李桂阳走出军帐。

（二）按兵不动

天色大亮，玉璜气冲冲地走进樊王寨，径直走进大殿，高声喊着："父王，父王！"樊王和国师从厢房走出来，只听玉璜怒吼道："你还想不想坐江山？"

樊王不解，问："璜儿，你生什么气？"玉璜说："李冰大兵压境，一国之主，不考虑应战，却去选什么王妃？要选，也该选别的女子嘛。偏偏要选阿华的未婚妻何荔？还弄死了人家的母亲。阿华知道了，他还会为你拼命打仗吗？"

樊王回头问道："国师，这是怎么一回事？"国师说："公主，国王陛下登基怎么能不立王妃呢？这是礼制啊。至于为何选到了何荔？那是本国师从卜卦中求得的天神旨意。"玉璜问："那又为什么弄死了她母亲？"国师说："她不从呀，本国师不能不施法。不过公主放心，她不会怀疑是我等做的，我用的是李冰的名义。"玉璜问："何荔呢？"国师说："正昏迷着呢，三天之后就可醒来。""我去看看。"玉璜说着，朝厢房走去。樊王和国师也跟着走去。

厢房中燃着一缕清香，何荔穿一身青纱躺在玉榻上，处于昏迷状态。玉璜伸手试了试她的鼻息。樊王说："璜儿，你看这何荔有多美啊，就像一个仙女，就不能成全父王吗？"玉璜说："一定不能伤害她。封不封王妃，等打完了这仗再说。"

一轮明月照竹山，翠竹丛中的竹楼是蹇罡太师的府第。

蹇罡、公孙若和公孙若夫人、九夫人等坐在楼上闲聊。竹几上放着桂圆等果品。蹇罡的老管家给客人斟茶。门外，铮奴和芈卢提剑站岗。

公孙若问道："太师，你说句心里话，樊王能成大事吗？我等还有将来吗？"蹇罡心里咯噔了一下，说："我倒想到一条退路。"公孙若说："请讲。"蹇罡道："听说，这樊地有条小路，巴蜀的商人出国贩卖丝绸就是走的这条路，要是樊王被打败，咱们就逃到外国去逍遥。"

这时，楼下响起铮奴的吼声："站住，你是谁？"

只听高志的声音说："蜀侯高志！"

楼上的蹇罡、公孙若等人急忙站起躬身相迎。高志出现在楼口，一脸傲气！公孙若、蹇罡等人拱手："蜀侯千岁！"

"不必多礼，"高志摆了摆手，"坐，坐。"

蹇罡、公孙若恭敬地："侯爷千岁请坐。"

高志在塞罡坐过的席子上坐下，说："太师、相爷受苦了！"塞罡说："不苦，不苦，这里景色优美，空气清新，吃的又是新鲜的野果蔬菜，有助于延年益寿啊！"

"是吗？"高志笑笑，"苦，还是很苦的。不过，孟子说得好'天将降大任于是人也，必先苦其心志，劳其筋骨，饿其体肤，空乏其身'。好在樊王在三江口修的宫殿和府邸就快完工了，等灭了李冰就可迁都，那时也就苦尽甘来了！"

公孙若问："李冰为何按兵不动？"高志说："他要突破蜀王兵栏是不可能的，我估计他在施诡计，妄图智取樊地。"

月照竹山，银光透过缥缈的一层蓝雾，洒在翠竹山中的飞雾长廊古道上，朦朦胧胧。木札拄根竹棍和化装成樊人的李桂阳一起朝山上攀登。

木札说："前面的山坡上就是我阿妹的家，到她家住一宿吧。"

山坡上的竹篱茅舍中，玉璜带着八名女兵闯进茅舍，有俩女兵高举火把。茅舍内，一片狼藉，木案、竹几翻倒，陶罐打碎，衣服乱丢。地上横躺着一具老妇尸体。玉璜扫了一眼，皱起眉头："搞得太不像样了！"对兵命令："把屋内的东西收拾好，把尸首抬出去埋了。""遵命。"女兵刚蹲下抬尸，就听茅舍外传来老人的呼喊，"阿妹，阿妹。"

玉璜打了个手势，女兵吹熄火炬，隐蔽起来。木札和桂阳走进来，木札一边摸索，一边喊："阿妹，阿妹。"桂阳说："奇怪，刚才还亮着灯呢！"

木札朝屋内走，被什么东西绊了一下，他俯身一看，惊讶地大叫起来："阿妹，你怎么了？"桂阳也蹲下仔细查看。正在这时，玉璜和八名女兵闪出，剑闪寒光。

"不许动！"

樊王殿的厢房中，何荔已经清醒过来，她望着灯火中的樊王和国师，请求他们放她走。她说："你们口口声声说是为了救我？那为什么不准我离开这囚笼？"国师说："李冰的蜀军打劫你家，是本国师将你救下。这是神的旨意，你有大福，应做王妃。""呸，"何荔啐了一口，"我不稀罕。"

"父王。"玉璜喊着走来。

"放了我，放了我。"何荔边喊边砸室内的东西，铜镜、胭脂粉盒、金银首饰、各种花花绿绿的王妃衣裙全都被扔在地下。

玉璜看见何荔气愤地踩跺着那些衣裙，上前阻止，说："别这样，一家人好商量嘛！"何荔说："商量什么？你们杀母劫女，罪恶滔天！"

"误会了，"玉璜说，"你母亲被害，那是李冰的蜀军所为，这回蜀军要将樊人斩尽杀绝。是国师救了你，你不愿做王妃可以，从现在起没有人强迫你。"何荔说："你们口口声声说是蜀军所为？这樊王山哪有什么蜀军的影儿？"

"你不信？"玉璜说，"我们刚刚还在你家里逮住了两个蜀军奸细！"说着朝外喊道，"带进来。"

八女兵押着五花大绑的木札和李桂阳走进来，后面还跟随着高志。玉璜指着二人说："这两个奸细就是在你们家逮着的。"

木札说："我不是奸细我是去找我妹子。"

何荔一怔，不禁瞪大了眼睛。高志一把抓下李桂阳头上的假高髻，说："本侯认识此人，他就是李冰的贴身卫士李桂阳。李桂阳你承不承认？"李桂阳说："承认。本人是奉李冰郡守之命前来下书的，我们要见樊王。"高志命道："押下去，关进死牢。"

士兵推走木札和桂阳，他们二人一路高呼："我们要见樊王，要见樊王！"

玉璜将何荔扶坐在榻上劝慰："好妹妹，我们不会骗你的。为姐一定转告阿华，要他为你母亲报仇。你就在王府休息几天，养养身子，等我们打败李冰之后，国王陛下一定给你和阿华将军办一个隆重的婚礼。"

樊王说："一定，一定。本王金口玉言，说一不二。"玉璜转对国师说："请国师求神改变旨意，另选别的女子做王妃吧？"国师点头哈腰："谨遵玉公主之命。"

李冰正在大帐中，扎一个风筝，那是他小时玩过的绸鹰。

郑洪和周武走进来，李冰一边穿斗线，问："帆箭完成了吗？"周武说："已经完成八百支。随时可以下水。"

"很好。"李冰又问郑洪，"僰军有什么动态？"郑洪回禀："据我军探子侦得，僰军防守重点还是原来的蜀王兵栏。守将名叫阿华，是僰王敕封的什么靖僰神武将军，此人只有二十来岁，武功不错。""嗯，"李冰说，"我和木札、桂阳有约定，如果十天之内，还没有消息返回，那就遇到麻烦了。"

郑洪说："直接发兵平叛。"李冰说："只要我们打得好，敌人就不会伤害二人！"说着拿出一张帛画图来展开，说："这是我根据本地居民提供的情况绘制的。"手指绢图说，"从三江口到僰王山大约是两天路程。西南面和北面都有小路可通。僰军的江防被我军突破后，他们就会南撤至僰王山或附近据点，甚至朝夜郎或昆明方向逃跑。据此，周武都尉可领兵一支，经西南面的石门，向前推进，防止敌人南逃。郑洪破了兵栏后，就从北向南，直扑僰王山。"

"遵命！"二人站起。李冰说："周武都尉今晚就出发。""遵命。"周武退走。"郑洪，"李冰拿起绸鹰，"把它挂在山顶的树梢上，测量风向。""好的！"郑洪站起，拿起绸鹰风筝走了出去。

次日，僰王在殿堂里召开御前会议。他高高地坐在玉石榻上，手持黄金大斧，"李冰派人给我送来一封信。众卿看看，如何回答他。"说着将一份帛书交与国师。国师拿起帛书走下玉榻，交给高志。高志浏览了一遍，转交塞罡等人传看，气氛显得异常紧张。半晌，僰王问："众卿，如何答复李冰？"

塞太师站起说："李冰要僰王将本人和高志侯爷、公孙相爷、魏富、钟秦、向嬴等人缚而献之。国王陛下，大权在握，你——看着办吧。"公孙若说："本人宁愿粉身碎骨，也决不作李冰的阶下囚。"魏富说："本人宁愿战死疆场。"钟秦、向嬴都在喊着："战死！"

高志则缄口不言，僰王瞟了他一眼，问："蜀侯以为如何？"高志反问："国王陛下以为如何呢？李冰信上的第一条可是命令僰王立即退位，恢复大秦僰道建制啊！"僰王说："本王成竹在胸，决不出卖朋友，誓与李冰血战到底。"一个老年寨主僰伯说："国王陛下，听说那李冰当年曾参加过郢都大战，并非等闲之辈。

俗话说，未行兵，先要找好退路，我等打不赢咋办？"僰王说："南撤夜郎、滇越，或者退至盘木、身毒。难道李冰还能将我等追到天边？"

"报——报——报——"一个僰兵吼着，跑进殿中，跪倒在地："启禀僰王，石门一线发现蜀军。"玉璜命道："再探。"

僰兵刚退走，僰王说："令神武将军，调兵堵截。"

"不可，"高志突然站起，说，"李冰在搞声东击西，我等千万不可中了李冰的奸计。国王陛下，打消南撤的念头吧。只有消灭李冰，才是我大蜀国的唯一出路。"

僰王问："侯爷有何妙计？"

"本侯自有妙计奉献，"高志说，"狭路相逢勇者胜。首先，请国王陛下把这个动摇军心，主张未行军先找退路的僰伯杀掉！"

"别杀我，别杀我！"看着老寨主哀号哭叫，高志闪着如剑的目光瞪着国王，逼他表态。僰王咬了咬牙，将手中金斧刷地朝老寨主掷去，顿时鲜血飞溅。

第三十七章　李冰治僰

（一）僰山激战

两个僰兵走进殿中，取下金斧，呈与僰王，将老寨主的尸体抬了出去。其他几个寨主惊惧觳觫。

高志说："吹嘘李冰参加过郢都大战，并非等闲之辈！这样的话传到军中，这仗还怎么打？"

"高志侯爷，"僰王说，"本王表明决心了。请侯爷讲你破敌的妙计吧。"

"凡战者，以正合，以奇胜，"高志说，"水淹楚国鄢城、攻取郢都，都是白起指挥干的。李冰不过是奉命而为，他又不是万能的神，又会治水，又会打仗？"说着扫了众人一眼，又说："我等还要看到，这里是古蜀国望帝和丛帝的故乡，住在这里的各个族群，对二帝都具有深厚的怀念之情，仇恨暴秦！这就是说民心可用。再者，樊地山高林密，河流纵横。易守难攻，我们完全可以将秦军各个击破，让李冰死无葬身之地。"

众文武听闻，精神一振，高志接着说："至于如何打，事关军事机密，本侯已制定方略，拟当面呈樊王审议。"

樊王想了想，说："可以。"

翠屏山山巅的一根大树梢上，拴着一只绸鹰风筝。

李冰和郑洪站在山脚下观察。忽然，绸鹰风筝一下飞了起来。郑洪高兴起来，说："起风了，起风了。"只见绸鹰风筝随风朝北面飘飞，李冰摇头说："要东风才行啊！"

樊王殿的厢房内，何荔正在房中踱步沉思，她的脑海中一直想着那两个秦国奸细，玉璜说："这两个奸细就是在你们家里逮着的。"那个老人说："我已说过很多次了，我是去找我妹子！"

何荔苦苦思考，心想："莫非老人家就是我的舅父？"

正在这时，樊王领着一个姑娘进屋，说："何荔姑娘，本王派个人侍候你，她的名字叫竹香。"何荔说："多谢樊王。"樊王说："要吃什么，用什么，就给她说。"

说完便转身离开，竹香说："叩问小姐安好！"正欲跪拜，何荔扶住她，说："我们以阿姐阿妹相称吧。"

在樊王后寨的石室内，高志还在向樊王、国师、玉璜三人侃侃陈述他的战略战术，他说道："要成大事，必须高瞻远瞩，知己知彼。目前的情况是，秦廷上层虽然发生了逐'四贵'的内讧，但还未演变成内战。因此，我军渡江北上或南下都难以立足。"说着，他摊开一张帛画地图，"我大蜀国要着力经营的是大江南面这一大片地区。当年，楚国的庄蹻就曾在滇池建国，那地方沃野千里。这对我等是一个很大的启示。只要能阻止秦军进入樊地，大蜀国就可以逐步发展壮大。"

玉璜说："蜀侯讲得对。我们蜀国应当确立向南发展的思想。这样回旋余地大，进可攻，退可守。当务之急就是要阻止李冰的秦军深入樊地。"高志说："我估计，李冰可能在这两处登陆。一是从兵栏的上游进入，"他单手一指，说，"这里，汉阳山一线。应派兵一路在要隘石门设伏，防止李冰登陆后从西南面包抄我军。"

玉璜说："已派了阿华的副将阿明去守石门了。"高志又说："李冰第二个登陆点在这里，就是破兵栏，强占下面的码头。这样才便宜他运送大军和军用物资。因此，防止李冰攻破兵栏是重中之重。"玉璜说："本公主亲自去督战。"高志说："我给公主当参赞。"

夜深了，公孙若靠在窗前望着天空半轮清冷的斜月发呆。公孙若夫人和九夫人坐在篾席上，闪着期待的目光望着公孙若。少顷，公孙夫人站起，"下决心吧。"她走到丈夫身后，说，"激战就要开始了，我等得赶快逃离这个鬼地方。"公孙若转身问道："往哪里逃？出国？""不，"公孙夫人说，"回芈相封地新城。"公孙若说："蹚了这趟浑水，见了芈相怎么交代？""兄长勿虑！"九夫人站起，说，"要小妹赶到成都救出兄嫂是芈相的嘱托。他讲，只要能救出你二人可以不择手段，蹚这么一趟浑水是趋利避害，不得已而为之。否则，我等早成了李冰的阶下囚了。"公孙夫人说："就说我等是被叛乱贼裹胁到僰地的，相信，能取得芈相的谅解。"公孙若踱步沉思。

这时，只听芈卢在楼下喊："公孙相爷，蜀侯有请！"

公孙若回应说："我就来。"

他来到翠竹林中的竹亭上，亭内摆有石桌石凳，桌上置有酒菜。高志提着马鞭在竹亭中徘徊，远处有士兵牵马等着他。

见到公孙若和一僰兵走来，高志喊道："公孙兄，请坐。"公孙若坐下来，问："侯爷唤卑职何事？"高志说："不要称官衔了，你我相交多年，以兄弟相称吧！"

"是，"公孙若问，"贤弟一身戎装，是要上前线吧？"

"正是，"高志说，"去滨江兵栏督战。生死难料啊！故特请仁兄前来喝杯酒，算是话别吧。请。"

两人端起陶碗喝酒。高志说："公孙兄，你看月影婆娑，幽篁中紫雾升腾，这僰王山的夜景不错吧。"公孙若说："朦朦胧胧，如梦如幻。"高志借题发挥，说："其实人就生活在梦幻中，特别是我们这些读书人。学而优则仕，修身齐家治国平天下，这是孔老夫子给我们编织的梦；养浩然正气，以天下为己任，当今世界，舍我其谁？这是孟老夫子给我们编织的梦；人生三不朽，立德、立言、立功，这是左丘明老先生给我们编织的梦；为天下人兴利，以极苦为乐，摩顶放踵，吃草根汤，穿麻布衣，这是墨子老先生给我们编织的梦；看破红尘，情愿当池塘里自由自在的活乌龟也不作庙堂上的神圣供物，这是庄子老先生给我们编织的梦。公孙兄，你现在正做哪种梦呢？"

公孙若说："噩梦！一入梦乡，就看到我女儿那双死不瞑目的眼睛。"

高志说："看来，你女儿之死，把仁兄的一切美梦都打破了。小弟一介文士，还在做美梦啊，人到中年，还要披坚执锐去打仗。"

公孙若说："贤弟以天下为己任，令人钦佩啊。"

高志说："选择了这条路，就走到底吧。仁兄不长于打仗，待在这山中也非长久之计。万一败了，仁兄将成为李冰的阶下囚。这是小弟极不愿看到的。"

公孙若问："贤弟要救愚兄？"

高志说："仁兄对小弟有知遇之恩啊，我高志读书破万卷，这点良知还是有的。三江口不是正在建造宫殿吗？带着你的夫人和妹妹去做监工吧。"

公孙若惊问："去做监工？"

高志说："那只是个名义。到了江边，你可以根据战争形势的变化，愿留则留，不留呢，随时可以买舟东下，出三峡到郢都，或回咸阳或到楚国，一切悉听尊便。"

公孙若跪地，感激涕零："多谢贤弟。"高志扶起公孙若，回头喊了声："来人。"

一个随从牵来一匹马，上面驮有两个皮囊。随从取下皮囊，放在公孙若面前。高志指着皮囊说："文书、路引、银两都在这里头，仁兄要迅速秘密离开此地。千万不要告诉蹇罢。"公孙若说："一定，一定。"

"那就此一别了，"高志说着翻身上马，又回过头来说，"俗话说，三十年河东，三十年河西。小弟相信，仁兄今后还会有大的作为，千万不要自暴自弃！"公孙若说："愚兄铭记。"高志说完，挽辔下山。

燹王殿大寨，气氛森严，十个燹兵分左右站岗。蹇罡太师带着管家和铮奴走来，带剑的铮奴被燹兵拦住。蹇罡大叫："我是太师，我要见燹王。"一个燹兵说："见燹王不准带兵器。"蹇罡无奈地对铮奴说："你就留在门外吧。"

蹇罡走进燹王殿，远远看见燹王正在饮酒。何荔着华丽的王妃服，佯装谄媚，摆出妩媚妖娆的姿态，问："我这头饰、王妃服怎么样？"燹王说："恰到好处，是给你量身定做的呢。何荔姑娘，你真的不愿做王妃？"何荔说："你不是亲口答应要把我嫁给阿华吗？"燹王说："那你就做我的女儿，本王封你为公主，封阿华为官，准许你们二人成婚？"何荔跪下，叩拜："多谢父王。"燹王说："那你夫妇就要效忠本王啊。"何荔说："孩儿一定要阿华英勇杀敌，誓死为他的父亲和我的母亲报仇。"燹王说："这就好。"

蹇罡大喊道："国王陛下。"燹王对何荔说："你回避一下吧。"等何荔退走，蹇罡才走进殿中，叩头参拜："国王陛下万寿无疆！"

"请起，"燹王说，"请坐。"蹇罡坐下来，问："国王陛下，公孙蜀相怎么不见了呢？"燹王说："本王令他到三江口监工去了。""唔，"蹇罡问，"不是有意将他放走吧？""太师不要多虑！"燹王说，"确实是为了早日把三江口的宫殿、府邸建成。"蹇罡问："大破李冰有把握吗？"燹王说："当然有把握，玉公主和蜀侯都到前线督师去了，本王和太师静候佳音吧。"

清晨，高志和玉璜骑着马，在兵栏下的江边视察。玉璜问："你为什么要放走公孙若？""从长远考虑呀，"高志说，"依我看，列国纷争还将持续一个很长的时间。这样的时代就会不断产生纵横捭阖之士，公孙若正是这样的人，他回到秦国或到别的国家，都可能东山再起，成为我们的朋友。"

"李冰的克星！"

"嘿嘿！"高志一笑。

清晨，李冰也在翠屏山山顶观察天象，后随郑洪和几名卫士。有顷，李冰说："从彩云的变化看，今天有风。"郑洪说："要是东风就好了。"李冰说："有可能。做好进攻准备。""是。"郑洪说。李冰说："再派一骑兵速至石门，传本守命令，要都尉周武加紧进攻石门，破此要隘。"

周武听令率领秦军在石门隘口组织进攻。古道两旁巨石嵯峨，平地拔起，状若一门，有一夫当关，万夫莫开之险。守此隘口的是阿华的裨将阿明，他带樊兵在危岩两旁设伏，迎战周武，双方正进行激烈的对射。两百多米外的平地上部署着石矢攻击阵，一排弩兵侧身掩体后，不停地朝关上放箭；一排石礟（形如桔槔，俗称发石器）不停地发射飞石，攻击山岩上的樊兵，掩护手执盾牌摆成长蛇阵的一队秦军向前推进。

阿明站在一岩石上指挥。"嗖——"一箭飞来，把阿明的冲天长辫削断，再把他身后的一个樊兵射倒。十多斤重的卵石雨点般地砸在山岩上发出巨响，炸起火花。阿明大惊，吼着："快，快去请将军增援。"

兵栏山顶的石砌哨所中，高志、玉璜、魏富、钟秦、向嬴和阿华个个戎装佩剑，正商议军事。高志问阿华："这些天李冰有什么动静？"阿华说："据我军斥候禀报，李冰在翠屏山伐木造船。""伐木造船？"高志说："看来，大战就在这两天了。"

"报——报——报——"一个满脸血污、披头散发的樊兵跑进哨所，向阿华禀报说，"秦军猛攻石门，阿明裨将请将军火速发兵增援。"

阿华站起："我带神兵去增援吧。"

"慢！"高志指着石墙上的帛画地图说，"汉阳山一线，只有石门有险可守。石门一破，秦军就可大量进入樊地腹心，这样李冰就主动了，他可以南下直扑樊王山，也可分兵一支从陆路，从后方来攻兵栏。"

玉璜说："李冰是不是改变了进攻重点？""他在用诡计呢，"高志望着阿华说，"将军可以去增援，但只能带两百神兵，这里仍是我们的防守重点啊！"

"好吧。"阿华走去。

在僰王寨后山有一个山洞改建的牢房，粗木栅栏将洞口封严，只有一小门可通。木札和李桂阳被关在洞中，门外有两名带鞘刀的僰兵把守。李桂阳和木札站在木栏后与守兵谈话。木札说："阿兄阿弟，我老汉已给你二位说过多次了，我也是僰人啊。"

一个僰兵说："我们晓得你是僰人，可你现在成了李冰的奸细！"

"什么奸细？"李桂阳说，"我们是奉郡守大人的命令来下书的。"僰兵说："你们的书信不是交僰王了吗？"李桂阳说："他就应照书信中说的办，怎么把我们关起来？两国交兵，不斩来使，僰人以仁厚著称，应当立即放我们走，否则，平叛大军一到，尔等将受严惩！"另一个僰兵说："放你们走？我们是奉命办事，做不了主啊。"

这时何荔走来，后随提篮侍女竹香。两个僰兵跪拜："叩问公主安好。"

"站起来，"何荔说，"打开牢门，我要审问这两个奸细。"

僰兵怀疑地问："审问奸细？有僰王的令箭吗？"

"这还有假吗？"何荔瞥了僰兵一眼，拿出一支僰王金箭亮了亮，说，"这两个奸细杀了我的母亲，僰王特准本公主审问他们，为母报仇！"

僰兵掏出钥匙打开牢门："公主请。"

何荔走进牢房，侍女竹香对牢门外的僰兵说："你二人这些天也够辛苦的了。公主赏你们一篮酒菜。"说着递给僰兵。两个僰兵坐下，从篮中拿出酒菜大吃大喝起来。只听何荔在牢房内高声问："两个奸细听着，尔等要老实招认杀我母亲的罪行！"

"请问公主，你母亲是谁？"木札压低了声音，疑惑地问道。

何荔说："何二姑！"木札一震，惊问："你是她女儿何荔？"

何荔没回答，走到牢门房瞅了一眼，见牢房外，两个喝酒的僰兵已经昏倒。竹香正警视前方。她反身凝望着木札，说："我正是何荔！"

木札顿时老泪纵横，说："侄女儿，八年啦，舅父想得你们好苦呀！"

何荔很谨慎地问道："你说我是你的侄女儿，有何凭证？"木札说："你七岁的时候我给你的右臂上文过一颗带双叶的荔枝，给你表兄阿华的左臂上文过一只神鹰。"

"舅父！"何荔掀开右臂衣袖、玉臂上一颗鲜红的荔枝。

竹香走到牢门，提着一串钥匙说："阿姐，来人了，我们从后山走吧。"

何荔含泪点了点头，打开木札和李桂阳的手铐，带着两人毅然离开。

翠屏山的大帐前，戎装佩剑的李冰、郑洪和数名卫士仰望着山顶树梢上的绸鹰。绸鹰在晚风中习习抖动。蓦然，东风骤起，绸鹰徒然向东飞飘起来。李冰铿然出剑，往东一指，"发射帆箭！"

夜色中，江边兵栏山上和江中，秦军人人高举火把。上游的江面上，出现疾速流动的点点火光。戎装佩剑的高志、玉璜、魏富、钟秦和向嬴紧张地注视着大江上游。高志说："李冰开始进攻了。"玉璜转头对卫士说："传令，待李冰的船队触在江中栅栏上后，我军即用强弓硬弩、火箭射杀。注意，以铜鼓为号。"

"嗨！"卫士应声，朝山腰和江边的伏兵处跑去。

高志对魏富等人说："我等下山，分头督战。"

大江中，数十只形同独木舟一样的帆箭，上点灯笼，站着几个草人，朦胧中宛若真人。东风狂吹，鼓起白帆，水流湍急，帆箭在水中飞驶。帆箭猛烈触在江中牵缆和木栅栏上，发出一阵"嚓嚓""嘎嘎""嘣嘣"的声音。这是牵缆、木栅栏被帆箭的利刃截断，铁钩划破的响声。

山顶上，玉璜猛击着铜鼓，八名女兵高举火把。

埋伏在山腰壕堑中和江边岩石后的樊兵听到鼓声，立刻用火箭猛射。带着火焰的箭镞，流星般地飞向江中。几只帆箭着火，白帆和草人燃烧，在江中翻滚、打圈，卷起竹缆、木栅，随着波翻浪涌的激流漂走。拦江的防御工事顷刻消失。

山腰的高志定睛一看，说："中计了。"

大江中，李冰、郑洪率领满载秦兵的三只大船随水驶来。李冰对郑洪说："通过兵栏后，直趋下游码头。"

"遵命。"郑洪转身下令，"在下游大码头靠岸，迅速登岸，要快、快、快。"

兵栏山顶上，一个僰兵吹响牛角号。玉璜听见号角声，赶紧集合队伍，说："快，快，快，守住下游码头。"

魏富挥剑高呼："跟我走。"僰军跟着魏富、钟秦、向嬴等人冲杀出去。

在下游码头，李冰、郑洪率领的三只大船刚刚靠岸。岸上，魏富、钟秦、向嬴等人为前锋的一队僰军也已赶到。玉璜、高志随带八名女兵在后面督阵，击铜鼓助威。

郑洪一举宝剑高喊着："快！"说着首先跳上岸去，秦军跟着纷纷跳上岸。

"杀秦狗！"僰兵呼哨而上。

"杀叛逆！"秦军奋勇迎上。

双方展开厮杀。宝剑、长矛、鞘刀相对拼杀，发出"吭嚓""铛铛"的撞击声，迸发点点火星。魏富、钟秦、向嬴围着郑洪厮杀。郑洪咬牙瞪眼，展闪腾挪，与敌激战。

李冰站在岸边督战，他回头对持弓的百夫长石头低声说了几句。石头张弓搭箭，朝击鼓的玉璜一箭射去，将玉璜的一支鼓槌射断。玉璜大惊，鼓声停止。李冰身后的几名卫士大声呐喊："玉璜中箭了，玉璜中箭了。"魏富等人一惊。向嬴说："撤吧。"话犹未了，被郑洪一剑刺死。魏富、钟秦慌忙后退。

撤军的牛角号声响起。僰军呼哨着狼奔豕突，顷刻逃散。

（二）休战假降

这边，周武指挥手持盾牌的秦军已攻到石门前。他们在强弩的支援下奋力朝两旁的岩上攀登。僰兵的箭已射完。阿华狂吼着："用石头砸呀，用石头砸呀！"僰兵抱起巨石，登跨危岩，猛砸朝岩顶攀登的秦军。

"别打了！"何荔领木札、李桂阳、竹香从后面登山奔来。阿华回头一看，见是何荔，一惊："你来干什么？快退回去。"何荔高声地："是你阿爹要见你哇。"

"我阿爹？"阿华一惊。

山岩上，出现李桂阳，他大声喊着："周武将军，周武将军！"山岩下，周武仰面一看，惊喜地说："桂阳，你还活着啊，好啊！"桂阳说："暂停进攻吧。木札老人是阿华将军的父亲呢，让他们谈谈吧。"

"好，"周武下令，"暂停进攻，原地待命。"

秦军停止进攻。一些僰兵乘机反扑，抱起石头、巨木继续往下砸。何荔大呼："表哥，下令停战吧。"阿华对阿明说："叫他们停下。"

战场上沉寂下来。"嘶儿——"空中雄鹰盘旋，长声哀叫。木札走近阿华，哽咽地："儿啊。"阿华抽出鞘刀，架在木札的项上："你这奸细，误我大事，说实话，你来干什么？""寻找我的儿子阿华呀！"木札说。

"你认识阿华？"阿华问。

"八年啦，阿华长大了，为父认不清了。可是为父记得清，我给他左臂上刺有一个黑鹰！"

"黑鹰？"

"他的右脚小腿上还有一块红色的胎记。"

阿华收起刀，说："你是听别人讲的吧？我的父亲早被人折磨死了。"

木札说："为父被塞侯折磨了七年，一年前又被侯府赶出，在成都西城门洞中栖身，饿得快断气了，是李冰大人救了我啊！"何荔说："表哥，你别怀疑了，他就是我的舅父、你的阿爹啊。"木札说："八年前，就是现在的僰王和塞太师相互勾结，抓走了为父和你母亲，还有八十多名青壮男女。"何荔说："你还不知道，十天前僰王派国师等人闯到我家毒死了我母亲，把我抢到僰王寨，要立我为妃。"阿华大惊："真的？"何荔说："我这些天一直被软禁在僰王府，你看，我这身衣裙，就是僰王给的，纳我为王后，我不从，他又改封我为公主。"阿华愤怒地："恶毒！"

"将军，"李桂阳说，"僰王和玉璜都是蜀王的后代，他们是假装的僰人。"

"啊，"阿华想了想，突然跪倒在木札面前，说，"孩儿不孝！"

黑帽顶僰王寨门前，李冰、郑洪率一队轻骑兵驶来。大寨门洞开。李冰一行下马走进。只见，人去房空。李冰对郑洪说："搜。"

郑洪向后跟的秦军打了个手势。秦军立即分散，进行搜查。

在石海洞乡，一片石林怪石嶙峋，千姿百态，此起彼伏，状如波澜的石海、石林。石林中有片卧虎岭，岭中有个天泉洞。在巨大的天泉洞前厅，近千名僰兵正在此歇息。迂回曲折的长廊通向一个耳洞。洞中的石壁上燃着松明子，忽闪忽闪。僰王、国师、蹇太师、高志、玉璜、魏富、钟秦齐集会商。

僰王说："阿华将军还统领数百神兵扼守汉阳山石门一线，我等撤到此地潜藏，应当派人告知他。"

高志说："不，从现在起截断与阿华的一切联系。"僰王问："为什么？"高志说："国王陛下，你选的王妃和李冰派来的奸细一起逃跑了！而王妃原本是阿华的未婚妻。"说着，他扫了众人一眼，"你们说，她会去找谁？"

魏富说："找阿华呗。"

"还有，"玉璜说，"木札很可能就是阿华的父亲。"

蹇太师问："我的工奴木札是阿华的父亲？有什么根据？"

玉璜说："我是在何荔的家里逮着木札和李桂阳的，我亲耳听到木札喊'阿妹'。"蹇太师感叹："唉，遇到死对头了。"

高志瞪着国师，说："国师呀国师，你选王妃这一招，可把本侯的部署全打乱了哟！"国师抽了自己一个嘴巴，说："我该死！我确实不晓得何荔是阿华的未婚妻啊！"高志说："我敢断定，现在，我们的神武将军已成了李冰的座上宾了。"

高志说得不错，僰王寨的殿堂上，李冰正在宴请阿华和四个寨主。

殿堂正中放着一张长条竹案，左右呈八字形各摆着四张几案。李冰坐正中，左周武右郑洪。木札、阿华、何荔、阿明四人坐右席，四名寨主坐左席。几案上摆有酒肴——罐装佳酿"荔枝绿"，一盘野猪肉，一盘炒干竹笋，一碗山珍汤，一小盘蒟酱和荔枝、桂圆等果品。侍女竹香为众人斟酒。

李冰说："竹香姑娘也坐下吃吧。"

"谢大人。"竹香坐到何荔旁边。李冰端起面前的酒碗说："阿华将军，还有四寨酋长，你们深明大义，归心朝廷，本守首先向你们敬酒，干。"

阿华和四位酋长也端起酒，一饮而尽。竹香又上前倒酒。阿华接过壶说："我来。"阿华给李冰、郑洪、周武斟酒，说："我敬郡守大人和郑将军、周将军一碗。"李冰说："一起喝！"大家举碗喝酒。李冰说："我们自斟自饮吧，阿华将军，四位酋长有什么问题尽可以提出来，咱们边吃边谈，好吗？"

阿华说："我手下的僰兵咋办？是遣散还是保留？""保留，"李冰说，"这些僰兵都是将军训练出来的，今后还是由将军带领。"

一个酋长问："敢问大人，今后如何治理僰地？"李冰说："这个问题很重要，本守可以负责地告诉诸位，今后郡府将坚定实行僰人治僰。严禁买卖僰人。各位酋长不知道吧？自称僰王的人和他的女儿都是蜀王的后代，并非真正的僰人。他组建小朝廷，就是分裂国家，大逆不道！本守此次兴兵僰地，是为了平叛，只逮捕少数反叛头领，对广大僰族父老乡亲秋毫不犯。从现在起就恢复僰道建制，这是朝廷法度。谁任僰道的长官，各寨主均可推荐。"

四位寨主想了想，异口同声地说："阿华。"

何荔问："表哥有做官的本事吗？"竹香说："咋没呢？阿华哥能领兵打仗，还懂得秦文秦语。"阿华连连摇头。裨将阿明说："阿华哥，干吧，你不干，难道让那些叛逆干呀？"

李冰说："阿华年轻有为。本守就迁升阿华为僰道长官，不日由郡府行文授印，并上奏朝廷备案。"郑洪端起酒碗说："为阿华将军迁升僰道长官干。"阿华举碗："多谢郡守大人，多谢各位，请。"

翠竹婆娑，雾霭氤氲。飞雾长廊上，走来一个须发皆白，颇有点仙风道骨的老者，人称何仙药。他拄着一根藤杖，背着一背篼草药健步走来，直朝山坡的茅舍走去。

茅舍中，何荔在室内打扫。

"荔姑，荔姑！"门传来老人喊声。

"阿公，"何荔迎出，帮何仙药放下背篼，说，"你怎么才回来？"何仙药说："到乌蒙山采药，没有一个多月的时间，咋回得来？"

何荔抬头望着阿公，哽咽着说："阿公，你见不着我母亲了！"

老人急问："出事了？"

何荔说："母亲被国师用毒气毒死了！"

何仙药悲愤地说："一定要为你母亲报仇！"

战事虽然停了，但秦军把僰王山搜查了一遍，没有发现叛军踪影。李冰听完李桂阳的汇报，皱着眉在殿堂间徘徊踱步。郑洪问："那些山谷山洞查了没有？"百夫长石柱说："什么飞雾洞、落魂谷、龙家沟、石槽、道洞都查了。"周武说："这僰王山不是叛逆的据点吗？他们怎么会不战而放弃呢？"

李冰判断道："狡兔三窟，僰王还有别的据点。"

阿华站起说："大人判断极是。南面的石海洞乡和朱堤都有僰王的据点。"

"那么，"李冰问，"他们是逃到了石海还是朱堤呢？"

"大人，大人，"何荔领着父亲何仙药匆匆走进来，"我阿公晓得叛军去向。"

李冰高兴起来，说："好哇，老人家，请你告诉本守。"何仙药说："山人采药归来，亲眼看见僰王带着僰兵在石海钻地洞了。"李冰扫了众将一眼，下令："连夜出动，包围石海。周武，你率一校人马，切断叛军南逃之路。"

石海洞乡的卧虎岭上，神兵小头领阿呷带两个僰兵站在岭上放哨。石林中，阿明和百夫长石柱随带两名骑兵向卧虎岭奔来。秦军都换上了僰兵的服装。阿华举目观望，说："来人了，注意！"

岭下的阿明发现了阿呷，喊："阿呷兄弟，阿呷兄弟。"他翻身下马，随百夫长朝岭上走去。阿呷举起弓箭说："站住，别上来，你们已经投降了秦军。"阿明说："胡说，我们在石门已打败了秦军，阿华将军派我来报信。"

"哼，哼，"方石说，"报信要四个人来吗？老子射死你——"

百夫长"唰"地掷去一把匕首，扎在一个樊兵的右腿上，他"哎哟"了一声，弓箭落地。阿呷见状，掉头就跑，遁入石林，顷刻消失。樊兵一瘸一瘸地逃走，阿明和百夫长几步追上去，将他抓住。

李冰、阿华、郑洪、桂阳率一队骑兵奔来。阿华向李冰介绍说："大人，这就是石海洞乡，上面有石林，下面有石洞，很是宽大。"李冰举目观望，惊叹道："美哉，石林！真是天工神造，人间奇观啊。"这时，阿明和百夫长石柱等四人骑马从石林内奔出。阿明的马上驮着受伤的樊兵。他们奔至李冰前下马。百夫长说："大人，咱们抓了个活口。叛军就隐藏在卧虎岭下的天泉洞中。"阿明从马上抱下樊兵，拖到李冰面前。李冰盯着活口说："别害怕，不会伤你性命，还要给你治伤呢！等伤好后就放你走。""活口"露出惊喜的眼神。

李冰问："樊王等人都住在石洞中吗？""活口"拼命地点头。李冰下令："立即封锁石洞的所有出口。"

天泉洞里的耳洞形同一座宫殿，有石桌、石凳、石龙、石马，还有石珊瑚、石莲花、石笋等。晶莹闪光，形象逼真生动。石壁上插着火炬，红光灼灼。

樊王、国师、塞太师、高志、玉璜、魏富、钟秦等人齐集，或坐或立，人人神色凝重！高志踅来踅去，突然停步，说："国王陛下，趁李冰立足未稳，下令撤吧。"

"报——"一个樊兵跑进来，禀报说，"后洞出口处，已被秦军封锁。"

"啊！"众人一惊！

"报——"阿呷跑进来，禀报说，"前洞出口处已被秦军封锁。还射进来一封信。"说着举起一幅帛书。

高志接过，浏览了一下，递给玉璜，玉璜看后递与樊王。塞太师问："李冰说什么？"樊王说："敦促我等赶快投降！说是南逃之路已被切断。"高志说："李冰一向主张'不战而屈人之兵'。"国师说："我等也可不战而屈李冰呀！"高志问："国师有何妙计？"

"蜀侯，"国师走近高志，低声说了几句。高志点头，问："有把握吗？"国师说："万无一失！"

双峰石下的李冰军帐中，李冰问郑洪："敦促僰王投降书送去了吗？"郑洪说："是用箭射进洞口的，同时，喊了话。估计，僰王早已收到了。恐怕这些人死顽固不会轻易放下屠刀。"李冰说："为了少流血，咱们争取谈判吧。"

"大人，"百夫长快步走进来，禀告，"僰王愿意投降。"说着将一份帛书呈与李冰，"是用箭射出洞口的。"

"大人，"郑洪问，"他们说什么？"李冰说："国师要亲自来与本守谈投降条件。还说为了表示诚意，愿意献上蹇罢的人头。"郑洪说："他们为啥派国师来呢？"李冰说："说是只有国师才能代表国王。"郑洪说："听说这国师会邪术，会不会有诈？""邪不压正，"李冰对百夫长说："本守欢迎国师来谈。"

看着百夫长走去，李冰对郑洪说："去把何仙药老人请来。"

天泉洞里的耳洞中，僰王、国师、玉璜和高志全都铁着脸，冷眼瞪视蹇罢。

蹇罢全身痉挛、哆嗦，猛然跪倒在僰王和玉璜面前哀号着："干亲，干女儿，救救我吧，为啥就非要我的人头不可呢？"

"干亲，"僰王说，"我不是给你讲清楚了吗？国师要亲自去和李冰谈判，事关我蜀国存亡！为了表示诚意，不得不借干亲的人头来用用啊！"蹇罢叩头如捣蒜："饶了我吧……"

高志一把提起蹇罢，说："你多年来掳掠许多僰人当奴隶，即便我等饶得过你，阿华、木札这些人能饶你吗？"

玉璜端起一碗毒酒，走到蹇罢面前，笑嘻嘻地说："干爹，喝了这碗酒吧，干女儿孝敬你一副全尸。"

蹇罢大叫："我不喝，我不喝。"

高志扭着蹇罢的双手，玉璜捏着蹇罢的嘴巴，硬将毒酒灌入他的口中。

天晴日朗，天泉洞前门口，伸出一条白布长幡绕了绕。

樊兵阿呷大声说："国师出洞谈判，这是李郡守答应了的，请贵军让路，不得暗箭伤人，以昭信用。"

洞前面的一块巨石后面站着百夫长，他闪身而出，说："叫你们的国师出来吧，本官长负责引路，保证安全。"

这时，国师赤裸上身走出来，牵着一只羊，这叫"肉袒牵羊"表示请罪和犒劳胜方的军队。一个随从抱着一个木匣随国师走出。百夫长招手："跟我来。"

李冰帐前，戒备森严，分左右站着两列明盔亮甲，披坚执锐的卫士。帐内，条石几案后坐着李冰，身边站着戎装佩剑的郑洪。帐外，百夫长石柱领着国师和随从走来，后随八名秦军护卫。李桂阳上前，挡住盘查，说："你牵着羊来干什么？"

国师卑辞道："这是古礼。你们是胜军啊，牵头羊来表示犒劳啊。"

李桂阳："本军受了。"对一卫士说，"牵走。"他又逐一盘查随从，问："你抱的什么？"随从回答说："献上蹇罡的人头，以表明归降诚意。"国师说："呈请李郡守验证。"李桂阳问百夫长："查过他们身上吗？"百夫长点头。"进去吧。"李桂阳说。

国师和随从走到帐前。卫士们齐声呐喊："跪下。"

国师跪下膝行至帐中，高喊着："叩见郡守大人！"李冰问："你来谈什么？"国师说："求大人赦樊王和他的女儿玉璜、女婿高志，准许他们远走盘木、身毒或摩揭陀国。从今后不再与大秦为敌。其他官员、兵丁一概交大人处置。为表诚意，樊侯已将作恶多端的蹇罡斩杀。"

李冰问："尔等真的杀了蹇罡？"国师从随从手上接过木匣膝前几步，说："请大人验证。"

打开木匣，果然是蹇罡人头。李冰、郑洪定睛一瞧，国师乘势朝木匣吹了口气，一股青烟直冲李冰。李冰"啊"了一声，昏倒在几上。

国师猛吹木匣，青烟迷漫帐内。

第三十八章　战星陨落

（一）伐僰止战

"国师的神术了不起啊！"看着昏迷不起的李冰，跟随的僰兵叹道。

"这叫不战而灭敌首！"国师命令："从速切下李冰人头，招降秦军。"

"嗨！"随从僰兵伸手去抽郑洪的腰间宝剑，不料郑洪一掌将他打倒，挺身站立起来。李冰和卫士也都纷纷站起，宝剑出鞘，直指国师！

李冰睥睨国师，说："国师笑得太早了！"

国师色厉内荏，嘶声说："尔——尔等已经中毒了，硬撑也撑不了多久，三日之内必死无疑！只有本国师才能救得尔等。从现在起，按本国师的命令办，就给尔等解毒药。"

"用不着了，"李冰说，"我等已经吃过解药了！"国师叫嚣道："本国师的神术，天下无敌，谁也防不了！"

"胡说，"何仙药大步走进帐中，说，"你那号称天下无敌的妖术，不就是用毒蘑菇、麻母枝这些毒菌、毒树碾成粉末制成的薰烟吗？"说着举起一把草药，"这苗仙草就是你那毒气的克星！"

"你是——是何仙药！"国师瞪大眼睛，气馁地垂下了头颅。

李冰命令卫士押走国师和随从。郑洪笑着对何仙药说："老人家，你硬是活神仙啊，喝了您的苗仙草药汤还真管用。"何仙药说："没有万分的把握，山人是不会劝大人走这一步险棋的！"

李冰问："这药是您老发明的？"

"非也，"何仙药说，"是古时的蚩尤和他的后代苗民发现的。故老传言，蚩尤在中原战败后，退入南方深山密林，常遭瘴气、毒气危害，为了生存，经长久搜寻，才发现这种能驱毒除病的草药。"李冰说："请老人家把这种药再熬它几大釜，让我军将士人人饮用，以防不测。""使得，"何仙药点头，"山人就去办。"

在怪石丛中，国师和随从被五花大绑在一棵石树上。百夫长带四名卫士一旁监护。李冰审问国师："尔等得手之后，如何与洞中联系？"国师缄默不语。百夫长将宝剑架在国师的脖子上，说："快讲实话。"

过了半晌，国师才说："举火升烟。"

虎岭的天泉洞外，僰兵小头领阿呷和两僰兵隐身在蘑菇石后，他们睁大眼睛，紧盯着前方。忽然，观察动静的僰兵惊喜地叫道："一缕青烟升起来了。"

阿呷站到蘑菇石上，眺望远处，只见一柱浓烟果真从石林中腾空升起。

天泉洞深处的大厅，厅顶离地足有二十多丈高，厅顶的正前方裂开一个长方形窗口，人们称它为"天心眼"。阳光从那里射进厅中，上有泉水沿着岩石流下，叮咚作响。水光交织，紫雾缥缈，神奇多彩。

僰兵云集殿中，十八名壮汉站在十八面铜鼓前，手拿鼓槌。众多僰兵分左右站着，穿僰人装的魏富、钟秦和两名寨主站在左边队列；两名寨主和塞侯管家、铮奴站在右侧。

玉璜站在一块岩石上，旁边站着高志。玉璜大声说："神兵将士听着，我们的国师，为了保护僰人不遭屠杀，冒着生命危险，去与李冰谈判。我国师乘机施法，已将李冰置于死地。秦军大乱，正是我神军实行反攻的大好机会。本护国公主命令，军分两路，从前洞、后洞杀出去。"

高志挥剑喊道："将士们，为大蜀国立功的机会到了。杀呀！"

"咚咚咚……"随着十八名壮汉擂响铜鼓，"杀啊！"魏富、钟秦和两名寨主领左队朝前洞杀去。"杀啊！"管家、铮奴和两名寨主领右队朝后洞杀去。前洞，阿呷、钟秦、魏富带一队僰兵冲出。

"魏富伯！"魏富、阿呷和钟秦等人抬头一看。只见前面的石林中，国师站在一方台石上，后面有几株石树、石花。他的双脚被拴着，百夫长等人隐身在石树后面，其他秦军隐蔽在石林中。

"国师劳苦功高！"魏富说着朝前走去。

"放心吧，秦军已经瓦解！"国师问，"国王陛下呢？"

魏富说："在后面呢。"

这时，樊王在玉璜、高志和八名女兵的护卫下从洞中走出来，看见国师，樊王欣喜地叫道："国师，你立大功了！"说着就朝前走去。

"慢，"高志突然喊了一声，他环视一眼，说，"胆大国师，见了国王陛下为何不上前迎接？却站在原地傲立不动！"

国师嗫嚅着："这……这……"

"有埋伏，快撤！"玉璜大声命令。

"杀——"李冰突然出现在一块大蘑菇石上，挥剑一指。

"唰——"阿华出现在一株石树上，撒下一张捕兽网，罩住了樊王。玉璜眼疾手快，拉着高志，率女兵快速退回洞中。

留下的魏富、钟秦被秦军包围，一阵厮杀。

阿华吼着："樊王已经被俘，阿哥阿弟们快放下武器投降吧，投降不杀。"樊兵一听纷纷跪地投降。

钟秦爬到一石树上躲藏，百夫长石柱追来，腾身飞起，一剑洞穿钟秦。狼狈不堪的魏富东躲西藏，他看见一石龟下有洞，便钻了进去。郑洪追来，不见魏富踪影，他一步跳到石龟的背上观察，石龟轰然塌下，郑洪一惊，低头一看，只见石缝中渗出血来，他跳下龟背，躬身观察。百夫长走来，问："大人，魏富呢？"郑洪说："这鸟人，当龟儿子了！"说完站起来，"走，活捉玉璜、高志去。"

洞中，高志、玉璜带着女兵朝后洞跑去。在后洞的出口处，玉璜、高志朝前一看，只见蹇侯管家、铮奴和两名寨主率领的樊兵正与周武统领的秦兵激战。从后洞阴河的岸上杀到齐腰的水里。周武提着宝剑，率领手执盾牌的秦军，在后洞出口处组成了一堵人墙。玉璜、高志见势，反身退回。

来到天泉洞内的天窗口下，玉璜命八名女兵，沿着危岩朝天窗口爬去。她们身轻如燕，攀至中岩，"嗖，嗖"飞出窗顶。

一根又粗又长的麻绳从天窗口降下。玉璜叫高志："快上。"高志急忙拉着麻绳，被窗顶上的女兵拖上。玉璜快步登上中岩，"呼"的一声，飞上天窗。

天窗顶上，玉璜挥剑一指，"向南撤。"

话音刚落，岩石、树丛后锣声骤起，鼓角齐鸣。桂阳、阿明、百夫长率军杀出，挡住去路。玉璜、高志率八女兵冲杀过去，她们都豁出去了，企图杀开一条血路逃遁。但只见寒光闪闪，剑飞人翔，撞击声、喊杀声，响彻山野。

"阿姐、阿妹，不要为老妖精卖命！"阿明边杀边喊。"玉璜骗了你们，别保她了，别保她了！"李桂阳边杀边喊。

身陷重围的玉璜身如蛟龙，飞旋的剑光绕着她，几乎不见人影。郑洪率队从北面上山，大呼："活捉玉璜、高志！"玉璜拉着高志，腾身飞起，向西逃去。

夕阳西下，如火的晚霞给千姿百态的石林渡上了一层金辉。天泉洞西面高耸的石山，黄昏。石林中，李冰、郑洪、周武、桂阳骑马，朝石山驰来，后随一队卫士。他们来到石山前下马。举目一看，石山形如尖塔，雄峙的悬崖绝壁上凿有石眼、石槽，悬挂着一具具棺木。率兵包围石山的阿华上前，拱手参拜："参见大人。"

李冰问："玉璜、高志逃上了山？"

"是，"阿华说，"有士卒发现他俩逃上了山，但顷刻不见了，估计还未走远，所以，卑职下令将这石山包围起来。下山要道、隘口都已布兵防守。"

"好，"李冰说，"他们躲起来，是想等到晚上，乘夜色逃走。现在就要组织勇士进行搜山。每一副悬棺，每一个石槽、石洞都不要放过。"

傍晚，阿明和百夫长领几十名僰兵、秦军朝山上攀登。有的甩出麻绳铁钩，抓住岩石，拉着绳子往上趴；有的用铁耙勾着岩石朝上爬；有的僰兵徒手攀登，如履平地。士兵们边爬边吼："出来，出来。"

山下，僰兵们击铜鼓助阵。

蓦然，岩上最高处的一副悬棺木盖"哗"地翻开坠下。

山下，铜鼓停击，士兵呐喊："投降不杀，投降不杀！"玉璜、高志从棺材中爬起，攀到山顶。两人举目一看，在山顶的左右面，郑洪、周武、李桂阳率军严阵以待。

山下的阿华大声喊："玉璜，投降吧，主动投降，可以从宽发落！"

"住口！"玉璜大声说，"阿华听着，为姐手下的那八个女中英杰，是为姐从蹇罡的虎口中解救出来的，你要善待她们。为姐行侠仗义，兴兵复国，为的是推翻暴秦，施行仁政，虽死犹荣！"

高志大声说："孔曰成仁，孟曰取义，阿华小子，敲响你们僰人的铜鼓，为侠士玉璜和义士高志送行吧。"

阿华望着马上的李冰，犹豫了一会儿："大人，你看——"

李冰闭上眼睛，说："敲吧。"

阿华高声喊："擂鼓。"

铜鼓又"咚咚"地响了起来。山巅上，玉璜与高志拥抱亲吻，双双牵手跳下悬岩。

伸入江中的危岩上，"积薪烧岩"的大火冲天而起，岩石毕毕剥剥地爆响着，火星飞溅，火光闪烁，火苗升腾，映红了江水，映红了夜空。

李冰平叛之后，随即采用开凿宝瓶口的办法，将兵栏山伸入大江中的危岩乱石清除，扩大了江面，使大小船只通行无阻。之后，李冰又下令在僰道境内修筑道路，为以后南方丝绸之路的发展奠定了基础。这些措施，促进了蜀郡的外贸发展，增强了蜀郡与境外经济、文化交流。

站在大江边，李冰对阿华说："水路、陆路的交通问题解决了。你们就可以把僰地的特产——荔枝呀、蒟酱呀、美酒呀、竹器呀，运出去卖。东面，可以把生意做到楚国去，西南面呢，可以做到夜郎、昆明甚至盘木、身毒。"

阿华说："我们一定照大人的话办。"

"好好干，"李冰说，"僰地是块宝地呀！将来会大有发展。"

郑洪骑马奔来，滚鞍下马，说："大人，搜索三天了，没有找到公孙若。"

"叫周武别搜了，"李冰说，"看来樊王的供词是可靠的，高志放走了公孙若。现在，怕已是船过三峡了。"

三峡江中，一只小舟漂来。一老艄公划船，上坐公孙若和他的夫人与小妹，随从芈卢。公孙若站起身来，回望江上游，脸上露出惨淡的笑容。

他拱手道："李冰兄，后会有期！"

（二）战神陨落

巍巍咸阳宫，厢阁内一如寻常，墙上镶嵌着一幅木版地图，红色箭头标明秦国、赵国对峙的态势，离范雎拜相已经过去五年，秦国和赵国终于走上了对峙之路。

昭王召开御前会议。范雎丞相，武安君白起，大将王龁、左更司马靳等人在座。昭王扫视众人一眼，威严地说："秦赵大决战的时机到了！"他指图道："上党！这一仗务必攻占上党，全歼赵国主力，进而灭亡赵国。"

"谨遵王命。"众将齐声回答。

昭王转身瞄着白起："有什么难处吗？"

"军粮！"白起说，"我大秦军将有六十万人参战，吃饭就成了大问题。"

"勿虑，"范雎说，"本相给武安君当后勤，保证你的军需。"白起问："丞相有把握？""有，"范雎说，"李冰保证，战争期间，蜀郡每年可供给军粮一千万斛！何况还有关中、汉中、河内、河东、南郡这些产粮区呢。"

昭王欣喜地说："看来，李冰治水兴蜀已取得可喜的成效了。"

"是的，大王，"范雎说，"自从李冰平定了樊地叛乱之后，消除了蜀中动乱根源，五年来，蜀郡是政通人和啊！大堰运行不衰，灌区逐年扩大，已开稻田一百二十万亩了，牛耕普遍推广，水稻连年增产。蜀郡北出的褒斜道、石牛道已扩修完毕，可通马车，东出水路，经过疏浚整治，也可通大楼船。这样，蜀郡丰富的物产就可顺畅流动，为我所用了。"说着，他转望白起，"武安君还有疑虑吗？”

白起说：“在下也给李冰打过招呼，有他向朝廷的保证，我就放心了。”

王龁等将领说：“兵精粮足，大秦必胜！”

日照下的秦岭，栈道绵横。郑洪押着一支长长的运粮车队向北进发。狂风劲吹，黄尘迷漫，渐显北地郡新城县邑的城郭。

县城中小巷内的一幢泥墙茅屋，门前有匾额，篆书“回庐”。这是公孙若夫妇的住处。堂屋中的筵席上，公孙若夫人用纺锤织麻。

公孙若披头散发，胡子拉碴，穿着一身邋遢的麻布衣，盘坐席上打草鞋。身旁放了个酒葫芦，他边饮边干活，长声哼着：“于我乎，夏屋渠渠，于嗟呼，不承权舆……”

“唱，唱，唱，”公孙若夫人说，“落到这个地步还有心思唱！”

公孙若道：“贫居陋巷，箪食瓢饮，回也不改其乐，这是圣人之道啊！”

“你呀，”公孙夫人数落着，“一会儿叨唠庄周，一会儿又叨念颜回，你心里想的什么哟？”公孙若道：“颜回讲究安贫乐道，庄子主张精神自由。两个都是我的精神偶像，心里没有这两个偶像，为丈夫是一天也活不下去的啊！”

“兄长，嫂子。”九夫人欣喜喊着，走进。她的身后跟着一个随从，扛着一袋粮食，提着一坛御酒。“小妹来了，坐，坐。”公孙若夫妇迎上。公孙若接过酒坛一看：“好酒，这不是咸阳御酒坊的特产吗？”“是的，”九夫人说：“小妹去了趟咸阳。”公孙若问：“见到了华阳夫人？”“当然，”九夫人说：“告诉你们一个特大喜讯！”“什么？”公孙若夫妇急问。

九夫人说：“华阳夫人已被太子安国君立为正妃了！”“谢天谢地，谢天谢地！”公孙若夫人朝天拜揖，说：“这是芈氏家族的大喜啊！芈相要是还健在，不知道多高兴呢！”公孙若说：“华阳夫人是芈相的孙女，范雎老头儿没反对？”九夫人说：“当年，范雎这么搞，安国君就不同意。现在事过多年，太后、魏相、芈相相继故去，大王早已不再提此事了。就算范雎反对，现在，他也顾不上了。"公孙若问："为什么？"九夫人说："秦赵在长平大决战，出动六十万大军，光筹集军粮一事就搞得范老头儿焦头烂额。要不是李冰给他撑起，范老头肯定抓瞎。"公孙若问："李冰如何能挺他？"九夫人回答："听说大战所需军粮的一半，都出自蜀郡。"公孙若说："看来，李冰是要投靠权贵范雎往上爬啊！""由他去吧，"九夫人说，"等太子即位后再收拾他。"

"现在怎么办？"公孙若夫妇齐声问。

"韬光养晦，以待将来。"九夫人答。

秋天的成都平原，艳阳高照，稻谷一片金黄，秋风吹过，涌起万顷金波。成都西郊的一片开阔地上，搭起一座祭棚，供着一条泥牛，摆着果品，燃着香烛。农民乐队敲锣打鼓吹笙竽。

李冰正在主持开镰仪式，郡县两级官员参加，周围站满了手持镰刀的农夫。李冰朝泥牛跪拜，众人也跟着跪拜。礼毕，主簿王丰说："请李冰大人训示。"

李冰说："众位父老乡亲，本守先要向大家通报一个好消息。秦赵长平大战，经过我大秦将士三年苦斗，在白起将军的指挥下，已将赵括率领的四十万赵军包围，这些赵军已断粮四十多天了，只有投降了。本守已给白起将军去信，请他分战俘二十万给蜀郡安排。咱们蜀郡地广人稀，增加二十万青壮，今后植树造林、兴修水利、新建城邑就有更多的劳力可用了，这对蜀郡的各项建设，大有裨益。各位欢迎这些赵国弟兄吗？"

众人齐声高呼："欢迎，欢迎。"

"好，就这么定了。"李冰高举镰刀，"开镰！"

众人随李冰下田割稻。

傍晚，杜鹃和李桂阳一人提篮蔬菜，一人扛袋粮食走进郡府后院。他俩早已由李冰撮合成亲。李冰热汗涔涔，疲惫地走回来。

李桂阳急忙与他端洗脸水，杜鹃从厨房中端饭菜出来，放于案上。

李冰洗脸后，坐于案前，问："夫人呢？"李夫人匆匆走进来，说："郑洪有急信来。"然后，她将一插有羽毛的尺牍交给李冰。李冰拆开一看，大惊，站起喊："桂阳，桂阳，备马，随我去长平前线。"李夫人："出了什么事？"李冰说："郑洪说白起正谋划杀降，要我去阻止他。"话音刚落，便大步走出。李夫人在身后喊道："带点干粮走。"

北去的驿道上，李冰和桂阳纵马飞奔。

长平狼城山，帐中烛光炫煌。白起站在案前，脸色严峻。左庶长王龁、左更司马靳等将领列两旁。

有顷，白起盯着王龁问："安排好了吗？"

王龁说："已将降卒分散在杨谷中宿营。"白起又望着司马靳说："给降卒发放干肉、锅盔、饭团、米酒，让他们尽情吃喝。""遵命！"司马靳。白起一咬牙，从案上的铜壶中取出一支令箭，说："今晚子时，照我的密令办！"

"啪！"将令箭扔到王龁脚下。

月照中天。天上，一朵乌云飘来，遮住了月亮，顷刻间，大地昏暗起来。起伏的山峦、幽幽的深谷一片黝黑。猛然间，杨谷中爆发出一阵惊天动地的喊杀声，刀剑的碰击声，战俘的惨叫声。倾盆大雨哗哗而下。

早晨，从杨谷山中流出的小河已被鲜血染红，汩汩流淌。这杨谷河从此后，被人称为丹水。

杨谷山口，丹水出口处，李冰和桂阳骑马奔来。二人下马观看，但见一河血水呜咽着从他们的眼前流过。二人望着丹水，惊骇发怵！

郑洪从山上骑马奔下，发现李冰，急喊："李公，李公！"他奔至李冰面前，滚鞍下马，沉重地说："不该发生的事发生了，白起将军把俘虏全坑杀了！"李冰说："你为什么不谏言，不阻止。"郑洪道："武安君只让我管粮草，机密会议，不让我参加。"李冰说："找白起去。"

白起盘脚坐于案前，用大陶碗喝酒，一碗又一碗，他已经喝得醉醺醺的了，还一个劲儿地喊："斟酒，斟酒……"

司马靳抱个酒坛站在一旁侍候他，说："将军，喝不得了，喝不得了！"

"拿来，"白起从司马靳手中夺过酒坛，咕嘟咕嘟地牛饮起来。

郑洪和李冰提着马鞭走进帐中。李冰强压怒气，叫道："白起将军！"

"你——你是谁？"白起站起打量李冰，说，"啊，李，李，李冰！你又立，立，立大功了。没有你，你们蜀郡源源不断地供、供应军粮。就没有长平的大、大胜！我、我敬你一杯，给你庆、庆、庆功！"

李冰说："我不是来庆功的，我是来领人的。你不是答应过分给蜀郡二十万战俘吗？""是也，是也，"白起说："司马靳，分给蜀郡战俘二、二十万，其他二、二十万呢？由汉中和南边的巴郡、巫郡安置，一定要分、分、分散居住，防止他们抱、抱成一团。再给他、他们每个人娶个老婆、婆姨，他们就不会逃、逃跑了。"

司马靳说："上将军，这是十五天前的计划了。"

白起眯缝着眼睛，说："难道改……改变了？"

郑洪说："昨晚子时，左庶长王龁亲自领军，已将住在杨谷中的四十万战俘全部杀掉了。只放了二百四十名少年军人回赵国宣威。"

李冰瞪着白起，说："没有你的命令，王龁敢杀降吗？"

白起怔了一下，似乎清醒起来。"是也，"白起突然起身，说，"是本将改变了主意，是本将下的命令，把他们送上了天国。"

"太残暴了！"李冰戳指白起，愤怒而又痛心地说，"杀降不祥，对于放下武器投降的战俘，胜利者应该切实保障他们的生命安全。历史上对战俘最苛刻的处理，也只不过是让他们做苦工，当奴隶，这是从炎黄部落征战以来形成的传统，既是天道，也是人道。你这残忍的一招，把秦国在长平的辉煌胜利，变成了亘古的耻辱！必然受到天下人的诅咒。可叹，你一代名将从此将被人看成狰狞的屠夫，被永远钉在历史的耻辱柱上！"

"那又怎么样？"白起说，"什么千古功业？什么青史留名？

我白起已经不在乎了。让天下人都诅咒我吧！”又提着酒坛牛饮。

“太可惜了！”李冰指着白起，“你……你……你……”

“别说了。”司马靳拉走李冰。

山坡上，李桂阳在放马，郑洪蹲在地上修理马鞍。李冰与司马靳坐在地席上喝闷酒。司马靳对李冰说：“你错怪白起将军了。”

李冰“哼”了一声：“他，从来就是以斩首几十万为荣！”

司马靳说：“白起将军起于部卒，性情刚烈，以为杀人多就是勇猛。但自从封了武安君后已有改变，戎马倥偬之际也喜欢读书了。除了兵家著作，还看孟子、墨子的书。对他过去杀俘的做法，已有反省。月初，将军收到你的来信后，甚为赞赏，立即拟了个安置赵国战俘的计划，命我和王龁连夜赶到咸阳请示大王和丞相。”

李冰问：“你们请示过朝廷？”

司马靳点头，说：“这么件大事怎能不请示。我们先见了大王。”

那日在咸阳宫的厢阁内。王龁、司马靳挺立着，目不转睛地盯着来回踱步的昭王。半晌，昭王止步，说：“大战之前，寡人就颁有诏书，战场上发生的一切事情，概由武安君全权处理，本王决不掣肘。处置战俘的事，难道还要寡人再下一道诏书，那不是自食其言吗？”

王龁说：“大王，这……”

昭王一挥手：“去吧，去吧。”

他们来到丞相府的明堂上，丞相范雎手拿简册，乐呵呵地招呼站得笔挺的两位将军：“请坐，请坐。”王、靳二人在几案前坐下，仆役端来两盏茶。

“请用茶，”范雎说着，也坐到二人面前，道，“依本相看，大王不会因为如何处置战俘的事，再下一道诏书了。请二位速回长平向武安君禀报吧。”

王龁说：“按武安君的安置计划办？”范雎摇头，扬了扬手中的简册，说：“本相看了武安君的安置计划，以为不切实际。”

“为什么？”

“道理很明白嘛，”范雎说，“赵国自从赵武灵王实行胡服骑射的改革后，造就了一支颇有胡人野性的精兵，剽悍、勇猛、好战，把这些异邦精壮，安置在哪个郡都不适合。"司马靳说："李冰郡守来信说，他有办法把赵人化为秦人。"范雎笑笑，说："李郡守过于自信了。蜀郡是大秦的后方基地，出不得一点乱子的。"司马靳问："那怎么办？"

"由白起将军决断吧。"范雎说，"列国相争，天下板荡，七强争霸靠的什么？兵也！因此，本相曾经讲过，为将征战'勿独攻其地，而攻其人'，武安君百战名将，他比老夫懂得这个道理。"

王龁问："丞相之意是将这战俘统统杀掉？"范雎正色，说："本相只是说由白起将军决断。大王不是授予了武安君生杀予夺之大权吗？"

白起帐中，众将雁列。白起展简看范雎批示，念："生杀予夺，悉听君裁。"他勃然大怒，他把简册狠狠地扔在地上，说："岂有此理！安置战俘不是打仗，是政务，老夫怎么定夺？难道老夫有权向各郡郡守发号施令吗？"说完停了停，大呼道："备马，备马，老夫要到咸阳面君！"

王龁、司马靳忙劝："武安君息怒，息怒。"司马靳说："如今面君、见相都没用了。"白起喘着气，吼道："那怎么办？"王龁说："我看大王和丞相之意是……"一边比了个杀的手势。

白起急问："真是这个意思？"

司马靳说："丞相不赞成武安君的安置计划，还对我们讲为将征战'勿独攻其地，而攻其人'的那句老话，这意思还不明白吗？"

"唉！"白起一声长叹，拍了拍自己的脑袋，让自己平静下来，他踱步思索："君王老糊涂，范雎老滑头，为了秦国的大局，这杀降的千古骂名就由我白起来背负吧！"

李冰听罢司马靳的叙述，心情沉重地说："我错怪白起将军了！"司马靳说："白起将军已有退隐之意。他说等我军休整两月之后，就直捣邯郸，灭亡赵国，打完这一仗，他就解甲归田。"李冰说："朝廷会准许他继续再战，一举灭赵吗？"司马靳说："赵国大败，我军乘胜前进，这是最好的战机啊，朝廷没有理由不同意吧？”

李冰瞄着司马靳没有作声。

在咸阳宫，范雎对昭王说：“按武安君的主张，进军邯郸，有逼成山东诸国合纵之险。而且，我军虽在长平大战中获胜，但士卒也伤亡过半，兵员、粮秣都急需补充，当此之时，宜于养精蓄锐，以待时机。”

昭王问：“丞相之意是……”

“准许赵国割地求和，”范雎说，“令白起班师回朝。”

昭王踱步，想了想说：“那就下令白起班师吧。”

“领诏。”范雎欲走。昭王叫住了他，说：“寡人之意是休整半年。之后，还是要白起将军进军邯郸，灭亡赵国。现在，要加紧准备，补充兵源，筹集粮秣。”

范雎颔首。

在成都郡守府议事堂，郡县两级官员齐集，肃然挺立。主簿王丰主持会议，高声道：“请郡守大人训示。”李冰道：“没有什么训示的，请诸公来是宣布秦王特诏。请郡丞大人宣读。”郡丞尚武站出，展开一幅黄绫，念道：“秦王特诏，长平大战，蜀郡供应粮秣甚巨，功不可没，特赐郡县两级官员，人各晋爵一级，以彰显殊勋！”众官员齐呼：“大秦王万寿无疆，万寿无疆！”李冰挥手说：“静一静，还有呢。”尚武继续念：“望尔等再接再厉，在灭赵大决战中，再立新功，不负寡人厚望。”李冰问：“明白了吗？”众答：“明白了。”

李冰挥手：“坐下。”众官员跽坐。孟谦问：“还要和赵国决战？”李冰说：“入秋之后，大王已令王陵、王龁进军邯郸。”郑洪说：“这一仗不好打哟！听说赵国的平原君、魏国的信陵君、楚国的春申君、齐国的鲁钟连等人组织了一支四十万人马的合纵联军，声言要与我大秦国一决高下。我军孤军深入，令人担忧呀！”

“所以，”李冰说，“我蜀郡上下才要协和全力，为朝廷分忧解难。十万大军已经出动了，即使决策失误，已无可挽回了。会商一下，我们蜀郡还能不能再出谷米六百万斛支援前线？”

王丰说：“还存三百万斛荒粮了。要筹集六百万只有下令加征。"

"加征？"李冰思虑，说，"不妥，老百姓按国家法度，交足了粮税，你现在又搞加征，这不是增加负担，失信于民吗？另想办法吧。"

"由盐铁署出钱买粮，"尚武说，"官营的盐铁生意不是连年赚钱吗？自从大堰建成后，郫县、鱼凫、江源、广都、繁县等灌区内已出现了不少殷实富户，他们存有余粮，可以向这些人家购买。"

李冰说："这么办好。王丰大人，你看？"

王丰道："卑职照办。"

在郡府后院，李夫人正在园中清扫蜂箱。李桂阳拿着一封信走来，说："司马靳将军派专人送来的急信。"

"唔。"李夫人接过。

郡守府议事堂中，会议还在继续。李冰说："什么叫打仗？我看就是国力竞争。朝廷把蜀郡列为战略基地，寄予厚望，我辈是任重道远啊！治水兴蜀已见成效，但不能估计过高，因此，本守命令——"

众官员肃立，听李冰说："一、继续开发盐井，三年之内使产量翻一番；二、继续扩大灌区。要点有二，"他指着墙上的《治水兴蜀图》说，"一是整治临邛文井江，使成都西南的灌区进一步扩大，成为膏腴之地；二是治理绵水和洛水，把成都以北，以什邡为中心的这一大片地区，变成'浸沃'之地。"

尚武说："开创一个治水兴蜀的新局面！"

李冰回到寝房，烛光荧荧。他拿着夫人给的信，脸色忧郁。夫人端一碗蜜水走进，放于案上，问："司马兄来信说什么？"

李冰说："将相不和，政局堪忧！"

李夫人道："范雎丞相与白起将军发生了矛盾？"

李冰说："他们的矛盾已经公开化了，把司马靳也卷了进去。"

李夫人："怎么办？"

"我看要出大事，"李冰说，"请夫人明日就赶回咸阳，把女儿女婿接到老家住，也好有个照应。"

李夫人问："有这么严重吗？"

李冰说："什么事都可能发生，未雨绸缪吧。"

咸阳，范雎来到了白起府邸。白起躺在榻上，脸色憔悴，司马靳站在一旁。

范雎站在榻前，说："将军知道吗？王陵、王龁围攻邯郸接连受挫。"白起说："这是预料中的事。"范雎说："还是请白起将军挂帅出征吧！"白起说："决策一再失误，虽白起出征，也难以力挽狂澜了！"范雎问："此话怎讲？"白起说："长平杀降，引来天下责难，虽是朝廷决策，白起不敢辞其咎，此第一误也；大捷之后，战局对我大秦十分有利，本人即主张乘胜挺进，一举灭赵，而丞相却令我班师回朝，此第二误也。丞相难道是怕我再立战功，超过了丞相？"

范雎愠怒："将军何出此言？"

司马靳直言道："将军说的是实话啊！"

范雎睃了司马靳一眼："你别多嘴！尔等把老夫看成什么人了？"白起说："不管丞相是怎么想的，不争的事实是最佳战机已经失掉了，长平之役经过了大半年啦，现在赵国已恢复元气，举国上下同仇敌忾，欲雪长平之耻，四面游说，结亲燕、魏，连好齐、楚，信陵君、春申君率领的四十万合纵联军已经出动，旨在配合守城的平原君抗秦救赵，在这种危局下，还命王陵、王龁孤军深入，去围攻邯郸。这简直就是瞎指挥。"

范雎打断他说："不要说别的，武安君就回答愿不愿率军出征？"

白起道："丞相，不是白起怕打败仗，咱们只有二十来万锐师了，如果拼光了，大秦国危矣！"范雎说："要将军出征，可是大王的诏令啊！"白起硬顶起来，说："本人有病，请向大王告假。"

范雎见状，拂袖而去。

司马靳看着他的背影，愤然道："我算把范雎看透了，排斥异己，任人唯亲！听说，他建言大王把他的救命恩人郑安平迁升为将军，与王龁、王陵同爵。又把王稽迁升为河东郡守。"白起说："范雎为人处世奉行的是'一饭之德必赏，睚眦之怨必报'。恩仇

之心过甚，为政夹带私情。秦国危矣！"说着对司马靳道，"老弟，大祸即将降临，你赶快离我而去。到蜀郡找李冰。"

司马靳说："纵然是大王降罪，卑职也决不离开将军。"

范雎从白起府邸直奔咸阳宫，向昭王禀告白起所为。昭王怒气冲冲地说："拟诏书，罢黜白起一切职爵，贬为军卒，流徙阴密。"

范雎问："那个左更司马靳如何处理？"

昭王道："他不是要追随白起至死吗？就成全他吧。"

咸阳的李家小院里，李夫人和一妞坐在枣树下，看得出来是在等人。母女二人，面带愁容，相对无言。一妞的儿子司马昌已经三岁了，此时正坐在地上堆石头玩，李夫人无心逗玩小外孙，问："你父亲他们今天会赶到吧？"一妞说："我想会的。"

正说着，马铃声响，司马欣骑马奔至门前，他翻身下马，快步走进院子，儿子扑上去抱着他："爹，爹，爷爷呢？爷爷呢？"

司马欣流着眼泪，痛苦无言。

一妞抱过孩子，诓说："爷爷打仗去了。"

李夫人问："怎么回事？"

司马欣答道："我赶到成都把岳父接到咸阳来了。今晨，刚进城就碰到王稽捧旨出城，岳父上前询问，他说：'大王已改流放为赐死。'"

李夫人和一妞大惊："赐死？"

司马昌聪慧，一听爷爷的消息，顿时"呜呜"啼哭起来："爷爷，爷爷……"

李夫人又问："你岳父呢？"

司马欣说："岳父见范雎丞相去了。"

此时，李冰正在丞相府，李冰痛切陈词："白起将军纵有抗命之嫌，也罪不至死啊！将军十五岁从军，身经百战，成为一代名将，为秦国立下不朽战功。将军性情耿直，有时还很暴烈，但他光明磊落，敢讲真话，勇于直谏，看似笨鸷不驯，实则忠心耿耿。死而非其罪，能不令人痛惜！为秦国大局计，祈求丞相转奏大王，给白起将军一个改过的机会吧！"

范雎怫然作色，道："大王特诏已下，如何能更改？国运不系于一将之身，没有白起，秦国照样安稳如泰山。"

通往杜邮的驿道上，一辆牛车咣当当地行进着，上坐白起和司马靳，猎犬韩卢紧跟在后。丞相府的书房里，李冰还在力争，他说："请丞相再考虑考虑吧！常言道，千军易得，一将难求啊！丞相盖世英才，应有广阔的胸襟啊！为政以德，尽公不顾私，如若感情用事，既误国又误己啊！"

范雎瞟了李冰一眼，轻蔑地诘问："你在教训老夫？"

"丞相！"

"住口！"范雎说，"你被人陷害，是大王和本相为你平反昭雪，你治水兴蜀有功，本相曾多次给予表彰，还建议大王赐你侯爵。这是只顾私利的感情用事吗？李冰啊，你今日的言行令本相失望，非常失望。"

"丞相！"李冰沉痛地说，"心所谓危，不敢讳饰，忠荩之言，难免逆耳。如若冒犯了丞相，就请治罪吧！"说完便跪了下来。

"起来！"范雎扶起李冰，说，"你定是受人影响了！现在，朝中确有人指责本相谋国挟带私情，是老夫为固相位而整白起，大谬，大谬！老夫这样做，完全是为了维护王权！"

驿道上，还有一辆敞篷辂车在一队金甲武士的簇拥下朝杜邮开去，上坐手捧金鞘镇秦剑的王稽。

丞相府中书房中，范雎对李冰说："秦国以法家思想治国，法家思想的主旨就是固本根。何谓本根？就是君王独尊。没有君王就没有国家，没有君主的绝对权威，就没有国家的稳定安宁！大王两次屈尊驾至白起府中，礼请他统兵出征。他不仅抗命，而且指责大王决策失误。这样大逆不道的人，不加惩处，君王的权威何在？朝廷的法令如何贯彻？"

李冰说："将军为何抗命？他是以牺牲自己为代价来保全秦国的锐师啊！"

范雎正色说："李冰，你若还想当郡守的话，就不要再为白起辩护了。"

李冰说："丞相不是主张知无不言、言无不尽吗？"

范雎"这"了一声，半晌才说："李冰啦，本相今天才领教了你的厉害！"说完瞪着李冰，"大王特诏，万难更改！不过，本相可以特许你去至杜邮，为白起、司马靳置酒送行。"

"丞相！"李冰还想说什么。范雎已经扭头走去。

杜邮后院的一间平房中，摆着一桌酒席。李冰、司马靳、白起围坐一起，猎狗韩卢蜷缩在白起的脚下。郑洪提酒壶与三人斟酒。李冰端起酒爵："敬白起将军，干。"两人对碰，一饮而尽。李冰给司马靳敬酒道："敬同窗好友，干。"两人流着泪水，对饮一爵。

三人坐下，郑洪又与他们斟酒。

白起说："李冰啊，你还赶来与我送行！你知道吗？我曾与太后写过信，说你是个特立独行的奇才，要么重用，要么杀掉。"

李冰说："不正是你这封信才使我成为郡守的吗？"

"是呀！"白起喝干一爵酒，亢奋起来："秦国奉行耕战政策，你奉行耕，我奉行战，你制造生，我制造死，可这耕与战，生与死却如同两个车轮，推动着秦国的历史飞奔前进？这是为什么呢？"

李冰道："我也说不清楚，生生死死，循环往复，也许这就是造物主的巧妙安排吧！"司马靳说："讲这些形而上的问题，对我们来说也没什么意义了。"他给李冰敬了杯酒，说："感谢你还记着我这个老同学！欣儿一家的事，就拜托给你了！"两人泫然泪下，对饮一爵。司马靳又给白起敬了一杯，说："感谢将军多年来的栽培。"白起说："是我得罪了范雎，连累了老弟啊！"司马靳说："我们结伴而行就不孤独了。""对呀，我们不孤独！"白起饮了个满爵，说："我白起为秦将以来，杀人九十二万，九十二万啦！你们看，他们向我索命了，我该抵命了，抵命了！"

"时辰已到！"王稽捧金鞘剑走进。

"拿来。"白起接过宝剑朝后园走去，司马靳跟去。

李冰、郑洪肃立，俯首沉默，为二人送行。

一会儿，从后园传来韩卢的叫声。王稽与李冰、郑洪走进后园。一棵大树下，白起和司马靳已自杀倒地。猎狗韩卢围着白起的尸体哭号，猛然，一头撞死在大树上。

朔风怒嚎，树枝飘动，落叶纷飞……李冰流泪。

"国殇，国殇啊！"

第三十九章　奸佞末日

（一）告奸罪案

新城县一条卖杂货和小食的街上，人来人往，一片喧闹。

公孙若正在摆地摊卖草鞋。他披头散发，胡子拉碴，趿着双破鞋，穿着补丁的深衣，但两眼闪闪有光，一副放荡不羁的样子。他坐在一方石凳上，握着个葫芦，一边喝酒，一边叫卖，他醉醺醺地喊着："卖草鞋，卖草鞋，又结实，又美观的草鞋啊。"

两个农夫上前，蹲在地摊前选择，问："多少钱一双？"

公孙若道："两、两个铜钱一双。"农夫说："人家才一个铜钱呢，你咋卖得这么贵？"公孙若提起一双草鞋："你闻——闻一下。"农夫说："你才怪哟！哪个买东西，要用鼻子闻啊？"公孙若说："这上面有一股文——文气！"农夫惊疑道："什么文气哟？"公孙若说："文人之气，懂吗？就是说，这草鞋是和庄周一样的大文——文士打的。凭这文、文气，就要多卖一个铜钱。"

"算啰，"农夫说，"什么文气！"转身走了。公孙若摇头感叹："唯上智与下愚不移也！"

公孙夫人欢快走来，说："别卖了，别卖了。"

公孙若说："小妹有——有信来？"公孙夫人点头，说："范雎老儿自杀了！"公孙若问："为甚呢？"公孙夫人说："范雎重用他的救命恩人郑安平和王稽。他任命郑安平为大将军去攻打赵国的邯郸，结果郑安平兵败投降；他任命王稽为河东郡守，这家伙，一上任就私通敌国，出卖机密，大王大怒，把王稽斩首灭族，范雎老儿畏罪自杀。"

公孙若说："报应，报应啊！"公孙夫人道："还有大喜呢！

商人吕不韦通过华阳夫人的关系，把在赵国当人质的公子异人立为安国君嫡子，将来，华阳夫人就要做太后了。"

公孙若心中惊喜，想了想说："大王还在啊，华阳夫人有多大的作为？"

公孙夫人说："大王老了，活不得几天了！"公孙若一口喝干葫芦中的酒，"啪"的一声把葫芦摔碎！又蹲在地上，把草鞋一双一双地抓了起来，不停地往空中抛，边抛边骂："去你的……"

雨雪霏霏，咸阳宫前的祭奠长幡，在风雪中飞舞。公元前250年，在位五十六年之久的秦昭襄王大薨。五十三岁的太子嬴柱继位，是为秦孝文王，可他即位三天即死，由大商人吕不韦推出异人子楚上台，是为秦庄襄王。吕不韦拜相。庄襄王在位三年后死去，由他的儿子，十三岁的嬴政继位，吕不韦担任相国，并以"仲父"的身份辅政。

历史在雪花飘飞中翻开了新的一页。

在咸阳渭南，景色秀丽的兰池与渭水之间，柳林地带里坐落着一座学宫，称文信学宫。学宫门前赫然矗立两大石碑，东碑刻"文信学宫"，西边刻"文信贤苑"。文信侯吕不韦所养三千门客中的精英就住在这里。布局幽雅的明堂上，年过五旬的吕不韦正与青年学者应曜、李斯谈话。

衣着光鲜、留着一口美髯的公孙若也赫然在座。他也老了，但复出后保养得好，显得容光焕发。四人席地而坐，面前都摆有一张矮案，上置酒肴、果品。

吕不韦呷了口酒，随和而又亲切地说："俺有要事与诸公相商呢。"言讫，笑嘻嘻地望着三位高士。

"相国直言，我等尽力参谋。"三位高士边吃边说，样子也很随便。

"先谈谈形势吧。"吕不韦说。

"形势大好也！"公孙若喝了个满杯，亢奋地说，"大王晚年，决策失误，统一之战，屡受挫折，国势跌入低谷。自从相国辅政以来，广招贤才，安民济物，整肃军政，厘清积案，为白起将军平反，大得人心。现在的秦国，堪称昌明盛世也！"

吕不韦笑道："先生不是面谀吧？"公孙若说："肺腑之言。""在下附议公孙先生的看法，"李斯说，"这几年，秦国确实已从低谷攀上了一个新的高峰。相国运筹帷幄，决胜千里，灭东周、平晋阳，建三郡，取韩国、赵国、魏国三十余城，强力震撼齐国、楚国！在下以为，只要十来年，大秦雄风，必将以扫落叶之势，灭亡六国，一统华夏。"

吕不韦转头望着应曜，应曜埋头啃一块猪肘，吕不韦呼名道："应曜先生有何看法？""太乐观了，"应曜边吃边说，"在下以为，二十年能完成统一大业，就很不错了。"

吕不韦问："为什么呢？"

"我们还没有准备好啊！"应曜这才放下猪肘，擦了擦嘴，说："在神州大地上建立一个统一的国家，这是开天辟地的大事。夏、商、周虽然有过统一，但也只不过是诸侯国林立的松散联盟！我们还能走回头路吗？治国要用大道。用什么学说为指导思想？建立一个什么样的国家？用什么策略来完成统一？统一以后的国家又如何治理？解决这些大问题，我们准备好了吗……"

文信学宫大门外的林荫道上，相府尚书令司空马骑马奔来。

学宫明堂上，吕不韦说："俺想借助诸公的才智，编写一本大书，就是要回答应曜先生刚才提出的这些重大问题。书名叫《吕览》或《吕氏春秋》。俺写了几点构想，请诸公传阅、议论一下，如果认可，"说着站起身来，"本相就请应曜先生、李斯先生主持其事，公孙先生居中协调。"

李斯、应曜、公孙若立即起身，大声道："谨遵相国之命。"

"三年之内完成。"吕不韦拿过案上的一捆简册郑重交与应曜，说，"拜托了。"

吕不韦说："这本书的编写，要采纳诸子百家之长，究天人之际，以达到教化天下，统一人心，为万世开太平的目的。"

李斯说："相国构想宏大，用意深远，事成之后，必将永垂不朽！"

吕不韦说："编写此书不易，需要广博的知识，所以，俺还想请一位参赞顾问。"

"谁？"

吕不韦说："此人不仅是个精通诸子百家的饱学之士，而且是三朝元老，有长期从政的丰富经验。"

"李冰！"公孙若脱口而出。

"中，中，中！"吕不韦说。

公孙若问："丞相想迁升李冰回朝任职？"

吕不韦又是"中，中，中"。

"相爷，相爷！"司空马挟着一捆简册，匆匆走进书房。"有甚急事？"吕不韦问。司空马"这"了一声，扫了公孙若等人一眼，不肯开口。吕不韦说："几位先生都是信得过的，讲吧。"司空马说："有人告奸，请求朝廷惩处李冰！"

吕不韦"咦"了一声，问道："惩处李冰？从何说起？"司空马说："廷尉府和御史府同时收到一卷告奸书。说朝廷既然下令为白起将军平反昭雪，立祠祭祀。就应当追究陷害白起的人。"吕不韦说："整白起的人不是故相范雎么？与李冰何干？"司空马说："告奸书说，李冰深受范雎器重，是他的同党。还说李冰倚老卖老，自恃功高，藐视朝廷，经常在郡府会议上用恶毒的语言攻击华阳太后和赵太后摄政是牝鸡司晨，出卖秦国。诬蔑相国是政治投机商，与太后沆瀣一气，花了上千金巨资，才买得一个相位……"

"别说了！"吕不韦脸色陡变！

见此情形，公孙若窃喜。

"这是诬蔑！"成都郡守府厢阁内，郡丞尚武将一方黄绫文书重重地摔在案上，环视着郡尉郑洪、郡监孟谦、主管王丰，"我等何时听过李公讲这样的话？"

"没有，没有。"

"无中生有。"

"纯属捏造！"

尚武对孟谦说："你起草文书，我等都具名，上奏朝廷，为李公申辩。"孟谦说："朝廷来文说告奸人是我们蜀郡府的人呢？"

"鸟！"郑洪说，"肯定是公孙若在捣鬼。我就搞不懂了，几年前，我们郡府不是给朝廷写过呈文，请求法办公孙若吗？现在可好，他反倒成了相府中的座上客！我大秦不是以法治国吗？为啥国法就管不住公孙若？打蛇不死反被蛇咬。"

"别说了，"尚武制止郑洪，"多行不义必自毙！"转对孟谦道，"诬告是要治罪的。一定要把诬告李公的小人查出来。"

孟谦说："我会的。"

临邛文井江畔的水亭前，有一棵遒劲、苍老的黄楝树。前面就是碧波盈盈的文井江。河的两岸新筑有河堤。有几个椎髻左衽的邛人在堤上栽芭茅草，种植柳树。

李冰手拄量水杖，站在岸边观察。他已进入老年，两鬓斑白，但精神矍铄。李冰身后站着都水长羊摩和都水丞周庸。远处，李桂阳和几名卫士牵马等候。李冰说："这文井江经过治理疏导，还真有点文质彬彬的样子，清波荡漾，盈盈东去，一点也不狂野！"周庸说："夏天，它也可能生气发怒呢！所以，卑职在它容易撒野的地方修了长堤，有的地方加固了保坎。""甚善，甚善！"李冰接着问，"沿江的管理问题落实了吗？"周庸说："按大人的指令，卑职已在沿江建立了五处水亭。每亭设水工三人，专司对文井江的管理。水工的任务是监察水位变化、护岸保坎、防洪抢险、新开支渠。""甚善，甚善，"李冰说，"解决了临邛、江源、武阳的用水问题，这几个县一定会有大的发展。"羊摩说："是的，这条江水质很好。除了灌溉稻田，还可开支渠，把江水引进城邑，解决居民用水问题。酿酒、缫丝各种作坊也会应运而生。"周庸说："临邛有火井，还有大片桑园，肯定能大有作为。"

他们说着朝前走去。李冰突然驻足，说："周庸呀，你立大功了。"说着转身看向羊摩道，"都水长，你以都水曹的名义具文郡府，为周先生请功。"

"使不得，"周庸说，"整治、疏导文井江，完全是按大人的擘画、指导办的。卑职只不过跑跑腿而已！""别客气，"李冰说，"先生是农水行家，许多技术问题都是你亲自解决的。老夫不过是动动嘴皮子而已，前后也只到过工地几次，而你，却栉风沐雨跑了三年啊！"

在山村的水碾工地上，一条小河从山谷中哗哗流出。卓石匠和司马欣利用小河出山处的落差，设计、修建一座水碾。十多名工匠参与建筑。水槽已经筑好，安上了闸门。

此刻，卓石匠正领着几个工匠在搭建碾坊。碾坊旁边，有两个工匠在修造一个巨大的水轮。司马欣指挥几个石匠錾石碾槽。碾槽分段，呈弧形状。一个青工技术不熟，司马欣走过去拿过铁錾，说："要这样錾才行。"边说边示范。

不知何时，李冰和羊摩已站在石工们的身后，饶有兴趣地观察着。须臾，李冰笑道："好啊，欣儿也当上师傅了！"司马欣抬头，惊喜地叫道："岳父！"

李冰走近司马欣，抚肩观察，说："黑了，瘦了，但也更结实了。"司马欣"嘿嘿"笑着。李冰问："下决心当石匠了吗？"司马欣点头："嗯，嗯。"

"大人，大人。"卓石匠和几个工匠喊着跑来。李冰拱手："卓师傅辛苦了！""大人才辛苦呢！"卓石匠望着羊摩，"啊，羊摩大人也来了。咋个不先打个招呼？"羊摩说："我们是从临邛县转过来的，李大人惦记着你修的水碾房呢。"卓石匠说："正加紧修建。"李冰对卓石匠说："卓师傅，我这个女婿给你当徒弟还行吗？"卓石匠说："司马公子识文断字，心灵手巧，我这点手艺呀，他三个月就学会了。现在呀，是我要拜他为师了。"李冰笑道："卓师傅说笑话了。""真的，"卓石匠说，"修水碾，我只是按大人的提示有那么一点点想法，司马公子与我商量了几次后，就画出了图形。"卓石匠拿出一张绢画水碾图给李冰看。卓石匠说："照图施工，就方便得多了。"李冰说："看看去。"

大家便一起朝水槽、碾坊走去。他们站在水槽前观察，用杖尺量水槽的深度、长度。

李桂阳和卫士牵马走来，一边走一边喊："司马兄弟！""桂阳哥！"司马欣快步走到桂阳面前问："岳母，一妞还有小昌昌好吗？""都好，都好，"李桂阳从挂在马鞍上的囊中取出一双布鞋来说，"这鞋，是一妞妹妹给你做的，还有饴糖一包。"司马欣接过，说："请转告我妻，我一切都好，不要挂念，等修好了水碾，我就回郡城看她。"

　　在郡守府后花园中，李夫人正在指导昌昌和小鹃玩投壶的游戏。一个古色古香的铜像，上背一支铜方壶。昌昌和小鹃各跪一方，距壶五尺远，掷箭投壶。

　　"瞄准，瞄准，"李夫人鼓励说，"看谁投进得多，谁就获胜，奶奶有奖。"两小孩投壶。"母亲！"一妞提一小麻布口袋走来。"甚事？"一妞郁郁地说："司马欣长年不归家，我现在搞不懂他在想什么？"李夫人笑问道："你们闹别扭了？"一妞说："我给他送鞋、捎饴，可他倒好，给我捎回来几个石头。"说完，"哗"的一声，将四个石头倒在石案上："表示他的铁石心肠吧？"

　　李夫人坐到石案前，拾起石头仔细打量，只见青蓝色的小石头上有白色的图形——飞舞的凤凰；展翅的雄鹰；盛开的兰花；逐浪的鲤鱼。李夫人惊叹："这可是些天然的艺术宝贝呀！你夫君送给你有深意存焉！"一妞问："什么深意？"李夫人指着兰花石说："这兰花高洁而又美丽。他是把你比成兰花呢！屈原有'结幽兰而延伫'的诗句，就是说他永远爱你。"又指凤凰石，"这幅飞凤可称之为'凤凰于飞'，源于《诗·大雅·卷阿》比喻夫妇和美。这鹰图，鱼图呢，是说他正展翅翱翔于万里长空，搏击于浩荡的江河。"

　　"哎哟，"一妞害羞起来，说，"凭几个石头，母亲就讲了一番大道理。""本来嘛，"李夫人戳了女儿一指，说，"别小心眼儿，欣儿不会负你的！"

　　李冰回到郡守府，还在厢阁中与郡丞尚武、主簿王丰、都水长羊摩议事。李冰说："都水曹呈文为周庸先生请功，是老夫的提议。你俩看看。"拿起案上的简册交给尚武。尚武浏览了一下，交给王丰，说："周庸这几年表现不错，我赞成。"王丰说："应该给周庸记功。"

　　"不可，"郡监孟谦迈步走进，说，"给朝廷写告奸书，诬告李公的就是周庸。"李冰一怔，道："周庸写告奸书？诬告老夫？"

　　"正是，"孟谦给李冰递去一卷绢书，"李公，看看吧。""不看，不看，"李冰说，"老夫讲过，监御吏独立办案，涉及郡府任何人都要回避。""这个周庸，"尚武说，"卑劣！"孟谦说："过去，此人与公孙若关系密切，平叛之后，就应当立案，清算他的罪行。李公，当年，我等是不是犯了心慈手软的错误？"李冰道："要说犯了错误，责任在老夫。不过，现在老夫还是坚持原来的看法。周庸是个书生，并没有野心，他有段时间跟公孙若跑，一则犯糊涂，二则也是身不由己。当时，公孙若是郡丞，他不听他的行吗？人家作了反省，就应当让他悔过自新。现在，人家立功了，就该给予奖赏。他是否写了告奸书？我看这其中定有蹊跷。"

尚武问孟谦："你问周庸没有？"

"还没有，"孟谦说，"朝廷发来的文书，暗指的就是周庸。"李冰问："为什么是暗指而不是实指呀？周庸告奸的动机、目的是什么？他告老夫的事实是否真实？都调查清楚了吗？"孟谦说："全是诬蔑，我还调查什么？"李冰说："还是要调查清楚。之后呢，你直接上奏朝廷，老夫听候发落。"

"李公，"尚武说，"虽然都是些诬陷不实之词。不过，还是要未雨绸缪啊！免得将来被动。"李冰说："不要受干扰，治水兴蜀的大事还没完成呢。我等一点也松懈不得，还要兢兢业业理政治事。"说着转头对羊摩说，"都水长——现在可以启动治洛工程了，都水曹立即派员下去，对绵水、洛水进行详尽勘察，定出方案。"

羊摩称是。

众人告辞李冰，离开郡守府的时候已经入夜，孟谦想了想，还是来到周庸处。书房的烛光下，郡监孟谦与周庸席地而坐，隔着一张几案对峙，两个人的脸色都很严峻。

半晌，周庸才说："郡监大人是要逼我承认那诬告书是在下写的？"孟谦说："本监在逼你吗？只是要你讲事实。是，还是不是？"周庸大声地："不是！"孟谦说："这几年，你与公孙若还有联系吗？"

见周庸沉默不语，孟谦心中了然，他提醒道："比方说书信来往。"周庸依旧沉思。

此时，李冰还在书房中，专注地看墙上的《大埝灌区示意图》。他用红笔在绵水与洛水之间做标记。几案上放着一碗冒着热气的汤圆。

一妞站在一旁，催促道："父亲，该吃夜宵了！"

"唔。"李冰还不停笔。"趁热吃。"一妞说着上前，夺了父亲的笔，又将他拽到案前坐好，把筷子递到父亲的手上。李冰端起碗来，夹着一个汤圆吃，一边吃一边赞赏道："又香又甜。"一妞说："是从赤里街王汤圆铺买来的。"李冰说："难得我女儿一片孝心啦。"一妞坐到父亲案前，说："又有人要整你了，父亲咋还像没事儿似的？"李冰说："君子坦荡荡，小人长戚戚！管他呢！"一妞说："君子跟小人斗法，结果大多是小人赢而君子败。"

"你这样看？"

"事实如此，"一妞说，"远的不说，就看这叱咤风云的列国名将吧，吴起、廉颇、乐毅、白起无一不是被小人中伤，才不得善终。小人庞涓把君子孙膑整得好惨，后来，孙膑虽然报了仇，但却付出了两只脚的代价。父亲与公孙若斗了多年，险些儿被这个小人整死，现在怎么样？公孙若不是成了相国的座上宾吗？这回朝廷下令查你，我看，八成是公孙若在坐地使法。"

"那又咋样？"李冰说，"无非就是罢官嘛。"李冰放下碗，"一妞啊，为父已经做好准备了，这回罢官也好不罢官也好，搞完治洛工程，父亲就隐退了。一切交给后人，交给历史评判吧。"

一妞说："父亲有这个打算就好。辛辛苦苦干了这一辈子，老了，也该过几天清闲的日子了。不过，女儿还有一事相求。"李冰说："讲。"一妞说："在父亲隐退之前，可否给你的女婿在郡城安排个差事。"

"哈哈……"李冰笑了，道，"我的好女儿，你对宦场风险不是有自己的见解吗？怎么又要你丈夫从政呢？"顿了顿又说，"这几年，你丈夫跟着卓师傅学石工，不是干得很好吗？一妞，你怎么突然要提这个要求呢？"

一妞说："女儿不希望丈夫当大官，而是只要他在郡城有个差事就行了，图一个生活安定，合家团聚，好教育孩子。过去，女儿没提，是因为司马靳的冤案还未昭雪，现在朝廷既然给他平了反，我丈夫也就成了功臣之后，应该受到照顾。父亲一旦致仕，这个问题也就不好解决了。"

李冰说："道理很充分，但为父不能答应。"一妞问："为什么？"李冰说："公器不能私用。选拔官吏，秦法是有严格规定的，难道父亲是郡守，就能随便给自己的女婿赐官？"一妞不满地说："不赐官，你那女婿就只能当一辈子石匠！"李冰说："当石匠有甚不好？让你丈夫学工，为父是经过深思熟虑的。女婿半个子，难道为父不爱他。"一妞痛苦地说："父亲这样的爱，要苦了你女儿和昌昌一生了。"她抬头望着父亲，充满希望地说，"父亲不好开口，女儿去找尚武伯伯，请他帮忙，如何？"

李冰严肃地说："不行！"

（二）击鼓自证

熹微的晨光中，厚重的城门刚刚打开，一匹骏马便纵身奔出，以至守城的卫兵只看到了一个模糊的背影。

"李公，"孟谦匆匆走进郡守府，向李冰禀报，说，"周庸跑了，不知去向。"他将一方帛书交给李冰，"这是留在书房的陈述。"李冰展看完毕，说："果然是公孙若使的鬼蜮伎俩。"孟谦说："我想速去咸阳向朝廷禀报此案详情，顺便寻找周庸。"

"甚好，"李冰点头说，"还要派人在蜀郡境内寻找，生要见人，死要见尸。"

孟谦颔首而去。

一面巨大的"谏鼓"伫立在咸阳的丞相府前，这"谏鼓"后世称"登闻鼓"，相传尧舜时期即已开始设立，供直言谏诤或申诉冤枉者使用。一个肩挎褡裢的行者，风尘仆仆地走来，他取下鼓架上的鼓槌，奋力甩开双臂，"咚咚"的鼓声传遍了整个咸阳。

公孙若的府邸，原是芈相府，如今他志得意满，只有在想起李冰的时候，意难平。不过，这一切都过去了。公孙若对九夫人说："周庸告奸起作用了，李冰迁升已经泡汤。"

"甚好。"九夫人说。坐在一旁的公孙夫人问："你兄长迁少府正卿有把握了？"

"岂止一个少府正卿，"九夫人说，"华阳老太后对兄长的期望大呢。先王在世时，老太后对吕不韦还有期望，这两年老太后已看透了这个投机商的狼子野心了。他和那赵姬关系密切，嬴政很可能就是吕不韦的私生子！此人任相以来，大肆推行所谓的王道仁政，诋毁秦制，以招贤纳士为名，网罗党羽，要调李冰回朝委以重任。现在，又找一帮人捉刀编《吕氏春秋》，他想干什么？就是要坏我大秦百年法度，阴谋篡国！"

"老太后英明呀，"公孙若说，"下一步怎么办？"九夫人说："老太后说了，吕不韦心怀叵测，不堪为相。我们芈氏家族乃是大秦国的柱石，必须力挽狂澜，让嬴秦江山永不变色！"

公孙若问："那些将军们的态度怎样？"九夫人说："太后已令阳泉君芈宸争取上将军蒙骜。"公孙若："有军队支持，再通过李冰一案，就可逼吕不韦下台！"

这时，蓄着山羊胡的管家芈卢疾步走进，点头哈腰说："禀夫人，禀叔爷，周庸到都城了。"

公孙若问："现在何处？"

芈卢回禀："相国府中。"

周庸坐在相国府前院的值房中，案前放有几卷绢书和简册。他从成都出发，夜以继日地赶到咸阳来，在丞相府前敲响谏鼓。即便没有打草惊蛇，相国也不是想见便能见到的，不过制度摆在天下人面前，李斯倒是接见了他。

李斯在他面前踱步沉思，有顷，他猛然止步，指着周庸，问道："你是说你根本就没有写过告奸书？"周庸肯定地说："没有写过。"李斯又问："据你看，这告奸书是公孙若依照你的笔迹，假托你的名字，炮制出来的？"

"正是，"周庸说，"先生是有名的书法家，对篆字有精深的研究，难道分辨不出来？"李斯走到案前，将一份绢书、简册摆开，又仔细辨认了一番。

周庸说："你看，这之乎者也几个常用字，公孙若是怎样写的？我是怎样写的？这模仿我字迹的告奸书又是怎写的？一比较，公孙若的马脚就露出来了。"李斯又问："公孙若找过你吗？"周庸说："他派人找过我。"李斯说："讲详细点。"

周庸说："三月前的一天，我还在文井江工地指挥施工……"

文井江边，周庸正指挥几十个民工在筑堤。一个小吏疾步走来，喊："周水丞，有人找你呢。"周庸问："什么人？"小吏说："咸阳来的，我请他在工棚等你呢。"周庸说："我就去。"工棚中，芈卢坐在案前喝茶，后面站个挎行囊的随从。周庸走进。芈卢站起，拱手道："周庸先生。"周庸问："你是？"芈卢答："在下芈卢，太史府的采风官。"周庸请他入座后，问道："采访我？""正是，"芈卢说，"蜀郡治水天下闻名，多年前就修建了被百姓称之为都安大堰的工程，后来又新开了羊摩江，现在周先生又亲自主持治理文井江。这些伟绩，自然要记入秦国史乘。先生堪称蜀中治水元老，第一个，当然要采访你。"周庸说："要说治水伟绩，那是李冰大人创建的。为了垂范后世，在下写了篇《蜀中治水记》，采风官有兴趣，可以拿去看看。"芈卢拱手道谢。周庸说："文章我放在成都家中，在下写封信，采风官可到我家中去取。"芈卢说："甚善，甚善。"然后朝随从招了招手，随从将行囊递给他，他又把行囊放在周庸面前，说，"不成敬意，请笑纳。"打开行囊，露出御酒罐和闪光的金爰。周庸一怔，连忙推辞："使不得，使不得。"芈卢说："这是咸阳你的一位老朋友送的。""老朋友？"周庸想了想，说："我在咸阳没有老朋友呀？"芈卢说："公孙若先生不是你的老朋友？他现在可是吕相府中的红人呢。"周庸瞠目结舌，半晌才说："他不是参加过樛王的叛乱吗？""误传，误传，"芈卢说，"当年范雎搞什么逐四贵，公孙先生受到牵连。他离开成都后就买舟东下，从东郡回到秦国新城，几年中，历经沧桑受尽煎熬！芈相的孙女儿华阳太后摄政，先生才得以复出。不要多久，先生还要高升呢，拜相封侯指日可待。"周庸说："这与我有啥关系呢？"芈卢说："公孙先生不忘旧情，自然有所借重。""别说了，"周庸道，"我只知农田水利，不管政治。"芈卢笑笑："可政治要管你啊！"

李斯听完周庸的陈诉，说："明白了。周先生有何要求？"

周庸恳求道："请朝廷治公孙若的诬告罪，还李冰大人和本人的一个清白。"李斯回答说："事关重大，待我禀报丞相之后，再告知你如何处理吧。请周先生到传舍住下，静候通知。"周庸问："相府会惩处公孙若吗？"李斯沉思半晌，说："周先生明白，公孙若可是勋戚啊！如何处置，得请示吕相国和老太后华阳夫人。"

"明白了。"周庸提起褡裢就走。

周庸来到丞相府门外的大街上，匆匆走着。街檐上走下一个人，嘴里喊着："周先生留步。"周庸止步，抬头打量了一番，认出那个人来："芈卢先生，你是太史府的采风官？"

"不错！"芈卢说。周庸道："你向我采访过蜀中的治水情形，还代公孙若向我致意，送我御酒两罐，金郢爱八版。我不收，你后来回成都硬塞给了我的家人。"

"小意思，"芈卢说，"先生来咸阳有何贵干？"

周庸说："找公孙若。"

周庸到访，公孙若早早地站在书房门口，拱手道："欢迎周先生来访。"芈卢领周庸走进来。"老朋友，快请。"公孙若故作热情，挽着一言不发的周庸走进书房，将他按坐在几案前的绣凳上。

芈卢隐身书房外的后窗下，招呼一个侍女端上茶汤。公孙若接过，亲自放在周庸案前，说："请用茶。"

周庸冷冷地望着公孙若，说："公孙若先生，十多年不见，你还没变啊。"公孙若坐到几案前，说："变了，"他摸了摸胡子，"老了。"拍拍肚子，"凸肚了！哈哈哈……"

"人是发福了，形体有变化！"周庸说，"可你的那颗心是一点也没有变啊！"

"老朋友，"公孙若说，"我之所以还保留着一颗奋发上进的心，还得感谢你们蜀中士人的激励和帮助啊。十多年前，在我身处逆境灰心丧气的时候，是高志先生帮助我恢复了自信。"

"高志？"周庸说，"那个逆贼吗？他能代表蜀中士人？"

"老朋友，"公孙若指指头，"这个，也要因时而进啊，我等不要戴着面具在虚伪中过日子了，给你讲点真心话吧！当今七国争雄，充满了你死我活的激烈竞争。竞争什么？就是不断争取国家的、集团的、个人利益的最大化。什么道德、良知已经弃之如敝屣了！什么叫忠？什么叫奸？现在谁还说得清楚？所以，不可以用成败论英雄！高志为追求实现自己的人生价值而死，也应当是英雄！"

"唉，"周庸叹气一声，"听了你这位大秦国的勋戚说出这番话来，真使我不寒而栗啊！公孙若先生，你对过去的所作所为，难道一点也不忏悔？"

"我为什么要忏悔？"公孙若说，"本人过去在蜀郡办的事，无一不是执行太后、魏相、芈相的命令，何错之有？范雎搞阴谋诡计，怂恿大王废太后，驱逐魏相、芈相，本人受到牵连，沦为贫民，险些丢了性命。我是受害者，哪有受害者还要忏悔的道理？"

周庸说："本人不了解也不想过问朝中政局！但此案已过去了多年，现在，先生已成了相府中的红人，李冰在蜀郡为官，你二人完全可以河水不犯井水嘛。你为什么还要整他？"

公孙若说："谁阻碍我的仕途，我就踏倒他。哪怕是一座大山呢，我也要把他扳倒！"

"所以，"周庸说，"你就拉我来垫背？把你的诬告书安在我的头上。"

"那是对老朋友的信任，"公孙若说，"你是蜀郡府的老人，又常年跟着李冰治水，由你具名告奸，才有分量。"

周庸皱眉说："你可把我推下了火坑哟！"

"不必惧怕！"公孙若说，"有我这个老朋友呢！等本人迁升之后，就擢举先生入朝做官，做我的股肱。主管王室陵园和关中各种宫殿建设。用官场的话说，这叫肥差。而今，不少官员就是靠揽工程发的大财啊！"

"不义之财于我如浮云，"周庸说，"先生不信善有善报，恶有恶报吗？"

公孙若淡然一笑："这句话只不过是失败者的自我安慰。有华阳老太后为本人做主，谁能把我怎样？老朋友，打消顾虑吧，只要你一口咬定李冰恶毒攻击太后和吕相国，你就立大功了。"

周庸说："要是我说否呢？"

公孙若眯着眼睛凑到他的面前："你只能说是。否则，你就会在这个世界上无声消失。"

"明白了。"周庸打开褡裢，将两罐御酒和八块方形金爰放在案上。

"老朋友，不必送礼了！"公孙若说。

"一点心意，"周庸说，"祝先生早日高升！"

公孙若俯首一看，说："秦国御酒，楚国爰金，老朋友，你从哪里搞到的？"

"看清楚啊，"周庸说，"这不是先生令芈卢送给我的吗？"

"是吗？"公孙若低头再看。"啪啦"一声，周庸抱起一罐酒猛砸在公孙若的头上！顿时，血流满面。公孙若猝不及防地挨了一下，双眼直冒金星，他哆嗦着手指周庸："你……"

"为国除奸！"周庸抱起另一罐酒又砸向公孙若的脸部。公孙若来不及呼救便倒下了。愤怒的周庸抓起案上的郢爰继续猛砸，边砸边吼："为国除奸！为国除奸……"

"砰！"管家芈卢听到动静，提棒冲进来，猛地一棒打在周庸的头上。周庸扭身看了芈卢一眼。芈卢又是迎面一棒，周庸扑倒在地。

公孙若府邸发生的一切丞相还不知道，仅仅告奸一案就让吕不韦分外头痛了。他在书房中踱来踱去，旁边站着李斯。有顷，吕不韦焦虑地说："一个功臣，一个勋戚，叫俺如何处置？"李斯双手置于腹前，点头说："是有点棘手。"

"相国。"司空马带孟谦走进来。孟谦叩拜："参见相国。"

"免礼，"吕不韦说，"你是为处理告奸案来咸阳的吧？"

"正是，"孟谦说，"卑职已到过廷尉府和御史府，被告知此案重大，由相国亲自处理，听说周庸到过相府？"

"是的，"吕不韦说，"此人已来相府做过陈诉。"

李斯说："是本人奉相国之命接待的。正与相国商议如何处置呢？你到传舍住下等候吧。"

"相国……"孟谦拱手，欲说什么。吕不韦挥手："送客。"

司空马对孟谦："请吧。"

芈卢驾着一辆辒车飞奔在咸阳大街上，上面坐着九夫人和公孙若夫人。

辒车至相府门前停下来，两个女人气势汹汹地朝相府冲进。两个门卫上前阻拦，刚说了"站住"两个字，便听"啪"的一声，九夫人一耳光扇在他脸上："老娘要见吕不韦！"

"你敢撒泼！"即便是门卫也是相府的门卫，他一把推倒九夫人，上前就要打。公孙夫人急急地扶起九夫人。九夫人吼道："芈卢，击鼓鸣冤！"

芈卢只好猛击谏鼓。吕不韦疾步走出来，后面随着司空马和李斯。

"甚事？"吕不韦问。

"相国。"公孙夫人跪在地上，又哭又叫，"你要申冤啊，申冤啊！"

"站起来说。"司空马扶起公孙夫人。吕不韦打量着两个女人，问道："二位夫人是……"芈卢上前道："相国不认识二位夫人？小人来介绍一下吧，这位是九夫人，华阳老太后的庶母。这位是公孙若夫人。"

"二位夫人安好。"吕不韦拱了拱手说，"有何冤情请进府讲吧。"九夫人说："不啦，我兄长公孙若被李冰派来的刺客杀害了！"

吕不韦和李斯大惊失色，"抓住刺客了吗？"

芈卢说："已被小人一棒击毙！"吕不韦问："刺客叫什么名字？"公孙夫人说："蜀郡府的周庸。"九夫人补充道："肯定是李冰派来的。"她瞪着吕不韦，颐指气使地说，"尔要立即下令，捉拿李冰问罪！"公孙夫人说："腰斩李冰，诛他九族，为我夫君报仇！"

第四十章　耕星升天

（一）时移势变

吕不韦紧皱着眉头，半晌才说："秦国以法治国。查清案情后才能治罪。"九夫人趑趄地说："还查什么？我等都是证人！"芈卢从旁说道："在下亲眼得见。"

"好呀，"吕不韦说，"那就把你们所见写成书面证词。"然后转身对李斯道，"李斯先生你立即找件作勘查现场。"

九夫人瞥了吕不韦一眼，说："吕相国，尔要袒护李冰，华阳老太后可不依啊！"

吕不韦回答她说："俺明白！"

在通往成都的驿道上，驿卒身背插有羽毛的紧急文书纵马奔驰，马背上飘着一面写有"急"字的三角旗。骏马奔至成都郡府大门外，驿卒翻身下马，高举插有羽毛的尺牍喊着："八百里加急，八百里加急……"廊庑上，尚武拿起尺牍匆匆朝李冰的厢阁走去。

"李公！"尚武推门而入。

李冰正伏案看简，他抬起起头来问道："甚事？"

"出大事了！"尚武将已拆开的尺牍交给李冰说，"孟谦大人从咸阳发回紧急消息，称周庸与公孙若同归于尽！还有……"

李冰看牍，半晌，泫然叹息道："痛哉！蜀中又失去一个治水能人！"

"李公节哀，"尚武说，"我想郡府应发文孟谦将周庸厚殓，用灵车运回蜀郡安葬。"李冰说："灵车到成都后，郡府官员都要去迎灵，并行公祭大礼！"

只听郡守府门外又传来"八百里加急，八百里加急"的吼声。不一会儿，主簿王丰拿着一帖羽书大步走来："李公，李公，"他走近李冰，将羽书放在李冰面前说，"相府紧急文书，令李公速去咸阳面君。"

李冰展看羽书。尚武说："来得好快呀！"王丰也说："他们

－ 815 －

要下手了。"

这时，郑洪全身披挂，雄赳赳地大步走进，说："没有啥可怕的？我带锐士三百，陪李公入朝辩诬。"

"糊涂！"李冰站起，瞪着郑洪，说，"你想干什么？"

"以防不测！"郑洪说，"现在的秦王是个小娃儿，凡事都听相国的，吕相国又听两个女人的。当年华阳老太后还在干政，现在又出了个摄政的赵太后。婆婆妈妈，政出多门，咋个不乱？以致是非混淆，忠奸不分。李公，你不能逆来顺受啊！"

李冰说："郑洪，你可别胡言乱语！你对朝制有意见，可以建言，但决不能有对抗情绪。你身为郡尉要以大局为重。所虑者，应是国家的安危，蜀郡的稳定。相府文书说得明白，是要老夫入朝面君，不是要办罪，你给老夫保什么驾？即使要办罪，你保得了吗？"

郑洪说："肝脑涂地，我也要保李公的安全！"李冰："不要感情用事，没有那么严重！"王丰说："李公，我有个建议。"李冰说："讲。"

王丰说："李公不是在研究治洛问题吗？可以向朝廷告假，延缓入朝时日。卑职即刻赶到咸阳，会同孟谦大人弄清情况，李公再入朝不迟。"

尚武说："没有必要了，情况已经清楚了。"李冰对尚武说："讲讲你的看法？"

尚武道："本人以为，这一事件是华阳太后为首的芈氏家族一手策划、炮制的。和六十多年前芈八子宣太后制造的蜀侯恽案如出一辙，目的不仅是针对蜀郡官吏，还要夺取朝中大权。今日的秦国谁大权在握？就是吕不韦相国。"

"不对，"郑洪说，"当年，吕相国不是通过华阳夫人立的庄襄王吗？庄襄王得立，夫人才变为太后，他们之间的关系好着呢。"

"时移势变，今非昔比啊！"尚武说，"庄襄王在位时，华阳太后一呼百诺，这就是公孙若能复出的根本原因。可是，自前年庄襄王大薨，少主登基后，形势就大变了。秦国又迎来了个早与吕相国相识，关系更深的赵太后，而且，庄襄王临终的遗言是由吕相国和赵太后共辅少主，直至亲政。这样的安排，就将华阳夫人淘汰出局了。老太后权势欲极强，又是芈氏家庭的头面人物。她对吕相国还信任如初吗？早在庄襄王患病时，她就主张用蔡泽为相。现在，更难说了。"

李冰说："老夫完全赞同郡丞的分析。芈氏家族从宣太后、魏冉、芈戎姐弟起就苦心经营。他们在秦国的根子深得很哪！公孙家族只是追随者，公孙若其人只不过是一个浮在面上的跳梁小丑！是吉是凶，就看吕相国的决策了！"

咸阳相国府的书房，红烛高烧，一个长长的身影在窗前晃动。那是相国吕不韦在书房中踱来踱去，天气并不热，而他却满脸是汗，拿着一柄蒲扇不停地扇着。

旁边站着李斯，他的脸色更是冷峻！

两人都在焦急地等待着。

三更的梆声阵阵传来，吕不韦说："上将军蒙骜不会有变吧？"

"相国！"司空马匆匆走进，对吕不韦说，"蒙骜将军已接相国的命令完成任务。"他将一片竹简交与吕不韦，说，"这是将军的回信。"

吕不韦走到案前，拿着竹简在烛光下看了又看，如释重负。称赞道："甚善，甚善！"他又问，"没有流血吧？"

"没有，"司空马说，"蒙骜将军部署周密，而且办得很文雅。"

吕不韦抹了把汗，对李斯说："可以对李冰宣布结论了。"

"遵命！"李斯说。

在渭水边的李家小院前，李桂阳笔挺地站着岗。

芈卢走来，贼眉鼠眼地朝院子里探望。李桂阳上前，不客气地问："你找谁？"

"我，"芈卢说，"找错地方了！"说完便入泥鳅般遁去。

小院内的枣树下，李冰和孟谦对坐在石案前，两人脸色凝重。李冰说："令老夫入朝面君，老夫来咸阳已经两天了，为什么还没有通知？"

孟谦说："这两天，相府戒备森严，吕相国不接见任何人，所以一点消息也打听不到。昨晚又全城戒严，怕是出了什么大事？"

院门外，一辆高车辚辚驶来。从车上走下李斯和一个文员随从，"李郡守，李郡守！"李冰听到喊声，早早地便迎了上去，问："先生是？"

李斯道："相府行走。上察李斯参见李老前辈！"说罢拱手拜揖。

"别，别。"李冰说，"早闻大名，阁下是荀子的高足，青年才俊，文字大家，对我大秦法律犹有深研。"

李斯说："老前辈过奖了，过奖了！"孟谦说："李斯先生，这两天我一直找你呢，却总见不着。"李斯说："我这不找上门来了吗？"李冰说："请坐吧。"又招呼上茶。

三人围着石案坐下来。

李冰说："先生是吕相国的股肱，今日前来，是问罪于老夫吧？"一个中年仆人用托盘端来三盏茶，放于石案上，树梢上的喜鹊叽叽喳喳地欢叫不停。

李斯喝了口茶，望着树梢笑道："喜鹊叫，喜讯到。晚生是来给老前辈报喜的。"

李冰问："何喜之有？"

李斯说："左右秦国政坛六十多年的芈姓外戚，及其追随者公孙家族，从昨晚子时起已从秦国历史上淡出。"

"何谓淡出？"

李斯说："相国强令将华阳老太后和她的庶母九夫人，公孙若夫人迁居灞水之滨的芷阳宫居住。颐养天年，不得干政。免去阳泉君芈宸国正监一职，保留爵位，不再领实职。"

孟谦说："吕相国英明果断，早该如此了。"

李斯说："通过这次清查告奸案件，相国和本人才发现公孙若是华阳老太后安插在相府里的一根钉子。此人野心勃勃，妄想取相位而代之，这才促使相国下决心，将这伙人逐出政坛。"

李冰说："外戚干政的沉重历史总算翻过了一篇。老夫现在关心的是相府对告奸案如何下结论。"李斯朝随从招了一下手，随从走过来，取出一简书交给李斯，李斯又递给李冰，说："这是结案文书，请老前辈过目。"

李冰说："郡监先看吧。"李斯将文书递给孟谦。孟谦展开细看。李斯对李冰说："不瞒老前辈，这个结论文书是晚生起草，并经廷尉府、御史府会商，最后由相国敲定，可以说是字斟句酌。文书首先认定公孙若炮制的告奸书是无中生有的诬告，这就还给了老前辈的一个清白！"

孟谦说："这条准确，就是对周庸的定性……"

李冰问："定的什么？"

孟谦："因私斗而死，不再追究。"

李冰一愣，说："这'私斗'两字用得真妙呀！"

李斯说："确实费了一番心思。一则秦国有'严禁私斗'的法律规定。二则呢，这就排除了公孙若之死的各种猜疑。所谓李冰派刺客杀公孙若的谣言就不攻自破了！"

孟谦说："周庸可是为国除奸啊！"

"法律至上，"李斯说，"只有朝廷和官府才能施法。任何人都不得以任何名义私自杀人！相国同意你们将周庸遗体运回蜀郡安葬，已是法外施恩了。"停了一下，孟谦又问："打死周庸的凶手捉住了吗？""正在追捕，"李斯对李冰说，"老前辈还有什么意见？"

李冰说："法大于情，夫复何言！"转对孟谦，"你就代表老夫送周庸先生回蜀吧。"

芷阳宫的偏殿院中，荒草萋萋，落叶飘零……

九夫人和公孙若夫人相对而坐，两个苍老的女人一脸沮丧。这时，披头散发的芈卢轻脚走来，拱手道："参见二位夫人！"

"芈卢！"九夫人问，"门外不是有兵卒把守吗？你是怎样进来的？"

"从后殿越墙而进，"芈卢说，"小人是奉阳泉君之命而来。"

九夫人问："阳泉君现在怎样？"芈卢说："削去实职，只保留爵位。"九夫人问："阳泉君说甚来着？"芈卢说："阳泉君说，软禁太后和二位夫人是吕不韦命令蒙骜干的。账，要记在吕不韦的头上。二位夫人要多多保重，一定要照顾好老太后，静观时变，芈氏家族必有出头的日子。"

公孙若夫人哀号道："芈卢，你一定要为你叔爷报仇啊！"

"我已去李家查看过了！"芈卢说，"夫人放心，在下一定寻找时机，杀死李冰，为叔爷报仇雪恨。"

在渭水边的李家小院里，李斯将一捆简书交给李冰说："相国在编一部大书。这是编写构想和内容大纲，请老前辈赐教。"李冰接过，说："我一定拜读。"于是便坐在石案前，慢慢翻看起来。

李斯趁机在院中小踱了几步，他一边扫视小院，说道："李老前辈，你在咸阳就只有这座小院落？"李冰抬眼说："是的，这是先父留下的呢。"李斯问："有多少年了？"李冰说："超过一轮甲子啦。"

"老前辈真是节俭呀！"李斯说，"当了这么多年的封疆大吏，在都城应该拥有一座豪宅嘛。"李冰说："有这座小院，老夫已很知足了。"

李斯说："明天，秦王和丞相要接见老前辈呢。有什么请求，都提出来。"

扫除叛乱之后，咸阳宫又是一番整修装饰，变得更加辉煌壮丽了。

正殿仪仗煊赫，少年秦王嬴政头戴冕冠，端坐于王位上，右侧坐着"仲父"吕不韦。只听着小侍臣赵高尖声叫道："宣蜀郡郡守李冰上殿。"

李冰迈步入殿，直至御前，匍匐跪拜道："陛下万寿无疆！"

嬴政说："老爱卿请起，赐座。"

赵高给李冰端去一个御墩。李冰拱手："谢陛下，谢相国。"

嬴政说："爱卿是我朝的老臣、功臣！尔在蜀郡开盐井，修大堰，使寡人的大秦国得到很大的好处，寡人十分欣赏。"李冰说："那是先王之功，朝廷之功！"嬴政说："爱卿是办大事的人，寡人自幼就喜欢这个大字，寡人立志，必要创立一番伟业，让天下成为大秦的天下。回咸阳做官吧，有好多大事等着爱卿办哩！"

"回咸阳做官？"李冰转头看向吕不韦，说，"相国，大王之意……"

吕不韦说："想迁李大人任将作少府的正卿，掌管宗庙、路寝、宫室、陵园的修建。"

"诺诺诺，"嬴政说，"就是仲父这个意思。寡人的骊山陵园要早日动工，离宫别馆也要赶快修建。今后灭了一个国家就将该国的宫殿画成图形在咸阳北阪建起同样的宫殿。这可是千秋大业啊，非卿莫属。"

"陛下，相国，"李冰拱手，道，"微臣难以从命。"

嬴政、吕不韦皆惊："为什么？"

李冰说："讲治水老臣还有点专长。但说起修陵墓，建离宫别馆，老臣实在外行，难以担当此重任，此其一。国以民为本，民以食为天。先王当年曾在这里诏令微臣治水兴蜀，要把蜀郡建成秦国的大粮仓，统一六国的基地。这么多年，经上下努力，虽已初见成效，但还需久久为功。这就要进一步扩大灌区。为了实现先王的遗愿，请陛下和相国恩准卑职仍留蜀中治水，以克尽全功。"

"呼——"不知从哪里飞来一只画眉鸟儿落在嬴政的冕冠上，脆声声地叫着："陛下万岁，万岁！"嬴政高兴起来，抬手将鸟逮在手里，一派天真烂漫，说："我要喂鸟儿去了，你们商量吧，"刚起身要走，转头对吕不韦说："仲父，请李冰的客。"走了两步又改口，"赐宴，赐宴。"

在文信学宫的明堂上，吕不韦奉旨宴请李冰，作陪的还有李斯、应曜和司空马等十多名士人。厅上摆着几张席案，上置酒肴，几个乐伎轻弹低唱。

吕不韦端起酒爵，说："为劳苦功高的李冰郡守干一爵。"

"谢相国，"李冰站起，笑容可掬地向众士人颔首，说，"共干吧。"

众士人站起来，齐声道："干，干。"

吕不韦问李冰："《吕氏春秋》大纲，看过了吗？"

"拜读了，"李冰说，"深受教益。"

李斯说："请老前辈赐教。"

李冰说："赐教不敢。谈点感想是可以的。"

吕不韦说："请讲。"

李冰说："从大纲看，本书分十二纪、八览、六论，纵论天地万物古今之事，十分大气。对诸子百家采取兼容并蓄的态度，堪称上善，上善！"这时，台下一名士人说："那，后人会把这本书称为杂家了。"

李冰说："取各家学说之长为我所用，被称为杂家又有何不好？如果被后世称为杂家，在我看来那是褒不是贬！"

"中，中，中，"吕不韦说，"李公所言，深合俺意，杂家就杂家吧，只要于统一有利，于治国有利。"

"相国之言甚是，"李冰说，"咱们秦国并吞六国已成定局，只是时间问题。但是，统一只是第一步，统一以后如何做到长治久安，达到太平盛世，这才是最终目的。要实现这一目的，老朽以为，就要解决一个根本问题，何谓根本？那就是国家的制度问题。《商君书·壹言》中有句很重要的话，'凡将立国，制度不可不察也'！"

"高见，高风！"应曜等士人站起称赞，"李公抓住了要害，请展开谈，晚辈谨受教。"

士人们即刻起身，取笔、展简，做记录。

"别，别，"李冰环视一眼说，"老朽说不好，只有些设想。这个国家制度的建设应当体现历代圣贤的治国主张。天下者天下人之天下也！这个制度就要有利于国家的大一统；有利于实现'民为邦本''君为民设''吏为民使'的原则；有利于推进国家的各项建设，使经济发展，百业兴旺，文化繁荣，人才辈出。人与人之间，人与自然之间和谐相处，使华夏各族百姓都能过上和平安宁、丰衣足食的日子，国家才能长治久安。如果制度不好，就难以实现这些目标，那么，统一大业也就会像天上的流星一样，闪光一时，瞬间消失。"

众皆沉思，唯李斯不太同意李冰的观点，站起，笑道："李老前辈是否过虑了？"

"不，"李冰严肃地说，"老朽不是过虑，是有些隐忧，自从秦孝公三年商鞅变法，至今已有一百多年了。是急需要反省、总结的时候了。"转对吕不韦，"吕相国编《吕氏春秋》就是想做这方面的事吧？"

"中，"吕不韦说，"李公，你可说到俺心坎上了。"

李冰说："老朽从政多年，深深体察到以法家学说为指导的改革，有长处，也有短处。如果把法家思想奉为圭臬，把法家的某些主张推行到极端。那就很危险了。"站起身来，深情地说："冰，老矣，看不到统一以后神州赤县是什么样子了，在座的青年才俊，都是未来秦国的栋梁，统一以后的大秦国是瞬间消失的流星，还是永恒的太阳，就要看诸位的作为了。"

"精彩，深刻。"应曜等一批士人站起欢呼，鼓掌。

（二）川主传说

李冰终于回成都了。消息传回郡守府，昌昌和小鹃早就在后院的门口等着，一看见李冰的身影，就欢快地跑了过去，"爷爷回来了！"李冰走进来，后面还跟随着李桂阳，手里提着行囊。

李冰将两个小孙子揽在怀中亲切地吻了吻，说："拿饴糖。"桂阳从囊中取出两包饴糖递给昌昌和小鹃。

"父亲。"一妞和李夫人走来。

"爷爷刚回来，别啰唆了。"李夫人从李冰手里抱过小鹃，一妞抱起昌昌。

"义父！"杜鹃走来，说，"热水烧好了，去沐浴吧。"李冰显然很高兴，说："杜鹃呀，我早讲过了，把义字去掉。你怎么不听命令呢？"杜鹃红着脸喊："父亲。"

"呃！"李冰高声答应。李夫人说："我呢？"杜鹃又喊："母亲！""嗯——"李夫人高声答应着。一妞大笑："我有个亲妹妹啰。"

黄昏时分，尚武、孟谦和郑洪兴冲冲地走来郡守府。后院堂屋烛影摇曳，一派祥和气氛。李冰、夫人、一妞和孩子们围案坐着喝茶。案上放着饴糖、酸枣、羊肉干，大家随意拿着，边吃边聊。

李冰问："杜鹃、桂阳咋不来吃？"

夫人说："你不是要请客吗？他俩正在厨下备办酒菜呢！"

"唔，唔，"李冰说，"给他俩留点。"

李夫人拿起一块羊肉干，咬了一口，说："哎哟，这咸阳上膳坊的羊肉干我都咬不动了，真的老了！"一妞说："母亲不老，看起来还年轻着呢！""哄母亲开心吧！"李夫人笑道。李冰说："真的。"

一妞问："父亲，听说你把少府正卿的职务辞了？"

"是的，"李冰说，"劳民伤财的事为父是不会干的。"

李夫人惊讶地说："你都给小秦王讲了？"

"没有，"李冰说，"我私下给吕相国讲了，少主正青春鼎盛，才即位两年，就要在骊山修陵墓，而且设计之宏大，史无前例，没有几十万人，几十年时间，根本完不成。"

"父亲高明，不干是对的，"一妞说，"搞这样的工程，肯定要受到后人的谴责。"

李冰叹息："唉，看来，谁也阻止不了哪！"

"李公，"尚武、郑洪、孟谦喊着走进院子。李冰站起说："诸公请坐。"李夫人站起来，和一妞抱起孩子，说："你们谈话，我们退席。"

郑洪说："夫人怎么要走？李公顺利归来，一起坐坐，闹热闹热嘛。"

"小孩吵呢。"李夫人说完便离开了。

李冰说："让他们走吧，坐，坐。"尚武等三人坐下。桂阳用托盘端茶三盏走进，给每人的面前放了一盏。李冰说："今晚老夫请客，先喝茶后喝酒。"他指着案上的食物，说："这些都是咸阳特产，随便吃。"

李冰问："周庸先生的葬礼举行过了吗？"

尚武说："举行过了，已将周先生厚葬于文井江边。"

"很好，"李冰望着孟谦："朝中情势，已传达过了吧？"

孟谦说："卑职已传达过了。"

李冰说："那，老夫就不再啰唆了。"

郑洪边吃边问："李公，你见着小秦王了吗？"李冰点头说："见到了。"郑洪又问："印象如何？"李冰说："少年秦王很聪明，很有个性，很有志气。他对老夫说，他喜欢干大事，誓要大秦一统四海。"郑洪说："将来会成为一代雄主！"李冰说："很可能。"尚武说："是雄主，英主，还是庸主？那要等六年之后秦王亲政了，才看得明白。李公，这六年之中会不会发生意外事件呢？"

李冰问："你看呢？"

尚武说："主少国疑，仍使人担心啊。虽然朝中驱逐了华阳太后为首的芈氏集团，还有赵太后啊。相国与太后共同辅政，难免政出乡门，这就潜伏着不可预测的变数！"李冰说："你的担心并非杞人忧天！老夫离开咸阳的前夜，吕相国曾召见了我。谈了很多，有句话使老夫颇受触动！"

尚武等急问："相国说什么了？"

李冰道："相国说，等他致仕或者被赶下台了，他很想迁到蜀郡的郫县来度过残年，叫我在大堨渠首附近的风光秀美处，给他修几间草房。"郑洪等一惊，说："相国怎么会有这种想法？"尚武道："这说明相国深谋远虑，对未来已有准备！"

"是的，"李冰说，"相国商家出身，见多识广，确实精明。他养士三千，绝非逞一时之秀，其中不乏真才实学的人才。如果朝中的政局发生动荡，老夫猜想，很可能发生在秦王亲政的前后。这五六年时间内，相国完全可以控制局势，保持政局稳定。"尚武说："李公的见解甚是。我等就要抓紧这几年时间，奋发努力，把治水兴蜀的大业，再推上一个新台阶。"

"李公。"羊摩兴冲冲地喊着走进来。李冰说："你怎么姗姗来迟？"羊摩说："我昨日到水碾工地去了，刚刚赶回。"李冰问："水碾修得怎样了？"羊摩说："已经开碾了。"

"好啊，"李冰说，"明天，我等都去看看。"

山村的水碾工地上，水槽下转动着车轮，碾石在圆形的大槽中呼呼转动。碾坊内站着李冰、尚武、孟谦、郑洪和羊摩。司马欣站在李冰面前悄声介绍，卓石匠拿小铲随碾翻谷米。

碾坊外，有几十个男女农夫站着围观，一妞和李夫人也挤在人群中观看。

一个农妇站在一姐和李夫人身边，她对旁边的老妪说："看见没有？这水碾，就是站在李大人面前的那位小伙子和卓石匠造出来的。人家是识文断字的公子呢，啥子水碾设计图就是他画出来的。"

老妪问："你说他是哪家公子啊？"

农妇说："听说是李冰大人的女婿！"

老妪大为惊喜，赞叹道："了不起，了不起啊！"

在碾坊里，只见司马欣手一挥，喊："关闸！"水槽前两名民工立刻关掉了闸门。大家看着水碾缓缓停下。众位官员上前，捧起碾槽中的糙米察看。

卓石匠说："再用筛子一筛，米和糠就分出来了。"李冰问："一槽能碾多少谷子？"卓石匠说："一百六十斤。"

"好啊，"李冰说，"老夫一直犯愁呢？稻谷丰收了，怎么去壳出米。这个难题解决了。"尚武说："卓师傅、司马公子，本人衷心感谢你俩的发明创造啊！"

卓石匠说："要说发明创造，功绩应归司马公子。"

孟谦说："卓师傅不要谦逊，你俩共同完成的嘛！这个发明堪称伟大，它结束了一个用对窝舂米的时代。"

"而且，"羊摩说，"以水为动力资源的开发，必将影响深远。"

郑洪说："要普遍推广，做到每个亭，每个乡至少有一座水碾。便利百姓碾米。白米出得多，出得快，要吃干饭，要蒸个粑粑，做个汤圆就不犯难了。"说完扫了卓石匠和司马欣一眼，"你这一老一少，一文一工，硬是立了大功啊，我郑洪给你们作个揖！"

众人哈哈大笑起来。

李冰对司马欣说："欣儿，听到伯伯们的话吗？读书人不应该只是学而优则仕，还要学而优则工，学而优则农，学而优则商！这样，出路就广阔了。"

春风吹绿河边柳，成都平原上，油菜花次第开放，一片金黄。在少城县廷的门前，万头攒动，锣鼓喧天，那里正在举行着从西周以来就在民间流行的"打春牛"活动。

一条巨大的泥塑耕牛前，两人戴着牛头，披着牛皮表演牴角之戏。郡县两级官员李冰、尚武、孟谦、郑洪、王丰等人都参加，与民同乐。李冰和羌寨的木姐、羊角、僰道的阿华、何荔、桂阳、杜鹃、卓石匠、卓妈妈等挤在一起观看，人人喜笑颜开。斗牛戏表演完毕。又各有一队男女青年，化装成农夫、农妇，在音乐声中舞上。舞者围着泥牛作犁田、播种、插秧状。以庆祝今年大丰收。

结束时，舞者和群众蜂拥而上，将泥牛打得粉碎，抓起泥巴互掷，欢笑声震天……

碧波盈盈的锦江，江水悠悠。伴随着"哟嗬，哟嗬"的声声号子，江中大小船只来往如梭；江边，有妇女在江中濯锦；岸上的绿荫中，晾着各种色彩鲜艳的蜀锦。纤夫拉着一只大篷船，逆水而上。

长星桥的码头下停着几只木船，有载人的楼船，有货船。运来食盐、山货的正往岸上卸货。运走蜀锦、绸缎、布帛的客商正往船上装货。扛货船工、提行李的旅客来往穿梭，一片繁忙景象。

有一间逆水而上的大篷船正接近码头，靠岸。

李冰站在码头上迎接客人，后面随着李桂阳和一牵马卫士。

那大篷船头站着一个两鬓霜白的老人，他是来自楚国的景唐，现在已经成为一个学者了。岸上的李冰拱手喊："景唐兄！"船头上的景唐拱手："李冰贤弟！"景唐从踏板上岸，李冰上前牵他。景唐说："我给你送钢錾来了。"李冰疑惑地问："钢錾？"景唐说："比铁还硬！我在宛定做了一千根，供你凿山治水使用啊。"李冰高兴地说："太好了！我们在准备凿瀑口的危岩，正用得上啊！"景唐说："今年蜀郡又是个丰收年吧？"李冰说："从去年开始，亩产已提高八斗。"

景唐观看着大桥，问："这石桥是新修的吧？"李冰介绍说："去年才落成，叫长星桥。"他手指江上游，说："上面还有夷星桥、冲星桥、曲星桥、尾星桥、玑星桥和员星桥。"景唐说："都有个星字，是上应七星吧？"李冰说："正是。"

景唐站上桥头观察，说："二江绕城，江上架桥，上应七星，很有意境啊。看来，这成都城还可以大大地扩展。"

李冰说："有这个设想。打个基础，好让后代儿孙发展啊！"

在通往大堰渠首的驿道上，两旁是望不尽的稻田，时当初夏，秧苗茁壮成长，形成一片翠绿的海洋，风吹苗动，涌起万顷碧波。一辆撑着圆伞盖的马车叮叮驶着，上面坐着李冰、羊摩和景唐。

景唐观望着田野，有顷，他对李冰说："我来时，在江州游览了两天。听到百姓对成都坝子的一些议论。"

李冰问："什么议论？"

"夸你们成都坝子呀！"景唐说，"说自从你修好了大堰，成都坝子实现了自流灌溉后，土地变得十分肥沃，插双筷子也能长出庄稼来。"李冰笑："插双筷子也能长出庄稼来？"景唐说："这句话太形象太生动了，所以我印象深刻。"

在杏林学舍的讲堂上，十多名学子正襟跪坐，等候老师鸿儒来上课。

一会儿，鸿儒扶杖走进，说："今天老夫的课就不上了，雇辆车，赶到大堰渠首，听景唐先生给尔等上一课。"

"景唐先生？"一士子问，"就是那个屈原的高足，当今天下闻名的学者吗？"

"就是他，"鸿儒说，"机会难得，赶快走吧。"

"好啊，好啊。"士子们纷纷站起身来，争先恐后地走了出去。

此时，李冰正陪景唐参观大堰，站在离堆之上，李冰指着宝瓶口，低声向景唐解释，景唐不住点头；走上鱼嘴堰，羊摩向景唐低声解释，景唐欣喜颔首。

有顷，景唐问道："这个大堰叫什么名字？"

羊摩说："因为这地方属湔氐道，有人就把它叫着湔堰，蜀人土语中呼堰为埘，因此，有人把它称之为湔埘。近来，又有百姓给它取名都安堰。"

"叫都安堰好，"景唐说，"都安，百姓安，国家才安啊。"

"李冰大人！"远处传来一阵呼喊，只见横江的筻桥上，鸿儒带着杏林学舍的十多名青年学子从桥上奔向鱼嘴。李冰望着这群学子，对景唐说：“是杏林学舍的师生。”

“大人，大人。”学子们喊着围了上去。李冰问：“尔等来观光？”一个学子说：“想见见景唐先生呢。”景唐说：“在下就是。”

“久仰，久仰，”鸿儒拱手说，“先生师承屈原，是大学问家，给我们师生讲一课吧。”景唐说：“不敢，不敢。也没有准备啊。”一个学子说：“就讲这大堰吧，先生有何评价？”

景唐说：“它是镌刻在大地上的一首宏伟壮丽的诗篇。和屈原的诗歌一样，必将传之久远，万古不朽。”

又一个学子问：“能说得具体点吗？”

景唐说：“这堰的设计和建构，有着大诗人的非凡想象力，可以说达到了出神入化的境地。尊重自然，保护自然，不与天地争胜，而是因地制宜、因势利导，使自然生态受到保护，人与自然和谐相处，千里都江变得更美了！”

李冰说：“景唐兄，你过于夸奖了！”

景唐说：“不，我也是为我们华夏的文化思想唱赞歌啊，以民为贵、以仁为本的儒家思想，道法自然、天人合一的道家思想，为天下人兴利的墨家思想，这些都是文化精华啊！李冰郡守心领神会，躬身实践，才创造出了这部治水经典！”

学子们鼓掌：“高论，高论！”

李冰说：“这应归功于稷下的讲坛，百家的争鸣。景唐先生来蜀不易，你等还有别的问题请教吗？”

一个学子说：“学生还有个问题？”景唐笑着：“请讲。”那学子道：“现在列国纷争，人欲横流，或争名于朝或争利于市，我们士人应当如何选择呢？”景唐说：“你们的李郡守，还有杀身成仁的王焜先生，已经做出榜样了。永远保持读书人的良知，不求做大官，只求做大事。切切实实做些能为天下苍生造福的好事。”

在渠首外江码头上，停着一艘木船，两名艄公正在船上拾掇，升起白帆，准备开船。李冰将景唐送到此地，免不了要到分别的时候。

景唐说："贤弟，有了你这大堰，毫不夸张地说，吞并天下的天平已向你们秦国倾斜了。"见李冰没有吱声，景唐说："善治水者善治国，要是秦国的执政者也能采用贤弟治水的疏导方法治国，那就是天下人之幸了！"

李冰说："其实疏导之法古已有之，就看为政者采不采用了。"

景唐问："贤弟今后还有何打算？"李冰说："船归码头，车到站了。搞完治洛工程，小弟就归隐林泉了。"

"回归自然好，"景唐说，"贤弟历尽人间沧桑，对宇宙自然，人生历史，必有独到的体察和见解，归隐后写卷书吧。"李冰道："到时再说吧。"

两人说着走到江岸边。景唐被河边五光十色的大小卵石所吸引，他躬身寻觅，捡了一青、一黄、一白的三个小石头，说："我想带回去做纪念。"李冰说："仁兄喜欢这里的石头？"

"岂止石头！"景唐说，"这里的山山水水、一草一木愚兄都情有独钟啊！你看——"他回头挥手一指，雄伟幽丽的青城赵公山和玉垒山，两山之间，都江奔流，直泻平原。

"依山面水，俯临平原，左右护山环抱，眼前江水奔流！用堪舆学的话说，就是左青龙，右白虎，前朱雀，后玄武。好风水啊，特别适宜于人居。"

李冰问："仁兄在研究堪舆学？"景唐说："略有涉猎。当年张仪跑到我们楚国对楚王说蜀郡的兵船起自汶山，三天之内即可到达郢都，不是吹牛吧？"

李冰说："是否吹牛，仁兄这回亲身体验一番不就明白了吗？"

"这倒是，"景唐说，"愚兄这就告辞了。"他通过跳板，走上船去，站在船头，回首拱手道："愚兄去也，贤弟保重！"

李冰拱手："仁兄保重。"

帆船启动，朝下游驶去，景唐又回首招呼："贤弟回去吧，回去吧，后会有期啊！"岸上的李冰望着远去的孤帆远影，眼眶湿润，喃喃地说："还有后会之期吗？"

雄伟的剑门关外，马蹄哒哒。一骑飞来，马背上乘着一身侠士装束的芈卢，他到蜀郡找李冰报仇来了。此时，李冰正在郡府议事堂召集官员治水事宜，郡丞尚武、郡尉郑洪、郡监御史孟谦、主簿王丰、都水长羊摩参加。

墙上挂着一幅帛画"大堰灌区示意图"。羊摩站在图前讲解："自大堰落成后，又经过十多年的完善和扩展，二江的水运能力大大增强。又新开羊摩江，整治文井江，使灌区面积已从郫县扩展到临邛、蒲阳、江源、鱼凫、广都、繁县直到武阳了。"他以手指图说道："成都以南、以西的全部区域，东面的部分地区，这一大片已成了自流灌溉区了，已达到溉田万顷的目的。现在需要治理的是成都以北的绵水和洛水，把这两条河治好了，梓潼以南的广大地区都可受益，得到发展。去年，我们都水曹即按郡府的命令已派人作了详细勘察，作出擘画，可以动工了。"

李冰说："这个工程不仅要疏浚、整治绵水、洛水，还要凿瀑口，是很艰巨的，老夫要亲自参加。""年岁不饶人啊！"尚武对李冰说："李公年事已高，就坐镇郡府指挥吧。"

李冰说："这个工程不得有一点闪失，不到工地，老夫是放不下心的。郡府面上的事，就拜托郡丞和在座诸公了。"

夜已深，柔和的烛光照着宁静的寝房，李冰坐在案前，翻看都水曹的治洛设计。李夫人一边为他收拾行李一边说："要服老啊，山高了就不要去爬，水深了就不要去蹚。"

"没事。"李冰说，"我身板硬朗着呢。"

夫人走到李冰面前："你有多硬朗为妻知道，那段不堪回首的日子，使你的身心受到了严重摧残啊！俗话说不怕一万，只怕万一……"李冰站起抚着老妻，深情地说："如果真有个万一，冰，在玄冥主管的地狱门口，永远等你。"

每天清早，赤里街的王汤圆铺便异常热闹，吃汤圆的人进进出出。

芈卢蹲在一矮案前等候吃汤圆。"来啰，"王老板给芈卢端来一碗汤圆，放于案上，"客官慢用。"芈卢说："老板，想问你个事？""请讲。"王老板说。芈卢说："听人说，你们蜀郡又在治水呀？"王老板说："是呀，什邡县要搞凿瀑口、导洛水的工程呢。你问这干啥？"芈卢说："在下来自汉中，是个石匠，想到工地干活，混碗饭吃。"

王老板盯着他看了看，"喔"了一声。

什邡县的洛水河，因连日大雨倾盆，河水猛涨，李冰头戴竹笠，与羊摩和李桂阳一起，披着蓑衣骑马沿江视察。行至黄昏时分，他们来到了瀑口附近的山脚下。

工棚鳞次栉比，住满了前来治水的民工。一间敞开的工棚，是铁工房。棚中风箱呼呼，炉火熊熊。铁匠们锻打着开山工具。有几个民工拿着铁钎、锄头围在那里，准备淬火。

芈卢拿着一根铁錾走来。他问一个民工，"多久开凿瀑口啊？"民工说："听说要等李大人勘察后才能决定呢。"芈卢问："李大人何时勘察？"

民工说："明天吧。"

清晨，雨停了，瀑口危岩上，洛水从高山冲出，汹涌澎湃。

芈卢背箭骑马朝危岩之巅攀登，岩顶上紫雾飘绕。岩下江边，羊摩与李冰走来，到危岩停下了脚步。

岩上的大石后面，芈卢虎视眈眈，注目着李冰和羊摩。只听岩下，羊摩对李冰说："大人，你看——"随着他手指的地方，李冰仔细地观察伸入水中的危岩。须臾，说："把图给我。"羊摩将手中的绢图递给李冰。

岩上，芈卢张弓搭箭，箭指正在看图的李冰。

"你干啥？"耳边突然响起一声猛喝。芈卢回头，但见迷蒙的紫雾中，一个长得酷似二郎的小伙子手拿长矛，牵着一条猎犬站在他的面前。芈卢惊诧之下，浑身哆嗦，他问："你，你是何人？"小伙子说："倪二郎！"

"李二郎？"芈卢大惊失色，弓箭落地，"你……你……你不是早已死了吗？"

"我问你，你想干啥？"小伙子朝芈卢走去。

"小人是奉命办事。"芈卢一边说着，心虚地朝后退去。

"奉谁的命？"小伙朝芈卢逼近。

"公孙夫人。别杀我，别杀我。"芈卢边说边退，至岩边，戛然跌下岩去。

芈卢的死惊动了附近民工。几十个男女民工正在凹岩边破篾条，编鸳兜、撮箕，有的在做挑担。一个背草药、手把丁锄的老汉兴冲冲奔来，嘴里喊着："二郎显灵了，二郎显灵了！"

民工们放下手中活路，围着王老汉七嘴八舌地问道："真的呀？""你亲眼看见了？""在哪里呀？"王老汉指着山岩说："瀑口山上呀，老汉亲眼看见二郎牵着猎犬的背影呢，想射杀李大人的刺客，暴死在山岩下，你们说神不神？"

"神，神，神！"一个妇女跪在地上，望着瀑口说，"感谢二郎神啊，有二郎保佑，瀑口笃定能开成。"

岩口发生的一切，李冰浑然不觉，他正忙着施工指挥。山神祠已经成了临时的施工指挥部。山门外，飘着一杆写着"郡守李"的大旗，两名荷戈卫士站岗。祠内正殿上，堆放着一堆长短不一的钢钎、钢錾。李冰对面前的卓石匠、司马欣和羊摩说："老夫还是请卓师傅当凿瀑口的领军人物。"卓师傅推辞道："老了，老了，不行了。"

李冰说："由司马欣协助你，"又对羊摩说，"都水长坐镇指挥，老夫统筹。"

羊摩遵命，他从石案上拿起一块岩石对卓石匠说："岩石比玉垒山的虎头岩要松软一些，不用火攻，只用钢钎就可对付了。"卓石匠："试试吧。"

什邡县令领着十多名青壮民工从山路上匆匆走来，"大人，大人。"李冰问："三千民工调齐了吗？"

"齐了，齐了。"县令说，"还有从附近各县来支援的百多名青壮。"李冰又问："后勤准备好了吗？"县令说："伙食房、工具修理房都准备好了。"

"甚好，"李冰指着那堆钢钎说，"这是楚国景唐先生送的上好钢钎、钢錾，就用它凿开瀑口，后一步才整治河道。"顿了顿又说，"即日开工。"

县令领命离开。不久一阵"嗨呀哩嗨，凿瀑口哟"的号子声，交杂着叮当的凿石声传播了瀑口山。

入夜了，山神祠后院的厢房红烛高烧，李冰坐于案前写着"工程进度记载"。

他写着写着，突然咳嗽不止。司马欣端一碗水走进来，说："这些天你迎风冒雨视察，太累了，早点歇息吧。"李冰喝了两口，止住咳嗽，说："工程进度记载，得每天写。"

"我给你写。"司马欣不由分说把李冰扶到床上躺着。李冰问："桂阳呢？"司马欣说："去查一件命案去了。""去查命案了？"李冰一惊。

"父亲，父亲。"李桂阳拿着箭，喊着大步走进来。李冰问："死人了？是民工？"

"不，"李桂阳说，"是咸阳来的刺客芈卢。这个人我在咸阳见过一面。听一个采药老人讲，他躲在山顶上想射杀父亲呢。"说着，他把弓箭递给李冰："这种弓箭是芈相府卫队专用的，弓上面还有字呢。"李冰看弓，说："是芈府造的。此人怎么死的？"桂阳说："看样子，是坠岩而死。"李冰百思不解，"他怎么会坠岩呢？"桂阳说："百姓传言，说是二郎显灵了。是个采药老人亲眼看见的！"

"二郎！二郎！"李冰沉思，泫然涕下。

又是一轮红日升起，瀑口上下，霞光万道。号子激越，锤声叮当。数百民工们在山岩上劳作，錾石、凿石、撬石、铲碎石，有的抬，有的挑，运石下山，民工来往穿梭，热火朝天，一片繁忙景象。山顶上，飘着一幅黄绫镶黑三角旗，上面书写着"二郎凿山队"，迎风招展，十分耀眼。

卓石匠和司马欣来回巡视，不停指点。岩下的山路上，李冰和羊摩正健步走来。忽然，羊摩驻足说："大人，大人，你看——"顺着他手指的方向，李冰注目仰望着山顶，那是飘扬着的"二郎凿山队"旗帜。

羊摩说："大人，二郎真的复活了啊！"

"二郎，二郎。"李冰热泪滚滚，眼前不断闪现着二郎的身影：二郎举爵的身影，他笑盈盈地望着父亲："为成都平原水旱从人，干！"二郎护堰的身影，他纵身跳入滔滔的江水中；二郎在玉垒山虎头岩上挥锤猛打的身影……李冰终于忍不住了，他奔至山顶，大声呼唤着："二郎，二郎！"

"哎——"几十名小伙子在山间齐声回应。李冰抚着一个小伙子，小伙子说："我叫倪二郎！"李冰又抚着另一个小伙子，小伙子说："我叫赵二郎！"李冰再抚着一个小伙子，小伙子说："我叫刘二郎！"

"我叫张二郎！"

"我叫王二郎！"

"我叫周二郎！"

"我们都叫二郎！"

"好哇，好哇，"李冰激动无比，说，"蜀中出了这么多二郎，老夫死而无憾矣！"他挽起大袖，拿起一根铁钎，说，"老夫，跟你们一起干！"

赤日炎炎，李冰挥汗如雨，与小伙子们一起干活；大雨滂沱，李冰一身湿透与小伙子们一起干活；大雪纷飞，李冰挥铁铲与民工们一起干活；雪纷纷扬扬地下落着，李冰突然伫立不动。卓石匠抬头一看，透过他的眼睛——只见在漫天飞舞的茫茫大雪中，一个羽衣人从空而降，挟着李冰飞升而去……

他猛然跪地，悲怆呼喊了一声："李冰大人归天了！"

"李冰大人！"无数百姓跪地呼喊，"李冰爷爷！"一群男女孩子呼喊着向山上奔去……

章山之巅①，耸立起一座大墓，墓碑上刻着"李府君之墓"。

李冰累死在自己的岗位上了！崇敬他的百姓却说他羽化升天了。他成神之后还永远保佑着蜀郡人民。四川人尊称李冰为川主，经过他的后继者无数"二郎"的努力，两千多岁的都江堰至今仍青春焕发，使六个市、三十九个县区、一千四百万亩农田受益。自秦以后，人们就不断地修建祠庙祭祀李冰父子，这种祠庙可考的有一百多座。

---

①位于今什邡境内。

李冰去世两千多年以后，庄严宏大的李冰陵园在玉垒山下拔地而起，巨大的李冰父子石刻雕像伫立其中，他们俯瞰着壮丽的都江堰渠首，仰望着现代化的成都平原……